청구야담 ^하

한국
고전
문학
전집

023

청구야담 하

이강옥 옮김

문학동네

바람 점을 친 의성 원이 감영의 돈을 빌리다 | 꾀병 앓은 제주목사가 큰 재산을 모으다 | 해인사 스님이 수령 아이의 스승이 되다 | 유통제사가 가난한 선비의 죄를 눈감아주어 보답 받다 | 귀물이 밤마다 구슬을 요구하다 | 깊은 밤에 도둑이 큰 칼을 내던지다 | 동선관에서 부사가 귀신을 만나다 | 홍천읍에서 암행어사가 종적을 드러내다 | 말을 탄 노인이 장군을 제압하다 | 호랑이가 버리고 간 신랑을 구출한 신부 | 별과를 열어도 소년 유생이 급제하다 | 관상을 잘 보는 부인이 비단 조복을 만들다 | 천 리 밖 아버지에게 편지를 보내고 찾아가다 | 깊은 산골에서 만난 이인이 별을 보고 예언하다 | 교묘한 언변으로 세 무변에게 굴욕을 주고 재상을 움직이다 | 낙동강에서 정몽주를 만나 기이한 형체에 대해 묻다 | 세 노인이 초당에 앉아 별에게 기도하다 | 절에 모인 네 선비가 스님에게 운명을 묻다 | 평안 감영에서의 성대한 풍류 | 금강을 지나면서 위급한 사람에게 드높은 의를 베풀다 | 암행어사가 처녀들을 중매해 좋은 일을 하다 | 부인이 붉은 깃발을 알아보고 귀신의 원한을 갚아주다 | 부부가 재산을 일구려고 각방을 쓰다 | 생금을 얻어 부자가 한집에서 살다 | 행주대첩을 이룬 권원수의 탁월한 공 | 왜승을 겁준 유거사의 밝은 눈 | 산해관 도독이 오랑캐 병사를 무찌르다 | 명나라 장수가 청석동에서 검객과 싸우다 | 큰 은혜를 갚으려고 운남에서 미인을 데려오다 | 위성관에서 만난 털 신선에게 산과실을 대접하다

토정이 부인의 말을 듣고 신술을 행하다 | 요사스러운 기생에 현혹된 책실이 지인을 쫓아내다 | 박문수가 박동을 불쌍히 여기고 혼인을 주선하다 | 관상 잘 보는 신 재상이 손녀 배필을 고르다 | 유상이 길에서 이야기를 엿듣고 임금께 쌀뜨물을 바치다 | 박엽이 대액을 피하는 신령스러운 처방을 내리다 | 낙계촌 이참판을 만난 향촌 유생 | 경포호에서 순상이 신선과의 인연을 확인하다 | 김의원이 형체를 보고 약을 조제하다 | 우하형이 변경을 지키러 가 어질고 현명한 여인을 얻다 | 무당이 굿을 해주어 큰 화를 면하다 | 충성스러운 종이 어가를 향해 원통함을 알리다 | 엄한 시아버지를 두려워한 독한 며느리의 맹세 | 가난한 선비가 아전이 되어 가업을 이루다 | 합천 백성들이 청백사를 함께 세우다 | 홍원창의 선비가 청학동을 노닐다 | 부인을 거느리고 옹천에 이르러 뇌우를 만나다 | 화담 선생이 처녀를 구하려고 신술을 시험하다 | 신령한 까치가 은혜를 알아 향촌부터 한양까지 따라다니다 | 무변 윤씨가 의리를 배신했다는 가슴속 이야기 | 겸재 정선이 중국에서 화명을 떨치다 | 맹감사가 동악에서 기이한 이야기를 듣다 | 윤공이 음덕을 쌓아 보답을 받다 | 상인 정씨가 남경으로 가서 장사하다 | 옛 종을 만난다는 유명 점쟁이의 점복 | 은 주머니를 돌려주어 강도를 양민으로 만들다 | 외양간에서 말이 길게 울어 기쁜 소식을 알리다 | 과거 소식을 듣고 꿈의 징조를 알다 | 천연두 앓는 아이가 관아를 떠들썩하게 하며 대청에 오르다 | 과장을 뒤흔드는 수재가 과거문을 짓다 | 부자가 환곡을 대신 갚아주고 양반을 사다 | 가난한 선비가 기이한 인연으로 두 여인을 얻다 | 정원 가운데 숨었다가 옛 처에게서 묘안을 듣다 | 옛 무덤을 찾으라는 목은의 현몽 | 홍사문이 동악 별세계를 유람하다 | 허백당 성현이 남쪽 길에서 신선을 만나다

권
6

정절을 지킨 효부 최씨가 호랑이를 감동시키다

홍주洪州 땅에 최씨가 살았다. 그 용모가 매우 빼어났지만 열여덟에 남편을 잃고는 병들고 눈먼 시아버지를 모시고 살았다. 최씨는 죽기를 맹세하고 개가를 거부하며 물긷고 절구질해 그 품삯으로 시아버지를 극진히 봉양했다. 간혹 출타하게 되면 음식을 좌우에 늘어놓고, "아무 음식은 어디어디에 있습니다"라고 말씀드려 시아버지가 손으로 더듬어 먹을 수 있게 했다. 이웃 사람들이 그 효성을 칭찬했다.

최씨의 부모는 딸이 일찍 과부가 되어 자식도 없는 것을 불쌍하게 여겼다. 마음을 돌려 개가를 시키려고 사람을 보내 "어머니 병이 위중하다"고 속여 불러냈다. 최씨는 밥을 지어 시아버지를 돌봐달라고 이웃 사람에게 정성스레 부탁했다. 그러고는 황급히 가서 어머니를 뵈었는데 아무 탈도 없었다. 최씨는 심히 의아한 생각이 들었다.

부모가 말했다.

"네가 아직 스무 살도 안 되었는데 과부로 수절하면서 의지할 데도 없이 청춘을 허송하니, 네 인생이 가련하다 생각했다. 좋은 신랑감을 널리 구해 한 사람을 얻어놓았다. 내일 혼인을 올릴 것이니 싫다고 하지 말거라!"

최씨가 짐짓 그대로 따르겠다 말하니 부모가 매우 기뻐했다.

밤이 깊어지자 최씨는 몰래 몸을 빼내 집을 나와 시댁 쪽으로 달리기 시작했다. 팔십 리 길인데 이십 리쯤 가자 두 발이 부르터 한 발자국도 더 옮기기가 힘들었다.

한 고갯마루에 이르니 큰 호랑이가 길을 막고 웅크리고 있어 나아갈 수가 없었다. 최씨가 호랑이에게 말했다.

"너는 영물靈物이니 제발 내 말을 들어보렴."

그러면서 사연을 있는 그대로 이야기했다. 그러고는 이렇게 덧붙였다.

"내가 죽기를 바랐지만 죽을 곳을 얻지 못하고 있었다. 네가 나를 해치려 하는 것이라면 당장 나를 물려무나."

그러고는 곧바로 호랑이 앞으로 다가가니 호랑이가 물러섰다. 여러 번 그러다가 홀연 호랑이가 땅에 무릎을 꿇고 엎드렸다.

최씨가 말했다.

"혹시 연약한 몸으로 깊은 밤 혼자 길을 가는 나를 불쌍히 여겨 태워주려는 거니?"

호랑이가 고개를 끄덕이며 꼬리를 흔들었다. 최씨는 호랑이 등에 올라타서 목을 끌어안았다. 호랑이가 나는 듯 달리니 어느새 시댁 문밖이었다.

최씨가 내려서 호랑이에게 말했다.

"분명 배가 고프겠구나. 우리집 개 한 마리 먹으렴."

집으로 들어가 개를 끌어와 호랑이에게 주었다. 호랑이는 개를 잡아 물고 떠났다.

며칠이 지나서 이웃 사람이 전하기를, 큰 호랑이 한 마리가 함정에 빠졌는데 어금니를 갈고 으르렁대니 감히 다가갈 수가 없어 그것이 굶어

죽기만을 기다리고 있노라 했다. 최씨는 그 말을 듣고 자기를 도와준 호랑이가 아닐까 해 가서 보았다. 털색이 비슷한 듯했지만 밤에 본 것이라 분명치 않아 정확히 가릴 수가 없었다. 그래서 호랑이에게 물었다.

"네가 지난번 밤에 나를 업어 데려다주었던 그 호랑이니?"

호랑이가 또 고개를 끄덕이고 눈물을 흘리니 마치 애걸하는 듯했다. 그제야 최씨는 그간의 이야기를 이웃 사람에게 해주고 덧붙여 말했다.

"저것이 비록 사나운 호랑이이긴 하지만 제게는 인자한 짐승이랍니다. 저를 위해 저것을 놓아주신다면 제가 가난해 가진 건 없지만 호랑이 가죽 값은 마을에 꼭 바치겠습니다."

이웃 사람들이 모두 혀를 차며 말했다.

"효부의 말이니 어찌 들어주지 않을 수 있겠소? 다만 이 호랑이를 놓아주면 분명 많은 사람을 해칠 텐데 어찌하면 좋겠소?"

최씨가 말했다.

"호랑이를 함정에서 꺼내는 법을 제게 가르쳐주시고 모두 멀리 피하십시오. 제가 놓아주겠습니다."

이웃 사람들이 그 말대로 했다.

마침내 최씨가 호랑이를 놓아주었다. 호랑이는 최씨의 옷을 물고는 차마 놓지 못하다가 한참 뒤에야 떠났다 한다.

守貞節崔孝婦感虎

洪州地, 有崔氏女, 頗有姿色. 十八喪夫, 只有病盲之舅, 崔氏矢死不改適, 井曰[1]傭賃, 備盡奉養. 或出他則可食之物, 列置左右曰: "某物在斯." 使舅手探取喫, 隣里稱其孝. 其父母憐其早寡無子, 欲奪情嫁他, 委伻邀之曰:

---

1) 曰: 고대본에는 '舊'로 잘못 표기.

"母病方重." 崔叮囑隣里炊飯供舅, 蒼黃往見母則無蟣[2], 女心甚訝之, 父母曰: "汝年未二十, 守寡無依, 虛送靑春, 人生可憐, 廣擇佳郞. 明日欲成婚, 須勿牢拒也," 女佯曰: "諾." 父母甚喜之. 挨到夜深, 脫身潛出, 徒步獨行, 走向舅家, 距此爲八十里矣. 行僅二十里, 兩足已繭, 寸步難移. 至一嶺, 有大虎, 當路而蹲, 不可以行, 崔謂虎曰: "汝是靈物, 須聽吾言." 仍實言其由. 又曰: "吾方求死不得, 汝欲害我, 須卽噉我." 遂直至虎前, 虎乃退却, 如是者屢, 忽跪伏于地, 崔曰: "汝或憐我弱質之[3], 深夜獨行, 欲使我騎之乎?" 虎乃點頭掉[4]尾, 崔騎其背而抱其項, 虎行疾如飛, 少頃已到舅家門外矣. 崔乃下, 謂虎曰: "汝必餒矣. 食我一狗." 入其家, 驅狗而出[5], 虎捉狗而去. 過數日, 隣人傳道, 有一大虎, 入於陷井, 而磨牙鼓吻, 大肆咆哮, 人莫敢近, 勢將待其餓斃. 崔聞之, 疑其爲是虎, 往見之, 毛色若相彷彿, 而夜中所見, 不能分明, 無以詳卜, 乃謂虎曰: "汝是向夜負我而來者乎?" 虎又點頭, 垂淚若乞憐者然, 崔始語其本末於隣人, 仍曰: "彼雖[6]猛虎, 於我則仁獸也. 如蒙爲我放出, 則吾雖貧無貲, 當以皋比[7]之價, 奉納里中." 隣人莫不嘖嘖曰: "孝婦所言, 何可不施? 但此虎若放, 傷人必多, 其將奈何?" 崔曰: "倘[8]敎我以開井[9]之方, [10]隣人皆遠避, 則我當自放之." 隣人如其言, 崔遂開放其虎, 虎囓崔衣, 不忍捨, 良久乃去云云.

---

2) 蟣: 다른 이본에는 '蚃'으로 표기. 통용되는 글자임.

3) '女'가 탈락된 것으로 추정됨.

4) 掉: 가람본에는 '搖'로 표기. 문맥상 '搖'가 적절함.

5) 성균관대본에는 '給'이 더 나옴.

6) 雖: 동양본에는 '獸'로 표기.

7) 皋比(고비): 호피를 뜻한다. 스승이 호피를 깐 자리에서 강의했기에 스승이나 스승이 앉은 자리를 의미하기도 한다.

8) 倘: 고대본·성균관대본에는 '當'으로 표기.

9) 井: 국도본·성균관대본·가람본에는 '穽'으로 표기.

10) 동양본에는 '而'가 더 나옴.

검술로 중을 벤 이비장

장군 이여매[1]의 후손 이비장[2]은 힘이 세고 검술이 뛰어났다.

그가 전라 감영에 부임할 때의 일이다. 금강에 이르러 배를 타고 강을 건너는데 어떤 부인도 함께 탔다. 배가 강 중간에 이르렀을 때 한 중이 강가에 이르러 사공을 불렀다.

"속히 돌아와 배를 대라!"

사공이 배를 돌리려 하자 이비장이 꾸짖으며 막았다. 그러자 중은 공중으로 날아올라 배 안으로 뛰어들었다. 부인의 가마를 보고는 발을 걷고 말했다.

"얼굴이 반반한데!"

---

1) 이여매(李如梅): 임진왜란 때 부총병관으로 조선에 파견된 명나라 장수. 이성량(李成梁)의 아들이며 이여송의 아우다.
2) 이비장(李裨將): 본문에서는 '아무개〔某〕'라고 일컬어지는데, 중간에 중이 '이비장'이라고 부른다. 여기서는 주인공의 이름을 '이비장'으로 통일한다. 비장은 조선시대에 감사(監司)·유수(留守)·병사(兵使)·수사(水使) 등 지방 장관(長官)과 견외 사신(遣外使臣)을 수행하던 무관 벼슬이다.

중이 부인을 함부로 희롱하니 이비장은 한주먹에 중을 때려죽이고 싶었다. 그러나 그 용력勇力이 어느 정도인지 몰라 꾹 참았다.

이윽고 배에서 내리자 이비장이 중을 크게 꾸짖었다.

"네가 비록 완악한 중이라도 승僧과 속俗이 다르고 남녀가 유별한데 어찌 감히 부녀자를 희롱하는가!"

그러고는 가지고 있던 철편鐵鞭, 포도부장이 가지고 다니던 채찍. 자루와 고들개가 모두 쇠로 되어 있다으로 온 힘을 다해 때리자 중이 즉사했다. 이비장은 시신을 들어 강물에 던져버렸다.

이비장은 전라 감영에 이르러 감사를 알현하고 금강에서 있었던 일을 보고하고 나서 막부에 머물렀다.

몇 달이 지난 어느 날, 포정문布政門, 조선시대에 감사가 집무하던 포정사의 정문 밖에서 소란이 일어나 그치지를 않았다. 감사가 무슨 일인지 물으니 문지기가 들어와 보고했다.

"모르는 중이 찾아와 사또를 알현하고자 해 막았지만 어쩔 수가 없사옵니다."

이윽고 중이 곧장 들어와 마루 위로 오르더니 감사를 배알했다.

감사가 물었다.

"너는 어디 사는 중이며, 무슨 일로 여기까지 왔느냐?"

중이 말했다.

"소승은 강진 사람입니다. 이비장이 지금 이곳에 있습니까?"

"그건 왜 묻느냐?"

"이비장은 소승의 스승을 죽였습니다. 소승이 복수를 하러 왔습니다."

"이비장은 상경했다."

"언제 돌아옵니까?"

"한 달 말미를 얻어 갔으니 다음달 열흘경에 내려올 것 같구나."

"그럼 그 무렵에 다시 오겠습니다. 그자가 설사 높이 날아 멀리 도망간다 하더라도 제 복수를 면치는 못할 겁니다. 도망가 숨을 생각일랑 하지 말라고 이비장에게 전해주십시오!"

중은 즉시 작별인사를 하고 떠났다.

감사는 이비장을 불러 사정을 이야기해주고 이렇게 덧붙였다.

"자네, 저 중을 능히 대적할 수 있겠나?"

이비장이 대답했다.

"소인은 가난해 고기를 거의 못 먹어본 탓에 기력이 굳세지 못합니다. 만약 하루에 큰 소 한 마리씩 한 달 동안 삼십 마리를 먹는다면 저 중이 어찌 두렵겠습니까?"

감사가 말했다.

"그거라면 천금도 들지 않으니 무슨 어려움이 있겠나?"

감사는 고기를 관장하는 아전에게 분부하여 날마다 이비장에게 소 한 마리를 주도록 했다.

이비장은 또 황금빛 비단 소매를 단 자줏빛 비단 전복^{戰服, 조선 후기에 무관}들이 입던 옷을 요구했는데 감사가 그 또한 허락했다. 이비장은 칼 만드는 사람에게 쌍검을 만들어달라고 부탁했다. 그 쌍검은 백 번이나 단련돼 쇠를 자를 정도로 날카로웠다.

열흘째가 되어 이비장이 소 열 마리를 먹으니 체구가 아주 비대해졌다. 스무 날째가 되어 소 스무 마리를 먹으니 다시 수척해졌다. 한 달이 되어 소 서른 마리를 먹으니 살찌지도 않고 수척해지지도 않아 보통 사람과 같아졌다.

이비장은 바야흐로 날카로움을 비축하고 용맹함을 길러 중을 기다렸다. 과연 기약한 날에 중이 다시 와서 감사를 알현하며 말했다.

"이비장이 왔습니까?"

"이제 막 돌아왔네."

때마침 옆에 있던 이비장이 중을 꾸짖었다.

"그래, 나 여기 있다! 네놈이 어찌 이리 당돌하단 말이냐!"

중이 말했다.

"많은 말 필요 없다! 오늘 나와 사생결단을 내자!"

마침내 중이 뜰로 내려가더니 바랑 속에 접어 넣어두었던 칼을 꺼내 펼쳤다. 그것은 서리처럼 빛나는 긴 칼이었다. 이비장 역시 마당으로 내려갔다. 이비장은 황금빛 좁은 소매를 단 자주색 전복을 입었고, 손에는 백 번 단련한 쌍검을 들었으며 송곳 신발을 신고 있었다.

둘은 서로 마주해 춤추는 듯하다가 달려들었다 물러나기도 했다. 갑자기 칼빛이 번쩍번쩍하더니 은 항아리 모양을 이루었다. 두 사람은 하늘로 높이 치솟아올라 구름 속으로 들어가 아득해 보이지 않았다. 마당을 가득 채운 구경꾼들은 모두 혀를 내두르며 앉아서 승패의 결과를 기다릴 따름이었다.

날이 저물고 선혈이 방울방울 땅에 떨어졌다. 이어 중의 몸이 선화당 아래로 떨어지고 머리는 포정문 밖에 떨어졌다. 모두 이비장은 무사하다는 걸 알았지만 날이 어두워졌는데도 그림자조차 볼 수 없으니 괴이하게 여겼다.

땅거미가 내려앉을 때에야 비로소 이비장이 칼을 짚고 내려왔다. 감사가 어떻게 이겼는지 물으니 이비장이 감사해하며 이렇게 대답했다.

"다행히 사또님의 은덕을 입어 고기를 먹고 원기를 보충했고, 또 황금빛 소매를 단 자주색 옷을 입어 중의 눈을 어지럽혔기에 그 목을 능히 벨 수 있었습니다. 그렇지 않았다면 만사를 그르쳤을 겁니다."

감사가 말했다.

"중의 머리가 떨어진 지 오래됐는데 자네는 왜 이리 늦었는가?"

이비장이 대답했다.

"소인이 칼의 기운을 한번 타니 고국이 그리워졌습니다. 그래서 농서隴西省 선영까지 가서 한바탕 통곡하고 왔습니다."

鬪劍術李裨將斬僧

李提督如梅之後孫某, 有膂力, 善劍術. 嘗赴完營幕, 行到錦江, 有一內
行, 同舟而濟, 至中流有僧, 到江岸招舵[3]工曰: “斯速還泊!” 舵工欲回棹,
某叱之, 使不得往, 僧聳身飛空, 躍入舟中, 見有婦[4]人轎, 開簾視之曰: “姿
色頗佳!” 肆發戲言, 某欲一拳打殺, 而未知其勇力之如何, 姑忍之. 俄而下
舟登陸, 乃大叱曰: “汝雖頑僧, 僧俗各異, 男女自別, 焉敢侵戲內行?” 以所
持鐵鞭, 盡力打之, 卽地致斃, 擧屍投江. 遂至全州, 謁見監司, 告錦江之事,
留在[5]幕府矣. 居數月, 布政門外喧擾不能禁, 監司問之, 閽者入告曰: “不
知何許僧, 欲入謁使道, 故挽之不得已.” 而僧直入升廳拜謁, 監司曰: “汝是
何處僧, 來此何事?” 僧曰: “小僧康津人也, 李裨將, 今在幕中乎?” 監司曰:
“何問也?” 僧曰: “李裨將擊殺小僧之師僧, 故小僧欲報仇而來矣!” 監司曰:
“李適上京矣.” 僧曰: “何時還來乎?” 監司曰: “限一朔, 請由而去, 來月旬間,
可下來矣.” 僧曰: “其時小僧當復來. 渠雖高飛遠走, 不可得免, 愼勿避匿之
意, 言于李裨焉!” 卽辭去. 監司招李某, 言之故, 且曰: “君能抵敵彼僧乎?”
某曰: “小人家貧, 食肉常罕, 氣力未健, 若一日食一大牛, 限三十日, 食
三十大牛, 則何畏乎彼?” 監司曰: “此不過千金之費, 何難之有?” 分付掌肉
吏, 使日供一牛于李裨將[6]. 某又請製黃錦狹袖, 紫錦戰服[7], 監司許之. 某
又使工造雙劍, 百鍊而成其利斷金. 至十日, 食十牛, 則體甚肥大, 二十日,
食二十牛, 則體還瘦瘠, 一朔食三十牛, 則體乃不肥不瘠, 如平人矣. 方蓄
銳養勇, 以待之. 僧如期又來謁監司曰: “李裨來乎?” 曰: “纔已還來矣.” 某
適在傍[8]叱曰: “吾方在此! 汝焉敢唐突乃爾?” 僧曰: “不必多言! 今日與我

---

3) 舵: 국도본·가람본·성균관대본에는 ‘柂’로 표기.
4) 婦: 국도본·가람본에는 ‘夫’로 표기.
5) 在: 가람본·성균대본에는 ‘於’로 표기.
6) 將: 국도본·가람본에는 탈락. 동양본에는 ‘某’로 표기.
7) 服: 성균관대본에는 ‘袍’로 표기.
8) 傍: 국도본·가람본·성균관대본에는 ‘傍’으로 표기하고 있으나, 고대본에는 ‘方’으로 잘못 표기.

決死生." 遂下庭, 拔出鉢囊中卷藏之劍, 以手伸之, 乃如霜長劍也. 某亦下庭, 身衣黃紫色狹袖戰服, 手持一雙百鍊劍, 足着一對着錐靴. 相對飜舞, 彼此前却, 俄而劍光閃閃, 遂成銀甕, 兩人乘空, 而上高入雲宵, 杳不可見. 滿庭觀者, 莫不嘖嘖, 坐待其勝敗. 至日昃後, 鮮血點點落地, 繼而僧體墮于宣化堂下, 僧頭落于布政門外, 衆皆知李裨之無恙, 而薄暮無形影, 衆方疑怪. 初昏時, 某始仗[9]劍而下, 監司問之, 某謝曰:"幸蒙使爺之德, 食肉補元, 黃紫服色, 眩悅[10]其眼, 故得以斬僧, 否則休矣." 監司曰:"僧頭落已久矣. 君則來何遲[11]也?" 某曰:"小人旣乘劍氣, 回戀故國, 往隴西省先塋, 一場痛哭而來."云.

9) 仗: 고대본·가람본·성균관대본에는 '杖'으로 표기.
10) 悅: 가람본·성균관대본에는 '眠'으로 표기.
11) 遲: 고대본에는 '地'로 표기.

이 무변이 산골짜기에서 맹수를 찌르다

인조 임금 때 서울에 무변인 이수기李修己라는 사람이 있었다. 그는 풍채와 골격이 빼어났고 힘도 셌다.

그가 일찍이 관동 지방에 일이 있어 양양 방면으로 길을 떠났다가 날이 저물자 길을 잃고 말았다. 산골짜기 험한 길을 수십 리나 가도 마을은 나타나지 않았다. 그러다 갑자기 멀리 수풀 사이로 등불이 보였다. 말을 채찍질해 가보니 바위 고갯마루 사이에 집이 하나 있었다. 나무 지붕에 꽤 넓고 앞이 트인 집이었다.

늙은 여인이 문을 열고 맞이해주었다. 들어가니 젊은 여인이 안에 있었다. 나이는 스무 살쯤으로 보였는데 무척 아름다웠고 소복을 정갈하게 입고 있었다. 늙은 여인과 함께 살고 있는 듯했다.

집은 아래 칸과 위 칸으로 되어 있고 가로막이 벽에 문이 달려 있었다. 그녀들은 이생을 아래 칸에 머물도록 해주었다. 정갈한 밥에 맛있는 반찬, 향기로운 막걸리까지 내주니 접대하는 뜻이 아주 은근한 것 같았다. 이생이 몹시 이상하게 여겨 물었다.

"바깥분은 어디 가셨습니까?"

젊은 여인이 대답했다.

"마침 출타하셨는데 곧 돌아오실 겁니다."

밤이 깊어지자 과연 한 장부가 들어왔다. 그는 팔 척이나 되는 장신에 몸도 매우 건장했다. 목소리는 우렛소리같이 우렁찼다. 그가 부인에게 물었다.

"이리 깊은 밤에 누가 여자들만 있는 집에 와서 묵는단 말인가? 해괴 망측하다. 이거 그냥 넘어갈 일이 아니지!"

깜짝 놀란 이생이 나가서 변명했다.

"나그네가 멀리 와서 깊은 밤에 길을 잃고 간신히 여기에 이르렀습니다. 주인장께서는 이런 나그네를 불쌍히 여기기는커녕 도리어 책망하시는군요."

그러자 장부가 활짝 웃으며 말했다.

"손님 말씀이 옳습니다. 제가 그냥 장난삼아 한 말이니 괘념치 마십시오."

그는 마당에다 관솔불을 훤히 밝히고 사냥해온 짐승들을 늘어놓았다. 사슴과 노루, 산돼지 등속이 언덕만큼 쌓였다.

이생은 더욱 두려워졌지만, 이생을 본 주인은 몹시 기뻐하는 기색이었다. 돼지고기와 사슴고기를 잘라 솥에 넣고 푹 삶았다.

한밤중이 되자 장부는 등불을 들고 방으로 들어와 이생을 일으켜 앉혔다. 맛있는 술이 술동이에 가득했고 큼직한 고깃덩어리가 쟁반에 쌓여 있었다. 큰 술잔을 연거푸 들어 이생에게 권하니 그 뜻이 매우 그윽했다. 술이 셌던 이생은 주인이 협객 같은 사람이라 생각하고는 허리띠를 풀고 마음을 열어 더이상 사양하지 않았다.

술에 취해 마음이 편안해지자 서로 이야기가 무르익어갔다. 홀연 주인이 이생의 손을 잡으며 말했다.

"당신은 기골이 범상치 않으니 용맹함도 남다를 것 같습니다. 저에게는 너무나 원통해 꼭 죽여야 할 원수가 있지요. 그러나 의기 있고 용감하며 생사를 함께할 사람을 얻지 못하면 그 일은 도모할 수 없습니다. 저를 불쌍히 여겨 허락해주시겠습니까?"

이생이 대답했다.

"일단 사연부터 말해보시지요."

주인이 눈물을 흘리며 말했다.

"모든 일을 어찌 차마 다 말할 수 있겠습니까? 우리 집안은 대대로 이 동네에서 살며 부자로 통했지요. 십 년 전, 갑자기 악독한 호랑이 한 마리가 근처 깊은 산에서 내려왔습니다. 여기서 십여 리쯤 되는 곳이지요. 호랑이는 날마다 마을 사람들을 잡아먹었는데 그 수를 헤아릴 수 없을 정도였어요. 이로 말미암아 마을 사람들은 다 떠나고 흩어져 남은 사람이 별로 없었습니다. 우리 조부모와 부모, 형제 삼대도 모두 호랑이에게 물려 죽었기에 저도 마땅히 당장 떠나야 할 형편이었지만 창졸간이라 피해 갈 곳을 찾지 못했지요. 열흘 사이에 연이어 화를 당하고 오직 내 한몸만 남았으니 무얼 할 수 있었겠습니까? 저도 조금은 힘을 쓰기에 이놈의 호랑이를 반드시 죽이고 나서야 떠날 수 있을 것 같았지요. 이 짐승과 거듭 겨룬 지 여러 해가 됐습니다. 그러나 저와 그 짐승의 힘이 서로 비슷해 승부를 결판낼 수가 없었지요. 용감한 장사 한 사람만 얻어 팔뚝 힘만 얹어도 그 짐승을 죽일 수 있을 것 같았습니다. 그래서 그런 사람을 오랫동안 찾아왔지만, 지금까지 얻지 못해 지극히 원통했습니다. 날마다 통곡만 하다가 오늘 당신을 만난 것입니다. 결코 평범한 분이 아닌 것 같기에 감히 이렇게 이야기를 꺼내니 저를 불쌍히 여겨 제발 마음 써주시기를 간청합니다."

이생은 이야기를 듣고 크게 감동했다. 주인에게 다가가 손을 잡고 말했다.

"아! 당신은 효자이십니다. 내 어찌 손 한번 쓰는 노고를 아껴 당신이 뜻을 이루지 못하도록 하겠소? 당신을 따라가겠소이다."

주인이 벌떡 일어나 절을 하며 고마워했다.

이생이 물었다.

"칼을 갖고 가서 찌르면 될 텐데 왜 그렇게 하지 않소?"

주인이 대답했다.

"그것은 여러 해 묵은 노물老物이지요. 내가 칼이나 총을 갖고 가면 그것이 알아채고는 반드시 숨고 피해 나타나질 않아요. 무기를 갖고 가지 않을 때만 나타나서 공격하니 죽이기 무척 어려웠지요. 내가 여러 번 위태로운 일을 겪어서 감히 함부로 공격할 수 없었습니다."

이생이 말했다.

"가기로 했으니 마땅히 며칠 동안 기운을 보강하고서 나아가는 게 좋겠소이다."

그래서 이생은 열흘 동안 그 집에 머물며 날마다 주인과 함께 술과 고기를 마음껏 마시고 먹었다.

하루는 하늘의 기운이 맑고 쾌청했다.

주인이 말했다.

"갑시다."

주인은 이생에게 예리한 칼 한 자루를 주고 함께 출발했다. 동쪽으로 십여 리를 가니 산골짜기로 들어가게 되었다. 고개 몇 개를 넘으니 산과 개울이 겹겹이 둘러싸고 수목이 빽빽해졌다. 그러다 홀연 골짜기가 열리고 밭이 나타났다. 맑은 개울이 굽이쳐 흐르니 흰 모래사장이 반짝였다. 개울 옆에 드높은 바위가 우뚝 서 있었다. 검푸른 빛을 내면서 깎아지른 듯 서 있는 모습을 바라보니 으스스해졌다.

주인은 이생에게 수풀 속에 깊이 숨어 있으라 당부하고는 혼자 맨손으로 개울가에 이르렀다. 그러고는 한참 동안 휘파람을 길게 불었다. 일찍이 들어보지 못한 청량한 소리였다.

갑자기 바위 위쪽에서 티끌과 모래가 여러 차례 자욱하게 일어났다. 골짜기는 햇빛이 사라져 어두워졌다. 문득 바위 꼭대기에 쌍횃불 같은 빛이 일어나 명멸하며 번쩍번쩍하는 게 보였다. 이생이 수풀 사이에서 살펴보니 무언가 바위 사이에 걸려 있는데, 마치 검은 비단 한 자락에 촛불 두 개가 켜져 있는 것 같았다.

주인은 그걸 보고 팔을 걷어붙이며 크게 부르짖었다. 그랬더니 그것도 한번 뛰어 날랜 새처럼 날아와서 주인과 뒤엉켰다. 자세히 보니 거대한 검은 호랑이였다. 머리와 눈이 흉측하고 사나워 여느 호랑이와 달랐다. 보는 사람으로 하여금 놀라 자빠지게 하니 똑바로 볼 수도 없었다.

호랑이가 사람처럼 서니 주인도 머리로 호랑이 가슴 사이를 들이받고 그 허리를 단단히 껴안았다. 호랑이는 목이 뻣뻣해져 머리를 굽힐 수 없게 되자 앞다리로 주인의 등을 할퀴었다. 그러나 주인의 등에는 쇳덩이처럼 단단해진 생가죽이 덮여 있어 아무리 날카로운 발톱으로 긁어도 아무 소용이 없었다. 주인은 자기 다리로 호랑이 다리를 걸어 호랑이를 넘어뜨리려 했고, 호랑이는 양쪽 다리로 버티며 넘어지지 않으려 했다. 한번 밀었다가는 밀리고, 또 나아갔다가는 물러나니 방휼지세[1]라 어쩔 수가 없었다.

이생은 비로소 수풀 속에서 나와 칼을 꺼내들고 곧바로 달려갔다. 호랑이가 그걸 보고 크게 포효했는데 바위가 깨질 것 같았다. 호랑이는 몸을 빼내려 했지만 주인에게 단단히 붙잡혀 있어서 지극히 당황하고 혼란스러워했다. 눈빛이 번갯불처럼 번쩍였다.

이생은 망설이지 않고 곧바로 달려가 호랑이의 허리를 찔렀다. 여러

---

1) 방휼지세(蚌鷸之勢): 도요새가 조개를 쪼아먹으려고 부리를 넣는 순간 조개가 껍데기를 닫고 놓지 아니한다는 뜻으로, 대립하는 두 세력이 잔뜩 버티고 맞서 겨루면서 조금도 양보하지 않는 형세를 비유적으로 이르는 말.

차례 찔렀다 뺐다 하니 호랑이는 처음에는 몸을 떨며 울부짖다가 이윽고 땅 위로 쓰러졌다. 피가 용솟음쳤다.

주인은 그 칼로 호랑이의 배를 가르고 골니骨泥, 뼈에 붙어 있는 야들야들한 부분를 베어 육장을 만들었다. 호랑이의 심장과 간을 끄집어내서는 입에 넣고 씹었다. 주인은 한참을 목놓아 통곡하다가 저녁 무렵에야 이생을 데리고 집으로 돌아왔다. 이생을 향해 무수히 이마를 찧을 정도로 절하면서 눈물 흘렸다. 이생 역시 감동하고 슬퍼서 눈물을 닦았다.

이튿날 주인은 나가서 큰 소 다섯 마리와 준마 두 마리를 끌고 왔다. 모두 종자가 딸려 있었고 각각에는 가죽과 인삼 등속이 가득 실려 있었다. 또 옻칠한 자그마한 궤짝 몇 개를 가져왔는데 그것들도 모두 뭔가로 가득차 있었다.

그러고는 그 집의 젊은 여인을 가리키며 말했다.

"이 여자는 제가 취하려는 여자가 아닙니다. 일찍이 돈을 많이 주고 데려온 양갓집 여자지요. 저는 여러 해 동안 이 재산을 모으며 원수에게 복수를 해준 분께 은혜를 갚을 날만을 기다려왔습니다. 부디 사양하지 말고 받아주시기 바랍니다. 저는 다른 곳에 농장이 따로 있어 사는 데 문제가 없습니다. 이제 그곳으로 가야겠군요."

그러고는 또 울며 절을 했다.

이생은 의기 때문에 주인을 도와준 것일 뿐인데 어찌 재물의 이로움을 탐내겠는가?

"내 비록 무변이지만 어찌 이 물건들을 받겠소? 다시는 그런 말 하지 마시오."

주인이 말했다.

"여러 해 동안 재물에 마음을 쓴 것은 오직 오늘을 위해서였는데, 공은 어찌 그런 말을 하십니까?"

즉시 일어나 작별의 절을 하고 젊은 여인을 돌아보며 말했다.

"너는 이 물건들을 갖고 가서 은인을 잘 모셔라! 만약 다른 사람을 섬기며 망령되이 낭비한다면 내 비록 천 리 밖에 있다 하더라도 훤히 다 알 터이니 반드시 네 목숨을 끊어놓을 것이다!"

말을 마치고는 휑하니 떠나버렸다. 이생이 불러도 돌아보지 않으니 어쩔 수가 없었다.

마침내 이생도 재물을 갖고 여인과 함께 떠났다. 남편감을 골라 시집을 보내려 해도 여자는 그러느니 차라리 죽기를 맹세하고 다른 곳으로 시집가려 하지 않았다. 이에 이생은 여자를 첩으로 삼았다.

李武弁窮峽擊猛獸

仁廟朝京師, 武弁李修己者, 風骨俊偉, 且饒力. 嘗有事關東, 路出襄陽, 會日晚[2], 迷失道, 由山谷間崎嶇數十里, 不得村落, 忽見遠燈, 出於林間, 策騎赴之, 則只有一家. 處巖嶺間, 板屋木瓦, 頗寬敞. 有老女子, 開門延之, 入則只見一少婦, 年可二十餘極美, 素服淡潔, 獨與此老婦居焉. 一屋上下間, 隔壁有戶, 而留客於下間, 精飯美饌, 侑以芳醪, 接對[3]之意, 極慇懃[4], 李生大異之, 問: "汝丈夫何去?" 少婦曰: "適出, 今當歸耳." 夜向深, 果有一丈夫入來, 長身[5]八尺, 形貌魁健, 巨聲如雷[6], 問婦曰: "如此深夜, 何人來寓於婦女獨處之室乎? 極可駭也! 此不可無端置之耳." 李生大懼, 出應曰: "遠客深夜失路, 艱辛到此, 主人何不矜念, 而反有責言耶?" 丈夫乃哯然而笑曰 "客言是矣[7], 吾特戲之, 勿慮也." 庭中大明松炬, 羅列所獵之物, 鹿獐

---

2) 日晚: 국도본에는 '晩日'로 표기. 성균관대본에는 '日已晩'으로 표기.
3) 對: 다른 이본에는 '待'로 표기. '待'가 맞음.
4) 慇懃: 고대본에는 '殷勤'으로 표기. 동양본에는 '慇勤'으로 표기.
5) 長身: 가람본·성균관대본에는 '身長'으로 표기.
6) 巨聲如雷: 성균관대본에는 '聲如巨雷'로 표기.
7) 矣: 성균관대본에는 '耳'로 표기.

山猪, 委積如阜, 李尤大怖, 然主人見生, 甚有喜色, 宰割猪鹿, 投釜爛烹. 夜向半, 携燈入室, 請生起坐, 美酒盈盆, 大胾堆盤, 連擧大椀屬生, 意甚慇懃[8]. 生酒戶寬, 而意主人是俠流, 亦解[9]開懷, 不復辭焉. 已而酒酣氣逸, 彼此談說爛熳, 主人忽前把生手曰: "觀子氣骨非常[10], 想必勇烈, 異於他人矣. 吾有至慟必殺之讐, 若非得義氣敢勇, 可以同死生者, 不足與計事, 子能垂憐許之乎?" 生曰: "第言其實事." 主人揮淚[11]曰: "豈忍言哉? 吾家世居此洞, 以饒實稱, 而十年前, 忽有一惡虎, 來據近地深山, 距此十餘里, 日啗村民, 不知其數. 以此離散, 無一留者, 而吾之祖父母及父母兄弟三世, 皆爲所噬死. 事當卽爲棄去, 而倉卒之際, 未得可避之地, 十日內, 相繼被害, 只餘吾一身獨生, 何爲? 吾亦畧[12]有膂力, 必殺此獸[13]然後, 可以去就, 故數從此獸, 與之相角者, 亦多年所然, 而我與獸力敵勢均, 勝負終未決, 若得一猛士, 助以一臂之力, 則可以殺之, 而吾求[14]之世久矣. 迄莫之得, 至慟在心, 日事呼[15]泣. 今遇吾子, 決非凡人, 玆敢發[16]口, 公能矜惻留意否?" 生聞之大感動, 進把主人之手曰: "嗟乎孝子也. 吾豈惜一擧手之勞, 而不成主人之志? 願隨君去." 主人蹶然起拜而致謝, 生問曰: "持劍刺之, 君何不爲?" 主人曰: "此是年久老物也. 吾亦持劍或砲, 則必隱避不現. 若不持器械[17], 則必出而搏之, 以此難殺, 而吾亦屢危, 不敢數犯矣!" 生曰: "旣許[18]

8) 慇懃: 고대본에는 '殷勤'으로 표기.
9) 국도본에는 '帶'가 더 나옴.
10) 常: 이본에는 '凡常'으로 표기.
11) 淚: 이본에는 '涕'로 표기.
12) 畧: 고대본·가람본에는 '略'으로 표기.
13) 獸: 성균관대본에는 '虎'로 표기.
14) 求: 고대본에는 '久'로 잘못 표기.
15) 呼: 성균관대본에는 '號'로 표기.
16) 가람본·성균관대본에는 '開'가 더 나옴.
17) 械: 가람본에는 '機'로 표기.
18) 許: 동양본에는 '辭'로 표기.

之, 當養氣數日然後, 可以進行." 仍留庄, 日以酒食[19], 相待恣食, 可十餘
日. 一日天朗氣清, 主人曰: "可行矣." 授生一利劍, 與之共發, 向東行十餘
里, 入山谷中, 踰數峴, 漸覺山重水複, 樹木深密, 忽見洞開有平田, 淸溪灣
回, 白沙皎然, 溪上頂有高巖阧立, 黝黑巉絶, 望之而陰森. 主人請李生, 隱
於深林間, 獨身空拳, 行至溪邊, 長嘯久之, 其聲淸亮非常, 忽見塵沙, 自巖
上揚起, 數次漲滿, 一洞日光晦暝, 俄見巖顚有光如雙炬, 明滅閃爍. 生從
林間, 諦視之, 則有一物, 掛[20]在巖間, 如一條黑帛, 而雙光燭在其間, 主人
見之, 揚臂大呼, 那物一躍飛來如迅鳥, 已與主人相抱, 乃一大黑虎也. 頭
目凶猛, 大異常虎, 使人驚倒, 不可正視. 虎方人立, 而主人獨將其頭, 搶入
虎胸膛間, 緊抱虎腰, 虎頭直不能屈, 而以前脚, 爬[21]人之背, 背有生皮甲,
堅硬如鐵矣. 利爪無所施, 人則以脚纏後[22]脚, 只要踣之, 虎則卓竪兩脚,
只要不躓, 一推一却, 互相進退, 而蚌鷸之勢, 無可奈何. 李生始自林間, 聳
劍直趨, 虎見之, 大吼一聲, 岩石可裂. 雖欲抽出, 而被人緊抱, 慌亂之極,
眼光電[23]掣, 生不爲動, 直前以劍刺其腰, 出納數次, 虎始震吼, 俄而頹然
委地, 流血泉湧. 主人取其劍, 割腹斫骨泥, 成肉醬, 取心肝, 納口咀嚼, 旣
盡失聲大慟. 向夕携生歸家, 叩頭泣拜無限, 生亦感愴, 不勝其抆涕. 翌日
主人出去, 牽來大牛五隻及二駿馬, 皆具從者, 載之以皮物人蔘等物, 各滿
馱, 又携出小漆櫝[24]數箇, 皆兌[25]也. 又指其美女曰: "此女非吾所眄也. 曾
以厚價[26]得之, 而乃良女也. 吾積年鳩聚此財, 只俟爲報仇者酬恩耳, 幸收
取勿辭. 吾自有庄土, 在於他處, 亦足資活, 今可去矣." 又泣拜. 生旣以義氣

19) 食: 다른 이본에는 '肉'으로 표기.
20) 掛: 국도본·가람본·동양본에는 '卦'로 표기.
21) 국도본·성균관대본에는 '主'가 더 나옴.
22) 後: 국도본·성균관대본에는 '虎'로 표기.
23) 電: 가람본에는 '雷'로 표기.
24) 櫝: 다른 이본에는 '樻'로 표기. 둘 다 씀.
25) 兌: 동양본에는 '充'으로 표기. '充'이 맞음.
26) 價: 가람본·성균관대본에는 '賈'으로 표기.

相濟, 豈有愛貨之理[27]? 曰: "吾雖武弁, 豈受此物耶? 願勿復言!" 主人曰:
"積年用心於此者, 只爲今日, 公何爲此言?" 卽起拜辭, 顧謂美人曰: "汝將
此物, 善事恩人! 若事他人, 而有妄費, 吾雖在千里之外, 自當知之, 必了汝
命!" 言訖, 飜然去, 李生呼之不顧, 亦無如之何. 遂將女及貨同歸, 欲擇婿
嫁之, 而女誓死不願, 遂爲生副室.

27) 理: 성균관대본에는 '利'로 잘못 표기.

남사고가 선별한 우리나라 십승지

우리나라에는 비경秘境과 복지福地가 많다. 남사고가 말한 십승十勝, 기근이나 전쟁의 피해가 없는 열 군데의 살기 좋은 땅 보신지保身地 중 첫째는 풍기 금계촌金鷄村으로 풍기군 북쪽 소백산 아래 서수西水 위쪽에 있다. 둘째는 화산花山 소라召羅의 옛터로 내성현乃城縣 동쪽인 태백 춘양면春陽面에 있다. 셋째는 보은 속리산 아래 증항甑項 근방이다. 넷째는 운봉 두류산 아래 동점촌銅店村이다. 다섯째는 예천 금당동金堂洞이다. 여섯째는 공주 유구維鳩와 마곡麻谷 두 강 사이다. 일곱째는 영월 정동正東 상류다. 여덟째는 무풍茂豊 북동北洞이다. 아홉째는 부안 호암壺巖 아래 변산 동쪽이다. 열째는 합천 가야산 남쪽 만수동萬壽洞이다.

이곳들은 모두 난리를 당했을 때 몸을 보호할 수 있는 곳으로 혁암[1]의 기록도 아마 여기서 선별했을 것이다.

---

1) 혁암(赫岩): 남사고의 호인 격암(格菴)의 오기인 듯하나 분명하지 않다. (『국역학산한언』 2, 165면 참조.)

또 내가 들은 바를 말해본다.

경기도에는 양주楊州 산내촌山內村이 있는데 읍의 치소治所로부터 팔십 리 떨어진 곳이다. 어영창촌御營倉村 동쪽 기슭으로부터 수구水口로 들어가기까지의 이십 리 땅이다. 땅이 넓게 열렸으며 산 아래에 결국結局, 묏자리, 집터 따위가 형국을 완전히 갖춤을 만들었고, 사면 모두 십 리가 된다. 파타坡陀와 능부陵阜 사이의 촌락이 자못 번성하고 있는데, 위급한 상황에서 족히 숨을 수 있는 곳이다. 수구 밖에 강이 있는데 영평永平과 철원의 두 물줄기가 합쳐지는 곳이다.

양근楊根에는 소설촌小雪村이 있다. 읍의 치소에서 북쪽으로 사 리 떨어진 곳이다. 마을 중에서 미원迷原으로부터 들어오는 쪽이 가장 깊고 넓으며 평평하다. 임진왜란과 병자호란 때 이곳만 유일하게 평온했으니 정말 살 만한 곳이다.

인천 영종도의 경우, 고려 말 사십 년간 왜란을 겪으며 바닷가 읍이 모두 처참하게 분탕질을 당했다. 특히 강화·교동喬桐이 심했는데, 유독 이 섬만은 왜구의 배가 닿지 않아 환란을 겪지 않고 편안했다. 우리 왕조에 들어와서는 임진·병자 양란 때도 병화를 모면했으니 필시 지리가 가장 길한 곳으로 족히 복지가 될 만하다.

강원도는 춘천 기린곡麒麟谷이 가장 깊고 외진 곳이라 인적이 드물다.

또 불곡佛谷이 있는데, 낭천狼川과 인접해 있다. 소양강을 거슬러올라가면 상류에 한 물줄기가 있는데 계곡 입구 암벽에서 물이 떨어진다. 절벽은 가파르고 길도 끊어져 큰 나무로 사다리를 만들어 출입하는 자들이 그걸 잡고 오르내린다. 거기서부터 이십 리는 계속 삐쭉삐쭉한 바윗길이다. 불곡에 들어서면 확 트인 평야가 저멀리 펼쳐진다. 땅은 비옥하고 촌락은 부유하고 성대하다. 외부인이 오지 않기에 물고기와 소금은 귀하다.

또 내가 기억하기로는, 낭천읍 동쪽 다리진多里津에서 동북쪽으로 가다 길이 끝나는 곳에 큰 천미촌天彌村과 작은 천미촌이 있는데 매우 깊고 외진 곳이다. 한 천미촌은 양구楊口에 속하고 다른 천미촌은 회양淮陽에 속하는데, 회양 쪽이 더욱 빼어난 곳이다.

또 남교南轎 갈역葛驛, 강원도 인제을 거쳐 남쪽의 수구를 통해 십 리 정도 들어가면 오세동五歲洞이 있는데, 칠십동七十洞이라 부르기도 한다.

또 계산鷄山 저현猪峴으로부터 서쪽으로 동대천東大川을 건너고 그 내를 따라 육십 리쯤 가면 상당히 넓은 곳이 나온다. 인가는 사십 호 정도 된다. 여기에 도착하면 순곡筍谷 방향을 물어서 그쪽으로 삼십 리 정도 더 간다. 이어 동쪽으로 오십 리쯤 되는 곳이 점어연占魚淵이다. 이런 곳은 모두 난리를 당했을 때 숨을 수 있는 곳이다.

또 청하산靑霞山이 있는데, 평강의 동북쪽, 안변의 서남쪽에 있다. 그 아래 주위 사십 리는 깊고 궁벽한 곳인데 토지가 매우 비옥하고 바깥사람들이 거의 도달하지 못한다. 고성과 통천이 만나는 주위 삼십 리에는 넓은 땅이 많으니 역시 피하고 숨을 만한 곳이다. 정선旌善은 평소 도원桃源의 또다른 부류라 일컬어지는데, 성마星磨, 정선과 평창을 잇는 고개와 함께 자연적으로 험준한 곳이다. 대장부 한 사람으로도 지킬 수 있는 땅이니 위기를 피할 수 있는 곳이 아닐 수 없다.

황해도 곡산군 서쪽 삼십 리에 명미촌明媚村이 있다. 산천이 맑고 깨끗하며 마을이 넓게 트여 있다. 큰 시내가 가운데를 가로질러 땅이 비옥하지만 사람은 드물다.

또 서면西面 이녕방頤寧坊 마음동馬音洞은 깊은 산 긴 계곡 가운데에 있다. 사면이 높고 험하며 울창한 수풀이 해를 가릴 정도다. 콩과 조를 심기에 적당하고 야채도 풍부하다. 임진왜란 때도 병화가 미친 곳은 모두 수백 리 밖이고 이곳만은 무사해 평온했다. 우계牛溪, 성혼(成渾)의 기록 중에도 '마땅히 명미明媚에 살다가 난이 일어나면 마음馬音으로 들어가는 것이 좋다'는 구절이 있다.

신계新溪에 특별한 곳이 있는데 읍의 치소 동쪽에 있다. 첩첩 고개를 거듭 넘어가면 계곡 입구에 이르는데 몹시 험준해 기어오르기가 어렵다. 일단 들어가면 땅이 넓고 평평하며 비옥하다. 주위 둘레가 삼십 여 리는 되는데, 사람이 살기에 적합하다. 그곳을 아는 사람이 많으나 그래도 피신할 만한 곳이다.

충청도의 경우, 충주 월악산 아래 땅이 매우 청결하다. 고려 말 왜병이 쳐들어왔을 때 비바람과 천둥 번개의 경고가 있어 왜병들이 놀라 퇴각했다. 다시 쳐들어왔을 때도 같은 일이 일어나니 왜병들이 서로 경계해 그곳에 감히 가까이 가지 못했다. 그 옆 송계松溪 덕산 등의 마을은 모두 매우 온화하고 토양이 좋아 가히 숨을 만하다.

단양군에는 가차촌駕次村이 있는데, 치소에서 남쪽으로 십여 리 되는 곳이다. 인가는 오륙십 호 정도 있고 땅이 기름져 벼농사를 짓는다. 두 산이 마을을 감싸주고 있으며 바위산과 강이 절경을 이룬다. 위와 중간과 아래쪽에 선암仙巖이 있지만 사면이 모두 험준해 사람이 간신히 통과할 수 있다.

연촌煙村 동남쪽에 산성이 있는데 독락獨樂이라고 부른다. 서쪽과 남쪽, 그리고 북쪽은 모두 깎아지른 듯한 절벽이라 다시는 성을 바라볼 수 없게 되었고, 다만 동쪽에 대략의 치첩雉堞, 성 위에 나지막하게 쌓은 담이 설치되어 있다. 어지러운 바위들이 삐쭉삐쭉 솟아 있는데 그 위와 중간에 샘터 두 곳이 있다. 수십 명은 수용할 수 있는데 아마 옛날 피난처일 것이다.

죽령 동쪽에 교내산橋內山이 있다. 가운데가 매우 넓고 수목이 빽빽하다. 절벽 사이로 시냇물이 가로질러 흐른다. 계곡 입구에는 큰 나무를 얹어 다리를 만들었다. 그 나무만 치우면 길은 통하지 않는다. 사람들은 산등성이에 많이 산다.

영춘永春과 같은 곳은 단지 한 줄기 강로江路로만 통할 수 있으므로 숨고 감출 곳이 아닌 데가 없다.

혁암이 "태백 소백 두 험한 산 사이 남쪽에 풍영豊榮이 있고, 북쪽에 단영丹永이 있으며, 동쪽에 봉안奉安이 있다"고 했으니 모두 길한 곳이다.

내가 들으니 도선비기에는 "태백이 으뜸이요, 금강이 그다음이며, 지리는 또 그다음이다"라 했다. 또 "태백 소백이 으뜸이다"라고도 했으니 두 산 근방의 땅은 모두 옛날의 길지라 하겠다.

경상도의 경우, 안동 내성奈城 북면에 큰 내가 있다. 마을 내를 따라 육십 리 정도 깊이 들어가서 북쪽을 향해 잔도棧道, 산골짜기에 높이 건너질러놓은 다리를 지나 오륙 리 정도 가면, 기이하고 깊은 땅이 있는데 흡사 무릉도원과 같다.

또 춘양면도 기이한 절경으로 복지 중 최고라 하겠다. 태백산 정남쪽에 있는데 마을이 넓게 트여 있고 평야가 멀고도 넓게 펼쳐져 있다. 큰 시내가 굽이치고 물 위에 떠 있는 듯한 산록이 아름답고 수려하다. 계곡마다 자리잡은 촌락에는 논밭이 멀리 바라보인다. 수구는 서남방과 서북방으로 나 있는데 물 따라 이십 리를 가면 비로소 마을로 들어간다. 마을 폭은 사오십 리인데 동쪽으로 가면 삼척 경계를 만난다. 물고기와 소금이 만나는 자리이니 사람 살기에 이처럼 마땅한 것이다.

전라도의 경우, 덕유산 남쪽에 원학동猿鶴洞이 있다. 평소에는 동천복지洞天福地라고 불린다. 청천淸川과 백석白石은 아래위로 오십 리인데 그 근원까지 살펴본 사람은 없다. 적상산은 사면이 깎아지른 듯한 절벽으로 둘러싸여 있는데 가운데에는 천석泉石이 있다. 옛사람들은 험준한 지형을 성으로 삼았는데 지금 사고史庫, 나라의 역사 기록과 국가적으로 중요한 서적, 문서를 보관하던 창고가 있다.

담양潭陽에는 추월산秋月山이 있다. 석벽이 깎아지른 듯 서 있고 사방을 에워싼 가운데로 시냇물이 흐른다. 서북쪽으로 좁은 길이 나 있는데 겨우 걸어서만 지나갈 수 있다. 이곳 역시 몸을 피해 방어하기에 알맞다.

우리나라 산천에는 깊고 험한 곳이 많으니 난을 당했을 때 감추고 숨을 곳이 어찌 이런 곳들뿐이겠는가? 군읍으로 논하자면 강릉이나 삼척, 울진, 평해 등지가 병화를 한 번도 겪지 않은 곳이고, 비인庇仁과 남포藍浦 또한 전쟁을 겪지 않은 곳이니, 혁암의 말이 과연 믿을 만하다.

南師古東國選十勝

我國秘境福地多矣. 南師古十勝保身之地, 第一豊基金鷄村, 在郡北小白山下西水上. 第二花山召羅故基, 在內城縣東, 大[2]白[3]陽面. 第三卽報恩俗離山下甑項近地. 第四雲峯頭流山下銅店村. 第五醴泉金堂洞. 第六公州維[4]鳩麻谷兩水間. 第七寧越正東上流. 第八茂豊北洞[5]. 第九扶安壺岩[6]下邊山之東. 第十陜川伽倻南萬壽洞. 此皆當亂保身之地, 赫岩所記, 盖其選者也. 且以余所聞者言之, 近畿則楊州有山內村, 在治北八十里, 自御營倉村東麓入水口二十里地, 便開廣, 山下結局, 四面皆有十里, 坡[7]陀陵阜間之村落頗盛, 臨急足以投藏. 水口外有江, 卽永平鐵原兩水合流處. 楊根有小雪村, 在治北四里, 里入自迷原, 最爲深峽, 而寬廣平穩. 壬丙之亂, 此獨晏然眞可居. 仁川永宗[8]島, 當麗末四十年倭亂, 沿海之邑, 無不慘被焚掠, 江華喬洞[9]尤甚, 獨此島, 倭船不至, 安堵無患, 至我國又免壬丙兵禍, 必是地理極吉, 足爲福地. 江原道則春川之麒麟谷, 最爲深僻, 人迹罕到. 又有佛谷, 接狼川界, 自昭陽溯流, 而上有一水, 自谷口巖壁墮下, 壁峻路絶, 以大木架接作梯, 出

2) 大: 성균관대본에는 '太'로 표기. '太'가 맞음.
3) '春'이 더 나와야 함. 성균관대본에는 '春'이 더 나옴.
4) 維: 동양본에는 '唯'로 표기.
5) 茂豊北洞: 가람본에는 '茂州豊北洞'으로 표기되어 있으나 '茂豊, 北洞'이 맞음.
6) 岩: 동양본에는 '谷'으로 표기.
7) 坡: 성균관대본에는 '陂'로 표기.
8) 宗: 동양본에는 '平'으로 표기.
9) 洞: 다른 이본에는 '桐'으로 표기. '桐'이 맞음.

入者攀緣上下, 入可二十里, 皆崎嶇岩逕, 既入豁便然[10]平夐, 田土肥沃, 村落殷盛, 所貴者魚鹽, 以外人不至故也. 又有自記, 自狼川邑東多里津, 東北行尋窮[11], 大小天彌村極深僻, 而一天彌, 屬楊口, 一天彌, 屬淮陽屬[12], 淮陽者尤勝. 又由南轎葛驛, 南由水[13]而入可十里許, 有名五歲洞者, 或稱七十洞者. 又由雞山猪峴, 西渡東大川, 由川而六十里許, 頗寬[14], 人家近四十戶, 到此問筍谷, 則從此村三十里許, 其東直下五十里許, 有名曰点魚淵. 此皆臨亂可隱, 又有青霞山, 在平康之東北, 安邊之西南. 其下周四十里, 處在深僻, 土地極沃, 外人罕到. 高城雲田[15]接通[16]川界周三十里, 多曠土, 亦可避藏. 旌善則素稱桃源別派, 星磨皆天險, 一夫當關之地, 此皆無不[17]避危. 黃海道則谷山郡西三十里, 有明媚村, 山川灑落, 洞府寬敞[18], 大溪橫中, 土沃而人稀. 又西面頤寧坊馬音洞, 在深山長谷中[19], 四面高峻, 窮林蔽日, 甚宜豆粟, 且饒蔬菜, 壬辰倭亂[20], 兵燹所及, 皆在數百里外, 此[21]獨晏[22]無事. 牛溪記中言, 當卜居明媚, 有亂可入馬音云. 新溪有別區, 在治之東, 多有[23]複嶺, 及至谷口, 極峻猛難攀, 既入, 廣平肥沃, 周回可三十餘里, 宜人居, 其地人多知之, 亦可避身. 忠淸道則忠州月岳山下, 地

10) 豁便然: 동양본·가람본에는 '便豁然'으로 표기.
11) 尋窮: 다른 이본에는 '窮尋'으로 잘못 표기.
12) 屬: 가람본에는 탈락.
13) 성균관대본에는 'ㅁ'가 더 나옴.
14) 가람본·국도본·성균관대본에는 '廣'이 더 나옴.
15) 雲田: 가람본·국도본·성균관대본에는 탈락.
16) 고대본에는 '通'이 더 나옴.
17) 不: 가람본에는 '非'로 표기.
18) 敞: '敵'으로 표기해야 함.
19) 中: 동양본에는 탈락.
20) 亂: 동양본에는 '寇'로 표기.
21) 此: 가람본에는 탈락.
22) 다른 이본에는 '然'이 더 나옴.
23) 有: 다른 이본에는 '踰'로 맞게 표기.

甚淸[24], 麗末倭兵之至, 有風雨雷震之警[25], 倭兵[26]驚退, 及其再至亦然, 倭[27]相戒不敢近. 其傍松溪德山等村, 皆深穩美土, 可以隱也. 丹陽郡有駕次村, 在治南十餘里, 有人家五六十[28], 土皆膏沃稻田, 兩山環擁, 巖流絶勝, 有上中下[29]仙巖, 然四面皆險絶, 僅通人. 煙[30]村東南有山城, 名曰獨樂, 其西南北, 則皆絶崖[31]峻壁, 不復望城, 獨東偏畧設雉堞, 亂石崎嶇, 乃上中有雙泉, 足容數十人, 盖古避亂處也. 竹嶺之東有橋內山, 其中甚廣, 樹木叢茂, 絶澗[32]橫截[33], 谷口架大木作橋, 若去木, 則路不通, 山脊多居之, 若永春則只通一線江路, 無非隱藏之地. 赫居[34]所謂: '太白小白, 兩山之險, 南有豊榮, 北有丹永, 東有奉安', 皆吉. 余聞道詵秘記曰: '太白爲上, 金剛次之[35], 智異又次之.' 又云: '太白小白爲上', 則兩山近地, 皆古吉土[36]也. 慶尙道則[37]安東奈城北面, 有大川, 緣洞澗深入六十里許, 北向過棧道五六里許, 有地奇邃, 似桃源. 又春陽面爲奇勝, 爲福地之最, 正在太白之南, 洞府寬敞[38], 平野复廣, 大川灣回, 浮麓嫩麗, 谷谷 村落, 稻田彌望, 水口在坤辛方, 沿流可二十里, 始入洞, 洞幅員, 四五十里, 東去三陟界, 魚鹽坌集, 宜於人者如此. 全羅道德裕山南, 有猿鶴洞, 素稱洞天福地, 淸川白

---

24) 성균관대본에는 '潔'이 더 나옴.
25) 警: 가람본·성균관대본에는 '驚'으로 표기.
26) 고대본·성균관대본에는 '兵'이 더 나옴.
27) 가람본·성균관대본에는 '兵'이 더 나옴.
28) 가람본에는 '戶'가 더 나옴.
29) 下: 가람본에는 '石'으로 잘못 표기. '상중하의 선암(仙巖)이 있다'로 해석하는 게 더 무난함.
30) 煙: 가람본에는 '烟'으로 표기.
31) 崖: 고대본에는 '厓'로 표기.
32) 澗: 국도본에는 '磵'으로 표기.
33) 截: 고대본에는 '絶'로 표기. 성균관대본에는 '流'로 표기.
34) 居: 가람본·국도본·성균관대본에는 '岩'으로 표기. '岩'이 맞음.
35) 次之: 가람본·성균관대본에는 '爲次'로 표기.
36) 土: 성균관대본에는 '地'로 표기.
37) 則: 동양본·가람본에는 탈락.
38) 敞: 국도본·가람본·성균관대본에는 '敝'으로 맞게 표기.

石上下五十里, 人無窮其源者, 赤裳山, 四面壁立峻絶, 中有泉石, 古人因陝³⁹⁾爲城, 今史庫在焉. 潭陽有秋月山, 石壁削立, 四圍中有溪澗, 西北有微逕, 徒行者可通, 此皆宜於避防. 東方山川多深阻, 當亂藏隱之處, 奚止於此? 若以郡邑論之, 如江陵三陟蔚珍平海等地, 未嘗經兵禍, 庇仁藍浦, 亦不見兵⁴⁰⁾, 赫⁴¹⁾岩之言, 信哉!

---

39) 陝: 다른 이본에는 '險'으로 맞게 표기.
40) 성균관대본에는 '革'이 더 나옴. '革'이 더 나와야 의미가 통함.
41) 赫: 고대본에는 탈락.

완산 기생 혼자 포의의 첩을 받다

　판서 박신규[1]가 아직 과거에 급제하지 못했을 때 완산[2]을 지나가게 되었다. 때마침 관찰사가 큰 잔치를 벌이고 있었다. 박공은 지나가는 유생으로 말석을 얻어 잔치에 참석했다. 도내 병사兵使와 수령도 모두 모여 있었다. 잔치가 끝나자 기생들은 참석한 여러 손님으로부터 왁자지껄하게 첩帖, 화폐를 대신하는 증서. 오늘날의 어음 비슷한 것을 받았다. 부유한 원과 큰 고을의 목사牧使 들은 서로 앞다투어 쌀과 옷감을 제급題給, 지시해 내려줌해주었다.

　한 기생만이 유독 수령에게 첩을 청하지 않고 박공 앞으로 와서 청했다. 박공이 웃으며 말했다.

───

1) 박신규(朴信圭, 1631~1687): 호는 죽촌(竹村). 어려서부터 경술(經術)과 문학에 힘을 기울여, 1652년에 진사가 되었고, 1660년 식년문과에 병과로 급제했다. 전주판관을 지낼 때 선정을 베풀어, 임기가 끝난 뒤 백성들의 유임 상소로 재임되기도 했다. 이후 좌부승지를 거쳐, 1679년에는 경상도 관찰사로 나아가 역시 선정을 베풀어 청백리에 녹선되었으며, 1680년에는 형조판서로 특진했다. 서예로 이름이 높았으며 영의정에 추증되었다.
2) 완산(完山): 전라북도 전주의 백제 때 이름. 여기서는 전주를 가리킨다.

"나는 포의布衣, 백의(白衣), 백포(白布). 벼슬 없는 선비를 비유적으로 이르는 말를 입은 가난한 선비로서 때마침 이곳을 지나가다가 성대한 잔치에 참석한 것이다. 네게 줄 물건이 어디 있겠느냐?"

기생이 대꾸했다.

"쉰네도 그걸 모르는 게 아닙니다. 공의 관상을 보니 귀인상이므로 앞날이 찬란히 형통할 것입니다. 부디 넉넉히 주겠다고 미리 약속해주세요."

박공이 웃으며 넉넉하게 제급해주었다.

그뒤 박공이 완산의 판관判官. 각 감영과 유수영 및 큰 고을에 둔 종5품 벼슬이 되었는데, 그 기생이 와서 첩을 바쳤다. 공이 웃으며 "낮은 관직에 있어 다 지급할 수가 없구나" 하며 그 반만 주었다.

과연 공이 뒷날 관찰사가 되어 나머지를 지급해주며 물었다.

"그때 너는 어떻게 이렇게 될 줄을 알았느냐?"

기생이 대답했다.

"그때 지위 높은 벼슬아치들이 가득한 자리에 공께서는 포의로 참석했지만 공의 거동과 법도가 헌걸차게 빼어나 좌중에서 특출했지요. 뭇 기생이 첩을 청해 수령들이 앞다투어 후하게 제급하는데도 공께서는 초연히 전혀 신경쓰지 않았습니다. 이런 까닭으로 크게 되실 줄 알았습니다."

完山妓獨受布衣帖

朴尙書信圭, 未第時, 行過完山, 方伯適設大宴. 朴公以過去儒生, 叅於末席, 道內閫帥[3]守令畢會, 宴罷, 諸妓紛然[3]受帖於叅宴諸客, 富宰雄牧,

---

3) 然: 동양본·성균관대본에는 '紜'으로 표기.

競相題給米布. 有一妓, 獨不請於守令, 獨請於朴公之前, 朴公笑曰: "我以布衣寒士, 適會過去, 得叅盛宴, 豈有給汝之物?" 妓曰: "小的非不知也. 相公貴人, 前途甚享[4]通, 願預許優給." 朴公笑而優題. 其後爲完判, 妓納帖, 公笑曰: "小官不能盡給," 給其半. 後爲方伯, 盡帖給之, 問曰: "汝其時, 何以知之?" 妓曰: "其時簪纓滿座, 公以布衣與焉. 儀度頎然秀發, 特出於座中, 衆妓請帖, 守宰競題, 而公脫然無所見, 是以知其遠到."云

박상서가 전갈하는 소리를 잘못 듣다

판서 윤이제[1]는 평생 학랑謔浪, 실없는 말로 희롱·질함을 즐겨, 비루하고 막된 말들이 입에서 떨어지지 않았으며 또 그런 일을 능사로 삼았다. 박신규朴信圭는 윤공과 아주 친했는데, 서로 만나기만 하면 추악한 말로 수작하곤 했다.

참판 정약鄭鑰은 박신규의 아버지와 친구였다. 보통 때는 박이 언제나 마루 아래로 내려가 정공을 맞이했다.

어느 날 맑은 새벽, 정공이 박의 집을 방문했다. 정공은 이 무렵 병조참판이었기에 종들이 "병조참판 영공[2]께서 오셨습니다"라고 전했다. 윤

---

1) 윤이제(尹以濟, 1628~1701): 1663년 식년문과에 을과로 급제하고, 1676년 의주부윤이 되었다. 강화유수·공청도 관찰사 등을 거쳐, 1682년 진하겸진주사은부사(進賀兼陳奏謝恩副使)가 되어 청나라에 다녀왔다. 그뒤 승지·동지중추부사·경기도 관찰사·평안도 관찰사 등을 거쳐 1689년 기사환국이 일어나자 남인으로 어영대장에 임명되었다. 그뒤 한성부 좌·우윤을 거쳐 판윤, 형조판서가 되었다. 1691년에는 원접사로서 청나라 사신을 맞기도 했다. 그뒤로도 비변사제조·우참찬·공조판서·형조판서·어영대장 등의 요직을 지냈다.
2) 영공(슈公): 영감(슈監). 정3품과 종2품의 관원을 일컫던 말로 대감(大監) 다음이다.

공은 이때 형조참판이었다. 박은 잠결에 '병'을 '형'으로 잘못 알아듣고 누워서 일어나지도 않았다. 정공은 자신이 창밖에 이르렀는데도 조용하기만 해 심히 이상하게 여겼다.

그때 안방에 누워 있던 박이 갑자기 추악한 농담 한마디를 큰 소리로 지껄였다. 정공이 몹시 놀라 문밖에서 그냥 돌아가버렸다.

박은 윤공이 왔다고 여겼기에 그가 반드시 추악한 말로 응수하리라 짐작했다. 그런데 아무 소리도 들려오지 않자 또 추악한 말로 욕설을 퍼부었다. 그래도 역시 응수가 없어 종자에게 물어보니 벌써 돌아갔다고 했다.

그 말을 듣고서야 진상을 알아차린 박은 크게 놀라 가마를 재촉해 정공에게 가서 사과했다.

정공이 정색하며 말했다.

"나라가 그대들의 불초함을 알지 못하고 재상의 반열에 올려주었구나! 추악한 말로 서로 수작하기를 즐기면서도 수치를 모르고 오히려 지체 높은 관리를 욕되게 했으니 이 일을 어쩐단 말인가? 그대의 추한 말이 나를 향한 것은 아님을 모르는 바 아니지만 그런 말이 들려오니 경악을 금치 못했네. 자네를 만나보려던 마음이 싹 가서 그냥 돌아와버렸던 것일세."

박은 다만 거듭 사죄할 뿐이었다.

그는 그때부터 그 버릇을 조금씩 고쳤다 한다.'

朴尙書錯認傳呼聲

尹判書以濟, 平生喜謔[3])浪, 鄙悖之言[4]), 不絶於口, 以此爲能事. 朴公[5])

---

3) 謔: 동양본에는 '嗅'으로 표기.

信圭, 與尹公極善, 每相對, 輒以醜惡之言, 相酬酌. 鄭僉判鑰, 朴之父執也, 常時朴每下堂迎之. 一日淸晨詣朴, 鄭公時爲兵曹僉判, 下輩傳呼: "某令公來." 尹方在刑曹僉判, 朴睡裡, 誤聞兵爲刑, 臥不起, 到窓外亦寂然, 鄭甚怪之, 俄而朴從臥內, 大喝醜談一遭, 鄭心駭之, 從戶外還歸. 朴以爲尹來, 必以醜言相酬, 寂寥無聞, 又以醜言辱之, 亦無應者, 從者云: "已去矣." 朴聞而知之, 大驚促駕往謝, 鄭正色曰: "國家不知君輩之不肖, 置之卿宰之列, 乃以醜悖⁶⁾之言, 喜相酬酌, 不知羞恥, 其辱縉紳, 當如何哉? 我豈不知君之醜言, 非所以發於我者, 而聞來不勝驚愕, 相見之意, 索然而歸耳." 朴但僕僕⁷⁾謝罪 自此其習小⁸⁾戢.

4) 言: 동양본에는 '談'로 표기.
5) 朴公: 이본에는 '朴'으로 표기.
6) 悖: 가람본·국도본·성균관대본에는 '惡'으로 표기.
7) 동양본에는 '而'가 더 나옴.
8) 習小: 동양본에는 탈락.

강 속 시신을 건져 이증에게 형벌을 내리다

　재상 이완[1]이 형조를 맡고 있을 때였다. 함경도의 엄씨 성을 가진 사람이 장령掌令 이증李曾과 밭을 두고 소송을 벌였다. 이완이 엄씨가 옳다고 판결하자 이증이 굴복했다.

　이완이 판결을 내리고 나서 엄씨가 당연히 판결문을 받으러 와야 했으나 여러 날이 지나도 소식이 묘연했다. 이완은 먼 지방의 천민이 조정의 귀인과 큰 송사를 일으켰으니, 이증이 고립되어 의지할 구석이 없는 엄씨를 살해하고 종적을 없애려 할 우려가 있다고 생각했다.

　그래서 눈치 빠르고 민첩한 사람들을 뽑아 이증의 집을 몰래 살펴보

---

1) 이완(李浣, 1602~1674): 호는 매죽헌(梅竹軒). 1624년 무과에 급제하여 상원군수·숙천부사·평안도병마절도사 등을 지냈다. 병자호란이 일어나자 도원수 김자점의 별장(別將)으로 출전하여 정방산성(正方山城)을 지켰다. 그뒤 함경남도병마절도사·양주목사·경기도수군절도사 겸 삼도통어사에 임명되어 수도 외곽의 방어에 전력했다. 1649년 효종이 즉위한 이듬해 우포도대장으로 임명되었다. 효종은 이완을 북벌의 선봉 부대인 어영청의 어영대장으로 기용하고, 김자점의 모반 사건을 해결하고자 포도대장을 겸하게 했다. 여러 차례 병조판서에 임명되었지만 끝내 나아가지 않고 훈련대장으로만 있었다. 아버지 이수일과 마찬가지로 무장으로서 입신하여 효종·송시열 등과 함께 북벌에 집착했으나 뜻을 이루지 못했다.

게 하고, 이증의 어린 종을 잡아와 거듭 추궁했다. 아이는 실마리가 될 만한 것들을 대충 이야기했지만 상세하게 털어놓지는 않았다. 매질을 하자 그제야 실토를 했다.

"처음에는 엄씨를 술과 음식으로 유인하다가 끝내 죽였습니다. 그리고 사람을 시켜 시신을 짊어지고 가서 남성南城 너머 한강에 빠뜨렸습니다."

공이 대궐로 들어가 임금께 아뢰었다.

"나라가 나라일 수 있으려면 형정과 기강이 바로 서야 합니다. 지금 조정의 벼슬아치가 마음대로 송사의 상대를 때려죽였습니다. 그런데도 귀인이고 권세가 있다는 이유로 정법正法, 사형(死刑). 여기서는 처벌이라는 뜻으로 쓰임을 받지 않는다면 나라가 망하지 않을 수 있겠습니까? 시신을 찾고 나서는 반드시 그 죄를 바르게 다스려야 할 것입니다. 신이 한창 시신을 찾고 있으니, 만약 시신을 얻는다면 신이 반드시 제 손으로 죄인을 죽이겠습니다."

이때 공은 훈련대장도 맡고 있어서 군졸과 마을 사람들을 징발하고 강의 배도 모두 모았다. 쇠갈고리를 많이 만들어 거미줄처럼 온 강을 덮었다. 드디어 시신을 찾아내 깃발을 세우고 달려오니 공이 일어나 책상을 치며 말했다.

"이증은 이제 죽었다!"

조사해보니 과연 엄씨의 시신이었다.

이에 형리와 군졸을 많이 보내 이증의 집을 포위하고 이증을 체포했다. 이증이 옥중에서 죽으니 온 조정이 놀라 떨었다.

拯江屍李班受刑法
李相浣, 判刑曹2), 咸鏡道嚴姓人, 與掌令李曾, 訟田民3)者, 嚴直而李屈,李相旣決之後, 嚴哥當受決訟之案, 而[4]屢日杳無聲息, 李公已料其遐方賤民, 與朝貴, 卞[5]大訟, 孤立無據, 必有匿殺掩迹[6]之患[7], 乃募得譏詗[8]者, 窺覘李曾家, 誘捕其兒奴, 反覆窮詰, 兒遂略吐端緒, 而猶未詳告. 公遂少加刑杖, 兒云: "始以酒食誘之, 終乃殺之, 而使人擔其屍, 踰南城, 沉之於漢江."云[9]. 公入白於上曰: "國之所以爲國者, 刑政紀綱也. 今者朝紳, 恣意[10]搏殺訟隻, 而只以貴勢之故, 不得正法, 則國安得不亡乎? 此必得屍[11]然後, 可正其罪, 臣方探之, 若得則臣必手殺曾." 時公見帶訓將, 遂發軍卒及坊民, 盡聚[12]江船, 多造鐵鉤, 如蜘蛛網蔽江. 搜得, 立旗疾馳而來, 公起而拍案曰: "曾今死矣!" 驗之果是嚴尸. 於是公[13]多發刑吏軍卒, 圍曾家捕曾, 卒斃於獄中, 朝廷[14]震懍[15].

---

2) 判刑曹: 가람본에는 '秋判時'로 표기.
3) 民: 동양본에는 탈락.
4) 而: 동양본에는 탈락.
5) 卞: 동양본에는 '忭'으로 잘못 표기.
6) 迹: 국도본·고대본·동양본에는 '跡'으로 표기.
7) 患: 국도본·가람본·성균관대본에는 '憂'로 표기.
8) 譏詗: 이본에는 '機警'으로 표기.
9) 云: 동양본에는 탈락.
10) 意: 고대본에는 탈락.
11) 尸: 국도본·가람본·성균관대본에는 '屍'로 표기.
12) 聚: 동양본에는 '取'로 표기.
13) 公: 가람본에는 탈락.
14) 廷: 동양본에는 '庭'으로 표기.
15) 懍: 국도본·가람본·성균관대본에는 '慄'로 표기.

포교가 흙집을 지은 첩자를 잡다

재상 이완이 포도대장이 되어 생선가게 거리를 지나가다 수상적은 적국敵國 사람이 있는 걸 발견했다. 영리한 포교를 골라 명령했다.

"이십 일 안으로 상세히 알아봐서 그자를 잡아오너라! 기한을 어기면 마땅히 네가 죽어야 하리라."

장교는 명을 받고 밖으로 나왔다. 바람을 잡는 것과 같이 막연했다.

그는 날마다 그 근처로 가서 돈과 술, 음식으로 술친구를 사귀었다. 시장판에 앉아서는 종일토록 바둑과 장기를 두었으나, 그래도 아득하니 잡지를 못했다. 매번 바둑과 장기가 끝나면 큰 한숨을 푹푹 쉬었다. 마음이 바둑이나 장기에 있지 않았던 것이다. 그래도 묵묵히 아무 말도 하지 않았다.

십여 일이 지나니 종적이 더욱 묘연해졌다.

장교가 하루는 바둑을 다 두고 갑자기 눈물을 흘렸다. 서로 친해진 시장 사람이 물었다.

"그대는 술 마시고 바둑을 두면서 스스로 호걸 협객이라 했지. 그런데 요즘 그대 모습을 관찰하니 한숨을 폭폭 쉬고 마음을 바둑에 두지 않으니 정말 괴이했소. 더욱이 오늘은 눈물까지 흘리니 필시 심상치 않은 일이 있구려. 사연이나 들어봅시다."

그래서 장교는 사정을 다 이야기해주었다.

"나는 이미 장군의 명을 받들었소이다. 첩자를 잡지 못하면 내가 죽어야 할 거요. 죽는 것은 애석하지 않으나 다만 노모가 계시기에 슬퍼하는 것이라오."

시장 사람이 말했다.

"과연 그런 사람이 있었지요. 그는 보통 사람이 아니었소. 때때로 시장 안을 서성거린 지가 몇 년은 되었을 거요. 온종일 하는 일도 없는데 잘 입고 잘 먹었소. 그는 항상 수진동壽進洞을 왕래했으니 거기로 가서 종적을 찾아보시오."

장교가 그 말대로 수진방을 살펴보니, 첩자는 아주 궁벽한 곳에다 흙집을 지어 살고 있었다. 밤이 오기를 기다렸다가 그자를 체포했다. 방안에는 다른 것은 없고 다만 조지[1]만 여러 짐 있었다.

장교가 첩자를 결박해 끌고 가서 이완에게 고했다. 그는 입을 다문 채 다만 "속히 나를 죽여라!"라는 말만 되풀이했다.

이완은 새끼줄로 그의 온몸을 묶게 하고는 진흙을 몸에 발라 죽였다. 그는 아마도 다른 나라 사람으로 우리나라에 와 국사를 정탐한 자였을 것이다.

---

1) 조지(朝紙): 관보(官報). 조선시대에 관리나 일반 백성에게 알려야 할 사항을 매일 아침 조지를 통해 반포했다.

築土室捕校獲賊漢

李相浣, 爲捕盜大將,[2] 行過生鮮街上, 見有異常賊人, 擇伶俐[3]捕校分付
曰[4]: "二十日內, 詳探捉來! 過限則[5]當死." 將校應令[6]而出, 茫然如捕風,
日往其近處, 以金錢酒食, 交結酒徒, 坐市肆, 博奕終日, 杳不可[7]得, 每博
奕罷, 太息往往, 心不在博奕, 亦黙無所言, 過十餘日, 益無踪跡. 一日博罷,
忽然垂淚, 市人相親者, 問曰: "君飮酒博奕, 豪俠自任, 近觀君貌, 往往噓
唏, 心不在博, 固已怪之. 今又垂淚, 必有異也. 願聞之." 將校具已[8]告曰:
"吾旣承將[9]命, 不得則死, 死固不惜, 但有老母在, 是以悲耳." 市人曰: "此
果有形迹, 非常之人, 有時往來市肆間, 已數年, 終日無所爲, 能善衣善食,
其人[10]常往來壽進洞中, 君可往而迹之." 將校如其言, 偵伺壽進坊, 探知築
土室於窮源處, 夜[11]侯其人捕之, 室中無他, 但有朝紙數負而已. 將校逐縛
而來告, 其人塞口, 無所言, 但曰: "速殺我!" 李公使以藁索縛一身, 以泥土
塗以殺之. 盖外國人來探國事者也.

---

2) 동양본에는 '行' 앞에 '一日'이 더 나옴.
3) 見有異常賊人, 擇伶俐: 동양본에는 '歸喚'으로 표기.
4) 동양본에는 '街上有異常賊人' 부분이 더 나옴.
5) 則: 동양본에는 탈락.
6) 令: 동양본에는 탈락.
7) 可: 가람본에는 탈락.
8) 已: 국도본·동양본·가람본에는 '以'로 표기.
9) 將: 동양본에는 탈락.
10) 人: 가람본에는 탈락.
11) 夜: 동양본에는 탈락.

귀신에게 밥을 주었다가 곤경에 빠지다

남문 밖에 심씨 성을 가진 양반이 있었다. 집이 가난해 옷 한 벌을 꿰매어 입고 다녔다. 병사兵使 이석구[1]와 인척간이어서 간혹 그의 도움으로 죽이나마 쑤어먹었다.

심생이 작년 겨울(즉 우리 임금의 병자년[2]이다) 한낮에 한가로이 있는데, 갑자기 사랑방 판자 위에서 쥐가 기어다니는 소리가 났다. 그는 판자를 담뱃대로 쳤다. 쥐를 쫓는 방법이었다. 그러자 판자에서 이런 소리가 들렸다.

"나는 쥐가 아니고 사람이라오. 당신을 만나려고 산 넘고 물 건너 왔으니 이렇게 박대하지 마시오."

---

1) 이석구(李石求, 1775~1831): 대대로 무관을 지낸 집안에서 태어나 1794년 스무 살로 무과에 장원급제했다. 1809년 공충도수군절도사를 거쳐 전라·함경·황해도 등지에서 절도사직을 역임했다. 1825년 삼도통제사에 올랐고 총융사를 거쳐 좌포도대장에 이르렀다. 그러나 그 몇 해 전 통제사 재임 때 불치의 죄목으로 경상우도의 암행어사 조기겸(趙基謙)의 탄핵을 받아 좌포도대장에서 파직되어 호군으로 있다가 1831년에 죽었다.
2) 우리 임금의 병자년: 1816년(순조 16).

심생은 놀라 의아해하며 도깨비일 거라 생각하기도 했지만 도깨비가 백주에 나타날 리 없다는 생각에 혼란스러워했다. 판자 위에서 또 소리가 들렸다.

"내 먼길 와서 배가 많이 고프오. 부디 밥 한 그릇만 주시오."

심생은 응답하지 않고 곧장 안방으로 들어가 상황을 이야기했다. 하지만 집안사람들은 믿지 않았다.

이야기가 끝나자 공중에서 소리가 들려왔다.

"당신들 서로 모여 나에 대해 이러쿵저러쿵 이야기하지 마시오."

부인들이 깜짝 놀라 달아나니 귀신이 부인들을 따라가며 외쳤다.

"놀라 달아날 필요 없소. 앞으로 이 댁에 오래 머무를 것이니 집안사람과 다를 것이 없소. 어찌 소홀히 하고 멀리할 수 있겠소?"

부인들이 서쪽으로 달아나고 동쪽으로 숨었지만 가는 곳마다 귀신은 머리 위에서 밥을 달라고 연이어 외쳐댔다. 어쩔 수 없이 밥상을 정갈하게 마련해 마루 가운데에 두었다. 그러자 음식 먹고 물 마시는 소리가 들리더니 잠깐 사이에 음식이 다 없어졌다. 다른 귀신들이 흠향歆饗, 신명(神明)이 제수를 받아서 먹음. 기운만 먹는다 할만 하는 것과는 달랐다.

주인이 크게 놀라 물었다.

"너는 어떤 귀신인데 무슨 연고로 우리집에 들어왔나?"

귀신이 말했다.

"나는 문경관文慶寬인데, 떠돌아다니다 우연히 당신 집에 들어와 한번 배불리 먹었으니 이제 갈 수 있겠소."

그러고는 작별인사를 하고 떠났다.

다음 날 귀신이 또 와서는 어제처럼 먹을 것을 요구해 먹고는 문득 떠났다. 이때부터 날마다 왕래하고 간혹 머물러 한밤 내내 한담을 나누기도 했다. 집안사람들은 오랫동안 겪어서 익숙해지니 두려워하지도 않았다.

하루는 주인이 붉은 부적을 써서 벽에 붙여놓고 귀신 물리치는 물건을 앞에다 모두 늘어놓았다. 그러자 귀신이 와서 말했다.

"나는 요사스러운 귀신이 아니니 어찌 방술을 두려워하겠나? 빨리 저 것들을 없애서 오는 귀신들을 거부하지 않는다는 뜻을 보이시오."

주인이 어쩔 수 없이 부적을 치우고는 물었다.

"너는 장래의 화복을 알 수 있나?"

귀신이 대꾸했다.

"아주 잘 알지."

심생이 말했다.

"우리집 앞날은 어떤가?"

"당신은 능히 예순아홉 살까지 살겠지만 죽을 때까지 고생할 거요. 당신 아들은 얼마 동안 살 것이오. 당신 손자에 가서야 비로소 과거급제의 영광을 누리겠지만 현달하지는 못할 것이오."

심생이 그 말을 듣고 놀랐다.

또 집안 아무 부인은 몇 살까지 살고, 아들은 몇 명을 낳을지 등에 대해 귀신은 일일이 다 말해주었다.

이어 귀신이 말했다.

"내 쓸 곳이 있어 그러는데 이백 냥만 은혜를 베풀어주시오."

심생이 물었다.

"네 생각에 우리집은 가난한가 부유한가?"

귀신이 말했다.

"가난이 뼈에 사무치오."

"그렇다면 아무리 적은 돈인들 어떻게 마련한단 말이냐?"

"궤짝 안에 당신이 아까 빌려와 넣어둔 돈 두 꾸러미가 있는데, 왜 그걸 주지 않소?"

"내 그동안 쓸 데가 많아 애걸해 겨우 빌려온 돈이다. 그걸 네게 줘버리면 저녁밥조차 해먹을 수 없으니 어떡하겠나?"

"당신 댁에 쌀이 조금 있어 그것으로 저녁은 충분히 마련할 수 있거늘 왜 거짓말로 때우려 하오? 내 이 돈을 가져갈 테니 노여워하거나 화내지 마시오."

그러고는 표연히 가버렸다.

심생이 궤짝을 열어보니 자물쇠는 채워져 있었으나 돈은 없었다. 심생은 고통이 더 심해져 심장이 탈 듯이 고민했다. 그러다가 부인을 친정집으로 보내고 자기는 친분이 두터운 사람 집으로 가서 머물렀다.

그러나 귀신은 거기까지 찾아와서 화를 냈다.

"왜 나를 피해 멀리 이곳까지 와서 사시오? 설사 당신이 천 리 밖으로 도망가 숨는다 해도 내 무얼 꺼리겠소?"

그러고는 그 집 주인에게 밥을 달라 했다. 주인이 밥을 주지 않으니 귀신이 욕설을 퍼붓고 그릇들을 부수며 밤새 행패를 부렸다. 주인은 심생을 원망하고 또 깨진 그릇 값까지 물어내라 했다. 심생도 편하지 않아 새벽이 되자 집으로 돌아왔다. 귀신은 또 부인이 거처하고 있는 곳으로 가서 전처럼 소란을 피웠다. 부인 역시 어쩔 수 없이 집으로 돌아왔다. 귀신은 전처럼 왕래했다.

하루는 귀신이 말했다.

"이제 당신과 헤어질까 하오. 진중하게 스스로를 잘 보살피시오."

심생이 물었다.

"네가 어디로든 속히 떠나 우리집을 편안케 해주는 것이 내 소원이다."

귀신이 말했다.

"우리집은 영남 문경현에 있소. 고향으로 돌아가려는데 노자가 부족하니 유엽전楡葉錢, 엽전. 느릅나무 열매의 깍지 모양이 돈과 비슷함 열 관貫, 쾌. 엽전 열 꾸러미만 주시오."

"내가 가난해 먹을 것조차 마련하기 어렵다는 건 너도 충분히 잘 알고 있지 않으냐? 그렇게 많은 돈을 어디서 구해온단 말인가?”

귀신이 말했다.

“절도사 댁[3]으로 가서 내 뜻을 전하고 구걸하기가 손바닥 뒤집듯이 쉬운 일일 텐데, 왜 그러지 않고 내 길을 막으려 하오?”

심생이 대꾸했다.

“우리집의 죽 한 그릇과 갈옷 한 벌이 다 절도사 댁에 의지해 마련한 것이니 은혜가 뼈와 살을 주신 것과 같다. 그런데도 그분께 티끌만큼도 보답하지 못해 언제나 부끄럽고 편치 않았지. 그러니 지금 또 무슨 얼굴로 천 전을 달라 하겠나?”

귀신이 말했다.

“이절도사는 내가 당신 집에서 소란 피운 것을 이미 다 알고 계실 테니 그분 댁에 가서 ‘이 돈만 마련해주면 귀신이 갈 겁니다’라고 간절히 말해보시오. 환란에서 구해줄 길이 거기 있는데 어찌 받아들이지 않겠소?”

심생은 멍하니 말문이 막혔지만 속이고 지나칠 수가 없었다. 즉시 이절도사에게 가서 사정을 다 말했다. 절도사는 개탄하면서도 부탁을 들어줄 수밖에 없었다.

심생은 돈을 허리에 차고 집으로 돌아와서는 궤짝 속에다 돈을 깊이 숨기고 태연히 앉아 있었다. 얼마 안 있어 귀신이 다시 와서는 싱글벙글 웃으며 말했다.

“노잣돈 두터이 주셔서 정말 감사하오. 이제 먼길 아무 걱정 없이 갈 수 있겠소.”

심생이 속여 말했다.

“내가 누구한테서 돈을 마련했다고 네게 노잣돈을 준단 말이냐?”

---

3) 절도사 댁: 원문의 괄호 안에 ‘심생의 인척인 이석구’라고 설명되어 있다.

귀신이 웃으며 말했다.

"지금까지 선생이 건실하다고 생각했는데 오늘 어찌 농담을 다 하시오?"

조금 뒤 귀신이 덧붙였다.

"내 당신 궤짝 속에서 돈을 꺼내왔다오. 두 꾸러미 다섯 푼은 남겨두어 작은 정성을 보였으니, 한 번 취할 술은 살 수 있을 것이오."

그러고는 작별하고 떠났다. 심생의 집안사람들은 노소를 막론하고 춤추며 서로 기뻐했다.

열흘이 지나자 공중에서 귀신들이 또 떠들썩했다. 심생이 버럭 화를 내며 말했다.

"내 다른 사람에게 애걸해 돈을 열 관이나 마련해 네게 주었다. 그랬으면 마땅히 감사할 줄 알아야 하거늘 지금 또 약속을 어기고 은혜를 저버리고 와서는 걱정거리를 만들었다. 내 마땅히 관묘[4]에 일러바쳐 네 목을 베게 할 테다."

귀신이 "난 문경관이 아닌데 어찌 은혜를 저버렸다고 말하오?" 하니 심생이 말했다.

"그럼 넌 누구냐?"

"나는 문경관의 처라오. 당신 집에서 귀신 대접을 잘한다는 소문을 듣고는 먼길 마다하지 않고 이렇게 방문했소. 당신은 응당 반갑게 맞이해 주어야 하거늘 도리어 욕설을 하니 도대체 무슨 까닭이오? 또 남녀가 서로 공경하는 게 선비의 행실인데, 당신은 책을 만 권이나 읽었으면서도 도대체 무엇을 배운 거요?"

심생이 기가 막혀 억지로 웃었다.

---

4) 관묘(關廟): 중국 삼국시대 촉한의 무장인 관우 혹은 관운장(關雲長)을 가리킴. 운장은 자. 군신(軍神)과 재신(財神)으로서 민간신앙의 대상이 되어, 후세 사람이 각처에 관왕묘를 세워 그를 추모함.

귀신은 다시 날마다 오갔다.

그뒤로 아득히 들은 바가 없어 어찌되었는지는 모른다.

그때 호사가들은 앞다투어 심생 집을 찾아가서 귀신과 문답했으니, 심생의 문전은 거마 소리로 시끄러웠다.

학사 이희조[5]도 하룻밤 자며 귀신과 대화했다. 아! 역시 괴이하도다.

饋飯卓見困鬼魅

南門外有沈姓[6]兩班, 韡門圭竇, 易衣而出, 與李兵使石永[7]爲姻婭, 或賴是而作饘粥矣. 昨年冬, 白日閑居(卽當宁丙子也), 忽聞外堂板子上, 有鼠行之聲, 沈生以烟竹仰擊, 盖逐鼠活法也. 自板子中有聲曰: "我非鼠也, 人也. 爲見君, 跋涉至此, 勿以此相薄也." 沈生驚訝, 意謂魍魅, 而焉有白晝[8]動見之理? 正在眩惑間, 又於板子上有聲曰: "我遠來飢甚, 幸[9]以一飯見饋." 沈生不應, 直入內閨, 道其狀, 家人莫有信者. 言訖空中有聲曰: "君輩毋得相聚, 道我長短也." 婦人輩驚甚走出, 那鬼隨婦人連叫[10]曰: "不必駭走! 我將久留貴第, 便同家人, 則何用踈遐爲也?" 婦人西走東竄, 隨處頭上, 連叫索飯, 無如之何, 淨備一卓飯饌[11], 置于堂中, 有吃食飲水之聲, 頃刻便盡, 非若他鬼之歆止[12]也. 主人大駭問之曰: "汝是何鬼, 緣何入吾家?"

---

5) 이희조(李義肇, 1776~?): 본관은 한산(韓山). 자(字)는 성여(成汝). 이태영(李泰永)의 아들, 이산중(李山重)의 손자이자 『계서야담』의 편찬자 이희평(李義平, 1772~1839)의 동생이다. 1813년 증광시 병과에 급제했다.

6) 姓: 성균관대본에는 '生'으로 표기.

7) 永: 다른 이본에는 '求'로 맞게 표기.

8) 焉有白晝: 동양본에는 '白晝焉有'로 표기.

9) 幸: 동양본에는 탈락.

10) 叫: 동양본에는 '呼'로 표기.

11) 饌: 국도본·고대본·동양본·가람본에는 '饍'으로 표기.

12) 止: 동양본에는 '之'로 표기.

鬼曰: "我是文[13]慶寬, 周行之際, 偶入貴第, 今得一飽[14], 從此可往." 因別
而去. 翌日鬼又來, 如昨日, 索食[15]物, 食訖便去. 從此日日來往, 或留一夜
閑談, 一家內外, 習熟已久, 亦不勝悸怕[16]也. 一日主人書赤符于壁上, 其
他辟邪之物, 盡設於前, 鬼[17]又來言: "我非妖邪, 豈怕方術耶? 急抵去以示
不拒來者之意也." 主人無如之[18]何, 撤去符術, 因問曰: "爾能知來頭禍福
耶?" 鬼曰: "知之甚悉." 沈生曰: "我家前程吉凶居何?" 鬼曰: "君能壽
六十九歲, 坎軻終身, 君之子亦壽幾何, 君之孫, 始有科榮, 而亦[19]不能顯."
沈生聽言愕爾. 又問家中某夫人壽幾何[20], [21]生男幾何, 鬼一一盡對. 因曰:
"我有用處, 君幸以二百鵝眼[22]俯惠." 沈生曰: "汝謂吾家貧乎? 富乎?" 鬼
曰: "貧[23]到骨矣." 沈生曰: "然則錢鈔[24], 何以辦給?" 鬼曰: "君家某横[25]子
中[26], 有[27]俄者稱貸而貯者二緡, 則何不以此相遺?" 沈生曰: "我費了多般,
悲辭得貸, 此錢今若給汝, 我無夕炊奈何?" 鬼曰: "君家有米幾許[28], 優辦
暮爨[29], 何用譆言, 補綴彌縫, 吾當取此而去, 愼勿怒嚇." 因飄然而去, 沈生

---

13) 文: 동양본에는 탈락.
14) 飽: 동양본에는 '餘'으로 표기.
15) 食: 가람본·성균관대본에는 '飯'으로 표기.
16) 不勝悸怕: 동양본에는 '悸怕'으로, 국도본·가람본·성균관대본에는 '不悸怖'로 표기.
17) 鬼: 동양본에는 탈락.
18) 之: 동양본에는 탈락.
19) 亦: 동양본에는 탈락.
20) 壽幾何: 동양본에는 '幾何壽'로 표기.
21) 동양본에는 '而'가 더 나옴.
22) 鵝眼(아안): 중국 남북조시대 송나라 때 주조된 돈. 매우 얇고 작아서 1000전(一千錢)의 길이
가 3촌(寸)이 채 안 되었다. 워낙 가벼워서 물에 가라앉지 않았으며 손으로 만지기만 해도 부서
질 정도로 조잡했다. 후대에 악전(惡錢)의 대명사로 쓰였고, 여기서는 '엽전'의 뜻이다.
23) 성균관대본에는 '寒'이 더 나옴.
24) 鈔: 동양본에는 탈락.
25) 横: 가람본에는 '櫃'로 표기.
26) 中: 동양본에는 탈락. 국도본·가람본·성균관대본에는 '裡'로 표기.
27) 동양본에는 '錢'이 더 나옴.
28) 許: 가람본·성균관대본에는 '何'로 표기.
29) 爨: 동양본·성균관대본에는 '炊'로 표기.

開櫝[30]視之, 則封鑰如舊, 錢無有矣. 沈生悶阨轉甚, 心焦胸惱[31], 因送婦人輩于親黨家, 自己又往親厚家投宿, 鬼又尋來, 怒曰: "何事避我, 遠覊于此, 君雖奔竄千里, 吾何憚焉?" 因向其家主人索飯[32], 主人不與, 鬼詬罵, 且甚碎撞器皿, 竟夜作鬧. 主人理[33]怨于沈生, 且索破[34]器之直, 沈生亦不自安, 待曉還家. 鬼又往婦人寓處, 喧擾[35]如右, 婦人亦不得已還家, 鬼來往如昔. 一日, 鬼曰[36]: "從此可以濶別, 願珍重自保." 沈生曰: "爾向何處去了, 萬望速去, 使我一家安穩." 鬼曰: "吾家在嶺南聞慶縣, 大擬還鄉, 而但乏路上之資, 幸以十貫楡葉贐我." 沈生曰: "我貧不能自食, 爾所飽知也. 多數孔方, 從何處得來?" 鬼曰: "若以此意, 往乞于節度使家(指沈生姻婭李石求), 易如反[37]手, 何不辦此, 而欲沮[38]我也?" 沈生曰: "我家一粥一褐, 皆賴節度使周急, 恩同骨肉, 而未效[39]涓埃之報[40], 恒自靦然, 心[41]甚不安, 今又何面皮, 更求千錢也?" 鬼曰: "旣悉我作鬧君家[42], 若告以衷情, 謂以辦此, 則魔去云, 則其在救患之道, 如何不肯?" 沈生意沮語塞, 不可瞞過[43], 卽造[44]李節度, 備告其由. 節度[45]果慨然然諾. 沈生腰[46]錢還家, 深藏櫝[47]子裡, 因閑坐.

---

30) 櫝: 동양본·가람본에는 '櫃'로 표기.
31) 惱: 동양본에는 '腦'로 표기.
32) 飯: 동양본에는 '飰'으로 표기. 主人索飯: 가람본·성균관대본에는 '索飯主人'으로 표기.
33) 理: 국도본·고대본·동양본·가람본에는 '埋'로 표기. '埋'가 맞음. '埋怨'은 원망을 품는다는 뜻이다.
34) 破: 동양본에는 '罷'로 표기.
35) 擾: 동양본에는 '闐'로 표기.
36) 鬼曰: 동양본에는 탈락.
37) 反: 고대본·가람본에는 '返'으로 표기.
38) 沮: 국도본·가람본·성균관대본에는 '阻'로 표기.
39) 效: 동양본에는 '報'로 표기.
40) 報: 동양본에는 '效'로 표기.
41) 心: 동양본에는 탈락.
42) 國도본·동양본에는 '君'이 더 나옴.
43) 國도본·동양본에는 '過'로 표기.
44) 造: 동양본에는 '告'로 표기.
45) 備告其由. 節度: 동양본에는 탈락.

未久鬼又來, 喜笑曰:"多謝厚摯, 得惠資斧, 從此長亭[48], 可以無憂." 沈生紿曰:"我從誰得辦, 辦汝盤纏?" 鬼笑曰:"曾謂先生老實[49], 今何戲謔[50]?" 而已鬼又曰:"我已取君鈔于櫃[51]中, 而留置二縉五分, 用伸微誠, 君可賒酒一醉也." 因辭去. 沈生家老少蹈舞相慶, 度了彌旬, 又於空中, 有鬼寒暄[52], 沈生大怒, 曰:"吾向人苦乞辦了十貫以送汝, 則汝當知感, 而[53]今又背約辜恩, 來作煩惱, 我當訴于關廟, 俾汝神[54]誅." 鬼曰:"我非文慶寬, 何謂背恩?" 沈生曰:"然則汝是誰也?" 鬼曰:"我是[55]慶寬之妻也. 聞君家善待鬼, 故不憚遠程, 有此委訪, 則君當欣然迎之, 而反爲詬罵何也? 且男女相敬, 士子之[56]行, 君讀書萬卷, 所[57]學何事?" 沈生氣短强笑. 鬼日日又來云[58]. 其下杳無聞知可欠. 伊時好事者, 爭造沈生, 與鬼問答, 沈之門, 車馬喧咽, 而李學士羲肇, 至於一宿對話[59], 吁, 亦怪矣.

---

46) 腰: 동양본에는 '要'로 표기.
47) 櫃: 가람본에는 '櫃'로 표기.
48) 亭: 성균관대본에는 '程'으로 표기. '程'이 맞음.
49) 老實(노실): 사물에 익숙하여 하는 일이 확실함.
50) 戲謔: 동양본에는 '嘻噓'으로 표기.
51) 櫃: 가람본에는 '櫃'로 표기.
52) 暄: 성균관대본에는 '喧'으로 표기.
53) 而: 동양본에는 탈락.
54) 神: 가람본에는 탈락.
55) 是: 동양본에는 탈락.
56) 之: 동양본에는 탈락.
57) 所: 동양본에는 '小'로 잘못 표기.
58) 云: 성균관대본에는 '去'로 표기.
59) 話: 동양본에는 '咶'로 표기.

공신이 되어서도 조강지처를 잊지 않다

광해군 때 대북大北파 중에 한 재상이 있었는데 부귀영화가 비할 데 없었다. 그 아들 역시 벼슬 서열을 뛰어넘어 승선承宣, 승지(承旨). 왕명의 출납을 맡았던 정3품 당상관이 되었다. 집은 크고 화려했으며 금과 곡식이 쌓여 있었다.

재상의 사위 김생은 매우 외롭고 기구한 사람으로 처가살이를 했다. 처가의 장인, 장모와 종들이 모두 그를 싫어해 박대했다. 마구간의 어린 종들조차 '김생'이라 불렀으니 그를 존중해 받들어주는 사람은 아무도 없었다. 다만 그 부인만은 그를 불쌍히 여기고 살뜰히 사랑해주었다.

김생은 날마다 저녁에 나가면 아침에 들어오고, 아침에 나가면 저녁에 돌아왔다. 돌아올 때는 재상과 부인, 그리고 승선 앞을 감히 지나가지 못하고 작은 문을 거쳐 재빨리 아내의 방으로 들어갔다. 아내는 언제나 문에 기대 김생을 기다리고 있다가 마루 아래로 내려와서 모시고 올라갔다. 그러고는 옷과 도포를 벗겨주고 직접 밥상을 내왔다.

재상의 종들조차 모두 맛있는 고기를 실컷 먹게 했지만 김생에게는 쓴 나물 몇 접시만 줄 뿐이었다. 그러니 아내가 때때로 분노하며 김생을 마주하고 눈물을 흘렸다. 그러면 김생은 한결같이 웃으며 말했다.

"남의 집에서 밥을 얻어먹는 처지에 이것도 오히려 분에 넘치니 어찌 언짢게 생각하오?"

하루는 김생이 늦게 집으로 돌아와보니 아내가 보이지 않았다. 한참 혼자 앉아 있는데 담 뒤에 몸을 숨기고 있던 아내가 홀연히 나타났다. 김생이 왜 그러느냐고 물으니 아내는 이렇게 대답했다.

"아침에 어머니가 저를 한참 나무라기를, '너는 옷과 음식을 다 부모한테 얻으면서, 맞이하고 배웅하는 것은 김생뿐이구나. 아침저녁 은밀한 정이 돈독하더구나! 저 김생이란 사람은 나이가 사십이 넘어 우리집 곡식만 축내고 네 인생만 망가뜨리니 심히 추악하다. 그 생각만 하면 언제나 머리가 곤두서고 이가 갈린다. 그런데도 너는 도리어 그놈을 부모보다 열 배는 더 섬기니, 또다시 그렇게 행동하려거든 그놈을 따라 나가거라! 네 멋대로 배불리 먹고 따뜻하게 살거라!' 하셨어요. 그뒤로 또 부모님의 책망을 들을까봐 문으로 곧바로 들어오지 못했는데, 오늘은 해 그림자가 사라지자마자 당신이 돌아왔을 거란 생각이 들어 똥 누러 간다고 둘러대고 몰래 왔어요. 너그러이 용서해주세요."

김생이 말했다.

"장모님의 가르침이 그와 같은데 뭐하러 왔소?"

조금 있으니 계집종이 저녁밥을 가져왔다.

아내가 그 종에게 신신당부했다.

"내가 여기 있다는 말은 절대 하지 말거라!"

계집종이 알았다 하고 나갔다. 김생이 저녁을 배불리 먹었는데 밥상 위에는 닭다리 하나가 남았다.

아내가 말했다.

"당신, 이건 절대 드시지 마세요."

"왜 그러오?"

"조금 전에 닭 한 마리를 삶고 있었는데, 고양이가 그걸 물고 가서 몸통은 다 먹어치우고 다리 하나만 측간 옆에 떨어뜨려두었지요. 종들이 그 이야기를 하니, 어머니가 '이거 김서방에게는 좋은 고기 감이 되겠다. 상에 올려 그 인간 입을 잠시라도 즐겁게 해주자' 해서 여기 놓인 겁니다. 몹시 더러운 것이니 입에 대지 마셔요."

김생이 말했다.

"장모님이 굽어살피셔서 고기 한 덩어리를 주셨으니 특별한 은혜라오. 그러니 감히 손가락을 더럽히지 않을 수 있겠소?"

김생이 할말을 다하고 먹을 것도 다 먹은 듯 일어나 나가려 했다. 아내가 말했다.

"날이 저물고 인경도 쳤는데 어딜 가시려는 거예요?"

김생이 말했다.

"오늘밤 삼경三更에 동산으로 올라가 궁궐 밖을 살펴보시오. 분명히 시끄러운 소리가 들릴 텐데 그 소리가 오래가면 반드시 자결하시오. 혹 삽시간에 진정되면 진중하게 살길을 도모하시오."

아내가 꼭 그러겠다고 했다. 김생이 비틀비틀 걸어나갔다.

아내는 이날 밤 잠을 자지 않고 있었다. 이윽고 삼경이 되자 사람들이 잠든 틈을 타 몰래 동산 등성이에 올라가 궁궐이 있는 거리 쪽을 바라보았다. 고요하기만 할 뿐 사람소리가 들리지 않았다. 김생이 허망한 소리를 했다 여기고 내려가려는데 홀연 횃불이 하늘을 찔렀다. 사람들이 고함을 지르고 말들은 힝힝거리며 날듯이 대궐문 쪽으로 내달았다. 그 형세가 비바람이 부는 듯했다. 잠시 떠들썩하더니 한 무리가 문안으로 들어갔다. 궁성 안을 보니 대궐 밖에 간간이 불빛이 보였지만 크게 떠들썩하지는 않았다.

이때 재상과 아들은 둘 다 궁궐에서 숙직하고 있어서 집에는 남자가 없었다. 김생의 아내는 그 연유를 알 길이 없어 다만 집으로 돌아와 의

아해하고 있을 뿐이었다.

다음 날 새벽 계집종이 재상의 아침밥을 갖고 대궐로 향했다. 대궐 쪽으로 가는 길에는 수많은 기병이 주둔해 채찍질을 하고 몽둥이질을 하며 사방으로 사람들을 물리치고 있었다. 여종이 주인의 권세를 믿고 진지 안으로 들어가려 하자, 장교가 계집종에게 채찍질을 했다. 계집종이 크게 꾸짖었다.

"나는 아무 동 아무 대감 댁 사람이오. 하찮은 장교가 어찌 감히 나를 핍박하시오?"

여러 군졸이 실소하며 말했다.

"네 주인은 흉악한 역적의 괴수인데, 어찌 잠시라도 권세를 팔아먹으려 하느냐!"

그러고는 마구 발길질해 여종을 몰아냈다.

여종은 위태로운 지경을 겨우 모면하고 온몸이 피투성이가 되어 집으로 돌아와 사태를 보고했다. 집안사람들은 크게 놀라며 반신반의했다.

부인이 말했다.

"우리집은 임금님의 은총을 두텁게 받아왔다. 또 음모도 꾸민 적이 없는데 어찌 하루아침에 몰락할 리 있겠느냐? 이건 필시 무뢰배 김생이 역모를 꾀했다가 발각되어 국문을 받는 중에 우리집을 끌어들여 원한을 드러낸 것일 게다. 네 신랑, 꼴좋구나, 꼴좋아!"

김생의 아내 역시 너무나 의심스럽고 어지러워 고개를 숙이고 있을 뿐 아무 말도 못했다.

얼마 안 있어 낭관[1]몇 명이 달려와 문밖에 이르렀다. 이들은 문서들을 조사해 거둬 갔으며 창고를 수색하고 점검했다. 온 집안사람이 목놓아 통곡하며 낭관들에게 그 이유를 물었다. 낭관들은 비밀이라며 말해

---

1) 낭관(郎官): 조선시대에 육조에 설치한 각 사(司)의 실무 책임자인 정랑과 좌랑.

주지 않았다.

　늙은 종에게 몰래 나가 소식을 염탐해오게 했다. 한참 뒤에 종이 돌아와 보고했다.

　"어젯밤 새 임금이 즉위하시고 전 임금은 폐위되어 귀양 갔습니다. 온 조정 삼공三公과 재상은 대비를 유폐한 일[2]을 역률逆律로 논하고 있다 했습니다. 제 생각에 대감께서도 화를 면하지 못할 것 같아 급히 대리청大理廳, 형옥을 관장하는 관청으로 가서 살펴보았습니다. 대감과 도령님께서는 함께 혹형을 받아 골수가 다 부서졌고 오늘 안으로 사지가 찢기는 형벌을 받는다 합니다. 마님과 아가씨들은 가련하게도 모두 관적官籍, 관아의 노비나 천인의 이름을 기록한 대장에 들어가실 것이고 소인들 또한 어디로 떨어질지 모르겠습니다."

　부인은 외마디 비명을 지르고 혼절해 엎어졌다. 늙은이고 젊은이고 모두 통곡하고 쓰러졌다.

　종이 홀연 눈물을 닦고 일어나 연거푸 부인을 불렀다.

　"아까 경황이 없어 한마디 빠뜨렸습니다."

　부인이 말했다.

　"말해보아라."

　"소인이 문틈으로 살펴보니 호두각虎頭閣, 의금부에서 죄인을 심문하는 곳 윗자리에는 붉은 비단에 금박 입힌 옷을 입은 젊은이가 앉아 있었는데 김생과 비슷했습니다. 혹시 그 사람 때문에 이런 일이 생긴 게 아닐까요?"

　부인이 말했다.

　"세상에는 생김새가 비슷한 사람이 많다. 그 인간이 어찌 갑자기 금박

---

2) 대비를 유폐한 일: 인목대비가 서궁(西宮)에 유폐된 일. 인목대비는 선조의 계비이며 영창 대군의 어머니다. 광해군이 즉위하자 대북파는 영창대군을 추대하려 했던 소북파를 축출하고 영창대군을 강화도로 쫓아냈으며 인목대비를 서궁에 유폐했다. 반정으로 인조가 즉위하자 광해군 때 있었던 이런 일련의 패륜 행위에 대한 응징이 시작되었다.

입힌 비단옷을 얻을 수 있겠느냐?"

김생의 아내가 말했다.

"천하만사 예측하기 어려우니 다시 가서 살펴보아라."

부인이 말했다.

"네가 그 인간을 믿고 망상까지 일으켜 내 마음을 더욱 헷갈리게 하는구나!"

늙은 종이 말했다.

"소인이 다시 가보겠습니다. 아니면 그만 아니겠습니까?"

그러고는 담을 뛰어넘어 나갔다. 늙은 종이 날듯이 달려 금오문金吾門, 의정부의 정문 앞에 당도했다. 관노 두 명이 그럴듯한 옷을 입고 큰길에서 잡인의 통행을 금지했으며, 기수 열 명이 두 줄로 서서 길을 비키라고 외쳐댔다. 높은 수레에 한 젊은 재상이 앉아 있었는데 옷이 심히 화려하고 그를 따르는 무리가 구름 같았다.

늙은 종이 눈을 비비고 살펴보니 김생이 분명했다. 따라가보니 전도前導, 고관의 길을 인도하는 사람가 대궐 안으로 들어갔다. 그 재상도 따라 들어가 잠시 뒤에 나와서는 한 숙직실로 들어갔다. 늙은 종이 관노에게 물었다.

"저 나리가 누구이시지요?"

"판서 김 아무 나리라오."

"관향은 어디신가요?"

"아무 고을이라오."

"지금 어떤 자리에 계신가요?"

"이조판서 지의금어영대장知義禁御營大將이시고 춘추春秋 성균관 사복시 장악원 사역원 내의원 사사3) 제조4)이시라오."

---

3) 사사(四司): 조선시대에 형조에 소속된 상복사·고율사·장금사·장례사의 네 관아.
4) 제조(提調): 조선시대에 중앙에서 각 사(司) 또는 청(廳)의 우두머리가 아니면서 각 관아의 일을 다스리던 직책.

늙은 종이 크게 기뻐하며 돌아와 그 일을 보고했다. 김생의 아내에게 김생의 이름과 자, 관향, 연세 등을 물어보니 관노가 대답해준 것과 모두 같았다.

부인이 마침내 얼굴을 부드럽게 하고 김생의 아내를 쳐다보며 말했다.

"내 귀인을 알아보지 못하고 한결같이 냉대했으니 이 두 눈깔을 찔러 사죄해야겠다. 그러나 지금 재앙이 눈썹에 불이 붙은 듯 임박했으니 가련한 네 아버지와 오빠는 구해줄 사람이 없으면 한칼에 죽게 될 것이다. 낳고 길러준 은혜를 생각해, 우리가 박대한 허물을 네가 용서해준다면 마른 뼈에 살이 돋아나고 얼어붙은 풀뿌리에 다시 봄이 올 것이다. 생각해주겠느냐?"

김생의 아내가 말했다.

"김생이 현달해 귀하게 된 걸 알고서도 제가 아버지와 오라비를 구해주지 않는다면 마땅히 칼에 엎어져 죽어야겠지요. 부디 걱정하지 마십시오!"

김생의 아내는 붓을 찾아 짤막한 편지를 썼다.

"첩이 지금까지 죽지 않고 구차히 밥 먹고 숨쉬어온 이유는 제가 죽고 나면 당신이 더욱 쓸쓸해져 위로받을 곳이 없어질까 걱정이 되었기 때문이지요. 거듭 생각하다 오늘에 이르렀군요. 듣자니 천도가 착한 사람에게 복을 내려 당신 벼슬이 드높아져 일신에 영광이 내렸다 합니다. 옛날의 쓸쓸함이 사라지고 이제 혁혁하게 되셨으니, 첩은 이제부터 당신께 누가 되지 않으려 합니다. 그런데 첩의 운명이 어그러져 집안의 화가 더욱 참혹합니다. 죽지 않고서는 이 회한을 갚을 길이 없나이다. 저는 장차 실오라기 같은 생명을 아버지와 오라비와 함께하기로 맹세했습니다. 이승에서 우리 인연의 업은 이미 뜬구름이나 흘러가는 물과 같이 되어버렸습니다. 혹시라도 유마[5]의 알아차림이 있으시다면 내세에서라도 이 빚을 조금 갚아주실 수 있을는지요? 만번 바라옵건대 진중하시어 넓은 집 겹겹의 요 위에서도 가난했던 날을 잊지 마시고, 붉은 수레를 탄 높은 장군이 되시더라도 고달프게 걸어 다니던 시절을 잊지 마세요. 비단옷을 입어도 솜옷 입던 날을 잊지 마시고, 낙타 고기와 곰 발바닥을 드셔도 채소 씹으시던 날을 잊지 마소서. 부디 저승의 소망을 저버리지 마소서."

편지를 다 써서 늙은 종에게 주며 김생에게 빨리 전하도록 했다.

관아에서 꼿꼿이 앉아 일을 보고 있던 김생은 편지를 읽고 감격해 눈물로 가슴을 적셨다. 그는 다음날 아침 조회가 끝나자 관을 벗고 엎드려 아뢰었다.

"소신의 훈명을 반납하겠사오니 부디 조강지처를 살려주옵소서!"

임금이 그 까닭을 묻자 김생은 하나하나 다 아뢰었다. 임금이 감동한 얼굴로 김생의 장인을 특별히 용서하고 좋은 땅으로 가벼운 귀양을 보냈다.

김생은 수레와 옷을 성대하게 꾸미고 그 아내를 친히 맞이해 하사받은 저택으로 함께 가니 그 기쁨이 지극했다. 장모 역시 김생의 집에서 기거하며 여생을 마쳤다.

成勳業不忘糟糠

光海朝大北中, 一宰相, 榮貴無比. 其子又驟躋至承宣. 第宅宏麗, 金穀堆積, 而其婿[6]金生, 甚是孤畸[7], 贅寓于婦家. 婦家內外主僕, 皆厭薄之, 雖

---

5) 유마(維摩): 인도 비사리국의 장자(長者). 석가모니 부처님의 재가(在家) 제자로서 속가(俗家)에서 보살 행업을 닦았다. 대승불교의 경전인 『유마경』의 주인공이다. 수행이 대단해 불제자들도 미칠 수 없었다고 한다. 유마거사가 병을 앓자 문수보살이 병문안을 가서 왜 병이 들었냐고 물었다. 유마거사는 중생이 병들었기에 자기도 병이 들었고, 그래서 중생이 나으면 자기도 나을 거라고 대답했다. 본문은 이 일화를 환기한 것이다.
6) 婿: 동양본에는 '胥'로 표기.

厮役小僮, 皆呼金生, 而未有尊奉者. 然其[8]婦獨[9]恤繿縷. 生日日晨出而朝入, 朝出而暮入, 入則未敢投蹤[10]於宰相及夫人承宣之前, 輒由[11]小門逕入婦室, 婦[12]每倚戶佇待, 下堂扶[13]上, 親解衣袍, 躬進飯卓. 宰相之[14]傔隷婢僕, 皆飫珍肉, 而所饋金生者, 只苦菜數器, 婦時時憤怒, [15]生泫然, 而生則一笑曰: "寄食於他人, 此猶逾[16]分, 奈何疚懷?" 一日生晚[17]歸入室, 不見其婦, 獨坐[18]久, 婦忽自垣後, 潛身[19]而入, 生詰其故, 婦曰: "朝者慈母, 盛責余曰: '汝衣食, 皆仰於父母, 迎送只在於金生, 朝暮懇懃[20], 情好洽篤, 彼金生者, 年過四旬, 徒耗我穀, 斷汝平生, 醜惡且甚, 每一念到, 髮竪齒酸, 汝反善事此厮, 十倍父母, 汝欲一用前度, 可隨此厮而出, 好自飽暖也.' 云云. 余自此不敢由戶直入, 復遽親責, 而今日日影已移, 尊章想已還歸, 故權托遺矢, 潛逃至此, 萬望寬饒." 生曰: "聘母所敎, 旣如是, 則卿卿何爲乎來?" 已而[21]婢進暮飯, 婦緊囑其婢曰: "愼勿謂俺在此!" 婢應諾[22]而出, 生大喫飯饍, 卓上有一鷄脚, 婦曰: "尊章決[23]勿進此!" 生曰: "何謂

7) 畸: 고대본·가람본에는 '寄'로 표기.
8) 동양본에는 '胥'가 더 나옴.
9) 국도본·동양본에는 '憐'이 더 나옴.
10) 蹤: 동양본에는 '踪'으로 표기.
11) 由: 동양본에는 '有'로 잘못 표기.
12) 婦: 동양본에는 탈락.
13) 扶: 국도본·가람본에는 '挾'으로 표기.
14) 之: 동양본에는 탈락.
15) 동양본에는 '金'이 더 나옴.
16) 逾: 동양본에는 '愈'로 표기.
17) 晚: 동양본에는 '曉'로 표기.
18) 국도본·동양본·가람본에는 '稍'가 더 나옴.
19) 身: 동양본에는 탈락.
20) 懇懃: 고대본에는 '殷勤'으로 표기.
21) 已而: 동양본에는 '而已'로 잘못 표기.
22) 諾: 고대본에는 '落'으로 잘못 표기. 동양본에는 탈락.
23) 決: 동양본에는 '愼'으로 표기.

也²⁴⁾?" 婦曰: "俄者鼎烹一鷄, 有猫²⁵⁾偸去, 盡食體膚, 唯²⁶⁾一脚, 落在溷側, 婢輩相道其事, 慈母曰: '此可爲金生²⁷⁾粱肉, 必置飯卓, 使這厮雯時悅口.' 云. 故果有此饌, 穢惡殊甚, 不合近口." 生曰: "聘母之俯餉一肉, 事係特恩, 敢不染指?" 言訖, 盡啜. 飯已, 生起身欲出, 婦曰: "日暮鍾鳴, 尊章何去?" 生曰: "今夜三更, 卿須登園, 東²⁸⁾遙望鳳闕之外, 則當有閧鬧之聲, 若差久撕殺, 則必引決而死. 又或雯時²⁹⁾鎭靜³⁰⁾, 則珍重偸生也." 婦滿口應諾, ³¹⁾跟蹌而出. 婦是夜不眠, 殺³²⁾至三鼓下, 間人之睡, 潛登園眷³³⁾, 望望天衢, 闃無人聲, 意謂生妄誕, 將欲下岡, 忽見火炬燭天, 人喊馬嘶, 飛到闕門, 勢如風雨, 數刻喧噪, 一擁而入. 只見宮城之內, 楓林³⁴⁾之外, 間間有火光, 而不甚喧譟. 時宰相父子, 俱値禁直, 其家幷無一箇男子, 末³⁵⁾由識破其由, 只得歸室疑訝. 翌曉赤脚³⁶⁾帶了宰相早饍, 向闕而入, 則御衢之上, 千騎駐札, 鞭打棒擊, 四下辟人, 赤脚自恃主勢, 欲衝過陣內, 隊官篦之, 赤脚大罵曰: "我是某洞某大監宅家人³⁷⁾, 么麼小校, 安得相迫?" 衆卒³⁸⁾失笑曰: "汝主是凶逆

---

24) 也: 동양본에는 탈락.
25) 猫: 동양본에는 '楡'로 표기.
26) 唯: 국도본·동양본·가람본에는 '惟'로 표기.
27) 金生: 동양본에는 탈락.
28) 東: 동양본에는 탈락.
29) 동양본에는 '間'이 더 나옴.
30) 靜: 동양본에는 '定'으로 표기.
31) 동양본에는 '生'이 더 나옴.
32) 殺: 성균관대본에는 '數'로 표기.
33) 眷: 성균관대본에는 '東眷'으로 표기.
34) 楓林: 성균관대본에는 '楓宸'으로, 고대본에는 '震'으로 표기. 신(宸)은 하늘의 중심인 북극성이 거처하는 곳으로 제왕의 거처를 의미한다. 풍은 단풍나무인데 중국의 한나라에서 궁궐에다 단풍나무를 많이 심었던 사실에서 풍신은 단풍나무가 많은 제왕의 거처란 의미가 되기에 궁궐을 뜻한다.
35) 末: '未'로 고쳐야 함.
36) 赤脚(적각): 사내종은 푸른 두건을 써서 '창두'라 불렸고, 계집종은 짧은 치마를 입어 맨다리가 드러난다고 해서 '적각'이라 불렸다.
37) 人: 동양본에는 '奴'로 표기.
38) 卒: 동양본에는 탈락.

之魁, 少間爾怎敢賣勢也." 因亂踢駈出. 赤脚僅脫[39]危亡, 滿身血染, 歸告其家, 其家大驚, 半信半疑, 夫人曰: "吾家厚被上寵, 且無陰謀, 豈有一[40]朝落塹之理? 必是無賴金生, 謀逆事覺, 當其鞫問, 誣引我家, 以逞宿憾, 爾之夫子, 好矣好矣[41]!" 婦亦甚疑眩, 俛首無答. 居無何, 數箇朗官, 馳到門屛, 或檢括文簿, 或搜點庫藏, 一家大哭, 向朗官問其由, 則朗官秘不應. 卽使老蒼頭, 潛出詗探消息, 良久蒼頭回告曰: "昨夜新王卽位, 舊主廢竄, 滿朝公補[42], 以幽廢大妃, 論以逆律云. 故小的恐大監不免此禍, 亟往大理廳, 探下落, 則大監與小令公, 備[43]受酷刑, 骨髓盡碎, 不日當用肢解之律云. 可憐夫人小姐, 皆入官籍, 小的亦不知何處淪落." 夫人大叫一聲, 昏絶于地, 老少[44]咸聚哭倒. 蒼頭忽扐淚而起, 連叫夫人曰: "俄因惶遽, 竟漏一語." 夫人曰: "第言之!" 蒼頭曰: "小的從門隙偸觀, 虎頭閣上, 有一座少年, 衣緋貼金, 酷似金生, 或此厮, 因緣得此耶?" 夫人曰: "世間貌[45]相似者, 自來無限, 此厮焉能卒得金緋也?" 生之婦曰: "天下萬事, 不可預度, 試再往覘之." 夫人曰: "汝一信此厮, 輒起忘[46]想, 俺腔子尤覺煩惱." 老蒼頭曰: "小的願再[47]往. 若不是, 則已矣." 因踰墻而去, 飛到金吾門屛, 則有兩箇皁隸[48], 雙穿王衣, 除辟[49]大道, 繼之以十箇旗手, 兩行喝導[50], 一座高軒, 坐着一位妙年宰相, 衣袍甚華, 趍從如雲. 蒼頭定睛看了, 宛是金生也. 乃躡後而去, 前導直入

---

39) 脫: 고대본에는 '脚'으로, 성균관대본에는 '避'로 표기.

40) 一: 국도본에는 '如'로 잘못 표기.

41) 동양본에는 '生之'가 더 나옴.

42) 補: 이본에는 '輔'로 표기.

43) 備: 가람본·국도본·성균관대본에는 '幷'으로 표기.

44) 少: 동양본에는 '小'로 표기.

45) 가람본·국도본·성균관대본에는 '樣'이 더 나옴.

46) 忘: '妄'으로 표기해야 함.

47) 再: 다른 이본에는 '更'으로 표기.

48) 皁隸(조례): 조례(皁隷). 관아에서 천역(賤役)에 종사하던 관노·사령·마지기·가라치·별배(別陪) 따위. 종친이나 공신에게 내려주던 관노비.

49) 除辟: 다른 이본에는 '辟除'로 표기.

50) 喝導(갈도): 고귀한 사람이 행차할 때 길 가는 사람에게 길을 비키라고 큰 소리를 치는 것.

闕門, 那宰相, 亦隨而入, 稍久而出, 轉入一直房. 蒼頭問于皁隸曰:"這位是誰?"答曰[51]:"金判書某."曰:"鄕貫何處?"曰:"某鄕."曰:"現居何職?"曰:"吏曹判書 知義禁[52]御營大將, 同春秋同成均[53]司僕掌樂司譯內醫四司提調."蒼頭大喜, 歸告其事, 且問生之名字鄕貫年紀于生之婦, 則又與皁隸所對, 一一相符, 夫人乃以和顏, [54]謂生之婦曰:"我不知貴人, 一此冷待, 欲穿了一雙肉眼, 以謝此罪. 然禍在燒眉, 莫有救者, 可憐汝父汝兄幷受一刀, 汝倘念生育之恩, 姑恕冷落之咎, 則枯骨可以再肉, 寒荄可以復春, 汝其念哉?"生之婦曰:"的知金生貴顯, 而不能救父兄之禍, 則當伏劍而死, 萬望解憂!"婦因索一觚, 寫下短札曰:"妾之所以尙此忍死苟偸食息者, 誠以一沒之後, 君子益當踽涼, 無所慰懷, 故念念至今, 今聞天道福善, 顯秩榮身, 昔之凄斷, 今焉熱赫, 妾從此無累於君子矣. 妾命途乖舛, 家禍轉酷, 非一[55], 無以償此懷. 將與父兄之縷命誓終始, 現在緣業, 已成浮雲逝水, 倘維摩有知, 或於來世, 少了此債, 萬望珍重. 廣廈曲氈, 而毋忘蓽蓬, 朱輪高牙[56], 而毋忘困步, 錦襖紈袴, 而毋忘縕袍, 駝峯熊掌, 而毋忘咬菜, 庶副泉臺之望."書罷, 使蒼頭, 飛傳于金生, 生正坐衙治事, 忽見此書, 感泣沾臆. 翌朝, 朝罷, 免冠伏奏曰:"願納臣勳名, 得保糟糠."上宣問其由, 生一一陳對, 上爲之動容, 特貸生之婦翁, 薄竄善地. 生盛飾車服, 親迎其婦, 偕到欽賜甲第, 極其梟藻. 婦之母, 亦寄于生家, 以終餘年.

51) 曰: 동양본에는 탈락.
52) 고대본에는 '禁'이 더 나옴.
53) 국도본·성균관대본에는 '館'이 더 나옴.
54) 이본에는 '顧'가 더 나옴.
55) 다른 이본에는 '死'가 더 나옴.
56) 高牙(고아): 장군이 있는 본진에 세우는 높은 깃발.

아버지의 목숨을 구걸한 충성스러운 여종, 삼절을 완성하다

서울에 심沈씨 성을 가진 선비가 있었다. 그의 노비들이 도망쳐서 선산善山에 살고 있었다. 추적해 조사해보았더니 그 수가 매우 많았다.

심 선비가 그중 부유한 종을 찾아갔다. 그 종에게 향단이라는 딸이 있었는데 나이는 열아홉 살이고 얼굴이 예뻤다. 선비는 그 딸과 잠자리를 같이했는데 그녀에게 빠져 돌아갈 줄을 몰랐다.

노비들은 선비를 해치려고 꾀를 내서 날짜를 정해두었다. 노비의 딸은 그 사실을 알고서 그날 밤 선비와 더욱 농염하게 놀았다. 서로 희롱을 하는데 못할 짓이 없었다. 노비의 딸은 선비의 도포와 바지를 벗겨서 자기가 입고 자기의 저고리와 치마는 벗어서 선비에게 입혔다. 이렇게 한참을 놀다가 여인이 갑자기 물러나 앉더니 울기 시작했다. 선비가 괴이한 생각이 들어 물으니, 여인이 고개를 숙이고 낮은 목소리로 말했다.

"오늘밤 주인님에게 큰 화가 닥칠 것입니다. 문밖의 빽빽한 화망火網을 벗어나기 어려울 것이니 이 일을 어찌하면 좋습니까?"

선비도 깜짝 놀라 어쩔 줄 몰랐다.

여인이 말했다.

"이것은 모두 제 집안 무리의 짓입니다. 제 아버지도 막지 못해 어쩔
수 없이 동참했습니다. 그러나 아버지는 모의를 주도한 사람이 아니니
용서받을 수 있을 것입니다. 제가 주인님의 옷을 입고 제 몸으로 주인님
을 대신하겠습니다. 저를 부르는 소리가 들리면 주인님은 즉시 이렇게
입고 머리를 헝클어뜨려서 얼굴을 가리고 달려나가십시오. 다행히 벗어
나신다면 제 아버지도 분명 죽음을 면할 수 있겠지요."

말을 마친 여인은 눈물을 펑펑 흘렸다. 선비는 크게 감동하며 마음 아
파했다.

밤이 깊어지자, 문밖에 횃불이 일제히 밝혀졌다. 흉도들이 난입해 여
인의 이름을 부르며 나오라 했다. 선비는 여인의 옷을 입고 헝클어뜨린
머리로 얼굴을 가리고 뛰쳐나가 힘껏 달렸다.

마침 관가가 마을에서 멀지 않은 곳에 있었다. 선비는 곧바로 관문으
로 가서 크게 부르짖으며 문을 두드렸다. 고을 원이 듣고 매우 놀라 문
을 열어주고 들어오게 하여 보니 머리를 헝클어뜨린 여자가 있었다. 곡
절을 물어 사정을 알게 된 고을 원은 즉시 포교를 많이 거느리고 달려
갔다.

적도들은 아직 흩어지지 않았다. 하나도 놓치지 않고 모두 결박했다.
들어가 살펴보니 여인은 이미 난도질 당해 방바닥에는 선혈이 낭자했
다. 적도들은 여인을 살해하고 나서야 일이 잘못된 것을 알아차렸다. 막
흩어져 도망치려던 참이었는데 그때 포졸들이 들이닥친 것이다. 그래서
아무도 도망치지 못했다.

고을 원은 상사上司에 즉시 보고하고 적도들을 모두 죽였다. 선비가
간곡히 부탁해 여인의 아버지만은 죽음을 면했다.

아, 이 여인은 주인을 위해 충忠을 다했고, 지아비를 위해 열烈을 다했
으며, 아비를 위해 효孝를 다했다. 일거에 삼강을 다 갖추었도다! 본읍

에서 비석과 정문旌門을 세워주었다.

乞父命忠婢完三節

京中士人沈姓者. 有奴婢, 漏在善山. 得推覈盡出, 厥數夥多[1]. 士人見一奴饒富[2]者, 有女名香丹, 年十九, 有姿貌, 納之甚寵, 忘[3]其歸[4]. 奴輩欲謀害, 已定期, 女知之, 至其夜, 與士人, 倍加昵愛, 嬉戱無所不至, 脫士人袍袴自着, 取其襦裳, 換着士人. 調偕久之, 女[5]忽却坐而泣, 士人怪而問之, 女俯首低聲語曰: "主有大禍, 迫在今夜. 門外密網, 難可透出奈何?" 士人大驚, 罔知攸[6]措, 女曰: "此皆婢之族黨所謂[7], 吾父莫之禁, 亦與知之, 然父非首謀者, 猶可恕也. 今吾換着主服, 將以身代主, 主但聞有呼女出者, 卽以此服披髮蒙面, 疾走而出, 幸以得脫, 必免吾父之死." 言訖流涕縱橫, 士人大感傷. 夜[8]將半, 門外衆炬齊明, 凶徒擁入, 果呼女出, 士人以女服, 披髮蒙面, 躍出疾走, 此村距官門不遠, 士人直抵官門[9], 大呼叩閽, 邑倅聞之大驚, 開門呼入, 則乃披髮一女子也. 問之得其曲折, 倅卽多發校卒[10], 率以馳赴. 賊徒猶未散, 一一縛結, 無漏失. 入見其女, 則已亂斫, 血盈房內[11]. 盖旣殺女, 徐知其誤, 方欲散走之際, 官捕已迫, 無得脫者. 邑倅卽報

1) 夥多: 이본에는 '甚夥'로 표기.
2) 饒富: 가람본·국도본·성균관대본에는 '富饒'로 표기.
3) 忘: 동양본에는 '妄'으로 잘못 표기.
4) 歸: 동양본에는 '婦'로 잘못 표기.
5) 女: 동양본에는 탈락.
6) 攸: 가람본에는 '所'로 표기.
7) 謂: 동양본·국도본·가람본 등에도 똑같이 표기하고 있으나, "爲"를 잘못 표기한 것으로 보고 해석하는 것이 바람직함. 『학산한언』에는 '爲'로 표기.
8) 고대본·가람본에는 '夜'가 더 나옴.
9) 門: 동양본에는 '家'로 표기.
10) 校卒: 성균관대본에는 '捕校'로 표기.
11) 內: 가람본·국도본·성균관대본에는 '中'으로 표기.

上司, 盡戮之, 獨女之父, 以死[12]懇乞, 幸免. 噫此女[13]爲其主遂其忠, 爲其
夫[14]成其烈, 爲其父盡其孝, 一擧而三綱具矣! 本邑立碑旌[15]焉.

---

12) 死: 다른 이본에는 '士'라고 맞게 표기.
13) 女: 동양본에는 탈락.
14) 夫: 고대본에는 탈락.
15) 旌: 동양본에는 '旋'으로 잘못 표기.

명마가 옛 주인을 찾아 천리를 달려가다

옛날 광해군 시절 한 고을 원이 있었다. 부임하자마자 여러 해 억울한 옥살이를 하던 사람의 억울함을 풀어주었다. 그의 늙은 어미가 은혜를 갚으려고 갓 태어난 망아지를 치마에 싸가지고 와 바치면서 말했다.

"첩의 아비가 말 사백 마리를 기르면서도 좋은 말이 없다고 한탄하다가, 하루는 한 암말을 가리키며 첩에게 말했지요. 저 말이 꼭 신령한 망아지를 낳을 거라고요. 이것이 바로 그 망아지입니다."

원이 임기를 끝내고 서울로 돌아왔을 때도 그것은 여전히 작은 망아지였다.

전창위全昌尉 유정량[1]은 백락[2]이라 불렸는데, 백금을 주고 그 말을 샀

---

1) 유정량(柳廷亮, 1591~1663): 호는 소한당(素閒堂). 영의정 유영경의 손자다. 1604년 열네 살 때 선조의 딸 정휘옹주(貞徽翁主)와 혼인해 전창위에 봉해졌다. 1612년 할아버지 유영경의 사건으로 일가가 멸족될 때 전라도 고부에 유배되었다가 경상도 기장(機張)으로 이배되었다. 여러 해 동안의 귀양살이로 토굴 속에서 햇빛을 보지 못해 실명할 뻔했다. 1623년 인조반정으로 즉시 풀려나와 작위가 회복되어 숭덕대부에 승품되고, 성록대부에 이르러 세훈(世勳)을 물려받고 군(君)에 봉해졌다. 시호는 효정(孝貞)이다.

다. 과연 그 말은 크자 신묘한 준마가 되었으니, '표중^{約重}'이라는 이름을 지어주었다.

광해군이 소문을 듣고 그 말을 빼앗아갔다. 그뒤 전창위는 할아버지 유영경³⁾의 옥에 연루되어 고부^{古阜}로 귀양 가서 위리안치^{圍籬安置, 유배된 죄인}^{이 거처하는 집 둘레에 가시로 울타리를 치고 그 안에 가두어두던 일}되었다.

어느 날 광해군은 이 말을 타고 후원을 달렸는데 말이 갑자기 몇 길이나 뛰어올라 광해군을 떨어뜨렸다. 위사^{衛士}가 손으로 받아주어 광해군은 살아날 수 있었다. 말은 담을 뛰어넘어 도망갔다.

어느 날 말은 고부에 이르렀다. 전창위는 어두운 밤 울타리 안으로 뭔가가 뛰어드는 소리를 들었다. 불을 들고 나가 살펴보니 그 말이었다. 말은 방문 안으로 뛰어들어 벽 사이의 협실로 숨어들어가 꿇어앉고는 일어나지 않았다. 전창위는 매우 놀라고 기이하게 여겨 말을 벽실 안에 두고 일 년 동안 길러주었다.

광해군은 매우 노하여 현상금을 걸고 대대적으로 말을 수색했다. 전창위의 유배지에도 세 번이나 와서 뒤졌지만 끝내 말을 찾아내지는 못했다.

하루는 말이 갑자기 갈기를 떨면서 오락가락하더니 목을 빼고 길게 울었다. 곧 반정⁴⁾의 소식이 들려왔다. 전창위는 풀려났다. 돌아오는 행

---

2) 백락(伯樂): 주(周)나라 때 사람으로 좋은 말을 잘 알아보았다. 이에 '백락'은 말에 관한 일에 밝은 사람을 지칭하게 되었다.

3) 유영경(柳永慶, 1550~1608): 호는 춘호(春湖). 1572년 춘당대문과(春塘臺文科)에 병과로 급제해 정언 등 청요직(淸要職)을 역임했다. 1602년 이조판서에 이어 우의정에 올랐는데, 대북파와의 기자헌·정인홍 등과 심한 마찰을 빚었다. 1604년 호성공신 이등에 책록되고, 전양부원군(全陽府院君)에 봉해지고 나서 선조에게 존호를 올리고 윤승훈(尹承勳)의 뒤를 이어 영의정에 올랐다. 선조 말년에 왕의 뜻을 따라 영창대군을 광해군 대신 옹립하려 했다. 1608년 선조는 죽기 전에 영창대군을 부탁했는데, 그는 그 유교칠신의 한 사람이었다. 광해군이 즉위하자 그는 대북 이이첨·정인홍의 탄핵을 받고 경흥에 유배되었다가 사사되었다. 1623년 인조반정으로 관작이 복구되었다.

4) 반정(反正): 인조반정. 1623년에 광해군을 폐위하고 능양군(綾陽君)을 인조로 즉위시킨 일.

차가 경기도 어느 읍에 이르렀는데, 말이 갑자기 스스로 궁벽한 산골의 작은길로 들어섰다. 하인이 큰길로 끌어내도 말은 고집스럽게 작은길로 향했다. 말에게 기이한 일이 많이 있었기에 결국 가는 대로 내버려두었다.

수풀이 빽빽한 곳에 이르니, 어떤 사람이 수풀 속에 숨어 있었다. 전창위가 보니 유씨 집안의 평생 원수였다. 복수를 하려던 차에 홀연 만나게 되었으니 종자를 시켜 그자를 잡아 결박해오라 했다. 결국 그자가 죄를 인정하고 벌을 받으니 사람들이 다들 기이하게 여겼다.

인조가 이 이야기를 듣고 말에게 품계를 내리도록 했다. 전창위가 죽고 반혼返魂 죽은 사람의 장례를 치르고 나서 그 혼을 집으로 모셔오는 일을 한 뒤 말은 아무것도 먹지 않다가 죽었다. 말을 성 동문 밖에 묻어주었다.

訪舊主名馬走千里

昔在光海時, 有一倅, 新上官, 決累年寃獄, 其老嫗欲報恩, 裙盛新生子駒納官曰: "妾父生時, 牧馬四百, 而每嘆無馬, 一日指一牝馬, 謂妾曰: '當生神[5]駒.' 今此駒, 其所産也." 守解任到京, 猶小駒也. 全昌尉柳廷亮, 時稱伯樂, 用百金買之, 及長大果神駿也, 名之曰: '豹重', 光海聞而奪之. 後全昌坐其祖永慶獄, 謫古阜, 設荐棘. 一日光海騎此馬, 騁後園[6], 馬忽騰起數丈, 掀墮光海, 適從衛手護得生, 馬越垣逸走, 一日達古阜, 全昌於黑夜圍[7]中, 忽聞有投入聲, 把火視之, 卽是馬也. 超入房門, 徐藏於壁間夾室, 跪伏不起, 全昌大驚異之, 仍置壁室中飼養者一年矣. 光海大怒, 懸購大索, 窮搜至圍籬者三, 而終不覺也. 一日馬忽振鬣躑躅, 擧項長鳴, 俄而反正之報

5) 神: 고대본·가람본·성균관대본에는 '新'으로 잘못 표기.
6) 園: 동양본·국도본에는 '苑'으로 표기.
7) 圍: 동양본에는 '闈'로 표기.

至矣. 全昌蒙放, 行到畿邑, 馬忽自入山僻小路, 從[8]僕牽向大路, 則馬不受
制, 堅向小[9]路, 以馬多異, 遂任其去, 至一林叢間, 有一人伏在其中, 全昌
視之, 此乃柳氏平生讐人, 正欲報仇之際, 忽然相値, 使從者縛取捉來, 遂
至伏辜, 人莫不異之. 仁廟聞之, 命馬加資[10], 及全昌卒, 返魂後, 馬不食而
死, 埋于城東門外.

---

8) 從: 가람본에는 탈락.
9) 小: 동양본에는 '少'로 표기.
10) 加資(가자): 조선시대 정3품 통정대부(通政大夫) 이상의 품계를 올려주던 일 혹은 그렇게 올
려진 품계. 일반 벼슬아치들의 품계를 한 등급 올려주는 것을 말하기도 한다.

교활한 아전이 어리석은 원을 조롱하다

아무개가 산골 마을 원이 되었다. 청렴하게 고을을 다스려 아무 물건도 취하지 않았지만 성품이 어리석고 졸렬해 일하는 것이 허술했다.

원이 임기를 마치고 돌아가려는데 행랑이 비어 행장을 꾸릴 수 없어서 마음이 매우 다급해졌다. 원은 평소 고을의 아전 아무개를 신임해왔다. 그는 사람됨이 몹시 영리했고, 또 자신을 발탁해준 데 감동해 원에게 충성을 바치려 해왔다. 아전은 원이 곤궁에 빠져 진퇴양난에 처한 것을 알고 속으로 심히 안타깝게 여겼다. 하루는 사람들을 물리치고 비밀스레 말했다.

"사또께선 청렴을 자처하고 가난을 고집하셨기에 임기가 다 끝나가는데도 행장조차 갖추기 어려워진 것입지요. 소인이 정성을 다해 보답하고자 꾀를 하나 생각해냈습니다. 이 꾀를 따르면 행장을 마련할 걱정을 안 해도 될 뿐 아니라 살림도 넉넉하게 불릴 수 있을 겁니다."

"도리에만 맞는다면야 어찌 따르지 않겠느냐?"

원의 말에 아전이 이렇게 대꾸했다.

"아무개 좌수座首가 이 고을에서 제일 부자라는 사실은 사또께서도 아실 겁니다. 오늘밤 소인과 함께 시험삼아 도둑질을 한번 해본다면 천금쯤은 얻을 수 있을 것입니다."

원이 크게 노여워하며 말했다.

"네가 어찌 감히 내게 법을 어기는 그런 일을 시키려 하느냐! 수령의 몸으로 어찌 도둑질을 하란 말이냐? 망령된 말일랑 다시는 하지 말거라. 네놈의 죄는 태형笞刑, 대쪽으로 볼기를 치던 형벌감이로다!"

아전이 말했다.

"사또께서 이처럼 고집만 부리시면 공채 수백 금을 어떻게 갚으려 하십니까? 행차 비용 오륙십 꾸러미는 어디서 마련한단 말입니까? 또 댁에 돌아가시면 풍년이 들더라도 마님께서는 배가 고프다며 눈물을 흘리실 테고, 겨울이 따뜻해도 아이들은 춥다고 울부짖을 겁니다. 집은 텅비고 솥에는 먼지만 쌓일 것이니, 그때가 되면 소인의 말이 생각나실 겁니다. 늦은 밤에 일을 도모할 테니 귀신조차 알아차리지 못할 것입니다. 이야말로 이른바 거슬러 취하고 순하게 받는 것이니, 원컨대 다시 한번 생각해보소서."

원이 가만히 앉아 그 말을 자세히 따져보니 점점 기회를 잡아보자는 쪽으로 마음이 기울었다.

마침내 원이 눈썹을 찡그리며 말했다.

"그럼 일단 가서 시험해보도록 하세. 그런데 어떻게 입고 나갈까?"

"탕건에 발막發莫, 마른 신의 한 가지을 신고 가벼운 옷차림으로 가는 게 좋겠지요."

원은 아무개 아전의 손을 잡고 함께 나갔다.

때는 이미 인경도 울린 뒤였다. 거리에 사람소리가 드물어졌다. 달이지고 안개가 자욱하니 밤은 칠흑같이 어두웠다(눈코 뜰 새 없이 바쁜 가운데서도 이런 한가한 글도 다 쓴다[1]). 사다리로 담을 넘어 몰래 들어가 한 창고 문 앞에 이르렀다. 구멍을 뚫고 들어갔는데 아전이 놀라며 말했다.

"술 창고로 잘못 들어왔네요. 그렇지만 평소 소인의 주량이 세서 이 좋은 술을 보니 입에 침이 흐릅니다. 필이부고사[2]나 시험해봅시다."

그리고는 원의 신 한 짝을 벗겨 술을 가득 담아서 두 손으로 바쳤다. 이 지경에 이르니 원도 마다하지 못하고 억지로 다 마셨다. 아전은 연거푸 네다섯 번 신을 기울이더니 취한 척하며 크게 소리질렀다.

"소인이 평소 술을 마시고 귀에 열이 오르면 노래 한 가락을 뽑곤 했으니 이게 제 장기가 되었지요. 오늘 맑은 흥이 마구 일어나니 어찌 가만히 있을 수 있겠습니까? 사또께서 박자를 맞추며 한번 들어보세요."

원은 크게 놀라 손을 휘저으며 급히 중단시켰다. 아전은 듣지 않고 큰 소리를 내기 시작했다. 삽살개가 문 앞에서 짖어대니 집안에 있던 사람들이 놀랐다. 장정 서너 명도 자다가 깜짝 놀라 깨어서 "도둑이야!" 하고 외치며 나왔다.

아전은 이 틈에 빠져나와 물건으로 구멍을 막아버렸다. 원도 빠져나가려 했지만 잘 되지 않았다. 황당하고 다급했지만 계책이 없어 술항아리 사이에 몸을 숨겼다.

횃불을 들어 비추어보던 사람들이 "도적이 술 창고 안에 있다!"고 외쳤다. 자물쇠를 부수고 문을 열고 들어갔다. 항아리 속 자라를 잡듯 손으로 원을 쉽게 잡아 가죽 자루에 넣고서 문 앞 버드나무 가지 위에 매달았다. 그러고는 다음날 관가에 고발해 처벌하고자 했다.

아전은 그 집 사당으로 몰래 들어가 불을 지르고는 큰 소리로 "불이야!"라고 외쳤다. 집안사람들이 모두 불을 끄려고 달려가니 죄수의 아버

---

1) 눈코 뜰~다 쓴다: 원문 속에 작은 글씨로 "百忙中, 有此閑筆"이란 일종의 간주(間註)를 붙였다.
2) 필이부고사(畢吏部故事): 진(晉)나라에 필탁(畢卓)이라는 사람이 술을 좋아했는데, 이부랑(吏部郎)으로 있을 때 술을 훔쳐 마시다 붙잡힌 데서 생긴 고사. 술을 훔쳐 마시는 것을 일컫는다.

지만 남았다. 그는 아흔아홉 살 노인으로 절반은 귀신이 되어 후당에 바보처럼 앉아 있었다. 아전이 후당으로 몰래 들어가 그를 끌고 버드나무 아래 가죽 자루 쪽으로 갔다. 그 속에 노인을 대신 넣고는 원을 일으켜서 부축해 급히 도망쳤다.

원은 부모가 자기 다리를 두 개만 만들어준 것을 원망하며 나는 듯이 뛰어 관아에 이르렀다. 숨이 막히고 목이 메었다. 마음속에서 치밀어오는 화를 억누를 수 없어 눈을 부릅뜨고 아전을 크게 꾸짖었다.

"네가 나를 죽이려 하는구나! 네가 나를 죽이려고 작정했구나! 세상에 원님이 어찌 도둑이 되고, 또 도둑질을 하면서 어찌 술을 마시고 노래한단 말이냐?"

아전이 웃으며 말했다.

"소인의 교묘한 계책이 오늘에야 비로소 들어맞았습니다! 사또를 부대에서 꺼내드리고 좌수의 아흔 살 먹은 늙은 아버지를 대신 밀어넣었지요. 그걸 아는 사람이 없습니다. 지금 사람을 보내 도둑을 잡아와 옥에 가두도록 하십시오. 내일 아침 일찍 좌수를 불러와 그 앞에서 부대를 풀고서 불효의 죄를 논하십시오. 좌수에게 칼을 씌워 엄하게 가두고 여차여차하신다면 수천 금은 가만히 앉아서 얻으실 수 있을 것입니다."

원은 과연 그 말에 따라 새벽같이 좌수를 불러와 알현하게 했다. 마루로 올라오게 해 자리를 내주며 물었다.

"지난밤 자네 집에서 도둑을 잡았다 해 끌고 와 옥에 단단히 가둬놓았지. 지금 자네 앞에서 엄히 다스릴까 하네."

그러고는 사령을 시켜 자루를 끌고 와 풀어서 안에 있는 사람을 나오게 했다. 그는 늙은 영감이었다. 영감은 하품하고 기지개를 켜며 가죽 자루에서 나왔다. 좌수가 보니 자기 아버지였다. 놀랍고 황당하며 부끄럽기도 하고 두렵기도 했다. 계단 아래로 내려가 엎드려 죄를 자백하며 말했다.

"저분은 소민의 노부이옵니다. 집안사람들이 잘못 잡아넣었으니 그 죄로 만 번 죽어 마땅합니다."

원은 책상을 치며 크게 노한 듯 말했다.

"너의 불효가 온 고을에 소문나 있다는 것을 내 익히 들었도다! 결국 무단히 강상綱常의 죄를 범하였나니 용서하기 어렵다!"

집장사령을 불러 죄수를 땅바닥에 엎드리게 하고 살위봉殺威棒, 옛날에 새로 들어온 범인에게 내리던 혹독한 곤장 이십여 대를 치니 살이 터지고 피가 튀었다. 그러고는 사형수에게만 씌우는 이십 근의 칼을 씌워 하옥시켰다.

죄수는 온갖 생각을 다 해봐도 인륜을 어긴 큰 죄를 진 터라 살아날 길이 없었다. 아무개 아전이 원과 가장 가깝다는 말을 듣고는 몰래 그를 불러 애원했다.

"자네가 나를 중죄에서 풀려나게만 해준다면 수천 금이라도 아끼지 않겠네."

죄수는 이렇게 말하면서 먼저 백금 이백 냥을 탁자 위에 놓았다. 아전은 짐짓 난색을 표하다가 한참 뒤에 못 이기는 척 응낙했다. 아전은 밤을 틈타 이천 금을 자기 집으로 운반하게 하고 나서 원에게 아뢰어 죄수를 관대히 풀어주었다. 그리고 돈은 한푼도 남기지 않고 원의 집으로 보냈다.

얼마 안 있어 신관이 부임했다. 공당公堂에서 인장을 인계할 때 '이 아전을 남겨두면 일이 반드시 누설될 거야'라고 생각해 원은 신관에게 비밀리에 부탁했다.

"아전 아무개는 간사하고 교활해 제멋대로 권세를 부리므로 그대로 둘 수가 없는 자요. 내가 떠나고 나서 그자를 반드시 죽여 온 읍이 편안하도록 해주시오."

이렇게 거듭 신신당부하고 떠났다.

신관은, 구관이 틀림없이 본 바가 있어서 그런 부탁을 자기에게 했을

것이라 생각했다. 또 신간으로서 구관의 뜻을 어기기도 어려웠다. 신관
은 다음날 관아를 열자마자 아무개 아전을 잡아오게 해 불문곡직하고
즉시 때려죽이려 했다.

아전은 속으로 생각했다.

'나는 신관에게 죄를 짓지 않았는데, 신관이 이러는 건 필시 구관이
그 일이 발각될까봐 두려워서 나를 죽여 입을 막고자 했기 때문이겠지.
그렇다면 나도 포기할 순 없지. 내 목숨을 지킬 완벽한 꾀를 내야겠어.'

신관을 보니 왼쪽 눈이 먼 사람이었다. 아전이 크게 구슬픈 소리를 내
며 말했다.

"소인은 신구관 나리 교체 때 큰 죄를 지은 바가 없습니다. 다만 구관
나리의 눈을 고쳐준 까닭에 제 목숨을 잃을 재앙을 가져왔으니 어찌 슬
프지 않겠습니까?"

신관이 놀라며 물었다.

"너는 어떤 기술을 가졌길래 애꾸눈을 고칠 수 있단 말이냐? 얼른 말
해보거라! 내 당장 너를 용서해주겠다."

아전이 말했다.

"소인이 젊은 시절 강호를 방랑할 때 한 이인異人을 만나 푸른 주머니
의 비밀스러운 의술3)을 얻었지요. 그뒤로 애꾸눈을 보면 제 손으로 고
쳐주게 되었습니다."

신관은 크게 기뻐하며 결박한 것을 풀어주었다. 그리고 마루로 올라
오게 해 방석을 권하며 말했다.

"구관은 정말 사람도 아니네! 그렇게 크나큰 은혜를 입고도 은혜를
갚기는커녕 자네를 죽이려 했다니! 나 역시 한쪽 눈이 멀었네. 자네가

---

3) 푸른 주머니의 비밀스러운 의술: 중국 진(晉)나라 곽박이 곽공(郭公)에게서 푸른 주머니에
넣은 책을 받아 천문·복술·의술에 정통해졌다 한다.

고쳐줄 수 있겠나?"

아전은 신관을 뚫어지게 바라보면서 말했다.

"나리의 병은 아주 쉽게 치료할 수 있겠습니다. 나리께서 밤에 몰래 소인의 집으로 오시면 신비한 비법으로 치료해드리겠습니다."

신관은 크게 기뻐했다. 날이 더디게 가는 것을 고통스럽게 여기고 또 한탄하다가 저녁이 되자 편한 복장으로 갈아입고 혼자 나갔다. 아전은 이미 문밖에서 기다리고 있었다. 아전이 신관을 후당으로 맞이했는데, 술잔과 산가지가 뒤섞여 있고 수륙진미의 안주들이 갖추어져 있었다. 거나하게 취하자 신관이 물었다.

"밤이 깊었도다. 의술을 시험해볼까?"

아전은 그냥 "예, 예" 할 뿐이었다.

그러다가 조금 뒤 누런 암송아지 한 마리를 묶어와서는 좌석 위에 올려두었다.

신관이 놀라 물었다.

"이 물건을 어쩌려고 끌고 왔나?"

"이게 바로 신령한 기술이지요. 소와 한바탕 교접만 하신다면 눈이 저절로 나을 것입니다요."

신관이 도저히 믿기지 않아 일어나려 하자 아전이 크게 웃으며 말했다.

"구관 나리가 소인을 죽이려 한 것도 바로 이 때문이지요."

신관은 반신반의하며 일을 치르려 하지 않았다. 아전이 거듭 독촉했다. 결국 신관은 눈을 고치는 일이 다급하고 또 술기운도 올라 잠방이 끈을 풀어헤치고 양 무릎을 꿇고 앉아 아전의 말대로 했다. 몽롱한 정신으로 일을 진행하니 송아지는 울부짖고 발길질하고 이빨로 물기도 했다. 신관이 간신히 일을 끝마치고 가는데 아전이 문 앞까지 따라나와 전송하며 말했다.

"내일 아침 소인이 관아로 가서 뵙고 축하를 드릴 것이니 변변찮은 술 세 잔으로만 대접하지는 말아주십시오."

신관이 동헌에 들어와 촛불을 밝히고 아침을 기다렸다. 거울에 얼굴을 비춰보니 하룻밤 뜬눈으로 지새워서인지 오른쪽 눈까지 멀려고 하는 것 같았다. 분노가 치밀어오르고 또 부끄럽기도 해 발 빠른 종을 시켜 성화같이 가서 아전을 잡아오게 했다.

아전은 알록달록한 끈으로 송아지 코를 꿰고 붉은 비단옷을 입혀서 천천히 끌고 오며 크게 소리쳤다.

"얼른 대문을 열어라. 사또 나리 안방마님 행차이시다!"

온 고을이 해괴하게 여기고 또 비웃었다. 추악한 소문이 낭자하니 신관은 부끄러워 내헌으로 들어가서 감히 나오지 못했다.

신관은 며칠 뒤 밤을 틈타 부임지를 떠나 상경했다 한다.

善欺騙猾胥[4]弄痴倅

某人嘗爲峽邑知縣, 爲政清介, 一物不妄取, 而性本迂拙, 作事虛疎. 任滿將[5]歸, 行囊蕭然, 無由治裝, 心正[6]緊急. 縣[7]吏某人者, 素所親任, 而爲人百伶百俐, 且感其拔萃, 指使一欲效忠矣. 見知縣, 正在[8]窮途, 進退兩難, 心甚憐之, 屛人密告曰: "相公以[9]廉潔自處, 氷蘖[10]自持, 瓜期漸近, 行李難辦, 小的欲竭誠圖報, 思得一計, 非徒治行無慮, 抑將潤屋有餘矣." 知縣曰:

---

4) 胥: 가람본·성균관대본에는 '吏'로 표기.
5) 將: 동양본에는 탈락.
6) 正: 성균관대본에는 '政'으로 표기.
7) 縣: 동양본에는 탈락.
8) 在: 동양본에는 탈락.
9) 以: 동양본에는 탈락.
10) 蘖: 동양본에는 '櫱'로 잘못 표기.

“言若有理, 曷不聽從?” 吏曰: “某座首家, 富甲一縣, 官主之前所知者也. 今夜與小人作伴, 試行偸兒手段[11], 則千金可立致也.” 知縣大怒曰: “汝以此等不法之事, 敢干我, 豈有作宰, 而爲盜者乎? 毋妄言! 罪當笞!” 吏曰: “相公若如是[12]執拗, 則公債數百金, 將何以報之? 路需五六十緡, 將何以辦出乎? 且還宅後, 年豊而妻啼飢, 冬烘[13]而兒呼寒, 室如懸磬[14], 釜中生塵, 伊時當思小的之言矣[15]. 且暮夜行事, 神鬼莫測, 此所謂逆取而順受者也, 願加三思焉.” 知縣默坐細商話, 漸投機, 乃蹙[16]眉而言曰: “第往試之[17], 當作何貌樣而出?” 對曰: “只此宕巾發莫輕服足矣.” 乃與某吏, 携手同出. 于時街鍾已歇, 人聲漸稀, 月落露合, 夜色如漆(百忙中, 有此閑筆[18])[19], 梯垣潛入, 至一庫門, 穿竇而入, 吏愕然曰: “誤入酒庫矣. 然小的酒戶素寬, 對此佳醸, 口角涎流, 試行畢吏部故事.” 因脫知縣發莫一隻, 飛一大白, 雙手奉獻, 知縣到此地頭, 不敢支吾, 强飮而盡. 吏連傾四五發莫, 佯醉大言曰: “小的平生, 酒後耳熱, 長歌一闋[20], 自是伎倆, 今淸興渤渤, 按[21]住不得? 願相公按節一聽.” 知縣大驚, 揮手急止, 吏不由分說, 大放一聲, 尨吠于門, 人驚于室, 數三條大漢在睡, 夢中驚覺, 大呼有賊而出, 吏乘勢脫身, 以物塞竇, 知縣欲出不得, 遑急無計, 躱於甕間矣. 火把照處, 皆云: “賊在酒庫中!” 打鎖開門, 揪住緊縛, 如甕中捉[22]鱉, 手到拈來, 納諸皮帒, 掛於門首柳枝上, 明

11) 段: 성균관대본에는 ‘端’으로 표기.
12) 若如是: 고대본·가람본에는 ‘是若如’로 잘못 표기.
13) 烘: 가람본·국도본·성균관대본에는 ‘暖’으로 표기.
14) 懸磬(현경): 집이 마치 경쇠를 매단 것과 같다. 집이 가난하고 텅 비어 서까래와 들보만 보인다는 뜻이다. 경(磬)은 쇠로 만든 기역자의 악기로 궁중악 편종의 한 가지.
15) 矣: 동양본에는 탈락.
16) 蹙: 동양본에는 ‘壓’으로 표기.
17) 之: 동양본에는 탈락.
18) 閑筆: 동양본에는 ‘閒華’로 잘못 표기.
19) 百忙中, 有此閑筆: 가람본·성균관대본에는 빠졌음.
20) 闋: 국도본·가람본에는 탈락.
21) 按: ‘安’을 잘못 쓴 듯하다.
22) 捉: 가람본에는 ‘提’로 잘못 표기.

日將告官懲治矣. 吏潛入其家祀[23]堂, 放起一把火, 因一呼[24]曰: "火起!"家人都奔救火, 只餘座首之父, 九十九歲老人, 半鬼半人, 痴坐後堂, 吏潛入曳出, 至柳樹下布帒, 以老人代置之, 扶起知縣, 急急逃脫. 知縣恨爺孃少生兩隻脚, 飛跑縣堂, 氣喘聲澌, 心頭無明業火, 按抑不住, 瞋目大叱曰: "爾殺我! 爾殺我[25]! 世豈有爲宰而作賊, 作賊而喫酒放歌者乎?"吏笑曰: "小的妙計, 今始得成矣! 相公旣脫之後, 以座首之九十老父, 代貯皮帒, 而無人知覺, 使做公輩, 趁卽拿來, 囚置獄中, 早衙招座首入來, 當前發解, 以不孝論罪, 着枷嚴囚[26], 如此如此, 則數千金可坐而得也."知縣果依其言, 凌晨招座首入謁, 使升廳賜座, 因問曰: "君家夜來捉賊云, 解來牢囚, 今當對君嚴治."使做公門拖來解出, 則一老漢. 自皮帒中, 欠伸而出, 座首見是其父, 驚惶慚衢[27], 下墻[28]伏罪曰: "此是民之老父, 而家人誤捉, 罪合萬死."知縣拍案大怒曰: "吾夙聞爾之不孝, 著聞一縣, 今乃無故犯此綱常, 難可容恕!"仍呼皂隸, 翻到在地, 猛打二十殺[29]威捧, 皮綻血出, 着二十斤死囚枷下獄. 座首百爾思度, 實負名敎大罪, 圖生無路, 聞某吏最緊於縣爺, 乃潛招哀告曰: "君若脫此重罪, 則數千金, 猶爲輕報."先以白金二百兩, 放在卓上, 吏佯爲持難, 久乃慨然應諾. 二千金[30]乘夜輸家後, 入告知縣, 寬鬆放出, 分文不留, 盡送知縣家矣. 居無何新官下來, 公堂交印之際, 知縣自思: '若留此吏, 則其事必洩.'乃[31]密囑新官曰: "縣吏某, 犴[32]猾弄權, 不可容置者, 我去後, 君必殺之, 庶幾一邑[33]

---

23) 祀: 성균관대본에는 '祠'로 표기.
24) 一呼: 성균관대본에는 '呼一聲'으로 표기.
25) 爾殺我: 동양본에는 탈락.
26) '後'가 들어가야 함.
27) 衢: '懼'로 표기해야 함.
28) 墻: 국도본·가람본에는 '階'로 표기.
29) 殺: 가람본·성균관대본에는 '杖'으로 표기.
30) 金: 동양본에는 탈락.
31) 乃: 성균관대본에는 '仍'으로 표기.
32) 犴: '奸'으로 표기해야 함.
33) 동양본에는 '之'가 더 나옴.

賴安." 再三申囑而去. 新官以舊官之付托, 必有所見, 且難違其意, 明日衙開, 捉入某吏, 不問曲直, 卽欲打殺, 吏暗揣: '吾無得罪於新官者, 此必是舊官恐事之發, 欲殺我而滅口者也. 一不做, 二不休[34], 當思所以自全計.' 乃仰視新官, 則左目眇矣. 乃大聲哀告曰: "小的於新舊交遞[35]之際, 無甚罪過, 但以舊官案前醫目之故, 致此殺身之殃, 豈不哀哉?" 新官驚問: "爾有何術, 能療目眇? 試言之! 當赦汝." 吏曰: "小的少日, 飄蕩江湖上, 遇一異人, 得授靑囊不傳之秘術, 若有目眇者, 則手到病祛." 新官大喜, 使之解縛, 延堂賜座曰: "舊官眞非人哉! 有此大恩, 未報而反欲殺之也. 余亦眇一目, 爾能醫之否?" 吏熟視曰: "此症[36]最是易醫者, 相公乘夜, 潛出小的之家, 則當以神方試之矣." 新官大喜, 苦恨此日之遲遲, 旣暮便服獨出, 則吏已候于門外矣. 延入後堂, 觥籌迭錯[37], 水陸俱備, 飮至半醉, 新官問曰: "夜深矣, 刀圭[38]可試之否?" 吏唯唯而已. 少焉縛一黃牝犢置席上, 新官驚曰: "此物奚爲而至哉?" 對曰: "此是神方也. 若行一場雲雨, 則目自療矣." 新官不信欲起, 吏大笑曰: "舊官相公之欲殺小的者, 正以此也." 新官半信半疑, 不肯直前, 吏督促再三, 新官急於療目, 且多酒力, 解下褲帶, 雙膝跪坐把那話, 朦朧進去, 那牛兒吼嘶踶齒[39], 艱辛畢事, 吏送至門首曰: "小的明朝當進謁作賀, 勿以三盃薄酒相待也." 新官入坐[40]縣堂, 秉燭待朝, 攬鏡自照, 則一夜不睡, 右目又欲眇矣. 且怒且悲, 使快隸, 星火捉來, 則吏以彩繩繫牛鼻, 被以絳繒衣, 徐行大呼曰: "速開大門, 知縣相公室內媽媽行次矣!" 一府駭笑, 醜聲狼藉, 新官慚入內軒, 不敢出頭. 數日後, 乘夜去任上京云[41].

---

34) 一不做, 二不休(일부주, 이부휴): 한 번 실패해도 포기하지 않고 계속 일을 해나감.
35) 遞: '遞'로 표기해야 맞음.
36) 症: 동양본에는 '病'으로 표기.
37) 觥籌迭錯(굉주질착): 술잔이 자꾸 왔다갔다함.
38) 刀圭(도규): 약을 뜨는 숟가락. 의술.
39) 齒: 다른 이본에는 '蹃'로 맞게 표기.
40) 坐: 동양본에는 '座'로 표기.
41) 云: 동양본에는 탈락.

산신이 길지를 편애해 가짜 무덤을 만들다

옛날 전의全義 이씨의 선조가 부모상을 당해 묘소 만들 곳을 물색했다. 선산 옆 산이 밝고 수려해 그곳으로 장지를 정하려 하자 풍수가가 말했다.

"이 혈에 아직 주인이 없는 것은 흙을 팔 때마다 번개가 치고 폭우가 내리는 변고가 있었기 때문입니다."

이씨는 이야기가 허황되다며 개의치 않고 날을 받아 하관하기로 하였다.

상여가 도착하고 보니 이미 그곳에는 봉분 하나가 만들어져 있었다.

조문객이 말했다.

"어떤 나쁜 놈이 하룻밤 사이에 남의 장지를 훔쳤으니 이 일을 어쩌나?"

이씨가 한참 생각하다 말했다.

"이것은 사람의 꾀가 아닐 것이오. 일단 파봅시다."

사람들이 모두 그만두라고 만류했지만 이씨는 듣지 않았다. 봉분을 급히 열어보니 곽 하나가 나왔다. 옻칠한 광택은 얼굴을 비출 정도였고, '학생 고령 신공申公의 관'이란 붉은 글자가 쓰여 있었다.

이씨가 말했다.

"과연 내 짐작대로군!"

마침내 그것을 밖으로 들어내 큰 도끼로 쪼개보니 안에 사기그릇이 가득했다. 사기들은 햇빛을 보자마자 사그라져 순식간에 다 사라졌다.

사람들이 축하하며 이런 행동을 한 이유를 물으니 이씨는 이렇게 대답했다.

"내 들어보니, 산신은 자기가 편애하는 좋은 땅은 빼앗기지 않으려고 훼방을 놓는다 하더군요. 내가 어찌 거기에 속겠습니까?"

이어 아무 염려 없이 장사를 치렀다. 이후 전의 이씨는 지금까지 문관직과 무관직을 대대로 이어 맡아 큰 벌열 가문이 되었다 한다.

假封堂山神護吉地

昔有全義李氏祖先, 遭其親喪, 欲營藏修之所. 先塋之側有一山, 極其明麗, 將卜之, 堪輿者曰: "此穴之[1]所以尙此無主者, 以其破土之際, 輒有雷雨之變故也." 李斥以妄誕, 卜日營窆, 輀軔已到, 而兀然一墳, 已先占於當處矣. 客曰: "何等惡人, 一夜之頃, 偸奪人地奈何?" 李沈吟良久曰: "此非人謀, 第當破視." 衆皆挽之[2], 李固執不聽, 亟毁封塋, 則有一槨, 漆光可鑑, 朱書銘旌曰: '學生高靈申公之柩' 李曰: "[3]不出吾料." 乃擔置于外, 以大斧斫之, 則柩內滿實砂器, 見日而消, 頃刻便盡. 衆皆賀之, 且問其異[4], 李曰:

---

1) 之: 동양본에는 탈락.
2) 之: 극도본·가람본·성균관대본에는 '止'로 표기.
3) '果'가 들어가야 함.
4) 異: 성균관대본에는 '故'로 표기.

"吾聞山神偏護大地, 不欲被攫, 故至有沮戲, 吾豈見瞞也?" 仍無虞過葬, 至今全義之李[5], 以文以武, 世襲圭組, 爲世巨閥云.

부채 하나를 아끼는 선비의 인색함

먼 시골에 한 선비가 살았는데 인색하다고 고을에 소문이 났다.

어느 초여름, 선비가 짠 조기 한 마리를 샀다. 조기를 대들보 위에 걸어 놓고는 끼니마다 집안사람들에게 딱 한 번만 쳐다보고 밥을 먹게 했다.

"고기맛 참 좋다! 맨밥 먹는 것보다 훨씬 낫네!"

그 어린 자식이 아비의 뜻을 이해하지 못하고 밥을 먹으면서 조기를 두 번이나 보았다. 아비가 꾸짖었다.

"짜지 않으냐? 무엇 때문에 두 번이나 보느냐?"

그뒤로 집안사람들은 조기를 감히 두 번 올려다보지 못했다.

또 어떤 사람이 부채 하나를 주자, 선비는 자식을 다 불러서 부채를 가리키며 말했다.

"이 부채는 정말로 좋은 물건이야. 몇 년이나 갈까?"

아들 중 큰아들만 아버지를 어느 정도 닮았을 뿐 다른 아들들은 아버지와 같은 부류가 아니었다.

둘째 아들이 먼저 대답했다.

"부채의 수명은 일 년이면 충분하지요."

셋째 아들에게 물으니 둘째 아들과 똑같이 대답했다. 선비는 문득 못마땅한 기색을 보이며 말했다.

"우리집을 망하게 할 놈이 바로 네놈들이야!"

큰아들을 돌아보며 물었다.

"네가 한번 말해보아라!"

큰아들이 앞으로 나와 꿇어앉으며 말했다.

"동생들은 아직 어리기에 아껴 쓰는 도리를 터득하지 못했습니다. 부채는 이십 년은 부칠 수 있지요."

선비가 그제야 화난 기색을 누그러뜨리고 조금 칭찬까지 하며 말했다.

"그 도리가 어떤 것인고?"

큰아들이 대꾸했다.

"부채는 펴고 접을 때 조금씩 상할 수밖에 없지요. 만약 부채를 펴서 기둥에 고정시켜 두는 대신 머리를 흔들면 어찌 이십 년만 가겠습니까?"

자리에 있던 사람들이 모두 크게 웃었다 한다.

아! 저 부잣집 자제들이 사치를 지극히 숭상하고 주색에 빠져 선조의 업을 망치고는 하는데, 이는 차라리 그보다 낫지 않은가? 그러나 사치와 인색 둘 다 정도를 잃기는 한가지라. 중도의 행실을 생각해 행동하는 것이 옳지 않을까 한다.

惜一扇措大吝癖

遐鄉窮措大居家, 以吝嗇名於鄉曲[1]. 嘗於夏初, 貿得鹽石魚一尾, 懸之樑上, 每飯令家人, 只一次仰見而食曰: "佳哉! 魚之尾[2]也. 是猶愈於徒食

也!" 其稚子, 不解父之意, 一飯而再仰見, 父叱之曰: "口得無鹹乎? 何以
再爲?" 家衆莫敢復仰矣. 又有人, 嘗遺扇一柄, 措大呼諸子而示之曰: "此
誠佳品, 可得壽幾年乎?" 措大諸子[3], 長惟[3]畧肻[4], 餘無類者, 其仲子先對之
曰: "一扇之壽, 一年足矣." 復問其次, 亦如仲子之言, 措大便[5]不悅曰: "敗
吾家者, 必若曹也!" 顧其長子曰: "汝第言之!" 長子進跪[6]曰: "諸弟年幼, 皆
不省節用之道, 一扇可支二十年." 措大畧降辭色, 少加贊賞曰: "其道何如."
長子曰: "一開闔之間, 未免致損, 孰若盡展其扇, 執柱不動, 以頭搖之, 則
豈特至二十年乎?" 滿座皆大笑云: "噫! 顧彼富[7]家子弟, 崇奢極侈, 溺於酒
色之場, 破其祖先之業[8], 此寧不[9]愈於彼耶? 然而奢與嗇, 其失一也. 思得
中行, 而與之, 則庶乎其可也."

---

1) 曲: 동양본에는 '谷'으로 표기.

2) 尾: 국도본·동양본·가람본에는 '味'로 표기. '味'가 맞음.

3) 惟: 동양본에는 '唯'로 표기.

4) 措大諸子, 長惟畧肻: 가람본·성균관대본에는 '措大長子, 惟有畧肻'으로 표기.

5) 동양본에는 '大'가 더 나옴.

6) 進跪: 동양본에는 '跪進'으로 표기.

7) 富: 동양본에는 탈락.

8) 동양본에는 '者'가 더 나옴.

9) 不: 동양본에는 탈락.

지혜로운 여종이 명당을 차지하다

관동 지방에 곽생郭生이란 사람이 살았는데 문벌이 높고 화려했으며 집도 부유했다. 늙어서 한 승려와 날마다 장기를 두며 소일했는데, 서로 '너' '나' 하며 희롱하고 즐겨 또래 친구처럼 지냈다. 그 아들이 그러지 말라고 여러 번 간청했지만 듣지 않았다. 집안사람들도 승려를 몹시 미워했지만 어찌할 수가 없었다.

곽생이 죽었을 때 승려는 초상이 거의 끝나갈 무렵에야 문상을 왔다. 상주 곽씨가 그를 책망했지만 승려는 조금도 개의치 않고 말했다.

"소승이 돌아가신 어르신에게 망극한 은혜를 입었지요. 천한 것을 자신과 똑같이 대해주셨으니 목숨 바쳐 결초보은하려 했는데, 이제는 그분이 안 계시는군요. 부디 좋은 땅 한 곳을 알려드릴 테니 그곳을 무덤 자리로 삼아주신다면 만에 하나라도 은혜를 갚을 수 있겠습니다."

곽씨는 그의 말을 깊이 믿지 않았다. 그러나 자기 역시 풍수를 좀 알기에 명산을 두루 찾아다녔지만 좋은 곳을 얻지 못한 터였다. 그래서 일단 승려의 말을 따라 어떤 곳인지 살펴보고 결정하려 했다.

승려와 함께 어느 산에 올라 용龍과 혈穴을 찾았다. 승려가 한 곳을 가리키며 말했다.

"이곳이 인장묘발[1]할 곳으로 여러 대에 걸쳐 공경公卿이 나올 땅이라오. 더이상 다른 곳은 보지 맙시다."

곽씨가 방향을 살피고는 쳐다보며 말했다.

"풍수책에서 말하지 않았소? 황제는 구중궁궐에 있고, 장군은 군막을 나서지 않는다고요. 풍수에서는 산이 돌아 물을 안으며 바람을 감추고 양지를 향하는 땅을 귀하게 여기지요. 이 혈은 내룡[2]으로 비록 높고 빼어난 듯하지만 겁살[3]을 띠고 있으며, 우뚝 솟아 있는 듯하지만 도리어 아득하다오. 득수[4]와 득파[5]가 모두 불합격이니 다른 곳을 봐주시오."

스님은 또 한 등성이를 가리켰다.

"이곳은 어떠하오?"

곽씨가 보고 크게 기뻐했다.

"내 여러 곳의 땅을 보아왔지만 이같이 완전한 곳을 본 적이 없소이다!"

이어 거듭 고마움을 표시했다. 스님이 말했다.

"이곳은 군수 한 사람이 나올 곳에 불과합니다. 나리께서는 큰 것을 버리고 작은 것을 취했으니 까닭을 모르겠습니다."

곽씨가 말했다.

"나의 안목도 스님 못지않다오. 내 아버지 장례에 대한 정성은 다른

---

1) 인장묘발(寅葬卯發): 묏자리를 잘 써서 장사지낸 뒤에 곧바로 운이 트이고 복을 받음.
2) 내룡(來龍): 풍수지리에서 쓰는 말로서, 종산(宗山)에서 내려온 산줄기.
3) 겁살(劫煞): 사물에 해로운 독하고 모진 기운인 살(煞). 이 살이 있는 방향을 범하면 사람이 죽는다고 한다.
4) 득수(得水): 풍수지리설에 의하면, 묘지에서 보아 산속에서 나와 산속으로 흐르는 물이 처음 보이는 지점.
5) 득파(得破): 풍수지리설에 의하면, 묘지에서 가장 나중에 보이는 물을 말한다. 항상 득수와 짝을 이루어 파(破)라고 쓴다.

사람보다 몇 배는 더할 테니 여러 말 마시오."

그리고 돌아와 길일을 택해 군수가 나온다는 땅에다 장사지냈다.

곽씨는 산을 찾아다닐 때 한 여종에게 대소쿠리 밥을 지고 따라오게 했다. 여종은 매우 지혜롭고 영리했으니, 묏자리를 품평하는 이야기를 듣다가 젊은 주인이 복된 땅을 포기하는 것을 몰래 아까워했다. 그래서 돌아와 그 어미에게 말했다.

"아무 혈이 장차 다른 사람 차지가 될 텐데, 차라리 우리 아버지 뼈를 거기 옮겨 묻어 뒷날 천역賤役에서 벗어나기를 기대하는 것이 좋겠어요."

어미도 그러자고 했다. 밤을 틈타 옛 무덤을 몰래 파냈다. 두 여인은 흙을 파고 하관을 했지만 봉분을 만들지는 않았다.

여종이 또 어미에게 말했다.

"우리가 여기서 살다가는 종 신세를 벗어나기 어려워요. 멀리 도망가서 신분을 숨기고 살아요."

어미는 평소 딸을 사랑했기에 딸의 말이라면 한결같이 따랐다. 그리하여 그들은 늦은 밤에 경기 땅으로 도망갔다. 날품팔이하고 실을 잣고 길쌈을 하며 열심히 재산을 모았다. 천우신조로 하는 일마다 다 순조롭게 이루어졌다. 마침내 집과 밭을 샀는데 어느덧 부자가 되었다.

향리 사람들은 여종이 신묘한 재주가 있다며 앞다투어 칭찬했다. 부잣집 자제들도 서로 장가들려 했다. 하지만 여종은 모두 물리치며 이렇게 말했다.

"저 사람들은 곡식 천 곡斛, 10말[斗]을 쌓아두어도 본바탕이 미천하니 난 싫어."

마을에 김씨 성을 가진 사람이 있었다. 그는 고관의 후예였지만 일찍이 고아가 되었는데 집이 가난해 남의 집 머슴살이를 하고 있었다. 나이는 서른여섯 살이 넘었지만 짝이 없었다. 사람 됨됨이 또한 어리석고 우둔한지라 온 마을 사람이 다 깔보았다.

여종이 말했다.

"이 사람이 아니면 전 죽을 때까지 시집가지 않겠어요. 상천常賤의 무리에게 욕을 당하는 것은 내게 수치입니다."

모친은 난처했지만 끝내 어쩔 수 없이 두 사람이 촉을 밝히게 했다.

여인은 남편이 농사짓지 못하도록 하고 선생을 모셔서 글을 배우게 했다. 남편은 본디 용렬하고 둔해서 몇 년을 힘써 공부해도 한 글자도 깨치지 못했다. 다만 성품이 곧아 여인이 가르치는 대로 따르며 여인의 말을 하나도 어기지 않았다.

여인은 신분을 높이겠다는 꿈을 품고 서울 도심에 초가집 한 채를 얻어 살았다. 그 집은 이이첨6)의 집과 이웃해 있었다. 여인은 남편으로 하여금 종일토록 의관을 차리고 책을 펴고 바르게 앉아 있도록 했다. 책상을 향해 앉아 있기만 하고 아무 말도 못하게 했다. 남편은 한결같이 그 말에 따랐다. 그러자 마을 사람들이 다 도덕군자라고 칭송했다.

이이첨은 높은 수레를 타고 드나들 때마다 김생이 거처하는 곳을 바라보게 되었다. 김생의 모습이 늠름해 감히 범할 수 없는 기운이 느껴졌다. 시간이 흘러도 끝까지 흐트러지지 않으니 손님과 노복까지도 듣고 본 것을 떠들썩하게 이야기해주었다. 그러자 이이첨은 두려운 마음이 일어났다.

---

6) 이이첨(李爾瞻, 1569~1623): 연산군 때 무오사화를 일으킨 이극돈의 후손이다. 선조가 만년에 영창대군을 후계로 삼으려 할 때 소북(小北)의 영의정 유영경이 이에 찬성하자, 정인홍과 함께 동궁(東宮)인 광해군의 적합함을 주장하다가 선조의 노여움을 사서 원배령(遠配令)이 내려졌다. 하지만 선조가 갑자기 승하하고 광해군이 즉위하자 예조판서에 올랐다. 이어 광해군의 형인 임해군에게 역모 혐의를 씌워 강화도에 위리안치하고 나서 사사(賜死)했으며, 광해군의 조카인 진릉군(晉陵君)도 같은 방법으로 제거했다. 대북파가 조정의 요직을 차지해 권력의 기틀을 다지자, 1613년 서양갑과 박응서(朴應犀)를 사주해 인목대비의 아버지 김제남이 영창대군을 왕으로 추대해 역모를 꾀한다고 자백하게 해 계축옥사를 일으켰다. 영창대군을 강화도에 안치해 죽게 하고 김제남을 사사했다. 1617년 정인홍과 함께 폐모론(廢母論)을 주장해 이듬해 인목대비를 유폐시켰다. 1623년 인조반정이 일어나 광해군이 폐위되자 참형되었으며 그의 세 아들도 모두 죽임을 당했다.

여인은 몰래 송아지 한 마리를 사서 집에서 길렀다. 송아지에게 꼴을 먹이지 않고 콩을 대신 먹이니 반지르르 살이 올랐다. 이이첨은 마침 그때 중병이 들어 비장이 상하고 입안이 쓰렸다. 어떤 산해진미에도 수저를 가져가지 못하니 집안사람들이 초조하고 당황해 어쩔 줄을 몰랐다. 그 사정을 알아낸 여인은 당장 소를 잡아 포를 만들어 이이첨의 집으로 보냈다. 이이첨이 그것을 한번 맛보자 어느새 병든 위가 갑자기 풀리는 듯해 다 씹어먹었다. 그러고는 좀더 달라고 부탁했다.

이렇게 몇 달이 지나니 소 한 마리를 다 먹게 되었고 병도 따라서 나았다. 이이첨은 크게 기뻐하며 장차 틈을 내 김생이 공부한 것을 물어보려 했다. 여종들이 그 말을 듣고는 달려와 여인에게 알렸다. 여인이 남편에게 조언했다.

"이상서가 오면 다만 겸손하게 예를 갖추기만 하고 절대 입을 열어 본색을 드러내지 마세요."

남편은 그러겠다 했다.

며칠 안 되어 과연 이이첨이 가볍게 말을 타고 찾아왔다. 김생이 담을 넘어 도망가려 하자 이이첨이 만류했다. 김생은 인사를 나누고 접대를 했지만 시종 우물쭈물했다. 책상 위에 『주역』이 놓여 있어 이이첨이 그 깊은 뜻을 물었다. 김생이 즉각 겸손하게 대꾸했다.

"저와 같이 우둔한 사람이 어찌 『주역』의 이치를 알겠습니까?"

이이첨이 여러 번 물었지만 김생은 끝내 응답하지 않았다.

이이첨은 돌아오며 그 지조에 더욱 탄복했다. 그래서 김생을 재상에게 부탁했고 결국 김생은 천거되어 조서가 여러 번 내려왔다. 그러나 김생은 누워 있기만 하고 나아가지 않았다.

여인도 교외로 집을 옮겨 살며 아들 둘을 낳았다. 둘 다 재주가 뛰어나 좋은 집안에 장가들었으며 학문도 크게 향상되어갔다.

어느 날 여인은 아들들에게 이이첨의 죄상을 낱낱이 드러내는 상소문을 짓게 했다.

그러자 아들들이 말했다.

"어머니께서는 어찌 집안 망하게 할 그런 말씀을 하십니까? 힘으로 나라 안팎을 뒤흔들고 있는 그 사람을 건드리면 상상도 못할 화가 뒤따를 겁니다. 또 그분이 아버지를 천거하셔서 우리가 여기까지 왔으니 지금 그분을 배반하는 것은 상서로운 일이 아닙니다."

모친이 크게 꾸짖었다.

"너희가 무슨 식견이 있다고 그러느냐? 내 가르침을 따르지 않는다면 이제부터는 너희를 절대 안 볼 것이다!"

아들들이 억지로 글을 지어주니 모친이 즉시 베껴서 바치게 했다. 과연 그 때문에 김생은 비난을 듣고 벌을 받았다.

그러나 천도天道는 순환하는 법이다. 인조반정이 일어나 나라를 어지럽힌 무리가 빠짐없이 제거되었다. 김생은 지난해 올렸던 상소 한 장으로 세상의 추앙을 받아 고관대작을 지내다 천수를 누렸다. 세 아들도 차례로 등과해 청요직을 맡았으며 모두 청렴했고 정직했다.

하루는 삼 형제가 한 권세가를 논박하려고 모의를 하고 있었다. 모친이 그걸 알고 밤을 틈타 주위 사람을 물리치고 아들들을 불러 조용히 타일렀다.

"너희는 근본도 모르고서 방자한 귀인의 기운을 내어 남의 집에 화를 끼치려 하느냐? 나는 내 자손이 이런 행실을 하는 것을 원치 않는다."

아들들이 놀라 근본 이야기를 물으니 모친이 말해주었다.

"아! 네 어미는 종이었다. 어려서 곽씨 댁에서 일하다가 여차여차해 여기에 이른 것이다. 너희는 마땅히 겸양해 남을 우러러보는 데 겨를이 없어야 하거늘 도리어 의기양양하게 스스로를 드높여 보통 사람과 나란히 의논하고자 하느냐?"

아들들이 부끄러워하며 물러났다.

때마침 도둑이 몰래 이 이야기를 들었다. 많은 재물을 얻을 요량으로 곽씨 집으로 날듯이 달려갔다. 가난해 기댈 곳이 없던 곽씨는 이 사연을 듣고 기뻐하며 즉시 김씨 집으로 갔다. 곽씨는 여종으로 하여금 여인에게 기별을 하도록 했다.

여인이 듣고 크게 기뻐하며 말했다.

"우리 오라버니께서 오셨네요!"

즉시 곽씨를 안으로 맞이해 극진히 대접했다. 사람이 없을 때는 지극히 공손하게 종의 예를 다했다. 곽씨도 어쩔 수 없는지라 인척으로서 김씨 집에 출입하며 두터운 보살핌을 받았다. 또 여인 아들들의 주선으로 벼슬도 얻어 군수에 이르렀다 한다.

占名穴童婢慧識

關東有郭生者. 閥閱高華, 而年老家饒, 日與一僧博, 相爲爾汝戲謔謾弄, 如平交樣子, 其子三諫不聽, 家人痛憎山僧, 無如之何矣. 及郭生沒, 庀喪垂畢, 僧始來唁7), 主哀責之, 僧不容分釋, 但曰: "小僧受先老爺罔極之恩, 待賤品, 如敵己, 結草殞首, 今無所施, 願納一吉地, 得藏修之所, 則可效萬一之報耳." 郭不知深信, 而自己亦解風水, 方廣踏名山, 未有十分8)佳處, 毋寧姑從僧言, 試看其好否, 而進退之也. 乃與僧, 登一山, 逐龍尋穴, 僧指一處曰: "此寅葬卯發, 累世公卿之地, 觀至矣." 郭按向諦視曰: "堪輿之書不云乎? 皇長在於九重, 將不出於軍幕, 盖貴其山回水抱藏風向陽之地. 此穴來龍, 雖似峻萃, 而渾帶㤼9)殺, 重案雖似突兀, 而反覺曠邈, 得水得破, 皆不合格, 願更觀他處." 僧乃指一崗曰: "此則何如?" 郭就見大喜曰: "俺相

7) 唁: 성균관대본에는 '言'으로 표기.
8) 十分: 가람본에는 탈락.
9) 㤼: 가람본을 제외한 이본에는 '劫'으로 표기.

地多矣, 未嘗見如此盡善盡美者也!"仍僕僕稱謝, 僧曰:"此地不過出郡守一人, 相公之捨大取小, 抑何故也?"郭曰:"吾之道眼, 不讓老師, 葬親之計, 又倍他人, 則君無多言."仍相携而歸, 涓吉克葬于郡守之地. 始郭生之論山也, 使一童婢負簞食隨之, 婢性極慧怜, 得聞一場品評, 暗歎少主人之抛棄福地, 歸語其母曰:"某穴將爲他人占據, 莫若[10]移埋死父之骸於此, 以徼日後之免賤."母然之, 乘夜潛掘舊塚, 兩箇女子破土而窆之, 不成墳形, 女又語其母曰:"吾輩在此, 終[11]難免婢籍, 何不相携遠去, 藏蹤[12]秘跡乎?"母素愛此女[13], 一任其言, 暮夜遁走[14], 賃居畿甸, 紡績織紝, 謀産甚[15]勤. 又天佑神助, 凡所營爲, 無不順成, 乃買舍占田, 儼成富屋, 鄕里爭稱少女之有神籌, 富家子弟, 爭欲聘之, 女皆拒之曰:"彼曹雖積粟千斛, 本地微賤, 非吾願也. 里中有金姓者, 以簪紳遺裔, 早孤家貧, 爲人傭奴, 年踰[16]三紀[17], 未占配耦, 人且蠢愚, 一鄕嗤之, 女曰:"若非此人, 吾當終身不嫁. 屈辱於常賤之流, 吾所恥也."母難之, 而終無如何, 竟成花燭. 女使其夫, 斷絶農業, 延師受學, 夫本庸鈍, 逐年攻苦, 不識一字. 但性直, 隨女所敎, 一遵無違. 女乃有遷喬[18]之想, 僦一第廬[19]於洛裡, 適與爾瞻家相隣, 女使其夫, 終日整衣冠, 危坐開卷, 對案不妄言語, 夫一依其言, 一洞喧騰, 目以道德君子. 爾瞻每於出入之路[20], 乘高軒, 俯瞰其所處之堂[21], 凜然有不可犯之

10) 若: 동양본에는 '如'로 표기.
11) 終: 동양본에는 탈락.
12) 蹤: 가람본에는 '踪'으로 표기.
13) 女: 동양본에는 탈락.
14) 走: 성균관대본에는 '去'로 표기.
15) 甚: 동양본에는 '其'로 잘못 표기.
16) 踰: 가람본·국도본·성균관대본에는 '逾'로 표기.
17) 三紀(삼기): 36년. 일기(一紀)는 12년.
18) 遷喬(천교): 꾀꼬리가 골짜기에서 나와 큰 나무 위로 옮겨 간다는 뜻. 천한 신분에서 높은 지위로 올라감을 비유적으로 이르는 말.
19) 第廬: 가람본·성균관대본에는 '茅屋'으로 표기.
20) 路: 동양본에는 '際'로 표기.
21) 堂: 가람본·성균관대본에는 '望'으로 표기.

氣像, 積以歲月, 終始靡懈. 傭客奴僕, 又從以所聞所見, 嘖嘖於前, 爾瞻已心憚矣. 女又潛買[22]一犢, 牧于[23]家中, 不飼芻草, 代以荏菽, 牛甚肥澤. 爾瞻適得重疴, 脾敗口辛, 山珍海錯, 幷不下箸, 家內焦遑, 莫省所爲. 女偵知其事, 殺牛作脯, 致饋于爾瞻之內屋, 爾瞻一嘗, 病胃頓開, 盡啖之, 又吃之. 如是者數月, 盡一牛, 而[24]病隨差矣. 爾瞻大悅, 將占隙, 一往叩其所學, 婢輩聽其言, 走告于女, 女囑夫曰: "俟李尙書之來, 但當謙讓遜揖[25], 愼勿開喙, 露出本色." 夫諾之. 不數日, 爾瞻果簡騶騎來訪, 金欲踰垣而走, 爾瞻挽止, 寒喧接待, 一直逡巡, 案上有周易, 爾瞻問其奧旨, 金輒辭曰: "如我魯莽, 豈識易理?" 屢叩而終不應. 爾瞻退而愈服其操, 亟囑揆地[26], 至登薦剡, 除誥[27]屢至, 堅臥不出. 女又移居郊坰, 而已生二子, 玉樹芳蘭[28], 才識出衆, 聘得高門, 文史[29]大進. 一日女使其子, 搆出一疏, 臚列爾瞻, 殆無餘地, 子曰: "母何出[30]亡家之言? 此人權傾內外, 若有侵犯, 奇禍隨至, 且薦引嚴君, 得至于此, 今背之不祥." 母大罵曰: "若曹有甚見識? 如不遵敎, 誓不見汝!" 子乃勉强搆文, 母卽使寫呈, 果獲譴罰, 天道循環, 聖主改玉, 賊臣黨拔[31], 莫不鋤治. 夫以向年一疏, 見推於世, 高官大爵, 以終天年, 其子三人, 次第登科, 各占淸要, 皆淸白正直. 一日三人欲駁一權貴, 相與謀議, 母知之, 乘夜屛左右, 招諸子, 從容誨之曰: "爾輩不識根源, 生貴肆氣, 欲禍人之家? 吾不欲子孫有此行也." 諸子動問根源之說, 母曰: "咄嗟! 爾母婢也.

---

22) 買: 동양본에는 '置'로 표기.
23) 于: 가람본·성균관대본에는 '牛'로 표기.
24) 病胃頓開, 盡啖之, 又吃之. 如是者數月, 盡一牛, 而: 동양본에는 탈락.
25) 遜揖: 다른 이본에는 '揖遜'으로 표기.
26) 揆地(규지): 재상의 지위.
27) 除誥(제고): 조서(詔書)를 뜻하는 '제고(制誥)'의 오식으로 추측됨.
28) 玉樹芳蘭(옥수방란): 재주가 뛰어남.
29) 史: 성균관대본에는 '辭'로 맞게 표기.
30) '此'가 들어가야 함.
31) 拔: 국도본·가람본·성균관대본에는 '援'으로 잘못 표기.

少而服事郭某家, 如此如此, 得以至此, 汝當謙抑之不暇, 而乃[32]揚揚自居,
與恒人比論哉?"諸子羞慚而退. 伊時適有櫟上君子, 潛聽此說, 要得厚貨,
飛告郭家, 郭方窘困, 無所依歸, 喜聞此事, 卽往金第, 使女婢, 通信于母,
母聞卽大喜曰: "吾之族甥[33]來矣." 卽爲邀入致款, 間人之無, 執奴主禮甚
恭, 郭亦無如之[34]何, 以姻戚出入金第, 厚受顧[35]. 且得諸子周章[36], 穫霑
蔭祿, 果至郡守云.

32) '反'이 들어가야 함.
33) 甥: 가람본·국도본·성균관대본에는 '男'으로 잘못 표기.
34) 之: 동양본에는 탈락.
35) 동양본에는 '恤'이 더 나옴.
36) 周章(주장): 두루 다니며 논다는 뜻. 여기서는 주선한다는 뜻으로 쓰였다. 동양본에는 '童'으
로 잘못 표기.

옛 무덤 주인의 고충을 들어준
최규서가 자기 복도 온전히 누리다

봉조하[1] 최규서崔奎瑞가 젊을 적 용인의 한 민가에서 여러 친구와 함께 과거 공부를 하고 있었다. 하루는 친구들이 흩어지고 공만 혼자 남아 있었다. 홀연 용모가 수려하고 당당한 한 관인이 여러 사람과 함께 들어와 곧바로 자리에 앉았다. 공이 관과 의복을 살펴보니 지금 세상의 것이 아니어서 매우 이상한 생각이 들었다.

공이 어디서 왔냐고 물으니 그 사람이 대답했다.

"나는 이 세상 사람이 아니라 지난 왕조의 선비라오. 내 집이 이 민가의 서쪽 방 밑에 있는데, 이 집 사람이 아침저녁으로 내 집 위에다 불을 때대니 견디기가 어렵다오. 내 손자 놈은 곁에 있다가 한쪽 넓적다리가 다 타버렸다오. 그대가 나를 위해 이 집을 옮겨 내 집을 좀 편안하게 해주시지 않으려오? 저승과 이승이 서로 다르기는 하지만 감사한 마음으

---

1) 봉조하(奉朝賀): 조선시대에 종2품 이상 벼슬아치가 사임하면 내려준 벼슬. 실제 사무는 보지 않으며, 단지 행사가 있을 때만 관청에 나가서 참여하고 녹봉은 죽을 때까지 받았다.

로 꼭 결초보은하겠소."

공이 말했다.

"그대는 왜 내가 친구들과 있을 때 말하지 않고 혼자 남기를 기다렸소?"

그 사람이 말했다.

"다른 사람들은 정신이 나약해 말하기가 어려웠소. 그대는 그런 사람들과 달라 이렇게 틈을 기다렸다가 말하는 것이라오."

공이 말했다.

"내 한번 시도해보겠소."

그 사람이 감사해하며 떠났다. 공은 다음 날 아침 주인을 불러 물었다.

"이 집을 지을 때 혹 본 것이 없는가?"

주인이 말했다.

"서쪽 방 자리에 오래된 무덤이 있는 것 같았습니다. 하지만 흔히들 오래된 무덤 위에 집을 지으면 심신이 편안하다 하길래 더는 자세히 살피지 않고 집을 지었습지요."

공이 말했다.

"내 기이한 꿈을 꾸었다. 네가 속히 집을 옮겨가지 않으면 반드시 큰 화가 있을 것이다."

주인이 그럴 돈이 없다 했다. 공은 돈 열다섯 꾸러미를 주어서 바로 그날 주인이 다른 곳으로 옮겨가게 했다.

그후 관인이 밤을 틈타 공의 집으로 와서 사례했다. 관인은 몹시 기뻐하며 감격하고 있었다. 이어 말했다.

"공은 반드시 아주 귀하게 될 것이고 오복을 누릴 것이오. 다만 정경[2]에 이르면 꼭 물러나야만 복을 완전히 누릴 수 있다오. 그러지 않으면

----

2) 정경(正卿): 조선시대 정2품 이상 벼슬. 의정부 참찬, 육조 판서, 한성부 판윤 등을 일컫는다.

화가 두려울 정도로 마칠 거라오."

공은 그 말을 마음속 깊이 새기고 있었다. 그리고 마침내 그 말에 따라 아직 늙지도 않았는데 물러나 용인에 살았다 한다.

憑崔夢古塚得全

崔奉朝賀奎瑞, 少時在龍仁一民家, 與儕³⁾友共肄科業. 一日席散, 公獨居, 忽見一官人儀貌秀偉, 從數人入來, 徑就坐. 公視其冠⁴⁾, 非今世常製⁵⁾, 深怪之, 問其所從來, 其人曰: "我非陽界人, 卽前朝之士也. 我室在此民家西室之下, 民嘗⁶⁾曉夕爨爇我宅⁷⁾, 我實難堪, 有一孫在傍, 一髀⁸⁾盡爛灼矣. 君盍爲我計移此屋室⁹⁾, 以全我宅? 幽明雖殊, 感當結草." 公曰: "子¹⁰⁾何不語儕友座坐¹¹⁾中出言, 必俟吾獨居而來耶?" 其人曰: "衆人精神寡弱, 難以告語, 君自有過人者, 故俟間來語耳." 公曰: "試圖之." 其人謝而去. 翌朝公召問主人曰: "汝造此屋時, 或有所覩者乎?" 主人曰: "西屋下, 疑是¹²⁾古塚, 而俗稱曰: '置屋古塚上, 心神鎭安'云. 故不復審¹³⁾視, 卽築造屋矣." 公曰: "吾有異夢, 爾若不速移, 必有大禍." 主人告以無財力, 公便給十五縞, 卽日撤移於他處. 其後官人, 乘夕來謝於公宅, 欣感甚切, 仍言: "公必大貴, 五

3) 儕: 가람본·국도본·성균관대본에는 "諸"로 표기.
4) 冠: 동양본에는 '衣'로 표기.
5) 製: 동양본에는 '制'로 표기.
6) 嘗: 동양본에는 '常'으로 표기.
7) 我宅: 가람본에는 탈락. 성균관대본에는 '我室'로 표기.
8) 髀: 동양본에는 '脾'로 표기.
9) 室: 동양본에는 탈락.
10) 子: 동양본에는 탈락.
11) 坐: 이본에는 탈락.
12) 是: 동양본에는 탈락.
13) 審: 성균관대본에는 '尋'으로 표기.

福兼[14]備, 但至正卿, 必引退, 乃爲完福, 不然則禍亦可懼." 公常深志之, 故卒循其言, 年未衰, 而退處龍仁[15].

14) 兼: 동양본에는 '具'로 표기.
15) 동양본에는 '云'이 더 나옴.

사악한 귀신을 물리쳐 부인을 살리다

상국相國, 영의정, 좌의정, 우의정을 통틀어 이르는 말 이유1)가 옥당2)에 있을 때였다. 공이 하루는 종묘 담장 밖 순라곡巡邏谷을 지나는데 가랑비가 내렸다. 농립3)을 쓰고 도롱이를 입었으며 두 눈은 횃불 같은 사람이 외다리로 폴짝폴짝 뛰어왔다. 공을 따라온 아전이 그걸 보고는 괴이한 생각이 들어 놀랐다. 그 사람이 문득 아전에게 물었다.

"오면서 혹시 가마 하나 보지 못했소?"

---

1) 이유(李濡, 1645~1721): 호는 녹천(鹿川). 1668년 별시문과에 병과로 급제해 설서가 된 이래 헌납·정언·지평·교리·수찬·응교 등을 거쳤다. 1680년 경신대출척으로 서인이 재집권하자 승지로 발탁되었다. 경상도 관찰사·대사헌을 역임했고, 1694년 갑술환국 후 평안도 관찰사를 거쳐 호조판서가 되었다가, 1702년 양역(良役) 사무에 밝다 해서 특별히 병조판서로 임명되었다. 1704년 우의정에 오르고, 뒤이어 좌의정·영의정으로까지 승진한다. 상신(相臣)으로 있으면서 특히 도성 방어의 강화를 힘써 주장했고, 일부 관료의 반대를 무릅쓰고 북한산성의 수축을 완료하게 했다. 1718년 영중추부사가 되고 기로소에 들어갔다. 송시열의 문인으로 이단하·민정중의 총애를 받았고 김창집·이이명·민진후(閔鎭厚) 등과 친했다.
2) 옥당(玉堂): 홍문관의 별칭. 또는 홍문관의 부제학 이하 실무를 맡았던 관원을 일컬음.
3) 농립(農笠): 여름에 농사일할 때 쓰는 모자. 나무를 대팻밥처럼 얇고 길게 깎거나 밀짚 등으로 빙빙 돌려가며 꿰매서 만든다.

"못 봤소."

그러자 그 사람은 바람처럼 달려가버렸다.

공이 돌아올 때 제생동濟生洞 입구에서 과연 가마와 마주쳤다. 공은 즉시 말을 돌려 그 사람 뒤를 쫓아갔다. 곧바로 제생동에 있는 어느 집에 다다랐다. 그 집은 공의 이성異姓 삼종가[4]의 피접소避接所, 병든 사람이 요양하는 곳였다. 그 집 며느리가 괴질에 걸려 몇 달째 사경을 헤매고 있었는데, 그날 제생동 일가 친척집에서 요양하려던 참이었다.

공이 말에서 내려 주인을 만나 그날 겪었던 일들을 다 말해주고 함께 들어가 며느리를 보자고 청했다. 들어가보니 과연 그것이 부인의 침상 끝에 쭈그리고 앉아 있었다. 공은 아무 말도 하지 않고 그것을 똑바로 쳐다보았다. 그러자 그것이 즉시 밖으로 나가 마당 가운데에 섰다. 공이 따라 나가 직시하니 그것은 용마루 위로 올라갔다. 공이 올려다보며 잠시도 눈을 떼지 않자 그것은 문득 공중으로 날아가버렸다. 부인은 비로소 정신을 차렸는데 조금 전까지 전혀 아팠던 적이 없는 사람 같았다.

공이 집을 떠나면 부인은 다시 아팠다. 그래서 공은 종이를 백여 조각으로 잘라 서명을 해 온 방안에 가득 붙였다. 그러니 그 요물은 자취를 감추었고 부인의 병도 나았다.

逐邪鬼婦人獲生

李相國濡在玉堂時, 一日過宗廟墻外巡邏[5]谷, 時微雨, 忽見一人農笠蓑衣, 兩目如炬, 獨脚騰踔而來, 公及從吏見, 皆怪駭. 此人忽問吏曰: "前路

---

4) 삼종가(三從家): 삼종의 집. 삼종은 고조(高祖)가 같고 증조가 다른 형제. 재종숙의 자녀. 팔촌이 되는 형제.
5) 邏: 동양본에는 '羅'로 표기.

遇一轎否?" 吏曰: "不見." 此人走去如風. 公來時, 果遇[6]一轎於濟生洞口,
公卽回馬, 尾此人之後, 直到濟生洞一家, 乃公之異姓三從家, 避接所也.
盖其子婦得怪疾, 閱累月在死境, 其日, 方避寓於濟生洞一族親家. 公下馬
入見主人, 具告以所見, 請同入見. 旣入, 厥物果蹲坐於婦人枕邊, 公不言
直視之, 厥物卽[7]出去, 立在庭中, 公隨出直視, 厥物又騰上屋脊, 公仰視不
已, 便騰空而去, 婦人精神頓蘇, 如未嘗痛者. 公去, 婦人又痛, 卽剪紙百餘
片, 署以手決[8], 滿室糊帖[9], 此妖遂絶, 而婦人之痛良已.

---

6) 果遇: 가람본에는 '遇果'로 잘못 표기.
7) 卽: 동양본에는 '果'로 표기.
8) 決: 국도본·동양본·가람본에는 '訣'로 표기.
9) 帖: 성균관대본에는 '貼'으로 표기.

두 역 아전이 선조에 대해 이야기하다

　송라역[1] 윤 아전은 연산군 때 황해도 관찰사였던 상문(尙文)의 후예였다. 상문이 이 역으로 귀양 온 뒤로 자손들이 이 역의 아전이 되었다. 관찰사가 순행할 때마다 그들은 말을 끌고 분주히 다니느라 먼지를 일으킨다고 군졸들에게 뺨을 맞는 등 곤욕이 이만저만이 아니었다. 윤 아전이 분한을 이기지 못해 인척 관계인 아전에게 말했다.

　"우리는 원래 감사의 자손으로 한 번 삐끗해 역 아전이 되었지. 그래서 해마다 봄가을이 되면 이런 큰 치욕을 받아야 하네. 우리 선조께서 예전에 순행할 때마다 역 아전들에게 가혹하게 굴어서 자손인 우리가 이런 앙갚음을 받는 게 아닐까?"

　이렇게 말하면서 계속 눈물을 흘렸다.

　그때 장수역[2]의 하(河) 아전이 옆에 있다가 웃으며 말했다.

---

1) 송라역(松羅驛): 지금의 경북 영일군에 있음.
2) 장수역(長水驛): 지금의 경북 영천시 신녕면 매양리 근처에 있었던 역이다.

"자네 선조는 황해도 관찰사였으니 황해도 지방으로 가서 그 원통함과 아픔을 이야기하는 게 좋겠네. 내 아픔은 자네의 것보다 더 크지. 우리 선조는 이곳 관찰사이셨던 경재[3] 하상공河相公이라. 그분 증손인 연정蓮亭 진사공進士公이 이 역에 귀양 오고 나서 우리가 이런 곤경을 당하게 되었지. 자네가 눈물을 흘린다면 나는 마땅히 통곡이라도 해야 할 걸세. 자네 선조 황해도 관찰사 어르신의 다스림이 엄하고 가혹했음을 지금은 자세히 알 수 없다네. 하지만 우리 선조 경재공은 후덕하고 인자하셔서 그 은택은 조정과 백성에게 두루 미쳤지. 연정공은 점필재 김종직 선생의 문인이라는 이유로 죄인이 되었던 것일세. 하늘의 보살핌이 있었다면 우리는 마땅히 이 세상에서 큰 이름을 떨쳤을 것이라. 그러나 이런 곳에서 답답하고 구차하게 곤액을 당하고만 있으니, 이게 하늘의 뜻인가 아니면 사람의 뜻인가?"

그러고는 껄껄 웃으니 윤 아전이 손을 잡고 사과했다.

兩驛吏各陳世閥[4]

松羅[5]驛吏尹[6], 卽燕山朝海伯尙文之後也. 自尙文之竄本驛, 子孫因爲本驛吏. 當道伯之巡行也, 以掌馬奔走行塵, 受批頰于牽[7]子[8]輩, 困辱非

---

3) 경재(敬齋): 하연(河演, 1376~1453). 경재는 호. 정몽주의 문인이다. 1425년에 경상도관찰사가 되었고 예조참판을 거쳐, 평안도 관찰사가 되었다가 한때 천안에 유배되었다. 그러나 곧 유배에서 풀려 형조·병조의 참판을 거쳐 1431년에 대제학이 되었고, 그뒤 대사헌·형조판서·좌참찬 등 고위 관직을 역임했다. 1445년 일흔 살에 좌찬성이 되어 궤장(几杖)을 받았다. 이어 우의정·좌의정을 거쳐 1449년 영의정에 올랐다.
4) 閥: 동양본에는 '閱'로 표기.
5) 羅: 동양본에는 '蘿'로 표기.
6) 吏尹: 다른 이본에는 '尹吏'로 맞게 표기.
7) 牽: 이본에는 '牢'로 맞게 표기.
8) 牢子(뇌자): 군대에서 죄인을 다루는 병졸. 여기서는 관찰사를 호위하는 군졸.

常. 某吏不勝憤恨, 語其族吏曰:“吾輩以監司之孫, 一變爲郵吏, 每於春秋, 受此大辱, 或者先祖當年巡行時, 苛督郵吏, 子孫受此殃報耶?”因揮淚不已. 時長水郵河吏, 適在傍, 笑曰:“君之先祖卽海伯也. 君往海西, 說此冤⁹⁾悶可也. 吾之冤⁹⁾悶, 尤有大於君輩, 吾先祖卽本¹⁰⁾道伯河敬齋相公也. 自其曾孫蓮亭進士公之竄本郵, 吾輩逢此厄境, 子若揮淚, 則吾輩當慟哭也. 且尊先祖海伯公之政, 尙嚴苛, 今不¹¹⁾詳也. 吾先祖¹²⁾敬齋公之厚德仁政, 朝野皆被其德澤. 蓮亭公以佔亻畢¹³⁾門人, 株連罪籍矣. 倘¹⁴⁾蒙天休, 則吾輩當大鳴於世, 而鬱鬱區區於此, 備經¹⁵⁾困厄, 天耶? 人耶?”因大笑, 尹吏遂握¹⁶⁾手爲謝.

---

9) 冤: 가람본에는 탈락.
10) 本: 동양본에는 탈락.
11) 국도본·가람본·성균관대본에는 '可'가 더 나옴.
12) 海伯公之政, 尙嚴苛, 今不詳也. 吾先祖: 동양본에는 탈락.
13) 亻畢: '畢'을 잘못 표기한 것임.
14) 倘: 고대본·가람본·성균관대본에는 '尙'으로 잘못 표기.
15) 經: 고대본에는 '逕'으로, 가람본·성균관대본에는 '徑'으로 잘못 표기.
16) 握: 가람본·성균관대본에는 '掘'로 잘못 표기.

세 지인이 고향 자랑을 하다

영조 기유년[1729]에 경상도 관찰사가 순행을 하다 순흥에 이르러 부석사를 구경했다. 이때 순흥과 안동, 예천 지인知印도 각자 원을 수행해 와서 함께 모였다.

안동 지인이, 관찰사를 수행하던 영리營吏, 군영이나 감영 등에 소속된 이서(吏胥)인 숙부에게서 다담상의 남은 음식을 받고는 순흥 지인에게 자랑했다.

"네 읍에서는 이런 음식을 본 지가 오래됐겠지? 맛이나 좀 보지그래."

순흥 지인이 대꾸했다.

"우리 읍에 영리가 없다는 이유로 네가 이렇게 멸시를 하는구나. 그렇지만 네 선조는 우리 읍 향리 자손의 발을 씻겨줘야 했었지!"

안동 지인이 발끈해 얼굴을 붉히며 말했다.

"그게 무슨 말이냐? 어찌 그럴 리가 있었겠냐?"

순흥 지인이 말했다.

"너 못 들었냐? 전조 문성공文成公 안향[1] 선생이 별성[2]으로 안동을 지나실 때 안동 지인에게 발을 씻기라 했다고. 그 얘기가 『고려사』에 실려 있는데, 네 숙부에게 물어보면 알 수 있을 게다."

이와 같이 다투고 있는데 옆에 있던 예천 지인이 순흥 지인에게 말했다.

"우리 읍에는 전대 왕조에 공훈을 세운 분으로 임대광林大匡이 있고, 이번 왕조의 지인 윤별동3) 선생은 급제해 대사성大司成 예문관藝文館, 사명(辭命)을 짓는 일을 맡은 관아 제학4)이 되었고 박사로서 원손元孫, 왕세자의 맏아들. 여기서는 단종을 가리킴의 존경을 받았어. 또 황공黃公은 무과에 급제해 진무공신5)에 책훈되었고, 다시 창원대도호부 부사에 제수되었지. 여기에는 안동과 순흥이 따라올 수 없지."

안동 지인이 말했다.

"우리 고을은 이번 왕조에 비록 문과 급제자는 없지만 생원 진사과와 무과 급제자는 많이 배출되어 서로 이어가고 있지. 작년에 책훈을 받은 화원군6)은 바로 우리 읍 지인이고 나와는 친척이 되니, 누가 감히 우리 안동을 당해내겠나?"

한 비장이 그 말을 듣고 순찰사에게 전했다. 이때 순찰사가 영성군靈城君 박문수7)였다. 그는 세 읍의 지인을 다 불러 곡절을 상세히 물었다. 그러고는 세 읍의 원들에게 말을 전했다.

"이것은 세 읍 사이의 큰 송사이니 마땅히 함께 모여 앉아 처결합시다."

---

1) 안향(安珦, 1243~1306): 고려 25대 왕인 충렬왕 대의 문신. 최초의 주자학자로 알려져 있다.
2) 별성(別星): 조정에서 특별한 임무를 주며 지방에 파견한 벼슬아치. 성(星)은 사신이라는 뜻이다.
3) 윤별동(尹別洞): 별동은 윤상(尹祥)의 호. 윤상은 조선 단종 때의 문신으로 성균관 박사가 되어 단종에게 학문을 장려했다.
4) 제학(提學): 예문관과 홍문관의 종2품 또는 규장각의 종1품 내지 종2품 벼슬.
5) 진무공신(振武功臣): 조선 인조 때 이괄의 난을 진압하는 데 공을 세운 사람에게 내린 훈호 (勳號). 그러나 진무공신 명단에는 황씨가 없다.

결국 예천이 이겼는데, 다른 두 읍의 지인들은 다 억울하다고 했다.

三知印競誇渠鄕

英廟己酉, 嶺伯巡到順興, 玩浮石寺時, 本邑及安東醴泉知印, 陪其官齊
會. 有安東知印, 受其叔陪行營吏茶啖餘物, 誇耀順興知印曰: "爾邑之[8]無
此饌久矣, 汝可少嘗味也." 順興知印曰: "爾以吾邑之無營吏, 有此[9]蔑視,
然爾之先世[10], 未免洗足於吾邑之鄕吏子孫也." 安東知印, 勃然變色曰:
"是何言也? 寧有是理?" 順興知印曰: "爾不聞前朝安文成公, 以別星過爾
府也? 使知印洗足之文, 載於麗史乎? 問于爾叔, 則可知也." 如此之際, 醴
泉知印, 適在傍, 謂順興知印曰: "吾邑則前朝勳業, 有林大匡, 本朝知印尹
別洞先生, 登科爲大司成藝文提學, 以[11]博士受禮元孫. 又有黃公登武科,
策勳振武, 再除昌原大都護府使, 此則安東順興之所不及也." 安東知印曰:

<hr>

6) 화원군(花原君): 권희학(權喜學). 1672년에 안동에서 태어났다. 일찍이 지인(知印)으로 있
을 때 소론의 거두 명곡(明谷) 최석정(崔錫鼎)이 안동부사로 부임했는데 그의 눈에 들어 문하
에서 공부했다. 스물여섯 살 때인 1697년 3월 최석정이 세자 경종의 책봉 주청사로 연경에 갈
때 그를 수행했다. 보고 듣고 경험한 일을 일기로 남겼는데 이것이 연행일록(燕行日錄)이며 그
공로로 교련관으로 승진했다. 1698년 국내 대흉년으로 조정이 청나라에 식량을 대차할 때 최
석정이 해운시랑사사(海運侍郞謝使)로 관서 지방에 행차하자 종사관으로 그를 수행했다. 그리
하여 서북 지방에 갔다 오는 길에 보고 듣고 경험한 것을 일기로 남겼는데 그것이 서행일록
(西行日錄)이다. 이인좌, 정희량 등이 주동한 무신란(戊申亂)을 진압하는 데 큰 공을 세워 공신
이 되고 종2품 가선대부 화원군으로 봉군되었다. 공의 상이 공신각(功臣閣)에 걸리고 영정이
왕명으로 하사되었다. 사후에는 이족(吏族)과 사림(士林)이 1805년에 안동시 풍산읍 막곡리에
봉강영당(鳳岡影堂)을 창건하고 영정(影幀)과 어서(御書)를 봉안했다. 그 영당은 1862년 춘양
(春陽, 봉화군 명호면 풍호리)에 이건(移建)되었다가 다시 1870년 안동군 남선면 신석리에 이
건해 현재에 이르고 있다.
7) 박문수(朴文秀, 1691~1756): 1728년 이인좌의 난 진압에 공을 세워 영성군에 봉해졌다. 여
러 번 암행어사로 나가 크게 활약해 그와 관련된 많은 이야기가 만들어졌다.
8) 之: 가람본에는 탈락.
9) 此: 동양본에는 탈락.
10) 世: 가람본·성균관대본에는 '祖'로 표기.
11) 以: 동양본에는 탈락.

"吾鄕則本朝雖無文科, 生進與武科[12], 磊落相望, 昨年策勳花原君, 卽吾府之知印, 而與吾爲族黨, 孰敢當吾府也?" 有褊裨聞其言, 言于巡相, 巡相卽朴靈城[13]文秀也. 招三邑知印, 詳問委折, 送言于三邑倅曰: "此有三邑大訟, 當會坐決處." 竟右醴泉, 兩邑知印[14], 各相稱寃云.

12) 동양본에는 '則'이 더 나옴.
13) 朴靈城: 동양본에는 '靈城朴'으로 표기.
14) 兩邑知印: 동양본에는 '兩印'으로 표기.

상주 아전이 대대로 충절하게 살다

상주 아전 이경남李景南은 임진왜란이 닥치자 의롭게 결사대를 만들어 판관 권길1) 밑으로 들어가니 칭찬이 자자했다. 이경남은 계사년1593 가을에 명나라 장수 오유충吳惟忠이 상주에 주둔할 때 문서를 관장했는데 일 처리가 물 흐르듯 신속했다. 또 군사의 일을 논할 때는 충성심을 바탕으로 분노하고 감격했다. 그래서 오유충이 그를 매우 아껴 비단과 기물 등을 상으로 주고 즉시 별부別部 파총把摠, 각 군영의 종4품 무관 벼슬을 맡겼다. 그뒤 군공을 세워 동지중추부사로 승진했다.

이경남은 광해군 정사년1617에 폐모론2)이 제기되자 상소문을 지어 서울로 올라가 칠 일 동안 엎드려 상소했지만 받아들여지지 않았다. 숭례문 밖에서 상소문을 불태워버리고 통곡하고서 남쪽으로 돌아왔다.

인조 병자년1636에 청나라 오랑캐가 쳐들어와 임금이 남한산성으로

---

1) 권길(權吉, ?~1592): 1592년 상주판관(尙州判官)으로 있을 때 순변사 이일(李鎰)의 군사와 합동해 상주로 쳐들어오던 왜적과 싸우다 전사했다.

옮겨갔다. 이경남은 아들 지원枝元이 관찰사를 따라 왕을 모시려 하자 손수 '여막작서서3)효자汝莫作徐庶孝子, 너는 서서와 같은 효자가 되지 마라, 오욕효왕릉현모4)吾欲效王陵賢母, 나는 왕릉현모를 본받으련다'라는 열네 글자를 써주며 권면을 했다.

정축년1637에 임금이 성을 나가 항복하자 이경남은 두루마기와 패랭이 차림으로 상주 동쪽 동해사東海寺로 달려가 숨었다. 도해팔영시5)를 지어 그 뜻을 나타냈다.

그는 항상 명나라 장수가 준 술잔에 술을 따르고는 "이 세상 갑자甲子를 잊고 술잔 속 세상에 취하리라"라고 했다. 그 술잔 바닥에 명나라 연호가 쓰여 있었기 때문이었다.

임종할 때는 정신이 명료해 육검남6)의 '왕사가 북쪽 중원을 평정하는 날, 조상제사를 잊지 않았음을 아버지에게 고하네'라는 시7)를 읊으며 편안하게 세상을 떠났다. 그러니 세상 사람들이 대명처사大明處士라고 칭송했다.

---

2) 폐모론(廢母論): 선조의 계비이며 영창대군의 어머니인 인목대비를 폐하고 궁궐에서 쫓아내야 한다는 논의. 인목대비는 김제남의 딸로서 의인왕후(懿仁王后)가 죽자 1602년 왕비로 책봉되었다. 1606년 인목대비가 영창대군을 낳자 왕위 계승을 둘러싼 문제가 발생했다. 유영경 등 소북(小北)은 당시 세자인 광해군이 서자이며 둘째 아들이라 해 영창대군을 옹립하고, 대북(大北)은 광해군을 지지해 당쟁이 확대되었다. 1608년 선조가 죽고 광해군이 즉위하자 대북이 정권을 잡았다. 1613년 이이첨 등이 반역죄를 씌워 영창대군을 폐서인하고 나서 죽였고 김제남도 사사했다. 이 시점에서 대북은 '폐모론'을 제기했다. 1617년 인목대비는 대비의 호를 못 쓰게 되고 서궁(西宮)에 유폐되었다. 1623년 인조반정으로 복호(復號)되어 대왕대비가 되었다.
3) 서서(徐庶):『삼국지연의』에 나오는 인물. 유비의 신하로 있으면서 탁월한 능력을 보였는데 조조가 그를 빼내가려고 그 어머니를 잡아 편지를 보내게 했다. 어머니의 편지를 본 그는 어쩔 수 없이 조조 편으로 갔다. 그러나 어머니는 자결했고 그뒤로 서서는 조조를 위해 어떤 모책도 내주지 않았다 한다.
4) 왕릉현모(王陵賢母): 왕릉은 한(漢)나라 사람. 왕릉이 한고조(漢高祖)의 신하로 있었는데, 항우가 왕릉의 어머니를 잡아두고 왕릉을 불렀다. 그러나 왕릉의 어머니는 자기 때문에 아들이 두 마음을 가질까 염려해 자살했다. 왕릉은 항우에게 가지 않을 수 있었다.
5) 도해팔영시(蹈海八詠詩): 제나라 웅변가 노중련(魯仲連)이 '진시황이 만약 천하를 다스린다면 나는 동해에 빠져 죽을지언정 그의 백성은 되지 않을 것이다'라고 읊었다.
6) 육검남(陸劍南): 육유(陸游, 1125~1210). 남송의 학자. 애국과 의분(義憤)에 대한 시가 많다.『검남시고劍南詩稿』『위남문집渭南文集』 등을 남겼다.

경남은 일찍이 상주 서쪽 묵서산墨西山에 자리를 잡았다. 그리고 그곳에 옷과 신발을 묻게 하고 자기 묘지명을 지었다.

> 중국이 한 번 통일되니 백 년이 흡족하도다.
> 그 옛날 가정嘉靖, 명나라 세종(世宗)의 연호 연간에 나 태어났지만
> 지금 세상 돌아보니 용납될 곳 없다네.
> 모름지기 묵태墨胎, 백이숙제의 성(姓)의 서산에 묻혀
> 살아서는 노련魯連, 노중련(魯仲連)을 가리킴이 바닷가로 간 것 따르더니
> 죽어서는 백이숙제의 봉우리에 묻혔다고 식자들이 알게 하리라

경남의 아들 지원은 병조호란 때 호장戶長, 수석 향리이었는데 인조를 호위하던 관찰사 심연[8])을 자원해 따랐다. 행군이 달천에 이르렀을 때 강화조약 소식을 듣고는 통곡하며 남쪽으로 돌아갔다. 그때의 감회를 읊은 시가 있다.

지원은 갑신년1644 3월 숭정황제가 붕어했다는 소식을 듣고 동해사 일월암으로 올라가 제단을 만들고 통곡했다. 그는 해마다 명나라 태조와 신종, 의종의 제삿날에는 이 단에 맑은 물 한 잔을 올리고 향을 피워 제사를 지냈으니 그곳을 대명단大明壇이라 불렀다.

일찍이 마을 처사 채득기蔡得沂가 성의 서쪽 초암을 찾아와서 동강東江 별장에서 함께 은거하자고 제안하니, 지원이 우스개로 말했다.

---

7) '왕사가 북쪽~고하네'라는 시: '왕사가 북쪽~고하네'라는 시: 원래 제목은 '아들에게 보여주다(示兒)'이다. 즉, 북쪽 오랑캐로부터 밀려나 남쪽으로 내려온 남송의 입장에서 서술한 시인데, 아들에게 자신이 죽고 나서 남송의 군대가 북쪽 중원을 평정하게 되면 집안 제사를 지낼 때 그 사실을 자신에게 고하는 것을 잊지 말라 하는 내용이다. '내옹(乃翁)'은 '너의 아버지'라는 뜻으로 육검남 자신을 지칭하는 말이다.
8) 심연(沈演, 1587~1646): 1635년 경상도 관찰사로 임명되었는데, 병자호란이 일어나자 군대를 이끌고 싸움에 나갔지만 패배해 재기를 준비하던 중에 임금이 항복했다. 그래서 임피로 유배되었다.

"동해의 높은 발자취와 서산의 빼어난 백성은 그 추구하는 바가 한가지인데, 꼭 이웃에 살아야만 뜻을 함께하겠소?"

채득기가 탄식하며 말했다.

"서산의 빼어난 백성은 그대가 감당할 수 있지만, 동해의 높은 발자취는 내 피하고 싶소."

그러고는 채득기가 '서산정사西山精舍' 네 글자를 써서 초암 처마에 걸었으니 그 기대한 것을 가히 알 수 있다.

지원은 죽고 나서 군자정9)에 추증되었다.

지원의 아들 근생根生은 열아홉에 호장이 되었다. 가문 선조가 충효를 실천했기에 특별히 임명을 받은 것이다. 근생은 관가나 대궐의 문 앞을 지날 때면 반드시 두 손을 마주잡고 총총걸음으로 걸었다. 집에 물러나 있을 때도 벽제辟除, 지위가 높은 사람이 행차할 때 벼슬아치의 집에서 부리는 하인이 일반 사람의 통행을 금하는 일하는 소리를 들으면 반드시 마루 아래로 내려와 절을 했다. 세상 사람들이 다 그를 칭찬했다.

그가 회갑을 맞이했을 때는 병을 치료하느라 동해사에서 머물던 중이라 여러 자식에게 편지를 썼다.

나는 숭정10) 3년1630에 태어나 여덟 살 때 정축丁丑의 변정축년(1637)에 인조가 청나라 태종에게 항복한 변을 당했고, 열다섯 살 때는 의종황제께서 순절하셨다는 소식을 들었다. 이후 세월은 빨라 어느새 사십칠 년이 흘렀는데 명나라 조정에서 늙지 못하고 환갑이 되었다. 세상을 돌아보니 눈물만 흘러 어찌 술을 따라서 굽어보고 우러르는 회포를 돋우겠느냐?『시경』에서 말했지. '슬프도다 슬프도다 우리 부모님, 나를 낳으신 수고로움이여'라고.

---

9) 군자정(軍資正): 군수품의 비축과 출납의 사무를 맡아보는 군자감의 정3품 당하관 벼슬.
10) 숭정(崇禎): 중국 명나라 마지막 황제 의종(毅宗) 때의 연호(1628~1644).

정자程子도 말했지. '생일날 부모님이 안 계시면 마땅히 비통함을 더해야 하니라'라고. 해마다 이날이 되면 그러했는데 하물며 환갑이니 어떠할까? 너희는 내 이런 뜻을 잘 받들어 손님을 받지 말거라.

뒤에 그는 참의參議 조선시대 육조(六曹)의 정3품 벼슬에 추증되었다.

근생의 아들 시발時發은 숙종 경오년1690에 정조호장[11]으로 숙배를 했다. 이때 인현왕후가 자리에서 물러나 사저에 머물고 있었다. 시발은 대궐의 예를 마치자 여러 호장에게 말했다.

"지금 우리 왕비마마께서 별궁에 옮겨 거처하시는데 신하된 자로서 숙배하는 것이 마땅하다."

무리가 모두 따르지 않자, 시발은 "옛사람 중에도 혼자 서궁[12]에 숙배한 사례가 있었다" 하고는 멀리 바라보며 절을 올렸다. 또 정축의 변 육십 주기를 맞이해서는 그때 일을 돌이켜 생각해 회한에 빠졌다. 또한 천하 흥망의 일들을 모두 바둑 두는 것과 비슷하게 여겨 '바둑 전傳'을 지었다. 이것은 충분忠憤에서 우러나 우리나라와 명나라의 치욕을 씻고자 한 것이었다. 왕왕 그것을 읽는 사람은 '북쪽으로 선우대에 올라 황룡부에서 통음한다'[13]는 뜻이 있다고들 했다.

시발의 아들이 삼억三億이다. 경종景宗 신축년1721에 오재寤齋 조정만[14] 공이 상주에 부임해 남성루南城樓를 중수하는데 삼억에게 감독하게 했다.

---

11) 정조호장(正朝戶長): 정초에 대궐에 나아가서 왕에게 문안드리는 일을 하는 호장.
12) 서궁(西宮): 광해군 때 영창대군의 생모인 인목대비가 폐모(廢母)되어 갇혔던 궁.
13) 북쪽으로 선우대(單于臺)에~황룡부(黃龍府)에서 통음한다: 두 가지 일을 가리키는 말로, 모두 오랑캐를 정벌하고자 하는 뜻이 담겨 있다. '북쪽으로 선우대에 오른다'는 구절은 한 무제가 십팔만 병력을 직접 이끌고 장성(長城)을 나와 북쪽으로 가서 선우대에 오르던 일을 가리킨다. 『한서漢書』 무제기(武帝紀)에 "元封, 元年, 冬十月……行自雲陽, 北歷上郡西下五原, 出長城, 北登單于臺"라는 기록이 있다. '황룡부에서 통음한다'는 구절은 남송 때 충신 악비(岳飛)가 "이번에는 곧장 황룡부에 쳐들어가서 그대들과 함께 실컷 취하도록 마시고 싶다"고 한 일에서 비롯된 말이다.

삼억은 공사가 끝나자 '홍치15)구루弘治舊樓'라는 편액을 붙이기를 청하고 기문을 지었다.

　　성상聖上, 살아 있는 임금을 높여 부르는 말. 경종을 말함 원년 신축 가을에 감히 명을 받들고 남루의 역사를 감독해 시월 보름에 완공을 했습니다. 장차 편액을 걸려 해 주작문朱雀門, 진남문鎭南門, 무남루撫南樓 중에서 하나를 정하려 했습니다. 가만히 생각해보면 이 누각은 명나라 효종孝宗 때 처음 완성되었다가 그로부터 이백여 년이 지난 오늘 다시 중수한 것입니다. 난간 밖 세상은 모두 사라지고 오직 이 대들보 위 제사題辭만이 자취가 또렷해 마치 어제 쓴 듯합니다. 옛날을 생각하니 감회가 일어나 눈물이 흐릅니다. 만일 주자朱子께서 보셨다면 반드시 잣나무를 읊을 생각16)을 하셨을 것입니다. 또 이 누각에 오른다면 문천상이 항복하지 않겠다고 결심한 마음을 느낄17) 사람도 있을 것입니다. 이로써 부사께 아뢰니 옳다 하셔서 마침내 '홍치구루'라는 편액을 붙입니다.

　　삼억은 영조 무신년1728의 난리이인좌의 난을 말한다에 우두머리 이방吏房이 었는데 충분감개忠憤感慨해 깃발에다 '만강단침 섬적내이滿腔丹忱 殲賊乃已, 내 가

---

14) 조정만(趙正萬, 1656~1739): 조선 후기의 문신이자 학자. 오재(寤齋)는 호. 송준길·송시열의 문인이며, 상주목사를 지냈다. 충청도 관찰사·호조참의·호조참판, 공조판서와 형조판서를 역임했다.

15) 홍치(弘治): 중국 명나라 효종 때의 연호(1488~1505).

16) 잣나무를 읊을 생각: 『시경』「국풍國風」에 '백주(栢舟)' 시가 있다. 백주는 '잣나무 배'라는 뜻으로, 재질이 단단한 잣나무는 '변함없는 사랑'을 뜻한다. 이에 대해 모시서(毛詩序)는 시의 화자를 간신에게 모함을 받아 군주에게 내쫓긴 충신으로 보았다. 한편 주자(朱子)는 이 시를 '부인이 남편에게 소박맞고 자기를 잣나무 배에 비유하여 노래한 것'이라며, 군신 관계가 아니라 부부관계로 풀이했다. 위 이삼억의 기문은 주자가 '잣나무를 읊는다'는 어구로써 불변의 충절심을 환기하려 했기에 실제 주자의 시구 해석을 반대로 이해한 셈이다.

17) 문천상(文天祥)이 항복하지~마음을 느낄: 문천상은 원나라가 송을 공격했을 때 호걸들을 모아 왕을 호위했다. 원나라에 끝까지 항복하지 않다가 피살되었다. 형장으로 끌려갈 때 정기가(正氣歌)를 지어 그 뜻을 나타냈는데, 후세에 그 노래를 읊는 사람들이 크게 감동했다 한다.

슴속 가득한 충성심으로 적을 다 섬멸하고야 말리라'라고 혈서를 썼다. 아전들을 엄하게 단속하고 상주 백성들을 어루만져주니 죽기를 각오하지 않는 사람이 없었다.

조씨 성을 가진 한 첩자가 난리를 피해 왔다며 아전들이 있는 방에 들어와 적의 세력을 과장하는 말을 퍼뜨려 인심을 동요시켰다. 삼억이 즉시 그를 결박해 진영으로 보내니, 그뒤로 적들은 감히 상주로는 들어오지 못했다 한다.

삼억의 아들 경번慶蕃이 영조 기사년1749에 정조호장으로 상경해 대궐문에 나아가 임금을 알현했다. 임금이 몇 읍 호장들더러 입시하라 하니 경번이 그 속에 들어갔다. 사알司謁, 임금의 명령을 전달하는 정6품의 잡직을 따라가 중문을 지나 옥계 아래에 엎드리니, 임금은 상주 호장이 어디 있느냐고 물었다. 경번이 조금 더 앞으로 나아가 엎드렸다. 임금은 경번에게 낭관18) 품계의 자리로 나와서 절하게 하고 물었다.

"상주 백성들은 무고한가?"

경번이 몸을 일으켰다 다시 엎드리며 대답했다.

"성화를 널리 입어 그곳에 즐비해 있는 모든 집이 편안하옵니다."

"향읍의 소리小吏들이 백성들을 괴롭힌다는 말이 있는데 그렇지 아니한가?"

경번이 또 일어났다 엎드리며 말했다.

"소신이 가슴에 품고 소매 속에 넣어온 것이 있지만, 전하의 위엄이 지척에 계신지라 말씀으로 전하기가 어렵사옵니다. 종이와 붓을 청하옵나이다."

임금이 두루마리 종이와 붓, 벼루를 하사하니, 경번은 계단 아래로 물러가 가져온 글에 대략 표시를 해가며 잘 베껴서 바쳤다. 임금이 다 읽

18) 낭관(郎官): 육조에 소속된 정5품관의 정랑과 정6품관의 좌랑을 통칭함.

어보고 나서 좌우 신하에게 말했다.

"먼 시골 호장의 박식함이 이와 같다니!"

그러고는 경번으로 하여금 가까이 다가와 얼굴을 들게 하고 또 물었다.

"유리由吏, 지방 관아에 딸린 이방의 아전를 지낸 적이 있는고?"

"없사옵니다."

"내 일찍이 어사별단[19]을 보니, 관아의 득실과 민생의 이로움이나 병통이 모두 유리의 됨됨이에 달렸다고 쓰여 있다. 너 같은 사람을 쓰지 않은 것은 수령의 잘못이다. 오늘 너를 우승郵丞, 역승(驛丞). 찰방(察訪). 역(驛)의 장직에 임명하고자 하나, 아직 유리를 지내지 않았다 하니 잠시 그대로 두겠노라."

임금이 또 물었다.

"너는 지금 호장의 몇 품계인고?"

경번이 대답했다.

"정조호장 임명첩을 받았나이다."

임금이 말했다.

"이 같은 인재를 어찌 월차越次, 차례를 넘어섬하지 않는고? 통덕랑通德郞, 정5품 문관의 품계으로 특별 승진하는 게 마땅하도다."

그러고는 바깥에 명하여 술을 내리게 하고 물러가게 했다.

경번과 여러 호장은 곡배[20]의 예를 행하고 종종걸음으로 물러나 문에 이르렀다. 사알이 자리를 배설해 술상을 마련하고는 상주 호장을 불러 어명으로 술을 내렸다. 경번이 일어났다 다시 엎드려 술을 모두 마시고서 또 네 번 절해 임금의 은혜에 감사를 올렸다. 여러 호장이 담처럼

---

19) 어사별단(御史別單): 암행어사가 임금에게 올리는 문서에 덧붙이는 문서나 인명부.

20) 곡배(曲拜): 임금에게 절하는 예절. 임금이 남쪽을 향해 앉으면, 절하는 사람은 임금을 마주해 절하지 않고 동쪽이나 서쪽을 향해 절함.

둘러서서 구경했는데, 감탄하고 부러워하지 않는 이가 없었다 한다.

商山吏屢[21]世忠節

尙[22]州吏李景南, 當壬辰亂, 倡義作敢死隊, 附權侯吉, 甚見奬詡. 癸巳秋, 天將吳惟忠, 駐[23]軍本州時, 掌簿[24]書, 敏給如流, 且論兵事, 忠憤感激, 天將甚愛之, 以錦綺器物, 褒賞之, 卽付別陪[25]把摠[26]. 後以軍功, 陞同樞. 光海丁巳, 廢母議[27]起, 裁疏跋涉上京, 伏閤七日, 不得呈, 撤火疏崇禮門下[28], 痛哭南歸. 仁祖[29]丙子, 淸虜猖獗, 行朝[30]在南城[31]圍中, 其子枝元, 從道伯勤王, 手書汝莫作徐庶孝子, 吾欲效王陵賢母, 十四字勉之. 及丁丑下城, 着周衣戴蔽[32]陽子, 走隱於州東之東海寺, 有蹈海入[33]詠, 以見其志. 常崇酒于天將所賜樽盃曰: "欲忘此世甲子, 醉盃裡乾坤." 盖其器底有天朝年號故也. 臨命精神了然, 誦陸劍南, '王師北定[34]中原日, 家祭無忘告乃翁'之詩, 怡然而逝, 世以大明處士稱之[35]. 嘗卜州西之墨西山, 因[36]命藏衣履, 自述壙銘曰: '皇朝之一統, 允洽百年兮, 昔余降于嘉靖之間, 緬今世而

21) 屢: 성균관대본에는 '累'로 표기.
22) 尙: 동양본에는 '商'으로 표기.
23) 駐: 동양본에는 '住'로 표기.
24) 掌簿: 동양본에는 '將薄'로 표기.
25) 陪: 동양본에는 '部'로 맞게 표기.
26) 把摠: 동양본에는 '摠把'로 표기.
27) 議: 동양본에는 '義'로 잘못 표기.
28) 下: 동양본에는 '外'로 잘못 표기.
29) 祖: 가람본에는 '廟'로, 국도본에는 '朝'로, 성균관대본에는 '廟朝'로, 가람본에는 '廟'로 표기.
30) 行朝(행조): 국가의 변란 등으로 인해 도성을 떠나 다른 곳으로 옮겨간 조정.
31) 南城: 성균관대본에는 '南漢山城'으로 표기.
32) 蔽: 동양본에는 '弊'로 표기.
33) 入: 동양본 등 다른 이본에는 '八'로 맞게 표기.
34) 定: 동양본에는 '征'으로 표기.
35) 之: 동양본에는 탈락.
36) 因: 동양본에는 탈락.

無所容兮, 聊以藏乎墨怡[37]之西山, 識者以爲生蹈魯連海, 死埋夷齊岑'云
云. 景南之子枝元, 當仁廟丙子胡亂, 以時戶長, 自願從道伯沈公演勤王之
師, 行到漣川, 聞[38]媾成, 痛哭南歸, 有詠懷詩. 甲申三月, 崇禎皇帝凶聞至,
上東海寺日月岩[39], 設壇而哭. 每當明太祖神宗毅宗, 三皇諱辰, 以明水一
盃, 焚香拜獻于此, 名以大明壇. 鄕之處士蔡得沔, 嘗訪於[40]城西草廬, 要
與偕隱于東江[41]別墅, 枝元戲曰: "東海高躅, 西山逸民, 其趣一[42]也. 何必
結隣而後可乎?" 蔡歎曰: "西山逸民, 君可自當, 而東海高躅, 我實逃避." 因
題西山精舍四字以楣之, 可見其期待也. 後贈[43]軍資正. 枝元之子根生, 年
十九爲戶長, 盖以家世忠孝, 特爲官長之所勤差也[44]. 過官門及殿門, 必拱
手趍[45]行, 退居于家, 聞官喝道[46]聲, 必下堂肅之, 世皆多之. 當其回甲日,
以調病在東海寺, 貽書諸子曰: '吾以崇禎三年生, 八歲當丁丑變, 十五聞毅
皇[47]殉社, 伊後光陰[48]悠忽, 爲四十七年, 而不得老天朝, 甲子生朝奄屆回,
瞻寶宇足可飮泣, 安可置酒, 以添俛仰之懷哉? 詩云: '哀哀父母, 生我劬
勞.' 且程子曰: '人無父母, 生日常[49]倍悲慟[50].' 常年此日, 猶尙如此, 況甲
年耶? 汝輩體吾此意, 勿使速客也.'云. 後贈[51]僉議. 根生之子時發, 肅廟庚

---

37) 怡: 동양본에는 '胎'로 맞게 표기.
38) 聞: 가람본·성균관대본에는 '問'으로 잘못 표기.
39) 岩: 고대본·성균관대본에는 '菴'으로 표기.
40) 於: 동양본에는 탈락.
41) 東江: 동양본에는 '江東'으로 표기.
42) 一: 국도본에는 탈락.
43) 贈: 동양본에는 '增'으로 잘못 표기.
44) 也: 동양본에는 탈락.
45) 趍: 동양본에는 '趣'로 표기.
46) 道: 성균관대본에는 '導'로 표기.
47) 毅皇: '毅宗皇帝'의 줄임말. 성균관대본에는 '毅宗皇帝'로 표기.
48) 동양본에는 '海'로 잘못 표기.
49) 常: 동양본에는 '當'으로 옳게 표기.
50) 慟: 가람본·성균관대본에는 '痛'으로 맞게 표기.
51) 贈: 동양본에는 '增'으로 잘못 표기.

午, 以正朝戶長, 肅謁[52]時, 仁顯皇[53]后, 遜處私第, 拜闕禮訖, 謂諸[54]戶長曰: "今我聖母, 遷居別宮, 爲臣子者, 當一體肅謁, 可也." 衆皆不從, 時發嘆曰: "古人有獨拜西宮者." 因瞻望獻拜. 又當丁丑下城之回甲, 追念興懷, 以爲天下之[55]興亡有類博戲, 爲作博戲傳, 其忠憤所發 盖雪我皇明之恥也. 往往讀之者, 有北登單于臺, 痛飮黃龍府之意云. 時發之子三億, 景廟辛丑, 寓[56]齋趙公正萬莅本州, 重修南城樓, 使三億董役, 畢請額弘治舊樓, 仍作記曰: '聖上元年, 辛丑秋, 敢承侯命, 董役南樓, 陽月望[57]告訖, 將扁額列書朱雀門鎭南門撫南樓等號, 欲定其一[58], 竊念此樓, 始成於皇朝孝廟, 其後二百有[59]餘年, 更修於今日, 而檻外乾坤, 盡爲陸沉, 惟玆梁題, 遺躅宛然如昨, 追古興懷, 足可飮泣, 若使朱先生見之, 必興詠[60]栢之思, 而抑有登此樓而起文山不下之心者哉. 遂以此白侯曰: "可.", 因以弘治舊樓揭之.' 英廟戊申之亂, 爲首吏, 忠憤感慨, 血指書于旗曰: '滿腔丹忱, 殲賊乃已.' 嚴束椽[61]吏, 撫安府民人, 無不以死爲心. 有賊諜[62]曺姓者, 稱以避亂, 至椽房, 盛言賊勢, 騷動人心, 三億卽命結縛, 送付鎭營, 遂不敢入本州云云. 三億之子慶蕃, [63]英廟乙[64]巳, 以正朝戶長, 上京詣闕門肅謁, 上命某某邑

---

52) 肅謁(숙알): 두 손이 땅에 닿도록 공손히 절하는 것. 동양본에는 '喝'로 표기.
53) 皇: 가람본·국도본·성균관대본에는 '王'으로 표기.
54) 諸: 동양본에는 탈락.
55) 之: 동양본에는 탈락.
56) 寓: 동양본에는 '悟'로 표기.
57) 陽月望(양월망): 양월(陽月)은 음력 10월이고, 망(望)은 15일이다.
58) 一: 성균관대본에는 '意'로 표기.
59) 有: 동양본에는 탈락.
60) 詠: 동양본에는 '咏'으로 표기.
61) 椽: 성균관대본에는 '緣'으로 맞게 표기.
62) 諜: 동양본에는 '牒'으로 표기.
63) '於'가 들어가야 함.
64) 乙: 동양본에는 '己'로 맞게 표기.

戶長入侍, 慶蕃亦焱其中, 隨司謁, 闃重[65]門, 到堦[66]下俯伏, 上問尙州戶長安在, 慶蕃稍進而伏, 上命使引拜於郎品之堦[67], 因問曰: "州民皆無疾苦耶?" 起伏對曰: "弘露聖化, 比屋皆安矣." 又問曰: "鄕邑小吏, 侵漁小民云然否?" 起伏對曰: "臣有所懷袖[68]來者, 而咫尺天威, 難以口達, 請以紙筆." 上命賜周紙筆硯, 慶蕃逡退堦[69]下, 畧畧點綴於本草, 繕寫以進, 上下覽後, 謂左右曰: "不意遐鄕戶長之博識如是!" 因命近前擧顔, 又問: "曾經由吏乎?" 對曰: "未也." 上曰: "嘗見御史別單, 官政得失, 民生利病, 咸係由吏之得人與否, 而如爾虛過, 守令之過也. 今欲除爾郵丞之職, 而未經由吏云, 姑置也." 又問: "爾於戶長, 今至何堦[70]?" 對曰: "當受正朝戶長帖矣." 上曰: "有人才如此, 奚計越次? 特陞通德郎可也." 因命自外宣醞, 因命退出, 慶蕃與諸戶長, 行曲拜之禮, 趍出至門, 司謁設席具酒盤[71], 招尙州戶長, 以御命賜之, 逡起伏盡酌. 又行四拜謝恩, 諸戶長皆擁觀如堵, 莫不歎羨云云.

---

65) 重: 동양본에는 탈락.
66) 堦: 국도본·동양본에는 '階'로 표기.
67) 국도본·동양본에는 '階'로 표기.
68) 동양본에는 '中'이 더 나옴.
69) 국도본·동양본·가람본에는 '階'로 표기.
70) 堦: 국도본·가람본에는 '階'로 표기.
71) 盤: 성균관대본에는 '盂'로 표기.

마음이 고운 삼대의 효행을 듣다

오천송吳千松은 의성 사람이다. 지극히 효성을 다해 부모를 섬겼으니 가난해 아침저녁을 잇기조차 어려워도 남의 집에 품을 팔아 돈과 쌀을 얻어 매일 돌아와 부모를 봉양했다. 부모상을 당해서는 몸소 무덤을 만들어 장사를 마쳤고 무덤 아래에 여막을 지어 삼년상을 마쳤다. 고을 사람들이 모두 시묘를 잘했다고 칭찬했다.

그 손자 철조哲祖는 태어난 지 일 년도 안 되어 부친을 잃었다. 그는 자라나서는 부친 얼굴을 알지 못하고 부친을 위해 상복을 입지 못한 것을 평생토록 애통하게 여겼다. 그래서 평생 다른 사람과 웃지도 않고 황황히 죄인처럼 살았다.

철조의 모친은 형의 집에서 살았는데 자기 집에서 좀 멀리 떨어진 곳이었다. 철조는 공무가 바빴지만 한 번도 빠뜨리지 않고 아침저녁으로 모친의 안부를 물었다. 비바람이 불어도, 추위와 더위가 심해도 그만두지 않았다. 모친께 맛있는 음식을 드리는 일도 게을리하지 않았다. 모친상을 당해서는 지나치게 애통해하다가 몸을 상할 정도였고 장례에 모든 정성을 다해 여한이 없도록 했다. 부친이 돌아간 지 육십 주기가 되자 제사상을 마련하고는 울부짖으며 가슴을 치니 초상 때인 것 같았다. 또 상복을 입고 여묘를 했는데, 평소 술과 담배를 좋아했지만 이때는 일절 입에 대지 않고 나물과 죽으로 삼년상을 마쳤다.

마을 사람들이 그 일을 관가에 알리니 읍의 원도 그 효심에 감동해 정려旅閭, 충신·효자·열녀 등을 그 동네에 정문(旌門)을 세워 표창하던 일를 신청하려 했다. 그러나 철조는 울부짖으며 제발 멈춰달라고 호소했다. 그 특별한 행실은 마음속에서 우러난 것이지 세상에 보이려 한 일이 아니었기 때문이었다.

철조의 아들 아무개는, 부친이 학질에 걸렸는데 의원이 인삼을 먹으면 효과가 있을 거라 하자 매서운 추위에도 아랑곳하지 않고 지리산 영원사로 가서 인삼을 구했다. 한 늙은 스님이 마른 줄기 하나를 가리키며 캐보라 했다. 과연 인삼 여섯 뿌리를 얻었는데 매우 굵었다. 그 순간 스님은 보이지 않았다. 인삼을 가지고 돌아오려는데 절의 무뢰배 대여섯 명이 인삼을 내놓으라고 협박을 했다. 그때 호랑이 한 마리가 옆에 있다가 끊임없이 으르렁거리니 무뢰배가 모두 도망쳐버렸다. 인삼을 가져와 고아 드리니 부친의 병이 나았다. 또한 그는 모친이 병을 앓자 두 번이나 자기 손가락을 베어 며칠이나 수명을 연장해주었다.

뒤에 이 일이 조정에 알려지니 삼대가 모두 정려를 받았다.

聞詔人三代孝行

吳千松, 義城人也. 事親至孝, 雖家勢貧窘, 朝夕難繼, 而爲人傭賃, 得其錢米, 每日歸以養親. 及其親喪, 身自負土, 以完葬事, 遂廬於墓下, 以終三年, 鄕人稱侍墓基. 其孫哲祖, 生未周歲, 遭父喪, 及長每以不識父面, 不服父喪, 爲終身至慟[1], 平生未嘗與人嬉笑, 遑遑若罪人焉. 母在兄家稍遠, 而雖奔走公役, 晨昏定省, 未嘗或癈[2], 不以風雨寒暑, 而或癈, 甘旨供養, 終始不衰. 及遭母喪, 哀毀過禮, 葬祭盡誠, 俾無餘憾. 及其父沒回甲, 設祭攀擗[3], 一如初喪, 仍服縗廬墓, 麪[4]藥南草素所嗜好, 而絶不近口, 咬菜啜粥, 以終三年, 鄕人上其[5]事. 邑宰感其孝, 將申請旌褒, 而號泣乞停, 盖其特行由中, 不欲見知於世也. 其子某, 父患虛証[6], 醫言蔘可以得效, 時當大寒, 躬往智異山靈源寺求之, 忽有老僧, 指一枯莖, 令探之, 得人蔘六根甚大, 而僧無去處, 持而歸, 則寺中無賴五六輩[7]來劫之, 有虎在傍, 咆哮不已, 衆皆逃散, 仍而持來煎進, 父病乃差. 母病再斫指, 得延數日. 後聞于朝, 三代俱蒙旌閭.

1) 慟: 성균관대본에는 '痛'으로 표기.

2) 癈: '廢'로 표기해야 함.

3) 攀擗(반벽): 벽용(擗踊)과 같은 말. 부모 장례 때 상제가 매우 슬피 울고 가슴을 두드리며 몸 부림치는 것. 고대본에는 '攀俾'으로, 동양본에는 '攀號'로 표기.

4) 麪: 동양본에는 '麵'으로 표기.

5) 其: 동양본에는 탈락.

6) 虛証: 성균관대본에는 '瘦症'으로 표기.

7) 五六輩: 가람본·성균관대본에는 '輩五六名'으로 표기.

이항복이 위기에 처하자 선조 이제현이 꿈에 나타나다

백사白沙 이항복李恒福 공이 태어난 지 돌도 안 되었을 때였다. 유모가 이항복을 안고 우물가에 갔는데 아이를 땅바닥에 내려두고 앉아서 졸고 있었다. 이항복이 기어다니다 우물 안으로 떨어지려는 찰나, 유모의 꿈에 훤칠하게 키가 큰 백발노인이 나타나 지팡이로 유모의 정강이를 때리며 말했다.

"어찌 아이를 돌보지 않는고!"

유모가 너무 아파 놀라 깨어나서 달려가 아이를 구했다. 정강이가 정말로 며칠 동안이나 아팠으므로 매우 기이하게 여겼다.

그뒤 집안의 제사가 있어 방계 조상인 익재 이제현 공의 영정을 사당에 걸어두었다. 유모가 영정을 보고 깜짝 놀라 말했다.

"전에 제 정강이를 때리신 분이 바로 이 영정 속 모습과 똑같습니다."

익재는 전대 왕조의 어진 재상이다. 영명한 영靈이 삼사백 년 뒤까지도 사라지지 않고 있다가 자손이 위험한 지경에 빠졌을 때 능히 구해주었다. 이것이 어찌 익재의 신령함 덕분이기만 하겠는가? 백사 또한 보통 아이와 달라 능히 신명의 도움을 불러온 것이다.

臨危境益齋現夢

李白沙相國[1], 生未周[2]朞[3], 乳媼[4]抱持近井, 放諸地坐睡. 相國匍匐幾
入井, 乳母夢見白鬚丈人, 頎而長, 以杖叩其脛曰: "何不看兒!" 痛甚驚覺,
趨而救之, 痛其脛屢日, 大異之. 後家中饗祀, 掛其傍祖益齋公影子于堂中,
乳母見之, 大驚曰: "前日叩吾脛者, 卽此影樣." 云. 益齋前朝賢相也, 英靈
不泯於三四百載之後, 能救兒孫於阽危之際, 豈徒其神靈, 亦知白沙之異於
凡兒, 能致神明之佑也.

<hr>

1) 國: 가람본·성균관대본에는 '公'으로 표기.
2) 周: 동양본에는 '同'으로 잘못 표기.
3) 朞: 성균관대본에는 '歲'로 표기.
4) 媼: 가람본·성균관대본에는 '母'로 표기.

해학 넘치는 백사가 풍자를 하다

선조 경자년庚子年에 백사 이항복이 호남 지방 체찰사[1]가 되었다. 임금이 역모의 조짐을 살펴보라고 명령했는데, 이항복이 이렇게 계를 올렸다.

"역적이 새나 짐승, 고기나 자라처럼 여기저기에서 생산되는 물건이 아니기에 살피기가 어렵나이다."

사람들이 모두 기담奇談이라 했다.

국법에 삭탈관직이 된 자는 비록 대신을 지냈더라도 '급제及第'라고 불렀다. 한음[2]은 영의정으로 있다가 삭탈관직이 되어 급제로 불렀다. 백

---

1) 체찰사(體察使): 조선시대에 임금의 명령을 받고 지방에 파견되어 제반 군무(軍務)를 총괄하던 임시 벼슬. 또는 그 벼슬아치. 처음에는 정1품의 관원으로 임명하면 도체찰사(都體察使), 종1품의 관원으로 임명하면 체찰사(體察使), 정2품의 관원으로 임명하면 도순찰사(都巡察使), 종2품의 관원으로 임명하면 순찰사(巡察使)라 했다. 세조(世祖) 때 체찰사라는 명호를 없애고, 벼슬 등급의 고하를 막론하고 순찰사라 했다가 1488년에 다시 예전대로 고쳤다.
2) 한음(漢陰): 선조 때의 대신인 이덕형(李德馨, 1561~1613)의 호. 광해군이 영창대군을 죽이려 하자 반대했다가 삭직되었다.

사도 좌의정으로 있다가 조정의 시비에 말려들게 되니 이렇게 말했다.

"내 동접同接, 같은 곳에서 함께 공부한 친구은 이미 급제했는데, 나는 언제 급제해 멀리 떠나 살 것인가?"

공이 동쪽 교외에 살고 있을 때 한 백성이 찾아와서 말했다.

"소인은 호역戶役, 국가에서 집집마다 부과하는 부역 때문에 도저히 살아갈 수가 없답니다!"

그러자 공이 대꾸했다.

"나 역시 호역 때문에 도저히 살아갈 수가 없도다!"

그 무렵 공은 호역護逆, 역적을 두둔한다는 뜻했다는 이유로 탄핵을 받고 있었다. 그 말이 호역戶役과 음이 같았기에 이렇게 말한 것이었다. 공이 이처럼 우스개를 잘했다.

이 무렵 나라에 일이 많아 일마다 해당 관사에서 대신과 의논해야 한다며 부르는 까닭에 그 번거로움이 견디기 어려울 정도였다. 하루는 백사가 일을 의논하느라 예부시랑과 같이 있었고, 백사는 생각을 짜내 대응하고 있었다. 때마침 안에서 여종이 나와 아뢰었다.

"말먹이 콩이 다 떨어졌나이다. 무엇을 주면 되는지요?"

백사가 꾸짖으며 말했다.

"말 콩 대신 쓸 것도 대신과 의논해야 하느냐?"

듣던 사람들이 배를 쥐고 웃었다.

계축역옥3) 때 어떤 사람이 자산慈山 사람 이춘복李春福을 고인4)했다. 금오랑5)이 자산에 도착해 추적해보니 경내에 이춘복은 없고 이원복李元

---

3) 계축역옥(癸丑逆獄): 계축옥사. 1613년에 이이첨 등이 영창대군과 인목대비의 아버지인 김제남을 죽인 일.
4) 고인(告引): 죄인이 자기가 저지른 죄를 모면하려고 다른 사람을 끌어들이는 것.
5) 금오랑(金吾郎): 의금부도사(義禁府都事). 의금부는 왕명을 받들어 죄인을 신문하고 옥사를 맡아 처리하는 곳.

鶣이란 사람이 있었다. 금오랑이 조정에 보고하니 국청⁶⁾에서 이원복을 잡아와 신문하려 했다. 이때 공이 위관_{委官, 죄인을 신문할 때 일을 주관하던 재판장} 자리에 있었는데 중론이 워낙 단단히 정해져서 바뀔 수 없다는 걸 간파하고 아무 말도 하지 않고 있었다. 그러다가 무고한 사람이 억울하게 죄에 묶이는 상황이 안타까워 말했다.

"내 이름 역시 저와 비슷하다. 모름지기 나도 글을 올려 나 자신을 변호하고 나서야 죄를 모면할 수 있겠구려!"

좌우 사람이 서로 쳐다보며 웃으니, 그제야 옥사가 그쳤다. 이 무렵 역옥이 크게 일어나 연좌의 법률이 매우 엄격했다. 공이 아무 동요도 없이 한마디 말로써 능히 옥사를 해결해주니 그를 위대하다고 여기지 않는 사람이 없었다.

하루는 증거가 분명치 않은데도 어쩔 수 없이 자백한 사람이 있는 것을 보고 공이 탄식하며 말했다.

"내 일찍이 소나무 껍질을 찧어 떡을 만든다고 들었는데 오늘 보니 사람을 찧어 역적을 만드는구나!"

그의 기상은 넓고 당당했으며 거기에 해학을 곁들이니, 그에 힘입어 옥사가 바로잡힌 경우가 무척 많았다.

善諧謔白沙寓諷

宣廟庚子, 白沙體察湖南, 上使譏察逆節, 公馳啓曰: "逆賊非如鳥獸魚鱉, 處處生産之物, 難以譏察." 人皆謂之以奇談. 國法削職者, 雖大臣, 以及第稱, 漢陰以領相削職, 稱及第, 白沙以左相被時議曰: "吾同接, 已爲及第,

6) 국청(鞫廳): 조선시대에 역적 등 무거운 죄인들을 신문하기 위해 임시로 설치하던 관청.

吾何時及第居散[7)]?"居東效[8)], 有一氓來謁曰: "小人以戶役[9)], 不堪聊生!"
公曰: "吾亦以戶役, 不[10)]聊生!" 時公被護逆之劾, 與戶役同音故云云. 其善
謔如是. 是時國家多事, 每事該司, 輒以議大臣入啓, 故不勝其煩撓, 一日
禮郎[11)], 以收議事在座, 公方搆思以對, 適小婢自內出告曰: "馬豆已竭, 何
以繼之?" 公叱曰: "馬豆繼用, 亦議大臣耶?" 聞者捧腹. 癸丑逆獄, 有慈山
人李春福, 爲人所告引, 金吾郎到慈山跟捕, 則境內無李春福, 而有李元福,
金吾郎問[12)]于朝, 鞫廳欲拿問之. 時公以委官在座, 見羣議已定, 牢不可破,
欲不言, 則恐無辜[13)]橫罹, 乃曰: "吾名亦與彼相近, 須上章自辨[14)]然後可免
矣!" 左右相笑, 事遂寢. 時逆獄大起, 收司[15)]之律甚嚴, 公不動而能以一語
而解之, 人莫不偉之. 一日見人情迹不明 而有誣服者, 公歎[16)]曰: "[17)]嘗聞
搗松皮而成餅矣, 今見搗人而成逆賊矣!" 其氣像恢廓, 雜以諧詼[18)], 獄事
賴以平反者甚多.

7) 居散(거산): 본 거주지를 떠나 사는 것.
8) 效: 다른 이본에처럼 '郊'로 표기해야 함.
9) 戶役: 가람본·국도본·성균관대본에는 '身役'으로 잘못 표기.
10) 성균관대본에는 '堪'이 더 나옴.
11) 禮郎: '禮部侍郎'의 줄임말. 성균관대본에는 '禮部侍郎'으로 표기.
12) 問: 다른 이본에는 '聞'으로 맞게 표기.
13) 辜: 다른 이본에는 '故'로 표기.
14) 辨: 동양본·국도본에는 '辦'으로 잘못 표기.
15) 收司(수사): 중국에서 열 집을 한 조로 하여 그중 한 집이 죄를 지을 경우, 나머지 아홉 집
이 관청에 고발해야 했다. 만일 고발하지 않으면 열 집 모두 처벌받았다. 즉, 연좌(連坐)의 뜻.
16) 歎: 고대본·가람본·성균관대본에는 '嘆'으로 표기.
17) 이본에는 '吾'가 더 나옴.
18) 諧詼: 동양본에는 '諧譃'으로, 성균관대본에는 '詼諧'로 표기.

조의원이 침을 놓아 사람 병을 고치다

호서 유생 조광일趙光—은 홍주 합호合湖에서 살았다. 일찍이 지위가 높은 사람의 집으로 발걸음한 적이 없었고, 현달한 사람이 자기 집에 찾아오지도 않았다. 사람됨이 소탈하고 곧은지라 다른 사람과 다투는 일 없이 오직 의원 노릇 하는 것만을 즐거워했다.

그의 의술은 옛날 방식인 탕약을 쓰지 않았다. 그는 언제나 작은 가죽 주머니 하나를 가지고 다녔는데, 그 속에는 길고 짧고 둥글고 모난 것 등 다양한 구리 침 십여 개가 들어 있었다. 침을 가지고 악창을 터뜨리고 부스럼과 혹을 다스리며 어혈을 풀어주고 풍의 기운을 없애주니 쇠약해진 몸을 일으켜주는 데는 언제나 효험이 있었다. 스스로 '침은針隱'이란 호를 지었으니 침에 정통해 그 비술을 터득한 사람이었다.

그가 어느 날 첫새벽에 일어나 있는데 남루한 옷차림의 할미가 기어와서 문을 두드리고 말했다.

"아무개입니다. 아무 촌 백성 아무의 어미랍니다. 제 자식이 병에 걸려 죽을 지경이 되었습니다. 제발 좀 살려주십시오."

생이 바로 답했다.

"알겠소. 앞서가시오. 내 따라가리라."

이렇게 일어나서 그 뒤를 따라 걸어가는데 난색이라곤 전혀 보이지 않았다. 거의 날마다 이런 일을 하면서 보냈다.

하루는 비가 내려 길이 질척질척한데, 그가 대삿갓을 쓰고 나막신을 신고서 어딘가로 바삐 가고 있었다. 어떤 사람이 조생에게 물었다.

"어디 가오?"

조생이 대답했다.

"아무 고을 백성 아무개의 부친이 병들어서 지난번에 내가 침 한 대를 놓아주었지요. 그게 효과가 없어 오늘 다시 가서 한 대 더 놓아주려 하오."

"그러면 당신에게 무슨 이익이 생긴다고 몸을 이리도 고달프게 하오?"

조생이 씩 웃고는 아무 대꾸도 하지 않고 떠났다. 그 사람 됨됨이가 대략 이와 같았다.

혹자가 물었다.

"의술은 천한 기술이요, 마을은 비천한 곳이지요. 능력을 가진 당신이 귀하고 현달한 사람과 교제해 공명을 얻지 않고, 어찌 누추한 마을의 보잘것없는 백성들과 어울려 놀기만 한단 말이오? 어찌 자중하지 않소?"

조생이 웃으며 대답했다.

"대장부가 재상이 되지 못한다면 차라리 의원이 될 일이오. 재상은 도道로써 백성을 구제하고, 의원은 의술로써 사람을 살린다오. 한쪽은 현달하고 다른 한쪽은 빈궁하다는 점이 매우 다르지만 공은 똑같은 것이지요. 그러나 재상은 때를 만나 도를 실천함에 행복해하기도 하고 불행해하기도 하오. 그래서 남의 음식을 먹음에 그 책임이 따르기에 조금이라도 믿음을 얻지 못하면 꾸중과 벌이 따르지요. 의원은 그렇지 않으니, 의술로써 그 뜻을 실천하므로 믿음을 얻지 못할 리 없소. 사람을 낫게 하지 못할 것 같으면 버리고 떠나면 되니 그건 내 허물이 아니라오. 이런 까닭으로 나는 내 의술로써 즐겁게 살아가는 것이오. 내가 의술을 베푸는 것은 무슨 이로움을 얻고자 하기 때문이 아니라오. 다만 내 뜻을 실천할 따름이오. 그래서 나는 귀천을 가리지 않지요. 나는 이 세상의 의원들을 싫어하오. 이들은 자기 의술을 믿고 다른 사람에게 교만한 탓에 문밖에는 말들이 줄을 서고 집안에는 사람들이 술과 고기를 갖추고 그들을 대접하오. 사람들이 서너 번 간청하고 나서야 못 이기는 체하면서 가는데, 가는 곳도 귀하고 권세 있는 집 아니면 부잣집이지요. 가난하거나 권세가 없는 사람이 부르면 아프다고 거절하거나 혹은 집에 없다며 숨어버리니, 백 번 간청해도 한 번도 일어나지 않지요. 이것이 어찌 어진 사람이 할 것이겠소? 내가 오로지 민간에서만 노닐고 귀하고 권세 있는 자들과 어울리지 않는 이유는 바로 그런 무리를 응징하기 위한 것이지요. 저 귀하고 권세 있는 자들이 어찌 우리 같은 사람을 깔보리오? 다만 슬프고 가여운 존재는 마을의 가난한 백성뿐이라오. 내가 침을 잡은 지 십여 년의 세월이 흘렀소이다. 어떤 날은 몇 명을 낫게 하고 어떤 달은 십수 명을 살렸다오. 지금까지 완전히 낫게 한 사람이 수백수천 명은 될 것이오. 올해로 내가 사십여 살이므로 다시 수십 년을 더하면 만 명은 살릴 수 있을 것이오. 내가 살려낸 사람이 만 명이 되면 내 일은 끝날 것이오."

아아! 조생은 의술이 드높았지만 명성을 구하지 않았고, 널리 베풀었지만 보답을 바라지 않았다. 위급한 사람에게 달려갈 때도 반드시 궁핍하고 권세 없는 사람을 우선했으니, 그 어짊이 남보다 크도다.

活人病趙醫行針

湖右趙生名光一, 嘗寓居洪州合湖之面. 足未嘗跡朱門, 門亦無顯[1]者跡, 其人踈坦易直[2], 與物無忤, 惟自喜爲醫. 其術不治古方用湯藥. 常以一小革囊自隨, 中有銅鐵針數十餘, 長短圓稜異制, 以是決癰疽治瘡疣通瘀隔踈風氣起疲癃, 無不立效. 自號曰: '針隱.' 盖精於針而得其解者也. 嘗淸晨早起, 有[3]老嫗[4], 襤褸匍匐而扣其門曰: "某也, 某村百姓, 某之母也. 某之子, 病某病殊死, 敢丐其命." 生卽應曰: "諾. 第先去, 吾當趁往矣." 立起踵其後, 徒行無難色, 如是者, 盖無虛日矣. 一日天雨路泥, 生頂蒻笠[5]着木屐[6], 忙忙而行, 或有問之者曰: "何之?" 生曰: "某鄕百姓, 某之父病, 嚮吾一針, 而未效, 期是日, 將再往針之." 或曰: "何利於子, 而躬勞苦若是乎?" 生笑不應而去, 其爲人大畧如此. 或問曰: "醫者賤技也, 閭巷卑賤也, 以子之能, 何不交貴顯取功名, 乃從閭巷小民遊乎? 何其不自重也?" 生笑曰: "丈夫不爲宰相, 寧爲醫. 宰相以道濟民, 醫以術活人, 窮達則懸殊, 功則等耳. 然宰相得其時, 行其道, 有幸[7]不幸, 食人食, 而任其責[8], 一有不獲, 咎罰隨之. 醫則不然, 以其術, 行其志, 無不獲焉, 不可治, 則舍而去之, 不吾尤焉, 吾故樂居是術焉. 吾爲是術, 非要其利, 行吾志而已, 故不擇貴賤也. 吾疾世之醫, 挾其術, 以驕於人, 門外騎相屬, 家設酒肉以待, 率三四請然後肯往, 又所往非貴勢家 則富家也. 若貧而無勢者, 或拒以疾, 或諱以不在, 百請而一不起, 是豈仁人之情哉? 吾所以專遊民間, 而不干於貴勢者, 懲此輩也. 彼貴顯者, 寧少吾輩者哉? 所哀憐, 獨閭里窮民耳! 且吾操針, 而遊於人十

1) 동양본에는 '名'이 더 나옴.
2) 直: 동양본에는 '置'로 표기.
3) 有: 동양본에는 '者'로 표기.
4) 嫗: 성균관대본에는 '媼'으로 표기.
5) 蒻笠(약립): 대껍질로 만든 삿갓.
6) 屐: 국도본·성균관대본에는 '屢'으로 표기.
7) 성균관대본에는 '有'가 더 나옴.
8) 責: 동양본에는 '貴'로 표기.

餘年矣. 或日療數人, [9]月活十數人許, 所全活不下數百千人. 吾今年四十餘, 復數十年, 可活萬人, 活人[10]至萬, 吾事畢矣."云. 嗟乎! 趙生術高, 而不干名, 施博而不望報, 趁人急而必先乎窮無勢者, 其賢於人遠矣.

---

9) 성균관대본에는 '或'이 더 나옴.
10) 人: 동양본에는 탈락.

어린 홍차기가 아버지의 생명을 구하려고 신문고를 울리다

충주의 홍차기洪次奇라는 아이가 어머니 뱃속에 있을 때 그 아버지 인보寅輔가 살인사건에 연루되어 옥에 갇혔다. 어머니 최씨는 차기에게 몇 달 젖을 먹이고는 남편의 억울함을 풀려고 서울로 올라갔다. 차기는 둘째아버지 집에서 자라나 둘째아버지를 아버지라 불렀고 자기가 인보의 아들인 줄은 몰랐다.

차기는 겨우 몇 살 되지도 않았는데 아이들과 놀다가 깜짝깜짝 놀라서 울며 먹지도 않았다. 숙모가 그 이유를 물어도 대꾸하지 않다가 한참 뒤에야 그쳤다. 한 달에 세 번은 이러했으니 집안사람들이 이상하게 여겼다. 그뒤 읍 사람들의 말에 따라 따져보니 관에서 죄수를 신문한 날마다 그런 것이었다. 듣는 사람들이 모두 기이하게 여겼다. 그리고 차기가 마음 아파할까봐 더욱 아버지 일을 숨겼다.

차기가 열 살이 되었을 때였다. 인보가 생각하기를 이제 자신은 연로하고 석방될 기약도 없으니 어느 날 아침 갑자기 명이 끊어져 아들 얼굴도 못 볼 것 같았다. 그래서 집안사람으로 하여금 차기에게 사실을 이야기해주고 그를 옥으로 데려오게 했다. 차기는 부친을 끌어안고 대성 통곡했다. 그러고는 읍에 거주하면서 땔나무를 팔아 쌀을 사와서 부친을 공양했다.

최씨는 서울에서 몇 년이나 머물며 여러 번 상소를 올렸으나 회답을 받지 못한 채 객사하고 말았다. 차기는 어머니의 시신을 고향으로 모셔가 장례를 치르고 나서 아버지를 뵙고 통곡하며 말했다.

"어머니는 아버지의 억울함을 풀어드리려 했지만 끝내 이루지 못하고 한을 품고 돌아가셨습니다. 장성한 자식이 없으니 소자가 어리기는 하지만 소자가 아니면 누가 아버지를 사지에서 구하겠습니까?"

아직 어리고 약하다며 아버지가 허락하지 않았지만, 차기는 몰래 빠져나와 서울까지 걸어서 올라갔다. 그리고 신문고를 두드렸다. 그 일이 안찰사에게 보고되었지만 역시 회답은 없었다. 차기는 서울에 눌러앉아 돌아가지 않았다. 다음해 여름, 때마침 큰 가뭄이 들자 임금은 안팎에다 무거운 죄인들을 다스리라고 명을 내렸다. 차기는 대궐 아래 엎드려 있다가 조회에 들어가는 공경대부들을 만나면 아버지의 원한을 풀어달라고 울면서 호소했다. 이렇게 십여 일이 지나자 구경하던 사람들이 모두 감동해 그에게 밥을 가져와 먹여주기도 하고 그의 머리를 빗겨 이를 잡아주기도 했다. 형조판서가 죄인에 대해 의논하고자 임금을 알현하던 중에 그 상황을 임금께 아뢰었다. 임금이 측은하게 여겨 안찰사에게 명해 사정을 자세히 조사해 보고하도록 했다. 안찰사는 옥사가 오래되었고 일이 분명하지 않다며 어떻게 할지 결정을 내려달라고 보고했다. 임금은 특별히 죽음은 면하게 해 차기의 아버지를 영남으로 귀양 보내라고 했다.

처음 안찰사에게 명이 내려졌을 때 차기는 더위를 무릅쓰고 삼백 리를 달려가 아버지를 살려달라고 울부짖었다. 안찰사가 임금께 보고하자, 차기는 역마보다 앞서 달려가다가 서울까지 백 리를 남겨두고 병이 났다. 따르던 사람들이 잠시 머물다 가자고 했지만 차기는 듣지 않았다.

병을 무릅쓰고 안간힘을 다해 대궐에 이르러 엎드리니 종기가 크게 도졌다. 나흘 동안 인사불성이 되어 때때로 잠꼬대했다.

"우리 아버지 살아났소?"

사면이 내려지자 옆 사람이 알려주었다. 차기는 깜짝 놀라 외쳤다.

"정말이오? 우리에게 이토록 너그러우시다니!"

판결문을 읽어주자 차기는 눈을 뜨고 바라보았다. 그러고는 두 손을 들어 하늘에 세 번 축수를 드리고 벌떡 일어나 춤추며 말했다.

"우리 아버지 살아나셨네! 우리 아버지 살아나셨네!"

그러고는 쓰러져 아무 말도 하지 못했다. 이날 밤 차기는 결국 죽었다. 이때 그의 나이 열네 살이었다. 아버지가 감옥에 갇히던 해에 태어나 아버지가 감옥에서 나오던 날 죽었으니, 멀고 가까운 곳에서 그 이야기를 듣고 눈물을 흘리지 않는 사람이 없었다.

救父命洪童撞鼓

忠州童子洪次奇, 方在腹, 其父寅輔, 坐殺人係獄. 及乳數月, 母崔氏訟冤詣京, 次奇養於仲父, 父呼仲父, 而不知爲寅輔子也. 甫數歲, 與羣兒戲, 每驚啼不食, 姆問其故, 而不應, 良久乃止, 如是者月三, 家人怪之[1]. 後從邑中人, 證其日, 乃州官訊囚日也, 聞者莫不異之. 家人恐傷其心[2], 愈諱其父事. 至十歲, 父念年老, 無出獄期, 恐一朝命盡, 不得見子面, 乃使家人, 告以實, 携至獄門, 次奇抱父大哭, 遂居邑中不去, 負薪易米以供父. 居數年, 崔氏屢上言不報, 客歿於京, 旣返葬, 次奇哭辭父曰: "母訟父冤未遂, 飮恨而歿[3], 又無長成子, 兒雖幼, 非兒誰復脫父死者?" 父憐其弱不許, 次

---

1) 之: 동양본에는 탈락.
2) 其心: 동양본에는 탈락.
3) 歿: 국도본·고대본·가람본에는 '沒'로 표기.

奇脫身潛行, 徒步入京, 撞申聞鼓, 事下按使, 又不報. 次奇卽留京不歸, 翌
年夏, 會大旱, 上諭中外理重囚, 次奇伏闕下, 遇公卿赴朝者, 輒泣訴父冤,
凡十餘日, 觀者無不感動, 往往持飯饋之, 或梳其頭以去蝨. 刑判因議囚入
侍, 白其狀, 上爲之惻然, 勅按臣[4]詳閱以聞[5], 按使以獄老事眩奏, 置可否
間, 上特命貸死, 竄嶺南. 始命按使也, 次奇冒盛熱, 走三百里, 詣使司號泣
丐父命. 及奏[6]上, 次奇又疾行先驛, 未抵京百里疾作, 從者勸少留, 次奇不
可, 擔到邸力疾復伏閤, 痘瘡大發, 四日已不省, 時爲夢語曰: "吾父活耶?"
及赦下[7], 傍人呼告之, 次奇驚覺曰: "信耶? 豈寬我耶?" 乃讀示判辭, 次奇
開眼視, 擧手祝天者三, 蹶然起而舞曰: "父活矣! 父活矣!" 遂仆[8]不能言.
是夜次奇竟死, 時[9]年十四. 生於[10]父入獄之年, 死於父出獄之日, 遠近聞
之者, 莫不爲之流涕.

4) 臣: 동양본에는 '官'으로 표기.
5) 詳閱以聞: 가람본·성균관대본에는 '詳聞奏稟'으로 표기.
6) 奏: 동양본에는 탈락.
7) 下: 성균관대본에는 '人'으로 표기.
8) 仆: 동양본에는 '外'로 잘못 표기.
9) 時: 성균관대본에는 '是'로 표기.
10) 於: 가람본에는 탈락.

의사 장후건이 나라를 위해 목숨을 바치다

의사義士 장후건張厚健은 용만龍灣, 지금의 신의주 사람이다. 형제 다섯이 모두 담력이 있고 용감했다. 정묘호란 때 형 후순厚巡과 세 동생이 모두 전사 했다. 후건은 그때 여덟 살이었는데 노모와 함께 쌓인 시신 속에 엎드려 있다가 화를 면했다.

후건은 장성한 뒤에 눈물을 흘리며 맹세했다.

"내가 남아로 태어나 정묘년의 원수를 갚지 못하면 눈을 감지 않겠 다."

마침내 말타기와 활쏘기를 익히고 병서를 읽었다.

그는 병자년에 임경업[1] 장군을 따랐는데, 먼저 돌아가던 적장을 요격 해 포로로 잡혀가던 남녀를 구출했다.

장인 최효일崔孝一 역시 강개지사였다. 서로 뜻이 맞았는데 후건이 효

---

1) 임경업(林慶業, 1594~1646): 조선 인조 때의 명장. 이괄의 난 진압에 공을 세우고, 병자호란 때 명과 합세해 청을 치고자 했으나 뜻을 이루지 못하고 김자점 등의 모함으로 죽임을 당했다.

일과 모의를 하며 말했다.

"지모와 용맹을 갖추신 장인어른이 중국으로 들어가신다면 반드시 장군이 될 수 있을 겁니다. 명나라 병사를 거느리고 곧바로 심양潘陽, 청나라 초기의 수도을 공격한다면 청이 분명 우리나라에 도움을 청하겠지요. 그러면 우리나라도 협조하지 않을 수 없어 청나라 지원병을 징발할 것입니다. 저와 동지 장사들이 거기 들어가서 봉기하면 저들은 안팎에서 동시에 적을 맞게 될 테니 우리 일이 이루어질 것입니다."

효일은 흔쾌히 수락했다. 계획이 정해지자 호걸들과 은밀히 연락했다. 호응한 사람들이 수백 명은 되었고 앞다투어 군량도 가져왔다. 부윤府尹 황일호2)가 소문을 듣고는 효일 등을 불러 매우 기특하게 여기며 말했다.

"최효일은 명나라로 들어가고, 차예량은 심양으로 들어가고, 후건은 여기 남았다가 호응하라. 내가 도와주겠다."

그들에게 몰래 당포唐布, 당모시. 중국에서 들어온 모시 오십 단과 백금 백 량을 주었다.

효일이 배를 타고 서쪽으로 떠나갈 때 함께 모의한 사람들이 강가에서 잔치를 베풀어 작별했다. 술이 오르자 효일이 시를 지었다.

밤은 만고에 길기만 한데
언제야 일월이 밝아오랴
눈물 한줌 훔치는 사나이여
그대 오늘 혼자 떠나는 게 아니라네

---

2) 황일호(黃一皓, 1588~1641): 1635년 문과에 급제했다. 이듬해 병자호란이 일어나자 독전어사(督戰御使)로서 남한산성 수비에 공을 세웠으며, 1638년 의주부윤이 되었다. 청나라 태종이 명나라를 치는 기회에 청나라에 원수를 갚고자 명나라를 도우려다가 살해당했다.

후건이 화답했다.

　장대한 포부는 사막을 달리고
　붉은 마음은 해를 향해 빛나도다
　예주3) 땅에는 천년 뒤에도
　뱃머리 두드리는 군자의 행차4) 있으리

예량도 화답했다.

　북막의 구름이 아직 검은데
　남쪽 하늘 해는 이미 밝아오도다
　신주神州, 중원. 명나라를 지칭함의 큰 사업
　모두를 이 한 배에 맡기도다

최인일崔仁一도 화답했다.

　오랑캐 치욕에 눈물 뿌려도
　일월에 걸린 마음 밝기만 하지
　한이 없는 남아의 계획을
　떠나는 이 배에 가득 실었네

---

3) 예주(豫州): 중국 아홉 주 중의 하나. 조적(趙逖, 266~321)은 진(晉)나라 원제(元帝) 때 예
주자사가 되어 군대를 모집해 황하 이남의 땅을 되찾아 진의 영토로 만들었다. 예주 사람들이
그가 죽었을 때 부모를 잃은 것처럼 슬퍼했다 한다.
4) 뱃머리 두드리는 군자의 행차: 진나라 때 조적이 북벌하러 가면서 강의 중류에서 뱃머리를
치며 중원 평정을 맹세한 일을 말한다.

효일은 바다를 건너 곧장 오삼계[5]의 진영으로 갔다. 오삼계는 효일을 매우 반기며 그를 파총把總, 각 군영의 종4품 무관 벼슬으로 임명했다.

청나라에서 그 소식을 듣고 우리나라를 의심했다. 청에 투항해온 한인漢人을 선발해 우리나라에 첩자로 보냈다. 그는 의주에 도착해 후건을 방문하고는 자기가 최효일의 수양아들이라고 자칭하면서 말했다.

"최공께서는 지금 오장군 휘하에 계십니다. 장차 남쪽 장군 장 아무개와 함께 해군을 거느리고 동쪽으로 내려오실 겁니다."

후건이 그 말을 믿고 효일에게 한글 편지 여덟 폭을 써서 옷에 감춰 보냈다. 그 글은 대략 다음과 같다.

"조정에서는 장인어른이 중국에 들어갔다는 소문을 듣고 본국에 환란이 끼칠까봐 가족을 가두었습니다."

또 말했다.

"지난해 용골대[6]가 와서 삼공과 육경을 잡고, 김상헌[7] 등 여러 공도 잡아가 온 나라가 소용돌이쳤습니다."

"청나라가 다시 쳐들어올 우려가 있으니 원컨대 장인어른께서는 빨리 명나라 장군과 함께 병사들을 이끌고 오십시오. 차예량은 심양으로 들어가고서 아직 아무 소식이 없습니다."

또 말했다.

"황 부윤을 통하면 명나라 조정과 통할 수가 있을 것입니다. 동지 아무개 아무개가 좋은 소식을 들으면 매우 기뻐할 것입니다."

---

5) 오삼계(吳三桂, 1612~1678): 명나라 장군. 이자성(李自成)이 반란을 일으켜 명나라를 멸망시키는 것을 보고 즉시 청나라를 도왔다. 그뒤 운남(雲南) 지방을 점거해 세력을 떨치고 청에 반기를 들었으나 실패했다.
6) 용골대(龍骨大): 청나라 장군. 1636년 사신으로 와서 조선이 청나라 황제의 존호를 쓰고 군신의 의를 맺을 것을 요구했으나 거절당했다. 그러자 같은 해 2월 마부태(馬夫太)와 함께 조선을 쳐들어와 병자호란을 일으켰다.
7) 김상헌(金尙憲, 1570~1652): 병자호란 때 청에 항복하는 것을 극력 반대하다 청에 잡혀갔다.

첩자는 이 편지를 갖고 심양으로 돌아갔다. 청나라 임금이 조선 포로를 불러 편지를 해독하게 하고는 크게 노여워했다. 즉시 사신을 보내 후건의 편지에 이름이 오른 자 열한 명과 황일호를 잡아오게 했다. 이들은 모두 피살되었으니 때는 신사년1641 11월 9일이었다.

후건은 잡혀갈 때 집안사람들이 통곡하자 태연히 말했다.

"사람은 모두 한 번 죽게 되어 있지만 마땅히 죽을 곳을 찾는 일이 어려울 따름이다. 오늘 나는 집안과 나라의 원수를 갚고자 했지만 일이 먼저 발각되어 공을 이루지 못한 것이 한스러울 뿐이다. 죽음에 부끄러운 바는 없다."

사람들이 그 말을 듣고 모두 눈물을 흘렸다.

張義士爲國捐生

張義士名厚健, 龍[8])灣人也. 兄弟五人, 皆有膽勇. 丁卯虜亂, 兄厚巡與三弟, 俱鬪死, 厚健時年八歲, 與老母, 伏積屍中得免. 及長[9])揮淚[10])誓曰: "男兒生, 不能報丁卯之讐, 目不瞑矣." 遂習騎射, 讀兵書. 丙子從林將軍慶業, 邀擊[11])先歸賊將, 奪被擄男女. 舅崔孝一, 亦慷慨士也. 志相得, 與之謀曰: "以舅之智勇, 若入中國, 必以爲大[12])將. 挾天兵, 直擣[13])瀋陽, 則彼必求救於我國, 我國不得不助, 必發淸北兵, 我與同志壯士, 從中起, 則彼腹背受兵, 吾事濟矣." 孝一許諾, 計定, 陰結[14])豪傑, 應者數百人, 爭輸以軍粮. 府

───────────

8) 龍: 동양본에는 탈락.
9) 長: 국도본·동양본·가람본에는 '壯'으로 표기.
10) 淚: 국도본에는 '涕'로 표기.
11) 擊: 가람본에는 '歸'로 잘못 표기.
12) 大: 다른 이본에는 탈락.
13) 擣: 고대본에는 '擣'로, 성균관대본에는 '到'로 표기.
14) 許諾, 計定, 陰結: 가람본·성균관대본에는 '計定, 陰結, 快爲許諾'으로 표기. 앞뒤 문맥을 고려해 '孝一快爲許諾, 計定, 陰結豪傑, 應者數百人'로 조정해서 읽음.

尹黃一皓, 微聞之, 召孝一等, 屛人與語, 大奇之, 謂曰: "崔孝一入中朝, 車禮亮入瀋陽, 厚健則在此應之, 我當協助." 密贈唐布五十端[15], 白金百兩. 孝一將乘舟西行, 與其謀者, 餞于江頭, 酒酣孝一賦詩曰: '萬古爲長夜, 何時日月明, 男兒一掬淚, 不獨爲今行.' 厚健和之曰: '壯志馳沙漠, 丹忱向日明, 豫州千載後, 擊楫有君行.' 車禮亮和之曰[16]: '北幕雲猶黑, 南天日尙明, 神主[17]大事業, 都付一舟行.' 崔仁一和之曰: '淚洒[18]犬羊恥, 心懸日月明, 男兒無限計, 滿載此舟行.' 於是孝一渡海, 直抵吳三桂營, 三桂大喜, 署爲把摠. 金人聞之, 疑我國, 募漢人之降者遣諜之, 其人到義州, 訪厚健, 自稱崔孝一義子, 告之曰: "崔公方在吳將軍麾[19]下, 將與南將張某, 領舟師東下." 厚健信之, 作諺書八幅, 藏衣衿送之, 其畧[20]曰: '朝廷聞舅西入, 恐貽本國患, 囚家族.' 又曰: '往年龍骨大之來, 執三公六卿, 因索金尙憲諸公而去, 擧國驛騷, 又恐有東搶之擧, 願舅亟與天將, 領兵而來. 車禮亮入瀋中[21], 尙無聞矣.' 又曰: '若因黃府尹, 可通中朝, 同志士某某, 聞好音, 莫不歡喜.'云 諜[22]者持書入瀋, 金主召被擄[23]人解讀之, 大怒, 卽遣使來急捕名在厚健書者十一人與黃一皓, 俱被殺, 時[24]辛巳十一月九日也. 厚健就捕時, 家人哭, 厚健夷然曰: "人皆有死, 得其所難耳. 今我爲家國報讐, 而機事先泄, 功未就爲可恨, 死無愧[25]矣." 聞者莫不流涕.

---

15) 端: '段'으로 표기해야 함. 성균관대본에는 '段'으로 표기.
16) 曰: 동양본에는 탈락.
17) 主: '州'로 표기해야 함.
18) 洒: 국도본에는 '灑'로 표기.
19) 麾: 고대본·동양본·가람본·성균관대본에는 '戱'로 잘못 표기.
20) 畧: 동양본에는 '略'으로 표기.
21) 中: 동양본에는 '陽'으로 표기.
22) 諜: 고대본에는 '詳'으로 잘못 표기.
23) 擄: 다른 이본에는 '擄'로 표기.
24) 時: 동양본에는 탈락.
25) 다른 이본에는 '媿'로 표기.

이청화가 절의를 지켜 은둔하다

이양소[1]는 자가 여건汝建으로 고려 말 사람이다. 우리 태종 임금과 같은 해 태어났다. 그는 홍무洪武 임술년1382에 태종 임금과 같이 진사가 되었다. 두 사람은 젊었을 적에 서로 친했다. 양소는 혁명이 일어나자 연천 도당곡으로 숨어들었다. 태종이 친히 그 집에까지 찾아갔다. 술상을 차려 두고 옛일을 이야기하다 함께 시구를 지어 화답했다.

임금이 먼저 지었다.

가을비 반쯤 개니 사람이 반쯤 취했네

양소가 즉시 화답했다.

저녁 구름 처음으로 걷히니 저녁달 비로소 나타났네

1) 이양소(李陽昭): 태종 이방원과 곡산 청룡사에서 함께 공부했고 성균관에도 같이 있었다.

월초생月初生은 임금이 젊었을 적 사랑하던 기생의 이름이었다.

임금이 평상에서 내려와 양소의 손을 잡으며 말했다.

"그는 진정 내 오랜 친구일세."

임금이 뒷수레에 타고 가자고 명했으나, 양소는 사양하며 끝내 나아가지 않았다. 선비들은 그 거처를 '왕임리王臨里'라고 불렀는데 지금은 어막허御幕墟 어수정御水井으로 부르는 곳이다.

일찍이 양소가 임금과 함께 곡산谷山 청룡사靑龍寺에서 공부했는데 그 산수를 좋아하게 되어 나중에는 그곳 군수가 되고 싶다고 했다. 임금이 그 말을 기억하고는 양소를 곡산도사谷山都事에 제수해 벼슬에 나오게 했다. 양소는 또 명에 응하지 않았다.

임금은 그 뜻을 가상히 여겨 거처하던 산에 '청화淸華'라는 이름을 내렸다. 백이숙제의 청풍淸風, 맑은 풍취와 정절과 희이[2]의 화산華山을 따온 것이었다. 임금이 그뒤에도 여러 번 불렀으나 양소는 나아가지 않았다. 마침내 사는 곳에다 집을 지어주고 '이화정李華亭'이라고 쓰인 편액을 붙여주었지만 양소는 거기에 살려고 하지 않았다.

양소는 깊은 골짜기에 오두막을 짓고 '안분당安分堂'이라고 이름 지었다. 마당에는 살구나무를 심었다. 거문고를 타고 책을 읽으며 늙어가겠다고 하여 스스로 '금은琴隱'이라는 호를 지었다.

양소는 죽음을 앞두고 스스로 '고려 진사 이 아무개高麗進士李某'라는 명정銘旌, 죽은 사람의 관직과 성씨 따위를 적은 기을 썼다. 임금이 소식을 듣고 탄식하며 말했다.

"살아 있을 적에 그 뜻을 굽히게 하지 못했으니 죽어서도 관직으로 그를 더럽힐 수는 없지."

특별히 양소에게 청화공淸華公이란 시호를 내렸다. 그리고 국사 무학無

---

2) 희이(希夷): 송나라 진박(陳搏)의 호. 화산(華山)에 은거했다.

擧을 보내 철원에 무덤 자리를 정해주려 했다. 그러자 양소의 아들이 아버지가 연천을 벗어나지 않는 곳에 장사지내라는 유언을 남겼다고 말했다.

수령이 이 사실을 아뢰니, 임금은 철원 땅 십 리를 떼어 연천에 속하게 만들고 그 땅의 논밭과 숲과 골짜기를 모두 하사했다. 양소의 무덤에 묘지기를 두었고 양소의 아들을 불러서 관직을 내렸다.

그때 원천석元天錫, 남을진南乙珍, 서견徐甄 등도 있었는데 양소와 함께 모두 세상을 피해 뜻을 굽히지 않았다. 사람들이 그들을 고려사처사高麗四處士라고 불렀다.

李淸華守節逝世

李陽昭, 字汝建, 麗末人, 與我太宗同年生. 洪武壬戌, 又同中進士, 少相善. 及革命, 隱于漣川陶唐谷, 太宗物色之, 嘗親至其第, 置酒道舊故[3], 與之聯句, 上先賦曰: '秋雨半晴人半醉.' 陽昭[4]對曰: '暮雨[5]初捲月初生.' 盖月初生, 卽上少時所幸姬[6]名也. 上下床握手曰: "子眞吾故人." 命載後車, 陽昭固辭不就. 土人名其居曰: '王臨里' 至今稱御幕墟御水井. 始陽昭與上, 共業於谷山靑龍寺, 愛其山水. 嘗言他日願爲此郡守, 至是上記其言, 特除谷山郡事, 欲因此起之, 陽昭又不膺命. 上嘉其志, 賜名所居山曰: '淸華', 盖盖[7]取伯夷之淸風, 希夷之華山也. 其後屢徵不起. 乃命卽其所居地建屋, 扁曰: '李華亭' 陽昭亦不肯處焉. 移搆草屋於深峽, 名曰: '安分堂' 庭

---

3) 舊故: 성균관대본에는 '故舊'로 표기.
4) 가람본·국도본·성균관대본에는 '卽'이 더 나옴.
5) 雨: 다른 이본에는 '雲'으로 맞게 표기.
6) 姬: 성균관대본에는 '妓'로 표기.
7) 盖盖: '盖'로 표기해야 함.

植天[8]杏, 彈琴[9]讀書, 以終老. 自號曰: '琹隱' 臨卒自書銘㫌曰: '高麗進士李某.' 上聞之嗟嘆曰: "生不能屈其志, 死不可汚以官." 特贈諡淸華公, 遺國師無學, 占葬地, 得於鐵原, 陽昭之子, 言其父遺命, 葬我勿離漣川, 守臣以聞, 命割鐵原地[10]十里, 屬之漣川, 仍環封其地, 土田林壑, 悉賜之, 置守塚, 召其子官之. 其時又有元天錫南乙珍徐甄, 與陽昭, 俱遯世不屈, 時人謂之高麗四處士.

---

8) 天: 동양본에는 '文'으로 맞게 표기.
9) 琴: 고대본에는 '琹'으로 표기.
10) 가람본에는 '地'가 더 나옴.

신통한 약방문을 바친 피 의원이 이름을 떨치다

피재길皮載吉은 의원의 아들이었다. 아버지는 종기를 치료하는 고약을 잘 만들었다. 아버지가 세상을 떠났을 때 재길은 어려서 그의 의술을 전수받지 못했고, 어머니가 그에게 듣고 본 처방을 가르쳐주었다. 재길은 의학서를 한 권도 보지 않았고 오직 여러 약재를 함께 고아서 고약을 만드는 방법만 알 뿐이었다. 재길은 온갖 부스럼과 상처에 바르는 고약을 팔아 생계를 꾸려갔다. 마을에서는 그의 의술이 시행되었지만 그가 의원의 반열에 오르지는 못했다. 사대부들도 소문을 듣고 재길을 초대해 그 약을 시험했는데 자못 효험이 있었다.

계축년[1793] 여름 정조 임금의 머리에 부스럼이 났다. 침과 약을 두루 시험해보았지만 시간이 지나도 효험이 없었다. 부스럼은 얼굴과 목 부위까지 퍼졌다. 한창 더울 때라 부스럼 때문에 잘 때도 편치 않았으니 여러 내의원이 어찌할 바를 몰랐다. 조정 신하들도 날마다 모여 임금의 안부를 물었다.

재길의 이름을 아뢰는 사람이 있어 임금이 재길을 불러와 물었다. 재길은 스스로 미천한 사람이라 여겼기에 벌벌 떨고 식은땀을 흘릴 뿐 대답을 하지 못했다. 좌우에 있던 여러 의원이 모두 비웃었다.

임금이 재길에게 앞으로 다가와 진맥해보라 하고는 말했다.

"두려워할 것 없느니라. 그냥 네 의술을 다 발휘해보거라."

재길이 말했다.

"소신은 한 가지 처방만 있사오니 그것을 시험해보겠습니다."

임금이 물러가 약을 제조해 바치라고 명했다. 그래서 재길은 곰쓸개를 약재와 섞어 볶아서 고약을 만들고 바르게 했다. 며칠이면 나을 수 있냐고 임금이 묻자 재길은 이렇게 대답했다.

"하루면 통증이 사라질 것이고, 사흘이면 부스럼이 다 없어질 것이나이다."

과연 그 말대로였다. 임금이 여러 약원藥院, 내의원에 글을 보내 알렸다.

약을 바르고 조금 지나니 홀연히 전날의 통증을 잊게 되었다. 지금 세상에 이 같은 의술과 비방을 숨기고 있는 의원이 있으리라고는 생각지 못했도다. 가히 그는 명의요, 약은 신방神方이라 하겠다. 그 노고에 보답하는 방안을 논의해보라.

약원들은 먼저 그를 내침의內鍼醫, 내의원 의원로 임명하고 육품직을 내려 정직正職, 문무관의 실직(實職)을 제수할 것을 청했다. 임금이 옳다 하고 즉시 나주 감목관¹⁾에 제수했다. 약원의 여러 의원이 모두 놀라고 감복하며 재길의 손을 잡고 의술을 칭찬했다.

이리하여 재길의 이름이 온 나라에 퍼지고 웅담 고약은 천금의 비방이 되어 세상에 전해졌다.

---

1) 감목관(監牧官): 지방의 목장에 관한 일을 맡아보는 종6품 관직.

進神方皮醫擅名

皮載吉者, 醫家子也. 其父業治腫[2]善合藥, 旣沒, 載吉年尙幼, 未及傳父術, 其母以聞見敎諸方. 載吉未[3]嘗讀醫書, 但知聚材煎膏已. 一切瘡瘍, 賣以資給, 行于閭巷間, 不敢齒醫列. 士大夫聞而招致之, 試其藥, 頗有驗. 癸丑夏, 正廟患頭癤, 雜試針藥, 久未奏效, 浸及於面頷[4]諸部. 時當盛暑, 燕寢不寧, 諸內醫, 罔知攸措, 廷臣日成班, 問起居. 有以載吉名白者, 命召入問, 載吉賤夫也, 戰汗不能對, 左右諸醫, 皆竊笑之, 上使近前診視曰: "毋畏也. 盡爾技." 載吉曰: "臣有一方可試." 命退而劑進, 乃以熊膽和諸藥料[5], 熬成膏傅之, 上問幾日可痊, 對曰: "一日[6]痛止, 三日收矣而已[7]." 一如其言, 上書諭藥院曰: '傅藥, 少頃脫然忘前日之痛, 不意今世有此隱技秘笈醫, 可謂名醫, 藥可謂神方, 其議所以酬勞者.' 院臣啓請, 先差內針[8]醫, 賜六品服, 授正職. 上可之, 卽除羅州監牧官, 一院諸醫, 皆驚服, 斂手讓其能. 於是載吉之名, 聞國中, 熊膽膏, 遂爲千金方, 傳于世.

---

2) 腫: 성균관대본에는 '瘇'으로 표기.
3) 未: 동양본에는 탈락.
4) 頷: 국도본·가람본·성균관대본에는 '頜'으로 표기. 둘 다 뜻이 통함.
5) 諸藥料: 가람본·성균관대본에는 '料諸藥'로 표기.
6) 一日: 동양본에는 탈락.
7) 而已: 동양본에는 '已而'로 표기.
8) 針: 동양본에는 '鍼'으로 표기.

방성이 내린 인물 문기방이 나라를 위해 목숨을 바치다

장흥[1] 사람 문기방[2]은 강성군江城君 문익점[3]의 후손이다. 아버지 형炯의 꿈에 큰 별 하나가 지붕 위로 떨어지며 땅을 밝히니 곁에 있던 사람이 방성[4]이라고 말해주었다. 형이 놀라 깨어나니 등이 땀에 흠뻑 젖어 있었다. 이날 밤에 아들을 낳으니 기방이라고 이름 붙였다.

기방이 아이였을 때는 죽마를 타고 종이를 잘라 깃발을 만들어 장군이라고 자칭하니, 여러 아이가 다 그 명령을 따랐다. 열다섯 살 때 사서

---

1) 장흥(長興): 문기방은 장흥 사람이다. 동양본에도 장흥으로 나온다.
2) 문기방(文紀房, ?~1597): 선 중기의 무신. 장흥 출신으로 고려 강성군 문익점의 후손이다. 어릴 때부터 남달리 무예에 뛰어나 자칭 장군이라 했다. 1591년 무과에 급제해 수문장이 되었다. 임진왜란이 일어나자, 의병을 일으켜 전라병사 이복남의 휘하에서 활약했다. 1597년 재침한 왜적들과 남원에서 싸우다가 몇 겹으로 포위되자, 옷소매에 혈서를 쓰고 격전 끝에 이복남과 함께 전사했다. 남원의 충렬사에 배향되었다.
3) 문익점(文益漸, 1329~1398): 고려 말의 문신. 1363년 좌정언으로 원나라에 갔다가 목화씨를 얻어 붓대 속에 넣어가지고 와서 심었다. 그 덕에 우리나라에서 목화를 재배할 수 있게 되었다.
4) 방성(房星): 이십팔수의 하나. 창룡칠수(蒼龍七宿)의 네번째 별로서 네 개의 별로 구성되어 있다. 수레와 말의 수호신으로 불리기도 한다.

를 읽다가 장순[5]과 허원許遠의 전傳에 이르자 비분강개해 책을 덮고 눈물을 흘렸다. 힘이 남달랐으며 말을 잘 타고 활도 잘 쏘았다. 육촌 아우 명회明會와 함께 신묘년1591 무과에 급제해 수문장守門將에 뽑혔다.

임진년에 섬오랑캐가 대거 침략해 노략질을 하자, 기방과 명회는 의롭게 향병을 일으켜 전라병사 이복남李福男에게 갔다. 정유년1597 8월 왜구들이 숙성령[6]을 넘어왔다. 전라병사는 순천 쪽에서 우회해 남원에 다다랐는데, 사졸들은 거의 다 흩어지고 편비[7] 오십여 명만 남아 있었다. 적의 선봉대는 점점 성 아래를 압박해왔다. 기방과 명회는 눈을 부릅뜨고 손바닥에 침을 뱉으며 말했다.

"오늘 이 한목숨을 바쳐 나라에 보답하자!"

북을 치면서 나아가 남문으로 들어갔다. 적은 몇 겹으로 포위하고 있었다. 두 사람은 활을 당겨 마구 쏘아 무수한 적을 죽였다. 오른쪽 손가락이 모두 떨어져나갔다. 다시 왼손으로 활을 쏘았다. 수많은 적을 쏘아 죽였다. 왼쪽 손가락들도 떨어져나갔다. 기방이 시 한 구를 소리 내어 읊었다.

> 평생 나라 위해 죽고자 했던 뜻
> 허리 아래 옥룡검은 알고 있지

명회가 이어 읊었다.

> 북소리 요란한데 힘이 다하니

---

5) 장순(張巡): 당나라의 충신. 안녹산이 난을 일으켰을 때 의병을 일으켰다. 허원(許遠)과 함께 강회의 수양성을 수비하다가 전사했다.
6) 숙성령(宿星嶺): 남원도호부 동남쪽 삼십 리에 위치했던 고개.
7) 편비(褊裨): 조선시대 군사 제도에서 대장 아래에 속해 있던 부하 장수.

누가 이 위태로운 사직 구할 건가

　그들은 적삼 소매에 혈서를 썼다. 병사와 더불어 싸움터를 누비다 마침내 전사했다.
　종 감쇠[甘金]가 피 묻은 적삼을 가지고 시체 더미에 엎드려 있다가 탈출했다. 그리고 집으로 돌아가서는 두 사람이 순절하던 상황을 말해주었다. 피 묻은 적삼으로 고산高山, 전라북도 완주군에 있는 산에 장사지냈다.
　두 사람이 함께 선무원종[8] 이등에 녹훈되었다. 그뒤 본도 선비 이백여 명이 포증褒贈, 공로를 인정해 관위(官位)를 추증하는 일해주기를 상소했다. 그 일이 본도에 하달되었지만 오래도록 조치가 없었다 한다.

降房星文弁殉國

長興[9]人文紀房, 江城君益漸之後也. 父炯夢, 屋上有大星飛下, 光燭[10]地, 傍人言是爲房星也, 驚覺汗沾背, 是夜生子, 名以紀房. 爲兒戱騎竹馬, 剪紙爲旗, 自稱爲將, 群兒無不從令. 十五讀史, 至張巡許遠傳, 慷慨擊節, 掩卷流涕. 膂力絶人, 善騎射, 與再從弟明會同登辛卯武科, 選爲守門將. 壬辰島夷, 大擧入寇, 紀房與明會, 倡義起鄕兵, 從全羅兵使李福男. 丁酉八月, 賊踰宿星嶺, 兵使自順天, 轉到南原, 士卒盡散, 只餘褊裨五十餘人. 賊鋒薄城下, 紀房與明會, 張目唾手曰: "今日當決死以報國!" 鼓行由南門入, 賊圍數重, 彎弓亂射, 殺賊無算[11], 右手指盡脫落, 更以左手射賊, 左手

8) 선무원종(宣武原從): 1604년에 책봉된 공신. 선조 임금이 임진왜란 때 큰 공을 세운 사람 열여덟 명을 선무공신으로, 그다음으로 큰 공을 세운 사람을 선무원종 공신으로 책봉했다.
9) 興: 성균관대본에는 '城'으로 표기.
10) 燭: 가람본에는 '獨'으로 표기.
11) 算: 성균관대본에는 '數'로 표기.

又脫. 紀房口呼一句曰: "平生殉國志, 腰下玉龍知." 明會繼之曰: "力盡鼓
聲裡, 誰[12]扶社稷危." 血書于衫袖, 遂與兵使, 轉戰[13]而死. 奴甘金持血衫,
伏殭[14]屍[15]中, 脫身還家, 備陳[16]殉節狀, 以血衫, 葬於高山, 並錄宣武原
從二等. 後本道多士二百餘人, 上言請褒贈, 事下本道, 久不報云[17].

---

12) 誰: 동양본에는 '孰'으로 표기.
13) 轉戰: 가람본·성균관대본에는 '傳戰'으로 표기.
14) 殭: 다른 이본에는 '僵'으로 표기. 뜻이 통함.
15) 屍: 고대본에는 '尸'로 표기.
16) 陳: 국도본·가람본·성균관대본에는 盡'으로 표기.
17) 동양본에는 '不報云' 부분이 더 나옴.

사당에서 충언 통곡하고 떠나다

우육불馬六不은 상공 조현명[1]의 겸종이다. 사람 됨됨이가 질박하고 정직했으나 술을 좋아하고 여색을 밝혔다. 조현명 집의 여종 막대莫大는 그의 할머니의 교전비轎前婢, 신부가 시집오면서 데리고 온 계집종였다. 용모가 자못 어여뻐서 육불이 그녀를 첩으로 삼았다. 그리고 그녀에게 푹 빠져 행랑채에만 출입했다.

하루는 육불이 조씨 집에 있었는데 새로 통제사가 된 사람이 하직 인사차 찾아왔다. 육불이 고풍古風, 새로 온 벼슬아치가 종들에게 돈을 주던 일을 청하니 통제사는 두 냥을 주었다. 육불이 받지 않고 통제사 앞에다 던져버리며 말했다.

"돌아가서 대부인 마님 옷이나 사주시지요!"

통제사가 노여움을 품고 뚫어지게 바라보고서 떠났다.

---

1) 조현명(趙顯命, 1680~1752): 조선 영조 때 대신. 1728년 이인좌의 난 진압 때 공을 세워 풍원부원군(豊原府院君)으로 봉군되었다.

그뒤 통제사는 포도대장이 되어 서울로 올라오자마자 명령을 내렸다.

"우육불이란 놈을 잡아 바치는 포교에게는 후한 상을 내리겠노라."

며칠 지나자 과연 육불이 잡혀왔다. 그 자리에서 육불에게 난장[2]을 시행하려 하니 어떤 사람이 급히 조현명에게 알렸다. 조현명은 그때 어영대장[3] 직에 있었는데 초헌을 타고 포도청 문밖을 지나다가 멈추고 전갈을 했다.

"그 사람은 내 겸종이오. 그가 비록 죽을죄를 지었지만, 내 그의 얼굴이라도 보고 영결하려 하오. 잠시만 내보내주시오."

포도대장이 어쩔 수 없이 내보내주었다. 육불은 붉은 실로 묶여 있었고, 교졸校卒 십여 명이 따라왔다. 육불이 조현명을 보고 울면서 말했다.

"대감! 제발 저를 살려주십시오."

조현명이 말했다.

"네가 죽을죄를 지었으니 난들 어떻게 살려주겠느냐? 너는 이미 죽을 몸이 되었으니 손이나 한번 잡아보고 영결해야겠구나. 결박을 풀어주거라!"

포교들은 포도대장의 명이라며 난색을 보였다. 조현명이 화를 내고 꾸짖었다.

"어서 풀어주라니까!"

어쩔 수 없이 포교들이 명을 받들어 결박을 풀어주었다. 조현명이 육불의 손을 잡아서 초헌 발판 위로 올려주었다. 그러고는 어영집사에게

---

2) 난장(亂杖): 조선시대 형벌의 하나. 신체의 모든 부위를 가리지 않고 마구 때리던 형벌. 1770년에 폐지되었다고 한다.
3) 어영대장(御營大將): 조선시대 어영청의 주장으로 종2품이다. 위로 도제조(都提調, 정1품), 제조(提調, 정2품)가 있고, 아래로 중군(中軍, 종2품), 별장(別將, 정3품), **별후부천총(別後部千摠, 정3품), 천총(千摠, 정3품), 기사장(騎士將, 정3품), 파총(把摠, 종4품), 외방겸파총(外方兼把摠, 종4품), 종사관(從事官, 종6품), 초관(哨官, 종9품)이 있었다.

분부했다.

"뒤쫓아 오는 포도청 소속이 있다면 한 놈도 빠뜨리지 말고 결박해라!"

군졸들이 그렇게 하겠다고 소리 높여 대답했다. 초헌을 돌려 쏜살같이 달려 돌아왔다. 육불은 집안에만 머물게 하고 문밖으로 나가지 못하게 했다.

육불은 조현명이 죽자 그 아들인 조재호趙載浩를 모셨다. 조재호가 옳지 못한 일을 할 때마다 간언하니, 조재호가 꾸짖으며 말했다.

"네가 무얼 안다고 감히 이리 구는가!"

육불은 곧바로 사당으로 들어갔다. 대감을 부르면서 통곡했다.

"대감 댁은 머지않아 반드시 망할 것입니다. 소인은 이제 물러갑니다."

그러고는 다시는 그 집으로 들어가지 않았다.

임오년1762이 되자 금주령이 매우 엄해졌다. 육불은 술을 양식 삼아 살았는데 오랫동안 술을 마시지 못하고 있었다. 마침내 병이 들어 아침저녁을 이어가기가 어려울 지경이 되었다. 막대가 몰래 작은 술동이에다 술을 빚어서 밤이 깊어지자 그에게 권했다. 육불이 깜짝 놀라며 물었다.

"이 물건을 어디서 얻어왔소?"

"당신 병을 고치려고 몰래 빚었어요."

육불은 막대를 불러 밖으로 나오게 하고는 자기 상투를 스스로 잡아당기며 말했다.

"우육불이를 잡아들였나이다!"

육불이 스스로 분부했다.

"너는 어찌하여 술을 빚지 말라는 명을 어겼는고?"

또 스스로 대답했다.

"소인이 어찌 감히 그리했겠습니까? 소인의 무식한 처가 소인의 병을 고친답시고 빚었나이다."

또 스스로 관청이 되어 분부했다.

"목을 베어라!"

그리고 육불은 스스로의 머리를 베는 시늉을 하며 말했다.

"이렇게 하면 어찌하겠소? 우리가 하찮은 백성으로서 어찌 감히 나라가 금한 것을 어기겠소? 절대 불가하오!"

이어 술항아리를 부숴버리고 술을 마시지 않았다. 육불은 병으로 인해 다시는 일어나지 못했다 한다.

進忠言入祠哭辭

禹六不者, 趙相顯命傔從也. 人甚質直, 而嗜酒貪色. 趙家婢莫大者, 其祖妣[4]轎前婢也, 人頗奸[5]美, 六不乃作妾而太惑[6], 每出入廊下. 一日在趙相家, 新統制使下直來, 請古風, 則給二兩, 六不[7]受, 而還擲于前曰: "歸作大[8]夫人主衣資!" 統制使含怒熟視而去矣. 仍後[9]爲捕將而上來, 仍出令曰: "捕校中, 如有捉納禹六不者, 吾施重賞." 過數日果見捉, 直欲施亂杖之刑, 人急告于趙相, 趙相時帶御將, 乘軒而過捕廳門外, 住軒而傳喝曰: "此是吾之傔人也, 渠雖有死罪, 欲一面而訣[10], 須暫出送." 捕將不得已出送, 以紅絲結縛, 校卒十餘人, 隨而來, 禹六不見趙相泣曰: "願大監活我!" 趙相曰: "汝犯死罪, 吾何以活之? 然而汝旣死矣, 吾欲把手而訣, 可解縛." 捕校以大將令爲難, 趙相怒叱曰: "斯速解之!" 捕校不得不[11]承命而解縛, 趙相

4) 妣: 성균관대본에는 '妃'로 표기.
5) 奸: 다른 이본에는 '姸'으로 맞게 표기.
6) 太惑: 국도본에는 '大惑'으로, 가람본·성균관대본에는 '大感'으로 표기.
7) 동양본에는 '不'이 더 나옴. '不'이 들어가야 함.
8) 大: 국도본에는 '天'으로 잘못 표기.
9) 仍後: 다른 이본에는 '後仍'으로 표기.
10) 동양본에는 '之'가 더 나옴.
11) 不: 가람본·성균관대본에는 '已'로 표기.

執其手而仍上置其軺軒踏板上, 仍分付御廳[12]執事曰: "如有追來之捕廳所屬, 一倂結縛!" 軍卒唱諾而回車, 疾馳而還, 留之家中而不使出門. 趙相死後, 侍其子趙相載浩, 常見有不是事, 諫之, 則趙相叱曰: "汝何知而敢如是[13]乎?" 云云. 六不直入祠堂, 呼大監而哭曰: "大監宅, 不久必亡, 小人從此辭退." 云. 而仍更不往其家. 到壬午年, 酒禁之令至嚴, 六不以酒爲粮, 斷飮已久, 仍以成病, 有朝夕難保之慮. 莫大潛釀一小缸, 夜深後勸之, 則驚曰: "此物何處得來?" 曰: "爲君之[14]病潛釀矣." 仍呼莫大而出外, 以手握渠之髻而拿入曰: "禹六不捉入矣!" 渠自作分付曰: "汝何[15]爲而犯禁釀酒[16]乎?" 又自對曰: "小人焉敢乃爾? 小人無識之妻, 爲小人病而釀之矣." 官又分付曰: "可斬." 仍作斬頭樣曰: "如此則何如? 吾以小民, 何敢冒犯國禁乎? 大是不可." 仍破瓮而不飮. 因其病而不起云.

12) 廳: 동양본에는 '營'으로 표기.
13) 是: 가람본에는 '此'로 표기.
14) 之: 동양본에는 탈락.
15) 何: 국도본에는 잘못 탈락.
16) 酒: 동양본에는 탈락.

죽은 사람 살린 강가에서의 만가

옛날 충청도에 한 선비가 있었다. 그의 누이가 신랑을 맞이한 지 삼일 만에 신랑이 병들어 일어나지 못했다. 선비 집에서 초상을 치르고 과부가 된 누이를 상여와 함께 시가로 보내게 되었다. 선비는 뒤를 따라 강을 건너게 되었는데 그 참담한 회포를 누를 길 없어 만시輓詩, 죽은 사람을 애도하는 마음으로 지은 시를 지었다.

강에 뜬 배에게 묻노라. 고금에 장가를 들어 이 강을 건너온 자가 몇인가? 이 강 건너 시집을 간 여인은 또 몇이나 되나? 이와 같은 행렬은 없었겠지. 붉은 명정銘旌 앞서고 흰 가마 뒤따르니 청상과부에 백골 신랑이라. 강 위의 배여, 돌아가되 재빠르게 가지는 마라. 신랑의 혼은 아직도 동상[1]에 누워 있다네. 강 위의 배여, 돌아가되 게으르게 가지는 마라. 신랑 집에는 십 년 동안 외아들 홀로 기른 어머니 계신다네. 어머니가 아침마다 저녁마다 기다리던 아들은 오지 않고 아들 상여가 돌아오다니. 이 이치를 누구에게 물어야 하나? 창창한 어린 여종들 뱃전에 기대어 울며 중얼대는데, 저 원앙은 쌍쌍이 북산 남쪽으로 날아가는구나.

선비가 글을 써서 관 앞에 놓고 한 소리 길게 부르짖었다. 잠시 뒤 홀연 긴 무지개가 강 가운데서 일어나 관 위에 뻗쳤다. 이윽고 관이 저절로 갈라지며 죽었던 사람이 다시 일어났다 한다.

이상하고 괴이한 이야기여서 제해齊諧, 이상한 이야기를 적은 책 이름, 혹은 이상한 이야기를 하는 사람에 가깝지만 이렇게 기록이나 해둔다.

起死人臨江哀輓

湖中, 古有一士人, 迎妹婿而三日內, 仍病不起. 自士人家治喪, 而幷孀妹, 送于舅家, 其士人, 隨後渡江, 士人不勝其悲慘之懷, 仍賦詩曰: '問爾江上船, 古又今, 娶而來²⁾幾人? 嫁而歸³⁾幾人? 未有如此行, 丹旌先素轎⁴⁾後, 靑孀婦白骨郞, 江上船歸莫疾, 郞魂猶在臥東床, 江上船歸莫懶, 聞有郞家十年養孤兒之萱堂, 萱堂朝萱堂暮, 望子不來, 來汝喪, 此理復誰問⁵⁾, 蒼蒼小婢依船泣且語, 彼鳥⁶⁾元央⁷⁾, 猶自雙雙飛飛, 水之北山之陽 云. 而書置

---

1) 동상(東床): 왕희지의 고사에 의거해서 남의 새 사위 혹은 그가 자는 침상을 지칭한다. 동진(東晉) 때 태위(太尉) 치람(郗鑒)이 사람을 시켜 사위를 왕희지의 집에서 구하고자 했다. 왕희지의 숙부인 왕도(王導)가 치람이 보낸 사람을 동상으로 인도해서 왕씨 집안 자제들을 두루 보게 했다. 다른 자제들은 모두 스스로를 뽐냈지만 오직 왕희지만은 배를 깔고 누워 음식을 먹으면서 개의치 않았다고 한다. 치람이 이 말을 전해듣고 그를 사위로 삼았다는 고사에서 유래한 말이다.
2) 가람본·성균관대본에는 '者'가 더 나옴.
3) 가람본·성균관대본에는 '者'가 더 나옴.
4) 轎: 동양본에는 '驕'로 표기.
5) 復誰問: 가람본에는 '誰復問'으로 표기.
6) 彼鳥: 동양본에는 '瞻彼鳥者'로 표기.
7) 元央: 동양본에는 탈락. 가람본·국도본·성균관대본에는 '鴛鴦'으로 표기.

于柩前, 一聲長呼[8], 少焉忽有長虹, 自江中, 亙于柩上, 已而柩自析[9]裂, 死
者還起云. 亦可異矣[10], 事近齊諧, 而姑錄之.

8) 呼: 다른 이본에는 '號'로 표기.
9) 析: 가람본에는 '坼'으로 표기.
10) 亦可異矣: 가람본·성균관대본에는 '亦異奇怪之'로 표기. 이 경우에는 '亦異奇怪之事, 近齊諧而
姑錄之'로 끊어 읽음.

권
7

홍상국이 일찍이 궁핍했다가 늦게 현달하다

　상국 기천(沂川) 홍명하[1]는 판서 김좌명[2]과 함께 동양위[3]의 사위였다. 김공은 일찍 과거에 급제해 명성과 덕망이 드높았지만, 홍공은 마흔 살인데도 궁핍한 선비일 뿐이었다. 홍공이 가난해 동양위 댁에서 처가살이하고 있었으니, 장모인 옹주^{翁主, 임금의 후궁이 낳은 딸. 정숙옹주를 말함} 이하 집안

---

1) 홍명하(洪命夏, 1607~1667): 기천(沂川)은 호. 1644년 별시문과에 을과로 급제해, 검열을 거쳐 1646년 문과중시에 병과로 급제했다. 1649년 이조좌랑으로 암행어사가 되어 부정한 관리들을 척결함으로써 당대에 이름을 떨쳤다. 1650년 이조정랑을 거쳐 1652년 동부승지로 승진했고, 이듬해 한성부우윤이 되었다. 이조와 예조의 참판, 부제학·대사헌·형조판서를 지냈으며 약방제조가 되었다. 1659년 효종이 죽자 삭직되었으나 다시 등용되어, 예조와 병조의 판서를 거쳐 1663년 우의정이 되었다. 이듬해 사은겸진주사(謝恩兼陳奏使)로 청나라에 다녀와서 1665년 좌의정을 거쳐 영의정이 되었다. 성리학에 조예가 깊었으며, 특히 효종의 신임이 두터워 효종을 도와 북벌계획을 적극 추진했다.
2) 김좌명(金佐明, 1616~1671): 호는 귀계(歸溪) 또는 귀천(歸川). 영의정 김육의 아들이다. 1644년 별시문과에 병과로 급제했다. 1646년 병조좌랑이 되어 다시 문과중시에 병과로 급제했다. 1662년 공조판서·예조판서를 역임했고, 1668년 병조판서 겸 수어사가 되었다. 사람됨이 총명하고 재주가 많았으며 용모가 단정했다.
3) 동양위(東陽尉): 신익성(申翊聖, 1588~1644). 척화오신(斥和五臣)의 한 사람으로 영의정 신흠의 아들이다. 열두 살 때 선조의 딸 정숙옹주(貞淑翁主)와 결혼하고 동양위에 봉해졌다.

사람들이 다 그를 천대했다. 처남인 신면[4] 역시 일찍 급제했는데, 사람 됨이 교만해 홍공에게 더욱 심하게 굴었으니 그를 마치 종처럼 보았다.

하루는 홍공이 밥상을 마주했는데 꿩 다리 반찬이 보였다. 신면이 개에게 그걸 던져주며 말했다.

"가난한 선비의 밥상에 꿩 다리가 웬 말이냐?"

홍공은 다만 웃음을 지을 뿐 조금도 노여워하는 기색을 보이지 않았다.

그러나 동양위만은 홍공이 늦기는 하겠지만 크게 현달할 것을 알았다. 그래서 매번 아들을 꾸짖고 홍공에게 마음을 더 주었다.

김좌명이 문형文衡, 대제학을 할 때였다. 홍공이 표表, 과거문의 한 형식 몇 편을 지어 보이며 말했다.

"이제 과거를 볼 만할까?"

김공은 읽어보지도 않고 부채로 그것을 날리며 말했다.

"이것이 표豹, 표범요, 아니면 표彪, 범요?"

홍공이 웃으며 도로 거두어 갔다.

하루는 동양위가 출타했다가 저녁에 돌아오니 행랑에서 풍악소리가 들려왔다. 옆에 있던 사람에게 물어보니 신 영감신면과 김참판 영감 그리고 다른 재상 몇몇이 풍류를 즐기고 있다 했다.

동양위가 물었다.

"홍생도 자리에 있는가?"

"홍생은 아랫방에서 주무십니다."

동양위가 눈썹을 찡그리며 말했다.

"아이들 하는 짓이 해괴하도다."

그러고는 홍공을 청해 오게 해 물었다.

---

4) 신면(申㴐, 1607~1652): 1624년 생원이 되었고, 1637년 정시문과에 급제했다. 1642년 이조 정랑을 거쳐 부제학·대제학 등을 역임했다. 1651년 김자점의 옥사가 일어나자 그 일당으로 국문을 받다가 자결했다.

"자네는 왜 아이들과 함께 놀지 않는가?"

홍공이 대답했다.

"재상의 모임에는 유생이 참가하는 법이 아니지요. 더욱이 저는 불청객입니다."

동양위가 말했다.

"자네는 그럼 나와 한바탕 노는 것이 좋겠네."

그러고는 풍악을 울리게 하고 홍공과 실컷 놀다가 그쳤다.

동양위가 병이 들어 목숨이 위태로워졌다. 그는 한 손으로 홍공의 손을 잡고 다른 손으로 술잔을 건네며 마시기를 권했다.

"내 자네에게 한 가지 부탁할 말이 있네. 이 술을 마시고 나서 내 마지막 말을 들어주게나."

홍공이 사양하며 말했다.

"무슨 하교이신지 모르지만 먼저 가르침을 받고 나서 마시겠습니다."

동양위가 연이어 말했다.

"자네가 술을 마신 뒤 말하겠네."

홍공은 그 말을 따르지 않았고, 동양위도 서너 차례 계속 권했다. 결국 홍공이 말을 들어주지 않으니, 동양위는 술잔을 땅바닥에 내던져버리고는 눈물을 글썽이며 말했다.

"우리집은 망했다."

그러고는 운명했다. 동양위는 자기 아들을 부탁하는 말을 하려 한 것이었다.

그뒤 홍공은 과거에 급제하고 십여 년 사이 좌의정에 올랐다. 숙종 조에 신면의 옥사 1661년 김자점의 옥사에 신면이 연루된 일가 일어나니 임금이 홍명하에게 물었다.

"신면은 어떤 사람이오?"

홍명하는 자기는 모르는 사람이라고 대답했다. 그러자 신면은 죽임을 당했다. 신면이 평소 자기에게 한 일에 대해 홍공이 유감을 품은 지 오래였기 때문이었다.

자기를 알아준 동양위를 생각해서라도 한마디 말로 신면을 구해 동양위의 지우지감_{知遇之感}에 보답하는 것이 마땅했다. 그러나 그러지 않았으니 홍공의 일은 정말 탄식할 만하다.

홍공이 재상이 되고 나서도 김좌명은 여전히 문형 자리에 있었다. 연경에 올리는 글은 문형이 지어 바치게 되어 있었다. 그 글은 사륙변려문으로 지어 먼저 대신들에게 교감을 받고 임금께 보이는 것이 상례였다. 김공이 자기가 지은 표를 가지고 가서 대신들에게 보여주었다. 홍공이 부채로 그것을 날리며 말했다.

"이것이 표_豹인가, 아니면 표_彪인가?

이 또한 속이 좁은 사람의 일이다.

洪相國早窮晚達

洪相沂川命夏, 與金判書佐明, 俱是東陽尉女婿也. 金公早登科第, 聲望蔚然, 洪公以四十窮儒, 家貧贅居于東陽門, 自聘母翁主以下, 皆賤待之. 妻娚[5)]申冕者, 亦早登第, 而爲人驕亢, 待沂川, 尤薄以奴隷視之. 一日對飯, 適有雉脚之爲饌者, 申冕擧而投之於狗曰: "貧士之床, 雉脚何爲?" 公但含笑, 而少無怒意. 東陽尉獨知[6)]其晩必大達, 每責其子, 而加意於洪公. 金公之爲文衡也, 倣數首表, 而示之曰: "可做科業耶?" 金公不見, 而以扇揚之曰: "豹乎? 彪乎?" 洪公笑而收之. 一日東陽尉, 出他暮歸, 聞小舍[7)]笙歌之

---

5) 娚: 국도본·가람본·성균관대본에는 '甥'으로 표기.
6) 尉獨知: 국도본·고대본·가람본·성균관대본에는 탈락.
7) 성균관대본에는 '廊'이 더 나옴.

聲, 問於旁[8]人, 則以爲令監, 與金僉判[9]令[10]監, 及他宰[11]數人, 方張樂而遊矣. 申公問曰: "洪生在座否?" 曰[12]: "洪生在[13]下房而睡矣." 申公顰眉曰[14]: "兒輩事可駭矣." 仍請洪生, 而問[15]曰: "汝何爲不參於兒輩之遊耶[16]?" 對曰: "宰相之會, 非儒生之所可參, 況是不請客耳." 申公曰: "汝則與吾一遊好矣." 仍命樂, 盡歡而罷. 申公有疾濱危, 公[17]把沂川之手, 一手[18]擧杯[19]而勸飮曰: "吾有一言之可托于汝者, 可飮此杯[20], 而聽我臨終之言." 洪公謙讓曰: "未知有何下敎, 願先承敎, 後飮此杯[21]." 申公連曰: "飮盃後, 吾當言之." 洪公一味[22]不從, 申公四五次勸之, 而終不聽, 乃擲杯[23]於地, 而含淚曰: "吾家亡矣." 仍賫命, 盖似是托子之言也. 其後洪公登[24]第, 十餘年之間, 位至左相. 肅廟朝申晃獄事出, 而自上問于洪相曰: "申晃何如人也?" 洪相對以不知, 仍伏法. 晃之平日行事, 沂川含憾久矣. 但旣受知於東陽尉, 則一言救之, 以報東陽知遇之感可也, 不此之爲者, 沂川事, 極可咄歎[25]. 沂川拜相之後, 金公佐明, 尙帶文衡之任, 燕京奏文, 文衡

8) 旁: 국도본·고대본·동양본·가람본·성균관대본에는 '傍'으로 표기.
9) 僉判: 국도본·고대본·가람본·성균관대본에는 '判書'로 표기.
10) 令: 고대본·성균관대본에는 '大'로 표기.
11) 他宰: 성균관대본에는 '宰相'으로 표기.
12) 曰: 국도본·고대본·가람본에는 탈락.
13) 在: 고대본에는 탈락.
14) 曰: 국도본에는 탈락.
15) 而問: 고대본·성균관대본에는 잘못 탈락.
16) 耶: 국도본·고대본·가람본·성균관대본에는 '乎'로 표기.
17) 公: 동양본에는 탈락.
18) 一手: 국도본에는 탈락.
19) 杯: 국도본·고대본·동양본·가람본에는 '盃'로 표기.
20) 杯: 국도본·고대본·동양본·가람본에는 '盃'로 표기.
21) 杯: 국도본·고대본·동양본·가람본에는 '盃'로 표기.
22) 一味: 고대본에는 탈락.
23) 杯: 국도본·고대본·동양본·가람본에는 '盃'로 표기.
24) 登: 동양본에는 '得'으로 표기.
25) 歎: 국도본에는 '嘆'으로 표기.

製進, 而以四六爲之, 先鑑于大臣, 而入啓例也. 金公以所製之表, 入覽于
大臣, 洪公以扇揚之曰: "豹乎? 彪乎?" 此亦量狹之事也.

유생원이 가난했다 부자가 된 사연

　유생柳生 아무개는 서울 사람이다. 일찍이 문명文名이 있어 스무 살 전에 사마시에 급제했지만 집이 무척 가난해 수원 땅에서 살았다. 그 처 모씨는 재주와 자질이 두루 좋았는데 바느질로 생계를 꾸려갔다.

　하루는 문밖에서 한 여자가 검무를 잘 춘다는 소식이 들려왔다. 유생이 여자를 안마당으로 불러 기예를 보여보라 하니 여자가 들어왔다. 여자는 유생의 처를 뚫어지게 바라보더니 곧바로 마루 위로 올라갔다. 두 사람은 서로 끌어안고 방성대곡했다. 유생은 그 까닭을 알 수가 없어 처에게 물어보니 일찍부터 잘 아는 사이기에 그런다고만 했다. 여자는 처와 그렇게 울고는 검무도 추지 않고 며칠을 머물다 떠나갔다.

　오륙일 뒤 유생이 집 앞길을 바라보니 준마가 끄는 새 가마 세 대가 보였다. 가마 앞에는 여종 여러 쌍이 말에 타고 있었으며 뒤따르는 행렬은 없었다. 이들이 곧바로 자기 집을 향해 왔다. 유생은 의아하게 생각해 사람을 시켜서 이들이 어디서 온 부인들이며 자기 집으로 잘못 오고 계신 건 아닌지 물어보게 했다. 그러나 종들은 대꾸도 하지 않고 문안으로 들어가 내문 안쪽에 가마를 내렸다. 사람과 말은 모두 주막에서 쉬었다. 유생은 더욱 이상한 생각이 들어 글을 써 처에게 물었다. 처는 조만간 알게 될 테니 억지로 묻지 말라 했다.

그날부터 저녁 반찬이 풍성하고 정갈해졌다. 밥상에 수륙진미가 다 올랐다. 유생은 속으로 더욱 의아한 생각이 들어 또 글을 써서 처에게 물었다. 그러자 처는 배불리 먹으라 하고 곧 알게 될 테니 자꾸 까닭을 묻지 말라 했다. 그리고 며칠 동안은 안채에 들어오지도 말라고 했다.

다음날 아침저녁 밥도 그와 같았다. 며칠이 지나자 그 처가 글을 보내 서울로 올라가자 했다. 유생이 괴이하게 여기고 아내에게 중문 안에서 잠시 얼굴을 보자 하고는 물었다.

"그 여인은 어디서 왔소? 아침저녁 밥은 어떻게 이리도 풍성해졌고 또 서울로 가자는 건 무슨 말이오? 무슨 곡절이 있길래 행장을 갖춰 떠난단 말이오?"

처가 웃으며 말했다.

"억지로 물을 필요 없어요. 곧 알게 될 테니까요. 서울 가는 데 필요한 마부와 말은 걱정하지 마세요. 제가 다 준비할 테니까요. 당신은 행장만 꾸리세요."

유생은 괴이하게 여기고 의아해했지만 처가 하자는 대로 했다.

다음날 전처럼 말이 끄는 가마 세 대가 있었고 유생이 탈 말 역시 이미 안장이 얹어져 기다리고 있었다. 유생은 말을 타고 뒤를 따라가기만 했는데 남대문을 지나 회동會洞에 있는 큰 저택으로 들어갔다. 가마 세 대는 내문으로 들어가고 자기는 중문 밖에서 말을 내려 들어가보니 빈 집이었다. 대자리가 펴져 있고 자리도 갖추어져 있었다. 책과 붓, 연적, 가래침 뱉는 타구, 요강 등속이 좌우에 쭉 놓여 있었다. 관을 쓴 자 여러 명은 겸종인 듯 대령했다.

잠시 후 종 네다섯 명이 마당으로 들어와 알현했다. 유생이 물었다.

"너희는 누구냐?"

"저희는 모두 댁의 종이옵니다."

유생이 말했다.

"이 댁은 누구 댁이냐?"

종들이 대답했다.

"진사님 댁이옵니다."

또 좌우에 놓여 있는 물건들은 어디서 가져온 것인지 물으니, "모두 진사님께서 쓰실 물건들이옵니다"라고 대답했다.

유생은 놀라고 의아한 나머지 운무 가운데에 앉아 있는 듯했다. 유생이 저녁밥을 먹고 나서 등잔을 밝히고 앉아 있는데, 처가 글을 써서 보냈다.

"오늘밤 미인 하나를 보낼 테니 외롭고 쓸쓸한 회포를 푸셔요."

유생이 미인은 누구고 이게 무슨 일이냐고 답장을 보냈다. 처가 말했다.

"곧 알게 될 겁니다."

밤이 깊어지자 겸종들도 모두 밖으로 나가니 내문으로부터 시비 둘이 절세미인을 끼고 나왔다. 짙은 화장에 화려하게 꾸민 미인은 등잔 아래에 앉았다. 시비들은 침구를 펴주고 들어갔다. 유생이 누구냐고 물었지만 미인은 웃음을 지을 뿐 대답하지 않았다. 그리고 동침했다. 다음날 아침 처가 글을 보내 새사람을 얻은 것을 축하했다. 그리고 말했다.

"오늘밤에는 다른 미인을 보내드릴게요."

유생은 까닭을 알 수 없어 이제 처에게 모든 걸 맡겨버렸다. 그날 밤 시비가 어제처럼 미인 한 명을 끼고 나왔다. 몸매와 용모를 살펴보니 어제의 미인이 아니었다. 유생은 또 그녀와 동침했다. 다음날 아침 처가 또 글을 보내 축하를 해주었다.

오후가 되자 문밖에서 갈도[1] 소리가 들리더니 종이 들어와 고했다.

"권판서 대감 행차가 들어오십니다."

유생이 놀라 마루에서 내려가 손을 모아잡고 섰다. 이윽고 백발의 노재상이 초헌을 타고 들어와 유생을 보고는 반갑게 손을 잡고 마루로 올라가 앉았다. 유생이 절을 하고 물었다.

"대감께서 어디서 오신 귀한 분인지 모르겠습니다. 소생은 한 번도 존안을 뵌 적이 없사온데 어찌 여기까지 왕림하셨는지요?"

재상이 웃으며 말했다.

"자네 아직 번화한 꿈에서 깨지 못했는가? 내 다 말해주겠네. 자네같이 좋은 팔자는 고금에 드물 걸세. 자네의 처가와 우리집, 그리고 역관 현지사知事의 집은 서로 담을 사이에 두고 있었지. 같은 해, 같은 달, 같은 날에 세 집에서 함께 딸을 낳았으니 심히 희한하고 기이한 일이었어. 그래서 세 집에서는 늘 아이들을 번갈아가며 돌보았다네. 조금 자라자 세 여자아이는 아침저녁으로 함께 어울려 놀면서 오직 한 사람만을 섬기기로 몰래 맹세했던 것일세. 그러나 그 사실을 나도 몰랐고 다른 집들에서도 몰랐다네. 그뒤 자네 처가는 이사를 가 소식이 끊겼다네. 우리 딸은 첩의 자식인데, 비녀 꽂을 나이가 되어 혼사를 의논하기만 하면 자기는 죽어도 다른 사람을 돌아보지 않겠다며 말했지. 이미 약속을 했으니 마땅히 자네 처가를 따라 한 사람을 섬길 것이요, 그러지 못하면 비록 부모 집에서 늙어 죽더라도 다른 가문으로 시집갈 생각은 없다고 말일세. 현씨 댁 딸도 똑같았다 하네. 혼내기도 하고 구슬려도 봤지만 끝내 마음을 돌리지 않았지. 스물다섯이 넘었는데도 여전히 다른 곳에 시집가지 않았다네. 최근에 현씨 댁 딸이 칼춤을 배워 남복을 입고 팔방으로 돌아다니며 자네 처가를 찾아다녔는데 일전에 수원 땅에서 마침내

---

1) 갈도(喝導): 지체 높은 사람이 행차할 때 시종이 소리를 질러 일반인의 통행을 금지하던 일.

찾았다는 소문을 들었네. 그저께 밤에 자네에게 갔던 가인은 내 서녀이고 어젯밤에 갔던 가인은 현씨 댁 딸이라네. 집과 노비와 집물, 책과 논밭 등속은 나와 현군이 마련한 것이라네. 자네는 일거에 두 미인과 가산을 얻었으니 그 옛날 양소유[2]도 자네보다 못할 테지. 자네는 정말 좋은 팔자를 타고났다 할 만하네."

이어 사람을 보내 현지사를 모셔오게 했다. 이윽고 한 노인이 금관자에 홍대紅帶, 8품 이상의 관원이 사복 차림에 두르는 띠를 두르고 와서 절을 했다.

권판서가 손가락으로 그를 가리키며 말했다.

"이분이 현지사일세."

세 사람은 마주앉아 술과 안주를 성대하게 차려두고 종일토록 실컷 즐기다 파했다.

권판서는 권대운[3]이었다.

유생은 일처 이첩과 함께 같은 집에서 몇 년 동안 평화롭고 즐겁게 살았다.

하루는 유생의 처가 남편에게 말했다.

"요즘 조정 돌아가는 걸 살펴보니 남인이 득세할 텐데 권판서는 남인의 우두머리로 일을 도맡아 하고 있어요. 요즘 들어 일들이 윤리를 말살하지 않는 경우가 없으니 오래가지 않아 그들은 반드시 패망할 것입니다. 패망하면 화가 우리에게도 미칠 염려가 있습니다. 빨리 고향으로 내려가 화를 면할 계획을 세우는 게 좋겠습니다."

유생도 그 말에 공감했다. 가산을 모두 처분하고 처첩과 함께 고향으

---

2) 양소유(楊少遊): 김만중이 지은 『구운몽』의 남자 주인공. 수행승 성진의 생각 속에서 만들어진 인물로, 두 명의 처와 여섯 명의 첩과 더불어 부귀영화를 누리다가 성진으로 돌아온다.
3) 권대운(權大運, 1612~1699): 1841년 진사가 되고 1649년 별시문과에 급제했다. 예조판서, 병조판서, 우의정, 좌의정을 지냈다. 1680년 경신대출척으로 남인이 실각하자 영일(迎日)에 위리안치되었다가, 1689년 기사환국으로 풀려나 영의정에 올랐다. 이때 송시열을 사사하게 하고 서인을 가혹하게 탄압했다. 1694년 갑술옥사로 삭출되어 안치되었다가 이듬해 죽었다.

로 돌아가 다시는 도성 안으로 들어가지 않았다. 갑술년⁴⁾ 곤전坤殿, 왕후를
높이는 말. 여기서는 인현왕후이 복위되자 남인들은 모두 목이 베이거나 귀양을
가게 되었다. 권대운도 그에 속했다. 하지만 유생만은 홀로 연좌의 형벌
을 입지 않았다.

유생의 처야말로 여자 중에서도 유식자라고 일컬을 만하니, 당시 남
인 재상 중 그녀에게 미칠 자가 있겠는가?

柳上舍先貧後富

柳生某者, 洛下人也. 早有文名, 二十前登司馬, 而家甚貧窶⁵⁾, 居於水原
地. 其妻某氏, 才質俱美, 以針線資生矣. 一日門外傳言, 有⁶⁾一女子, 善劍
舞戲云, 柳生招入內庭, 而使之試藝, 其女子入來, 熟視柳妻, 直上廳, 相抱
放聲大哭, 莫知其故, 問于其妻, 則答以爲曾所面熟之人故也⁷⁾云⁸⁾. 仍不試
劍技, 而留數日送之矣. 越五六日後, 望見前路, 三個新轎駕駿馬, 前有婢
子數雙, 亦騎馬, 後無陪行, 而直向其家, 柳生訝之, 使人問何來內行, 誤入
吾家, 下隸不答而入門, 下轎於內門之內, 人馬皆息於店幕. 柳生倍生疑訝
書問其內, 則以爲從當知之, 不必强問云.⁹⁾ 而自伊日, 夕飯饌品豊潔, 水陸
備陳¹⁰⁾, 柳生心尤訝惑, 又書問則以爲只可飽喫, 不必問之, 從當知之, 數
日則不必入內云矣. 其明日朝夕飯, 又如是. 過數日, 其內書請以爲作京行

---

4) 갑술년(甲戌年): 1694년(숙종 20). 남인 정권이 몰락하고 서인 정권이 들어선 갑술환국을
말한다. 왕비였던 장씨(張氏)가 희빈으로 격하되고 인현왕후가 복위되었다.
5) 窶: 가람본에는 '窘'으로 표기.
6) 有: 국도본에는 탈락.
7) 故也: 국도본·고대본·가람본·성균관대본에는 '也故'로 표기.
8) 국도본·고대본·가람본·성균관대본에는 '云'이 더 나옴.
9) 국도본·고대본·동양본·가람본·성균관대본에는 '云'이 더 나옴.
10) 陳: 국도본·고대본·가람본·성균관대본에는 '盡'으로 표기.

云云, 柳生怪之, 請中門內暫面[11]問曰: "內行從何處[12]而來也? 朝夕之供, 何爲而[13]比前豊厚也? 洛行云云何言也? 洛行有何委折, 而何以治行發程耶?" 其妻笑曰: "不必强問, 從當知之矣. 至於京行之人馬, 不必掛念, 自當備待, 只可治行而已." 柳生怪訝, 而任其所爲矣. 翌日三轎依前駕馬, 而自家所騎之馬, 亦已具鞍以待矣. 第騎馬隨後, 到京城南門, 而入會洞一大第, 三轎入於內門, 自家下馬於中大門之外, 而入則卽一空舍也. 鋪筵設席, 書冊筆硯之屬, 唾壺溺器[14]之物, 左右羅置, 有冠者數人如傔從樣, 待令使喚. 已而[15]奴輩四五人, 入庭現謁, 柳生問曰: "汝輩誰也?" 對曰: "皆是宅奴[16]子也." 柳生曰: "此宅誰人之宅也?" 對曰: "進士主宅也." 又問左右鋪設之物, 則何處得來者, 對曰: "皆是進士主需用什物也." 柳生驚訝, 如坐雲霧中. 夕飯後, 擧燭而坐, 其妻作書曰: "今夜, 當出送一美人, 庶慰孤寂之懷也."云, 柳生答以爲美人誰也? 此何事也? 其妻曰: "從當知之."云. 至更深後, 傔從輩, 皆出外, 自內門, 一雙丫[17]鬟, 擁出一箇絶代美人, 凝粧盛飾, 坐於燭下, 侍婢又鋪寢具而入, 生仍問以何許[18]人, 則笑而不答. 仍與之就寢, 明朝其妻以書賀得新人, 而又曰: "今夜當換送他美人."云云, 柳生莫知其故, 任之而已. 其夜侍婢, 如前擁一美人而出來, 察其形容, 則乃是別人, 柳生又與之同寢矣. 翌朝其妻又以書賀. 午後門外, 忽有喝導[19]聲, 一隸入來而告曰: "權判書大監行次入來." 生驚而下堂拱立, 俄而一白髮老宰相,

11) 국도본·고대본·동양본에는 '而'가 더 나옴.
12) 處: 국도본·고대본·동양본·가람본·성균관대본에는 탈락.
13) 而: 동양본에는 탈락.
14) 器: 국도본·가람본에는 탈락. 고대본에는 '缸'으로, 성균관대본에는 '缸'으로 표기.
15) 已而: 국도본·고대본·가람본·성균관대본에는 '而已'로 표기.
16) 奴: 고대본에는 '好'로 잘못 표기.
17) 丫: 성균관대본에는 '又'로 표기.
18) 許: 국도본에는 '虛'로 잘못 표기.
19) 국도본·고대본·가람본·성균관대본에는 '之'가 더 나옴.

乘軒而入來20), 見柳生欣然把手, 而上堂坐定, 柳生拜而問:"大監不知何許尊貴人, 而小生一未承顔, 何爲21)降臨也?"其宰相笑曰:"君尙未覺繁華夢耶? 吾第言之, 如君之好八字, 今古罕倫者也. 年前君之聘家, 與吾家及譯官玄知事者, 家隔墻, 而同年同22)月日, 三家俱産女, 事甚稀異, 故三家常常23)互送兒而見之. 及稍長, 三女朝夕相從而遊嬉, 渠輩私自矢心, 同事一人相約, 而吾亦不知, 彼家亦不知矣. 其後君之聘家移居, 而不聞聲息矣. 吾女卽側出也, 年及笄, 欲議婚, 則抵死不顧24)曰:"旣有前約, 當從君妻, 而事一人, 其外雖老死父母家, 決無入他門之念."云云. 玄家女子, 又如是云. 責之誘之, 終不回心, 至於過卄25)五歲, 而尙未適人矣. 向聞玄女, 學劒技, 粧男服, 出遊八方, 將尋君之聘家云矣. 日前逢着於水原地云. 再昨之夜出來佳人, 卽吾26)庶女也, 昨夜之出來佳人, 卽玄家女也. 家舍及奴婢什27)物, 書冊與田土28)等屬, 吾與玄君排置者, 君一擧而得兩美人及家産, 古之楊少游29), 無以加此, 君可謂好八字也!"仍30)使人招玄知事以來, 須臾一老者31), 金圈紅帶來拜前, 權判書指而言曰:"此是玄知事也."云, 三人對坐, 盛設酒肴, 終日盡歡而罷. 權卽權大運也. 柳生與一妻二妾, 同室和樂者數年, 一日柳妻謂其夫曰:"見今朝廷, 南人得時32), 權判書以南魁, 而當局矣. 近日事無非滅倫之事, 不久必敗, 敗則恐有禍及己之慮, 不如早自

20) 來: 국도본·고대본·가람본·성균관대본에는 탈락.
21) 고대본에는 '而'가 더 나옴.
22) 同: 국도본·고대본·가람본·성균관대본에는 탈락.
23) 常常: 국도본·고대본·가람본·성균관대본에는 탈락.
24) 顧: 국도본·가람본·성균관대본에는 '顧'으로 표기.
25) 卄: 가람본에는 '二十'으로 표기.
26) 국도본·고대본·가람본·성균관대본에는 '之'가 더 나옴.
27) 什: 가람본·국도본·성균관대본에는 '汁'으로 표기.
28) 土: 가람본에는 '畓'으로 표기.
29) 游: 국도본·가람본·성균관대본에는 '遊'로 표기.
30) 仍: 국도본·고대본·가람본·성균관대본에는 '乃'로 표기.
31) 者: 고대본에는 탈락.
32) 時: 고대본·성균관대본에는 '勢'로 표기.

下鄕, 以爲免禍之計矣. 柳生然其言, 盡賣家産, 而携[33)妻妾還鄕, 更不入京[34)城矣. 甲戌年, 坤殿復位之後, 南人皆誅竄, 權大運, 亦叅其中, 而柳生獨不被收坐之律, 柳妻可謂女中之有識者也, 豈當時午人宰相輩, 所可及者耶.

33) 국도본·고대본·가람본·성균관대본에는 '其'가 더 나옴.
34) 京: 가람본·국도본·고대본·성균관대본에는 탈락.

숙부 뵈러 해주 감영에 간 이부제학

부제학 이병태[1]는 성품이 지극히 효성스러웠고 청렴해 털끝만큼도
남한테서 취하지 않았다. 부제학이 되었는데도 집은 무릎 들여놓기에도
좁고 옷은 몸을 다 가리지도 못했다. 그에 대한 소문은 맑고 높았으며
염치와 소신이 있어 유풍儒風을 일으키는 바가 있었다.

그는 부모를 여읜 뒤로는 숙부인 감사공監司公을 모셨다. 감사공이 해
서 관찰사로 있을 때 병환으로 위독해졌다. 공은 이때 부제학이었는데
상소를 올려 사정을 말씀드리고 가서 감사공을 뵙게 해달라 간청하니

1) 이병태(李秉泰, 1688~1733): 본관은 한산(韓山), 시호는 문청(文淸). 1715년(숙종 41) 진사
시에 합격하고, 사릉참봉(思陵參奉)·평시서봉사·내자시직장을 역임했다. 1723년(경종 3) 증
광문과에 을과로 급제했다. 1727년(영조 3) 예조참의로 있을 때 할아버지가 임진왜란으로 죽
었기에 참의로서 마땅히 해야 할 왜서회답(倭書回答)의 예를 회피하기 위해 사직했다. 그뒤 다
시 호조참의가 되어 노론 계열로서 탕평론을 배척한 사건으로 파직되었다. 1730년 경상도 관
찰사에 보직되었으나 거절하고 부임하지 않았다. 이듬해 또 우부승지에 임명되었으나 역시
거절하여, 탕평책을 반대하는 뜻으로 여겨져 왕의 노여움을 사 합천군수로 좌천되었다. 합천
군수 재직시 심한 가뭄으로 식량난에 허덕이는 많은 기민을 구제하기도 했다. 그러나 수토병
에 걸려 임지에서 죽었다. 청백리에 녹선되고 이조판서에 추증되었다.

임금이 특별히 허락했다. 친척집의 둔한 말을 빌려 타고 종과 함께 해서 감영으로 향했다. 말이 중도에 죽으니 걸어서 감영에 이르렀다. 문지기는 다 망가진 갓과 해진 도포를 보고는 거지라 여기고 공이 사또의 친조카인 줄은 상상도 못했다. 그래서 그를 들여보내주지 않았다. 공도 스스로 그 사실을 말하지 않고 문밖에서 잠시 기다렸다. 그때 신연[2] 때 서울에서 얼굴을 본 적 있는 하인이 공을 보고 깜짝 놀라 절을 하고 맞이해 문안으로 모셨다. 감사공이 공의 모습을 보고 꾸짖었다.

"이게 무슨 꼴이냐? 이것은 조정을 욕되게 하는 일이다. 네가 휴가를 얻었다면 이미 부제학이 되었으니 역말을 타고 오는 것이 옳다. 그런데 오늘 거지 모양으로 걸어서 왔으니, 이제 해서 백성들은 부제학의 지위가 모두 이 같은 줄 알겠다! 이 어찌 수치스러운 일이 아니냐? 당장 물러가라!"

공은 감히 문안으로 들어가지도 못하고 황송해하며 책실로 물러났다. 잠시 뒤 안에서 옷 한 벌, 갓, 새 두건, 옥관자, 홍대 등을 보내고는 공더러 갈아입고 들어오라 했다. 공이 엄한 가르침에 어쩔 수 없이 명을 받들고 옷을 갈아입으니 위아래가 새로워졌다. 공이 비로소 마루로 나아가 절을 올리니 감사공이 웃음을 지으며 말했다.

"이제야 비로소 부제학인 줄 알겠구나."

공이 한 달 남짓 머물다 돌아가겠다고 아뢰었다. 떠날 때는 관과 두건 등을 모두 벗어 따로 봉해두고 올 때 입었던 의관을 다시 착용하고 돌아갔다.

2) 신연(新延): 도나 군의 장교 혹은 이속이 새로 도임하는 감사나 수령을 그 집으로 가서 맞이해 오던 일.

李副學海營省叔父

李副學秉泰, 性至孝淸儉, 一毫不以取於人. 位至副學, 而居不容膝, 衣不掩身, 言議淸高, 有廉頑起懦[3]之[4]風. 自失怙之後, 就養於其叔監司公. 監司公按海西時, 病患沉篤, 公時[5]副學, 上疏陳情, 乞欲往省, 上特許之. 借隣戚家駑馬與奴[6], 發向海營, 中路馬斃, 仍徒步而及抵營下, 阻閽不得入, 盖門者見其破笠弊袍, 殆同乞人, 阻而不許入, 不知爲巡相親侄[7]故也. 公亦不自言之, 少待于門外矣. 新延下隸[8]之在京承顔者, 見之驚而迎拜[9], 前導而入及門, 監司公見儀[10], 叱責曰: "此何貌[11]樣? 此是辱朝廷也! 汝旣請由, 則時任[12]副學也, 乘馹而來可也. 今以乞客樣, 徒步下來, 自此海西[13]之民, 以副學之位, 皆如此等人知之矣! 豈不貽羞乎? 可卽退去!" 公不敢入門, 惶蹙而退于冊室矣. 少焉自內, 出送一襲衣笠子新巾玉圈紅帶, 使之改服而來. 公迫於嚴敎, 不得已承命改[14]服, 上下一新, 始乃[15]進拜於澄軒, 則監司公笑而敎曰: "乃[16]今始知爲副學矣." 留月餘告歸, 臨發盡脫冠巾[17], 別封以[18]置而[19]還着來時之衣冠而歸.

---

3) 懦: 의미상 '儒'가 맞을 듯함.
4) 之: 국도본에는 탈락.
5) 時: 국도본·고대본·가람본·성균관대본에는 '爲'로 표기.
6) 성균관대본에는 '子'가 더 나옴.
7) 侄: 국도본·동양본에는 '姪'로 표기.
8) 新延下隸(신연하예): 신연하는 일을 맡은 종.
9) 국도본·고대본·가람본·성균관대본에는 '于前'이 더 나옴.
10) 儀: 동양본에는 '而'로 표기.
11) 貌: 고대본·성균관대본에는 '模'로 표기.
12) 時任: 국도본·가람본에는 '將任'으로, 성균관대본에는 '將仕'로 표기.
13) 西: 국도본·고대본·가람본·성균관대본에는 '平'으로 잘못 표기.
14) 改: 가람본에는 '假'로 표기.
15) 乃: 고대본·가람본에는 '迺'로 표기.
16) 乃: 국도본·고대본·가람본·성균관대본에는 '迺'로 표기.
17) 巾: 국도본·고대본·가람본·성균관대본에는 탈락.
18) 以: 국도본·가람본에는 '而'로 표기.
19) 而: 국도본·고대본·가람본·성균관대본에는 '之'로 표기.

노옥계가 선천에서 아름다운 기생을 만나다

옥계玉溪 노진盧禛은 남원 땅에 살았는데 일찍 아버지를 여의고 집이 가난해 장성해서도 장가를 들지 못했다. 그의 당숙인 무관이 선천부사로 있을 때였다. 모친이 당숙에게 가서 혼수를 얻어오라 했다. 옥계가 편발編髮, 관례를 하기 전에 길게 땋아 늘인 머리을 한 채 도보로 길을 떠났다.

옥계는 선천부 관문에 이르렀지만 문지기가 문을 막고 들어가지 못하게 하는 바람에 길 위를 배회했다. 때마침 깔끔한 옷차림을 한 어린 기생이 지나가다 걸음을 멈추고 빤히 쳐다보더니 물었다.

"도령님께서는 어디서 오셨습니까?"

옥계가 사실대로 말하니 기생이 이렇게 말했다.

"저희 집은 아무 동 몇번째 집입니다. 여기서 그리 멀지 않으니, 저희 집에 머무세요."

옥계가 그러겠다 하고 간신히 관문 안으로 들어가 당숙을 만났다. 찾아온 연유를 말하니 당숙이 이마를 찡그리며 말했다.

"새로 부임한 지 얼마 되지 않아 관가의 부채가 산더미처럼 쌓여 있어 심히 고민이 많다."

그러고는 아주 냉담하게 대했다. 옥계는 사처에 묵겠다고 하고 문을 나왔다. 기생의 집을 찾아가니, 어린 기생은 반갑게 맞이해주고 모친으로 하여금 저녁밥을 정성껏 마련해 올리게 했다. 두 사람이 밤에 동침하는데 기생이 이런 말을 했다.

"제가 보기에 본관 사또는 매우 박해 아주 가까운 친척에게도 혼수를 넉넉히 내줄지 모르겠습니다. 도령님은 기골이 장대해 장차 크게 현달하실 것 같은데 어찌 걸객의 행동을 하려 하십니까? 제게 몰래 모아놓은 은 오백여 냥이 있습니다. 며칠 여기 머무시다가 관문으로는 다시 들어가지 마시고 이 돈을 갖고 바로 돌아가시는 게 좋겠습니다."

옥계가 말했다.

"그럴 수는 없네. 갑자기 그리하면 당숙께서 책망하시지 않겠나?"

"도령님은 비록 가까운 친척의 정에 의지하려 하시지만 가까운 친척이라 한들 믿을 수가 있겠습니까? 허다한 날을 머물러도 남의 싫은 내색만 떠안을 뿐입니다. 돌아가는 날에는 노자 수십 금밖에 못 얻을 것이니 그걸 어디다 쓰겠습니까? 여기서 바로 출발하는 것만 못하지요."

옥계는 며칠을 머무르며 낮이면 당숙을 뵙고 밤이면 기생의 집에서 잤다. 어느 날 밤 기생은 등잔불 아래서 행장을 꾸리고 은자를 꺼내 보자기에 쌌다. 새벽이 되자 마구간에서 말 한 필을 내어 짐을 싣고는 옥계에게 떠나기를 재촉하며 말했다.

"도령님은 십 년 사이에 크고 귀하게 되실 겁니다. 저는 몸을 깨끗이 하며 그날을 기다리겠습니다. 다시 뵐 기약은 다만 이 한길뿐입니다. 부디 천번 만번 몸조심하소서."

기생이 눈물을 뿌리며 문밖으로 나갔다. 옥계도 어쩔 수 없이 당숙에게 작별인사도 하지 않고 길을 떠났다.

날이 밝은 뒤 본관 사또는 옥계가 돌아간 사실을 전해듣고 그가 서둘러 떠난 것을 이상하게 여겼다. 하지만 속으로는 돈을 낭비하지 않게 된 것을 다행스럽게 여겼다.

옥계는 집으로 돌아와 은자를 써서 장가를 가고 또 산업을 경영하니 옷과 음식이 구차하지 않게 되었다. 또한 마음을 굳게 먹고 과거 공부를 하니 사오 년 뒤 급제해 임금의 신임을 받았다.

옥계는 얼마 안 가 암행어사로 관서 지방을 살피게 되었다. 제일 먼저 기생의 집을 찾아가니 기생의 모친이 혼자 있었다. 모친은 옥계를 살피 더니 얼굴을 알아보고는 그의 옷자락을 부여잡고 울며 말했다.

"어르신을 보내드린 그날 제 딸은 어미를 버리고 어디론가 도망을 갔 지요. 벌써 몇 년이나 되었습니다. 늙은 몸이 밤낮 그 생각에 눈물 마를 날이 없었나이다."

옥계는 망연자실했다. 그리고 생각했다.

'내가 여기까지 온 건 오로지 그 사람을 만나기 위해서였다. 지금 그 그림자조차 찾을 길이 없으니 심장과 간이 다 떨어지는 듯하구나. 하나 그 사람은 분명 나를 위해 자취를 감추었을 테지.'

그러고는 다시 물었다.

"노친의 따님이 떠난 뒤로 들은 소식은 아무것도 없소?"

"근래에 들으니 성천 경내 어느 산사에 산다는데 자취를 숨겨 비밀로 하니 그 얼굴을 본 사람이 없다네요. 풍문이니 믿을 수가 있겠습니까? 이 늙은 몸이 쇠약해 기운이 없고 남자도 없으니 그 종적을 쫓을 수 없 었답니다."

옥계는 그 말을 듣고 즉시 선천 땅으로 가 경내 사찰을 두루 수색해 보았지만 끝내 그림자조차 볼 수 없었다. 어느 절에 갔는데 절 뒤로는 천 길 절벽이 있고 그 위에 작은 암자가 하나 있었다. 절벽이 깎아지른 듯하니 발 디딜 곳도 없는 것 같았다. 옥계는 담쟁이덩굴을 부여잡고 간 신히 기어올라갔다. 스님이 서너 명 있어 물어보니 이렇게 대답했다.

"사오 년 전 스무 살쯤 되어 보이는 한 여자가 와서 예불하는 수좌首座,
수행하는 절에서 제일 높은 수행승에게 은자를 조금 주며 아침저녁 비용으로 삼게
했나이다. 그러고는 부처님 자리 아래에 있는 탁자에 엎드려 머리를 풀
어헤쳐 얼굴을 뒤덮은 채 지내고 있지요. 아침저녁 밥은 창틈으로 넣어
주니 대소변을 볼 때만 잠시 문을 나왔다가 곧 다시 들어갑니다. 이런
지 벌써 몇 년이나 되었어요. 소승들은 그 사람을 모두 보살이나 생불이
라고 여겨 감히 가까이 다가갈 수도 없었나이다."

옥계는 속으로 그녀가 그 기생임을 알아차리고 수좌 스님으로 하여
금 창틈으로 말을 전하게 했다.

"남원 노도령이 낭자를 만나러 여기 와 있는데, 어찌 문을 열고 나와
맞이하지 않소?"

기생이 스님에게 물었다.

"노도령이 오셨다면 급제하셨나요, 못 하셨나요?"

"옥계께서 급제하고 이곳에 암행어사로 오셨다오."

그녀가 다시 말했다.

"첩이 이처럼 몇 년이나 자취를 감추고 고초를 감내한 건 오로지 낭
군을 위한 것이었으니 어찌 흔쾌히 즉시 나가 맞이하고 싶지 않겠습니
까? 하나 여러 해 묵은 귀신 같은 몰골로 장부 어르신을 뵐 수는 없습니
다. 저를 위해 십여 일만 기다려주신다면, 첩이 삼가 마땅히 묵은 때를
다 씻고 단장해 본모습을 되찾고서 만나뵙겠습니다."

옥계는 그 말을 따라 좀더 머물렀다. 십여 일이 지나자 여인이 곱게
화장하고 화려하게 꾸민 채로 나와 알현했다. 서로 손을 잡으니 희비가
교차했다. 그곳 스님들도 비로소 그 내력을 알고 모두 감탄했다.

옥계가 관가에 기별해 가마와 말을 빌렸다. 그리고 그녀를 선천으로
태워 보내니 모친과 상봉할 수 있었다.

옥계는 일을 끝내고 복명하고 나서 다시 사람과 말을 보내 기생을 데

려와 함께 살았다. 죽을 때까지 사랑이 깊었다 한다.

盧玉溪宣府逢佳妓

盧玉溪禛[1], 早孤家貧, 居在南原地. 年[2]旣長成, 無以婚娶, 其堂叔武弁,
時爲宣川府使, 玉溪母親, 勸往乞得婚需, 玉溪以編髮, 徒步作行. 行至宣
府之門, 阻閽不得入, 彷[3]徨路上, 適有一童妓, 衣裳鮮新[4]者過去, 停步而
立, 熟視而問曰: "都令從何以[5]來?" 玉溪以實言之, 妓曰: "吾家在某洞第
幾家, 距此不遠, 都令須定下處於吾家." 玉溪許之. 艱辛入官門, 見其叔, 言
下來之由, 則嚬蹙曰: "新延未幾, 官債山積, 甚可悶也."云, 而殊甚[6]冷落
矣[7]. 玉溪以出宿下處之意, 告而出門, 卽訪其妓之家, 童妓欣迎[8], 使其母,
精備夕餐而進之. 夜與同寢, 其妓曰: "吾見本官司, 手段甚少, 雖至親之間,
其婚需優助有[9]未可知, 吾見都令之氣骨狀貌, 可以大顯達, 何必自歸於乞
客之行乎? 吾有私儲銀五百餘兩, 留此幾日, 不必更入官門, 持此金, 直還
可也." 玉溪曰: "不可[10]! 行止如是飄忽, 則堂叔豈不致責乎?" 妓曰: "都令
雖恃至親之情, 而至親何可恃也? 留許多[11]日, 不過被[12]人苦色, 及其歸
也, 不過以數十金贐行, 將安用之? 不如自此直發." 過數日, 晝則入見其叔,

---

1) 禛: 동양본에는 '植'으로 표기.
2) 年: 고대본·가람본에는 '秊'으로 표기.
3) 彷: 고대본에는 '防'으로 잘못 표기.
4) 鮮新: 국도본·고대본·가람본·성균관대본에는 '新巾'으로 표기.
5) 以: 동양본에는 '而'로 표기.
6) 甚: 고대본·성균관대본에는 '念'으로 잘못 표기.
7) 矣: 고대본·동양본·가람본·성균관대본에는 탈락.
8) 欣迎: 국도본·고대본·가람본·성균관대본에는 '欣然迎之'로 표기.
9) 有: 국도본·고대본·가람본·성균관대본에는 탈락.
10) 고대본·국도본·가람본·성균관대본에는 '也'가 더 나옴.
11) 多: 국도본에는 탈락.
12) 被: 동양본에는 '彼'로 표기.

夜則宿於妓家. 一日之夜, 妓於燈下, 理行裝, 出銀子, 裹以袱, 及曉牽出廐上一匹馬駄, 使之促行曰: "都令不過十年內外[13], 必[14]大貴矣, 吾當潔身而俟之, 會面之期, 只此一條路而已, 千萬保重." 洒淚而出門, 玉溪不得已, 不辭於其叔, 而作行. 平明本官聞其[15]歸, 竊怪其行色之狂妄, 而中心也[16]自不妨其不費錢兩也. 玉溪歸家, 以銀子娶妻而營産, 衣食[17]不苟, 乃[18]刻意科工, 四五年之後登第[19], 大爲上所知. 未幾以繡衣, 按廉于關西, 直訪其妓之家, 則其母獨在, 見玉溪, 認其顔面, 乃[20]執裾而泣曰: "吾女自送君之日, 棄母遽走, 不知去向, 于今幾年, 老身晝夜[21]思想, 而淚無乾時."云云. 玉溪茫然自失, 自量以爲: '吾之此來[22], 全爲故人相逢之地矣, 今無形影, 心膽俱墮, 然而渠必爲我而[23]晦跡[24]之故也.' 仍更問曰: "老嫗之女[25], 自一去之後, 存歿[26]尙未聞之否耶[27]?" 對曰: "近者傳聞, 吾女寄跡於成[28]川境內之山寺, 藏蹤秘跡, 人無見其面者云云, 風傳之言, 猶未可信, 老身年衰無氣, 且無男子, 無以追尋[29]其踪跡[30]矣!" 玉溪聽罷, 仍卽往成川地, 遍

---

13) 內外: 국도본·고대본·가람본·성균관대본에는 탈락.
14) 국도본·고대본·가람본·성균관대본에는 '爲'가 더 나옴.
15) 其: 동양본에는 탈락.
16) 也: 고대본에는 탈락.
17) 食: 국도본·고대본·가람본에는 '服'으로 표기.
18) 乃: 국도본·고대본에는 '酒'로 표기.
19) 第: 국도본·고대본·가람본·성균관대본에는 '科'로 표기.
20) 乃: 국도본·고대본에는 '酒'로 표기.
21) 夜: 국도본·고대본·가람본·성균관대본에는 '宵'로 표기.
22) 此來: 국도본·고대본·가람본·성균관대본에는 '來此'로 표기.
23) 而: 국도본·고대본·가람본·성균관대본에는 탈락.
24) 跡: 고대본에는 '迹'으로 표기.
25) 之女: 동양본에는 탈락.
26) 歿: 고대본·가람본·성균관대본에는 '沒'로 표기.
27) 耶: 국도본·고대본·가람본에는 탈락.
28) 成: 고대본은 '宣'으로 표기.
29) 追尋: 국도본·고대본·가람본·성균관대본에는 '尋追'로 표기.
30) 踪跡: 고대본에는 '蹤迹'으로 표기.

訪一境之寺刹, 窮搜而終無形影. 行尋一寺, 寺後有千仞絶壁, 其上有一小菴, 而峭峻無着足處矣. 玉溪抃蘿捫藤, 艱辛上去, 則有數三僧[31]徒, 問之則以爲: "四五年前, 有一個年可二十之女子, 以如干銀兩, 付之禮佛之首座, 以爲朝夕之費, 而仍伏於佛座之卓下, 披[32]髮掩面, 而朝夕之飯, 從窓穴[33]而入送, 或有大小便之時, 暫出門而[34]還入, 如是者已有年所[35], 小僧皆以爲菩薩生佛, 不敢近前矣." 玉溪心知其妓, 仍使首座僧, 從窓隙傳言曰: "南原盧都令, 今爲娘子而來此, 何不開門而迎見[36]?" 其女仍其僧而問曰: "盧都令, 如來則登科乎[37]? 否乎?" "玉溪遂以登科後, 方以綉[38]衣來此." 云云, 其女曰: "妾之如是積年晦跡[39][40]喫苦, 全爲郎君地也. 豈不欣欣然? 卽出迎之, 而積年之[41]鬼形[42], 難見[43]於丈夫行次, 如爲我留十餘日, 則妾謹當洗垢理粧[44], 復其本形矣, 相見好矣." 玉溪依其言, 遲留矣. 過十餘日後, 其女凝粧盛飾, 出而見之, 相與執手, 而悲喜交至. 居僧始知其來歷, 莫不嗟歎[45]. 玉溪通于本府, 借轎馬, 馱送于宣川, 與母相面. 竣事復命之後, 始[46]送人馬, 率來同室, 終身愛重云云.

---

31) 국도본·고대본·가람본·성균관대본에는 '尼'가 더 나옴.
32) 披: 고대본·성균관대본에는 '被'로 잘못 표기.
33) 穴: 국도본·고대본·가람본·성균관대본에는 '隙'으로 표기.
34) 而: 국도본·고대본·가람본·성균관대본에는 탈락.
35) 年所(연소): 세월.
36) 迎見: 고대본에는 탈락.
37) 乎: 국도본·고대본·가람본·성균관대본에는 '否'로 표기.
38) 綉: 국도본·고대본·가람본·성균관대본에는 '繡'로 표기.
39) 跡: 고대본에는 '迹'으로 표기.
40) 동양본에는 '而'가 더 나옴.
41) 之: 국도본·고대본·가람본·성균관대본에는 탈락.
42) 形: 가람본에는 '面'으로 표기.
43) 見: 국도본·고대본·동양본·가람본·성균관대본에는 '現'으로 표기.
44) 粧: 고대본에는 '裝'으로 표기.
45) 歎: 국도본·동양본·가람본·성균관대본에는 '嘆'으로 표기.
46) 始: 국도본·고대본·가람본·성균관대본에는 '更'으로 표기.

하늘에서 굴 세 개를 던져주는 혼

좌랑 이경류[1]가 병조좌랑^{兵曹佐郞}으로 있을 때 임진왜란이 일어났다. 그의 둘째 형은 붓을 던지고 무관직을 얻었다. 조방장^{助防將} 변기^{邊璣}가 출전하자 그 둘째 형을 종사관으로 삼는다는 임금의 재가가 내려졌다. 하지만 둘째 형의 이름이 이경류의 이름으로 잘못 기재되었다. 둘째 형이 말했다.

"네 이름으로 잘못 쓰였지만 임금께서 나를 재가하셨기에 내가 가야 한다."

그러자 이경류가 말했다.

"이미 제 이름으로 재가가 내려졌으니 마땅히 제가 가야 합니다."

---

1) 이경류(李慶流, 1564~1592): 본관은 한산(韓山), 자는 장원(長源), 호는 반금(伴琴). 부친은 이증(李增)이며, 모친은 이몽원(李夢菴)의 딸이다. 1591년 식년문과에 을과로 급제해 전적을 거쳐 예조좌랑이 되었다. 임진왜란이 발발하자 병조좌랑으로 출전해 상주에서 상주판관 권길(權吉)과 함께 전사했다. 후에 홍문관부제학에 추증되었으며 상주의 충신의사단(忠臣義士壇)에 제향되었다.

그러고는 군장을 꾸려 모친께 작별인사를 드리고 다급히 진으로 나아갔다.

변기는 영남우도에 출전해 크게 패하고 도망쳤다. 진중에 우두머리가 없으니 큰 혼란이 일어났다. 이경류가 순변사 이일李鎰이 상주에 있다는 소식을 듣고 말을 달려 윤섬尹暹 공, 박지朴篪 공과 같은 막하에 들어갔다. 전투가 또 불리하게 돌아가 진이 무너지고 윤공과 박공이 모두 피해를 입었다.

이경류가 진 밖으로 나가려 하니, 종이 말을 잡고 기다리고 있다가 울며 말했다.

"일이 이미 이 지경이 되었으니 속히 서울로 돌아가는 것이 좋겠습니다."

공이 웃으며 말했다.

"나랏일이 이렇게 되었는데 내 어찌 구차히 살기를 바라겠느냐?"

그러고는 붓을 꺼내 노친과 큰형에게 영결하는 편지를 써서 도포 자락에 넣어 종에게 전하게 하고 다시 적진으로 나아가려 했다. 종이 공을 끌어안고 울기를 멈추지 않았다.

공이 말했다.

"네 정성이 아름답구나. 내 너의 말을 들으마. 배가 많이 고프다. 밥이나 좀 얻어오너라."

종은 그 말을 믿어 의심치 않았다. 종이 민가를 찾아가 밥을 구해오니 공은 이미 사라지고 없었다.

종이 적진을 바라보며 통곡하고 돌아갔다. 공은 밥을 핑계삼아 종을 따돌리고는 몸을 돌려 적진으로 달려가 맨손으로 사람을 쳐 죽이다가 해를 당했다. 향년 스물네 살, 사월 이십사일이었고 그곳은 상주 북문 밖 들판이었다.

종이 말을 끌고 돌아오니 온 집안사람이 그제야 흉보를 들었다. 집안

사람들은 편지를 쓴 날을 기일로 삼아 초상을 치렀다. 종은 스스로 목을 베어 죽었고, 말도 역시 먹지 않으니 굶어죽었다. 남겨진 의관으로 염을 하고 입관해 광주廣州 돌마면突馬面에 있는 선영 왼편 기슭에 무덤을 만들었다. 그리고 그 아래에 종과 말의 무덤을 만들어주었다.

상주 사림들은 제단을 설치해 제사를 지내주었고 조정은 도승지의 벼슬을 추증했다. 을묘년 정조 임금께서 친필로 '충신의사단忠臣義士壇'을 써주시고 북평北坪에 누각을 세워 삼종사三從事, 이경류, 윤섬, 박지를 배향해 봄가을에 제사를 지내도록 했다.

공은 죽고 나서 밤마다 집에 찾아왔는데, 목소리나 웃는 모습이 살아 있을 때와 똑같았다. 부인 조씨와 수작하는 것도 옛날과 다르지 않았다. 음식을 내주면 평소처럼 같이 마시고 씹었는데 나중에 보면 음식은 그대로였다. 매일 어두워지면 왔다가 닭이 울면 즉시 문밖으로 떠났다.

부인이 물었다.

"공의 유골을 어디에 있는지요? 그곳을 알면 옮겨와 장사를 지내드리지요."

그러자 공이 근심스러운 낯빛을 띠며 말했다.

"허다한 백골이 쌓인 가운데서 어떻게 나를 분간할 수 있겠소? 그대로 두는 게 낫소. 또 내 백골이 묻혀 있는 장소가 나쁜 곳도 아니라오."

그 외에는 집안일을 처리하는 것이 평상시와 똑같았다. 소상 뒤에는 공이 격일로 속세로 내려오더니 대상 날이 되자 작별인사를 했다.

"오늘 이후로는 오지 않을 거요."

그때 공의 아들 제隄는 겨우 네 살이었다. 공이 아들을 어루만지더니 탄식하며 말했다.

"이 아이는 반드시 과거에 급제할 거요. 그러나 후에 불행한 일이 있을 텐데 그때 다시 오리다."

그러고는 문을 나섰다. 그뒤로 다시는 모습이나 그림자를 보이지 않왔다.

그로부터 이십여 년 뒤, 광해군 때 아들 제가 급제했다. 사당에 알현할 때 공중에서 신은新恩, 과거에 급제한 사람은 나아가고 물러가라는 소리가 들려오니 사람들이 모두 기이하게 여겼다.

한편, 공의 늙은 모친은 병환이 있었다. 때가 오뉴월 사이이고 병중이라 목이 말라서 시중드는 사람에게 말했다.

"어떻게 귤을 좀 얻어올 수 없겠느냐? 그걸 먹으면 목이 마르는 병이 나을 것도 같은데."

며칠 뒤 공중에서 공의 형을 부르는 소리가 들려왔다. 큰형이 마당으로 내려가 위를 쳐다보니 공이 운무 가운데서 귤 세 개를 던져주며 말했다.

"어머니께서 귤을 드시고 싶어하기에 제가 동정호로 가서 얻어왔습니다. 이걸 가져다드리면 병환에 차도가 있을 겁니다."

도암2)의 신도비명神道碑銘에 '공중에서 귤을 던져주니 정신이 황홀하네'란 구절이 이를 일컬은 말이다.

해마다 공의 기제사를 지낼 때 문을 닫으면 언제나 수저 소리가 들려왔다. 종가에서 제사를 지낼 때에는 사람 머리카락이 떡에 들어 있었는데 제사가 끝나면 바깥채에서 종을 부르는 소리가 들려왔다. 집안사람들이 괴상하게 여겨 들어보니 사랑채에서 소리가 났다. 종이 명을 받들고 들어가니, 공이 떡을 찐 여종을 잡아오라는 분부를 내리며 말했다.

"신도神道는 사람의 털을 기피하는데 너는 어찌 살피지 않았느냐? 회초리를 맞아야겠구나!"

그러고는 여종에게 회초리질을 하라고 명했다. 그뒤로 해가 오래되어도 기일만 되면 집안사람들은 제수 준비를 감히 소홀히 하지 못했다.

---

2) 도암(陶庵): 이재(李縡, 1680~1746)의 호. 노론으로서 낙론을 대표하는 학자다.

投三橘空中現靈

李佐郎慶流, 以兵曹佐郎, 當壬辰倭寇, 而其仲氏投筆供武職, 助防將邊
璣出戰時, 以其仲氏, 從事官啓下, 而名字誤以公書之, 仲氏曰: "以吾啓下,
誤書汝名, 吾可往矣." 公曰[3]: "旣以吾名啓下, 則[4]吾當往." 仍束裝, 而辭于
慈親, 蒼黃赴陣. 邊璣出陣于嶺右, 大敗而逃[5], 軍中無主將, 仍大亂. 公聞
巡邊使李鎰在尙州, 單騎馳赴之, 與尹公暹朴公箎[6], 同處幕下. 又戰不利,
一陣陷沒, 尹朴兩公, 皆被害. 公出陣外, 則奴子牽馬而[7]待之, 見而泣告
曰: "事已致[8]此, 願速速還洛可也." 公笑曰: "國事如此, 吾何忍偸生?" 仍索
筆, 告訣于老親及伯氏, 藏于袍裾中, 而使奴傳之, 欲還向敵陣[9], 則奴子抱
而泣不捨, 公曰: "汝誠亦可佳, 吾當從汝言, 而吾饑甚, 汝可得飯而來." 奴
子信之不疑, 尋人家乞飯而來, 則公已不在矣, 奴子望敵陣, 痛哭而歸. 公
以飯爲托, 而送奴, 仍回身, 更赴敵陣, 手格殺人, 而仍[10]遇害, 時享年
二十四, 四月二十四日, 而尙州北門外坪也. 其奴牽馬而來, 擧家始聞凶報,
以發書之日爲忌日, 始擧哀, 其奴自刎而死, 馬亦不食而斃. 以所遺衣冠,
斂而入棺, 葬于廣州突馬面先塋之左[11]麓, 而其下, 又葬奴與馬. 尙州士林,
設壇而行俎豆禮, 自朝家贈職都承旨. 乙卯正廟朝, 以親筆書忠臣義士壇,
建閣於北坪, 命使三從事並享, 而春秋行祀. 公卒後, 每夜來家中, 聲音笑
貌, 宛如生時. 對夫人趙氏[12]酬酌, 無異平昔[13]. 每具饌以進, 則飮啜如常

---

3) 曰: 고대본에는 잘못 탈락.
4) 則: 국도본에는 탈락.
5) 逃: 국도본·성균관대본·가람본에는 '遑'로 표기. 이 경우 끊어 읽기는 '而遑軍中無主奬'이 됨.
6) 箎: 성균관대본에는 '篪'로 맞게 표기.
7) 而: 국도본·고대본·가람본·성균관대본에는 탈락.
8) 致: 고대본·동양본에는 '到'로 표기.
9) 국도본·고대본·가람본·성균관대본에는 '中'이 더 나옴.
10) 仍: 국도본·고대본·가람본에는 탈락.
11) 左: 국도본·고대본·가람본·성균관대본에는 '右'로 표기.
12) 趙氏: 국도본에는 탈락.
13) 昔: 고대본·성균관대본에는 '日'로 표기.

時, 而後乃¹⁴⁾見之, 飮食如前. 每於日昏後, 始來臨, 鷄鳴, 則出門而去¹⁵⁾, 夫人問: "公之遺骸在於何處? 若知之, 則將返葬矣." 公愀然曰: "許多白骨堆中, 何由辨¹⁶⁾知乎? 不如置之爲好. 且吾之白骨所埋處, 亦自無害矣." 其他家事區處, 一如平時. 小祥後, 間日降臨矣, 及大祥時, 乃¹⁷⁾辭曰: "從今以後, 吾將不來矣." 時其子穧, 年纔四歲矣, 公¹⁸⁾撫而嗟嘆¹⁹⁾曰: "此兒必登第而不幸, 當不幸時, 然而伊時吾當更來." 仍出門. 伊後更無形影. 其後二十餘年後, 光海朝, 其子穧登第, 謁廟之時, 自空中, 呼新恩進退, 人皆異之. 其老慈親, 常²⁰⁾有病患, 時則五六月間也, 喉喝²¹⁾而病患中, 謂侍者曰: "何由得喫一橘? 若得喫, 則渴病可解矣!" 數日後, 空中有呼兄²²⁾聲, 伯氏下庭而仰視, 則雲霧中, 公²³⁾以三橘投之曰: "老親念橘故, 吾於洞庭得來矣, 可以進之, 病患卽差." 陶庵神道碑銘曰: '空裡投橘, 神怳惚兮云者', 卽此也. 每當忌辰, 行祀時, 闔門之後, 則必有匕²⁴⁾箸聲, 宗家行祀時²⁵⁾, 餠有人毛之入者, 罷祀後, 聞之, 則外舍有呼奴之聲, 家人怪之²⁶⁾, 聽之, 則出自舍廊, 奴子承命而入, 則使捉致蒸²⁷⁾餠婢子分付曰: "神道忌人毛髮, 汝何不察? 汝罪可撻." 仍命撻楚, 自是每²⁸⁾當忌辰, 雖年久之後, 家人不敢少忽焉云.

---

14) 乃: 국도본·가람본·성균관대본에는 '酒'로 표기.
15) 去: 국도본·고대본·가람본에는 탈락.
16) 辨: 동양본에는 '辦'으로 잘못 표기.
17) 乃: 국도본·고대본·가람본에는 '酒'로 표기.
18) 公: 국도본·고대본·가람본에는 탈락.
19) 嘆: 고대본에는 '歎'으로 표기.
20) 常: 동양본에는 '嘗'으로 표기.
21) 喝: 동양본·성균관대본에는 '渴'로 표기. '渴'이 맞음.
22) 국도본·고대본·가람본·성균관대본에는 '之'가 더 나옴.
23) 公: 동양본에는 탈락.
24) 匕: 다른 이본에는 '匙'로 표기.
25) 時: 국도본·고대본·가람본·성균관대본에는 탈락.
26) 之: 국도본·고대본·동양본·가람본·성균관대본에는 '而'로 맞게 표기.
27) 蒸: 국도본·가람본에는 '逢'로 잘못 표기.
28) 每: 국도본·고대본·가람본·성균관대본에는 탈락.

용감한 이복영, 정자 위에서 수많은 뱀을 죽이다

판서 이복영李復永은 대대로 결성結城, 충청남도의 지명 삼산三山 땅 바닷가에 살았다. 조수가 밀려오면 바닷속 세 섬이 봉우리 세 개처럼 보여 '삼산'이라고 불렸다. 뒤쪽에는 사방에 난간을 두른 정자가 있었는데 공은 거기에 거처했다.

정자 앞에 오래되고 키가 큰 홰나무 한 그루가 있었다. 아침마다 그 나무 안에서 안개가 일어나 정자까지 뻗쳤다. 하루는 공이 문을 열고 살펴보니 안개가 낀 나무 구멍 속에서 어떤 물체가 고개를 쳐들고 있었다. 공이 이를 괴상히 여기고 옆에 있던 마상총馬上銃, 기병이 쓰는 작은 총으로 그것을 쏘아 명중시켰다. 그 물체는 머리를 움츠리고 안으로 들어갔다.

잠시 뒤 갑자기 천둥소리가 났다. 공이 깜짝 놀라 일어나보니 홰나무가 꺾여 있었다. 거대한 이무기가 피를 흘리며 몸을 반쯤 드러냈다. 굵기는 몇 아름이나 될지 모를 지경이었고 뿔과 갈기까지 나 있었다. 또한 나무 구멍에서 수많은 뱀이 꾸역꾸역 나오는데 큰 것은 기둥 서까래만 하고 작은 것은 손가락이나 담뱃대만 했다. 뱀들은 끊임없이 나와 정자를 사방으로 둘러싸고 위로 올라오려 했다.

공이 어깨에 윗도리를 엇메고서 총을 뽑아들고 난간 주변을 돌며 위로 올라오려 하는 뱀들의 대가리를 내갈기는데 그 빠르기가 비바람 같았다. 한구석이라도 그냥 지나쳤다면 해를 입었을 것이다. 해 뜰 때부터 저녁 늦게까지 잠시도 쉴 새가 없었으니, 앞마당에는 유혈이 낭자하고 피비린내가 하늘을 찔렀다. 뱀을 다 죽이고 나니 공 또한 지쳐서 숨을 헐떡이며 드러누웠다.

오랫동안 공이 정자에서 나오지 않자 집안사람들이 이상하게 여겨와서 보았다. 언덕처럼 쌓여 있는 뱀을 보고는 모두 엄청나게 놀랐다. 건장한 종 네다섯 명에게 그것들을 바닷물 속으로 던져버리게 하니 마침내 아무 일도 없었다. 공의 용맹함이 이와 같았다.

공이 젊었을 적에는 이런 일도 있었다. 공은 기생 삼십여 명에게 먹을 적신 큰 붓을 들고 자기 주위를 빙 둘러서게 했다. 기생들로 하여금 붓으로 자기 옷에 먹을 묻히게 했다. 한참 뒤에 보니 공의 옷에는 먹물 한 점도 묻어 있지 않았다. 사람들이 모두 놀라고 의아해했다. 공이 발을 들어 보여주는데 먹은 발바닥에 묻어 있었다. 발바닥으로 그 붓들을 모두 받아냈던 것이다.

殲羣蛇亭上逞勇[1]

李判書復永, 世居結城三山地海[2]邊也. 每潮汐水來[3], 海上三島, 望之如三峯, 仍號三山. 後有山亭之四面欄檻者, 公居於此. 前有一大槐古木, 而

---

1) 勇: 국도본·가람본에는 '男'으로 잘못 표기.
2) 海: 고대본에는 탈락.
3) 국도본·고대본·동양본·가람본·성균관대본에는 '조'로 표기.

每朝自其中, 霧起遍于亭⁴⁾, 每日如此⁵⁾. 公於一日, 開戶熟視, 則煙⁶⁾霧之中, 自樹穴, 有一物擧頭, 公怪之, 適有馬上銃之⁷⁾在旁⁸⁾者, 公仍向而放之, 乃⁹⁾得中, 厥物縮頭而入. 少頃忽有霹靂聲, 驚起視之, 則大木乃折, 有一巨蟒, 流血而半露身, 其大不知幾圍, 而角鬣且具矣. 自其穴, 蛇虺之出者, 不知其數, 或大如¹⁰⁾棟樑椽木¹¹⁾, 小如手指簡¹²⁾竹者, 相續不絶, 四面環之, 而將向亭上, 公乃袒褐, 而拔銃鐵¹³⁾, 周行欄邊, 而蛇頭之近於欄者, 輒打之, 迅如風雨, 如或一隅放過, 則將爲所害矣. 自日出時¹⁴⁾, 至于晚飯後, 不暫休息, 血流前庭¹⁵⁾, 腥穢漲天, 蛇盡而公亦疲困¹⁶⁾, 喘息而臥矣¹⁷⁾. 家人以公之久不出, 致訝來見, 則蛇積如阜, 皆大驚, 使健奴四五人, 斥去于海水中, 而卒無事, 公之勇力有如是矣. 少時使妓輩數¹⁸⁾三十人, 各以大筆, 染墨而環立, 公則在中, 而使妓, 環以筆點衣, 已畢見之, 無一點墨¹⁹⁾痕, 人皆驚訝, 後乃擧足示之, 則墨²⁰⁾痕在矣, 盖以足²¹⁾受之故也.

---

4) 亭: 국도본·고대본·동양본에는 '庭'으로 표기.
5) 前有一大槐古木, 而每朝自其中, 霧起遍于亭, 每日如此: 가람본에는 탈락.
6) 煙: 고대본·동양본·가람본에는 '烟'으로 표기.
7) 之: 국도본·고대본·가람본에는 탈락.
8) 旁: 국도본·고대본·동양본·가람본에는 '傍'으로 표기.
9) 乃: 국도본·고대본·가람본·성균관대본에는 '酒'로 표기.
10) 如: 국도본·고대본·가람본에는 탈락.
11) 木: 국도본·고대본·가람본·성균관대본에는 탈락.
12) 簡: 국도본·고대본·가람본·성균관대본에는 '竿'으로 표기.
13) 鐵: 국도본·고대본·가람본·성균관대본에는 탈락.
14) 時: 국도본·고대본·가람본·성균관대본에는 탈락.
15) 前庭: 국도본은 '庭前'으로 표기.
16) 困: 국도본·동양본·가람본에는 '困'이 탈락, 고대본·성균관대본에는 '疲困'이 탈락.
17) 矣: 국도본·고대본·가람본에는 탈락.
18) 數: 고대본·가람본·성균관대본에는 탈락.
19) 墨: 국도본·고대본·가람본에는 '黑'으로 표기.
20) 墨: 국도본·고대본·가람본에는 '黑'으로 표기.
21) 足: 국도본·고대본·가람본·성균관대본에는 '是'로 잘못 표기.

촉석루에 숨어든 암행어사

영성군靈城君 박문수朴文秀가 젊었을 때였다. 외숙을 따라 임소인 진주에 내려갔다가 한 기생을 보고 홀딱 반해 함께 살다가 같은 날 죽기로 맹세까지 했다.

문수가 하루는 서재에 있는데 아주 못생긴 여종이 물을 길어서 지나갔다. 여러 사람이 그녀를 손가락질하고 비웃으면서 말했다.

"저 여자는 서른이 다 되었는데도 얼굴이 저리 생겨 아직 음양의 이치도 모른다네. 저 여자를 가까이해준다면 가히 적선하는 것과 같다고 할 만하며 반드시 신명의 도움을 얻을 걸세."

문수는 그 말을 듣고, 그날 밤 그 여종이 또 지나가자 불러들여 잠자리 시중을 들게 했다. 그녀는 매우 좋아하며 나갔다.

서울로 돌아온 문수는 급제하고 십 년 사이에 암행어사가 되어 진주로 내려왔다. 그는 좋아하던 기생의 집을 찾아갔다. 문밖에 서서 밥을 구걸하니, 안에서 늙은 할미가 나와 한참을 바라보더니 말했다.

"괴상하네, 괴상해!"

문수가 물었다.

"왜 그러는가, 할멈?"

"그대 얼굴이 전전 사또 시절 박서방님을 아주 많이 닮아서 이상하게 여겼소."

문수가 말했다.

"내가 바로 그 사람일세."

할미가 깜짝 놀라며 말했다.

"이게 어찌된 일입니까? 서방님이 이렇게 거지가 되어 오시다니요! 어서 들어오셔서 잠시 머물며 밥이나 드시고 가셔요."

문수가 방으로 들어가 좌정하고 물었다.

"자네 딸은 어디 있는가?"

"본부의 수청 기생으로 오랫동안 당번을 맡게 된지라 나올 수가 없답니다."

어미가 바야흐로 불을 피워 밥을 짓고 있었다. 홀연 신 끄는 소리가 들리더니 기생이 부엌 옆에 나타났다.

어미가 말했다.

"아무 곳 박서방이 왔다."

그녀가 물었다.

"언제 오셨고, 무슨 연고로 오셨다 합디까?"

"그 꼴이 불쌍하다. 해진 갓에 다 떨어진 옷을 입었으니 완전 거지꼴이다. 곡절을 물어보니 외가인 전전 사또 댁에서 쫓겨나 이리저리 굴러다니며 빌어먹다가 오늘 진주에 이르렀단다. 여기가 옛날에 오래 머물던 곳이고 아전과 종들과 안면이 있는지라 돈냥이나 얻어갈 요량이란다."

그녀가 얼굴빛을 바꾸며 말했다.

"그따위 얘기를 저한테 뭐하러 해요?"

어미가 말했다.

"널 보려고 왔다 하니 한 번이라도 들어가 보는 게 좋지 않겠느냐."

그녀가 말했다.

"본들 무슨 이익이 있겠소? 난 그런 사람 만나고 싶지 않아요. 내일 병사兵使 사또님 생신이라 수령들이 다 모인대요. 촉석루에서 풍류를 베푼다는데 감영 본부에서 기생들의 옷에 관해 아주 엄하게 당부했소. 제 옷상자 속에 새로 지은 옷이 있을 테니 어머니가 내주세요."

어미가 말했다.

"그걸 내가 어떻게 찾겠느냐? 네가 들어가서 가져가려무나."

그녀는 어쩔 수 없이 문을 열고 들어갔다. 화난 얼굴로 문수에게는 눈길도 주지 않았다. 곧장 벽장으로 가서 상자를 열고 옷을 꺼내서는 돌아보지도 않고 나왔다. 문수가 어미를 불러 말했다.

"주인이 이처럼 냉담하게 대하니 내 오래 머물 수가 없구먼. 지금 떠나겠네."

어미가 만류하며 말했다.

"기생년이 나이 어려 일을 헤아리지 못하는 걸 어찌 나무라십니까? 밥이 다 되었습니다. 조금만 더 계시다가 드시고 가세요."

문수가 말했다.

"먹고 싶지 않네."

그러고는 문을 나섰다.

여종의 집을 찾아가니, 여종은 아직도 물긷는 일을 하고 있었다. 여종이 물을 길어오다가 문수를 발견하고 한참 빤히 쳐다보다가 말했다.

"괴상하고 괴상하다!"

문수가 물었다.

"왜 사람을 보고 괴상하다 하느냐?"

여종이 말했다.

"어르신 모습이 예전 이 읍 책방 박서방님과 너무나 많이 닮아서 속으로 이상하게 여겼답니다."

문수가 대답했다.

"내가 바로 그 사람이다!"

여종이 물동이를 땅에 내려놓더니 문수의 손을 잡고 대성통곡했다.

"이게 어찌된 일입니까? 왜 이런 모습을 하고 계십니까? 저희 집이 멀지 않으니 같이 가십시다."

문수가 따라가니 오두막집 몇 칸이 나타났다. 방으로 들어가 좌정하자 여종이 다시 울면서 거지가 된 사연을 물었다. 문수는 기생의 어미에게 했던 말을 그대로 해주었다.

그녀가 놀라며 말했다.

"날이 이리 추운데…… 전 서방님께서 크게 현달하시리라 믿었습니다. 어찌 이 지경이 되리라 짐작이나 했겠습니까? 오늘은 저희 집에 머무십시오."

그러고는 허름한 상자 하나를 꺼냈다. 비단옷 한 벌이 들어 있었다. 문수에게 이걸로 갈아입으라 하니 문수가 말했다.

"이 옷이 어디서 났느냐?"

"이건 여러 해 동안 제가 물길어 모은 삯이옵니다. 돈을 모아 비단을 사고 사람을 써서 지어두었지요. 이생에 서방님을 다시 만나면 이 옷으로 마음을 표시하려 했었지요."

문수가 사양하며 말했다.

"내가 오늘 떨어진 옷을 입고 왔는데, 갑자기 이 옷을 입으면 사람들이 이상하게 여기지 않겠느냐? 나중에 입기로 하고 잠시 그대로 놓아두자."

그녀는 부엌으로 가서 저녁을 준비하다가 뒤로 들어가더니 중얼중얼 무언가에 대고 욕을 하는 듯했다. 그릇 깨지는 소리도 들렸다. 문수가 이상하게 여겨 물으니 그녀가 이렇게 대답했다.

"남쪽에서는 귀신을 공경하지요. 제가 서방님을 보내드리고 나서 신위를 모시고 아침저녁으로 오로지 서방님 입신양명하기만을 축원했지요. 귀신에게 신령함이 있다면 어찌 서방님을 이 지경에 이르게 했겠습니까? 그래서 아까 신위를 부수고 불태워버렸습니다."

문수는 웃음을 참으면서도 그 정성에 감동했다. 이윽고 그녀가 저녁밥을 들여오자 바로 다 먹고 잤다. 다음날 날이 밝자 밥을 재촉하며 말했다.

"갈 데가 있다."

문을 나서서 곧바로 촉석루로 가 누각 아래에 잠복했다. 해가 떴다. 관리들이 분주히 청소를 하며 잔치 자리를 마련했다. 조금 뒤 병사와 본관 사또가 나왔다. 이웃 읍 수령 십여 명도 모두 와서 모였다.

문수가 갑자기 윗자리로 올라가서 병사를 향해 말했다.

"지나던 길손도 성대한 잔치에 참석하러 왔소이다."

병사가 말했다.

"일단 한쪽 구석에 앉아 구경하는 건 괜찮네."

이윽고 술잔과 그릇이 낭자하고 생황소리 노랫소리가 요란해졌다. 예전의 그 기생은 본관 뒤에 서 있었다. 화려한 옷을 입고 교태까지 부리니 병사가 돌아보고 웃음을 지으며 말했다.

"요즘 본관은 저 물건에 푹 빠졌소? 신색神色이 전과 같지 않소이다."

본관이 웃으며 대꾸했다.

"그럴 리가 있겠습니까? 겉만 번드레하지 실속은 없지요."

병사가 웃으며 다시 말했다.

"그럴 리가 있겠소?"

그러고는 그 기생을 불러서 술을 따르게 했다. 기생은 술을 따르며 차차 앞으로 나왔다.

문수도 술을 청하며 말했다.

"이 길손도 술을 잘 마십니다. 한잔 청합니다."

병사가 말했다.

"한잔 따라주거라."

기생은 술을 따라 지인에게 주며 말했다.

"저 길손에게 주세요."

문수가 웃으며 말했다.

"이 길손도 남자라오. 기생이 따라주는 술잔으로 마시고 싶다오."

병사와 본관이 얼굴빛을 바꾸며 말했다.

"마시는 건 좋다만 어찌 기생의 손까지 원한단 말이오?"

문수는 그냥 술을 받아 마셨다.

음식이 나왔다. 다른 사람들 앞에는 모두 큰상이 놓였는데, 문수 앞에는 그릇 몇 개만 놓였을 뿐이었다. 문수가 또 물었다.

"같은 양반인데 어찌 음식에 차별을 두시오?"

본관이 화내며 말했다.

"어른들 모임에서 어찌 이리도 성가시게 구는고? 주는 음식이나 먹고 속히 떠날 일이지 무슨 말이 그리 많은가?"

문수 역시 화를 내며 말했다.

"내가 어른이 아니란 말이오? 나에게도 처가 있고 자식이 있다오. 수염과 머리털도 희끄무레한데 내가 아이란 말이오?"

본관이 노여워하며 말했다.

"이 거지가 망발하는구나! 당장 쫓아내라!"

관노에게 명해 그를 쫓아내게 했다.

누각 아래에 대령하고 있던 관노들이 소리질렀다.

"빨리 내려오시오!"

문수가 말했다.

"내가 왜 내려가느냐? 본관이 내려가는 게 옳다!"

본관은 더욱 화가 치밀어올랐다.

"이놈이 미친놈이구나! 관노들은 어째서 이놈을 속히 끌어내지 않느냐!"

그의 호령이 추상같으니, 구실아치들이 문수의 소매를 끌고 등을 떼밀었다.

문수가 소리 높여 말했다.

"나오너라!"

말이 끝나기도 전에 문밖에서 역졸들이 크게 외쳤다.

"암행어사 출두요!"

병사와 그 이하 사람들이 사색이 되어 황급히 다 내려갔다. 문수가 높은 자리에서 웃으며 말했다.

"진작 그럴 것이지!"

그러고는 병사의 자리에 앉았다.

병사 이하 각 읍 수령들은 모두 사모관대를 갖추고 뵙기를 청해 일일이 박문수를 알현했다. 예가 끝난 후, 문수는 그 기생을 잡아오게 하고 기생의 어미도 불렀다. 기생에게 물었다.

"예전에 나와 너의 애정이 어떠했느냐? 산이 무너져도, 바다가 말라도 변치 않으리라 맹세했었지. 오늘 내가 이 모양으로 왔더라도 너는 옛정을 생각해 좋은 말로 위로하고 안부를 물어주는 것이 옳거늘 어찌 그리 화만 냈느냐? 먹을 것은 안 주고 표주박만 깨뜨린다 하더니, 진정 이를 두고 한 말이로다. 네가 한 짓을 생각하면 당장 때려죽여 마땅하나 너를 어찌 죽일 수가 있겠느냐? 약식으로 태형을 시행하겠다."

기생의 어미에게도 말했다.

"자네는 사람의 도리를 조금 아니, 자네를 봐서 딸을 죽이지는 않겠네."

그 어미에게 곡식과 고기를 주도록 명하고 또 말했다.

"내가 사랑하는 여인이 있으니 속히 불러오너라."

이윽고 물긷는 여종을 동헌으로 올라오게 하여 옆에 앉히고 그녀를 어루만지며 말했다.

"이 사람이야말로 진정 정이 있는 여자다. 이 여자를 기안妓案에 올려 우두머리 기생의 일을 맡게 하고, 저 기생은 강등해 급수비汲水婢, 물을 긷고 잡역을 하는 관비로 삼아라."

이어 본부 이방을 불러와 무조건 돈 이백 냥을 속히 가져오게 하여 여종에게 주고 떠났다.

矗石樓繡[1]衣藏跡[2]

靈城君朴文秀, 少時隨往內舅晉州任所, 眄一妓而大惑, 相誓以彼此同日死生. 一日在書室, 有一鹽惡之婢子, 汲水而過, 諸人指笑而言曰: "此女年近三十, 而以鹽惡之故, 尚[3]不知陰陽之理云, 如有近之者, 則[4]可謂積善, 必獲[5]神明之佑矣." 文秀聞其言, 其夜, 厥婢又過, 仍呼入而薦枕, 厥女大樂而去. 及還洛, 登科十[6]年之間, 承暗行之命, 到晉州, 訪至所嬖之妓家, 立於門外而乞飯, 則自內一老嫗, 出來熟視曰: "怪哉怪哉!" 文秀曰: "老嫗何爲如是也?" 老嫗曰: "君之顔面, 恰似前前等內[7]朴書房主[8]樣, 故怪之

---

1) 繡: 고대본에는 '綉'로 표기.
2) 跡: 다른 이본에는 '踪'으로 표기.
3) 尙: 국도본·고대본에는 '常'으로 잘못 표기.
4) 則: 고대본에는 탈락.
5) 獲: 가람본에는 '護'로 잘못 표기.
6) 국도본·고대본·가람본·성균관대본에는 '餘'가 더 나옴.
7) 等內(등내): 벼슬아치가 벼슬을 사는 동안. 군수나 현감 등 사또를 가리킨다.
8) 국도본·고대본·가람본·성균관대본에는 '貌'가 더 나옴.

矣."文秀曰:"吾果然矣."老嫗⁹⁾驚曰:"此何事也? 不意書房主, 作此乞客¹⁰⁾
而來也! 第可入吾房內, 小留喫飯而去."文秀入房坐定, 問:"君之女安在?"
答曰:"方以本府廳妓, 長番而不得出來矣."云云¹¹⁾. 方爇火炊飯, 忽有曳履
聲, 而其女來到廚下, 其母曰:"某處朴書房來矣."其女曰:"何時來此, 而緣
何故來云耶?"其母曰:"其狀可矜, 破笠弊衣, 卽一丐乞¹²⁾兒, 問其委折, 則
見逐於其外家前前使道家¹³⁾, 今方轉轉乞食而來, 以此處, 曾是久留處, 吏
隸輩面熟, 故欲得錢兩而委來云矣."其女作色曰:"此等說, 何爲對我而言
也?"其母曰:"欲見汝而來云. 旣來矣, 一次入見可也."其女曰:"見之何益?
此等人不願見矣! 明日兵使道生辰, 守令多會, 將設樂於矗石樓, 營本府以
妓輩衣服事, 申飭至嚴, 吾之衣箱中, 有新件衣裳矣, 母氏出來也."其母曰:
"吾何以知之? 汝可入而持來也."其女不得已開戶而入, 面帶怒色, 不轉眸
而循房壁而來, 開箱而出衣服, 不顧而出. 文秀乃呼其母而言之曰:"主人旣
如是冷落, 吾不可久留, 從此逝矣."其母挽止曰:"年少不解事之妓, 何足責
也? 飯幾熟矣, 少坐喫飯而去可也."文秀曰:"不願喫飯."仍出門, 又尋其婢
子家, 則其婢子尙汲水矣. 汲水而來, 見其狀貌, 良久熟視曰:"怪哉怪哉!"
文秀問曰:"何爲見人而稱怪?"其婢子曰:"容貌恰似向來此邑冊房朴書房
主, 故心竊怪之."對曰:"吾果然矣."其婢子去水盆于地, 把手大哭曰:"此
何事也? 此何樣也? 吾家不遠, 可偕往."文秀隨而往, 則有數間斗屋矣. 入
其房坐定, 泣問其丐乞之由, 文秀對如俄者對妓母之言, 其女¹⁴⁾驚曰:"日¹⁵⁾
寒如此哉! 吾以爲書房主大達矣. 豈料到此? 今日則¹⁶⁾願留吾家."云. 而出

9) 嫗: 국도본·고대본·가람본·성균관대본에는 '姑'로 표기.
10) 此乞客: 고대본·성균관대본에는 '乞'로 표기.
11) 云: 국도본·고대본·동양본·가람본·성균관대본에는 탈락.
12) 丐乞: 동양본에는 '乞丐'로 표기.
13) 家: 국도본·고대본·가람본·성균관대본에는 탈락.
14) 女: 고대본에는 '母'로 잘못 표기.
15) 日: 국도본·고대본·성균관대본에는 "一"으로 잘못 표기.
16) 則: 국도본·고대본·동양본·가람본·성균관대본에는 탈락.

一籠箱, 卽紬衣一襲也, 勸使改服, 文秀曰: "此衣從何出乎?" 對曰: "此是吾
之積年汲水雇貰也. 聚錢貿此, 貰人縫衣以置, 此生若遇書房主, 則欲以表
情故也." 文秀辭曰: "吾於今日, 以弊衣來此, 今忽着此, 則人豈不怪訝? 終
當着之, 姑置之." 其女入廚, 而備夕飯, 入後面, 口呐呐, 若有詬罵者然. 又
有裂破器皿之聲, 文秀怪而問之, 則答曰: "南中敬鬼神矣, 吾自送書房主
後, 設神位而朝夕祈禱, 只願書房主立身揚名矣. 鬼若有靈, 則書房主, 豈
至此境也[17]? 以是之故, 俄者裂破而燒之[18]矣." 文秀忍笑而感其意. 而已
具夕飯以進, 文秀頓服而留宿. 平明催飯曰: "吾有所往處." 仍出門, 先往蠡
石樓, 潛伏於樓下, 日出後, 官吏紛紛修[19]掃[20], 肆筵設席, 少焉兵使及本
官出來, 而隣邑守令十餘人皆來會, 文秀突入[21]上座, 向兵使而[22]言曰: "過
去客子, 欲參盛宴而來矣!" 兵使曰: "第坐一隅, 觀光無妨矣." 而已盃盤
狼[23]藉, 笙歌嘈轟. 其妓立於本官背後, 服飾鮮明, 含嬌含態, 兵使顧而笑
曰: "本官近日大惑[24]於厥物耶? 神色不如前矣." 本官笑而答曰: "寧有是
理? 只有名色, 實無[25]事矣." 兵使笑曰: "必無是理." 仍呼使行杯[26], 其妓女
行盃, 而次次進前, 文秀請曰: "此客亦善飮, 願請一盃." 兵使曰: "可進酒."
妓乃酌酒, 給知印曰: "可給彼客." 文秀笑曰: "此客亦男子也, 願飮妓手之
杯[27]酒." 兵使與本官作色曰: "飮則好矣, 何願妓手?" 文秀仍受而飮之. 進

17) 也: 국도본·고대본·동양본·가람본에는 탈락.
18) 之: 동양본에는 '火'로 표기.
19) 修: 고대본은 '脩'로 표기.
20) 修掃: 동양본에는 탈락.
21) 入: 국도본·고대본·동양본에는 '出'로 표기.
22) 而: 국도본·고대본·가람본에는 탈락.
23) 狼: 동양본·가람본에는 '浪'으로 표기.
24) 惑: 가람본에는 '感'으로 표기.
25) 實無: 국도본·고대본·동양본·가람본·성균관대본에는 '無實'로 표기.
26) 杯: 고대본에는 '盃'로 표기.
27) 杯: 국도본·고대본·동양본에·가람본에는 '盃'로 표기.

饍[28]而各人之前, 俱是大卓, 而自家之前, 不過數器而已, 文秀又問曰: "俱是班也, 而飲食何可層下乎?" 本官怒曰: "長者之會, 何可[29]如是支煩, 得喫飲食, 可斯速去矣! 何爲多言也[30]?" 文秀亦怒曰: "吾亦非長者乎? 吾已有妻有子, 鬚髮蒼然[31], 則吾豈孩少耶?" 本官怒曰: "此乞客妄悖矣, 可以逐出." 仍分付官隸, 使之逐送, 官隸立於樓下呵叱曰: "斯速下來!" 文秀曰: "吾何以下去? 本官可以下去!" 本官益怒曰: "此是狂客也! 下隸輩焉敢[32]不爲曳下乎?" 號令如霜, 知印輩擧袖推背, 文秀高聲曰: "汝輩可出[33]去!" 言未已[34], 門外驛卒大呼曰: "暗行御使[35]出道矣!" 兵使以下, 面無人色, 蒼黃迸出, 文秀高坐而笑曰: "固當如是出去矣!" 仍坐於兵使之座, 而自兵使以下, 各邑守令, 皆具帽帶[36]請謁, 一一入現. 禮罷後, 文秀命捉入其妓, 又呼妓母而分付於妓曰: "年前吾與汝, 情愛何如? 約以山崩海渴, 情好[37]不變矣. 今焉吾作此樣而來, 則汝可念舊日之情, 好言慰問可也, 何爲而發怒也? 俗云不給粮, 而破瓢者, 政謂汝也. 事當卽地打殺, 而於汝何誅? 略[38]施答罰." 謂妓母曰: "汝則稍解人事, 以汝之故, 姑不殺之." 命給米肉. 又曰: "吾有所眄之女, 斯速呼來." 仍使汲水之婢, 升軒而坐於傍, 撫之曰: "此眞有情女子也. 此女陞附妓案, 使行行首[39]事, 而某妓降定付汲水婢." 仍招入本府吏房, 無論某樣, 錢二百金, 斯速持來, 以給其婢子而去.

28) 饍: 국도본·가람본·성균관대본에는 '饌'으로 표기.
29) 可: 국도본·고대본·가람본에는 탈락.
30) 也: 동양본에는 '耶'로 표기.
31) 然: 동양본에는 '黃'으로 표기.
32) 焉敢: 국도본·고대본·가람본·성균관대본에는 '胡'로 표기.
33) 出: 국도본·고대본·가람본·성균관대본에는 '退'로 표기.
34) 已: 국도본·고대본·가람본·성균관대본에는 '了'로 표기.
35) 使: 국도본·가람본에는 '史'로 표기.
36) 帽帶: 국도본·고대본·가람본·성균관대본에는 '帶帽'로 표기.
37) 情好: 국도본·고대본·가람본·성균관대본에는 '好情'으로 잘못 표기.
38) 略: 고대본·동양본·가람본·성균관대본에는 '畧'으로 표기.
39) 국도본·고대본·가람본·성균관대본에는 '妓'가 더 나옴.

연광정에서 서울 장교가 명령을 이행하다

재상 김약로[1]가 평안도 관찰사에서 병조판서로 벼슬자리를 옮길 무렵이었다. 그는 평양 감영에서 지낸 지 얼마 되지 않아서 강산과 누대, 음악과 기생 등에 잊을 수 없을 만큼 빠져 있었으며, 화병이 생긴 듯 이렇게 말하곤 했다.

"병조의 종놈들 오기만 해봐라. 당장 때려죽여버릴 테다!"

그러니 병조에 소속된 사람들이 감히 내려갈 엄두를 내지 못했다.

용호영龍虎營, 궁궐을 경호하고 임금의 가마 곁을 따라 모시는 일을 맡아보던 군영의 여러 장교가 서로 논의했다.

"대장의 명령이 이러하니 정말 내려가기 어렵군. 그렇다고 명령을 따르지 않으면 기한을 어긴 벌을 받을 테니 이를 어쩐단 말인가?"

---

1) 김약로(金若魯, 1694~1753): 1727년 증광문과에 병과로 급제해 승문원정자가 되었다. 병조참판·예조참판을 거쳐 1742년 평안도 관찰사가 되었다. 1744년 공조·호조·병조의 판서가 되었고, 1746년 우참찬이 되었다. 이듬해 판의금부사를 거쳐 1749년 우의정, 그뒤 좌의정이 되었다. 한때 아우 김취로(金取魯), 김상로(金相魯)와 함께 높은 자리에서 세도를 부렸다.

한 장교가 말했다.

"내가 그분을 아무 일 없이 모셔오면 자네들은 나를 후하게 대접하겠는가?"

모두 말했다.

"자네가 내려가서 무사히 모셔오기만 한다면야 당장 술과 음식을 성대하게 차려 대접하고말고."

장교가 말했다.

"그러면 내가 내려갈 채비를 하겠네."

그러고는 순뢰[2] 중에서 키가 크고 힘이 센 자 열 쌍을 가려 뽑았다. 그는 모두에게 옷을 새로 지어 입히고, 호령소리 내는 법과 곤봉 쓰는 법 등을 익히게 해서 함께 떠났다.

이때 약로는 매일 연광정에서 풍악을 울리고 있었다. 그가 멀리 수풀 사이를 바라보니 삼삼오오 짝을 지어 오는 자들이 있어 속으로 매우 의아하게 생각했다. 곧 산뜻한 옷을 입은 한 장교가 앞으로 달려와서는 종에게 병조 교련관教鍊官, 군사를 훈련하던 장교이 뵙고자 한다고 아뢰게 했다. 약로가 크게 노해 상을 내려치고 소리 높여 말했다.

"병조 교련관이 뭘 하러 왔단 말이냐!"

장교는 당황하지 않고 계단을 올라가 군례를 행하고 나서 호령했다.

"순뢰들은 속히 현신하라!"

호령이 끝나기도 전에 순뢰 이십여 명이 달려나와 마당 아래에서 절을 하고 동서로 나누어 섰다. 그 풍채와 군복이 평안 감영의 나졸과는 하늘과 땅 차이였다.

장교가 또 소리 높여 호령했다.

---

2) 순뢰(巡牢): 순령수(巡令守)와 뇌자(牢者)의 줄임말. 순령수는 대장의 명령을 전달하고 호위를 맡으며 순시기와 영기(領旗)를 들던 군사다. 뇌자는 군대 안에서 죄인을 다스리던 병졸을 말한다.

"좌우의 시끄러운 짓을 금하도록 하라!"

여러 차례 그렇게 호령하고 나서 엎드려 약로에게 아뢰었다.

"사또께서는 비록 관찰사로 이곳에 행차하셨지만 진실로 이래서는 아니되옵니다. 더욱이 지금은 대사마大司馬, 병조판서 대장군으로서의 행차이오니 저 무리가 어찌 이처럼 떠들 수 있으며, 또 읍교邑校는 왜 이를 금하지 못하는 것입니까? 읍교를 잡아들여 죄를 다스리지 않을 수 없습니다."

그러고는 호령했다.

"좌우의 소란을 금하고 읍교들을 속히 잡아오너라!"

순뢰들이 명을 받들고 나가 철끈으로 읍교들의 목을 묶어 끌고 왔다.

장교가 분부했다.

"사또께서는 비록 한 도의 관찰사이시지만 행차가 이렇게 떠들썩해서는 안 된다. 하물며 이제는 대사마 대장군의 행차가 아니냐? 너희는 이 어지러운 소동을 왜 금하지 않았단 말이냐?"

이윽고 법에 따라 처리하게 했다.

순뢰들이 병조의 백색 곤장을 들고는 윗도리를 벗고 내리치니 소리가 쩌렁쩌렁 울렸다. 응대하는 소리나 곤장 쓰는 법이 모두 서울 감영식이니 평양 감영과는 비교가 안 되었다.

약로는 기가 죽어서 멍하니 앉아 서울 장교가 하는 대로 내버려두었다. 일곱번째 곤장을 치려 하자 장교가 말했다.

"곤장은 일곱 번을 넘기지 말라!"

읍교의 묶은 것을 풀어주고 끌어내도록 했다.

약로는 속으로 심히 멋쩍어하며 감영의 아전을 불러 말했다.

"감영의 부과기3)를 모두 가져와 경교京校에게 주거라!"

---

3) 부과기(付過記): 관리나 군사가 잘못을 저질렀을 때 처벌하지 않고 관원 명부에 그 사실을 적어둔 기록.

장교는 그것을 받아서 일일이 죄를 따졌다. 곤장 다섯 대, 혹은 여덟 아홉 대를 치고는 끌어냈다.

약로가 또 말했다.

"이전의 부과기 중 효주爻周, 어떤 글자를 '효爻' 자 모양으로 그려서 지워버리는 것한 것들도 모두 경교에게 주도록 하라!"

장교가 그것도 똑같이 처리했다.

약로가 크게 기뻐하며 장교에게 물었다.

"자네, 나이는 몇 살이고 어느 집안사람인가?"

나이는 몇이고 어느 집안사람이라고 대답하니 약로가 또 물었다.

"평양은 초행인가?"

"그러하옵니다."

"강산이 이처럼 좋은데 유람 한번 안 할 텐가?"

그러고는 돈 백 냥과 쌀 다섯 석의 첩하기[4]를 써주며 말했다.

"내일 이 누각에서 한번 놀게. 기생과 음악, 먹고 마시는 것은 내가 다 마련해주겠네."

약로는 장교를 익히 알던 사람처럼 신임했다. 두 사람은 며칠 머물다가 함께 상경하니, 이 일이 일시에 전해져 재미난 이야기가 되었다.

練光亭京校行令

金相若魯, 自箕伯移兵判時, 按箕營未久, 江山樓臺, 笙歌綺羅, 戀戀不能忘, 大發火症, 揚言曰: "兵曹下隷, 如或來, 則當打殺!"云云. 兵曹所屬, 無敢下去者. 龍虎營諸校相議曰: "將令如此, 固不敢下去, 若緣此而不得[5]

---

4) 첩하기(帖下記): 관청에서 부리는 사람이나 장사치에게 돈이나 물건을 줄 때 그 내용을 적어둔 기록. 행하기(行下記)라고도 한다.
5) 得: 국도본·가람본·성균관대본에는 '趂'으로 표기.

下去, 則又有晚時之罪, 此將奈何?"其中一校曰:"吾當無事陪[6]來矣. 君輩其將厚饋[7]我乎?"皆曰:"君如[8]下去, 無事陪來, 則吾輩當盛備酒饌而待之."其校曰:"然則吾將治行矣."仍擇巡牢中身長而有風力者十雙[9], 服色皆新造, 而號令之聲, 用棍之法, 皆[10]使習之, 與之[11]同行. 時若魯每日設樂於練光亭, 望見長林間, 有三三五五來者, 心甚訝之, 而已[12]有一校衣服鮮明[13], 趍入於前, 使下隸告兵曹敎鍊[14]官現身, 若魯大怒拍案, 高聲曰:"兵曹敎鍊官, 胡爲而來哉?"其人不慌不忙, 而上階, 行軍禮後, 仍號令曰:"巡令手[15]斯速現身!"聲未已, 二十箇[16]巡牢, 趍入拜於庭下, 分東西而立, 其身手也, 軍服也, 比箕營羅卒, 不啻霄壤. 其校忽又高[17]聲號令曰:"左右禁喧嘩!"如是者數次, 仍俯伏而稟曰:"使道雖以方伯, 行次於此處, 固不敢如是. 今則大司馬大將軍行次也, 渠輩焉敢若是喧嘩, 而邑校不得禁止乎? 邑校不可不拿入治罪矣."仍號令曰:"左右禁亂, 邑校斯速拿入!"巡牢[18]承命而出, 以鐵索繫頸而拿入, 其校仍分付曰:"使道行次, 雖是一道方伯, 不可如是喧擾[19], 況今大司馬大將軍行次乎? 汝輩焉敢不禁其雜亂?"云. 而仍使之依法. 巡牢執其所持去之兵曹白棍, 袒衣而棍之, 聲震屋于[20], 其應

6) 陪: 동양본에는 '倍'로 잘못 표기.

7) 饋: 고대본에는 '餽'로 표기.

8) 君如: 국도본·고대본·가람본·성균관대본에는 '如君'으로 표기.

9) 雙: 국도본·고대본·가람본·성균관대본에는 '數名'으로 표기.

10) 皆: 국도본·고대본·가람본·성균관대본에는 탈락.

11) 之: 국도본·고대본·가람본에는 잘못 탈락.

12) 而已: 동양본에는 '已而'로 표기.

13) 국도본·고대본·가람본에는 '者'가 더 나옴.

14) 鍊: 국도본·가람본에는 '練'으로 표기.

15) 手: 고대본·가람본·성균관대본에는 '守'로 표기.

16) 箇: 고대본에는 '個'로 표기.

17) 高: 국도본·고대본·가람본에는 탈락.

18) 국도본·고대본·가람본·성균관대본에는 '一時'가 더 나옴.

19) 喧擾: 가람본에는 '喧嘩'으로 표기.

20) 于: 국도본·고대본·동양본·가람본·성균관대본에는 '宇'로 표기.

對之聲, 用棍之法, 卽京營之例, 而與箕營擧行, 不可同日而語矣. 若魯心
甚爽然, 下氣而坐, 任其京校之爲, 至七度, 其校又稟曰: "棍不過七度!" 使
之解縛, 而[21]拿出, 若魯心甚無聊, 呼營吏謂曰: "營門付過記, 並持來以給
京校!" 其校受之, 一一數其[22]罪, 而[23]或棍五度, 或八九度而拿出, 若魯又
曰: "前付過記之爻周者, 並付京校!" 其校又如[24]前之爲[25], 若魯大喜問京
校[26]曰: "汝年幾何, 而誰家人也?" 對以年幾何, 某家[27]之人, 曰: "汝於箕城
初行乎?" 曰: "然矣." 曰: "如此好江山, 汝何[28]不一番遊賞乎?" 仍入[29]帖下
記, 以錢百兩米五石[30], 書而[31]給之曰: "明日可於此樓一遊, 而妓樂飮食,
當備給矣." 仍信任如熟面人, 留幾日, 與之上京, 一時傳爲笑談.

---

21) 而: 국도본·고대본·가람본·성균관대본에는 탈락.
22) 其: 국도본·고대본·가람본·성균관대본에는 탈락.
23) 而: 고대본·가람본에는 탈락.
24) 如: 국도본·고대본·가람본에는 탈락.
25) 爲: 국도본·고대본·가람본·성균관대본에는 '擧行'으로 표기.
26) 京校: 국도본·고대본·가람본에는 탈락.
27) 家: 국도본·가람본·성균관대본에는 '宅'으로 표기.
28) 동양본에는 '可'가 더 나옴.
29) 入: 고대본에서는 잘못 탈락.
30) 石: 성균관대본에는 '百'으로 표기.
31) 而: 국도본·고대본·가람본·성균관대본에는 '以'로 표기.

재상이 과부가 된 딸을 가엾게 여겨 가난한 무변에게 시집보내다

한 재상에게 딸이 있었는데 출가한 지 일 년도 안 되어 남편을 잃고 부모 곁에서 살았다. 하루는 재상이 밖에서 안으로 들어와 보니, 딸이 아랫방에서 곱게 화장하고 화려하게 단장하고 있었다. 딸은 거울에 자기 모습을 비춰 보다가 거울을 던져버리고 얼굴을 감싸고 크게 통곡했다.

재상은 그 모습을 보고 몹시 측은한 마음이 들어 밖으로 나와서 한참 동안 아무 말도 없이 앉아 있었다. 때마침 평소 알고 지내며 집에 드나드는 무변이 와서 문안인사를 올렸다. 그는 집도 처도 없었지만 젊고 건장했다. 재상이 다른 사람들을 물리치고 말했다.

"자네 신세가 이리도 곤궁하구면. 내 사위가 되지 않겠는가?"

무변은 황공하여 몸을 움츠리며 말했다.

"그게 무슨 말씀이신지요? 소인, 그 뜻을 알지 못하고는 감히 명을 받들지 못하겠나이다."

재상이 말했다.

"농담이 아닐세."

그러고는 궤짝에서 은자 한 봉을 꺼내주며 말했다.

"이걸 가지고 가서 튼튼한 말과 가마를 세내게. 오늘밤 파루[1]의 종이 울리면 우리집 뒷문 밖에 와서 기다리고 있게나. 절대 때를 놓치면 안 되네."

그는 반신반의하며 일단 은자를 받고 재상의 말에 따라 가마와 말을 준비해 뒷문에서 기다렸다. 어두운 곳에서 재상이 한 여자를 데리고 나와 가마 안으로 들여보내고 무변에게 단단히 일렀다.

"곧장 북관北關, 함경북도 지방으로 가서 살게. 이 집안에는 발을 끊게."

그는 곡절도 모르고 가마를 따라 성문을 나서 길을 떠났다.

재상은 집에 들어와 아랫방으로 가서 통곡했다.

"내 딸이 자결했구나!"

집안사람들이 놀라고 당황하며 모두 슬퍼했다. 이어 재상이 말했다.

"내 딸은 평소에도 다른 사람을 만나지 않았다. 내가 염습할 것이니 오라비라 해도 들어와 볼 필요가 없다."

재상은 이불로 시체 모양을 만들어 수의로 덮고는 비로소 시가에 알렸다. 그리고 입관을 하고 나서 시가 선산 아래에 장사를 지냈다.

몇 년 뒤 재상의 아들이 암행어사가 되어 북관 땅을 돌다가 한 곳에 이르러 어느 민가에 들어갔다. 주인이 일어나 맞이했다. 두 아이가 곁에서 책을 읽고 있는데 맑고 빼어난 모습이 자못 자기 얼굴을 닮아 암행어사는 속으로 이상하게 여겼다. 날이 저물고 또 피곤하기도 하여 그 집에서 묵기로 했다.

밤이 깊어지자 안에서 갑자기 한 여자가 나와 암행어사의 손을 잡고

---

1) 파루(罷漏): 조선시대에 서울에서 통행금지를 해제하기 위해 종각의 종을 서른세 번 치던 일. 오경 삼 점(五更三點)에 쳤다.

울었다. 그가 놀라서 자세히 보니 이미 죽은 누이였다. 매우 놀라 사정을 물었다. 누이는 부친의 지시에 따라 그곳에 살게 되었으며, 이미 두 아들을 낳았으니 낮에 본 그 아이들이 자기 아들이라고 말했다.

암행어사는 입을 다물고 한참 동안 아무 말도 하지 않았다. 그러고는 그동안 쌓인 회포를 대강 풀었다. 그리고 새벽을 기다렸다가 누이와 작별하고 떠났다.

암행어사는 복명하고 집으로 돌아왔다. 밤에 아버지를 모시고 앉아 있다가 주위가 조용해지자 낮은 소리로 말했다.

"이번 행차에 괴이한 일이 있었습니다."

재상은 눈을 부릅뜨고 아들을 뚫어지게 바라보며 아무 말도 하지 않았다. 아들은 감히 더이상 말하지 못하고 물러났다.

재상의 성명은 기록하지 않는다.

憐媚女宰相囑窮弁

有一宰相之女, 出嫁未幾, 而喪夫, 媚居于父母之側矣. 一日宰相自外而入內, 見其女在於下房, 而凝粧盛飾, 對鏡自照, 而已擲鏡而掩面大哭. 宰相見其狀, 心甚惻然, 出外而坐, 數食頃無語. 適有親知武弁之出入門下者, 無家無妻之人, 而少年[2]壯健者也, 來拜問候, 宰相屛人言曰: "子之身世[3], 如是其窮困, 君爲吾之女婿否?" 其人惶懬[4]曰: "是何敎也? 小人不知敎意之如何, 而[5]不敢奉命矣." 宰相曰: "吾非戲言耳." 仍自櫃[6]中, 出一封銀子

2) 少年: 국도본·고대본·동양본·가람본·성균관대본에는 '年少'로 표기.
3) 世: 성균관대본에는 '勢'로 표기.
4) 懬: 국도본·고대본·가람본·성균관대본에는 '感'으로 표기.
5) 而: 국도본·고대본·가람본·성균관대본에는 탈락.
6) 櫃: 고대본·동양본에는 '櫃'로 표기.

給之曰: "持此而往, 貰健馬及轎子, 待今夜罷漏後, 來待于吾後門之外, 切不可失期." 其人半信半疑, 第受之, 而依其言, 備轎馬待之于後門矣. 自暗中, 宰相携一女子出, 使入轎中而戒[7]之曰: "直往北關居生, 而絶跡[8]於門下." 其人不知何許委折, 第隨轎出城[9]而去. 宰相入內下房而哭曰: "吾女自決矣!" 家人驚惶[10], 而皆擧哀, 宰相仍言曰: "吾女平昔不欲見人, 吾可襲斂, 雖渠之娚[11]兄, 不必入見矣." 仍獨自斂衾[12]而裹之, 作屍體樣, 而覆以衾, 始通于其舅家, 入棺後, 送葬于舅家先山之[13]下矣. 過幾年後, 某宰[14]子某[15], 以其[16]繡衣, 按廉北關, 行到一處, 入一人家, 則主人起迎, 而有兩兒在旁[17]讀書, 狀貌淸秀, 頗類自家之顔面, 心竊怪之, 日勢已晩, 又憊困, 仍留宿[18]矣. 至夜深[19], 自內忽有一女子出來, 把手而泣, 驚而熟視, 則[20]卽其已死之妹, 不勝驚訝而問之, 則以爲因親敎, 而居于此, 已生二子, 此是其兒矣. 繡衣口噤半餉無語, 略[21]敍阻懷, 而待曉辭去. 復命還家, 夜侍其大人宰相而坐, 時適從容, 低聲而言曰: "今番之行, 有可怪[22]之事矣." 宰相張目熟視而不言, 其子不敢發說而退. 此宰相之姓名不記.

7) 戒: 동양본에는 '誡'로 표기.
8) 跡: 고대본·가람본에는 '踪'으로 표기.
9) 城: 고대본·성균관대본에는 '送'으로 잘못 표기.
10) 惶: 동양본에는 '遑'으로 표기.
11) 娚: 고대본에는 '甥'으로 표기.
12) 衾: 국도본에는 탈락.
13) 先山之: 국도본·고대본·가람본에는 '之先山'으로 표기.
14) 동양본에는 '相'이 더 나옴.
15) 某宰子某: 국도본·고대본·가람본·성균관대본에는 '其宰相子'로 표기.
16) 其: 국도본·고대본·동양본·가람본·성균관대본에는 탈락.
17) 旁: 국도본·고대본·성균관대본에는 '房'으로, 동양본·가람본에는 '傍'으로 표기.
18) 宿: 고대본·동양본에는 탈락.
19) 深: 동양본에는 '課'로 표기.
20) 則: 국도본·고대본·가람본·성균관대본에는 '之'로 표기.
21) 略: 고대본·동양본·가람본에는 '畧'으로 표기.
22) 동양본에는 '訝'가 더 나옴.

제수를 가져간 아전이 이씨 양반을 속이다

충주^{忠州} 이성좌[1]는 이광좌[2]의 사촌형이다. 그는 성격이 활달하여 어떤 것에도 얽매이는 데가 없었으며, 언제나 광좌를 역적이라 배척하며 절교하고 왕래하지 않았다. 또한 평생 남구만[3]의 사람 됨됨이를 증오했다.

어느 날 성좌가 집에 있는데 개장수가 개를 산다고 소리치며 문 앞을

---

1) 이성좌(李聖佐, 1654~?): 1690년 식년시에 병과로 급제했다. 1696년 곡성현감(谷城縣監)으로 재직중이었는데, 어사가 그가 맡은 고을을 순시해 관청에 보관된 문서 중 누락된 문서를 찾아냈다. 그가 직무에 태만했다는 상소가 올라가 파직되었다.
2) 이광좌(李光佐, 1674~1740): 호는 운곡(雲谷). 이항복의 현손이다. 1694년 별시문과에 장원급제했다. 1721년 호조참판을 거쳐 사직(司直)에 있으면서 왕세제인 연잉군(延礽君) 금(昑, 영조)의 대리청정을 적극 반대해 경종으로 하여금 이를 취소하게 하는 등 명분을 가지고 적극적으로 나서서 경종을 보호했다. 1721년과 그다음 해에 각각 김일경 등의 소(疏)와 목호룡의 고변사건이 벌어진 신임사화가 발생해 노론이 제거되고 소론이 정권을 잡자 예조판서를 거쳐 평안도 관찰사로 나아갔다. 1725년에는 영의정에 이르렀으나 노론의 등장으로 파직되었다. 1728년에 정미환국으로 소론이 다시 등장하자 영의정에 올랐다. 1730년에는 소론의 거두로 영조에게 탕평책을 상소하여 당쟁의 폐습을 막도록 건의했고, 왕의 간곡한 부탁으로 노론 민진원과 제휴했다. 또 노론과 소론의 연립정권을 수립해 재임 기간에는 격심한 당쟁이 일어나지 않도록 하는 데 힘썼다. 1740년 영의정으로 재직중에 박동준(朴東俊) 등이 중심이 되어 삼사의 합계로 호역(護逆)한 죄를 들어 탄핵을 해오자 울분 끝에 단식하다가 죽었다.

지나가자 잡아들이라 하고서 볼기를 때리려 했다. 그러자 개장수는 큰 소리로 남구만을 욕했다.

"남구만은 개다! 돼지다!"

연이어 욕을 해대니 성좌가 무릎을 치며 말했다.

"통쾌하다! 통쾌해!"[4]

그러고는 개장수를 놓아 보내주었다. 성좌의 일이 괴상하고 속되기가 이와 같았다.

광좌가 경상도 관찰사로 있을 때였다. 성좌의 집이 종가였기에 매번 기제사와 사계절 제사에 필요한 제수를 보냈다. 그런데 제수를 가지고 간 아전마다 얻어맞고 돌아오니 제수를 보낼 때가 되면 아전들이 모두 이를 기피했다.

한 아전이 자기가 제수를 가져가겠다고 자원하니 감영의 아래위 사람이 모두 이상하게 여겼다. 그에게 제수를 맡기니, 그는 제수를 가지고 상경하자마자 새벽이었음에도 곧바로 성좌의 집으로 갔다. 성좌는 일어나지도 않고 누워서 집안사람에게 제수의 수량을 살펴보고 그 수대로 몽둥이질을 하라고 명했다. 그러자 그가 제수를 바치지도 않고 사라져버리니 사람들이 모두 이상하게 여겼다. 다음날도 그러했고 그 다음날도 역시 그렇게 했다.

---

3) 남구만(南九萬, 1629~1711): 1656년 별시문과에 을과로 급제했다. 1668년 안변부사·전라도 관찰사를 역임했다. 1674년 함경도 관찰사로서 유학(儒學)을 진흥시키고 변경 수비를 강화했다. 경신대출척으로 남인이 실각하자 도승지·부제학·대사간 등을 역임했으며, 1680년과 1683년 두 차례 대제학에 올랐다. 1687년 영의정에 올랐으며, 이즈음 송시열의 훈척 비호를 공격하는 소장파를 주도해 소론의 영수로 지목되었다. 1689년 기사환국으로 남인이 득세하자 강릉에 유배되었다가 이듬해 풀려났다. 1694년 갑술옥사로 다시 영의정에 기용되었다. 1701년 김춘택·한중혁(韓重爀) 등 희빈 장씨(禧嬪張氏)의 처벌에 대해 중형을 주장하는 노론에 맞서 경형(輕刑)을 주장하다가 숙종이 희빈 장씨의 사사를 결정하자 사직하여 낙향했다.
4) 통쾌하다! 통쾌해!: 성좌는 소론을 싫어했는데, 남구만은 소론의 영수 격이었다. 그런 남구만을 개백정이 욕하니 통쾌하게 여긴 것이다.

성좌는 버럭 화내면서 그를 잡아오게 하여 꾸짖었다.

"제수를 받들고 왔으면 바쳐야지 너는 어떤 놈이길래 연 사흘을 나타 났다가 사라져버리느냐? 그렇게 모욕하고 조롱하는 것은 달성 감영 아 랫것들의 풍속이 그러해서냐? 아니면 네놈의 감사가 그러라고 시키더 냐? 네 죄는 죽어 마땅하다!"

그러자 아전이 엎드려 말했다.

"말이라도 한마디 하고 죽겠습니다."

"무슨 말이냐?"

아전이 대답했다.

"소인의 순사또 나리께서는 제수를 봉할 때 도포를 차려입으시고 자 리를 펴신 다음 꿇어앉아 봉하는 일을 감독하십니다. 또 봉한 것을 말에 실을 때도 계단을 내려오셔서 두 번 절하고 보내시니 제수보다 더 소중 하게 여기시는 것이 없습니다. 그런데 지금 진사님께서는 건즐巾櫛, 낯을 씻 고 머리를 빗는 일도 안 하시고 누워 받으려고만 하십니다. 소인은 의리를 욕 되게 하고 싶지 않았던 고로 제수를 들이지 못하고 그렇게 삼일이 지난 것입니다. 이 제수는 선조의 기제사에 쓰일 것인즉, 진사님께서는 정말 이렇게 함부로 하시면 아니 되지요. 영남의 풍속에는 비록 천한 아랫것 조차 제수의 소중함은 다 압니다. 하물며 경화 사대부이시니 어련하시 겠습니까? 원컨대 진사님께서는 의관을 갖추고 자리와 상을 배설하시 고 나서 마루에서 내려와 서 계십시오. 그러면 소인이 삼가 제수를 바치 겠나이다."

성좌는 달리 어쩔 수 없어서 그 말대로 따랐다. 그러니 아전이 제수를 종류마다 일일이 올리며 소리 높여 말했다.

"이것은 아무 물건이오!"

그러기를 식경이 지나서야 끝났다.

성좌는 손을 마주잡고 서 있으면서도 속으로 자못 그 아전을 좋게 여겠다. 아전이 돌아갈 때는 답장을 써서 아전이 예의를 알고 사리에 밝다고 칭찬했다. 광좌가 듣고 크게 웃고는 그뒤 아전에게 좋은 자리를 주었다 한다.

進祭需嶺吏欺李班

李忠州聖佐, 光佐之從兄也. 性卓犖不羈, 常斥光佐, 以逆絶不往來, 平生憎南九萬之爲人. 嘗在家, 有屠狗漢, 唱買狗而過門外, 李乃捉入, 露臂欲打[5], 屠[6]漢大聲而辱曰: "南九萬狗也! 彘也!"云, 而連聲詬辱, 李乃擊節曰: "快矣! 快矣!"仍放送, 事多駭俗如此. 光佐之爲嶺伯也, 以宗家之故, 每送忌祭及四節祭需, 領去吏, 每每被[7]打而來, 若當封送之時, 則吏皆避之. 有一吏, 自願領去, 一營上下, 皆怪之. 使之上去, 則吏領祭物, 而上京凌[8], 晨往其家, 李忠州, 姑未起[9]寢, 臥而使家人照數捧之云矣. 其吏不納祭需, 而仍[10]無去處, 人皆訝之. 明日如是, 又明日又如是, 李忠州大怒, 使捉入其吏, 而責之[11]曰: "汝是何許人, 而旣奉祭需而來, 則[12]納之可也, 連三日暫來[13]旋去, 有若[14]侮弄者, 然達營下習, 固如是乎? 此是汝之監司所指使者乎? 汝罪當死!" 其吏俯伏曰: "願得一言而死." 問: "何言也?" 吏[15]曰:

5) 打: 고대본·성균관대본에는 '行刑'으로, 국도본·가람본에는 '行'으로 표기.
6) 성균관대본에는 '狗'가 더 나옴.
7) 被: 동양본에는 '彼'로 잘못 표기.
8) 凌: '後'로 표기해야 함.
9) 起: 고대본에는 '忌'로 잘못 표기.
10) 仍: 국도본·고대본·가람본에는 탈락.
11) 之: 국도본·고대본·동양본·가람본·성균관대본에는 '叱'로 표기.
12) 則: 국도본·고대본·가람본에는 탈락.
13) 來: 고대본에는 탈락.
14) 국도본·고대본·가람본·성균관대본에는 '是'가 더 나옴.
15) 吏: 국도본·고대본·가람본에는 탈락.

"小人巡使道之[16]封祭需也. 着道袍, 設鋪陳, 跪坐而監封, 及其畢封, 而載之於馬也, 下階再拜而送, 此無他爲[17]所重也. 今進賜不巾櫛而臥受之, 小人義不辱, 故果爾不得納上, 至於三日之久矣. 此祭物, 用之祖先忌辰, 則進賜固不當如是屑慢也. 嶺南之俗, 雖下隸之賤, 皆知[18]祭需爲重, 何況京華士大夫乎? 願進賜整衣冠設席及床, 下堂而立, 則小人謹當納上矣." 李忠州無[19]奈何, 而依其言爲之, 則其吏各擧物種而高聲曰: "此是某物!"云. 過食頃而乃罷, 李忠州拱手而立[20], 心頗善之. 及歸作答書[21], 而稱其吏之知禮解事云云. 光佐聞而大笑, 仍差優窠云矣.

16) 之: 국도본·고대본·가람본에는 탈락.
17) 爲: 국도본·고대본·가람본·성균관대본에는 탈락.
18) 知: 국도본·고대본·가람본에는 탈락.
19) 고대본·성균관대본에는 '可'가 더 나옴.
20) 立: 국도본·고대본·가람본에는 탈락.
21) 答書: 국도본·고대본·가람본·성균관대본에는 '書答'으로 표기.

병사 이일제가 지붕을 뛰어넘어 용력을 드날리다

병사兵使 이일제李日濟는 판서 이기익李箕翊의 손자다. 남보다 용력이 뛰어나고 새처럼 민첩했다. 그는 어릴 때부터 호방하여 남에게 얽매이지 않았는데 글공부를 하지 않아서 판서공이 언제나 근심했다. 나이 열네다섯 살에 이르러 관례를 올리기는 했지만 장가는 들이지 않았다.

어느 날 밤 일제는 몰래 사창가에 갔다. 액례掖隸, 조선시대 액정서에 딸린 이원(吏員)이나 하례(下隸)와 포교 무리가 자리를 가득 메웠고 술과 안주가 질펀했다. 일제는 몸집 작은 소년에 지나지 않았지만 곧바로 자리에 들어가 기생들을 희롱했다. 자리에 있던 불량배들이 말했다.

"이 젖내 나는 무례한 놈을 때려죽여야겠구나!"

여럿이 일어나 발길질하기 시작했다. 일제는 그중 한 명의 발을 잡고는 몽둥이 삼아 한번 휘둘렀다. 그러자 모두 바닥에 나뒹굴었다. 일제는 그러다 그를 버려두고 문밖으로 나와 지붕 위로 몸을 날렸다. 지붕들을 딛고 달리는데 대여섯 집을 한꺼번에 건너뛰기도 했다. 그때 한 포교가 오줌을 누러 밖에 나와 있었다. 포교는 사정을 몰라 매우 이상하게 여기고 역시 지붕 위로 올라가 그 뒤를 쫓았다. 마침내 이판서 댁으로 들어가니 포교가 아는 곳이었다. 다음날 아침 다시 와서 지난밤의 일에 대해 전하니, 이판서는 일제에게 매를 때리고 밖에 나가지 말라고 명했다.

그뒤 일제가 꽃구경하려고 친구를 따라 남산 누에머리에 올랐을 때였다. 한량 수십 명이 소나무 그늘에 앉아 있다가 일제가 오는 것을 보고는 동상례[1]를 받아먹자고 했다. 그들이 일시에 일어나더니 일제의 소매를 잡고 거꾸로 매달려고 했다. 일제가 날아올라 소나무 가지 하나를 꺾어 좌우로 휘둘렀다. 거기서 일어난 바람을 따라 한량들이 이리저리 한꺼번에 쓰러지자 일제가 내려왔다.

이때부터 소문이 점점 번져나가 마침내 특별히 천거를 받아 무관 벼슬을 얻어 아경亞卿, 참판 · 좌우윤(左右尹) 등 경(卿) 다음 벼슬에 이르렀다. 판서 조엄[2]이 통신사로 일본에 갈 때 일제를 막빈[3]으로 데려갔다. 항해를 시작하려는데 상선[4]에 불이 나 화염이 하늘을 찔렀다. 사람들이 살리려고 황급히 왜인의 구급선으로 뛰어내렸다. 거기에도 불이 옮겨붙을 것 같아 노를 저어 피해 갔다. 상선에서 수십 간閒 떨어졌을 때에야 비로소 사람들이 정신을 수습하여 인원을 세어보았다. 일제만 없어져 모두 당황했다. 불에 타 죽었나보다 하고 있는데 멀리서 사람소리가 들려왔다. 뱃머리에 서서 바라보니 일제였다. 배를 멈추고 기다리니 일제가 불속에서 날아와 배 위로 떨어졌다. 사람들이 모두 놀랐다. 일제는 술에 취해 선창

---

1) 동상례(東床禮): 혼례가 끝나고 신랑이 신부의 집에서 마을 사람들이나 친구들에게 음식을 대접하는 일. 이때 신랑다루기를 한다며 신랑을 거꾸로 매달아놓고 발바닥을 때리는 풍습이 있었다.
2) 조엄(趙曮, 1719~1777): 1763년 통신정사(通信正使)로 일본에 다녀왔다. 그때의 견문을 『해사일기海槎日記』에 담았다.
3) 막빈(幕賓): 비장(裨將). 조선시대에 감사 · 유사 · 병사 · 수사 등 지방장관과 외국으로 가는 사신을 수행하던 관원.
4) 상선(上船): 기함. 함대의 군함 중에서 제독이나 사령관이 타는 배. 여기서는 통신사가 탄 배를 말하다.

위층에서 자느라 불이 난 줄 몰랐고, 사람들도 정신이 없었던 탓에 알아차리지 못했다. 일제는 잠에서 깨어나 불기운이 대단한 걸 보고는 옆에 있던 배로 뛰어내렸던 것이다. 그 신용^{神勇}이 이와 같았다.

超屋角李兵使賈勇

李兵使日濟, 判書箕翊之孫也. 勇力絶人, 捷如飛鳥. 自兒少時, 豪放不羈, 不業文字, 判書公, 每憂之. 十四五始冠而未及娶, 一日夜潛往娼家, 則 緜隸捕校之屬滿座, 杯[5]盤浪[6]藉, 日濟以眇然一少年, 直入座, 與妓戱, 座中惡少皆曰: "如此無禮乳[7]臭之兒, 打殺可也!" 仍羣起蹴之, 日濟以手, 接一人之足, 執以爲杖, 一揮而諸人皆仆于[8]地, 仍抛置而出門, 飛身上屋, 緣屋而走, 或超五六間地. 此時一捕校, 放溺出門[9], 不預其事, 心竊異之, 亦超上屋, 而蹟後[10], 入于李判書家則[11]捕校卽其親知之人也, 翌朝來傳此事, 李[12]判書公杖之, 而使不得出門矣. 伊後隨伴訪花, 上南山蠶頭時, 閑良數十人, 會于松陰, 見日濟之來, 以爲將[13]受喫東床禮云, 而一時幷[14]起, 執其袖, 而將欲側[15]懸, 日濟乃[16]聳身一躍, 而折松枝, 左右揮之, 一時從風而靡, 仍下來. 自此之後, 次次傳播, 入於別薦, 付武職, 位至[17]亞卿. 趙判

---

5) 杯: 고대본·동양본·가람본에는 '盃'로 표기.
6) 浪: 성균관대본에는 '狼'으로 표기.
7) 乳: 동양본에는 'ㅁ'로 표기.
8) 于: 국도본·고대본·가람본·성균관대본에는 탈락.
9) 門: 국도본·가람본에는 '間'으로 잘못 표기.
10) 동양본에는 '則'이 더 나옴.
11) 則: 국도본·고대본·동양본·가람본·성균관대본에는 탈락.
12) 李: 국도본·고대본·동양본·가람본·성균관대본에는 탈락.
13) 將: 국도본·고대본·가람본·성균관대본에는 탈락.
14) 幷: 고대본·동양본·가람본·성균관대본에는 '竝'으로 표기.
15) 側: 다른 이본에는 '倒'로 맞게 표기.
16) 乃: 국도본·고대본·가람본·성균관대본에는 '酒'로 표기.
17) 至: 국도본·고대본·가람본·성균관대본에는 탈락.

書曬之通信日本也, 以日濟啓幕賓, 將航海, 上船失火, 火焰漲天, 諸人各
自逃命, 急下倭[18]人救[19]急船, 而又有連燒之慮, 仍搖櫓而避之, 去上船,
幾爲[20]數十間之地, 始收拾精神, 相與計數各人, 則獨無日濟一人, 諸人驚
惶, 意其爲火所燒矣. 而已遠聞人聲, 諸人立船頭望之則日濟, 乃住船而待,
日濟自火中飛下[21]船上, 人皆駭異, 盖日濟醉睡於上船船[22]艙之上層, 不知
火起, 而諸人亦於蒼黃中, 未及察也, 睡覺而[23]見火勢, 仍跳下旁[24]船, 其
神勇如此.

---

18) 倭: 국도본에는 '傍'으로 잘못 표기.
19) 救: 국도본·고대본·가람본·성균관대본에는 '求'로 잘못 표기.
20) 爲: 국도본·고대본·가람본·성균관대본에는 탈락.
21) 下: 동양본에는 '來'로 표기.
22) 船: 국도본·고대본·가람본·성균관대본에는 탈락.
23) 而: 동양본에는 탈락.
24) 旁: 국도본·고대본·동양본·가람본·성균관대본에는 '傍'으로 표기.

아름다운 기생을 얻은 심희수, 이름을 떨치다

일송一松 심희수[1]는 아버지를 일찍 여의고 공부할 때를 놓쳤다. 머리를 땋을 때부터 호탕한 짓만 일삼아 밤낮으로 창루娼樓를 왕래했고, 공자公子와 왕손들의 잔치나 노래하고 춤추는 여자들의 모임 등 가지 않는 곳이 없었다. 쑥대머리와 덥수룩한 수염에 낡은 신발을 신고 해진 옷을 입고서도 부끄러워하는 기색이 전혀 없었으니, 사람들이 모두 미친 녀석으로 보았다.

하루는 그가 권세 있는 재상의 잔치에 가서 기생 무리 속에 섞였다. 침을 뱉고 욕을 해도 개의치 않아했고, 때려서 내쫓아도 떠나지 않았다.

---

1) 심희수(沈喜壽, 1548~1622): 노수신(盧守愼)의 문인으로, 1570년 진사시에 합격해 성균관에 들어갔다. 1572년 별시문과에 병과로 급제해 승문원에 보임되고 1583년 호당(湖堂)에 뽑혀 사가독서(賜暇讀書)를 했다. 1592년 임진왜란 때는 의주로 선조를 호종해 도승지로 승진하고, 대사헌이 되었다. 중국어를 잘했기에 때마침 명나라 조사(詔使)가 오자 다시 도승지가 되어 응접했다. 1599년 예문관제학·예조판서를 거쳐 이조판서가 되었고, 홍문관·예문관의 대제학을 겸하고서 안으로는 사명(辭命)을 장악하고 밖으로는 접빈에 힘썼다. 좌찬성·우찬성 등을 거쳐 우의정에 올랐으며, 청백리에 뽑혔다.

기생 중에 일타홍一朶紅이라는 젊은 명기가 있었다. 금산에서 새로 올라왔는데 용모나 가무가 당대 최고를 자랑했다. 심희수가 그 아름다움에 이끌려 그녀의 옆자리에 앉았다. 그녀는 조금도 싫어하거나 귀찮은 내색을 하지 않았다. 그러기는커녕 때때로 추파를 던지며 희수의 동정을 살폈다. 그러다가 측간에 간다며 일어나더니 나가서 손짓으로 희수를 불렀다. 희수가 일어나서 다가갔다. 일타홍이 귓속말로 물었다.

"댁이 어디신지요?"

심희수가 아무 동 몇번째 집이라고 자세히 말해주었다.

일타홍이 말했다.

"그럼 먼저 가 계셔요. 첩도 곧 뒤따라갈게요. 꼭 기다려주세요. 소첩은 빈말을 하지 않는답니다."

심희수는 기대도 하지 않은 일에 크게 기뻐하며 먼저 집으로 돌아가 깨끗이 청소를 하고 기다렸다. 날도 어두워지지 않았는데 일타홍은 약속한 대로 그를 찾아왔다. 심희수는 기쁨을 이기지 못해 무릎을 맞대고 그녀와 수작했다.

나이 어린 여종이 안에서 나왔다가 그 광경을 보고 들어가 모부인에게 고해바쳤다. 모부인은 아들의 방탕을 걱정해 불러서 꾸중하려 했다. 그때 일타홍이 말했다.

"여종을 빨리 불러오세요. 제가 들어가 대부인을 뵙지요."

심희수가 그 말대로 여종을 불러 모친에게 기별하게 했다. 일타홍이 곧 안으로 들어가 섬돌 아래에서 절을 올리며 말했다.

"저는 금산에서 새로 올라온 기생 일타홍이옵니다. 오늘 아무 재상 잔치에서 귀댁 도령님을 만나게 되었습니다. 다른 사람들은 모두 미친 소년이라 손가락질했지만, 어리석은 천첩이 보기에 도령님은 크나큰 귀인의 기상을 갖고 있었습니다. 그러나 그 기상이 너무 거칠고 조야하여 가히 색에 굶주린 아귀와 같았습니다. 만약 지금 그걸 억누르지 못한다면 장차 온전한 어른조차 되기 어려울 것이니, 그 형편에 따라 알맞게 인도하는 게 좋겠습니다. 소첩은 오늘부터 도령님을 위해 가무와 화류의 세계에는 걸음을 끊고 붓과 벼루, 그리고 서책들을 주선해 도령님이 성취의 길을 걷도록 만들겠사옵니다. 대부인의 뜻은 어떠하신지요? 소첩이 만에 하나라도 정욕 때문에 이런 말을 하는 것이라면 하필 빈한한 홀어미 댁의 미친 소년을 택하겠습니까? 비록 옆에서 모신다 하더라도 결코 정에 쏠려 상처를 입지는 않을 테니 그 걱정은 하지 마십시오."

부인이 말했다.

"우리 아이는 일찍 아버지를 여의고는 학업은 멀리한 채 방탕하게 지내며 미친 짓만 일삼았지. 그럼에도 이 늙은 몸이 막을 수가 없어 밤낮으로 애만 태웠는데, 오늘 어디서 좋은 바람이 불어 이처럼 아름다운 사람을 보내주었나? 우리집 미친 녀석이 학업을 성취하도록 해준다면야 그 은혜가 얼마나 크겠는가? 내 어찌 싫어하고 의심하겠나? 그러나 우리집이 가난해 아침저녁을 잇기 어려우니, 자네같이 호사로운 기녀가 춥고 배고픈 것을 참으며 머물 수 있을지 모르겠구나."

일타홍이 말했다.

"그런 것엔 조금도 개의치 않습니다. 아무 염려 마세요."

마침내 그날부터 일타홍은 창루에서 자취를 감추고 심씨 집에 몸을 숨겼다. 그녀는 머리를 빗질하고 세수하는 예절을 언제나 게을리하지 않았다. 날이 밝으면 심희수로 하여금 책을 끼고 이웃집으로 가서 공부하게 하고 돌아오면 책상 앞에 앉게 해 새벽부터 저녁까지 학업을 권면했다. 공부 계획을 엄격하게 세워두고 조금이라도 태만한 기미가 보이면 발끈하며 얼굴색을 바꾸고 떠나버리겠다고 겁주어 심희수의 마음을 움직였다. 심희수도 그녀를 사랑하는 한편 두려워하여 학업을 태만히 하지 못했다.

혼인을 의논할 때가 되었다. 심희수가 일타홍 때문에 처를 얻을 수 없다 하니, 일타홍이 그 마음을 알고 엄하게 꾸짖었다.

"당신은 명문가 자제로서 앞길이 만 리 같은데 어찌 천한 기생 하나 때문에 인륜을 저버리려 하십니까? 소첩 때문에 한집안이 망하는 일은 절대 볼 수 없습니다. 소첩은 이제 떠나렵니다."

심희수가 어쩔 수 없이 처를 얻겠다고 하자 일타홍은 그제야 흥분을 가라앉히고 말을 부드럽게 했다. 일타홍은 모부인 섬기듯 희수의 처를 섬겼다. 또 심희수에게는 날을 정해주어 사오일은 안방에서 자게 하고, 자기 방에는 하루만 들어오도록 했다. 간혹 때를 어기면 반드시 문을 걸어 잠그고 받아주지 않았다. 이렇게 몇 년이 지나니 심희수는 다시 공부를 지겨워하기 시작했는데 그런 마음이 전보다 배는 더했다. 하루는 일타홍에게 편지를 던져주고 누워 말했다.

"당신이 나보고 열심히 공부하라 한들 내가 하고 싶지 않은데 어쩔 거요?"

일타홍은 태만하고 게을러진 희수의 마음을 말로는 다룰 수 없다는 것을 알아차렸다. 그래서 희수가 외출한 때를 틈타 모부인에게 고했다.

"서방님의 공부 싫어하는 병이 요즘 더욱 심해졌습니다. 소첩의 정성으로도 어쩔 수가 없습니다. 소첩은 이제 떠나렵니다. 제가 떠나는 것은 서방님을 격려하고 권면하기 위해서입니다. 첩이 비록 문을 나서서 떠나지만 그것이 어찌 영원한 작별을 뜻하겠습니까? 서방님이 과거에 급제했다는 소문이 들리면 당장 돌아오겠습니다."

그러고는 일어나 절을 하고 하직했다. 모부인이 손을 잡고 말했다.

"자네가 우리집에 오고 나서 사납고 막돼먹은 녀석이 엄한 선생을 맞이한 듯했지. 다행스럽게도 몽학蒙學·어린아이의 공부은 면했으니 이게 다 자네 덕분이야. 그런데 책 읽는 걸 싫어한다는 이유만으로 우리 모자를 버리고 떠난단 말이냐?"

일타홍은 일어나 절을 올리고서 말했다.

"소첩이라고 목석이 아니니 어찌 이별의 아픔을 모르겠습니까? 그러나 격려하고 권면하는 방법은 오직 이것뿐입니다. 서방님이 돌아와, 첩이 떠났으며 급제하고 나서 다시 만나자고 했다는 말을 전해들으면 반드시 분발해 열심히 공부할 겁니다. 길면 육칠 년, 짧으면 사오 년입니다. 첩은 마땅히 몸을 깨끗이 하고 살면서 급제하실 날을 기다리겠습니다. 부디 이 뜻을 서방님께 전해주십시오. 이것이 제가 바라는 바입니다."

일타홍은 서슴없이 문을 나서서 안주인 없는 늙은 재상의 집을 찾아가 거처를 얻었다. 일타홍이 늙은 재상에게 말했다.

"저는 화를 입은 집에서 살아남아 애달프게도 몸을 의탁할 곳이 없나이다. 부디 저를 종으로 삼아주시기 바랍니다. 미미한 정성으로나마 바느질과 술, 음식을 삼가 살피겠나이다."

늙은 재상은 단아하고 아담하며 총명하고 지혜로운 일타홍을 보고, 가련하게 여기고 또 마음에 들어하여 붙어살도록 허락해주었다. 일타홍은 그날부터 부엌으로 들어가 음식을 마련했다. 음식이 맛있고 입맛에 맞으니 재상이 그녀를 더욱더 기특하게 여기고 사랑해주었다.

재상이 말했다.

"이 늙은이가 기구한 운명을 타고났는데 다행히도 너를 얻어 옷과 음식이 몸과 입에 맞는구나. 이제 의지할 곳이 생겼다. 내가 이미 네게 마음을 주었고 너 역시 내게 정성을 다하니 오늘부터 아버지와 딸의 정을 맺자구나."

그뒤로 일타홍을 안채에 머물게 하고 딸이라고 불렀다.

한편 희수가 집에 돌아오니 일타홍이 보이지 않았다. 이를 이상하게 여겨 모부인에게 물으니, 모부인은 일타홍이 작별하면서 남긴 말을 전하고 그를 꾸중했다.

"네가 공부를 싫어해 이 지경이 되었다. 장차 무슨 면목으로 세상에 나선단 말이냐? 그 아이는 네가 급제할 날만 기다린다 했다. 그 사람 됨됨이로 식언을 할 리가 없지. 만약 급제하지 못한다면 이생에서는 다시 만날 기약이 없다. 네 뜻대로 하거라."

그 말을 들은 희수는 고통스러웠고 커다란 무언가를 잃은 듯했다. 며칠 동안 경성 안팎을 두루 돌아다녀보았지만 끝내 일타홍의 종적을 찾을 수 없었다.

마침내 심희수는 속으로 맹세했다.

'내가 한 여인에게 버림받는다면 무슨 면목으로 다른 사람들을 대하겠는가? 그 사람은 내가 급제하면 다시 만나겠다고 약속했지. 단단히 마음먹고 열심히 공부해 그 사람을 다시 만나야겠다. 급제하지 못하여 약속을 지키지 못한다면 살아서 무엇하리?'

그때부터 문을 닫아걸고 사람도 만나지 않으며 밤낮 쉬지 않고 공부에 정진하니 불과 몇 년 만에 과거에 급제했다.

심희수는 과거 급제자로서 유가[2]하는 날 선배들을 두루 방문했다. 늙은 재상은 심희수 아버지의 친구였는데, 심희수가 지나는 길에 찾아뵈었다. 재상은 흔쾌히 그를 맞아들여 고금古今을 논했다. 희수도 그 댁에 머물며 조용히 이야기를 나누었다. 이윽고 안에서 음식이 나왔다. 희수는 상 위의 음식을 보고 얼굴빛이 달라져 슬픈 빛을 띠었다. 재상이 이상히 여기며 그 까닭을 물었다. 희수는 일타홍과의 사연을 상세히 말해주었다. 그리고 덧붙여 말했다.

"소생이 각고의 노력으로 공부하고 마침내 과거에 급제한 것은 오로지 그 사람을 다시 만나기 위해서였습니다. 오늘 이 음식들을 보니 일타홍이 만든 것과 똑같은 듯합니다."

늙은 재상이 일타홍의 나이와 생김새를 물어보더니 말했다.

"나에게 양녀가 있다네. 어디서 왔는지는 모르나 그 아이가 일타홍이

---

2) 유가(遊街): 과거 급제자가 광대를 데리고 풍악을 올리면서 거리를 돌며 시험관, 선배, 친척 등을 찾아보던 일.

아닐까 싶네."

말이 채 끝나기도 전에 한 아름다운 여인이 뒤창을 열고 들어와서는 심희수를 끌어안고 통곡했다. 심희수가 일어나 재상에게 절하며 말했다.

"어르신, 이제 이 여인을 소생께 허락해주셔야겠습니다."

주인이 말했다.

"내 이승을 떠날 날이 멀지 않은 나이에 운좋게 이 아이를 얻어 죽을 때까지 의지하려 했네. 지금 이 아이를 보내면 이 늙은이는 수족을 잃게 되는 것이나 마찬가지일세. 일이 참 난처하게 되었네. 그러나 그 사연이 참으로 기특하고 서로 이와 같이 사랑하니, 내 어찌 허락하지 않을 수 있겠나?"

심희수가 일어나 절을 하면서 거듭거듭 감사하다고 말했다. 날은 이미 어두워졌다. 심희수는 일타홍과 나란히 말에 올라 횃불로 앞을 밝히며 나아갔다. 심희수는 자기 집 문 앞에 이르자 급한 목소리로 모부인을 불렀다.

"일타홍이 왔습니다! 일타홍이 왔어요!"

모부인도 기쁨을 이기지 못하고 중문 안까지 나와 일타홍의 손을 잡고 섬돌을 올라갔다. 온 집에 기쁨이 넘쳐났고 예전의 좋은 관계가 이어졌다.

심희수는 뒤에 천관랑[3]이 되었는데, 하루는 일타홍이 옷깃을 여미며 말했다.

"소첩이 정성 한 가닥을 바친 것은 오로지 진사님의 성취를 위해서였지요. 십여 년간 다른 일에는 전혀 신경을 못 썼네요. 고향에 계시는 부

---

3) 천관랑(天官郎): 천관은 이조(吏曹)를 달리 이르는 말로, 육조 중 으뜸이라는 뜻이다. 천관랑은 이조의 낭관이다.

모님의 안부조차도 들을 겨를이 없었지요. 그것이 요즘 밤낮으로 첩의 마음을 건드립니다. 진사님은 이제 마땅히 그럴 수 있는 자리에 오르셨으니, 부디 저를 위해 금산 원님이 되시어 첩이 살아생전에 부모님을 뵐 수 있도록 해주십시오. 그러면 지극한 한을 풀 수가 있겠습니다."

심희수가 말했다.

"그건 일도 아니오."

심희수는 걸군[4]하는 소를 올려 금산 원이 되어서는 일타홍을 데리고 함께 임지로 갔다. 부임하던 날에 일타홍 부모의 안부를 물으니 모두 평안했다.

사흘 뒤 일타홍은 관청에서 술과 음식을 성대하게 마련하여 본가로 갔다. 부모님께 절을 올리고 친척들을 모아 삼일 동안 큰 잔치를 열었다. 옷과 갖가지 용품도 풍성하게 마련해 부모님께 드렸다.

"관아는 사사로운 집과 다르고 관가의 안식구는 다른 사람과 더욱 다르답니다. 부모님과 형제들이 가족이라 해서 빈번히 출입한다면 구설에 올라 관에서 다스리는 데 누를 끼칠 것입니다. 이제 저는 관아로 돌아가면 다시 나오기 어렵습니다. 자주 연락도 못 드릴 것입니다. 제가 서울에 있다 생각하시고 왕래나 연락을 삼가 안팎의 구분을 엄격히 해주세요."

그러고는 작별의 절을 하고 들어갔다. 그뒤로 일타홍은 한 번도 밖으로 연락을 하지 않았다.

거의 반년이 지난 어느 날, 내실의 여종이 나와서 소실의 뜻이라며 희수에게 들어와달라고 청했다. 희수가 마침 공무가 있어 즉시 일어나지 못하고 있는데, 여종이 거듭 와서 청했다. 그가 이상하게 여겨 들어가서

---

4) 걸군(乞郡): 조선시대에 문과에 합격한 사람이 부모를 공양하고자 고향의 수령 자리를 청하던 일.

살펴보니, 일타홍은 새 옷을 입고 새로 만든 침석에 누워 있었다. 별달리 아픈 데가 없는데도 애달픈 표정으로 말했다.

"소첩은 오늘 진사님과 영결하고 먼길을 떠나야 할 것 같습니다. 부디 옥체를 소중히 보살피시어 오래도록 영광과 부귀를 누리십시오. 첩 때문에 마음 아파하지 마시고요. 첩의 몸은 진사님 선영 아래에 묻어주십시오. 이것이 제 소원입니다."

일타홍은 말을 마치자 문득 숨이 끊어졌다. 심희수는 통곡하다 말했다.

"내가 밖으로 나온 것은 오직 당신을 위해서였소. 오늘 당신이 세상을 떠났으니 나 혼자 어찌 여기에 머물겠소?"

그러고는 사단5)을 올리고 도체圖遞, 자기 스스로 벼슬이 바뀌기를 피함했다. 심희수는 일타홍의 관을 따라 길을 떠났다. 금강에 이르러 애도의 시를 지었다.

　　붉은 연꽃 한 떨기 상여 수레에 실렸네
　　향기로운 혼은 어느 곳에서 머뭇거리나
　　금강에 내리는 가을비 단정丹旌을 적시니
　　아름다운 그대 이별하며 흘리는 눈물 아닌가

得佳妓沈相國成名
沈一松喜壽, 早孤失學, 自編6)髮時, 專7)事豪8)宕, 日夜往來於狹9)

---

5) 사단(辭單): 하직 단자. 신하가 사사로이 여행할 때 사유서를 바쳐 허가를 받고 나서 출발을 아뢰는 사직 단자.
6) 編: 국도본·가람본은 "偏"으로 잘못 표기.
7) 專: 국도본·고대본·동양본·가람본에는 '全'으로 잘못 표기.
8) 豪: 동양본에는 '蕩'으로 표기.
9) 狹: 성균관대본에는 '挾'으로 표기.

斜10)靑樓, 公子王孫之宴, 歌娥舞女之會, 無處不往, 蓬頭突鬢, 破履廢11)衣, 少無羞澁, 人皆目之以狂童. 一日又赴權宰宴席, 雜於紅綠叢中12), 唾罵而不顧, 毆逐而13)不去. 妓中有少年名妓一朶紅者, 新自錦山上來, 容貌歌舞, 獨步一世. 沈童慕其色, 接席而坐, 14)少無厭苦之色, 時15)以秋波, 微察其動靜之色, 仍起如厠, 以手招, 沈童起而從之, 則紅附耳語曰: "君家何在?" 沈童16)詳言某洞第幾家, 紅曰: "君須先往, 妾當隨後卽往矣. 幸俟之, 妾不失信矣." 沈童大喜過望, 先歸家, 掃塵而俟之. 日未暮, 紅果如約而來, 沈童不勝欣幸, 與之接膝而酬酌, 一童婢17), 自內而出見其狀, 回18)告於其母夫人, 19)夫人以其子之狂宕爲憂, 方欲招而責之, 紅曰: "催呼童婢以來, 吾將入謁於大夫人矣." 沈童如其言, 呼婢使通, 則紅入內拜於階下曰20): "某是錦山新來妓某也. 今日某宰相宴會, 適見貴宅都令矣. 諸人皆以狂童目之, 而以賤妾愚見, 可知大貴21)人氣像. 然而其氣太麤粗, 可謂色中餓鬼22), 今若不得抑制, 則將23)至不成人之境, 不如因其勢, 而利導之. 妾自今日爲都令, 斂跡24)於歌舞花柳之場, 與之周旋於筆硯書籍之間, 冀其有成就之道矣, 未知夫人意下如何. 妾如或以情欲25), 而有此言, 則何必取貧寒

---

10) 狹斜(협사): 장안(長安)의 유곽.
11) 廢: 동양본에는 '弊'로 표기.
12) 紅綠叢中(홍록총중): 기생의 무리 중.
13) 而: 국도본에는 탈락.
14) 동양본에는 '紅'이 더 나옴.
15) 時: 고대본·가람본에는 탈락.
16) 童: 고대본에는 탈락.
17) 婢: 동양본에는 탈락.
18) 回: 국도본·고대본·가람본·성균관대본에는 '貌'로 표기. 이럴 때는 '見其狀貌'로 끊어 읽음.
19) 국도본·가람본에는 '母'가 더 나옴.
20) 曰: 국도본·고대본·가람본·성균관대본에는 탈락.
21) 大貴: 국도본·고대본·가람본·성균관대본에는 '貴大'로 표기.
22) 국도본·고대본·가람본·성균관대본에는 '也'가 더 나옴.
23) 국도본에는 '不'가 더 나옴.
24) 跡: 고대본에는 '迹'으로 표기.
25) 欲: 국도본에는 '慾'으로 표기.

寡宅之狂童²⁶⁾乎? 妾雖侍側, 決不使任情受傷矣, 此則勿慮焉." 夫人曰:
"吾兒早失家嚴, 不事學業, 全事狂蕩, 老身無以制之, 方以是晝宵熏²⁷⁾心
矣. 今焉何來好風吹送如²⁸⁾汝佳人? 使吾家之狂童, 得至成就, 則可謂莫大
之恩也, 吾何嫌何疑? 然而吾家素貧, 朝夕難繼, 汝以豪奢之妓女, 其能忍
飢寒, 而留此乎?" 紅曰: "此則少無所嫌, 萬望勿慮." 遂自其日, 絶跡²⁹⁾於娼
樓, 隱身於沈家, 其梳³⁰⁾頭洗垢之節, 終始不忘. 日出則³¹⁾使之挾冊, 學於隣
家, 歸後坐於案頭, 晨夕勸³²⁾課, 嚴立科程, 少有怠意, 則勃然作色, 以別去
之意恐動, 沈童愛而憚之, 課工不懈. 及到議親之時, 沈童以紅之故, 不欲
娶妻, 紅知其意, 詰其故, 乃³³⁾嚴責曰: "君以名家子弟, 前程萬里, 何可因一
賤娼, 而欲廢大倫乎? 妾決不欲因妾之故, 而使之亡家矣. 妾則從此去矣."
沈童不得已娶妻, 紅下氣怡聲, 洞洞屬屬³⁴⁾, 事之如事老夫人, 使沈童, 定日
限, 四五日入內房, 則一日許入其房, 如或違期, 則必掩門不納. 如是者數
年, 沈生厭學之心, 尤倍於前, 一日投書於紅而臥曰: "汝雖勤於勸課, 其於
吾之不欲何?" 紅度其怠惰之心, 有不可以口舌爭³⁵⁾也. 乘沈生出外之時, 告
老夫人曰: "阿郞厭學³⁶⁾之症, 近日尤甚, 雖以妾之誠意, 亦無奈何矣, 妾從
此告辭矣, 妾之此去, 卽激勸之策也, 妾雖出門, 何可永辭乎? 如聞登科之
報, 則須當卽地還來矣." 仍起而³⁷⁾拜辭, 夫人執手而言曰: "自汝之來, 吾家

---

26) 狂童: 국도본·고대본·가람본·성균관대본에는 '子'로 표기.
27) 熏: 가람본·성균관대본에는 '重'으로 표기.
28) 如: 국도본·고대본·가람본·성균관대본에는 탈락.
29) 跡: 고대본에는 '迹'으로 표기.
30) 梳: 동양본에는 '搔'로 표기.
31) 則: 고대본에는 탈락.
32) 勸: 동양본·국도본·가람본·성균관대본에는 '勤'으로 표기.
33) 乃: 국도본·고대본·성균관대본에는 '仍'으로 표기.
34) 洞洞屬屬(동동속속): 공경하고 삼가서 매우 조심스러움.
35) 고대본·성균관대본에는 '生'이 더 나옴.
36) 學: 국도본·고대본·동양본·가람본·성균관대본에는 '讀'으로 표기.
37) 而: 국도본·고대본·가람본·성균관대본에는 탈락.

狂悖之兒, 如得嚴師, 幸免蒙學者, 皆汝之力也. 何因厭讀[38]微事, 舍我母子而去也?"紅起拜曰: "妾非木石, 豈不知別離之苦乎? 然而[39]激勸之道, 惟在於此一條, 阿郞歸, 聞妾之告辭而以決科後更逢爲約之言, 則必也發憤勤業矣. 遠則六七年, 近則四五年間事[40]也, 妾當潔身而處, 以俟登科之期矣, 幸以此意, 傳布于阿郞, 是所望也."仍慨然出門, 遍[41]訪老宰[42], 無內眷之家, 得一處, 見其主人老宰而言曰[43]: "禍家餘生, 苦無托身之所, 願得側婢僕之列, 以[44]效微誠, 針線酒食, 謹當看檢矣."其老宰見其端麗聰慧, 憐而愛之, 許其住接, 紅自其日, 入廚備饌, 極其甘旨, 適其食性, 老宰尤奇愛之, 仍曰: "老人以奇窮之命, 幸得[45]如汝者, 衣服飮食, 便於口體, 今則依賴有地, 吾旣許心, 汝亦殫誠, 自今結父女之[46]情, 可也."仍使之入處內舍, 以女呼之. 沈生歸家, 則紅已無去處[47], 怪而問之, 則其母夫人, 傳其臨別時言, 而責之曰: "汝以厭學之故, 至於此境, 將以何面目, 立於世乎? 渠旣以汝之登科爲期, 其爲人也, 必無食言之理, 汝若不得決科, 則此生無更逢之期矣, 惟汝意[48]爲之."沈生聞而悶之, 如有所失矣, 數日遍訪於京城內外, 終無踪跡, 乃矢于心曰: "吾爲一女之所見棄, 以何顔面[49]對人? 彼旣有[50]科後相逢之約, 吾當刻意工課[51], 以爲故人相逢之地, 而如不得科名,

---

38) 讀: 국도본·고대본·가람본·성균관대본에는 '學'으로 표기.
39) 而: 국도본·고대본·가람본·성균관대본에는 탈락.
40) 事: 국도본·고대본·가람본·성균관대본에는 탈락.
41) 遍: 고대본·가람본·성균관대본에는 '適'으로 잘못 표기.
42) 국도본·고대본·가람본·성균관대본에는 '相'이 더 나옴.
43) 言曰: 국도본·고대본·가람본·성균관대본에는 탈락.
44) 以: 국도본·고대본·가람본·성균관대본에는 탈락.
45) 得: 국도본·고대본·가람본·성균관대본에는 탈락.
46) 之: 국도본·고대본·가람본·성균관대본에는 탈락.
47) 去處: 국도본·고대본·가람본·성균관대본에는 '處地'로 표기.
48) 意: 국도본·고대본·가람본·성균관대본에는 '念'으로 표기.
49) 顔面: 국도본·고대본·가람본·성균관대본에는 '面目'으로 표기.
50) 고대본에는 '登'이 더 나옴.
51) 課: 고대본에는 '科'로 표기.

而不如約, 則生亦何⁵²⁾爲?" 遂杜門謝客, 晝夜不輟, 其做讀, 纔過數年, 巍捷龍門. 生以新恩遊街之日, 遍訪先進, 老宰卽沈之父執也, 歷路拜謁, 則老宰欣然迎之, 敍古話今, 留與從容做話, 已而自內饋饌⁵³⁾, 新恩見盃盤饌品, 愀然變色, 老宰怪而問之, 則遂以紅之⁵⁴⁾始末詳言之, 且曰: "侍生之刻意做業, 以至登科者, 全爲故人相逢之⁵⁵⁾地也, 今見饌品, 宛是紅之所爲也, 故自爾傷心矣." 老宰問其年紀狀貌, 而言曰: "吾有一介養女, 而不知所從來矣, 無乃此女乎?" 言未畢, 忽有一佳人, 推後窓而⁵⁶⁾入, 抱新恩而痛哭, 新恩起拜於主人曰: "尊丈今則不可不許此女於侍生矣!" 主人曰: "吾於垂⁵⁷⁾死之年, 幸得此女, 依以⁵⁸⁾爲命, 今若許送, 則老夫如失左右手矣, 事雖難處, 而其事也, 甚奇, 相愛也, 如此, 吾豈忍不許?" 新恩起拜而僕僕稱謝. 日已昏黑, 與紅幷騎一馬, 以炬火導前⁵⁹⁾而行, 及門, 疾聲呼母夫人曰: "紅娘來矣! ⁶⁰⁾來矣!" 其母夫人, 不勝奇喜, 履及於中門之內, 執紅之手, 而升階, 喜溢堂宇, 復續前好. 沈後爲天官郞, 一夕紅斂袵而言曰: "妾之一端心誠, 專爲進賜之成就, 十餘年, 念不及他, 吾鄕父母之安否, 亦不遑聞之矣, 此是妾之日夜⁶¹⁾撫心者也, 進賜今當可爲之地, 幸爲妾求爲錦山宰, 使妾得見父母於生前, 則⁶²⁾至恨畢矣." 沈曰: "此至易之事." 乃治疏乞郡, 果爲錦山倅, 挈紅偕往. 赴任之日, 問紅之父母安否, 則果皆無恙⁶³⁾. 過三日

52) 何: 국도본에는 탈락.
53) 饌: 고대본에는 탈락.
54) 之: 국도본·고대본·가람본·성균관대본에는 탈락.
55) 之: 고대본에는 탈락.
56) 而: 국도본·고대본·동양본·가람본·성균관대본에는 '突'로 표기.
57) 垂: 고대본·가람본·성균관대본에는 '毛'로 잘못 표기.
58) 以: 동양본에는 '而'로 표기.
59) 前: 국도본·고대본·가람본·성균관대본에는 탈락.
60) 국도본·고대본·성균관대본에는 '紅娘'이 더 나옴. '紅娘'이 한 번 더 들어가는 게 맞음.
61) 日夜: 국도본·고대본·가람본에는 탈락.
62) 則: 국도본·고대본·가람본·성균관대본에는 탈락.
63) 恙: 동양본에는 '蟲'으로 표기.

後, 紅自官府[64], 盛具酒饌, 而往其本家, 拜見父母, 會親黨, 三日大宴, 衣服需用[65]之資, 極其豊厚, 以遺其[66]父母而言曰: "官府異於私室, 官家之內眷, 尤有別於他人, 父母與[67]兄弟, 如或因緣, 而頻數出入, 則招人言, 累官政. 兒今入衙, 一入之後, 不得更出, 亦不得頻頻相通, 以在京樣知之, 勿復往來相通, 以嚴內外之分." 仍拜辭而入, 一未相通于外. 幾過半年[68], [69]內婢以小室之意來請入[70], 適有公事, 未卽起, 婢子連續來請, 公怪之入內, 而問之, 則紅着新件衣裳, 鋪新件枕席, 別無疾恙, 而顔帶悽愴之色, 而言曰: "妾於今日, 永訣進賜, 而長逝之期也. 願進賜保重, 長享榮貴, 而勿[71]以妾之故, 而疚[72]懷焉. 妾之遺体[73], 幸返葬於進賜先塋之下, 是所願也." 言罷, 奄然而歿[74], 公哭之痛, 仍曰[75]: "吾之出外, 只爲紅[76]娘故也. 今焉渠已身死, 我何獨留?" 仍呈辭單而圖遞, 以其柩同行, 至錦江, 有悼亡[77]詩.(一朵紅蓮[78]載柳車, 香[79]魂何處乍[80]踟躕, 錦江秋雨丹旌濕, 疑是佳人泣別[81]餘.)

---

64) 府: 고대본에는 '赴'로 잘못 표기.
65) 而往其本家, 拜見父母, 會親黨, 三日大宴, 衣服需用: 국도본·고대본·가람본·성균관대본에는 탈락.
66) 其: 고대본·가람본·성균관대본에는 탈락.
67) 與: 국도본·고대본·가람본·성균관대본에는 탈락.
68) 고대본·가람본·성균관대본에는 '而'가 더 나옴.
69) 동양본에는 '一日'이 더 나옴.
70) 入: 고대본에는 탈락.
71) 勿: 국도본·고대본·가람본·성균관대본에는 '毋'로 표기.
72) 疚: 국도본·가람본·성균관대본에는 '疾'로 잘못 표기.
73) 体: 고대본에는 '體'로 표기.
74) 歿: 고대본·가람본·성균관대본에는 '殂'로 표기.
75) 曰: 국도본·고대본·가람본·성균관대본에는 '言'으로 표기.
76) 紅: 고대본·가람본·성균관대본에는 탈락.
77) 국도본·고대본·가람본·성균관대본에는 '之'가 더 나옴.
78) 蓮: 국도본·고대본·동양본에는 '雲'으로 표기.
79) 香: 국도본·고대본·동양본·가람본·성균관대본에는 '芳'으로 표기.
80) 乍: 국도본·고대본·동양본·가람본·성균관대본에는 '更'으로 표기.
81) 泣別: 국도본·고대본·동양본·가람본·성균관대본에는 '別淚'로 표기.

고리장이 사위가 되어 망명한 이장곤

연산군 때 갑자사화가 크게 일어나자 이씨 성의 한 교리校理가 망명을 하여 보성 땅에 이르렀다. 목이 많이 마르던 차에 한 여자아이가 냇가에서 물을 긷고 있길래 다가가서 물을 좀 달라 했다. 아이는 바가지에 물을 가득 뜨고 냇가 버들잎을 따서 물에 띄워주었다. 이씨가 속으로 이상하게 여겨 물었다.

"길손이 지나다가 목이 너무 말라 급히 마실 물을 구했을 뿐인데, 버들잎은 왜 띄워주었니?"

여자아이가 대답했다.

"어르신의 갈증이 심해 보이길래 너무 급히 냉수를 마시면 병이 날까봐 버들잎을 띄워 좀 천천히 드시게 하려 했습니다."

그가 놀라고 기특하게 여겨 어느 댁 딸이냐고 묻자, 그녀가 "냇가 건너편 고리장이[1] 집 딸입니다"라 했다.

그는 아이를 따라 고리장이의 집으로 갔다. 그리고 그 집 사위가 되게 해달라고 청해 몸을 의탁했다. 하지만 귀한 서울 사람이 버들고리 짜는 법을 어찌 알겠는가? 다른 할일도 없어 날마다 낮잠이나 잘 뿐이었다.

고리장이 부부가 화를 내며 욕했다.

"버들고리 짜는 데 도움이 될까 싶어 사위로 맞았건만, 새로 들어온 사위란 놈이 아침저녁만 챙겨 먹고 밤낮 잠만 자니 밥주머니가 따로 없구나!"

그날부터 아침저녁을 반으로 줄였다. 처가 불쌍히 여기고 민망하게 생각해 매일 솥에 붙어 있는 누룽지를 조금씩 더 주었으니, 부부간의 정이 이처럼 돈독했다.

몇 년이 지나 중종반정이 일어났다. 조정이 물갈이되고, 어지러운 조정에서 죄를 얻어 몰락했던 무리가 한꺼번에 사면을 받아 다시 벼슬을 얻게 되었다. 이씨에게도 관직이 내려지자 행회[2]는 팔도에 명을 내려 이씨를 찾게 했다. 이씨도 그 소식을 풍문으로 들었다.

마침 그때는 주인 영감이 관행官府에 고리짝을 납품하는 날인 초하루였다. 이씨가 장인 영감에게 말했다.

"이번 초하루에는 제가 고리짝 납품을 하고 오겠습니다."

장인이 책망하며 말했다.

"너같이 잠만 자는 녀석이 동서도 분간 못하면서 어떻게 고리짝을 관청에 납품한단 말이냐? 내가 직접 해도 매번 퇴짜를 맞는데 너 같은 녀석이 무사히 납품을 하겠다고?"

장인이 허락을 하지 않으려 하자 이씨의 처가 말했다.

"시험삼아 한번 보내보지 그래요?"

그제야 장인이 허락했다. 이는 고리짝을 짊어지고 관가 문 앞에 도착

---

1) 고리장이: 유기장(柳器匠). 고리버들로 고리짝이나 키 따위를 만들어 파는 일을 직업으로 하는 사람.
2) 행회(行會): 관청의 우두머리가 조정의 명령을 부하들에게 알리고 실행 방안을 의논하고자 모이던 일. 또는 그런 모임.

했다. 그러고는 곧바로 마당으로 들어가 앞으로 나아가면서 큰 소리로
말했다.

"아무 곳 고리장이 고리짝 납품하러 왔소!"

본관 사또는 평소 이씨와 절친한 무관이었다. 그 모습을 보고 목소리
까지 듣고서 깜짝 놀라 마루에서 내려가 이씨의 손을 잡고 자리로 올라
왔다.

"이공이야! 이공이 왔네! 어디에 숨어 있다가 이런 모양으로 돌아왔
나? 조정에서 자넬 찾은 지가 이미 오래야. 감영의 공문도 두루 돌고 있
으니 속히 상경하는 게 좋겠네."

술과 안주를 바치라고 명하고 의관을 꺼내오게 해 이씨가 옷을 갈아
입도록 했다. 이씨가 말했다.

"죄를 지은 사람이 고리장이 집에서 구차하게 오늘까지 연명해왔으
니, 하늘의 해를 다시 보리라고 생각이나 했겠나?"

본관 사또는 이교리가 읍에 있다고 감영에 보고했다. 그리고 그에게
역마를 재촉해 상경하도록 했다. 이씨가 말했다.

"삼 년간 머물렀던 주인집 정을 버릴 순 없지. 또 조강지처의 정도 있
다네. 내 주인옹에게 작별인사를 드려야겠네. 지금 돌아갈 테니 자네는
내일 아침 내가 머무는 곳으로 와주게나."

본관 사또가 그러겠다고 했다. 이씨는 올 때 입었던 옷으로 갈아입고
문을 나서서 고리장이의 집으로 돌아가서 말했다.

"오늘 고리짝은 무사히 상납했습니다!"

주인 영감이 말했다.

"이상하다! 옛말에 올빼미도 천 년에 꿩 한 마리는 잡는다더니 정말
허황된 말이 아닐세! 우리 사위도 남이 하는 일을 할 수 있단 말이지?
기특하다! 기특해! 오늘 저녁밥은 몇 숟가락 더 주거라."

다음날 이씨는 아침 일찍 일어나 대문과 마당에 물을 뿌리고 청소를

했다. 주인 영감이 말했다.

"우리 사위가 어제는 고리짝을 잘 납품하고 오더니, 오늘 아침에는 마당 청소도 잘하는구나. 오늘은 해가 서쪽에서 뜨겠다."

이씨가 마당에 멍석을 깔았다. 주인 영감이 물었다.

"멍석으로 뭘 하려고 그러나?"

"본관 사또님이 오늘 아침 행차하시는 고로 이렇게 했습니다."

주인 영감이 비웃으며 말했다.

"자네 어찌 잠꼬대하는가? 본관 사또님이 우리집에 행차하신다냐? 천부당만부당한 이야기야. 이제 보니 어제 고리짝도 길가에 버리고는 잘 납품했다고 거짓말을 했군그래."

그 말이 채 끝나기도 전에 본관 공방 아전이 숨을 헐떡이며 고운 빛깔의 돗자리를 가져와 방 가운데 펼치며 말했다.

"사또님 행차가 곧 도착하실 겁니다."

고리장이 부부는 허둥지둥하며 머리를 감싸고 울타리 사이에 숨었다. 잠시 뒤 전도前導, 고관 행차를 앞에서 인도하는 의장병의 구령소리가 들려오더니 본관 사또가 말을 타고 도착했다. 그가 말에서 내려 방으로 들어가 이씨와 인사를 나누고 나서 물었다.

"형수님은 어디 계신가? 나오시도록 하게나."

이씨가 처를 불러 절을 하게 했다. 그녀가 초라한 차림으로 나와 사또에게 절했다. 비록 낡은 옷을 입었지만 용모와 범절이 단아했으니 미천한 여자와는 다른 데가 있었다. 본관 사또가 공경을 표하면서 말했다.

"이학사가 궁지에 몰렸을 때 형수께 의지하여 오늘까지 살아남았습니다. 의기 있는 남자라도 이보다 더할 수는 없을 겁니다. 감탄하지 않을 수가 없군요."

그녀가 옷깃을 여미며 대답했다.

"미천하디미천한 촌부가 군자의 건즐을 받들게[3] 되었습니다. 이렇게 귀하신 분을 전혀 몰라뵈어 접대가 그동안 너무나 무례했습니다. 큰 죄를 지었을 따름이니 귀하신 어르신의 치사를 어찌 감당하겠습니까? 사또 나리님께서 오늘 미천한 사람이 지내는 누추한 곳에 와주셨으니 저희에겐 지극한 영광입니다. 다만 천한 여인의 집에 오셨으니 복력福力이 상할까 걱정입니다."

본관 사또는 그 말을 다 듣고 종들에게 고리장이 부부를 불러오게 해 좋은 낯으로 대하며 술을 내렸다. 이윽고 이웃 읍 수령들도 연이어 와서 알현하고, 순사巡使 역시 막객을 보내 안부를 물어봐왔다. 고리장이 집 문밖에는 사람들과 말들이 몰려 떠들썩했고 구경하는 무리가 담처럼 둘러쌌다.

이씨가 본관 사또에게 말했다.

"저 사람이 비록 천한 신분이나 나와 몸을 섞은 사이이니 반드시 배필로 삼겠네. 여러 해 고생하면서도 지극정성이었으니 내가 오늘 귀하게 되었다 해도 우리 사이를 바꾸지 않겠네. 가마 하나를 빌렸으면 하네. 저 사람과 함께 가겠네."

본관 사또가 그 자리에서 가마를 구해주고 행장을 갖추어 배웅했다.

이학사가 입궐하여 사은할 때, 중종께서 납시어 떠돌던 날의 전말을 물었다. 그는 그간의 일을 소상하게 아뢰었다. 임금이 거듭 감탄하며 말했다.

"이 여자를 천첩賤妾으로 대접하는 것은 옳지 않다. 특별히 신분을 올려 후처로 삼는 것이 옳겠도다."

이학사는 그녀와 해로했다. 영화와 귀함이 비할 바가 없었으며 자녀도 많았다.

---

3) 건즐(巾櫛)을 받들게: 여자가 아내나 첩이 됨을 겸손하게 이르는 말.

이것은 판서 이장곤[4]의 일이라 한다.

贅柳匠李學士亡命

燕山朝士禍大起, 有一李姓, 以校理亡命, 行到寶城地, 渴甚見一童女, 汲於川邊, 趁而求飮, 其女以匏盛水, 而摘川邊柳葉, 浮之[5]中而給之, 心竊怪之問曰: "過客渴甚, 急欲求飮, 何乃以柳葉浮水而給之也?" 其女對曰: "吾觀客子甚渴, 若或急飮冷水, 則必也生病故, 故以柳葉浮之, 使之[6]緩緩飮之之故也." 其人大驚異之, 問是誰家女, 對曰: "越邊柳器[7]匠家女也."云. 其人乃隨其後, 而往柳[8]匠家, 求爲其婿, 而托身焉. 自以京華貴客, 安知柳器之織造乎? 日無所事, 以午睡爲常, 柳[9]匠之[10]夫妻怒罵曰: "吾之迎婿, 冀欲助[11]柳器之役矣, 今爲新婿, 只喫朝夕飯, 晝夜昏睡, 卽一飯囊也!"云. 而

---

4) 이장곤(李長坤, 1474~1519): 1495년에 생원시에 장원으로 합격하고, 1502년 알성문과에 을과로 급제했다. 1504년 교리로서 갑자사화에 연루되어 이듬해 거제도에 유배되었다. 한편, 연산군은 이장곤이 용맹하고 무예를 갖추었기에 변을 일으킬까 두려워하여 그를 잡아 올려 처형하려 했다. 그는 이를 눈치채고 함흥으로 달아나 양수척(楊水尺)의 무리에 발을 붙이고 숨어 살았다. 그해 중종반정으로 자유의 몸이 되고 나서 사가독서를 하고, 1508년에 박원종의 추천으로 다시 기용되어 홍문관부교리·교리·사헌부장령을 거쳐 이듬해 동부승지가 되었다. 이어 평안도병마절도사가 되었으며, 이듬해 이조참판이 되고, 1514년에 예조참판으로 정조사가 되어 명나라에 다녀왔다. 1515년 대사헌이 되고, 이듬해 전라도 관찰사에 임명되었으나 북쪽 변경의 일을 잘 안다 하여 곧 함경도 관찰사로 교체되었다. 1518년에 대사헌을 거쳐 이조판서가 되었다. 심정(沈貞)·홍경주 등에게 속아 기묘사화를 일으키는 데 가담했으나, 이들의 목적이 조광조를 비롯한 신진 사류들을 죽여 없애려는 것임을 알고 이들의 처형에 반대했다. 이 일로 심정 등의 미움을 사서 결국 관직이 삭탈되었다.
5) 가람본에는 '水'가 더 나옴.
6) 使之: 국도본에는 탈락.
7) 器: 국도본·고대본·가람본·성균관대본에는 탈락.
8) 국도본·고대본·가람본·성균관대본에는 '器'가 더 나옴.
9) 국도본·고대본·가람본·성균관대본에는 '器'가 더 나옴.
10) 之: 국도본·고대본·가람본·성균관대본에는 탈락.
11) 助: 국도본·고대본·가람본·성균관대본에는 탈락.

自伊日, 朝夕之飯, 減半而饋[12]之. 其妻憐而悶之, 每以鎬底黃飯, 加數而饋之, 夫婦之情, 甚篤如是. 度了數年之後, 中廟改玉[13], 朝著一新, 昏朝獲罪沈廢之流, 一幷赦而付職, 李生還付官[14]職, 行會八道, 使之尋訪, 傳說藉藉[15], 李生聞於風便. 而時適朔日, 主翁將納柳器於官府[16]矣, 李生乃謂其婦翁曰: "今番則官家朔納柳器, 吾當輸納矣." 其婦翁責曰: "如君渴睡漢, 不知東西, 何可納器於官門乎? 吾雖親自納之, 每每見退, 如君者其何以無事[17]納之乎?" 不肯許之, 其妻曰: "試可乃已, 盍使往諸?" 柳器匠, 始乃許之. 李乃背[18]負而到官門前, 直入庭中, 近前而高聲曰: "某處柳匠納器次來待矣!" 本官乃是李之平日切親之武弁也, 察其貌, 聽其聲[19], 乃大驚, 起而下堂, 執手延之上座曰: "公乎! 公乎! 晦跡[20]於何處, 而乃以此樣來此乎? 朝廷之搜訪已久, 營關[21]遍行, 斯速上京可也!" 仍命進酒饌, 又出衣冠而改服, 李曰: "負罪之人, 偸生於[22]柳器匠家[23], 至于今, 延命以度, 豈意天日之復見乎[24]?" 本官仍以李校理之在邑底[25], 報于巡營, 催發馹騎[26], 使之上洛[27], 李曰: "三年主客之誼[28], 不可不顧. 且兼有糟糠之情, 吾當告別

---

12) 饋: 고대본에는 '餽'로 표기.
13) 改玉(개옥): 반정(反正).
14) 官: 국도본에는 잘못 탈락.
15) 藉藉: 고대본·성균관대본에는 '狼藉'로 표기.
16) 府: 국도본·고대본·가람본·성균관대본에는 '家'로 표기.
17) 無事: 국도본에는 탈락.
18) 背: 국도본·고대본·가람본에는 탈락.
19) 聲: 국도본·고대본·가람본·성균관대본에는 '音'으로 표기.
20) 跡: 고대본에는 '迹'으로 표기.
21) 營關(영관): 감영의 관문(關文).
22) 於: 국도본에는 탈락.
23) 家: 국도본·고대본·가람본·성균관대본에는 '處'로 표기.
24) 乎: 국도본·고대본·가람본에는 '也'로 표기.
25) 底: 국도본·고대본·가람본·성균관대본에는 '成'으로 잘못 표기. '成'은 '城'의 오기임.
26) 馹騎(일기): 역마(驛馬).
27) 洛: 국도본·고대본·가람본·성균관대본에는 '京'으로 표기.
28) 誼: 국도본·고대본·가람본·성균관대본에는 '情'으로 표기.

于主翁, 今將出去, 君須於明朝[29], 來訪吾之所[30]住處." 本官曰: "諾." 李乃換着來時衣, 出門而向柳[31]匠家, 言曰: "今番柳器, 無事上納矣!" 主翁曰: "異哉! 古語云鴞老[32]千年, 能搏一雉云, 信非虛矣! 吾婿亦有隨人爲之之事乎? 奇哉! 奇哉! 今夕則當加給數匙飯矣." 翌日平明, 李早起, 洒掃門庭, 主翁曰: "吾婿昨日善納柳器, 今朝又能掃庭, 今日日可出於西矣." 李乃鋪藁席于庭, 主翁曰: "鋪席何爲?" 李曰[33]: "本府官司, 今朝當行次, 故如是耳." 主翁冷笑曰: "君何作夢中語也? 官司主, 何可[34]行次於吾家? [35]千不近萬不近之荒說[36]也, 到今思之, 昨日柳器之善納云者, 必是委棄路上而歸, 作夸張之虛語也." 言未已, 本官工吏, 持彩席, 喘喘而[37]鋪之房中, 言曰: "官司主行次, 今方來到矣!" 柳[38]匠夫妻, 蒼黃失色, 抱頭而匿於籬間. 少焉前導聲及門, 本官騎馬而來, 下馬入房, 與敍別來寒暄, 仍問曰: "嫂氏何在? 使之出來." 李乃使其妻來拜, 其女以荊釵布裙[39], 來拜於前, 衣裳雖弊, 容儀閒雅, 有非常賤女子. 本官致敬曰: "李學士身在窮途, 幸賴嫂氏之力, 得至今日, 雖義氣男子, 無以過此, 可不欽嘆[40]乎?" 其女斂袵而對曰: "顧以至微賤之村婦, 得侍君子之巾櫛, 全昧如是之貴人, 其於接待周旋之節, 無禮極矣! 獲罪大矣! 何敢當尊客之致謝? 官司今日降臨於常賤陋湫[41]之地, 榮耀極矣, 竊爲賤女之家, 有損於福力也." 本官聽罷, 命下隷, 招

---

29) 朝: 국도본·고대본·가람본·성균관대본에는 '日'로 표기.

30) 所: 국도본·고대본·가람본에는 탈락.

31) 국도본·고대본·가람본·성균관대본에는 '器'가 더 나옴.

32) 국도본·고대본·가람본·성균관대본에는 '于'가 더 나옴.

33) 李曰: 국도본·고대본·가람본·성균관대본에는 탈락.

34) 何可: 국도본·고대본·가람본·성균관대본에는 탈락.

35) 국도본·고대본·가람본·성균관대본에는 '此'가 더 나옴.

36) 荒說: 가람본에는 '說謊'으로, 다른 이본에는 '謊說'로 표기.

37) 而: 고대본에는 '而'가 탈락.

38) 고대본·가람본에는 '器'가 더 나옴.

39) 荊釵布裙(형차포군): 가시나무로 만든 비녀와 베로 만든 치마. 초라한 행색을 말한다.

40) 嘆: 국도본·고대본·가람본는 '歎'으로 표기.

41) 湫: 국도본·가람본·성균관대본에는 '黸'로 표기.

入柳匠夫妻, 饋酒賜顔[42], 已而隣邑守宰[43], 絡續來見, 巡使又送幕客而傳喝. 柳匠門外, 人馬熱鬧, 觀光者如堵. 李謂本官曰:"彼雖[44]常賤, 吾旣與之敵体[45], 必作配矣, 多年服勞, 誠意備至, 吾今不可以貴而易之, 願借一轎, 而與之[46]偕往[47]." 本官乃卽地得一轎, 治行具以送. 李於入闕謝恩之時, 中廟入侍, 而俯[48]問流離之顚末, 李乃奏其事甚悉, 上再三嗟嘆[49]曰:"此女子, 不可以賤妾待之. 特陞爲後夫人可也." 李與此女偕老, 榮貴無比, 而多有子女. 此是李判書長坤之事云爾.

42) 賜顔(사안): 방문한 아랫사람을 좋은 낯으로 대함.

43) 宰: 동양본·가람본에는 '令'으로 표기.

44) 雖: 고대본·가람본에는 잘못 탈락.

45) 敵体(적체): 대등한 지위 또는 기관 등을 이르는 말. 국도본·고대본·가람본·성균관대본에는 '適禮'로 표기.

46) 之: 고대본에는 탈락.

47) 往: 국도본·고대본·가람본·성균관대본에는 '行'으로 표기.

48) 俯: 국도본·고대본·가람본·성균관대본에는 '下'로 표기.

49) 嘆: 국도본·고대본·가람본·성균관대본에는 '否'로 표기.

허씨의 둘째 아들이 부자가 되다

옛날 여주 땅에 유생 허씨가 살았다. 집이 매우 가난해 스스로 생활을 꾸려가지도 못했지만 그의 성품은 인자하고 후덕했다. 아들 셋이 있었는데 그들에게는 열심히 공부만 하게 하고, 자기는 친지들을 찾아다니며 양식을 구걸해 끼니를 이어갔다. 허씨가 워낙 인자하고 착하니, 아는 사람이나 모르는 사람이나 그가 찾아오면 언제나 잘 대접하고 양식도 넉넉히 주었다. 그러나 몇 년 사이에 돌림병으로 부부가 다 죽고 말았다. 세 아들은 밤낮 울부짖으며 간신히 비용을 마련해 검소하게 장례를 치렀다. 삼년상을 치르자 집안 형편이 말할 수 없을 정도로 나빠졌다.

그때 둘째 아들 홍泓이 형과 아우에게 말했다.

"예전에 우리가 굶어죽지 않은 것은 오직 선친께서 인심을 얻어 양식을 구할 수 있었기 때문이지요. 어느덧 삼 년이 지나 선친의 은택이 다하여 이제는 달리 하소연할 곳도 없습니다. 거꾸로 매달린 것 같이 위급한 지금 형편으로는 형제가 구렁텅이에서 나뒹구는 것 말고 다른 계책이 없는 것 같습니다. 어쩔 수 없이 각자 살길을 도모할 수밖에 없습니다. 오늘부터 우리 형제는 각자 할일을 찾아야 할 듯합니다."

형과 아우가 말했다.

"우리는 어릴 때부터 글만 읽어왔지. 농사든 장사든 간에 돈 빌릴 곳도 대책도 없으니 어쩐단 말이냐? 배고픔을 견디며 과거 공부하는 것밖에 다른 도리가 없지 않으냐."

허홍이 말했다.

"사람의 식견이란 제각각이니 좋아하는 쪽을 따르도록 하지요. 우리 삼 형제가 모두 유업儒業만 한다면 수명을 다하기도 전에 배고픔과 추위로 함께 죽고 말 것입니다. 형님과 아우는 기질이 매우 약하니 공부를 계속하는 게 좋겠습니다. 저는 십 년을 기한으로 온 힘을 다해 재산을 모아서 뒷날 우리 형제가 의지해 살아갈 밑천을 마련해보겠습니다. 오늘 살림을 나눕시다. 형수와 제수씨는 잠시 친정으로 돌아가 계십시오. 형님과 아우는 책 상자를 짊어지고 산으로 올라가 스님들이 먹고 남은 밥을 얻어먹으며 공부하세요. 십 년 뒤에 만나기로 합시다. 물려받은 거라고 해봐야 가대1)와 보리밭 세 마지기, 어린 종 하나뿐입니다. 원래 그것들은 종실의 재산이라 마땅히 돌려주어야 하지만 제가 잠시 빌려서 사업 밑천으로 삼겠습니다."

그날로 형제는 눈물을 흘리며 이별했다. 형수와 제수는 친정으로, 형과 아우는 산사로 떠났다. 허홍은 처가 신혼 때 쓰던 치장置粧을 팔아 일고여덟 냥을 간신히 마련했다.

때마침 면화가 풍년이었다. 마련한 돈으로 몽땅 미역을 사서 짊어지고 부친이 평소 왕래하며 양식을 구걸하던 친지 집을 두루 찾아갔다. 그리고 미역을 면폐2)로 삼아 면화를 구걸했다. 사람들은 그 뜻을 가상히

---

1) 가대(家垈): 집터와 그에 딸린 논밭·산림 따위를 통틀어 이르는 말.
2) 면폐(面幣): 신랑집과 신부집이 공식적으로 첫 대면할 때 신랑집에서 신부집에 예물로 보내준 폐백 비단. 여기서는 인사치레로 주는 물건을 말한다.

여겨 면화를 넉넉히 주었으니, 좋고 나쁜 것을 따지지 않으면 그 양이 몇백 근은 되었다.

허홍은 처에게 밤낮으로 길쌈하게 하고 자기는 나가서 그걸 팔았다. 또 귀리 십여 석을 사와서 그것으로 죽을 끓였다. 그와 처는 매일 한 그릇을 나누어 먹었지만, 여종에게는 한 그릇을 온전히 주면서 말했다.

"배고픔을 견디기 어려우면 떠나도 좋다. 그래도 책망하지 않겠다."

그러자 여종이 울며 말했다.

"주인님은 반 그릇만 드시는데, 쇤네가 한 그릇을 다 먹고도 어떻게 배고프다는 말을 할 수 있겠습니까? 굶어죽더라도 떠날 생각은 없습니다."

여종은 상전을 따라서 열심히 베를 짰다. 허홍은 밤낮 돗자리를 짜고 신을 삼으면서 잠시도 쉴 줄 몰랐다. 이따금 아는 사람이 와도 그는 울타리 밖에다 자리를 내놓으며 말했다.

"지금 예의를 갖추지 못해도 책망은 말아주게. 십 년 뒤에 만나세."

그러고는 한 번도 나가서 사람을 만나지 않았다.

이렇게 삼사 년이 지나니 재산이 조금 불어났다. 때마침 어떤 이가 문 앞의 논 열 마지기와 가는 데 며칠 걸리는 넓이의 밭을 팔기에 허홍은 달라는 대로 값을 치르고 샀다. 봄이 와 경작할 때가 되자 허홍이 말했다.

"많지도 않은 논밭을 사람까지 고용해서 갈 필요는 없지. 내가 힘을 다해 경작하는 것만 못해. 그런데 내가 농사를 지을 줄 모르니 어떡할까?"

허홍은 이웃 마을 늙은 농부를 청해 술과 음식을 성대하게 대접하고 나서 언덕 위에 앉게 했다. 허홍이 직접 보습을 잡고 농부가 가르치는 대로 논을 갈고 씨를 뿌렸다. 논을 갈든 호미질을 하든 언제나 다른 사람보다 세 배는 더 일했다. 그래서인지 다른 사람보다 곡식을 두 배 더 수확했다.

허홍은 밭에 담배를 심었다. 그해 지독한 가뭄이 들었다. 매일 아침저녁으로 물을 길어다 뿌리자, 경내 다른 집의 담배는 모두 말라죽어도 허홍 밭의 담배는 무성하게 자랐다. 서울 상인들이 수백 금을 먼저 주고 담배를 사갔다. 그다음에도 싹이 무성하게 돋아나 허홍은 값을 두둑하게 받았다. 담배 농사로 올린 이득이 사백 금 가까이 되었다.

이렇게 오륙 년을 지내니 재산이 점차 늘고 곡식도 사오백 석이 쌓였다. 인근 백 리 내 논밭이 모두 허홍 것이 되었다. 그렇지만 검소하게 입고 먹으며 절약하는 것이 전과 다름없었다.

형과 동생이 처음으로 산사에서 내려와 허홍을 찾아오자, 처는 처음으로 밥 세 그릇을 정성스레 준비해 올렸다. 그러자 허홍은 눈을 부릅뜨고 죽을 끓여오라고 소리질렀다. 형이 화를 내면서 욕했다.

"네 재산이 이렇게 늘어 부자가 되었는데도 내게 밥 한 그릇 대접하지 못한단 말이냐?"

허홍이 말했다.

"저는 십 년 기한이 다하기 전까지 절대 밥을 먹지 않기로 마음속으로 맹세했습니다. 형님도 십 년 뒤에야 저희 집밥을 드실 수 있으니 노여워하셔도 저는 개의치 않습니다."

형은 화내며 죽도 먹지 않고 산사로 돌아갔다.

다음해 봄, 형과 동생이 나란히 소과에 급제했다. 허홍은 많은 돈과 비단을 가지고 상경해 응방應榜, 합격자 발표 행사인 방방식(放榜式)에 참여할 비용을 마련하고 광대들까지 이끌고 찾아갔다. 그날 늦게 광대들을 불러놓고 이렇게 일렀다.

"우리집 형과 아우가 오늘 비록 소과에 급제했지만 대과가 남아 있다. 그래서 다시 산에 올라가 공부해야 하느니라. 너희는 여기 머물러도 아무 도움이 안 되니 각자 집으로 돌아가는 것이 좋겠다."

그러고는 돈을 주어 보냈다.

형과 동생에게는 이렇게 말했다.

"아직 십 년이 안 되었습니다. 당연히 바로 산사로 올라가 기한을 다 채울 때까지 기다렸다가 내려오셔야 합니다."

그러고는 그날 형제를 산으로 보냈다.

십 년 기한이 차자 허홍은 어느덧 만석꾼이 되었다. 그는 올이 가는 베와 비단을 골라 남녀 옷 각 두 벌을 지었다. 형수와 제수의 집으로 사람과 말을 보내 약속한 날에 그들을 모셔오게 했다. 또 산사에도 사람과 말을 보내 형과 동생을 모셔오게 했다. 형제가 단란하게 한집에 모였다. 며칠 뒤 허홍이 형과 아우에게 말했다.

"이 집은 좁아서 무릎도 펴기가 어렵습니다. 제가 마련해놓은 집이 있습니다. 거기 가서 함께 살지요."

형제는 함께 떠났다. 몇 리쯤 갔을까, 언덕 하나를 넘으니 위아래로 큰 마을이 나타났다. 거기에 아주 커다란 집이 하나 있었다. 집 앞으로 긴 회랑이 있었는데 그 안에는 노비와 마소가 가득했다. 안채와 바깥채는 세 구역으로 나뉘었는데, 바깥채는 전체가 한 구역이라 매우 넓었다. 삼 형제의 아내들은 각기 안채의 한 구역씩을 차지하고, 형제는 한방에서 함께 지내며 긴 베개를 베고 큰 이불을 덮으니 즐거움이 넘쳤다.

형이 놀라워하며 물었다.

"이곳은 누구 집인데 이렇게 크고 화려하냐?"

허홍이 답했다.

"제가 집사람도 모르게 마련한 집입니다."

이윽고 허홍이 종들에게 나무상자 다섯 개를 가져오게 하여 앞에 놓으며 말했다.

"토지문서입니다. 공평하게 나누겠습니다."

이어서 말했다.

"이 정도 가산을 모은 것은 모두 제 집사람이 온 힘을 다한 덕택입니다. 그 수고에 보답하지 않을 수 없습니다."

허홍은 스무 마지기 논문서를 처에게 주었다. 세 사람은 각각 오십 마지기씩 나누어 가졌다.

이때부터 옷과 음식이 지극히 풍요롭고 정갈해졌다. 이웃의 가난한 사람에게는 필요한 만큼 두루 베푸니 사람들이 모두 허홍을 칭찬했다.

하루는 허홍이 갑자기 슬피 울었다. 형이 괴이하게 여겨 물었다.

"이제 우리가 입고 먹는 것이 상공도 부럽지 않을 정도인데, 뭐가 또 부족해 이렇게 가슴 아파하느냐?"

"형님과 아우는 열심히 공부하니 다 소과에 급제하여 출신出身, 문무과 혹은 잡과에 급제하고 아직 벼슬에 나서지 못한 사람이 되었습니다. 그러나 돌아보니 저는 치산治産에 골몰하느라 학업도 내팽개쳐서 일개 어리석은 인간으로 전락했습니다. 선친의 기대를 제가 무너뜨려버렸으니 어찌 가슴이 아프지 않겠습니까? 이제 나이가 들어 다시 유업儒業을 시작하기는 어렵습니다. 차라리 붓을 던져버리고 무업武業을 시작하는 게 낫겠습니다."

그날부터 허홍은 활과 화살을 준비해 활쏘기를 연습하니 몇 년 뒤 무과에 급제했다. 상경하여 벼슬을 구하니 마침내 내직을 얻었고 다시 승진해 안악安岳, 황해도의 지명군수를 제수받았다. 부임하는 날이 정해졌는데 홀연 아내의 초상을 당했다. 허홍이 한숨을 쉬고 탄식하면서 말했다.

"녹을 받아 봉양할 부모님이 안 계셔도 외직에 부임하려 한 것은 평생 고생만 한 늙은 아내를 한 번이라도 영광스럽고 귀하게 해주기 위해서였다. 이제 아내가 세상을 떠났으니 내가 무얼 위해 부임하겠는가?"

그러고는 사직서를 올리고 낙향해 생애를 마쳤다 한다.

治産業許仲子成富

驪州地, 古有許姓儒生, 家甚貧寒, 不能自存, 而性甚仁厚. 有三子, 使之勤學, 自家躬自乞粮于親知之間, 以繼書[3]粮. 無論[4]知與不知, 皆以許之仁善, 來必善待, 而優助粮資矣. 數年之間, 偶以癘疫, 夫妻俱沒, 其三子晝宵呼[5]泣, 艱具葬需, 僅行草葬[6]. 三霜已過, 家計尤無可言, 其仲子名[7]弘者[8], 言于其兄及弟曰:"曾前吾輩之幸免餓死者, 只緣先親之得人心, 而助粮資之致也, 今焉三霜已過, 先親之恩澤已渴, 無地[9]控訴, 以今倒懸之勢, 弟兄闔沒之外, 無他策矣, 不可不各自圖生. 自今日, 兄弟[10]各從素業可也." 其兄其弟曰:"吾輩自少所業, 不過文字而已, 其外如農商[11]之事, 非但無錢可辦, 且不知向方, 將何以爲之乎? 忍飢課工之外, 無他道矣." 弘曰:"人見各自不同, 從其所好可矣. 而三兄弟, 俱[12]儒業, 則[13]終身之前, 其將俱死於飢寒矣. 兄與弟, 氣質甚弱, 復理學業可也, 吾則限[14]以十年, 竭力治[15]産, 以作[16]日後兄弟賴活之資矣. 自今日破産, 二嫂各姑還于本第, 兄與弟負笈上山, 乞食於僧徒之[17]餘飯, 以十年後, 相面爲限可也. 所謂世業, 只有家垈牟田三斗落及童婢一口而已, 此是宗物也, 日後自當還宗矣, 吾姑借之,

3) 書: 국도본·고대본·가람본·성균관대본에는 탈락. 불필요한 글자임.
4) 無論: 동양본에는 탈락.
5) 呼: 동양본에는 '號'로 표기.
6) 草葬(초장): 시체를 짚으로 싸서 임시로 묻음. 여기서는 검소한 장례라는 뜻으로 쓰인 것 같음.
7) 名: 고대본에는 탈락.
8) 者: 국도본·고대본·가람본에는 탈락.
9) 地: 국도본·성균관대본·가람본에는 '他'로 표기.
10) 兄弟: 고대본에는 탈락.
11) 商: 동양본에는 '桑'으로 표기.
12) 국도본·고대본·동양본·가람본·성균관대본에는 '習'이 더 나옴.
13) 則: 국도본·고대본·가람본에는 탈락.
14) 限: 국도본·고대본·가람본에는 탈락.
15) 治: 성균관대본에는 '致'로 표기.
16) 作: 국도본·가람본에는 '昨'으로 표기.
17) 之: 국도본·고대본·가람본에는 탈락.

以作營産之資." 自伊日兄弟洒淚相別, 二嫂送于其家, 兄與弟, 送于山寺.
賣其妻之新婚時資粧, 價僅爲七八兩矣. 時適木綿豊登之時, 以其錢, 盡貿
甘藿, 背[18]負而[19]遍訪其父平日往來乞粮之親知人家, 以藿立作面幣, 而乞
綿花, 諸人憐其意, 而優給, 不計好否, 所得爲幾百斤. 使其妻, 晝夜紡績,
渠則出而賣之. 又貿耳牟[20]十餘石, 每日作粥, 渠與其妻, 每日以一器分半
而喫之, 婢則給一器曰: "汝若難忍飢餓, 自可出去. 吾不汝責[21]." 其婢泣
曰: "上典則喫半器, 小的喫[22]一器, 焉敢曰飢乎? 雖餓死, 無意出去."云. 隨
其上典, 勤於織布[23]. 許生則或織席, 或梱[24]屨, 夜以繼日, 少不敢休息. 或
有知舊之來訪者, 則必賜席於籬外而言: "某也, 今不可以人事責之, 十年後
相面."云, 而一不出見. 如是者三四年, 財利稍殖, 適有門前畓十斗落, 田數
日耕[25]之賣者, 遂準其價買之, 及春耕[26]作時, 乃曰: "無多之田畓[27], 何可
雇人耕[28]播? 不如自己[29]之[30]勤力. 其中而但不知農功之如何? 此將奈
何?" 遂請隣里老農, 盛其[31]酒食, 使坐岸上, 親執耒耟, 隨其指敎, 而耕[32]

---

18) 背: 고대본에는 탈락.
19) 而: 동양본에는 탈락.
20) 耳牟(이모): 귀리.
21) 汝責: 국도본·고대본·가람본에는 '責汝'로 표기.
22) 喫: 국도본·고대본·가람본에는 탈락.
23) 織布: 국도본·고대본·가람본에는 '布織'으로 표기.
24) 梱: 국도본·성균관대본에는 '捆'으로 표기.
25) 田數日耕(전수일경): 가는 데 며칠 걸리는 넓이의 밭. 국도본·고대본에는 '耕'을 '畊'으로
표기.
26) 국도본·고대본에는 '畊'으로 표기.
27) 동양본에는 '畓'이 탈락.
28) 국도본·고대본에는 '畊'으로 표기.
29) 己: 고대본·성균관대본에는 '家'로 표기.
30) 之: 가람본에는 탈락.
31) 其: 고대본·성균관대본에는 '具'로 표기. '具'가 맞음.
32) 耕: 고대본에는 '畊'으로 표기.

種, 其耕33)之也, 鋤之也, 必三倍於他人, 故秋收之穀34), 又倍於他人. 田則種35)烟草, 而時當亢旱, 每於朝夕, 汲水而澆之, 一境之烟草, 皆枯損, 而獨許田之種苗茂, 京商預以數百金買之. 及其二芽之盛, 又得厚價, 草農之利, 近四百金. 如是者, 五六年, 財産漸殖, 露積四五百石穀. 近百里內田畓, 都歸於許生, 而其衣食之儉約, 一如前日36)樣. 其兄其弟, 自山寺始下來見之, 弘之妻, 始精備三盂飯而進之, 則37)弘張目叱之, 使之更備煮粥以來, 其兄怒罵曰: "汝之家産, 如此其富, 而獨不饋38)我39)一盂飯乎?" 弘曰: "吾旣以十年爲期, 十年之前, 以勿喫飯, 盟于心矣. 兄亦於40)十年之後, 可喫吾家飯, 兄雖怒我, 我不以介於懷矣." 其兄怒而不喫粥, 還上山寺矣. 翌年春, 兄與弟聯壁而小成41)矣. 弘多持錢帛, 而上京, 以備應榜之需, 率倡而到門, 伊日招倡優而諭之曰42): "吾家兄弟, 今雖小成, 且有大科, 又當上山而工課, 汝等留之無益, 可以還歸汝家." 各給錢兩而送之, 對其兄及弟而言曰: "十年之限, 姑未及. 須卽上寺, 待限滿下來可也." 仍卽日送之上山. 及到十年之限, 奄成萬石君矣. 仍擇布帛之細者, 新造男女衣服各二件, 治送人馬於二嫂之家, 約日率來. 又以人馬, 送之山寺迎來, 兄及弟, 團聚一室. 過數日後, 對兄弟而言曰: "此室狹隘, 無以容膝, 吾有所經營者, 可以入處." 仍與之偕行, 行數里許, 越一岡, 則上下之大洞, 有一甲第, 前有長廊, 奴婢牛

---

33) 耕: 국도본·고대본·가람본에는 '畊'으로 표기.
34) 收之穀: 국도본·고대본·가람본에는 탈락.
35) 국도본·고대본에는 '其'가 더 나옴.
36) 日: 국도본·고대본·가람본에는 탈락.
37) 進之, 則: 국도본·고대본·가람본에는 탈락.
38) 饋: 고대본·성균관대본에는 '餽'로 표기.
39) 我: 국도본·고대본·가람본·성균관대본에는 탈락.
40) 於: 국도본·고대본·가람본·성균관대본에는 탈락.
41) 小成(소성): 소과(小科)의 초시 혹은 종시(終試)에 합격함.
42) 曰: 국도본·고대본·가람본에는 탈락.

馬⁴³⁾, 充溢其中, 內外舍, 分三區⁴⁴⁾, 而外舍則只有一區, 而甚廣濶. 三兄弟
內眷, 各占內舍之一⁴⁵⁾區, 兄弟則同處一房, 長枕大被, 其樂融洽, 其兄驚
問曰⁴⁶⁾: "此是誰家, 如是壯麗?" 答⁴⁷⁾: "此是弟所經紀者, 而亦⁴⁸⁾不使家人
知之耳." 仍使家隷, 擧木函四⁴⁹⁾五雙, 置于前曰: "此是田土之文⁵⁰⁾劵, 從今
吾輩均分, 析産可也." 仍言曰: "家産之致此, 俱是荊人⁵¹⁾之所殫竭者也, 不
可不酬勞." 乃以二十石落畓劵, 給其妻, 三人各以五十石落分之, 從此以
後, 衣食極其豊潔. 其隣里宗族之貧窮, 量宜周給, 人皆稱之. 一日弘忽爾
悲泣, 其兄怪而問之曰: "今則吾輩衣食, 不換三公矣, 有何不足⁵²⁾事, 而如
是疚懷也?" 答曰: "兄及弟, 旣肄課工, 皆⁵³⁾占小科, 已⁵⁴⁾出身矣, 而顧弟則
泊⁵⁵⁾於治産, 舊業荒蕪, 卽一愚蠢之人. 先親之所期望者, 於弟蔑如矣, 豈
不傷痛哉? 今則年旣老大, 儒業無以更始, 不如投筆而業武." 自其日, 備弓
矢習射, 數年之後, 登武科, 上京求仕, 得付內職, 轉以陞品, 得除安岳郡守.
定赴任之期, 而奄遭其⁵⁶⁾妻喪, 弘喟然歎曰: "吾旣永感之下⁵⁷⁾, 祿不逮養,

---

43) 牛馬: 고대본에는 잘못 탈락.
44) 內外舍, 分三區: 안채와 바깥채가 세 구역으로 나뉘었다고 되어 있지만, 문맥상 안채만 세
구역으로 나뉘어 있고, 바깥채는 한 구역으로 되어 있다고 해석해야 맞다.
45) 一: 국도본·고대본·가람본에는 잘못 탈락.
46) 驚問曰: 고대본·가람본에는 잘못 탈락.
47) 고대본·동양본에는 '曰'이 더 나옴.
48) 亦: 동양본에는 탈락.
49) 四: 국도본·고대본·가람본·성균관대본에는 탈락.
50) 文: 동양본에는 탈락.
51) 荊人(형인): 형처(荊妻). 자기 아내를 일컬음.
52) 국도본·고대본·가람본·성균관대본에는 '之'가 더 나옴.
53) 皆: 국도본에는 탈락.
54) 已: 국도본·고대본·가람본·성균관대본에는 '之'로 표기. 이렇게 표기하면, '占小科之出身矣'
로 붙여서 읽어야 함.
55) 泊: 다른 이본에는 '汨'로 맞게 표기.
56) 其: 국도본·고대본·동양본·가람본에는 탈락.
57) 永感之下(영감지하): 부모가 다 돌아가고 없는 처지.

猶欲赴外任者, 爲老妻之一生艱苦, 欲使一番榮貴矣, 今焉妻又沒矣, 我[58]
何赴任爲哉?" 仍呈辭圖遞, 下鄕終老云.

58) 我: 국도본·고대본·가람본에는 탈락.

진서 신주가 언문 신주보다 낫지

큰쇠[大釗]란 자는 양반 집안의 종이었다. 그는 어릴 때부터 관가 벼슬 아치의 심부름을 해서 배운 것은 없어도 문자는 그럭저럭 해독했다. 주인이 간성杆城 강원도의 지명. 지금의 고성군 간성읍 원으로 있을 때 그도 따라가 관아에 머물렀다.

큰쇠는 간성에 일 년 정도 있다 일이 생겨 상경했다. 산길에는 점사店舍가 적어 어느 곳에 이르러서야 민가의 집을 빌려 하룻밤을 묵게 되었다. 마침 그 집은 초상이 나서 밤새 시끄럽고 요란했다. 주인은 자주 문밖에 나가 길 쪽을 바라보며 말했다.

"약속을 해놓고 안 오는군. 대사가 낭패야! 이 일을 어쩌나?"

그 행동거지가 무척 바쁘고 급했다. 큰쇠가 그 까닭을 물어보니 주인이 대답했다.

"오늘 새벽 부친의 장례를 지내려고 어느 마을 아무개 생원에게 제주 관題主官. 신주(神主)에 글자를 쓰는 사람이 되어달라고 청했지요. 그런데 분명히 약속해놓고 아직 소식이 없으니 대사에 낭패를 보겠소."

그러고는 큰쇠에게 물었다.

"손님께서는 서울 분이시니 필시 제주題主, 신주에 글자를 쓰는 일를 하실 줄 알겠지요? 저를 위해 제발 제주 좀 써주십시오."

큰쇠는 제주 쓰는 법을 몰랐지만 어리석은 마음에 흔쾌히 응낙했다. 주인이 크게 기뻐하며 술과 안주를 후하게 차려주었다. 새벽이 되어 운구를 시작하자 큰쇠도 따라서 산으로 올라갔다. 주인은 관을 땅에 내려놓고 큰쇠에게 제주를 청했다. 큰쇠는 이미 제주를 쓰기로 약속했기에 사양할 수 없었다. 어떻게든 신주에 글자를 써보려 했지만 쓰는 법을 알수가 없어 한참 동안 생각하다 '춘추풍우春秋風雨 초한건곤楚漢乾坤'이라고 썼다. 장기판에서 익히 본 글자들이었다. 큰쇠가 글자를 다 쓰고 나니, 주인이 그걸 교의交椅, 신주를 모셔 두는 다리가 긴 의자 위에 모시고 예법에 따라 제사를 지냈다.

이윽고 산 아래에서 도포를 입은 사람이 술에 취한 채로 올라왔다. 주인이 그를 맞이하며 말했다.

"생원님은 어쩌자고 대사에 낭패를 보게 하시오?"

생원이 대꾸했다.

"친구가 잡는 바람에 술에 취하여 올 수가 없었다오. 늦게나마 깨닫고 깜짝 놀라 이렇게 급히 왔소이다. 제주는 어떻게 했소?"

주인이 말했다.

"다행히 서울 손님께서 와서 써주셨소."

그가 말했다.

"그랬군요. 잘되었소. 제주를 한번 보고 싶소."

큰쇠는 이 말을 듣고 매우 놀라 혼잣말했다.

'저 양반에게 이 글이 탄로나게 생겼다. 내 장차 엄청난 곤욕을 치르겠구나.'

그러고는 측간에 간다는 핑계를 대고 도망가려 하는데, 생원이 제주를 보고 웃으며 말했다.

"이것은 진서[1]라. 내 언문보다 훨씬 낫소이다."

큰쇠는 비로소 마음을 놓고 실컷 먹고 마시고 나서 느지막이 작별인사를 하고 떠났다. 주인도 큰쇠에게 무수히 감사하다고 했다.

題神主眞書勝諺文

大金者, 班家奴也. 自幼時守[2]廳[3], 雖不學而粗解文字. 其上典莅杆城時, 大金隨往衙中留, 歲餘有故上京, 山[4]路少店舍, 行到某境一處, 借宿於民村閭家. 其家有喪故, 終夜喧撓, 而主人頻頻出門, 而望曰: "有約不來, 大事狼貝矣! 此將奈何?"云. 而擧措忙急, 大金問其故, 答曰: "今曉將過其父之葬禮, 而題主官請于某洞某生員, 丁寧爲[5]約矣, 尙無消息, 大事將狼貝矣."云, 而仍問: "客子京華人也, 必知題主矣, 幸爲我書之如何?" 大金渠亦[6]不知題主之法, 而以愚痴之性快諾, 主人大喜, 厚饋酒肴. 及曉行喪, 而與大金, 隨後[7]上山, 旣下棺平土, 而請大金題主, 大金業已許之, 無以辭之, 欲書之, 而不知法例, 思之半餉[8], 仍書以春秋風雨, 楚漢乾坤, 盖此則習見於博局之[9]故也. 書罷, 主人奉安于[10]卓上, 如禮行祭[11], 而已自山下[12], 有

---

1) 진서(眞書): 훈민정음을 언문(諺文)이라 낮추어 부른 데에 대응하여 '진짜 글'이라는 뜻으로 한문을 높여 이르던 말.
2) 守: 동양본에는 '隨'로 표기.
3) 守廳(수청): 높은 벼슬아치 밑에서 심부름을 하는 일.
4) 山: 국도본에는 탈락.
5) 爲: 국도본·고대본·가람본·성균관대본에는 탈락.
6) 亦: 국도본에는 '京'으로 잘못 표기.
7) 後: 국도본·고대본·가람본·성균관대본에는 탈락.
8) 餉: 국도본·가람본·성균관대본에는 '晌'으로 표기.
9) 성균관대본에는 '譜'가 더 나옴.
10) 于: 국도본·고대본·동양본·가람본·성균관대본에는 '於'로 표기.
11) 祭: 고대본·가람본·성균관대본에는 '祀'로 표기.
12) 下: 고대본에는 잘못 탈락.

一箇着道袍者, 帶十分酒氣而來, 主人迎之曰: "生員何[13]使人狼貝於大事也?" 其人曰: "吾爲知舊所挽, 醉酒而[14]不得來, 今始驚覺而急來矣. 題主何以爲之?" 主人曰: "幸有京客之來者, 書之矣." 其人曰: "若, 然則好矣. 願一見之." 大金聞此言, 大驚而[15]獨語于心曰: "此書必露於[16]此班之眼矣, 吾將受[17]無限辱境矣." 仍托以如厠, 方欲避身逃[18]走之際, 其人見題主而笑曰: "此則眞書也, 大勝於吾之諺文矣[19]."云云. 大金始乃放心醉飽, 而及晚辭行, 主人無數稱謝云.

---

13) 何: 국도본·고대본·가람본·성균관대본에는 탈락.
14) 而: 고대본·가람본·성균관대본에는 탈락.
15) 而: 국도본·고대본·가람본·성균관대본에는 탈락.
16) 於: 고대본에는 '于'로 표기.
17) 受: 국도본·고대본·가람본·성균관대본에는 탈락.
18) 逃: 국도본·고대본·동양본·가람본·성균관대본에는 '遑'로 잘못 표기.
19) 고대본에는 '矣'가 더 나옴.

평양 감영까지 간 부인이 명기를 용서하다

조태억[1]의 처 심씨는 본래 시기와 질투가 심했다. 태억은 그녀를 호
랑이처럼 무서워하여 한 번도 다른 여자를 범하지 못했다. 형 태구泰耉
가 평안감사가 되었을 때, 태억은 승지로 임금의 명을 받들고 가서 평
양 감영에서 며칠 머물렀다. 그는 그때 처음으로 한 기생에게 한눈을
팔았다.

소문을 들은 심씨는 당장 행장을 갖추어 오라비와 함께 평양 감영으
로 가서 그 기생을 때려죽이려 했다. 태억은 그 소식을 듣고 실색하여
할말을 잊었다. 태구 역시 크게 놀라, "이 일을 장차 어쩌면 좋을까?" 하

1) 조태억(趙泰億): 1675~1728. 1702년 식년문과에 급제했다. 1707년 문과중시에 급제하고, 이
듬해 문학·교리를 지내고 나서 이조정랑을 거쳐 우부승지에 올랐다. 이듬해 철원부사로 나
갔다가, 1710년 대사성에 올라 통신사로 일본에 다녀왔다. 경상도 관찰사를 거쳐 호조참판으
로 있을 때 소론인 조태구·최석항(崔錫恒)·이광좌 등과 함께 연잉군(延礽君, 영조)의 세제 책
봉과 대리청정을 반대하여 철회시켰다. 김일경 등 소론의 과격파와 신임사화를 일으켜 노론
을 제거하고 정권을 잡고 나서는 대사성·세제우부빈객 등을 지냈다. 1722년 대제학이 되었고,
1724년 호조판서에 올랐다. 그해 영조가 즉위하자 병조판서가 되었다가 우의정에 올랐다.

며 기생을 피신시키려 했다. 그러자 기생이 말했다.

"소인이 피신할 필요는 없습니다. 살아날 방법이 있사오나, 제가 가난하여 필요한 물건을 조달할 수 없네요."

태구가 그 이유를 물으니 기생이 대답했다.

"소인이 진주와 비취로 몸을 치장해야 하는데 돈이 없어 한탄스럽습니다."

태구가 말했다.

"네가 살아날 방법이 있다면 천금이라도 마련해주겠다. 네가 원하는 대로 하거라."

또 태구는 막객으로 하여금 심씨에게 돈이 들어오는 대로 주라 했다. 그리고 중화中和, 평안남도의 지명와 황주黃州, 황해도의 지명에 비장神將을 보내 심씨에게 문안을 올리고 주전2)을 갖추어 보내 지공支供, 음식 따위를 대접해 받듦을 하게 했다.

심씨 일행이 황주에 이르니, 평양 감영에서 온 비장이 기다리고 있었다. 또 지공을 하는 사람도 있었다. 이에 심씨가 비웃으며 말했다.

"내가 무슨 대신 별성別星, 임금의 명을 받들어 조정에서 온 사신이라고 행차에 비장이 따라와 문안을 드린단 말이냐? 또 노잣돈이 풍족하니 내 어찌 지공을 쓰겠는가?"

심씨는 그들을 모두 물리치고 중화에 이르렀다. 중화에서도 또 그렇게 물리쳤다.

심씨 일행은 재송원裁松院, 평안도 용천군의 지명을 지나 길게 뻗친 숲속으로 막 들어가려 했다. 때는 늦봄이라 십 리 숲에 봄기운이 무르익어가고 있었다. 맑은 강이 굽이굽이 흘러가는 경치가 매우 아름다웠다.

---

2) 주전(廚傳): 주포(廚庖)와 역전(歷傳). 주포는 음식, 역전은 거마. 관원이 경유하는 지방의 역참에서 제공되었다.

심씨는 가마의 발을 걷어올리고 밖을 구경했다. 긴 숲을 지나 수풀이 끝나는 곳에서 바라보니, 백사장은 비단결처럼 펼쳐졌고 맑은 강은 거울처럼 빛났다. 분첩粉堞, 석회를 바른 성 위에 낮게 쌓은 담이 강가를 빙 둘러 있었고 상선들은 물 위에 어지러이 모여들었다. 연광정, 대동문, 을밀대 초연한 가운데 을밀대의 누각 단청이 반짝였고 집채들도 아득하니 눈이 어지러울 지경이었다.

심씨가 감탄하며 말했다.

"과연 천하 절승이구나! 이름이란 헛되이 알려지는 것이 아니구나!"

심씨가 경치를 구경하면서 가고 있는데 저 멀리 백사장에 홀연 한 점 꽃이 나타나 아련히 다가왔다. 가까이서 보니 일개 명기名妓였다. 그녀는 녹의홍상[3]을 입고 안장에 비단 수를 놓은 말을 타고는 가로질러 달려왔다. 심씨가 속으로 괴이하게 여겨 말을 멈추고 그녀를 바라보았다. 그녀가 다가오더니 말에서 내려 꾀꼬리 같은 소리로 창을 하듯 말했다.

"아무개 기생 뵙기를 청하옵니다."

그 이름을 들은 심씨는 무명업화[4]가 삼천 길이나 치밀어올랐다. 그리고 큰 소리로 꾸짖었다.

"아무개 기생이라 했느냐? 아무개 기생? 네가 무슨 일로 날 만나려 하느냐?"

심씨가 기생을 일단 말 앞에 서게 하니, 기생은 얼굴을 가다듬고 공손히 섰다. 심씨가 보니 그 얼굴은 이슬을 머금은 복사꽃 같고 허리는 바람에 하늘거리는 가는 버들 같았다. 기생은 비단과 비취 구슬과 진주 구슬로 위아래를 장식했는데 진실로 경국지색이었다.

심씨가 한참을 바라보더니 말했다.

---

3) 녹의홍상(綠衣紅裳): 연두저고리에 다홍치마라는 뜻으로, 곱게 차려입은 젊은 아가씨의 옷차림을 말한다.
4) 무명업화(無明業火): 어리석은 마음이 일으키는 화를 타오르는 불에 비유한 것.

"네 나이가 몇인고?"

"열여덟이옵니다."

심씨가 말했다.

"네가 과연 명물이긴 명물이구나. 이런 명기를 보고도 가까이하지 않는다면 졸장부겠지! 너를 죽이려고 왔지만 너를 보니 명물이라 내 어찌 손을 댈 수 있겠느냐? 너는 가서 우리집 영감을 잘 모시도록 해라. 다만 우리 영감은 다 타버린 재처럼 늙은 사람이니, 너에게 지나치게 빠져 병이라도 나면 그 죄로 죽어 마땅하리라. 그러니 너는 행동을 삼가고 또 삼가라."

심씨는 말을 마치자마자 말을 돌려 경성으로 향했다. 태구가 소문을 듣고 급히 심부름꾼을 보내 말을 전하게 했다.

"제수씨의 행차가 성밖에까지 이르렀는데 성안으로 들어오시지 않는 것은 웬일입니까? 잠시 성안으로 들어오셔서 감영에서 며칠 머무시다가 돌아가는 것이 좋을 듯합니다."

심씨가 비웃으며 말했다.

"내가 비렁뱅이도 아닌데 뭐하러 성안에 들어간담?"

그녀는 돌아보지도 않고 경성의 집으로 돌아왔다.

그뒤 태구가 기생을 불러와 물었다.

"너는 어쩌면 그리도 대담하게 호랑이 입 가까이 갔다가 도리어 죽음을 면했느냐?"

기생이 대답했다.

"부인이 비록 사납고 질투가 많지만, 천리 밖 땅까지 이렇게 행차한 것을 보면 절대 좀생이 아녀자는 아니지요. 말이 발길질하고 깨무는 것을 보면 그 걸음걸이를 짐작할 수 있으니, 그건 사람도 마찬가지지요. 소인이 이렇게 죽으나 저렇게 죽으나 죽기는 매한가지였습니다. 비록 부인을 피한들 죽음을 면할 수 있었겠습니까? 그래서 곱게 화장하고 가서 절을 했습니다. 맞아 죽는다 해도 어쩔 수 없었겠지만, 혹여 저를 보고 어여삐 여겨주시기를 바랐던 것입니다."

赴湏營婦人赦名妓

泰億之妻沈氏, 性本猜妬, 泰億畏之如虎, 未嘗有房外之犯矣. 其兄泰耆之爲箕伯, 泰億以承旨, 適作奉命之行, 留營中[5]幾日, 始有所眄之妓, 沈氏聞其由, 乃卽地治行, 使其娚[6]陪行, 而直向箕營, 將欲打殺其妓. 泰億聞其狀, 失色無語, 泰耆亦大驚曰: "此將奈何?" 欲使其妓避之, 其妓對曰: "小人不必避身也. 自有可生之道, 而貧不能辦矣." 泰耆聞[7]其由, 對曰: "小人欲飭珠翠於身, 而無錢, 故[8]恨歎也[9]." 泰耆曰: "汝若有可生之道, 則雖千金, 吾自當之矣[10], 唯汝所欲[11]也." 仍使幕客, 隨所入得給之[12]云, 而中和黃州出送裨將, 而問候, 且備送廚傳, 而支供矣. 沈氏之一行, 到黃州, 則云[13]有[14]箕營裨將之來待, 且有支[15]供之待者, 乃冷笑曰: "吾豈大臣別星行次, 而有問安裨將乎? 且吾之路需優足, 何用支供爲也?" 幷使退出, 到中和, 又如是斥退. 發行過栽松院, 將入長林之中, 時當暮春, 十里長林, 春意方濃, 曲曲見淸江, 景物頗佳, 沈氏褰轎簾而賞玩, 過長林, 林盡而望見, 則白

---

5) 中: 국도본·고대본·가람본·성균관대본에는 탈락.
6) 娚: 동양본·성균관대본에는 '甥'으로 표기.
7) 聞: 국도본·고대본·동양본에는 '問'으로 맞게 표기.
8) 故: 국도본·고대본·가람본·성균관대본에는 탈락.
9) 也: 가람본에는 '矣'로 표기.
10) 矣: 국도본·고대본·가람본·성균관대본에는 탈락.
11) 국도본·고대본·동양본·가람본·성균관대본에는 '可'가 더 나옴.
12) 之: 국도본·고대본·동양본·가람본·성균관대본에는 탈락.
13) 則云: 고대본에는 '云則'으로 표기.
14) 有: 국도본·고대본·가람본·성균관대본에는 탈락.
15) 支: 국도본·고대본·가람본·성균관대본에는 탈락.

沙¹⁶⁾如練, 澄江如¹⁷⁾鏡¹⁸⁾, 粉堞周繞於江岸, 商船紛集於水上, 練光亭大同
門乙密臺, 超然, 臺之樓閣, 丹靑照耀, 屋宇縹緲, 奪人眼目. 沈氏嗟嗟曰:
"果爾絶勝之區, 名不虛傳矣!"且行且玩¹⁹⁾之際, 遠遠沙場之上, 忽有一点
花, 渺渺而來, 漸²⁰⁾近則一介名妓, 綠衣紅裳, 騎一匹, 綉鞍驄橫馳而來, 心
甚怪之, 駐馬而見之. 及近, 其女子²¹⁾下馬, 而以鶯聲唱諾曰: "某妓請謁."
沈氏聞其名, 而無名業火²²⁾, 衝起²³⁾三千丈矣. 仍大聲叱責曰: "某妓某妓,
渠何爲來謁?"第使立之于馬前, 某²⁴⁾妓斂容而敬立馬前. 沈氏見之, 則顏
如含露之桃花, 腰²⁵⁾如²⁶⁾依風之細柳, 羅綺翠珠, 飾其上下, 眞是傾城之色.
沈氏熟視曰: "汝年幾何?"曰: "十八歲矣." 沈氏曰: "汝果名物矣. 丈夫見此
等名妓, 而不近, 則可謂²⁷⁾拙²⁸⁾夫²⁹⁾. 吾之此行, 初欲殺汝, 旣見汝則名物
也, 吾何必下手也? 汝可往, 侍吾家令監, 而令監炭客³⁰⁾也. 若使之沉惑, 而
生病則汝罪當死, 愼之愼之."言罷仍回馬而³¹⁾向京城. 泰耉聞之, 急走仵傳
喝: "嫂氏行次, 旣來到城外, 而仍³²⁾不入城何也? 願暫入城內, 留營中幾日

---

16) 沙: 동양본에는 '水'로 표기.
17) 如: 국도본·고대본·동양본·가람본·성균관대본에는 '似'로 표기.
18) 鏡: 고대본에는 '境'으로 잘못 표기.
19) 玩: 국도본·고대본·가람본에는 '現'으로 잘못 표기.
20) 漸: 국도본·고대본·가람본에는 잘못 탈락.
21) 子: 고대본에는 탈락.
22) 無名業火: '無明業火'의 오기. '무명(無明)'은 사람의 근원적 어리석음을 뜻함. 모든 번뇌와
    망상을 일으키는 업(業)이 됨.
23) 衝起: 고대본에는 잘못 탈락.
24) 某: 국도본·고대본·동양본에는 '其'로 표기.
25) 花, 腰: 고대본에는 잘못 탈락.
26) 如: 국도본·고대본·동양본·가람본·성균관대본에는 '似'로 표기.
27) 謂: 국도본에는 탈락.
28) 拙: 국도본에는 '詘'로 잘못 표기. 고대본·성균관대본에는 '丈'이 더 나옴.
29) 국도본·고대본·가람본·성균관대본에는 '矣'가 더 나옴.
30) 炭客(탄객): 타고 난 재처럼 바스러질 것 같은 늙은이를 지칭하는 말.
31) 而: 국도본·고대본·가람본에는 탈락.
32) 仍: 국도본·고대본·가람본에는 탈락.

而還行可矣." 沈氏冷笑曰: "吾非乞馱[33]客也, 入城何爲?" 不顧而行還京第. 其後泰耉招致其妓而問曰: "汝以何大膽, 直向虎口, 而反獲免乎?" 其妓對曰: "夫人之性, 雖悍妬, 而作此行於千里之地者, 豈區區兒女輩所可辦乎? 馬之蹀躞者, 必有其步, 人亦如是, 小人死則等耳, 雖避之, 其可免乎? 故玆凝粧而往拜, 若被[34]打殺, 則無可奈何矣. 不然則或[35]冀有見而憐之之[36]故也."云爾.

---

33) 乞馱(걸태): 염치나 체면을 돌보지 않고 탐욕스럽게 재물을 긁어모으는 것.
34) 被: 국도본·고대본·가람본·성균관대본에는 탈락.
35) 或: 국도본·고대본·가람본·성균관대본에는 탈락.
36) 之: 고대본·동양본에는 탈락.

평양 기생이 잊지 못하는 멋진 사내와 추악한 자

평양에 한 기생이 있었는데 어릴 적부터 빼어난 자태와 가무로 이름을 날렸다. 스스로 말하기를, 많은 남자를 겪었지만 그중 잊을 수 없는 사람 둘이 있다 했다. 한 사람은 멋지고 아름다워서, 또 한 사람은 추악하기에 잊지 못한다는 것이었다. 사람들이 그 까닭을 물으면 다음과 같이 이야기해주곤 했다.

어릴 적 순사巡使를 모시고 연광정에서 잔치를 열었지요. 석양 무렵 난간에 기대어 길게 뻗쳐 있는 숲을 바라보는데, 어리고 아름다운 한 사람이 당나귀를 타고 나는 듯 달리는 듯 강변에 이르렀습니다. 그는 배를 불러서 타고 강을 건너 대동문 안으로 들어갔지요. 그 풍채가 늠름해 신선 같아 보였습니다. 나는 심신이 취한 듯하여 측간에 간다는 핑계를 대고 누각에서 내려와 그가 어디로 가는지 살펴보았습니다. 그는 대동문 안의 한 점사로 들어가더군요. 그곳을 눈여겨봐두고 잔치가 끝나기를 기다렸다가 화장을 고치고 촌 아낙의 옷을 입고 저녁에 그 집으로 갔습니다. 창틈으로 몰래 보니 정말 옥 같은 미소년이 등촉 아래서 책을 읽고 있었지요. 저렇게 아름다운 사람과 동침하지 못한다면 죽어서도 눈을 못 감을 거라고 생각했지요. 창밖에서 기침소리를 내니 그 소년이 누구냐고 물었습니다.

"주인집 아낙입니다."

그러자 그가 또 물었습니다.

"늦은 밤에 무슨 일로 왔소?"

"오늘 저희 집에 장사꾼들이 많이 들어와 잘 곳이 없습니다. 윗목 한자리를 얻어 잘 수 있을까 해서요."

"그럼 들어와도 좋소."

그가 문을 열어주어 저는 들어가 등촉 뒤쪽에 앉았습니다. 그분은 곁눈질도 하지 않고 단정하게 앉아 책을 읽더군요. 그분은 밤이 더욱 깊어지자 등촉을 끄고 누웠습니다. 이윽고 제가 신음소리를 냈지요. 소년이 물었습니다.

"무슨 일로 그리 아픈 소리를 내시오?"

제가 대답했습니다.

"전부터 가슴과 배 쪽에 통증이 있었지요. 방 온돌이 차가워 고질병이 도졌나봅니다."

그분이 말했습니다.

"그렇다면 내 등뒤가 따뜻하니, 이리로 와서 누우시오."

저는 그의 등뒤로 가서 누웠습니다. 그는 식경이 지났는데도 역시 돌아보질 않더군요. 그래서 제가 말했습니다.

"뭐하시는 분인지 모르지만 행차[1]는 혹 내시가 아닌가요?"

---

1) 행차: 나이나 지위, 신분 따위가 높은 사람이 길을 감. 또는 나이나 지위, 신분 따위가 높은 사람. 여기서는 후자의 뜻으로 쓰였다.

"그게 무슨 말이오?"

"첩은 사실 주인집 아낙이 아니고 관기입니다. 오늘 연광정에서 행차의 풍채와 거동을 보고 속으로 무척 흠모하게 되어 이런 모습으로 여기까지 와서 한번 뵙고자 한 것입니다. 첩의 자질이 추악한 것이 아니고, 나이로 보아 행차 또한 노쇠하지 않았습니다. 그런데 고요한 밤 아무도 없는 곳에 남녀가 함께 있는데도 한 번도 돌아보시지 않으니 고자가 아니면 뭐란 말입니까?"

그러자 그분이 웃으며 말했습니다.

"네가 관기란 말이냐? 왜 진작 말하지 않았느냐? 나는 네가 주인집 아낙네라 생각하고 그런 것이니라. 이제 옷을 벗고 동침하는 게 좋겠구나."

그리하여 그분이 저와 더불어 희롱하는데 그 풍류와 흥미가 가히 화류장花柳場에서 노는 사람과 다를 바 없었습니다. 그분과 마음껏 정을 나누었지요. 새벽이 되자 그분은 일어나서 행장을 바삐 챙기고는 나설 준비를 하면서 저에게 말했지요.

"뜻하지 않게 만나 하룻밤 인연을 행복하게 맺었다. 이제 헤어지면 다시는 만날 기약이 없으니 이별의 회한을 어찌 말로 다하겠느냐? 내 행랑에 정을 표할 물건이 없어 시나 한 편 남겨줄까 한다."

그러고는 제게 치마폭을 펴들게 하고 시를 써주었습니다.

　　강물은 먼길 나그네인 양 머물지 않고
　　산은 아름다운 사람처럼 보내는 정이 그윽하네
　　은촉 오경에 비단 휘장 차가운데
　　비바람 수풀에 가을소리 가득하네

그분이 시를 다 쓰고 나서 붓을 놓고 일어나니, 저는 소매를 부여잡고 울면서 사는 곳과 성명을 여쭈었지요. 그분은 웃으며 말했습니다.

"나는 산수와 누대 사이를 떠도는 사람이니, 사는 곳과 이름은 알아서 뭐하겠느냐?"

그러고는 훌쩍 떠나갔습니다. 저는 집으로 돌아와 그분을 잊으려 해도 잊을 수가 없었어요. 매일 시가 쓰여 있는 치마를 안고 울었습니다. 그분이 바로 아름다워 잊기 어려운 사람입니다.

일찍이 저는 수청 기생으로 순사를 모시고 있었지요. 하루는 관청의 문지기가 들어와 말했습니다.

"문밖에 아무 곳의 마름[2]인 아무개 동지가 순사님을 알현하려고 와 있습니다."

순사가 들어오라 하니 곧 몸집이 큰 촌놈이 나타났습니다. 베옷을 입고 짚신을 신었으며 허리에는 빛바랜 홍대를 두르고 있었습니다. 머리에는 금관자랍시고 둘렀는데 완전히 구리색이었지요. 눈과 눈썹이 사납고 생김새도 추악했으니 일개 천봉장군[3]이었습니다. 그가 들어와 절을 하니 순사께서 물으셨어요.

"무슨 일로 먼 곳까지 왔는가?"

"소인은 먹고 입는 것이 구차하지 않고 사또님께도 달리 소망하는 것이 없습니다. 다만 어여쁜 기생을 얻어 정을 통하는 것이 평생의 소원입니다. 이를 위해 천릿길도 마다않고 왔습니다."

순사가 웃으며 말했다.

"네 마음이 그리 간절하다면 이 가운데서 마음에 드는 기생을 골라보

2) 마름: 조선 중기 이후 토지를 관리하던 최하층 담당자를 일컫는 말. 지주의 위임을 받아 소작지를 관리했다.
3) 천봉장군(天蓬將軍): 『서유기』에 나오는 저팔계는 원래 하늘의 천봉원수(天蓬元帥)라는 장군이었다 한다. 술과 여색을 밝히는 바람에 벌을 받아 돼지가 되었다.

거라."

그놈은 명을 듣자마자 곧바로 수청 기생방으로 들어갔습니다. 기생들이 일시에 풍비박산 도망치니 그놈이 기생들을 쫓아왔지요. 그놈이 한 기생을 잡고 말했습니다.

"얼굴이 못생겼다."

또 한 기생을 잡고는 말했지요.

"몸매가 적합지 않다."

그러다 저에게 다가와 제 몸을 잡아보고는 말했어요.

"족히 쓸 만하구나."

그놈은 저를 안고 담 모퉁이로 가서 강간했습니다. 저는 그때 힘이 약했기에 그를 당해낼 수 없었어요. 죽도록 반항했지만 어쩔 수 없이 그놈이 하는 대로 내버려두었지요. 얼마 뒤 몸을 빼내 집으로 돌아와서 따뜻한 물로 몸을 씻었지만 상한 비위가 가라앉지 않아 며칠 동안 밥도 먹지 못했습니다. 그놈이 진정 추악해서 잊지 못하는 자입니다.

平讓妓妍醜兩不忘

平壤有一妓, 姿質歌舞, 自少擅名, 自言閱人多矣, 有未忘二人, 一則妍美而不能忘, 一則醜惡而不能忘. 人或問其故, 對曰: "少年時, 侍巡使, 宴于練光亭, 夕陽時, 依[4]欄而望長林, 則有一少年佳郎, 騎驢飛也似馳, 到江邊呼船而渡, 入大同門, 風儀動盪, 望之若神仙中人, 心神如醉, 托以如厠, 下樓而審其所住處, 卽大同門內店舍也. 詳知而待宴罷, 改粧村婦服飾[5], 乘夕而[6]往其家, 從窓穴窺見, 則如玉美少年, 看書于燭下, 自念如此佳郎,

---

4) 依: 동양본에는 '倚'로 표기.
5) 飾: 고대본·성균관대본에는 '色'으로 표기.
6) 而: 국도본·고대본·가람본·성균관대본에는 탈락.

如不得薦枕, 則死不暝目. 仍咳嗽於窓外, 其少年問爲誰, 答曰: "主人[7]婦也." 又問: "何爲而昏夜到此?" 答曰: "弊舍, 商賈多入, 無寄宿處, 故欲借上埃一席而寢矣." 曰: "然則入來可也[8]." 渠[9]開戶[10], 仍[11]入而[12]坐於燭火之[13]背, 則少年目不斜視, 端坐看書, 更深後, 仍滅燭而臥, 渠仍[14]作呻吟之聲, 少年問: "何爲而有痛聲?" 渠對曰: "曾有胸腹痛矣, 今仍房埃之冷, 宿症復發矣." 其人曰: "若然則來臥於吾之背後溫處." 渠仍[15]臥于背後. 食頃而又[16]不顧, 渠仍言曰: "行次不知[17]何許人, 而無乃宦侍[18]乎?" 其人曰: "何謂也?" 渠曰: "妾非主人之婦, 而乃是官妓也. 今日練光亭上, 得瞻行次之風儀, 心甚艷慕, 作此樣來此, 冀其一面矣. 妾之姿質, 至不[19]醜惡, 行次年紀[20], 不至衰老, 靜夜無人之時, 男女混處, 而一不顧眄, 非宦而何?" 其人笑曰: "汝是官物乎? 然則何不早言? 吾則認以主人之婦而然也. 汝可解衣同枕[21]可也." 仍與之狎, 其風流興味, 卽一花柳場蕩男[22]子也. 兩情歡洽, 及曉而起, 促裝將發, 對渠而言曰: "意外相逢, 幸結一宵之緣, 遽爾相分, 後會難期, 別懷何可言? 行中別無表情之物, 可留一詩. 仍使渠擧裳幅

7) 人: 국도본·고대본·동양본·가람본·성균관대본에는 '家'로 표기.
8) 也: 국도본·고대본·가람본·성균관대본에는 '矣'로 표기.
9) 국도본·고대본·가람본·성균관대본에는 '乃'가, 동양본에는 '仍'이 더 나옴.
10) 戶: 국도본·고대본·가람본·성균관대본에는 '門'으로 표기.
11) 仍: 국도본·고대본·동양본·가람본·성균관대본에는 탈락.
12) 入而: 국도본·고대본·동양본·가람본·성균관대본에는 '而入'으로 표기.
13) 之: 국도본·고대본·가람본·성균관대본에는 잘못 탈락.
14) 仍: 국도본·고대본·가람본·성균관대본에는 '乃'로 표기.
15) 仍: 국도본·고대본·가람본·성균관대본에는 '乃'로 표기.
16) 又: 국도본·고대본·가람본·성균관대본에는 탈락.
17) 不知: 국도본·고대본·가람본·성균관대본에는 잘못 탈락.
18) 侍: 국도본에는 '寺'로 잘못 표기.
19) 至不: 국도본·고대본·동양본·가람본·성균관대본에는 '不至'로 표기.
20) 紀: 국도본에는 '記'로 잘못 표기.
21) 枕: 동양본에는 '寢'으로 표기.
22) 男: 국도본·고대본·가람본·성균관대본에는 탈락.

而書之曰[23]: '水如遠客流無住, 山似佳人送有情, 銀燭五更羅幌冷, 滿林風雨作秋聲.' 書畢投筆而起, 渠仍把袖而泣問居住姓名, 則笑而答曰:"吾自[24]放浪於山水樓臺之人也, 居住姓名, 不必問知." 仍飄然而去. 渠仍歸家, 欲忘而不可忘[25], 每抱裳詩而泣. 此是姸美而難忘之人也. 嘗以巡使隨[26]廳妓侍立矣. 一日門卒來告:"某處舍音某[27]同知來謁次, 在門外矣." 巡使使之入來, 卽見一胖大村漢, 布衣草鞋腰帶半渝之紅帶顧懸金圈云, 而純是銅色. 眉目獰猙[28], 狀貌矗惡, 卽一天蓬將軍. 來拜于前, 巡使問:"汝何爲而遠來也?"對曰:"小人衣食不苟, 別無所望於使道而來者[29]也, 平生所願, 欲得一箇佳妓而暢情, 爲是而不遠千里而來也." 巡使笑曰:"汝若有此心, 則可於此中, 擇一箇洽意妓也." 厥漢聞令, 而直入隨廳房, 諸妓一時, 風靡雹散, 厥漢追後逐之, 捉一而云:"貌不美." 又捉一而云:"体[30]不合." 及到渠, 捉而見之曰:"足可用." 仍抱至墻隅, 而强奸之, 渠於此時, 以力弱之故, 不得敵他, 求死不得, 而任其所爲, 少焉脫身而[31]歸家, 以溫水浴身, 而脾胃莫定, 數日不得進食. 此眞醜惡而難忘者也[32]."云爾.

23) 之曰: 고대본에는 잘못 탈락.
24) 自: 국도본·고대본·가람본·성균관대본에는 탈락.
25) 국도본·고대본·가람본·성균관대본에는 '也'가 더 나옴.
26) 隨: 고대본에는 '守'로 표기.
27) 某: 국도본에는 탈락.
28) 猙: 국도본·가람본·성균관대본에는 '悍'으로 표기.
29) 者: 국도본·고대본·가람본에는 탈락.
30) 体: 국도본·고대본·동양본·가람본·성균관대본에는 '體'로 표기.
31) 而: 국도본·고대본·가람본·성균관대본에는 탈락.
32) 也: 국도본·고대본·가람본·성균관대본에는 탈락.

김치의 기이한 삶과 죽음

　감사 김치¹⁾는 호가 남봉^{南峰}이며 백곡^{栢谷} 김득신²⁾의 아버지다. 그
는 젊어서부터 사람의 운수를 잘 알아맞히니 기이하고 신이한 일이 많
았다.

　그는 광해군 시절 홍문관 교리 벼슬을 했는데 뒤늦게야 후회하고 병

---

1) 김치(金緻, 1577~1625): 자는 사정(士精), 호는 남봉(南峰)·심곡(深谷). 광해군 때 사복시정
(司僕寺正)·이조참의·동부승지·대사간을 거쳐, 홍문관교리·부제학 등을 역임하고, 병조참지
에 올랐으나 독직 사건으로 파면되었다. 한때 이이첨의 심복으로 이조에서 흥한 일을 벌였으
며, 대사간이 되어서는 영창대군 살해 음모에 반대하는 정온을 공격하기도 했다. 그러나 광해
군의 폭정이 날로 심해지자 병을 핑계로 관직에서 물러나 두문불출했다. 인조반정이 일어날
무렵 심기원과 사전에 내통하여 다시 벼슬길에 올랐으나, 대북파(大北派)로 몰려 유배되었다.
그뒤 유배에서 풀려나 동래부사를 거쳐 1625년 경상도 관찰사가 되었다. 어릴 적부터 학문에
정진해 경서(經書)에 통달했고, 특히 점술을 연구하여 천문(天文)에 밝았으나 재물을 탐내 비
난을 받기도 했다.
2) 김득신(金得臣, 1604~1684): 호는 백곡(栢谷). 부친이 김치(金緻)다. 어릴 때 천연두를 앓아
둔한 편이었으나, 아버지의 가르침과 훈도를 받아 서서히 문명을 떨쳤다. 당시 한문 사대가인
이식으로부터 "그대의 시문이 당금의 제일"이라는 평을 들어 이름이 세상에 알려졌다. 옛 선
현과 문인들의 글을 읽는 데 주력했는데, 그중 「백이전伯夷傳」을 억 번이나 읽었다고 하여 자
기의 서재 이름을 '억만재(億萬齋)'라 했다.

을 핑계로 사직했다. 용산 위에 집을 짓고 두문불출하며 자취를 숨기고 손님도 사절했다. 하루는 심부름하는 사람이 와서 말했다.

"남산동에 사시는 심생이 뵙기를 청하옵니다."

김공이 사양하며 말했다.

"존객께서 제가 병든 것을 모르고 오셨소이다. 인사를 끊은 지가 오래이니 지금 맞이할 수 없음을 매우 한스럽게 생각하오이다."

그리고 객을 돌려보냈다.

김공은 평소에 매번 자기 사주를 넣어 평생 운수를 점쳤는데 물 수* 변 성을 가진 사람의 힘을 얻으면 큰 화를 면할 수 있다는 점괘를 얻었다. 문득 방금 왔던 손님의 성을 따져보았는데 물 수 변이 들어 있었으니, 그가 자기에게 힘을 실어줄 사람인 듯했다. 급히 심부름하는 사람을 보내 중간에 손님을 모셔오게 했으니, 그가 바로 심기원[3]이었다.

심생이 노비를 따라 돌아오니, 김공은 바삐 일어나 맞이하며 말했다.

"이 늙은이가 인사를 끊은 지 오래되었고 때마침 병도 들었습니다. 그래서 귀한 손님께서 왕림하셨는데도 절하고 맞이하는 예를 잃었으니 부끄럽기 그지없습니다."

심생이 말했다.

"어르신을 한 번도 뵙지 못했지만 어르신께서 추수推數, 닥쳐올 운수를 미리 헤아려 앎에 정통하다는 소문을 들어 외람됨을 무릅쓰고 감히 이렇게 여쭈

───────────────

3) 심기원(沈器遠, ?~1644): 권필의 문인이다. 유생으로 이귀 등과 협력하여 1623년 인조반정에 공을 세워 정사공신(靖社功臣) 일등에 올라 청원부원군(靑原府院君)에 봉해졌다. 1624년 이괄의 난이 일어나자 한남도원수(漢南都元帥)가 되어 난을 막았다. 1627년 정묘호란 때는 경기·충청·전라·경상도의 도검찰사(都檢察使)가 되어 종사관 이상급(李尙伋)·나만갑 등과 함께 세자를 모시고 피란했다. 이후 강화부유수·공조판서를 역임했다. 병자호란이 일어나자 유도대장으로 서울의 방어를 맡았고, 1642년 우의정을 거쳐 좌의정에 올랐다. 1644년 좌의정으로 남한산성 수어사를 겸임하게 되자 이를 기화로 심복의 장사들을 호위대(扈衛隊)에 두고 전 지사(前知事) 이일원(李一元), 광주부윤(廣州府尹) 권억(權億) 등과 모의하여 회은군(懷恩君) 덕인(德仁)을 추대하려는 반란을 꾀했지만 거사 전에 죽임을 당했다.

러 왔습니다. 저는 나이 마흔의 궁핍한 선비로 운명이 기구한 탓에 오늘 어르신의 신령스러운 눈으로 한번 질정質正, 묻거나 따져서 바로잡음을 받고자 합니다."

그러고는 소매 속에서 사주를 꺼내 보여주며 말했다.

"절친한 친구가 자기 사주도 부탁하기에 거절하기 어려워 어쩔 수 없이 가지고 왔습니다."

김공이 일일이 보고는 극구 칭찬하며 말했다.

"부귀가 바로 앞에 왔으니 다시 물을 필요도 없습니다."

마지막으로 심생이 또 사주 하나를 내보이며 말했다.

"이 사람은 부귀도 원치 않고 다만 아프지 않고 사는 것이 소원인데 수명이 얼마나 될지 알고 싶답니다."

김공이 그 사주를 한번 힐끗 보고는 즉시 시중드는 이에게 자리를 깔고 상을 펴라 했다. 자신은 일어나 관복을 입고 꿇어앉아 그 사주를 상 위에 놓고 향을 피우며 말했다.

"이 사주는 귀하여 감히 입으로 다 말할 수가 없습니다. 비상한 사람의 명수命數가 있으니 흠모하고 공경하지 않을 수 없습니다."

심생이 물러나려 하자 김공이 말했다.

"병중의 늙은이가 수심과 어지러움을 떨쳐내기 어렵습니다. 존객께서는 부디 잠시 더 머무르며 병든 사람의 회포를 위로해주시면 감사하겠습니다."

그러고는 자기 집에 묵어달라 했다. 밤이 깊어 인적이 끊기자 김공이 심생에게 무릎을 가까이하며 다가와 말했다.

"사실 저는 병 핑계를 대고 있었습니다. 이 늙은이가 하필 이런 때 불행하게도 벼슬에 나아가 조정에서 발을 더럽혔습니다. 뒤늦게 깨닫고 후회하여 문을 닫아걸고 병을 핑계삼아 칩거하고 있지요. 그러나 오래지 않아 조정이 뒤바뀔 것입니다. 저는 당신이 제게 와서 질문할 것을 이미 알고 있었습니다. 그러니 외면하지 말고 사실을 다 말씀해주세요."

심생이 크게 놀랐다. 처음에는 숨기려 했지만 마침내 진실을 다 말해주었다. 김공이 말했다.

"이 일은 성공할 수 있으니 조금도 걱정하지 마십시오. 언제 거사하려합니까?"

"아무 날로 정했습니다."

김공이 깊이 생각하다가 한참 뒤에 말했다.

"이날이 길하기는 길합니다. 그러나 이런 대사는 살파랑[4]이 있는 날로 잡는 것이 좋습니다. 아무 날은 작은 일을 하기에 길하지만 대사를 도모하기에는 좋지 않습니다. 제가 당신을 위해 택일해드리겠습니다."

김공이 역서를 펴서 골똘히 보더니 말했다.

"삼월 십육일이 길일입니다. 이날은 살파랑을 범하는 날이니 거사할 때, 설사 밀고하는 자가 생기더라도 조금도 해가 되지 않고 분명 무사히 순조롭게 평정될 것입니다. 반드시 이날 거사하는 것이 좋습니다."

심생이 매우 기이하게 생각하며 말했다.

"그러면 공의 성함을 우리의 녹명책錄名冊에 기입하겠습니다."

김공이 말했다.

"그건 제가 바라는 바가 아니올시다. 다만 공께서 일을 이루고 나서 죽게 될 이 목숨을 구해주시고 제게 화가 미치지 않도록 해주시기만을 바랍니다."

심생이 흔쾌히 응낙을 하고 떠났다.

인조반정을 이룬 뒤 많은 사람이 김공의 죄를 용서하기 어렵다고들 말했다. 심공은 온 힘을 다해 김공을 구해주었다. 김공을 경상도 관찰사

---

4) 살파랑(殺破狼): 칠살(七殺)·파군(破軍)·탐랑(貪狼)의 세 별을 말한다. 이 세 별은 언제나 삼합궁(三合宮)에서 만나 명운을 변화시키는 중심이 되므로 합하여 살파랑이라고 부른다.

로 초배超拜, 등급을 뛰어넘어 벼슬을 내림해주었으나 김공은 곧 세상을 떠났다.

일찍이 김공은 중국 술사에게 자기 사주를 물은 적이 있었다. 술사는 시 한 구절을 써주었다.

화산華山의 소 탄 나그네
머리에 꽃 한 송이를 꽂았지.

그러나 김공은 그 뜻을 해독할 수 없었다. 김공이 경상도 관찰사가 되었을 때 순시를 하다가 안동부에 이르러 돌연 학질에 걸렸다. 학질을 물리칠 방법을 두루 물어보니, 어떤 사람이 당일 검은 소를 거꾸로 타면 낫는다 했다. 그 말에 따라 김공은 소를 타고 마당을 돌아다녔는데 소에서 내리자마자 방안으로 들어가 누웠다. 두통이 극심해지자 한 기생에게 머리를 지압하게 했다. 기생의 이름을 물어보니 일지화一枝花라 했다.

그는 홀연 중국 사람의 시구를 떠올리며 탄식했다.

"죽고 사는 것은 운명에 달렸도다."

그러고는 새 자리를 펴라 하고는 새 옷으로 갈아입고 의관을 갖추었다. 김공은 다시 누워서 베개를 베고 태연하게 숨을 거두었다.

이날 삼척 원 아무개가 관아에 있었다. 그는 갑자기 김공이 수행원을 거느리고 문안으로 들어오는 것을 보고 깜짝 놀라 일어났다.

"공께서 무슨 일로 타도까지 오셔서 하관을 찾아주셨습니까?"

김공이 웃으며 말했다.

"나는 산 사람이 아닐세. 아까 작고하여 염라왕으로 부임하는 길에 자네를 보러 왔다네. 내 부탁할 게 하나 있어. 내가 부임해가면서 새 장복章服, 벼슬아치들이 입던 공복(公服)을 입지 못한 것이 한스럽다네. 자네가 평소의 정의를 생각해서 좀 마련해줄 수 없겠나?"

삼척 원은 속으로 허황된 일인 줄 알았지만, 김공이 그렇게 간곡히 청하니 상자 속에서 비단 한 필을 꺼내주었다. 김공은 흔쾌히 받고 나서 작별인사를 하고 떠났다. 삼척 원이 매우 놀라고 의아하여 사람을 보내 알아보니, 과연 그날 김공이 자기가 순시하던 안동부에서 죽었다 했다. 이런 까닭으로 김공이 염라대왕이 되었다는 소문이 세상에 널리 퍼진 것이다.

구당久堂 박장원[5]과 김공의 아들 백곡은 절친한 친구 사이였다. 구당은 일찍이 북경에서 추수推數를 해보니 모년 모월에 죽을 거라고 쓰여 있었다. 구당은 그해 정초에 사람과 말을 보내 백곡을 초대해 종이를 주며 편지를 써달라고 부탁했다. 백곡이 말했다.

"어디로 보내는 편지를 쓰라는 것인가?"

구당이 말했다.

"자네가 돌아가신 존장께 보내는 편지를 얻고 싶네."

백곡이 황당해하며 써주지 않자 구당이 말했다.

"자네는 나를 황당하게 여기는가? 황당하든 그렇지 않든 나를 위해 편지를 써주게나."

거듭 간청하니 백곡이 어쩔 수 없이 붓을 들었다. 구당은 자기가 불러주는 대로 쓰게 했다.

"제 절친한 친구 박 아무개의 수명이 올해 끝나려 합니다. 부디 어여삐 여기시어 수명을 좀 연장시켜주십시오."

겉봉투에는 '아버님께'라고 쓰고, 안봉투에는 '소자 아무개 아룀'이라고 썼다.

---

5) 박장원(朴長遠, 1612~1671): 호는 구당(久堂). 1627년 생원이 되고, 1636년 별시문과에 을과로 급제했다. 1639년 검열(檢閱)이 되고, 1640년 정언으로 춘추관기사관이 되어 선조수정실록 편찬에 참여했다. 1653년 승지로 있을 때 남인의 탄핵으로 흥해(興海)에 유배되었다가 이듬해에 풀려났다. 1658년 상주목사에 이어 강원도 관찰사를 지냈다. 1664년 이조판서·공조판서에 이어 이듬해엔 대사헌이 되었고, 예조판서·한성부판윤 등을 역임한 뒤 자청해서 개성부유수로 부임하여 재직중에 죽었다.

편지를 다 쓰자 구당은 방 하나를 깨끗이 치우고 백곡과 함께 그 편지를 태우며 말했다.

"오늘 이미 죽음을 면했다는 걸 알게 되었네."

과연 구당은 그해를 무사히 보내고 수십 년 뒤에 죽었다. 일이 허황되고 망령스럽지만 어쨌든 김공의 혼백은 보통 사람과 크게 달랐다.

김공은 그뒤로도 밤마다 수행원을 많이 거느리고 등촉을 나란히 들고서 장동長洞과 낙동駱洞 사이를 왕래했다. 그러다 간혹 친구를 만나면 말에서 내려 회포를 풀곤 했다. 어느 새벽 한 소년이 낙동을 지나다가 길 위에서 김공을 만나 물었다.

"영공께서는 어디서 오셨습니까?"

김공이 대답했다.

"오늘 새벽이 내 기일이라네. 흠향을 하러 갔다가 제물이 불결하여 흠향도 하지 못하고 슬퍼하며 돌아가는 길일세."

그러고는 홀연 사라졌다. 소년이 즉시 그 집으로 갔다. 집은 창동에 있었다. 백곡이 제사를 끝내고 나오자 소년은 김공과 주고받은 말을 전했다. 백곡은 크게 놀라 곧바로 내청으로 들어가 제물을 살펴보았다. 불결한 물건은 없었는데 다만 떡 속에 사람의 털 하나가 들어가 있었다. 온 집안사람이 놀랐다.

그뒤 다른 사람이 길에서 김공을 만났는데 김공이 말했다.

"내 일찍이 남의 강목6)을 빌려 보았는데 돌려주지 못했소. 몇권 몇째 장에 금박을 끼워두었소. 돌려줄 때 그걸 살피지 못하면 금박을 잃어버릴 우려가 있다오. 이 말을 우리집에 꼭 좀 전해주구려. 강목 속을 자세히 살펴보고 나서 돌려주라고."

---

6) 강목(綱目): 주희가 지은 중국의 역사책인 『통감강목』의 준말. 『자치통감』을 강(綱)과 목(目)으로 나눈 것으로, 주희가 손수 만든 한 권의 범례에 의거해 조사연(趙師淵) 등이 전편(全篇)을 작성했다.

그 사람이 가서 그 말을 전하자 백곡이 강목을 살펴보았는데 과연 금
박이 끼워져 있었다. 사람들이 모두 기이하게 생각했다. 그밖에도 신이
한 일이 참 많지만 다 기록할 수가 없다.

金南谷生死皆有異

金監司緻號南谷[7], 栢谷金得臣之父也. 自少精於推數, 多奇中神異之事.
仕昏朝爲弘文校理, 晚始悔之, 托病解官, 卜居于龍山之上, 杜門晦跡, 謝
絶[8]人客. 一日侍者來告曰: "南山洞居沈生請謁."云矣, 金公謝曰: "尊客不
知此漢之病廢, 而枉顧乎? 人事之廢絶已久, 今無以延迎, 甚可恨歎[9]."云,
送之. 金公平日, 每以自家四柱, 推數平生, 則當得水邊姓人之力, 可免大
禍. 忽思來客, 旣是水邊姓, 則斯人也, 無乃有力於[10]我乎? 急使侍[11]者, 追
還於中路, 此是沈器遠也. 沈生隨其奴還來, 則金公連忙起迎曰: "老夫廢絶
人事者久矣, 尊客枉屈, 適有採薪之憂, 有失迎拜之禮, 慙愧無地矣." 客曰:
"曾未及[12]承顔, 而竊聞長者精通推數云, 故[13]不避猥越, 敢來以質. 某以
四十窮儒, 命道崎嶇, 今此之來, 欲[14]一質正[15]於神眼之下矣." 仍自袖中,
出四柱而示之. 且曰: "某之來時, 有一親切之友, 又以四柱托之, 難以揮却,
不得已持來矣." 金公一一見之, 極口稱贊曰: "富貴當前, 不須更問矣." 最
後客又出示一四柱曰: "此人不願富貴, 只願平生無疾恙, 且欲知壽限如何

7) 谷: 국도본·고대본·가람본·성균관대본에는 '峯'으로 표기. '峯'이 맞음.
8) 謝絶: 고대본에는 '絶謝'로 잘못 표기.
9) 歎: 국도본·가람본·성균관대본에는 '嘆'으로 표기.
10) 於: 국도본·고대본·가람본·성균관대본에는 잘못 탈락.
11) 侍: 국도본에는 '待'로 표기.
12) 及: 국도본·고대본·동양본·가람본·성균관대본에는 잘못 탈락.
13) 故: 고대본에는 잘못 탈락.
14) 欲: 국도본·고대본·가람본·성균관대본에는 잘못 탈락.
15) 正: 국도본·가람본·성균관대본에는 '定'으로 표기.

而已." 公瞥眼一覽, 卽命侍者, 鋪席置案, 起整冠服, 斂膝危坐, 以其四柱
置之書案上, 焚香而言曰: "此四柱, 貴不可言, 有非常人[16]之命數, 可不欽
敬哉?" 沈生欲告退, 公曰: "老夫病中, 愁亂難遣, 尊客幸且暫留, 以慰病懷
可也." 仍使之留宿. 至夜深無人之時, 公乃[17]促膝而近前曰: "某實托病, 老
夫不幸, 出脚於此時, 曾有染跡[18]於朝廷者, 晚而悔悟, 杜門病蟄, 而朝廷
之飜覆不久矣. 君之來質, 吾已領畧[19], 幸勿相外, 而以實言之可也." 沈生
大驚, 初欲諱[20]之, 末乃告其故, 公曰: "此事可成, 小[21]無疑慮, 將以何日
擧事乎?" 曰: "定於某日矣." 公沉吟良久曰[22]: "此日吉則吉矣. 而此等大
事, 擇日有殺破狼之日然後可矣, 某日若於小事則吉矣, 擧[23]大事則不可
矣. 某當爲君[24]擇吉日矣." 仍披曆熟視曰: "三月十六日果吉矣. 此日犯破
殺狼[25], 當擧事之際, 雖或有告變之人, 而少無所[26]害[27], 畢竟無事順平矣,
必以此日, 擧事可也." 沈大異之, 乃曰: "若然則公之名字, 謹當錄入于吾輩
錄名冊字矣." 公曰: "此則非所願, 但明公成事之後, 幸垂[28]死之命, 俾不及
禍, 是所望也." 沈快諾而去. 及至更化之日, 多以金公之罪, 不可原言之者
衆, 沈乃極力救之, 超拜嶺南[29]伯而卒. 公嘗以自家四柱, 問于中原術士,

---

16) 人: 국도본에는 탈락.
17) 乃: 고대본에는 탈락.
18) 跡: 고대본·성균관대본에는 '迹'으로 표기.
19) 畧: 동양본에는 '略'으로 표기.
20) 諱: 국도본·고대본·가람본·성균관대본에는 '辭'로 잘못 표기.
21) 小: 고대본·성균관대본에는 '少'로 표기.
22) 曰: 고대본·가람본·성균관대본에는 잘못 탈락.
23) 擧: 국도본·고대본·가람본·성균관대본에는 잘못 탈락.
24) 君: 국도본·고대본·가람본·성균관대본에는 잘못 탈락.
25) 破殺狼: 국도본·고대본·가람본·성균관대본에는 '破狼殺'로, 동양본에는 '破殺狼'으로 표기. '殺破狼'으로 통일하는 것이 바람직함.
26) 少無所害: 국도본·고대본·가람본에는 '所無'로 잘못 표기.
27) 고대본·가람본·성균관대본에는 '明知矣'가 더 나옴.
28) 垂: 국도본에는 잘못 탈락.
29) 南: 고대본·가람본·성균관대본에는 탈락.

則書以一句詩, 詩曰: '華山騎牛客, 頭戴一枝花.'云云. 莫曉其意. 及爲嶺30)
伯, 巡到安東府, 猝患痁疾, 遍問譴却之方, 則或以當日倒騎黑牛, 則31)療
云云. 故依其言, 騎牛而周行庭中, 纔下牛而臥房內, 頭痛極甚, 使一妓以
按之, 問其32)名, 則對以一枝花云. 公忽憶中原人詩句, 歎曰: "死生有命."
乃命鋪新33)席, 換着新衣盛服, 正枕而臥, 悠然而逝34). 是日三陟倅某在衙,
忽見公盛騶從入門, 驚而起曰: "公何爲而越他道, 來訪下官也?" 金公笑曰:
"我非生人, 俄者已作故, 方35)以閻羅王赴任之路, 歷見君, 而且有所托者,
某方赴任, 而恨無新件章服, 君念平日之誼, 幸爲辦備否?" 三陟倅, 心知其
虛誕, 而仍其强請, 出篋中綴一疋, 而給之, 則金公欣然受之, 告辭而去. 三
陟36)大驚訝, 送人探之, 則果於是日, 金公歿於安東府巡到所矣. 以是之37)
故, 金公爲閻羅王之說, 遍行于世. 朴久堂長遠, 與金公之38)子栢谷, 切親
之友也. 曾於39)北京, 推數以來, 則書以某年某月, 當死云云矣. 當其年正
初, 委送人馬, 邀栢谷以來, 授以一張簡而書之, 栢谷曰: "書以何處?" 久堂
曰: "欲得君之一書于先尊丈矣." 栢谷怊悵而不書, 久堂曰: "君以吾爲誕
乎? 無論誕與不誕, 第爲我書之." 再三懇請, 栢谷不得已擧筆, 久堂口呼,
而使之書之曰: "某之切友, 朴某壽限, 將止於今年40)矣. 幸伏望特垂矜憐,
俾延其壽."云云. 而外封書父主前, 內封書以子某白是云云. 書畢久堂淨掃

---

30) 동양본에는 '南'이 더 나옴.
31) 동양본에는 '卽'이 더 나옴.
32) 국도본에는 '姓'이 더 나옴.
33) 新: 고대본에는 잘못 탈락.
34) 正枕而臥, 悠然而逝: 국도본·가람본에는 '正枕, 而悠然逝'로, 성균관대본에는 '正枕, 而悠然而逝'
로 표기.
35) 方: 동양본에는 '今'으로 표기.
36) 국도본·고대본·가람본·성균관대본에는 '倅'가 더 나옴. '倅'가 들어가는 것이 맞음.
37) 고대본에는 '之'가 더 나옴.
38) 之: 국도본·고대본·가람본·성균관대본에는 탈락.
39) 於: 국도본에는 탈락.
40) 국도본에는 '年'이 더 나옴.

一室, 與栢谷焚香其書曰:“今已後知免矣.”果穩度其年, 過數十年後始歿.
事近誕妄, 而金公之精魄, 大異[41]於人矣. 其後每夜, 盛騶率, 列燈燭, 往來
於長洞駱洞之間, 或逢知舊, 則下馬而敍懷. 一日之夜, 一少年曉過駱洞,
逢金公於路上, 問曰:“令監[42]從何而來乎?”金公曰:“今曉, 卽吾之忌日也.
爲饗飮食而去, 祭物不潔, 未得歆饗, 悵缺而歸.”仍忽不見, 其人卽往其家,
家在倉洞, 主人罷祭而出矣. 以其酬酢傳之, 栢谷大驚, 直入內廳, 遍審祭
物, 無一不潔之物, 而餠餌之間, 有一人毛, 舉家驚悚. 其後又有一人, 逢於
路, 則金公曰:“吾曾借見他人之綱目, 而未及還, 第幾卷, 第幾張, 有金箔
之挾置者, 日後還送之時[43], 如或不審, 則金箔有遺失之慮, 須以此言, 傳
于吾家, 須詳[44]審而送[45]可也.”其人歸傳其語, 栢谷搜見綱目, 則金箔果有
之, 人皆異之. 其外多有神異之事, 而不能記焉.

41) 異: 국도본에는 잘못 탈락.
42) 監: 국도본·가람본에는 탈락. 고대본·성균관대본에는 ‘公’으로 표기.
43) 時: 국도본에는 ‘日’로 표기. 고대본·가람본·성균관대본에는 탈락.
44) 詳: 국도본·고대본·가람본·성균관대본에는 잘못 탈락.
45) 국도본·고대본·가람본·성균관대본에는 ‘之’가 더 나옴.

남충장이 성루에 앉아 충절을 지키다

이인좌[1]는 군사를 일으킬 때 상여를 꾸미고 병기를 묶어 관처럼 만들었다. 상여를 짊어진 사람들은 모두 적도^{賊徒}였다. 그들이 상여 수십 개를 짊어지고 청주성 안으로 들어갔다. 진영장인 충장^{忠壯} 남연년[2]과 막객 홍림[3]이 병사 이봉상[4]에게 말했다.

"수많은 상여가 성안으로 들어온 일이 심히 이상합니다. 수색하여 살

---

1) 이인좌(李獜佐, 1695~1728): '이인좌(李麟佐)'라고 표기해야 정확하다. 과격한 소론으로 조선 영조 때 무신변란(戊申變亂)을 주도했다. 영조의 즉위로 소론이 정계에서 배제되자, 정희량(鄭希亮)·이유익(李有翼)·심유현(沈維賢)·박필현(朴弼顯)·한세홍(韓世弘) 등 소론 과격파와 갑술환국 이후 정계에서 물러난 남인들과 공모하여 밀풍군(密豊君) 탄(坦, 소현세자의 증손)을 추대하고 정권쟁탈을 꾀했다. 1728년 3월 상여에 무기를 싣고 청주에 진입하여 충청병사 이봉상(李鳳祥), 군관 홍림(洪霖) 등을 살해하고 청주성을 점령했다. 그뒤 도순무사 오명항의 관군과 싸워 안성에서 패하자 죽산으로 도피하다가 체포되어 능지처참되었다.
2) 남연년(南延年, 1653~1728): 1676년 무과에 급제해 선전관을 거쳐, 1727년에 청주영장(淸州營將)이 되어 토포사를 겸했다. 이듬해 이인좌의 난이 일어나자 난을 진압하던 중에 청주성이 함락되면서 절도사 이봉상과 함께 붙잡혔으나, 반도에게 굴하지 않고 그를 꾸짖다가 죽었다. 조정에서는 그의 충절을 기려 아들 남덕하(南德夏)를 등용했고, 부인이 죽자 장례 물품을 지급해 치상했다. 1728년 좌찬성에 추증되었다.

펴보소서."

이봉상이 술에 취한 채 대답했다.

"지나가는 상여들일 뿐인데 의심할 필요가 뭐 있겠나? 물러가게."

이날 밤이 깊어지자 까치 한 쌍이 누각 대들보를 오르내리며 깍깍거렸는데 쫓아도 날아가지 않았다. 이윽고 난리가 일어나 성안이 난장판이 되었다. 적병이 감영 문을 둘러싸고 들어가니, 이봉상은 정신이 흐릿한 중에 뒷마당 대숲 속으로 도망쳐버렸다.

남충장이 누각 위에 앉아 호령했다. 적병이 이봉상이 있는 곳을 묻자, 충장은 "내가 이봉상이다!"라고 외치며 적을 꾸짖고 굴복하지 않다가 해를 당했다. 적병 중에 이봉상의 얼굴을 아는 자가 있었는데 남충장의 얼굴을 보고는 "이 사람이 아니다!"라 했다. 적병들이 대숲으로 들어가 이봉상을 찾아내 찔러 죽였고, 홍림은 자기 몸으로 그를 막아주다가 함께 살해당했다. 조정에서는 병사와 영장, 비장에게 정려와 증직贈職, 공신·충신·효자 등이 죽은 뒤 나라에서 벼슬을 내리던 일의 예를 베풀었다.

그뒤 어떤 사람이 청주성 안 남석교南石橋 위에 시를 남겼다.

삼경에 우는 까치 대들보 돌며 시끄러운데
촛불 꺼진 화당華堂, 부귀한 사람들이 사는 아름다운 집에 취한 꿈 어지럽다

---

3) 홍림(洪霖, 1685~1728): 1727년 충청도병마절도사 이봉상이 그의 청백함을 인정하여 막료가 되었다. 1728년 이인좌의 난으로 청주성이 함락되고 이봉상이 잡혀 죽임을 당하자, 자신이 절도사라 하며 반란군을 꾸짖었다. 반란군이 그를 충신이라고 칭찬하며 후일 자손들을 녹용하겠다고 하자, "나는 아들도 없거니와 있다 해도 너희 같은 역적 놈의 부하로 쓰이게 할 수는 없다" 하고 죽었다.
4) 이봉상(李鳳祥, 1676~1728): 이순신(李舜臣)의 5대손이다. 1702년 무과에 급제했으며 경종 재위 중에 포도대장·훈련원도정·삼도수군통제사·총융사·한성부우윤·형조참판 등을 역임했다. 1728년 이인좌가 반란을 일으켜 청주성을 함락했을 때 작은아버지 이홍무(李弘茂)와 함께 반란군에게 붙잡혔다. 충청 감영에 들어온 이인좌가 항복을 권했지만 충무가(忠武家)의 충의를 내세우며 끝내 굽히지 않았다.

비장이 연막[5]의 절개를 능히 지켰거늘

원융元戎 군사의 우두머리. 여기서는 병사 이봉상은 도리어 대나무숲 혼이 되었도다

운유[6]는 죽어서 당나라 역사에 전하는데

이릉[7]은 무슨 마음으로 한漢나라 은혜를 저버렸나

어부가 가만히 앉아 공을 세운 것[8] 가소로우니

한때의 영광과 총명이 향촌에 빛나도다

이 시는 널리 알려졌지만 누가 지었는지는 알지 못한다.

그뒤 남충장의 묘를 이장할 때 그의 친구들에게 만장[9]을 청했다. 그 중 유생 유언길愈彥吉이란 사람이 있었는데 지추 유언술[10]의 사촌형이었다. 그가 지은 만시는 다음과 같다.

내 머리는 자를 수 있어도 내 무릎은 꿇릴 수 없지

창 천 개가 삼삼하고 칼날 만 개가 우뚝 섰도다

이 밤에 이 사람 충절을 능히 갖추었으니

---

5) 연막(蓮幕): 연부(蓮府). 높은 벼슬아치의 저택을 말함. 진(晉)나라 왕검(王儉)의 고사에서 나온 말이다.

6) 운유(雲惟): 운유에서 '유(惟)'는 아래 구절의 '능독(陵獨)'에서의 '독(獨)'과 마찬가지로 강조 부사다. '운(雲)'은 당나라 안록산의 난 때 수양성(睢陽城)을 지키다가 장순(張巡)과 함께 순절한 남제운(南霽雲)을 가리킨다. 안록산의 군대에 수양성이 함락되고, 장순·허원·남제운 등도 반란군에게 붙잡혔는데, 장순이 남제운에게 "죽을 뿐, 불의에 굴해서는 안 된다"라고 말했다. 남제운이 대답하기를, "공이 나를 알아주시거늘 어찌 죽지 않으리까?" 하면서 항복을 하지 않았고 결국 모두 처형당한 사실이 당나라 역사에 전한다.

7) 이릉(李陵): 기마와 활쏘기에 뛰어나 한 무제 때 기도위(騎都尉) 등을 지냈다. 흉노족과 싸우다 항복하여 흉노의 수령 선우(單于)의 딸을 아내로 삼아 그곳에서 이십 년 동안 살다가 병으로 죽었다.

8) 어부가 가만히~세운 것: 이봉상이 표창 받은 일을 어부지리로 공훈을 세웠다고 비꼰 것이다.

9) 만장(輓章): 죽은 사람을 슬퍼하여 지은 글을 비단이나 종이에 적어 깃발처럼 만든 것. 상여가 나갈 때 상여 뒤에 들고 따라간다.

10) 유언술(愈彥述, 1703~1773): 1757년 문과 중시에 을과로 급제했다. 1772년 대사헌이 되었고, 지중추부사에 이르렀으며 시문에 뛰어났다.

늦봄 하늘도 눈바람으로 애달파하네
이름은 한나라 변방에서 주먹 쥐고[11] 분투하다 죽은 이와 부합하고[12]
성은 수양[13]성에서 손가락 깨물며 돌아왔던 것을 생각나게 하네[14]
오영[15]의 순무사 가소롭나니
차마 아무 일 없는 듯 머리 들고 올 수 없으리오

이씨의 자손들이 이 시를 보고 청주의 시도 이 사람이 지은 것으로 지목했다. 이씨의 자손들이 억울함을 호소하자, 유생은 결국 귀양을 가게 되었는데 시의 내용 때문이었다.

坐城樓南忠壯效節

獜[16]佐之起兵也, 初粧喪車, 而兵器束作棺樣, 擔軍皆賊徒也. 以數十喪

---

11) 주먹 쥐고: 장권(張拳). 주먹을 들어서 치다. 병기가 다 없어져 다만 빈주먹을 들어 칠 뿐이라는 말. 이릉(李陵)과 관련된 고사에서 나온 말이다.
12) 이름은 한나라~이와 부합하고: 한나라 때 인물인 한연년(韓延年)을 말한 것으로 남충장공의 이름인 연년과 한연년의 이름이 똑같기에 이렇게 말한 것이다. 한연년은 서한(西漢) 영천(潁川) 사람으로, 한 무제 때 교위(校尉)의 신분으로 장군 이릉(李陵)을 따라 흉노를 공격하다 포위를 당했으나 끝까지 포기하지 않고 싸우다 전사한 인물이다. 이에 반해 장군 이릉은 흉노에게 투항했다.
13) 수양(睢陽): 지금의 하남성 상구현 남쪽에 있는 지역. 장순(張巡)이 안녹산의 반군을 막다가 원군이 끊기고 군량이 떨어지자 성이 함락되며 전사한 곳이다.
14) 성은 수양성에서~생각나게 하네: 남충장공의 성이 수양성에서 순절했던 남제운과 같기에 이런 말을 한 것이다. 『구당서』의 「충의열전忠義列傳」을 보면, 안녹산의 난 때 남제운·장순·허원 등이 수양성을 지키다가 식량이 떨어져 위기에 처하자, 남제운이 하란진명(賀蘭進明)에게 찾아가 구원을 청했다. 그런데 하란진명은 장순 등이 공을 세우는 것을 시기하여 이에 응하지 않고 도리어 그를 회유하여 부하로 삼으려 하면서 음식상을 크게 차려왔다. 그러나 남제운은 음식을 먹지 않고 손가락을 깨물어 혈서를 쓰고 다시 수양성으로 돌아와 장순 등과 함께 장렬히 죽었다는 고사가 전한다.
15) 오영(五營): 오군영. 임진왜란 이후 오위(五衛)를 개편해 둔 다섯 군영. 훈련도감·총융청·수어청·어영청·금위영을 이른다.
16) 獜: 성균관대본에는 '麟'으로 표기.

車轝擔, 入淸州城內[17), 營將南忠壯延年, 及幕客洪霖, 言于兵使李鳳祥曰: "喪車多入城內, 事甚怪訝, 請搜見而譏察焉." 兵使醉而答曰: "過去[18)喪車, 何必疑訝? 君等退去可也." 時夜將半, 有一雙鵲, 上下於樓上之楔而噪之, 逐之不去, 已而亂作, 城中大亂, 賊兵擁入營門, 兵使昏夢之中, 走避于後庭竹林之中, 忠壯坐于樓上而號令, 賊有問兵使去處, 忠壯曰: "我也!" 罵賊不屈, 而遂遇害. 賊中有知面者, 見之曰: "非也." 遂至竹林, 而又刺殺之, 洪霖以身覆之, 幷被害. 兵使營將及裨將, 自朝家, 幷施旌閭贈職之典. 其後有人題詩于淸州城內南石橋上曰: "三更鳴鵲繞楔喧, 燭滅華堂醉夢昏, 裨將能全蓮幕節, 元戎反作[19)竹林魂, 雲惟死耳傳唐史, 陵[20)獨何心負漢恩, 堪笑漁人功坐受, 一時榮寵耀[21)鄕村." 此詩傳播, 而不知誰作也. 又其後南忠壯, 緬禮時, 請輓[22)於知舊之間, 有儒生兪彦吉, 卽兪知樞彦述[23)從氏也. 詩曰: "吾頭可斷膝難摧, 千戟森森萬刃催, 是夜人能貞節辦, 暮春天以雪[24)風哀, 名符漢塞張拳死, 姓憶睢陽嚼指回, 堪笑五營巡撫使, 忍能無恙戴頭來." 李氏子孫, 見此詩, 指以淸州詩[25), 亦此人所作也. 至於鳴寃之境, 兪生竟被謫, 便是詩案也.

----

17) 內: 국도본·고대본·가람본·성균관대본에는 탈락.
18) 去: 국도본에는 '車'로 잘못 표기.
19) 反作: 국도본·고대본·가람본·성균관대본에는 '返行'으로 표기.
20) 陵: 이릉(李陵).
21) 耀: 동양본에는 '輝'로 표기.
22) 輓: 국도본에는 '挽'으로 잘못 표기.
23) 가람본·성균관대본·국도본에는 '之'가 더 나옴.
24) 雪: 국도본·가람본에는 '電'으로 표기. '雪'이 맞음.
25) 指以淸州詩: 고대본·성균관대본에는 탈락.

주막에서 쉬던 이완이 사람을 알아보다

정익공貞翼公 이완[1]은 효종의 총애를 받으며 북벌을 모의하고자 인재를 널리 구하고 있었다. 길에서도 용모가 걸출한 사람을 보면 반드시 문안 뜰로 맞이하여 그 재주를 시험하고 조정에 천거했다.

공이 일찍이 훈련대장이었을 때 성묘를 가려고 휴가를 얻었다. 용인의 한 주막에 이르러 서른 살쯤 되어 보이는 총각 하나를 만났다. 키는 거의 열 척이었고 얼굴 길이가 한 척은 되었으며 깡마른 골격이 우람해 보였다. 짧은 머리털이 덥수룩하고 베옷은 몸을 다 가리지도 못했다. 그

---

1) 이완(李浣, 1602~1674): 호는 매죽헌(梅竹軒). 1624년 무과에 급제했다. 상원군수·숙천부사·평안도병마절도사 등을 지냈고 병자호란이 일어나자 도원수 김자점의 별장(別將)으로 출전해 정방산성(正方山城)을 지켰다. 그뒤 함경남도병마절도사·양주목사·경기도수군절도사 겸 삼도통어사에 임명되어 수도 외곽의 방어에 전력했다. 1649년 우포도대장으로 임명되었다. 효종은 이완을 북벌의 선봉부대인 어영청의 어영대장으로 기용하고, 김자점의 모반 사건을 해결하고자 포도대장을 겸하게 했다. 그뒤 병조참판으로 승진하며 한성판윤을 역임했고, 1654년에는 공조판서로 승진했다. 여러 차례 병조판서에 임명되었지만 끝내 나아가지 않고 훈련대장으로만 있었다. 아버지 이수일과 마찬가지로 무장으로서 입신하여 효종·송시열 등과 함께 북벌에 집착했으나 뜻을 이루지 못했다.

는 흙마루 위에 앉아 질그릇 잔에 탁주를 부어 고래처럼 마시고 있었다.

공은 말 위에서 그를 힐끗 보고는 기이하게 여겼다. 말에서 내려 섬돌에 앉더니 그 총각을 불러오게 했다. 총각은 예를 차리지도 않고 돌 위에 걸터앉았다. 공이 성명을 물으니, "성은 박이고, 이름은 탁罣입니다"라고 대답했다. 공이 또 "지체와 문벌은 어떻게 되느냐?"라고 물으니 총각이 대답했다.

"본래는 양반이었으나 일찍이 아버지를 잃고 집에는 어머니만 계십니다. 집이 가난하여 땔나무를 해서 그걸 팔아 어머니를 봉양하고 있습니다."

공이 또 물었다.

"이미 술을 마셨는데 더 마실 수 있겠나?"

"한잔 술을 어찌 사양하겠습니까2)?"

공이 종에게 백 문3)을 주고 술을 사오게 했다. 이윽고 탁주 두 동이를 사가지고 오자, 공이 먼저 한 사발 마시고 총각에게 그 그릇을 건네주었다. 그는 조금도 사양하거나 부끄러워하는 기색 없이 연거푸 술 두 동이를 다 마셨다. 공이 말했다.

"자네는 비록 초야에 묻혀 춥고 배고파 어려움을 겪고 있지만 골상이 비범하여 가히 크게 쓰일 인물이네. 혹시 내 이름을 들어본 적이 있는

---

2) 한잔 술을 어찌 사양하겠습니까: 『십팔사략』 서한(西漢) 고조(高祖)에 나오는 말로, 이른바 홍문연(鴻門宴) 잔치에서 번쾌가 항우를 보고 한 말이다. 번쾌는 홍문연 잔치에서 장량(張良)에게 패공(沛公)의 신변이 위급하다는 말을 듣고 들어가지 못하게 가로막는 수위 장교들을 한 팔로 밀어버리고 장막을 들며 항우 앞에 나타났다. 항우는 그를 장사(壯士)라고 칭찬하며 큰 잔에 따른 술과 돼지 어깨 한쪽을 주게 했다. 번쾌는 잔을 들어 쭉 들이키고는 칼을 쑥 뽑아 고기를 썰어 다 먹어치웠다. 항우가 "더 마실 수 있겠는가" 하고 묻자, 번쾌는 "죽음도 사양하지 않을 터인데 한 잔 술을 어찌 사양하겠소?"라고 대답했다. 그는 패공을 죽이려는 항우의 생각이 잘못된 것임을 위압적으로 지적하여 항우의 생각을 바꿔놓았다.
3) 문(文): 엽전의 단위. 푼이라고도 한다. 10문을 1전, 100문을 1냥, 1000문을 1쾌 또는 관(貫)이라 한다. 1냥을 1꾸러미로 보기도 했다.

가? 나는 훈련대장 이 아무개라네. 요즘 조정에서는 대사를 도모하고자 장수 감을 널리 구하고 있지. 나를 따라가면 이루 말할 수 없을 만큼 큰 부귀를 누릴 걸세."

총각이 말했다.

"노모가 집에 계시니 함부로 남에게 몸을 허락할 수 없소이다."

공이 말했다.

"그렇다면 내가 자네 집으로 가서 모친께 인사를 드리겠네. 집이 어딘 가? 앞장서게나."

두 사람은 십여 리를 가서 그 집 문 앞에 이르렀다. 몇 칸짜리 오두막 집은 비바람도 가리지 못할 정도였다. 총각이 먼저 들어갔다. 이윽고 노 부인이 다 해진 듯한 자리를 내어와 사립문 밖에 깔고 나와서 공을 맞 이했다. 그녀는 봉두난발에 베치마를 입었고 나이는 예순 살이 넘어 보 였다. 서로 자리를 양보하면서 앉았다. 공이 말했다.

"저는 훈련대장 이 아무개올시다. 성묘 가는 길에 이 총각을 만났지 요. 한번 보고 뛰어난 인재인 줄 알았습니다. 이런 기남자를 두신 것을 축하드리고 또 축하드립니다."

노부인이 옷깃을 여미며 대답했다.

"아이가 초야에 파묻혀 아비도 없어 배우지 못했으니 산짐승, 들짐승 과 무엇이 다르겠습니까? 대감께서 이토록 과찬하시니 부끄러움을 이 기지 못하겠습니다."

공이 말했다.

"어르신께서 초야에 계시기는 하지만 세상일에 대해서는 들었을 것 입니다. 바야흐로 조정에서는 대사를 도모하려고 인재를 모으고 있습니 다. 저는 이 총각을 보고 놓치고 싶지 않았습니다. 총각과 함께 가서 공 명을 도모하려 했는데, 총각이 모친의 허락을 받지 못할 거라며 사양하 기에 이렇게 함께 왔습니다. 감히 청하건대 어르신께서 허락해주시기 바랍니다."

노부인이 대답했다.

"우둔하고 굼뜬 촌구석의 아이가 무슨 지식이 있어 감히 대사를 감당하겠습니까? 또 이 아이는 이 늙은이의 하나뿐인 아들이랍니다. 모자가 서로 의지해 연명하고 있으니 아이를 멀리 떠나보내기는 어렵습니다. 감히 명을 받들지 못하겠나이다."

공이 거듭 간절히 청하자 노부인이 말했다.

"남자가 이 세상에 태어나 사방에 뜻을 두고 나라에 몸을 허락했다면 구구하게 사사로운 정을 돌아봐선 안 되겠지요. 또 대감의 성의가 이와 같은데, 늙은이가 어찌 감히 허락하지 않겠습니까?"

공이 매우 기뻐하며 즉시 노부인과 작별인사를 나누고 총각과 함께 서울로 돌아왔다.

대궐로 가서 청대請對, 신하가 급한 일이 있어 임금 뵙기를 청함하니 임금이 말했다.

"성묘하러 간 사람이 왜 중간에 돌아왔는고?"

공이 아뢰었다.

"소신이 시골로 내려가는 길에 한 기남자를 만났기에 함께 왔나이다."

임금이 입시하라 하니, 봉두난발에 수염이 덥수룩한 비렁뱅이가 곧바로 어탑 앞으로 오더니 예도 차리지 않고 자리에 걸터앉았다. 임금이 웃으며 말했다.

"너는 어찌 이리도 수척한가?"

그가 대답했다.

"대장부가 세상에서 뜻을 얻지 못하니 어찌 이렇게 되지 않을 수 있겠습니까?"

임금이 말했다.

"그 한마디가 참 기이하고 장쾌하구나!"

그러고는 이공을 돌아보며 말했다.

"어떤 자리를 제수해야 마땅할까?"

공이 말했다.

"이 아이는 아직 산야의 짐승 같은 상태를 면치 못하고 있습니다. 소신이 데리고 살며 시간을 두고 다듬고 사람의 일을 가르치고 나서야 비로소 직분을 내릴 수 있을 것이옵니다."

임금이 허락했다. 그로부터 공은 언제나 박탁을 곁에 두고 입고 먹을 것을 넉넉하게 베풀면서 병법과 처세의 핵심을 가르쳤다. 박탁은 하나를 들으면 열을 알아 일취월장하니 옛날의 어리석고 굼뜬 모습을 찾아보기가 어려웠다. 임금은 이공을 대할 때마다 박탁이 어느 정도 성취했는지 물었고, 그러면 공은 그때마다 크게 나아지고 있다고 아뢰었다. 이렇게 일 년이 지났다.

공이 박탁과 북벌에 대해 의논해보면 꾀를 내고 생각하는 것이 도리어 자기보다 나은 점이 있었다. 공이 그를 매우 기특하게 여겨 장차 임금께 아뢰어 크게 등용하려 했다. 그러나 얼마 안 있어 효종이 세상을 떠났다. 박탁이 곡반哭班, 국상(國喪) 때 통곡을 하던 벼슬아치의 반열에 따라 들어가 그치지 않고 곡하니 목이 부어오르고 피눈물을 흘릴 지경에 이르렀다. 그는 매일 아침저녁으로 반드시 곡반에 참여했다. 박탁은 인산례4)가 끝나자 공에게 떠나겠다고 이야기했다. 공이 말했다.

"그게 무슨 말인가? 우리 사이의 정이 부자지간과 같은데 자네가 어찌 나를 버리고 떠난단 말인가?"

박탁이 대답했다.

"대감이 보살펴주시고 아껴주신 은혜를 제가 어찌 모르겠습니까? 제가 여기 온 것은 얻어먹기 위해서만은 아니었지요. 영웅이신 임금님께서 위에 계시니 이 세상에서 뭔가를 할 수 있을 것 같아서였습니다. 그

---

4) 인산례(因山禮): 태상황 및 그 비, 임금과 그 비, 황태자 부부, 황태손 부부의 장례.

러나 하늘이 불쌍히 여겨주시지 않아 임금께서 승하하셨으니, 이제 천하의 일이 어찌할 수 없게 되었습니다. 정말 천고의 영웅이 눈물을 흘리지 않을 수 없게 되었습니다. 제가 대감 문하에 머문다 해도 이제 쓸모가 없어졌는데 사사로운 정에 얽매여 옷과 밥을 낭비하며 꾸물꾸물 떠나지 않는 것은 의리 없는 일입니다. 지금 떠나는 것이 좋겠습니다."

그러고는 눈물을 뿌리며 작별의 절을 올렸다.

박탁은 고향으로 돌아가 어미와 함께 집을 떠나 깊은 산골로 들어갔는데 그뒤 그의 종적은 아무도 몰랐다.

우재[5] 선생은 언제나 사람들에게 이 일을 이야기해주며 탄식했다.

憩店舍李貞翼識人

李貞翼公浣, 荷孝廟眷注, 將謀北伐, 廣求人材, 雖於行路上, 如見人容[6] 貌之偉魁, 則必延致之門庭, 試其才, 而薦于朝. 曾以訓將, 得暇掃墳, 行到龍仁店幕, 有一總角, 年近三十許, 身長幾十尺, 面長一尺, 瘦骨崚嶒, 短髮鬇鬡, 布衣不能掩身, 踞坐土廳之上, 以一[7]瓦盆濁醪, 飮如長鯨. 公於馬上, 瞥見而異之, 仍下馬, 坐于岸上, 使人招其童, 厥童不爲禮, 又踞坐于[8]石上, 公問其姓名, 答曰: "姓朴, 名鐸也." 又問: "汝之地閥如何?" 答曰: "自是班族, 而早孤, 家有偏母, 而家貧, 負薪而養之." 又問: "汝飮酒, 能復飮乎[9]?"

---

5) 우재(尤齋) 선생: 송시열의 호. 우암(尤庵)이라고도 한다. 송시열은 효종이 즉위하자 을축봉사(乙丑封事)를 올려, 조선을 침략해 조선의 왕과 사직에 굴욕을 준 청나라에 복수하기 위한 북벌의 핵심인물이 되었다.
6) 容: 국도본·고대본·동양본·가람본·성균관대본에는 '之'로 표기.
7) 一: 국도본·고대본·가람본·성균관대본에는 탈락.
8) 于: 국도본·고대본·가람본·성균관대본에는 탈락.
9) 汝飮酒, 能復飮乎: 성균관대본에는 '汝復飮酒乎'로 표기.

對曰: "卮¹⁰⁾酒安足辭¹¹⁾也?" 公命下隸, 以百文錢, 沽酒以來, 已而沽酒濁¹²⁾二大¹³⁾盆以來, 公自飮一椀, 以其器, 擧而給之, 厥童少無辭讓羞澁之意, 連倒二盆. 公曰: "汝¹⁴⁾雖埋沒草野, 困於飢寒, 骨相非凡, 可大用之¹⁵⁾人也, 汝或聞吾名乎? 我是訓將李某也, 方朝廷¹⁶⁾營大事, 遍求將帥之材¹⁷⁾, 汝若隨我而去¹⁸⁾, 則富貴何足道也?" 厥童曰: "老母在堂, 此身未敢以許人也." 公曰: "若然則吾當升堂拜¹⁹⁾母矣, 而家安在? 汝須導前." 行十餘里, 抵其門前, 數間²⁰⁾斗屋, 不蔽風雨. 厥童先入門, 已而²¹⁾出一弊席, 鋪之柴門外, 出而迎之, 蓬頭布裙, 年可六十餘, 相與讓席坐定, 公曰: "某是訓練大將李某也. 掃墳之行, 路逢此兒, 一面可知其人傑, 尊嫂有此奇男, 大賀大賀." 老婦斂袵而對曰: "草野之間, 無父之兒, 早失學業, 無異山禽野獸, 大監過加詡奬²²⁾, 不勝慙愧." 公曰: "尊嫂雖在草野, 時事必有及聞者²³⁾矣. 方今朝廷, 方營大事, 招延人材, 某見此兒, 不忍遽別, 欲與之同行, 以圖功名, 則此兒, 以無親²⁴⁾命爲辭, 故不得已躬來, 敢請, 幸尊嫂能許之否?" 老婦曰:

---

10) 卮: 국도본에는 '危'로 잘못 표기.
11) 卮酒安足辭: '치주(卮酒)'는 큰 잔에 든 한 잔 술이라는 뜻이다. 따라서 한 잔 술쯤은 사양하고 말 것조차 없다는 말이다. 이 말은 술꾼들이 억지로 권하는 잔을 받아마실 때나 혹은 권할 때 쓴다.
12) 酒濁: 국도본·고대본·동양본·가람본·성균관대본에는 '濁醪'로 표기.
13) 大: 국도본·고대본·가람본·성균관대본에는 탈락.
14) 汝: 국도본·고대본·가람본·성균관대본에는 잘못 탈락.
15) 국도본에는 '之'가 더 나옴.
16) 方朝廷: 동양본에는 '朝廷方'으로 표기.
17) 材: 고대본·가람본·성균관대본에는 '才'로 표기.
18) 去: 고대본에는 탈락.
19) 동양본에는 '君'이 더 나옴.
20) 間: 국도본에는 '門'으로 잘못 표기.
21) 已而: 국도본·고대본·가람본에는 '而已'로 표기.
22) 詡奬: 고대본·성균관대본에는 '奬詡'로 표기.
23) 者: 국도본·고대본·가람본·성균관대본에는 탈락.
24) 無親: 국도본·고대본·동양본·가람본·성균관대본에는 '親無'로 잘못 표기.

"鄉曲[25]愚蠢之兒, 有何知識, 而敢當大事乎? 且此是老身之獨子[26], 母子相依爲命, 有難遠離, 不敢奉命矣." 公懇請再三, 老婦曰: "男子生, 而志四方, 旣許身於國家, 則區區私情, 有不可顧矣. 且大監之誠意如是, 老臣何敢不許乎?" 公大喜, 卽辭其老婦, 與其兒偕行, 還歸洛下, 詣闕請對, 上敎曰: "卿旣作掃墳之行, 何爲而徑[27]還也?" 公奏曰: "小臣下鄉之路, 逢一奇男子, 與之偕來矣." 上使之入侍, 則蓬頭突鬢, 卽一寒乞之兒, 直入榻前不爲禮, 而踞坐, 上笑曰: "汝何瘦瘠之甚也?" 對曰: "大[28]丈夫不得志於世, 安得不然乎?" 上曰: "此一言, 奇且壯矣!" 顧李公曰: "當除何職乎?" 公曰: "此兒姑未免山野禽獸之態, 臣謹當率畜家中, 磨以歲月, 訓戒人事然後, 可以責一職事矣." 上許之. 公嘗置之[29]左右, 豐其衣食, 而敎以兵法及行世之要, 聞一知十, 日就月將[30], 非復舊日[31]痴蠢樣子. 上每對李公, 必問朴鐸之成就, 公每以將進奏達, 如是度周年矣. 公每與朴鐸, 議北伐之事, 則其出謀發慮, 反有勝於自家, 公大奇之, 將奏達而[32]大用之矣. 未幾孝廟賓天, 朴鐸隨人[33]叅哭班, 痛哭不已, 至於咽腫而淚血. 每日朝夕, 必叅哭班[34], 及引[35]山禮畢, 告公以永訣, 公曰: "此何言也? 吾與汝, 情同父子, 汝何忍捨我而去耶?" 對曰: "吾豈不知大監眷愛之恩哉? 某之來此, 非爲哺餟[36]之

---

25) 曲: 가람본에는 '谷'으로 표기.
26) 국도본·가람본·성균관대본에는 '也'가 더 나옴.
27) 徑: 고대본·가람본·성균관대본에는 '經'으로 잘못 표기.
28) 大: 국도본·고대본·가람본·성균관대본에는 탈락.
29) 국도본·고대본·가람본·성균관대본에는 '于'가 더 나옴.
30) 將: 동양본에는 '長'으로 잘못 표기.
31) 日: 국도본·고대본·가람본·성균관대본에는 잘못 탈락.
32) 而: 국도본·고대본·가람본·성균관대본에는 잘못 탈락.
33) 人: 국도본·가람본·성균관대본에는 '入'으로 표기.
34) 痛哭不已, 至於咽腫而淚血. 每日朝夕, 必叅哭班: 국도본에는 잘못 탈락.
35) 引: 동양본에는 '引'으로 표기하고 있으나, 국도본·고대본·가람본에는 '因'으로 표기. '因'이 맞음.
36) 동양본·성균관대본에는 '啜'로 표기.

計也, 英傑[37])之主在上, 可以有爲於世[38]), 皇天不弔, 奄遭大喪, 今則天下事, 無可爲者, 此誠千古英雄, 不禁淚者也. 吾雖留在於[39])大監門下, 無可用之機, 且拘於顔私, 浪費衣食, 而豆留[40])不去, 亦甚無義, 不如從此逝矣." 仍揮淚拜辭. 歸鄕與其母離家而入深峽, 不知所終. 尤齋先生 常對人, 道此事而嗟嘆[41]).

37) 傑: 국도본·고대본·가람본·성균관대본에는 '雄'으로 표기.
38) 국도본·고대본·동양본·가람본·성균관대본에는 '也'가 더 나옴.
39) 於: 국도본·고대본·동양본·가람본·성균관대본에는 탈락
40) 豆留: 국도본·동양본·가람본·성균관대본에는 '逗遛'로 표기. 고대본에는 '逗留'로 표기.
41) 嘆: 고대본에는 '歎'으로 표기.

이랑이 뽕을 따먹으며 과거 발표를 기다리다

청주淸州 이병정[1]은 됨됨이가 소탈해 사소한 예절에 얽매이지 않았고 외모를 꾸미지도 않았다. 문필에 능했지만 언제나 스스로 숨겨 그것을 아는 사람이 없었다. 그는 집이 가난해 생계를 꾸려갈 계책이 없었다. 처가는 큰 부자여서 장인, 장모를 비롯해 아랫사람까지 한없이 공을 업신여기고 모욕했다.

공이 간혹 처가에 가면 장인은 "너 아침밥은 먹었냐?"라고 물었다. 그럴 때마다 처남은 곁에서 "물어보지 않아도 알 수 있지요"라고 참견했다. 그러면 장인이 종을 불러 말했다.

"아무 곳 이서방 왔다! 밥을 못 먹었다 하니 안에 물밥이라도 남은 것 있으면 먹게 해주어라!"

장인은 이같이 공을 박대했다.

공은 뒤늦게 처가 아랫방에 붙어살게 되었다. 공은 낮 내내 코를 골며

---

1) 이병정(李秉鼎): 미상. 1742년에 태어나 1804년에 죽은 이병정과는 동명이인인 듯하다.

자고, 밤이 되어 주변이 조용해지면 비로소 몰래 책을 읽고 시를 지었다. 식과²⁾의 해를 맞이해 장차 초시初試가 열리려 하는데 공은 과거에 대해 아무 말도 하지 않았다. 부인이 물었다.

"과거 날이 멀지 않았네요. 당신 과거를 보지 않을 생각이십니까?"

공이 말했다.

"과거를 보려 해도 시험지와 필묵을 어디서 마련한단 말이오?"

부인은 화장 도구를 팔아 돈을 마련해주었다. 공은 그 돈으로 과거 보는 데 필요한 물건들을 구입했다. 처남들과 동서들은 다들 과거 볼 물건들을 마련하느라 떠들석했지만 공에게는 과거를 볼 것인지 말 것인지 일절 물어보지 않았다.

공과 동서, 처남 들은 과거장에 들어가 모두 높은 점수로 합격했다. 동서는 당시 재상의 아들로 처가에서 사랑받는 사위였다. 그와 공을 대접하는 것이 하늘과 땅 차이보다 더했지만 공은 태연했다. 방이 나오자 모두 놀라 말했다.

"당신이 어떻게 과거를 보아 합격했단 말이오? 세상일이란 참 알 수가 없소. 요행으로 붙은 것이라 할밖에."

공이 대답했다.

"우연히 여러분의 뒤를 따라 남은 글과 남은 붓을 얻었는데 뜻하지 않게 적중했소이다."

여러 사람이 크게 웃었다.

회시會試 날이 되었다. 공은 몰래 박 쪼가리 장기와 종이 장기판을 가지고 장중에 들어갔다. 그가 일찌감치 답안지를 바치고 처남 있는 곳으로 가보니, 처남은 아직 답안지를 제출하지 못하고 있었다. 공은 장기판

---

2) 식과(式科): 식년시. 식년은 자(子), 묘(卯), 오(午), 유(酉) 등의 간지가 들어 있는 해를 말한다. 조선시대에는 삼 년마다 돌아오는 식년에 과거를 시행하고 호적을 조사했다.

을 꺼내고 처남에게 장기를 두자 했다. 사람들이 모두 욕설을 퍼부었지만 공은 계속 장기를 두자고 했다. 공이 또 우스갯소리를 하여 일부러 처남을 힘들게 만들었다. 사람들이 말했다.

"이 사람은 뭐하러 과거장에 들어와 이런 고달픈 짓을 해서 남의 과거를 방해하고 희롱하는 건가?"

다들 공을 쫓아냈다. 공이 과거장에서 나와 처가로 돌아가니 다른 사람들도 모두 나왔다. 장인이 먼저 둘째 사위에게 시험을 잘 보았는지 못 보았는지 물었다. 사위가 대답했다.

"시험지를 내기 전에 한창 답안지를 베끼고 있는데, 이생이 갑자기 들이닥쳐 장기를 두자며 방해하고 우스갯소리를 해 낭패를 볼 뻔했습니다."

장인이 혀를 끌끌 차며 꾸중했다.

"무식한 자가 과거의 중함을 알지 못하고 어찌 남의 과거를 방해한단 말이냐? 이리도 몰염치하고 몰지각한 인간이 있다니!"

물러가라 하니 공은 개의치 않았다.

방榜이 나오는 날, 공이 일찍 아침밥을 먹고 문밖 뽕나무 위로 올라갔다. 그가 뽕을 따먹고 있으니 방군榜軍, 방(榜)을 전하는 사령이 왔다. 비봉秘封을 빼앗아 보니 자기 이름이 들어 있었다. 공이 방군에게 말했다.

"이 집 둘째 사위가 합격한 걸세. 문안으로 들어가서 둘째 사위께서 합격하셨다고만 말하게."

방군이 그 말대로 했다. 그러자 온 집안사람이 서로 축하하며 말했다. "그러면 그렇지! 비봉은 어디 있느냐?"

방군이 답했다.

"문밖 뽕나무 위에 올라가 있던 어떤 유생이 빼앗아갔소이다."

장인과 동서가 나가서 공을 찾았다. 공이 느릿느릿 말했다.

"동서가 이미 사마시에 합격했으니 비봉을 보지 못한들 무슨 손해가 있겠습니까?"

여러 사람이 꾸짖고 또 달래며 내려오라 했다. 공이 내려와 비봉을 보여주며 말했다.

"이것은 나에게 온 비봉이오. 왜 찾는 거요?"

여러 사람이 비로소 크게 놀라 의아해했다. 처남과 동서는 모두 떨어지고 공 혼자만 합격했던 것이다.

그뒤 공은 벼슬길에 올라 여러 주州의 목사를 지냈지만, 처가는 가산을 다 잃고 생계를 꾸려가기도 어려워졌다. 공이 장모를 관아로 모셔와 후하게 대접했지만 서로 한 번도 얼굴을 보지 않았다 한다. 당시 사람들은 이것을 두고 공의 잘못이라고 말했다.

待科榜李郎摘甚

李淸州秉鼎, 爲人坦率, 未嘗修飭邊幅3). 工于文筆, 常4)自韜晦, 人無知者. 家貧無資身之策, 聘家極富饒, 自聘父5)母以下, 謾6)侮備至. 有時或往, 則岳翁問: "汝喫朝7)飯乎?" 妻娚8)在旁9)曰: "不問可知!" 岳翁呼奴而言曰: "某處李郎來, 而闕食云矣! 內間如有水飯之餘者, 饋之好矣!" 其薄待如此. 晚而贅居10)于妻家下房, 晝則終日鼻睡, 到夜人靜之後, 必暗暗讀書賦詩. 時當式科, 將設初試, 公口11)不言科事, 夫人問曰: "科期不遠, 君子不欲赴

---

3) 邊幅(변폭): 피륙의 가장자리를 올이 안 풀리게 짠 부분. 외모를 의미함.
4) 常: 가람본에는 '嘗'으로 표기.
5) 父: 국도본·고대본·가람본·성균관대본에는 탈락.
6) 謾: 고대본·성균관대본에는 '慢'으로 표기.
7) 朝: 고대본·성균관대본에는 '早'로 표기.
8) 娚: 고대본·동양본·성균관대본에는 '甥'으로 표기.
9) 旁: 국도본·고대본·동양본·가람본에는 '傍'으로 표기.
10) 居: 국도본·고대본·가람본에는 탈락.
11) 口: 국도본·동양본에는 탈락.

耶?" 公曰: "雖欲赴擧, 試紙筆墨, 從何辦備乎?" 夫人乃出粧奩之屬, 賣而
與之, 公以是辦備科具. 諸妻娚[12]及同婿, 皆紛紛治科具, 而一不問公之赴
擧與否. 入場, 公與同婿及妻娚[13], 皆高中. 其同婿則時宰相家子, 而妻家
之愛婿也, 其接待比公不啻霄壤, 公晏如也. 榜出後, 諸人驚問[14]曰[15]: "君
何以見科而得中也? 世事有未可知, 可謂倖科矣." 公答曰: "偶隨諸從之後,
得見餘文餘筆矣, 不意得中也[16]." 諸人皆大笑. 及當會試, 公暗藏匏博紙局
而入場, 早呈券, 而訪其妻娚[17]之接, 則娚[18]妹姑未呈券矣. 仍出博局, 而
要與之賭, 人皆詬罵, 而公一味欲賭, 又作戲談, 故使苦之, 諸人皆曰: "此
君何爲而入場, 作此苦狀, 沮戲人科事也?" 擧毆逐之, 公[19]出場而歸妻家,
則諸人亦皆出來. 岳翁先問次婿之觀科善不善, 其人對曰: "未及呈券, 方寫
之時, 彼李生[20]忽地突入, 以博局欲賭, 而沮戲之, 幾乎狼貝矣." 岳翁咄[21]
嗟而責曰: "汝以無識之兒, 不知科事之重, 胡爲戲人之科事也[22]? 人之[23]
沒廉沒覺, 有如是矣!" 使之退去, 公亦不介意. 及其榜出之日, 早飯後, 升
門外桑樹, 而摘葚啗之, 而已榜軍來矣, 仍奪其秘封而見之, 則卽自家名字
也, 仍謂來隷曰: "此是此家之第二婿得中也, 入門只云[24]第二婿高中云云

---

12) 娚: 고대본·동양본에는 '甥'으로 표기.
13) 娚: 고대본·동양본에는 '甥'으로 표기.
14) 問: 국도본·고대본·가람본·성균관대본에는 탈락.
15) 驚問曰: 가람본에는 탈락.
16) 也: 국도본·고대본·가람본·성균관대본에는 '矣'로 표기.
17) 娚: 고대본·동양본에는 '甥'으로 표기.
18) 娚: 고대본·동양본에는 '甥'으로 표기.
19) 公: 고대본·가람본·성균관대본에는 잘못 탈락.
20) 生: 고대본·가람본·성균관대본에는 '郎'으로 표기.
21) 咄: 동양본에는 '吒'로 표기.
22) 也: 고대본에는 탈락.
23) 擧毆逐之, 公出場而歸妻家, 則諸人亦皆出來. 岳翁先問次婿之觀科善不善, 其人對曰: "未及呈券, 方
寫之時, 彼李生忽地突入, 以博局欲賭, 而沮戲之, 幾乎狼狽矣." 岳翁咄嗟而責曰: "汝以無識之兒, 不知科
事之重, 胡爲戲人之科事也? 人之: 국도본에는 탈락. 고대본·가람본에는 '人之' 부분이 탈락.
24) 只云: 국도본·고대본·가람본·성균관대본에는 탈락.

可也." 其隸如其言[25], 擧家相慶曰: "果然矣. 秘封何在?" 其隸答[26]曰: "門外桑木上, 有一儒奪之."云. 岳翁及同婿, 出來索之, 公徐[27]曰: "卽[28]中[29]司馬矣, 雖不見秘封, 庸何傷乎?" 諸人責之誘之, 使之[30]下之, 則下來後示之曰: "此則吾之秘封也, 何爲[31]索之?" 諸人始大驚訝之. 其妻娚[32]及同婿, 皆見屈, 而公獨高中. 伊後卽登筮仕, 屢典州牧, 而妻家蕩敗家産, 貧無以聊生. 公迎來聘母于衙中厚待之, 而一不相面[33], 時人以是短之.

25) 국도본·고대본·가람본·성균관대본에는 '高大放聲'이 더 나옴.
26) 答: 국도본·고대본·가람본·성균관대본에는 탈락.
27) 徐: 국도본·고대본·가람본·성균관대본에는 탈락.
28) 卽: 동양본에는 '旣'로 표기. '旣'가 맞음.
29) 卽中: 국도본·고대본·가람본·성균관대본에는 '旣登'으로 표기.
30) 使之: 국도본·고대본·가람본에는 탈락.
31) 爲: 고대본에는 탈락.
32) 娚: 고대본·동양본에는 '甥'으로 표기.
33) 面: 고대본·가람본·성균관대본에는 '見'으로 표기.

곽생이 도술을 부려 신장을 초대하다

곽사한郭思漢은 현풍 사람으로 망우당[1]의 후손이다. 곽생은 젊었을 적에 과거 공부를 하다가 이인異人을 만났는데 그에게서 비법을 전수받아 천문, 지리, 음양 등의 서적에 통달하게 되었다.

곽생의 집은 무척 가난했다. 친산이 경내에 있었는데 나무꾼과 목동들이 날마다 침범하는 것을 막을 수가 없었다. 공이 하루는 산 아래로 내려가 나무를 꽂아 표시를 하고 말했다.

"만일 이 표시 안쪽으로 들어가면 반드시 예측 못한 화가 생길 것이다!"

곽생이 마을 사람들에게 이렇게 경고하고 한 발자국도 들어가지 못하게 했지만 모두 비웃었다. 마을에 완악한 젊은 놈 하나가 있었는데 일부러 산 아래로 가서 나무를 하며 표시해둔 곳 안쪽으로 들어갔다. 그런

---

1) 망우당(忘憂堂): 곽재우(郭再祐, 1552~1617)의 호. 조선 중기 의병장으로 한성부좌윤·함경도 관찰사 등을 역임했다.

데 갑자기 하늘이 빙빙 돌고 땅이 흔들리며 바람이 불고 천둥이 쳤다. 칼과 창을 든 이들이 삼엄하게 지키고 있으니 빠져나갈 길도 없었다. 젊은 놈은 혼이 나가 정신이 희미해져서 그만 땅바닥에 쓰러졌다.

그의 어미가 이 소식을 듣고 급히 와서 곽생에게 애걸했다. 곽생이 노여워하며 말했다.

"내가 이미 분명히 경고했는데 따르지 않아 그렇게 된 거요. 왜 이제 와서 나를 성가시게 하오? 난 모르오."

어미가 울면서 다시 애걸복걸했다. 식경 후에 곽생이 몸소 가서 젊은 놈을 보고 그의 손을 잡아 끌어내주었다. 그뒤로 사람들이 감히 표시 가까이 다가가지 못했다.

하루는 공의 둘째아버지가 위독했는데, 의원은 산삼을 구해오면 병을 고칠 수 있다 했다. 사촌동생이 와서 애걸했다.

"아버지의 병이 지극히 위중한데 산삼을 구할 수가 없습니다. 형님께서 재주가 있다는 걸 이 동생이 이미 알고 있습니다. 제발 산삼 몇 뿌리만 구해서 아버지를 치료할 수 있도록 해주십시오."

곽생이 눈살을 찌푸리며 말했다.

"그건 매우 어려운 일이지만 병환이 그러시다니, 내가 있는 힘껏 주선하지 않을 수 없겠구나."

그러고는 그와 함께 뒷산 기슭으로 올라가 소나무 그늘이 진 평원에 이르렀다. 그곳은 인삼밭이었다. 공은 약용으로 쓸 수 있는 가장 큰 것으로 세 뿌리를 캐어주며 당부했다.

"이 일은 절대 발설하면 안 돼. 또 산삼을 캐어갈 생각도 말고."

사촌동생은 급히 돌아가 인삼을 달여서 약으로 썼더니 과연 효험이 있었다. 사촌동생은 가던 길을 되돌아오면서 인삼밭으로 가는 길과 인삼 소재지를 알아두었다. 그는 형이 없는 틈을 타 몰래 그곳으로 가서 보았는데 전에 갔던 곳이 아니었다. 속으로 놀라고 의아해하며 탄식하고 돌아와 곽생에게 사실대로 말했다.

곽생이 웃으며 말했다.

"전날 너와 갔던 곳은 두류산이다. 네가 어떻게 다시 그곳을 밟을 수 있겠느냐? 이제 다시는 그러지 말거라!"

하루는 곽생이 집에 있다가 건넌방을 깨끗이 청소하고 나서 아내에게 주의를 주었다.

"내가 삼사일 여기서 할일이 있소. 절대 문을 열거나 몰래 보는 일이 없도록 하시오. 기한이 지나면 내 스스로 나오리다."

그러고는 문을 닫고 앉았다. 집안사람들은 그 말대로 곽생을 내버려 두었다. 며칠이 지나서 아내가 의아한 마음이 생겨 창문 틈으로 몰래 살펴보았다. 방안은 큰 강으로 변해 있고, 강 위에는 단청을 입힌 누각 하나가 서 있었다. 남편은 누각 위에서 거문고를 두드리고 있었고 학창의[2]와 우의羽衣, 도사나 신선이 입는다는, 새의 깃으로 만든 옷를 입은 사람 대여섯 명이 마주 앉아 있었다. 노을빛 치마에 안개 같은 소맷자락 옷을 입은 선녀가 악기를 불고 뜯으며 마주서서 춤을 추기도 했다. 아내는 경이로움에 아무 소리도 낼 수 없었다.

기일이 되자 곽생이 문을 열고 나와 아내가 몰래 본 것을 꾸중하며 말했다.

"또다시 그런 짓을 하면 내 여기에 오래 머물 수 없소."

곽생에게 절친한 친구가 있었는데 그는 신이 된 만고의 명장들을 한번 보고 싶어했다. 곽생이 웃으며 말했다.

"그건 어렵지 않지. 다만 자네의 기백이 감당하지 못하여 해를 입을까 걱정이라네."

---

2) 학창의(鶴氅衣): 옛날 웃옷의 하나. 소매가 넓고 뒤 솔기가 갈라진 흰옷의 가를 검은 헝겊으로 넓게 대었다.

친구가 말했다.

"한 번만이라도 볼 수 있다면 죽어도 한이 없겠네."

생이 웃으며 말했다.

"자네가 그렇게 말했으니 일단 내 말대로 하게나."

"그렇게 하겠네."

곽생은 그에게 자기 허리를 꼭 잡게 하고 당부했다.

"눈을 감고 있다가 내가 소리를 내면 눈을 떠야 하네."

그는 그 말대로 했다. 두 귀에는 바람소리와 천둥소리만 들릴 뿐이었다. 이윽고 눈을 떠보니 그가 높은 봉우리 꼭대기에 앉아 있었다. 당황하고 아찔해 그곳이 어디냐고 물어보니 가야산이라 했다. 잠시 후 곽생이 의관을 차려입고 향을 피운 후에 앉았다. 마치 무언가를 지휘해 부르는 것 같았다.

얼마 안 있어 광풍이 크게 일어나더니 무수한 신장神將이 공중에서 내려왔다. 모두 열국列國 진秦, 한漢, 당唐, 송宋의 명장들이었다. 위풍이 늠름하고 모습이 당당했다. 어떤 이는 갑옷을 입고 어떤 이는 칼을 쥐고서 좌우로 늘어섰다. 친구는 정신이 혼미하여 곽생 옆에 엎드렸다. 이윽고 곽생이 모두 물러가게 하니 그는 혼절했다. 친구가 정신을 좀 차리자 곽생이 말했다.

"내 아까 말하지 않았나. 자네의 기백이 이것밖에 안 되는데 망령되이 내게 간청하다 결국 병을 얻었으니 정말 한탄스럽네."

곽생은 그에게 다시 허리를 잡게 하고 올 때처럼 집으로 돌아왔다. 그 사람은 경계증驚悸症, 걸핏하면 놀라는 병. 놀란 것처럼 가슴이 두근거리는 증상에 걸려 얼마 되지 않아 죽었다.

이처럼 곽생이 사람들에게 보여준 신이한 술수가 많았다. 그는 나이가 여든이 넘어서도 소년같이 건강했는데, 하루는 병도 없이 앉은 채로 죽었다. 영남 사람 중에는 그를 아는 이가 많았는데, 그들은 곽생이 죽은 지 수십 년도 안 되었다 했다.

招神將郭生施術

郭思漢, 玄風人, 而忘憂堂後孫也. 少時業科工. 嘗遇異人, 傳授[3]秘術, 通天文地理陰陽等書. 家甚貧, 其親山在於境內, 而[4]樵牧日侵, 無以禁養. 一日周行山下, 而[5]揷木而[6]標之曰: "人或有冒入此標之內, 則必有不測之 禍."云, 而戒飭洞人, 使勿近一步地, 人皆笑之. 洞有年少頑悍之漢, 故往其 山下樵探[7], 入其木標之內, 則天旋地轉, 風雷飛動, 劒戟森嚴, 無路可出, 其人魂迷神昏[8], 仆于地矣, 其母聞之, 而急來哀乞于郭生, 生怒曰: "吾旣 丁寧戒之, 而不遵, 何來惱[9]我? 我則不知矣."其母涕泣[10]而更乞, 食頃後, 躬自[11]往視, 而携手以出. 自其[12]後[13], 人莫敢近. 其仲父病重, 而醫言若 得用山蔘, 則可療云云, 其從弟來懇曰: "親病極重, 而山蔘無可得之, 望兄 之抱才, 弟所素知[14]也, 盍求數根而治療乎?"郭生嚬眉曰: "此是重難之事, 而病患如此, 不可不極力周旋."仍與之上後麓, 至一處松陰之下, 有平原卽 一蔘田. 擇其最大者三根, 而探之, 使作藥餌, 而戒之曰: "此事勿出口, 且

---

3) 授: 성균관대본에는 '受'로 표기.
4) 而: 국도본·고대본·가람본에는 탈락.
5) 而: 동양본에는 탈락.
6) 揷木而: 국도본에는 탈락.
7) 樵探: 국도본·고대본·가람본·성균관대본에는 '探樵'로 표기.
8) 昏: 고대본에는 '魂'으로 잘못 표기.
9) 惱: 성균관대본에는 '臨'으로 표기.
10) 泣: 국도본에는 '涼'으로 표기.
11) 自: 고대본·가람본·성균관대본에는 탈락.
12) 其: 국도본·가람본·성균관대본에는 '以'로 표기. 고대본에는 '以'가 더 나옴.
13) 국도본·고대본·가람본·성균관대본에는 '其'가 더 나옴.
14) 국도본·고대본·동양본·가람본·성균관대본에는 '者'가 더 나옴.

勿生更探之念."其從15)急歸煎用, 而果得效. 來時識其程道及蔘所在處16),
乘其兄之在不17), 潛往見之, 則非復向日所往處也, 心竊驚訝, 嗟嘆而歸,
對其兄, 道此狀, 郭生笑曰: "向日與汝18)所往處, 卽頭流山也, 汝豈可更躡
其境耶? 後勿如是!"云云. 一日在家, 靜19)掃越房, 而戒其妻曰: "吾在此, 將
有三四日20)所幹之事, 切勿開戶, 且勿窺見, 待限日, 吾自出來矣."仍闔戶
而坐, 家人依其言置之矣. 過數日後, 其妻心訝之, 從窓隙窺覰, 則房中變
成一大江, 江上有丹靑之一樓閣, 而其夫在其樓上, 援琴21)鼓之, 五六鶴氅
羽衣者對坐, 而霞裳霧裾22)之仙女, 或吹彈, 或對舞, 其妻驚異, 而不敢出
聲. 至期日, 開戶而出, 責其妻之窺見曰: "後復如是, 則吾不可久留此矣."
有切己之親知人, 願一見萬古名將之神, 生笑曰: "此不難, 而但恐君之氣
魄, 不能抵當而爲害也."其人曰: "若一見, 則雖死無恨."生笑曰: "君言旣
如是, 第依我言爲之."其人曰23): "諾."郭生使抱自家之腰, 而戒之曰: "但
闔眼, 待吾聲, 始24)開眼可也."其人依其言爲之, 兩耳但聞風雷之聲矣. 而
已25)使開眼視之, 則坐於高峯絶頂之上矣. 其人惝怳問之, 則乃是伽倻山
也. 少焉郭生整衣冠, 焚香而坐, 若有所指揮呼召者然. 未幾狂風大作, 無
數神將, 從空而下, 俱列國秦漢唐宋之諸名將也. 威風凜凜, 狀貌堂堂, 或
帶甲, 或仗26)劍, 左右羅列. 其人魂27)迷神昏, 俯伏於郭生之側, 而已郭生

15) 성균관대본에는 '弟'가 더 나옴.
16) 고대본에는 '乘'이 더 나옴.
17) 在不: 국도본·고대본·동양본·가람본에는 '不在'로 표기. '不在'가 맞음.
18) 汝: 국도본에는 탈락.
19) 靜: 고대본·성균관대본에는 '淨'으로, 가람본에는 '掃'로 표기.
20) 日: 동양본에는 탈락.
21) 琴: 국도본·고대본·가람본·성균관대본에는 '擧'으로 잘못 표기. 동양본에는 '琴'으로 표기.
22) 裾: 국도본·고대본·가람본·성균관대본에는 '裙'으로 표기.
23) 曰: 국도본·고대본·가람본·성균관대본에는 탈락.
24) 고대본·성균관대본에는 '聞'이 더 나옴.
25) 而已: 동양본에는 '已而'로 표기.
26) 仗: 동양본에는 '杖'으로 표기.
27) 魂: 동양본에는 '昏'으로 잘못 표기.

使各退去, 而其人昏窒矣. 郭生待其稍醒[28]而言曰: "吾旣不云乎? 君之氣
魄如此, 而妄自懇我, 畢竟得病, 良可嘆[29]也."云. 而又使抱腰, 如來時樣, 而
歸家矣. 其人得驚悸[30]症, 不久身死云. 盖多神異之術之[31]見於人者. 年過
八十, 康健如年少人. 一日無病而坐化云. 嶺外之人, 多有親知者[32]. 其死不
過數十年云耳.

28) 醒: 국도본·가람본에는 '惺'으로 표기.
29) 嘆: 고대본에는 '歎'으로, 가람본에는 '嗟嘆'으로 표기.
30) 悸: 국도본에는 '悖'로 가람본에는 '敗'로 표기.
31) 之: 국도본·고대본·가람본에는 탈락.
32) 국도본·고대본·동양본·가람본에는 '而'가 더 나옴.

강계 기생이 이대장을 위해 수절하다

　무운巫雲은 강계江界 기생인데 자색과 기예로 이름을 떨쳤다. 한양에 사는 성진사成進士라는 사람이 우연히 내려와 무운이 잠자리에서 그를 모셨는데, 사랑이 매우 돈독했다. 돌아갈 때는 서로 미련을 가져 차마 떠나지 못했다. 무운은 성생을 보내주고 나서 절대로 다른 남자와는 관계하지 않겠다고 속으로 맹세했다. 그녀는 양다리 사이에 쑥으로 뜸질을 해 부스럼 흔적을 만들고 나쁜 병이 들었다고 핑계를 댔다. 이렇게 하고서는 사또를 한 사람도 모시지 않았다.

　대장 이경무[1]가 부임해와 그녀를 불러 가까이하고자 했다. 무운은 부스럼이 난 곳을 보여주며 말했다.

　"소첩에게 악창이 있으니 어찌 감히 사또님을 가까이할 수 있겠습니까?"

---

1) 이경무(李敬懋, 1728~1799): 조선 후기의 무신. 영조 때 무과에 급제하여 승지를 거쳐 황해병사를 역임했다. 정조가 즉위한 뒤 여사대장(輿士大將)·경기수사·금군별장·삼도수군통제사·어영대장·포도대장·훈련대장·형조판서 등을 지냈다.

이경무가 말했다.

"그러면 너는 내 옆에서 심부름을 하는 것이 좋겠다."

이로부터 무운은 매일 수청을 들었다가 밤이 되면 반드시 물러났다. 이렇게 너덧 달이 지났다.

어느 날 밤 무운이 갑자기 이경무에게 다가가서 말했다.

"소첩이 오늘밤 잠자리를 모시고 싶습니다."

이경무가 깜짝 놀라 말했다.

"네게 악질이 있는데 어떻게 잠자리 시중을 들 수 있단 말이냐?"

"소첩이 성진사를 위해 수절하고자 쑥뜸을 해 다른 남자가 범하지 못하도록 피해왔습니다. 몇 달 동안 사또님을 모시면서 온갖 일을 하시는 모습을 살펴보니 사또님이야말로 정말 대장부였습니다. 소첩이 기생이기는 하지만 사또님과 같이 크나큰 대장부를 가까이서 모시고자 하는 마음이 어찌 없겠습니까?"

이경무가 웃으며 말했다.

"그렇다면 잠자리에 들어도 좋다."

그리고 더불어 정을 나누었다.

이경무의 임기가 다 되어 장차 서울로 돌아가려 하니 무운이 따라가고 싶어했다. 이경무가 말했다.

"나는 거느리고 있는 첩이 셋이나 된다. 굳이 네가 또 따라올 필요는 없다."

무운이 말했다.

"그렇다면 소첩은 마땅히 수절하겠습니다."

이경무가 웃으며 말했다.

"수절하겠다는 것은 성진사를 위해 수절한 것처럼 하겠다는 말이냐?"

무운이 발끈하여 얼굴빛을 바꾸며 칼로 왼손 넷째 손가락을 잘랐다. 이경무가 크게 놀라 그녀를 데리고 가겠다 했는데, 이제는 무운이 그러지 않으려 했고 마침내 작별했다.

십여 년 뒤 이경무가 훈련대장으로 성진城津을 맡게 되었다. 조정에서 성진진城津鎭, 함경북도에 있는 진으로 1746년에 설치되었다을 새로 설치했는데, 이경무는 신망받는 노련한 장수였기에 단기單騎, 혼자서 말을 타고 감. 또는 그 사람로 성진에 부임하게 된 것이었다. 그곳은 강계와 가까워 삼백여 리밖에 떨어져 있지 않았다.

하루는 무운이 찾아왔다. 이경무가 반갑게 맞이하고 격조했던 그 동안의 회포를 풀었다. 함께 있다가 밤이 되자 이경무가 그녀를 가까이하려 했다. 그러나 무운은 죽기를 작정하고 굳게 거절했다. 이경무가 물었다.

"왜 이러는고?"

"사또님을 위해 수절하는 것입니다."

이경무가 말했다.

"나를 위해 수절해왔는데 어찌 나를 거절하는고?"

무운이 말했다.

"남자를 가까이하지 않기로 이미 마음속으로 맹세했으니 사또님이라도 가까이할 수 없습니다. 한 번이라도 가까이하면 그건 훼절이지요."

그러고는 굳게 사양하는 것이었다.

무운은 그와 일 년 넘게 함께 살면서도 끝내 그를 가까이하지 않았다. 이경무가 돌아가게 되자 무운도 역시 작별하고 자기 집으로 돌아갔다.

그뒤 이경무가 상처하자 무운은 문상을 가서 서울에 머물다가 상례를 다 마치고 돌아갔다. 이경무가 죽었을 때도 역시 그렇게 했다. 그녀는 운대사雲大師라고 자호하면서 노년을 마쳤다.

江界妓爲李帥²⁾守節

巫雲者, 江界妓也. 姿色才藝, 擅于一時. 京居成進士者, 偶爾下來, 仍薦
枕, 而情愛甚篤. 及其歸也, 彼此戀戀不忍捨. 雲自送成生之後, 矢心靡他,
艾炙³⁾兩股肉⁴⁾, 作瘡痕, 托言有惡疾云. 以是之故, 前後官家, 一未嘗侍. 李
大將懋之莅任也, 招見而欲近之. 雲解示瘡處曰: "妾有此惡瘡⁵⁾, 何敢近
前?" 李帥⁶⁾曰: "若然則汝可在前, 使喚可也." 自此以後, 每日守廳, 而至夜
必退, 如是四五朔. 一夜, 雲忽近前曰: "妾今夜, 願侍寢矣." 李倅⁷⁾驚曰: "汝
旣有惡疾, 則何可侍寢?" 雲曰: "妾⁸⁾爲成進士守節之故, 以艾炙之, 以是避
人之侵因⁹⁾. 侍使道, 積有月, 微察凡百, 卽是大丈夫也. 妾旣是妓物, 則如
使道大男子, 豈無心近侍耶?" 李帥¹⁰⁾笑曰: "若然則可就寢." 仍與之狎. 及
苽¹¹⁾熟, 將歸也. 雲願從之, 李帥¹²⁾曰: "吾有三妾之率畜¹³⁾者, 汝又隨去,
甚不緊矣." 雲曰: "若¹⁴⁾然¹⁵⁾妾當守節矣." 李帥笑曰: "守節云者, 如爲成進
士守節乎?" 雲勃然作色, 仍以刀斫左手四指, 李帥¹⁶⁾大驚, 欲率去, 則又不
聽. 仍以¹⁷⁾作別矣. 後十餘年後¹⁸⁾, 以訓將補城津, 盖朝家新設城津鎭, 而

---

2) 帥: 국도본·고대본·가람본·성균관대본에는 '倅'로 표기.
3) 炙: 동양본에는 '灸'로 맞게 표기.
4) 肉: 동양본에는 '內'로 표기.
5) 瘡: 국도본·고대본·가람본·성균관대본에는 '疾'로 표기.
6) 帥: 고대본에는 '倅'로 표기.
7) 倅: 국도본·고대본·가람본·성균관대본에는 '帥'로 표기.
8) 妾: 국도본·고대본·가람본·성균관대본에는 탈락.
9) 因: 국도본·고대본·가람본·성균관대본에는 '困'으로 표기. '困'이 맞음.
10) 帥: 국도본에는 탈락.
11) 苽: '瓜'의 오기.
12) 帥: 고대본에는 '倅'로 표기.
13) 畜: 국도본·가람본·성균관대본에는 '育'으로 표기.
14) 若: 국도본에는 탈락.
15) 국도본·고대본·가람본·성균관대본에는 '則'이 더 나옴.
16) 帥: 고대본에는 '倅'로 표기.
17) 以: 동양본에는 탈락.
18) 後: 성균관대본에는 탈락.

以宿將重望鎭[19]之, 故單騎赴任城津, 與江界接壤三百餘里也. 一日雲來現, 李帥欣然逢迎, 紋積阻之懷, 與之同處, 夜欲近之, 則抵死牢拒, 李帥問之曰[20]: "此何故也?" 對曰: "爲使道守節矣." 李帥[21]曰: "旣爲吾[22]守節, 則何抵我也?" 雲[23]曰: "旣以不近男子, 矢于心, 則[24]雖使道不可. 一近之, 則便毀節也." 仍堅辭, 同處一年餘, 而終不相近. 及歸, 又辭歸渠家. 其後李帥喪妻, 雲奔喪而留京, 過襄禮後, 還下去, 李帥之喪, 亦然. 自號雲大帥[25], 仍終老焉.

---

19) 鎭: 국도본·고대본·가람본·성균관대본에는 탈락.
20) 曰: 국도본·고대본·가람본·성균관대본에는 탈락.
21) 帥: 고대본에는 '倅'로 표기.
22) 吾: 국도본·고대본·가람본에는 '余'로 표기.
23) 고대본에는 '對'가 더 나옴.
24) 則: 동양본에는 '矣'로 표기.
25) 帥: 국도본·고대본·가람본·성균관대본에는 '師'로 표기. '師'가 맞음.

창의사 김천일이 훌륭한 처의 힘으로 이름을 떨치다

창의사[1] 김천일[2]의 처는 어느 집안의 여인인지 알려지지 않았다. 시집온 날부터 아무 일도 하지 않고 낮잠만 자고 있으니, 시아버지가 훈계했다.

"너는 정말 좋은 부인이지만, 다만 여자의 도리를 알지 못하는 것이 흠이구나. 무릇 부인에게는 부인의 임무가 있고, 시집을 왔으면 시가의 재산을 경영해야 옳다. 그런데 그런 일은 하지 않고 어찌 날마다 낮잠만 자는 것이냐?"

며느리가 대답했다.

"치산治産을 하려 해도 맨손과 맨주먹밖에 없으니 무얼 밑천으로 삼아 치산하겠습니까?"

1) 창의사(倡義使): 나라에 큰 난리가 났을 때 의병을 일으킨 사람에게 주던 임시 벼슬.
2) 김천일(金千鎰, 1537~1593): 임진왜란이 일어나고 왕이 피란하자 전라도 나주에서 의병을 일으켰다. 왜적의 전라도 침입을 막고자 최경회·황진의 관군과 의병을 지휘하여 왜군 십만여 명과 일주일 넘게 격전을 벌였으나 중과부적으로 진주성이 함락되자 자결했다.

시아버지가 걱정하면서도 그녀를 불쌍히 여겨 즉시 곡식 수삼십 포와 노비 네다섯 명, 소 몇 마리를 주며 말했다.

"이 정도면 치산할 밑천이 되겠느냐?"

김천일의 처가 대답했다.

"충분합니다!"

그러고는 노비들을 앞으로 불러 일렀다.

"이제 너희는 내게 속하게 되었으니 내가 지휘하는 대로 따라야 하느니라. 이 소에다 곡식을 싣고 무주茂朱 아무 곳 깊은 계곡으로 들어가거라. 거기에서 나무를 베어 집을 짓고 이 곡식을 농사지을 양식으로 삼아 열심히 화전을 일구고, 매년 가을 수확은 모두 나한테 보고하거라. 벼는 탈곡해 쌀로 보관해야 하느니라. 해마다 내가 말한 대로 하거라."

노비들은 명을 받들고 무주로 떠났다.

며칠이 지나자 처가 김공에게 말했다.

"남자가 수중에 돈과 곡식이 없으면 아무 일도 이룰 수 없는데, 어찌 그것을 생각지 못하시나요?"

김공이 말했다.

"나는 시하[3]로서 인사人事나 옷과 음식을 모두 부모께 기대고 있으니 돈과 곡식을 어디서 마련하겠소?"

"소문에 마을의 이생 아무개의 집에 재물이 많이 쌓여 있다 하네요. 그런데 그가 내기 장기 두는 것을 좋아한다 합니다. 서방님께서 한번 그를 찾아가 천 석 노적가리를 걸고 내기를 해보시면 어때요?"

"그 사람은 장기의 고수로 세상에 이름이 났소. 내 수법은 너무 졸렬하니 어찌 그와 내기할 마음을 먹겠소?"

"그건 아주 쉬운 일이지요. 일단 장기판을 가져와보세요."

---

3) 시하(侍下): 부모나 조부모를 모시고 있는 처지. 또는 그런 처지의 사람.

이어 부인이 김공과 마주앉아 갖가지 묘수를 가르쳐주고 손이 가는 곳마다 훈수를 두었다. 김공 역시 걸출한 사람이라 한나절 대국으로 묘수를 훤히 알게 되었다. 부인이 말했다.

"이제 충분히 내기 장기를 두실 만합니다. 꼭 삼판양승제로 하세요. 첫판은 져주고 둘째, 셋째 판은 이기되 겨우 이긴 척하세요. 당신에게 노적가리를 잃고 나서도 그는 다시 자웅을 겨루고자 할 것입니다. 그때는 반드시 신묘한 수를 보여주어 그가 다시는 장기를 두자고 하지 않게 하세요."

김공은 그 말이 옳다고 여겼다.

다음날 김공은 그 집으로 가서 내기 장기를 두자고 청했다. 이생이 웃으며 말했다.

"당신은 나와 같은 동네에 살지만 당신이 내기 장기 둔다는 말은 듣지 못했소. 오늘 갑자기 이렇게 청하는 까닭을 모르겠소이다. 당신은 나의 적수가 못 되니 대국할 마음이 없소."

김공이 말했다.

"대국하고 말을 옮기는 것을 보고 나서 고수와 하수를 정해도 늦지 않을 텐데 왜 미리 물리치려 하십니까?"

김공이 거듭 강하게 요청하니 이생이 말했다.

"좋소. 그런데 나는 이제껏 대국할 때마다 반드시 내기를 했다오. 무엇을 걸면 되겠소?"

김공이 말했다.

"당신 집에는 천 석 노적가리가 서너 개는 되니, 그걸 걸면 좋겠군요."

그가 말했다.

"나는 그걸 걸겠소만, 당신은 무슨 물건을 걸겠소?"

"나 역시 천 석을 걸겠소."

그가 말했다.

"당신은 시하에 있는데 적지 않은 곡식을 어디에서 마련해온단 말이오?"

김공이 대답했다.

"그건 승부를 내고 나서 말해도 좋소. 내 만약 이기지 못할 것 같으면 어찌 천 석을 이야기했겠소?"

이생은 어쩔 수 없이 그와 대국하는지라 연거푸 두 번을 이겨 얼른 끝내려 했다. 첫판은 김생이 일부러 져주었다. 그러자 이생이 웃으며 말했다.

"그럼 그렇지. 당신은 내 적수가 못 된다고 말하지 않았소?"

김공이 말했다.

"아직 두 판이 남아 있지요. 다시 둡시다."

이생은 참으로 어이없다고 여기면서 다시 김공과 대국했다. 이생이 연이어 두 판을 졌다.

이생이 놀라서 말했다.

"이상하다! 이상하다! 이럴 리가 있나? 이미 약속했으니 천 석을 안 줄 수는 없지. 바로 댁으로 보내주겠소. 다시 한 판 더 둡시다."

김공이 그러자 했다. 다시 두면서 김공은 비로소 신묘한 수를 썼다. 이생은 형세가 기울고 힘이 다하니 수를 쓸 수 없게 되었다. 김공이 웃으며 내기를 그만두었다. 그가 집으로 돌아와 처에게 이야기해주니 처가 말했다.

"저는 이미 예상했지요."

김공이 말했다.

"이제 재물을 얻었으니 이걸 어디에 쓰면 좋겠소?"

"친한 분 중에서 궁하여 혼인을 못하거나 초상도 치르지 못하는 분들, 가난하여 스스로 생계를 꾸려가지 못하는 분들에게 적당히 나눠주세요. 그리고 멀고 가까운 것, 귀하고 천한 것을 구분하지 마시고 뛰어난 분이 있으면 교제를 시작해 날마다 초대하세요. 술과 음식을 마련하는 비용은 제가 다 준비해드릴게요."

김공이 그 말대로 했다.

하루는 부인이 또 시아버지에게 청했다.

"제가 농사일을 시작하려는데 울타리 밖 닷새갈이 밭을 경작할 수 있도록 허락해주시겠습니까?"

시아버지가 허락해주었다. 부인은 밭을 갈아서 호박을 두루 심었다. 호박이 익어 한 말 크기가 되자 따서 옻칠을 하게 했다. 매년 이런 식으로 창고 다섯 칸을 가득 채웠다. 또 대장장이에게 호박 모양과 똑같이 쇠로 만든 호박 두 개를 만들어달라 하여 창고 안에 나란히 두었는데 사람들이 그 까닭을 알지 못했다.

임진년에 왜구가 크게 몰려오니 부인이 김공에게 말했다.

"제가 전에 당신에게 곤궁한 분들을 돕고 가난한 사람들을 구제하고 용감한 분들과 사귀어두라 한 것은 이런 때 그 힘을 얻기 위해서였지요. 당신이 의병을 일으키십시오. 시어른들 피난할 곳은 제가 이미 무주에 마련해두었습니다. 집이 있고 곡식도 있으니 걱정할 필요 없습니다. 저는 여기 머물면서 조금도 부족하지 않게 군량을 마련해 보내드리겠어요."

김공이 흔쾌히 부인의 말에 따랐다. 그가 의병을 일으키니 평소 멀고 가까운 곳에서 은혜를 입었던 사람들이 모두 와서 가담해 열흘 사이에 정병精兵 사오천 명을 모았다. 군졸들에게는 옻칠을 한 호박을 차고 나가서 싸우게 했다가 돌아올 때는 길에 쇠로 만든 호박을 버려두고 오게 했다. 왜병들이 그걸 보고 모두 크게 놀라 말했다.

"이 군대는 군사마다 쇠로 만든 호박을 차고서도 나는 듯이 달려갔으니 그 용맹이 한량없음을 알겠도다!"

왜구들은 서로 주의를 주며 함부로 칼에 걸려들지 않도록 조심했다.

이런 까닭에 왜병들은 김공의 군사를 보면 싸우지도 않고 도망쳐버렸다. 이처럼 김천일이 기이한 공을 많이 세운 것은 대개 부인이 도와주었기 때문이다.

倡義使賴良妻成名

金倡義使千鎰[4]之妻, 不知誰家女子, 而自于歸之日, 一無所事, 日事晝[5]寢, 其舅誠之曰[6]: "汝誠佳婦, 而但不知爲婦[7]道, 是可欠也. 大凡婦人, 皆有婦人之任, 汝旣出嫁, 則治家營[8]産可也, 而乃不此之爲, 日以午睡爲事乎?" 其婦對曰: "雖欲治産, 赤手空拳, 何所藉而營産乎?" 其舅悶而[9]憐之, 卽以租數三十包[10], 奴婢四五口, 牛[11]數隻給之曰: "如此則足可爲營産之資乎?" 對曰: "足矣!" 仍呼奴婢近前曰: "今則汝輩, 旣屬之於我, 當從吾之指揮, 汝可馱穀於此[12]牛, 入茂朱某處深峽中, 伐木作家, 以此租作農粮, 而勤耕火田, 每秋以所出, 都數來告於我, 粟則作米儲置, 每年如是可也." 奴婢輩承命, 而向茂朱而去. 居數日, 對金公而言曰: "男子手中無錢穀, 則百事不成, 何不念及此?" 公曰: "吾是侍下, 人事衣食皆賴於父母, 則錢穀從何以[13]辦出乎?" 婦曰: "竊聞洞中李生某家, 積累財貨, 而性嗜賭博云, 郎君何不一往, 以千石之露積一塊爲賭乎?" 公曰: "此人以博局一手, 有名於

---

4) 鎰: 동양본에는 '縊'으로 잘못 표기.
5) 국도본·고대본·가람본·성균관대본에는 '宵'가 더 나옴.
6) 曰: 국도본에는 탈락.
7) 국도본·고대본·가람본에는 '之'가 더 나옴.
8) 營: 국도본·고대본에는 탈락. 가람본에는 '産'으로 표기. '營'이 탈락된 것이 더 자연스러움.
9) 而: 국도본·고대본·가람본·성균관대본에는 '之'로 표기.
10) 包: 국도본·고대본·동양본·가람본에는 '苞'로 표기.
11) 동양본에는 '馬'가 더 나옴.
12) 此: 고대본에는 탈락.
13) 以: 국도본·고대본·동양본·가람본·성균관대본에는 '而'로 표기.

世, 吾則手法甚拙, 何可生心於賭博事¹⁴⁾乎?"婦曰: "此則易與耳! 第以博局持來."仍對¹⁵⁾坐而訓之諸般妙手, 隨手指訓, 金公亦奇傑之人也, 半日對局, 陣法曉然, 其婦曰: "今則優可賭博, 君子須以三局兩勝爲賭, 初局則¹⁶⁾佯輸, 而二三局則堇堇決勝, 旣得露積後, 彼必欲更決雌雄, 須出神妙之手, 使彼不得下手可也,"金公然其言. 明日躬往其家, 請賭博局, 則其人笑曰: "君與我, 居在同閈, 未聞君之賭博矣. 今忽來請¹⁷⁾者, 未知何故也. 且君非吾之敵手, 不必對局."金公¹⁸⁾曰: "對局行馬然後, 可定其高下, 何必預先斥退?"仍强請至再至三, 其人曰: "若然則吾於平生, 對局則必賭, 以何物爲賭債乎?"公曰: "君家有千石露積者三四塊, 以此爲賭可也¹⁹⁾."其人曰: "吾則以此爲賭, 君則以何物爲賭乎?"公曰: "吾亦以千石爲賭."其人曰: "君以侍下之人, 不小²⁰⁾之穀, 從何辦出乎?"金公曰: "此則決勝負後, 可言之事, 吾若不勝, 則千石何足道哉?"其人勉强而對局, 以兩勝爲限. 初則金公佯輸一局, 其人笑曰: "然矣! 君非吾之敵手, 吾不云乎?"金公曰: "猶有二局矣. 又對局."李生心甚異之! 又復對局, 則連輸二局矣. 李生驚訝曰: "異哉! 異哉! 寧有是理? 旣許之, 千石不可不給! 卽當輸之第, 又更賭一局."金公許之, 復對局, 始出神²¹⁾妙之手, 李生勢窮力盡, 不得下手. 金公笑而罷, 歸對其妻而言, 則妻曰: "吾已料之矣."公曰²²⁾: "旣得此矣, 將焉用哉?"妻曰: "君子之所親人中, 窮婚窮喪, 及貧不能資生者, 量宜分給, 勿論遠近貴賤,

─────

14) 事: 국도본·고대본·가람본에는 탈락.
15) 對: 고대본·성균관대본에는 '侍'로, 가람본에는 '待'로 표기.
16) 則: 동양본에는 탈락.
17) 請: 국도본에는 '賭'로 표기.
18) 公: 고대본·동양본·가람본·성균관대본에는 탈락.
19) 也: 국도본·고대본·동양본·가람본·성균관대본에는 '乎'로 표기.
20) 小: 고대본에는 '少'로 표기.
21) 神: 국도본·고대본·가람본·성균관대본에는 '奇'로 표기.
22) 曰: 국도본·고대본·가람본·성균관대본에는 탈락.

如有奇傑之人, 則與之許²³⁾交, 而逐日邀來, 則酒食之費, 我自辦備矣." 金公如其言而行之. 一日其婦, 又請于其舅曰: "媳將欲事農業, 籬外五日耕²⁴⁾田, 可使許畊乎?" 其舅許之. 於是耕²⁵⁾田, 而遍種瓠種²⁶⁾, 待熟而作斗容瓠, 使之着漆, 每年如是, 充五間庫. 又使治匠, 鍊出二箇, 如斗容瓠樣, 幷置于庫中, 人莫曉其故²⁷⁾. 及壬辰, 倭寇大至, 夫人謂金公曰: "吾之平日勸君子, 以恤窮濟貧, 交結英男²⁸⁾者, 欲於此等時, 得其力故也. 君子倡起義兵, 則舅姑避亂之地, 吾已經紀於茂朱²⁹⁾地, 有屋有穀, 庶不貽君子之憂矣. 吾則在此, 辦備軍粮, 使勿乏絶也³⁰⁾." 金公欣然從之, 遂起義兵, 遠近之平日受恩者, 皆來附, 旬日之間, 得精兵四五千, 使軍卒, 各佩漆瓠而戰, 及其回陣之時, 遺棄鐵鑄之瓠於路而去, 倭兵見而皆大驚曰: "此軍, 人人佩此匏³¹⁾, 其行如飛, 其勇力可知其無量!" 遂相與戒飭, 無敢³²⁾嬰其鋒, 以是之故, 倭兵見金公之軍, 則不戰而披靡, 金千鎰之多建奇功, 盖夫人贊助之力也.

---

23) 국도본에는 '交'가 더 나옴. 고대본에는 '友'가 더 나옴.
24) 耕: 고대본·가람본·성균관대본에는 '畊'으로 표기.
25) 耕: 국도본·고대본·동양본·가람본·성균관대본에는 '畊'으로 표기.
26) 種: 국도본·고대본·가람본·성균관대본에는 탈락.
27) 국도본·고대본·가람본·성균관대본에는 '也'가 더 나옴.
28) 男: 고대본에는 '勇'으로 표기. '勇'이 맞음.
29) 고대본에는 '之'가 더 나옴.
30) 也: 동양본에는 '矣'로 표기.
31) 匏: 국도본·가람본·성균관대본에는 '瓠'로 표기.
32) 敢: 고대본·가람본에는 '復'로 표기.

시골 유생이 꾀를 내어 죽천을 속이다

죽천[1]은 매번 시험을 주관했는데 시를 보는 안목이 귀신같았다. 죽천이 마침 충청도에 있는 산소에 성묘를 하고 돌아오는 길이었다. 감시監試조선시대에 생원과 진사를 뽑던 과거의 회시를 앞두고 있던 때였다. 한 선비가 말을 타고 앞에 가고 있었다. 그는 말 위에서 책자 하나를 손에 쥐고 종일토록 보았다. 둘은 점심때나 숙박을 할 때도 언제나 같은 객점에 들르게 되니, 죽천이 속으로 이상하게 여겼다.

죽천이 한 객점에 이르러 사람을 보내 선비를 불러와 물어보니 회시를 보러 가는 사람이었다. 늙은 어버이를 모시고 있는데 지금까지 일고여덟 번이나 회시에 응시했지만 매번 떨어진지라 사정이 절박하다 했다.

죽천이 물었다.

"보고 있는 것은 무슨 책이길래 잠시도 손에서 놓지 않는 거요?"

"한 해 내내 지은 글입니다. 이제 정신이 혼미해져 덮으면 금방 잊어

---

1) 죽천(竹泉): 김진규(金鎭圭, 1658~1716)의 호. 1686년 문과에 급제하여 예조판서에 이르렀다.

버려 항상 눈을 떼지 않고 있습지요."

죽천이 그 책을 청해서 보니 하나하나 잘된 글들이었다. 그가 감탄하며 물었다.

"과거 공부를 이처럼 열심히 하고, 글 또한 이처럼 청신한데 왜 자꾸 떨어지는 것이오? 이건 관련 벼슬아치의 책임이오."

선비가 말했다.

"제가 늙고 겁도 많아져 글을 쓸 때마다 자획이 비뚤어집니다. 이러니 어찌 떨어지지 않겠습니까? 이번에도 또 그러겠지 해서 처음에는 응시하지 않으려 했지만, 노친께서 자꾸만 권하셔서 부득이 이렇게 필요 없는 발걸음을 하고 있답니다."

죽천은 그가 가련하고 불쌍하여 위로했다.

"이번에는 모름지기 온 힘을 다해 회시를 잘 보시오."

죽천은 입성하여 회시를 주관하게 되었다. 답안지를 살피는데 한 답안지의 글자체가 비뚤비뚤했다. 죽천이 이를 보고 웃으며 말했다.

"이건 필시 그 사람의 답안지일 것이다."

그래서 다른 시관들에게 말했다.

"이는 참으로 재주가 높은 늙은 선비의 답안이오. 이번에 우리가 적선 좀 합시다."

그러고는 자세히 따져보지도 않고 그 답안지를 뽑아두었다.

방이 나가고 그 답안의 봉내[2]를 보니 나이가 많지 않아 속으로 의아하게 생각했다. 방이 붙고 나서는 신은新恩, 과거에 새로 급제한 사람이 은문[3]을 찾아뵙는 것이 관례였다. 선비도 와서 알현하니, 죽천이 축하하며 말했다.

---

2) 봉내(封內): 과거 답안지의 오른쪽 끝에 성명, 생년월일, 주소, 사조(四祖) 성함 등을 쓰고 봉하여 붙인 것.
3) 은문(恩門): 과거에 급제한 사람들이 자기의 시관(試官)을 가리켜 일컫는 말. 평생 문생(門生)의 예를 다했다.

"여러 번 낙방한 끝에 이렇게 합격했으니 축하하고 또 축하하네."

선비가 대답했다.

"초시에는 처음 응시했습니다."

"늙으신 어버이께 큰 기쁨을 드릴 수 있겠소."

선비가 말했다.

"두 분 다 안 계십니다."

죽천이 이상하게 여기며 물었다.

"지난번 길에서는 왜 사연을 꾸며 나를 속였소?"

그가 자리를 피하며 엎드려 대답했다.

"대감께서 시험을 주관할 줄 알았기에 그렇게 속였습니다. 그러지 않았다면 대감께서 어찌 저를 뽑아주셨겠습니까? 죽을죄를 지은 것은 잘 알고 있습니다."

죽천은 그를 뚫어지게 바라보다가 그저 웃을 뿐이었다.

鄉儒用計瞞竹泉

竹泉每每主試, 詩鑑如神. 適作湖中楸行而回, 時當監試會期, 有一士子, 騎馬而在前, 馬上常手持一冊子, 終日看之. 中火宿所之時, 必同店矣, 竹泉心甚怪之. 及到宿所店, 使人邀來而問之, 則卽赴會試人也. 自言兩老親侍下, 今行爲[4]七八次, 每屈於會圍, 情理切迫云云. 又問: "所看冊何書, 而須臾不暫離手也?" 對曰: "年來所作私草, 而今則精神昏耗, 掩卷輒忘, 故常目在之故也." 竹泉請其冊子見之, 則箇箇善作. 仍嗟嘆[5]而問曰: "課工如是勤實, 句作又如是淸新, 何爲而屢屈也? 此是有司之責也." 其人曰: "今

---

4) 爲: 국도본·고대본·가람본·성균관대본에는 탈락.
5) 嘆: 고대본에는 '歎'으로 표기.

則年老多忦, 自作自書之時, 字劃每每橫書, 如是而安得不屈乎? 今行又當如此[6], 初不欲赴, 而爲老親所勸, 不得已作此[7]不緊之行也." 竹泉憐而悶之, 慰諭曰: "今番須努力而觀之." 仍爲入城, 而當會試[8]主試, 考劵之時, 有一劵, 字劃皆或左書橫書[9], 竹泉見而笑曰: "此必[10]是厥者之劵也," 仍向諸試而言曰: "此是老儒實才之劵也. 今番吾輩[11]可[12]積善矣." 仍不問而擢置矣. 及其榜出, 見其封內, 則年紀不至衰老, 心竊[13]訝之矣. 放榜後, 新恩之來見恩門, 例也. 此人亦來見, 竹泉賀曰: "積屈之餘, 得此一捷, 可賀可賀." 其人對曰: "初試卽初爲之矣." 又曰: "老親[14]侍下, 可以供歡矣." 又對曰: "永感下矣." 竹泉怪而問[15]: "向於路上, 何爲飾私[16]欺我也?" 其人避席俯伏而對曰: "小生知大監之主試, 故以此欺之, 不如是, 大監豈或擢拔乎? 自知死罪[17]." 云. 竹泉熟視[18]而笑而已[19].

6) 此: 동양본에는 '是'로 표기.
7) 此: 국도본·고대본·가람본·성균관대본에는 탈락.
8) 試: 국도본·고대본·가람본·성균관대본에는 탈락.
9) 橫書: 국도본·고대본·가람본·성균관대본에는 탈락.
10) 必: 국도본·고대본·가람본·성균관대본에는 탈락.
11) 輩: 국도본·고대본·가람본·성균관대본에는 탈락.
12) 可: 국도본·고대본·가람본·성균관대본에는 '當'으로 표기.
13) 竊: 고대본·가람본·성균관대본에는 '切'로 표기.
14) 老親: 국도본·고대본·가람본·성균관대본에는 탈락.
15) 고대본에는 '曰'이 더 나옴.
16) 私: 고대본·성균관대본에는 '邪'로 표기.
17) 死罪: 동양본에는 '罪死'로 표기.
18) 視: 국도본에는 '示'로 잘못 표기.
19) 已: 고대본에는 '矣'로 표기.

곡산 기생이 미친 체하며 원을 따르다

매화梅花는 곡산谷山, 황해도의 지명 기생이다. 한 늙은 재상어윤겸(魚允謙)으로 추정됨이 순사巡使가 되어 곡산에 행차했을 때 그녀를 보고 사랑하게 되었다. 그가 매화를 감영으로 데려갔으니 비할 데 없이 총애했다. 이때 한 명사名士, 홍시유(洪時裕)로 추정됨가 곡산 원으로 와서 순사를 처음 뵈었다. 그때 잠시 매화의 아름다운 모습을 보고 그녀를 차지할 마음으로 관아에 돌아왔다. 그러고는 매화의 어미를 불러 따뜻한 낯으로 대하며 선물을 후하게 주었다. 그뒤로 어미를 계속 불러와 쌀이며 고기, 돈이며 비단 등속을 주었다. 몇 달을 이렇게 하니, 어미가 계속 이상하게 여기다가 하루는 이렇게 물었다.

"소인과 같이 미천한 것을 이렇게 아껴주시니 황공해서 몸 둘 바를 모르겠나이다. 그런데 사또님께서 무슨 생각으로 이러시는지 모르겠습니다."

원이 말했다.

"너는 비록 늙긴 했지만 본래 명기이기에 함께 심심풀이나 하려 했다.

너와 친해서 그런 것이니 별다른 뜻은 없다."

하루는 늙은 기생이 또 물었다.

"사또님께서는 분명 소인에게 원하는 것이 있어 이처럼 정답고 친절하게 대하시는 거겠지요. 어찌 분명하게 말씀해주시지 않습니까? 소인이 입은 은혜가 망극하니 설사 끓는 물속이나 불속으로 들어가라 하셔도 피하지 않을 것입니다."

원이 말했다.

"사실은 내가 감영에 갔을 때 자네 딸을 보고 연모하게 되어 잊을 수가 없으니 거의 병이 날 지경이네. 자네가 좀 데려와서 한 번이라도 다시 보게 해준다면 죽어도 여한이 없겠네."

늙은 기생이 웃으며 말했다.

"그건 일도 아니지요. 왜 일찍 말씀해주시지 않았나요? 마땅히 데려오겠습니다."

어미는 집으로 돌아와 딸에게 편지를 썼다.

"내가 이름을 알 수 없는 병에 걸려 사경을 헤매고 있단다. 너를 보지 못하고 죽으면 눈을 감지 못하겠구나. 속히 말미를 얻어 오거라. 얼굴이나 보고 영결하자꾸나."

그러고는 사람을 시켜 급히 편지를 보냈다. 매화는 편지를 보고서 순사에게 울며 고하고, 어머니를 뵙고 오겠으니 휴가를 달라고 청했다. 순사는 허락하며 노자를 넉넉히 주었다.

매화가 오자 어미가 그간의 일을 이야기해주었다. 그리고 매화와 함께 관아로 갔다. 그때 원은 나이가 겨우 서른 살쯤이었는데 풍채가 좋았고, 순사는 늙고 추했으니 둘은 신선과 범인처럼 달랐다. 매화도 원을 한번 보고 연모의 마음이 일어나 그날부터 잠자리 시중을 드니 두 사람의 정이 흡족했다.

한 달이 지나 휴가 기한이 차니 매화가 해주로 돌아가려 했다. 원이 미련이 남아 차마 그녀를 보내지 못하고 말했다.

"이제 한번 이별하면 다시 만날 것을 기약하기 어려우니 장차 어찌하면 좋단 말이냐?"

매화도 눈물을 흘리며 말했다.

"첩은 이미 사또님께 몸을 허락했습니다. 제게 가서 몸을 빼내 돌아올 계획이 있습니다. 반드시 곧 돌아와 사또님을 모시겠습니다."

매화는 출발하여 해주 감영에 도착했다. 들어가 순사를 뵈니 그는 모친의 병이 어떠한지 물었다. 매화가 대답했다.

"병세가 위독했지만 다행히 좋은 의원을 만나 차도를 보았습니다."

그러고는 전처럼 동침하는 방으로 향했다.

십여 일 뒤 매화가 갑자기 병이 든 듯하더니 먹고 자지도 않고 하루 종일 신음만 하며 시간을 보냈다. 순사는 걱정이 되어 의원을 부르고 온갖 약을 써보았지만 효험이 없었다. 매화가 누워서 보낸 지 열흘이 지났다. 하루는 매화가 갑자기 일어나 헝클어진 머리에 때묻은 얼굴을 한 채로 박수를 치고 발을 구르며 미친 듯 소리를 지르고 웃다가 통곡하고 동헌 마루 위로 뛰어다니며 순사의 이름을 함부로 불렀다. 사람들이 그녀를 말리려 하면 발로 차고 입으로 물면서 가까이 오지 못하게 하니 완전히 미친병이었다. 순사는 깜짝 놀라서 그녀를 동헌 밖으로 내보냈다. 그리고 다음날 묶어서 가마에 태워 집으로 돌려보냈다. 매화가 미친 체한 것이었다.

매화는 집으로 돌아온 날 곧바로 관아로 들어가 원을 만나서 그간의 사정을 이야기하니 원이 그녀를 협실에 머물게 하는지라 사랑이 더욱 두터워졌다.

두 사람이 이렇게 살고 있는데 소문이 점점 퍼져나가 순사 역시 그 소문을 들었다. 그뒤 곡산 원이 감영에 갔는데 순사가 물었다.

"곡산 기생 중 감영 기생 노릇 하던 사람을 병 때문에 집으로 돌려보냈다. 요즘 그녀의 병이 어떠한지 가끔 불러 보는가?"

곡산 원이 대답했다.

"조금 차도가 있다고 합니다만, 하관이 감영의 수청 기생을 감히 불러 볼 수 있겠습니까?"

순사가 비웃으며 말했다.

"나를 위해서라도 모쪼록 잘 지켜주게나."

곡산 원은 그 사정을 알고서 말미를 얻어 상경했다. 그리고 한 대관臺 官, 조선시대 사헌부의 대사헌 이하 지평까지의 벼슬을 사주해 순사를 탄핵하여 파직시키고 매화를 데리고 살았다. 그는 임기가 끝나자 매화와 함께 서울 집으로 돌아왔다.

병신년 옥사[1]가 일어나자, 전 곡산 원은 연루되어 옥에 갇혔다. 그의 처가 울면서 매화에게 말했다.

"주인이 이제 이 지경에 이르렀으니 나는 이미 결정한 바가 있지만, 너는 젊은 기생이니 여기에 머물 필요가 있겠느냐? 집으로 돌아가는 것이 좋겠구나."

매화가 울면서 말했다.

"천첩이 영감님의 은혜와 사랑을 받은 지 오래되었습니다. 번화한 때에 더불어 편안히 즐겼는데, 오늘 이런 일을 당했다고 어찌 배반하고 집으로 돌아가겠습니까? 저도 따라 죽겠습니다."

며칠 뒤 죄인이 맞아 죽었다는 소식이 들렸다. 그러자 처가 목을 매어 죽었다. 매화는 처를 염하고 입관해주었다. 죄인의 시신을 내어주자, 그녀는 다시 치상해 부부의 관을 선영 아래에 합장했다. 그러고는 묘 아래에서 자결해 그 뒤를 따르니 그녀의 절개가 빛났다.

---

1) 병신년(丙申年) 옥사(獄事): 1776년 정조 즉위 후 국정을 농락했던 정후겸(鄭厚謙)과 홍인한을 제거한 옥사.

처음 순사에 대해서는 꾀를 써서 벗어나기를 도모했고, 그후 본읍 원에 대해서는 절개를 지켜 의에 따라 죽었으니 여자 중의 예양[2]이도다.

營妓佯狂隨谷倅

梅花者谷山妓也. 一老宰爲巡使, 到巡[3]時嬖之, 率置營中, 寵幸無比. 時有一名士之爲谷山倅者, 延命[4]時, 霎見其妍美, 心欲之, 還衙後, 招其母, 賜顔[5]而厚遺之. 自此以後, 使之無間出入, 而米肉錢帛, 每每給之, 如是者幾月矣. 其母心竊怪之, 一日問曰: "如小人微賤之物, 如是眷愛, 惶恐無地[6], 未知使道何所[7]見而若是[8]." 本倅曰: "汝雖年老, 自是名妓也, 故欲與之破寂, 自爾親熟而[9]然也, 別無他事." 一日老妓, 又問曰: "使道必有用小人處, 而如是款曲, 何不明言敎之? 小人受恩罔[10]極, 雖赴湯火, 自當不辭矣." 本倅乃言曰: "吾於營行時, 見汝女, 愛戀不能忘, 殆乎生病. 汝若率來, 更接一面, 則死無恨矣." 老妓笑曰: "此至易之事, 何不早敎也? 從當率來矣." 歸家作書于其女曰: "吾以無名之疾, 方在死境, 而以不見汝死, 將不瞑目矣. 速速得由下來, 以爲面談[11]之地."云, 而專人急報. 梅花見書, 而泣告于巡使, 請[12]得往省之暇, 巡使許之, 資送甚厚. 來見, 其母道其由, 與之偕

---

2) 예양(豫讓): 중국 전국시대 제나라 사람. 조양자(趙襄子)가 자신이 섬기는 주군(主君) 지백(智伯)을 죽이고 그 해골을 모욕하자, 예양은 원수를 갚고자 몸에 옻칠하고 숯을 삼켜 문둥 벙어리로 행세하며 그를 죽이려 했으나 도리어 잡혀 죽었다.
3) 到巡: 국도본·동양본·가람본·성균관대본에는 '巡到'로 표기.
4) 延命(연명): 원이 처음으로 감사를 찾아가서 인사를 하던 의식.
5) 賜顔(사안): 방문한 아랫사람을 좋은 낯으로 대함.
6) 地: 고대본·가람본·성균관대본에는 '他'로 잘못 표기.
7) 何所: 국도본·고대본·가람본·성균관대본에는 '所何'로 표기.
8) 국도본·고대본·가람본·성균관대본에는 '乎'가 더 나옴.
9) 而: 국도본·고대본·가람본·성균관대본에는 탈락.
10) 罔: 고대본·가람본에는 '忘'으로 잘못 표기.
11) 談: 국도본·고대본·동양본·가람본·성균관대본에는 '訣'로 표기. '訣'이 맞음.
12) 使, 請: 고대본에는 탈락.

入衙中, 時本倅[13], 年纔三十餘, 風儀動盪, 巡使則容儀老醜, 殆若仙凡之別, 梅花一見, 而亦有戀慕之心. 自伊[14]日薦枕, 兩情歡洽. 過一朔由限將滿, 梅花將還向海州[15], 本倅戀戀不忍捨曰: "從此一別, 後會難期, 將若之何?" 梅花揮淚曰: "妾旣許身矣, 今行自有脫身歸來之計, 不久更當還侍矣." 仍發行到海營, 入見巡使, 則巡使問其母病如何, 對曰: "病勢委篤, 幸得良醫, 今則向差矣." 依前向洞房[16]矣. 過十餘日後, 梅花忽有病, 寢食俱廢, 呻吟度日, 巡使憂之, 雜試醫藥而無效, 委臥近一旬. 一日忽爾, 突然而起, 蓬頭垢面, 拍手頓足, 狂叫亂嚷, 或笑或哭, 跳躍於澄軒之上, 而斥[17]呼巡使之名, 人或挽之, 囓之嚙之, 使不得近前, 卽一狂病也. 巡使驚駭, 使之出居于[18]外, 而翌日縛[19]置於轎中, 送于渠家, 盖是佯狂也. 還家之日, 卽入衙中, 見本倅語其狀, 留在挾[20]室, 情義[21]愈篤. 如是之際, 所聞傳播, 巡使亦聞之. 其後谷倅往營下, 則巡使問曰: "府妓之爲營妓者, 以病還家矣, 近卽其病如何[22], 而時或招見否?" 對曰: "病則少[23]差云, 而巡[24]營廳妓, 下官何可招見乎?" 巡使冷笑曰: "願令公爲我善守直焉." 谷倅知其狀, 請由上京, 嗾一臺, 駁[25]巡使而罷之, 仍率畜梅花, 遞歸時, 與之偕來京第矣. 及丙申之獄, 前谷倅, 辭連逮獄, 其妻泣謂梅花曰: "主公今至此境, 吾卽[26]已有所決

<hr />

13) 本倅: 고대본에는 한 번 더 나옴.

14) 伊: 국도본에는 '爾'로 표기.

15) 州: 국도본·고대본·가람본·성균관대본에는 '營'으로 표기.

16) 洞房(동방): 잠자는 방. 신랑과 신부가 결혼하고 처음으로 함께 자는 방.

17) 頓足, 狂叫亂嚷, 或笑或哭, 跳躍於澄軒之上, 而斥: 국도본·고대본·가람본·성균관대본에는 탈락.

18) 于: 국도본·고대본·가람본·성균관대본에는 탈락.

19) 縛: 국도본·고대본·가람본·성균관대본에는 탈락.

20) 挾: 동양본에는 '狹'으로 표기.

21) 義: 동양본에는 '意'로 표기.

22) 其病如何: 국도본·고대본·가람본·성균관대본에는 '如何其病'으로 잘못 표기.

23) 則少: 국도본·고대본·가람본·성균관대본에는 탈락. 동양본에는 '小'로 표기.

24) 巡: 국도본·고대본·가람본·성균관대본에는 '上'으로 표기.

25) 駁: 성균관대본에는 '効'으로 표기.

26) 卽: 동양본에는 '則'으로 표기.

于心者, 汝則年少之妓也, 何必在此? 還歸汝家可也." 梅花[27])泣曰: "賤妾
承令監之恩愛已久矣. 繁華之時, 則亦[28])與之安享, 而今當如此之時[29]), 安
忍背而歸家? 有死而已."云矣. 數日後, 罪人杖斃之報到家, 其妻自縊而死,
梅花躬自殯斂入棺, 而及罪人屍之出給也, 又復治喪, 夫婦之柩, 合祔於先
塋之下, 仍自裁於墓傍下從. 其節甄烈烈矣! 初於巡使, 則用計而[30])圖免,
後於本倅, 則立節死義, 亦其[31])女中豫讓歟!

27) 국도본·고대본·동양본·가람본·성균관대본에는 '亦'이 더 나옴.
28) 亦: 국도본·고대본·동양본·가람본·성균관대본에는 탈락.
29) 국도본·고대본·가람본·성균관대본에는 '則'이 더 나옴.
30) 而: 국도본·고대본·가람본·성균관대본에는 탈락.
31) 亦其: 국도본·고대본·동양본·가람본·성균관대본에는 '其亦'으로 표기.

무과를 준비하던 선비가 폐가에서 항우를 만나다

무과를 준비하던 선비가 하나 있었는데 그 이름은 잊혀졌다. 마을에는 폐가가 있었는데 귀신이 나온다고 버려진 집이었다. 과거를 준비하던 다른 선비들 몇 명이 그 집에 가서 도박이나 하자고 약속했다. 선비는 먼저 가서 청소를 하고 기다렸다. 촛불을 켜고서 자리를 펴고 앉아 있는데 갑자기 큰비가 내렸다. 이미 저녁 종이 울린지라 사람이 왕래할 수 없게 되었다. 선비는 촛불을 잡고 혼자 앉아 있었다.

삼경이 되자 홀연 군마 소리가 들려왔다. 선비는 놀라고 의아해했다. 눈을 치뜨고 바라보니 한 장군이 칼을 찬 채 말을 타고 있었고 무수한 갑병도 따라들어왔다. 선비는 마루에서 내려와 계단 아래에 엎드렸다. 장군을 보니 눈동자가 겹이었고, 타고 있는 말은 오추마烏騅馬, 검은 털과 흰 털이 섞인 말로, 항우가 탔다는 준마였다.

장군은 계단 앞에 이르러 말에서 내려, 선비를 일어나게 하고 이렇게 말했다.

"나를 따라 마루에 오르도록 하라!"

선비는 두려워 벌벌 떨면서 숨죽여 뒤를 따라 마루에 올랐다. 장군은 윗자리에 앉더니 그 사람에게도 앉으라 하고 물었다.

"너는 내가 누군 줄 알겠느냐?"

그는 사기史記를 대략 이해하기에 대답했다.

"장군의 눈을 보니 중동重瞳, 겹으로 된 눈동자이고, 타신 말이 오추마이오니 서초패왕[1] 아니십니까?"

장군이 웃으며 답했다.

"그렇다. 내 패공[2]과 팔 년 전쟁을 하다가 결국 그에게 패했지. 세상 사람들은 나를 어떤 사람으로 보는가? 나는 전장에서 지력이 모자랐던 게 아니야. 하늘이 날 버렸던 것이지. 세상 사람들이 그걸 아는가?"

선비가 말했다.

"그 사실은 한사漢史, 한서(漢書)에 실려 있으니, 어찌 남궁 주석지문답[3]을 들어보지 못했겠습니까?"

장군이 노여워하며 고함을 질렀다.

"에잇! 더벅머리와는 더불어 말할 수가 없구나! 한사라는 것은 내가 죽고 몇 년 뒤에 나온 것이니 내 어찌 알겠느냐? 네가 다 말해보거라."

선비가 대답했다.

"그 책에서 말하기를, 패공은 삼걸三傑, 한고조의 신하인 소하(蕭何)·장량(張良)·한신을 등용했고, 대왕은 다만 범증范增 한 명뿐이었는데 그도 능히 쓰지 못했습니다. 그런 까닭으로 승패가 결정되었다 합니다."

장군이 혀를 차고 탄식하며 말했다.

---

1) 서초패왕(西楚覇王): 항우를 이르는 말. 항우는 초나라 사람으로 기원전 209년에 군사를 일으켜 진나라를 멸망시키고 스스로 서초패왕이라고 일컬었다. 이후 유방과 불화가 생겨 해하(垓下)에서 싸우다 패하여 오강(烏江)에서 자결했다.
2) 패공(沛公): 왕위에 오르기 전 한고조(漢高祖)의 칭호. 유방.
3) 남궁(南宮) 주석지문답(酒席之問答): 한고조가 낙양진(雒陽秦)의 남궁에 거둥하여 술자리를 베풀고, 삼걸(三傑)과 문답하고 나중에 광무제가 이곳으로 도읍을 옮긴 일.

"과연 그런 일이 있었지. 나 역시 후회한다네."

선비가 말했다.

"소생이 평생 탄식하고 애석하게 여겨온 것이 있는데 대왕께 여쭤보아도 되겠습니까?"

"무엇이냐?"

"대왕께서 비록 동성東城에서 패하긴 하셨지만 한번 오강烏江을 건너서 강동江東의 병사를 다시 일으켰다면 천하의 행방은 달라졌을지도 모릅니다. 또 대왕께서 세상에 거리낌없이 당당히 행동하셨다면 이 세상에는 감히 대왕님을 묶어갈 사람이 없었을 것입니다. 대왕께서는 어찌 일시의 분함을 이기시지 못해 스스로 목을 베는 지경에 이르렀습니까? 애석하지 않으십니까? 대장부가 어찌 작은 절개에 얽매여 구차한 아녀자의 일을 했겠습니까?"

장군은 이야기를 다 듣지 않고 칼로 기둥을 치고 일어나며 말했다.

"그만해라! 나 역시 그것만 생각하면 분해서 죽을 것만 같다. 내 가겠노라!"

그러고는 마루에서 내려가 말에 올라타고 중문을 나섰다. 선비가 몰래 뒤를 밟았는데 후면에 이르러 자취가 없어져 속으로 매우 의아하게 여겼다. 날이 밝은 뒤 후면으로 가서 살펴보니 텅 빈 마루가 너덧 칸 있었는데, 먼지가 쌓여 있고 벽에는 항우가 병사를 일으켜 강을 건너는 그림과 홍문鴻門의 잔치 그림이 붙어 있었다. 그림은 거의 다 파손되었다. 선비는 그림을 떼어내 불살라버렸다. 그뒤로 그런 환란은 사라졌고, 선비는 거기에 들어가 살았다.

武擧廢舍逢項羽

有一武擧子, 忘其姓名. 洞有一廢舍, 此亦緣鬼崇而廢棄者也. 諸擧子,

約會于其家, 將賭雜技, 而此人先往⁴⁾修掃而俟⁵⁾焉, 燃燭鋪席, 天忽大雨,
夕鍾已鳴, 人不得往來, 其人秉燭獨坐, 夜至三更, 忽有軍馬之聲, 其人驚
訝, 擧目⁶⁾見之, 則有一將軍, 帶劍騎馬, 而無數甲兵入來矣. 乃下廳, 而伏
於階下, 視其將, 則重瞳而所騎乃烏騅也. 到階前, 下馬而使之⁷⁾起曰: "汝
可隨我乘軒!" 其人惴惴慄慄⁸⁾, 屛息而隨後上廳, 將軍坐於上坐⁹⁾, 而命之
坐, 仍問曰: "汝知我爲誰乎?" 此擧人¹⁰⁾略¹¹⁾解史記, 答曰: "視將軍之眼, 乃
是重瞳, 所騎又是烏騅, 無乃西楚伯王乎?" 笑而答¹²⁾曰: "然矣. 吾與沛公,
八年相爭, 畢竟爲沛公所輸, 世人以我爲何如人也? 吾於戰場, 非智力之不
足, 乃天之所亡也, 世人其知之乎?" 其人曰: "此則載在¹³⁾漢史南宮酒席之
問答, 豈不聞知乎?" 神將怒叱曰: "噫! 豎子¹⁴⁾無足言也. 所謂漢史, 我死後,
幾年後所做出也, 吾何以知之¹⁵⁾? 汝第言之." 其人曰: "其書曰, 沛公用三
傑, 大王有一范增, 而不能用, 以是之故, 勝敗辨矣." 神將咄嘆¹⁶⁾曰: "果有
是事, 吾亦悔之." 其人曰: "小擧平生有嘆¹⁷⁾惜者, 可以質之於大王之前?"
曰: "何事?" 對曰: "大王雖有東城之敗, 一渡烏江, 再起江東之兵, 則天下
之¹⁸⁾得失, 有未可知也, 且大王橫行於世, 此世之上, 無有敢縛致大王者矣,

---

4) 往: 국도본·고대본·가람본·성균관대본에는 탈락.
5) 국도본·고대본·가람본·성균관대본에는 '矣, 於'가 더 나옴.
6) 국도본·고대본·동양본·가람본·성균관대본에는 '而'가 더 나옴.
7) 之: 국도본·고대본·동양본·가람본·성균관대본에는 탈락.
8) 慄慄: 성균관대본에는 '慄慄'로 맞게 표기.
9) 坐: 국도본·고대본·동양본·가람본·성균관대본에는 '座'로 맞게 표기.
10) 人: 고대본·가람본·성균관대본에는 '子'로 표기.
11) 略: 고대본·동양본·가람본·성균관대본에는 '畧'으로 표기.
12) 而答: 국도본·고대본·가람본·성균관대본에는 탈락.
13) 在: 동양본에는 '於'로 표기.
14) 豎子(수자): 더벅머리.
15) 고대본·가람본·성균관대본에는 '乎'가 더 나옴.
16) 嘆: 고대본에는 '歎'으로 표기.
17) 嘆: 국도본·고대본·가람본·성균관대본에는 '歎'으로 표기.
18) 之: 고대본·가람본·성균관대본에는 탈락.

大王何爲而¹⁹⁾不勝一時之憤, 至於自刎之境, 豈不可²⁰⁾惜者耶? 大丈夫何
爲作兒女子區區小節之事乎?" 神將聽未半, 以劒擊柱而起曰: "言且休矣!
吾亦思之! 忿²¹⁾恨欲死, 吾去矣!" 仍下軒, 騎馬而出中門, 其人潛躡其後,
則致²²⁾後面而滅, 心甚訝之, 及天明, 往審其後面, 則有虛廳四五間, 而塵
埃堆積之中, 壁上付項羽起兵²³⁾渡江之畵, 及鴻門宴畵, 而幾盡破傷矣. 仍
以其畵本, 燒之于火矣. 此後無此患, 其人仍入處焉.

19) 而: 국도본·고대본·가람본·성균관대본에는 탈락.
20) 可: 고대본에는 탈락.
21) 忿: 고대본·가람본·성균관대본에는 '忽'로 잘못 표기.
22) 致: 국도본·고대본·동양본·가람본·성균관대본에는 '到'로 표기. 둘 다 뜻이 통함.
23) 起兵: 국도본·고대본·가람본·성균관대본에는 탈락.

새로 온 하인이 술책으로 재상을 속이다

옛날에 한 대신이 있었는데 성질이 모질고 급했다. 그는 평안도관찰사가 되어 각 읍을 순행하며 다녔는데 도로에 돌멩이가 박혀 있으면 우두머리 향리를 잡아와 그 돌멩이를 이로 뽑게 하고 몽둥이로 발뒤꿈치를 때려 피를 토하며 죽게 하기도 했다. 그 밖에 행동거지가 못마땅하거나 차와 음식 등에 조금이라도 마음에 안 드는 것이 있으면 형벌을 가하고 곤장을 쳐서 십중팔구는 죽게 하니 모든 읍이 떨었다.

그의 행차가 어느 읍에 다다르자 아직 그가 읍 안에 들어오지도 않았는데 아전들이 다 어쩔 줄을 몰랐다. 이때 어리고 어여쁜 한 기생이 웃으며 말했다.

"순사또도 사람인데 어찌 이리도 두려워하세요? 그분이 생사람을 잡아먹기라도 한답니까? 제가 잠자리 시중을 들면 각 청에 아무 일도 없을 것이며, 순사또로 하여금 발가벗고 방문을 내리게 할 것입니다. 그러면 청廳에서 저를 후하게 대접하시겠습니까?"

아전들이 말했다.

"그렇게만 해준다면야 우리 청에서 네게 후한 상을 내릴 것이다."

기생이 말했다.

"그럼 일단 두고 보세요."

행차가 관청에 들어오자 그 기생이 순사또의 수청을 들었다. 때는 바야흐로 팔월, 낮에는 더웠지만 밤이면 서늘했다. 순사또가 기생을 보고 잠자리 시중을 들게 했는데 창문 가리개를 내리지 않았다. 기생이 춥다는 시늉을 하니 순사가 물었다.

"추우냐?"

"방문을 닫지 않아 찬 기운이 몰려오네요."

"그럼 하인을 시켜 창문 가리개를 내리게 할까?"

기생이 말했다.

"이미 밤이 깊었으니 어찌 그들을 부를 수 있겠습니까?"

순사가 말했다.

"그럼 어쩐다?"

기생이 말했다.

"소인은 키가 닿지 못하니 사또님께서 잠시 창문 가리개를 내리셔도 무방할 것 같습니다."

"내 행동거지가 해괴하지는 않을까?"

기생이 말했다.

"밤이 깊어 볼 사람이 없어요."

순사가 어쩔 수 없이 발가벗은 몸으로 일어나 가리개를 내려 방문을 닫았다. 하인들이 좌우에서 몰래 보며 입을 가리고 웃지 않는 사람이 없었다.

이 읍은 한 사람도 죄를 얻지 않고 무사히 지나가니, 여러 아전이 기생에게 후한 상을 내렸다.

순사가 재상이 되었을 때였다. 사돈 재상 댁에 초상이 나니 그 댁 종

한 명이 파견되어 왔다. 재상이 뭘 시키려고 부를 때마다 꼭 새로 온 종이 명령에 응했는데 그때마다 요강이나 벼룻집 등을 발로 차고 뒤엎었으며 동쪽으로 가라면 서쪽으로 가는 등 일마다 뜻에 거슬렸다. 재상은 그 고달픔을 이기지 못해 매번 여러 종을 책망하며 이렇게 말했다.

"너희는 어쩌자고 너희만 편하려고 일을 어떻게 하는지도 모르는 신출내기 종에게만 일을 시켜 그르치게 하느냐? 어디에서 뭘 하고 있는 것이냐?"

그래서 종들도 그를 말리며 주인이 불러도 응하지 말라 했다. 하지만 그 종은 끝내 듣지 않았다. 주인이 부르기만 하면 반드시 몸을 빼내 먼저 나가니, 재상이 이를 보고 문득 화내며 또 다른 종들을 꾸짖었다.

한 달여가 이렇게 지나갔다. 하루는 혜국리[1]에 결원이 생겼는데 그 종이 앞에 엎드려 말했다.

"소인이 이 자리를 얻고자 하옵니다."

재상이 그를 뚫어져라 보더니 말했다.

"그렇게 해주마."

이어 체지[2]를 꺼내주었다. 다른 종들이 일시에 억울함을 호소했다.

"소인은 몇 년이나 고생했습니다. 소인은 몇 대 동안이나 교분이 있었습니다. 그런데도 왜 신출내기 종에게 제일 처음 나온 자리를 양보해야 합니까?"

재상이 말했다.

"내가 살아야 너희도 자리를 얻을 수 있다. 내가 죽으면 너희가 누구에게 기대어 자리를 도모할 수 있겠느냐? 저놈이 계속 우리집에 있다가는 내가 화병이 나서 곧 죽어버릴 것이니 차라리 얼른 저놈을 처리해버

---

1) 혜국리(惠國吏): 선혜청(宣惠廳). 조선시대에, 대동법에 따른 대동미·포·전의 출납을 맡아 보던 관청.
2) 체지(帖紙): 관아에서 이속(吏屬)을 고용할 때 그 내용을 써서 본인에게 주던 문서.

리는 게 낫다. 다시는 여러 말 말거라!"

그러고는 그 종을 차출했다.

얼마 뒤 종이 와서 알현하는데, 그를 불러서 무엇이라도 시키면 크고 작은 일을 막론하고 그 뜻에 꼭 맞으니 백 번 천 번 영리했다. 재상이 이상하게 여겨 물었다.

"네가 온갖 일을 처리하는 것이 어리바리했던 이전보다 훨씬 나으니 좋은 자리를 얻어서냐?"

종이 엎드려 대답했다.

"소인이 죽을죄를 지었나이다."

"무슨 말이냐?"

"소인이 대감님 문하에 처음 왔을 때 겸종 수를 헤아려보니 서른이 넘었고 소인은 그 끝자리에 있었습지요. 겸종들이 차례대로 관아의 빈 자리를 얻는다면 소인은 늙어죽을 때까지 못 얻었을 것입니다. 대감님의 기질을 가만히 살펴보니 매우 엄하고 급하시기에 고의로 노기를 불러일으켰습니다. 대감님께서 고통을 감당치 못하게 하면 필히 저를 먼저 보내주실 것 같았습니다. 제가 일부러 몰지각한 행동을 해서 오늘 여기에 이른 것이옵니다."

재상이 크게 웃으며 말했다.

"너야말로 제갈량이라 할 만하구나. 내가 속았다니 원통하도다!"

新傔權術騙宰相
古有一大臣, 性酷而急[3]. 爲箕伯時, 巡到各邑, 道路如有石, 則使首鄕

_____

3) 而急: 국도본·고대본·가람본·성균관대본에는 '急而'로 잘못 표기.

首⁴⁾吏, 以齒拔之, 而以杖打其趾, 往往嘔血而死. 其外擧行, 及茶啖之屬, 少不如意, 則刑之棍⁵⁾之, 十至八九之死, 列邑震動. 行到一邑, 未入境, 諸吏不知所爲, 有一妓, 年少貌姸, 笑曰: "巡使道, 亦是人也, 何乃如是恐怵也? 巡使⁶⁾豈生啗人乎? 吾若薦枕, 則非但各廳之無事, 使⁷⁾巡使, 赤身而下房門外⁸⁾矣⁹⁾, 吏廳將厚饋我乎?" 諸吏曰: "若然則自吾¹⁰⁾廳, 重賞汝也." 妓曰: "第觀之." 及巡行入府, 以其妓守廳矣. 時當八月, 日候晝熱¹¹⁾夜凉, 巡使見此妓, 使之薦枕, 房戶障子, 未及下矣. 此妓故¹²⁾作寒栗之態, 巡使¹³⁾問曰: "汝有意寒¹⁴⁾乎?" 對曰: "房門不閉, 凉意逼人矣." 巡使曰: "若然則將使下隷下之乎?" 妓曰: "夜已深矣, 何可呼之乎?" 巡使曰: "爲之奈何?" 妓曰: "小人則身長¹⁵⁾不及, 使道暫下之無妨矣." 巡使曰: "擧措得無駭異乎?" 妓曰: "深夜無人矣." 巡使乃不得已赤身而起, 擧障子而閉之, 伊時下屬, 左右潛窺, 莫不掩口. 此邑無一人受罪, 無事經過, 諸吏厚賞其妓云. 其爲大臣也, 有連査間宰相喪出, 而傔從一人, 分差而來矣. 每有所使, 新傔者必應命而來, 足蹴溺器硯匣等屬而覆之, 之東則必之西, 事事拂其意, 某相不勝其苦, 每責諸傔人¹⁶⁾曰: "汝何爲占便, 必使新來之傔, 使喚不知向方而債事, 汝輩何在而然也¹⁷⁾?" 諸傔輩, 每每禁之, 使勿出應使喚, 而其人終不聽

---

4) 首: 국도본·고대본·가람본·성균관대본에는 탈락.
5) 棍: 동양본에는 '杖'으로 표기.
6) 고대본·성균관대본에는 '道'가 더 나옴.
7) 使: 국도본·고대본·가람본·성균관대본에는 탈락.
8) 外: 국도본·고대본·동양본·가람본·성균관대본에는 탈락.
9) 국도본·고대본·동양본·가람본·성균관대본에는 '自'가 더 나옴.
10) 自吾: 국도본·고대본·가람본·성균관대본에는 '吾自'로 표기.
11) 熱: 국도본·고대본·가람본·성균관대본에는 탈락.
12) 故: 동양본에는 탈락.
13) 使: 국도본에는 '査'로 잘못 표기.
14) 意寒: 국도본·가람본에는 '寒意'로 표기.
15) 長: 국도본·고대본·가람본·성균관대본에는 '短'으로 표기.
16) 人: 국도본·고대본·가람본·성균관대본에는 '從'으로 표기.
17) 也: 국도본·고대본·가람본에는 '耶'로 표기.

之, 如有呼喚, 則必也挺身先出, 某相見輒生怒[18], 必責他傔, 如是者月餘. 一日惠局吏有闕, 此人俯伏于前曰: "小人願得差此窠." 某相熟視曰: "諾." 仍出帖紙, 諸傔一時稱寃曰: "小人幾年勤苦, 小人幾世世交, 而初出之窠, 何可讓與於新來之傔乎?" 某相曰: "我生然後, 汝輩可得差任, 我死之後, 汝輩向誰[19]圖此乎? 此人若在, 則我當成火而死, 不如速爲區處, 汝輩更勿言!" 仍差出矣. 其後來謁, 如有使喚處, 則無論大小事, 適中其意, 千伶百俐, 某相怪而問之曰: "汝之人事凡百, 大勝於前日之蒙孩, 爲腴任之故耶?" 其人俯伏對曰: "小人犯死[20]罪矣." 某相曰: "何謂也?" 對曰: "小人新到門下, 則傔從之數, 過三十餘, 而小人居末矣. 各司吏役之有闕者, 循次而得差, 則小人其將老死矣. 竊伏見大監氣質嚴急, 故衝怒氣, 使之苦[21]不堪矣, 必也先爲區處, 故向者故作沒覺之狀, 以至[22]此矣." 某相大笑曰: "汝可謂諸葛亮[23]. 可恨吾見欺矣."

---

18) 怒: 국도본·고대본·동양본·가람본·성균관대본에는 '火'로 표기.

19) 국도본에는 '而'가 더 나옴.

20) 死: 고대본·가람본·성균관대본에는 탈락.

21) 苦: 고대본·가람본·성균관대본에는 '若'으로 표기.

22) 국도본·고대본·동양본·가람본·성균관대본에는 '於'가 더 나옴.

23) 亮: 국도본·고대본·동양본·가람본·성균관대본에는 '孔明'으로 표기.

권
8

바람 점을 친 의성 원이 감영의 돈을 빌리다

이익저[1]가 의성義城 원으로 있을 때였다. 하루는 잔치를 열어 술을 마시고 있었다. 여름철이었는데 갑자기 한줄기 바람이 휙 불고 지나갔다. 익저는 급히 풍악을 거두고 감영으로 가서 순사를 알현했다. 그러고는 남창전南倉錢, 금위영에 속하는 창고의 돈 오천 냥을 꿔달라고 청해 그 돈으로 보리를 샀다. 그때는 풍년이 크게 들어서 보리 값이 매우 쌌다. 보리는 각 동洞에 나누어 보관하게 하고 동임洞任, 동리의 일을 맡아보는 사람을 시켜 지키게 했다.

칠월 초저녁에 익저가 잠을 자다 갑자기 깼다. 관동官僮을 불러 후원의 풀잎 하나를 따오게 해 그것을 보고 말했다.

---

1) 이익저(李益著): 생몰년 미상. 조선 후기 문신이자 청백리. 본관은 연안(延安)이다. 조암(釣巖) 이시백의 종손이다. 청주목사(淸州牧使)와 상주목사(尙州牧使) 등을 지냈다. 청렴함과 인덕으로 백성에게 선정을 베풀었다. 전라도 태인현감(泰仁縣監)으로 재직했을 때는 백성들이 그의 덕을 기려 관덕정(觀德亭)을 세우는 등 지역의 백성들로부터 깊은 존경을 받았다. 또 1708년에는 암행어사의 감찰에서 포계(褒啓)를 받았다.

"그럼 그렇지!"

다음날 아침에 살펴보니 혹독한 서리가 엄청나게 내려 초목이 다 시들었다. 그해 가을 영남 들판은 푸른 풀을 볼 수 없는 적지[2]가 되었다. 진휼賑恤, 흉년을 당하여 가난한 백성을 도와줌을 시행하니 곡식 가격이 치솟았다. 초여름에 불과 삼사십 전 하던 보리 한 말 값이 가을에는 삼백여 전에 이르렀다. 익저는 보리로 진휼을 했다. 또 보리를 팔아서 빌린 남창전을 다 갚았으니 그것이 바람을 살펴 점치는 기술 덕분이었다.

익저는 이후 이웃 읍의 원으로 옮겨갔는데, 그때 조현명[3]이 순사로 있었다. 익저가 일이 있어 가서 그를 뵈었는데, 수염과 머리털을 정돈하지 못해 망건 밖으로 헝클어진 머리털이 비어져나와 있었다. 익저가 물러나고 조현명은 수행 아전을 잡아오게 하여 익저의 용모를 태만하게 관리한 죄를 꾸짖었다. 익저가 다시 뵙기를 청하고 들어가서 사죄했다.

"하관下官이 연로하고 기력이 쇠하여 수염과 머리털을 정돈하지 못하고 상관 뵙는 잘못을 저질렀습니다. 제 죄를 알겠습니다. 제 죄를 알겠습니다. 이러고도 어찌 직분을 받들 수 있겠습니까? 원컨대 파직시켜주옵소서."

조현명이 말했다.

"존장尊丈, 자기 아버지와 교유하는 사람께서는 아까 일 때문에 이런 말씀을 하시는 것입니까? 그건 예법상의 일에 불과하니 어찌 그렇게까지 하겠습니까?"

익저가 말했다.

"하관으로서 상관을 섬기는 예법을 알지 못했으니 어찌 하루라도 직분을 받들 수 있겠습니까? 속히 파직시켜주십시오."

---

2) 적지(赤地): 흉년이 들어 거둘 만한 농작물이 하나도 없게 된 땅.
3) 조현명(趙顯命, 1690~1752): 조선 후기의 문신. 노론에 속했으나 탕평책을 지지했으며, 청렴결백했다. 1731년 경상도 관찰사로 부임했다.

조현명이 말했다.

"그럴 수는 없습니다."

익저가 정색하며 말했다.

"사또께서 끝내 허락하시지 않겠단 말씀입니까?"

"그렇습니다. 허락할 수가 없습니다."

익저가 말했다.

"사또께서는 기어이 하관으로 하여금 해괴한 거동을 하게 만드시는 군요. 정말 개탄스럽습니다!"

그러고는 종을 불러 말했다.

"나의 삿갓과 도포를 가져오너라."

익저는 사모관대를 벗고 부신[4]을 풀어 조현명 앞에 놓고서 그를 크게 꾸짖었다.

"나는 부신을 찼다는 이유로 너에게 허리를 굽혔다. 그러나 이제 부신을 풀었다. 넌 내 친구의 어린 아들놈이 아니냐? 나와 네 아버지는 죽마지우다. 우리는 베개를 함께 베고 누워서 먼저 장가드는 사람이 신부의 이름을 알려주기로 약속했었다. 먼저 네 아버지가 네 어머니를 얻어서 내게 네 어머니 이름을 알려주었다. 그 목소리가 아직도 귓전에 아른거린다. 네 아버지가 돌아가신 지 오래되었다고 네가 나를 이 지경으로 대접하기에 이르렀으니 너는 아버지를 잊은 불초자식이다. 수염과 머리털이 헝클어진 것이 상관과 하관 사이의 예법에 무슨 상관이 있단 말이냐? 내 늙어도 죽지 못해 먹고사는 것에 얽매여 네 하관이 되었지만, 네가 만약 돌아가신 아버지를 생각했다면 정말 이처럼 하지는 않았을 게

---

4) 부신(符信): 조선시대에 병조 등에서 발행한 여러 가지 신표. 대개 나뭇조각이나 두꺼운 종잇조각에 글자를 쓰고 증인(證印)을 찍은 뒤에, 이것을 두 조각으로 쪼개어 한 조각은 상대자에게 주고 다른 한 조각은 발행한 쪽에서 가지고 있다가 뒷날 사용할 때 서로 맞추어 증거로 삼았다.

다. 너는 개돼지만도 못한 놈이다!"

익저는 말을 마치고 조현명을 비웃으며 떠났다. 조현명은 반나절 동안이나 아무 말도 못하고 있다가 익저가 머무는 곳으로 가서 간곡하게 말했다.

"존장께서 어찌 이런 거동을 하십니까? 시생侍生, 웃어른에 대하여 자기를 낮추어 부르는 말이 정말 큰 죄를 지었습니다. 제가 지은 죄를 압니다. 제가 지은 죄를 압니다. 제발 사직만은 말아주십시오."

익저가 말했다.

"하관이 관아에서 상관을 꾸짖고 욕했으니 무슨 면목으로 다시 아전들과 백성들을 대하겠는가?

마침내 익저가 옷을 털고 일어나니 부득이 파직의 계를 올렸다.

貸營錢義城倅占風

李益著, 以義城宰, 一日宴飮, 時當夏節, 忽有一陣風過去, 益著急[5]撤樂, 而作營行, 見巡使, 請貸南倉錢五千兩, 以貿牟麥. 時大登, 價至賤, 貿麥而封置各洞, 使洞任守直矣. 七月初夜, 忽覺睡而呼官僮, 摘後園一草葉而[6]見之曰: "然矣! 云矣!" 翌朝見之, 則嚴霜大降, 草木盡凋殘[7]. 是秋嶺南一道, 野無靑草, 仍爲赤地, 而設賑, 穀價登踊, 麥一石價, 初夏不過三四十[8]錢者, 其秋價至三百餘. 益著以其[9]麥, 作賑資, 而又發賣, 報南倉

---

5) 急: 고대본·동경대본·가람본·성균관대본에는 '忽'로 표기.
6) 而: 동경대본에는 탈락.
7) 殘: 동경대본에는 탈락.
8) 十: 국도본·고대본·가람본·성균관대본에는 탈락.
9) 其: 동경대본에는 '貿'로 표기.

錢如數, 盖有占風之術也. 後移隣邑, 而趙顯明[10][11]爲巡使, 益著有事往見, 而鬢髮未整, 亂髮露於網巾, 旣退, 巡使拿入隨陪吏, 以容儀怠慢數之[12], 益著復請謁而入, 謝曰: "下官年老氣衰, 鬢髮未及整, 見過於上官, 知罪知罪, 如是而何可供職乎? 惟願啓罷." 巡使曰: "尊丈以俄者事, 有此敎乎? 此不過體例間事也, 何必乃爾?" 益著曰: "以下官, 而不知事上官之體例, 則何可一日供職乎? 斯速啓罷可也." 巡使曰: "不可如是." 益著正[13]色[14]曰: "使道終不可許乎?" 曰: "不可許矣." 益著[15]曰: "使道必欲使下官作駭擧, 良可慨然!" 仍呼下隸曰: "持吾笠袍來!" 仍脫帽帶解符, 置之于巡使[16]之前, 而大責曰: "吾以佩符之故, 折腰於汝矣. 今則解符矣, 汝非我故人稚子乎? 吾與若翁, 竹馬之交也, 同枕而臥, 約以先娶婦者, 知新婦之名字而相傳矣, 而翁先吾娶汝母, 而以汝母之名, 來傳于我, 言猶在耳. 以而翁之沒已久, 而待我至此, 汝是忘父之不肖子也, 鬢髮之不整, 何關於上下官體例也? 吾老不死, 而以口腹之累, 爲汝之下官, 汝若念爾亡父, 則固不敢如是也[17]. 汝乃狗彘之不若也!" 言罷冷笑而出, 巡使半晌無語, 隨至下處, 懇乞曰: "尊丈此何擧也? 侍生果爾[18]大得罪矣. 知罪知罪! 幸勿强辭也." 益著曰: "以下官而叱辱上官於公堂, 以何顔而復對吏民乎?" 仍[19]拂衣而起, 不得已啓罷.

---

10) 明: '命'으로 고쳐야 함.
11) 이본에는 '時'가 더 나옴.
12) 之: 동경대본에는 '罪'로 표기.
13) 正: 고대본에는 '整'으로 잘못 표기.
14) 正色: 동양본에는 탈락.
15) 동양본에는 '正色'이 더 나옴.
16) 巡使: 동양본에는 '使道'로 표기.
17) 也: 동경대본에는 '矣'로 표기.
18) 爾: 동경대본에는 '以'로 표기.
19) 仍: 동양본에는 '乃'로 표기.

꾀병 앓은 제주목사가 큰 재산을 모으다

옛날 한 무변이 선전관[1]으로 춘당대春塘臺, 창경궁 안에 있는 대(臺) 시사試射, 활 잘 쏘는 사람을 시험하여 뽑던 일에서 임금을 호위하고 있었다. 때마침 제주목사를 파면한다는 내용의 문서가 도착했다. 무변이 동료에게 말했다.

"내가 만약 제주목사가 된다면 만고에 제일가는 통치자, 천하의 큰 탐 욕가가 될 텐데."

동료들은 무변의 어리석음과 우둔함을 비웃었다. 그 소문을 들은 임 금이 누가 그 말을 했는지 물었다. 무변은 감히 속일 수가 없어 땅바닥 에 엎드려 아뢰었다.

"소신이 한 말이옵나이다."

임금이 말했다.

"만고에 제일가는 통치자가 어찌 큰 탐욕가가 될 수 있단 말이냐? 천

---

1) 선전관(宣傳官): 조선시대에 선전관청(宣傳官廳)에 속한 무관 벼슬. 정3품부터 종9품까지 있 었음.

하의 큰 탐욕가가 어찌 만고에 제일가는 통치자가 될 수 있단 말이냐?"

무변이 엎드려 대답했다.

"저에게는 그런 기술이 있나이다."

임금이 웃으며 알겠노라 하고 특별 교지를 내려 그를 제주목사에 초배超拜, 정한 등급을 뛰어넘어서 벼슬을 시킴하면서 말했다.

"너는 가서 만고에 제일가는 통치자, 천하제일의 탐욕가가 되어라. 그러지 못하면 망언을 한 죄로 네 목을 벨 것이다."

무변은 명을 받고 물러났다. 그는 집으로 돌아와 밀가루를 많이 사서 치자로 물들여 큰 대바구니 속에 넣고 짐 세 개로 만들었다. 나머지는 옷뿐이었다.

조정에 하직 인사를 올리고 부임하는데 겸종 한 명만 그를 수행했다. 무변은 임지에서 공평하게 소송을 처리했고, 아침저녁 밥 말고는 술 한 잔도 바치지 못하게 했다. 창고에 남은 것이 있으면 모두 잘못된 폐단을 고치는 데 썼으며 토산물은 하나도 취하지 않았다.

이렇게 일 년이 지나니 아전들과 백성들이 모두 무변을 사랑하고 공경해, 그는 읍이 생겨나고서 처음 있는 청백리라는 칭찬이 자자했다. 백성들은 그가 명령하면 따라 행하고 금지하면 그만두니 경내가 다 편안해졌다.

하루는 무변이 몸에 병이 들었다며 문을 닫고 신음하기 시작했다. 며칠이 지나자 병세가 더 나빠진 듯했다. 그는 식음을 전폐하고 어두운 방 한가운데 앉았는데 신음소리가 그치지 않았다. 향소2)와 아전, 군교軍校들이 아침과 점심, 저녁때마다 문안을 드렸으나 목사의 얼굴을 볼 수 없었다. 우두머리 좌수座首와 장교가 간절하게 물었다.

---

2) 향소(鄕所): 유향소. 각 고을 수령의 자문기관으로서 수령을 보좌하고 풍속을 바로잡으며 향리의 부정을 감찰하는 기구. 거기에 향정(鄕正) 혹은 좌수(座首) 한 사람과 별감 몇 사람을 두었다.

"어쩌다 병환을 얻으셨는지 모르겠습니다만, 이 읍에도 의원과 약이 있사온데 어찌 진찰을 받고 치료를 하지 않으시나요?"

목사가 한참 있다가 겨우 입을 열었다.

"내 소싯적 이 병을 얻어 집안 대대로 내려온 재산을 약 구하는 데 탕진했다네. 이십 년 가까이 재발하지 않길래 다 나았다고 생각했지. 이제는 치료할 길이 없으니 죽을 날을 기다릴 수밖에."

여러 사람이 간곡히 물었다.

"그게 무슨 병이고 어떤 약재를 써야 하는지요? 사또의 병환이 이러하니, 읍과 촌을 막론하고 모두 넓적다리를 베고 심장을 도려낸다 하더라도 아까워하지 않을 것입니다. 하늘로 올라가든 땅속으로 들어가든 반드시 약을 구해올 것이니 부디 처방만 알려주십시오."

목사가 말했다.

"이 병은 단독[3]이고, 치료약은 우황[4]이라네. 우황 수십 근으로 떡을 만들어 온몸에 골고루 바르되 사오일 동안 매일 새것으로 서너 번 바르면 가히 나을 수 있다네. 우리집 가계가 좀 넉넉했지만 이 때문에 풍비박산되었으니, 이제 무슨 수로 다시 우황을 얻어서 붙일 수가 있겠나?"

사람들이 말했다.

"우황은 이 읍 토산물이니 쉽게 구할 수 있습니다!"

우두머리 좌수가 나가서 각 면에 전령을 보냈다.

'사또님께서 이처럼 병환을 앓고 계시니 치료할 방법이 있다면 마땅히 우리가 온 힘을 다해 구해드려야 한다. 하물며 이 약은 우리 읍의 토

---

3) 단독(丹毒): 피부나 점막 따위의 헌데나 다친 곳으로 연쇄상 구균과 같은 세균이 들어가서 생기는 급성 전염병. 딱딱한 붉은 반점이 점점 커지면서 높은 열이 나고 얼굴이 붉어지며 쑤시고 아픈 통증이 나타난다.
4) 우황(牛黃): 소의 쓸개 속에 병으로 생긴 덩어리. 해열제나 강심제로 쓴다.

산물로 귀한 것도 아니다. 대소민을 막론하고 우황의 많고 적음을 가리지 말고 있는 대로 다 바치도록 하라.'

백성들이 전령을 듣고 앞다투어 우황을 바치니 하루 만에 몇백 근이 모였는지 알 수 없을 정도였다. 겸종은 대바구니에 담아 가져온 치자떡과 우황을 바꿔치기했다. 목사는 매일 그 떡을 그릇에 가득 채워서 땅에 묻게 하며 말했다.

"사람이 가까이 가면 독기에 노출되어 얼굴과 눈이 모두 상할 것이니 가까이 가지 못하게 하라."

이렇게 오륙일을 하고 점차 병세가 나아진 것처럼 행동했다. 그러고 서는 일어나 일을 처리했다. 청렴하고 공평하게 다스리는 것이 전과 같았다.

목사 임기를 다 채우고 무변이 돌아가니 제주 백성들이 비를 세워 그 덕을 칭송했다.

그는 상경해 우황을 팔아서 수천 금을 얻었다. 제주도에서는 소 열 마리 가운데 여덟아홉 마리에서 우황을 얻을 수 있었다. 그만큼 우황이 흔했던 것이다. 무변은 그 사정을 알고 미리 치자떡을 준비해가서 이런 술수를 부렸다. 관의 종들은 감히 가까이 다가가 확인할 수 없었기에 멀리서 그 색이 누런 것만 보고서 우황이라고 생각했던 것이다.

무변은 이렇게 부자가 되었다 한다.

得巨産濟州伯佯病

古有一武弁, 以宣傳官, 侍衛於春塘臺試射. 時濟牧罷狀, 適入來矣. 因語同僚曰: "吾若得濟牧, 則豈不爲萬古第一治, 天下大貪乎?" 同僚笑其愚癡[5]

5) 癡: 고대본·동경대본·가람본·성균관대본에는 '痴'로 표기.

矣. 上聞之, 下詢誰發此言, 武弁不敢欺, 仍伏地奏曰: "此是小臣之言也."
上曰: "萬古第一治, 豈有大貪之理? 天下大貪, 何可爲萬古第[6]一治耶?" 武
弁俯伏對曰: "自有其術矣." 上笑而許之, 仍特敎超拜濟州牧使, 而敎曰:
"汝第往爲萬古第一治, 天下大貪, 不然則汝伏妄言之誅矣." 武弁承命而退,
歸家多貿眞麥末, 染以梔子水, 盛于大籠中作三馱, 而餘外但衣服封而已.
辭朝而赴任, 只與傔從一人隨行. 聽訟公平, 朝夕供饋之外, 不進一盃酒,
廩有餘者, 並付之於革弊, 土産一無所取. 如是過了一年, 吏民皆愛戴, 稱
以設邑後, 初有之淸白吏. 令行禁止, 一境晏如. 一日忽稱有身病, 閉戶呻
吟, 過數日, 病勢大添, 食飮全廢, 坐暗室中, 痛聲不絶, 鄕所及吏校輩, 三
時問候, 而不得見面, 首鄕及中軍, 懇乞曰: "病患症勢, 未知何崇, 而此邑
亦有醫藥, 何不診治?" 太守良久, 强作聲而言曰: "吾於少時[7], 得此病, 吾
之世業, 盡入於此病之藥治, 近二十年, 更不發, 故意謂快差矣. 今則無可
治之道, 只俟死期而已." 諸人强問: "何症而藥是何料, 使道病患如是, 無論
邑村, 雖割股剜心, 無所惜焉. 且升天入地, 必求藥餌矣, 只願指示藥方." 太
守曰: "此病卽丹毒也, 藥則牛黃也, 以牛黃幾十斤[8]作餠, 遍裹一[9]身, 每日
三四次, 改付新藥, 如是四五日, 則可療, 而吾之家計稍饒矣, 以是之故, 一
敗塗地矣. 今於何處, 更得牛黃而付之乎?" 諸人曰: "此邑之[10]産, 求之易
耳!" 首鄕仍出, 而傳令各面, 以爲: '如此官司之病患, 苟有可療之方, 則吾
輩固當竭力求之, 況此藥, 乃是邑産而不貴者也, 無論大小民[11], 不計多
少[12], 隨有隨納.' 民人輩聞令, 爭先來納, 一日之內, 不知爲幾百斤[13]. 傔從

<hr>

6) 第: 고대본에는 탈락.
7) 時: 동경대본에는 '年'으로 표기.
8) 斤: 동경대본에는 '片'으로 표기.
9) 一: 고대본·가람본·성균관대본에는 '其'로 표기.
10) 之: 가람본에서는 탈락. 고대본·가람본·성균관대본에는 '所'가 더 나옴.
11) 大小民: 고대본에는 탈락.
12) 少: 동경대본에는 '小'로 표기.
13) 斤: 동경대본에는 '片'으로 표기.

受而盛之于籠, 以所馱來梔子餠換之, 每日以其餠, 盛于器, 埋之于地曰:
"人或近之, 則毒氣所薰, 面目皆傷, 不可近也." 如是者五六日, 病勢漸差,
因起而視事, 廉公之治, 又復如前. 滿瓜而歸[14], 濟民立碑頌之. 上京後, 販
此藥, 獲累千金, 盖濟州之牛十, 則牛黃之入爲八九, 以是之故, 牛黃至賤,
此人知此狀, 而豫備梔子[15], 而行此術, 官隷不敢近, 而自遠見其黃, 認以
爲牛黃也. 此人以是而家計殷富云.

---

14) 歸: 동경대본에는 탈락.
15) 국도본·고대본·가람본·성균관대본에는 '餠'이 더 나옴.

해인사 스님이 수령 아이의 스승이 되다

합천 원 아무개는 나이 예순에 외아들을 두었다. 그는 아들을 지나치
게 사랑하기만 하고 교육하지 못하니 아들이 목불식정目不識丁이었다.

해인사에 한 대사가 있었는데 전부터 원과 친해 관아에 드나들었다.
어느 날 대사가 와서 이렇게 말했다.

"아이가 성동成童, 열다섯 살 된 사내아이이 되었는데도 아직 공부를 시작하지
않았으니 장차 어떻게 하시렵니까?"

원이 말했다.

"문자를 가르치려 해도 건방져서 말을 듣지 않고 그렇다고 차마 회초
리질도 못하여 이 지경이 되었으니 심히 후회됩니다."

대사가 말했다.

"사대부 자제가 어려서 공부할 때를 놓치면 장차 세상에서 버림받을
텐데 어쩌려고 그러십니까? 아드님을 자애롭게만 키우시느라 공부에
힘쓰지 않게 만들었으니 이것을 옳은 일이라 할 수 있겠습니까? 아드님
을 보니 어떤 일이든 할 수 있는 인물인 것 같은데, 이렇게 포기하시니

심히 아깝습니다. 소승이 아드님에게 글을 가르쳐볼 테니 허락해주시겠습니까?"

"감히 청하지는 못했지만 그거야말로 내가 정말 원하던 바입니다. 대사께서 제 아이를 가르쳐 어리석음에서 벗어나게만 해주신다면 어찌 천만다행한 일이 아니겠습니까?"

대사가 말했다.

"그러시다면 한 가지 부탁드릴 일이 있습니다. '아이를 살리든 죽이든 마음대로 하고, 오직 엄하게 공부시켜주시오'라는 취지의 증서를 만들어 도장을 찍어서 소승에게 주십시오. 일단 아이를 산문山門으로 보내고 나서는 정해진 기간 동안 관가의 관속들과 일절 통하지 못하게 하여 은애恩愛의 마음을 다 끊어야 할 것입니다. 소승이 옷부터 음식까지 다 마련할 것이며, 보내실 게 있으면 왕래하는 승려를 통해 소승에게 바로 보내시어 허락을 받으셔야 합니다. 그렇게 하시겠습니까?"

"오로지 명대로 따르겠습니다."

이어 대사의 말대로 증서를 써서 주었다.

그날 원은 아이를 산문으로 보내고 일절 연락하지 않았다. 아이는 산에 올라오고서 좌우로 날뛰며 대사를 모욕하고 욕설을 퍼붓고 뺨을 때리는 등 못하는 짓이 없었다. 대사는 그를 못 본 체하며 내버려두었다.

사오일이 지난 어느 날 아침, 대사는 고깔을 쓰고 도포를 차려입고 책상 앞에 엄숙히 앉았다. 삼사십 명 되는 제자도 경전을 끼고 그를 모시고 앉았는데 예의가 방정하고 엄숙했다. 대사가 한 사리승闍梨僧, 모범이 될 만한 승려에게 명하여 아이를 잡아오게 했다. 아이는 울부짖으며 욕설을 퍼부었다.

"중놈 주제에 감히 이렇게 양반을 모욕하다니! 내 돌아가면 아버지께 다 고해바쳐 너를 때려죽일 테다!"

아이는 또 "천 번 만 번 죽일 이 까까머리 도적놈아!"라고 욕하면서 죽어도 가지 않으려 했다. 대사가 큰소리로 스님들을 질책하며 아이를 묶어오라고 명했다. 여러 스님이 달려들어 아이를 묶어서 대사 앞으로 데려오니, 대사가 아이에게 증서를 보여주며 말했다.

"네 아버지께서 이것을 나에게 써주셨으니 이제 너의 생사는 내 손에 달렸다. 너는 양반가 자제로서 글자도 못 읽고 패악한 짓만 일삼으니 살아서 무엇 하겠느냐? 이 악습을 고치지 않으면 장차 네 가문을 망하게 할 것이니, 먼저 내가 내리는 벌부터 받아라!"

그러고는 송곳 끝을 벌겋게 불에 달구어 그걸로 아이의 넓적다리를 찔렀다. 아이는 혼절했다가 반나절이 지나서야 깨어났다. 대사가 또다시 찌르려 하자 아이가 애걸했다.

"앞으로 오로지 대사님 명을 받들겠습니다. 다시는 찌르지 말아주세요."

대사는 송곳을 쥔 채 아이를 꾸짖기도 하고 회유하기도 하다가 한 식경이 지나고 나서야 풀어주었다. 아이를 앞으로 가까이 오게 해 먼저 천자문을 주고 일과를 정해주어 조금도 쉬지 못하게 했다. 아이는 이미 장성했기에 지혜와 생각이 자라나 하나를 들으면 열 가지를 알았고, 열 가지를 들으면 백 가지를 알았으니 네다섯 달 사이에 천자문과 통사通史를 다 이해했다. 아이는 밤낮 쉬지 않고 열심히 공부하며 해이해지지 않으니 일 년여 만에 문리文理가 크게 트였고 산사에 머문 지 삼 년 만에 공부를 완성했다.

아이는 책을 읽으면서 언제나 속으로 다짐했다.

'사대부인 내가 중에게 이 같은 치욕을 당한 것은 모두 내가 배우지 못한 탓이다. 내 열심히 공부해 등과하면 이 중을 반드시 때려죽여 오늘의 원한을 풀리라.'

아이는 이런 일념으로 게으름을 피우지 않고 더욱 공력을 기울였다.

대사는 아이에게 과거 공부도 하게 했다. 하루는 아이를 앞으로 다가

오게 하며 말했다.

"너는 이제 공부를 해서 과거 보는 선비가 되기에 충분하구나. 내일 나와 함께 산을 내려가자꾸나."

다음날 대사는 아이를 데리고 관아로 가서 말했다.

"아드님은 이제 문장을 크게 이루어 등과 후 문임[1]의 자리도 다른 사람에게 양보하지 않을 것입니다. 소승은 이제 물러가겠습니다."

그러고는 아이를 남겨두고 떠났다.

비로소 혼담이 오가고 아이는 혼인을 했다. 그뒤 상경하여 과거장에 출입한 지 삼 년 만에 급제해 수십 년 사이에 경상도 관찰사가 되었다. 그는 그제야 크게 기뻐하며 속으로 말했다.

'내 이제야 해인사 늙은 중을 죽여 지난날의 울분을 풀 수 있게 되었다.'

그는 안찰사로 도내를 순시하게 되자 형구刑具를 잘 갖추도록 신신당부하고 곤장을 따로 만들어서는 곤장 잘 치는 사람 서너 명을 골라 따라오게 했다. 그는 산문에 들어가 스님을 때려죽일 작정이었다.

행차가 홍류동紅流洞에 이르자 노승이 여러 스님을 거느리고 길가에서 공손히 맞이해주었다. 관찰사가 된 아이는 그를 보자 얼른 가마에서 내려 손을 잡고 정성을 다해 대했다. 노승도 기분 좋게 웃으며 말했다.

"노승이 다행히도 죽지 않아 관찰사의 위의를 보게 되니 이런 행운이 어디 있겠습니까."

그러고는 함께 절로 들어갔다. 노승이 말했다.

"소승이 거처하는 방이 사또께서 전에 공부하셨던 곳이지요. 오늘밤 하처[2]를 옮기시어 소승과 베개를 나란히 하고 주무셔도 좋을 것 같습

---

1) 문임(文任): 조선시대에 국가의 문서를 맡아보던 관리. 홍문관·예문관의 제학인 종2품직을 말하며, 왕의 교문 또는 외교문서를 맡아보았다.
2) 하처(下處): 손님이 길을 가다가 묵음. 또는 묵고 있는 그 집.

니다."

그가 그러겠다 했다. 같이 자다가 밤이 깊어지자 노승이 물었다.

"사또께서 어릴 적 공부하실 때 소승을 꼭 죽이겠다는 마음을 가지셨지요?"

"그렇습니다."

"과거에 급제해 관찰사가 되셨을 때도 여전히 그런 마음을 가지셨나요?"

"그렇습니다."

"순시를 시작할 때도 저를 때려죽이자 속으로 다짐하셨는데 왜 그러지 않고 가마에서 내려 정성스레 대접해주셨나요?"

그가 대답했다.

"옛날부터 품은 원한의 마음이 사라지지 않았는데 대사의 얼굴을 대하니 그 마음이 얼음이 녹듯, 눈이 녹듯 사라져 나도 모르게 기쁜 마음이 일어났기 때문입니다."

"소승도 알아차리고 있었지요. 사또는 앞으로 대관大官이 될 것입니다. 모년 모월 모일 사또께서 평안감사가 되었을 때 소승이 상좌上佐, 스승의 대를 이을 승려를 보내겠습니다. 사또는 반드시 소승을 만난 것처럼 예를 갖추어 상좌를 맞이하고 밤에는 동침을 해야 합니다. 모름지기 절대 잊지 마시고 꼭 그렇게 하셔야 합니다."

그가 그러겠다고 약속했다. 노승이 또 종이 한 장을 주며 말했다.

"이것은 소승이 사또를 위해 평생 운수를 점처 연도별로 적은 것입니다. 향년이며 벼슬이 몇 품까지 오를지도 훤히 다 알 수 있지요. 조금 전에 말씀드린 평양 감영의 일은 절대 잊어서는 안 됩니다."

그가 "예예" 하고 대답했다.

다음날 관찰사는 쌀, 베, 돈, 나무 등을 많이 주고 절을 떠났다.

그뒤 몇 년이 흘렀는데 과연 그는 평안감사가 되었다.

하루는 문지기가 보고했다.

"경상도 합천군 해인사 스님이 알현하고자 합니다!"

그가 어렴풋이 알아차리고 즉시 들어오게 했다. 찾아온 스님을 마루 위로 올라오게 하고는 소매를 부여잡고 무릎을 가까이 하며 대사의 안부를 물었다. 그리고 상을 나란히 하며 저녁밥을 먹고 밤이 되자 동침했다. 밤이 깊었는데 온돌이 너무 뜨거워져 그가 잠자리를 바꾸어 누웠다. 비몽사몽간에 비린내가 느껴져 손으로 스님 쪽을 더듬으니 스님이 누운 곳에 물기가 있어 손이 젖었다. 지인知印을 불러 횃불을 들고 오게 해 살펴보니 스님은 배가 칼에 찔려 오장이 쏟아져나와 있었고, 방바닥에 피가 흘러 흥건했다. 감사가 크게 놀라 시신을 밖으로 옮기게 했다.

다음날 아침 조사해보았다. 한 관노가 감사가 사랑하던 기생을 곁눈질하면서 둘이 크게 혹하게 되었다. 유감을 품은 관노가 감사를 찔러 죽이려고 들어와서 아랫목에 누운 사람이 감사인 줄 알고 찔렀던 것이었다.

관노를 바로 붙잡아와서 엄하게 조사하니 하나하나 실토했다. 마침내 법에 따라 그를 처단했다.

감사는 스님의 초상을 치러주고 관을 본사本寺로 보냈다.

필시 대사가 이 액을 미리 알고 자기 상좌로 하여금 그 액을 대신 받게 한 것이었다. 그후로 감사의 공명과 수명은 모두 대사가 예측한 운수와 같았다.

教衙童海印寺3)僧爲師

陝川守某, 年六十, 只有一子, 溺愛而敎訓失方, 年至十三歲, 而目不識

3) 寺: 국도본·동경대본·가람본·동경대본에는 탈락.

丁. 海印寺有一大師僧, 自⁴⁾前親熟, 往來衙中矣. 一日來見而言曰:"阿只年幾⁵⁾成童, 而尙不入學, 將何以爲之?"倅曰:"雖欲敎文字, 而慢不從命, 不忍楚撻⁶⁾, 以至於此, 深以爲恨."大師曰:"士夫子弟, 少而失學⁷⁾, 將何以⁸⁾爲世棄之⁹⁾人¹⁰⁾? ¹¹⁾慈愛而不事課工, 可乎? 其人物凡百可以有爲, 而如是抛棄, 甚可惜也. 小僧將訓學矣, 官家其許之乎?"倅曰:"不敢請固所願也. 大師若訓敎¹²⁾, 而使之解蒙, 則此豈非萬幸耶?"大師曰:"若然則有一事之可質者, 以生殺惟意爲之, 只可嚴立課¹³⁾程之意, 作文記踏印, 而給小僧, 且一送山門之後, 限等內¹⁴⁾, 官隷之屬, 一不相通, 割斷¹⁵⁾恩愛然後可矣. 至¹⁶⁾於衣食之供, 小僧自可¹⁷⁾辦備, 如有所送者, 僧徒往來便, 直送于小僧, 許爲宜, 官家其將許之乎?"倅曰:"惟命是從矣."仍如其言, 書文記給之. 自伊日, 送兒于山門, 而絶不相通. 其兒上山之後, 左右跳踉, 慢侮老僧, 辱之頰之, 無所不爲, 大師視若不見, 任其所爲, 過四五日¹⁸⁾後, 平朝大師整其弁袍, 對案跪坐, 弟子三四十人, 橫經侍坐, 禮儀整肅, 大師仍命一闍梨僧, 拿致厥童. 厥童號哭詬辱曰:"汝以僧徒, 何敢侮兩班至此也? 吾可

4) 自: 고대본·가람본에는 '目'으로 잘못 표기.
5) 幾: 가람본·성균관대본에는 '旣'로 표기.
6) 楚撻: 국도본·고대본·가람본·성균관대본에는 '撻楚'로 표기.
7) 국도본·고대본·동경대본·가람본에는 '則'이 더 나옴.
8) 何以: 국도본·고대본·동경대본·가람본·성균관대본에는 탈락.
9) 之: 국도본·고대본·동경대본·가람본·성균관대본에는 탈락.
10) 국도본·고대본·동경대본·가람본·성균관대본에는 '全事'가 더 나옴.
11) 다른 이본에는 '全事'가 더 나옴.
12) 訓敎: 국도본·고대본·동경대본·가람본·성균관대본에는 '敎訓'으로 표기.
13) 課: 고대본·성균관대본에는 '科'로 표기.
14) 限等內(한등내): 벼슬아치가 그 벼슬을 살고 있는 동안으로 한정함.
15) 割斷: 고대본에는 '斷割'로 표기.
16) 課程之意, 作文記踏印, 而給小僧, 且一送山門之後, 限等內, 官隷之屬, 一不相通, 割斷恩愛然後可矣. 至: 동경대본에는 탈락.
17) 可: 고대본·성균관대본에는 '家'로 잘못 표기.
18) 四五日: 고대본·가람본·성균관대본에는 '三四日'로 표기.

歸告大人[19], 將打殺汝矣!"仍罵曰: "千可殺萬可殺賊禿!"云云, 限死不來. 大師大聲叱之, 責諸僧, 使之縛來, 諸僧縛致之於[20]前, 大師出示手記曰: "汝之大人, 書此給我[21], 從今以往, 汝之生死, 在於吾手[22]. 汝以兩班家子弟, 目不識字, 全事悖惡之行, 生而何爲? 此習不祛, 將亡汝之門戶矣, 第受吾罰!"仍以錐末, 灸火待赤, 而刺之于[23]股, 厥童昏塞, 半晌而甦, 大師又欲刺之, 乃哀乞曰: "自此以後, 惟大師命是從, 更勿刺之."大師執錐而責之誘之, 食頃而後始[24]放, 使之近前, 以千字文先授之, 而排日課程, 不許少休. 此童年旣長成, 智慮亦長, 聞一知十, 聞十知百, 四五朔之間, 千字通史, 皆通曉, 而晝夜不輟, 孜孜不懈, 一年之餘, 文理大就, 留山寺三年, 工夫已成, 每於讀書之時, 獨語于[25]心曰: "吾以士大夫, 受此辱於山僧者, 皆不學之致也, 吾將勤工, 登科後必欲打殺此僧, 以雪今日之恨."云. 而一念不懈, 尤用工力, 大師又使習科工. 一日使近前而言曰: "汝之工夫, 今則優可作科儒, 明日可與我下山."翌日仍率來衙中而言曰: "今則文辭將就, 登科後文任亦可不讓於他. 小僧從此辭歸."仍留置而去. 其童子始議婚成親, 而上京後, 出入科場, 三年之後決科, 數十年之間, 得爲嶺伯, 始大喜心語曰: "吾今而[26]後, 乃可殺海印寺老僧, 以雪向日之憤."云矣. 及按道而出巡也, 申飭刑具, 作別杖, 而擇執杖之善者三四人以從. 將到山門, 欲撲殺此僧之計也. 行到紅流洞, 此老僧率諸僧, 祇迎于路左, 巡使見之, 仍下轎執手而致

---

19) 人: 고대본·성균관대본에는 '監'으로 잘못 표기.
20) 於: 고대본에는 탈락.
21) 我: 고대본에는 탈락.
22) 汝之大人, 書此給我, 從今以往, 汝之生死, 在於吾手: 가람본에는 탈락.
23) 于: 동경대본에는 '子'로 잘못 표기.
24) 始: 동경대본에는 '治'로 잘못 표기.
25) 于: 국도본·고대본·가람본·성균관대본에는 '於'로 표기.
26) 而: 동경대본에는 '以'로 표기.

款²⁷⁾, 老僧欣²⁸⁾而笑曰: "老僧幸而不死, 及見巡使威儀, 幸莫甚焉." 仍與之
入寺, 老僧謂曰: "小僧之居房, 卽使道向年工夫處也, 今夜移下處, 與小僧
聯枕無妨矣²⁹⁾." 巡使³⁰⁾許之, 與之同寢, 更深後, 僧問: "使道兒時受學時,
有必殺小僧之心乎?" 曰: "然矣." 僧曰: "自登科建節, 而皆有此心乎?" 曰:
"然矣." 僧曰³¹⁾: "發巡時矢于心, 而欲打殺, 若然則使道何不打殺, 而下轎
致款乎?" 巡使曰: "向來之恨³²⁾心乎不忘, 及對君顏, 此心氷消雪³³⁾散, 油
然有欣悅之心故也." 僧曰: "小僧亦已揣知矣. 使道位可至³⁴⁾大官, 而某年
月日, 按節箕城時, 小僧當送上佐矣³⁵⁾. 使道必須加禮, 而如見小僧樣, 與
之同寢可矣, 須勿忘置, 必須如是." 巡使許諾. 老僧又出示一紙曰: "此是小
僧爲使道, 推數平生而³⁶⁾編年者也. 享年幾許, 位至幾品, 昭然可知, 而俄
所言箕營事, 愼勿忘却." 巡使唯唯. 翌日多給米布錢木之屬而去. 其後過幾
年後, 果爲箕伯³⁷⁾, 一日閽者告曰: "慶尙道陝川郡海印寺僧, 欲入謁矣!" 巡
使怳然覺悟, 卽使入來, 使之升堂, 把袖促膝, 問其師之安否. 夕餐與之聯
枕³⁸⁾, 至夜又與之同寢³⁹⁾, 至更深, 房堗⁴⁰⁾過溫, 巡使仍⁴¹⁾易其寢席而臥矣.

---

27) 款: 고대본·성균관대본에는 '歟'으로 잘못 표기.
28) 고대본에는 '然'이 더 나옴.
29) 矣: 동경대본에는 탈락.
30) 동경대본에는 '道'가 더 나옴.
31) 僧曰: 국도본에는 '發巡時矢于心而' 다음에 표기. 고대본·가람본에도 같은 양상으로 나타나
지만 '曰僧'으로 잘못 표기.
32) 恨: 동경대본에는 '限'으로 표기.
33) 雪: 동경대본에는 '雲'으로 표기.
34) 至: 동경대본에는 '知'로 표기.
35) 矣: 고대본·가람본·성균관대본에는 탈락.
36) 而: 고대본에는 탈락.
37) 箕伯(기백): '기(箕)'는 '기자(箕子)'에서 따온 말이다. 평양이 기자조선의 옛 터전이므로,
기백은 평양 감영에 있는 관찰사, 즉 평안도 관찰사를 말한다.
38) 枕: 국도본·고대본·동경대본·가람본·성균관대본에는 '床'으로 표기. '床'이 맞음.
39) 寢: 고대본·성균관대본에는 탈락.
40) 堗: 고대본·가람본·성균관대본에는 '突'로 잘못 표기.
41) 仍: 국도본·고대본·가람본·성균관대본에는 '乃'으로 표기.

昏夢中, 忽聞有腥穢之臭, 以手撫僧, 則僧之臥處, 有水漬手, 仍呼知印, 擧
火見之, 則刀刺於僧腹, 五臟突出, 血流遍地, 巡使大驚, 急使運置於外. 翌
朝窮査, 則巡使所嬖之妓, 卽官奴之所眄, 而彼此大惑[42]者也. 以是含憾,
爲刺巡使而入來, 謂下埃[43]之臥者, 卽巡使道也, 而刺[44]之矣. 仍拿致嚴覈,
則一一直[45]招, 遂置之法, 治僧之喪, 送于本寺. 盖大師預知有此厄, 而故
使上佐代受故也. 其後功名壽限, 皆符大師之推數矣.

42) 惑: 고대본·가람본·성균관대본에는 '感'으로 표기.
43) 埃: 고대본·가람본·성균관대본에는 '突'로 잘못 표기.
44) 刺: 동경대본에는 '速'으로 잘못 표기.
45) 直: 동경대본에는 '卽'으로 표기.

유통제사가 가난한 선비의 죄를 눈감아주어 보답 받다

통제사 유진항[1]이 젊었을 적 선전관宣傳官으로 대궐에 숙직하고 있었다. 그해는 임오년1762으로 아주 엄한 금주령이 내려져 있었다. 어느 달 밝은 밤, 임금이 숙직 선전관은 입시하라는 명을 내렸다. 진항이 명을 받들고 입시하니, 임금은 긴 칼 하나를 하사하며 교시를 내렸다.

"내 들으니 아직도 여염집에서 술을 많이들 빚는다고 한다. 너는 이 칼을 가지고 나가 삼일 안에 술 빚는 사람을 잡아들이도록 하라. 그러지 못하면 네 머리를 바쳐야 할 것이니라!"

진항이 명을 받들고 물러났다. 그는 집으로 돌아와서 소매로 얼굴을 가리고 드러누웠다. 그가 사랑하는 첩이 물었다.

"무엇 때문에 이렇게 갑자기 침울하세요?"

1) 유진항(柳鎭恒, 1720~1801): 자는 수성(壽聖). 1753년 무과에 급제하여 선전관이 되었다. 이어 금군별장·훈련원도정(訓鍊院都正)·경상좌수사·경상좌병사·회령부사·오위도총부 부총관·삼도수군통제사 등을 거쳐 우포도대장에 이르렀다. 1799년에 여든 살이 되었으므로 조정에서 숭록대부로 올려주었다.

"내가 술 좋아하는 건 너도 알지? 술을 못 마신 지 오래되어서 갈증이 나 죽을 지경이다."

첩이 말했다.

"날이 저물고 나서 술을 구해볼 테니 조금만 기다려보세요."

밤이 되자 첩이 말했다.

"술 있는 집을 알아요. 제가 직접 가야 살 수 있답니다."

그러고는 술병을 끼고 치마로 얼굴을 덮고 문을 나섰다. 진항이 몰래 그 뒤를 따라가보았다. 첩은 동쪽 마을 한 초가집으로 들어가더니 술을 사서 나왔다. 진항은 술을 다 마시고 맛있다며 더 사오라 했다. 첩이 또 그 집에 가서 술을 사왔다. 진항이 갑자기 술병을 차고 일어났다. 첩이 이상하게 여겨 묻기에 진항이 대답했다.

"아무 곳의 아무개는 내 술친구지. 귀한 술을 얻었으니 혼자만 취할 수 있겠나. 가서 함께 마시고 싶네."

그러고는 문을 나서서 술을 팔았던 집을 찾아갔다. 진항이 문안으로 들어가보니 몇 칸 안되는 오두막집은 비바람도 막지 못할 정도였다. 한 유생이 등불을 밝히고 책을 읽고 있다가 진항을 보고 이상하게 여기면서 일어나 맞이했다.

"손님께서는 이 깊은 밤 무슨 일로 이곳까지 오셨습니까?"

진항이 자리를 잡고서 말했다.

"나는 왕명을 받들고 왔소."

그러고는 허리춤에서 술병을 꺼내들었다.

"이 술은 이 댁에서 판 것이오. 일전에 이러저러한 하교가 있었소. 이미 발각되었으니 나와 함께 가야겠소."

유생은 한참을 아무 말도 못하다가 이윽고 말했다.

"법을 어겼으니 무슨 변명을 할 수 있겠습니까? 하나 집에 늙은 어머니가 계시니 부디 하직 인사나 하고 가도록 해주십시오."

"그러시오."

유생이 안으로 들어가서 낮은 목소리로 어머니를 불렀다. 노친이 놀라 물었다.

"우리 진사님인가? 잠 안 자고 무슨 일로 왔니?"

유생이 대답했다.

"제가 전에 말씀드렸지요? 사대부는 굶어죽어도 법을 어겨서는 안 된다고요. 어머니가 끝내 제 말을 들어주지 않았습니다. 이제 붙잡혔으니 소자는 곧 죽게 되었습니다."

노친이 방성대곡하며 말했다.

"하늘이시여! 땅이시여! 이게 무슨 일입니까? 내가 몰래 술을 빚은 건 재산을 탐해서가 아니었다. 네가 아침저녁으로 먹을 끼니를 마련하기 위해서였어. 오늘 이렇게 된 건 다 내 죄다. 장차 이를 어떻게 하나?"

이러고 있는데 그 처도 놀라 일어나 가슴을 치고 통곡했다. 유생이 천천히 말했다.

"일이 이 지경에 이르렀으니 통곡한들 무슨 소용이 있겠소? 우리에게 아들이 없으니 내 죽으면 부디 당신이 내가 살아 있을 때처럼 노친을 잘 모셔주시오. 아무 마을 아무개 형제는 아들이 몇이나 되니, 그중 한 명을 데려와 양자로 삼아 편안히 지내시오."

유생은 이렇게 신신당부를 하고 나갔다. 유진항은 밖에서 그 이야기를 다 듣고서 심히 측은한 마음이 일어났다. 유생이 나오자 진항이 물었다.

"노친의 춘추가 어떻게 되오?"

"일흔입니다."

"아들은 있소?"

"없습니다."

유진항이 또 말했다.

"이런 광경은 사람으로서 차마 볼 수가 없구려. 나는 아들이 둘이나 있고 부모님도 안 계시니 내가 대신 죽겠소. 그대는 마음놓고 술이나 다 내어오시오."

유생이 술을 가져와 같이 마셨다. 진항은 술그릇을 모두 깨뜨려 마당에 묻고 말했다.

"노친을 모시고 사느라 집안 형편이 말할 수 없을 지경이 되었겠지요. 내 이 칼로써 한때의 마음을 표하고자 하니, 이걸 팔아서 노친을 봉양하는 것이 좋겠소."

진항은 차고 있던 칼을 끌러 주고 떠나려 했다. 주인이 한사코 사양했지만 그는 돌아보지도 않고 떠났다. 주인이 성명을 묻자 이렇게 대답했다.

"나는 선전관이오. 성명은 물어 무엇 하겠소?"

그러고는 훌쩍 떠났다.

다음날이 임금이 명을 내린 기한이 되는 날이었다. 진항이 대궐로 들어가 처벌을 기다리니 임금이 물었다.

"술 빚은 사람을 잡아왔는가?"

"잡지 못했나이다."

임금이 노여워하며 말했다.

"그렇다면 네 머리는 어디에 있느냐?"

진항이 엎드려 한참 동안 아무 말도 못했다. 임금은 삼배도[2] 제주 안치를 명했다.

진항은 몇 년간 귀양살이를 하고 풀려났지만 십여 년간 벼슬을 얻지 못했다. 그는 늦게야 복직되어 초계草溪 원에 제수되었다. 그러나 몇 년

---

2) 삼배도(三倍道): 죄인을 압송할 때 걷는 속도를 지정하는 바, 배도압송(倍道押送)은 이틀에 갈 길을 하루에, 삼배도압송(三倍道押送)은 사흘에 갈 길을 하루에 가는 속도로 죄인을 압송하는 것이다.

동안 원으로 있으면서 자기 이익만 챙기니 백성들이 모두 수군댔다.

하루는 암행어사가 출두하여 창고를 봉하고 곧바로 관아로 들어갔다. 어사는 형구를 갖추고 우두머리 좌수와 수리[3], 창색倉色, 창고의 곡식 등을 담당하는 아전 등을 모두 잡아들였다. 유진항이 문틈으로 보니 암행어사는 동쪽 마을 술을 빚었던 집의 유생이었다. 그래서 진항이 뵙기를 청하니, 어사가 엉뚱하다고 여기며 그에 대해서는 답도 하지 않고 말했다.

"어찌하여 본관이 뵙기를 청하는가? 정말 몰염치하도다!"

진항이 곧장 들어가 절을 했다. 어사는 돌아보지도 않고 정색하며 꼿꼿이 앉아만 있었다.

진항이 물었다.

"어사또께서는 본관을 모르시겠습니까?"

어사는 한참 아무 말 없이 있다가 혼잣말했다.

"본관을 내가 어찌 알까?"

진항이 말했다.

"귀댁이 예전에 동쪽 아무 마을에 있지 않았습니까?"

어사가 움찔 놀라며 물었다.

"왜 그걸 묻는가?"

"모년 모월 모일 밤, 술을 금하는 일로 왕명을 받들었던 선전관을 혹 기억하십니까?"

어사가 더욱 놀라며 말했다.

"기억하지!"

"본관이 바로 그 사람입니다."

어사가 급히 일어나 손을 잡고 눈물을 비 오듯 흘리며 말했다.

"그 은인을 오늘에야 만나게 되다니! 이게 다 하늘의 뜻 아니겠소?"

---

3) 수리(首吏): 원래는 호장(戶長)을 가리켰으나 조선 후기로 오며 이방(吏房)을 지칭하게 되었다.

그러고는 형구를 물리치게 하고 여러 죄인도 다 석방해주고는 밤이 다하도록 회포를 풀었다. 어사는 며칠 더 머물다가 돌아가서 포상을 요청하는 장계를 올렸다. 암행어사의 포상 장계 중에서 이보다 좋은 것은 없었다. 임금은 그 치적을 가상하게 여겨 유진항을 삭주부사^{朔州府使}에 제수했다.

그뒤 진항은 대신의 지위에 올랐는데 그제야 그 일을 털어놓았다. 당시 사람들이 떠들썩하게 그 의로움을 이야기했다. 유진항은 지위가 한번에 통제사에 이르렀다. 암행어사는 소론 대신인데 성명을 잊어버려 기록할 수가 없다.

赦窮儒柳統使受報

柳統制鎭恒, 少時以宣傳官入直矣. 時⁴⁾歲壬午, 酒禁極嚴, 一日月夜, 上忽有入直宣傳官入侍之命, 鎭恒承命入侍, 則出一長⁵⁾劍以賜而敎之曰: "聞閭閻尙多釀酒云, 汝須持此劍出去, 限三日捉納則好矣, 不然則可以汝頭來納!" 鎭恒承命而退, 歸家以袖掩面而臥, 其嬖妾問曰: "何爲而如是忽忽不樂也?" 曰: "吾之嗜飮, 汝之所知也, 斷飮已久, 喉渴欲死." 其妾曰: "暮後可圖, 第姑俟之." 及其⁶⁾夜, 其妾曰: "吾知有酒之家, 除非吾躬往, 則無以沽⁷⁾來." 仍⁸⁾佩壺, 而以裙掩面出門, 鎭恒潛躡其後, 則入東村一草家, 沽酒而來, 鎭恒飮而甘之, 更使沽來, 其妾又往其家而沽來, 鎭恒佩壺而起, 其妾怪而問之, 則答曰: "某處某友, 卽吾之酒伴也, 得此貴物, 何可獨醉? 欲往

---

4) 時: 동양본에는 '是'로 표기.
5) 長: 고대본·성균관대본에는 '杖'으로 잘못 표기.
6) 其: 국도본·고대본·동경대본·가람본·성균관대본에는 탈락.
7) 沽: 고대본에는 '姑'로 잘못 표기.
8) 仍: 고대본에는 '乃'로 표기.

與之飲."云. 而出門尋其家, 而入戶則數間斗屋, 不蔽風雨, 一儒生, 挑燈讀書, 見而怪之, 起迎曰: "何事客子深夜到此?" 鎭恒坐定而言曰: "吾是奉命." 自腰間出酒壺曰: "此是宅中所沽也. 日前下敎如斯如斯, 旣見捉 則不可不與之同行矣." 其儒半晌無語, 曰: "旣犯法禁, 何可稱頉? 然而家有老親, 願一辭而9)行如何?" 柳曰: "諾." 儒生入內, 低聲呼母, 其老親驚問曰: "進士乎? 何爲不眠而來也?" 儒生對曰: "前豈不仰陳乎? 士夫雖餓死, 而不可犯法云矣. 慈氏終不信聽, 今乃見捉, 小子今方就死矣." 其老親放聲大哭曰: "天乎? 地乎? 此何事也? 吾之潛釀, 非貪財而然也, 欲爲汝朝夕粥飮之資矣. 今乃如是吾罪也, 此將奈何?" 如是之際, 其妻亦驚起, 槌胸而號10)哭, 儒生徐言曰: "事已到此, 哭之何益? 但吾無子, 吾死之後, 子可奉養老親, 如吾在時. 某洞某兄弟有子幾人, 一子率養而安過." 申申付托而出. 柳在外聞其言, 而心甚惻然, 及儒生之出來也, 問之曰: "老親春秋幾何?" 曰: "七十餘矣." 曰: "有子乎?" 曰: "無矣." 柳11)曰: "此等景色, 人所不忍見. 吾則有二子, 又非侍下, 吾可以代死, 君則放心, 酒壺幷使出來." 仍與之對酌, 而打破其器, 埋之于庭. 又言曰: "老親侍下, 家計不成說, 吾以此劒, 聊表一時之情, 須賣而供老親可也." 解佩刀12)與之而去, 主人苦辭而不顧而去. 主人問姓名爲誰, 對曰: "吾乃宣傳官也, 姓名何須問也?" 飄然而去. 翌日卽限也, 入闕待罪, 則自上問曰: "果捉酒而來乎?" 對曰: "不得捉矣." 上怒曰: "然則汝頭何在?" 鎭恒俯伏無語良久, 仍命三倍道濟州安置13). 鎭恒在謫幾年, 始解配, 十餘年落拓, 晩14)後復職, 得除草溪郡15). 在郡幾年, 全事肥己, 民

---

9) 而: 국도본에는 '西'로 잘못 표기.
10) 號: 고대본·가람본·성균관대본에는 '呼'로 표기.
11) 柳: 고대본에는 탈락.
12) 刀: 국도본·고대본·가람본·성균관대본에는 '劒'으로 표기.
13) 鎭恒俯伏無語良久, 仍命三倍道濟州安置: 고대본·가람본·성균관대본에는 탈락.
14) 晩: 고대본·가람본·성균관대본에는 탈락.
15) 고대본에는 '守'가 더 나옴.

皆嗷嗷. 一日繡衣出道而封庫, 直入政堂, 首鄕首吏及倉色諸人, 一並拿入, 刑具[16]方張, 柳從門隙窺見, 則的是向者東村酒家之儒生也. 仍使之請謁, 則御史駭然[17]不答曰: "本官何爲請見, 可謂沒廉也!" 鎭恒直入而拜, 御史不顧而正色危坐. 柳乃問曰: "御史道知此本官乎?" 御史沉吟[18]不答, 而獨語于口曰: "本官吾何以知之?" 柳曰: "貴第前日豈不在於東村某洞乎?" 御史微驚曰: "何爲問之?" 柳曰: "某年某月某日夜, 以酒禁事奉命之宣傳官, 或記有否?" 御史尤驚訝曰: "果記得矣!" 柳曰: "本官卽其人也." 御史急起把手, 而淚如雨下曰: "此[19]恩人也! 今之相逢, 此[20]豈非天耶?" 仍命退刑具, 諸罪人一倂放之, 終夜張樂, 娓娓論懷, 更留數日而歸. 仍[21]卽褒啓[22], 繡啓之褒獎, 前未有出[23]於此右者. 自上嘉其治績, 特除朔州府使. 伊後此人位至大臣, 而到處言其事, 一世譁然義之. 柳鎭恒一蹶頭, 位至統制使, 此是少論大臣, 而忘其姓名[24], 不得記之[25].

16) 具: 국도본·고대본·동경대본·가람본·성균관대본에는 '杖'으로 표기.
17) 然: 국도본·고대본·동경대본·가람본·성균관대본에는 '而'로 잘못 표기.
18) 吟: 고대본에는 탈락.
19) 국도본·고대본·동경대본·가람본·성균관대본에는 '是'가 더 나옴.
20) 此: 국도본·고대본·동경대본·가람본·성균관대본에는 탈락.
21) 仍: 고대본에는 탈락.
22) 동경대본에는 '之'가 더 나옴.
23) 出: 동경대본에는 '此'로 표기.
24) 고대본·가람본·성균관대본에는 '而'가 더 나옴.
25) 고대본·가람본·성균관대본에는 '云云'이 더 나옴.

귀물이 밤마다 구슬을 요구하다

횡성橫城 읍내에 한 여자가 있었다. 그녀가 시집을 가고 나서였는데 갑
자기 한 장부가 들어와 겁간을 했다. 그녀는 온갖 방법으로 저항했지만
어쩔 수가 없었다. 장부가 밤마다 반드시 왔는데 다른 사람들은 보지 못
하고 오직 그녀만 그를 볼 수 있었다. 장부는 남편이 옆에 있는데도 거
리낌없이 동침했다. 교합할 때마다 그녀는 통증을 견딜 수가 없었다. 그
녀는 그게 귀신이 내리는 재앙 때문에 생긴 병인 줄 알았지만 물리칠
묘안이 없었다.

그로부터 귀물은 밤낮 가리지 않고 와서 사람을 보아도 피하지 않았
다. 다만 그녀의 오촌 아저씨가 들어오는 것을 보면 반드시 피해 밖으로
나갔다. 그녀가 사정을 이야기하니 아저씨가 말했다.

"내일 귀물이 오거든 무명실 뭉치를 맨 바늘을 귀물의 옷깃에 꽂아두
거라. 그러면 그 귀물이 간 곳을 알 수 있겠지."

그녀는 그 말에 따라 다음날 계획대로 실을 꿴 바늘을 귀물의 옷자락
밑에 꽂았다. 아저씨가 갑자기 들어오니, 귀물은 놀라 일어나 문밖으로

피했다. 무명실 뭉치가 귀물을 따라 조금씩 풀렸다. 아저씨가 무명실을 따라가보니 무명실은 빽빽한 수풀 그늘 아래에서 멈췄다. 다가가 살펴보니 실이 땅 밑으로 들어가 있었다. 땅을 몇 치쯤 파내려가니 썩은 절 굿공이 하나가 나타났다. 절굿공이 아래쪽에는 실이 매여 있었고 공이 머리에는 탄환 크기의 자줏빛 구슬이 박혀 있었는데 광채가 눈부셨다.

아저씨는 구슬을 뽑아 주머니에 넣고 나무는 태워버렸다. 그뒤로 귀물도 자취를 감추었다.

어느 날 밤 아저씨의 집 문밖에 홀연 어떤 사람이 나타나 애걸했다.

"제발 구슬을 돌려주십시오. 돌려주시면 부귀공명이 소원대로 이루어지도록 해드리겠습니다."

아저씨가 허락하지 않자, 귀물은 밤새도록 애걸하다가 떠났다. 밤마다 이렇게 하기를 사오일 동안 계속했다. 하룻밤은 귀물이 이렇게 말했다.

"그 구슬은 내게 매우 중요하지만 당신에게는 그렇지 않습니다. 내가 다른 구슬로 바꿔드리면 어떨까요? 그 구슬이야말로 당신에게 이익이 될 것입니다."

아저씨가 답했다.

"일단 보여나 주시오."

귀물이 나갔다 들어와서 검은 구슬 한 개를 주었는데 저번 구슬과 크기가 같았다. 아저씨는 그것도 빼앗아 되돌려주지 않으니, 귀물은 통곡하며 사라졌고 다시는 나타나지 않았다.

아저씨는 언제나 남들에게 그걸 자랑했지만 그걸 어디에 쓰는지는 몰랐다. 그 쓰임새를 물어보지 않은 것이 참으로 애석한 일이었다.

그뒤 아저씨는 밖에서 술에 잔뜩 취해서 집으로 돌아오다 길 위에서 잠을 자게 되었는데, 그때 주머니 속 구슬 두 개가 어디론가 사라져버렸다. 필시 그 귀물이 가져갔을 것이다. 홍천읍 사람 중에는 그 구슬을 본 사람이 많았다.

鬼物每夜索明珠

橫城邑內有一女子, 出嫁之後, 忽有一箇丈夫, 入來而劫奸. 其女百般拒
之, 而無奈何矣. 每夜必來, 他人皆不知[1], 而渠獨見之. 雖其夫在傍, 而無[2]
難與之同寢, 每交合之時, 痛楚不可堪. 其女知其爲鬼祟, 而無計却之. 自
此不計晝夜而來, 見人不避, 而只見其女五寸叔之入, 則必也出避, 其女語
其狀, 其叔曰: "明日彼物若來, 暗以綿絲塊繫針, 而縫于其衣衿, 則可知其
物之去向矣." 其女從其言, 翌日依其計, 以針繫絲刺于其衣裾下, 而其叔突
入, 則厥物驚起, 出門而避之, 綿絲之塊, 次次解而隨之, 其人只見綿絲而
逐之, 至於前林叢樾之下乃止. 迫而見之, 則絲入地下, 仍掘地數寸餘, 有
一朽敗之春木段一箇, 而繫絲於木下, 而木之上頭有紫色珠如彈子大者一
枚, 而光彩射人, 其人仍拔[3]其珠置之[4]囊, 而燒其[5]木矣. 其後遂絕迹[6]. 一
日夜, 其人之家門下, 忽有一人來乞曰: "此珠願還下, 若還則富貴功名, 從
汝願, 當爲之矣." 其人不許, 終夜哀乞而去. 每夜如是者四五日矣. 一夜又
來言曰: "此珠在我甚緊, 在汝不緊, 吾當以他珠換之可乎? 此珠則有益於
汝者也." 其人答曰: "第示之." 鬼物自外入, 送一枚黑色珠, 大亦如其珠樣
者. 其人幷奪而不給, 鬼物仍痛哭而去, 仍無形影. 其人每誇之於人, 而不
知用於何處, 其不問用處, 眞可惜也. 其後仍出他, 泥醉而歸, 露宿於路上[7]
矣. 囊中之兩珠, 幷不知去處, 必也爲鬼物所持去也. 洪邑之人多見其珠者.

---

1) 知: 국도본·고대본·동경대본·가람본에는 '見'으로 표기. '見'이 맞음.
2) 無: 동양본에는 '亦'으로 표기.
3) 拔: 동양본에는 '發'로 표기.
4) 국도본·고대본·가람본에는 '於'가 더 나옴.
5) 고대본에는 '其'가 더 나옴.
6) 迹: 국도본·고대본에는 '跡'으로 표기.
7) 路上: 동양본에는 '昭陽亭'으로 표기.

깊은 밤에 도둑이 큰 칼을 내던지다

　정익공[1]은 젊었을 적 산으로 사냥을 나갔다. 짐승을 따라서 점점 산속으로 깊이 들어갔는데 해가 저물어버렸다. 사방에 인가가 없으니 매우 당황했다. 말고삐를 잘 잡고 풀숲에 난 길을 따라 산등성이 몇 개를 넘었다. 한곳에 도착하니 산이 우묵한 곳에 큰 기와집 한 채가 있었다. 말에서 내려 문을 두드렸지만 응답하는 사람이 없었다. 한참 있다가 한 여자가 나와서 말했다.

　"이곳은 길손이 잠시도 머물 곳이 못 되니 속히 떠나십시오!"

　공이 그녀를 보니 나이는 스무 살쯤 되어 보이고 용모가 자못 단아하

---

1) 정익공(貞翼公, 1621~1683): 이여발(李汝發). 1651년 무과에 급제하고 나서 비변사낭관·도총부도사·경력을 거쳐, 1653년 숙천부사가 되어 선정을 베풀었다. 이어 1654년 만포첨사, 이듬해 영흥부사를 거쳐 그뒤 장단방어사·충청병마절도사 등을 역임했다. 특히, 회령부사에 제수되어 가선대부의 품계에 오르고 한흥군(韓興君)에 봉해졌다. 1660년 삼도통제사에 이어 함경도병마절도사·훈련도정·포도대장, 공조·병조의 참판 등을 지냈다. 그뒤 훈련대장 이완(李浣)이 면직되자 상국(相國) 정태화의 천거로 후임이 되었다. 이어 어영대장, 한성부의 좌윤·우윤·비변사제조·포도대장·총융사·수원부사 등을 지내고 자헌대부에 올라 지중추부사가 되었다.

고 아름다웠다. 공이 대답했다.

"산골짝은 깊기만 하고 날도 저물었소이다. 호랑이와 표범이 횡행하는 곳에서 간신히 인가를 찾아왔는데 이렇게 거절할 수가 있소?"

"이 집에 있다가는 반드시 죽게 될 것이기 때문입니다!"

"문밖으로 나가 맹수에게 죽느니 차라리 이곳에서 죽는 것이 낫겠소."

그러고는 문을 밀치고 들어갔다. 여자도 어찌할 수 없음을 알고 그를 맞아들였다. 공은 방으로 들어가 앉아 이 집에 머물 수 없는 이유를 물었다. 여자가 말했다.

"이곳은 적괴賊魁가 사는 곳입니다. 양갓집 딸인 소첩도 적괴에게 잡혀와서 몇 년이나 이곳에 살고 있지만 아직 호랑이 아가리를 벗어나지 못했지요. 때마침 적괴가 사냥을 나가 아직 돌아오지 않았지만 밤이 깊으면 올 것입니다. 손님께서 여기 머물고 있는 걸 보면 소첩과 손님은 한칼에 머리를 내놓아야 할 겁니다. 손님이 누구신지 모르지만 공연히 적괴의 손에 죽게 되었으니 어찌 안타깝지 않겠습니까?"

공이 웃으며 말했다.

"죽을 때가 다가와도 밥은 거를 수 없지요. 저녁밥을 얼른 좀 가져다주시오."

여자가 적괴의 밥을 갖다주니, 공은 배불리 먹고 나서 여자를 끌어안고 누웠다. 여자가 강하게 거부하며 말했다.

"이렇게 했다가 후환을 어찌시려고요?"

"이 지경에 이르렀으니 '영토를 깎아내도 반란을 일으키고 깎아내지 않아도 반란을 일으킨다[2]' 했소. 고요한 밤 아무도 없는데 남녀가 한방에 있으니 설사 서로를 멀리한들 누가 그걸 믿어주겠소? 죽고 사는 건 운명이니 이를 두려워하고 걱정한들 무슨 도움이 되겠소?"

마침내 둘은 관계를 가지니 엎치락뒤치락 마음껏 즐겼다. 식경이 몇차례 지나자 홀연 문 두드리는 소리가 나고 짐을 내려놓는 소리도 들렸다. 그녀는 몸을 떨며 얼굴에서 핏기가 사라졌다.

"적괴가 왔어요. 이를 어째요?"

공은 들어도 못 들은 척했다. 이윽고 엄청나게 큰 사람이 들어왔다. 키가 십 척이나 되었고 눈은 강과 같이 패였으며 입은 바다같이 컸다. 그 모습이 웅장하고 풍채와 거동은 사나워 보였다. 손에 큰 칼을 잡고 있었는데 반쯤 취해 있었다. 그는 공이 누워 있는 모습을 보고 소리 높여 크게 꾸짖었다.

"뭐하는 놈인데 감히 여기 와서 남의 처를 겁탈했느냐?"

공이 천천히 말했다.

"산에 들어와 짐승을 쫓다가 날이 저물어 여기에서 기숙했소이다."

적괴가 다시 크게 공을 꾸짖었다.

"너는 참 간도 크다! 그랬다면 사랑에 거처하는 것이 옳거늘 어찌 감히 내실로 들어와 남의 처를 범하단 말이냐? 이것만 해도 이미 죽을죄이거늘, 너는 나그네로서 주인을 보고도 예를 갖추기는커녕 누워서 보기만 하니 이게 무슨 도리냐? 죽는 것이 두렵지 않느냐?"

공이 웃으며 말했다.

"이 지경에 이르렀는데 비록 내가 한결같이 깨끗한 마음으로 남녀의 자리를 나누어 앉아 있었던들 당신이 믿어주었겠소? 사람이 이 세상에

---

2) 영토를 깎아내도~반란을 일으킨다: 전한의 문제 때에 오나라 태자 유현이 입조했다가 전한의 황태자(경제)와 다투게 되었는데, 황태자가 유현을 죽이고 말았다. 오왕은 원망을 품고 문제에게 조회하지 않았다. 그 뒤로 오왕은 산에서는 구리로 동전을 주조하고, 바다에서는 바닷물을 끓여서 소금을 만들며, 천하 각지의 도망한 사람을 끌어들여 반란을 도모했다. 왕위에 오른 경제가 그런 오왕을 어떻게 처리할지 조조에게 물었다. 조조는 이렇게 글을 올렸다. "그 영토를 깎아내도 반란을 일으키고 깎아내지 않아도 반란을 일으킬 것이나, 영토를 깎아내면 반란은 빨리 일어나도 화가 적을 것이고, 깎아내지 않으면 반란은 늦게 일어나나 화가 클 것입니다.(削之, 亦反, 不削, 亦反, 削之, 反亟禍小, 不削, 反遲禍大)"(반고, 『한서』 권35) 즉, 먼저 조치를 해도 일이 벌어지고 먼저 조치를 하지 않아도 일은 벌어지나, 먼저 조치를 하지 않으면 화가 커짐을 비유한 말이다. 여기서는 공이 여자를 건드리지 않아도 적괴가 믿어주지 않을 것이라는 뜻으로 인용했다.

태어난 이상 언제가는 반드시 죽을 테니 죽는 것이 뭐가 두렵겠소? 당신 마음대로 하시오!"

적괴가 굵은 새끼줄로 공을 묶어서 대들보 위에 매달고 처를 돌아보며 말했다.

"마루 위에 사냥해 온 산짐승이 있으니 잘 씻어서 구워 와라!"

그녀는 전전긍긍하며 나가 산돼지, 노루, 사슴 등의 고기를 썰어 잘 익혀 큰 쟁반에 가득 담아 내왔다. 적괴는 또 술을 가져오도록 하여 큰 동이에 든 술을 연거푸 몇 잔이나 마시고 칼을 뽑아 고기를 잘라 씹어 먹었다. 그는 다시 고기 한 덩이를 칼끝에 꽂더니 말했다.

"사람을 옆에 두고 어찌 혼자만 먹겠는가? 곧 죽을 테지만 맛은 보게 해주어야지."

칼끝의 고기를 주니, 공이 입을 벌리고 받아먹는데 조금도 걱정하거나 두려워하는 기색이 없었다. 적괴가 그걸 유심히 살펴보고 말했다.

"가히 대장부라 부를 만하도다!"

그러자 공이 말했다.

"죽이려면 얼른 죽일 것이지 어찌 이렇게 시간을 끄시오? 또 무슨 대장부, 소장부 타령을 하시오?"

적괴가 칼을 던져버리고 일어나서 묶은 것을 풀어주고 공의 손을 잡으며 말했다.

"당신과 같은 천하 기남자는 처음 보았소이다! 당신은 장차 세상에 크게 쓰이고 나라를 위한 간성干城 방패와 성(城). 나라를 지키는 믿음직한 사람이 될 것이니 내가 어찌 죽일 수 있겠소? 이제부터 나는 당신을 지기知己로 생각하겠소. 저 여자는 비록 내 처지만 당신이 이미 가까이했으니 당신의 아내가 되었소. 내가 어찌 다시 가까이하겠소? 또 창고에 쌓여 있는 재물과 비단을 모두 당신에게 줄 테니 사양하지 마시오. 대장부가 세상에서 일을 이루려는데 손에 돈과 재물이 없으면 무엇을 할 수 있겠소? 나는 이제 떠나겠소! 이후에 나에게 큰 액이 있을 것이니 당신이 꼭 나를 구해주시오."

적괴는 말을 마치자 훌쩍 일어나 떠나가니 가는 곳을 알 수 없었다. 공은 그의 말에 여자를 태우고 돈과 비단을 다 내어와 마구간에 있던 말들에 실어 갔다.

그뒤 공은 높은 자리에 올랐다. 공이 훈련대장 겸 포도대장으로 있을 때, 외딴 시골에서 큰 도둑 무리의 두목을 잡아 올렸다. 공이 그를 다스리려고 그 모습을 자세히 살펴보니 바로 그 적괴였다. 그래서 지난 일을 임금께 아뢰자, 임금이 그를 석방해주고 교열校列, 군관 장교의 서열에 임명했다. 그뒤 적괴는 여러 관직을 추천받고 과거에도 급제했으니 지위가 곤임閫任, 곤외지임(閫外之任). 병사(兵史)나 수사(水使)의 직임을 맡는 데까지 이르렀다 한다.

賊魁中宵擲長劒

貞翼公, 少時射獵于山間, 逐獸轉入山深處, 日勢且暮, 四顧無人家, 心甚惶忙, 按轡而尋草路, 歷盡數岡, 到一處則山凹之處, 有一大瓦家, 仍下馬叩門則無一應者. 居食頃, 一女子, 自內而出曰: "此處非客子暫留之地, 斯速出去!"公見其女子則年可卄餘, 而容貌頗端麗, 公對曰: "山谷深矣, 日勢暮矣, 虎豹橫行之地, 艱辛尋覓人家而來, 如是拒絶何也?"女曰: "在此則有必死之慮故也!"公曰: "出門而死於猛獸, 寧死於此處."仍排門而入. 女子料其無奈何, 遂延之. 入室坐定, 公問其不可留之故, 女曰: "此是賊魁之居也. 妾以良家女, 年前爲此賊魁所標略[3], 在此幾年, 尙不得脫虎口. 賊魁適作獵行, 姑未還, 夜深必來, 若見客子之留此, 則妾與客, 俱當授首於

---

3) 標略: 국도본·고대본·가람본에는 '標畧'으로 표기.

一劒之下. 客子不知何許人, 而空然[4]死於賊魁之手, 豈[5]不悶乎?" 公笑曰: "死期雖迫, 不可闕食, 夕飯斯速備來." 女子以賊魁之飯進之, 公飽喫後, 仍抱女而臥, 其女牢拒曰: "如此而將於後患何?" 公曰: "到此地頭, 削之亦反, 不削亦反, 靜夜無人之際, 男女同處一室, 雖欲別[6]嫌, 人孰信之? 死生有命, 恐怵[7]何益?" 仍與之交, 偃[8]臥自若. 居數食頃, 忽聞剝啄之聲, 又有卸擔之聲, 其女戰慄[9], 面無人色曰: "賊魁至矣. 此將奈何?" 公聽若不聞. 已而一大漢身長十尺, 河目海口, 狀貌雄偉, 風儀獰猙, 手執長劒, 半醉而入門, 見公之臥, 高聲大叱曰: "汝是何許[10]人[11], 敢來此處, 奸人之妻?" 公徐曰: "入山逐獸, 日勢已昏, 寄宿於此." 賊魁又大叱曰: "汝是大膽! 來此處則處于外廊可也, 何敢入內室, 而犯他人之妻? 已是死罪, 汝以客子, 而見主人不爲禮, 偃臥而見之, 此何道理? 能不畏死乎?" 公笑曰: "到此地頭, 吾[12]雖貞白一心, 男女分席而坐, 汝豈信之乎? 人之生斯世也[13], 必有死, 死何足懼也? 任汝爲之!" 賊魁乃以大索縛公, 懸之樑上, 顧語其妻曰: "廳上有山獸之獵來者, 汝須洗而灸來!" 其女戰戰出戶, 宰割山猪獐鹿等肉, 爛熟而盛于一大盤以進之. 賊魁又使進酒, 以一大盆, 連倒數盃, 拔劒切肉而啗之, 更以一塊肉, 挿于劒鋩曰: "何可置人於旁[14], 而獨喫乎? 渠雖當死之人, 可使知味." 仍以劒頭肉與之, 公開口受而啗之, 小[15]無疑慮恐怵之狀.

---

4) 然: 국도본·고대본·가람본에는 탈락.
5) 동양본에는 '可'가 더 나옴.
6) 別: 고대본에는 탈락.
7) 怵: 고대본에는 '㤹'으로 표기.
8) 交, 偃: 고대본·가람본·성균관대본에는 탈락.
9) 慄: 다른 이본에는 '慄'로 맞게 표기.
10) 許: 고대본·가람본·성균관대본에는 탈락.
11) 고대본·가람본·성균관대본에는 '也'가 더 나옴.
12) 吾: 고대본·가람본·성균관대본에는 탈락.
13) 也: 고대본에는 탈락.
14) 旁: 국도본·고대본·가람본에는 '傍'으로 표기.
15) 小: 고대본에는 '少'로 표기.

賊魁熟視之曰: "足可謂大丈夫矣!" 公曰: "汝欲殺我則殺之可也, 何爲而如 是遲延? 又何大丈夫小丈夫之[16]可言乎?" 賊魁擲劍而起, 解其縛, 把手就 坐曰: "如君之天下奇男子, 吾初見之矣! 將大用於世, 爲國干城, 吾何以殺 之? 從今以後, 吾以知己許之. 彼女子雖[17]吾之妻眷, 君旣近之, 則卽君之 內眷者[18]也, 吾何可更近乎? 且庫中所積之財帛, 一付之於君, 君其勿辭, 丈夫有爲於世, 手無錢帛, 何以營爲? 吾則從此逝矣! 日後必有大厄, 君必 救我." 語罷飄然而起, 仍不知去向. 公以其馬載其女, 且以廐上所繫馬匹, 盡載錢帛出山. 其後公顯達, 以訓將兼捕將, 自外邑上一[19]大賊魁, 將按治 之際, 細察狀貌則卽其人也. 乃以往事, 奏達于榻前, 仍白放而置之校列, 次次推遷, 至登科, 位至閫任云爾.

16) 之: 고대본·가람본·성균관대본에는 탈락.
17) 국도본·고대본·가람본·성균관대본에는 '是'가 더 나옴.
18) 者: 국도본·고대본·가람본·성균관대본에는 탈락.
19) 一: 고대본에는 탈락.

동선관[1]에서 부사가 귀신을 만나다

봉조하 이병상[2]은 풍채가 좋고 얼굴이 관옥^{冠玉} 같아 조정과 민간 사람들이 모두 신선 같은 사람이라 칭송했다. 그의 집은 원봉^{圓峯} 아래 냉정동^{冷井洞}에 있었다.

어느 날 밤 그가 촛불을 끄고 잠을 자려 하는데, 홀연 음산한 바람이 방안으로 들어와 냉기가 뼛속으로 스며들었다. 무언가 앞에 누워 있길래 손으로 만져보니 마른 나무토막 같았다. 그가 겸종을 불러 촛불을 들고 살펴보게 하니 그것은 소렴^{小斂, 시체에 새로 지은 옷을 입히고 이불로 쌈}한 시체였다. 매우 이상하게 여겨 묶은 것을 풀게 해 보니 한 노파의 시신이 나왔다. 그는 시신을 다시 묶게 하고 마루 위에 두었다. 다음날 아침에 소문

---

1) 동선관(洞仙館): 황해도 동선면 조양리에는 봉산객사(鳳山客舍)와 아사(衙舍)가 있었다. 봉산객사를 동선관(洞仙館)이라 불렀다.
2) 이병상(李秉常, 1676~1748): 본관은 한산(韓山). 제(穧)의 증손으로, 할아버지는 참판 정기(廷蘷)이며, 아버지는 항(沆)이다. 1721년 부제학·대사헌·이조참판 등을 지내며 노론으로 소론에 맞서다가 신임사화 때 파직되기도 했다. 형조판서·광주목사(光州牧使)를 역임하고, 1742년 공조판서·판돈령부사에 이르러 기로소에 들어가 치사하고 봉조하를 받았다.

을 들어보니 동구 밖 떡 팔던 노파가 죽은 지 삼일이 지났는데 문득 시체가 사라졌다 했다. 공이 노파의 아들을 불러 시신을 내주었다.

이 노파는 공이 드나들 때마다 그의 풍채와 얼굴을 보고 계속 흠모해오다가 죽을 때에도 한을 풀지 못해 마침내 이런 일이 일어난 것이었다. 참 해괴하고도 이상한 일이라 하겠다.

종실의 아들 중에는 재상이 있었는데, 그가 부사副使로 연경燕京에 가기 하루 전에 모친상을 당해 공이 대신 가게 되었다. 공은 하룻밤 동안 행장을 꾸리고 출발해 봉산객사에 이르렀다. 잠을 자려는데 깊은 밤 홀연 신 끄는 소리와 문 여는 소리가 들리더니, 한 사람이 혀를 끌끌 차면서 들어와 손으로 공을 어루만지며 말했다.

"어머니를 병간호하지도 않고 이렇게 왔단 말이냐?"

공이 생각해보니 그 사람은 상을 당한 사람의 아버지인 것 같았다. 그는 몇 해 전전에 사신이 되어 국경 밖으로 나갔다가 돌아오던 길에 병을 얻어 그곳에서 죽은 것이었다. 그래서 공은 이렇게 말해주었다.

"저는 이 아무개입니다. 아드님은 부사가 되었지만 상을 당하여 제가 대신 왔습니다."

그러자 그 사람은 크게 놀라며 급히 문밖으로 나갔다.

종실의 혼은 자기 아들이 사행을 따라온 것으로 생각하고 그를 찾아온 것이었다.

공의 정신과 기백이 이와 같았다.

洞仙館副价逢鬼

李奉朝賀秉常, 風儀動盪, 美如冠玉, 朝野之人, 皆稱以神仙中人. 家在圓峯下冷井洞. 一日之夜, 滅燭將寢, 忽爾陰風入戶, 冷氣逼骨, 有一物臥於前, 以手撫之, 則如一塊枯木. 呼傔從, 擧燭見之, 則乃一小斂之屍體也.

心甚訝異, 使之解絞, 而見之卽一老嫗也. 仍更結其絞, 而置之於廳上矣.
翌朝[3]聞之, 洞口外賣餠家老嫗[4], 身死三日, 忽失屍體云云, 公使招其子而
出給. 盖此嫗, 每於公出入之時, 瞻其儀容, 欽慕不已, 以至身死, 而一念不
解, 乃有此擧, 亦可駭異也. 宗室之子有一宰相, 以副价[5], 將赴燕, 發行前
一日遭其母喪, 公爲其代, 一夜之間, 治行而發到鳳山客舍, 將就寢, 更深
後, 忽有曳履聲開戶聲, 有一人嘖嘖而入, 以手撫之曰: "焉有不救護母病,
而作此行乎?" 公思之, 似是遭喪人之翁, 而年前奉使出彊, 歸路得病, 死於
此處者也. 乃曰: "吾則李某也. 某也爲副使, 遭[6]故不來, 故吾乃代行矣." 云
爾, 則其人大驚, 而逃[7]出門. 此其宗室之魂, 而意其子之作行而來故也. 公
之精神氣魄, 有如是矣.

3) 朝: 동양본에는 '日'로 표기.
4) 老嫗: 국도본·고대본·가람본에는 탈락.
5) 副价(부개): 부사(副使). 정사(正使)를 보좌하는 사신.
6) 고대본·성균관대본에는 '喪'이 더 나옴. '喪'이 들어가야 문맥이 통함.
7) 逃: 국도본·가람본·성균관대본에는 '遷'로, 동양본에는 '劇'으로 표기.

홍천읍에서 암행어사가 종적을 드러내다

부제학 이병태[1]가 임금의 명을 받들어 동협東峽, 경기도 동쪽 지방과 강원도 지방을 이르는 말 지방을 안찰하게 되었다. 행차가 홍천洪川을 지나게 되었는데 읍내와는 십여 리 떨어져 있었다. 홍천은 추생[2]에 든 읍이 아니어서 공은 그곳으로 들어가지 않고 외곽으로 돌아 다른 읍으로 가려 했다. 그런데 어느 마을 앞에 이르러 배가 너무 고파 어느 집 문 앞에서 밥을 구했다. 한 여자가 문밖으로 나와 공을 응접하며 말했다.

---

1) 이병태(李秉泰, 1688~1733): 본관은 한산(韓山). 시호는 문청(文淸). 1723년 증광문과에 을과로 급제하고 승문원권지부정자를 받고 누진 끝에 홍문관 부제학을 거처 지제교 겸 경연참찬관·수찬에 올랐다. 1727년 예조참의로 있을 때 할아버지가 임진왜란으로 죽었기에 의당 참의로서 해야 할 왜서회답(倭書回答)의 예를 회피하려고 사직했다. 그뒤 다시 호조참의가 되어 노론 계열로서 탕평론을 배척한 사건으로 파직되었다. 1731년 우부승지에 임명되었으나 거절하니, 탕평책을 반대하는 뜻이라고 하여 왕의 노여움을 사서 합천군수로 좌천되었다. 합천군수로 있을 때 심한 가뭄으로 식량난에 허덕이는 많은 기민을 구제하기도 했다. 그러나 수토병(水土病)에 걸려 임지에서 죽었다. 이후 청백리에 녹선되고 이조판서에 추증되었다.
2) 추생(抽栍): 추첨. 조선시대에 임금이 몰래 어사를 파견할 때 파견 지역을 제비를 뽑아 정한 것을 말한다.

"남정네가 없는 집이라 몹시 가난합니다. 집에 시어머니가 계셔도 아침저녁을 거르곤 하는데 행인에게 밥을 줄 여유가 있겠습니까?"

공이 물었다.

"가장은 어디 가셨소?"

"그건 물어 뭐하시게요? 우리집 가장은 이 읍 이방吏房인데 요사스러운 기생에게 빠져 어머니를 박대하고 처를 쫓아냈습니다."

그녀는 이렇게 말하며 혼자 쉴새없이 욕을 해댔다.

방안에서 늙은 노파의 말소리가 들려왔다.

"며늘아기야! 왜 중요하지도 않은 말을 하여 남편의 악덕을 드러내느냐? 그렇게까지 할 필요는 없느니라."

그 말을 들은 공은 가슴이 매우 아팠다. 그래서 발길을 돌려 읍내 쪽으로 가서 이방의 집을 찾았다. 때는 오시午時, 오전 11시에서 오후 1시 사이여서 안으로 들어가니 이방이 마루에 앉아 점심을 먹고 있고, 기생도 마주앉아 같이 먹고 있었다. 공이 마루 가장자리에 앉으며 말했다.

"나는 서울에서 온 나그네로 어쩌다 이곳에 이르렀습니다. 점심때를 놓치고 말았으니 밥 한 사발만 얻어 요기를 했으면 합니다."

마침 흉년이 든 때라 진곡賑穀을 나눠주고 있었다. 이방이 눈을 들어 공을 위아래로 훑어보더니 종을 불러 말했다.

"아까 새끼 낳은 개에게 주려고 끓인 죽이 남아 있느냐?"

"네, 있습니다."

"한 사발 담아 이 걸인에게 주거라."

조금 뒤 종이 지게미와 쌀겨로 쑨 죽 한 사발을 가져와 앞에 놓았다.

공이 노여워하며 말했다.

"당신은 잘살아도 아전이고, 나는 비록 구걸을 하고 있어도 사족은 사족이오. 때를 놓쳐 밥을 찾으면 다른 사발에 새 밥을 담아 주어야 마땅하지 않소? 만약 그럴 수 없는 사정이라면 먹던 밥이라도 덜어서 줄 수 있을 것이오. 그런데 개돼지가 먹다 남긴 것을 주니 이게 무슨 도리요?"

이방은 눈을 동그랗게 뜨고 이상하다는 듯이 공을 바라보다가 욕설을 퍼부었다.

"네가 양반이라면 왜 네 사랑방에 앉아 있지 않고 이렇게 돌아다닌단 말이냐? 흉년이 처참하게 들어 요즘은 사람들이 이런 것조차 얻어먹지 못해 안달이다. 너는 뭐하는 사람이길래 감히 이처럼 구느냐?"

그러고는 죽사발을 들어 공의 이마를 내리치니 피가 흘러내리고 죽이 온몸을 뒤덮었다. 공은 아픔을 참고 뛰쳐나와 즉시 암행어사로 출두했다.

이때 이 고을 원이 진휼하고 남은 곡식을 돈으로 바꾸어 자기 서울 집으로 보낸 문건이 포착되어 봉고파직[3]되었다. 이방과 기생은 나란히 곤장을 때려 죽였다.

한 여자의 악언에서 비롯한 일이 이 지경에 이르렀으니, 옛말에 '여자가 한을 품으면 오뉴월에도 서리가 내린다' 한 것은 진정 이를 두고 한 말일 게다.

洪川邑繡衣露踪

李副學秉泰, 奉使按廉于東峽, 行過洪川, 而邑內距路十餘里, 旣非抽栍之邑, 故不入而自外過去, 將向他邑, 到一村前, 而餒甚求飯於門前, 一女子出門而應曰: "無男丁之家, 貧窮極矣. 家有媤母, 而朝夕尙闕, 何暇有饋行人之飯乎?" 公問曰: "家長往何處?" 其女曰: "問之何爲? 吾之家長, 卽此邑之吏房也. 而[4]惑於妖妓, 薄母出妻."云, 而獨自叱責[5]不已. 房內有老嫗

---

3) 봉고파직(封庫罷職): 어사나 감사가 못된 짓을 많이 한 고을의 원을 파면하고 관가의 창고를 봉하여 잠금. 또는 그런 일.
4) 국도본·고대본에는 '而'가 탈락.

聲曰: "阿婦何爲作不緊之言, 彰夫之惡乎? 不必如是." 云云. 公聞之甚痛[6], 仍復路而[7]還向其邑底, 尋首吏之家. 時當午時, 入其家則首吏坐於[8]廳上, 而[9]喫午飯, 旁[10]有一妓亦對飯. 公坐於廳邊而言曰: "吾是京中過客, 偶到此處而失時, 願得一盂飯, 而療飢焉." 時當歉歲, 設賑時也, 其吏擧眼而熟視上下, 呼雇奴曰: "俄者爲狗産而煮粥者有之乎[11]?" 曰: "有矣." 吏曰: "以一器給此乞人." 已而[12]雇奴以一器糟糠之作粥者, 來置于前, 公怒曰: "君雖饒居, 君則[13]吏輩也, 吾雖行乞, 吾則士族[14]也, 失時覓飯, 則君以他盂饋之好矣, 若不然則雖除飯以給, 亦無不可[15], 而乃以狗彘口吻, 餘物饋人, 此何道理?" 其人圓睜怪[16]眼而辱之曰: "汝旣兩班, 則何不坐於汝之舍廊, 而作此等行也[17]? 今當慘歉之歲, 雖此物, 人不得得[18]喫[19], 汝是何人, 而[20]乃敢如是?"云, 而擧粥椀, 打之傷額, 血[21]流粥汁, 遍於身上, 公忍痛而出, 卽爲出道. 此時本倅, 適以賑餘之穀作錢, 而送京第, 文書見捉, 仍封庫罷黜, 而首吏及妓, 並杖殺之, 以一女子之惡[22]言, 事至於此, 古所謂五月飛霜者, 政謂此也.

---

5) 叱責: 고대본·가람본·성균관대본에는 '責叱'로 잘못 표기.
6) 甚痛: 국도본·고대본·가람본·성균관대본에는 '痛甚'으로 표기.
7) 而: 고대본·가람본·성균관대본에는 '之'로 표기.
8) 於: 고대본에는 탈락.
9) 而: 고대본에는 탈락.
10) 旁: 국도본·고대본·동경대본·가람본·성균관대본에는 '傍'으로 표기.
11) 乎: 고대본에는 탈락.
12) 已而: 고대본에는 '而已'로 표기.
13) 則: 동경대본에는 탈락.
14) 族: 동경대본에는 '大夫'로 표기.
15) 可: 고대본에는 '暇'로 표기.
16) 怪: 고대본·가람본·성균관대본에는 '在'로 표기.
17) 也: 국도본·고대본·가람본·성균관대본에는 '耶'로 표기.
18) 得: 고대본·가람본·성균관대본에는 '喫'으로 표기.
19) 고대본·가람본·성균관대본에는 '汝而'가 더 나옴.
20) 而: 고대본·가람본에는 탈락.
21) 額, 血: 고대본에는 탈락.
22) 惡: 국도본·고대본·동경대본·가람본·성균관대본에는 '怨'으로 표기.

말을 탄 노인이 장군을 제압하다

선조 임진란 때 명나라 장군 이여송[1]이 황제의 명을 받들어 조선을 도우러 왔다. 그는 평양에서 승리를 거두고 성안으로 들어갔는데 수려한 산천을 보고 문득 다른 마음을 품었다. 선조의 마음을 움직여 그곳에 머물려는 것이 그의 생각이었다.

하루는 이여송이 막료와 보좌관을 거느리고 연광정에서 잔치를 열고 있는데 한 노인이 검은 소를 타고 강변 모래톱을 지나갔다. 장교들이 다른 길로 돌아가라고 크게 소리쳤지만, 노인은 못 들은 척하며 고삐를 잡고 천천히 걸었다. 장군이 노하여 그를 잡아오라 했는데 소의 걸음이 빠르지 않았는데도 장교들이 따라잡을 수가 없었다. 장군이 분노를 이기지 못해 직접 천리마를 타고 칼을 찬 채 노인을 추격했다. 소가 조금 앞서갔고 천리마도 날듯이 달렸지만 끝내 따라잡지 못했다. 장군은 산을

---

1) 이여송(李如松, ?~1598): 중국 명나라 장군. 요동 철령위 사람. 임진왜란 때 우리나라를 도우러 와서 평양에서 왜군을 무찔렀으나 벽제관에서 왜군에게 크게 패했다.

넘고 강을 건너 몇 리를 가서 어느 산촌으로 들어가니 검은 소가 시냇가 수양버들에 매여 있었다. 나무 앞에 띳집이 있었고 대나무 사립문은 열려 있었다. 장군은 노인이 그곳에 있을 거라 생각해 말에서 내려 칼을 차고 들어갔다. 과연 노인은 마루 위에서 일어나 그를 맞이했다.

장군이 성내며 노인을 꾸짖었다.

"너는 어떤 촌 늙은이길래 하늘 높은 줄 모르고 이토록 당돌한 것이냐? 내가 황제의 명을 받들어 백만 무리를 이끌고 와서 너희 나라를 구해준 일을 모르느냐? 그런데도 감히 우리 군대 앞에서 범마[2]한단 말이냐? 네 죄는 죽어 마땅하도다!"

노인이 웃으며 답했다.

"제가 비록 산야에서 사는 사람이지만 어찌 명나라 장군의 존귀함을 모르겠습니까? 오늘의 거동은 오로지 장군을 이 누추한 곳으로 오시게 하기 위한 계교였습니다. 제가 남몰래 부탁드릴 일이 한 가지 있는데 말씀드릴 길이 없어 부득이 이런 계교를 꾸몄습니다."

장군이 말했다.

"부탁할 일이 무엇인지 말해보거라."

노인이 말했다.

"저에게 불초자식 둘이 있는데 공부도 농사일도 하지 않고 오로지 강도짓만 일삼고 있습니다. 부모의 가르침을 받들지 않고 장유長幼도 구별하지 못하니 화근이 될 뿐인데도 저의 기력으로는 도저히 제압할 수가 없습니다. 가만히 듣건대 장군의 신용神勇이 세상을 덮는다 하니 그 신위神威를 빌려 이 패륜 자식들을 없애려 하나이다."

장군이 말했다.

---

2) 범마(犯馬): 하급 관원이 상급 관원 앞을 지나면서 말에서 내리지 아니함. 하마비가 있는 곳에서 말에서 내리지 아니함.

"그놈들 지금 어디에 있느냐?"

"후원 죽당竹堂에 있습니다."

장군이 칼을 어루만지며 죽당으로 들어갔다. 두 소년이 함께 책을 읽고 있었다. 장군이 큰 소리로 꾸짖었다.

"너희가 이 집의 패륜아들이냐? 네 아버지가 너희를 없애달라 했다. 내 칼을 엄숙히 받거라!"

장군이 칼을 휘두르는데도 소년들은 목소리나 얼굴빛이 조금도 달라지지 않고 천천히 서증죽書證竹, 글을 읽을 때 글을 하나하나 가리키는 대나무 막대기으로 막으니, 장군은 끝내 칠 수가 없었다. 이윽고 소년들이 서증죽으로 칼날을 맞받아치니 칼날이 쨍그랑 소리를 내며 두 동강 나 땅에 떨어졌다. 장군은 숨을 헐떡이며 땀을 흘렸다.

조금 뒤 노인이 들어와 꾸짖었다.

"어린놈들이 어찌 이리 무례한고?"

노인은 아들들에게 물러나 있으라 했다. 장군이 노인에게 말했다.

"저 패륜아들의 용력이 비범하여 감당할 수가 없구나. 노옹의 부탁을 들어줄 수 없을 것 같다."

노인이 웃으며 말했다.

"아까 한 말은 장난이었습니다. 이 아이들이 완력이 있기는 하나 그 수가 열이라도 이 늙은이 하나 감당할 수 없지요. 장군은 황제의 뜻을 받들어 조선에 오셨습니다. 그러니 섬 오랑캐를 소탕해 우리나라로 하여금 기업基業을 안정시키게 하고 승리를 구가하며 명나라로 돌아가 역사에 이름을 남기면 그게 대장부의 사업 아니겠습니까? 그러나 장군은 이렇게 생각하지 않고 도리어 다른 마음을 품었으니, 이 어찌 장군에게 바라던 것이었겠습니까? 오늘의 거사는 장군에게 우리나라에도 인재가 있다는 사실을 알려드리려는 뜻이었습니다. 장군이 마음을 바꾸지 않고 미망을 고집한다면 내 비록 늙었지만 장군 한 사람쯤은 충분히 제압할 수 있으니, 힘쓰셔야 할 것입니다. 장군께서는 산야에 사는 사람의 말이 심히 당돌한 것을 헤아려 용서해주시기 바랍니다.”

장군은 한참 동안 아무 말도 못하고 기운을 잃고 머리를 수그린 채 그냥 “예예” 하며 나갔다 한다.

老翁騎牛犯提督[3]

宣廟壬辰之亂, 天將李提督如松, 奉旨東援, 平壤之捷, 入據城中, 見山川佳麗, 忽懷異心, 有欲動搖宣廟, 而仍居之意. 一日大率僚佐, 設宴于練光亭上, 江邊沙場, 有一老翁, 騎黑牛而過者. 軍校輩, 高聲辟除, 而聽若不聞, 按轡徐行, 提督大怒, 使之拿來則牛行不[4]疾, 而軍校輩, 無以追及. 提督不勝忿怒, 自騎千里驪[5], 按劍而追之, 牛行在前不遠, 而驪行如飛, 終不可及. 踰山渡水, 行幾里, 入一山村, 則黑牛繫於溪邊垂楊, 樹前有茅屋, 竹扉不掩, 提督意其老人之在此處[6], 下驪杖劍而入, 則老人起迎於軒上, 提督怒叱曰: “汝是何許野老, 不識天高, 唐突至此? 吾受皇上之命, 率百萬之衆, 來救汝邦, 則汝必無不知之理, 而乃敢犯馬於我軍之前乎? 汝罪當死!” 老人笑[7]答曰: “吾雖山野之居[8]人, 豈不知天將之[9]尊重乎? 今日之行, 專爲邀將軍, 而欲枉於鄙所之計也. 某竊有一事之奉托者, 難以言語道達, 故不得已行此計耳[10].” 提督問曰: “所托甚[11]事, 第言之.” 老人曰: “鄙有不肖

---

3) 老翁騎牛犯提督: 동양본에는 ‘老翁犯提督騎牛’로 표기.
4) 不: 고대본에는 ‘太’로 잘못 표기.
5) 驪: 동양본에는 ‘馬’로 표기.
6) 處: 국도본·고대본에는 탈락.
7) 국도본·고대본에는 ‘而’가 더 나옴.
8) 居: 고대본에는 탈락.
9) 之: 고대본에는 탈락.
10) 耳: 고대본에는 ‘也’로 표기.
11) 甚: 동양본에는 ‘某’로 잘못 표기.

子[12]二人, 不事士農之業, 專行强盜之事[13], 不率父母之敎, 不知長幼之別, 卽一禍根. 以吾之氣力, 無以制之, 竊伏聞[14]將軍神勇盖世, 欲借神威, 而除[15]此悖子也." 提督曰: "在於何處?" 答曰: "在於後園竹[16]堂上矣." 提督按劒而入, 則有[17]兩少年, 共讀書矣. 提督大聲叱曰: "汝是此家之悖子乎? 汝翁欲使除去, 謹受我一劒!" 仍揮劒擊之, 則其少年不動聲色, 徐以手中書證竹捍之, 終不得擊. 已而其少年, 以其竹迎擊劒刀, 劒刀錚然一聲, 折爲兩段而落地矣. 提督氣喘汗流, 少焉老人入來叱曰: "小子焉敢無禮?" 使之退坐, 提督向老人而言曰: "彼悖子勇力非凡, 無以抵當, 恐負老翁之託也." 老人笑曰: "俄言戱耳. 此兒雖有膂力, 以渠十輩, 不敢當老身一人. 將軍迎皇旨, 東援而來, 掃除島寇, 使我東再奠基業, 而將軍唱凱還歸, 名垂竹帛, 則豈非丈夫之事業乎? 將軍不此之思, 反懷異心, 此豈所望於將軍者耶[18]? 今日之擧, 欲使將軍知我東亦有人材之計也. 將軍若不改圖 而執迷, 則吾雖老矣, 足可制將軍之命, 勉之. 山野之人語甚唐突, 惟將軍垂察, 而恕之." 提督半晌無語, 垂頭喪[19]氣, 仍諾諾而出門云[20].

12) 子: 국도본·고대본·성균관대본에는 '兒'로 표기.
13) 事: 동양본에는 '行'으로 표기.
14) 聞: 동양본에는 '願'으로 표기.
15) 除: 동양본에는 '制'로 표기.
16) 竹: 동양본에는 '草'로 표기.
17) 有: 고대본에는 탈락.
18) 耶: 국도본·고대본에는 '哉'로 표기.
19) 喪: 고대본은 '爽'으로 잘못 표기.
20) 門云: 국도본·고대본에는 탈락.

호랑이가 버리고 간 신랑을 구출한 신부

충청도 한 선비가 오륙십 리 떨어진 이웃 읍에서 혼례를 올렸다. 신랑은 초례醮禮, 전통적으로 치르는 혼례식를 마치고 밤이 되자 신방으로 들어가 신부와 마주앉았다. 그런데 한밤중에 벽력같은 소리가 한 번 나고 뒷문이 부서지더니 홀연 큰 호랑이 한 마리가 방안으로 갑자기 뛰어들어와 신랑을 물고 가버렸다.

신부는 황급히 일어나 호랑이 뒷다리를 잡고 놓지 않았다. 호랑이는 곧바로 뒷산으로 올라갔다. 호랑이의 발이 날듯이 빨랐는데도 신부는 죽어라 따라갔다. 바위와 구렁을 수없이 오르내리고 촘촘한 가시덤불을 뚫고 가느라 치마저고리가 다 찢어지고 머리카락이 헝클어졌으며 온몸에 피가 흘러내렸지만 포기하지 않았다. 이렇게 몇 리를 가니 호랑이도 기진맥진해 신랑을 풀언덕 위에 놓아버리고 떠났다. 비로소 신부도 정신을 차렸다. 남편의 몸을 만져보니 명치 아래에 미미한 온기가 남아 있었다. 사방을 둘러보니 언덕 아래에 인가가 있었는데 뒤창으로 희미한 불빛이 새어나왔다. 신부는 호랑이가 이미 멀리 간 것을 확인하고 지름

길을 찾아 내려왔다. 뒷문을 열고 들어가니 때마침 대여섯 사람이 술안주를 어지럽게 차려두고 술을 마시고 있었다. 그들은 홀연 나타난 신부를 살펴보았다. 얼굴에는 연지 곤지가 피와 뒤섞여 말라붙어 있었고 몸에 걸친 옷은 곳곳이 찢겨 있었으니 완전히 귀신 몰골이었다. 사람들이 모두 놀라 자빠졌다.

신부가 말했다.

"저는 사람이니 놀라지 마세요. 뒤편 언덕에 사람이 있는데 사경을 헤매고 있어요. 제발 빨리 구해주세요!"

사람들이 놀란 혼을 수습하고 불을 들고 일제히 뒤편 언덕으로 올라갔다. 과연 한 소년이 언덕에 누워 있었는데 숨이 곧 끊어질 것만 같았다. 사람들이 자세히 살펴보니 그는 주인집 아들이었다. 주인은 몹시 놀랐다. 그를 들고 와 방안에 눕히고 약물 등을 입속으로 부어넣으니 한참 뒤에야 소생했다. 온 집안이 처음에는 놀라고 당황했지만 마침내는 축하하고 다행스러워했다.

신랑의 아버지가 아들의 혼례 행차를 보내고 이웃 친구들을 불러 술을 마시고 있었는데, 호랑이가 신랑을 버린 곳이 바로 신랑 집 뒤편이었던 것이다. 그제야 그 여자가 신부임을 알아차리고 방으로 데려와 죽을 먹였다. 다음날 신부 댁에 연락하니 양가 부모가 모두 놀라고 기뻐하며 어쩔 줄을 몰라했다. 그리고 사람들이 신부의 지극한 정성과 드높은 절개를 찬탄했다.

향리에는 선비들이 많아서 그 일을 관아와 감영에 아뢰니 마침내 정려문이 세워졌다.

新婦拚虎救丈夫
湖中一士人, 行子婚於隣邑五六十里地, 新郎罷醮禮, 夜入新房, 與新婦對坐, 夜將半, 一聲霹靂, 後門破碎, 忽有一大虎, 突入房中, 嚙新郎而去. 新婦蒼黃急起, 乃抱虎後脚不捨, 虎直上後山, 其行如飛, 而新婦限死隨去. 不計岩壑[1]之高下, 荊棘之叢樾, 衣裳破裂, 頭髮散亂, 遍身流血, 而猶不知止. 行幾里, 虎亦氣盡, 仍抛棄新郎於草岸之上而去. 新婦始乃收拾精神, 以手按撫身體, 則命門[2]下, 微有溫氣. 四顧察視, 則岸下有一人家, 後窓微有火光. 度其虎行之旣遠[3], 乃尋逕而下, 開後戶而入, 則適有五六人會飮, 肴核狼藉, 忽見新婦之入, 滿面脂粉, 和血而凝, 遍身衣裳, 隨處而裂, 望之卽一女鬼, 諸人皆驚仆於地, 新婦[4]曰: "我亦[5]是人也, 列位幸勿驚動[6]. 後岸有人, 而方在死生未分中, 幸乞急救!" 諸人收拾驚魂, 一齊擧[7]火而上後岸, 則果有少年男子, 僵臥[8]岸上, 氣息將盡, 諸人始審視, 則乃是主人之子也. 主人大驚, 擧而臥之[9]房內, 灌以藥水等物, 過數更後乃甦, 擧家始也[10]驚惶, 終焉慶幸. 盖新郎之父, 治送婚行, 而適會隣友飮酒之際, 卽其家後也. 始知其女子爲新婦, 延置于房, 饋以粥飮. 翌日通于婦家, 兩家父母, 皆莫不驚喜[11], 嘆[12]其婦之至誠高節. 鄕里多士, 以其事呈官呈營, 至承旌褒之典云耳[13].

---

1) 壑: 동양본에는 '險'으로 표기.
2) 命門(명문): 가슴 한가운데 오목하게 들어간 곳. 명치.
3) 旣遠: 동양본에는 '遠去'로 표기.
4) 국도본·고대본·동경대본·가람본에는 '乃'가 더 나옴.
5) 亦: 국도본·고대본·동경대본·가람본에는 탈락.
6) 動: 동양본에는 '駭'로 표기.
7) 擧: 고대본·가람본에는 탈락.
8) 臥: 동양본에는 '仆'로 표기.
9) 동경대본에는 '於'가 더 나옴.
10) 也: 동경대본에는 탈락.
11) 喜: 국도본·고대본·가람본에는 탈락.
12) 嘆: 고대본에는 '歎'으로 표기.
13) 耳: 국도본·고대본·가람본·성균관대본에는 탈락.

별과를 열어도 소년 유생이 급제하다

　성종成宗은 간혹 미행[1]을 했다. 눈 내리고 달 밝은 어느 날 밤, 임금은 내시 서너 명을 대동하고 미행했다. 남산 아래 당도했을 때는 삼경三更이 지난 뒤라 주위가 고요하기만 했는데, 산 아래 몇 칸 오두막집에 등불이 깜박였고 책 읽는 소리가 들려왔다. 임금이 복건[2]에 도포 차림으로 문을 열고 들어가니, 주인이 놀라 일어나서 자리를 내주며 물었다.

　"누구시길래 이리 깊은 밤 이곳에 오셨습니까?"

　임금이 대답했다.

　"우연히 지나다가 책 읽는 소리를 듣고 들어와봤소이다."

---

1) 미행(微行): 미복잠행. 지위가 높은 사람이 몰래 민간의 일을 살피고자 남이 알아차리지 못하도록 남루한 옷을 입고 다니는 일.
2) 복건(幅巾): 머리에 쓰는 관모의 하나. 머리 뒷부분은 곡선으로 하고 앞단의 귀 윗부분에 좌우 두 개씩 주름을 잡되 아래 주름 속으로는 끈을 달아 뒤를 돌려 맨다. 겨울용으로는 흑단(黑緞)을 쓰고, 여름에는 흑사(黑紗)를 썼으나 후대에는 흑갑사를 사용하게 되었다.

그리고 또 물었다.

"읽는 것이 무슨 책입니까?"

"역경입니다."

임금이 풀기 어려운 문제에 대하여 논의했는데 대답이 물 흐르듯 하니 진정 학식이 높은 선비 같았다. 임금이 나이를 물었다.

"오십입니다."

"왜 과거 공부를 그만두지 않았소?"

"운수가 기박하여 과거에 여러 번 떨어졌습니다."

임금이 사초私草, 사사로이 쓴 원고를 보여달라 하자 주인이 꺼내 보여주었다. 하나하나가 다 명문이었다. 임금이 이상하게 여기며 물었다.

"이런 뛰어난 인재가 아직도 과거에 급제하지 못했으니 다 유사有司, 단체의 사무를 맡아보는 직무의 책임이오."

"제 기구한 운수 때문이니 어찌 유사가 불공평하다고 원망하겠습니까?"

임금은 사초 중 한 편의 제목과 글을 외우고 물었다.

"모레 별과別科, 나라에 특별한 경사가 있을 때 실시하는 문과나 무과의 과거가 열리는데, 이를 듣지 못했소?"

"듣지 못했습니다. 언제 명이 내려졌습니까?"

"아까 임금이 명을 내렸으니 노력하여 별과에 응시하도록 하시오."

임금은 작별하고 집을 나서서 액례掖隸, 조선시대에 액정서(掖庭署)에 속해 있던 이원(吏員)과 하례(下隸)를 시켜 밖에서 쌀 스무 말과 고기 열 근을 던져주게 했다.

임금은 궁으로 돌아와 별과를 시행하라고 명했다. 과거 날 임금은 지난밤에 만난 유생의 사초에 있던 제목을 어제御題, 임금이 과장에 나와 제시하는 과거의 글제로 내걸었다. 그리고 그의 답안이 들어오기를 기다렸다. 얼마 안 있어 시권이 들어왔는데 과연 지난밤에 본 부賦 과문(科文)에서 여섯 글자로 한 글귀를 만들어 짓는 글였다. 임금이 크게 칭찬하고 비답批答, 답안지의 잘된 곳에 점을 찍는 것도 많이 내려 일등으로 뽑았다. 더불어 탁방拆榜, 과거에 합격한 사람의 이름을 내붙이는 것을 하고 신은新恩을 불러들였는데 지난밤에 보았던 늙은 유생이 아니라 일개 소년 선비였다. 임금이 의아하게 여겨 물었다.

"네가 이 글을 지었는가?"

"아니옵니다. 소신이 늙은 스승의 사초에서 본 것을 써서 바쳤나이다."

임금이 또 물어보았다.

"네 스승은 왜 과거를 보지 않았느냐?"

"소신의 스승은 우연히 얻은 쌀밥과 고기를 배불리 먹고 졸지에 관격3)을 앓게 되어 과거장에 들어오지 못했습니다. 그래서 소신이 대신 스승의 사초를 품고 왔나이다."

임금은 한참 아무 말도 없이 있다가 그를 물러나게 했다. 늙은 유생은 임금이 하사한 쌀과 고기를 지나치게 포식하여 병을 얻었던 것이다. 이로 보건대 그게 다 운명이 아니겠는가? 유생은 그 병으로 끝내 일어나지 못했다 한다.

設別科少年高中

成廟時或微行, 一夜雪月照耀, 上與數三宦侍, 微服而行, 行到南山下. 時政三更後, 萬籟俱寂, 而山下數間斗屋, 燈火明滅, 有讀書聲. 上以幅巾道袍4), 開戶而入, 主人驚起, 延坐而問曰: "何許客子, 深夜到此?" 上對曰: "偶然過去, 聞讀書聲而來." 仍問曰: "所讀何書?" 曰: "易經也." 上與之問

---

3) 관격(關格): 먹은 음식이 갑자기 체하여 가슴속이 막히고 위로는 계속 토하며 아래로는 대소변이 통하지 않는 위급한 증상.
4) 袍: 국도본·고대본·동경대본·가람본에는 '服'으로 표기.

難, 應對如流, 眞大儒也. 問年紀[5]幾何, 曰: "五十餘矣." "不廢科[6]工乎?"
曰: "數奇之故, 屢屈科場矣." 請見其私草, 乃出示, 則箇箇名作也. 上怪而
問曰: "如許實才, 尙未決科, 此則有司之責也." 對曰: "奇窮之致, 何可怨有
司之不公乎?" 上暗記其中一篇題與所作, 仍問曰: "再明有別科, 其或聞之
否?" 對曰: "不得聞知矣, 何時出令乎?" 上曰: "俄者自上有命, 第努力見
之." 仍辭出, 使掖隷以二斛米十斤肉, 自外投之而去. 還宮後, 仍命設別科,
及期御題, 以向夜儒生私草中題出揭, 而只待其文之入來. 未幾試券入呈,
果是向夜所覽之賦也. 自上大加稱賞, 多下御批, 而擢置第一矣. 及其拆榜
之時, 呼入新恩, 則非向夜所見之儒[7], 卽一少年儒也, 上訝然而敎曰: "此
是汝之所做乎?" 對曰: "非也. 果逢於小臣老師私草中而書呈矣." 上又敎
曰: "汝師何不赴擧?" 對曰: "臣之師, 偶飽米肉, 猝患關格, 而不得入來, 故
小臣懷其私草而來矣." 上黙然良久, 使之退. 盖所賜米肉, 過[8]飽於飢腸,
而生病也. 由是觀之, 豈非命耶? 此儒生, 仍此病不起云矣.

■■■■■
5) 紀: 고대본·가람본·성균관대본에는 잘못 탈락.
6) 科: 고대본에는 탈락.
7) 고대본·가람본에는 '也'가 더 나옴.
8) 過: 고대본·성균관대본에는 '果'로 잘못 표기.

관상을 잘 보는 부인이 비단 조복을 만들다

    문곡^{文谷} 김수항[1]의 부인 나씨^{羅氏}는 명촌^{明村} 나양좌[2]의 누이로 사람을 알아보는 능력이 있었다. 부인이 딸의 짝을 얻어주려고 셋째 아들 삼연[3]에게 민씨^{閔氏} 댁으로 가서 그 집 젊은이들을 보고 사윗감을 골라오

1) 김수항(金壽恒, 1629~1689): 호는 문곡(文谷). 1672년 우의정에 발탁되고, 좌의정으로 승진하여 세자부(世子傅)를 겸했다. 절의로 이름 높던 김상헌의 손자로 가학(家學)을 계승했으며 김장생의 문인인 송시열·송준길 등을 따랐다. 특히 송시열이 가장 아끼던 후배로서 한때 사림의 종주로 추대되었다. 서인이 노론과 소론으로 분열할 때 송시열을 옹호하고 외척과 가까운 노론의 영수가 되자, 소론 명류들에게 배척을 받기도 했다.
2) 나양좌(羅良佐, 1638~1710): 과거에 뜻을 두지 않고 오직 학문과 수양에만 전념했다. 1689년 기사환국으로 김수항과 이사명(李師命)이 극형을 당하자, 혼자 천릿길을 달려가 이사명의 상을 치르고 돌아오니 모두 그 의협심에 감탄했다.
3) 삼연(三淵): 김창흡(金昌翕, 1653~1722). 삼연은 호. 좌의정 상헌(尙憲)의 증손자이고, 아버지는 영의정 수항(壽恒)이며, 어머니는 안정 나씨(安定羅氏)로 해주목사 성두(星斗)의 딸이다. 형은 영의정을 지낸 창집(昌集)과 예조판서·지돈령부사 등을 지낸 창협(昌協)이다. 과거에는 관심이 없었으나 아버지의 명으로 응시하여 1673년 진사시에 합격하고 나서 과장에 발을 끊었다. 백악(白岳) 기슭에 낙송루(洛誦樓)를 짓고 동지들과 글을 읽으며 산수를 즐겼다. 1689년 기사환국으로 아버지가 진도에서 사사되자, 영평(永平, 지금의 경기도 포천)에 은거했다. 신임사화로 형 창집이 절도에 유배되어 사사되자 지병이 악화되어 죽었다.

게 했다. 삼연이 다녀와서 말했다.

"민씨 댁 자제들은 모두 기가 약하고 용모도 빼어나지 않아 합당한 사람이 없습니다."

부인이 말했다.

"그 댁은 명문가이니라. 후진後進이 분명 그러하지 않을 것이다."

그뒤 삼연은 이씨 댁 자제를 사윗감으로 점찍어 와서 말했다.

"오늘 정말 좋은 사윗감을 얻었나이다."

부인이 물었다.

"누구지? 풍모와 범절은 어떠하더냐?"

"풍모가 훌륭하고 재능이 뛰어나니 진실로 큰 그릇입니다."

부인이 말했다.

"그렇다면 좋지."

사위를 맞이하여 합근合卺, 신랑신부가 잔을 주고받음하는 날, 부인이 신랑을 보고 탄식하며 말했다.

"셋째 아이가 눈은 있지만 안목은 없구나!"

삼연이 이상하게 여겨 물으니 부인이 대답했다.

"신랑이 좋기는 좋아. 하지만 수명이 길지 않다. 길어도 서른을 넘기지 못할 것이니, 너는 어떻게 저런 사람을 사윗감으로 골랐느냐?"

이윽고 골똘히 살펴보다가 또 탄식했다.

"우리 딸이 먼저 죽을 것이니 또 어찌하겠느냐?"

부인이 삼연을 계속 책망했으나, 삼연은 끝내 그렇게 되리라고 믿지 않았다.

하루는 지재趾齋 민진후[4]와 단암丹巖 민진원[5] 등 여러 젊은 종형제가 일이 있어 부인을 찾아왔다. 삼연이 들어가 말했다.

"어머님께서 늘 민씨 집안과 혼인을 맺지 못한 것을 한스러워하셨지요. 오늘 민씨 댁 자제들이 왔습니다. 창틈으로 잘 살펴보십시오. 소자의 말이 틀리지 않았다는 것을 아시게 될 겁니다."

부인이 엿보고 나서 다시 삼연을 꾸짖었다.

"네가 안목이 없는 게 확실하구나! 이 소년들은 모두 귀인으로서 후세에 이름을 날릴 큰 그릇이다. 혼인을 맺지 못한 것이 아깝구나!"

그뒤 과연 그 말대로 되었다. 민씨 자제들은 모두 크게 현달했지만, 이씨는 서른을 갓 넘기자마자 죽었다. 벼슬도 겨우 참봉參奉, 종9품 관직이었다. 부인의 딸은 이씨보다 일 년 먼저 죽었다.

부인은 일찍이 비단 세 단端을 짰다. 한 단으로는 남편의 관복을 만들고 남은 두 단은 깊이 숨겨 보관해두었다. 둘째 아들 농암[6]이 급제했을 때도 그 비단으로 관복 짓는 것을 허락하지 않았다. 그뒤 맏아들 몽와[7]가 음관蔭官으로 벼슬을 얻자 관복을 짓게 했다. 나머지 한 단은 다시 감추어두었다가 손자사위 조문명[8]이 급제하자 그것으로 관복을 지었다. 세 사람의 지위가 모두 삼공三公, 영의정, 좌의정, 우의정을 합하여 부르는 명칭에

---

4) 민진후(閔鎭厚, 1659~1720): 호는 지재(趾齋). 진원(鎭遠)과 현감 진영(鎭永)의 형이다. 송시열의 문인이다. 기사환국이 일어나자 아버지를 비롯한 일가친척과 함께 관작을 삭탈당하고 귀양살이했다. 1694년 갑술옥사로 인현왕후가 복위되자 세자시강원설서(世子侍講院說書)로 다시 기용되었고, 1697년 충청도 관찰사가 되었다. 이어 강화부유수·형조참의·한성부판윤·예조판서 겸 수어사·한성부판윤·공조판서 등을 역임했다. 1719년 의정부우참찬에 올랐으나 병으로 사양하고, 그뒤 개성부유수로 재직하다 죽었다.

5) 민진원(閔鎭遠, 1664~1736): 호는 단암(丹巖)·세심(洗心). 송시열의 문인이다. 1689년의 기사환국 이후 인현왕후가 유폐되고 노론 일파가 크게 탄압을 받아 벼슬에 등용되지 못하다가, 1694년 갑술옥사로 장희빈이 강봉되고 인현왕후가 복위되어 노론이 집권하자 이듬해 예문관 검열로 기용되었다. 공조참의·강화부유수·평안도 관찰사 등을 지냈으며, 이조판서·호조판서에 이어 1721년 공조판서로 있으면서 실록청총재관(實錄廳總裁官)을 겸하여 숙종실록 편찬에 참여했다. 신임사화로 노론이 실각하자 성주(星州)로 유배되었다가, 1724년 영조의 즉위와 더불어 노론이 집권하자 풀려나 우의정에 올랐다. 이어서 실록청총재관으로 경종실록 편찬을 주관했다. 당쟁을 종식시키려는 영조의 노력에도 불구하고, 그는 끝까지 소론과 타협하지 않고 소론을 배격하는 노론의 선봉장으로 활약했다.

6) 농암(農巖): 김창협(金昌協, 1651~1708). 농암은 호. 좌의정 상헌의 증손자이고, 영의정을 지낸 창집의 아우다. 아버지는 영의정 수항이며, 어머니는 안정 나씨로 해주목사 성두(星斗)의 딸이다.

이른 걸 보면, 부인은 삼공에 이르지 못할 사람에게는 조복을 허락하지 않은 것이다.

농암이 과거에 급제해 들어가 뵈니 부인이 눈썹을 찌푸리며 말했다.

"어찌 산림처사山林處士 같으냐?"

그뒤 몽와가 급제하여 들어가 뵈니 부인이 웃으면서 이렇게 말했다한다.

"대신大臣이로다."

製錦袍夫人善相

文谷金公諱壽恒, 夫人羅氏, 明村羅良佐之妹也. 有識鑑. 爲女擇婿, 使第三胤三淵, 往見閔氏諸少而定婚, 三淵往見而告曰: "閔家兒, 皆氣短, 且貌不颺無可合者." 夫人曰: "此是名家也. 往9)進必不然矣." 其後三淵, 擇定於李氏兒而來言曰: "今日果得佳婿矣." 夫人問曰: "爲誰, 而風範10)如何?" 對曰: "風儀動盪, 才華發越, 眞大器也." 夫人曰: "若然則好矣." 及迎婿合

7) 몽와(夢窩): 김창집(金昌集, 1648~1722). 몽와는 호. 좌의정 상헌의 증손으로, 할아버지는 동지중추부사 광찬(光燦)이고, 아버지는 영의정 수항이다. 창협·창흡의 형이다. 이른바 노론 사대신으로 불린다. 강화유수·예조참판·개성유수 등을 역임하고, 호조·이조·형조의 판서를 지냈다. 1705년 지돈령부사를 거쳐 이듬해 한성부판윤·우의정·좌의정·우의정을 역임했다. 노론으로서 숙종 말년 세자의 대리청정을 주장하다가 소론의 탄핵을 받았다. 영중추부사 이이명, 판중추부사 조태채, 좌의정 이건명 등과 함께 연잉군(延礽君, 훗날의 영조)을 왕세자로 세우기로 상의하여 김대비(金大妃, 숙종의 계비)의 후원을 얻었다. 소론 일색의 정국이 되자, 소론의 김일경·목호룡(睦虎龍) 등이 노론의 반역 도모를 무고하여 신임사화가 일어났다. 김창집은 거제도에 위리안치되었다가 이듬해 성주에서 사사되었다.

8) 조문명(趙文命, 1680~1732): 호는 학암(鶴巖). 1705년 생원시에 합격하고 1713년 증광문과에 병과로 급제했다. 서장관으로 청나라에 다녀오고 동부승지로 승진하여 파붕당(破朋黨)의 설을 제창하다가 민진원의 배척을 받았다. 소론이면서도 외가(광산 김씨光山金氏 만균萬均)와 처가(안동 김씨安東金氏 창업昌業)가 노론 집안이라 노론계 명사와 널리 교유했다. 특히 송인명·김재로 등과 매우 가까웠다.

9) 往: 국도본·고대본·동경대본·가람본·성균관대본에는 '後'로 표기. '後'가 맞음.

10) 風範: 국도본에는 '範風'으로 표기.

卒之日, 夫人見而嘆[11]曰: "三兒有目而無珠矣." 三淵怪而問之, 則夫人曰: "新郎佳則佳矣. 壽限大不足, 遠不過三旬[12], 汝[13]何所取而定婿也?" 已而熟視而又嘆[14]曰: "吾女先死矣. 亦復奈何?"云云. 而責三淵不已. 三淵終不以爲然. 一日閔趾齋鎭厚, 閔丹岩鎭遠, 諸從兄弟, 俱以弱冠, 適有事而來, 三淵入告曰: "母氏每以閔家之[15]不得連婚[16]爲恨矣, 今閔家少年來矣. 母氏可從窓隙窺見, 必下諒小子言之[17]不誣也." 夫人窺見, 而又責三淵曰: "汝眼果無珠矣! 此少年俱是貴人, 名垂後世之大器也. 惜乎不得連婚矣." 其後果符其言, 閔公俱大達, 而李氏年纔過三十, 以衆奉天, 而夫人之女, 先一年而歿. 夫人常[18]織綿布三端[19], 而以一端造文谷之官服, 二端深藏, 而第三[20]胤農岩登第, 而不許造朝服[21], 其後夢窩以蔭官登第, 仍使造朝服[22]. 一端又藏之, 孫婿趙文命登第, 又使造朝服[23]. 三人俱位至三公, 夫人之意, 以爲未至三公之人, 不可許故也. 農岩登科[24]而入謁, 夫人嚬眉曰: "何爲而[25]如山林處士樣也?" 其後夢窩登第而入謁, 則笑曰: "大臣."云云矣.

---

11) 嘆: 고대본·동경대본에는 '歎'으로 표기.
12) 旬: 동양본에는 '十'으로 표기.
13) 汝: 고대본에는 탈락.
14) 嘆: 고대본·동경대본에는 '歎'으로 표기.
15) 之: 동경대본에는 탈락.
16) 동경대본에는 '故'가 더 표기.
17) 言之: 고대본·가람본·성균관대본에는 '之言'으로 표기.
18) 常: '嘗'으로 읽어 '일찍이'로 해석하는 것이 무난함. 동양본에는 '嘗'으로 표기.
19) 端: 고대본·성균관대본에는 '段'으로 표기.
20) 三: 국도본·고대본·동경대본·가람본·성균관대본에는 '二'로 표기. 농암 김창협이 '二'가 맞음.
21) 服: 국도본·고대본·동경대본·가람본·성균관대본에는 '衣'로 표기.
22) 服: 국도본·고대본·동경대본·가람본·성균관대본에는 '衣'로 표기.
23) 服: 국도본·고대본·동경대본·가람본·성균관대본에는 '衣'로 표기.
24) 科: 국도본·고대본·동경대본·가람본·성균관대본에는 '第'로 표기.
25) 而: 동경대본에는 '以'로 표기.

천 리 밖 아버지에게 편지를 보내고 찾아가다

차덕봉_{車德鳳}은 대흥^{大興}, 충청남도 예산군 대흥면 두련리^{斗蓮里}에 살던 선비다. 같은 고향에 사는 어느 문관을 따라 북청^{北靑}, 함경남도 북청군 임소로 따라가서 아객^{衙客, 지방 고을의 원을 찾아와서 관아에 묵던 손님}이 되었다. 무료한 객지살이 중에 우연히 관기인 초안^{楚岸}과 관계를 맺어 아이를 잉태하게 했다.

몇 달 뒤 문관이 사건에 연루돼 파직당하여 돌아가게 되었고 덕봉도 함께 돌아가야 했다. 덕봉은 떠날 때 초안에게 이별의 증표로 부채 하나를 주었다. 그는 부채에 이런 글을 써주었다.

"아들을 낳으면 이름을 대흥이라 하고, 딸을 낳으면 두련이라 하시오."

자기가 사는 곳의 지명으로 이름을 짓게 한 것은 뒷날 이름을 보고 아버지를 생각하게 하려는 심산에서였다. 기생은 때가 되어 딸을 낳고 두련이라고 이름 지었지만 덕봉은 알지 못했다. 북청에서 대흥까지는 천 리가 넘었고 소식이 끊긴 지도 여러 해였다. 덕봉도 초안에게 부채를 주고 자식의 이름을 짓게 한 일을 까마득히 잊어버렸다.

하루는 덕봉이 학질에 걸려 위독한 지경이 되었다. 정신이 흐려져 침석에 엎드려 있으니 의식이 거의 없었다. 그때 홀연 같은 마을에 사는 선비 아무개의 종이 서울에서 내려와 편지와 보자기를 전하며 말했다.

"이것은 장령 안 아무개 댁에서 전하는 것입니다. 옷과 인삼, 녹용도 있습니다."

덕봉은 매우 놀랐고 또 이상하게 여겼다. 병든 몸을 겨우 일으켜 열어보니 두련이 손수 장만해 보내준 것이었다. 편지에는 이렇게 쓰여 있었다.

"태어난 뒤로 아버지 얼굴을 알지 못합니다. 다른 사람들이 아버지를 부르는 소리만 들어도 놀라고 또 슬픈 마음이 일어납니다. 저는 사람 축에도 낄 수가 없었습니다. 만약 아버지가 살아만 계신다면 천리를 마다않고 아버지를 찾아가 뵙겠습니다. 단 한 번만이라도 아버지 얼굴을 볼 수 있다면 살아서 한이 없을 것이고 죽을 때도 편안히 눈을 감을 수 있을 것입니다."

여러 장 편지에 쓴 말들이 간절하고 측은했다. 덕봉은 이를 읽고 홀연 크게 깨달았다. 그리고 초안이 딸을 낳아 두련이라고 이름 지었고 그 딸이 장성했음을 알게 되었다. 한편으로 기쁘고 다른 한편으로 슬퍼 감정을 억누를 수가 없었다. 금방 힘을 내 답장을 썼고 또 '두련사斗蓮詞'라는 제목의 한시 한 수를 지어서 부쳤다. 덕봉은 딸이 보내준 약을 먹으면서 조금씩 병이 나아졌다.

그해 가을, 두련은 북청 원에게 그 사연을 담은 글을 올려 아버지를 찾아뵐 수 있도록 휴가를 달라고 간청했다. 원은 사정을 가련히 여겨 특별히 허락해주었다. 두련은 행장을 갖추어 말을 타고 천릿길을 떠나 홍주洪州, 충청남도 홍성군 홍성면 금마천金馬川에 있는 아버지를 찾아가 뵈었다. 덕봉이 대흥에서 그곳으로 이사를 가 있었던 것이다. 부녀는 서로 부둥켜안고 울부짖었다. 두련은 계속 머물며 아버지를 모시고 즐거워하다가 돌아오라는 명을 받아 작별하고 떠났다. 그뒤로도 두서너 번 더 휴가를

얻어 와서 뵈었는데, 그때마다 반드시 오래 머무르며 차마 돌아가지 못
할 것처럼 아쉬워했다. 마침내 두련은 아버지의 임종을 보고 상을 다 치
르고서 돌아갔다.

傳書封千里訪父親

車德鳳, 大興斗蓮里士人也. 隨同鄕文官, 往北靑任所, 爲衙客. 旅鎖無
聊中, 偶與官妓楚岸, 有私懷孕, 數月, 其文官坐事罷歸, 德鳳亦同還. 臨行
贈一扇爲別, 題其扇曰: "生男則名以大興, 生女則名以斗蓮." 所以志其自
家所居地名, 以爲他日顧名思父之意也. 及期生女, 名以斗蓮, 而德鳳則無
以知之. 北靑之距大興, 千有餘里, 聲息不相及者, 積有年矣. 並與贈扇作
名之事, 而忘却矣. 一日德鳳患痁濱危, 昏殢伏枕席, 殆無省覺, 忽有同里
居士人某之奴, 自京下來, 投傳書封, 而謂自掌令安某家傳來者, 又有衣服
袴蔘茸等種, 德鳳大駭異之, 扶病開視, 則乃斗蓮手自脩[1]送者, 而書中辭
語[2]: "以生來不識父顔面, 聞人喚爺, 怛然懷戚[3], 無以自齒於人類, 若知
父親之在世, 則當不遠千里, 而尋覲, 一識父顔, 則生無所恨, 死當瞑目." 聯
紙屢牘, 辭意懇惻. 德鳳於是怳[4]然大覺, 乃知楚岸生女, 果以斗蓮爲名,
而至于長成也. 一喜一悲, 不能定情, 力疾作答, 且搆斗蓮詞一闋付之. 德
鳳之病, 則因服其女所送之藥, 差有起色. 是年秋, 斗蓮卽具由呈訴, 請得
由暇往覲, 其倅憫[5]其情, 而感[6]其意, 特許之. 遂治裝騎馬, 間關千里, 來見

----

1) 脩: 국도본·고대본·동경대본·가람본·성균관대본에는 '修'로 표기.
2) 語: 고대본·가람본·성균관대본에는 '言'으로 표기.
3) 戚: 고대본·가람본·성균관대본에는 '慼'으로 표기.
4) 怳: 고대본·가람본에는 '恍'으로 표기.
5) 憫: 동경대본에는 '悶'으로 표기.
6) 感: 동경대본에는 '戀'으로 표기.

其父於洪州之金馬川, 盖自大興移居[7]也. 相持感泣, 留連侍娛, 因有刷還朝令別去. 其後又討瞰[8]來見, 至于[9]再三來, 則必久留不忍去, 竟得侍終, 服喪而歸去.

7) 居: 동경대본에는 '去者'로 표기.
8) 瞰: 동경대본을 제외한 다른 이본에는 '暇'로 맞게 표기.
9) 于: 동경대본에는 '於'로 표기.

깊은 산골에서 만난 이인이 별을 보고 예언하다

　서울의 한 선비가 북관에 갔다가 돌아올 때는 산속 지름길로 와서 하루 만에 이천伊川, 강원도 이천군 경계에까지 이르렀는데 날이 저물려 했다. 사방은 산으로 둘러싸여 있고 키 큰 나무들이 하늘을 찌를 듯한데 호랑이와 표범이 으르렁거리고 여우와 이리가 돌아다녔다. 선비는 배회하며 사방을 둘러보아도 적막하기만 할 뿐 인적이 없으니 정말 위태롭고 무서웠다.

　선비는 민가의 연기를 찾다가 홀연 큰 바위를 발견했는데 한복판이 마치 문처럼 열려 있었다. 큰 시냇물이 그 가운데로 흘렀고 때때로 부추 잎들이 물에 떠내려왔다. 선비가 말했다.

　"저쪽에 분명 사람 사는 곳이 있을 거야. 무릉도원이 아니면 천태[1]가 은거한 곳이겠지."

　선비가 종을 시켜 헤엄쳐 들어가보게 했다. 종은 한참 뒤에 작은 배를

---

1) 천태(天台): 천태종을 연 천태대사 지의(知顗)를 가리킨다. 천태산에서 십 년간 수양했다.

타고 나왔다. 선비도 배를 타고 종과 함께 노를 저어 물을 거슬러올라갔다. 물이 다한 곳에 이르러 물가에 배를 대고 언덕을 올라가서 이곳저곳을 둘러보다가 한 곳에 이르니 인가 수백 호가 나타났다. 산이 높고 골짜기가 깊어 속세의 티끌이 이르지 않아, 마을이 맑고 깨끗하니 틀림없는 별세계였다.

한 노인이 지팡이를 짚고 나왔다. 의관이 예스러우면서 소박했고 풍모는 세속의 흔적이 없었다. 노인이 선비를 맞이하며 말했다.

"이곳은 깊은 산속이고 인간세상과 관계를 끊은 지도 백 년이 넘었습니다. 인간세상 사람 중에는 이곳을 아는 이가 없을 텐데 그대는 어떻게 이곳까지 들어올 수 있었소?"

선비가 산길을 가다가 길을 잃었다 하니, 노인은 그를 자리에 앉게 하고 저녁밥을 내주었다. 산나물과 들 채소는 인간세상에서 맛볼 수 있는 것이 아니었다.

이윽고 함께 잠을 청하며 조용히 대화를 나누었는데, 노인이 이런 이야기를 해주었다.

"나의 몇 대 선조께서 티끌세상의 시끄러움을 싫어하여 뜻을 같이하는 사람 대여섯 명을 이끌고 이곳에 들어와 사신 지 몇백 년이 되었지요. 한 번도 산 밖으로 나가지 않고 서로의 아들과 딸을 혼인하게 했으니 이제 몇백 호의 큰 마을을 이루게 되었다오. 밭 갈아서 먹고 베를 짜서 입으며 시비是非를 따지지 않고 조세도 내지 않지요. 다만 나뭇잎이 떨어지면 가을이라 여기고 꽃이 피면 봄이라 생각합니다."

밤이 깊어지자 노인은 마당을 거닐다가 문득 별 하나가 떨어지는 것을 보고 깜짝 놀라며 말했다.

"평구平邱에 사는 박진헌朴震憲이 죽었도다!"

그러고는 탄식했다.

"머지않아 반드시 전쟁이 일어날 텐데 이를 어떡하나?"

선비가 속으로 이상하게 여기고 몰래 행랑 속 작은 책자에 그 날짜를 기록해두었다. 그리고 노인에게 물었다.

"전쟁이 일어나면 어떻게 해야 화를 피할 수 있을지요? 부디 살길을 가르쳐주시기 바랍니다."

노인이 말했다.

"강릉과 삼척 등지로 피난을 가면 화를 면할 수 있을 것이오."

다음날 선비는 석문을 나서서 집으로 돌아갈 때 지름길로 평구촌으로 가서 물었다.

"이 마을에 박진헌이라는 분이 계십니까?"

마을 사람들이 대답했다.

"이미 죽었습니다."

선비가 그 날짜를 물어보니 과연 밤에 별이 떨어지던 날이었다.

병자년丙子年 겨울 금나라 오랑캐들이 침략하니, 선비는 노인의 말을 떠올리며 처자를 이끌고 삼척 지방으로 갔다. 마침내 온 집안사람이 무사했다 한다.

覘天星深峽逢異人

京中一士人, 往北關歸時, 取山中捷徑而行²⁾. 一日行至伊川界, 日色向晚³⁾, 山勢四圍, 大木豢天, 虎豹晝嘷, 狐狸橫行. 徘徊四顧, 寂無人踪⁴⁾, 政爾危怖. 行尋人烟, 忽見大石中開⁵⁾若石門, 然有大川, 自其中流出, 菁葉

---

2) 行: 동양본에는 '還'으로 표기.
3) 日色向晚: 동양본에는 '日色晚矣'로 표기.
4) 踪: 동경대본·동양대본에는 '跡'으로 표기.
5) 開: 동경대본에는 '聞'으로 표기.

444 | 청구야담

時時隨流而下, 其人曰: "此間[6]必有人居, 除非武陵桃源, 必是天台隱居也." 使其奴, 浮水而入, 良久其奴, 乘小舟而來, 其士人遂乘船[7], 與其奴棹船而溯流, 至水盡處, 泊船[8]登岸[9], 尋至一處, 有人家數百戶居焉. 山高谷深, 塵埃不到, 村居蕭洒, 政是別世界也. 有一老翁, 携筑而出, 衣冠古野, 儀表出俗, 來迎曰: "此地甚[10]邃, 不與人世通烟者, 已百餘年矣. 世無知者, 子何以能入來耶?" 其士[11]人告以山行失路之狀, 其老人延之入座, 餽以夕飯, 山菜[12]野蔬, 決非世間之味. 仍與同宿, 相與從容談話, 仍言: "自幾代祖, 厭塵世俗囂, 携同志五六人, 卜居于此, 今爲幾百年. 踪跡一不出山, 生男生女, 相與婚娶, 今爲屢百戶大村, 而畊[13]田而食, 織布而衣, 是非不到, 租稅不出, 只以葉落爲秋, 花開爲春." 云云. 夜深步庭中, 忽見一星隕, 遽驚曰: "平邱朴震憲死矣!" 仍嘆[14]曰: "不久必有兵難, 此將奈何?" 其人心異之, 潛錄其日子于行中小冊, 問於老人曰: "兵難若起, 則何以避禍乎? 請指示可生之方." 老人曰: "若避于江陵三陟等地, 則可以免禍矣." 其翌[15], 其人出石門歸家時, 徑至平邱村, 問: "此有朴震憲稱名人否?" 村[16]人曰: "已死矣." 問其日子, 果是星隕之夜矣. 及丙子冬, 金虜之亂, 其人思老人之言, 遂挈妻[17], 往三陟地, 終至金[18]家無事云云[19].

6) 고대본에는 '曰: 此間'이 더 나옴.
7) 船: 동경대본에는 '舟'로 표기.
8) 船: 동경대본에는 '岸'으로 표기.
9) 岸: 동경대본에는 '船'으로 표기.
10) 甚: 국도본·고대본·가람본·성균관대본에는 '深'으로 표기.
11) 士: 고대본에는 탈락.
12) 菜: 다른 이본에는 '菜'로 맞게 표기.
13) 畊: 국도본·동경대본에는 '耕'으로 표기.
14) 嘆: 동경대본에는 '歎'으로 표기.
15) 고대본·가람본·성균관대본에는 '日'이 더 나옴.
16) 村: 동경대본에는 '朴'으로 잘못 표기.
17) 고대본·가람본·동경대본·성균관대본에는 '子'가 더 나옴. '子'가 들어가는 것이 맞음.
18) 金: 다른 이본에는 '全'으로 맞게 표기.
19) 云: 국도본·고대본·동경대본·가람본에는 탈락.

교묘한 언변으로 세 무변에게 굴욕을 주고
재상을 움직이다

옛날에 무과에 급제하고 아직 벼슬을 얻지 못한 사람이 있었는데 병
조판서와 안면은 있었다. 말단 관직이나마 추천받는 일이 절실했지만
병조판서의 문하에는 추천을 간절히 바라는 사람이 세 명이나 더 있었
다. 이문덕李文德, 어필수魚必遂, 정언형鄭彦衡이 그들이었다. 세 문객은 날마
다 병조판서를 가까이서 모셨고, 병조판서 역시 그들을 기특하게 여겨
가까이 두었다.

그 사람은 힘없는 시골 사람인데다가 그들이 늘 자리에 있었기에 조
용히 자기 사정을 이야기할 틈을 만들 수 없었다. 매일 기회를 살피며
기다린 지가 벌써 오래였다. 그자들도 낌새를 알아차려 서로 상의하고
는 한 번도 먼저 물러가지 않았다. 그 사람이 병조판서에게 벼슬을 구해
달라고 청탁할 길은 꽉 막힌 것 같았다.

하루는 대감이 공무를 일찍 마치고 아무 일도 없이 앉아 있었다. 곁에
는 세 문객과 그 사람뿐이었다. 수작이 무르익자 대감이 말했다.

"자네들은 활터에 있을 때 고담古談을 많이 들었을 것 같은데 내게 이

야기해주게나. 오늘 소일거리로 삼아보세."

세 문객이 입을 열기도 전에 그 사람이 나서서 먼저 이야기했다.

소인이 고담 하나를 알고 있습니다. 옛날에 이씨 성을 가진 선비가 하나 있었습니다. 처와는 일찍부터 금슬이 좋지 않아 잠자리의 즐거움을 누린 적이 없었지요. 그래서 나이가 마흔에 가까웠는데도 자녀가 없었습니다. 하루는 선비가 안방에서 뭔가를 찾느라고 마루에 올라 창을 열었는데, 부인이 이를 잡느라 치마를 벗어 살을 드러내고 있었지요. 선비가 갑자기 들어오자 부인이 황급히 몸을 가렸습니다. 하지만 선비는 그 통통하고 뽀얗고 매끌매끌하고 보드라운 살을 보고 정욕이 크게 일어나 참을 수가 없었습니다. 바로 그 자리에서 갑자기 관계를 맺었지요. 그로부터 잉태의 경사가 있었고 금슬의 우애와 잠자리의 즐거움이 한층 더해졌으니 이십 년 불화가 꿈결의 일인 듯했습니다. 어느덧 열 달이 지나 아들을 낳으니 이보다 더한 가문의 경사가 없었습니다. 부모가 아들을 몹시 사랑해 보고 또 보면서 잠시도 슬하를 벗어나지 못하게 했습니다. 처와 함께 아이 이름을 짓는데 아비가 갑자기 껄껄 웃으며 말했지요.

"이 아이를 얻은 것을 두고 사이좋은 다른 부부가 아이를 얻었을 때처럼 기뻐해서는 안 되오. 여러 해 서로 반목하다가 당신이 이를 잡으려고 치마를 벗었을 때 기이하게도 내가 홀연 욕정이 끓어올라 동침의 즐거움을 누리고 아들을 낳게 되었으니, 이 아이를 얻은 것은 모두 이가 부인을 문 덕[虱捫之德]이라오. 그러니 '수복壽福' 같은 보통 글자로 이름을 지을 수는 없소. 이름을 보면 그 뜻이 떠오르게 하여 기이한 만남을 드러내도록 합시다."

그래서 아들의 이름을 '문덕文德'이라고 지었습니다. 이를 잡을 때 동침한 정경을 이름에 드러낸 것이지요. 성과 함께 부르면 '이문덕李文德'이 되지만 뜻을 따져서 읽으면 '이문덕風吻德[1]'이 되지요. 이런 까닭으로 호적이나 편지, 과거 답안지에 모두 이문덕李文德 세 자를 썼지요. 그래서 사람들은 그 이름을 보고 부모가 이 잠을 때 성교한 사연을 모두 알게 되었습니다. 비록 이름을 돌아보게 하고 정경을 드러내려던 의도에서였지만, 아버지가 이 세 글자로 이름을 지은 것은 너무 지나친 처사가 아니겠습니까?

대감과 어필수, 정언형 두 문객은 포복절도했다. 하지만 진짜 이문덕은 부끄럽기도 하고 화도 나서 어쩔 줄 모르다가 한마디도 못하고 몸이 아프다고 아뢴 뒤 물러갔다.

병조판서는 칭찬을 멈추지 않으며 다른 이야기를 청했다. 그 사람이 또다른 이야기를 시작했다.

옛날에 가난한 집 부부가 있었는데 금슬이 매우 좋았고 혈기도 왕성했습니다. 마흔도 안 되었는데 자녀가 예닐곱 명 있었으니 만나기만 하면 임신이 된 꼴이었지요. 집안 형국을 보면 다 떨어진 옷을 입고 변변찮은 끼니를 이어가며 우글우글하는 아이들이 자못 가련했습니다. 아이를 보살피는 여종이 없었으니 첫째 아이가 둘째 아이를 업고, 셋째 아이는 넷째 아이를 업게 하는 식으로 차례차례 안고 업게 했습니다. 한시도 짐을 덜지 못하니 층층의 발가벗은 아이들이 봉두난발하고 터진 살갗으로 아이 업는 일에 시달려야 했지요. 간혹 한 아이가 잘못 업어 어린아이가 울기라도 하면, 어미란 사람은 성질이 거칠어 큰아이를 지나치게 때렸습니다. 어린것이 연이어 태어나는 일 자체가 사실 큰아이에게는 일대 우환이었던 셈이지요. 어느 날 밤 멀리 나갔던 장부가 한 달 만에 돌아와 안방에서 처와 자녀들과 함께 자게 되었습니다. 큰놈은 먼 곳에 눕고, 작은

<hr />

1) 風吻德: '風捫德'으로 고쳐야 함. '이가 물어준 덕'이라는 뜻임.

놈은 가까운 곳에 눕고, 더 어린 놈은 더 가까운 곳에 눕고, 가장 어린 놈은 가장 가까운 곳에 누웠지요. 부부가 한이불을 덮고 동침했는데 방이 너무 좁아 조용히 일을 치러도 지각이 든 사람이면 분명히 알아차릴 수 있었죠. 밤이 깊어지자 부부는 그동안 풀지 못했던 회포를 풀기 시작했습니다. 어린것들은 모두 곯아떨어졌지만, 조금 커서 지각이 있는 놈은 온돌이 차가워 마침 잠을 이루지 못하고 있다가 말없이 부모가 하는 짓을 보고서 혼잣말했지요.

"업힐 손^{'사내아이'의 경남 지역 방언} 또 나온다!"

그동안 내내 힘들게 아이 업는 일을 하고도 어미에게 매맞으면서 한편으로 원통함이 가슴에 맺혔는데, 동생이 또 태어나면 아이 업는 일이 전보다 더 힘들어질 것이었습니다. 이런 마음속 고민이 자기도 모르게 '부수출^{負手出, 업을 손이 나온다는 뜻}'이란 세 글자가 되어 입에서 튀어나온 것입니다. 이런 이야기가 이치에 가깝기도 하지요. 업을 '부^負'와 손 '수^手' 두 글자를 뜻과 음으로 헤아리면 완연히 어필수^{魚必遂} 세 자가 되는 것입니다.

대감과 정언형이 포복절도했지만 진짜 어필수는 멍하니 바보처럼 있다가 집안일이 있다며 물러갔다. 이제 자리에는 정언형 한 사람만 남았다. 대감이 또 이야기를 청하니 그 사람이 이어서 말했다.

경기도에 한 유학^{幼學, 벼슬하지 않은 유생}이 있었는데 벌열도 아닌데다 학문할 때도 놓쳤고 재산도 없었으며 이렇다 할 교유도 없었지요. 자랑할 만한 것이라곤 외가 사촌형 하나가 전행정언[2]으로 서울에 있다는 사실뿐

---

2) 전행정언(前行正言): '전(前)'은 전직(前職)을 뜻하고, '행(行)'은 행수법(行守法)의 행을 말한다. 조선시대에는 관직과 관품이 정해져 있었는데, 개인의 관직과 관품이 일치하지 않을 경우, 품계가 높고 관직이 낮을 경우에는 관직 앞에 '행'을 썼고, 품계가 낮고 관직이 높을 경우에는 '수'를 썼다. 정언은 사간원의 정6품의 관직으로 간쟁에 관한 일을 맡아보았다.

이었습니다. 그는 성품도 비루하고 천하여 평소 상놈들한테도 자주 멸시받았습니다. 하루는 그가 술에 취한 동네 상놈한테 모욕을 당하고 화내며 공갈을 했지요.

"우리 정언 형님을 만나 이 원통한 일을 다 말하면 법에 따라 엄하게 다스려주실 것이다!"

그가 상놈을 거듭 위협하며 지나치게 자랑을 했습니다. 취한 상놈은 평소 무지하고 사나운 놈으로 그 양반을 두려워할 일이 없다는 걸 익히 알았습니다. 그러니 그 양반과 성이 다른 사촌형인 서울 사는 전직 정언을 두려워할 턱이 있겠습니까? 상놈은 취기가 오른 김에 화내며 팔뚝을 걷어붙이고 악언을 퍼부었지요.

"너의 정언 형이란 것이 무슨 물건이냐? 너의 정언 형이 내 좆만 하냐? 내 자지만 하냐?"

상놈은 온갖 방법으로 그를 놀리고 모욕했으며 추악한 욕설을 무수히 퍼부었습니다. 오늘은 이렇게, 내일은 저렇게 날마다 입에 담을 수도 없는 욕이 다 정언 형의 몸에 미쳤습니다. 정언 형이란 사람은 시골의 외사촌 동생 탓에 공연히 욕먹게 되었으니 그야말로 어이없는 죄를 입은 것 아니겠습니까? 그 사람이 말한 정언 형正言兄 세 글자를 음으로만 들으면 이 자리에 앉아 있는 정언형의 성명과 조금의 차이도 없지요.

대감이 또 포복절도하니 진짜 정언형이란 자는 분노한 듯 부끄러운 듯 멍하니 있다가 물러갔다.

드디어 다른 사람들이 사라져 자리가 텅 비자, 그 사람은 마음껏 벼슬을 구했다. 대감은 그의 언변이 좋은 것을 가상히 여겨 초사初仕 한 자리를 주었다 한다.

屈三升善辯動宰相

古有一出身, 與兵判面熟. 一命[3])之願, 非不切矣[4]), 兵判之門有三出身切緊[5])者, 其一李文德也, 其二魚必逵也, 其三鄭彦衡也. 三客逐日晬侍, 兵判亦娓娓容接也[6]). 而此出身, 本以鄕谷無勢, 兼以彼輩在坐[7]), 不能乘隙, 從容陳情[8]), 每日伺候者, 厥惟久矣. 彼輩亦知其故, 相與完議, 一不[9])先退, 此出身乞[10])官之請, 可謂[11])無可奈何. 一日則大監早罷公衙, 無事端坐, 只與三客及此出身[12]). 爛熳酬酌曰: "君輩在射[13])場時, 想多聞古談, 爲我呢喔, 以消今日之閑也." 三客未及開口, 鄕出身[14])出座先語曰: "小人有一[15])古談矣. 昔有一措大李姓者, 與其妻, 自早失和, 不曾有衽席之樂, 是以年近四十, 未有子女. 一日則措大有內房可覓之物, 升軒開窓, 則夫人適當獵虱, 方解裙露膚, 丈夫猝入, 逵急遽揮掩, 而措大則已見其[16])體膚肥白滑澤, 溫潤柔軟, 情慾大動, 不可忍住, 卽其席, 有不時之會. 自是有孕胎之慶, 琴[17])瑟之友, 衽席之樂, 蔑以加矣. 二十年失和, 可謂一場夢境. 於焉十朔遽過, 生得一明璋瑞鳳, 門戶之慶, 莫大於此. 父母偏愛之, 顧之復之, 未嘗少[18])須臾

3) 一命(일명): 말단 관직의 명을 받는 것.
4) 국도본·고대본·동경대본·가람본에는 '而'가 더 나옴.
5) 切緊: 고대본·동양본에는 '緊切'로 표기.
6) 也: 국도본·고대본·동경대본·가람본에는 탈락.
7) 坐: 국도본·고대본·동경대본·가람본에는 '座'로 맞게 표기.
8) 情: 동경대본에는 '勢'로 표기.
9) 不: 동경대본에는 '無'로 표기.
10) 고대본에는 '一'이 더 나옴.
11) 可謂: 동경대본에는 탈락.
12) 出身: 국도본·고대본·동경대본·가람본에는 '先達'로 표기.
13) 射: 동경대본에는 '沙'로 잘못 표기.
14) 出身: 국도본·고대본·동경대본·가람본에는 '先達'로 표기.
15) 一: 동경대본에는 탈락.
16) 其: 동경대본에는 탈락.
17) 琴: 고대본·동경대본에는 '栞'으로 표기.
18) 少: 고대본에는 '以'로 표기.

離膝. 遂與其妻, 將以命名, 而夫忽呀呀[19]發笑曰: "斯兒之得, 與他人和夫妻生産, 不可同年而慶, 積年反目之人, 忽然牽情於[20]捫虱時[21], 解裙之際, 遂有同枕之歡, 致此奇男之生, 此兒之得, 都出夫人[22]虱捫[23]之德[24]也, 不可以[25]尋常壽福字命名. 期於顧名思義, 以表其奇遇, 遂名之曰: '文德.' 此出於捫虱時, 搆會卽景著之[26]於名音, 而並其姓呼之, 則不外乎[27]李文德三字, 以釋音揆之, 則亦不外虱吻德三字. 是以戶籍之上, 書札[28]之次, 科榜之上, 皆書以李文德三字, 而當初獵虱時[29], 搆犯所由, 人皆知之. 於此名之上, 此雖出於顧名之思, 卽景之表, 而其父之必以此[30]三字名之, 不其過乎?" 大監與魚鄭二客, 不勝絶倒, 而就中眞箇李文德, 如恥如奴[31], 逡巡然[32]不發一語, 謂以[33]身上有病, 告[34]退而去. 兵判稱善不已, 又請他話[35],

---

19) 呀呀: 고대본에는 '姸呀'로 표기.
20) 於: 국도본·고대본·가람본에는 탈락.
21) 時: 고대본에는 탈락.
22) 夫人: 고대본에는 탈락.
23) 捫: 국도본·고대본·가람본에는 '吻'으로 표기.
24) 夫人虱捫之德(부인슬문지덕): 여기서 '문(捫)'은 '잡다' '문질러 죽이다'의 뜻이다. 그 뜻을 그대로 살리면, '부인이 이를 문질러 죽인 덕'이 된다. 그러나 '이문덕'이란 이름과 연결되려면 '문(捫)'을 '문질러 죽이다'는 뜻과 함께 음으로도 받아들여, '이가 물다'는 뜻이 되도록 해야 한다. 여기서는 '문(捫)'의 '문'이란 음을 '이가 물었다'는 뜻으로 해석한다. 즉, '이가 부인을 물어준 덕'으로 해석한다. 이렇게 해석해야 '이문덕'이란 사람을 더 통렬히 조롱할 수 있게 된다.
25) 以: 동경대본에는 탈락.
26) 之: 고대본·동경대본·가람본에는 탈락.
27) 不外乎: 동양본에는 탈락.
28) 札: 고대본·가람본에는 '禮'로 표기.
29) 時: 고대본·가람본에는 탈락.
30) 此: 고대본·가람본에는 탈락.
31) 奴: 동양본·국도본·가람본에는 '怒'로 표기. '怒'가 맞음.
32) 然: 고대본에는 탈락.
33) 謂以: 국도본·고대본·가람본·성균관대본에는 탈락.
34) 告: 동경대본에는 '造'로 표기.
35) 話: 동경대본에는 '語'로 표기.

鄉善達又曰: "古有窮貧家, 夫妻琴[36]瑟甚調, 氣血最津, 未四十有六七子女, 可謂有會輒娠也. 見之其莘莘[37], 而弊衣惡食, 頗亦可矜. 家無看兒之婢, 使一所生, 負二所生, 三所生, 負四所生, 次次抱負之, 無一時刻卸擔, 層層赤童, 以蓬頭龜膚, 勞碌負兒之役, 而或有一兒之不善背負, 而啼之呀然, 則所謂母夫人性暴, 過度亂打其大者, 小者之連疊生出, 實大者之一大憂患. 一夜則[38]丈夫, 適自遠方逕[39]朔還家, 與妻及子女, 同宿於內房, 大者遠臥, 小者近臥, 尤小者尤[40]近臥, 最小者最近臥. 夫與妻, 則同枕[41]幷衾, 而房甚狹窄, 雖從容動靜, 有知覺者, 則[42]必當揣摩. 夜深以琴[43]瑟阻餘之情, 果有搆會之擧, 小輩俱爛宿, 稍大而有覺者, 以冷堗[44]之故, 適不就睡, 黙察其父母之所爲, 獨語曰: "背負手, 又出矣!" 以其平生負兒之役, 受母之打, 一片寃抑, 撑結于中, 而値此新弟又出之地, 則負兒之役, 宜倍於前, 而中心所悶, 自發於口, 不知之中[45], 以負手出三字出口, 此說亦或近理也. 負[46]手二字, 以釋音揆之, 則宛然爲魚必逯三字矣. 大監與鄭出身, 不勝絶倒, 而就中眞箇[47]魚必逯, 憮然若癡[48], 又以家事辭退. 在座者, 只鄭彦衡一出身也. 大監又請之, 先達又續告曰: "畿內一幼學, 旣無閥閱, 又失文學, 亦無財産可取, 又無交遊可觀, 而所可誇[49]矜者, 只有戚從一兒,

---

36) 琴: 고대본·동경대본에는 '琹'으로 표기.

37) 莘莘(신신): 많은 모양.

38) 국도본·고대본·동경대본·가람본·가람본에는 '其'가 더 나옴.

39) 逕: 다른 이본에는 '經'으로 표기.

40) 尤: 고대본·가람본에는 탈락.

41) 枕: 고대본·성균관대본에는 '寢'으로 표기.

42) 則: 고대본·성균관대본에는 탈락.

43) 琴: 고대본·동경대본에는 '琹'으로 표기.

44) 堗: 국도본·고대본·가람본에는 '突'로 잘못 표기.

45) 之中: 국도본에는 '中之'로 표기.

46) 負: 고대본에는 '背'로 표기.

47) 箇: 고대본에는 '個'로 표기.

48) 癡: 고대본에는 '痴'로 표기.

49) 誇: 고대본·가람본·성균관대본에는 탈락.

以前從⁵⁰⁾正言, 在於洛下而已. 性又卑賤, 素多見侮於常漢矣. 一日則見辱
於洞內常漢之使酒者, 發憤恐喝曰: "吾見正言兄主, 告以此憤, 則當依法猛
治!" 再三威脅, 誇矜非常, 彼醉漢, 素以冥⁵¹⁾頑之人, 孰知厥班之無畏, 亦
豈畏厥班之異姓從兄在洛下, 前行正言者乎? 又乘醉發憤, 揚臂肆惡曰:
"汝正言兄何物⁵²⁾? 汝正言兄如吾鳥? 汝正言兄如吾赤?" 甚至譏侮之⁵³⁾端,
醜辱之無數. 今日如之, 明日又如之, 日復日口不可道之辱, 全及於正言兄
之身, 所謂正言兄者, 公然見辱於鄕曲戚從之由, 豈非橫罪? 而彼漢所謂正
言兄三字, 以字音聽⁵⁴⁾, 則與在座鄭彦衡姓名⁵⁵⁾, 酷無參差." 大監又爲絶
倒, 而就中眞箇⁵⁶⁾鄭彦衡者, 如憤如愧, 又憮然而退, 座中遂空, 空無一人
矣. 遂爛熳求仕, 大監嘉其善口辯, 特除初仕一窠云.

---

50) 從: 국도본·고대본·동경대본·가람본·성균관대본에는 '行'으로 맞게 표기.
51) 以冥: 고대본에는 탈락.
52) 汝正言兄何物: 고대본에는 탈락.
53) 국도본·고대본·동경대본·가람본·성균관대본에는 '多'가 더 나옴.
54) 국도본·고대본·동경대본·가람본·성균관대본에는 '之'가 더 나옴.
55) 姓名: 동경대본에는 탈락
56) 箇: 고대본에는 '個'로 표기.

낙동강에서 정몽주를 만나 기이한 형체에 대해 묻다

박천[1]의 한 포수가 묘향산으로 사냥을 갔다. 묘향산은 큰 산이라 인적이 미치지 않는 곳이 많았다. 포수는 사슴 한 마리를 발견하고 몇 번이나 잡으려 했지만 잡지 못했다. 하루 내내 쫓아다녔지만 결국 잡지 못하고 심산궁곡에 이르렀다. 날이 저무니 도대체 어느 쪽으로 가야 할지 알 수가 없었다. 포수는 두려워하며 당황해하다가 절벽 골짜기 사이에 좁은 길이 나 있는 것을 발견하고 몇 리를 가다 한 초가집에 이르렀다. 집은 열두 칸이 길게 통해 있었는데, 한 칸은 부엌이었고 나머지는 문도 창문도 벽장도 없이 길게 연결된 방이었다.

부엌에서는 한 아름다운 여인이 저녁밥을 짓고 있었는데 손님을 보고도 놀라거나 이상하게 여기지 않았다. 포수가 깊은 산에서 길을 잃었다 하니, 여인은 친절하게 흔쾌히 대접해주었다. 젊은 포수가 욕정이 일

---

1) 박천(博川): 평안북도 박천군의 군청 소재지. 박천평야의 중심지이며 청천강 지류를 따라 놓인 박천선(博川線)의 종점.

어 유혹하니 여인 역시 수줍어하지도 않고 받아들여 관계를 맺었다.

얼마 뒤 저녁밥을 내왔는데 반찬이 죄다 곰 발바닥, 사슴 포, 산돼지 고기 등을 재료로 한 것이었다. 포수가 남정네는 없느냐고 물으니' 여인이 "사냥 갔다"고만 대답했다.

이경二更쯤 사람의 발소리가 들렸다. 여인이 황급히 나가서 그를 맞이했다. 마당에 서 있는 거인이 보였는데 땅에 풀어놓은 짐이 집 한 칸 크기만했다. 그 사람은 몸집이 거대하고 키가 커서 지붕 위로 여덟아홉 장丈은 더 올라가 방안에서는 그의 얼굴을 볼 수가 없었다. 그가 처에게 말했다.

"오신 손님은 잘 대접했는가?"

"잘 대접했습니다."

거인이 방안으로 들어오는데 키가 너무 커서 방 한가운데로 바로 들어올 수 없었다. 엎드려서 방의 긴쪽 끝에서부터 서서히 들어와 길게 누우니 그 길이가 방 열한 칸에 이르렀다. 그가 들어와서 바로 누운 이유는 앉은키가 대들보보다 높아 몸을 펼 수 없기 때문이었다. 그가 포수에게 말했다.

"당신은 하루 내내 사슴을 쫓아다녔는데도 잡지 못했소?"

"그렇습니다."

"당신은 저 여자와 관계하지 않았소?"

포수는 '저것의 신령함이 이와 같고, 장대하기도 이와 같으니 내가 지은 죄를 이미 알고 있을 것이다. 속일 수 없겠지'라 생각하고 정직하게 고하고 죽여주기를 청했다. 그러자 거인이 말했다.

"걱정하지 마시오. 내 저 사람을 데리고 있긴 하지만 음식만 마련하게 했지, 처음부터 가까이하거나 범하진 않았소. 당신이 저 사람과 관계를 맺은 것에 대해서는 상관하지 않으니 조금도 걱정하지 마시오."

그러고는 여인에게 말했다.

"먹을 것을 갖고 오너라."

여인이 명을 받들고 나가서 아까 그가 지고 온 큰 돼지 한 마리를 죽였다. 그리고 이를 베어서 큰 그릇에 가득 담아와 앞에 내놓았다. 모두 날고기였으며 다른 것은 아예 바치지도 않았다. 거인은 그것을 다 먹고 자러 가면서 다시 여인에게 말했다.

"저 손님과 함께 자거라."

여인은 포수 가까이 누웠고, 포수도 여인과 나란히 누웠지만 의심이 생기고 두렵기도 하여 밤이 다할 때까지 따로 잤다. 다음날 아침 포수가 거인을 다시 보니 사람과 비슷하기는 했지만 사람은 아니었다. 마음속에서 온갖 의심이 다 일어났다. 날이 밝자오자 거인은 누운 채로 여인을 불러 말했다.

"손님 밥과 내 밥을 함께 가져오너라."

여인이 순순히 명을 받들고 아침을 내왔다. 손님을 위해서는 밥과 반찬을 익혔지만, 거인을 위해서는 날고기를 쟁반에 가득 담아왔다. 거인은 다 먹고 나서 긴 몸을 이끌고 방밖으로 나갔는데 마치 긴 이무기가 요동치는 듯했다. 거인은 머리가 있는 쪽으로 곧바로 기어나가 바깥마당에 이르러서야 비로소 앉아 말했다.

"내 손님의 관상을 살펴보니 복이 정말 많소이다. 당신이 어제 이곳에 들어오게 된 것도 사실은 내가 이끌었기 때문이라오. 저 여인은 이곳에 필요한 존재는 아니니 두려워 말고 데려가시오. 또 내가 모아둔 호랑이, 표범, 노루, 사슴, 곰, 돼지 등의 가죽도 여기서는 소용이 없다오. 그걸 당신에게 주고 싶소. 당신은 힘이 세지 않아 물건을 많이 짊어지고 가기 어렵겠지요. 내 온 힘을 다해 옮겨주겠소."

그러고는 석굴 속에 산더미처럼 쌓여 있던 가죽들을 커다란 그물에 다 담아 어깨에 짊어지고 나와 말했다.

"당신은 저 여자를 데리고 먼저 떠나시오. 어느 곳이든지 해안을 따라

가다 선박이 있는 곳에 멈추시오."

포수는 안주[2] 포구에 이르렀다. 거인도 산더미 같은 가죽을 지고 거기에 도착해서 말했다.

"짊어지고 온 물건의 값을 따지자면 당신 일가의 재산으로 삼기에 충분하다오. 나 역시 당신에게 부탁할 것이 있소. 오늘부터 닷새 뒤 소 두 마리를 잡고 소금 백 석을 사서 이곳으로 와주시오. 나도 이곳에 다시 오겠소."

거인이 작별인사를 하고 떠났다. 포수도 배를 빌려 여인을 태우고 가죽을 싣고 떠났다. 그는 여인을 처로 삼고 가죽은 팔아서 수천 금을 얻었다. 거인이 사람인지 아닌지는 여인 역시 몰랐다. 포수는 닷새째 되는 날 소를 잡고 소금을 싣고서 약속 장소로 갔다. 거인도 과연 전처럼 가죽을 짊어지고 다시 왔다. 거인은 소 두 마리를 다 먹고 소금 백 석은 가죽을 담아왔던 그물에 가득 넣어 짊어졌는데 전혀 힘들어하지 않았다. 그러고는 또 말했다.

"닷새 뒤에 저번 양만큼 소금을 준비하여 이곳으로 와서 나를 기다려주시오."

포수는 그 말대로 했다. 그는 거인이 소를 가져오라고 말하는 걸 잊었다고 생각하여 소 두 마리도 잡아가서 기다렸다. 거인이 왔다. 가죽을 짊어지고 온 것이나 그물을 소금으로 가득 채운 것이 전과 같았다. 거인은 잡아온 소를 보고 싫은 듯 머리를 흔들며 말했다.

"내가 소를 먹고 싶었다면 왜 먼저 부탁하지 않았겠소? 이번에는 먹는 것이 이치에 합당치 않소이다."

거인이 고개를 흔들며 떠나려 하니, 포수는 진심을 다해 그를 잡고서

---

2) 안주(安州): 평안남도 안주군에 있는 읍. 청천강에 면해 있는 수륙 교통의 중심지로 농산물의 집산지이며, 탄광으로도 유명하다.

놓아주지 않으며 말했다.

"우리는 같은 부류가 아니고 또 오래된 정분이 있는 것도 아니오. 그런데도 당신은 내게 미녀를 처로 삼게 해주었고, 또 가죽을 세 짐이나 주었으니 그 값이 만금이나 되었소. 오늘 소를 잡아온 것은 비록 가르침을 받든 건 아니지만 그 은덕에 진정으로 감사하는 마음에서 우러나와 그런 것이니 맛이라도 한번 봐야 하지 않겠소?"

포수가 거듭 신신부탁을 하니, 거인이 문득 손가락을 꼽으며 셈을 해보더니 말했다.

"기한을 닷새 늦추어서라도 당신의 성의를 받아들여야겠소."

그러고는 소를 다 먹어치우고 떠나면서 말했다.

"오늘 이렇게 헤어지면 천년 이별이 될 것이오. 잘 지내시고 스스로를 소중히 보호하시오."

포수는 다시 거인 앞에 꿇어앉아 길을 막으며 말했다.

"사람이 서로를 아는 데는 서로의 부류를 아는 일을 귀하게 여깁니다. 하물며 영원히 작별하는데도 그 부류를 분명하게 알지 못하니, 이것이 마음에 맺혀 구구함을 어쩔 수가 없습니다. 당신은 사람입니까? 짐승입니까? 도깨비입니까? 아니면 산신령입니까?"

거인이 말했다.

"우리의 법이 있으니 나 스스로 그걸 가르쳐줄 수는 없소. 내년 단옷날 당신이 낙동강 나룻가에 가서 기다리고 있으면 초립을 쓰고 푸른 도포를 입고 검은 당나귀를 탄 미소년을 만날 수 있을 것이오. 그에게 물으면 가히 알 수 있을 것이오."

거인이 유유히 떠났다. 포수는 한편으로는 의심이 일어나고 다른 한편으로는 슬펐다. 그는 돌아가 가죽 세 짐을 팔아서 관서 지방의 도주³⁾가 되었다. 단옷날이 오기를 고대했다가 낙동강 나루에 가서 기다리니, 과연 한 양반이 다가왔는데 그 모습이 거인이 말한 바와 똑같았다. 포수가 말 머리에서 예를 올리고 그를 올려다보며 거인의 전후 내력에 대해 일일이 물으니, 양반은 길게 구슬피 탄식하며 대답했다.

"이건 좋은 소식이 아닙니다. 그는 우⁴⁾라고 합니다. 우가 물체가 되어 존재하면 행복하지만 그것이 사라지면 불행해집니다. 대개 천지의 순수한 양陽의 바른 기氣가 변화하여 영웅호걸이 되면, 군주는 성스럽고 신하는 정직하며 나라가 태평하고 백성이 편안하니 좋은 것입니다. 대인의 재주가 세상을 구제하는 공을 세우는 데 충분하지 않으면, 그 기는 영웅호걸이 못 되고 재주를 감추어 우가 됩니다. 심산궁곡에 몸을 감추었다가 세상의 도가 어지러워져 액운이 장차 드러날 것 같으면, 우는 마침내 스스로 목숨을 끊는데 소금이 없으면 그러지 못합니다. 이미 목숨을 끊고 나서는 우주로 흩어져 허다한 영웅을 탄생시키니 이런 무리가 출현하는 것이 어찌 그저 그렇게 되는 일이겠습니까? 그가 소금을 찾던 이유는 장차 소금을 먹고 죽으려 했기 때문입니다.

대개 소금을 먹을 때, 닷새에 한 포를 먹으면 몸이 쇠약해지고 다시 닷새 뒤에 한 포를 먹으면 죽게 됩니다. 만약 중간에 날고기를 먹으면 죽는 기간이 닷새 미루어집니다. 그가 두번째 잡은 소를 고사한 것은 진실로 이 때문이지요. 아! 삼십 년도 안 되어 우리나라의 영웅호걸이 한漢나라 말과 다를 바 없이 나타날 것이니 고려 왕조가 위태롭게 되겠습니다! 그러나 당신의 복은 축하할 만하니 그가 이미 그걸 알고 덕 있는 처를 주었지요. 그녀를 범하지 않았다는 그의 말 역시 참말이지요. 사람이 기를 타고날 때 남자는 '양기'라 하고 여자는 '음기'라 합니다. 하지만 남

---

3) 도주(陶朱): 도주공의 준말. 중국 월왕(越王) 구천(句踐)의 신하였던 범려(范蠡). 부호의 표본으로 일컬어진다. 재산을 늘리는 일에 뛰어나 천금을 세 번 모았다 한다.
4) 우(禹): 중국 하(夏) 왕조의 시조. 요(堯)의 치세에 대홍수가 일어나 섭정인 순(舜)이 그에게 치수(治水)를 명했다. 천하를 아홉 주로 나누고 공부(貢賦)를 정했으며 재위 후에 나라 이름을 하로 고쳤다. 이 작품에서는 '우'가 반드시 '우 임금'을 지칭하는 것 같지는 않다.

자가 순양純陽이 아니듯 여자도 순음純陰은 아닙니다. 남자에게는 양 가운데 음이 있고 여자에게는 음 가운데 양이 있지요. 여기에 남녀가 교합하는 이치가 있습니다. 그런데 우는 완전히 양기로만 되어 있으니, 진실로 오로지 양만 있으면 여자와 관계를 맺을 수 없는 것은 당연한 이치입니다. 당신의 처는 정말 순결했다 할 것입니다."

포수가 매우 기이하게 여기고 다시 허리를 굽혀 예를 올렸다. 그리고 양반의 성명을 물으니 그가 "나는 정몽주鄭夢周라오"라고 대답했다.

마침내 그가 배를 불러 강을 건너갔다.

그로부터 삼 년도 안 되어 나라에 큰 난리가 일어났다. 허다한 영웅이 연달아 배출되었으니 죽은 우가 변화하여 그들이 된 것이 아니겠는가? 살아 있는 사람들이 마구 죽임을 당해 어육이 되는 것을 모면하지 못했지만, 포수의 집안은 무사하여 죽은 사람이 없었다 한다.

問異形洛江逢圃隱

博川一砲手, 獵于妙香山. 香[5]盖大山, 多人跡所不到處, 砲手見一鹿, 幾捕未捕, 終日逐之, 畢竟不得, 轉至於深山窮谷, 而日又黃昏, 不知所向. 恐惻危惶之際, 若有微路於絶壑之中, 遂前行數里[6], 得一草廬. 廬是十二間通長, 而一間則廚也, 餘皆無門牕[7]戶壁長[8]長通房也. 廚有一美艾, 方炊夕食[9], 見客不甚驚怪, 砲手告以深山失路, 美艾欣款應之. 砲手以少年風情[10], 試挑以春

5) 고대본·동양대본·가람본·성균관대본에는 '山'이 더 나옴.
6) 동경대본에는 '直'이 더 나옴.
7) 牕: 고대본·동양대본·가람본·성균관대본에는 '窓'으로 표기.
8) 長: 고대본·가람본·성균관대본에는 '藏'으로 표기.
9) 食: 동경대본·동양대본에는 '飯'으로 표기.
10) 風情(풍정): 남녀가 사랑하는 정.

情[11], 亦無羞作[12]之意, 遂容以[13]會之. 少頃進夕飯, 餐則純用熊掌鹿脯山
猪肉等屬, 問男庭有無, 則曰: "出獵."云矣. 二更際有人跡聲, 女人忙出迎
之, 只見巨人來立于庭, 稅擔於地, 擔大如一間屋, 而其人也, 巨且長, 高過
於屋宇上八九丈, 自房內不能見其面, 顧語其妻曰: "來客善待否?"曰: "然
矣." 遂入房, 而以其身之太長, 不能入於屋之中央, 自屋之長頭, 次次俯入,
卽長臥, 長亘[14]於十一間房矣. 蓋其入而卽臥, 以其坐之高, 不能伸於屋樑
之故也. 遂語砲[15]曰: "汝終日逐鹿, 而不獲否?"曰: "然矣."曰: "汝與彼艾
會之否?"砲[16]以爲: '彼之靈異若是, 長大若是, 吾之作罪, 渠旣料之[17], 亦
不可以誣之.' 遂直告請死, 長人曰: "無傷也, 吾雖置[18]彼, 不過隨從飮食,
初不犯近, 汝之相會, 實所不關, 小勿畏慮也." 顧其女曰: "備饋[19]來也[20]."
女承命而出, 截殺俄者所負來, 一大麂盛之於[21]大盆子, 進之於[22]前, 蓋生
肉而已, 無他供矣[23]. 沒唅之, 當其就宿也, 更謂女曰: "[24]彼客同寢."女雖
昵臥於客, 客雖並[25]臥而疑畏, 終夜各寢. 詰朝更見其長物, 則大抵類人,
而實非人也. 中心疑怪, 無所不至. 平朝[26]臥[27]呼其女曰: "客供我供, 一幷

11) 春情(춘정): 남녀 간의 정욕.
12) 作: 국도본·고대본·동경대본·동양대본·가람본·성균관대본에는 '作'으로 표기. '作'이 맞음.
13) 以: 국도본·고대본·동경대본·동양대본·가람본·성균관대본에는 '易'로 표기. '易'가 맞음.
14) 亘: 고대본·가람본·성균관대본에는 '宜'로 잘못 표기.
15) 고대본에는 '手'가 더 나옴.
16) 고대본에는 '手'가 더 나옴.
17) 旣料之: 고대본·가람본에는 '之旣料'로 표기.
18) 置: 동경대본에는 '治'로 표기.
19) 饋: 고대본에는 '餽'로 표기.
20) 也: 동경대본에는 '矣'로 표기.
21) 於: 국도본·고대본·동양대본·가람본·성균관대본에는 '于'로 표기.
22) 於: 고대본에는 탈락.
23) 矣: 고대본에는 '而已'로 표기.
24) 고대본·가람본·성균관대본에는 '汝'가 더 나옴.
25) 並: 고대본·가람본·성균관대본에는 '幷'으로 표기.
26) 大抵類人, 而實非人也. 中心疑怪, 無所不至. 平朝: 동양본에는 탈락.
27) 臥: 고대본·가람본에는 탈락.

備來也." 女承順備進, 盖客則飯而餐用熟, 彼則又以生[28]肉盛盆也. 吃罷, 其物也, 曳長而出於房外, 似若長蟒之搖動, 直自向頭處, 匍匐出來, 至外庭, 遂坐曰: "吾觀客相, 實多福力, 汝之昨日入此, 亦吾所引來也, 彼艾則在不緊, 無畏率去也. 且吾之所集虎豹獐鹿熊猪之皮, 積之無用, 欲以給汝, 而汝則力傆, 不能多負, 吾當盡力輸之." 遂以大網, 充其石窟中山積之皮, 荷肩而出曰: "汝率彼女, 先我而[29]行, 無論某地, 從海口船泊處止也." 砲[30]至安州浦口, 彼長物, 負如山之皮, 亦到於此, 謂之曰: "負來之物, 論其價, 宜爲汝一家産矣. 吾亦有所請於汝者, 汝須於第五日, 殺二隻牛, 貿百石鹽, 待我於此, 吾當復至." 遂告別而去[31]. 砲[32]賃舟載女與皮, 女則妻之, 皮則發賣[33], 得屢千金. 而長物之人與不人, 女亦不知. 至第五日, 殺牛載鹽, 往候信地, 長物果至, 而又如前負皮, 沒食二牛, 鹽百石, 則收於盛皮之網, 而荷之, 全不費力, 又告曰: "後五日, 又備鹽如前數, 待我于此地也." 砲[34]如敎, 而牛則謂以彼物之忘未及也. 又殺二牛, 往待之矣. 長物又來, 而皮屬之負, 亦如前日, 收鹽盛網, 亦且如前, 及見殺牛, 則邁邁搖首曰: "如欲食之, 曷不先托? 今番則理不當食." 掉掉然去, 砲[35]以實情挽執不捨曰: "旣非同類, 且無宿誼, 而公然引我妻我以美女, 給我以三負[36]皮, 價則萬金, 今之殺牛, 雖不承敎, 實感恩德, 中心覘之, 何不一嘗?" 再三申懇, 長物忽籌思屈指曰: "雖退五日之限, 汝情可矜." 遂沒喫而去曰: "今者一別, 遽作

28) 고대본에는 '物'이 더 나옴.
29) 동경대본에는 '先'이 더 나옴.
30) 고대본에는 '手'가 더 나옴.
31) 去: 고대본에는 탈락.
32) 고대본에는 '手'가 더 나옴.
33) 發賣: 국도본·고대본·가람본에는 '貨之'로 표기.
34) 고대본에는 '手'가 더 나옴.
35) 고대본에는 '手'가 더 나옴.
36) 三負: 국도본·고대본·가람본에는 '重賄'로도 표기함.

千古, 好在無他, 珍重自³⁷⁾護." 砲³⁸⁾又前跪遮路曰: "人之相知, 貴相知類,
況當永別, 不分其類, 此心抑鬱不勝區區, 未知尊形³⁹⁾, 人耶? 獸耶? 魍魎
耶? 抑亦山靈耶?" 長物曰: "法不可以自我喩之, 汝以明年端午日, 往候於
洛東江津頭, 遇草笠靑袍烏驢上美少年, 問之, 則可以知矣." 悠然而逝, 砲
手一則疑怪, 一則怊悵. 歸賣三負皮, 遂爲關西之陶朱. 而若⁴⁰⁾待端午⁴¹⁾,
往候於洛津, 果得一行⁴²⁾次, 所見與長物所言脗合矣. 馬頭作禮⁴³⁾,
請問以
彼物之前後來歷, 一一仰質, 厥班愀然長嘆⁴⁴⁾曰: "此是不好消息也, 此禹
也, 禹之爲物, 其存也幸, 其亡也不幸. 蓋以天地純陽正氣, 化之爲英雄豪
傑, 而主聖臣直, 國泰民安則好. 大人才無足爲濟世之功故, 其氣也, 不以
爲英雄豪傑, 而捲而爲禹, 藏之於深山窮谷, 及夫世道板蕩, 厄運將至, 則
禹遂自盡, 而非鹽則不得也. 旣盡之後, 則散之宇宙, 鍾生許多英雄, 此輩
之出, 豈徒然哉? 彼之索鹽, 將以食鹽而就盡. 蓋其食鹽也, 五日一飽則衰,
又五日一飽則盡矣. 而中間若食生肉, 則其盡之期⁴⁵⁾, 退以五日, 其固辭再
度之牛者, 良以此也. 嗟呼不三十年後⁴⁶⁾, 左海之英雄豪傑, 無異於漢季,
麗國其殆矣哉! 然汝之福力可賀, 彼已知之, 又旣以德妻, 而彼之謂以不犯
者亦實也. 人之稟氣也, 男曰: "陽氣" 女曰: "陰氣" 而男非純陽, 女非純陰,
男有陽中之陰, 女有陰中之陽, 是以有男女⁴⁷⁾交會之理, 而禹則都是陽氣,

---

37) 自: 고대본·가람본에는 탈락.
38) 고대본에는 '手'가 더 나옴.
39) 形: 고대본·가람본에는 '是'로 표기.
40) 若: '苦'로 표기해야 함. 이본에는 '苦'로 표기.
41) 午: 동경대본에는 '牛'로 잘못 표기.
42) 一行: 고대본에는 탈락.
43) 作禮: 고대본에는 탈락.
44) 嘆: 고대본·동경대본에는 '歎'으로 표기.
45) 期: 동양본에는 '氣'로 잘못 표기.
46) 後: 국도본·고대본·동경대본·가람본에는 탈락.
47) 有男女: 국도본·고대본·가람본에는 '男女有'로 표기.

苟是全陽, 則不能搆會亦理也, 汝妻則果精潔無他矣." 砲[48]大異之, 更折腰
作禮, 請問行次姓名, 曰: "吾鄭夢周." 遂招船[49]渡江而去. 不三紀, 國內大
亂, 而許多英雄接踵而出, 此豈非亡禹之所化耶? 生靈屠戮, 不啻魚肉, 而
砲[50]則一門無事[51]無死[52]亡云[53].

48) 고대본에는 '手'가 더 나옴.
49) 船: 국도본·고대본·동경대본·가람본에는 '舟'로 표기.
50) 고대본에는 '手'가 더 나옴.
51) 無事: 고대본·가람본에는 탈락.
52) 고대본에는 '無'가 더 나옴.
53) 고대본에는 '矣'가 더 나옴.

세 노인이 초당에 앉아 별에게 기도하다

옛날 선조 갑신년[1584] 정월에 한양 선비 이생이 강릉에 일이 있어 변변찮은 말을 타고 초라한 행색으로 길을 가다가 깊은 골짜기에 이르러 길을 잃었다. 사람은 피곤하고 말도 지쳤는데 날은 저물고 점사는 멀어 어디로 가야 할지 알 수가 없었다.

홀연 수풀 속에서 한 목동을 만났다. 길을 물으니 목동은 산등성이 너머를 가리키며 말했다.

"저곳을 넘어가면 아무개 양반 댁이 있습니다. 거기 말고 다른 인가는 없습니다."

선비가 그 말을 따라 산등성이를 넘어가서 보니 초옥 수삼 칸이 있을 따름이었고 다른 촌락은 없었다. 그 집으로 곧바로 가서 문을 두드리니 한 노인이 나왔다. 나이는 예순 살 정도 되었고 머리에는 다 떨어진 모관[1]을 쓰고 있었다. 그 곁에서는 동자 한 사람이 주인 영감을 시중들

---

1) 모관(毛冠): 고려시대와 조선시대에 털가죽으로 만들었던 방한모.

었다. 노인이 흔쾌히 선비를 영접하며 말했다.

"길손께서 이렇게 궁벽한 산골까지 어떻게 오셨소?"

선비가 산으로 들어와 길을 잃은 사정을 이야기하니 주인은 자기 집에 묵도록 허락했다. 이윽고 주인이 조용히 앉아 한마디도 하지 않으니 무슨 걱정거리가 있는 것 같았다. 그렇다고 감히 아무 상관없는 이야기를 할 수도 없어 선비는 모퉁이에 가만히 앉아 있었다.

조금 뒤 시동이 저녁밥을 가져와 올렸다. 황혼이 되자 갑자기 주인이 시동에게 말했다.

"날이 저물었는데도 아직 안 오니 참 이상하구나. 네가 문을 열고 멀리 바라보아라."

시동이 문을 열고 멀리 살펴보고서 고했다.

"지금 막 앞내를 건너오고 계십니다."

주인이 눈을 크게 뜨고 선비를 바라보며 말했다.

"반드시 말을 하지 말고 앉아 있어야 하오. 곁에서 입을 열어서는 안 되오."

얼마 뒤 두 사람이 도착했다. 한 사람은 시골 학구學究 학문에만 열중하고 세상일에 관심이 없는 사람 같았고, 다른 한 사람은 스님 옷을 입은 선사禪師였다. 그들은 방으로 들어와 안부 인사를 나누고 더이상 잡다한 말을 하지 않았다.

주인이 시동에게 정화수를 길어오게 해 상 위에 놓고 향로의 향을 피웠다. 세 사람은 함께 북쪽을 향해 꿇어앉아 한참 동안 주문을 외웠다. 선비는 들어보아도 그 뜻을 알 수 없었다. 수 식경 동안 이렇게 하다가 주인이 시동을 불러 말했다.

"문밖으로 나가서 하늘의 별을 살펴보거라."

시동이 가르침대로 나갔다가 조금 뒤 돌아와 보고했다.

"별 하나가 방금 동쪽에서 떨어져 그 빛이 땅을 밝히고 있습니다."

주인과 두 손님은 눈을 크게 뜨고 한참 있다가 길게 탄식하며 말했다.

"천수天數가 아닐 수 없으니 어찌하겠소?"

선비가 말없이 그 모습을 보고만 있다가 의심이 가라앉지 않아 자기도 모르는 사이에 불쑥 물었다.

"무슨 일인데 주인께서는 그렇게 탄식하십니까?"

주인이 말했다.

"숙헌2)이 돌아가실 것 같아 내가 두 사람과 함께 하늘에 기도하고 경을 독송해 그 수명을 조금이나마 연장하려 했지요. 대수3)와 관련된 것이지만 결국 영험이 없었소. 아까 별이 떨어졌으니 숙헌은 이제 구제할 수 없게 되었소이다."

"숙헌이 누구입니까?"

"이 아무개라오."

선비가 말했다.

"제가 이달 초 한양에서 출발할 때만 해도 이 아무개께옵서 병조판서로 계셨고 조금도 편찮은 데가 없었는데 이게 무슨 말씀인가요?"

주인이 말했다.

"칠팔 년 후 왜구가 이 땅을 노략질할 텐데 숙헌이 계시면 그 난리를 그치게 할 수 있을 테지만 이제 모두 끝났소이다! 한 나라의 백성들이 장차 다 어육이 될 것이니 어떻게 살아나겠습니까?"

조금 뒤 두 사람이 문을 나섰다. 둘 다 얼굴빛이 처참했다. 선비가 물었다.

"국운이 이렇게 되었는데 저같이 궁핍한 선비는 어떻게 하면 몸을 보전할 수 있겠습니까?"

주인이 말했다.

---

2) 숙헌(叔獻): 이이(李珥, 1536~1584)의 자(字). 일본의 침략에 대비해 십만양병설(十萬養兵說)을 주장했다.
3) 대수(大數): 큰 운수. 나라의 장래와 관련된 심각한 운수. 여기서는 임진왜란을 말한다.

"충청도 당진唐津이나 면천沔川 지방으로 가면 화를 면할 수 있을 것이오."

선비가 또 물었다.

"손님 두 분은 누구십니까?"

"유관儒冠을 쓴 분은 그 성명을 말해줄 수 없소. 스님 옷을 입은 분은 검단대사4)올시다. 그대는 산을 나가서도 다른 사람에게 이를 절대 알리지 마시오."

선비가 한양으로 돌아와 물어보니 과연 율곡 선생이 아무 날 돌아가셨다. 그 날짜를 계산해보니 세 사람이 별을 향해 기도를 올리던 날이었다.

선비는 곧 당진과 면천 사이로 이사를 갔고, 진사의 변5)을 당했을 때 온 가족이 무사할 수 있었다 한다.

坐草堂三老禳星

昔在宣廟甲申正月, 洛下士人李姓6)者7), 適有事江陵地, 乘款段, 困頓8)作行, 至絶峽之境, 迷失道9), 人困馬罷, 日暮店遠, 莫適所向10), 忽林樾11)間, 逢一牧童, 問路, 牧童指越崗12)曰: "踰此有某姓班家, 此外無他人家." 云. 士人依所言, 踰崗13)而視, 則有一草屋數三間而已, 無他村落. 直向其

---

4) 검단대사(黔丹大師): 선운사를 세운 스님이란 설도 있고, 조선시대의 사명당이란 설도 있다.
5) 진사(辰巳)의 변: 1592년 임진년과 1593년 계사년에 일어난 왜란을 말한다.
6) 고대본에는 '事'가 더 나옴.
7) 者: 동경대본에는 '名'으로 표기.
8) 困頓(곤돈): 가난하고 여유가 없음.
9) 道: 고대본에는 '途'로 표기.
10) 莫適所向: 동양본에는 '所向莫適'으로 표기.
11) 樾: 고대본에는 '越'로 잘못 표기.
12) 崗: 국도본·고대본·성균관대본에는 '岡'으로 표기.
13) 崗: 국도본에는 '岡'으로 표기.

家, 叩之, 有一箇老人, 年可六十餘, 頭戴破毛冠, 傍有一箇童子侍主翁, 欣然迎接曰: "如此窮鄕, 客何以到哉[14]?" 某[15]士言其入山失路之狀, 主人許其留宿. 仍爲靜坐, 默無一言, 若有所思量憂慮者然, 某士亦不敢閑漫說話, 坐於一隅. 少焉侍童持夕飯而進之. 黃昏時, 主人忽語侍童曰: "今已日昏, 尙不來, 甚是疑怪, 汝須開戶瞭望也." 侍童開戶, 遠望而告曰: "今方越前川而來耳." 主翁瞪目視士人曰: "必須含嘿[16]而坐, 不必在傍開口也." 少焉二人來, 一則措大學究, 一則緇衣老禪也. 入傍[17]寒暄畢, 更無[18]雜言. 命侍童, 汲井華水, 一器置于盤上, 爇香於[19]爐, 三人俱北面[20]跪坐, 呪語良久. 士人聽之, 不可解得. 如是者數食頃, 主翁呼童子曰: "汝須出門[21], 仰看天星." 彼童依敎出去, 少選[22]入告曰: "有星, 今自東方墮, 而光芒燭地矣." 主翁與二客瞪視良久, 一[23]聲長噓曰: "莫非天數, 爲之奈何?" 士人嘿[24]視其樣, 疑怪莫定, 無忘[25]中忽問曰: "主人所嘆[26]者, 何事也?" 主人曰: "叔獻將死, 故吾約此二人, 祈天誦經, 少延其壽, 大數所關, 竟至無靈, 俄者星隕, 叔獻已無救矣." 士人曰: "叔獻是誰也?" 主人曰: "李某也." 士人曰: "吾於今月初, 自京離發, 伊時李某方帶騎判, 少無微恙, 是何言也?" 主人曰: "七八年後, 倭寇將犯境, 叔獻在世, 則庶幾弭亂, 而今已矣! 一國蒼生, 將盡爲魚肉, 何以生活?" 少焉二人出門, 各帶悽慘之色, 士人仍問曰: "國運

14) 哉: 동경대본에는 '此'로 표기.
15) 某: 동양본·가람본에는 '其'로 표기.
16) 嘿: 고대본·가람본·성균관대본에는 '默'으로 표기.
17) 傍: 다른 이본에는 '房'으로 맞게 표기.
18) 更無: 동양본에는 '竟必'로 표기.
19) 於: 동경대본에는 '于'로 표기.
20) 面: 동양본에는 '向'으로 표기.
21) 門: 고대본·가람본에는 잘못 탈락.
22) 選: 동양본에는 '焉'으로 맞게 표기.
23) 一: 고대본에는 '下'로 표기.
24) 嘿: 고대본·가람본에는 '默'으로 표기.
25) 忘: 동경대본에는 '安'으로, 다른 이본에는 '妄'으로 표기.
26) 嘆: 고대본·동경대본에는 '歎'으로 표기.

若此, 則如吾窮儒, 何以保存?"主翁曰: "若向湖右唐沔兩邑之地, 則庶可得免矣." 又問: "二客是誰乎?" 曰: "其儒冠者, 不可語其姓名, 其緇衣者, 乃是黔丹大師也, 君於出山後, 勿爲向人宣播."云云. 士人回京問之, 則栗谷先生, 果以某日下世, 計其日, 則卽三人祈星之夜也. 其士仍卽移住唐沔[27]之間, 當辰巳之變, 全家無事得保云.

---

27) 沔: 고대본에는 탈락.

절에 모인 네 선비가 스님에게 운명을 묻다

숭정[1] 병자년[1636] 별시과[2]는 초봄에 초시初試를 치렀지만 조정에 일이 생겨 회시會試는 다음해 봄으로 미루었다. 이때 초시에 합격한 유생 네 명이 북한산에 모여 회시 공부를 했다.

하루는 스님이 와서 네 사람에게 말했다.

"우리 절에 신령한 스님이 계시니 서방님들은 급제 여부를 꼭 물어보십시오."

네 사람이 모여서 스님을 불러와 물으니 스님이 말했다.

"소승은 지금까지 여러 사람이 빽빽이 모여 있는 곳에서 관상을 본 적이 없습니다. 그윽한 방안에서 한 분씩 관상을 보고 말씀드리겠습니다."

네 사람은 그 말에 따라 한 명씩 스님의 방으로 들어가 이야기를 들

---

1) 숭정(崇禎): 중국 명나라의 마지막 황제 의종 때의 연호(1628~1644). 명나라가 망하고 나서도 조선은 청나라 연호를 쓰는 것을 꺼려 이 연호를 사용했다.
2) 별시과(別試科): 조선시대에 나라에 특별한 일이나 경사가 있을 때 실시한 과거시험.

고 나왔다. 그리고 서로 물어보았다. 한 사람이 말했다.

"나는 자식 백 명과 손자 천 명을 가질 거라네."

또 한 사람이 말했다.

"나는 도둑의 두목이 될 거라네."

또 한 사람이 말했다.

"나는 신선이 될 거라네."

나머지 한 사람이 말했다.

"나는 급제하여 반드시 다른 세 사람을 만날 거라네."

이들은 한바탕 떠들썩하게 웃고는 허망한 중이라고 치부해버렸다.

뜻밖에도 그해 말 청나라 병사들이 우리나라를 침범해왔다. 강화도를 점령하고 남한산성을 포위했다. 이 때 네 유생은 각자 흩어져 살길을 도모했다. 난이 평정되고 나서도 서로 만나지 못하고 소식조차 듣지 못한 지가 몇 년이나 되었는지 알 수 없었다.

그중 한 선비는 과연 급제하여 영백嶺伯, 경상도 관찰사이 되었다. 그는 봄 순시 때 경상좌도 안동부에 이르렀다. 다시 출발하려는데 문밖에 소를 탄 객客 하나가 명함을 내밀고 뵙기를 청했다. 영백은 그가 누군지 알 수 없었지만 들어오게 했다. 그는 평소 모르던 사람으로, 다 떨어진 도포에 부러진 갓을 쓴, 보잘것없는 가난한 유생이었다. 인사를 나누고 차차 이야기를 나눠보니 옛날 북한산에서 함께 공부했던 사람이었다.

전쟁이 일어나자 각자 도망쳐 숨어 살며 생사를 알지 못했는데 뜻밖에 서로 만났으니 어찌 반갑지 않겠는가? 사는 곳을 물어보니 순시해 도착한 곳에서 멀지 않았다. 객이 말했다.

"영감 행차하신 곳이 내 사는 곳과 가까우니 옛날을 생각하시어 존가尊駕, 지위가 높고 귀한 사람의 탈것를 굽혀 왕림하셔서 봉필3)을 빛내주지 않으시

---

3) 봉필(蓬蓽): 쑥대 무성한 지게문과 콩이 자라난 문. 가난한 사람의 집을 뜻한다.

겠습니까?"

영백은 위의威儀를 거두고 평복으로 갈아입고서 단기單騎, 호위하는 사람 없이 혼자 타고 가는 말에 올라 소를 탄 객을 따라갔다. 한 골짜기에 이르자 고루거각高樓巨閣들이 가득했는데 좋은 관청의 모습 같았다.

자리를 정돈한 후 소를 타고 온 객이 남철릭4)으로 갈아입고 주사립朱絲笠, 주립(朱笠). 융복을 입을 때 쓰던 붉은색의 갓을 쓰니 엄연한 일개 대장이었다. 나졸들과 군교들도 영백의 위의 못지않았다. 영백이 크게 놀라 물었다.

"자네 거동을 보아하니 도적 수괴가 아닌가?"

"그러하다네."

"어찌하다 이 지경에 이르렀는가?"

"자네 북한산에서 관상을 봐주었던 스님의 말 기억하는가? 당시는 허망하다고 웃어넘겼지만 세상일이란 정말 헤아릴 수 없는 게 많다네. 산사에서 흩어진 뒤로 내 가족들은 모두 도륙되었고 나 하나만이라도 살려고 동쪽으로 도망가고 서쪽으로 숨었다가 이 산에까지 굴러와 피난 중인 무리 속에 들어갔다네. 그들은 내가 문자를 조금 안다고 나를 우두머리로 추대했지. 나는 빼앗은 물건들을 공평하게 나눠주어 인심을 크게 얻었다네. 난리가 평정되고 나서도 전처럼 모여 살았으니 어느덧 무리는 녹림군5)이 되고 나는 원수가 되어 이 지경에 이르렀다네. 지금 되돌아보면, 그 스님이 봐주었던 우리 관상은 미리 정해진 운명이었던가 보네. 나는 이 골짜기를 근거지로 삼고 편안히 부귀를 누리니 아침에 제

---

4) 남철릭(藍天翼): 당상관인 무관이 입던 공복(公服)으로 허리에 주름이 잡히고 소매가 넓고 길다. 전체가 남색이고 양 소매끝 1척이 백색이다. 이 옷을 입으면 양 소매끝이 땅에 닿는다.
5) 녹림군(綠林軍): 전한(前漢) 말, 자기 아들까지 죽이는 왕망의 학정에 시달리다 도망친 왕광(王匡)·왕봉(王鳳) 등이 호북성 녹림산(綠林山)에 모여 조직을 이루고 스스로를 녹림군 또는 녹림호객이라 칭하면서 관아나 지주를 습격한 데서 유래한 말이다. 녹림은 도적떼를 일컫는 말인데, 무림에서 유일하게 관(官)과 대치하는 세력이며, 무공은 다소 떨어지지만 조직이 방대하고 의리가 강했다. 『후한서後漢書』「유현전劉玄傳」.

수받았다 저녁에 갈리는 자네의 신세가 부럽지 않다네. 때마침 자네의 행차가 이곳을 지나간다기에 내 잠시 초대해서 한번 구경하게 했으니, 자네가 비록 관찰사이긴 하지만 그릇이 내게는 못 미치는 것 같아. 부디 돌아가서라도 날 추격해 체포하려는 생각일랑 하지 말게나. 또 이 말을 입 밖에 낼 필요도 없다네. 만일 그러지 않고 망령되이 잡념을 일으키면 후회를 하고 해를 입을 뿐 아무런 이익도 없을 걸세."

영백은 두려움을 이기지 못하고 "알겠네, 알겠네" 하고 돌아왔다.

그뒤 영백은 우도를 순행하다 모 군에 이르렀다. 출발하려는데 또 한 선비가 뵙기를 청했다. 즉시 맞이해 보니 역시 전에 북한산에서 함께 공부하던 사람이었다. 선비가 청했다.

"영공令公께서 이곳에 도착하셨는데 제가 사는 곳도 여기서 멀지 않습니다. 청컨대 존가를 굽히시어 잠시 왕림해주십시오."

영백이 응낙하고 예전의 일을 경계 삼아 크게 위의를 갖추고 갔다. 그 집에 이르러서 보니 문과 집이 높고 부근의 촌락이 거의 수백 호나 되어 하나의 고을을 이루고 있었다. 거느리고 있는 많은 하인의 응접이나 영백을 지공支供하는 범절이 웅장한 주州나 거대한 읍邑도 감당하지 못할 정도였다. 영백이 놀라 물었다.

"이런 시골 골짜기에 살면서도 형은 어떻게 허다한 식솔을 부양하고 구차함도 어려움 없이 이렇게 가지런하게 살아갈 수 있게 되었는가?"

선비가 말했다.

"형은 옛날 북한산 스님이 우리 관상을 보고 말해준 것을 기억하고 있소? 그때 병자호란을 당해 집안을 버리고 도망쳐 살아났다네. 이후 영남지방을 떠돌다가 어느 산골짜기로 들어가게 되었는데, 거기에는 피난 온 부녀자들이 무리를 이루어 살고 있었지. 남자인 내가 들어가니 뭇 여인은 크게 기뻐하며 나를 가장으로 삼았다네. 온갖 일이 나로부터 말미암지 않는 것이 없었지. 옷이며 음식은 그들이 천을 짜고 밭을 갈아 마련해 지극정성으로 봉양해주었다네. 난리가 평정되고 나서도 여인들이 집으로 돌아가지 않으려 하니, 내가 그들을 다 거느리고 함께 산 지이미 여러 해가 지났다네.

여기서 태어난 남자들은 백수십 명이나 되었는데 각자 부인을 얻어또 자식을 낳았으니, 나는 다섯 아들의 봉양을 받고 살았던 육고[6]와 다름없었지. 늘그막에 편안히 복을 누리고 시비를 가리는 소리도 들리지않으니, 이는 영욕과도 무관하네. 그러니 영백으로서 총애를 받기도 하고 수모를 당하기도 하며 번갈아 근심하고 기뻐하는 자네가 조금도 부럽지 않다네."

영백은 이 말을 다 듣고 망연자실했다.

그로부터 영백은 순행을 계속하다 하동 경계에 이르러 지리산 자락을 지나가게 되었다. 홀연 공중에서 영백의 자字를 부르는 소리가 들렸다. 영백이 매우 의아해하며 가마 안에서 발을 걷고 돌아보니 소리는 산위에서 들려오고 있었다. 일행이 자세히 살펴보니 한 사람이 층암절벽위에 앉아 영백을 부르고 있었다.

영백이 가마를 멈추고 누구인지 묻자, 산 위에 있는 사람이 말했다.

"자네 아직 날 기억하는가? 아무개일세."

영백이 생각해보니 그도 옛날 북한산에서 함께 공부한 사람이었다. 영백이 손을 흔들며 불렀다.

"내려오게나!"

얼마 뒤 청의동자 한 쌍이 내려와서 영백의 겨드랑이를 끼고 올라갔다. 그들은 절벽과 험한 길을 평지처럼 걸었다. 산사람은 영백을 만나자악수를 하며 말했다.

"자네, 북한산 스님이 우리 관상을 이야기해주던 걸 기억하는가? 그

---

6) 육고(陸賈): 초나라 사람. 고조(高祖)의 세객(說客)으로서 천하 통일을 이룬 공이 컸다.

때 스님은 내가 신선이 될 거라 했는데 당시에는 우활하고 망령된 말이라고 웃어넘겼네. 이제 돌이켜 생각해보니 참 신이하지 않은가? 옛날 병자호란을 당했을 때 집안사람들은 뿔뿔이 흩어지고, 나는 목숨을 보전하려고 산속으로 들어왔네. 며칠이나 굶었지만 입에 풀칠할 방법이 없었지. 물가를 따라 거슬러올라가다 보니 시냇가에 풀이 나 있었는데 풍성하고 색깔도 좋아 먹음직했지. 풀을 씹어보니 달고 쓴 맛이라 모두 캐서 다 먹었지. 그뒤로는 먹지 않아도 배가 부르고 입지 않아도 몸이 따뜻했네. 산길을 가다 노숙해도 아프거나 탈이 나지 않았으며, 발걸음이 나는 듯해 명산대천을 두루 유람했지. 때때로 수도하는 신선을 만나 한 해가 다가도록 경전에 대해 이야기를 나누었지. 내 한몸이 한적하니 배고픔과 추위 걱정을 안 해도 되고 이익과 모욕에 대해서도 놀라지 않으며 질병도 걸리지 않으니, 나의 즐거움은 영공의 고아대독[7]보다 조금도 덜하지 않다네. 그 풀은 금광초金光草, 신선이 먹는다는 풀인데, 이것 역시 어찌 자네가 먹는 식전방장[8]에 비하겠는가?"

그러고는 순식간에 몸을 솟구쳐 학 등에 올라탔다. 시동 두 사람이 좌우에서 신선을 모시고 서자 공중으로 날아올랐다.

영백은 망연자실하여 자기가 영백이란 사실도 잊었다. 이로써 관찰해보건대 모든 일은 하늘에서 정한다 할 것이다. 그리고 과거 스님의 말이 부절符節처럼 맞으니 역시 이인異人이로다.

---

7) 고아대독(高牙大纛): 상아 장식을 붙인 높은 아기(牙旗)와 소꼬리로 꾸민 큰 장식물. 또는 장군의 본진에 세우는 높은 아기와 큰 독기(纛旗). 일군(一軍)을 통솔하는 장군을 가리키는데 여기서는 관찰사를 뜻한다.
8) 식전방장(食前方丈): 사방 열 자의 상에 잘 차린 음식이란 뜻으로, 호화롭게 많이 차린 음식을 이르는 말.

會琳宮四儒問相

崇禎丙子, 別試科, 春初爲初試, 而會試則以朝家有故[9], 退定於明春. 伊
時初試入格儒生四人, 出接于北漢[10]做會工. 一日僧來, 謂四人[11]曰: "此中
有神僧, 書房主登科與否, 必問之也." 四人齊會, 呼僧問之[12], 僧曰: "小僧觀
人之術, 未嘗稱中顯言, 必於幽室中, 一箇[13]論相, 而出送矣." 四人依其言,
箇箇於僧室中, 聞其論而出, 相與問之, 一則曰: "吾則當有百子千孫." 一則
曰: "吾則爲賊將." 一則曰: "吾則爲神仙." 一則曰: "吾則登科, 必逢三人云
矣." 一場笑譁[14], 歸之虛妄之僧矣. 不意其臘, 淸兵犯我國, 江都陷沒, 漢
南[15]被圍. 于斯時也, 四儒生各自奔[16]散, 以爲圖生, 雖當平定之[17]後, 未
得相逢, 不聞消息者, 不知爲幾年. 其中一士, 後果登第[18]爲嶺伯, 春巡至
左道安東府. 臨發時, 門外有騎牛客, 通刺請謁, 嶺伯莫知爲誰, 使之入來
則乃素昧而人[19], 弊袍破笠, 蕭然一箇寒儒也. 敍寒暄後, 次次酬酌, 則乃
昔日北漢同接人也. 一自滄桑, 各自逃竄, 不知死生, 意外相逢, 寧不欣倒?
詢其所住, 則在巡到所不遠, 客曰: "令監行次, 旣近吾居, 念其平生, 盍枉
屈尊駕, 以生蓬蓽之色也?" 嶺伯乃除其威儀, 以平服單騎, 隨牛背客, 而到
一壑, 則高樓傑[20]閣, 充滿一谷, 依如好官府貌樣, 坐定後騎牛客, 改服藍
天翼朱絲笠, 儼然一大將, 而羅卒也, 軍校也, 不讓嶺伯威儀, 嶺伯乃大驚,

9) 고대본에는 '於'가 더 나옴.
10) 동양본에는 '亏'가 더 나옴.
11) 人: 국도본·동경대본에는 '士'로 표기. 고대본·가람본·성균관대본에는 '儒'로 표기.
12) 呼僧問之: 고대본·가람본·성균관대본에는 '問之僧'으로 표기.
13) 동양본에는 '式'이 더 나옴.
14) 譁: 고대본·가람본·성균관대본에는 '諍'으로 표기.
15) 漢南: 국도본·고대본·동경대본·가람본·동양본·성균관대본에는 '南漢'으로 표기. '南漢'이
맞음.
16) 奔: 고대본·가람본·동양본·성균관대본에는 '分'으로 표기.
17) 之: 동경대본에는 탈락.
18) 第: 고대본·가람본·동양본·성균관대본에는 '科'로 표기.
19) 而人: 국도본·고대본·동경대본·가람본·동양본·성균관대본에는 '人而'로 표기. '人而'가 맞음.
20) 傑: 고대본·가람본·성균관대본에는 '巨'로 표기.

問曰: "觀子擧動, 得非賊魁乎?" 答曰: "然矣."[21] "胡然而至此?" 答曰: "兄[22]
記曰[23]北漢論相之僧語乎? 當時笑以虛妄, 世事誠不可料矣, 一自山寺分
散之後, 家屬盡爲屠戮, 獨吾逃生, 東奔西竄, 轉至此山, 入於避亂人屯聚
中, 則以吾稍解文字, 推爲領首, 其劫掠之物, 吾以公平分給, 大得人心, 雖
平定之後, 依舊嘯聚, 奄成綠林軍, 以吾作元帥, 至於此境. 以今視之, 僧之
論相, 其亦前定耶? 吾專據[24]一壑, 安享[25]富貴, 不羨兄之朝除暮遞[26]者
也. 適聞兄行之過此[27], 故吾故[28]邀來, 使之一覽, 兄雖方伯, 器具似不及
於吾, 歸後愼勿生追捕之念, 亦不必出此言於口矣, 若不然, 而妄生雜念,
以致後悔, 徒害無益也." 嶺伯不勝恐怵, 唯唯而還. 自此而右巡, 行到某
郡[29]發行時, 又有措大請謁[30], 卽爲延視[31], 則亦是向日北漢同接人也. 措
大請[32]曰: "今[33]公旣到此, 吾之所住, 距此不遠, 請枉駕, 暫臨焉[34]." 嶺伯
諾之, 而懲於向日之事, 大張威儀, 而往到其家, 則門闥高大, 附近村落, 幾
乎數百, 奄成一郡. 多率下人之應接, 巡相支公[35]之凡節, 雖雄州巨邑不能
當焉. 嶺伯驚問曰: "兄以鄕谷[36]之居, 何以支接此許多所率, 而無所苟艱,
如是整齊耶?" 措大曰: "兄記昔北漢僧論相之言乎? 昔當丙子之亂, 棄家逃

21) 국도본·고대본·동경대본·가람본·성균관대본에는 '曰'이 더 나옴.
22) 兄: 동경대본에는 '旣'로 표기.
23) 曰: 고대본·동경대본·가람본·성균관대본에는 '曰'이 없음. '曰'이 없는 것이 맞음.
24) 據: 고대본·가람본·성균관대본에는 '居'로 표기.
25) 享: 동경대본에는 '亨'으로 잘못 표기.
26) 遞: 국도본·고대본·동경대본·가람본에는 '遞'로 표기. '遞'가 맞음.
27) 동양본에는 '地'가 더 나옴.
28) 吾故: 고대본에는 탈락.
29) 郡: 고대본·가람본에는 '官'으로 표기.
30) 謁: 고대본·가람본에는 탈락.
31) 국도본·동경대본·가람본에는 '見'으로 표기.
32) 卽爲延視, 則亦是向日北漢同接人也. 措大請: 고대본·가람본에는 탈락.
33) 今: 국도본·고대본·가람본에는 '令'으로 표기. '令'이 맞음.
34) 고대본·가람본에는 '深深見之, 則亦是向日北漢同接之人也'가 더 나옴.
35) 公: 국도본·고대본·동경대본·가람본·성균관대본에는 '供'으로 표기. '供'이 맞음.
36) 谷: 고대본에는 '曲'으로 표기.

生, 流落嶺南, 適入一山谷, 則避亂婦女, 聚群37)成黨而居. 吾以一男子投
入, 則衆女人大喜, 以我爲家長, 凡百事爲無不關由, 至若衣服飮食, 渠輩
耕38)之織之, 極意奉養, 雖39)平亂40)後, 亦不各歸, 仍率與居, 爲幾許年, 所生
男子, 頗近百數, 各自聚婦生子, 吾則如陸賈五子之分供, 安享晚福, 是非
不聞, 榮辱不關, 少無羨於令公嶺伯41)之寵辱, 相半憂喜交至也." 嶺伯聞罷,
憮然自失. 自此而巡至河東境, 過智異山邊, 忽自空中, 有呼嶺伯字聲, 嶺
伯甚訝, 自轎中捲簾回顧, 則聲自山上出矣. 一行42)詳視則有一人, 坐層岩
絶壁上呼之, 嶺伯停轎而問, 山上人答曰: "君尙不記吾乎? 吾乃某也." 嶺
伯思之, 乃昔日北漢同接人也. 嶺伯擧手招曰: "下來也." 曰: "君必上來."
少焉下送一雙靑衣童43), 挾腋而上, 則履絶險44)如平地, 與之握手相話45)曰:
"君記北漢僧之論相乎? 其時以吾爲46)仙, 故當時笑以迂妄, 到今視之, 寧
不神異哉? 向日胡亂, 擺脫家眷, 逃命山中, 屢日飢困, 糊口無策, 緣濱而
上, 則澗邊有草, 豊腴色47)可堪食, 啖之則甘苦有味, 盡採而啖矣, 伊後不
食而飽, 不衣而溫, 山行露宿, 少無疾恙, 行步如飛, 周遊名山大川, 時逢修
道之仙, 談經終年, 吾一身閑適, 飢寒不憂, 利辱不驚, 疾病不侵, 吾之所樂,
少不讓於令公48)之高牙大纛, 而其草乃49)金光草也, 亦豈比令公之食前方

---

37) 群: 고대본·가람본에는 '羣'으로 표기.
38) 耕: 고대본·가람본에는 '畊'으로 표기.
39) 雖: 동경대본에는 탈락.
40) 국도본·고대본·가람본에는 '之'가 더 나옴.
41) 令公嶺伯: 국도본에는 '嶺伯令公'으로 표기.
42) 行: 동경대본에는 '時'로 표기.
43) 고대본·가람본에는 '子'가 더 나옴.
44) 險: 고대본·가람본에는 '峽'으로 표기.
45) 話: 고대본·가람본에는 '語'로 표기.
46) 국도본에는 '爲'가 더 나옴.
47) 色: 동경대본에는 탈락.
48) 令公: 동경대본에는 '嶺伯'으로 표기.
49) 동양본에는 '是'가 더 나옴.

丈也?"仍倏忽之頃, 騰⁵⁰⁾坐⁵¹⁾於鶴背, 靑童二人, 左右侍立, 向空飛騰而去, 嶺伯窅然自喪, 不知身之爲嶺伯也. 由是觀之, 莫非天定, 而過僧之言, 如合符節, 亦異人哉⁵²⁾.

50) 동양본에는 '空而'가 더 나옴.
51) 坐: 국도본·고대본·가람본·성균관대본에는 '至'로 잘못 표기.
52) 哉: 동경대본에는 '也'로 표기.

평안 감영에서의 성대한 풍류

　　합천陜川 심용[1]은 재물을 소홀히 여기고 의리를 좋아했으며 풍류를 즐겼다. 그 시대의 가희歌姬와 금객琴客, 술꾼과 시인이 모두 공의 집으로 모여들어 날마다 마당을 시장처럼 가득 채웠다. 장안에서는 공에게 부탁하지 않으면 잔치와 놀이자리를 마련하기도 어려웠다.

　　한 도위都尉, 부마도위(駙馬都尉), 임금의 사위가 압구정狎鷗亭, 한명회가 한강변에 세운 정자에서 잔치를 벌였는데 심공에게 상의도 하지 않고 가희와 금객을 부르고 빈객도 많이 초대해 질탕하게 마음껏 놀았다. 이름난 정자의 가을밤 달빛이 강 물결에 비치니 그 흥이 얕지 않았다. 그때 갑자기 강 위에서 퉁소 소리가 맑고 명랑하게 들려왔다. 멀리 바라보니 작은 배 한 척이 떠오고 있었다. 배에 탄 노옹은 머리에 화양건華陽巾, 도사나 은둔자가 쓰는 두건을 쓰고 학창의를 입었으며 손에는 백우선白羽扇, 흰 새의 깃을 모아 만든 부채을 들었는

---

1) 심용(沈鏞, 1711~1788): 선조의 공적으로 벼슬을 제수받았고 당시 최고 권력층과 인척 관계를 맺고 교유하기도 했다. 18세기 예인들의 후원자로서 문화와 예술에 큰 영향을 끼쳤다. 합천군수, 예천군수 등을 역임했다.

데 백발이 휘날리고 있었다. 어린 동자 둘이 푸른 옷을 입고 노옹을 옆에서 모시며 옥퉁소를 비스듬히 불었고, 배 위에는 학 한 쌍이 너울너울 춤추고 있었으니 노옹은 분명 신선이었다.

생황소리와 노랫소리가 그치자 난간에 기대서 있던 사람들이 혀를 내두르며 노옹을 칭찬하고 부러워했다. 모든 눈이 강 쪽만 주시하고 있으니 잔치 자리는 텅 비었다. 도위는 흥이 사라진 것에 분통을 터뜨리며 작은 배를 타고 나가보았다. 노옹은 바로 심공이었다. 서로가 쳐다보며 껄껄 웃었다. 도위가 말했다.

"좋은 잔치를 공이 압도해버렸소이다."

그들은 마음껏 즐기고 나서 잔치를 마쳤다.

이때 또 한 재상이 평안감사에 제수되어 떠나려 하는데, 그 둘째형이 영의정이었는지라 홍제교弘濟橋, 서울 무악재 너머 홍제원(弘濟院)에 있던 다리 위에서 전별연을 열어주고 나서 그를 보내주려 했다. 성문 밖에 수레 수십 량이 있었고 사람과 거마가 뒤섞였으니, 길을 가는 사람들이 모두 혀를 내두르며 그 복을 찬탄했다.

"아가위꽃 그 꽃송이 어여쁘게 활짝 피었네2)."

갑자기 소나무숲 사이에서 말 한 마리가 날듯이 뛰어나왔다. 말 탄 사람은 자주색 누비 갓옷을 입었고 머리에는 검은색 촉묘피蜀猫皮, 아주 하얀 모피. 흔히 옥토끼나 고양이의 털가죽을 이른다로 만든 귀덮개를 썼다. 손에 채찍을 들고 안장에 앉아 주위를 둘러보니 사람들이 그 풍채에 감동했다. 미인 서너 명은 전립戰笠, 병졸이나 하인이 쓰던 벙거지을 쓰고 소매가 짧은 두루마기를 입고 허리에 물빛 남색 전대를 차고 붉은 꽃무늬를 넣은 운혜雲鞋, 여자들이 신는 마른신의 하나. 앞코에 구름무늬를 놓는다를 신고서 두 대열로 걸어오고 있었다. 그 뒤

2) 아가위꽃 그~활짝 피었네: 『시경』 「소아小雅 당체棠棣」에 나오는 말인데, 형제간의 우애를 비유할 때 자주 쓰인다. 원문은 이러하다. "아가위꽃 그 꽃송이 어여쁘게 활짝 피었네(棠棣之華, 鄂不韡韡), 오늘 모든 사람 중에 형제만 한 사람 없지(凡今之人, 莫如兄弟)."

를 따라 여섯 동자가 푸른 적삼에 자줏빛 허리띠를 하고 각기 말에 탄 채 악기를 연주했다. 사냥꾼은 팔뚝에 보라매를 앉히고 사냥개를 부르며 수풀 사이에서 뛰어나오니, 구경하는 사람들이 모두 담처럼 둘러서서 말했다.

"저 사람은 필히 심합천沈陜川일 것이다!"

보니 과연 그랬다.

길가의 사람들이 다시 찬탄하며 말했다.

"이 세상 사람의 한평생이란 흰 망아지가 문틈을 지나가는 모습을 보는 것과 같으니, 마음에 품은 뜻은 마음껏 즐겨야 한다. 아까 전별연이 어찌 성대하지 않을까마는 자고로 공명을 세우는 데는 실패가 많고 성공은 드물다. 참소를 걱정하고 남들이 꺼릴까 두려워하여 가슴속에 얼음과 숯이 들어 있는 듯 조화를 이루지 못하는 것보다는, 차라리 흔쾌히 마음의 뜻을 따라 호방하고 상쾌하게 스스로 즐기며 자기 몸 이외에는 근심하지 않는 것이 더 낫지 않겠나?"

장안 사람들이 마침내 서로 우스갯말을 했다.

"전별을 할까? 사냥을 할까? 사냥을 하고 말지 전별은 하지 않으리."

이로써 심공을 흠모하고 부러워한 정도를 충분히 짐작할 수가 있다.

하루는 심공이 가객 이세춘李世春, 시조 창법을 만들었다는 영조 대 가객, 금객 김철석金哲石, 기생 추월秋月, 매월梅月, 계섬桂蟾 등과 초당에 모여 거문고를 연주하고 노래를 부르며 저녁 시간을 보내고 있었다. 심공이 사람들에게 물었다.

"너희 평양 구경하고 싶지 않으냐?"

모두 "구경하고 싶지만 아직 구경하지 못했어요"라고 했다.

그러자 심공이 말했다.

"평양은 단군과 기자箕子 이래 오천 년 동안 번창한 고장이니라. 그림 같은 강산과 거울에 비친 듯한 누각이 이 나라에서 제일이라 하는데 나 역시 아직 가보지 못했다. 평안감사가 대동강 위에서 회갑연을 연다고 들었다. 도내 여러 원이 다 모이고 명기와 가객을 선별했으며, 고기를 산같이 준비하고 술도 바다같이 빚었다는 소문이 크게 퍼졌는데 잔칫날은 모일이라는구나. 한번 발걸음하면 비단 시원하게 즐길 수 있을 뿐 아니라 전두纏頭, 광대·기생·악공 등에게 그 재주를 칭찬하여 사례로 주는 돈이나 물건로 돈과 비단도 많이 얻을 수 있으리니 이야말로 양주학[3]이 아니겠느냐?"

여러 사람이 뛸듯이 좋아하며 서로 축하했다. 행장을 갖추어 길을 떠날 때는 풍악산楓岳山, 가을의 금강산에 간다며 자취를 감추고 우회해 평양으로 들어가 성밖 조용한 곳에 짐을 풀었다.

다음날이 잔칫날이었다. 작은 배 한 척을 빌려 청색 장막을 설치하고 좌우에 담황색 주렴을 늘어뜨리고서 그 안에 기생과 가객, 악기를 감추었다. 배는 능라도와 부벽루 사이에 숨겼다.

갑자기 북소리와 음악소리가 하늘을 찌를 듯 울려퍼졌고 배들이 강위를 뒤덮었다. 감사는 누선 높은 곳에 앉고 각 고을 원도 다들 배 위에 모였다. 잔치 자리를 크게 펼치니 노래는 맑으며 오묘한 춤 그림자는 물결을 따라 일렁였다. 성 위 강기슭은 인산인해를 이루었다.

드디어 심공도 노를 저어 앞으로 가서 서로 볼 수 있는 곳에 배를 정박시켰다. 저쪽 배에서 검무를 추면 이쪽 배에서도 검무를 추고, 저쪽 배에서 노래를 부르면 이쪽 배에서도 노래를 불러 마치 흉내를 내는 듯했다. 그러자 저쪽 배에 탄 사람들이 모두 이상하게 여겼다.

---

3) 양주학(楊州鶴): 양주학이란 양주에 사는 학이란 뜻으로, 『고금사문유취古今事文類聚』의 「학鶴條」편에 실린 이야기에서 비롯된 고사다. 옛날에 여러 사람이 모여 서로의 소망을 이야기했다. 어떤 사람은 살기 좋은 고을인 양주 지역의 자사(剌史) 벼슬을 얻고 싶다 했고, 어떤 사람은 재물을 많이 모으고 싶다 했고, 어떤 사람은 학을 타고 하늘에 오르는 신선이 되고 싶다고 말했다. 그러자 마지막 사람이 자신은 양주 땅의 자사가 되어 돈 십만 냥을 허리에 차고 학을 타고 하늘로 올라가고 싶다 했다. 즉, 양주학은 부귀공명을 누리고 신선놀음까지 하는 것을 뜻한다.

감사가 비선飛船, 나는 듯이 빠르게 가는 배을 보내 심공을 잡아오라 하니, 심공도 급히 노를 저어 달아나 간 곳을 알 수가 없었다. 비선이 추격할 수가 없어 돌아가면, 심공은 다시 노를 저어 다가갔다. 여러 번 이렇게 하니 감사도 매우 이상하게 여기며 말했다.

"내 저 배의 안을 보니 검광이 섬광처럼 빛나고 노랫소리가 구름에까지 닿으니, 노옹은 결코 하토遐土, 서울에서 먼 곳. 여기서는 평양의 평범한 사람이 아니다. 담황색 주렴 안에서 노옹이 학창의 화양건을 쓰고 깃털 부채를 쥐고서 꼿꼿이 단정하게 앉아 태연하게 미소를 보내고 있다. 그는 이인異人이 아닌가?"

감사는 비밀리에 명하여 작은 배 십여 척으로 일제히 심공을 포위해 잡아오게 했다. 이들이 뱃머리에 이르자 심공은 주렴을 걷고 크게 웃었다. 평안감사는 심공과 평소 친분이 있는 사이여서 보자마자 넘어질 듯 놀라고 반가워하며 심공이 거침없이 즐기는 뜻에 대해 물었다. 배에 탄 여러 원과 막료, 손님, 감사의 자제, 사위, 조카 등은 모두 한양 사람이라, 한양의 기생과 음악을 보고 기뻐하지 않는 사람이 없었다. 또 서로 안면이 있는 사람도 많아 악수를 하고 회포를 풀기도 했다.

이때 한양 가기歌妓들과 금객들은 평생 펼쳐온 기예를 다하여 종일토록 놀았으니 평양의 가무 기생들은 문득 얼굴빛을 잃었다. 평안감사는 그날 그 자리에서 한양 기생들에게 천금을 하사했고, 여러 원 역시 능력껏 기생들에게 돈을 주니 거의 만금에 이르렀다.

심공은 질탕하게 즐기다 열흘 만에 돌아갔으니 지금까지 아름다운 풍류 이야기로 전한다.

심공이 돌아가 파주 시곡柴谷에 장사지내주었는데, 노래와 거문고를 즐기던 친구들이 서로 마주보고 울며 말했다.

"우리는 평생 심공을 위해 살아왔소. 심공은 풍류를 아는 사람 중에서 우리를 알아준 분이요, 우리의 음악을 이해해준 분이오. 이제 그 노래가 그치고 거문고가 쇠잔해져버렸으니 우리가 장차 무얼 할 수 있겠소?"

　친구들은 시곡에 장사를 치러주고 한바탕 노래 부르며 거문고를 연주하고 무덤 앞에서 통곡했다. 그리고 각기 흩어져 집으로 돌아가버렸다. 오직 계섬만이 묘를 지키느라 떠나지 않았는데, 그녀는 머리가 백발이 되고 눈이 안 보일 때까지 남들에게 이런 이야기를 해주었다.

遊浿營風流盛事

　沈陝川鏞, 疎財好義, 風流自娛. 一時之歌姬琹客, 酒徒詞朋, 輻輳幷臻[4], 歸之如市, 日日滿堂. 凡長安宴遊, 非請於公, 則莫可辦也. 時一都尉遊狎鷗亭, 不謀於[5]沈公, 盡招歌琹[6], 大邀賓客, 跌宕恣遊. 名亭秋夜, 月色暎波, 興復不淺. 忽聞江上簫聲寥亮[7], 遙見一小[8]艇泛水而來, 老翁頭戴華陽巾, 身被鶴氅衣, 手持白羽扇, 皓髮飄飄, 有兩小童着靑衣, 左右侍, 橫吹玉簫, 舟載雙鶴, 翩翩而[9]舞, 分明是神仙中人也. 笙歌自停, 諸人依[10]欄簇立嘖嘖稱羨[11], 萬目注視江中, 而席上虛無人. 都尉憤其敗興, 乘小艇[12]就之, 乃沈公也, 相與一笑, 都尉曰[13]: "公壓倒勝遊矣." 盡歡而罷. 時又一宰, 除箕伯啓行, 其仲兄爲首相, 設餞宴於[14]弘濟橋上以送之. 都門外車數十[15]

---

4) 臻: 동양본·성균관대본에는 '溱'으로 표기.
5) 於: 고대본·가람본에는 탈락.
6) 歌琹: 고대본에는 '琹歌'로 표기.
7) 寥亮(요량): 소리가 높고 명랑하게 울려퍼짐.
8) 小: 고대본·가람본에는 '少'로 표기.
9) 而: 국도본·고대본·가람본에는 탈락.
10) 依: 동경대본에는 '倚'로 표기.
11) 羨: 동경대본에는 '仙'으로 잘못 표기.
12) 艇: 동경대본에는 '船'으로 표기.
13) 曰: 고대본·가람본에는 탈락.
14) 於: 국도본·고대본·가람본에는 '于'로 표기.
15) 十: 국도본·고대본·가람본에는 '千'으로 표기.

輀人馬軒[16]闐, 路上皆嘖嘖稱其福力曰: "棠棣之華, 鄂不韡韡" 忽見自松
林間, 飛出一騎, 那人身着縷緋紫茸裘, 頭戴漆色蜀猫皮耳掩, 手執一鞭,
據鞍顧眄, 風彩動人. 美娥三四人, 頭戴戰笠, 身着短袖襖子, 腰繫水綠藍
纏帶, 足穿起花紅紋繡雲鞋, 雙隊作行, 而隨後復有童子六人, 靑衫紫帶,
各執樂器於馬上奏之, 獵人臂[17]鷹呼狗, 走出林樾間, 觀者如堵, 咸曰: "是
必沈陜川也." 見之果然. 路人復容嗟曰: "人生世間, 如白駒過隙, 固當窮心
志之所樂, 俄者餞宴, 豈不盛哉? 然自古功名, 多敗而小成, 與其憂讒畏忌
氷炭胸中, 曷若快心適意豪爽自娛, 無憂於身外者哉?" 長安諸人遂相與戲
曰: "餞乎? 獵乎? 寧獵無餞." 其韻[18]艶可知. 一日沈公與歌客李世春, 琴[19]
客金哲石, 妓秋月梅月桂蟾輩, 會於草堂, 琴[20]歌永夕, 公謂諸人曰: "汝輩
欲觀[21]西亭[22]乎?" 皆曰: "有志未就." 沈公曰: "平壤自檀箕以來, 五千年繁
華之場也, 畵中江山, 鏡裡樓臺, 可謂國中第一, 而吾亦未之見焉, 吾聞箕
伯設回甲宴於大同江上, 道內諸倅咸集, 且選名妓歌客, 肉山酒海, 先聲[23]
大播, 將於某日開宴云[24], 一擧足, 則非但大踈暢, 亦必多得纏頭之金帛,
豈非[25]楊州鶴乎?" 諸人雀躍相賀, 遂治裝啓行, 稱以往楓岳[26]藏[27]踪跡,
以迂路潛入箕城, 於外城靜僻處住着. 其翌日乃宴日也, 遂貰小艇一隻,

---

16) 軒: 고대본·가람본에는 '軿'으로, 동경대본에는 '騈'으로 표기.
17) 臂: 동경대본에는 '飛'로 표기.
18) 韻: 다른 이본에는 '歈'으로 맞게 표기.
19) 琴: 국도본·고대본·동경대본에는 '琹'으로 표기.
20) 琴: 국도본·고대본·동경대본에는 '琹'으로 표기.
21) 欲觀: 동양본에는 '遊'로 표기.
22) 亭: 국도본·고대본·동경대본에는 '京'으로 표기. '京'이 맞음.
23) 先聲(선성): 소문.
24) 고대본에는 '云'이 더 나옴.
25) 국도본·고대본·가람본·성균관대본에는 '謂'가 더 나옴.
26) 岳: 국도본에는 '嶽'으로 표기.
27) 藏: 고대본·가람본에는 잘못 탈락.

小²⁸⁾設靑布帳, 左右垂緗簾, 中藏妓客管絃, 隱舟於綾羅²⁹⁾浮碧之際, 俄而鼓樂³⁰⁾喧天, 舟楫蔽江, 巡相高坐樓, 船上諸守宰畢集, 大張宴席, 淸歌妙舞, 影動水波, 城頭江岸, 人山人海. 沈公乃搖櫓前進, 傍³¹⁾舟於相望之地, 彼船劒舞, 則此船劒舞, 彼船唱歌, 則此船唱歌, 有若效嚬之狀, 彼船上諸人莫不怪之. 發送飛船, 使之捉來, 沈公促櫓而走, 不知去處, 飛船莫能追回去, 復搖櫓而進, 又如之如是者數三. 於是甚怪之曰: "吾遙見其船中³²⁾, 則劒光閃電, 歌聲憂雲, 決非遐土尋常之人. 且緗簾中被鶴氅衣, 戴華陽巾, 手揮羽扇之一老翁, 兀然端坐, 喧笑自若, 豈非異人乎?" 遂暗令於船, 將以十餘小船, 一齊圍住, 捉曳而來泊, 至大船頭, 沈公捲簾大笑, 巡相素有親誼, 見卽³³⁾顚倒驚喜, 槃問其踈暢之意. 蓋船中諸宰幕賓及巡相子婿弟姪³⁴⁾, 俱是洛陽人也, 見洛陽之妓樂, 莫不歡喜, 亦多知面之人, 相與握手敍懷. 於是妓歌³⁵⁾琴客, 盡其平生之技藝, 終日遊衍, 西路之歌舞粉黛, 頓無顏色. 當日席上, 巡相以千金贈京妓, 諸宰又隨力贈之, 幾至萬金. 沈公迭宕一旬而還, 至今爲風流美譚. 及沈公之逝後, 葬於坡州之柴谷, 歌琴³⁶⁾之伴, 相與泣下曰: "吾輩平生爲沈公, 風流中人, 知己也, 知音也. 歌歇琴³⁷⁾殘, 吾將何之?" 會葬于柴谷, 一場歌 一場琴, 遂痛哭于墳前, 各散其家, 唯³⁸⁾桂蟾守墓不去, 白頭絲絲³⁹⁾, 方瞳黯黯, 向人說道如此.

---

28) 小: 국도본·고대본·동경대본·가람본에는 '上'으로 표기. '上'이 맞음.

29) 羅: 국도본·고대본·가람본에는 '波'로 잘못 표기.

30) 樂: 동경대본에는 '角'으로 표기.

31) 傍: 다른 이본에는 '停'으로 맞게 표기.

32) 吾遙見其船中: 동양본에는 '吾見船中'으로 표기.

33) 卽: 국도본·고대본·가람본에는 '則'으로 표기.

34) 姪: 동경대본에는 '侄'로 표기.

35) 妓歌: '歌妓'로 표기해야 함.

36) 琴: 국도본에는 '琹'으로, 동양본에는 '舞'로 표기.

37) 琴: 국도본에는 '琹'으로 표기.

38) 唯: 국도본·고대본·동경대본·가람본에는 '惟'로 표기.

39) 絲: 고대본에는 탈락.

금강을 지나면서 위급한 사람에게 드높은 의를 베풀다

강릉 김씨 선비는 집이 가난해 노모께 끼니조차 잇게 해드리기가 어려웠다. 어느 날 노모가 말했다.

"네 집안 선대는 부자로 통했느니라. 호남 섬에 흩어져 살고 있는 그때의 노비들이 부지기수이니 네가 가서 추쇄[1]해 오너라."

그러고는 상자 속에서 노비문서를 꺼내주었다. 김생이 문서를 가지고 섬으로 가보니 백여 호가 촌락을 이루고 있었는데 모두 자기 집 노비의 자손들이었다. 그들은 노비문서를 보자 줄을 서서 절을 올리고 속량금 수천 금을 거두어 바쳤다. 김생은 문서를 불태워 없애고 말에다 돈을 싣고 돌아왔다.

금강을 지날 때는 달이 밝고 날은 매우 추웠다. 한 영감과 할미, 젊은 며느리가 강변에 나란히 앉아 있다가 앞다투어 강물로 뛰어들었다가

---

1) 추쇄(推刷): 도망한 노비를 잡아서 원래 주인에게 되돌려주던 일. 여기서는 도망한 노비를 찾아서 일정한 돈을 요구해 받아내는 일.

서로 건져내어 부둥켜안고 통곡했다. 김생이 괴상하게 여겨 이유를 물으니 늙은 영감이 말했다.

"저에게 외아들이 있는데 충청 감영에서 아전 일을 하다가 포흠[2]한 것이 거의 만 석에 이르러 여러 달 옥에 갇혀 있지요. 가산을 모두 팔고 족징[3]과 인징[4]까지 했는데도 여전히 빚이 많이 남아 있습니다. 이후 다시 정한 기한이 내일입니다. 내일을 넘기면 곤장을 맞고 귀신이 될 텐데 돈 한 푼, 쌀 한 톨 마련할 곳이 없습니다. 외아들이 형을 당하는 꼴을 차마 볼 수 없어 차라리 강물에 몸을 던져 죽어 아무것도 모르고자 했습니다. 그러나 늙은 처와 젊은 며느리가 이 강에 함께 빠져 죽으려 하니 차마 물속으로 들어가는 모습을 볼 수 없어 서로 건져내서 마침내 부여잡고 통곡했던 것입니다."

김생이 말했다.

"돈이 얼마나 있으면 포흠을 변상할 수 있소?"

"수천 금은 되어야 감당할 수 있습니다."

그가 말했다.

"내가 추노해온 돈이 몇십 짐 되는데 아마 수천 금은 될 것이오. 이것으로 배상하시오."

김생이 즉시 돈을 헤아려서 주니, 세 사람이 또 대성통곡하며 말했다.

"저희 네 사람이 이제 살아나네요. 이 은혜를 장차 어떻게 갚을 수 있겠습니까? 부디 저희 집으로 가시어 하룻밤이라도 주무시고 가십시오."

---

2) 포흠(逋欠): 관가의 물건을 사사로이 써버리거나 조세를 납부하지 않는 것. 조선시대에는 관원들의 포흠을 관포(官逋), 이서(吏胥)의 포흠을 이포(吏逋)라 했다. 연이은 흉년 등으로 백성들이 조세를 제대로 납부할 수 없게 되면 때때로 이전에 포흠된 것을 탕감해주는 조치를 취하기도 했다.
3) 족징(族徵): 부세를 납부하지 못하거나 고리대를 갚지 못해서 도피하여 받기 어려운 사정이 있을 때 그 친족에게 대신 징수하는 것.
4) 인징(隣徵): 군정(軍丁)이 죽거나 도망하여 군포(軍布)를 받지 못하게 되었을 경우에 이를 그 이웃에게 물리던 일. 조선시대의 가장 부당한 세금 수취 제도 중 하나였다.

김생이 말했다.

"날이 저물어서 돌아갈 길이 급하오. 노친께서 오래 기다리고 계시니 잠시도 머물 수가 없소."

그는 즉시 말을 달려가며 뒤도 돌아보지 않았다. 노인이 재빨리 쫓아가며 고함을 질렀다.

"행차님 성함과 사시는 곳이라도 알려주십시오!"

"그건 알아 뭐하겠소?"

그는 더 빨리 달렸다.

세 사람은 그 돈으로 남은 포흠을 다 갚았고, 바로 그날 아들도 감옥에서 나왔다. 온 집안이 김생에게 깊이 감사했지만 그의 이름과 사는 곳은 알 길이 없었다.

김생이 집으로 돌아오니, 노모는 아들이 아무 탈 없이 돌아온 것을 기뻐했다. 그녀는 추노가 뜻대로 되었다는 말을 듣고 더욱 기뻐했다. 노모가 속량해주고 받은 돈은 어떻게 가져왔느냐고 묻자, 김생은 금강변에서 있었던 일을 이야기해주었다. 노모가 그의 등을 어루만지며 말했다.

"역시 내 아들이구나."

그뒤 노모는 천수를 누리고 죽었다. 그사이 집안은 더욱 몰락해 초종初終, 초상이 난 때부터 졸곡까지의 장례의 예를 제대로 갖추지도 못했다. 김생은 지사地師와 함께 걸으며 장지를 찾아다녔다. 지사가 여러 산을 두루 답사하다 한 곳에 이르러서 말했다.

"저 기슭에 반드시 아주 좋은 땅이 있을 텐데, 그 아래 촌락이 매우 많고 또 대갓집이 있으니 얘기를 꺼내기가 어려울 것 같습니다."

"정말 좋은 땅이라면 비록 얻기 어렵다 하나 한번 가서 본다고 무슨 해가 되겠소?"

지사와 함께 산을 올라가 용맥龍脈, 산의 정기가 흐르는 산줄기을 찾아보았다. 지사가 한 곳에 앉아서 범철泛鐵, 나침판을 사용해 방위를 정하는 일하여 살펴보더니 말했다.

"이곳이 명혈입니다. 공명이 두드러지고 세상에서 비할 데 없이 빛을 낼 것입니다. 자손도 번성해 나라와 함께할 것이니 더할 나위 없는 길지입니다. 그러나 맥이 큰 마을 뒤편이니 말해본들 무슨 소용이 있겠습니까?"

그러면서 찬탄을 그치지 않았다. 김생이 말했다.

"그렇기는 하겠구려. 이미 날도 저물었고 하니 저 집에서 묵고 간다 해도 뭐 그리 방해가 되진 않겠구려?"

지사와 함께 그 집으로 가니, 한 젊은이가 그들은 손님방으로 영접해 저녁밥을 대접했다. 등불을 마주하고 앉자 김생은 가슴속에서 슬픈 감회가 일어났다. 장지를 어찌할까 생각하니 길게 한숨만 나올 따름이었다.

그때 갑자기 안방에서 젊은 부인이 문을 열고 뛰어들어와 김생을 부여잡고 통곡하기 시작했다. 그녀는 숨이 가빠 말을 할 수조차 없었다. 그가 놀라서 까닭을 물으니 젊은 부인이 말했다.

"이분이 바로 금강에서 만난 그 은인이십니다!"

잠시 뒤 또다시 끌어안고 통곡하니 노옹과 할미도 그 말을 듣고 뛰어들어와 김생을 끌어안고 통곡했다. 통곡을 그치자 이들은 김생 앞에 늘어서서 절을 올리며 말했다.

"저희를 낳아주신 분은 부모요, 저희를 살려주신 분은 존객이십니다. 낳아주신 것과 살려주신 것에 어찌 차이가 있겠습니까?"

김생은 처음에 영문을 몰라 당황스럽고 겁이 났다. 하지만 주인 내외가 금강에서 자기들 목숨을 살려준 일을 자세히 이야기해주니 착착 들어맞아 조금도 틀림없는 듯했다. 그들이 말했다.

"존객이 아니었다면 저희는 어육이 되었을 것이니, 어찌 오늘이 있었겠습니까? 저희는 당신의 드높은 의로움을 마음에 새겨두었습니다. 바깥손님이 오시면 언제나 문틈으로 몰래 보면서 만에 하나라도 만나뵐

것을 기대했지만, 어찌 오늘 은인을 만나리라고 상상했겠습니까? 그때 저희는 살아나 석방되고 나서 아전 일을 그만두고 시골에 살며 온 힘을 다해 재산을 불려 오늘 같은 부잣집을 만들었지요. 집과 논밭은 두 곳에 마련했는데 한 곳은 저희가 주인이지만, 다른 한 곳은 존객을 기다린 지 오래입니다. 오늘 다행스럽게도 하늘이 좋은 만남을 내려주셔서 이렇게 존객과 해후하게 됐습니다. 이 산에 장지를 쓰려 하신다면 이 집을 추사楸舍, 재사(齋舍), 곧 재계(齋戒)하는 집로 삼고 존객이 사십시오. 저희는 당장 산등성이 너머 집으로 옮겨가겠습니다. 오직 존객의 뜻대로 하십시오."

김생은 거듭 감사를 표하고 길일을 택해 하관을 하고 그 집에서 살았다. 자식들과 손자들이 태어나 공公이 되고 경卿이 되었으며 먼 자손들도 다 번성해 두루 부귀를 누렸다 한다.

過錦江急難高義

江陵金氏一士人, 家貧, 親老乏菽水之供, 其老慈語子曰: "汝家先世, 本以富稱, 奴婢之散在湖南島中者, 不知其數, 汝往推刷也." 仍出示篋中奴婢文券軸. 士人持券往島中, 百餘戶村落, 自占居生, 皆奴婢子孫也. 見券羅拜, 收斂數千金贖之, 士人燒其券, 駄錢而還. 路過錦江時, 月明寒甚, 見一翁一媼一少婦, 列坐江邊, 爭欲投水, 而互相極[5]出, 扶持痛哭, 士人怪問之, 老翁曰: "吾有獨子, 吏役於錦營, 以逋欠近萬石, 滯囚屢[6]朔, 盡賣家庄, 徵族徵隣, 而尙多餘數, 更以明日定限, 若過明日, 則當爲杖下之魂, 而分錢粒米, 無可辦出, 不忍見獨子之被刑, 吾欲投水而死, 溘然無知, 而老妻少婦, 欲共死於此, 而不忍見其入水, 互相極[7]出, 仍與痛哭矣." 士人曰: "有錢

5) 極: 국도본·고대본·동양본·가람본·성균관대본에는 '抍'으로 표기. '抍'이 맞음.
6) 屢: 고대본·성균관대본에는 '數'로 표기.
7) 極: 국도본·고대본에는 '抍'으로 맞게 표기.

幾何, 則可以賞[8]逋乎?"曰:"數千金, 可句當矣."士人曰:"吾有推奴錢幾拾
駄[9]滿數千, 以此償之."卽計給之, 其三人又大聲哭曰:"吾輩四[10]人之命,
因此而得生, 將何以報恩? 願入吾家, 留宿而去."士人曰:"日已暮矣, 歸路
且急, 老親倚門, 久矣, 不可留連."卽馳去之不顧, 其老人疾追高聲曰:"願
聞行次居住姓名!"答曰:"聞之何益?"因爲走去. 三人遂以此物盡償宿逋,
當日其子[11], 放出獄門, 渾室感祝士人, 而其居住姓名, 亦莫之知[12]. 士人歸
家, 其老慈喜其無恙而還, 又聞其推奴如意, 益喜之, 問其放良之物, 何以
輸致[13], 士人對以錦江事, 其老慈拊其背曰:"是吾子也."後老慈以天年終,
家益剝落, 初終拮据, 萬不成樣. 金哀[14]與地師一人, 步行尋山, 遍踏諸山,
到一處, 地師曰:"彼麓必有大地, 而其下村落甚盛, 又有大家舍, 不可議到
矣."生曰:"果是大地, 則雖難占山, 一番往見, 何傷之有?"遂與地師, 登其
山, 尋其龍脉, 坐於一處, 泛鐵而觀之曰:"此名穴也, 功名顯達, 赫世無比,
子支繁衍, 與國偕存, 可謂無上吉地, 而係是大村後也, 言之何益?"稱嘆[15]
不已, 生曰:"雖然, 旣已日暮[16], 留宿彼家而去, 亦何妨乎?"遂與地師入其
家, 有一少年, 迎接客室, 待以夕飯. 金哀對燈而坐, 悲懷彌中, 山地關心,
長吁而已. 忽自內室, 一少婦開戶突入, 扶金哀大哭, 氣急不能言. 其少年
驚問其故, 少婦曰:"此是錦江所逢之恩人也!"少焉又抱而哭之, 老翁老媼
聞此言, 又突出抱而哭之, 哭止羅拜於生之前曰:"生我者父母也, 活我者尊

<hr>

8) 賞: 동경대본·성균관대본에는 '償'으로 표기. '償'이 맞음.
9) 拾駄: 국도본·고대본·동경대본·가람본·동양본·성균관대본에는 '駄恰'으로 표기.
10) 四: 동양본에는 '死'로 표기.
11) 其子: 고대본·가람본·성균관대본에는 탈락.
12) 之知: 동경대본·동양본에는 '知之'로 표기.
13) 致: 동양본에는 '此'로 표기.
14) 金哀(김애): 상을 당한 김씨.
15) 嘆: 고대본·동경대본에는 '歎'으로 표기.
16) 旣已日暮: 동양본에는 '日已暮矣'로 표기.

客也. 生我活我, 寧有間乎?" 生初不知本事, 惝怳怔17)忳, 主人內外, 細言
錦江活命之事, 鑿鑿不爽, 仍言曰: "微君, 吾其魚矣, 顧安得有今日? 感君
高義, 銘鏤在心, 每於外室客來時, 從隙窺見, 或冀萬一倖遇, 豈意今日得
遇恩人乎? 吾輩自伊時生, 出獄門之後, 退吏居村, 極力治産, 今成富家. 家
舍田庄, 排置二所, 一則吾主之, 一則以待君久矣. 今幸天借好便, 得以邂
逅, 如欲營窆於此山, 則以此家, 仍作楸舍, 而君居之18), 吾則當移居於越
崗19)之家, 唯20)君意爲之." 生僕僕稱謝, 擇吉營窆, 仍居其舍, 有子有孫, 爲
公爲卿, 雲仍寔繁21), 富貴22)兼存23)云.

17) 怔: 동양본에는 '忙'으로 표기.
18) 之: 동경대본에는 탈락
19) 崗: 고대본에는 '岡'으로 표기.
20) 唯: 국도본·고대본·가람본에는 '惟'로 표기.
21) 繁: 동경대본에는 탈락.
22) 동경대본에는 '幷'이 더 나옴.
23) 存: 국도본·고대본·동경대본·가람본·성균관대본에는 '全'으로 표기.

암행어사가 처녀들을 중매해 좋은 일을 하다

옛날에 한 암행어사가 모 읍에 도착해 바깥 촌락에서 암행을 하고 있었다. 때는 팔월 망간望間, 음력 보름께인데 장맛비가 멎어 상쾌하며 춥지도 덥지도 않았다. 암행어사가 촌가에서 하룻밤 묵는데 달빛을 감상하며 마을을 산책하다가 어느 집 울타리 밖에 이르러 잠시 쉬었다. 갑자기 울타리 안에서 사람 발소리와 우스갯소리가 떠들썩하게 들려와 몰래 살펴보니 건장한 여자 네다섯 명이 어울려 시시닥거리고 있었다. 그중 한 여자가 말했다.

"오늘밤 조용하고 달이 밝아 적적하니 우리 태수 놀이 하지 않을래?"

다른 여자들이 모두 "그러자!"고 호응했다. 여자들이 스스로 배역을 정했다. 한 명은 태수, 한 명은 형방, 한 명은 급창及唱, 관아에서 명을 전달받아 큰 소리로 다시 전달하는 종, 한 명은 사령使令, 관아에서 잡무를 보는 하급 관원 혹은 심부름꾼, 또 한 명은 박좌수座首가 되었다.

잠시 뒤 태수가 형방에게 분부했다.

"모 고을 박좌수를 속히 잡아들여라!"

형방이 급창에게 명을 전하자 급창은 사령에게 전했다. 사령이 높은 소리로 길게 답하고 박좌수를 끌어다 그 아래 꿇어앉히고 말했다.

"잡아들였나이다!"

태수가 분부했다.

"여자가 태어나 가정을 갖고자 하는 것은 사람에게 큰 인륜이니 폐할 수 없다. 사람이라면 부모 된 마음이 다 같을 텐데, 너는 딸 다섯을 두었으면서도 모두 혼인할 때를 넘기게 하고 아직 혼사를 의논하지 않으니 장차 인륜을 폐하고자 하느냐? 너는 가장으로서 이를 생각지 않고 혼처 구하는 데도 뜻을 두지 않으니 어찌 아비의 도리를 다했다고 할 수 있겠느냐?"

형방이 그 말을 급창에게 전했다.

"분부를 들으렸다!"

좌수가 꿇어앉아 대답했다.

"소인도 사람이니 어찌 그 점을 생각할 줄 몰랐겠습니까? 언제나 마음속으로 걱정하고 고민해왔습니다만, 소인의 가세가 빈한하니 누가 가난한 집 여자를 받아주겠습니까? 또 합당한 신랑감도 없어 아직 혼사를 정하지 못했습니다. 제 죄를 알겠나이다. 제 죄를 알겠나이다."

태수가 말했다.

"어느 마을 이좌수 집에 스무 살 총각이 있고, 어느 마을 김좌수 집에 열아홉 살 총각이 있고, 어느 마을 서별감 집에 스무 살 총각이 있고, 어느 마을 최도감 집에는 열일곱 총각이 있고, 어느 마을 강별감 집에도 열여섯 살 총각이 있는데 어찌 합당한 곳이 없다고 하는가? 모든 것은 네가 끌어낸 변명이니 더이상 말하지 말거라! 속속히 통혼하고 택일을 하여 혼례를 성사시키는 것이 마땅하고 마땅할지어다!"

좌수가 답했다.

"분부가 지당하옵니다. 삼가 마땅히 속히 도모하겠나이다."

태수가 말했다.

"박좌수를 끌어내라!"

사령이 소리 높여 아뢰었다.

"끌어내라 합시오!"

처녀들은 서로 박수를 치며 크게 웃고 일제히 흩어졌다.

암행어사는 처음부터 끝까지 자세히 다 구경하고 그 해괴함에 웃음을 이기지 못했다. 그러다 처녀들의 사정을 생각하니 도리어 슬프고 불쌍한 마음이 들었다.

다음날 암행어사가 동네를 염탐하니 과연 그 집은 박좌수 집이었고 딸이 다섯 있었다. 장녀는 스물세 살, 그다음은 쌍둥이로 스물한 살, 그다음은 열아홉 살, 가장 어린 딸이 열일곱 살이었다. 박좌수란 사람은 집안 형편이 가난할 뿐 아니라 어리석어 사리를 알지 못해서 다섯 딸이 혼인할 때를 넘긴 지가 오래되어도 이를 심각하게 생각하지 못하고 걱정할 줄도 몰랐다. 딸들도 평소 가르침을 받지 못해 나이를 먹어도 바느질이나 절구질 같은 것을 할 줄 몰랐다. 오직 놀기만 하며 세월을 보냈으니 그들을 원하는 남자가 없었다 한다. 또 여인들이 말했던 총각들이 사는 곳을 염탐해보니 과연 어젯밤에 들은 바와 조금도 차이가 없었다.

그래서 읍내로 들어가 암행어사 출두를 하고 얼른 박좌수란 자를 관가 마당으로 잡아오게 해 지난밤 처녀들이 하던 대로 그 죄를 따졌다. 박좌수는 과연 합당한 신랑감이 없다는 말로 변명했다. 어사가 처녀들이 말한 대로 차례차례 신랑감들을 꼽으면서 말했다.

"내가 이렇게 합당한 곳들을 아는데 어찌 혼인을 의논하지도 않고 한결같이 합당한 곳이 없다는 말로 핑계만 대는고?"

박좌수가 말했다.

"그걸 모르는 바 아니오나 가난하고 배운 것도 없는 여자를 누가 며느리로 맞아주겠습니까? 그래서 감히 남 앞에서 입을 열 수가 없었나이다."

어사가 말했다.

"너는 딸들이 어릴 때는 가르치지 않았고 커서는 인륜을 폐했으니 아비의 도리가 어디에 있단 말이냐? 내 당장 오늘 안으로 혼인을 정해줄 것이로다!"

마침내 각 읍에 명을 전해 이좌수, 서별감, 최도감, 김좌수, 강별감 다섯 사람을 즉각 잡아오게 하고 당장 그 자리에서 정혼을 하고 속히 날을 잡아 혼례를 치르도록 했다. 또 각 고을 원에게는 혼수를 알맞게 지급하도록 하고 그들 역시 혼례 치르는 일을 독려하게 했다. 혼례를 치르고 나서 일의 전말을 즉각 보고하라는 분부도 내렸다.

누가 감히 어사의 분부를 어기겠는가? 마침내 찍소리도 못하고 같은 날로 택일해 다섯 처녀의 혼사를 일시에 치렀다 한다.

作善事繡衣繫紅繩

昔有一繡衣, 行到某邑, 暗行於外村. 時當八月望間, 滾雨快霽, 天氣不寒不熱. 寄食於[1]村家, 乘着[2]月色, 又復散步於閭里間, 至一家籬外, 少坐休憩, 忽聞籬內, 有人跡聲及笑語聲甚譁, 竊窺之, 乃壯健女子四五人, 相携嬉戲. 其中一女子乃曰: "今夜閑月明, 政爾寂寥, 吾輩盡作太守之戲乎?" 衆女子[3]皆應曰: "諾!" 其衆女子, 自相排定, 一則爲太守, 一則爲刑房, 一則爲吸唱, 一則爲使令, 一則爲朴座首. 少焉其太守者, 分付刑房曰: "某村[4]朴座首, 斯速拿入!" 刑房傳于吸唱, 吸唱傳于使令, 使令長聲高答, 捽

---

1) 於: 동경대본에는 탈락.
2) 着: 고대본에는 '看'으로 표기. '看'이 맞음.
3) 子: 고대본·가람본에는 탈락.
4) 村: 고대본에는 탈락.

曳朴座首者, 跪于其下曰: "拿入矣!" 其太守者[5]分付曰: "女子生, 而願爲之有家, 人之大倫, 不可或廢, 父母之心, 人皆有之, 汝則有女五人, 幷[6]皆過年[7], 而尙無議婚[8]之事, 其將廢倫乎? 汝以家長, 不知慮此, 而無意於求婚[9], 安有爲[10]人父[11]之道乎?" 刑房傳其語[12]吸唱曰: "聽分付!" 其座首者, 跪而對曰: "民亦人也, 豈不知慮此乎? 心常憂悶, 而民家勢貧[13]寒, 誰肯娶貧家之女乎? 且無可合之郎材, 尙未有定, 知罪知罪." 云云. 其太守曰: "某村李座首家, 有二十歲秀才, 某村金座首家, 有十九歲秀才, 某村徐別監家, 有二十歲秀才, 某村崔都監家, 有十七歲秀才, 某村姜別監家, 有十六歲秀才, 何謂無可合之處乎? 都是汝推托之辭, 更勿多言! 速速通婚, 以擇日成禮, 至可至可!" 其座首者答曰: "分付誠至當矣, 謹當速圖矣." 太守者曰: "曳出之!" 使令高聲奏曰: "出送矣!" 仍相與拍掌大[14]笑, 一齊散走. 繡衣詳察首尾, 不勝駭笑, 而念其情事, 還切哀矜. 其翌廉探於洞內, 則其家果是朴座首家, 而有女五人, 長二十三歲, 其次雙女二十一歲, 其次十九歲, 最少[15]爲十七歲, 而所謂朴座首者, 不但家計貧寒, 痴不解事, 雖五女過年已久, 而視若尋常, 不知爲悶. 其女子素無敎訓, 年雖長大, 而針線[16]杵臼之役, 皆不通曉, 唯[17]事[18]遊戲度日, 故人無願之者云. 又探其有秀才處, 果

5) 者: 동경대본에는 탈락.
6) 幷: 고대본·가람본에는 '並'으로 표기.
7) 過年: 동양본에는 '年過'로 표기.
8) 議婚: 국도본·고대본·가람본·성균관대본에는 '婚議'로 표기.
9) 동경대본에는 '姻'이 더 나옴.
10) 爲: 고대본에는 탈락.
11) 고대본에는 '母'가 더 나옴.
12) 語: 고대본·가람본에는 '言'으로 표기.
13) 勢貧: 국도본에는 '貧勢'로 잘못 표기.
14) 大: 고대본에는 '太'로 표기.
15) 동경대본에는 '者'가 더 나옴.
16) 錦線: 다른 이본에는 '線'으로 맞게 표기.
17) 唯: 국도본·고대본·가람본에는 '惟'로 표기.
18) 唯事: 동경대본에는 '事唯'로 표기.

如昨夜所聞, 無所差爽, 乃入其邑內, 出道後, 所謂朴座首者, 星火捉來拿入于庭, 數其罪, 如向夜處女之爲, 朴座首果以[19]無可合郎材爲[20]辭, 御史遂依處女所言郎材, 而歷數之曰: "以吾所知[21], 有如許可合處, 何不議婚, 而一向以無可合處推諉乎?" 朴座首曰: "此亦非不知, 而[22]貧家女子, 素無敎訓, 誰肯娶婦乎? 是以不敢向人開口矣." 御史曰: "然則汝幼而不敎, 長而廢倫, 安在其爲人父之道乎? 吾當於今日內定給矣!" 遂傳令于[23]各面, [24]所謂李座首徐別監崔都監金座首姜別監等五人, 皆卽刻捉致, 使之當面定婚, 又使之期[25]速涓吉, 過行婚禮, 又囑於本官, 其過婚之需量誼[26]助給自官亦爲督促[27]過婚, 過婚後形止[28] 卽爲牒報之意, 亦爲分付. 御史分付, 誰敢違拒? 遂不敢出[29]一聲, 同日涓吉, 五處女幷一時區處云.

---

19) 동경대본에는 '爲'가 더 나옴.
20) 爲: 동경대본에는 탈락.
21) 고대본·가람본·성균관대본에는 '者'가 더 나옴.
22) 而: 고대본·가람본에는 탈락.
23) 于: 동경대본에는 탈락.
24) 동경대본에는 '其'가 더 나옴.
25) 期: 다른 이본에는 '斯'로 맞게 표기.
26) 誼: 국도본·고대본·동경대본·가람본·성균관대본에는 '宜'로 표기.
27) 促: 동경대본에는 '捉'으로 잘못 표기.
28) 形止(형지): 사실(事實)의 전말. 일이 되어가는 형편.
29) 出: 고대본·가람본에는 탈락.

부인이 붉은 깃발을 알아보고 귀신의 원한을 갚아주다

옛날 밀양 원이 있었는데 중년에 부인을 잃고 곁에는 소실과 며느리, 그리고 혼인하지 않은 딸뿐이었다. 딸은 태어난 지 몇 달 만에 어머니를 잃어 유모가 그녀를 길렀으니, 유모를 어머니처럼 대하며 함께 별당에 거처했다. 밀양 원은 딸을 각별히 사랑했다.

하루는 딸이 유모와 함께 사라졌다. 읍내 촌락을 두루 찾아봤지만 흔적조차 찾을 수 없었다. 밀양 원은 큰 충격을 받아 혼이 나가고 정신이 이상해져 울부짖고 마구 소리지르며 통곡하고 달음박질치기도 했다. 그는 어쩔 수 없이 벼슬을 그만두게 되어 한양으로 돌아왔고, 곧 죽었다.

그뒤 밀양 원으로 제수된 사람들은 다 부임하는 날에 죽었다. 서너 명이 매번 이같이 죽어나가니, 벼슬아치들은 밀양 관아를 흉가로 보고 무슨 수를 써서라도 그 자리를 피했다. 거기 가면 바로 벼슬을 제수해준다고 해도 원하는 사람이 없었다. 조정에서 이를 크게 걱정해 어느 날 조참[1]의 명을 내려 문관, 음관蔭官, 무관 등 모든 전현직 관원을 대궐 안에 모아 자원자를 뽑으려 했다.

이때 한 무변이 있었다. 그는 금군으로 오래 근무하다가 무신 겸 선전관宣傳官이 되어 육품에 올랐는데 곧 상을 당해 관직을 그만두었다. 그로부터 이십여 년이 지나 그는 나이가 육십에 가까웠다. 추위와 굶주림이 뼈에 사무쳐 옷은 십 년에 한 벌, 밥은 서른 날에 아홉 번을 겨우 얻었다. 이런 까닭으로 문밖에 나가지 못한 지도 오래되었으니 명사나 재상 중에 안면이 있는 자가 있을 리 없었다.

그가 밀양 원 사건을 듣고 처에게 말했다.

"내가 꼭 자원하고 싶지만 죽을까봐 겁나 감히 마음을 먹지 못하겠네."

처가 말했다.

"이래 죽으나 저래 죽으나 마찬가지인데 뭐가 두려워요? 부임하는 날 바로 죽는다 해도 태수라는 이름은 얻잖아요? 요행히 죽지 않는다면 천만다행 아니겠어요? 주저하지 마시고 꼭 자원하세요."

무변은 그 말이 옳다 여기고 조참에 참석하러 대궐로 갔다. 그가 대열에서 먼저 나와 아뢰었다.

"소신이 비록 재주는 없사오나 원컨대 자원하고자 합니다."

임금이 이를 가상하게 여기고 개정2)하여 단부3)하고 그날 조정에 출발 인사를 하게 했다.

무변은 집으로 돌아와 걱정하며 탄식했다.

"당신 말에 따라 자원하기는 했지만 나는 장차 죽을 거라는 걸 잘 아네. 그래도 태수 이름을 얻고 죽으니 여한은 없지만 우리 가족들에게는

---

1) 조참(朝參): 조선시대에 모든 문무관이 매달 5일, 11일, 21일, 25일 등 네 차례에 걸쳐 검은 옷을 입고 근정전이나 인정전에서 임금에게 문안드리고 정사를 아뢰던 일.
2) 개정(開政): 정사(政事)를 연다는 뜻으로, 모든 문무관의 인사 기록인 정안(政案)에 따라 관리를 인사 이동시키는 일.
3) 단부(單付): 단망(單望)으로 벼슬아치를 정하는 일. 조선시대에 벼슬아치를 추천할 때 후보자를 세 사람 추천하는 것이 관례였는데, 이 관례에 따르지 않고 한 사람만 추천하던 일.

그게 무슨 의미가 있는가? 오늘 영결해야 하니 어찌 마음이 아프지 않 겠소?"

처가 말했다.

"이전 원들이 죽은 이유는 모두 수명이 짧았기 때문이에요. 귀신이 어 떻게 사람을 죽일 수 있겠어요? 제가 비록 여자여도 귀신을 감당할 수 있으니 부임하실 때 저와 동행하시는 게 어때요?"

무변은 아내를 데리고 길을 떠났다. 읍 경계에 이르니 관속들이 차례 로 현신했는데 그 기색을 살펴보니 무변을 오일경조⁴⁾로 생각해서인지 공경하거나 삼가는 뜻은 전혀 없고 귀찮다는 표정을 지었다. 그리고 안 사람이 따라온 것을 더욱 골치 아프게 여겼다.

관아에 들어가니 안팎 관사는 전혀 수리가 되어 있지 않았다. 허물어 진 벽과 파헤쳐진 구들장 등 눈에 들어오는 것마다 모두 수심을 자아내 고 정신을 어지럽게 했다. 황혼 무렵이 되니 통인과 급창은 보고도 없이 물러가버렸고 관아는 사람 자취가 사라져 텅 비었다.

부인이 말했다.

"오늘밤이 정말 무서울 겁니다. 서방님은 내아 內衙. 조선시대에 수령의 가족이 거 처하던 안채에 들어가 계셔요. 제가 남자옷을 입고 관아에 앉아 동정을 살

---

4) 오일경조(五日京兆): 벼슬이 오래 계속되지 못하는 일을 비유적으로 이르는 말. 중국 한나 라 장창(張敞)이 경조윤에 임명되었다가 며칠 후에 면직된 데서 유래한다. 반고(班固)의 『한서 漢書』「장창전張敞傳」에서 비롯된 말이다. 장창은 중국 한(漢)나라 선제(宣帝) 때 수도 장안을 총괄하는 경조윤을 지냈는데 중랑장 양운과 막역한 사이였다. 양운이 대역무도의 죄로 처형 되자 조정의 대신들은 양운과 친한 사이인 장창의 벼슬도 박탈해야 한다고 아뢰었지만, 장창 의 재능을 아낀 선제는 이를 받아들이지 않았다. 장창의 수하에 도적 잡는 직무를 맡은 서순 이라는 관리가 있었는데, 그는 조정의 대신들이 장창의 벼슬을 박탈해야 한다고 상소한 사실 을 알고는 장창이 곧 면직되리라고 예상했다. 그래서 장창의 명령을 따르지 않고 장창을 무시 했다. 어떤 사람이 그렇게 행동하면 안 된다고 충고하자, 서순은 "지금 경조윤은 남은 임기가 길어야 닷새다(수五日京兆耳)"라며 이를 받아들이지 않았다. 장창이 이 말을 듣고 부하들을 시 켜 서순을 감옥에 가두게 하고 사형시켰다. 장창은 사형을 집행하기 전에 서순에게, "닷새 동 안의 경조윤이 과연 어떠하냐? 십이월도 이미 다 갔는데, 너는 더 살 수 있을 것 같으냐(五日 京兆竟何如? 冬月已盡, 延命乎?)"라고 말했다 한다.

펴볼게요."

부인은 촛불을 밝히고 혼자 앉았다. 삼경이 되니 홀연 어디선가 한줄기 음산한 바람이 불어왔다. 촛불이 꺼지고 차가운 기운이 뼈에 사무쳤다. 잠시 후 방문이 저절로 열리더니 한 처녀가 헝클어뜨린 머리, 발가벗은 몸으로 온몸에 피를 흘리며 손에 붉은 깃발을 들고 순식간에 방안으로 들어왔다. 부인은 당황하거나 놀라지 않고 말했다.

"네가 원통함을 풀지 못해 호소하려고 왔구나. 내 너를 위해 원수를 갚아줄 테니 조용히 기다리고 있거라. 다시는 나타나지 말고."

처녀가 감사의 절을 올리고 떠났다.

부인이 내아로 가서 원에게 말했다.

"귀신이 아까 왔다 갔으니 이제 두려워할 것 없어요. 바깥 관사에 나가서 주무세요."

원은 몹시 두려웠지만 부인의 거동을 보고는 어쩔 수 없이 큰마음을 먹고 동헌에 가서 누웠다. 전전긍긍하며 잠을 이루지 못하는데 날이 밝아왔다. 문밖에 사람 발소리가 나기 시작하고 말소리가 흉흉했다. 창틈으로 보니 군교와 아전, 관노, 사령, 통인 들이 짚자리와 빈 가마니를 들고 모여 수군거리며 관아 마당을 가득 채우고 있었다. 그들은 "네가 먼저 마루로 올라가 문을 열어보아라" 하며 서로 방안 확인하기를 미루었다. 저마다 상대방 눈치만 볼 뿐 먼저 올라가려는 자가 없었다.

원이 의관을 바로 하고 앉아 창을 밀치며 말했다.

"무슨 일이길래 이렇게 시끄러운고? 들고 온 것들은 다 무엇인가?"

아전들은 깜짝 놀라 신인神人이 내려왔다 여기고 당황해서 달아났는데, 그 모습이 새와 짐승이 흩어지는 것 같았다. 그랬다가 다시 기러기처럼 대열을 이루어 절을 올렸다. 원은 그제야 전날 당번을 빼먹은 자들의 죄를 다스려 좌수와 수리首吏, 으뜸이 되는 향리. 곧 호장(戶長)를 모두 그만두게 했다. 호령은 엄격하고 분명하며 질서 정연하게 법으로 다스리니, 관속들은 두려워 감히 아무 소리도 하지 못했다.

그날 밤 원이 집으로 들어가 부인에게 지난밤 겪은 일에 대해 물으니, 부인이 자세한 사연을 하나하나 말해주었다.

"이는 분명 전임 원님 따님의 혼입니다. 흉한의 손에 원통하게 죽었는데도 세상 사람들이 알지 못하고 도망간 것으로 알았던 모양입니다. 모름지기 몰래 염탐해 이름이 주기란 놈이 있으면 잡아와 많은 말 할 것 없이 엄한 형벌로 다스려야 합니다."

원이 고개를 끄덕였다. 다음날 조사朝仕, 하관이 아침마다 상관을 뵈는 일가 끝나고 우연히 장교 명단을 살폈는데 본청 집사執事 중 주기周基라는 이름을 가진 자가 있었다. 원은 관아 뒤에 엄숙하게 갖가지 형장을 갖추었다. 주기란 자를 잡아오게 해 불문곡직하고 곧바로 묶고는 큰칼을 씌워 형틀 위에 올려놓았다. 위아래를 막론하고 마을 사람이 다 놀라며 그 까닭을 알 수 없어했다.

원이 따졌다.

"전임 원님의 아기씨가 있는 곳을 너는 필시 알리렸다! 형을 가하기 전에 곧바로 일일이 고하렸다!"

원은 도임하던 날 죽음을 면했던 까닭에 모두 그를 신명처럼 여기며 두려워했다. 그러니 누가 감히 티끌 하나라도 기만하고 숨길 수 있을까? 하물며 그자는 무거운 범죄를 저질렀기에 비록 남이 몰라도 늘 마음이 불안했는데, 자신을 잡아들이라는 명을 듣는 순간 혼비백산해 안색이 흙빛으로 변했으니 감히 사실을 숨길 꾀를 낼 수 없었다. 그래서 전후곡절을 일일이 자백했다.

그는 전임 원이 영남루를 둘러보려고 행차했을 때 몰래 처녀를 보고 욕정이 일어났다 했다. 또 처녀에게는 유모뿐인데 처녀가 별실에서 유모와 함께 살며, 유모에게 친어머니처럼 기대어 유모의 말이라면 반드시 따른다는 소문을 듣고 유모에게 많은 재물을 주어 유모와 두터운 관계를 맺었다. 그는 유모에게 처녀를 유인해 모처까지 데려다주면 천금을 더 주겠다고 약속했다. 그 장소는 내아 후원 대나무숲으로, 으슥한 곳이라 내아와도 멀고 단절되어 있었다. 그 아래에는 수십 경頃의 대나무숲이 있었는데 그곳은 전임 원의 돌아가신 부인께서 때때로 바람을 쐬던 곳이기도 했다.

유모는 재물이 탐나 처녀를 데리고 죽루竹樓 위로 가서 달구경을 했다. 그놈은 대나무 숲속에 숨어 있다가 갑자기 뛰쳐나와 처녀의 허리를 끌어안고 대나무숲 깊은 곳으로 끌고 들어가 강간하려 했다. 처녀는 통곡하기도 하고 울부짖기도 하며 끝까지 저항했다. 그 지경이 되자 그놈은 이래든 저래든 자기가 죽게 될 것이라 생각하고 차고 있던 칼로 그녀를 찔러 죽였다. 또 유모를 죽이지 않으면 일이 쉽게 탄로날 거라 생각하고 유모도 찔러 죽였다. 양쪽 겨드랑이에 시신을 하나씩 끼고 담을 넘어가 관가 주산5)의 인적이 닿지 않는 곳에 몰래 묻었다. 오늘날까지 몇 년이 지났는데도 이를 아는 자가 없었다 한다.

원은 그 사연을 감영에 보고하고 그날 바로 그놈을 때려죽였다. 땅을 파 처녀의 사체를 보니 얼굴색은 살아 있을 때와 같았지만 혈흔이 낭자했다. 옷을 갈아입혀 염하고 시신을 관에 안치한 다음 본가에 알려 선산 옆에 장사지내게 했다. 죽루는 허물고 대나무는 모두 베어버렸다.

그뒤로 읍에서는 아무 일도 일어나지 않았고 태수가 신명하다는 소문이 온 세상에 떠들썩하게 퍼졌다. 이로부터 그는 여러 번 변방의 방어사와 병사兵使, 수사水使가 되었다가 평안도통제사에 이르렀다. 그가 도임하는 곳마다 먼저 소문이 자자해 명을 내리지 않아도 행하고 위엄을 부리지 않아도 사람들이 감히 속이거나 숨기지 못하니, 그는 가는 곳마

---

5) 주산(主山): 도읍, 집터, 무덤 따위의 뒤쪽에 있는 산으로, 묏자리나 집터 따위의 운수 기운이 매였다 한다.

다 잘 다스렸다고 한다.

雪幽冤夫人識朱旂

昔有密陽倅, 中年喪耦, 只有別室及子婦未婚女子. 而女子則生纔數月
而失母, 鞠於乳母, 待之如母, 與乳母別處一堂, 而密陽倅鍾愛逈別. 一日
幷⁶⁾與乳母, 不知去處, 遍訪邑內村里, 影響遂絶, 密陽倅心驚魂喪, 狂症大
發, 胡叫亂⁷⁾嚷, 號慟⁸⁾奔走, 不得已遞⁹⁾職還京, 仍以致死. 伊後密陽新除
者, 輒於到¹⁰⁾任日身死, 歷三四等, 每每如是, 人皆視以¹¹⁾凶家¹²⁾, 多般規
避, 雖卽其地定配, 人無願者. 朝家大憂之, 將以某日出朝溘令, 集文蔭武
百官及前啣人於闕內, 欲募自願人. 時有一武弁, 以禁軍久勤得武兼, 纔陞
六而遭故落職, 爲二十餘年, 年近六十, 飢寒到骨, 十年一衣, 三旬九食¹³⁾,
亦艱辛得之, 以是之故, 不得出門, 亦已久, 所謂名士宰相, 無一知面者. 卽
聞密陽倅事之¹⁴⁾, 語其妻曰: "吾切欲¹⁵⁾自願, 而畏死不敢生意."云云, 其妻
曰: "死¹⁶⁾等耳! 何畏之有? 雖卽日身死, 猶得太守之名, 僥倖不死則豈非
萬¹⁷⁾幸耶? 須勿趑趄, 必爲自願." 其武弁, 然其言, 趂朝溘赴闕, 挺身出班
奏曰: "小臣雖不才, 願自往焉." 上嘉之, 開政單付, 當日辭朝, 其弁歸家憂

---

6) 幷: 고대본에는 '倂'으로, 동경대본에는 '竝'으로 표기.
7) 亂: 고대본·가람본에는 탈락.
8) 고대본에는 '哭'이 더 나옴.
9) 遞: 고대본·동경대본·가람본에는 '遰'로 표기.
10) 到: 동양본에는 '赴'로 표기.
11) 以: 동경대본에는 탈락.
12) 동경대본에는 '而'가 더 나옴.
13) 食: 동경대본에는 '粟'으로 표기.
14) 事之: 국도본·고대본·동경대본·가람본에는 '之事'로 표기. '之事'가 맞음.
15) 切欲: 국도본에는 '欲切'로 표기.
16) 고대본에는 '生'이 더 나옴. '生'이 들어가면, '죽는 것과 사는 것은 같다'는 말이 되어 불교
적 깨달음의 경지가 되니 문맥이 이상해진다.
17) 萬: 국도본·고대본·가람본·성균관대본에는 '爲'로 표기.

嘆[18]曰: "雖依君言自願, 而知將必死, 吾則猶得太守之名, 死故[19]無恨, 而至若家眷有何意味乎? 從今永訣, 豈不傷痛乎?" 其妻曰: "前官之死, 皆是當者之命, 鬼魅豈能死人乎? 我雖女子, 可以擔當, 赴任之路, 與我同行如何?" 遂率內眷治發, 到其邑界, 所謂官屬, 次次現身, 而觀其氣色[20], 則認以五日京兆, 全無敬謹[21]之意, 顯有蠆頰之色, 內行之下來, 尤視以頭痛. 入衙中, 內外衙舍, 全不修理, 破壁壞堗, 滿目愁亂. 至黃昏時, 通引吸唱輩, 皆不告[22]而退, 衙中遂空無一人. 夫人曰: "今夜政是可畏, 夫子須入處于內衙, 吾當換着男子服, 坐於[23]衙舍, 以觀動靜矣[24]." 遂明燭獨坐, 至三更時分, 忽一陣陰風, 自何以[25]至, 燭火明滅, 寒氣逼骨[26]. 少焉房門自啓, 有一處女, 滿身流血, 被髮裸體, 手持朱旀, 閃入房中, 其夫人不惶不驚, 語之曰: "汝必有寃莫伸, 欲爲呼訴而來也[27]. 吾當爲汝報讐, 須靜以待之, 更勿來現也." 其處女拜謝而去. 其夫人乃入內衙謂其倅曰: "鬼魅俄已經過, 今無可畏, 須出寢于外[28]." 其倅雖甚畏怖, 見夫人擧動, 不得已牢着大膽, 出臥衙軒. 輾轉不寐, 迨天將明, 門外人跡颯畓[29], 語聲洶洶, 穴窓窺視, 則乃校吏妓[30]令通房[31]輩也, 或持草席, 或抱空石, 相率偶語盈滿庭中, 互相推諉[32]曰: "汝先

18) 嘆: 고대본·동경대본에는 '歎'으로 표기.
19) 故: 국도본·고대본·동경대본·가람본·성균관대본에는 '固'로 표기.
20) 色: 국도본·고대본·동경대본·가람본·성균관대본에는 '力'으로 표기.
21) 謹: 동경대본에는 '勤'으로 표기.
22) 告: 고대본·가람본에는 '顧'로 잘못 표기.
23) 於: 동경대본에는 '于'로 표기.
24) 矣: 고대본·가람본에는 '也'로 표기.
25) 以: 국도본·고대본·동경대본·가람본에는 '而'로 표기.
26) 骨: 동경대본에는 '身'으로 표기.
27) 也: 고대본에는 '耶'로 표기.
28) 于外: 국도본에는 '外于'로 잘못 표기.
29) 畓: 동양본에는 '踏'으로, 국도본·성균관대본에는 '沓'으로 표기. '沓'으로 표기하는 것이 맞음.
30) 妓: 국도본·고대본·동경대본·가람본에는 '奴'로 표기. '奴'가 되어야 뜻이 잘 통함.
31) 通房: 동양본에는 '通引房子'로 표기.
32) 諉: 동경대본에는 '誘'로 표기.

上廳而開門也."面面相覷, 莫肯登先[33], 其倅乃正衣冠, 推窓而坐曰:"有何事故, 而如是洶洶? 所抱持者何物耶[34]?" 吏輩大驚, 以爲神人下降, 蒼黃趍避, 便同鳥獸之散, 恭行雁鶩之拜, 其倅遂治昨日闕番諸漢之罪, 首鄉首吏, 皆幷除駄[35]. 號令嚴明[36], 治法井井[37], 官屬惴惴, 不敢出聲. 其夜, 入問夫人以[38]昨夜所經之事[39], 夫人將其曲折[40], 歷歷言之曰:"此必是某等內[41]處女之魂, 必冤死於凶漢之手, 而世皆不知, 認以亡去者也. 須暗地廉探, 如有姓名朱旀者, 不須多言, 嚴刑取招也." 其倅點頭. 其翌朝仕後, 偶閱將校案, 則本廳執事, 有周基姓名, 乃於坐衙後, 大張威義, 多具刑杖, 卽令拿入周基, 不問皀白, 卽爲結縛, 鎖以大枷, 加之於刑機之上, 一邑上下, 莫不驚怪, 莫知其故. 其倅乃問曰:"某等內[42]阿只氏之去處, 汝必知之, 須不待加刑, 一一直招!" 此倅以到任日, 免死之故, 畏之如神明, 誰敢一毫欺蔽? 況厥漢身有重犯, 人雖莫知, 而心常憧憧, 卽聞拿入之命, 神魂遁喪, 面色如土, 不敢生隱諱之計. 乃將前後委折, 一一詳達. 盖某等內行, 爲觀嶺南樓, 出來之時, 厥漢從隙窺見, 已十分生慾. 又聞其處女, 只有一乳母, 而與其[43]乳母[44], 別處一室, 恃[45]乳母如親母, 有言[46]必從, 厥漢遂多用財物, 厚

---

33) 登先: 국도본·성균관대본·고대본·동경대본·가람본에는 '先登'으로 표기. '先登'이 더 적절함.
34) 耶: 고대본·가람본에는 '也'로 표기.
35) 駄: 국도본·고대본·가람본·성균관대본에는 '汰'로 표기. '汰'가 맞음.
36) 號令嚴明: 동경대본에는 '嚴令肅肅'으로 표기.
37) 井井(정정): 질서와 조리가 정연한 모양.
38) 以: 동경대본에는 '曰'로 표기.
39) 동경대본에는 '如何'가 더 나옴.
40) 曲折: 국도본·고대본·동경대본·가람본에는 '事'로 표기.
41) 等內(등내): 지방의 원·수령, 혹은 관원의 재임 기간 또는 벼슬을 역임하고 있는 동안을 말함. 등(等)이란 원래 관원의 녹봉·조세의 납입 기간 등을 시기적으로 나눈 단위로 춘등·하등·추등·동등이 있는데, 여기서 이 뜻이 나옴.
42) 동경대본에는 '時'가 더 나옴.
43) 其: 동경대본에는 탈락.
44) 乳母: 국도본·고대본·가람본·성균관대본에는 탈락.
45) 恃: 동경대본에는 '待'로 표기.
46) 동경대본에는 '而'가 더 나옴.

結其媼, 約以誘處女, 至于某處, 則當以千金厚報. 盖某處卽內衙後園竹藪[47], 而地甚僻, 與內衙絶遠, 下有竹林十數頃, 自前內行, 時時消[48]暢之所也. 厥女利其財, 遂携處女[49], 玩月於竹樓之上. 厥漢隱身於竹林之中, 不意跳出, 直[50]抱其腰, 擔入竹樓[51]深處, 欲爲强汚, 其處女且哭且號, 終不聽言. 厥漢以爲到此地頭, 死卽一般, 遂拔佩刀刺殺之. 又思[52]不殺乳媼[53], 則事機易綻, 又將其媼刺殺之, 兩腋下各挾一屍, 踰垣而出, 暗埋于官家主山人跡[54]不到處, 今至幾年, 而無人識得[55]者. 其倅具由報營, 卽日打殺之. 其處女死[56]體, 掘而視之, 則面色如生, 血痕狼藉, 改其衣服棺材而斂之, 報于本家, 舁致其先山之傍而葬之. 毁其竹樓, 伐其竹林. 自是以後, 邑遂無事, 而太守神明之稱, 擧世喧傳. 自此屢遷邊地防禦兵水使, 至平統, 而所到之處, 先聲藉藉, 不令而行, 不威而嚴, 不敢欺隱, 到處善治云.

---

47) 藪: 국도본·고대본·동경대본·가람본·성균관대본에는 '樓'로 표기.
48) 消: 국도본·고대본·가람본·성균관대본에는 '踈'로 표기.
49) 女: 동경대본에는 '子'로 표기.
50) 直: 고대본에는 '卽'으로 표기.
51) 樓: 국도본·고대본·동경대본·가람본·성균관대본에는 '林'으로 표기. '林'이 더 적당함.
52) 동경대본에는 '之'가 더 나옴.
53) 媼: 고대본·가람본·동양본·성균관대본에는 '母'로 표기.
54) 跡: 동경대본·가람본·동양본에는 '迹'으로 표기.
55) 識得: 동경대본에는 '得識'으로 표기.
56) 死: 다른 이본에는 '屍'로 표기.

부부가 재산을 일구려고 각방을 쓰다

　상주商州에 김생이란 사람이 있었는데 스무 살이 넘었다. 그는 일찍이 고아가 되었고 가난했기에 여러 해 동안 남의 집에서 머슴살이하며 품 삯을 모아 스물여섯에야 처를 얻어 가산을 꾸릴 계획을 짤 수 있었다.

　김생이 아내를 맞이하고 첫날밤을 보내는데 처가 말했다.

　"오늘부터 윗간 방문을 막아야겠습니다."

　세 칸짜리 집이었는데 상방에 윗간과 아랫간이 통하는 문이 있었던 것이다.

　"그게 무슨 말이오?"

　"우리 부부는 둘 다 빈궁한데 동침하면 자연히 자식을 낳게 될 것입 니다. 금년에 아들을 낳으면 내년엔 딸을 낳을 것이니 자손을 보는 즐거 움이 좋긴 좋겠지요. 하지만 이렇게 식구가 늘어나고 혹여 누가 병에 시 달리기라도 하면 재산의 손실은 어찌하겠습니까? 당신은 윗간에 거처 하며 신을 삼고, 저는 아랫간에 거처하며 길쌈하기로 해요. 그렇게 십 년 동안 매일 죽 한 그릇만 먹으며 가업을 이루는 것이 어떻겠습니까?"

김생은 그 말대로 하는 게 좋겠다고 여겼다. 그때부터 부부는 문을 닫아걸고 따로 지냈다. 매일 저녁 날이 어두워지면 부부가 뒷마당에 흙구덩이를 팠는데 예닐곱 개 파는 것을 규칙으로 삼았다. 또 섣달그믐에는 주머니를 많이 만들어 큰 동네 머슴과 노비들에게 나눠주어 개똥 한 섬씩을 얻었다. 초봄에 얼음이 풀릴 때는 파둔 구덩이에 개똥을 가득 채워서 봄보리를 심었다. 그해 대풍년이 들어 백여 짐을 거두었다. 이어 담배를 심어 수십 전錢을 벌었다. 이렇게 열심히 일한 지 육칠 년이 되니 돈과 곡식이 가득찼지만 부부는 여전히 죽만 먹었다. 구 년째 되는 해 섣달그믐 날 남편이 아내에게 말했다.

　"이제 십 년이 되어가니 밥을 먹고 싶구려."

　아내가 책망했다.

　"우리가 십 년 기한이 끝나기 전까지는 죽만 먹기로 했는데, 하루 사이를 참지 못해 먼저 계율을 어겨서야 되겠습니까?"

　김생이 겸연쩍어하며 물러났다.

　십 년이 지나자 부부는 과연 큰 부를 쌓아 그 도에서 갑부가 되었다. 오랫동안 홀아비로 살아온 김생이 처와 동침하려 했다. 그러니 처가 말했다.

　"우리가 이미 자수성가했으니 누추한 집에서는 동침할 수 없습니다. 조금만 기다리세요."

　마침내 부부는 큰 집을 지어 들어갔다. 김생 내외가 처음부터 늦은 나이에 만난데다 이후로도 십 년이나 지났으니 출산을 기대하기 어려워졌다. 김생이 이를 걱정하며 탄식하자 처가 말했다.

　"우리가 이렇게 가업을 일구었으니 이를 주관할 사람이 꼭 필요하지요. 당신이 원근의 친척집을 두루 돌아다니며 괜찮은 사람을 택해 양자로 삼아요. 마음에 들지 않는 친자식보다 양자가 더 낫지 않겠어요? 정을 주고 어루만지며 키우면 자기가 낳은 자식과 차이가 없을 겁니다."

　마침내 같은 성을 가진 남자아이를 양자로 얻으니 그가 바로 상산商山

김씨였다. 그 후손이 크게 번성하고 집안에서 대대로 고관대작이 나왔
다 한다.

營産業夫婦異房

尙州有金生[1]者, 年過二十, 早孤貧窶, 作雇於人, 積年畜雇價.
二十六七[2]歲, 始娶婦爲營産之計, 聘婦後一宿, 其妻語其夫曰: "自今日,
必塞上間房門也." 盖三間屋子, 而其上房則有上下間相通門故也[3]. 生曰:
"何謂也?" 曰: "吾夫婦兩窮, 相合同寢則自然生産, 若今年生子, 明年生女,
子孫之樂, 好則好矣, 這間[4]食口之添, 疾病之苦, 其所損財, 當如何[5]哉?
君處上房而悃[6]屨, 吾處下房而織紙. 以十年爲限, 日喫一器粥, 以成家
業[7]如何?" 生善其言, 遂塞其門, 夫婦各處. 而且於昏後, 夫與妻必鑿土坑
於後園, 每夕以六七坑爲定, 又當窮臘, 製囊[8]許多, 播及於大村雇奴, 以
狗糞一石定價, 春初解氷時, 盡塡狗糞於所鑿土坑, 以種春牟. 當年大稔,
殆近百餘負. 仍繼種南草, 又得數十兩錢. 如是勤業, 至六七年錢穀充滿,
而食粥則如一. 至九年之終, 臘月之晦, 其夫請[9]其妻曰: "今爲十年矣, 願
得喫飯." 其妻責曰: "吾輩旣以十年喫粥爲限, 則不忍一宿之間, 經[10]先[11]

---

1) 生: 고대본에는 '姓'으로 표기. 가람본에는 탈락.
2) 七: 고대본·가람본에는 탈락.
3) 故也: 고대본·가람본·성균관대본에는 '也故'로 잘못 표기.
4) 間: 동경대본에는 '則'으로 표기.
5) 如何: 국도본·고대본·동경대·가람본·성균관대본에는 '何如'로 표기.
6) 悃: 국도본·가람본에는 '捆'으로 표기. 고대본에는 '梱'으로 표기. '신을 삼는다'는 뜻의 '捆'
   으로 표기해야 함.
7) 業: 고대본·가람본·성균관대본에는 탈락.
8) 囊: 고대본·가람본에는 '槖'으로 잘못 표기.
9) 請: 동경대본에는 '謂'로 표기.
10) 經: 고대본·가람본·성균관대본에는 '輕'으로 표기.
11) 經先(경선): 차례를 건너뛰어 앞지름. '가볍게 앞질러 가는 성질이 있고 지망지망함'이라
   는 뜻의 '경선(徑先)'이란 말이 있음을 고려하면, '經'은 '輕' '徑'으로 써도 뜻이 통한다.

破戒可乎?"生憮然而退. 十年以後, 果成大富, 甲於一道. 生久爲生鰥, 欲
爲同寢, 則其妻曰:"吾輩旣已成家, 則薄陋之室, 不可同寢, 少俟之." 遂營
大家舍而入處. 生之內外, 初已過時而逢, 又經十年, 生産已斷望矣, 生以
是爲憂嘆, 其妻曰:"吾之産業如此, 則必有主者. 君須周覽遠近宗人家, 擇
其稍可者, 以爲己子, 則得不愈於自己所生之¹²⁾, 不合意者乎? 及其托情撫
育, 則與己出無間矣." 終得同姓子爲螟嗣, 乃是商山金也. 其後裔昌大, 簪
纓世出云.

---

12) 동양본에는 '子'가 더 나옴.

생금을 얻어 부자가 한집에서 살다

　개성 조趙동지[1]는 본관이 배천白川, 황해도 연백군이었다. 그의 집 재산은 수만 금이나 되었는데 팔도에 차인差人, 남의 장사하는 일에 시중드는 사람을 두어 그의 소유인 집이 없는 곳이 없었다. 그의 집안은 자손이 드문 종갓집으로 아들도 조카도 없었다. 늙은 부부가 양자를 얻으려 했지만 얻을 곳이 없어 근심했다.

　하루는 조동지가 마루 위에 앉아 있는데, 문밖에 어린아이가 밥을 얻으러 왔다. 아이는 나이가 겨우 열 살 정도였는데 바야흐로 한겨울 엄동설한인데도 용모와 골격이 자못 취할 만했다. 조동지가 아이에게 방으로 들어오라 하여 본관을 물으니 "배천 조씨"라고 대답했다. 조동지가 반가워하며 부모에 대해 물으니, 아이는 "어머니만 계시는데 지금은 성 안에서 걸식하고 계십니다"라고 대답했다. 조동지는 즉시 아이를 데리

---

1) 동지(同知): 원래는 중추부(中樞府)의 종2품인 동지중추부사를 뜻했으나, 나중에는 직함이 없는 노인에 대한 존칭으로 쓰였다. 여기서는 후자의 뜻으로 쓰였다.

고 들어가 자기 사정을 이야기해주고 나서 밥을 주고 새 옷을 입혀주고 자기 집에서 지내게 했다. 노비로 하여금 아이의 어머니를 데려오게 해 '형수'라고 부르면서 가까운 마을의 작은 집에서 살게 했고 아이는 자기 아들로 삼았다.

아이는 자라면서 양부모에게 정을 붙였으니 자기 자식과 다를 바 없어졌다. 열대여섯 살에 아이의 관례를 올리고 혼인을 시키고는 집재산 관리를 다 맡겼다. 아이가 부지런하고 빈틈없이 일을 꾸려가는지라 조동지의 뜻에 잘 맞았다.

하루는 아들이 갑자기 말했다.

"저도 이제 장성했으니 헛되이 놀고만 있을 수 없습니다. 수천 금만 주시면 황해도와 평안도 도회지에 나가 장사를 해보고 싶습니다."

조동지가 말했다.

"우리 개성 사람은 어릴 때부터 반드시 재물 불리는 일을 업으로 삼았다. 이런 사례로 봐도 네 말이 마땅하지 않겠느냐?"

그러고는 오천 냥을 주었다. 아들은 평양에 도착하고 나서 한 기생에게 빠져 몇 년 사이에 오천 냥을 구름 흩어지듯 눈 녹듯 다 날려버렸다. 그는 집으로 돌아갈 면목이 없어 기생의 집에 남아 심부름꾼 노릇을 했다.

조동지는 이 소식을 듣고 더이상 그를 자기 자식으로 여기지 않았다. 조생의 생모와 처도 쫓아내버렸다. 생모와 처는 성밖 움막집에 기거하면서 옛날처럼 걸식했다. 조생은 다 떨어진 옷에 부서진 갓을 쓰고 기생집에 눌러앉았지만 전혀 돌아갈 기약이 없었다.

하루는 기생이 관가 연회에 불려가서 조생 혼자 집을 지키게 되었다. 큰비가 내려 조생은 집안 여기저기를 살폈는데 마당 가운데 금가루가 흩어져 있었다. 그 근원을 찾아보니 뒷마당까지 끊이지 않고 이어지는데 금가루는 방문 앞 섬돌에서 나오는 것이었다. 조생이 앉아서 그 가루를 모아보니 몇 근은 되었다. 섬돌을 살펴보니 다듬잇돌처럼 생긴 덩어리 전체가 모두 생금²⁾이었다.

조생은 기생이 돌아오기를 기다렸다가 기생이 오자 이렇게 말했다.

"내 어린 까닭에 자네에게 상당한 돈을 다 썼지만, 자네 역시 지금까지 나를 대접해주었으니 그 은혜를 잊을 수가 없소. 부모님 곁에서 너무 오래 떨어져 지낸 것 같아 도리상 이제 돌아가야겠소."

기생이 그 말을 듣고 역시 슬퍼하며 말했다.

"서방님이 우리집에 오래 머물렀는데 제가 넉넉하지 못해 제 뜻대로 대접하지 못한 것이 미안해요. 여러 해 동안 손님으로 있다가 오늘 돌아간다 하시니, 저는 주인의 도리로서 서방님이 걸어가게 할 수는 없어요."

기생은 그 자리에서 말과 마부를 얻어주었다. 조생이 말했다.

"고맙고 고맙소. 그런데 내 소원 한 가지가 있소. 뒷방 문 앞의 섬돌을 가져가고 싶소. 이 돌이 족히 귀할 건 없지만 그대가 아침저녁으로 발을 디딘 것이 아니겠소? 내 오늘 이 섬돌을 갖고 돌아가면 그대 얼굴을 보는 듯할 것이니 조금은 마음의 위로가 될 듯하오."

"서방님이 제게 정을 두고 계신 걸 아는데 제가 어찌 돌 한 덩이를 아끼겠습니까? 얼마든지 가져가세요."

조생은 즉시 그걸 싣고 길을 떠났다.

때는 섣달그믐이라, 장삿길을 떠난 개성 사람들이 모두 귀가하고 가족들은 성대한 음식을 준비해 오리정³⁾으로 나와 맞이했다. 이때 조동지 역시 차인들을 맞이하느라 오리정에 나와 있었다. 조생도 다 떨어진 도

---

2) 생금(生金): 정련(精鍊)하지 않은, 캐낸 그대로의 금.
3) 오리정: 오리정(五里程) 혹은 오리정(五里亭). 고려시대 각 지방 고을이 빈객을 영송하려고 군아(郡衙)에서 5리 정도의 거리에 세운 정자를 이르는 말. 정(亭)은 거리를 헤아리는 수사로, 혹자는 관아에서 5리 정도의 거리를 이른다고도 한다. 고려시대 관찰사가 처음 부임해오면, 고을 수령이 관복을 입고서 오리정에 나가 땅에 엎드려 영접했다.

포 차림에 짚신을 신고서 그 속에 있었으나 감히 나와서 아버지를 볼 수가 없어 한구석에서 웅크리고 있었다. 허다한 차인과 주객主客이 반가운 기색으로 서로를 맞이했지만 조생의 경우는 달랐다. 아버지는 아들을 알아보고도 알아보지 못하는 듯했고, 아들은 아버지를 알아보아도 그 앞에 나타날 수 없었다. 간혹 그들을 알아보는 자들은 그걸 야유하고 조롱하는 웃음을 흘렸다.

날이 저물자 조생은 성밖 움막집으로 갔다. 조생의 어머니와 처가 조생을 원망하고 깊이 책망하는 말은 정말 듣고 있기 어려울 지경이었다. 조생은 감히 일언반구도 하지 못했다.

조생은 코를 골며 푹 자고, 다음날 편지 한 통을 써서 금과 함께 여러 번 싸서 봉해 처에게 주며 아버지께 가져다 드리라 했다. 아버지는 일찍 일어나 방에서 여러 차인과 회계를 하고 있었다. 며느리는 문안으로 들어갈 수조차 없어 종을 불러 조동지에게 알리고 봉한 금을 먼저 들여보냈다.

조동지가 그걸 받고 편지를 열어보니 이렇게 쓰여 있었다.

"소자가 다년간 얻은 것이 비록 이것뿐이오나 전에 받은 오천 냥은 보충할 수 있을 것입니다. 이보다 더 큰 것이 있긴 하지만 일단 이것을 먼저 바칩니다."

조동지가 봉한 것을 풀어보니 모두 생금가루였다. 가격을 계산해보니 육칠천 금은 될 것 같았다. 그는 너무나 기쁜 나머지 여러 차인에게 아무 말도 하지 않고 벌떡 일어나 안방으로 들어가 며느리를 불러 들어오라 했다. 조동지의 처가 몹시 화내면서 욕하며 며느리를 쫓아내려 했다. 그러자 조동지가 말했다.

"그럴 일이 아니니 잠시만 기다리시오."

며느리에게 물었다.

"네 남편이 병 없이 돌아와서 잠은 잘 잤고 또 다른 일은 없었느냐?

아침밥은 잘 먹고? 너는 돌아가지 말고 여기 있거라. 지금 내가 나가서 네 남편을 만나보겠다."

그러고는 성밖으로 나가서 아들을 만났다. 아들이 절을 하고 뵈니 아버지가 말했다.

"네가 보낸 금가루가 적지 않던데 그걸 어떻게 얻었느냐?"

"그걸 어찌 많다고 하겠습니까? 아주 큰 금괴도 있습니다."

"그건 어디에 두었느냐?"

아들이 행랑 속을 헤치고 금괴를 꺼내 보여주었다. 조동지는 그걸 한번 보고 눈이 둥그레져 입을 쩍 벌리고 놀라 그 자리에 넘어졌다. 그가 한참 뒤 일어나서 아들의 등을 어루만지며 말했다.

"관상은 속일 수가 없지. 내 처음 너의 상을 보았을 때 만석꾼 골격이었다. 그래서 내 아들로 삼았는데 과연 오늘 이 금덩어리를 가지고 왔구나. 이 금덩어리를 주조하면 우리집 전재산의 열 배는 되겠구나. 이 밖에 무엇을 바라겠느냐? 네가 전에 한때 외입[4]한 것도 젊은 사람들이 예사로 하는 일이니 다시 말하지 말자꾸나. 즉시 집으로 들어오너라."

고개를 돌려 조생의 생모에게 말했다.

"형수씨, 요즘 날이 추운데 배고프거나 춥지는 않으셨소? 내 지금 가마를 마련해올 테니 즉시 옛날 집으로 돌아갑시다."

조동지는 집으로 돌아와서 전처럼 식구들을 모두 다 거느렸고, 조생과는 다시 처음처럼 부자 관계를 회복했다.

아! 부자간 친함이 순식간에 허물어졌다가 또 순식간에 봉합되었도다. 재물의 이익이 있는 곳이 두렵지 아니한가? 그러나 시정잡배의 양자 문제가 걸려 있으니 너무 욕할 수는 없을 것이다.

---

4) 외입(外入): 오입(誤入). 남자가 아내가 아닌 여자와 성관계를 가지는 일. 또는 노는 여자와 성관계를 가지는 일.

獲生金父子同宮

松京趙同知, 姓貫白川, 家貲屢5)巨萬, 差人遍於八路6), 無處無之第. 素是孤宗, 又無子姓7), 至於螟蛉8), 無處可得, 老夫妻9)以是爲憂. 一日同知, 坐於堂上, 門外有乞飯小兒, 年纔十歲, 時當隆冬雪寒, 而其容貌骨格, 頗有可取. 趙同知呼入房中, 問其姓貫, 則曰: "白川趙氏." 同知喜之, 問其父母, 則曰: "只有母, 今在城中乞食." 云. 同知卽爲率入, 以語其故, 與飯與衣, 而置之于家, 使其奴子, 訪其母來, 稱之以嫂, 而區處於近里一小屋, 其兒則仍以爲己子. 及兒稍長, 托情于養父母, 無異己出. 十五六歲10), 加冠娶婦, 其家産出入, 一任渠手, 勤幹周密, 亦稱其意. 一日其子, 忽言曰: "吾已長成, 不可空遊, 願得數三11)千金, 出商於兩西都會處." 同知曰: "吾松人, 必自少時, 以興利爲業, 自是例事, 汝言不亦12)宜乎?" 遂給五千兩. 其子行到平壤, 爲妓女所惑, 數三年間, 五千兩錢, 雲散雪消. 無面歸家, 仍留妓家爲使喚差人. 趙同知已聞此奇, 不復視以己子, 其本生母與其妻, 盡爲逐之, 婦與姑, 出處于13)城外土幕, 依舊乞食之14). 其子以弊衣破笠, 住接妓家, 終無歸期. 一日妓以官家宴會15)入去, 趙生守家矣. 其日大雨, 趙生徘徊見之, 則場中有金屑流布, 探採其源, 則自後庭, 連絡不絶, 卽房門砌石所自出也. 坐拾其屑, 頗16)爲數斤, 而觀其砌石, 則幾若砧石, 全塊都是生金也. 趙生

---

5) 屢: 국도본·고대본·가람본·성균관대본에는 '累'로 표기.
6) 路: 동양본에는 '道'로 표기.
7) 姓: 동양본에는 탈락되고, 동경대본·가람본에는 '姪'로 표기.
8) 螟蛉(명령): 나나니가 명령(螟蛉)을 업어 기른다는 뜻으로, 타성(他姓)에서 맞아들인 양자(養子)를 이르는 말.
9) 妻: 동경대본에는 '婦'로 표기.
10) 歲: 고대본·가람본에는 탈락.
11) 三: 고대본에는 탈락.
12) 不亦: 동경대본에는 '亦不'로 표기.
13) 于: 고대본·가람본에는 탈락
14) 之: 국도본·고대본·동경대본·가람본에는 탈락.
15) 會: 동경대본에는 '食'으로 잘못 표기.
16) 頗: 동경대본에는 '破'로 잘못 표기.

待妓之出來, 言於妓曰: "吾以年少之致, 如干錢兩, 雖費於君, 君之這間接待之恩, 實亦難忘. 然吾今多年離親, 情理所在, 不得不歸矣." 妓聞言, 亦爲悵然曰: "趙書房, 久留吾家, 以吾之不贍, 未能如意接待, 是吾所媿[17], 多年主客之餘, 今焉告歸, 在主人之道, 不可以徒步送之." 卽其地貰六足而給之, 趙生曰: "多感多感. 第有所願, 乃後房門前砌石也. 此石不足爲貴, 然以君之朝夕着足者也. 吾今歸去, 持此砌石, 如見君面, 庶可慰懷." 妓曰: "趙書房之有情於吾[18]可知, 吾何愛一塊石耶? 須持去也." 趙生卽馱而來. 時當歲末, 凡松人之出商者, 必盡歸家, 各[19]其家眷, 亦備大饌而迎之于五里程. 伊時趙同知, 亦以候差人之故, 方出來于五里程[20]. 趙生弊袍草履, 亦會于其中, 未敢出現其父, 踽踽一隅. 其外[21]許多差人主客, 莫不以喜色相迎[22], 而至於趙生, 則其父知而若不知, 其子亦知而不敢現, 間或有知者, 莫不揶揄, 而譏笑之. 日暮訪其外城土幕而歸, 則其母與妻之怨言深責, 政難堪聽, 趙生無一言半辭, 不敢開口, 鼻息[23]穩宿後, 其明日裁書, 與金封重裹, 出給其妻, 使納于其父. 其父方與諸差人, 早起會計坐房中, 其婦不敢造次入門, 呼其奴子, 通之[24]于趙同知, 而先入金封, 趙同知受之, 開書見之云: "子之多年所得, 雖只此, 庶可當向日五千數, 而又有大於此者, 故先此伏達耳." 趙同知解見, 則盡是生[25]金屑, 計其價, 則可當六七千金. 大喜未及發言于諸差人, 直起入內, 招其婦入室, 其妻大怒而叱逐之, 同知曰:

---

17) 媿: 국도본·고대본·가람본에는 '愧'로 표기.

18) 吾: 고대본에는 '我'로 표기.

19) 各: 동경대본에는 탈락.

20) 伊時趙同知, 亦以候差人之故, 方出來于五里程: 동경대본에는 탈락.

21) 국도본·고대본·가람본에는 '相迎'이 더 나음.

22) 相迎: 국도본·고대본·가람본에는 탈락.

23) 鼻息(비식): 코로 숨을 쉬다. 혹은 코 고는 소리.

24) 之: 고대본·가람본에는 '知'로 맞게 표기. 동경대본에는 탈락.

25) 生: 동경대본에는 탈락.

“有不然者, 少俟之²⁶⁾.” 問其子婦曰:“汝之夫, 無病而入來, 善眠無他²⁷⁾, 且得喫朝²⁸⁾飯乎? 汝則²⁹⁾勿去在此, 吾今出見汝夫矣.” 仍卽出城, 見其子, 其子拜謁, 其父曰:“汝之所送金屑不少, 何以得之乎?” 其子曰:“此何足爲多也? 又有許大全塊金矣³⁰⁾!” 曰:“置之何處?” 其子披行橐中, 出而示之, 趙同知一見, 圓着眼大開口, 卽爲驚倒, 良久起而撫³¹⁾背曰:“相不可誣矣, 吾初³²⁾見汝相, 有萬石君格, 故取以爲子. 今果得此金來, 若其鑄出也, 十倍於吾家本産也, 此外復何望哉? 向者³³⁾一時外入³⁴⁾, 亦是少年例事, 勿復云云, 卽卽入來也.” 回頭語其生母曰:“嫂氏近日日寒, 得無饑凍³⁵⁾乎? 吾今備轎出送, 卽返舊室也.” 歸家後, 盡爲率去, 復爲父子若初. 噫父子之親, 俄頃而解, 俄頃而合, 貨利所在, 可不愼³⁶⁾哉? 然其市井之類, 螟蛉之誼, 亦何足深誅乎.

행주대첩을 이룬 권원수의 탁월한 공

　금남錦南 정충신1)은 선조 때 중흥의 공을 세운 명장이었다. 그는 처음에 광주의 아전이었는데, 도원수 권율2)이 광주목사로 와서 그를 한번 보고 장군의 재목임을 알아보았다.

　어느 날 권공은 장자3) 위에 물그릇을 올려두었다가 어두운 밤이 되

---

1) 정충신(鄭忠信, 1576~1636): 시호는 충무(忠武)다. 1592년 임진왜란이 일어나자 광주목사(光州牧使) 권율의 휘하에서 종군했다. 이때 권율이 장계를 행재소에 전달할 사람을 모집했으나 응하는 사람이 없었는데, 열일곱 살의 어린 그가 가겠다고 자청하고는 왜군으로 가득한 길을 단신으로 뚫고 행재소에 도착했다. 병조판서 이항복이 그에게 사서(史書)를 가르쳤는데 머리가 총명하여 아들같이 사랑했다. 이해 가을에 행재소에서 실시하는 무과에 응시하여 합격했다. 1623년 안주목사로 방어사를 겸임하고, 다음해 이괄의 난 때는 이괄의 군사를 황주와 서울 안산(鞍山)에서 무찔러 진무공신 일등으로 금남군(錦南君)에 봉해졌다. 천문·지리·복서·의술 등 다방면에 걸쳐 정통했으며, 청렴하기로 이름이 높았다.
2) 권율(權慄, 1537~1599): 조선 중기의 문신이자 명장. 1582년 식년문과에 병과로 급제하여 승문원정자가 되었다. 이어 전적·감찰·예조좌랑·호조정랑·전라도사·경성판관을 지냈다. 임진왜란 중인 1593년 행주대첩을 지휘하여 행주산성에서 왜적을 물리쳤다. 행주대첩의 공으로 도원수로 승진했으며, 그뒤 호조판서·충청도 관찰사를 거쳐 다시 도원수가 되었다. 이후 영의정에 추증되었다.
3) 장자(障子): 방과 방 사이의 칸을 막아 끼운 문.

자 금남에게 장자를 급히 내리게 했다. 금남은 담뱃대로 그 위를 휘저어 보고 먼저 물그릇을 들어 내리고 나서 장자를 내렸다. 그뒤로 권공은 금남을 더욱 기특하게 여기며 소중히 대해주었다.

임진왜란이 일어나자 도로가 막혀 의주에 있는 대가大駕, 임금이 타는 수레에 조정의 소식이 통하지 않게 되었다. 금남이 가겠다고 자청해 단신으로 장계4)를 가지고 행재소行在所, 임금이 멀리 거둥하여 임시로 머물러 있는 곳까지 갔다.

오성5) 이상공李相公은 권율의 사위였다. 그는 권공이 보낸 편지를 보고 금남을 조정에 천거했다. 금남은 무과에 급제해 공훈을 세웠으며 뒤에 벼슬이 부원수副元帥에 이르렀다.

금남이 젊었을 적에 오성의 집에 있었는데, 오성은 우스개를 잘했다. 그는 매번 금남에게 이렇게 말했다.

"우리 장인 권공께서는 유별난 지략이 없이 요행으로 성공했으니, 나는 장인어른을 두려워하지 않네. 만일 내가 그 자리에 있게 된다면, 내가 마련하고 주선하는 사업은 더 많고 더 나을 걸세."

금남이 이를 듣고 웃었다.

하루는 오성이 뒷간에 가 있는데, 금남이 갑자기 말을 달려와 숨을 헐떡이며 뛰어와서 말했다.

"큰일났어요! 큰일이 났어요!"

---

4) 장계(狀啓): 왕명을 받고 지방에 나가 있는 신하가 자기 관하(管下)의 중요한 일을 왕에게 보고하던 일. 또는 그런 문서.
5) 오성(鰲城): 이항복(李恒福, 1556~1618). 이제현의 후손으로, 아홉 살 때 아버지를 여의고 어머니 슬하에서 자랐다. 1571년 어머니를 여의고, 삼년상을 마치고 나서 성균관에 들어가 학문에 힘써 명성이 높아졌다. 권율의 사위가 되었다. 1592년 임진왜란이 일어나자 왕비를 개성까지 무사히 호위하고, 또 왕자를 평양으로, 선조를 의주까지 호종했다. 그동안 이조참판으로 오성군에 봉해졌고, 이어 형조판서로 오위도총부도총관을 겸했다. 좌의정·영의정을 역임했다. 1617년 인목대비 김씨가 서궁(西宮)에 유폐되었는데, 이어 그녀를 폐위하여 평민으로 만들자는 주장에 맞서 싸우다가, 1618년에 관작이 삭탈되고 함경도 북청으로 유배되어 그곳에서 세상을 떠났다.

오성이 놀라 물으니 금남이 대답했다.

"왜병 십만 명이 이미 조령을 넘었다는 보고가 조금 전에 들어왔습니다."

왜란을 겪은 지 얼마 되지 않아 그 상처가 채 아물지도 않은 때였다. 오성도 칠 년의 전란 동안 온갖 고통을 다 겪었던지라 이 말을 듣고 당황해 어쩔 줄 몰라 뒷간에 주저앉아버렸다. 금남이 크게 웃으며 말했다.

"대감께서는 매번 권공도 두렵지 않다 하시더니 조금 전에는 왜 그렇게 겁을 내셨나요? 아까 한 말은 다 장난이었습니다. 행주대첩 때 권공의 일을 이야기해드릴 테니 한번 들어보시겠습니까?

대첩 전날 밤이 깊어지자 권공이 소인을 군막으로 불러서 말씀하셨지요.

'내일 큰 전투가 있을 텐데 아직 지형을 숙지하지 못했구나. 몰래 가서 두루 돌아보고 오자. 너는 나를 따르거라.'

권공께서는 혼자서 말을 타고 나가 강변을 시찰하고 높은 언덕에 올라 적진의 형세를 살폈습니다. 이때 달은 뜨지 않았고 별도 드물어 넓은 벌판이 막막하기만 했지요. 갑자기 철기들이 분주히 달리고 칼과 창이 어지러이 부딪치는 소리가 들리는 것 같더니 왜병이 이미 백 겹으로 포위하고 있었습니다. 소인이 권공을 올려다보며, '빠져나갈 계획을 어떻게 세워야 하나요?' 하고 여쭈니, 권공께서는 태연한 안색으로 말씀하셨죠.

'내 적을 격파하는 기술을 가졌으니 두려워하지 말거라.'

그러고는 갑자기 큰 소리로 외쳤지요.

'내일 싸우기로 약속해놓고 기병을 놓아 포위하는 것은 비겁하고 신의 없는 짓이다. 충신아, 네가 왜장 있는 곳으로 가서 전갈을 하고 돌아오너라.'

소인은 예예 했지만 감히 발을 떼어놓기 힘들었습니다. 그러자 권공께서 또 외치셨지요.

'두 나라 간의 교전에서도 사신이 중간에 있어야 하느니라. 속히 갔다 오거라!'

마침내 소인이 죽음을 무릅쓰고 가서 장군의 명을 전하니, 왜장은 한참 생각하다가 포위를 풀고 보내주라는 명령을 진중에 내렸습니다. 둘러싸고 있던 진에서 길을 터주니 칼과 창이 사람을 찌를 듯하고 겨우 말 한 마리가 지나갈 틈만 내주었는데도 권공은 고삐를 늦추고 천천히 가셨죠.

권공께서 진문 밖으로 나오시자마자 또 소인을 불러 말씀하셨지요.

'다시 가서 전갈하거라. 내가 등나무 채찍을 두고 왔구나. 반드시 찾아 보내달라고 전하거라.'

소인은 방금 만길 구렁텅이에서 벗어났는데, 다시 천길 바닷속으로 들어가라고 하시니 그때 그 발걸음은 정말 견디기 어려웠습니다. 그러나 감히 명을 어길 수 없어 만 번 죽을 것을 각오하고 다시 가서 말씀을 전했습니다. 왜장이 명을 내리니 적진이 채찍을 찾느라 들끓었지요. 소인이 돌아와 보고를 드리니, 권공께서 그제야 말을 천천히 몰아 진중으로 돌아왔습니다. 돌아와 군막 안을 살펴보니 등나무 채찍이 거기 있었지요. 소인이 까닭을 여쭈니 권공께서 이렇게 말씀하셨지요.

'병법은 거짓말도 마다하지 않지. 채찍이 여기 있는데도 거기서 찾게 한 것은 파도가 치듯, 물이 끓듯 적진을 교란시켜 적들에게 편히 잠잘 겨를을 주지 않음으로써 적을 흔드는 술책이다. 너도 그걸 알아야 하느니라.'

그러고는 옷을 벗고 누우셨는데 코 고는 소리가 천둥이 치는 듯했습니다. 소인은 식은땀으로 등을 다 적셨으니 저도 모르게 놀라고 탄복할 따름이었습니다.

다음날 대전에서 권공은 크게 승리했습니다. 용병술은 귀신도 헤아릴 수 없고, 빼어나게 큰 담력은 옛날의 명장이라도 그보다 낫지 않았을 것입니다. 그런데 대감께서는 방금 왜구가 침략했다는 보고만 듣고도 놀라고 당황하여 어쩔 줄 모르셨으니 어찌 권공을 두려워하지 않으신단 말입니까?"

오성이 웃으며 말했다.

"내 속마음은 겁쟁이가 아니다. 특별히 너를 시험해본 것일 뿐이다."

무릇이 세 사람은 모두 뛰어난 인재다. 권공의 지략과 이공의 해학, 정공의 충용忠勇은 불세출의 장관이다.

捷幸洲權元帥奇功

鄭錦南忠信, 宣廟[6]朝中興名將[7]也. 初爲光州亞椽, 權都元帥慄, 爲本州牧使, 一見知其爲將材. 一日置水器於障子[8]上, 昏夜使錦南急下障子, 錦南[9]以烟竹, 揮其上, 先下水器後, 下障子, 權公益奇之. 自此契遇甚重. 壬辰倭亂, 道路梗塞, 大駕在龍灣, 朝廷消息不通之[10], 錦南[11]自請往返, 持狀啓, 單身[12]赴行在. 鰲城李相公, 權公之婿也. 見權公書, 仍薦于朝, 登武科, 樹立勳功, 後官至副元帥. 少時在鰲城家, 鰲城善詼[13]諧, 每對錦南言: "岳丈權公, 別無智略, 幸而成功, 吾不足畏也. 使我易地, 辦得事業必多上矣." 錦南笑之. 一日鰲城如厠, 錦南猝地馳馬, 氣喘喘[14]突入曰: "大事生矣! 大

6) 廟: 고대본에는 '祖'로 표기.
7) 名將: 동양본에는 '功臣'으로 표기.
8) 子: 고대본·가람본에는 탈락.
9) 錦南: 고대본·가람본에는 탈락.
10) 之: 국도본·고대본·동경대본·가람본에는 탈락.
11) 南: 고대본에는 잘못 탈락.
12) 單身: 국도본·고대본·가람본·성균관대본에는 탈락.
13) 詼: 동양본에는 '恢'로, 고대본·성균관대본에는 '譜'으로 표기.
14) 국도본·고대본·가람본에는 '而'가 더 나옴.

事生矣!"鰲城驚問之, 對曰: "倭兵十萬, 已踰鳥嶺, 警報俄至矣!" 時新經倭亂, 瘡痍未起[15], 鰲城七年兵間, 備嘗勤苦, 及聞此言, 不覺失措, 蹲坐厠上. 錦南大笑曰: "大監每言權公不足畏, 今何其恸也? 前言戲耳, 請說權公幸洲大捷時事, 試聽之. 接戰前日, 夜深後, 權公忽招入小人於帳中曰: '明將大戰, 而未諳地形, 暗行周視而來, 汝其隨我.' 單騎獨出, 出巡江邊, 登高阜, 審察陣勢. 時月黑星稀, 大野莽蒼, 忽聞鐵騎奔馳, 刀鎗亂鳴, 倭兵已百匝圍矣. 小人仰視曰: '計將安出?' 權公神色自若曰: '吾已得破賊之術, 第毋恐.' 俄而大喝一聲曰: '明日約戰, 而縱騎圍之劫也, 非信也! 忠信汝往倭將處, 傳喝而回.' 小人唯唯, 而不敢移步, 又喝曰: '兩國交兵, 使在其間, 速往之!' 遂冒萬死, 往傳將令, 則倭將沉吟良久, 傳令陣中, 使之開門出送. 夾陣開路, 劍戟逼人, 董容一馬, 公緩轡徐行. 出陣門外, 又呼小人曰: '更往傳喝, 吾之藤鞭, 遺却而出, 必爲推送.' 小人纔出萬仞坑塹, 再入千尋海濤, 此時此行, 眞政難堪, 然不敢違令, 冒萬死, 又往傳語, 則倭將令下, 一陣如沸覓鞭也. 小人回告, 則始緩驅回陣, 見帳中, 藤鞭尙在. 小人問其故, 公曰: '兵不厭詐. 鞭在此, 而索於彼, 使其陣中, 撩亂波蕩, 不暇穩睡, 搖賊之術也, 汝其知之.' 仍解衣而臥, 鼻息如雷, 小人汗出沾背, 不覺驚服. 翌日大戰大捷, 其用兵之術, 神鬼[16]莫測, 膽量英偉, 雖古之名將, 無以過矣. 今大監只聞倭報, 驚惶失措, 何以不畏權公乎?" 鰲城笑曰: "吾非中情之㤼[17]也[18].

---

15) 起: 고대본에는 '紀'로 표기.
16) 神鬼: 고대본·동경대본·가람본에는 '鬼神'으로 표기.
17) 㤼: 고대본·성균관대본에는 '急'으로 잘못 표기.
18) 吾非中情之㤼也: 『사기』「회음후열전淮陰侯列傳」의 한 구절을 패러디한 부분이다. 그 구절은 이러하다. "회음의 도살장 근방의 한 젊은이가 한신을 모욕하곤 했다. 다른 무리도 그 젊은이를 따라 한신을 욕했다. "너는 비록 키가 크고 칼 차길 좋아하나, 속마음은 겁쟁이다. 죽일 수 있다면 나를 찌르고, 죽일 수 없다면 내 사타구니 밑으로 기어지나가라." 한신은 그를 노려보다가 몸을 구부려 사타구니 밑으로 포복하여 지나니, 시장 사람들이 모두 한신의 겁 많음을 비웃었다(淮陰屠中少年, 有侮信者, 因衆辱之曰: '若雖長大好帶劍, 中情怯耳. 能死刺我, 不能, 出我胯下!' 信熟視之, 俛出胯下蒲伏, 一市人皆笑信怯)." 여기서 '속마음은 겁쟁이다(中情怯耳)' 부분을 오성이 '내 속마음은 겁쟁이가 아니다'로 바꾼 것이다.

特試汝耳[19]." 盖三人皆是間氣人傑, 而權公之智略[20], 李公之詼諧[21], 鄭公
之忠勇, 不世出之壯觀也.

19) 耳: 고대본·가람본·성균관대본에는 '矣'로 표기.
20) 略: 동경대본에는 '畧'으로 표기.
21) 詼諧: 동양본에는 '恢諧'로, 동경대본에는 '諧詼'로 표기.

왜승을 접준 유거사의 밝은 눈

유 거사柳居士는 안동 사람으로, 서애[1] 유 재상의 숙부다. 거사는 생김 새가 졸렬하고 행동거지가 우활했으며 평소 말도 없고 웃지도 않았다. 그는 초막을 지어 문을 닫아걸고 책만 읽었으니 서애도 그를 어리석은 숙부로만 여겼다.

하루는 거사가 서애에게 말했다.

"자네 나와 바둑을 두며 소일하겠는가?"

서애는 자기가 바둑 고수인데다가 숙부가 바둑 두는 걸 본 적이 없어

---

1) 서애(西厓): 유성룡(柳成龍, 1542~1607). 1566년 별시문과에 병과로 급제했다. 1588년 양관 대제학에 올랐으며, 다음해 대사헌·병조판서·지중추부사를 역임했다. 1591년 우의정으로 이 조판서를 겸하고 이어 좌의정으로 승진하여 역시 이조판서를 겸했다. 왜란에 대비하여 형조 정랑 권율과 정읍현감 이순신을 각각 의주목사와 전라좌수사에 천거했다. 임진왜란 중 영 의정이 되어 왕을 호종했으나, 평양에 이르러 나라를 그르쳤다는 반대파의 탄핵을 받고 면직 되었다. 의주에 이르러 평안도도체찰사가 되고, 이듬해 명나라의 장수 이여송과 함께 평양성 을 수복했으며, 그뒤 충청·경상·전라 3도의 도체찰사가 되어 파주까지 진격했다. 이해 다시 영의정에 올라 4도의 도체찰사를 겸하여 군사를 총지휘했다. 도학(道學)·문장·덕행·글씨로 이름을 떨쳤고, 특히 영남 유생들의 추앙을 받았다.

이렇게 답했다.

"숙부도 바둑을 두십니까?"

함께 바둑을 두었는데 서애가 연거푸 세 번 져서 놀랐다. 거사가 말했다.

"바둑은 그만 두세. 오늘 저녁 스님 하나가 자네 집에 올 것이니, 내 초막 위치를 알려주어 보내게나."

서애는 그가 스님이 올 줄을 미리 아는 것이 괴상했지만 짐짓 "예" 하고 대답했다. 과연 저녁이 되니 어떤 스님이 와서 묘향산에 주석駐錫, 승려가 입산하여 안주하다하고 있는데 하룻밤 묵고 가겠다고 했다. 서애가 숙부의 말과 부합하는 것을 기이하게 여기며 그에게 나물밥을 주고 그를 초막으로 보냈다.

거사가 말했다.

"내 선사께서 오실 줄 알았소."

스님이 얼굴색을 바꾸면서 말했다.

"그걸 어떻게 알았습니까?"

거사가 말했다.

"아까 내 조카 집으로 들어가는 걸 보고 반드시 조용한 집으로 와서 주무시리라 짐작했지요."

그러고는 더이상 말하지 않고 코 골며 잠든 척하니, 스님 역시 잠이 들었다. 거사가 일어나 몰래 스님의 바랑을 열어보니 그 속에 조선 지도 한 부, 관문과 요새의 요해처2), 번진鎭藩, 변방에 설치하여 군대를 거느리고 그 지방을 다스리던 관아의 험이처險夷處, 지형의 험난함과 평탄함, 인물과 양식, 기계 등을 자세하게 적은 책, 그리고 양쪽 칼날이 날카로운 단검이 들어 있었다.

---

2) 요해처(要害處): 전쟁에서, 자기편에는 꼭 필요하면서도 적에게는 해로운 지점.

거사는 칼을 쥐고 스님의 배 위에 올라타서 그를 '청정[3]'이라 부르며 말했다.

"네 죄를 네가 알렷다!"

스님이 놀라 눈을 떠보니 번쩍이는 날카로운 칼날이 자기 머리 가까이에 있었다.

스님이 말했다.

"소승은 아무 죄가 없습니다. 목숨만 살려주십시오!"

거사가 말했다.

"바랑 속에 지도가 있는데도 네 죄가 아니란 말이냐? 세 번이나 조선에 들어왔는데도 네 죄가 아니란 말이냐? 우리나라에 마치 인물이 없는 것처럼 엿보았는데도 네 죄가 아니란 말이냐?"

스님은 입을 다물고 아무 말도 못하다가 마침내 애걸했다.

"실낱같은 이 목숨을 살려만 주신다면 즉시 바다를 건너가서 결초보은하겠나이다."

거사는 길게 한숨을 내쉬고 탄식하며 말했다.

"우리나라에 칠 년 재액이 있을 운수로다! 내가 버려진 병아리와 썩은 쥐새끼 같은 너희를 죽인다고 이로울 건 없겠구나. 내 지금 너의 목숨은 살려주지만 앞으로 왜인이 안동 땅에 한 발자국이라도 들어온다면 한 놈도 남김없이 다 죽여버릴 것이다. 너는 빨리 바다를 건너가거라!"

스님은 "예예" 하며 즉시 인사를 하고 떠났다. 임진왜란 때 팔도가 다 유린 당했지만 안동만은 병화를 면했으니 다 거사 덕분이었다.

---

3) 청정(淸正): 가토 기요마사(加藤淸正, 1562~1611). 도요토미 히데요시의 부하로서 임진왜란 때 조선으로 출정한 장수 중 한 사람.

劫[4]倭僧柳居士明識

柳居士, 安東人也, 西崖[5]柳相[6]之叔也. 形貌踈拙, 行止迂濶, 平日不言不笑. 結搆一草幕, 閉戶看書, 西崖[7]視以一癡[8]叔. 一日居士謂西崖[9]曰: "君與我, 圍棋[10]消日乎?"西崖[11]高於碁[12]手, 而未曾見癡叔之着棋, 答曰: "叔主亦知棋乎?"與之棋[13], 西崖[14]連輸三局, 驚異之, 居士曰: "且停棋. 今夕有一僧必來君家, 須指送吾之草幕也."西崖[15]心怪其預知僧來, 佯應曰: "諾."其夕果有僧來, 自言住妙香山, 願止宿而去, 西崖[16]異其癡叔之言有符, 饋以蔬飯, 送之草幕, 居士曰: "吾知禪師之來也."僧色動曰: "何以知之?"居士曰: "俄見入吾姪[17]家, 故料必來宿靜舍也."仍無酬酢鼻睡, 僧亦睡着. 居士潛開其鉢囊見之, 則中有東國地圖一部, 關防要害, 鎭藩險夷, 及人物粮械, 細細成錄. 又有短劒一雙利刀也, 居士把劒跨僧腹上, 呼淸正曰: "汝知汝罪乎!"僧驚視之, 明晃晃的, 利劒當頭而下, 僧曰: "小僧無罪[18], 願活殘命!"居士曰: "囊中地圖, 得非汝罪乎? 三入朝鮮, 亦非汝罪乎? 覷我國如無人, 豈非汝罪乎?"僧口噤不能言, 末乃哀乞曰: "若活一縷之命, 卽當渡海, 而結草圖報矣."居士長吁而嘆曰: "東國有七年之厄天數

4) 劫: 동양본에는 '㤼'으로 표기.
5) 崖: 국도본·고대본·가람본에는 '厓'로 표기.
6) 동양본에는 '國'이 더 나옴.
7) 崖: 국도본·고대본·가람본에는 '厓'로 표기.
8) 癡: 국도본·고대본·가람본에는 '痴'로 표기.
9) 崖: 국도본·고대본·가람본에는 '厓'로 표기.
10) 棋: 고대본에는 '棊'로, 가람본에는 '碁'로 표기.
11) 崖: 국도본·고대본·가람본에는 '厓'로 표기.
12) 碁: 고대본에는 '棋'로 표기.
13) 棋: 고대본에는 '棊'로, 가람본에는 '碁'로 표기.
14) 崖: 국도본·고대본·가람본에는 '厓'로 표기.
15) 崖: 국도본·고대본·가람본에는 '厓'로 표기.
16) 崖: 국도본·고대본·가람본에는 '厓'로 표기.
17) 姪: 국도본·고대본·가람본에는 '侄'로 표기.
18) 小僧無罪: 고대본·가람본·성균관대본에는 '無罪小僧'으로 표기.

也, 吾殺汝輩如孤雛腐鼠, 無益也, 吾今饒汝性命, 日後倭人若入安東一步之地, 當殲盡[19]無類矣. 汝其急急[20]渡海也!" 僧唯唯卽辭去. 壬辰倭亂, 八路蹂躪, 而安東獨免兵禍, 卽居士之功也.

---

19) 殲盡: 고대본에는 '盡殲'으로 표기.
20) 急: 고대본에는 탈락.

산해관 도독이 오랑캐 병사를 무찌르다

　명나라 말에 우리나라 사신이 중국으로 들어갔다. 이때 도독 원숭환[1] 이 산해관[2]에 진을 치고 여진족을 방어하고 있었다. 도독의 나이는 겨우 스물여 살이지만 사신을 영접하고 바둑을 두는 데 여유가 있고 품위가 있었으며 담소도 들을 만했다. 성안은 사람이 없는 듯 조용했는데 정오 무렵 군교軍校, 조선시대 지방 군영이나 관아의 군무에 종사하던 낮은 직급의 벼슬아치 한 사람이 앞으로 달려와 보고했다.

　"누르하치[3]가 십만 병사를 거느리고 와서 삼십 리 밖에 주둔했나이다!"

　도독이 말했다.

---

1) 원숭환(袁崇煥, 1584~1630): 명(明) 말기의 장군으로 후금의 침략에 맞서 요동(遼東) 방어에 공을 세웠지만 모반의 누명을 쓰고 처형되었다.
2) 산해관(山海關): 중국 허베이성 동북쪽 끝, 발해만 연안에 있다. 만리장성의 동쪽 끝에 있는 관문으로, 예로부터 군사 요충지이다.
3) 누르하치: 후금(後金)의 초대 황제(1559~1626). 1616년 후금을 세웠다.

"알았다."

사신이 물었다.

"지금 적군이 경내에 임박해 있는데, 공은 어찌 방어책을 내지 않습니까? 청컨대 바둑을 그만 둡시다."

도독이 말했다.

"두려워할 것 없소. 이미 조처를 다 해두었소이다."

도독이 여전히 바둑을 두고 있는데 조금 뒤 또 보고가 들어왔다.

"이십 리 밖에 이르렀나이다."

또 알렸다.

"십 리 밖에 이르렀나이다."

그러자 도독은 사신과 함께 누각에 올라 관망했다. 들판이 한눈에 들어왔는데 오랑캐의 말들이 개미처럼 보였다. 검은 구름에 가려서인지 날씨가 어두침침하고 스산했으며 삭풍은 싸늘했다. 사신이 고개를 돌려 성안을 바라보니 각 보루 위에 깃발만 나부꼈고 우리 병사는 삼천도 안 된다 하니 크게 두려워했다. 도독이 장교를 불러서 귓속말로 이야기했다.

"이리저리하거라!"

군교는 "예예" 하며 물러갔다. 도독은 그러고도 전처럼 계속 술을 마셨다.

갑자기 성루 위에서 대포 소리가 나더니 삽시간에 하늘이 무너지고 땅이 꺼질 듯한 소리가 들려왔다. 들판에는 화염이 가득찼다. 오랑캐의 진영은 모두 잿더미 속에 파묻혔고 비린내가 코를 찔렀다. 그제야 사신은 그곳에 지뢰포地雷砲, 땅속에 묻어두었다가 터뜨리는 폭약를 미리 설치해놓았다는 말을 들었다. 그 광경은 정말 천하제일의 장관이었다.

날이 저물자 연기와 먼지도 가라앉았다. 야산 가를 보니 등불 하나가 명멸하면서 달려가고 있었다. 도독이 탄식하며 말했다.

"하늘의 뜻이로다!"

그러고는 군교를 불러 말했다.

"저 등불의 그림자가 누르하치다. 말을 타고 가 술병을 갖다주거라. 그리고 내 말을 전하거라. 십 년 동안 육성한 병사들이 하루아침에 재로 변했으니 내가 변변찮은 술로나마 위로한다고."

군교가 가서 전하니 오랑캐 추장은 그 술을 받아 통음한 뒤 달아났다.

사신은 정신을 가다듬고 그 전말을 청하여 듣고 나서 작별인사를 하고 떠났다 한다.

山海關都督鏖虜兵

大明末, 我國使臣入中原, 時都督袁崇煥, 鎭山海關, 以防建虜. 都督年纔二十餘, 迎接使臣, 與之碁[4], 其雍容閒[5]雅[6], 談笑可掬. 城中闃若無人, 日纔午, 軍校一人, 趍而前告曰: "奴兒哈赤[7], 率十萬兵來, 駐三十里外矣!" 都督曰: "唯." 使臣曰: "今大敵[8]臨境, 公何不施備禦之榮[9]乎? 請停碁[10]." 都督曰: "不怕. 已有措處矣." 圍棋[11]如故, 俄而又告曰: "二十里矣!" 又告曰: "十里外矣!" 都督乃與使臣登樓而觀之, 一望平野, 虜騎如蟻[12], 黑雲慘憺, 朔風淅瀝. 使臣回顧城中, 則各堡樓上, 虛張旗幟, 兵且不滿三千云. 使臣大懼, 都督呼一校[13], 附耳語曰: "如是如是!" 校唯唯而退. 仍酌酒

---

4) 碁: 고대본·동경대본·가람본에는 '棊'로 표기.
5) 閒: 고대본·동경대본·가람본에는 '閑'으로 표기.
6) 閒雅: 국도본에는 '雅閒'으로 표기.
7) 奴兒哈赤(노아합적): 누르하치.
8) 敵: 동경대본에는 '賊'으로 표기.
9) 榮: 국도본·고대본·동경대본·가람본에는 '策'으로 표기. '策'이 맞음.
10) 碁: 고대본·동경대본에는 '棊'로 표기.
11) 棋: 고대본에는 '棊'로, 가람본에는 '碁'로 표기.
12) 고대본·가람본에는 '屯'이 더 나옴.
13) 고대본에는 '尉'가 더 표기.

如故, 俄而城樓上, 砲聲一起, 霎時間, 忽聞天崩地塌之聲, 烟焰漲野, 虜陣盡入於灰燼中, 腥臭塞鼻. 使臣始聞其地雷砲之預設, 誠天下壯觀也. 日已曛, 烟塵稍息, 見野山邊, 一燈明滅而走, 都督嘆[14]曰: "天也!" 呼一校謂曰: "彼燈影, 乃奴兒哈赤也. 持壺酒, 走馬往遺之. 且傳吾語, 十年養兵, 一朝成灰, 吾以薄酒慰之云." 往傳則虜酋受其酒, 痛飮而走. 使臣收拾精神, 請聞[15]其顚末, 辭而去云.

14) 嘆: 고대본에는 '歎'으로 표기.
15) 聞: 국도본·고대본·가람본·성균관대본에는 '問'으로 잘못 표기.

명나라 장수가 청석동에서 검객과 싸우다

명나라 장수 이여송李如松은 임진왜란 때 오천 병사를 이끌고 조선을 도우러 와서 평양에서 크게 승리했다. 왜의 추장 평행장[1]이 밤에 도망치니 승승장구하며 청석동靑石洞, 개성에 있는 지명에 이르렀다. 청석동은 지세가 험하고 주위에 장애물이 많았으며 수목이 하늘을 찌르고 계곡의 굴곡이 심했다. 갑자기 앞쪽에서 흰 기운이 일어나 하늘에 닿으며 냉기가 사람에게 미쳤다. 장군이 말했다.

"이것은 왜병 검객대劍客隊다."

장군은 마침내 군대를 일자아[2] 대열로 배치해 주둔시키고 말 위에서 쌍검을 뽑더니 공중으로 솟아올랐다. 여러 군사가 그를 올려다보니 도환刀環, 칼 손잡이 끝에 매달린 고리 소리만 흰 기운 속에서 쟁쟁하게 들려왔다.

---

1) 평행장(平行長): 고니시 유키나가(小西行長, ?~1600). 도요토미 히데요시 밑에서 전공을 세웠다. 임진왜란 때는 가토 기요마사보다 먼저 부산에 상륙하여 명나라 구원병과 첫 전투를 치렀다.
2) 일자아(一字兒): 한 번 잡고 한 번 둘러싸고 한 번 묶는 전술.

갑자기 왜인의 몸통과 머리가 조각조각 떨어졌고 그제야 냉기가 가셨다. 장군도 유유히 말을 타고 나타나 북을 치면서 청석동 입구로 나아갔다.

장군은 벽제에서 패하자 개성부로 군사를 후퇴시켰고 더이상 진격할 마음을 내지 않았다. 서애 유성룡이 접반사[3]로 가서 군무를 의논했다. 장군이 머리를 빗으며 이야기를 하다가 멀리 하늘가에서 흰 무지개 한 줄기가 다가오는 것을 보았다. 장군이 급히 상투를 틀며 말했다.

"검객이 온다!"

장군이 벽 위에 걸린 쌍검을 뽑아들고 골방으로 피해 들어갔다. 그러고는 문을 열어둔 상태로 서애에게 동정을 살피게 했다. 삽시간에 흰 무지개 기운이 골방으로 날아들었다. 쟁쟁하는 소리가 끊이지 않았고 냉기가 집에 가득찼다. 서애는 두렵고 가슴이 두근거려 마음을 진정시킬 수가 없었다.

홀연 발 하나가 나오더니 문을 차고 다시 들어갔는데, 서애는 그것이 장군의 발이라고 생각했다. 그리고 문을 차고 들어간 것은 문을 닫으려 한 뜻임을 알아차리고 일어나 문을 닫았다. 잠시 뒤 장군이 문을 열고 나와서 어여쁜 미인의 머리를 땅에 내던졌다.

서애는 비로소 겨우 정신을 가다듬고 축하해 마지않았다. 장군이 말했다.

"왜군 중에는 검객이 많았는데 청석동에서 거의 다 죽었지요. 이 미인은 왜군 중 제일 고수로 검술이 신통해 천하무적이라오. 내 속으로 언제나 경계하고 걱정해왔는데 오늘 다행스럽게도 목을 베었으니 다시 걱정할 필요가 없게 되었소. 그런데 당신은 문을 닫아야 한다는 것을 어떻게 깨달았소?"

---

3) 접반사(接伴使): 사신이 머무는 곳에 임시로 파견되어 사신을 맞이하고 접대하던 관원.

서애가 말했다.

"발이 문을 차고 다시 들어간 데서 그 뜻을 충분히 알 수 있었지요."

장군이 또 물었다.

"당신은 그게 내 발이란 걸 어떻게 알고 문을 닫았소?"

서애가 대답했다.

"왜인의 발은 작은데, 아까 본 발은 컸으니 그게 장군의 발인 줄 어찌 몰랐겠소?"

장군이 말했다.

"조선에도 역시 인물은 있구려!"

서애가 말했다.

"문을 닫아야 했던 까닭을 감히 묻고자 합니다."

장군이 말했다.

"미인은 바다 위 넓은 곳에서 검술을 배웠지요. 그래서 내가 좁은 방으로 들어가서 그 능력을 발휘하지 못하게 했다오. 칼싸움을 수십 합을 하니 그 여자가 점점 힘을 잃어가는 것이 보였소이다. 그녀가 문을 나가 멀리 숨을 것 같아서 문을 닫으려 했다오. 일단 문을 나가버리면 벽해 만리 어느 곳에서 그 여자를 잡을 수 있겠소? 오늘의 일에서 당신이 문을 닫은 공적이 실로 컸다오."

이로부터 장군은 서애를 더욱더 공경하고 중히 여겼다.

靑石洞天將鬪劍客

天將李提督如松, 壬辰倭亂提五千兵, 東援朝鮮, 大捷於平壤. 倭酋平行長宵遁, 乘勝長驅, 至靑石洞, 洞險而傍[4]多阻, 樹木參天, 溪澗[5]屈曲. 忽見

---

4) 傍: 국도본·고대본에는 '旁'으로 표기.

前面, 白氣竟天, 冷氣逼人, 提督曰: "是倭中劒客隊也." 遂駐軍一字兒擺開, 於馬上, 抽雙劒, 聳身騰空, 諸軍仰視, 則但聞刀環之聲錚錚然出於白氣之中, 俄而倭人身首, 紛紛墮下, 冷氣纔收. 提督口齒然在馬上, 鼓行出靑石口. 及其碧蹄之敗, 退師開城府, 無意進攻[6], 西崖[7]柳相成龍, 以接伴使, 進議軍務, 提督適梳頭而語, 遙見天邊, 一道白虹, 自遠而近, 提督急急結髻曰: "劒客來也!" 抽壁上雙劒, 避入洞房, 而不閉戶, 使西崖[8]留觀動靜, 霎時間, 白虹之氣, 飛入洞房, 但聞錚錚之聲, 連續不絶, 而冷氣滿室. 西崖[9]心魂慓悸[10], 不能自定, 忽見一足露出, 打戶而還入, 西崖[11]意其提督之足, 又意其打戶而入者, 欲閉之意也, 遂起閉戶. 須臾提督開戶而[12]出, 提嬋姸美人頭, 擲於地. 西崖[13]精神始稍定, 進賀不已, 提督曰: "倭中素多劒[14]客, 而盡殲於靑石洞, 此美人, 倭中第一高手, 劒術通神[15], 天下無敵, 吾心常關念[16], 今幸斬之, 更無憂矣. 然君之閉戶, 何其警耶?" 西崖[17]曰: "打戶還入, 其意可知也." 又曰: "君何以知吾之足而閉之也?" 西崖[18]曰: "倭人足小, 今見大足, 豈不知將軍之足耶?" 提督曰: "朝鮮亦有人矣!" 西

5) 澗: 동경대본에는 '磵'으로 표기.
6) 攻: 국도본에는 탈락.
7) 崖: 국도본·고대본·가람본·성균관대본에는 '厓'로 표기.
8) 崖: 국도본·고대본·가람본·성균관대본에는 '厓'로 표기.
9) 崖: 국도본·고대본·가람본·성균관대본에는 '厓'로 표기.
10) 悸: 고대본에는 '惇'로 표기.
11) 崖: 국도본·고대본·가람본·성균관대본에는 '厓'로 표기.
12) 開戶而: 고대본에는 탈락.
13) 崖: 국도본·고대본·가람본·동경대본·성균관대본에는 '厓'로 표기.
14) 동경대본에는 '術'이 더 나옴.
15) 神: 동경대본에는 '術'로 잘못 표기.
16) 關念(관념): 관심을 보이며 걱정하다.
17) 崖: 국도본·고대본·가람본·동경대본·성균관대본에는 '厓'로 표기.
18) 崖: 국도본·고대본·가람본·동경대본·성균관대본에는 '厓'로 표기.

崔[19]曰: "敢問閉戶之意." 提督曰: "美人學劍術[20]於海上空濶[21]之[22], 故吾入狹房, 使不得逞其能, 鬪劍數十合, 見美人稍稍失勢, 恐出戶遠遁, 故欲其閉也. 若一出戶, 碧海萬里, 何處可捕? 今日之事, 君之閉戶之功實[23]多也." 自此益敬重之.

19) 崖: 국도본·고대본·가람본·동경대본·성균관대본에는 '厓'로 표기.
20) 術: 고대본에는 탈락.
21) 濶: 동양본에는 '虛'로 표기.
22) 之: 국도본·가람본·성균관대본 '之處'로, 동양본·동경대본에는 '之地'로 표기.
23) 고대본·가람본에는 '大'가 더 나옴.

큰 은혜를 갚으려고 운남에서 미인을 데려오다

이여송 장군이 원군을 거느리고 와서 평양에 있다가 김씨 성의 역관을 총애하게 되었다. 김 역관은 나이가 겨우 스무 살이었는데 미색이 있는 어여쁜 얼굴이었다. 이여송은 그를 좋아해 밤낮으로 잠시도 놓아두지 않았으니 여자를 향한 전방지애專房之愛, 여러 첩 중에서 어느 한 첩만을 사랑함도 이보다 더하지 않았을 것이다. 어떤 말이든 다 들어주고 따라주지 않는 소원이 없었다.

이여송은 병사들을 철군시켜 돌아갈 때 그를 데리고 갔다. 책문1)에 이르러 군량의 한도를 어긴 일로 장군은 크게 노했다. 장군은 곧 요동 도통2)에게 군법을 시행하려 했다. 도통에게는 세 아들이 있었다. 큰 아

---

1) 책문(柵門): 평북 의주로부터 48킬로미터 떨어진 구련성(九連城)과 봉황성(鳳凰城) 사이에 있던 곳으로, 조선인이 중국에 들어가는 관문이었다. 옛 사신이 압록강을 건너 중국으로 들어갈 때 처음 만나는 문이기도 했다. 목책을 둘러 경계한다고 책문(柵門)이라 하고, 변경에 있는 문이라 해서 변문(邊門)이라고도 한다.

들은 시랑3)이고, 둘째 아들은 서길사4)였다. 막내아들은 신이한 스님으로 황제도 그를 신사神師로 대우해 대궐 안에 별원을 지어서 모셨으니 당 숙종이 이업후5)를 대우한 것과 같았다. 세 사람은 이때 그 소식을 듣고 모두 요동으로 급하게 달려와 아버지를 구할 대책을 상의했다. 신 승이 말했다.

"내 들으니 조선 사람 김 역관이 이여송의 총애를 받아 장군이 김 역관의 말이라면 들어주지 않는 게 없다 합니다. 김 역관을 만나 간절하게 애걸해보는 게 어떨까요?"

삼 형제는 서로 이끌어주며 이여송 장군의 병영 문 밖으로 가서 김 역관을 보게 해달라고 청원했다.

김 역관이 장군에게 보고했다.

"모관의 삼 형제가 소인을 보고자 하는데 어떻게 하면 좋을까요?"

"필시 그 아버지의 목숨을 구하려고 그러는 것일 게다. 그러나 그들은 상국에서 존중받는 사람들인데, 외국의 미미한 역관인 네가 어찌 그들을 보러 가보지 않을 수 있겠느냐?"

---

2) 도통(都統): 청나라의 무관명(武官名). 8기제(八旗制, 팔군단제八軍團制)의 기(旗, 군단軍團)에 해당하는 구산[固山]의 장(長)을 구산에젠[固山額眞]이라 불렸고, 좌우 메이레에젠[梅勒額眞]이 그를 보좌했다. 1660년부터 한자의 명칭으로 구산에젠을 도통(都統), 메이레에젠을 부도통(副都統)이라 불렀다.

3) 시랑(侍郎): 중국의 관명(官名). 진(秦)·한(漢) 때에는 낭중령(郎中令)의 속관으로, 궁문을 지키는 구실을 했다. 당나라 때는 중서(中書)·문하(門下) 두 성(省)의 실질적 장관(長官)이었으며, 후세에는 육부(六部)의 차관(次官)이었다.

4) 서길사(庶吉士): 명나라 태조가 설치한 관직명. 서길사는 새로 진사(進士)가 된 자들 가운데 학문이 우수한 자나 글씨를 잘 쓰는 자로 임명되었다. 청나라 때는 이를 계승해 서상관(庶常館)을 두고 한림관(翰林官)으로 하여금 이들에게 교습을 하게 하고, 삼 년간 수양하고 나서 시험을 보아 직책을 주었는데, 이를 산관이라 했다.

5) 이업후(李鄴侯): 당나라 이필(李泌, ?~789). 숙종이 안녹산과 싸울 때, 형산에 은거하는 그를 불러 함께 수레를 타고 군중(軍中)에 다녔다. 군사들이 이를 보고 '누런 옷 입은 이는 성인(聖人, 임금)이요, 흰옷 입은 이는 산인(山人)이다' 하므로, 숙종이 그에게 억지로 벼슬을 주어 조복(朝服)을 입게 했다.

김 역관이 나가보니, 세 사람이 입을 모아 간청했다.

"아버지께서 불행하게도 변을 당하여 만에 하나 살아날 길이 없는데, 오직 당신께서 우리를 위해 말씀을 잘해주시어 죽을 목숨을 온전하게 해주신다면 천만다행이겠습니다."

"돌이켜보건대 외국의 보잘것없는 제가 어찌 감히 장군님의 군율을 어지럽힐 수 있겠습니까? 그러나 귀인들의 간청이 이처럼 진지하니 제가 어찌 감히 사양하고 물리칠 수 있겠습니까? 삼가 장군님께 우러러 아뢰어 그분의 처분을 공손히 기다려보겠습니다."

김 역관이 즉시 들어가니 장군이 물었다.

"그 사람들이 말한 것이 과연 도통의 일이던가?"

"그러하옵니다."

김 역관이 주고받은 말의 전말을 전하니, 장군은 한참 동안 깊이 생각하더니 말했다.

"내 평생 전쟁터를 돌아다녔지만 한 번도 사사로운 사람의 간청으로 공사를 해친 적이 없었다. 하나 오늘 네가 하찮은 몸으로 이렇게 귀한 사람의 간청을 받았으니, 네가 나에게 얼마나 소중한 사람인지 알 수 있겠다. 또 내가 너를 여기까지 데리고 왔는데 너에게 달리 생색낼 길도 없다는 것을 안다. 군율이 비록 지극히 엄격하기는 하지만 마땅히 너를 보아서 한번 크게 도와주겠노라."

김 역관이 나와서 세 사람에게 장군의 말을 전하니, 세 사람이 나란히 고개를 조아리고 거듭 절하며 말했다.

"당신의 은덕에 힘입어 아버지의 목숨을 건지게 되었으니, 그 은혜는 천지와 같이 크고 하해와 같이 깊습니다! 장차 어떻게 보답할 수 있을지요? 깃털, 상아, 가죽, 금, 은, 옥, 비단 그 무엇이라도 청하기만 하시면 다 구해드리겠습니다."

"우리집은 본디 청렴하고 검소하니 보배, 패물이나 진기한 노리개 등은 진실로 원하는 바가 아니올시다."

세 사람이 말했다.

"당신은 조선의 역관이니 상국이 당신을 조선의 재상으로 지명하는 것은 어떻습니까?"

"우리나라는 명분을 숭상합니다. 저는 중인인데 만약 제가 재상이 된다면 반드시 저를 '중인정승中人政丞'이라며 손가락질할 것입니다. 이는 안 하는 것만 못합니다."

세 사람이 말했다.

"그렇다면 당신을 상국의 높은 관직과 품계를 가진 사람으로 만들어 중원의 높고 큰 가문의 족속이 되도록 하는 것은 어떠합니까?"

"우리 부모가 다 살아 계신데 떨어져 있는 정이 지금도 절박합니다. 오직 바라는 바는 속히 돌아가는 것입니다. 일일여삼추[6]입니다. 장군님께서 회군하실 때 즉시 돌아가도록 명령해주시면 은혜가 막대할 것입니다."

세 사람이 말했다.

"비록 그러하오나 이 은혜를 갚지 않을 수 없습니다. 오직 당신께서 원하는 바를 말씀만 해주십시오. 아무리 귀중한 물건이라도, 따르기 어려운 청이라도 반드시 받들어 들어드리겠습니다."

세 사람이 그치지 않고 간절하게 말하니, 김 역관은 엉겁결에 불쑥 입을 열었다.

"내 원하는 게 없긴 하지만, 꼭 원하는 바가 있다면 천하일색을 한번 보는 것입니다."

세 사람이 그 말을 듣고 서로 한참을 가만히 바라보았다. 이윽고 신승

---

6) 일일여삼추(一日如三秋): 하루가 세 번의 가을, 즉 삼 년 같다는 말로서 매우 지루하거나 몹시 애태우며 기다리는 것을 말한다.

이 말했다.

"그건 어렵지 않습니다."

그러고는 흩어졌다.

김 역관이 들어가 장군을 뵈었다. 장군이 말했다.

"그 사람들이 필히 너의 은혜를 갚으려 했을 텐데, 넌 무슨 소원을 말했느냐?"

"천하일색을 한번 보고 싶다고 말했습니다."

장군이 벌떡 일어나 역관의 손을 잡고 그의 등을 어루만지며 말했다.

"너는 소국의 인물인데 배포가 참으로 크구나! 그 사람들이 다 그걸 허락했느냐?"

"허락했나이다."

장군이 말했다.

"저들이 천하일색을 어디서 구해온다지? 황제같이 귀한 분도 갑자기 얻기는 쉽지 않은데."

김 역관이 장군을 따라 황성皇城 황제가 있는 서울. 명나라 수도으로 들어가니, 은혜를 갚겠다고 했던 삼 형제가 찾아와서 김 역관을 초대해갔다. 어느 집에 이르렀는데 새로 지은 거대한 누각이었다. 구조가 넓고 시원했으며 금색과 푸른색이 눈부시고 휘황찬란했다. 세 사람이 다과를 내오며 말했다.

"돌아가지 마시고 오늘밤은 여기서 머무십시오."

조금 뒤 온 집에 향기가 코를 찌르더니 내실 문이 열리고 짙게 화장한 여인 수십 명이 향로와 붉은 보자기에 싼 상자를 받들고 두 줄로 들어와 마루 앞에 섰다. 김 역관이 보기에 경성지색[7] 아닌 여인이 없었다.

---

7) 경성지색(傾城之色): 임금이 혹하여 나라가 기울어져도 모를 정도의 미인이라는 뜻으로, 뛰어나게 아름다운 미인을 이르는 말.

역관이 그들을 보고 일어나려는데 세 사람이 말했다.

"왜 일어나려 하십니까?"

"이미 천하일색을 보았으니 더이상 머물 필요가 없지요."

세 사람이 웃으며 말했다.

"이들은 시중드는 아이들인데 어찌 천하일색을 얻었다 하십니까? 천하일색은 곧 나온답니다."

얼마 안 있어 내실 문이 크게 열리더니 한 떨기 난초 꽃 향기와 사향 향기가 진하게 퍼지며 천하일색이 시녀 십여 명의 호위를 받으며 나왔다. 천하일색이 마루로 올라와 앉으니 연지 백분과 화려한 화장이 돋보였다. 세 사람도 김 역관과 함께 의자에 나란히 앉았다. 세 사람이 김 역관에게 말했다.

"이 여인이 당신이 진짜 보고 싶어하던 천하일색입니다. 과연 어떠합니까?"

김 역관이 보니 온몸을 장식한 구슬과 비취의 정채精彩, 아름답게 빛나는 색채가 사람의 안목을 빼앗아갔다. 눈이 어질어질하고 정신이 혼미해져 아득히 보이는 것이 없었으니 여인이 어떤 모습인지 알 수가 없었다. 세 사람이 말했다.

"오늘밤 당신은 꼭 이 여인과 운우의 만남을 가져야 합니다."

김 역관이 말했다.

"내 소원은 한번 보는 것일 따름이었지 실제 다른 뜻은 전혀 없었습니다."

세 사람이 말했다.

"그게 무슨 말씀이십니까? 우리는 당신의 은혜에 감격했으며, 당신이 천하일색을 보고 싶다고 하셨으니 비록 머리끝에서 발뒤꿈치까지 닳아 가루가 된다 하더라도 어찌 그 소원을 들어드리지 않았겠습니까? 천하의 두번째나 세번째 여인을 얻어오기는 어렵지 않습니다. 그러나 천하일색은 천자의 위세로도 얻어오기 어렵지요. 몇 해 전에 운남왕[8]이 남과 원수 관계가 되었는데 우리가 그를 위해 복수를 해주었지요. 그래서 그 왕이 은혜를 갚는다며 우리가 청하는 것은 다 들어주겠다고 약속했지요. 그때 왕의 딸이 천하일색이었어요. 당신이 천하일색을 보고 싶어 했기에 그녀를 데려오는 일은 어렵지 않을 것 같았습니다. 바로 그날 당신과 헤어지고 나서 즉시 운남왕에게 중매를 넣었고 왕이 이를 허락했지요. 당신이 서울에 들어오는 그날 꼭 천하일색을 데려오려고 천리마세 필을 썼는데 비용으로 수만 은자를 들이기도 했습니다. 운남과 서울의 거리가 삼만 리나 되기 때문이지요. 오늘 드디어 이렇게 만나게 되었습니다. 당신은 남자요, 저 사람은 여자인데 한 번 보고 헤어지는 데 그친다면 저 여인이 국왕의 친딸이니 어찌 아무 까닭도 없이 이국 남자를 볼 리 있겠습니까? 도리상 이러면 안 되니 더이상 사양하지 마십시오. 오늘같이 좋은 날 합근의 예合卺之禮, 신랑과 신부가 잔을 주고받는 예식. 혼례식를 올리는 것이 마땅하지 않겠습니까?"

김 역관은 부득이 유숙하며 공뢰[9]를 하고 초례를 올리고는 침실에 들어갔다. 밀랍 촛불이 휘황하고 사향 향내가 엄습했다. 눈빛이 몽롱해지고 심신이 황홀하여 소위 미인이란 사람은 보아도 보이지가 않았고 다만 놀랍고 당황스럽고 의심스럽고 두렵기만 했다. 미친 듯이 날아다니는 나비가 꽃을 탐하는 마음이 일어나지 않았고, 원앙이 푸른 파도에

---

8) 운남왕(雲南王): 운남(雲南)의 왕. 운남은 중국 서남쪽 귀퉁이에 있는 지역으로 중심 도시는 쿤밍이며, 미얀마와 라오스, 베트남의 국경과 맞닿아 있다. 이곳은 진시황과 한 무제 때부터 일부 지역이 중국에 편입되기 시작했고, 삼국시대 촉한의 제갈량이 이곳을 정벌하기도 했다. 역대로 이 지역의 소수민족들은 자신들의 왕조를 세우고 중국의 속국이지만 독립적인 정권을 유지했는데, 1253년에 쿠빌라이가 몽고 군대를 파견해 그곳의 대리국을 멸망시킴으로써 행정적으로 중국의 통제를 받게 되었다.
9) 공뢰(共牢): 고대의 혼례에서 부부의 의(義)를 돈독히 한다는 뜻. 『예기』 혼의편(昏義篇) 편에 "신부가 오면, 신랑은 신부에게 읍하고 안으로 들어가 함께 희생을 먹고, 술잔 하나로 같이 마신다(婦至, 壻揖婦以入, 共牢而食, 合卺而酳)"고 한 데서 비롯한 말.

서 노는 소리도 나지 않았다.

세 사람이 밖에서 이런 몰취미를 살펴 헤아리고는 김 역관을 불러 말했다.

"합환合歡의 즐거움이 어찌 그리도 적막합니까? 당신의 안목이 너무 좁고 정신이 미약하기 때문이 아닌가요?"

그러고는 접시 하나를 앞으로 내밀며 말했다.

"이걸 한번 드셔보십시오. 촉산蜀山, 중국 촉(蜀) 땅에 있는 산 홍삼이랍니다."

김 역관이 그걸 먹고 방으로 들어가니 눈이 밝아지고 정신이 맑아졌다. 여인의 모발과 안색도 훤히 보였다. 화용월태가 실로 하늘나라 신녀 같았다. 드디어 그들은 동침했다.

아침이 와 김 역관이 잠에서 깨어나니, 세 사람이 벌써 와서 기다리고 있다가 김 역관에게 물었다.

"저 미인을 어떻게 하면 좋겠습니까?"

"돌이켜보면 외국에서 온 사람으로서 졸지에 외람된 은혜를 입었지만 앞으로의 일은 헤아릴 수가 없습니다."

세 사람이 말했다.

"당신은 다행스럽게도 기이한 만남으로 천하일색을 얻었는데 어찌 차마 한 번만 만나고 헤어질 수 있겠습니까? 당신은 외국 사람이라 여인을 데리고 가는 일이 어렵기는 하겠습니다. 그렇다고 사사로운 정을 끊고 여기에서 살며 해로하는 것 역시 의리상 불가합니다. 우리 세 사람이 당신의 두터운 은혜를 입었는데 당신의 일에 어찌 조금이라도 소홀히 할 수 있겠습니까? 당신은 통역의 임무를 맡았으니 매년 정사正使의 행차에 반드시 수행 역관으로 들어오게 될 것입니다. 일 년에 한 번 상봉하는 일은 견우직녀가 칠월 칠석마다 만나는 것과 같으니 그 역시 아름다운 일이 아닙니까? 우리가 여기서 마땅히 만남을 주관해보겠습니다."

김 역관은 그 말대로 하여 젊었을 때부터 늙은 나이까지 역관으로 매년 한 번씩 즐거움을 누리고 왔다. 마침내 아들 몇 명을 두었는데 김 역관의 후예가 연경에서 번성했다 한다.

報重恩雲南致美娥

李提督如松, 東征在[10)平壤, 寵一金姓譯人. 金譯年纔二十, 丰[11)茸[12)有美色, 晝宵相昵, 暫時不捨, 女子專房之愛, 無以加之. 有言必聽, 無願不從. 撤兵歸時, 仍爲率去, 到柵門, 以軍粮違限事, 提督大怒, 將行軍律於遼東都統. 都統有子三人, 長則侍郞, 次則庶吉士[13), 季則以神異之僧, 皇帝待以神師, 起別院於大內, 而迎置之, 如唐肅宗之待李鄴侯. 伊時三人聞此言, 俱遑[14)忙來會於[15)遼東, 相議救父之策, 神僧曰: "吾聞朝鮮金姓譯人, 有寵於提督, 凡有所言, 無所不聽云, 盍求見而懇乞之?" 遂相率詣提督轅門[16)外, 求見金譯, 金譯告于提督曰: "某官兄弟三人, 求見小人, 將何以爲之乎?" 提督曰: "必是爲其父請命之事也. 然彼乃上國尊重之人, 汝以外國么麽[17)一譯, 何敢不往見?" 金譯出見, 三人合辭懇請曰: "家親不幸當變, 萬無生路, 惟望君爲吾輩善槖, 俾完將死之命, 千萬幸甚." 金曰: "顧以外國么麽之踪, 何敢干撓天將之軍律乎? 然貴人之[18)所懇, 若是勤摯, 何敢自我辭却? 謹當仰稟天將, 恭俟天將之處分也." 旋卽入去, 提督問曰: "彼之所言,果是都統之事乎?"金曰: "然矣." 仍詳言其酬酢顚末, 提督沉思良久曰: "吾橫行戰陣, 未嘗以私人之懇, 而害公事矣. 今汝以幺麼之身, 有此貴人之懇乞, 則汝之繁切於吾[19]可知. 且吾率汝來此, 無他可以[20]生色於汝者, 師律雖至嚴, 當爲汝[21]一番濶狹也." 金出見三人, 盡告提督所語[22], 三人幷稽首再拜曰: "賴君之德, 救父之命, 天地之大也! 河海之深也! 將何以報焉? 羽毛齒革, 金銀玉帛, 請惟命是從." 曰: "家本淸儉, 寶貝玩好, 誠非所願也."三人曰: "君是朝鮮[23]一譯, 若自上國, 命君爲爾國之相, 何如[24]?" 曰: "我國專尙名分, 而吾則[25]乃中人, 若爲相, 則必以中人政丞指点之, 反不如不爲也." 三人曰: "然則以君爲上國高官崇秩, 仍[26]作中原高門大家之族, 何如?" 曰: "吾父母俱存, 離違情迫, 惟願速還. 一日如三秋, 提督回軍之後,卽令還歸, 則惠莫大焉." 三人曰: "雖然此恩不可不報, 惟君必言[27]其所願[28]也. 雖至貴之物, 難從之請, 必有以奉副也." 懇懇不已, 金卒乍之頃,率爾[29]發口曰: "吾無所願, 願[30]一見天下一色矣." 三人聞之, 相顧黙然良久, 神僧曰: "是不難矣." 如是而散. 金譯入見提督, 提督曰: "彼輩必有所報恩于[31]汝者, 汝以何願爲言[32]乎?" 金曰: "願一見天下一色爲言矣." 提督蹶起執手, 拊其背曰: "汝以小國人物, 何其言之大也! 彼輩皆許之乎?" 曰:

---

19) 吾: 고대본에는 탈락.
20) 以: 동경대본에는 탈락.
21) 汝: 동경대본에는 탈락.
22) 동경대본에는 '則'이 더 나옴.
23) 동경대본에는 '人'이 더 나옴.
24) 如: 고대본·가람본에는 '也'로 표기.
25) 則: 동경대본에는 '相'으로 표기.
26) 仍: 고대본에는 '乃'로 표기.
27) 言: 고대본·가람본에는 '願'으로 잘못 표기.
28) 願: 고대본·가람본에는 '言'으로 잘못 표기.
29) 率爾(솔이): 예의를 차리지 않고 불쑥하는 모양. 고대본에는 '而'로 잘못 표기.
30) 願: 고대본·가람본에는 '唯願則'으로 표기.
31) 于: 국도본·고대본·동경대본·가람본에는 '於'로 표기.
32) 爲言: 동양본에는 '言之'로 표기.

"許之矣." 提督曰: "彼將從何處得來也? 此則雖皇帝之貴, 猝未易矣." 金譯仍隨提[33]督入皇城, 三人來邀金譯, 至一家, 乃新搆傑閣也. 制度宏敞, 金碧炫晃, 仍進茶啖曰: "勿歸, 以永今夕也." 少頃, 渾室香薰襲人, 內門開處, 有粉黛數十, 或擎香爐, 或捧紅帕箱[34], 兩兩排行而出, 立于堂前, 以金所見, 無非傾城[35]之色. 旣見之欲起, 三人曰: "胡起也?" 曰[36]: "吾旣見天下一色, 則不必更留矣." 三人笑曰: "此是侍兒[37], 豈得[38]爲天下一色? [39]一色今方出來矣." 須臾, 內門大闢, 一朶蘭麝之薰, 濃濃郁郁[40], 侍女十餘擁護而出, 上堂而坐, 一箇凝粧, 脂粉一塊, 坐於椅子上. 三人與金譯, 亦排坐椅子上, 問金曰: "此眞君所願見天下一色也. 果何如也?" 金見之, 則滿身珠翠, 精釆[41]奪人, 目眩[42]神迷, 茫無所見, 實不知爲何狀也. 三人曰: "今宵君必與之爲雲雨之會." 金曰: "吾願一見而已, 實亦無他意也." 三人曰: "此何言也? 吾輩感恩於君, 君旣願見一色, 吾輩雖磨頂放踵, 豈可不聽乎? 第二三色, 不難得來, 至於第一色, 以天子之勢, 亦難得致. 年前雲南王, 有仇於人, 吾輩爲之報仇, 其王方欲酬恩, 凡吾有請, 無所不從, 而適王之之[43]女, 乃天下一色也. 君旣願見, 則似不持難, 故自伊日, 與君[44]相別之後, 卽走媒於雲南王, 王亦許之, 及君入京之日, 必欲率來, 故這間折千里馬三匹, 費數[45]萬銀子, 以其雲南距京爲三萬里路遠也. 今日相會, 君則男子, 彼則

---

33) 提: 고대본·가람본에는 '都'로 잘못 표기.
34) 箱: 고대본에는 '扁'으로 표기.
35) 城: 동경대본에는 '國'으로 표기.
36) 曰: 동경대본에는 탈락.
37) 兒: 동경대본·가람본에는 '娥'로 표기.
38) 得: 동경대본에는 탈락.
39) 국도본·고대본·가람본에는 '天下'가 더 나옴.
40) 郁: 동경대본에는 '曰'로 잘못 표기.
41) 釆: 고대본·가람본에는 '彩'로 표기. '彩'로 표기하는 게 좋음.
42) 고대본·가람본에는 '精'이 더 나옴. 불필요함.
43) 之: 국도본·고대본·동경대본·가람본에는 탈락.
44) 與君: 국도본·고대본·가람본에는 탈락.
45) 고대본·가람본에는 '數'가 더 나옴.

女子, 若止一見而散, 則彼姬以國王親女, 豈有無故, 見異國男子之理哉46)? 事理不應47)如是, 勿復爲辭. 今日良辰以成合巹之禮, 不亦宜乎?"金不得已留宿, 共牢同醮, 仍設洞房, 蠟燭輝煌, 麝薰襲人, 眼彩朦朧, 心神慌48)忽49). 所謂美人, 視而不見50), 驚遑疑畏51), 無狂蝶探花之心, 寂元央52)弄波之聲. 三人在外, 窺之揣知其如是沒風味, 乃呼金而出語曰: "合歡之樂, 何其寂寥53)也? 無乃君眼目甚局, 精神短少之致?" 乃出楪子, 置前曰: "試喫此. 乃蜀山紅蔘也." 喫了入房, 則眼明神爽, 彼姬之毛髮顏色, 昭然可視, 花容月態, 眞若天上神女也. 遂與之同寢, 朝來眠起, 三人已來待矣. 問金曰: "彼姬何以區處?" 曰: "顧以外54)國之踪, 猝當猥55)恩, 來頭之事, 不得預料." 三人曰: "君幸以奇遇, 得此天下一色, 一會而散, 是可忍乎? 君以外國之人, 難以率育, 亦以離違情私56), 居此偕老, 義亦不可. 吾等三人, 旣蒙君之厚恩, 於君之事, 豈或泛忽耶? 君旣有譯任, 每年正使之行, 必以隨行譯官入來. 一年一逢, 若牛女七夕之會, 不亦美事乎? 吾輩當在此作主矣." 金譯果如其言, 自少至老, 以譯官, 每年一會行樂而來, 終有幾箇57)男子, 金譯後裔, 昌大于燕京云58).

---

46) 哉: 동경대본에는 '乎'로 표기.
47) 不應: 고대본에는 탈락.
48) 慌: 고대본에는 '恍'으로 표기.
49) 慌忽: 가람본에는 '怳惚'로 표기.
50) 不見: 국도본·고대본·가람본·성균관대본에는 탈락.
51) 畏: 고대본·가람본·성균관대본에는 '怪'로 표기.
52) 元央: 고대본·가람본에는 '鴛鴦'으로 표기. '鴛鴦'이 맞음.
53) 寥: 동경대본에는 '寞'으로 표기.
54) 以外: 동경대본에는 '外以'로 잘못 표기.
55) 猥: 동경대본에는 '畏'로 표기.
56) 情私: 고대본·가람본에는 '私情'으로 표기. '私情'이 맞음.
57) 箇: 고대본에는 '個'로 표기.
58) 국도본·고대본·가람본에는 '爾'가 더 나음.

위성관에서 만난 털 신선에게 산과실을 대접하다

정조 임인년[1782]과 계축년[1783] 사이에 영남 안찰사 김 아무개가 가을철 순시를 하다가 함양에 이르러 위성관[1]에서 하룻밤을 묵게 되었다. 그는 지인知印이나 기생을 물리치고 방에서 혼자 잤는데, 인적 없는 한밤중에 침실 방이 열렸다 닫혔다 하더니 똑똑 문 두드리는 소리가 들려왔다. 김 공이 잠에서 깨어나 물었다.

"너는 무슨 물건이냐? 사람이냐, 귀신이냐?"

"귀신이 아니라 사람입니다."

"그렇다면 사람 없는 깊은 밤에 행적이 어찌 이처럼 수상한가? 아니면 가슴속에 할 이야기라도 있는가?"

"비밀리에 드릴 말씀이 있습니다."

김공이 일어나 앉아 사람을 불러 촛불을 밝히려 했다.

---

1) 위성관(渭城館): 위성(渭城)은 섬서성 함양현(咸陽縣) 동쪽 진(秦)의 서울이었던 함양을 말한다. 여기서는 조선의 경상도 함양을 위성이라 일컬었고, 함양에 있던 숙소를 '위성관'이라고 지칭했다.

"그러지 마십시오. 행차께서 제 모습을 한 번이라도 보시면 반드시 놀라 두려워하실 겁니다. 앉아서 이야기 나누는 데는 어두운 밤이 방해되지 않을 것입니다."

"얼마나 괴상한 모습이길래 촛불조차 켜기 싫어하시오?"

"온몸에 털이 났기 때문입니다."

김공이 그 말을 듣고 더욱 놀랐다. 그래서 물었다.

"당신이 사람이라면 무슨 사연으로 온몸에 털이 났단 말이오?"

"저는 본디 상주의 우馬 주서²⁾입니다. 중종 때에 명경과에 급제하여 한양에서 벼슬을 얻고 정암³⁾ 조선생께 집지⁴⁾를 드리고 여러 해 동안 배웠습니다. 기묘사화를 당해서 김정金淨, 이장곤李長坤 등 여러 유생이 잡혀갔을 때 한양에서 도망쳤습니다. 시골집으로 가면 반드시 관가에서 조사 나와 체포해갈 것 같아 곧바로 지리산으로 들어갔습니다. 여러 날 굶주린 끝에 깊은 계곡에 들어가니 호구지책이 더 막막했습니다. 가끔 시냇가에 보드라운 풀이라도 있으면 곧 캐서 씹어먹었고, 산과실이 있으면 따먹었습니다. 처음에는 배가 차고 요기가 되었지만 조금 뒤 똥을 누면 모두 설사로 쏟아져나왔습니다. 이렇게 하며 거의 대여섯 달이 지나자 점점 온몸에 털이 나기 시작했는데 긴 것은 몇 촌⁺이나 되었지요. 그러자 걸음걸이가 나는 듯 빨라졌고 천길 절벽도 어려움 없이 뛰어넘

<hr />

2) 주서(注書): 승정원의 정7품 벼슬. 사초(史草) 쓰는 일을 맡아보았다.
3) 정암(靜菴): 조광조(趙光祖, 1482~1519). 김굉필에게 수학했고, 김종직의 학통을 이은 사림파의 영수가 되었다. 중종의 전폭적 지지를 받게 된 그는 이상 정치를 표방하고 개혁을 주도하는 과정에서 훈구파의 미움을 샀다. 훈구파 중 홍경주·남곤·심정은 경빈(敬嬪) 박씨 등 후궁을 움직여 왕에게 신진사류를 무고하도록 했다. 신진사류를 비롯한 조광조의 도학 정치와 과격한 언행에 염증을 느껴오던 왕은 훈구 대신들의 탄핵을 받아들여 이를 시행했다. 그 결과 조광조는 김정·김구·김식·윤자임(尹自任)·박세희(朴世熹)·박훈 등과 함께 투옥되었다. 정적인 훈구파의 김전·남곤·이유청(李惟淸)이 각각 영의정·좌의정·우의정에 임명되자 이들에 의해 그해 12월 바로 사사되었다. 이때가 기묘년이었으므로 이 사건을 '기묘사화'라 한다. 조광조의 신원(伸寃)은 선조 때 이루어져 영의정에 추증되고 문묘에 배향되었다.
4) 집지(執贄): 제자가 스승을 처음 뵐 때에 예폐(禮幣)를 가지고 가서 경의를 표하던 일.

을 수 있어 원숭이와 다름없어졌습니다. 매번 스스로 생각하기를, 세상 사람들이 나를 보면 괴상한 짐승이라 할 것 같아 감히 산 밖으로 나갈 계획을 세울 수가 없었습니다. 나무꾼이나 목동을 만나면 언제나 몸을 숨겼지요. 오랫동안 깊은 계곡과 층층 바위 사이에 살며, 간혹 달 밝은 밤이면 혼자 앉아 예전에 읽던 경서를 음송하고 신세를 생각하니 저도 모르게 한심해져서 눈물을 뚝뚝 흘리기도 했습니다. 그러나 고향의 부모처자를 회상하면 모두 다 돌아가신지라 더이상 고향으로 돌아갈 마음이 생겨나지 않았습니다.

이렇게 세월을 보내니 산중의 무서운 존재인 맹호나 독사도 저에겐 두려운 존재가 아니었습니다. 유일하게 두려운 존재는 포수였으니 낮에는 숨었다가 밤에 돌아다녀야 했습니다. 형체야 이미 변했지만 사람의 마음은 아직 사그라들지 않았기에 늘 세상 사람을 한번 만나서 세상일을 물어보고 싶었지만 이런 괴상한 모습으로는 감히 모습을 드러낼 수가 없었습니다.

일전에 때마침 행차께서 여기 도착하신다는 소문을 듣고 죽음을 무릅쓰고 와서 뵌 것은 다른 특별한 뜻이 있어서가 아닙니다. 오직 정암 선생님 댁 자손들은 얼마나 되며, 선생님의 신원(伸寃, 억울하고 원통한 일을 푸는 것은 마침내 이루어졌는지 등에 대해 상세히 여쭤보고 싶어서였습니다."

김공이 대답했다.

"정암 선생은 인조 모년에 신원되어 문묘에 배향되었소. 사액서원[5]도 곳곳에 있소. 자손으로는 여차여차한 사람들이 있는데 각각 조정으로부터 특별히 받은 것이 있어 더이상 유감이 남아 있지 않을 것이오."

그 사람이 기묘사화의 전말을 물어보니, 김공이 하나도 잊지 않고 일일이 상세하게 말해주었다. 또 그 사람에게 처음 도망갈 때의 나이가 어

5) 사액서원(賜額書院): 임금이 이름을 지어준 서원. 서적·노비·토지 등도 동시에 하사했다.

떻게 되냐고 물어보니 서른다섯 살이었고 대답했다.

"지금부터 기묘년까지는 거의 삼백여 년이 되는데, 그렇다면 당신 연세는 근 사백여 세가 되는군요."

"그동안 깊은 산골에서 세월을 보냈기에 나 역시 몇 년이나 지났는지 모릅니다."

김공이 말했다.

"당신이 거처하는 굴이 여기서 멀 텐데 어떻게 해서 이렇게 빨리 오셨소?"

"기운을 내서 걸을 때는 층암절벽이라도 나는 원숭이처럼 빠르게 뛰어넘으면서 가면 눈 깜짝할 사이에 십여 리를 갈 수 있지요."

김공은 그 이야기를 듣고 정말 신기하게 생각했다. 그리고 음식을 주려 하니 그 사람이 말했다.

"음식은 원치 않습니다. 과실이나 좀 많이 주십시오."

마침 방에는 과실이 없었고 밤중에 어디서 가져오기도 어려워 김공이 말했다.

"지금 갖고 있는 과실이 없구려. 내일 밤에 다시 오신다면 꼭 마련해두겠소. 다시 오실 수 있겠소?"

"가르침대로 하겠습니다."

그 사람은 즉시 작별을 고하고 홀연 떠났다.

다시 온다고 약속했기에 김공은 몸이 편치 않다고 핑계 대고는 위성관에 하루 더 머물렀다. 아침, 점심 다담상에서 과일 접시는 모두 남겨두고 그를 기다리니, 과연 밤이 깊어지자 그 사람이 다시 왔다. 김공이 자리에서 일어나 영접하고 과일 접시를 내어주니, 그 사람이 크게 기뻐하며 다 먹고서 말했다.

"다행히 한번 포식했습니다."

김공이 말했다.

"들으니 지리산에는 과실이 많다 하던데, 당신은 끼니는 잘 이어 드실 수 있소?"

"가을 나뭇잎이 떨어질 무렵 밤에 줍는 잡다한 과실이 서너 무더기는 되는데 그것을 양식으로 삼지요. 풀을 먹어야 했던 처음의 고달픔은 이제 모면했습니다. 과실만 먹지만 기력은 처음 풀을 먹던 때에 비해 조금도 약해지지 않았지요. 맹호가 바로 앞에 있다 해도 손으로 치고 발로 차서 잡을 수 있습니다."

그 사람은 기묘년 이야기를 다시 한바탕 토로하다가 감사 인사를 하고 떠났다.

김공은 평생 동안 한 번도 남에게 이 이야기를 하지 않았는데 임종이 다가오자 자제들에게 말했다.

"옛날에 털 난 여자가 있다더니, 그게 이상한 일은 아니다."

마침내 이를 글로 기록하게 했다.

餉山果渭城逢毛仙

正廟壬寅癸卯間, 嶺南按察金某, 秋巡到於咸陽, 止宿於[6]渭城館, 知印妓娥, 一幷退之, 獨宿於房, 夜半人靜之時, 寢門乍開乍闔, 有啄啄之聲. 金公睡覺, 問之曰: "汝[7]是何物? 人[8]耶? 鬼耶?" 曰: "非鬼也. 乃人也." 曰: "然則深夜無人之中, 行踪[9]如是何[10]殊常乎[11][12]? 抑有所懷可言者乎?"

---

6) 於: 고대본·가람본에는 '而'로 잘못 표기.
7) 曰: "汝 국도본에는 '汝曰'로 잘못 표기.
8) 物? 人: 동경대본에는 '人物'로 잘못 표기.
9) 踪: 국도본·고대본·가람본에는 '跡'으로, 동경대본에는 '迹'으로 표기.
10) 何: 고대본·가람본·성균관대본에는 잘못 탈락.
11) 乎: 동경대본에는 '也'로 표기.
12) 如是何殊常乎: 동양본에는 '何如是殊常也'로 표기.

曰:"竊有可白之事矣." 金公乃起坐, 欲呼人明燭, 曰:"無然也. 行次若一見吾形, 則必驚懼[13], 昏夜坐談何妨?" 金曰:"君以何許怪樣, 不欲明燭也?" 曰:"全身是[14]毛故耳." 金公聞來, 尤極驚怪, 問曰:"爾果是人, 則緣何全身生毛耶?" 曰:"我本是尙[15]州禹注書也. 中廟朝, 明經登科, 求仕於京, 執贄于靜庵[16]趙先生, 多年受業, 及當己卯士禍, 金淨李長坤等諸生推捉時, 自京仍爲逃走. 若向鄕廬, 則必有自官譏捕之慮, 故直[17]入[18]智異山, 屢日飢困之餘, 初入深谷, 糊口無策, 澗邊或有嫩[19]草, 則採[20]而啖之, 若有山果, 則摘而食之, 始若充腹療[21]飢, 少焉放屎, 盡以水泄瀉[22]下. 如是經過殆近五六朔, 伊後渾身漸漸生毛, 長數寸餘, 步捷如飛, 雖絶壁千仞, 無難超越, 殆同猿猱之屬. 每一自思, 則世人若一見之, 必以怪獸目之, 故不敢生出山之計, 逢樵牧[23]之輩, 必隱匿不見. 長在窮谷層岩之間, 或當月明獨坐, 誦前日經書, 捫念身勢[24], 不覺寒心, 涕泗湤下, 然而回想故鄕父母妻子[25], 盡爲作故, 更[26]無還歸之心. 如是度年, 山中所畏者, 雖猛虎毒虺, 不畏足[27]也, 所可畏者[28]砲手也. 晝伏夜行, 形雖已變, 心尙不灰, 每欲一逢世上人, 一問世間事, 而以此怪質, 不敢現形. 日前適聞行次到此, 故冒死來

13) 고대본에는 '矣'가 더 나옴.
14) 是: 고대본·가람본에는 '生'으로 표기.
15) 尙: 고대본에는 탈락.
16) 庵: 국도본·고대본·동경대본·가람본·성균관대본에는 '菴'으로 표기.
17) 直: 동경대본에는 '卽'으로 표기.
18) 直入: 고대본에는 탈락.
19) 嫩: 고대본·가람본·성균관대본에는 '獻'으로 표기.
20) 採: 고대본·가람본·성균관대본에는 '抹'로 잘못 표기.
21) 療: 동경대본에는 '繞'로 표기.
22) 瀉: 고대본·가람본에는 탈락.
23) 樵牧: 고대본·가람본에는 '牧童'으로 표기.
24) 勢: 국도본·고대본·동경대본·가람본·성균관대본에는 '世'로 표기.
25) 子: 국도본·고대본·동경대본·가람본·성균관대본에는 '孥'로 표기.
26) 更: 동경대본에는 '皆'로 표기.
27) 畏足: 국도본·고대본·동경대본·가람본·성균관대본에는 '足畏'로 표기.
28) 者: 국도본에는 탈락.

現, 別無他也, 但願聞靜庵[29]先生宅子孫幾何, 先生伸冤, 終得昭晣否? 願
得詳聞耳." 金公曰: "靜庵[30]於仁廟某年伸冤, 以至從祀文廟, 賜額書院, 處
處有之, 其子孫有如此如此之人, 而自朝家, 各別收用, 更無餘憾[31]矣." 仍
問其己卯黨禍之顚末, 則無一遺忘, 而一一詳言. 又問初逃時, 年紀幾何,
曰: "三十五歲." 曰: "今距己卯, 幾爲三百餘年, 然則君之年紀, 似是近四百
矣." 曰: "中間日月, 送於深山, 吾亦不知其爲幾許矣." 金曰: "君之所居[32]
窟, 距此必遠, 來之何速?" 曰: "方其作氣行之之時, 雖層岩絶壁, 走如飛猱,
超躍而行, 一瞬之間, 可行十許[33]里." 金公聞之, 深以爲奇, 欲以饋饌, 則
曰: "不願也. 願多賜果實." 房中適無所儲, 夜中徵納, 亦多難便, 謂之曰:
"果實今適無儲, 來夜君若復來, 則當備置矣, 其能復來耶?" 曰: "如敎." 卽
爲作別, 倏忽[34]而去. 金公以有更來之約, 托以身恙, 仍留渭城館, 其朝晝
茶啖床果楪, 盡爲留置以俟之, 果於深夜[35], 又來到, 金公起坐接之, 仍給
果楪[36], 大喜盡啖曰: "幸得一飽矣." 金公曰: "智異山中, 聞多果實, 君能繼
時而啖乎?" 曰: "每秋葉落時, 夜以拾聚者雜實爲[37]三四堆, 以是爲粮. 初
時啖草之苦, 今則免矣, 只食實, 氣力少無減於食草時也, 雖猛虎當前, 手
打足蹴, 庶可捕之[38]矣[39]." 己卯說話, 又[40]一場穩討而謝去[41]. 金公平生

---

29) 庵: 국도본·고대본·동경대본·가람본·성균관대본에는 '菴'으로 표기. '菴'이 맞음.
30) 庵: 국도본·고대본·동경대본·가람본·성균관대본에는 '菴'으로 표기. '菴'이 맞음.
31) 憾: 국도본·고대본·동경대본·가람본·성균관대본에는 '憾'으로 표기. '憾'이 맞음.
32) 居: 고대본에는 탈락.
33) 許: 고대본·가람본·성균관대본에는 '餘'로 표기.
34) 忽: 동경대본에는 '然'으로 표기.
35) 夜: 국도본·고대본·동경대본·가람본·성균관대본에는 '更'으로 표기.
36) 楪: 국도본·고대본·가람본·성균관대본에는 '楪'으로 표기. '楪'이 맞음.
37) 爲: 고대본·가람본·성균관대본에는 탈락.
38) 之: 동경대본에는 탈락.
39) 矣: 동경대본에는 '也'로 표기.
40) 又: 동경대본에는 '人'으로 잘못 표기.
41) 謝去: 국도본에는 '去謝'로 잘못 표기.

未嘗向人說道, 及其臨終, 語其子弟曰:"古有毛女, 不是異事." 遂命⁴²⁾書
識之.

권
9

토정이 부인의 말을 듣고 신술을 행하다

 토정土亭 이지함[1]은 태어나면서부터 총명해 천문, 지리, 의약, 복서, 술수 등의 학문에 밝지 않은 곳이 없었다. 앞날의 일도 미리 알았으니 세상 사람이 모두 그를 신인神人이라고 불렀다.

 그는 둥근 표주박에 두 다리를 묶고 지팡이에 표주박을 하나 더 매달아 바닷 위를 평지 걷듯 걸었는데 가보지 않은 곳이 없었다. 소상강[2]이나 동정호[3]같이 경치 좋은 곳도 모두 직접 보고 왔다. 이지함은

---

1) 이지함(李之菌, 1517~1578): 조선 중기의 학자이자 『토정비결』의 저자. 본관은 한산(韓山), 토정(土亭)은 호다. 이색(李穡)의 후손으로, 현령 이치(李穉)의 아들이다. 어려서 아버지를 여의고 맏형인 이지번(李之蕃) 밑에서 글을 배우다가 서경덕의 문하에 들어가 그에게 커다란 영향을 받았다. 후일에 그가 수리(數理)·의학·복서·천문·지리·음양·술서 등에 통달하게 된 것도 서경덕의 영향이라고 볼 수 있다. 생애의 대부분을 마포 강변의 흙담 움막집에서 청빈하게 지냈으며, 그 때문에 '토정'이라는 호가 붙었다.
2) 소상강(瀟湘江): 중국 호남성 동정호(洞庭湖)의 남쪽에 있는 소수(瀟水)와 상강(湘江)을 아울러 이르는 말. 그 부근에 소상팔경이 있다.
3) 동정호(洞庭湖): 중국 호남성에 있는 중국 최대의 호수. 호숫가에 악양루가 있고 부근에 소상팔경이 있다. 악양루 앞에 있는 군산(君山) 섬에는 순임금이 죽자 호수에 몸을 던진 아황(娥皇)·여영(女英) 두 비(妃)를 모시는 묘우가 있다.

사해[4]를 두루 다녔는데 사해에는 다섯 가지 색이 있다 하여 사방과 중앙의 방위를 색과 연결했다.

그는 집이 무척 가난하여 아침저녁 끼니를 이어갈 수 없었지만 개의치 않았다. 하루는 그가 내당에 앉아 있는데 부인이 말했다.

"사람들은 모두 당신이 신이한 기술을 갖고 있다 하는데, 오늘 우리집 양식이 다 떨어져 곧 아궁이 불이 꺼지게 생겼습니다. 왜 그 신술神術을 시험하여 이 급한 사정을 해결해주지 않습니까?"

이지함이 웃으며 말했다.

"부인이 그렇게 말하니 내 마땅히 작은 시험을 해보리다."

그는 여종에게 놋그릇 하나를 가져오게 하고 이렇게 지시했다.

"이 그릇을 가지고 경영교[5] 앞으로 가면 한 노파가 있을 것이다. 그녀가 백 전錢을 주고 그릇을 사려 할 것이다. 네가 그릇을 팔고 오너라!"

여종이 명을 받들고 가보니 과연 한 노파가 그릇을 사려 했다. 여종은 지시받은 대로 돈을 받아왔다. 그가 또 명했다.

"이 돈을 가지고 서문 밖 시장에 가면 대삿갓 쓴 사람이 수저를 급히 팔려 하고 있을 것이다. 이 돈으로 수저를 사오너라!"

여종이 또 가보니 과연 그 말대로였다. 수저를 사와서 바쳤는데 은수저였다.

이지함이 또 명했다.

"이 수저를 가지고 경기 감영 앞으로 가면 방금 은수저를 잃어버린

<hr />

4) 사해(四海): 사방의 바다인 동해·서해·남해·북해를 말한다. 옛날 중국 사람들은 바다가 중국의 사방을 둘러싸고 있다고 생각했는데, 거기서 '사해'란 말이 만들어졌다. 불교에서는 수미산을 둘러싼 사방의 바다를 이르는 말이다.
5) 경영교(京營橋): 서울 종로구 평동 서울적십자병원 앞에 있던 다리다. 〈경기 감영도〉에는 돈의문 밖을 지나 경기 감영 앞에 넓은 다리가 표시되어 있고, 아낙네들이 어린아이 손을 잡고 머리에 물건을 인 채로 다리를 건너는 모습이 그려져 있다. 경기 감영 앞에 있었기에 경구교(京口橋)라 했고, 일명 경영교(京營橋)·경고교(京庫橋)·경곳다리·경교다리 등으로 불렸다.

하인이 같은 색 은수저를 구하고 있을 것이다. 이걸 보여주면 열다섯 냥은 충분히 받을 수 있을 테니 팔고 오너라!"

여종이 또 가서 보니 과연 그 말대로였다. 열다섯 냥을 받아왔다.

이지함이 다시 여종에게 한 냥을 주면서 말했다.

"그릇을 산 노파는 전에 잃어버렸던 식기 대신 놋그릇을 산 것이다. 이제 잃어버린 식기를 찾았기에 놋그릇을 무르려 하고 있다. 네가 가서 물러주고 오거라!"

여종이 또 가서 보니 과연 그러하여 놋그릇을 받아왔다.

이지함은 돈과 놋그릇을 부인에게 전해 아침저녁 지을 비용으로 삼게 했다. 부인이 돈을 더 불려달라고 다시 청하니 이지함이 말했다.

"이 정도면 족하오. 더할 필요가 없소."

그 신이한 일들이 이와 같았다.

試神術土亭聽夫人

土亭李之菡, 生而穎悟, 天文地理及醫藥卜筮術數之學, 無不通曉, 未來之事, 預先知之, 世皆稱以爲神人. 兩足繫[6]一圓瓢, 杖下又繫一圓瓢, 行于海水之上, 如踏平地, 無處不往, 如瀟湘洞庭之勝, 皆目見而來. 周行四海, 以爲海有五色, 分四方中央, 而隨其方位, 而同色云. 家極貧寒, 朝夕無以供, 而不以介于心. 一日坐於內堂, 夫人曰: "人皆稱君子之[7]神異之術云, 見今乏粮[8], 將絶火矣, 何不試神術, 而救此急也?" 公笑曰: "夫人之言旣如此, 吾當少試之矣." 命婢子持一鍮器而諭之曰: "汝持此器, 往京營橋前, 則

---

6) 繫: 동경대본에는 '係'로 표기.
7) 之: 동경대본에는 '有'로 표기.
8) 粮: 동경대본에는 '糧'으로 표기.

有一老嫗, 以百金[9]願買[10]矣, 汝可賣來!” 婢子承命, 而往則果有老嫗之願買者, 如所指敎, 仍捧價而來. 又命曰: “汝持此, 而往西門外市上, 則有蒻笠[11]人, 以匙著, 將欲急賣矣, 汝以此錢買來!” 婢子又往則果符其言, 持匙著來納, 卽銀匙著也. 又命曰: “汝持此, 而往畿營前, 下隸方失其銀著而來求同色者矣, 示此則可以捧十五兩錢, 而無慮矣, 汝可賣來!” 婢子又往見, 則又符其言, 捧十五兩而來. 更以一兩錢給婢而言曰: “買器之老嫗, 初失食器, 而欲代之矣, 今焉得其所失之器, 而欲還退, 汝可還退而來!” 婢子又往見果然矣[12]. 仍還退其器而來, 以其錢與器, 傳于夫人, 使作朝夕之費, 夫人更請加數, 則笑曰: “如斯足矣, 不必添加.” 其神異之事, 類多如此.

9) 金: ‘錢’으로 표기해야 문맥에 맞음. 『계서야담』에는 ‘錢’으로 표기.
10) 동경대본에는 ‘者’가 더 나옴.
11) 蒻笠(약립): 대로 만든 삿갓.
12) 矣: 동경대본에는 탈락.

요사스러운 기생에 현혹된 책실이 지인을 쫓아내다

판서 정민시[1]가 평안감사였을 때다. 그의 조카인 주서[2] 상우尙愚가 책실[3]에 있으면서 기생 민애를 사랑하게 되었다. 주서는 민애에게 푹 빠져 잠시도 자기 옆을 떠나지 못하게 했다. 외성에 사는 이 좌수座首는 재산 수만 금을 가진 거부였다. 그는 일천 냥을 봉해두고서, "만약 민애가 한 번만이라도 나와 만나 이야기를 나눠주면[4] 마땅히 이 돈을 줄 것이다"라고 공언했다. 누군가가 그 말을 전해주니 민애는 그 돈이 탐났다. 그렇지만 밖으로 나갈 계획이 없었다.

---

1) 정민시(鄭民始, 1745~1800): 1773년 증광문과에 병과로 급제했으며, 1781년 예조판서에 올랐다. 1784년부터 죽을 때까지 평안도 관찰사·병조판서·함경도 관찰사·장용위대장(壯勇衛大將)·돈령부판사 등을 차례로 지냈다. 정조가 즉위하면서 홍국영과 함께 발탁되어 한세상의 권력이 모두 그에게 돌아갔으나 끝까지 분수를 지켜 정조의 극진한 사랑을 받았다.
2) 주서(注書): 승정원의 정7품 벼슬. 사초(史草) 쓰는 일을 맡아보았다.
3) 책실(冊室): 현감이나 영장의 사적인 일을 돕거나 자제를 가르치던 사람, 혹은 그 사람이 있던 방. 동헌 바로 뒤에 있었다.
4) 만나 이야기를 나눠주면: 『청구야담』 한글본에는 '친압하면'이라고 되어 있다. '친압'으로 해석해야 설득력이 있다.

하루는 민애가 밖에서 이 좌수와 서로 약속을 하고 돌아와서는 주서를 보고 말없이 눈물을 흘렸다. 주서가 이상하게 여겨 물으니 민애가 대답했다.

"소인은 일찍이 생모를 여의었는데 외조모께서 저를 길러주셨지요. 오늘이 외조모 돌아가신 날이나 외가에 제사 지낼 사람이 없어 제사를 빠뜨려야 할 것 같아 슬퍼하고 있답니다."

주서는 그 말을 듣고 가엾게 여겨 감영 창고에서 제수를 꺼내주고 민애가 제사를 지낼 수 있게 밖으로 내보내주었다. 그러나 속으로 뭔가 미심쩍어 시중을 들던 지인知印을 몰래 보내 그녀를 염탐하게 하니 제사라는 말은 거짓말이었고 민애는 한창 이 좌수와 놀아나고 있었다. 지인이 돌아와서 본 대로 아뢰니, 주서가 크게 분노하며 다급히 일어나 선화당宣化堂, 조선시대 각 도의 관찰사가 집무하던 정당으로 가서 문을 두드렸다. 때는 한밤이라 정민시가 놀라서 깨어나 물었다.

"주서인가? 무슨 일인데 안 자고 왔느냐?"

"민애가 나를 속여 제사를 지낸다고 나가서 외성의 이 좌수란 놈과 놀아나고 있습니다. 세상에 이런 분한 일이 어디 있겠습니까? 부디 대인께서 속히 나졸들을 보내 연놈을 함께 잡아와 엄하게 다스려주십시오!"

정민시가 책망하며 말했다.

"그게 무슨 큰일이라고 한밤중에 이리 망측하게 구느냐? 속히 돌아가서 잠이나 편히 자거라!"

그러자 주서가 발을 구르며 말했다.

"대인께서 소자의 말을 들어주지 않으신다면 그냥 죽어버리겠습니다!"

정민시가 혀를 차며 "내려가 있거라!" 했다. 그러고는 시중드는 자에게 당번 포교5)를 불러들이게 하고 분부했다.

"너는 당번 나졸들을 모두 데리고 나가 민애 집을 포위하고서 두 연 놈을 한 줄에 묶어오너라!"

포교가 명을 받들고 나가 나졸들에게 그 집을 포위하게 하고 자기는 문 앞에 서서 문을 열라 했다. 때마침 가랑비가 내리고 있었다. 방안에 있던 이 좌수가 떨기 시작하자 민애가 말했다.

"조금도 놀라거나 겁내지 마셔요. 의관을 수습하고 뒤에서 첩의 허리를 끌어안으세요."

그러고는 치마로 머리를 덮으며 그의 몸도 함께 덮어서 비를 피하는 시늉을 했다.

그녀는 종종걸음으로 문 쪽으로 가서 응대했다.

"누구신데 야밤에 문을 두드려요?"

포교가 말했다.

"누군지 묻지 말고 속히 문이나 열렷다!"

민애가 말했다.

"문은 열어 뭘 하려고요?"

민애는 문을 열면서 이 좌수로 하여금 문짝 뒤로 슬쩍 숨게 했다. 교졸들은 돌아보지 않고 곧바로 방안으로 들어갔다. 민애는 이때를 틈타 그를 문밖으로 나가게 해 삼화 기생 낭이의 집으로 피신시켰다. 교졸들이 방 안팎을 두루 수색했으나 아무도 없었다. 민애가 물었다.

"무얼 하려고 오셨소?"

교졸이 답했다.

"사또의 분부다. 네가 외성의 이 좌수와 동침한다 하여 우리더러 찾아내 묶어오라 하셨다. 이 좌수 놈은 어디 있느냐?"

---

5) 포교(捕校): 포도부장. 조선 시대에, 포도청에 속하여 범죄자를 잡아들이거나 다스리는 일을 맡아보던 벼슬아치.

민애가 말했다.

"이곳에 다른 사람은 없다는 건 당신들이 눈으로 보고 있잖아요? 이 좌수가 파리나 모기 같은 미물이 아닐진대 어떻게 그를 숨겨둘 수 있겠어요? 구석구석 다 찾아보세요."

포교는 두루 수색했지만 이 좌수를 찾지 못했다. 부득이 돌아가서 사정을 고하고 그를 없는 것으로 처리해버렸다.

그날 밤 민애는 낭이의 집에서 이 좌수와 마음껏 즐기고, 다음날 주서에게 편지를 써서 이별을 고했다.

"소인이 진사님을 모시면서 별다른 죄도 짓지 않았는데 한밤중에 군졸들을 동원해 저의 집을 수색하게 했습니다. 소인의 집이 반역을 했나요? 왜 적몰籍沒, 중죄인의 재산을 몰수하고 가족까지도 처벌하던 일을 하려 하셨나요? 소인이 진사님의 은덕을 얻지 못할지언정 어찌 차마 이웃에게 비웃음을 당하겠습니까? 오늘부터 진사님의 얼굴을 보지 않겠습니다. 부디 진사님은 소첩처럼 추악한 행동을 하는 년은 다시 생각하지 마시고 행실이 아주 깨끗한 사람을 다시 구해 잠자리를 같이하십시오. 첩도 사람인데 어찌 외조모의 기일에 음탕한 짓을 했겠습니까?"

주서는 화가 나서 며칠 동안 관계를 끊었지만 끝내 그 정을 잊을 수가 없었다. 그래서 편지를 써서 민애를 불렀지만 그녀는 거절하고 들어오지 않았다. 이렇게 또 수삼 일이 지났다. 주서가 끝내 정을 잊을 수 없어 하루는 직접 그녀를 찾아갔고 그뒤 대여섯 번을 다시 갔지만 받아주지 않았다. 그러던 중에 민애가 물었다.

"누가 고자질한 것이었나요? 그 사람이 누구인지 알려주시면 마땅히 돌아가겠습니다."

주서는 어쩔 수 없이 지인이 그랬다고 털어놓았다. 그러자 민애가 말했다.

"그 지인이란 놈, 진사님께서 안 계실 때면 언제나 첩의 손을 잡으려

해 소첩이 그 뺨을 때리곤 했습니다. 거기에 앙심을 품고 그런 무고를
한 것이지요. 지인을 쫓아내고 죄를 다스리시면 집에 들어가겠어요."

주서는 어쩔 수 없이 수리首吏에게 분부해 지인을 엄하게 다스리도록
하고 제안除案, 죄나 허물이 있는 관리의 이름을 녹명안(錄名案)에서 빼버리는 일해 쫓아냈다. 그
제야 민애도 돌아왔다.

그뒤 이좌수가 이렇게 말했다 한다.

"내 처음에는 너에게 천금을 주려 했다. 그런데 네가 기묘한 꾀로 사
람을 탄복시키고, 또 나로 하여금 그때 욕을 당하지 않게 해주었으니 더
욱더 기특하도다. 그러니 오백 금을 더 주겠다. 이 돈으로 성안에 큰 집
을 사서 잘살자꾸나."

惑妖妓冊室逐知印

鄭判書始民[6]之爲箕伯也. 其姪[7]注書尙愚在冊室, 嬖妓閔愛而沉惑, 須
臾使不離側. 外城時有李座首者, 累萬金鉅[8]富也, 封錢一千兩而言: "若使
閔愛, 一與我接言, 則當給此錢."云云. 人有傳之者, 閔愛欲其錢, 而無計出
外. 一日自外, 相約於李某, 而對注書進賜, 暗暗[9]垂涕, 則注書怪而問之,
對曰: "小人早失生母, 就養於外祖母矣, 今日其亡日也, 而外家無人奉祀,
勢將闕祭, 故是以悲之." 注書聞其言而憐之, 自營庫備給祭需, 而使之出去
行祀, 心猶疑之, 密送近侍之知印, 使之探之, 則祭是虛言, 而方與李某行
樂矣. 入以所見白之, 注書勃然大怒急起, 向宣化堂叩門. 時夜已半, 使道

---

6) 始民: 동경대본에는 '民始'로 표기. '民始'가 맞음.
7) 姪: 동경대본에는 '姪'로 표기.
8) 鉅: 동경대본에는 '巨'로 표기.
9) 暗暗(암암): 어둡고 조용함.

驚覺而問之曰:"注書乎? 何爲不[10]寐而來也?"對曰:"閔愛欺我, 以有祭而出去, 方與外城李座首某行樂, 寧有如許切忿[11]之事乎? 願大人, 急撥羅卒, 男女並捉入嚴治之!"使道責曰:"此是胡大事, 而半夜三更, 如是作怪? 速爲還去, 安寢可也!"注書頓足曰:"大人若[12]不聽小子之言, 則有死而已!"使道咄嗟曰:"下去矣!"仍呼侍者, 招入入番捕校, 而分付曰:"汝率入番羅卒, 盡數出去, 環圍閔愛家, 而其男女, 一索縛來!"捕校承命而出, 以卒圍其家, 而校立其門前, 使之開門, 則時微雨, 李某在房而戰慄, 閔愛曰:"少[13]勿驚怵[14], 收拾衣冠, 自後抱妾之腰."云, 而以裳盖頭, 仍以覆李哥之身, 有若避雨者[15], 趁出而應於門內[16]曰:"不知何許人, 而夜來叩門?"校曰:"不須問誰某, 速速開門!"閔愛曰:"開門何爲?"仍開門, 而潛使李哥隱身於門扇[17]之後. 校卒輩不顧而直入房內, 乘此時, 李乃出門, 而使避于其前家三和妓娘伊之家矣. 校卒遍搜于房內外, 無人. 閔愛問曰:"何爲而來?"校卒答曰:"使道分付, 汝與外城李某同寢, 使吾輩一索縛來云故耳! 李哥何在?"閔愛曰:"此處之無人, 君輩所目見也, 李非蠅蚊之微物, 豈可隱置乎? 曲曲搜見可也."校乃遍索而不得矣, 不得已還告此由而置之[18]矣. 其夜閔愛與李哥, 行樂於娘伊之家, 而翌日作書告訣曰:"小人侍進賜, 別無得罪, 而半夜動軍, 搜驗家內, 小人逆家乎? 何爲而欲籍沒也? 小人雖不得被上德於進賜, 何忍被隣里之嗤笑乎? 從今以後, 無更對之顏面矣, 願進賜更

10) 不: 동경대본에는 '未'로 표기.
11) 忿: 동경대본에는 '愼'으로 표기.
12) 若: 동경대본에는 '如'로 표기.
13) 少: 동경대본에는 '小'로 표기.
14) 怵: 동경대본에는 '劫'으로 잘못 표기.
15) 者: 동경대본에는 탈락.
16) 內: 동경대본에는 '乃'로 표기.
17) 扇: 동경대본에는 '扉'로 표기. '扉'가 맞음.
18) 之: 동경대본에는 탈락.

勿念如妾醜行之類[19], 更擇絶代人中潔行者薦枕焉! 妾亦人也, 何可於外祖母忌日, 而行淫乎?"云矣. 注書怒而數日絶之, 終不能忘情, 以書招之[20], 則辭不入. 如是者又數三日矣. 注書終不能忘情, 一日之內往, 復至於五六次, 而終不肯, 仍問曰: "是誰之言也? 若指示其人, 則當入去矣." 注書不得已, 而以知印爲對, 則答曰: "此知印乘進賜之不在, 常執妾手, 故妾果批其頰矣, 以此[21]嫌故[22], 至有此誣告, 此知印若逐出, 而治罪, 則當入去."云. 注書不得已分付首吏, 使之嚴治, 而除案黜之, 閔愛始入來矣. 其後李座首以爲: "吾初以千金許汝矣, 汝之奇謀, 令人可服, 使我得免伊時[23]之辱者, 尤可奇矣, 加以五百金, 以此錢, 買城內大屋, 而居住."云矣.

---

19) 類: 동경대본에는 '流'로 표기.
20) 之: 동경대본에는 탈락.
21) 동경대본에는 '之'가 더 나옴.
22) 故: 동경대본에는 탈락.
23) 時: 동경대본에는 '夜'로 표기.

박문수가 박동을 불쌍히 여기고 혼인을 주선하다

　박문수[1]는 암행어사로 여러 읍을 돌다가 날이 저물도록 밥을 얻어먹지 못해 배가 많이 고팠다. 한 민가를 찾아가니 동자童子 혼자 있었다. 동자는 열대여섯 살쯤 되어 보였다. 그에게 밥 한 그릇만 달라 하자 동자가 대답했다.

　"저는 홀어머니를 모시고 있는데 가계가 빈궁하여 며칠째 밥을 짓지 못했습니다. 손님께 드릴 밥이 없습니다."

　문수가 피곤해 잠시 앉아 있었다. 동자는 옥루屋漏, 방의 서북쪽 귀퉁이로 집안에서 가장 깊숙하고 어두운 곳의 종이 봉지를 바라보며 조금 처량한 표정을 짓더니

<hr />

1) 박문수(朴文秀, 1691~1756): 병조정랑에 올랐다가 1724년 노론이 집권할 때 삭직되었다. 1727년 정미환국으로 소론이 기용되자 다시 사서(司書)에 등용되었다. 영남 암행어사로 나가 부정한 관리들을 적발하였다. 이듬해 이인좌의 난이 일어나자 전공을 세워 경상도 관찰사에 발탁되었다. 이어 분무공신 이등에 책록되고 영성군(靈城君)에 봉해졌다. 도승지·병조판서·함경도 관찰사·어영대장·병조판서·예조판서를 역임했으며, 정치적으로 소론에 속했다. 영조가 탕평책을 실시했을 때 명문 벌열 중심의 인사정책에서 벗어날 것을 주장했으며, 사색(四色)의 인재를 고루 등용하는 탕평의 실(實)을 강조했다. 설화에서 그가 암행어사로 활약하던 행적이 많이 전한다.

봉지를 풀어서 안으로 갖고 들어갔다. 몇 칸 안 되는 오두막집의 지게문 밖은 바로 안방이었다. 동자가 어머니를 불러 말하는 소리가 바깥까지 들렸다.

"밖에 길손이 오셨는데 식사 때를 놓쳐 밥을 청합니다. 굶주린 사람이 있는데 어찌 돌보지 않을 수 있겠습니까? 양식이 떨어져 밥을 지을 게 없으니 이것으로라도 밥을 짓는 게 좋겠습니다."

어머니가 말했다.

"그러면 네 아버지 제사를 거르려 하느냐?"

동자가 말했다.

"우리 사정도 절박하지만 배고픈 사람을 보고도 구해주지 않을 수 있겠습니까?"

어머니가 봉지를 받아서 밥을 지었다.

문수는 그들의 말을 듣고 무척 측은한 마음이 들었다. 동자가 나오자 문수는 그 연유를 물었다. 동자가 대답했다.

"손님께서 이미 들으셨으니 속일 수가 없군요. 제 아버지 기일이 얼마 남지 않았습니다. 제사 지낼 것이 없었는데, 마침 쌀 한 되가 생겨 종이 봉지에 넣어서 걸어두었지요. 끼니를 거르면서도 그것은 먹지 않았습니다. 지금 손님께서 배가 고픈데 밥을 지어드릴 양식이 없어 부득이 그것으로 밥을 했습니다. 불행히도 손님께서 우리 말을 듣게 되었으니 부끄럽기 그지없습니다."

그러고 있는데 어느 집 종이 찾아와서 말했다.

"박도령 빨리 나오시오!"

그러자 동자가 애걸했다.

"오늘은 정말로 갈 수가 없다네."

문수가 그 성을 물어보니 종씨宗氏였다. 또 물었다.

"저 사람은 누구요?"

"우리 읍 좌수의 종입니다. 제가 혼인할 나이가 되어서 좌수에게 따님이 있다는 말을 듣고 통혼했습니다. 그러자 좌수가 욕을 당했다며 매번 이렇게 종을 보내 저를 잡아가서 끌고 다니며 모욕을 주는데 안 가는 곳이 없습니다. 오늘 또 저를 잡아가려 왔군요."

문수가 종에게 말했다.

"나는 이 동자의 삼촌이다. 내가 대신 가겠다."

밥을 먹고 나서 종을 따라가니 좌수라는 자가 높은 자리에 앉아 있다가 동자를 잡아들이라 했다. 문수는 즉시 마루 위로 올라가 앉아서 말했다.

"내 조카의 문벌이 당신보다 높지만 집이 가난한 고로 당신에게 통혼했소. 당신이 그럴 생각이 없다면 그만둬도 그뿐 아니오? 왜 매번 이렇게 잡아와서 욕을 보이는 것이오? 당신이 읍의 수향首鄕, 우두머리 향리으로 권력을 가졌다고 그러시오?"

좌수가 크게 노해 종을 잡아들이게 하여 욕을 퍼부었다.

"내 너에게 박동을 잡아오라 했는데, 어찌 이 미친 객을 잡아와서 상전을 욕보이느냐? 네 죄는 태형감이다!"

문수가 소매 속에서 마패를 꺼내 보이며 말했다.

"네가 어찌 감히 이렇게 군단 말이냐!"

좌수가 한번 보고 얼굴이 흙빛으로 변하여 계단 아래로 내려가 엎드렸다.

"죽을죄를 지었나이다! 죽을죄를 지었나이다!"

문수가 말했다.

"그럼 결혼을 시킬 수 있느냐?"

"어찌 감히 시키지 않겠습니까?"

"내가 책력을 보니 글피가 길일이다. 그날 내가 신랑과 함께 올 것이니, 너는 혼구를 갖추어 기다려라."

좌수가 말했다.

"공경을 다해 받들겠나이다."

그러자 문수는 문을 나가 곧바로 읍내로 가서 암행어사 출두를 하고 본관에게 말했다.

"나에게 아무 동에 사는 조카가 있는데 이 읍 수향의 딸과 혼인하기로 했다오. 혼렛날이 모일인데 그때 쓸 도구며 잔치 비용을 관비에서 지급하는 것이 좋겠소."

"좋은 일을 하는 데 돕는 것이 당연하지 않겠습니까? 명령대로 삼가 받들겠나이다."

그리고 이웃 읍 수령들도 초청하게 했다.

혼렛날 문수는 신랑에게 자기가 묵고 있는 곳으로 오게 하여 관복을 갖춰 입게 하고 자기도 위의를 갖추어 뒤를 따라갔다. 좌수 집에는 운막 雲幕, 구름이나 안개가 드리운 듯 설치된 장막이 하늘에 닿았고 술잔과 쟁반이 가득했다. 어사는 윗자리 주빈석에 앉고 여러 수령이 열을 지어 앉았으니 좌수 집이 한층 빛났다.

예를 올리고 나서 신랑이 나오니, 어사가 좌수를 잡아오게 했다. 좌수가 머리를 조아리며 말했다.

"소인이 분부대로 혼례를 올렸나이다."

어사가 물었다.

"너의 논과 밭은 얼마나 되느냐?"

"몇 섬지기는 됩니다."

"반을 나누어 사위에게 줄 수 있느냐?"

"어찌 감히 그렇게 할 수 없겠습니까?"

"노비와 마소는 몇이나 되고, 그릇과 집물은 어느 정도냐?"

"노비는 몇 명, 마소는 몇 필, 그릇은 몇 건, 집물은 몇 개 있나이다."

"사위에게 그 반을 줄 수 있느냐?"

"어찌 감히 그러지 않겠습니까?"

어사는 좌수에게 문기文記, 문권(文券). 땅이나 집 등의 권리를 증명하는 문서를 작성하게 했다. 그리고 증인으로는 먼저 '어사 박문수'라고 자신의 이름을 쓰고 다음으로 본관과 모모 읍의 원의 이름을 나란히 쓰고서 마패를 눌러 찍었다. 그러고는 다른 고을로 떠났다.

矜朴童靈城主婚

朴文秀以繡衣[2]轉行他[3]邑, 日晩不得食, 頗有饑[4]色, 仍向一人之家, 則只有一童子, 而年近十五六矣. 向前乞一器[5]飯, 則對曰: "吾則偏親侍下, 而家計貧窮, 絶火已數日, 無飯與客." 文秀困憊少坐, 童子屢瞻見[6]屋漏之紙囊, 微有慘然之色, 而解囊入內, 數間斗屋, 戶外卽其內堂也. 在外聞之, 則童子呼母曰: "外有過客, 失時請飯, 人飢豈可[7]不顧耶? 粮[8]米絶乏, 無以供飯, 以此炊飯可矣." 其母曰: "如此而汝親之[9]忌事, 將闕之乎[10]?" 童子曰: "情理雖切迫, 而目見人饑[11], 何可不救乎?" 其母受而[12]炊之. 文秀旣聞其言, 心甚惻然, 童子出來, 文秀問其由, 則答曰: "客子旣聞知[13]不得欺矣. 吾之親忌不遠, 無以過祀, 故適有一升米, 作紙囊懸之, 雖闕食而不喫

---

2) 衣: 동경대본에는 '行'으로 표기.
3) 他: 동양본에는 '一'로 표기.
4) 饑: 동양본에는 '飢'로 표기.
5) 噐: 동양본에는 '盂'로 표기.
6) 見: 동양본에는 탈락.
7) 可: 동양본에는 탈락.
8) 粮: 동경대본에는 '糧'으로 표기.
9) 之: 동양본에는 탈락.
10) 乎: 동경대본에는 '矣'로 표기.
11) 饑: 동양본에는 '飢'로 표기.
12) 受而: 동경대본에는 탈락.
13) 知: 동양본에는 '之'로 표기.

矣. 今客子飢餓, 而家無供飯之資, 不得已以此炊飯矣. 不幸爲客子所聞知, 不勝慙愧."云云. 方與酬酢之際, 有一奴子來言曰: "朴都令斯速出來!" 其童子哀乞曰: "今日則吾不得去矣." 文秀聞[14]其姓, 則乃是同宗也. 又問: "彼來者爲誰?"曰: "此邑座首之奴也. 吾之年已長, 聞座首有女, 故通婚, 則座首以爲見辱云, 而每送奴子, 捉我而去, 捽曳侮辱, 無所[15]不至, 今又推捉矣." 文秀乃對其奴而言曰: "吾乃此童之叔也. 吾可以[16]代往." 飯後仍隨奴而[17]往, 則座首者高坐, 而使之捉入云. 文秀卽[18]上廳坐[19]而言曰: "吾姪[20]之班閥, 猶勝[21]君, 而特以家貧之故, 通婚於君矣. 君如無意, 則置之可也, 何每每捉來示辱乎? 君以邑中首鄕, 有權力而然耶?" 座首大怒, 捉入其奴而叱之曰: "吾[22]使汝捉來朴童矣, 汝何爲捉此狂客而來, 使汝上典見辱乎? 汝罪當笞!" 文秀自袖中, 露示馬牌曰: "汝焉敢若是!" 座首一見而面如土色, 降于階下, 俯伏曰: "死罪! 死罪!" 文秀乃曰: "汝可結婚乎?"對曰: "焉敢不婚[23]?" 又曰: "吾見曆, 三明[24]卽吉日, 伊日, 吾當與新郎偕來矣, 汝可備婚具以待." 座首曰: "敬諾." 文秀仍出門, 直入邑內出道, 謂其本官曰: "吾有族姪, 在於[25]某洞, 與此邑首鄕過婚, 而期在某日, 伊時外具及宴需, 自官備給爲好." 本官曰: "此是好事, 何不優助? 謹當如命." 又請隣邑守令. 當日, 文秀請新郎於自家下處, 具冠服, 而文秀備威儀隨後. 座首之家[26],

14) 聞: 동양본·동경대본에는 '問'으로 표기. '問'이 맞음.
15) 所: 동경대본에는 탈락.
16) 以: 동경대본에는 탈락.
17) 而: 동경대본에는 탈락.
18) 卽: 동경대본에는 '直'으로 표기.
19) 坐: 동양본에는 '上'으로 표기.
20) 姪: 동양본·동경대본에는 '姪'로 표기.
21) 동양본·동경대본에는 '於'가 더 나옴.
22) 吾: 동경대본에는 '俄者'로 표기.
23) 婚: 동양본에는 '然'으로 표기.
24) 三明(삼명): 오늘부터 사흘 뒤. 글피.
25) 於: 동경대본에는 탈락.
26) 之家: 동양본에는 탈락.

雲幕連天, 盃²⁷⁾盤狼²⁸⁾藉. 座上御史主壁²⁹⁾, 諸守令皆列坐³⁰⁾, 座首之家, 一層生光輝矣. 行禮後, 新郎³¹⁾出來, 御史命拿入座首, 座首叩頭曰: "小人 依分付, 行婚禮矣." 御史曰: "汝田與畓幾何?" 曰: "幾石數矣." 曰: "分半 給³²⁾壻³³⁾乎?" 曰: "焉敢不然?" "奴³⁴⁾婢牛馬幾何? 器皿汁物亦幾何?" 答 曰: "幾口幾疋幾件幾箇矣." 曰: "分半³⁵⁾給女³⁶⁾壻³⁷⁾乎?" 答³⁸⁾曰: "焉敢不 然?" 御史命書文³⁹⁾記, 而證人首書御史朴文秀, 次書本官, 某某邑倅某, 列 書而踏馬牌, 仍以⁴⁰⁾轉向他處⁴¹⁾云.

---

27) 盃: 동양본·동경대본에는 '杯'로 표기.
28) 狼: 동경대본에는 '浪'으로 표기.
29) 主壁(주벽): 주인 자리에 앉음.
30) 坐: 동양본에는 '座'로 표기.
31) 新郎: 동양본에는 탈락.
32) 給: 동양본에는 '汝'로 표기.
33) 壻: 동경대본에는 '婿'로 표기.
34) 奴: 동양본에는 탈락.
35) 分半: 동경대본에는 '半分'으로 표기.
36) 女: 동양본에는 '汝'로 표기.
37) 壻: 동경대본에는 '婿'로 표기.
38) 答: 동양본에는 탈락.
39) 文: 동경대본에는 탈락.
40) 以: 동경대본에는 '而'로 표기.
41) 處: 동양본에는 '邑'으로 표기.

관상 잘 보는 신 재상이 손녀 배필을 고르다

　판서 신임[1]은 호가 한죽당寒竹堂인데 지인지감知人之鑑이 있었다. 그는 외아들을 잃었지만 유복자인 손녀가 있었다. 손녀가 열다섯 살이 되자 홀로된 며느리는 매일 시아버지에게 간청했다.

　"이 아이 신랑감은 아버님께서 친히 관상을 보시고 골라주셔요."

　신공이 말했다.

　"너는 어떤 신랑감을 구하느냐?"

　"팔십 수壽를 누리고, 벼슬은 대관에 이르며, 집을 부유하게 만들고 아들도 많이 낳는 사람이면 다행이겠습니다."

　신공이 웃으며 말했다.

---

1) 신임(申銋, 1639~1725): 호는 한죽(寒竹). 1686년 별시문과에 응시해 병과로 급제했다. 수원부사·황해감사·대사간·이조참의·개성유수·공조판서를 역임했다. 경종이 병약하자 연잉군(영조)을 세제(世弟)로 책봉하고 대리청정하게 하려고 세자 청정의 근거를 『세종실록』에서 찾아 제시했다. 1722년 신임옥사가 일어나자 소론을 꾸짖고 동궁을 보호하는 소를 올려 제주도에 위리안치되었다. 영조 즉위 후 사면되어 돌아오는 길에 해남에서 죽었으며, 이후 영의정에 추증되었다.

"세상에 그런 것을 다 갖춘 사람이 어디 있겠나? 네 소원을 따르자면 신랑감을 빨리 구하기 어렵겠구나."

며느리는 그 이후로 신공이 집을 나갔다 돌아오기만 하면 합당한 신랑감이 있더냐고 매일 되풀이해 물었다. 하루는 신공이 가마를 타고 장동壯洞, 서울 종로구 효자동과 창선동 사이에 있던 옛 동네의 이름을 지나는데 여러 아이가 모여서 놀이를 하고 있었다. 그 가운데 열 몇 살 되어 보이는 한 아이가 봉두난발에 죽마를 타고 좌우로 날뛰고 있었다. 신공이 가마를 멈추고 자세히 살펴보니 옷은 몸을 다 가리지도 못했고 하목해구²⁾에 골격이 비범했다.

종에게 명하여 그를 불러오게 하니 고개를 저으며 따라오지 않으려 했다. 신공이 종 여럿을 보내 붙잡아오니 아이가 울부짖으며 말했다.

"뭐하는 관원인데 공연히 나를 잡아가려 하시오? 내가 무슨 죄를 지었다고 이러시오?"

종들이 그를 끌어안아서 가마 앞으로 데리고 오니 신공이 물었다.

"너는 문벌이 어떻게 되는 사람인가?"

"문벌은 알아서 뭐하려고요? 저는 양반이라오."

신공이 또 물었다.

"나이는 몇이고 집은 어디인가? 성은 무엇이고?"

"군정軍丁의 봉파捧疤, 병사나 죄인 등의 몸을 검사하여 그 특징을 적은 기록를 만들렵니까? 왜 남의 성명과 나이, 주소를 묻나요? 저의 성은 유兪고, 나이는 열세 살입니다. 저희 집은 건넛마을에 있습니다. 그런 것은 왜 묻나요? 빨리 놓아주세요!"

공은 그를 놓아주고 그 집에 따라가보았다. 비바람도 못 가리는 오두

---

2) 하목해구(河目海口): 강만한 눈과 바다만한 입이라는 뜻으로, 눈과 입이 매우 큼을 이르는 말.

막집에는 홀어미만 있었다. 신공이 여종을 불러 전했다.

"저는 모 동에 사는 신 아무개입니다. 저에게 손녀 하나가 있는데 혼처를 구하고 있지요. 오늘 댁의 도령과 정혼하고 가겠습니다."

신공은 종들에게는 절대 집에 가서 발설하지 말라 하고 잠시 다른 곳에 들렀다가 저녁에 돌아갔다. 홀로된 며느리가 또 딸의 신랑감에 대해 물었다. 신공이 웃으며 말했다.

"넌 어떤 신랑감을 구하느냐?"

며느리가 처음과 똑같이 대답하니, 신공이 웃으며 말했다.

"오늘 신랑감을 얻었다."

며느리가 기뻐하며 물었다.

"어느 댁 도련님인가요? 댁은 어디 있고요?"

"그 댁은 알 필요 없다. 나중에 마땅히 알게 될 거다."

그러고는 더이상 말하지 않았다.

신공이 납채[3] 날이 되어서야 며느리에게 이야기를 해주었다. 며느리는 급히 사리에 밝은 늙은 여종을 보내 그 집이 가난한지 부자인지, 신랑감은 어떻게 생겼는지 알아보고 오게 했다. 여종이 돌아와서 고했다.

"집은 몇 칸밖에 안 되는 초가인데 비바람 가리기도 어렵겠더라고요. 아궁이 밑에는 이끼가 끼었고 솥 위에는 거미줄이 쳐져 있었습니다. 신랑감은 눈이 광주리같이 크고 머리는 쑥대처럼 헝클어져 있어 취할 것도 없고 볼 것도 하나 없었습니다. 우리 아기씨께서 그 가문에 들어가시면 절구도 친히 잡으셔야 할 것 같습니다. 우리 아기씨는 꽃이야 옥이야 자라서 비단결같이 약한 체질인데 어찌 그런 집에 시집보낼 수 있겠습

---

3) 납채(納采): 신랑집에서 신부집에 혼인을 청하는 의례. 혼례는 신랑집에서 혼인의 뜻을 신부집에 전달함으로써 시작된다. 신부집에서 이를 허락하면 사람을 시켜 채택을 받아주길 청하는 의식을 행하는데, 이것이 납채의 시작이다. 이때 신랑집에서는 기러기를 예물로 사용하기도 한다.

니까?"

며느리가 이 말을 듣고 낙담하여 혼이 빠지는 듯했다. 하지만 이미 납채 날이 되었는지라 어쩔 수 없었다. 며느리는 울음을 삼키고 신랑을 맞이할 차비를 했다.

다음날 신랑이 들어와 예를 올렸다. 며느리가 살펴보니 과연 여종의 말대로였다. 정말 일개 가증스러운 인물일 뿐이었다. 며느리는 마음이 찢어지는 듯했지만 어쩔 수 없었다.

삼일이 지나고 신랑을 본댁으로 보냈다. 그런데 저녁때 신랑이 돌아오자 신공이 물었다.

"왜 다시 왔느냐?"

신랑이 대답했다.

"집으로 가보니 저녁밥을 기약할 수 없어서 돌아가는 인마人馬 편에 같이 왔지요."

신공이 웃으며 그를 머물게 했다. 신랑이 이때부터 계속 신공의 집에 머물면서 연일 아내의 방에서 자니, 체질이 허약한 신부는 신랑에게 시달려서 거의 병이 날 지경이 되었다. 신공이 걱정되어 신랑을 타일렀다.

"너는 왜 연일 내침內寢 남편이 아내의 방에서 잠하느냐? 오늘은 나와서 나와 함께 자자꾸나."

신랑이 말했다.

"공손히 가르침대로 하겠습니다."

밤이 되어 신공이 잠자리에 들자 신랑은 그 앞에 침구를 깔았다. 언뜻 신랑이 눈을 감는 듯하다가 손으로 공의 가슴을 쳤다. 신공이 놀라 물었다.

"무슨 짓이냐?"

신랑이 대답했다.

"제가 잠자리가 불안하면 혼몽중에 언제나 이런 일이 벌어집니다."

신공이 말했다.

"앞으로는 이러지 말거라."

"그러겠습니다."

얼마 안 있어 신랑이 또 신공을 발로 찼다. 공이 다시 놀라 깨어나 꾸중을 했다. 조금 뒤 신랑이 또 손발을 동시에 놀려 때리기도 하고 차기도 했다. 신공이 그 고통을 감당할 수 없어 말했다.

"너는 들어가서 자거라. 더이상 너와 같이 잘 수가 없구나."

신랑이 침구를 말아 짊어지고 내실로 들어갔다. 때마침 집안 친척 부녀자가 방문해 신방에서 자고 있었다. 깊은 밤 삼경三更이라 그들이 놀라서 일어나 피신하니 신랑이 소리 높여 말했다.

"부녀자는 모두 빨리 옮겨가고 유서방 댁만 남는 것이 좋겠소."

이런 이유로 처가 사람들은 상하를 막론하고 신랑을 다 싫어하고 신랑 대하기를 고달파했다.

하루는 신공이 황해도 안찰사로 가게 되었다. 부녀자를 거느리고 가려 하는데 신랑도 따르게 했다. 며느리가 청했다.

"신랑은 데리고 갈 수 없습니다. 여기 머물게 하여 우리 딸을 잠시라도 쉬도록 해주세요."

신공은 허락하지 않고 신랑을 데리고 갔다.

먹을 진상하기 전에 신공이 신랑을 불러 물었다.

"너 먹을 가지고 싶으냐?"

"가지고 싶습니다."

신공이 가리키며 말했다.

"네 마음대로 골라가거라."

신랑이 큰 먹 백 동同, 먹 열 장이 한 동을 골라서 따로 두었다. 감영의 비장이 아뢰었다.

"이러면 진상할 봉물이 모자랄까 염려되나이다."

신공이 말했다.

"빨리 다시 먹을 만들게 하라."

신랑은 서재로 돌아와 종들에게 먹을 한 개도 남기지 않고 다 나눠주었다.

신랑은 재상 유척기[4]다. 처와 향년 팔십까지 해로했고 지위는 영의정에 이르렀으며, 아들은 넷이나 두었고 집도 부유했으니 신공의 말과 부합했다.

그뒤 유공이 황해도 관찰사가 되어 사위인 남원南原 홍익삼[5]을 데리고 갔다. 또다시 먹을 진상할 때 홍랑을 불러 스스로 골라 갖게 했다. 홍랑은 큰 것 두 동, 중간 것 세 동, 작은 것 다섯 동을 골라서 따로 두었다. 유공이 물었다.

"왜 더 고르지 않는가?"

홍랑이 말했다.

"무릇 물건이란 다 유한한 것입니다. 제가 만약 수대로 다 고른다면 진상은 무엇으로 하겠으며, 한양 친구분들께는 무엇으로 문안을 드리겠습니까? 저는 열 동이면 충분히 쓸 만합니다."

유공이 곁눈질하고 웃으며 말했다.

---

4) 유척기(兪拓基, 1691~1767): 본관은 기계(杞溪). 1714년 증광문과에 병과로 급제해 검열이 되고 나서 정언(正言)·수찬·이조정랑·사간 등을 역임했다. 1725년 노론이 집권하자 이조참의·대사간을 역임하고 이듬해 승지로 참찬관을 겸하다가 경상도 관찰사·양주목사·함경도관찰사·도승지·평안도 관찰사·호조판서 등을 지내고 영의정이 되었다. 인품이 중후하고 고금의 일에 박통했으며, 대신의 기풍이 있었다. 노론 온건파에 속했으며, 당대의 명필이요, 금석학의 권위자이기도 했다.

5) 홍익삼(洪益三, 1706~1756): 본관은 남양(南陽). 주로 언관직에 있으면서 빈민 구휼, 군액경감, 왕세자에 대한 서연(書筵)을 속행할 것을 건의하고, 언론 개방을 역설했다. 1750년에 대사간·승지에 오르고 그뒤 다시 대사간을 역임하고, 1756년 창릉의 정자각 중건당상이 되어 그 공로로 상을 받았다. 그런데 홍익삼의 장인은 이익수(李益壽)이기에, 작품 속 홍익삼과 위 사람은 동명이인일 수도 있다.

"중요하긴 이보다 더 중요할 수가 없지. 음관[6]의 재목은 되겠군."
과연 그 말대로 되었다.

擇孫婿申宰善相

申判書鉎, 號寒竹堂, 有知人之鑑. 喪獨子有遺腹女, 年及笄矣. 其孀婦
每請于[7]其舅曰:"此女之郎材, 尊舅必親自相之而[8]擇之." 申公曰:"汝求何
許郎材?" 對曰:"壽至八十, 位至大官, 家富[9]多男子之人則幸矣." 公笑曰:
"世豈有如此兼備之人乎? 若副汝願, 猝難得矣." 伊後出門而歸, 則必問郎
材之可合者, 每每如是矣. 一日申公乘軒[10]而過壯洞, 群[11]兒嬉戲叢中, 有
一兒, 年可十餘歲, 而蓬頭突鬢, 騎竹而[12]左右跳踉. 公停軺熟視, 則衣不
掩身, 而河目海口, 骨格異凡, 仍命一隸, 使之招來, 則掉頭不肯, 公使諸隸
扶持以來, 其兒號哭曰:"何許官員, 空然捉我? 我有何罪而如是耶[13]?" 諸
隸[14]擁至軺前, 公問曰:"汝之門閥何如人也?" 對曰:"門閥知之何爲? 吾是
兩班也." 公又問[15]:"汝年幾何, 而汝家何在? 汝姓云何?" 對曰:"欲捧疤軍
丁乎? 何爲而[16]問姓名年歲居住也? 吾姓兪氏也, 吾年十三也, 吾家在越洞
矣, 何爲[17]問之? 速放我!"云[18]. 公放送而尋其家, 則不蔽風雨之斗屋也,

6) 음관(蔭官): 과거를 거치지 아니하고 조상의 공덕에 의해 맡은 벼슬. 또는 그런 벼슬아치.
7) 于: 동경대본에는 '於'로 표기.
8) 相之而: 동양본에는 탈락.
9) 동양본에는 '貴'가 더 나옴.
10) 軒: 동경대본에는 '軺'로 표기.
11) 群: 동양본에는 '羣'으로 표기.
12) 而: 동경대본에는 탈락.
13) 耶: 동양본·동경대본에는 '也'로 표기.
14) 동경대본에는 '扶持' 부분이 더 나옴.
15) 問: 동양본에는 탈락.
16) 而: 동경대본에는 탈락.
17) 爲: 동양본에는 '以'로 표기.
18) 云: 동경대본에는 '去'로 표기.

只有寡居之母夫人. 公招婢子傳喝曰: "我是某洞居申某也. 吾有一介[19]孫女, 方求婚矣, 今日定婚於宅都令而去."云云. 而仍飭下隸, 歸家愼勿言, 仍適他, 暮歸則孀婦又問郎材, 公笑曰: "汝求何許郎材?" 其[20]孀婦對如初, 公又笑曰: "今日得之矣." 孀婦欣然而[21]問[22]: "誰家之子, 家在何處?" 公曰: "不必知其家矣[23]. 後當知之." 仍不言矣. 及到迎綵之時, 始乃言之, 自內急送解事一老婢, 往見其家計之貧富, 郎材之姸醜, 其婢子回告曰: "家是數間草屋, 而[24]不蔽風雨, 竈下生苔, 鼎上[25]有蛛絲, 而郎材則目大如筐, 髮亂如蓬, 無一可取[26], 無一可見, 吾小姐入門之後, 則杵臼必當親執矣. 以吾小姐如花如玉生長, 綺紈之弱質, 何可送于如此之家乎?" 孀婦聞此言, 膽落魂飛, 而卽受綵之日也, 事到無奈何之境, 仍飮泣, 而治迎郎之具矣. 翌日新郎入來行禮, 孀婦審視, 果如婢言, 而卽一可憎之郎也. 心焉如碎, 而無奈何矣. 過三日後, 送郎矣. 夕時新郎又來, 申公問: "汝何爲更來也?" 新郎曰: "歸家則夕飯無期, 且有順歸人馬, 故還來矣." 公笑[27]留之. 自此每每[28]留在, 而連日內寢, 新婦以弱質[29]之女子, 見惱於丈夫, 幾至生病之境矣. 公憂之諭曰: "汝何爲連日內寢也? 今日可出外, 與吾同寢可也." 新郎曰: "敬受敎矣." 及夜公就寢, 而新郎[30]寢具, 鋪之於前矣. 乍合[31]眼, 則

19) 介: 동양본·동경대본에는 '箇'로 표기.

20) 其: 동양본에는 탈락.

21) 而: 동경대본에는 탈락.

22) 동양본에는 '曰'이 더 나옴.

23) 矣: 동양본에는 탈락.

24) 而: 동경대본에는 탈락.

25) 上: 동경대본에는 탈락.

26) 無一可取: 동경대본에는 탈락.

27) 而: 동양본에는 '曰'로 표기.

28) 每每: 동양본에는 탈락.

29) 弱質: 동양본·동경대본에는 '質弱'으로 표기.

30) 新郎: 동양본에는 '郎之'로 표기.

31) 合: 동양본·동경대본에는 '闔'으로 표기.

兪郎以手, 搥公之胸, 公驚曰: "此何爲也?" 新郎對曰: "小壻[32]果不安其寢,
昏夢之中, 每有此等事矣." 公曰: "後勿如是." 對曰: "諾." 未幾又以足擲之,
公又驚覺而責之. 少頃又以手足, 或打或擲, 公不堪其苦, 乃曰: "汝可入[33]
而宿, 吾則不可與同寢矣." 新郎仍捲其寢具, 荷而入內, 則時其家族黨, 婦
女之來者, 適留宿於新房, 中夜三更, 驚起而避, 新郎高聲而言曰: "諸婦女
皆急避, 而獨留[34]兪書房宅可也."云云. 如是之故 妻家上下, 皆厭苦之. 申
公按海藩[35]也, 內行將率去, 而使兪郎陪來[36], 孀婦請曰: "兪郎不可率去,
姑留之, 使吾女暫時休息可也." 公不許而率去矣. 及墨進上時, 公呼兪郎而
問曰: "汝欲墨乎?" 對曰: "好矣." 公指[37]而言曰: "任自擇去." 兪郎躬自擇
之, 大折墨百同別置, 該監裨將前奏曰: "若如此, 則進上, 恐有闕封之慮
矣." 公曰: "使之急急更造." 兪郎還至書室, 并分給下隸, 無一餘者云. 兪郎
卽兪相國拓基也[38], 享年八十而偕老, 位至領相, 子有四人, 家又富, 果符
申公之言. 其後, 兪公爲海伯, 率女壻[39]洪南原益三而去矣. 又當墨進上時,
呼洪郎而使之任自擇去, 則洪郎擇其大折二同, 中折三同, 小折五同, 而別
置. 公曰: "何不加擇之?" 洪郎曰: "凡物皆有限, 小壻[40]若盡數擇之, 則進上
何以爲之? 洛下知舊, 何以問之乎? 小壻[41]則十同, 優可用矣." 公睨視而笑
曰: "繁莫繁矣. 可作蔭官之材云矣." 果如其言.

---

32) 壻: 동경대본에는 '婿'로 표기.
33) 동경대본에는 '內'가 더 나옴.
34) 留: 동경대본에는 '宿'으로 표기.
35) 海藩(해번): 황해도.
36) 來: 동양본에는 '行'으로 표기.
37) 동양본에는 '示'가 더 나옴.
38) 也: 동양본에는 탈락.
39) 壻: 동경대본에는 '婿'로 표기.
40) 壻: 동경대본에는 '婿'로 표기.
41) 壻: 동경대본에는 '婿'로 표기.

유상이 길에서 이야기를 엿듣고
임금께 쌀뜨물을 바치다

　유상[1]은 숙종 때의 명의였다. 천연두 처방에 특히 정통해 남의 집 어린아이를 살려낸 일이 무척 많았다. 중촌[2]의 어느 집이 매우 부유했는데 이대에 걸쳐 과부가 살았다. 그녀에게는 유복자가 있었는데 나이는 겨우 열예닐곱 살 정도였고 아직 천연두를 앓지 않았다. 어머니는 유의원네 집 문 앞에 집을 사서 아이를 유의원에게 맡기고 새로 만든 반찬이나 넉넉히 만든 정갈한 술안주 등을 매일 갖다주었다. 이렇게 몇 년 동안 아침저녁을 게을리하지 않으니, 유의원도 그 마음을 가상히 여기고 그 뜻에 감동해 아이를 맡아 가르쳤다.

　하루는 아이가 천연두를 앓기 시작했는데 증상이 처음 보이던 때부

---

1) 유상(柳瑺): 조선 후기의 의관(醫官). 본관은 문화(文化). 상(相) 또는 상(尙)으로도 불린다. 진사로 의약(議藥)을 했고, 1683년 왕의 두환(痘患)을 치료했으며, 그 공으로 동지중추부사가 되었다. 이어서 서산·고양 등지의 군수에 임명되었다. 1699년 세자의 두환을 치료해 지중추의 실직을 받았고, 이후 합천과 삭녕군수를 역임했다. 저서로는 『고금경험활유방』이 있다.
2) 중촌(中村): 조선시대에 장통교와 수표교 주변의 역관·의관·천문관·시정 상인들이 모여 살던 마을. 남촌과 북촌 사이라 하여 '중촌'이라 일컫는다.

터 이미 치료가 어려운 상태였다. 유의원이 마음속으로 맹세했다.

'내 만약 이 아이를 구하지 못한다면 다시는 의원 노릇을 하지 않을 것이다.'

유의원은 약탕기 대여섯 개를 앞에 나란히 늘어놓고 따뜻하게, 서늘하게, 뜨겁게, 그리고 차갑게 하는 탕약제와 보사[3]하는 탕약제를 따로 달여서 증세의 변화에 따라 썼다.

어느 날 유의원이 비몽사몽간일 때 어떤 사람이 찾아왔다. 그는 유의원의 이름을 부르며 따졌다.

"너는 왜 하필 이 아이의 병을 낫게 해주려 하느냐?"

유의원이 대답했다.

"아이 집안 형편이 가여워서 반드시 살려주려 한다."

그가 말했다.

"네가 반드시 살린다고? 그럼 나는 반드시 죽일 테다!"

유의원이 말했다.

"너는 왜 그 아이를 기필코 죽이려 하느냐?"

"이 아이는 나와 오래된 원한이 있기 때문이다. 너는 약을 쓸 필요가 없다."

유의원이 말했다.

"의술이 다하면 어떻게 될지 모르겠지만 내 의술은 다하지 않는다. 네가 그 아이를 죽이려 해도 내 반드시 그 아이를 살려낼 것이다."

그 사람이 말했다.

"일단 두고 보자."

그가 원한의 기운을 내뿜으며 문을 나갔다.

유의원은 약을 계속 쓰며 간신히 이십 일을 버텼다. 그 사람이 또 와

3) 보사(補瀉): 원기(元氣)를 돕는 치료법과 나쁜 기운을 내보내는 치료법을 통틀어 이르는 말.

서 물었다.

"오늘 이후 네가 이 아이를 살릴 수 있을까? 두고 봐라!"

그러고는 문밖으로 나가 사라졌다.

잠시 뒤 문밖에서 떠들썩한 소리가 들렸다. 내의원의 이예吏隸, 관원보다 하위인 이속과 하인와 승정원 하인이 와서 숨을 헐떡거리며 말했다.

"임금께서 두역痘疫, 천연두으로 편찮으시니 속히 입시하시오."

그들이 거듭 바쁘게 재촉하는지라 유의원은 말을 빠르게 몰아서 갔다. 그는 입궐하고 며칠간 나오지 못했는데 그 사이 아이가 죽었다 했다.

숙종의 천연두가 위중해 유의원이 저미고4)를 쓰려 했다. 명성明聖대비숙종의 모친전에 고하니 대비가 크게 놀라 말했다.

"이같이 강한 약을 어찌 임금께 드린단 말인가? 절대 불가하다!"

유의원이 주렴 밖에 계속 엎드려 있으니, 주렴 안에 있던 대비가 하교했다.

"이 약을 꼭 써야 되겠느냐?"

유의원이 아뢰었다.

"쓰지 않을 수가 없나이다."

대비가 발을 구르며 말했다.

"너는 머리가 둘이라도 되느냐?"

유의원이 엎드려 아뢰었다.

"소신의 머리를 베시더라도 이 약을 전하께 올리고 약효를 보고 나서 조치하소서."

대비는 끝내 허락하지 않았다. 유의원은 약그릇을 소매 속에 감추고

4) 저미고(豬尾膏): 돼지 꼬리 기름. 천연두가 깊숙이 들어가 있어 밖으로 나오지 않거나 독기가 안으로 깊숙이 들어가 검게 함몰된 것을 치료하는 처방.

들어가 진맥하면서 몰래 임금께 드렸다. 한 식경 후에 온갖 증세에 차도가 있더니 임금이 병환에서 완전히 회복되었다. 비록 천지신명의 도움이 있었지만 유의원 역시 참으로 신의神醫라 할 만하다. 그뒤 그는 이 노고로 풍덕부사豊德府使에 제수되어 부임했다.

하루는 숙종이 연포탕5)을 먹다가 관격6)이 들었다. 발마撥馬, 공무로 급히 가는 사람인 발군(撥軍)이 타던 역마(驛馬)로 유의원을 불러와 진맥하게 했다. 그는 밤새워 올라와 신문7)에 도착했지만 문이 아직 닫혀 있었다. 문안에서 병조에 보고해 문을 열게 했는데 그렇게 왕래하느라 시간이 조금 지연되었다. 유의원이 성 아래 초가에 등불이 켜져 있는 것을 보고 그리 가서 잠깐 쉬었다. 한 노파가 방안에 있는 여자아이에게 물었다.

"아까 쌀뜨물은 어디에 두었느냐? 두부 위에 떨어질까 걱정이구나."

유의원이 이상하게 여겨 물어보니 노파가 대답했다.

"쌀뜨물이 두부에 떨어지면 바로 녹아버리기 때문입니다."

이윽고 문지기가 나와서 성문을 열었다. 유의원이 대궐로 가서 증상을 물어보니 숙종은 두부를 먹다 체한 것이었다. 즉시 내의원에 부탁해 쌀뜨물 한 그릇을 가져오게 해 조금 데워서 임금께 드렸다. 체한 기운이 다 내려갔으니 이 역시 기이한 일이다.

---

5) 연포탕(軟泡湯): 연뭇국. 쇠고기·무·두부·다시마 따위를 맑은장국에 넣어 끓인 국. '연포'는 두부를 뜻하기에 '연포탕'은 두붓국이기도 하다.
6) 관격(關格): 음식을 급하게 먹다 체하여 먹은 것이 내려가지도 않고 토하지도 못하며 대소변도 나오지 않고 심한 경우 혼수상태에 이르기도 하는 병.
7) 신문(新門): 돈의문은 세종 이후 새로 지어진 문이기에, 돈의문을 신문 혹은 새문이라 일컬었다.

進米泔柳瑺[8]聽街言[9]

柳瑺[10]者, 蕭廟朝名醫也. 尤精於痘疫方, 人家小兒之救活者甚多. 有一中村[11]家, 甚富饒, 兩世寡居, 只有遺腹子[12]一人, 年纔十六七歲, 而未經疫者也. 其母買舍於柳醫之門前, 托兒於柳醫, 饌品之新出, 酒肴之豊潔, 逐日饋之, 如是者數年, 朝夕不怠, 柳亦憐其心, 而感其意, 率置其兒, 而訓之矣. 一日其兒患痘, 而初出之日, 已是不治之症也. 柳醫矢于心曰: '吾若不得救出此兒, 不敢復以醫術自處矣.' 藥罐五六箇, 羅于前, 分溫凉熱冷, 補瀉之劑, 而別煎之, 隨[13]症之變而用矣. 一日似夢非夢間, 一人來呼柳醫之名曰[14]: "汝何爲而必救此兒之病也?" 柳曰: "此兒家[15]情景可矜, 必救活矣." 其人曰: "汝必欲活乎? 吾則必殺之矣!" 柳醫[16]曰: "汝何爲而必欲殺之?" 其人曰: "此是與我, 有宿怨故也. 汝[17]不用藥." 云云. 柳醫曰: "技窮則未知其如何, 而吾技不窮矣. 汝雖欲殺之, 吾則必欲活之[18]." 其人曰: "汝第觀之." 其人有怨氣而出門. 柳醫連用藥餌, 艱辛至二十日, 其人又來而問曰: "從今以後, 汝其可活此兒乎? 汝觀之!" 仍出門而去矣. 少焉門外喧擾, 內局[19]吏隷及政院下人, 喘息而來言: "上候以痘症不平, 斯速入侍." 連忙催促, 疾馳而去, 入闕之後, 仍更不得出來矣. 數日間[20], 其兒仍不救云

---

8) 瑺: 동양본·동경대본에는 '常'으로 표기.
9) 言: 동양본 등 이본에는 '語'로 표기.
10) 瑺: 동양본·동경대본에는 '常'으로 표기.
11) 中村: 동경대본에는 '村中'으로 표기.
12) 子: 동양본에는 탈락.
13) 동양본에는 '其'가 더 나옴.
14) 曰: 동경대본에는 탈락.
15) 家: 동양본에는 탈락.
16) 醫: 동양본에는 탈락.
17) 汝: 동양본에는 탈락.
18) 동양본에는 '矣'가 더 나옴.
19) 內局(내국): 내의원의 별칭.
20) 間: 동경대본에는 탈락.

矣. 肅廟痘候極重, 柳醫欲用猪尾膏, 以此稟于明聖[21]大妃殿, 大妃大[22]驚
曰: "如此峻劑[23], 何可進御乎? 此則大不可矣!" 柳醫時伏于簾外, 大妃在
簾內下敎: "汝欲用此藥耶?" 柳醫[24]曰: "不可不用." 大妃殿[25]頓足曰: "汝
有兩頭乎?" 柳醫俯伏而奏曰: "小臣之頭, 雖可斷, 此藥進御後, 可以責效
矣." 大妃終不許進. 柳醫乃袖其器而入診, 潛自進之, 食頃之[26]後, 諸症差
勝, 而聖候平復, 雖賴天地神明之佑, 而柳醫之術, 亦[27]可謂神醫[28]. 其後
以此勞, 除豊德府使赴任矣. 一日肅廟進御軟泡湯, 而仍成關格, 而[29]撥馬
召柳醫入診, 柳醫[30]罔夜上來[31]到新門, 門姑未開, 自門內, 告于兵曹, 使
之稟而開門, 往來之際, 稍遲延, 柳醫見城底一草堂[32], 燈火熒然, 乃[33]暫
憩于其家矣. 一老嫗問于房內之女兒曰: "俄者米泔水, 置之何處? 恐滴於
太泡上矣." 柳醫怪而問之, 則對[34]曰: "米泔水, 滴於太泡, 則卽時消融故
也." 而已[35]門鑰出來, 城門開矣, 柳乃赴闕而問症候, 則以軟泡而滯也. 卽
使內局入米泔水一[36]器, 微溫而進御矣, 滯氣乃降, 事亦異矣.

21) 동양본에는 '王'이 더 나옴.
22) 大: 동양본에는 탈락.
23) 峻劑(준제): 약성이 강한 약.
24) 醫: 동양본에는 탈락
25) 殿: 동양본에는 탈락.
26) 之: 동경대본에는 탈락.
27) 亦: 동양본에는 탈락.
28) 醫: 동양본·동경대본에는 '矣'로 표기.
29) 而: 동양본·동경대본에는 '以'로 표기.
30) 醫: 동양본에는 탈락.
31) 來: 동양본에는 '京'으로 표기.
32) 堂: 동양본에는 '屋'으로 표기.
33) 乃: 동양본·동경대본에는 '仍'으로 표기.
34) 對: 동경대본에는 탈락.
35) 而已: 동양본·동경대본에는 '已而'로 표기.
36) 一: 동경대본에는 '壹'로 표기.

박엽이 대액을 피하는 신령스러운 처방을 내리다

박엽[1]이 평안도 관찰사로 있을 때였다. 친지 중에 재상이 있었는데 그가 자기 아들을 보내며 부탁했다.

"이 아이는 아직 관례도 올리지 않았네. 점쟁이에게 운수를 점쳐보게 하니 올해 큰 액이 있는데 장군 곁에 두면 무사할 것이라 하여 이렇게 보낸다네. 부디 우리 아이가 머물러 있게 해 액을 피하도록 해주게나."

박엽이 허락하고 아이를 자기 곁에 머물게 했다. 어느 날 아이가 낮잠을 자고 있는데 박엽이 아이를 깨워서 말했다.

"오늘밤 너에게 큰 액이 있을 것이다. 네가 내 말을 따르면 액을 면할

---

1) 박엽(朴燁, 1570~1623): 본관은 반남(潘南). 자는 숙야(叔夜), 호는 약창(藥窓). 1597년 별시
문과에 급제했으며, 1601년 정언이 되고, 이어 병조정랑·직강을 역임하고 해남현감 등을 지냈
다. 광해군 때 함경도병마절도사가 되어 광해군의 뜻에 따라 성지(城池)를 수축해 북변의 방
비를 공고히 했다. 그리고 황해도병마절도사를 거쳐 평안도 관찰사가 되어 육 년 동안 여진족
의 동정을 잘 살펴 국방을 튼튼히 하여 외침을 당하지 않았다. 1623년 인조반정 뒤 광해군 아
래에서 심하(深河)의 역(役)에 협력하고, 부인이 세자빈의 인척이라는 이유로 그를 두려워하
는 훈신들에 의해 학정의 죄로 평양 임지에서 처형되었다. 『응천일록凝川日錄』 『속잡록續雜錄』
등에는 그에 대한 부정적 기록이 적지 않다.

수도 있지만 그러지 않으면 면할 수 없다."

아이가 말했다.

"어찌 감히 말씀을 따르지 않겠습니까?"

박엽이 말했다.

"일단 잠깐 기다려보거라."

황혼이 지고 나자 박엽은 자기가 타던 노새를 끌고 와 안장을 얹히고 아이에게 타게 하며 일렀다.

"이것을 타고 노새가 어디로 가든 내버려두거라. 이 노새는 몇 리를 가다가 한곳에 이르러 설 것이다. 너는 거기서 내려 지름길로 몇 리를 더 걸어가거라. 그러면 폐사廢寺가 된 오래된 큰 절이 나타날 것이다. 상방으로 들어가면 큰 호랑이 가죽이 있을 텐데 그 가죽을 덮어쓰고 누워라. 한 노승이 와서 그 가죽을 달라 할 텐데 절대로 내주지 말아야 한다. 만약 그걸 빼앗길 것 같거든 칼로 베려는 시늉을 해라. 그러면 감히 빼앗아가지 못할 것이다. 이렇게 하여 닭이 울 때까지만 버티면 무사할 것이다. 닭이 울고 나서는 그 가죽을 주어도 괜찮다. 이렇게 할 수 있겠느냐?"

"삼가 가르침을 따르겠나이다."

아이는 노새를 타고 문을 나섰다. 노새는 나는 듯 걸어갔는데 아이의 양쪽 귀에는 바람소리만 들렸고 어디로 향하는지는 알 수가 없었다. 노새는 산을 넘고 고개를 건너 한 산골짝 입구에 이르러 섰다. 아이는 노새에서 내려 희미한 달빛을 받으며 풀 사이로 난 길을 걸어갔다. 몇 리를 걸어가니 과연 폐사가 나타났다. 절 안으로 들어가 상방의 지게문을 여니, 먼지가 두껍게 쌓여 있고 방 아랫목에는 큰 호랑이 가죽 한 장이 놓여 있었다.

박엽의 말대로 아이는 가죽을 덮어쓰고 누웠다. 수 식경 후, 홀연 문 두드리는 소리가 나더니 험상궂게 생긴 노승이 들어오면서 말했다.

"이 아이가 왔구나."

그리고 앞으로 다가오면서 말했다.

"어째서 그 가죽을 덮어쓰고 누웠느냐? 어서 나에게 돌려다오!"

아이는 대답하지 않고 태연히 누워 있었다. 노승이 빼앗아가려 하자 아이는 칼을 들어 베려는 시늉을 하니 노승이 물러나 앉았다. 이렇게 대여섯 번쯤 반복하며 서로 버티고 있는데 먼 동네에서 꼬끼오 닭 우는 소리가 들려왔다. 노승이 미소를 지으며 말했다.

"이는 박엽의 소행이니 난들 어찌하겠는가?"

그러고는 아이를 불러 일어나게 하며 말했다.

"이제 그 가죽을 나에게 주어도 괜찮다. 일어나 앉거라."

아이는 이미 박엽으로부터 들은 말도 있어 가죽을 주고 일어나 앉았다.

노승이 또 말했다.

"상하의를 벗어 나에게 다오. 절대 문을 열고 엿보아서는 안 된다."

아이가 그 말대로 옷을 벗어 주니, 노승은 그 옷과 가죽을 갖고서 문밖으로 나갔다. 아이가 창틈으로 몰래 보니, 노승이 가죽을 입고 큰 호랑이로 변해 포효하더니 앞에 있는 옷을 물고 갈래갈래 찢었다. 호랑이는 다시 가죽을 벗고 노승이 되었다. 노승은 문으로 들어와 낡은 상자 하나를 꺼내 자신의 상하의를 꺼내주며 아이에게 입게 했다. 또 두루마리 한 축을 꺼내 살펴보더니 그 아이의 이름자에 붓으로 붉은 점을 찍었다. 노승이 말했다.

"너는 이제 나가도 좋다. 가서 박엽에게 전하거라. 천기를 누설해서는 안 된다고. 너는 이제부터 호랑이 무리 속에 들어가도 상해를 입을 염려가 없다."

노승은 또 기름 먹인 종이 한 조각을 주며 말했다.

"이것을 가지고 나가거라. 길에서 너를 막는 자가 있으면 이 종이를 꺼내 보여주거라."

아이는 그 말을 듣고 문을 나섰다. 골짜기마다 호랑이가 나타나 길을 막았지만 그때마다 그 종이를 보여주니 고개를 숙이고 떠났다. 동구에 도달하지 못했는데 또 호랑이 한 마리가 앞을 막았다. 그에게도 종이를 꺼내 보여주었지만 보지도 않고 아이를 물려 했다.

아이가 말했다.

"네가 만약 나를 잡아먹고 싶다면 나와 함께 절로 가서 노스님께 심판을 받아보자."

호랑이는 고개를 끄덕이며 함께 절로 갔다. 노승이 여전히 그 자리에 있어 상황을 이야기해주었다. 노승이 호랑이를 꾸짖으며 말했다.

"넌 왜 명령을 어겼느냐?"

호랑이가 말했다.

"명령을 모르는 건 아니지만 굶은 지 삼일이나 되었으니 고기를 보고 어찌 그냥 보내줄 수 있겠습니까? 명령을 어긴다 해도 이건 그대로 보내줄 수가 없습니다."

노승이 말했다.

"그러면 대신 다른 것을 받으면 괜찮겠느냐?"

"그러면 다행이지요."

노승이 말했다.

"여기서 동쪽으로 반 리 정도 가면 전립戰笠을 쓴 사람 하나가 오고 있을 것이다. 네 요깃거리는 될 것이다."

호랑이가 그 말에 따라 문을 나섰다. 수 식경 후에 홀연 멀리서 포성이 들려왔다. 노승이 웃으며 말했다.

"그놈이 죽었다."

아이가 까닭을 물으니 노승이 말해주었다.

"그놈은 나의 부하로 내 명을 따르지 않았다. 그래서 아까 동쪽으로 가게 하여 포수에게 내준 것이다."

전립을 썼다고 한 사람이 포수였던 것이다.

아이가 작별인사를 하고 골짜기에서 나오니 날이 밝아오고 노새는 풀을 뜯어먹고 있었다. 아이는 노새를 타고 돌아와 박엽을 뵙고 그간의 사연을 전했다. 박엽이 머리를 끄덕이더니 행장을 갖추어 아이를 집으로 보내주었다.

그뒤 아이는 과연 크게 현달했다 한다.

度大厄朴曄授神方

朴曄之按關西[2], 有親知宰相, 送其[3]子而托之曰: "此兒姑未冠, 而使卜者推數, 則今年有大厄, 若置之將軍之側, 則無事云, 故玆送之, 乞賜[4]留置, 俾得度厄." 曄許[5]使留之. 一日此兒晝寢, 曄使之攪睡而言曰: "今夜汝有大厄, 汝若[6]依吾言, 則可免矣, 不然則不可免矣." 其兒曰: "敢不如命?" 曄曰: "第姑俟之." 日暮黃昏後, 牽出自家所騎之騾, 備[7]鞍而使其兒騎之而戒之曰: "汝騎此, 而任其所之. 此騾行幾里, 到一處當立, 汝始可下鞍, 尋逕而行幾里, 必有一巨刹, 而年久廢寺也. 入其上房, 則有一大[8]虎皮, 汝試可蒙其皮而臥. 有一老僧來索其皮矣, 切勿給. 若至見奪之境, 則以刀欲割, 彼不敢奪, 如是相持[9], 至鷄鳴後, 則無事矣. 鷄鳴後, 許給其皮可也, 汝能行

2) 關西: 동양본에는 '西關'으로 표기.
3) 其: 동경대본에는 '二'로 표기.
4) 賜: 동양본에는 '使'로 표기.
5) 許: 동경대본에는 탈락.
6) 若: 동경대본에는 탈락.
7) 備: 동양본·동경대본에는 '鞴'로 표기.
8) 大: 동경대본에는 탈락.
9) 상지(相持): 동경대본에는 '待'로 잘못 표기.

此乎?"對曰:"謹授[10]敎矣."仍騎驟而出門, 則其行如飛, 兩耳但聞風聲, 不知向何處. 度山踰嶺, 至一山谷之口而乃立, 仍下鞍. 帶微月之光, 尋草路而行, 行幾里, 果有一廢寺. 入其寺, 開上房之戶, 則塵埃堆積, 房之下堗, 有大虎皮一張[11], 仍依其言, 蒙皮而臥矣. 數食頃後, 忽有剝啄之聲, 果[12]一老僧, 狀貌兇獰者, 入門而言曰:"此兒來矣." 仍近前曰:"此皮何爲蒙而臥乎? 速還我!"其兒不答而臥自如矣. 其僧欲[13]奪之, 則擧刀作欲割之狀, 其僧退坐, 如是五六次, 相持之際, 遠村之鷄聲喔喔, 其僧微笑曰:"此是朴曄之所爲, 亦復奈何?"仍[14]呼起其兒曰:"今則還皮於我, 固無妨, 可起坐."其兒旣聞朴曄之言, 故仍給其皮而起坐. 其僧又曰:"汝可脫上下衣給我, 切勿開戶而見之也."其兒依其言, 解衣給之, 其僧持其衣與皮, 出門外. 其兒從牕穴[15]窺見, 則其僧擧皮蒙之, 變爲一大虎, 大聲咆哮, 仍向前啣衣, 幅幅裂之, 仍還脫皮, 又爲老僧. 入戶而開一弊箱, 出僧之上下衣, 使[16]服之, 又出一周紙軸, 搜[17]而見之, 以朱筆點其兒之名字, 仍言曰:"汝可出去, 語朴曄云, 不可泄天機也, 汝從今以後, 雖入虎群之中, 決無傷害之慮矣."又給一片油紙曰:"持此以[18]出, 如有攔于路者[19], 出示此紙."其兒依其言出門, 谷谷[20]有虎而遮路, 每每示此紙, 則低頭而去. 未及洞口, 又有一虎遮前[21], 故出示此紙, 則不顧而將噬, 其兒曰:"汝若如此, 則與我偕至寺中,

10) 授: 동양본·동경대본에는 '受'로 맞게 표기.
11) 동양본·동경대본에는 '矣'가 더 나옴.
12) 果: 동양본·동경대본에는 탈락.
13) 欲: 동경대본에는 '故'로 잘못 표기.
14) 仍: 동경대본에는 탈락.
15) 穴: 동경대본에는 '隙'으로 표기.
16) 동경대본에는 '之'가 더 나옴.
17) 搜: 동양본에는 '披'로 표기.
18) 以: 동양본·동경대본에는 '而'로 표기.
19) 者: 동경대본에는 탈락.
20) 谷谷: 동양본·동경대본에는 '曲曲'으로 표기.
21) 동경대본에는 '路'가 더 나옴.

決訟于²²⁾老僧之前, 可也." 虎乃點頭, 與之偕至寺中, 老僧尚在, 道其狀, 僧
叱曰: "汝何違令?" 其虎曰: "非不知令, 而餓已三日, 見肉而何可放送乎?
雖違令而此, 則²³⁾不可放送矣." 老僧曰: "然則給代, 可乎?" 曰: "然則幸矣."
僧曰: "從東行半里許, 則有一人着氈笠而來, 可作汝療飢之資也." 其虎依
其言出門, 數食頃後, 忽有砲聲之遠出, 僧笑曰: "厥漢死矣." 其兒問其故,
僧曰: "渠是我之卒徒, 不從令, 故俄使往東, 給砲手矣²⁴⁾." 盖着氈笠²⁵⁾云
者, 卽砲手故也. 其兒, 辭而出洞, 則天²⁶⁾曉而騾虇草矣. 仍騎而還, 見朴曄
而言其狀, 曄點²⁷⁾而治送其家. 其後此兒 果²⁸⁾大達云爾.

---

22) 于: 동경대본에는 '於'로 표기.
23) 此, 則: 동경대본에는 탈락.
24) 矣: 동경대본에는 '也'로 표기.
25) 동양본에는 '人'이 더 나옴.
26) 동양본에는 '欲'이 더 나옴.
27) 동양본에는 '頭'가 더 나옴.
28) 果: 동경대본에는 탈락.

낙계촌 이참판을 만난 향촌 유생

임술년1802 참판 이태영1)은 아들 희갑2)이 귀양을 가게 되자 벼슬을 버리고 낙계촌樂溪村, 경기도 화성에서 사십 리 떨어진 곳의 새집에 기거하면서 농사 짓고 고기잡이와 사냥으로 세월을 보냈다.

구월 어느 날, 가을비 그치고 벼이삭 익어가니 그야말로 풍국가절楓菊 佳節, 단풍 들고 국화꽃 피는 아름다운 계절이었다. 이참판이 관동冠童, 관례를 올린 남자어른과 올리지 않은 남자아이 예닐곱 명과 앞개울에서 고기를 잡으며 대삿갓 쓰고 낚싯

1) 이태영(李泰永, 1744~?): 본관은 한산(韓山)이다. 증조는 이집(李潗)이고, 조부는 이병건(李
秉健)이며, 부친은 이산중(李山重)이다. 1772년 정시문과에 병과로 급제하고 1778년부터 부교
리·교리·지평 등을 지냈다. 1793년 황해도 관찰사 재직 시절 굶주린 백성을 구제했다. 경상도
관찰사·대사간·공조참판·평안도 관찰사 등을 역임했다. 『계서잡록溪西雜錄』 편찬자 이희평의
부친이다.
2) 이희갑(李羲甲, 1764~?): 본관은 한산(韓山). 할아버지는 산중(山重)이고, 아버지는 참판 태
영(泰永)이다. 1790년 증광문과에 을과로 급제했다. 1801년 부호군 사건에 연루되어 철원에
유배되었다가 곧 석방되었다. 1807년 이조참의를, 이듬해 황해도 관찰사를 역임했다. 1812년
대사간을, 1814년 이조참판을 역임했고, 1816년 함경도감사로 부임하여 수재로 큰 피해를 본
지역의 백성들을 구제했다. 이조판서·예조판서·형조판서·수원부유수·병조판서·평안도관찰
사 등을 역임했다.

대 들고서 촌 늙은이들과 섞여 있었다.

문득 한 유생이 청색 보자기를 지고 대나무 지팡이를 짚고 와서 시냇가에 앉아 물었다.

"당신은 어디 사시오?"

"저 수풀 안쪽 동네에 살지요."

그 사람이 또 물었다.

"당신의 금관자[3]를 보건대 납속동지[4]가 아니오?"

"그렇소이다."

그 사람이 또 말했다.

"조를 이미 바쳤으니 집에 재산깨나 있다는 말은 좀 듣겠군요."

"부자라는 말은 좀 듣지요. 생원님은 어디 분인지 듣고 싶습니다. 어떤 연고로 이곳을 지나게 되었는지요?"

그 사람이 말했다.

"나는 충청도 모 땅에 삽니다. 한양이 번화하다는 소문을 듣고 한번 구경하려고 올라오다가 이곳을 지나게 되었소이다. 듣자니 이 촌에 한양 이참판 영감께서 평안감사를 그만두고 와서 머물고 있다는데 정말입니까?"

"맞습니다."

그 사람이 말했다.

"그 영감이 후덕한 군자이자 금세의 복 많은 사람으로 경향京鄕 각지에 유명하다던데 한번 뵙고 싶지만 방법이 없네요. 당신도 그 영감을 아

---

3) 금관자(金貫子): 조선시대에 망건의 당줄에 꿰는 금으로 만든 작은 고리. 정2품 및 종2품의 벼슬아치가 달았다.
4) 납속동지(納粟同知): 조[粟]를 바치고 벼슬을 얻은 사람을 조롱하는 말. 그 외 보리를 바치고 벼슬을 얻은 이를 '보리동지'라고 조롱했고, 콩을 바치고 벼슬을 산 사람은 '콩동지'라고 불렀다.

시오?"

"그 울타리 안에 사는데 모를 리가 있겠습니까?"

그 사람이 말했다.

"그렇다면 나를 위해 명함을 전해 한번 뵐 기회를 만들어줄 수 있소?"

"나같이 시골에 사는 사람이 어찌 감히 다른 사람을 재상 댁에 추천할 수 있겠습니까? 그건 할 수 없네요."

그 사람이 또 말했다.

"당신은 아들이 몇이나 되오?"

"일고여덟 명 되지요."

그 사람이 말했다.

"유복한 사람이군요. 아들 복은 이참판과 같네요."

그리고 그 사람이 담배를 청하자, 이참판이 남초합南草盒, 담배를 넣은 합을 주었다. 그 사람이 그걸 열어보고 놀라며 말했다.

"이건 삼등초三瞪草, 평안도 삼등(三瞪) 지방에서 나는 품질 좋은 담배인데 어디서 구했소?"

"이참판 댁 동네에 사는 까닭에 그 댁에서 얻었지요."

그 사람이 말했다.

"그것 참 좋군요. 이런 담배는 내 처음 보는 것이라 조금 얻어갈 수 있겠소?"

이참판이 웃으며 그 반을 주었다. 그 사람이 감사해하며, "돌아올 때 꼭 다시 이곳에 들르겠소" 하고 떠났다.

좌중에 있던 사람이 포복절도하며 말했다.

"저 사람 눈은 있어도 눈깔이 없네그려. 이참판의 몸가짐만 보더라도 어찌 촌 늙은이처럼 보였을까?"

이참판이 웃으며 말했다.

"촌구석에 사는 연천하고 무지한 사람이니 이상할 것도 없지. 어쨌든 덕분에 한나절 잘 보냈네."

모두 크게 웃고 파했다.

樂溪村李宰逢鄉儒

壬戌⁵⁾, 李叅判泰永, 仍⁶⁾其子義甲之居⁷⁾謫, 棄官而卜居于樂溪新舍, 以畊⁸⁾稼漁獵自娛. 九月之日, 秋潦⁹⁾新收, 稼禾登場, 政是楓菊佳節. 李台與六七冠童, 釣魚於前溪, 以簦笠携漁竿, 混於野老之班. 忽有一儒生, 荷靑袯, 曳竹¹⁰⁾杖而來, 坐溪邊, 問曰: "君在何處?" 答曰: "在於此藪內之¹¹⁾村¹²⁾矣." 其人又曰: "觀君¹³⁾金圈, 無乃納粟同知乎?" 曰: "然矣." 其人曰: "旣納粟, 則家必富名¹⁴⁾矣." 曰: "畧¹⁵⁾有富名矣. 願聞¹⁶⁾生員何處人氏. 而緣何過此." 其人曰: "吾在湖中某地矣¹⁷⁾. 聞京都之繁華, 方欲一玩¹⁸⁾而來矣. 過此時, 聞此藪內京中李叅判令監, 遞箕伯而來留云, 然否?" 曰: "然矣." 其人曰: "此令監, 以厚德君子, 今世福人, 有名於京鄉, 欲一承顔, 而無其路矣, 君亦知此¹⁹⁾令監乎?" 曰: "旣居其籬下, 寧有不知之理耶?" 其人曰: "若然則

---

5) 동양본에는 '歲'가 더 나옴.
6) 仍: 동경대본에는 '因'으로 표기.
7) 居: 동경대본에는 탈락.
8) 畊: 동양본에는 '耕'으로 표기.
9) 秋潦(추료): 가을장마. 가을비.
10) 竹: 동양본에는 탈락.
11) 內之: 동경대본에는 '之內'로 표기.
12) 村: 동경대본에는 탈락.
13) 君: 동경대본에는 탈락.
14) 名: 동양본에는 탈락.
15) 畧: 동양본에는 '略'으로 표기.
16) 聞: 동양본·동경대본에는 '問'으로 표기.
17) 矣: 동경대본에는 '也'로 표기.
18) 玩: 동양본에는 '翫'으로 표기.
19) 此: 동경대본에는 탈락.

能使我通刺, 而使得一拜乎?"答曰: "如我鄉居之人, 何敢薦人[20]於宰相宅
乎? 此則無奈何矣."其人又曰: "君有子幾人?"答曰: "有七八人矣."其人
曰: "有福之人矣, 福乃與李叅判相同矣."仍請烟茶[21], 以草盒置之[22]前, 其
人開盒而驚曰: "此三登草也, 何處得來?"曰: "旣在李叅判宅洞內之故, 得
於其宅矣."其人曰: "好矣, 如此之草, 吾所初見, 幸許如干乎?"李台笑而許
之, 以其半給之, 其人稱謝曰: "回下當更訪於此處."云而去, 座中人[23]莫不
絶倒曰: "此人有眼, 而無珠矣, 雖以儀[24]表見之, 豈或彷彿於野老乎?"李台
笑曰: "鄉曲[25]年淺無知[26]之輩, 無或怪矣, 吾因[27]此, 而半日消遣矣."大笑而
罷[28].

---

20) 人: 동경대본에는 탈락.
21) 烟茶(연차): 담배.
22) 동양본에는 '於'가 더 나옴.
23) 人: 동양본에는 탈락.
24) 儀: 동양본·동경대본에는 '衣'로 잘못 표기.
25) 曲: 동양본에는 '谷'으로 표기.
26) 年淺無知: 동양본에는 '無知年淺'으로 표기.
27) 因: 동경대본에는 '仍'으로 표기.
28) 吾因此, 而半日消遣矣."大笑而罷: 동양본에는 탈락.

경포호에서 순상이 신선과의 인연을 확인하다

강릉에 경포대鏡浦臺가 있었다. 경포대는 호숫가에 있는데 그 호수의
이름은 경호鏡湖다. 경호는 십 리까지 펼쳐져 파도가 잔잔하고 깊지도 않
아 자고로 익사의 환란이 없었으니 일명 '군자호君子湖'라고도 불렸다. 호
수 밖에는 바다가 있었는데 하늘과 같은 색이었다. 바다는 긴 모랫둑을
경계로 호수와 나뉘어 있었다. 둑에 거센 파도가 날마다 쳤지만 한 번도
무너진 적 없이 각각의 구역을 이루었으니 역시 기이한 일이었다.

민간에 전하기를, 호수 바닥은 옛날 부자의 집이었다 한다. 부자는 성
품이 인색해 곡식을 만 포나 쌓아도 남에게 한 톨도 주지 않았다. 하루
는 문밖에 한 노승이 와서 양식을 구걸했는데 부자는 줄 것이 없다 했
다. 노승이 정색하며 말했다.

"곡식을 앞뒤로 산처럼 쌓아놓고 없다 하시니 어찌된 일입니까?"

부자가 화내며 말했다.

"중놈이 어찌 감히 이럴 수 있나?"

그는 그릇에 사람 똥을 가득 채워서 주었다. 노승은 바랑을 열어 절을

하면서 그릇을 받고 떠났다. 얼마 안 있어 천둥 번개가 치고 큰비가 내리니 빗물이 땅에 갑자기 고여 호수가 되었다. 그 집안사람들은 아무도 빠져나오지 못하고, 포에 들어 있던 곡식은 흩어져 물속으로 가라앉아 모두 조개가 되었다. 그 조개들을 '제곡[1]'이라고 불렀다. 그곳 남녀는 아침저녁으로 제곡을 주워서 흉년 구황救荒의 밑천으로 삼는다 한다.

호수 가운데에는 홍장암紅嬙巖이 있다. 홍장은 옛날의 명기名妓였다. 순사[2] 아무개가 순시 왔을 때 홍장을 매우 사랑해 그 정을 잊을 수 없었다. 순사는 본관을 만날 때마다 장황하게 홍장 이야기를 했는데, 본관은 그의 절친한 친구였다. 본관은 그를 속이려고 짐짓 홍장이 한 달 전에 죽었다고 말했다. 그러자 순사는 망연자실하여 크게 앓았다. 그후 다시 순시를 왔을 때에는 모든 것을 잃은 듯 슬퍼하여 기뻐하는 기색이 전혀 없었다. 본관이 말했다.

"오늘밤 달빛이 참 좋으니 경호에 놀러갈까? 호수는 신선이 사는 구역인데 매번 바람 맑고 달 밝은 때면 왕왕 생황과 퉁소 소리에 난새와 학의 울음소리가 나지. 홍장은 명기라 신선이 되어 친구들을 따라 놀러 올지도 모르잖나? 자네가 그녀를 한번 만날 수 있을지 어찌 아는가?"

순사는 흔쾌히 따랐다. 배를 띄워 달을 우러르며 나아가고 또렷한 정신으로 세상을 바라보니, 산이 그림 같고 물과 하늘은 같은 색이었다. 푸른 갈대에 흰 이슬이 내렸는데, 안개가 걷히니 바람이 더욱 시원했다. 삼경三更이 되니 홀연 옥퉁소 소리가 멀리서 들려와 우는 듯 삼키는 듯, 가까운 듯 먼 듯 했다. 순사가 귀기울여 듣고는 옷깃을 가다듬고 물었다.

---

1) 제곡(齊穀): 강릉 경포에 있는 조개로, 흉년에는 이것을 먹으면 굶주림을 면할 수 있기에 곡식과 같다는 뜻에서 제곡이라고 부른다. 작은 조개로 껍데기가 자색(紫色)이다.
2) 순사(巡使): 순찰사. 조선시대에 각 도(道)의 군비 태세를 살피던 벼슬. 지방의 병권을 장악했던 관찰사나 목사가 겸직했다. 이들 순찰사를 지휘하는 벼슬은 도순찰사인데 중앙에서 임명하여 파견했다.

"이게 무슨 소린가?"

본관이 대답했다.

"이는 분명 바다 위 선녀들이 노는 소리일 걸세. 자네는 분명 신선과 인연이 있어 이 소리를 듣게 된 것이지. 또 소리를 들어보면 우리 배 쪽으로 다가오는 것 같으니 참 기이하기도 하네."

순사는 곧 선녀들을 만나볼 것 같아 설레는 마음으로 향을 사르고 기다렸다. 한참 뒤 작은 배 한 척이 바람을 따라 지나갔다. 백발 노인이 성관星冠 별빛 구슬로 장식되어 반짝이는 관. 신선이 쓰는 관을 쓰고 우의羽衣를 입고 선상에 단아하게 앉아 있었다. 그 앞에서는 청의동자 두 명이 옥퉁소를 비스듬히 불고 있었다. 옆에는 비췻빛 소매에 붉은 치마를 입은 어여쁜 여인이 잔을 받들고 서 있었으니 가볍게 구름을 넘어 허공을 걷는 자태였다.

순사는 바보가 된 듯 취한 듯했는데 그가 배 가까이에서 자세히 보니 그 여인은 분명 홍장이었다. 순사가 몸을 일으켜 뱃머리로 뛰어올라 머리를 조아리며 절을 올렸다.

"하계 속골俗骨이 진선眞仙의 강림을 몰라보고 맞이하는 예를 잃었나이다. 진선께서 이 죄를 용서해주옵소서!"

늙은 신선이 웃으며 말했다.

"그대는 천상의 신선으로 인간세상에 귀양 온 지 오래되었도다. 오늘 밤 이렇게 만나게 된 것도 신선과의 인연 덕이로다."

그리고 미소 지으며 옆의 아름다운 여인을 가리키며 말했다.

"그대는 이 낭자를 아는가? 이 역시 옥황상제 향안香案 앞 시녀였는데 티끌세상에 귀양 왔지. 이제 기한이 다 차서 돌아간다네."

순사가 눈을 들어서 보았다. 과연 전날의 홍장이었다. 그녀는 청산靑山, 미인의 고운 눈을 잠시 찡그리고 추파秋波, 가을철의 잔잔하고 맑은 물결. 은근한 정을 나타내는 여자의 아름다운 눈짓를 살짝 보내니 원망하는 듯 수심에 잠긴 듯 했다. 순사는 감정을 가라앉히기 어려워 홍장의 손을 잡고 울면서 말했다.

"네가 어찌 나를 버리고 돌아간단 말이냐?"

홍장도 얼굴을 가리고 울며 대꾸했다.

"티끌세상과의 인연이 이미 다했으니 어찌하겠습니까? 상공이 소첩을 연모하는 정이 하늘에까지 전해졌나봅니다. 옥황상제님께서 소첩에게 하룻밤 말미를 주셔서 선군을 따라가 상공을 한 번 만나는 기회로 삼게 하셨나이다."

순사가 늙은 신선에게 말했다.

"이미 옥황상제님의 명이 내렸으니 홍장에게 말미를 허락해주시겠지요?"

늙은 신선이 웃으며 대답했다.

"내 이미 명을 들었노라. 잠시 그녀와 함께 다녀오라. 나는 연기와 불의 기운을 싫어하니 성에 다가갈 수 없다. 그대는 홍장과 함께 배를 타고 돌아가라."

그리고 홍랑에게 주의를 주었다.

"이것 역시 천상계에서 이미 정해진 인연이다. 모름지기 이 사람과 함께 성안으로 들어갔다가 밝기 전에 돌아오너라. 나는 배를 대고 기다리고 있겠노라."

홍랑이 옷깃을 여미며 말했다.

"삼가 가르침 받들겠나이다."

늙은 신선은 일어나 순사와 홍장을 배 위까지 바래다주었다. 맑은 바람이 한 줄기 불어오더니 늙은 신선이 배를 돌려 떠나갔다.

순사와 홍랑은 가마를 함께 타고 와서 침실로 들어갔다. 견권지정과 운우지몽雲雨之夢, 남녀가 육체적으로 어울리는 정은 평소와 다름없었다. 그러고 잠이 들었는데 어느새 해가 떠서 깜짝 놀라 깨어났다. 홍랑이 이미 떠났겠거니 생각하고 눈을 떠보니 홍장은 분명히 곁에서 화장하고 있었다. 순사가 이상히 여겨 물어도 홍장은 웃을 뿐 대답해주지 않았다. 문득 본관이 들어와 웃으며 물었다.

"양대의 꿈[3]과 낙포의 인연[4]의 즐거움이 어떠했나? 하관에게 월노[5]의 공이 없다고는 못하겠군그래?"

순사는 비로소 자기가 속은 것을 알았고, 서로 바라보며 크게 웃었다.

본관이 홍장과 미리 짜고 늙은 신선과 선동仙童을 나타나게 해 속였던 것이다. 그 만남은 완전히 양소유가 춘랑을 만난 일[6]과 매우 비슷했다.

그곳에는 바위가 있는데 홍장암이라 이름 붙였다. 이 일은 읍지에 실려 있다 한다.

鏡浦湖巡相認仙緣

江陵有鏡浦臺, 臺在湖上, 湖卽鏡湖也. 十里平湖, 流穩而不深, 自古以

---

3) 양대(陽臺)의 꿈: 양대지몽(陽臺之夢). 중국 초나라 회왕(懷王)이 고당(高唐)이란 곳에 놀러 왔다가 낮잠을 자면서 꿈꾸었는데 꿈속에서 무산(巫山)의 신녀(神女)와 정을 통했다. 무산의 신녀는 떠나면서, "첩은 무산의 남쪽 높은 언덕에서 살고 있습니다. 아침에는 아침 구름이 되고, 저녁에는 지나가는 비가 되어 아침저녁마다 양대(陽臺) 아래에 내려앉을 것입니다"라 했다. 여기서 양대지몽이란 말이 생겼다. 양대지몽은 남녀가 남몰래 육체적 관계를 맺는 것을 뜻한다.

4) 낙포(洛浦)의 인연: 낙포지연(洛浦之緣). 복비(宓妃)는 복희씨의 딸로 물의 신 하백의 부인이었는데 강을 건너다가 익사해 낙수(洛水)의 신이 되었다 한다. 절세의 미모와 여성적인 매력으로 뭇 남성에게 연정의 대상이었다. 달의 신 항아의 남편 후예(后羿)가 항아에게 내쫓겨 인간세상을 떠돌다가 낙포에서 복비를 만나 사랑을 나누었다. 남녀 간의 정사를 지칭한다.

5) 월노(月姥): 월모(月姆). 달에 사는 신선 할미로 결혼 중매를 해준다고 한다. 월하노인이란 말도 있는데 중매하는 노인을 지칭한다. 그 사연은 이러하다. 당나라 때 위고(韋固)라는 사람이 송성(宋城)에서 월하노인을 만났다. 그가 붉은 실로 위고를 결혼할 상대와 묶어주었는데, 실제로 나중에 위고는 월하노인의 말대로 상주자사(相州刺史) 왕진(王泰)의 딸과 결혼하게 되었다 한다. 이 때문에 후세에는 남녀가 부부로 맺어지는 것은 월하노인이 붉은 실로 두 사람을 묶어주었기 때문이라는 믿음이 생겨났고, 이로부터 중매쟁이를 월하노인이라 부르게 되었다.

6) 양소유(楊少遊)가 춘랑(春娘)을 만난 일: 『구운몽』에서 정십삼·정경패·가춘운은 서로 짜고 양소유를 속인다. 즉, 가춘운을 선녀 또는 귀신으로 위장시켜 양소유를 만나도록 한다.

來, 曾無溺死之患, 一名稱以君子湖. 湖之外有海與天同, 大隔一沙堤, 而駭浪日打, 未嘗潰決, 各成一區, 亦一異事. 俗傳湖之基, 卽古富人居, 而性吝, 積穀萬包, 一粒不以與人. 一日門外, 有一老僧乞粮, 主人答以爲無, 僧正色曰: "旣有前後積峙, 而以無爲言, 何也?" 主人怒曰: "胡僧焉敢乃已[7]?" 爾仍以器盛人屎而[8]給之, 僧乃開囊, 拜受而去. 未幾雷雨大作, 地忽瀦陷而爲湖, 一門之人, 無一免者, 包穀散而入水, 皆化爲蛤, 名曰: "齊穀." 江之男女, 朝暮採拾, 以作歉歲救荒之資云. 湖之中, 有紅嬌巖, 紅嬌古之名妓也, 巡使某, 巡到時甚嬖之, 不能忘情, 每逢本倅, 娓娓言之, 本倅卽其切友也, 欲誆之, 佯言月前已死云爾, 則巡使茫然盡[9]傷. 其後巡到悵[10]然如失, 忽忽不樂, 本倅以爲: "今夜月色正好, 盍遊鏡湖乎? 湖是仙區, 每於風淸月白之時, 往往有笙簫鸞鶴之聲, 紅嬌名娼也, 安知不爲仙, 而隨伴來遊乎? 若爾則庶幾一遇[11]." 巡使欣然從之, 泛[12]舟溯月, 凝神[13]瞻望, 于時山[14]如畫, 水天一色, 蒼葭白露, 烟消風淸. 夜三鼓, 忽有玉簫一聲, 自遠而來, 嗚嗚咽咽, 若近若遠, 巡相側耳而聽, 整襟[15]而問曰: "此何聲也?" 本倅曰: "此必是海上仙女之遊也, 使道必有仙緣, 而得聞此聲矣. 且尋聲則似向此船而來, 事亦異矣." 巡使意欣然庶遇, 爇香而待, 良久一葉小船, 隨風而過, 有一鶴髮曳, 星冠羽衣, 端坐船上, 前有靑衣雙童, 橫吹玉簫, 傍有一小娥, 翠袖紅裳, 捧盃[16]而侍立, 飄飄有凌雲步虛之態, 巡使如癡[17]如醉, 注目而視

7) 已: 동경대본에는 탈락.
8) 屎而: 동경대본에는 '矢以'로 잘못 표기.
9) 盡: 동경대본에는 '盡'로 표기.
10) 悵: 동경대본에는 탈락.
11) 一遇: 동경대본에는 '遇之'로 표기.
12) 泛: 동경대본에는 '汎'으로 표기.
13) 凝神(응신): 정신을 집중하고 통일하다.
14) 동경대본에는 '月'이 더 나옴.
15) 襟: 동경대본에는 '衿'으로 표기.
16) 盃: 동경대본에는 '杯'로 표기.
17) 癡: 동경대본에는 '痴'로 표기.

則[18])船近處, 宛是紅孀, 仍起身, 而超上船頭, 稽首而拜曰: "下界俗骨, 不知眞仙之降臨, 有失迎候, 願眞仙赦罪!" 老仙笑曰: "君是上界仙侶, 謫降人間已久矣, 今夜之遇, 亦一段仙緣也." 仍笑指在傍之佳人曰: "君知此娘子乎? 此亦玉帝香案前侍兒, 謫降塵世矣, 今則限滿而歸矣." 巡使擧目而視之, 則果是前日之紅孀, 而[19])靑山乍頻[20]), 秋波微動, 如怨如愁, 殆不能定情, 巡使乃執手而泣曰: "汝何忍捨我而歸乎?" 紅孀亦掩淚而對曰: "塵緣已盡, 亦已焉哉? 紫皇[21])以相公戀妾之情, 誠格于天, 給妾一宵之暇, 隨君而[22])來, 以爲一會之期耳." 巡使對老仙曰: "旣承玉帝之詔, 倘許紅孀之暇否?" 老仙笑而答曰: "旣聞命矣, 姑與之偕行, 老夫[23])厭[24])烟火之氣, 不得近城, 君須與紅孀, 同舟而歸." 仍戒紅娘曰: "此亦上界已定之緣, 須與此人, 偕入城中, 未明時出來, 則吾當艤船待矣." 紅孀斂袵而言曰: "謹奉敎矣." 老仙起, 送巡使及紅孀于船上, 一陣淸風, 回棹而去. 巡使與紅孀, 同輿[25])而來, 携入寢室, 其繾綣之情, 雲雨之夢, 無異常時. 睡到日出, 忽爾驚覺, 意謂紅孀已去矣, 擧眼視之, 紅孀宛然在傍而理粧矣, 怪而問之, 則笑而不答. 俄而本倅入來, 笑而問曰: "陽臺之夢, 洛浦之緣, 其樂何如[26])? 下官不可無月姥之功矣." 巡使始知見欺, 相與大笑. 盖本倅已前期, 粧出老仙及仙童, 而欺之故也. 其所遇, 宛然如少遊之於春娘之事也. 其處有巖 [27])名以紅孀. 此事載於邑[28])誌云.

---

18) 而視則: 동경대본에는 '視之'로 표기.
19) 而: 동경대본에는 '也'로 표기.
20) 頻: 동경대본에는 '嚬'으로 표기. '顰'이 맞음.
21) 紫皇(자황): 옥황상제.
22) 而: 동경대본에는 탈락.
23) 동경대본에는 '未'가 더 나옴.
24) 厭: 동경대본에는 '壓'으로 표기.
25) 輿: 동경대본에는 '興'으로 표기.
26) 何如: 동경대본에는 '如何'로 표기.
27) 동경대본에는 '而'가 더 나옴.
28) 동경대본에는 '之'가 더 나옴.

김의원이 형체를 보고 약을 조제하다

김응립金應立은 영남 우도右道의 상천[1]이었다. 글자는 고무래 정丁 자도 알지 못했지만 신의神醫라고 영남 밖에까지 이름나 있었다. 그는 진맥을 하지 않고 병세를 논하지 않고서도 그냥 형체를 살피고 얼굴색을 관찰하여 병의 원인을 알아내는 의술을 가지고 있었다. 또 그가 처방하는 약은 일반적으로 사용하는 약재를 쓰지 않았다.

이명李銘이 금산 원이 되었을 때, 그의 며느리는 시집오던 때부터 기침으로 매우 고생했다. 이명도 의학의 이치를 알고 있어서 약을 잡다히 써 보았지만 조금도 차도가 없어 며느리는 그냥 누워 있을 수밖에 없었다. 며느리의 기력이 거의 다할 지경이 되자, 이명이 마침내 응립을 불러 물으니 그가 대답했다.

"일단 안색을 보고 나서야 약을 쓸 수 있습니다. 그렇지만 얼굴을 보자고 청할 수는 없겠지요."

---

1) 상천(常賤): 상인(常人)과 천인(賤人).

이명이 말했다.

"지금 며느리가 사경에 이르렀는데 얼굴을 한번 보는 게 무슨 흠이 되겠나?"

웅립을 마루에 앉아 있게 하고 며느리를 불러 그가 보게 했다. 웅립이 문으로 들어가 자세히 눈여겨 들여다보고 말했다.

"이것은 고치기 아주 쉬운 병입니다. 위장에 날것이 막혀 있어 그렇습니다. 엿 몇 개를 사와 물에 녹여 복용하면 반드시 토해낼 것입니다."

그걸 복용하니 얼마 안 있어 담 한 덩어리를 토해내었는데 갈라서 보니 가운데에 작은 가지 하나가 있었다. 가지는 조금도 상하지 않았다. 며느리에게 물어보니, "열 몇 살 때 가지 한 개를 따서 잘못하다 그냥 삼켰는데 필시 그 물건일 겁니다"라고 대답했다. 그뒤로 병이 다 나았다.

이명의 조카사위가 여러 해 묵은 고질병이 있어 이명이 웅립을 데려와 진맥해보라 하니, 그가 보고 웃으며 말했다.

"다른 약을 복용할 필요는 없습니다. 올해 가을 낙엽이 지면 어떤 잎이든 상하거나 썩지 않은 것 몇 짐을 모아 큰 솥 대여섯 개에다 달여서 한 사발 정도씩 수시로 복용하면 좋아질 겁니다."

그 말대로 하니 과연 효과가 있었다.

또 한 사람이 각궁반장[2]의 병에 걸리니, 웅립이 종이 침을 만들어 콧구멍을 찔러 해역[3]병 들었을 때처럼 숨을 들이쉬도록 했다. 이렇게 종일토록 하니 병이 나았다.

그가 약을 처방하는 방법이 모두 이와 같았으니 기이하다 할 것이다.

---

2) 각궁반장(角弓反張): 몸이 뒤로 젖혀지는 증상. 등이 뒤로 휘어 반듯이 누울 때 발뒤축만 바닥에 닿고 등이 들리는 증상.
3) 해역(咳逆): 횡격막이 갑자기 줄어들면서 목구멍이 막혀 숨을 들이쉴 때 소리가 나는 병.

金醫視⁴⁾形⁵⁾投良劑

  金應立者, 嶺右常賤也. 目不識丁, 而以神醫名于嶺外. 其術不診脉, 而⁶⁾不論症, 但觀形察色, 而知其病祟⁷⁾, 所命之藥, 不是恒用之藥料者⁸⁾. 李銘之爲金山倅⁹⁾, 其子婦, 自入門之初, 咳嗽苦劇, 李亦曉醫理, 雜試藥餌, ¹⁰⁾少¹¹⁾無動靜, 至於委臥, 垂盡之境, 乃邀應立而問之, 對曰: "一瞻顔色而後¹²⁾可議藥, 此則不¹³⁾敢請之事¹⁴⁾." 李銘曰: "今至死境, 一見何傷?" 使坐于廳, 招使見之¹⁵⁾, 應立入門而熟視曰: "此是至易之病, 腸胃有生物之滯而然也, 使買¹⁶⁾飴糖¹⁷⁾數箇, 和水鎔化而服之曰¹⁸⁾, 必吐出云矣." 服之未幾, 吐出一¹⁹⁾塊痰²⁰⁾, 剖而視之, 則中²¹⁾有一小茄子一枚, 而小²²⁾不傷敗. 問于病人, 則以爲十餘歲時, 摘食茄子一箇, 誤吞下, 必是此物也云²³⁾. 自其²⁴⁾

4) 視: 동양본·동경대본에는 '觀'으로 표기.
5) 形: 동경대본에는 '刑'으로 잘못 표기.
6) 而: 동양본에는 탈락.
7) 동양본에는 '矣'가 더 나옴.
8) 所命之藥, 不是恒用之藥料者: 동양본에는 탈락.
9) 동양본에는 '時'가 더 나옴.
10) 동양본에는 '而'가 더 나옴.
11) 少: 동양본에는 '終'으로 표기.
12) 而後: 동양본에는 '則'으로 표기.
13) 則不: 동양본에는 '何'로 표기.
14) 之事: 동양본에는 '也'로 표기.
15) 使坐于廳, 招使見之: 동양본에는 탈락.
16) 使買: 동양본에는 '以賣'로 표기.
17) 糖: 동양본에는 탈락.
18) 曰: 동양본에는 탈락.
19) 동양본·동경대본에는 '痰'이 더 나옴.
20) 痰: 동양본·동경대본에는 탈락. '痰'이 들어가야 함.
21) 則中: 동양본에는 탈락.
22) 小: 동양본에는 '少'로 표기.
23) 一箇, 誤吞下, 必是此物也云: 동양본에는 '而誤致小者之全吞矣, 必此也'로 표기.
24) 其: 동양본에는 탈락.

後, 病根遂差. 李銘之姪²⁵⁾壻²⁶⁾, 積年沉痼馱病²⁷⁾而來, 又使²⁸⁾應立診視,
則見而²⁹⁾笑曰: "不必服他藥, 今當秋節葉落, 無論某葉, 擇其不³⁰⁾傷朽者數
馱, 以大釜五六³¹⁾箇煎之, 次次³²⁾煎至一椀後³³⁾, 無時服³⁴⁾可³⁵⁾也." 如其
言, 果³⁶⁾得效. 又有一人, 病³⁷⁾如角弓反張, 應立見而使作³⁸⁾紙針刺鼻孔,
作咳逆狀, 如是終日, 而病愈. 其所命藥, 皆如是, 亦可異矣.

25) 姪: 동양본에는 '侄'로 표기.
26) 壻: 동경대본에는 '婿'로 표기. '婿'가 맞음.
27) 病: 동양본에는 탈락. '病'을 탈락시키는 것이 맞음.
28) 동양본에는 '視之'가 더 나옴.
29) 診視, 則見而: 동양본에는 탈락.
30) 不: 동경대본에는 탈락.
31) 五六: 동양본에는 '四五'로 표기.
32) 次次: 동양본에는 탈락.
33) 後: 동양본에는 탈락.
34) 동양본에는 '則'이 더 나옴.
35) 동양본에는 '差'가 더 나옴.
36) 果: 동양본에는 탈락.
37) 病: 동양본에는 탈락.
38) 而使作: 동양본에는 '之以'로 표기.

우하형이 변경을 지키러 가 어질고 현명한 여인을 얻다

병마절도사 우하형[1]은 평산平山 사람인데 집이 무척 가난했다. 처음 무과에 급제하고 관서 지방 강변에 있는 읍을 방어하기 위해 갔는데, 거기서 면천免賤, 천민의 신분은 면하고 평민이 됨. 또는 그렇게 되게 함된 수급비水汲婢, 관아에 딸려 물 긷는 일을 하던 여자 종를 보고 용모가 그렇게 추하지는 않아 사랑하게 되어 함께 살았다.

하루는 여자가 하형에게 물었다.

"선달先達, 과거에 급제했으나 아직 벼슬은 하지 않은 사람님은 저를 첩으로 삼기까지 하셨는데, 장차 무엇을 의식衣食의 밑천으로 삼고자 하세요?"

하형이 대답했다.

"내 집이 원래 가난했는데 지금 천리 밖 나그네가 되었으니 수중에

1) 우하형(禹夏亨): 조선 후기의 무신. 본관은 단양(丹陽). 1710년 무과에 급제하고, 1728년 이인좌의 난 때 곤양군수(昆陽郡守)로서 진주의 군사를 이끌고 거창에 이르러 난을 평정했다. 이듬해 전라우도수군절도사에 임명되고, 1733년 이산부사(理山府使)·황해도병마절도사가 되었다. 1734년 위원군수를 거쳐, 1739년 경상도병마절도사가 되고, 1742년 회령부사 등을 역임했다.

가진 것이 없지 않은가? 이미 너와 한집에 살게 되었으니 바라는 건 때 묻은 옷 빨래해 입고 떨어진 버선 기워 입는 것뿐이다. 네게 돌아갈 물건이 뭐가 있겠느냐?"

"첩도 익히 알고 있답니다. 제가 이미 몸을 허락해 첩이 되었으니 선달님의 옷감은 제가 감당하겠습니다. 걱정하지 마세요."

그가 말했다.

"그렇게까지 할 것 없다."

그후 여자는 바느질과 길쌈에 힘써 옷과 음식을 한 번도 빠뜨린 적이 없었다.

하형은 북방 근무 기한이 다 차서 돌아가려 하고 있었다. 여자가 물었다.

"선달님은 여기서 돌아가시면 한양에 머물며 벼슬을 구하려 하시나요?"

하형이 말했다.

"나는 적수공권이고 한양에 친지나 친구도 없는데, 어떻게 거기 머물며 생계를 이어갈 수 있겠나? 가망 없는 일이야. 계획이 있다면 바로 고향으로 돌아가 선산 아래에서 늙어 죽는 것이겠지."

여자가 말했다.

"제가 선달님의 기상과 용모를 보니 선달님은 보잘것없는 분이 아닙니다. 앞날이 창창해 가히 곤수[2]에 이르실 겁니다. 남자가 무엇인가 도모할 수 있는 기회를 얻었는데 어찌 재산이 없다고 초야에 파묻혀 있기만 하겠습니까? 그러신다면 심히 한탄스럽고 애석합니다. 저에게 여러

---

2) 곤수(閫帥): 병마절도사와 수군절도사를 예스럽게 부르던 말. 특히 조선시대에는 함경·평안 양도의 병마절도사와 수군절도사를 이르는 말이었다. 이는 곤외(閫外), 즉 문지방 밖, 대궐 밖의 신하라는 뜻의 곤외지신(閫外之臣)에서 나온 말로, 대궐 밖의 모든 것을 맡긴다는 뜻에서 변경으로 나가는 장군을 이르는 말이 되었다.

해 동안 모아놓은 은화가 있는데 육백 냥은 될 것입니다. 이 돈을 전별 금으로 드리오니, 안장 올린 말을 한 마리 사시고 남은 것은 노잣돈으로 쓰세요. 부디 고향으로 돌아가지 마시고 곧바로 한양으로 가서서 벼슬을 구하십시오. 십 년을 기한으로 하면 뭔가 하실 수 있을 것입니다. 저는 천인賤人이니 선달님을 위해 수절한다는 것은 말이 안 되겠지요. 다른 곳에 몸을 의탁하고 있다가 선달님이 이 도의 수령이 되셨다는 소식을 들으면 바로 그날 가서 뵙겠습니다. 이것을 기약으로 삼겠으니 부디 선달님께서도 몸조심하고 몸조심하소서."

하형은 뜻밖에 많은 돈을 얻어 감사하고 다행스럽게 여겼다. 그리고 눈물을 뿌리면서 그녀와 작별하고 길을 떠났다.

그녀는 하형을 배웅하고 읍내에서 홀아비로 사는 장교 집에 몸을 의탁했다. 장교는 그녀의 사람됨이 영리한 것을 보고 배필로 삼아 함께 살았다. 장교의 집은 가난하지 않으니 그녀가 장교에게 말했다.

"전부인이 쓰고 남긴 재산은 얼마나 되는지요? 무릇 일이란 분명하게 하지 않으면 안 되지요. 곡식은 어느 정도고 돈과 비단, 베와 무명은 얼마나 되고, 그릇과 기타 잡물은 어느 정도인지 모두 그 명목과 수효를 적어서 건기件記, 사람이나 물품의 이름 혹은 금액을 두루 적어놓은 문서를 만들어요."

장교가 말했다.

"부부 사이에 물건이 있으면 쓰고 없으면 갖추면 되는데, 무엇을 꺼리고 의심하여 이런 일을 하는가?"

여자가 말했다.

"그렇지 않습니다."

그러면서 계속 간청하니, 결국 장교는 그 말에 따라 건기를 작성해 주었다. 여자는 그 문서를 받아서 옷상자 속에 넣어두고 열심히 치산治産했다.

집안이 날마다 조금씩 부유해져가니 그녀가 장교에게 말했다.

"제가 문자를 거칠게나마 읽을 수 있어 한양에서 나온 조보朝報, 승정원에서 처리한 사항을 매일 아침에 기록하여 반포하는 관보나 정사政事, 정치에 관계되는 기사, 또는 관원의 임명과 면직에 관한 기사 보기를 좋아한답니다. 당신이 매일 관아에서 그것들을 빌려와 제게 보여주시겠어요?"

장교가 그 말대로 그것들을 빌려와 보여주었다. 몇 년 사이의 정사에 따르면 선전관 우하형은 주부主簿, 조선시대에 관서의 문서와 부적(符籍)을 주관하던 종6품 관직 우하형이 되었고, 이후 경력³⁾을 거쳐 부정⁴⁾으로 승진해 마침내 관서 지방 좋은 읍의 수령이 되었다.

여자는 그 이후로 조보만 보았다. 아무 달 아무 날에 수령 우하형이 조정에 하직 인사를 했다. 그녀가 마침내 장교에게 말했다.

"제가 여기 와서 오래 머물 계획은 없었습니다. 이제 영원히 이별해야겠습니다."

장교가 깜짝 놀라며 그 까닭을 물었다. 여자가 말했다.

"일의 자초지종을 다 물으실 필요는 없습니다. 저는 갈 곳이 있으니 당신은 미련을 갖지 말아주세요."

그러고는 전날 물건의 종류를 적은 건기를 꺼내 보여주었다.

"제가 칠 년간 남의 처가 되어 가산을 관리해왔는데, 만일 하나라도 전보다 줄어든 것이 있다면 떠나는 사람의 마음이 어찌 편하겠습니까? 전과 지금을 비교해보면 다행스럽게도 줄어든 것은 없고 간혹 두 배, 세 배, 혹은 네 배로 늘어난 것도 있으니 제 마음이 놓입니다."

그녀는 장교에게 작별을 고했다. 종 한 명을 고용하여 짐을 지게 하고 자신은 남자옷을 입고 패랭이⁵⁾를 쓰고서 하형이 태수로 있는 군으로 걸어갔다.

---

3) 경력(經歷): 조선시대 종4품 관직으로, 초기에 충훈부·의빈부·의금부·개성부·강화부·오위도총부·중추부 등에서 행정 실무를 맡아보았다.
4) 부정(副正): 조선시대에 종친부·선공감·별군직청·훈련원에 두었던 종3품 관직이다.

이때는 우하형이 부임한 다음날이었다. 그녀는 소송하러 온 백성인 척하며 관정으로 들어가 아뢰었다.

"아뢸 일이 있사옵니다. 원컨대 계단을 올라가서 발괄⁶⁾하고자 하나이다."

하형이 이상하게 여겨 처음에는 허락하지 않다가 마침내 허락했다. 그녀가 또 창 앞 가까이 가기를 청하니, 그는 더욱 이상하게 여기면서도 허락했다. 그녀가 말했다.

"사또님께서는 혹 소인을 아시겠는지요?"

하형이 말했다.

"내 새로 부임하고 처음 나왔는데 이 읍 백성을 무슨 연고로 알 수 있겠는가?"

그녀가 말했다.

"아무 해 아무 땅에 근무하셨을 적에 함께 살던 사람이 어찌 생각나지 않으십니까?"

하형이 그녀를 뚫어져라 보고는 깜짝 놀라서 벌떡 일어나 손을 이끌고 방으로 들어갔다. 하형이 물었다.

"네가 어찌하여 이런 모습을 하고 왔느냐? 내가 부임해온 다음날 네가 또 여기 오니 정말 기이한 만남이로다!"

서로 기쁨을 이기지 못하고 중간에 막혔던 회포를 풀었다. 이때 하형은 아내를 잃었는지라 그녀를 정당正堂, 여러 건물 중에서 주가 되는 집채 안채에 거처하게 하면서 살림살이를 도맡게 했다. 그녀는 전부인 소생의 자식들을 정성 들여 키웠다. 노복을 지휘하고 부리는 데 법도를 갖추었고 때에

---

5) 패랭이: 댓개비로 엮어 만든 갓으로, 신분이 낮은 사람이나 상제가 썼다. 폐양자·평량자·차양자(遮陽子)·평량갓이라고도 한다.

6) 발괄(白活): 관청에서 억울한 사정을 글이나 말로 하소연하는 일. 관청에 올리는 소장(訴狀)·청원서·진정서 등의 소지류(所志類).

맞게 은혜를 베풀고 또 위엄을 보이니, 관아 사람들이 모두 흡족해하며 그녀를 칭찬했다.

그녀는 언제나 하형에게 조언하여 비변사 서리들에게 돈푼이나 쥐여 주어 매달 초에 나오는 조보를 얻어오게 했다. 그녀는 조보를 보고 세상 일을 헤아렸다. 당시 벼슬아치 중에서 아직 전관[7]이 되지 못했지만 얼마 안 있어 전관이 될 만한 사람에게는 반드시 후하게 대접해주었다. 이런 까닭으로 그들이 재상이 되어 권력을 잡으면 하형을 적극 취허吹噓, 남이 잘한 것을 과장되게 칭찬해 천거함하니 그는 부유한 읍 서너 곳을 거쳐갈 수 있었다. 가계가 점차 부유해지자 그 사람들에게 더욱 후하게 주고 그들을 문안하니 하형은 차차 승진하고 자리를 옮겨 병마절도사에 이르렀다.

하형은 나이가 거의 팔십이 되어 고향집에서 임종했다. 여자는 예에 맞게 초상을 치렀다. 성복[8]을 지내고 나서 적자를 비롯해 상중에 있는 사람들에게 말했다.

"영감님은 시골 무변으로 지위가 아장[9]에까지 이르렀으니 영광이 지극했고, 고희를 넘기셨으니 수명도 지극했다 하겠다. 그러니 무슨 유감이 있으시겠느냐? 나로 말하자면 지어미가 지아비를 섬기는 것이야 당연한 도리이니 자랑할 게 뭐 있겠느냐마는, 여러 해 정성과 힘을 다하여 영감님 벼슬 구하는 것을 도와 오늘에 이르게 했으니 나도 책임을 다했

---

7) 전관(銓官): 문관과 무관의 인사행정을 맡아보던 이조·병조를 전조(銓曹)라 한 데서 유래한 말로, 특히 이조의 정랑(正郞, 정5품)·좌랑(佐郞, 정6품)은 전랑(銓郞)이라 하여 내외 관원을 천거·전형(銓衡)했다. 장관인 판서도 관여하지 못하는 특별권한이 부여된 관직으로, 전관은 재상으로 가는 벼슬길이다.
8) 성복(成服): 부모의 죽음을 기정사실화하고 상주가 본격적인 상주 구실을 하기 전에 좌단·우단의 소복도 벗고 정식으로 상복을 갖추어 입는 것. 상주를 비롯하여 산 사람들이 망자와의 가족관계에 따라 상복을 입는데 이를 '성복'이라 한다.
9) 아장(亞將): 대장(大將)에 버금가는 장수라는 뜻으로, 조선시대의 포도대장, 용호별장(龍虎別將), 훈련도감의 중군, 어영청의 중군, 금위영의 중군, 병조참판(兵曹參判) 등을 아울러 일컫는 말.

다. 내 먼 지방에서 온 천인으로 무재武宰, 무관으로서 2품 이상의 관직에 있거나 있던 사람의 소실이 되어 여러 읍에서 두터운 녹을 누렸으니 나의 영광 역시 지극하다 하겠다. 내 무슨 원통한 마음이 있겠느냐? 영감님 살아 계실 때 내가 살림살이를 주관한 것은 그럴 수밖에 없었기 때문이었느니라. 이제 상주가 이렇게 장성하여 집안일을 이끌어갈 수 있고 큰며느리 역시 살림살이를 주관할 수 있으니 오늘부터 살림살이를 맡도록 하려무나."

적자와 큰며느리가 울며 사양했다.

"우리집이 능히 오늘에 이른 것은 모두 서모庶母님의 공입니다. 저희는 다만 의지하고 우러러보기만 했는데 오늘 어찌 갑자기 이런 말씀을 하십니까?"

그녀가 말했다.

"이렇게 하지 않을 수 없다. 이렇게 하지 않으면 집안의 질서가 어지럽혀질 것이니라."

그러고는 집안에 있는 모든 물건, 그릇, 돈, 곡식 등의 목록을 작성하여 큰며느리에게 주었다. 큰며느리를 정당에 거처하게 하고, 자기는 건너편 구석 한 칸 방으로 물러나면서 말했다.

"나는 오늘 이렇게 들어가면 다시 나오지 않을 것이다."

여자는 문을 닫고 곡기를 끊으니 며칠 만에 죽었다. 적자를 비롯해 모두 애통해하며 말했다.

"우리 서모는 보통 분이 아니시니 어찌 서모로 대접하겠는가?"

초종初終 후 석 달을 기다려 장사지내기로 하고 별도의 사당을 세워 제사를 지냈다. 하형의 상여가 나가는 날이 임박해 관을 옮기려 하는데 담군擔軍, 무거운 것을 운반하는 인부. 담구군정(擔柩軍丁), 곧 상여를 운반하는 인부들이 관을 들 수가 없었다. 수십 명이 들어도 관은 움직이지 않았다. 사람들이 모두 말했다.

"혹 소실에게 미련이 있어서 그런 게 아닐까?"

그래서 소실과 함께 발인하려 하자 하형의 널이 가볍게 들려 나가니, 사람들이 모두 기이하게 여겼다. 평산 땅 대로변에서 서쪽을 향해 묻은 것이 하형의 묘이고, 그 오른쪽으로 십여 보 떨어진 곳에서 동쪽을 향해 묻은 것이 소실의 묘라 한다.

禹兵使赴防得賢女

禹兵使夏亨[10], 平山人也. 家甚[11]貧窮[12]. 初登武科, 赴防于關西江邊之邑, 見一水汲[13]婢之免役者, 貌頗[14]免麤[15], 夏亨[16]嬖之, 與之同處. 一日厥女謂夏亨曰: "先達[17]旣以我爲妾, 將以何物爲衣食之資乎?" 對曰[18]: "吾本家貧, 而況此[19]千里客中手無所持[20]乎? 吾旣與汝[21]同室[22], 則所望不過瀚濯垢衣, 補綻弊襪而已, 其何物之波及於汝乎?" 其女曰: "妾亦知之熟矣. 吾旣許身而爲妾, 則先達之衣資, 吾自當之, 須勿慮也." 夏亨曰: "此則非所望也." 厥女自其後, 勤於針線紡績, 衣服飮食, 未嘗闕焉. 及赴防[23]限滿, 夏亨[24]將還[25]歸,

---

10) 亨: 다른 이본에는 '亨'으로 맞게 표기. 다음부터 '亨'으로 표기함.
11) 甚: 동양본에는 탈락.
12) 窮: 동양본에는 탈락.
13) 水汲: 동양본에는 '汲水'로 표기.
14) 免役者, 貌頗: 동양본에는 탈락.
15) 동양본에는 '者'가 더 나옴.
16) 夏亨: 동양본에는 '因'으로 표기.
17) 先達: 동양본에는 탈락.
18) 曰: 동양본에는 탈락.
19) 而況此: 동양본에는 '況又'로 표기.
20) 동양본에는 '者'가 더 나옴.
21) 汝: 동양본에는 탈락.
22) 室: 동양본에는 '處'로 표기.
23) 赴防: 동양본에는 탈락.
24) 夏亨: 동양본에는 탈락.
25) 還: 동양본에는 탈락.

厥女問曰: "先達從此²⁶⁾還歸之後, 其將留洛而求仕否²⁷⁾?" 夏亨曰: "吾以赤手之勢, 京中²⁸⁾無親知之友²⁹⁾, 以何粮³⁰⁾資³¹⁾留京乎? 此則無可望矣³²⁾. 欲從此還鄉, 老³³⁾死於先山之下爲計耳." 女曰: "吾見先達氣像容儀³⁴⁾, 非草草之人也. 前程優可至閫帥³⁵⁾, 男子旣有可爲之機³⁶⁾, 何可坐於無財, 而埋沒於草野乎? 甚可歎惜³⁷⁾. 吾有積年所聚銀貨, 可至³⁸⁾六百兩, 以此贐之³⁹⁾, 可備鞍馬及行資, 幸勿歸鄉, 直向洛下而求仕焉⁴⁰⁾, 十年爲限, 則可以有爲矣⁴¹⁾. 吾賤人也, 爲先達何可守節? 當托身於某處, 聞⁴²⁾先達作宰本道之報, 則⁴³⁾卽日當進謁⁴⁴⁾, 以是爲期⁴⁵⁾, 願先達保重保⁴⁶⁾重⁴⁷⁾." 夏亨意外得重財, 心竊感幸, 遂與其女, 灑⁴⁸⁾淚作別而行. 其女送夏亨之後, 轉托於邑底鰥居之⁴⁹⁾校家, 其校見其人物之⁵⁰⁾伶俐, 與之作配而處, 家頗不貧, 其

26) 先達從此: 동양본에는 탈락.
27) 否: 동양본에는 '乎'로 표기.
28) 동양본에는 '亦'이 더 나옴.
29) 友: 동양본에는 '人'으로 표기.
30) 粮: 동양본에는 '糧'으로 표기.
31) 동양본에는 '而'가 더 나옴.
32) 此則無可望矣: 동양본에는 탈락.
33) 老: 동경대본에는 탈락.
34) 氣像容儀: 동양본·동경대본에는 '容儀氣像'으로 표기.
35) 帥: 동경대본에는 '師'로 잘못 표기.
36) 旣有可爲之機: 동양본에는 탈락.
37) 甚可歎惜: 동양본에는 탈락.
38) 동양본에는 '五'가 더 나옴.
39) 以此贐之: 동양본에는 탈락.
40) 동경대본에는 '爲'가 더 나옴.
41) 矣: 동양본에는 '也'로 표기.
42) 聞: 동양본에는 '而'로 표기.
43) 之報, 則: 동양본에는 '然後'로 표기.
44) 동양본에는 '焉'이 더 나옴.
45) 동양본에는 '焉'이 더 나옴.
46) 保: 동경대본에는 탈락.
47) 願先達保重保重: 동양본에는 탈락.
48) 灑: 동양본에는 '揮'로 표기.
49) 之: 동경대본에는 탈락. 동양본에는 '一'로 표기.

女謂 51)校曰: "前人用餘之財爲幾許? 凡事不可不明白爲之, 穀數爲幾許, 錢帛布木爲幾許, 器皿雜物爲幾許, 皆列書名色及數爻, 而作長 52)件記." 校曰: "夫婦之間, 有則用之, 無則措備可也, 何嫌何疑, 而有此擧也?" 女曰: "不然." 懇請不已, 校乃依其言, 書而給之. 女受而藏之衣笥, 勤於治産, 日漸富饒, 女謂其校曰: "吾粗解文字, 好看洛中之 53)朝報政事, 君盍爲我, 每每借示於衙中乎?" 校如其言, 借而 54)示之, 數年之 55)間政事, 宣傳官 56)禹夏亨 57), 主簿禹夏亨 58), 由經歷而陞副正, 乃除關西腴邑矣. 其女自其後, 只見朝報, 某月日某 59)倅禹夏亨辭朝矣, 女乃謂校曰: "吾之來此, 非久留計矣, 從此可以永別矣." 其校愕然問其故, 女 60)曰: "不必問事之本末, 吾自有去處, 君勿留戀." 乃出向日物種長件記, 以示之曰: "吾於七年之間, 爲人之妻, 理家産, 萬一有一箇之減於前者, 則去人之心, 豈能安 61)乎? 以今較前, 幸而無減, 或有 62)一二三四倍之加數者, 吾心可以快活矣." 仍與校作別, 使一雇奴, 負卜而作男子粧, 着蔽陽子, 徒步而往夏亨之郡, 時夏亨莅任, 纔一日矣. 托以訟民而入庭曰: "有所白之事, 願升階而白活." 太守怪之, 初則不許, 末乃許之. 又請近䏶 63)前, 太守尤怪而許 64)之, 其人曰: "官司 65)倘識

50) 之: 동양본에는 탈락.
51) 동양본에는 '其'가 더 나옴.
52) 長: 동경대본에는 탈락.
53) 之: 동경대본에는 탈락.
54) 而: 동경대본에는 탈락.
55) 之: 동경대본에는 탈락.
56) 官: 동양본에는 탈락.
57) 동양본에는 '爲'가 더 나옴.
58) 禹夏亨: 동양본에는 탈락.
59) 동양본에는 '邑'이 더 나옴.
60) 女: 동경대본에는 탈락.
61) 동양본에는 '於心' 부분이 더 나옴.
62) 有: 동양본·동경대본에는 탈락.
63) 䏶: 동경대본에는 '窓'으로 표기.
64) 而許: 동경대본에는 탈락.
65) 동양본에는 '主'가 더 나옴.

小人乎?"太守曰:"吾新到之初, 此邑之民, 何由知之?"其人曰:"獨不念某年某地赴防時同處之人乎?"太守熟視而大驚, 急起把手而入于房, 問之曰: "汝何作此樣而來也? 吾之赴任[66]翌日, 汝又來此, 誠一期[67]會!"彼此不勝其喜, 共敍中間阻懷. 時夏亨喪配矣, 因以其女入處內衙正堂, 而摠家政[68], 其女撫育其嫡子, 指使其婢僕, 俱有法道, 恩威竝[69]行, 衙內洽然稱之. 每勸夏亨, 托于備局吏給錢兩, 而得見每[70]朔朝報, 女見之, 而揣度世事, 時宰之未及爲銓官, 而未久可爲者, 必使厚饋, 如是之故, 其宰相秉軸[71], 則極力吹噓, 歷三四腴邑, 家計漸饒, 而饋問尤厚, 次次陞遷, 位至節度使, 而年近八十以壽終[72]鄕第. 其女治喪如禮, 過成服, 謂其[73]嫡子喪人曰:"令監以鄕谷武弁, 位至亞將, 位已極矣, 壽過稀年, 壽已極矣, 有何[74]餘憾? 且以我言之, 爲婦事夫, 自是當然底道理, 何必自矜? 而積年費盡誠力, 贊助求仕之方, 得至于今, 吾之責已盡矣. 吾以遐方賤人[75], 得備小室於武宰, 享[76]厚祿於列邑, 吾之榮亦極矣, 有何痛寃之懷? 令監在世時, 使吾主家政, 此則不得不然, 而今喪主, 如是長成, 可幹家事, 嫡子婦當主家政, 自今日請還家政."嫡子與[77]婦泣而辭曰:"吾家之得至于今, 皆庶母之功也, 吾輩只可依賴而仰成, 今何爲而遽出此言也?"女曰:"不可不如是[78], 家道亂矣."乃以多少物件器皿錢穀等屬, 成件記, 一幷付之, 嫡子婦使處正堂, 而

66) 동양본에는 '之'가 더 나옴.
67) 期: 다른 이본에는 '奇'로 맞게 표기.
68) 동경대본에는 '而'가 더 나옴.
69) 竝: 동양본·동경대본에는 '幷'으로 표기.
70) 每: 동양본에는 탈락.
71) 軸: 동경대본에는 '銓'으로 표기.
72) 동양본·동경대본에는 '于'가 더 나옴.
73) 其: 동경대본에는 '女'로 잘못 표기.
74) 有何: 동경대본에는 '何有'로 표기.
75) 得至于今, 吾之責已盡矣. 吾以遐方賤人: 동경대본에는 탈락.
76) 享: 동양본에는 탈락. 동경대본에는 '亨'으로 표기.
77) 與: 동양본에는 탈락.
78) 동양본에는 '不然則'이 더 나옴. '不然則'이 들어가야 문맥이 통함.

自家退處越邊一間房曰: "自今日一入, 不可復出." 仍闔門而絶粒, 數日而
死, 嫡子輩, 皆哀痛曰: "吾之庶母, 非尋常人, 何可以庶母待之?" 初終後葬
事, 待三月將行, 立別廟而祀之, 及兵使之襄期⁷⁹⁾已迫, 將遷柩, 擔軍輩不得
擧, 雖十百人無以動, 諸人皆曰: "無或係戀於小室而⁸⁰⁾然耶?" 仍治⁸¹⁾其小室
之靷行, 與之同發, 則兵使之柩, 卽輕擧而行, 人皆異之. 葬于平山地大路
邊西向而葬者, 兵使之墳也, 其右十餘步地⁸²⁾東向而葬者, 其小室之墳云
耳⁸³⁾.

---

79) 襄期(양기): '양(襄)'은 멍에 양(襄) 자로, 말에 멍에를 씌워 상여를 산으로 운반한다는 데
서 연유한 말이다. 상여 나가는 날을 뜻한다.
80) 而: 동경대본에는 탈락.
81) 治: 동경대본에는 '冶'으로 잘못 표기.
82) 地: 동경대본에는 탈락.
83) 耳: 동양본에는 탈락.

무당이 굿을 해주어 큰 화를 면하다

　참판 유의[1]가 암행어사가 되어 영남 진주에 도착했다. 유의는 그곳 좌수가 네다섯 번이나 연임하면서 불법적인 일들을 저지른다는 소문을 듣고 출두해 그날 그를 때려죽일 요량이었다. 그는 한참 읍내로 향하는 데 십여 리도 못 가서 날이 저물어 늦어버렸고 피곤하기도 해 어느 인가에 들어갔다.

　그가 간 집은 자못 정결한 집이었다. 마루로 올라가니 열서너 살 동자가 윗자리로 맞이해주었다. 동자는 사람됨이 총명하고 지혜로워 종과 말까지 잘 대접해주었다. 그는 말을 먹이고 종을 불러서 저녁밥을 마련해주었다. 온갖 일을 처리하는 것이 엄연한 성인 같았다. 유의는 동자의 나이를 묻고서 또 물었다.

　"여기는 누구 댁인가?"

---

1) 유의(柳誼, 1734~?): 1769년 별시문과에 병과로 급제했으며, 1778년 정언(正言)·지평(持平) 등을 거쳐 홍문관에 들어갔다. 1780년과 그 이듬해에 강원·관서의 암행어사로 나갔다. 1782년 병조참의, 1786년 대사간, 1789년 병조참판을 역임하고, 1797년 대사헌으로 치사(致仕)했다.

동자가 대답했다.

"시임^{時任, 현재 어떤 자리에서 일하고 있음} 좌수 댁입니다."

"너는 좌수의 아들인가?"

"그렇습니다."

"부친은 어디 가셨는가?"

"읍내 임소에 계십니다."

동자가 이렇듯 자상하게 공경히 삼가는 태도로 손님을 응접하니, 유의가 기특하게 여겨 혼잣말로 "간악한 좌수가 이런 아이를 두었구나" 하고 중얼댔다.

유의는 밤이 깊어 누웠는데 누가 깨워 놀라 일어나보니, 등불이 밝게 켜져 있고 앞에 큰 탁자가 놓여 있었다. 생선과 고기, 떡, 술, 과일 등이 높게 차려져 있어 의아하게 여기고 물었다.

"이게 무슨 음식인가?"

동자가 말했다.

"올해 아버지의 신수가 불길하여 반드시 관재^{官災}가 있을 거라 하기에, 무당을 불러 굿을 하고 이 음식들을 차렸습니다. 손님께 접대하오니 조금이라도 맛보시지요."

유의는 웃음을 참으며 맛을 보았다. 배가 고픈 지 오래되었던지라 먹고 나니 기운이 살아났다.

다음날 유의는 동자와 작별하고 읍내로 들어가 암행어사 출두를 했다. 그리고 좌수를 잡아들여 그동안의 죄악을 따졌다. 유의가 말했다.

"내가 행차한 것은 너 같은 자를 때려죽이기 위해서였다. 그런데 어제 네 집에 자면서 네 아들을 보니 너보다 훨씬 나았다. 이미 네 집에서 자고 네 술과 음식을 먹었으니 너를 죽인다면 그건 인정 없는 짓이겠지."

그러고는 좌수에게 엄한 형을 내려 그를 멀리 귀양 보내고 돌아왔다.

유의는 매번 남들에게 그 일에 대해 이렇게 이야기했다.

"무녀가 귀신에게 빌었으니 역시 그냥 죽이지는 못했지. 좌수의 신은 나였다네. 술과 고기를 바쳐 나에게 빌었으니 화를 면하지 않았나."

사람들은 정말 그렇다면서 포복절도했다 한다.

免大禍巫女賽神

柳僉判誼以繡衣, 行嶺南到晉州. 聞首鄕連四五等仍任, 而行不法之事, 期於出道日打殺, 方向邑底, 未及十餘里地, 日勢已晩, 又有路憊, 偶入一家. 家頗精潔, 升堂, 有一十三四歲童子, 延之上座. 其作人聰慧, 區處[2]奴馬, 使之喂之, 呼奴備夕飯, 人事凡百, 儼若成人, 問其年, 而且問: "是誰之家?", 則答曰: "時座首之家也." 問: "汝是座首之子乎?" 曰: "然矣."[3] "汝翁何處去?" 曰: "方[4]在邑內任所矣." 其應接[5]詳而敬謹, 柳奇愛[6], 獨語于心曰: "奸鄕有[7]寧馨兒[8]."云矣. 至夜就寢, 忽有攪之者, 驚覺則燈火熒然, 前置[9]大卓, 魚肉餠餌, 酒果之屬, 皆高排矣. 起而訝之, 問: "此何飮食?" 其兒曰: "今年家翁之身數不吉, 必有官灾云, 故招巫而禳之, 此其所設也[10]. 玆敢接待客主, 願少下著." 柳忍笑而啗之. 久飢[11]之餘, 腹果而氣蘇. 其翌日, 辭而入邑底, 出道, 拿入其座首, 數其前後[12]罪惡, 而[13]仍言曰: "吾之

2) 區處(구처): 변통하여 처리함.
3) 동양본에는 '曰'이 더 나옴.
4) 方: 동경대본에는 탈락.
5) 동양본에는 '極'이 더 나옴.
6) 동양본에는 '之'가 더 나옴.
7) 동양본에는 '此'가 더 나옴.
8) 寧馨兒(영형아): 진송(晉宋) 시대의 속어로, '이와 같은 아이'라는 감탄사로 쓰이는 말이었는데, 후대에는 아이를 칭찬하는 말로 쓰였다. 『진서晉書』 권43 「왕연전王衍傳」에 나온다.
9) 置: 동양본·동경대본에는 '有'로 표기.
10) 也: 동경대본에는 탈락.
11) 飢: 동경대본에는 '饑'로 표기.
12) 前後: 동양본에는 탈락.
13) 而: 동양본에는 탈락.

行次[14], 欲打殺如汝者矣, 昨宿汝家, 見汝子, 大勝於汝矣. 旣宿汝家, 飽汝之酒食, 而殺之, 非人情." 仍嚴刑遠配而歸. 柳台每向人道其事曰: "巫女禱[15]神, 亦不虛殺. 座首之神卽我也. [16]以酒肉禱之於我而免禍." 儘覺[17]絶倒云爾[18].

14) 行次: 동양본·동경대본에는 '此行'으로 표기.
15) 禱: 동양본에는 '賽'으로 표기.
16) 동양본에는 '而'가 더 나옴.
17) 儘覺(진각): 참으로 그렇게 생각되다.
18) 爾: 동양본에는 탈락.

충성스러운 종이 어가를 향해 원통함을 알리다

영천榮川, 경상북도 영주 지역의 옛 지명 유생 민봉조閔鳳朝에게 아들이 있었는데 혼인한 지 일 년도 못 되어 죽었다. 홀로된 며느리 박씨는 양반 문벌 집안이었다. 예에 따라 초상을 치르고 시부모를 효성스럽게 봉양하니 이웃 사람들이 칭찬했다. 박씨는 시집올 때 만석萬石이라는 어린 종을 데리고 왔다. 민씨 댁은 언제나 빈궁했지만 박씨가 몸소 길쌈을 하고, 종에게 나무해오고 물을 길어오게 해 시부모의 아침저녁 끼니를 한 번도 거르지 않게 했다.

이웃에 김조술金祖述이라는 자가 살았는데 역시 양반으로 행세했고 재산이 누만금이나 되는 부자였다. 그는 울타리 틈으로 우연히 박씨의 미모를 보고는 속으로 탐을 냈다. 하루는 민생이 출타하려고 조술의 집에서 휘항[1]을 빌려갔다. 조술은 민생이 집에 없는 틈을 타서 사람을 보내

---

1) 휘항(揮項): 남자들이 쓰던 방한모의 하나. 정수리 부분은 트여 있으며 뒤는 길다. 작은 것은 뒤통수와 목을 두르고 큰 것은 어깨와 등도 덮을 수 있다. 볼끼를 달아 목덜미와 뺨을 싸고 좌우에 끈을 달아 목에 맨다. 귀인은 담비 가죽으로 천인은 족제비 가죽으로 만든다.

박씨의 침실을 알아내게 했다. 그러고는 달밤에 총관瑾冠 푸른 말총으로 만든 관을 쓰고 그 집으로 들어갔다.

이때 박씨는 자기 침실에 혼자 있었다. 그 방은 시어머니의 방과 벽 하나를 사이에 두고 있었고 작은 지게문이 있었다. 잠에서 깨어난 박씨는 창밖에서 나는 신발소리를 들었고 창틈으로 달빛 아래 사람 그림자가 어른거리는 것을 보았다. 수상하고 겁이 나서 몰래 일어나 지게문을 열고 시어머니 방으로 들어갔다. 시어머니가 이상하게 여기자 박씨가 그 이유를 조용히 말해주었다. 시어머니와 며느리는 일어나서 마주보고 앉았다.

만석은 조술 집 여종의 남편이었다. 만석이 그날은 자기 집에서 잤으니 박씨 집에는 다른 사람이라고는 아무도 없었다. 갑자기 밖에서 어떤 사람이 소리질렀다.

"박 과부는 나와 정을 통한 지 오래되었다. 속히 나와라!"

시어머니가 큰 소리로 동네 사람들을 불렀다.

"도둑이 들었네!"

이웃집 사람들이 불을 들고 몰려오자, 조술은 자기 집으로 도망갔다.

박씨와 시어머니는 그놈이 조술인 것을 알았다. 민생은 돌아와 그 이야기를 듣고 분을 이기지 못해 관가에 고소장을 바치려 했지만 소문이 안 좋게 날까봐 참았다.

그뒤 조술은 동네 사람들에게 또 말했다.

"박씨는 나와 정을 통하여 잉태한 지 벌써 서너 달은 되었지."

이 말이 자자하게 퍼져나갔다.

박씨는 그 말을 듣고 다짐했다.

"오늘은 관가에 고소해 꼭 수치를 씻으리라!"

박씨가 치마로 얼굴을 덮어쓰고 관가 마당으로 들어가서 조술의 죄악을 명백히 고했다. 그리고 자기가 무고를 당한 실상을 밝혔다.

이때 조술은 관속들에게 뇌물을 먹여놓아 그 읍의 관속들은 모두 조술의 종이 되어 있었다. 형리刑吏가 말했다.

"그 여자가 음탕한 짓을 하고 다닌다는 소문이 돈 지는 오래되었지."

고을 원인 윤이현尹彛絃도 관속들의 말만 믿고 이렇게 말했다.

"네가 정말 정절을 지키고 있다면 설사 남으로부터 무고를 입었다 하더라도 시간이 흐르면 억울함이 저절로 벗겨질 것이거늘, 어찌하여 관가에 와서 스스로 해명하려 드느냐? 물러가는 것이 마땅하도다."

박씨가 말했다.

"관아에서 결백을 가려 김조술의 죄를 엄단하지 못한다면, 소첩은 이 관아 마당에서 마땅히 자결하겠습니다."

박씨가 차고 있던 작은 칼을 꺼내들었다. 박씨가 말하는 기운이 강개했다. 원이 화를 내며 꾸짖었다.

"네가 이런 짓으로 내게 겁을 주고 내 마음을 움직이려 한단 말이렸다? 죽으려면 큰 칼로 네 집에서 죽어야지 어찌 작은 칼을 가지고 그러느냐? 썩 나가렸다!"

원이 관비들을 시켜 박씨의 등을 떠밀어 관문 밖으로 내쫓았다. 관문 밖으로 나온 박씨는 방성대곡하고 작은 칼로 목을 찔러 자결했다. 보고 있던 사람들이 다 당황하고 놀랐다. 원도 그제야 놀라서 시신을 운반해 가게 했다.

민생은 분을 이기지 못해 관가 마당으로 들어가 소리쳤다. 원은 그가 백성으로서 관가에서 패악을 부렸고 원을 침핍侵逼, 침노하여 핍박함했다고 감영에 보고했다. 민생은 안동부에 이감되었다.

종 만석은 실상을 알릴 작정으로 상경해 임금의 수레 앞에서 명금[2]

---

2) 명금(鳴金): 바라를 쳐서 임금의 주의를 끔. 격쟁(擊錚)과 같은 뜻으로, 격쟁은 조선시대에 억울한 일을 당한 사람이 왕이 거둥하는 길거리에서 징이나 꽹과리를 쳐 왕에게 호소하던 일이다.

했다. 임금이 해당 도에서 사실을 조사해 보고하라는 명을 내리니 판부
判府에서 조사를 했다. 조술은 동네 사람들과 영읍의 하급 관리들에게 누
천금의 뇌물을 먹여놓았다. 그래서 그들은 박씨가 자결한 것이 아니라
임신했다는 소문이 부끄러워서 약을 먹고 죽었다고 말했다. 또 약을 파
는 할미와 상인도 그렇게 증언했는데, 이들 역시 조술이 뇌물을 먹여놓
았던 것이다.

옥사는 쉽게 결판나지 않아 사 년이나 끌게 되었다. 민씨 집안에서는
박씨의 시신을 염하지 않았고 관뚜껑도 덮지 않았다.

"이 원수를 갚고 나서 염을 다시 하여 장사지내리라."

이렇게 다짐했다.

박씨의 시체는 건넌방에 둔 지 사 년이 지났지만 조금도 상하거나 부
패하지 않아 살아 있을 때와 같았다. 그 문안에 들어가도 더럽거나 나쁜
냄새는 전혀 나지 않았고 파리조차 가까이 오지 않았으니 기이한 일이
었다.

봉화 원 박시원[3]은 박씨와 육촌 남매 사이였다. 그 영연靈筵, 혼백이나 신위
(神位)를 모신 자리와 그에 딸린 물건들에 가서 곡하고 관뚜껑을 열어보았는데 박씨
가 살아 있을 때와 다름이 없었다고 했다.

만석은 김조술 집 여종의 남편으로 일남일녀를 두었지만, 이런 일이
일어나자 아내를 쫓아내고 고별하며 말했다.

"너의 주인은 내 주인을 죽였으니 그 집은 원수의 집이다. 부부의 의
리가 비록 중요하지만 종과 주인의 분수 역시 가볍지 않다. 너는 네 주
인에게로 돌아가거라. 나는 내 주인을 위해 죽겠다."

---

3) 박시원(朴時源, 1764~1842): 본관은 반남(潘南). 영천(榮川, 지금의 영주)에 살았다. 1798년
식년문과에 갑과로 급제했으며, 벼슬이 사간에 이르렀다. 천성이 진중하고, 마음이 늘 평온하
여 몸가짐과 행동거지를 겉으로 꾸미는 일이 없었다. 안동 김씨의 세도정치 때 조용히 향리로
돌아와 유학 연구에 몰두하며 후학을 가르쳤다. 영천에 있는 이산서원(伊山書院)을 회복했다.

그러고는 아내와 결별하고 한양과 고을을 분주히 오가면서 꼭 복수하고자 했다.

판서 김상휴[4]가 경상도 관찰사였을 때[5], 만석은 또 상경하여 명금을 했다. 임금은 본도에 계하[6]하여 사관査官, 검사하는 일을 맡아보던 관리을 다시 정해 철저히 살피게 했다. 민씨 집에서는 박씨의 관을 지고 와서 관아 마당에 두었는데 관 안에서 비단 찢는 소리가 들려나왔다. 민씨 집 사람이 관뚜껑을 열어 보여주고자 하니 사관은 관비를 시켜 살펴보게 했다. 박씨의 얼굴색은 살아 있는 것 같았고 두 뺨에는 홍조가 있었으며 목 아래에는 칼에 찔린 핏자국이 분명했다. 뱃가죽이 등에 붙었고 피부가 돌처럼 단단해졌지만 부패하거나 상한 기운은 전혀 없었다.

약재상과 약을 판 할미를 엄하게 국문하니 비로소 사실을 자백했다.

"조술이 저희에게 각각 이백 냥을 주었기에 그렇게 말했습니다."

관아에서 이 사실을 임금께 아뢰었다. 조술은 그제야 법에 따라 죽임을 당했다.

박씨에게 정려문을 내리고 만석에게는 복호[7]를 내렸다. 영남 선비들이 비를 세워 만석의 충성을 기록했다.

---

4) 김상휴(金相休, ?~1827): 본관은 광주(廣州). 1803년 증광문과에 갑과로 급제하고 홍문록에 올랐다. 1810년 통신사로 일본에 다녀왔으며, 그 공로로 1812년 가의대부의 품계를 받았다. 1817년 강화부유수, 1819년 대사성을 거쳐 이조참판·대사간이 되었으며, 1822년 경상도관찰사가 되었다. 1824년 형조판서·의정부좌참찬 등을 거쳐, 이듬해 판의금부사, 1826년 예문관제학·이조판서 등을 역임했다.
5) 판서 김상휴가 경상도 관찰사였을 때: 1822년.
6) 계하(啓下): 임금에게 올라온 계문(啓聞)에 대한 임금의 답이나 의견으로 내려진 것. 임금은 계문을 보고 계자인(啓字印)을 찍어 직접 읽어보고 결재를 마쳤음을 표시했다.
7) 복호(復戶): 조선시대에 충신·효자·군인 등 특정 대상의 부역이나 조세를 면제해주던 일.

訴輦路忠僕鳴寃

榮川儒生閔鳳朝, 有一子, 過婚未一年而身死. 其孀婦朴氏女, 而亦有班
閥之家也, 執喪以禮, 而孝奉舅姑, 隣里稱之. 來時率童奴8)一人, 而名則萬
石者. 閔家素貧窮, 朴氏躬自紡績, 使奴樵汲, 朝夕之供, 未嘗闕焉. 隣居有
金祖述者, 亦有班名, 家計累萬金富者也, 從籬間, 偶見朴氏之妍美, 心欲
之矣. 一日閔生欲出他, 借着揮項於祖述之家矣, 祖述乘其不在家9), 使人
探知朴氏之寢房, 帶月着聰冠而入其家, 時10)朴氏獨在其寢房, 房與其姑之
房, 隔一壁, 而間有小戶矣. 朴氏睡覺, 聞窓外履聲, 又見窓間月色下人影,
心竊疑惻, 潛起開戶, 而入其姑之房, 11)姑怪而問之, 密語其由, 姑婦相對
而坐, 萬石者爲祖述之婢夫, 宿於其家, 寂無一人矣. 忽於戶外, 有人厲聲
曰: "朴寡女12)與吾13)有私, 亦已久矣, 斯速出送!"云云. 其姑疾聲呼洞人謂
曰: "有賊人來!"云. 隣家之人, 擧火而來, 祖述仍還歸其家. 朴氏姑婦知其
爲祖述也. 閔生歸來, 聞其言, 而憤14)15)勝, 欲呈訴于官, 而恐致所聞之不
好, 仍姑忍之. 其後祖述, 又揚言于洞中曰: "朴氏與吾相通, 孕已三四朔
矣."云云, 傳說藉藉, 朴氏聞之曰: "今則可以呈官而雪恥矣!" 以裳掩面而入
官庭, 明言祖述之罪惡, 又言自家受誣之狀, 時祖述行貨16)於官屬, 且一邑
官屬, 俱是祖述之奴屬也. 刑吏輩皆言: "此女自來行淫, 所聞之出, 亦已久
矣."云. 本倅尹彛鉉, 信聽官屬之言, 以爲: "汝若有貞節, 則雖被誣於人, 久
則自脫, 何乃親入官庭而自明乎? 退去可也." 朴氏曰: "自官若不卞白, 而

8) 奴: 동경대본에는 탈락.
9) 동경대본에는 '時'가 더 나옴.
10) 時: 동경대본에는 탈락.
11) 동양본에는 '其'가 더 나옴.
12) 女: 동양본에는 '婦'로 표기.
13) 吾: 동경대본에는 '我'로 표기.
14) 憤: 동양본·동경대본에는 '忿'으로 표기.
15) 동양본에는 '自'가 더 나옴.
16) 行貨(행화): 뇌물을 주다.

嚴處金哥之罪, 則妾當自刎於此庭下矣." 仍拔所佩小刀, 而辭氣慷慨, 本倅
怒而叱曰: "[17]以此而恐動吾乎? 汝若欲死, 則以大刀自刎於汝家可也, 何
乃以小刀爲也[18]? 斯速出去!" 仍使官婢推背而逐出官門之外, 朴氏出門,
放聲大哭, 以其小刀, 刎其頸而死, 見者無不錯愕. 本倅始乃驚動, 使之運
屍而去. 閔生不勝其忿, 入庭而語多侵逼, 本倅以土民之肆惡官庭侵逼土
主[19], 報營, 閔生移囚于安東府矣. 其奴萬石者, 以其狀上京, 鳴金于駕前,
有下該道查啓之. 判府行查, 則祖述以累千金, 行賂於洞人及營邑之下屬[20],
至於朴氏之死, 非自刎而羞愧於孕胎之說, 服藥致死云, 而貿藥之嫗賣藥之
商, 皆立證, 此亦祖述給賂於老嫗及商人而[21]然也. 獄久不決, 拖至四年之
久, 閔家以朴氏之屍, 不斂而入棺不覆盖曰: "復此讎之後, 可改斂而葬."云,
而置越房者四年, 而身體少無傷敗, 而如生時, 入其門, 少無穢惡臭, 而蠅
蚋亦不近, 亦可異矣. 奉化倅朴時源, 卽其再從娚妹間也, 往哭其靈筵, 啓
棺盖而見之, 則如[22]生時無異云矣. 萬石爲金家婢夫, 生一男一女矣, 當此
時, 逐其妻而訣曰: "汝主殺吾主, 卽讎家也, 夫婦之義雖重, 而奴主之分,
亦不輕, 汝自還歸汝主, 吾則爲吾主而死也."云, 而絶之, 奔走京鄕, 必欲復
讎乃已. 及金判書相休之按節時, 萬石又上京鳴金, 啓下本[23]道, 更定查官
而窮覈, 則閔家擔來朴氏之[24]柩於查庭, 而中有裂帛之聲, 閔家人擧按[25]
盖, 而欲視[26]之, 查官使官婢驗視, 則面色如生, 兩頰有紅暈, 頸下[27]有劍

17) 동양본에는 '汝欲'이 더 나옴.
18) 也: 동양본에는 탈락.
19) 土主(토주): 원님.
20) 屬: 동양본에는 '隷'로 표기.
21) 而: 동경대본에는 탈락.
22) 如: 동양본에도 '如'로 표기. 동경대본에는 '與'로 표기. '與'가 맞음.
23) 本: 동경대본에는 탈락.
24) 之: 동경대본에는 탈락.
25) 按: 동경대본에는 '棺'으로 표기.
26) 視: 동양본·동경대본에는 '示'로 표기.
27) 동양본·동경대본에는 '尙'이 더 나옴.

刺之血痕, 腹帖于背, 而肌膚堅如石, 少[28]無腐傷之意. 藥物賣買之商及
老嫗, 嚴鞠問之, 則始吐實曰:"祖述各給二百兩錢, 故如是爲言."云. 自營
門, 以此[29]狀聞, 祖述始[30]伏法. 朴氏旌閭萬石給復, 嶺之士立[31]記萬石
之忠.

28) 少: 동양본·동경대본에는 '小'로 표기.
29) 此: 동양본에는 탈락.
30) 始: 동양본에는 탈락.
31) 동양본에는 '石'이 더 나옴.

엄한 시아버지를 두려워한 독한 며느리의 맹세

안동 권진사 아무개는 살림이 부유했지만 엄격하고 준엄하여 법도 있게 집안을 다스렸다. 그의 외아들이 장가를 들었는데, 며느리가 투기심이 많고 사나워서 다루기가 어려웠다. 그러나 시아버지가 엄한 까닭에 감히 그 성질을 부리지는 못했다. 권진사는 한번 노하면 반드시 대청에 자리를 펴고 앉아 노복을 때려죽이거나 죽이지 않더라도 꼭 피를 보고서야 그만두었다. 그래서 그가 대청에 자리를 깔기만 하면 집안사람들이 벌벌 떨면서 반드시 죽을 사람이 생길 줄 알았다.

아들은 이웃 읍에 있는 처가로 장인 장모를 뵈러 갔다가 돌아오는 길에 비를 만나 점사에 들어갔다. 한 소년이 마루 위에 앉아 있는 모습이 보였다. 마구간에는 준마 대여섯 필이 있고 노복 또한 많았으니 부인의 외출을 안내하고 있는 듯했다. 소년은 권생을 보고 인사를 나누고 술과 안주, 그릇에 담은 음식 등을 권했다. 술은 차고 맑았으며 안주도 가득했다. 성씨와 거처를 서로 물었는데 권생은 사실대로 말해주었지만, 먼저 와 있던 소년은 성씨만 말해주었을 뿐 사는 곳은 밝히지 않았다.

"우연히 이곳을 지나다 비를 만나 피하려고 이 점사에 들어왔지요. 운좋게도 좋은 동년배 친구를 만났으니 어찌 즐겁지 않겠소?"

그러고는 술잔을 주고받으며 마음껏 취하기로 했다. 권생이 취해 쓰러져 먼저 잠들었다가 밤이 되어서야 깨어나 눈을 떠 살펴보았다. 술잔을 기울이던 소년은 그림자도 없이 사라졌고 자기만 내실에 누워 있었다. 옆에는 소복 입은 어여쁜 여인이 앉아 있었는데 나이는 열여덟아홉살쯤 되었고, 용모가 단아하고 아름다워 상민이나 천인이 아닌 한양 재상가 처녀 같았다. 권생이 크게 놀라 물었다.

"내가 어떻게 이곳에 누워 있게 되었소? 그대는 어느 댁 뭘 하는 부녀자인데 이곳에 있소?"

여자는 부끄러워할 뿐 대답하지 않았으며, 거듭 물어도 입을 열지 않았다. 마침내 수식경이 지나자 낮은 목소리로 말했다.

"저는 한양의 번성하는 문벌가의 여자로 열네 살에 출가하여 열다섯에 남편을 잃었습니다. 저의 아버지 또한 일찍 세상을 떠나 오빠가 집을 이끌어갔지요. 오빠는 고집이 있어 시속의 예에 얽매이지 않고 홀로된 여동생을 개가시킬 수 있는 곳을 구했습니다. 그러나 그 때문에 가문에서 시비가 크게 일어나니, 다들 우리가 가문을 더럽힌다고 엄한 말로 꾸짖으며 완전히 우리집을 배척했습니다. 오빠는 하는 수 없이 혼사 의논하기를 그만두고 가마와 말을 구해 저를 태우고 문을 나섰습니다. 정한 곳도 없이 길을 나섰다가 여기까지 오게 되었으니 뜻에 합당한 남자를 만나기만 하면 저를 맡기고 자기는 피해버려 여러 사람의 이목을 막고자 한 것이었겠지요. 어젯밤 당신이 술에 취한 틈을 타 종에게 당신을 업게 해 이곳으로 데려와 눕혔지요. 오빠는 멀리 도망치면서 옆에 있는 상자 하나를 가리키며, '이 속에 오륙백 은자銀子가 들어 있다. 이것으로 남의 첩이 되어 살아가는 밑천으로 삼아라'라고 했습니다."

권생이 기이하게 여기고 밖으로 나가보니 소년과 허다한 사람과 말은 모두 어디론가 사라져버리고 어린 여종 둘만 남아 있었다. 권생은 다시 들어와 그녀와 동침했다. 한참 뒤 생각해보니 엄한 부친을 모시고 있는 처지에 멋대로 첩을 두었으니 반드시 큰 처벌을 받을 것 같았다. 또 사납고 투기심 많은 처 역시 이를 용납하지 않을 것 같았다. 장차 어찌할까 천 번 만 번 생각해봐도 좋은 계책이 떠오르지 않았다. 기이하게 만난 아름다운 여인이 도리어 큰 두통거리가 된 것이었다.

아침이 되자 권생은 여종에게 문을 잘 지키도록 하고 여자에게는 이렇게 말했다.

"집에 계신 아버지께 일단 돌아가서 말씀을 드리고 그대를 데려갈 테니 잠시만 기다려주시오."

점사 주인에게도 신신부탁을 하고 문을 나섰다. 곧장 꾀를 잘 내는 친구의 집으로 가서 사실대로 말해주고 해결책을 물었다. 친구는 한참 생각하더니 이렇게 말했다.

"정말 어렵고 또 어렵네! 사실 좋은 방책은 없고 다만 계책 하나가 있다네. 자네가 집으로 돌아가면 며칠 뒤 내가 술자리를 마련해 자네를 청하겠네. 자네는 그 다음날 술자리를 베풀어 나를 청해주게. 내게 방법이 있다네."

권생은 그 말에 따르기로 했다. 권생이 집으로 돌아가고, 며칠 뒤 친구가 심부름꾼을 보내 간곡히 그를 초청했다.

'마침 술과 안주가 생겼는데 친구들이 다 모였네. 이 자리에 형이 없을 수는 없네. 모름지기 속히 와주게나.'

권생이 부친께 말씀드리고 모임 자리에 갔다. 다음날 권생이 부친께 말씀드렸다.

"아무개 친구가 어제 술자리를 차리고 저를 불러주었습니다. 답례를 빠뜨릴 수 없습니다. 오늘 주찬酒饌을 대략 마련해 친구들을 초대하는 것이 좋겠습니다."

부친이 허락하니 술자리를 마련해 그 친구를 불렀고 마을의 여러 소년도 함께 초대했다. 친구들은 먼저 권생의 부친에게 절을 올렸다. 권진사가 말했다.

"젊은이들이 돌아가며 술자리를 마련하면서도 한 번도 늙은이를 청하지 않으니 이게 무슨 도리인고?"

친구가 대답했다.

"어르신께서 자리에 계시면 연소한 저희가 마음대로 앉거나 누워 있지 못할 것입니다. 또 어르신께서 너무 엄격하시기에, 저희는 잠시 배알하고 나서도 십분 조심하게 되어 혹 잘못을 저지르진 않았나 걱정만 할 것입니다. 그러니 어찌 종일토록 술자리에 어르신을 모시고 앉아 있을 수 있겠습니까? 어르신께서 강림하신다면 참으로 살풍경이 될 것입니다."

권진사가 웃으며 말했다.

"술자리에 어찌 장유유서가 있겠나? 오늘 술자리는 내가 주인이 되어 너희를 얽어매는 예의 같은 것일랑 다 벗어던져버리고 종일토록 즐기세. 자네들이 내게 예의에 어긋난 행동을 백번 한다 해도 내 자네들을 책망하지 않을 것일세. 하루 동안 마음껏 즐겨 이 늙은이의 외롭고 쓸쓸한 심사를 위로해주게나."

소년들이 일시에 공손히 응낙하니 늙은이와 젊은이가 뒤섞여 앉아 술잔을 들었다. 술자리가 반쯤 무르익었을 때 그 꾀를 잘 내는 친구가 권진사 앞으로 다가가 말했다.

"기이한 옛이야기가 하나 있사온데 제가 한번 들려드려 웃음거리로 바치고자 합니다."

권진사가 말했다.

"옛이야기 좋지! 날 위해 들려주게나."

친구는 권생이 점사에서 겪은 기구한 만남을 이야기로 만들어 들려주었다.

권진사는 대목마다 기이하다고 찬탄했다.

"기이하다! 기이하도다! 옛날에는 간혹 이 같은 기이한 인연이 있었지만, 요즘은 한 번도 들어보지 못했는걸."

친구가 말했다.

"만약 어르신께 이런 일이 일어난다면 어떤 조치를 취하시겠습니까? 깊은 밤 아무도 없는데 절대가인이 옆에 있다면 그녀를 가까이하시겠습니까, 무시하시겠습니까? 이미 그녀를 가까이했다면 장차 데려가서 함께 사시겠습니까, 아니면 버리시겠습니까?"

권진사가 말했다.

"내가 궁형[1]을 받은 사람도 아닌데 황혼에 가인을 만나면 헛되이 보낼 리가 있겠나? 또 일단 동침했다면 데려가서 첩으로 삼을 것이지 어찌 버려서 악을 쌓겠는가?"

친구가 말했다.

"어르신께서는 본디 방정하고 엄격하시어 비록 이런 때를 당하시더라도 절대 훼절하지는 않을 것 같은데요."

권진사가 머리를 절레절레 흔들며 말했다.

"그렇지 않아! 그렇지 않아! 내가 그 일을 당했어도 부득불 훼절할 수밖에 없었을 거야. 그 소년이 내실로 들어간 것도 고의가 아니라 남에게 속아서 그런 것이잖나. 그 사람이 고의로 여자를 범한 건 아니지. 젊은 사람이 미색을 보고 마음이 움직이는 건 당연한 일 아닌가? 그 여자도 사족으로서 이런 일을 당했으니 그 사정이 슬프고 처지가 절박하네. 혹여 한 번 보고 버려진다면 그녀는 분명 부끄러움을 머금고 원한을 가진

---

1) 궁형(宮刑): 고대 중국에서 실행하던 다섯 가지 형벌 중의 하나. 사형(死刑)·궁형(宮刑)·월형(刖刑: 발뒤꿈치를 자르는 형벌)·의형(劓刑: 코를 베는 형벌)·경형(黥刑: 얼굴·팔뚝 등의 살을 따고 홈을 내어 죄명을 찍어넣는 형벌)을 5형이라 하는데, 이중에서 궁형은, 남자는 생식기를 거세하고, 여자는 질을 폐쇄해 자손의 생산을 아예 불가능하게 하는 것이었다.

채 죽고 말았을 걸세. 그렇다면 그게 악을 쌓는 것이 아니고 무엇이겠나? 사대부가 일을 조치할 때는 그처럼 모질게 해서는 안 된다네."

그 친구가 또 물었다.

"인정과 사리가 과연 그러합니까?"

권진사가 말했다.

"어찌 다른 뜻이 있을 수 있겠나? 마땅히 박복한 여자가 되지 않도록 해주는 것이 옳지."

친구가 웃으며 말했다.

"어르신, 이것은 옛이야기가 아니랍니다. 아드님이 얼마 전에 겪은 일입니다. 어르신께서 사리가 당연하다 하셨고 거듭 여쭤도 같은 말씀을 하셨으니, 아드님은 이제 벌을 면할 수 있게 되었습니다."

권진사는 이 말을 다 듣고 한참 동안 아무 말도 하지 않았다.

그러다가 정색을 하고 소리질렀다.

"자네들 다 돌아가게! 내 처리할 일이 있어."

모두 놀라고 겁을 내며 흩어졌다. 권진사가 고함을 질렀다.

"대청에 얼른 자리를 펴라!"

집안사람들 모두가 두려워 벌벌 떨기만 할 뿐 권진사가 누구의 무슨 죄를 벌주어 다스리려고 그러는지 몰랐다. 권진사가 자리 위에서 소리쳤다.

"빨리 작두를 가져오너라!"

종이 황급히 명을 받들어 작두와 널판을 마당으로 가져왔다. 권진사가 고함을 질렀다.

"내 아들놈을 끌고 와 작두판에 엎드리게 하라!"

종이 권생을 끌고 와 작두판 위에 목을 올리게 했다. 권진사가 크게 꾸짖었다.

"입에서 아직 젖내가 나는 패륜 자식아, 부모에게 고하지도 않고 몰래 첩을 두다니! 이건 집안을 망하게 하는 짓이다! 내가 살아 있는데도 이런 짓을 하는데, 하물며 내가 죽은 뒤엔 무슨 짓을 못하겠나? 이런 패륜 자식은 살아 있어도 아무 도움이 안 된다. 내가 살아 있을 때 네 목을 잘라 나중에 올 폐단을 막는 게 낫다!"

권진사는 말을 마치고 종에게 호령해 발을 들어올려 작두를 누르게 했다. 순간 위아래 사람이 다 어쩔 줄 모르고 얼굴빛이 사색이 되었다.

권진사의 처와 며느리가 마루에서 내려와 애걸했다.

"저 아이가 비록 죽을죄를 졌다 하더라도, 어찌 차마 면전에서 외아들의 목을 베려 하시오?"

그들이 울면서 그치지 않고 간청했다. 권진사는 크게 소리질러 물러가라고 꾸짖었다. 처가 놀라고 겁이 나서 피했다. 며느리는 땅에 머리를 짓찧어 얼굴에 피를 흘리며 아뢰었다.

"나이 어린 사람이 방자하게 함부로 날뛴 죄를 짓기는 했지만 아버님의 단 하나뿐인 혈육입니다. 아버님, 어찌 이리도 잔혹한 일을 하시어 누대봉사累代奉祀, 여러 대 조상의 제사를 받듦가 하루아침에 끊어지게 하시렵니까? 제발 제가 대신 죽게 해주십시오!"

권진사가 말했다.

"집안에 패륜 자식이 있어 집안을 망하게 하면 그 욕이 조상님께 미치게 되어 있다. 차라리 그놈을 눈앞에서 죽여버리고 양자를 다시 구하는 게 낫다. 이러나저러나 망하기는 마찬가지니 깨끗하게 망하는 것이 더 낫다!"

그리고 권생의 목을 베라고 호령했다. 종은 입으로는 그러겠다 하면서도 차마 발을 댈 수가 없었다. 며느리는 울면서 더욱 간절하게 간언했다.

권진사가 말했다.

"이놈이 집안을 망하게 할 것이 하나만이 아니다. 부모를 모시고 있는 처지에 멋대로 첩을 들였으니 그게 첫번째 망조다. 사납고 투기 많은 네가 그 첩을 용납하지 못할 테니 그렇게 되면 집안 법도가 나날이 어지러워질 터, 그게 두번째 망조다. 이렇게 망조가 둘이나 생기게 하느니 차라리 일찍 제거해버리는 것이 더 낫다."

며느리가 말했다.

"저도 사람의 얼굴과 마음을 가졌으니 이런 광경을 눈으로 보고도 어찌 투기의 '투妬' 자에라도 생각이 미치겠습니까? 아버님께서 한 번만 용서해주신다면, 이 며느리 삼가 첩과 함께 살면서 조금도 화목을 깨지 않겠나이다. 아버님, 제발 그 걱정은 마시고 특별히 너그러운 은혜를 베풀어주시옵소서!"

권진사가 말했다.

"네가 비록 오늘의 조치에 절박해져서 그렇게 말하지만 겉으로만 그러지 속마음은 그렇지 않을 것이다."

며느리가 말했다.

"어찌 그럴 리가 있겠습니까? 제가 아버님 말씀과 조금이라도 비슷한 마음이 있다면 하늘이 필히 천벌을 내리실 것이고 귀신도 저를 죽일 것입니다!"

"내가 살아 있을 때는 네가 혹 그렇게라도 하겠지만, 내가 죽고 나서는 반드시 다시 악독한 짓을 멋대로 할 것이다. 그때면 나는 이미 없고 패륜 자식도 너를 억제하지 못할 것이니, 그게 집안 망하는 일이 아니고 무엇이겠느냐? 이는 당장 저 녀석의 머리를 잘라 화근을 없애는 것만 못하다!"

며느리가 말했다.

"어찌 감히 그렇겠습니까? 아버님께서 돌아가시고 나서도 제가 조금이라도 못된 마음을 가진다면 저는 개돼지만도 못할 것입니다. 삼가 맹세의 말을 써 올리겠습니다."

권진사가 말했다.

"그렇다면 맹세의 말을 종이에 써서 바치거라."

며느리는 약속을 지키지 않으면 짐승만도 못하다는 맹세의 말을 쓰고 말했다.

"하나라도 어기거나 배반하는 일이 있으면 제가 친정 부모님의 인육을 씹겠습니다. 맹세의 말이 이와 같은데도 아버님이 끝내 믿어 들어주지 않으신다면 죽음이 있을 따름입니다."

권진사가 마침내 며느리를 용서하고 나가게 했다. 그리고 우두머리 종에게 분부했다.

"가마와 말, 인부를 거느리고 모 점사로 가서 너희 서방님 소실을 모시고 오너라."

종이 명을 받들고 소실을 데리고 왔다. 소실에게 구고지례舅姑之禮, 시부모를 처음으로 뵙고 인사드리는 예절를 올리게 하고 정실에게 절을 시켰다. 서로 함께 살게 하니 며느리는 감히 한 소리도 하지 못하고 늙을 때까지 사이좋게 지내 남들이 이간하는 말을 하지 못했다.

畏嚴舅悍[2]婦出矢言

安東權進士某者, 家計富饒, 性嚴峻, 治家有法. 有獨子而娶婦, 婦性行妬悍難制, 而以其舅之嚴, 不敢使氣. 權如有怒氣, 則必鋪席於大廳而坐, 或打殺婢僕, 若不至傷命, 則必見血而止, 以此, 如[3]鋪席於大廳, 則家人惴惴, 知其有必死之人也. 其子之妻家在於[4]隣邑, 其子爲見其妻父母而行, 歸路遭雨, 避入於店舍, 先見一少年人坐於廳上, 而廐有五六匹駿馬, 婢僕

---

2) 悍: 동양본·동경대본에는 '婞'으로 표기.
3) 如: 동양본에는 '若'으로 표기.
4) 於: 동경대본에는 탈락.

又多, 若率內眷之行. 見權少年, 與之寒暄, 而以酒肴饌盒勸之, 酒甚淸冽, 肴[5)又豊旨, 相問其姓氏與居處, 權少年[6)對以實, 先來少年, 則只道姓氏, 而不肯言所在處曰: "偶爾過此, 避雨入此店, 幸逢年輩佳朋, 豈不樂乎?" 仍與之酬酌, 以醉爲期. 權少年醉倒先睡, 夜後始覺, 擧眼[7)審見, 則同盃[8) 之少年, 已無形影, 而自家則臥於內室[9), 而傍有素服佳娥, 年可十八九, 容 儀端麗, 知其非常賤, 而的是洛下卿相家婦女也. 權生大驚訝問曰: "吾何以 臥於此處, 而君是誰家何許婦女在於此處乎?" 其女子羞澁而不答, 叩之再 三, 終不開口, 最後過數食頃, 始低聲[10)曰: "吾是洛下門地繁盛之仕宦家女 子, 十四出嫁, 十五喪夫, 而嚴親又早世, 男兄主家矣. 兄之性執滯, 不欲從 俗而執禮, 使幼妹寡居也, 欲求改適之處, 則宗黨之是非大起, 皆以汚辱門 戶, 峻辭嚴斥, 兄不得已罷議, 仍具轎馬駄我而出門, 無去向處而作行, 轉 而至此, 其意以爲若遇合意之男子, 則欲委而托之, 自家因以[11)避之, 以遮 諸宗之耳目者也. 昨夜乘君之醉, 而使奴子負而入臥於此處[12), 而家兄則必 也遠走, 因[13)指在傍之一箱曰: '此中有五六百[14)銀子, 以此使作妾衣食之 資.'云耳[15)." 權生異之, 出外[16)視之, 則其少年[17)及許多人馬, 並不知去處,

5) 肴: 동경대본에는 탈락.
6) 동양본에는 '則'이 더 나옴.
7) 眼: 동경대본에는 '目'으로 표기.
8) 盃: 동경대본에는 '杯'로 표기.
9) 室: 동경대본에는 '堂'으로 표기.
10) 동양본에는 '而言' 부분이 더 나옴.
11) 以: 동경대본에는 '而'로 표기.
12) 於此處: 동양본에는 '內'로 표기.
13) 因: 동양본에는 '仍'으로 표기.
14) 동경대본에는 '金'이 더 나옴.
15) 耳: 동양본에는 '爾'로 표기.
16) 동양본에는 '而'가 더 나옴.
17) 少年: 동양본에는 '年少'로 표기.

只有蒙孩[18]之童婢二人在傍, 生還入內, 與其[19]女同寢. 已而思量, 則嚴父之下, 私自卜妾, 必有大擧措, 且其妻婢[20]妬之性, 必不相容, 此將奈何? 千思萬量, 實無好箇計策, 反以奇遇之佳人, 爲一大[21]頭痛, 待朝使婢子, 謹守門戶, 而言于其女曰: "家有嚴親, 歸當奉稟, 而率去, 姑少竢[22]之." 申飭店主而出門, 直向親朋中, 有智慮者之家, 以實告之, 願爲[23]劃策, 其友沉吟良久曰: "大難! 大難! 實無好策, 而第有一計, 君於歸家之數日, 吾當設酒席而請之矣, 君於翌日, 又設酒筵[24]而請我, 我[25]自有方便之計矣." 權生依其言, 歸家之數日, 其友人送伻, 懇請以: '適有酒肴諸益畢會, 此席不可無兄, 兄須賁臨.'云云[26], 權生稟于[27]其父而赴席. 翌日權生稟于其父曰: "某友昨日置[28]酒有邀, 而酬答之禮, 不可闕也, 今日略[29]具[30]酒饌, 而請邀諸友, 則似好矣." 其父許之, 爲設酒席而邀其人, 且邀洞中諸少年, 諸人皆來, 先拜見於權生之[31]父, 老[32]權曰: "少年輩迭相酒會, 而一不請老我, [33]何道理?" 其少年對[34]曰: "尊丈若主席, 則年少侍生, 坐臥起居, 不得任意爲之, 且尊丈性度嚴峻, 侍生輩, 暫時拜謁, 十分操心, 或恐其見過, 何可終

18) 孩: 동양본에는 '駭'로 표기.
19) 동양본에는 '處'가 더 나옴.
20) 婢: 동양본에는 '悍'으로 표기.
21) 一大: 동양본에는 탈락.
22) 竢: 동양본에는 '俟'로 표기.
23) 동양본에는 '之'가 더 나옴.
24) 筵: 동양본에는 '席'으로 표기.
25) 동양본에는 '當'이 더 나옴.
26) 云: 동양본에는 탈락.
27) 于: 동양본에는 탈락.
28) 置: 동양본에는 '有'로 잘못 표기.
29) 略: 동양본·동경대본에는 '畧'으로 표기.
30) 具: 동양본에는 '其'로 표기.
31) 동양본에는 '老'가 더 나옴.
32) 老: 동양본에는 탈락.
33) 동양본·동경대본에는 '此'가 더 나옴.
34) 對: 동경대본에는 '答'으로 표기.

日侍坐於酒席? 尊丈若降臨, 則可謂殺風景矣." 老權笑曰: "酒席[35]豈有長幼之序乎? 今日之酒, 我自[36]爲主矣, 擺脫[37]拘束之儀, 終日湛樂, 君輩雖[38]百番失儀於我, 我不汝責矣[39], 盡歡而罷, 以慰老夫一日孤寂之懷也." 諸少年一時敬諾, 長幼雜坐而擧觴, 酒至半酣[40], 其多智之少年近前曰: "侍生有一奇談古事[41], 請一言之以供一口粲." 老權曰: "古談[42]極好. 君試爲我言之." 其人乃以權少年之客店奇遇, 作古談而言之, 老權節節稱奇曰: "異哉! 異哉[43]! 古則或有此等奇緣, 而今則未得聞也." 其人[44]曰: "若使尊丈當之, 則當[45]何以處之? 中夜無人之際, 絶代佳人在傍, 則其將近之乎? 否乎? 旣近之, 則其將率畜乎? 抑棄之乎?" 老權曰: "旣非宮刑之人, 則逢佳人於黃昏, 豈有虛度之理也[46]? 旣同[47]寢席, 則不可不率畜, 何可等棄而積惡乎?" 其人曰: "尊丈性本方嚴, 雖當[48]如此[49]之時, [50]必不毀節矣." 老權掉頭曰: "不然! 不然! 使吾當之, [51]不得不毀節矣. 彼之入內非故爲也, 爲人所欺, 此則非吾之故犯也. 年少之人, 見美色而心動, 自是常事, 彼女旣以士[52]族, 行

---

35) 席: 동양본에는 '會'로 표기.

36) 自: 동양본에는 탈락.

37) 동양본에는 '其'가 더 나옴.

38) 雖: 동양본에는 '須'로 표기.

39) 矣: 동양본에는 탈락.

40) 酣: 동양본에는 탈락.

41) 奇談古事: 동양본에는 '古談之奇事'로 표기.

42) 談: 동양본에는 '說'로 표기.

43) 異哉: 동경대본에는 탈락.

44) 동경대본에는 '言'이 더 나옴.

45) 當: 동양본에는 탈락.

46) 也: 동양본에는 '乎'로 표기.

47) 同: 동경대본에는 탈락.

48) 當: 동경대본에는 탈락.

49) 此: 동양본에는 '是'로 표기.

50) 동양본에는 '而'가 더 나옴.

51) 동양본에는 '則'이 더 나옴.

52) 士: 동경대본에는 '仕'로 잘못 표기.

此⁵³⁾事⁵⁴⁾, 則其情慽矣, 其地窮矣, 如或一見而⁵⁵⁾棄之, 則彼必含羞含寃而死矣⁵⁶⁾, 豈非積惡乎? 士⁵⁷⁾夫之⁵⁸⁾處事, 不可如是齷齪矣⁵⁹⁾." 其人曰又問⁶⁰⁾: "人情事理, 果如是乎?" 老權曰: "豈有他意? 當但⁶¹⁾不作薄倖⁶²⁾人可⁶³⁾也." 其人笑曰: "此非古談, 卽胤友日前事也. 尊丈旣以事理當然, 再三質言而有敎, 今⁶⁴⁾則胤友, 庶免罪責矣." 老權聽罷, 半晌無語, 仍正色厲聲曰: "君輩皆罷去! 吾有處置之⁶⁵⁾事矣." 諸人⁶⁶⁾驚怵⁶⁷⁾而散⁶⁸⁾, 老權仍⁶⁹⁾高聲曰: "斯速設席於大⁷⁰⁾廳!" 家中人皆悚然, 不知將治何⁷¹⁾罪何許人矣. 老權座⁷²⁾於席上, ⁷³⁾高聲曰: "急持斫刀以來!" 奴子惶忙承命, 置斫刀及⁷⁴⁾板於庭下, 老權又高聲曰: "捉下書房主, 伏之斫刀板!" 奴子捉下權少年, 以其項置之刀板. 老權大叱曰: "悖子以口尙乳臭之兒, 不告父母, 而私畜少⁷⁵⁾妾者, 此是亡家之行

---

53) 此: 동양본에는 탈락.
54) 事: 동경대본에는 탈락.
55) 동양본에는 '此'가 더 나옴.
56) 矣: 동양본·동경대본에는 탈락.
57) 동양본·동경대본에는 '大'가 더 나옴.
58) 之: 동경대본에는 탈락.
59) 矣: 동양본에는 '也'로 표기.
60) 曰又問: 동양본·동경대본에는 '又問曰'로 표기. '又問曰'이 더 적절함.
61) 當但: 동양본·동경대본에는 '斷當'으로 표기.
62) 倖: 동경대본에는 '命'으로 표기.
63) 可: 동경대본에는 탈락.
64) 今: 동양본에는 탈락.
65) 之: 동경대본에는 탈락.
66) 동양본에는 '皆'가 더 나옴.
67) 怵: 동경대본에는 '劫'으로 표기.
68) 散: 동양본에는 '去'로 표기.
69) 仍: 동경대본에는 '乃'로 표기.
70) 大: 동경대본에는 '家'로 표기.
71) 何: 동양본에는 탈락.
72) 座: 동양본·동경대본에는 '坐'로 표기.
73) 동양본에는 '又'가 더 나옴.
74) 동양본에는 '木'이 더 나옴.
75) 少: 동양본에는 '小'로 표기.

也! 吾之在世, 猶尙如此, 况吾之身後乎? 此等悖子留之無益, 不如吾在世之時, 斷頭以杜後弊可也!" 言罷, 號令奴子, 使之擧趾而斫之. 此時上下遑遑[76], 面無人色. 其妻與子婦, 皆下堂[77]而哀乞曰: "彼罪雖云可殺, 何忍於目前斫[78]獨子[79]乎?" 泣諫不已, 老權高聲而叱使退去, 其妻驚㥘[80]而避, 其子婦以[81]首[82]叩地, 血流被面而告曰: "年少之人, 設有放恣自擅之罪, 尊舅血屬只此而已, 尊舅何忍行此[83]殘酷之事, 使累世奉祀, 一朝[84]絶嗣乎? 請以子婦之身, 代其死!" 老權曰: "家有悖子而亡家之時, 辱及先祖[85]矣, 吾寧殺之[86]目前, 更求螟嗣可也, 以此以彼, 亡則一也, 不如亡之乾淨[87]之爲愈也." 因[88]號令而使斫之, 奴子口雖應諾, 而不忍加足. 其子婦泣諫益苦, 老權曰: "此子亡家之事, 非一矣, 以侍下之人, 而擅自畜妾, 其亡兆一也, 以汝之悍妬, 必不相容, 如此則家道[89]日亂, 其亡兆二也, 有此二[90]亡兆, 不如早爲除去之爲好也." 子婦曰: "妾亦是具人面人心者[91]矣. 目見此等光景, 何可念及於妬之一字乎[92]? 若蒙尊舅一番容恕, 則子婦謹當與之同處, 小無[93]失和

76) 遑遑: 동양본에는 '惶惶'으로 표기.
77) 堂: 동경대본에는 '庭'으로 표기.
78) 斫: 동양본에는 '斷'으로 표기.
79) 동양본에는 '之頭' 부분이 더 나옴.
80) 㥘: 동경대본에는 '劫'으로 표기.
81) 以: 동경대본에는 '泥'로 표기.
82) 首: 동양본에는 '頭'로 표기.
83) 此: 동양본에는 탈락.
84) 朝: 동양본에는 '時'로 표기.
85) 先祖: 동양본에는 '祖先'으로 표기.
86) 동양본에는 '於'가 더 나옴.
87) 乾淨(건정): 일 처리를 깨끗이 해서 뒤에 남는 것이 없음. 정결. 깨끗함.
88) 因: 동양본에는 '仍'으로 표기.
89) 道: 동양본에는 '政'으로 표기.
90) 二: 동양본에는 탈락.
91) 者: 동양본에는 탈락.
92) 乎: 동양본에는 탈락.
93) 小無: 동양본에는 '少不'로 표기.

矣. 願尊舅勿以此爲慮, 而[94]特施[95]廣蕩[96]之恩!" 老權曰: "汝雖迫於今日擧
措, 而有此言, 必也面諾, 而心則[97]不然矣." 婦曰: "寧有是理? 如或有近
似[98]此等之言, 則天必殛之, 鬼必誅之矣!" 老權曰: "汝於吾之生前無或然
矣, 而吾死之後, 汝必復肆其惡矣[99]. 此時則[100]吾已不在, 悖子不敢制, [101]
此非亡家之事乎? 不如斷頭而[102]絶禍根!" 婦曰: "焉敢如是[103]? 尊舅下世
之後, 如或有一分非心, 則犬豚不若, 謹[104]當以[105]矢言[106]納侤矣." 老權曰:
"若然則汝以矢言, 書紙以納." 其[107]子婦書禽獸之盟, 且曰: "一有違背之事,
子婦父母之肉, 可以生啗矣. 矢言[108]至此, 而尊舅終不信聽[109], 有死而已."
老權乃赦而出之, 仍命呼首奴分付曰: "汝可率轎馬人夫, 往某店舍[110], 迎書
房主小室[111]." 奴[112]承命而率來, 行現[113]舅姑之禮, [114]拜於正配, 而使之同
處. 其子婦, 不敢出一聲, 到老和同, 人無間言矣[115].

---

94) 而: 동양본에는 탈락.
95) 施: 동양본에는 '下'로 표기.
96) 蕩: 동경대본에는 '蕩'으로 표기.
97) 則: 동양본에는 탈락.
98) 似: 동양본에는 탈락.
99) 矣: 동양본에는 탈락.
100) 則: 동양본에는 탈락.
101) 동양본에는 '則'이 더 나옴.
102) 而: 동양본에는 '以'로 표기.
103) 동양본에는 '乎'가 더 나옴.
104) 謹: 동양본에는 탈락.
105) 以: 동양본에는 탈락.
106) 동양본에는 '而'가 더 나옴.
107) 其: 동경대본에는 탈락.
108) 동양본에는 '而'가 더 나옴.
109) 信聽: 동양본에는 '聽信'으로 표기.
110) 舍: 동양본에는 탈락.
111) 동양본에는 '而來' 부분이 더 나옴.
112) 동양본에는 '子'가 더 나옴.
113) 現: 동양본에는 '見'으로 표기.
114) 동양본에는 '又禮' 부분이 더 나옴.
115) 矣: 동양본에는 '云爾'로, 동경대본에는 '云'으로 표기.

가난한 선비가 아전이 되어 가업을 이루다

옛날 한 재상에게 같이 공부하던 친구가 있었다. 그 친구는 글을 빨리 짓고 문장도 좋았지만 여러 번 과거에 낙방하고 집이 가난해 생계를 꾸려가기가 어려웠다. 마침 재상이 안동 원으로 가게 되자, 친구가 찾아와 틈을 타서 말했다.

"영감[1]이 안동 원으로 가게 되었으니 내 이제야 의지하고 살아갈 밑천을 얻었네. 의지하는 정도가 아니라 족히 평생을 편히 보낼 수 있겠구면."

재상이 말했다.

"내가 원이 되어 가면 자네에게 먹고 입을 밑천쯤이야 마련해줄 수는 있겠지만 어찌 평생을 편히 보낼 수 있게 해주겠나? 그건 망상일세."

"영감한테 내가 돈과 재물을 많이 달라 하는 것이 아니네. 안동 도서

---

1) 영감(令監): 조선시대 종2품·정3품 벼슬아치를 이르던 말. 영공(令公)이라고도 한다. 이후 판사·검사 등 법관이 서로를 부를 때, 법관이 아닌 사람이 법관을 부를 때, 군수를 부를 때, 노인을 부를 때, 부인이 자기 남편이나 다른 사람의 남편을 부르는 말로도 쓰이고 있다.

원都書員, 세금을 계산하고 받는 우두머리 아전**이 생기는 게 많다 하니 그 자리를 내게 주면 좋겠다는 뜻일세.”

재상이 말했다.

“안동은 향리의 읍향리지읍(鄕吏之邑), 향리들이 실권을 잡고 행사하는 읍**이고, 도서원은 아전 직 중에서도 가장 좋은 자리인데 어찌 한양에서 온 유생에게 공연히 그 자리를 내주겠는가? 그건 관가의 위력으로도 얻어내기 어려운 자리라네.”

친구가 말했다.

“영감한테 그 자리를 **빼앗아달라는** 게 아닐세. 내가 먼저 내려가서 이안吏案, 관아에 갖추어두던 아전의 명부**에 이름을 올릴 것이네. 이안에 이름을 올리고 나서라면 못할 일이 뭐가 있겠나?”

재상이 물었다.

“자네가 내려가더라도 이안에 이름 올리는 것이 어찌 쉽겠나?”

“영감이 부임 후 수많은 백성의 소장에 대해 제사[2]를 입으로 불러주되, 형리가 그대로 쓰지 못하면 죄를 주거나 파면하고, 또 형리가 수청 드는 수리首吏**에게도 벌주게나. 매번 이렇게 하면 해볼 만한 길이 생긴다네. 공문서의 경우 내 손에서 나온 것만 잘되었다고 칭찬해주게나. 이렇게 며칠이 지나서 ‘시험을 보아 형리를 모집하니, 현재 직무가 있든 없든 문필을 감당할 수 있는 자는 누구나 응시를 허하노라’라는 명령을 내리면, 내가 자연 으뜸으로 뽑혀 능히 형리가 될 수 있겠지. 형리가 되고 나서는 도서원 자리도 내게 주게나. 그렇게만 되면 내가 바깥일을 모두 기록해줄 것이니 영감은 신이하다는 명성을 얻게 될 걸세.”

“그렇다면 일단 한번 해보세.”

---

2) 제사(題辭): 백성이 올린 소장(訴狀)·청원서·진정서 등의 원편 하단 여백에 관에서 써주는 판결문 또는 처결문. 주로 관찰사나 순찰사에게 올린 의송(議送, 민원서)에 내리는 판결문을 말하며, 수령에게 올린 민원서에 쓴 처분(處分)은 뎨김(題音)이라 한다.

그 친구는 안동으로 먼저 내려가서 이웃 읍의 포리浦吏, 관아의 물건을 사사로 이 써버린 구실아치나 그 무리로 자칭했다. 여사旅舍에서 숙식하며 이청吏廳을 드나들고, 대신 글도 써주고 문서를 살펴주기도 했다. 됨됨이가 자상하고 현명하며 글재주와 계산 실력도 우수하니 아전들 모두가 잘 대접해주었다. 그래서 밥은 이청의 창고지기가 먹여주고, 잠은 이청에서 자게 해주면서 갖가지 문서를 작성할 때 그와 상의했다.

신관이 부임한 후 백성의 송사가 몰려들었다. 원이 제사를 불러주었다. 그러면 형리가 채 다 받아적지 못하곤 했는데 그럴 때마다 원이 형리를 잡아들여 곤장을 마구 치니 하루 사이에 벌을 받은 자가 부지기수였다. 보장報狀, 위 관청에 어떤 사실을 보고하는 공문과 전령傳令, 조선시대 관청에서 관하(管下)의 관리·면임·백성 등에게 내리는 명령서 같은 것에 대해서도 반드시 트집을 잡아 엄하게 다스렸다. 또 수리를 잡아들여서는 형리를 잘못 뽑았다고 그 죄를 매일 다스렸다. 그래서 이청은 난리가 난 듯했고, 형리에 감히 지원할 사람이 없었다. 그런데 문서가 오고갈 때 그 친구의 필적이 들어가 있으면 아무 일도 생기지 않았으니, 이청 아전은 모두 혹 그 친구가 떠날까봐 걱정했다.

하루는 원이 수리에게 분부했다.

"내 한양에 있을 때 안동이 문향文鄕이라 칭송받는다고 들었는데 지금 와서 보니 한심할 따름이도다. 내 마음에 흡족한 형리 하나 없다니! 너희는 이청에 모였을 때 아전과 읍내 사람 중에서 문필이 있는 사람을 시험해보고 들여라."

수리가 명을 받들고 나가서 여러 아전에게 시험을 보게 해 이들의 글을 들여보냈다. 원이 그것들을 살펴보니 친구의 글이 단연 으뜸이었다. 그래서 물었다.

"이 사람은 어떤 아전인가?"

"본읍의 아전이 아니고 이웃 읍의 은퇴한 아전이온데 이곳에 와서 소인의 이청에 묵고 있사옵니다."

"이 사람의 문필이 최고인데 이웃 읍 아전이로구나. 그래도 상관없지. 이 사람을 이안에 올리고 형리의 일을 맡겨라."

수리는 그 말에 따라 조치했다.

이날부터 이 친구가 일을 혼자 다 했다. 그가 형리가 되고 나서부터 책망을 듣거나 벌받는 일은 한 번도 없었다. 수리 이하 모든 아전은 그 제야 마음을 놓았고, 이청에도 아무 일이 일어나지 않았다. 그 친구를 차임差任, 벼슬아치를 임명하던 일할 때는 특별히 도서원을 겸직해 일하게 하니, 감히 한 사람도 시비를 걸지 못했다.

그 친구는 한 기생을 곁에 두어 첩으로 삼았고 집을 사서 거기에 거처했다. 매번 문서를 올릴 때는 반드시 밖에서 들은 소문을 다 기록해 원의 방석 밑에 몰래 두고 나왔다. 원도 몰래 그것을 꺼내 보았는데, 그 덕에 드러나지 않던 백성의 일과 아전의 간사한 짓을 귀신처럼 밝혀낼 수 있었으니 백성과 아전 모두 두려워하며 복종했다.

친구는 다음해에도 도서원을 겸직했다. 두 해 동안 얻은 재산은 거의 만여 금에 이르렀는데 암암리에 그것을 한양 집으로 옮겼다.

원의 임기가 끝나기 전 어느 날 밤, 그 친구는 집을 버리고 도망쳤다. 이청 아전들은 모두 황당해했다. 수리가 들어와 보고하니 원이 물었다.

"첩과 함께 도망갔느냐?"

"집도 버리고 첩도 버리고 단신으로 도망쳤나이다."

"포흠3)한 게 있느냐?"

"없나이다."

"그렇다면 그것 참 괴이한 일이구나. 스스로 뜬구름처럼 종적을 감췄

3) 포흠(逋欠): 관가의 물건을 빌리고는 숨기거나 돌려주지 않는 것. 국가의 조세를 납부하지 않는 것, 혹은 이러한 미납으로 인한 결손액. 조선시대에는 관원들의 포흠을 관포(官逋), 이서(吏胥)의 포흠을 이포(吏逋)라 했다.

으니 간 대로 내버려두거라."

그 친구는 집으로 돌아와 집과 땅을 샀고 살림도 매우 부유해졌다. 훗날 등과해 주와 읍의 원을 여러 번 지냈다 한다.

入吏籍窮儒成家業

古有一宰相, 有同硯⁴⁾之人, 文華贍敏, 而屢屈科場, 家計貧寒, 窮不能自存. 宰相適出補安東倅, 其友來見, 乘間而⁵⁾言曰: "令監今爲安東倅, 今則吾可以得聊賴之資, 非但聊賴, 可以足過平生矣." 宰相曰: "吾之作宰, 助君衣食之資可也, 何以足過平生也⁶⁾? 此則妄想也." 其人曰: "非爲令監之多⁷⁾給錢財也, 安東都書員所食夥多, 以此給我則好矣." 宰相曰: "安東鄕吏之邑也. 都書員吏役之優窠, 豈可⁸⁾空然⁹⁾許給於京中之¹⁰⁾儒生耶? 此則雖官威, 恐無以得成矣." 其人曰: "非爲令監之奪而給之也. 吾先下去¹¹⁾當付吏案, 旣付吏案之後, 有何不可之理耶?" 宰相曰: "君雖下去, 吏案其可容易付之耶?" 其人曰: "令監到任後, 民訴題辭, 順口呼之, 刑¹²⁾吏如不得書之, 則罪之汰之. 又以¹³⁾此等刑¹⁴⁾吏之隨廳治首吏, 每每如此, 則自有可¹⁵⁾爲

---

4) 硯: 동양본·동경대본에는 '硏'으로 표기.
5) 而: 동경대본에는 탈락.
6) 也: 동양본에는 '乎'로 표기.
7) 동양본에는 '助'가 더 나옴.
8) 可: 동양본에는 '有'로 표기.
9) 空然: 동양본에는 탈락.
10) 之: 동양본에는 탈락.
11) 去: 동양본에는 '居'로 표기.
12) 刑: 동양본에는 '形'으로 잘못 표기.
13) 以: 동경대본에는 탈락.
14) 刑: 동양본에는 '形'으로 잘못 표기.
15) 有可: 동경대본에는 '可有'로 표기.

之道, 凡干公牒16)文字17), 如出吾手, 則必稱善, 如是過幾日, 出令以: '刑18)
吏試取, 無論時仕及閑散19), 文筆可堪者, 幷許赴而試之', 則吾自可20)然居
首, 而得爲刑21)吏矣. 爲刑吏22)後, 都書員一窠分付則好矣, 若然則外間事,
吾當23)隨錄而24)進矣, 令監可得神異之名矣." 25)曰: "26)然則第爲之也." 其
人先期下去, 稱隣邑之逋吏, 寄食旅舍, 往來吏廳, 或代書役, 或代看檢文
書, 人旣詳明, 文筆又優如, 諸吏皆待之, 使之寄食於吏廳庫直, 而宿於吏
廳, 諸般文字, 與之相議. 新官到任27)後, 盈庭民訴, 口呼題辭, 刑28)吏未及
受書, 則必捉下猛棍, 一日之間, 受罪者, 不知幾數. 至如29)報狀及傳令, 必
執頉而嚴治, 又拿入首吏, 以刑30)吏之不擇, 每日治之, 以是之故, 吏廳
如31)逢亂離, 刑32)吏無敢近前. 凡33)文案34)去來35), 此人之筆迹36), 如入

---

16) 公牒: 동양본에는 탈락. 공첩(公牒)은 관청에서 보내는 공문서.
17) 동양본에는 '上'이 더 나옴.
18) 刑: 동양본에는 '形'으로 잘못 표기.
19) 閑散(한산): 산직(散職). 품계만을 가지고 직무 없이 한가하게 지내는 관직. 동양본에는 '吏'가 더 나옴.
20) 自可: 동양본·동경대본에는 '可自'로 표기.
21) 刑: 동양본에는 '形'으로 잘못 표기.
22) 동양본에는 '之'가 더 나옴.
23) 동양본에는 '隨聞' 부분이 더 나옴.
24) 而: 동양본·동경대본에는 '以'로 표기.
25) 동양본에는 '宰相'이 더 나옴.
26) 동양본에는 '若'이 더 나옴.
27) 동양본에는 '之'가 더 나옴.
28) 刑: 동양본에는 '形'으로 잘못 표기.
29) 如: 동경대본에는 '於'로 표기.
30) 刑: 동양본에는 '形'으로 잘못 표기.
31) 동경대본에는 '如'가 탈락.
32) 刑: 동양본에는 '形'으로 잘못 표기.
33) 凡: 동양본에는 탈락.
34) 案: 동양본·동경대본에는 '狀'으로 표기.
35) 去來: 동양본에는 '來去'로 표기.
36) 迹: 동양본에는 '跡'으로 표기.

去³⁷⁾, 則必也無事, 以是之故, 一廳諸吏, 唯恐此人之去也. 一日, 本倅³⁸⁾分
付首吏曰: "吾於在洛時, 聞本邑素稱文鄕, 以今所見, 可謂寒心, 刑³⁹⁾吏無
一人可合者! 自汝廳會時, 仕吏及邑底人之⁴⁰⁾有文筆者, 試才以入." 首吏
承命而出, 題試之, 以諸吏文筆入覽, 則此人居然爲魁矣, 仍問曰: "此是何
許吏?" 對曰: "此非本邑之吏, 卽隣邑退吏, 來寓於⁴¹⁾小人之⁴²⁾廳者也." 乃
曰: "此人之⁴³⁾文筆最勝, 聞是隣邑吏役之人⁴⁴⁾, 亦自無妨⁴⁵⁾, 其付⁴⁶⁾案而差
刑⁴⁷⁾吏也⁴⁸⁾." 首吏依其言而⁴⁹⁾爲之⁵⁰⁾. 自是日此吏獨爲⁵¹⁾擧行, 自其吏之
爲刑吏⁵²⁾, 一未有致責治罪之擧, 自首吏以下, 始乃放心, 廳中無事. 及到
差任之時, 特兼都書員而擧行, 無一人敢有是非者. 其吏⁵³⁾畜一妓而爲妾,
買家而居, 每於文牒擧行之際, 必錄外間所聞, 密置席底⁵⁴⁾而出, 本倅暗
出⁵⁵⁾見之, 以是之故, 民隱吏奸, 燭之如神, 民吏皆慴伏. 明年又使兼帶都
書員, 兩年所得, 殆至萬餘金, 暗暗還⁵⁶⁾送京第. 本倅瓜⁵⁷⁾遞之前, 一日夜

---

37) 去: 동양본에는 탈락.
38) 本倅: 동양본에는 탈락.
39) 刑: 동양본에는 '形'으로 잘못 표기.
40) 之: 동경대본에는 '中'으로 표기.
41) 於: 동경대본에는 '于'로 표기.
42) 之: 동양본에는 탈락.
43) 之: 동양본에는 탈락.
44) 동양본에는 '也'가 더 나옴.
45) 亦自無妨: 동양본에는 '則無妨於吏役'으로 표기.
46) 동양본에는 '吏'가 더 나옴.
47) 刑: 동양본에는 '形'으로 잘못 표기.
48) 也: 동경대본에는 탈락.
49) 而: 동양본·동경대본에는 탈락.
50) 之: 동경대본에는 탈락.
51) 爲: 동양본에는 '自'로 표기.
52) 吏: 동양본에는 '房'으로 표기.
53) 吏: 동양본에는 '人'으로 표기.
54) 密置席底: 동양본에는 '置之方席'으로 표기.
55) 出: 동양본에는 '持'로 표기.
56) 還: 동경대본에는 '換'으로 표기.
57) 瓜: 동경대본에는 '苽'로 표기.

因[58])棄家逃[59]), 吏廳擧皆遑遑[60]). 首吏入告, 則曰: "與其妻[61])偕逃乎?" 對
曰: "棄家棄妾, 單身逃走矣." 曰: "或有所逋乎?" 曰: "無矣." 曰: "然則亦是
怪事, 自是浮雲蹤[62])跡, 任之可也."云矣. 其人還家, 買宅買土, 家計甚[63])饒,
[64])後登科, 累[65])典州邑[66])云云[67]).

58) 因: 동양본에는 '仍'으로 표기. '仍'으로 표기해야 문맥이 통함.
59) 동양본에는 '走'가 더 나옴.
60) 遑遑: 동양본에는 '惶惶'으로 표기.
61) 妻: 동양본에는 '妾'으로 표기. '妾'으로 표기해야 함.
62) 蹤: 동경대본에는 '踪'으로 표기.
63) 計甚: 동양본에는 탈락.
64) 동양본에는 '其'가 더 나옴.
65) 累: 동양본에는 '屢'로 표기.
66) 邑: 동양본에는 '郡'으로 표기.
67) 云: 동양본에는 '矣'로 표기.

합천 백성들이 청백사를 함께 세우다

부제학 이병태[1]가 처음에 경상도 관찰사에 제수되었을 때 사양하고 나아가지 않았다. 임금이 노하여 그를 합천군수로 좌천시켰다. 저인[2]이 이공의 집에 가서 보니 불을 때지 못한 지가 며칠이나 되어 걱정도 되고 다급하기도 하여 쌀 한 말과 일급 청어 몇 두름을 급히 공의 집사람에게 보냈다. 이공이 조정에서 하직하고 돌아와 쌀밥과 어탕이 있는 것

---

1) 이병태(李秉泰, 1688~1733): 본관은 한산(韓山), 시호는 문청(文清). 1715년 진사시에 합격하고, 사릉참봉(思陵參奉)·평시서봉사·내자시직장을 역임했다. 1723년 증광문과에 을과로 급제했다. 1727년 예조참의로 있을 때 할아버지가 임진왜란으로 죽었기에 마땅히 참의로서 해야 할 왜서회답(倭書回答)의 예를 회피하려고 사직했다. 그뒤 다시 호조참의가 되어 노론 계열로 탕평론을 배척한 사건으로 파직되었다. 1730년 경상도 관찰사에 보직되었으나 거절하고 부임하지 않았으며, 이듬해 또 우부승지에 임명되었으나 역시 거절했으니, 탕평책을 반대하는 뜻이라 하여 왕의 노여움을 사 합천군수로 좌천되었다. 합천군수 재직시 심한 가뭄으로 식량난에 허덕이는 많은 기민을 구제하기도 했다. 그러나 수토병에 걸려 임지에서 죽었다. 청백리에 녹선되고 이조판서에 추증되었다.
2) 저인(邸人): 고려와 조선 시대에 중앙과 지방의 관아에서 연락 사무를 맡아보던 사람. 지방 관아에 딸려 있지만 서울에 머물면서 자기 소관의 지방인이 상경하면 접대하고 보호하는 것을 주임무로 했으며, 중앙과 지방 간의 문서 연락, 상납물의 대납 등도 맡아보았다.

을 보고 집사람에게 어디서 난 것이냐고 물었다. 집사람이 사실대로 대답하니, 이공이 정색하며 말했다.

"어찌 아랫사람으로부터 명분 없는 물건을 받는단 말이오?"

이공이 저인에게 밥과 국을 내주어 돌려보냈다.

이공은 합천군에 부임해서 티끌만큼도 사사로이 취하지 않고 정성을 다해 백성을 다스렸다. 큰 가뭄이 들어 도 전체에서 기우제를 지냈으나 효과가 없었다. 공도 기우제를 올리고서 제단 아래 뙤약볕에 엎드려 마음속으로 다짐했다.

'비를 얻지 못하면 죽을 때까지 기도하리라.'

이공은 미음만 먹으며 며칠 동안 간절히 기도했다. 사흘째 되는 날 마침내 한 줄기 검은 구름이 이공이 기도하던 산 위에 일었다. 잠시 사이에 큰비가 쏟아져 그 지대가 두루 흡족했지만, 이웃한 다른 읍에는 비 한줄기 내리지 않았다. 도 전체에서 합천 한 곳만 큰 풍년이 들었다. 아! 이 역시 기이한 일이다.

당시 해인사에는 종이를 만들어 바치는 부역이 내려졌는데, 절의 승려들은 매번 이를 고질적 폐단으로 생각했다. 그러나 이공이 원으로 부임하고 나서는 종이를 한 장도 요구하지 않았다. 하루는 마침 문서를 정리하는 일이 생겨 승려들에게 간지簡紙, 두껍고 품질이 좋은 편지지 세 폭을 바치라는 분부가 내려졌다. 각 방 스님이 모두 모여 각자 간지 한 폭씩 다듬잇돌에 다듬어 반드럽게 만든 열 폭을 바쳤다. 이공이 그것을 가져온 스님을 잡아들이라 명하고는 분부했다.

"관에서 세 폭을 가져오라는 분부를 내렸는데, 한 폭이라도 가감이 있다면 다 죄를 지은 것이도다. 너는 어찌 감히 폭 수를 늘려서 바친단 말이냐?"

그러고는 세 폭만 뽑아두고 일곱 폭은 돌려주었다. 스님은 간지를 받아 나와서 관아의 종들에게 주었지만 그들도 모두 받지 않아 부득이 관아의 문 문미門楣, 창문 위에 가로 댄 나무. 그 윗부분 벽의 무게를 받쳐준다에 걸어두고 떠났다. 그뒤 이공이 문을 나가다가 그것을 발견하고 이상하게 여기고 물어 이유를 알고는 웃으면서 책상 위에 두게 했다. 이공이 임기를 마치고 돌아갈 때 그걸 보고는 한 폭을 더 쓰고 나머지 여섯 폭은 중기重記 사무를 인계할 때 전하는 문서나 장부에 기록해두게 했다.

이공은 한가한 날이면 해인사로 놀러가곤 했는데 그때 제명題名, 명승지에 새긴 이름이 많은 것을 보았다. 이공이 폭포 아래 웅덩이에 우뚝 솟아 있는 바위를 가리키며 말했다.

"저 바위에 제명을 새기면 좋겠는데, 수심이 깊은 곳에 바위가 서 있어 발 디딜 곳이 없는 고로 새길 수가 없겠군."

여러 스님이 이 말을 전해 듣고 이레 동안 목욕재계하고 산신에게 기도를 올렸다. 때는 오월이었는데 웅덩이 물이 얼었다. 그래서 나무를 베어 사다리를 만들어 올라가 제명을 새겼다.

이공이 임기가 끝나고 돌아갈 때 읍의 대소민이 길을 막고 말했다.

"부디 물건 하나라도 남겨주시어 영원히 잊지 않을 증표로 삼게 하소서."

이공이 말했다.

"내가 너희 읍에 와서 몸에 걸칠 게 하나도 없어 도포 한 벌을 지었지."

이공이 도포를 꺼내 주었는데 거친 베로 지은 것이었다. 백성들이 도포를 모시는 사당을 세우고 '청백사淸白祠'라 이름 붙였다. 오늘날까지 봄가을에 이곳에서 제사를 지낸다 한다.

江陽[3]民共立淸白祠

李副學秉泰, 初除嶺伯, 辭不赴, 上怒之, 特補陜川郡[4]. 邸人來見, 則絶火已數[5]日矣. 所見悶迫, 以一斗粟, 一級靑魚數束, 蘋[6]入送于內矣. 公下直而出, 見白飯魚湯, 問家人以此從何得, 家人以實對, 公[7]正色曰: "何可受下隸[8]無名之物乎?" 仍[9]以其飯羹出給邸人[10]. 及到郡, 無[11]一毫所[12]取, 治民以誠. 時値大旱, 一道皆祈雨而無驗, 公行祀後, 仍伏於壇下暴陽之中, 矢于[13]心曰: '不得雨, 則以死爲期.' 只進米飮, 而數日心禱矣. 第三日之朝, 一朶黑雲, 出於所禱之山上, 暫時[14]大雨注下, 一境周洽, [15]接界[16]之他[17]邑[18], 無一點雨之[19]過境者, 一道之內, 陜川一境, 獨占大登, 吁亦異矣. 海印寺有紙役, 寺僧每以此[20]爲痼[21]弊矣[22]. 自公上官[23]之後[24], [25]一張紙, 曾不責出矣[26]. 一日適有修簡事, 以簡紙三幅覓納[27]之意, 分付寺僧矣. 各房僧齊會, 每人一次搗砧, 以十幅來納之, 則公命捉入寺僧

3) 江陽(강양): 지금의 경상남도 합천군.
4) 동양본에는 '守'가 더 나옴.
5) 數: 동양본에는 '屢'로 표기.
6) 蘋: '頻'으로 표기해야 함.
7) 所見悶迫, 以一斗粟, 一級靑魚數束, 蘋入送于內矣. 公下直而出, 見白飯魚湯, 問家人以此從何得, 家人以實對, 公: 동양본에는 '以斗米束薪, 納于內矣. 公對飯, 而問其所從來'로 표기.
8) 下隸: 동양본에는 탈락.
9) 仍: 동양본에는 탈락.
10) 동양본에는 '矣'가 더 나옴.
11) 無: 동양본에는 탈락.
12) 所: 동양본에는 '不'로 표기.
13) 于: 동양본에는 탈락.
14) 暫時: 동양본에는 '少焉'으로 표기.
15) 동양본에는 '而接' 부분이 더 나옴.
16) 界: 동양본에는 탈락.
17) 他: 동경대본에는 '地'로 표기.
18) 他邑: 동양본에는 '地'로 표기.
19) 之: 동양본에는 탈락.
20) 寺僧每以此: 동양본에는 탈락.
21) 痼: 동경대본에는 '痛'으로 표기.
22) 矣: 동양본에는 탈락.
23) 上官: 동양본에는 탈락.
24) 後: 동양본에는 '來'로 표기.
25) 동양본에는 '不用' 부분이 더 나옴.
26) 曾不責出矣: 동양본에는 탈락.
27) 納: 동경대본에는 탈락.

之來者, 分付曰: "自官旣有三幅之分付[28], 一幅加減俱[29]罪也, 汝[30]何敢加數來[31]納乎?" 仍拔[32]置三幅, 而[33]還給七幅[34], 其僧受簡而出, 給官隸, 則俱不受, 不得已[35]掛之外三門楣上而去. 伊後公適出門, 見而怪[36]之問知之[37], 笑而[38]使[39]置案上矣[40]. [41]遞歸時, 見之, 則加[42]用一幅, [43]餘六幅, 置簿[44]於重記. 公於暇日, 遊海印寺, 見題名之多, 指龍湫上特立之巖曰: "此石面題名則好矣, [45]石立於水深處, 無接足處, 似無以刻之[46]." 云矣. 諸僧徒聞[47]此言, 七日齋戒, 而[48]禱于山神, 時當五月, 潭水氷合, 仍伐木作梯而刻之. [49]遞歸時, 邑中大小民遮路曰: "願留一物, 以爲永世不忘之資." 云云. 公曰: "吾於汝邑, 一無襯身之物, 而製一道袍矣." 以此[50]

---

28) 以簡紙三幅覓納之意, 分付寺僧矣. 各房僧齊會, 每人一次搗砧, 以十幅來納之, 則公命捉入寺僧之來者, 分付曰: "自官旣有三幅之分付: 동양본에는 '責納三幅, 僧以十幅來納, 公責之曰'로 표기.
29) 동양본에는 '是'가 더 나옴.
30) 汝: 동경대본에는 탈락.
31) 數來: 동양본에는 탈락.
32) 拔: 동양본에는 '留'로 표기.
33) 而: 동양본에는 '餘皆'로 표기.
34) 七幅: 동양본에는 탈락.
35) 受簡而出, 給官隸, 則俱不受, 不得已: 동양본에는 탈락.
36) 而怪: 동양본에는 탈락.
37) 問知之: 동양본에는 탈락.
38) 而: 동양본에는 '曰'로 표기.
39) 使: 동양본에는 '還'으로 표기.
40) 矣: 동양본에는 탈락.
41) 동양본에는 '及'이 더 나옴.
42) 加: 동양본에는 '只'로 표기.
43) 동양본에는 '所'가 더 나옴.
44) 置簿(치부): 금전·물품의 출납을 기록함.
45) 동양본·동경대본에는 '而'가 더 나옴.
46) 無接足處, 似無以刻之: 동양본에는 '惜無可接足可刻之道'로 표기.
47) 동양본에는 '之'가 더 나옴.
48) 동양본에는 '而'가 더 나옴.
49) 동양본에는 '此是傳來之事, 而' 부분이 더 나옴.
50) 矣." 以此: 동양본에는 '仍爲'로 표기.

出給, 卽⁵¹⁾矗布⁵²⁾也. 民人輩, 以此立祠而號曰: '淸白祠' 至今春秋, 享以
俎豆焉.

---

51) 卽: 동양본에는 '乃'로 표기.
52) 布: 동경대본에는 탈락.

흥원창의 선비가 청학동을 노닐다

진사 김기金錡는 참판 김선[1]의 아우인데 그 집이 원주 흥원창[2] 아래에 있었다. 그 외아들은 스무 살이 넘었고 재예才藝가 있었다.

아들 김생이 어느 날 낮에 앉아 있는데, 건장한 남자가 검은 갈기의 흰말에 안장을 얹어 몰고 와서 말했다.

"주인님이 모시고 오랍니다. 즉시 이걸 타고 가시는 것이 좋겠습니다."

그 모습은 김생만 보았고 집안사람들은 아무도 볼 수 없었다. 김생이 올라타자 말은 문을 나서서 날듯이 달렸다. 말이 산을 지나고 고개를 넘어 한 동네 어귀에 이르렀다. 기이한 꽃과 이상한 풀이 있고 진귀한 새와 요상한 짐승이 다니니 별세계였다.

---

1) 김선(金銑, 1750~?): 본관은 연안(延安). 1794년에 유학으로 알성문과에 병과로 급제했다. 1806년에 대사간을 지냈으며, 그뒤 강화유수와 개성유수 등을 거쳐 형조판서와 한성부판윤을 지냈다.
2) 흥원창(興元倉): 고려시대에 지방에 설치했던 조창 열세 개 중 하나로 원주(原州) 은섬포(銀蟾浦)에 있었다.

백발의 노老선인이 웃으며 김생을 맞이해주었다.

"너는 나와 인연이 있어 데려왔으니 나에게 도를 배우도록 하거라."

그리하여 김생은 그곳에 머물게 되었다. 같이 공부하는 사람이 십여 명 있었는데 그중 도를 전수할 만한 고수는 세 사람이었다. 한 사람은 김생이었고, 또 한 사람은 강남江南 사람, 나머지 한 사람은 일본 대판성 大坂城 오사카 사람이었다. 동 이름은 청학동이었다.

김생은 몇 달을 머물며 도를 전수받고 나서 작별하고 자기 집으로 돌아왔다. 그 이후로 눈을 감고 정신을 집중해 앉아 있기만 하면 인마人馬가 대령했으니 왕래에 거침이 없었다. 바야흐로 때가 되면 문을 닫고 눈을 감고서 자는 듯 앉아 있었는데, 혹은 삼사일 혹은 육칠팔 일이 지나고 나서야 깨어났으니 집안사람들이 모두 괴상하게 여겼다.

하루는 김생이 청학동으로 가서 선생과 함께 산 위를 거니는데 선생이 말했다.

"너희의 기술을 보고 싶구나. 변신하는 걸 구경하면서 한번 웃어보자꾸나."

강남 사람은 백학으로 변해 날았고, 일본 사람은 큰 호랑이로 변해 쭈그리고 앉았다. 김생은 추풍낙엽으로 변신해 가볍게 내려앉았다. 선생이 그걸 보고 크게 웃었다.

어느 날 김생이 부모님께 하직 인사를 드렸다.

"저는 티끌세상에 오래 머물 사람이 아니랍니다. 이제 영원히 돌아가오니 부디 아버지, 어머니께서는 조금도 괘념치 마십시오."

또 처와도 고별하고 아무 병 없이 앉은 채로 입적했다.

이 일은 허황된 것처럼 보인다. 부친은 처음에 아들에게 마음병이 생긴 줄 알았다. 그뒤 우연히 아들의 상자를 뒤지다가 청학동 일기와 수창酬唱한 시, 그리고 신이한 사적들을 발견했다. 그것을 다 거두어 감추었는데 눈을 번거롭게 하지 않기 위해서였다.

興元士從遊靑鶴洞

金進士錡, 叅判銑之弟也. 家在原州興元倉下. 有獨子年過二十, 有才藝.
一日晝坐, 有一健夫, 牽白馬赤鬣者[3], 備[4]鞍而來言曰: "主人奉邀, 須卽騎此
而行, 可也." 金生獨見, 而家人則皆不見, 乃騎而出門, 其行如飛, 度山踰嶺,
行至一洞口, 則奇花異草, 珍禽異獸, 卽一別[5]界也. 有一白髮老仙迎笑曰:
"汝於我有緣, 故使邀來, 可從我, 而學道, 可也." 仍留在, 同學者十餘人, 而其
中高弟之可傳道者, 三人, 一則自家[6], 一則江南人也, 一則日本大坂城人也.
洞名卽靑鶴洞. 留幾月[7], 傳其道, 仍辭歸其家. 自此以後, 瞑目會神而坐, 則
人馬已待令矣, 往來無常. 方其時則閉門闔目而坐如睡, 或至三四日六七八
日[8]後始醒[9], 家人皆怪之. 一日往靑鶴洞, 與其師, 逍遙於山上, 其師曰: "欲
見汝輩之術, 可變幻而供一笑也." 江南人化[10]白鶴而飛, 倭人化一大虎而蹲
坐, 自家則化秋風落葉, 飄飄而下, 其師大笑云. 一日告辭于[11]兩親曰: "吾非
久於塵世之人也. 今將永歸, 願[12]父母小勿掛念也[13]." 又與其妻告訣, 無病
而坐化. 事近虛誕矣. 其翁初則知以爲心病矣, 其後偶搜其子之箱篋, 則有靑
鶴洞日記, 而多有酬唱及神異之事矣. 收而藏之, 不煩之眼目云.

---

3) 者: 동경대본에는 탈락.
4) 備: 동양본·동경대본에는 '糒'로 표기.
5) 동양본에는 '世'가 더 나옴.
6) 동양본에는 '也'가 더 나옴.
7) 月: 동양본에는 '日'로 표기.
8) 동양본에는 '之'가 더 나옴.
9) 醒: 동경대본에는 '惺'으로 표기.
10) 동양본·동경대본에는 '一'이 더 나옴.
11) 동양본에는 '其'가 더 나옴.
12) 願: 동양본에는 탈락.
13) 也: 동양본·동경대본에는 탈락.

부인을 거느리고 옹천에 이르러 뇌우를 만나다

군자정[1] 이산중李山重이 간성 원을 할 때였다. 그 아들 태영[2]의 처가
임신한 지 열 달이 거의 찼으니 갑신년[1764] 오월 며칠이었다. 친정에서
해산을 하려고 한양을 향해 출발했는데 태영이 호위했다. 옹천甕遷, 황해도
옹진의 옛 지명에 이르렀을 때, 폭우가 쏟아지고 번개와 천둥소리가 이목을
어지럽히니 가마 끄는 말이 자주 놀랐다. 태영이 종자들에게 가마 줄을
풀게 하고 인부들에게 가마를 메게 하려 했다. 인부가 가마를 어깨에 막
메려는 찰나 벼락이 내리치더니 말의 머리를 지나쳐 가까운 곳에 있던
회나무를 부숴버렸다. 말이 놀라서 뛰어올라 바위 위에 나뒹굴다가 바
다로 빠졌다. 그사이 가마는 인부의 어깨 위에 올라가 있었다. 태영이

---

1) 군자정(軍資正): 군자감정(軍資監正). 조선시대에 군량미 등 군수품의 저장·관리·출납을 맡
아본 군자감에 두었던 정3품 관직.
2) 이태영(李泰永, 1744~1803): 본관은 한산(韓山). 할아버지는 병건(秉健)이고, 아버지는 산중
(山重)이며, 어머니는 조겸빈(趙謙彬)의 딸이다. 1772년 정시문과에 병과로 급제했다. 광주부
윤(廣州府尹)과 장단부사(長湍府使)를 거쳐, 1793년 황해도 관찰사에 임명되었다. 그뒤 경상도
관찰사·공조참판·충청도 관찰사·평안도 관찰사를 역임했다.

놀라서 급히 길옆에 가마를 내리게 하고 발을 걷어보았다. 때마침 부인
은 잠이 들어 아무것도 몰랐으니 끝내 무사했다. 칠월에 마침내 판서 희
갑[3]이 태어났으니 귀인의 탄생에는 반드시 신의 가호가 있는 법이다.

　희갑의 나이가 겨우 네 살이었을 때 어머니를 따라 수교水橋, 서울 수표교 근
방으로 추정되나 확실하지 않음에 있는 외가댁에 가서 지냈다. 이때 외가댁 안채가
불에 타서 장차 고쳐 지으려고 들보와 서까래로 쓸 재목을 뒷마당에 쌓
아두었다. 희갑이 그 아래에서 놀다가 나무 위로 올라갔는데 쌓여 있던
나무들이 일시에 무너져내려 나무 속에 깔렸다. 집안사람들 모두가 놀
라 가망이 없다고 생각했다. 외조부 역시 경악해 어찌할 줄 몰랐다. 잠
시 뒤 집안 종들에게 나무를 옆으로 옮기게 하니, 나무 세 개가 서로 엇
갈려 있고 그 속은 마치 동이를 엎어놓은 모양이 되어 있었다. 희갑은
그 속에 엎드려 있었는데 놀라서 얼굴은 흙빛이 되었지만 다친 데는 한
군데도 없었다.

　외조부가 항상 말했다.

　"이 아이는 반드시 크게 될 것이다."

率內行甕遷逢雷雨

　軍資正李山重之莅杆城也. 其子泰永之婦, 有娠朔幾滿, 是甲申五月日
也, 將欲解娩于[4]本第, 發京行, 而泰永護行矣. 至甕遷, 暴雨大注, 電光雷

3) 이희갑(李羲甲, 1764~?): 본관은 한산. 병건의 증손으로, 할아버지는 산중이고, 아버지는 참
판 태영이며, 어머니는 유한모(兪漢髦)의 딸이다. 1790년 증광문과에 을과로 급제했다. 호남암
행어사·홍문관교리를 역임했다. 1807년 이조참의를, 이듬해 황해도 관찰사를 역임했다. 1812
년 대사간을, 1814년 이조참판을 역임했고, 1816년 함경도감사로 부임해 수재를 입은 백성들
을 잘 진휼했다. 이조판서·예조판서·형조판서·수원부유수·병조판서 등을 역임했다.
4) 于: 동경대본에는 '扵'로 표기.

聲, 亂入耳目, 轎馬頻驚, 泰永戒從者解轎繩, 而將以⁵⁾人夫作行轎, 未及於人肩, 霹靂一聲, 過馬頭, 而擊碎近地之檜木, 馬驚逸而跳躍, 轉于⁶⁾岩石之上, 後⁷⁾入于海, 而轎則已擔矣. 泰永驚而急下轎於路左, 捲簾而見之, 時其婦適睡昏而不省, 卒無事. 而至七月, 判書義甲乃生, 貴人之生, 必有神佑而然也. 年纔四歲, 隨其大夫人, 往留水橋外宅矣⁸⁾. 時外宅⁹⁾內舍遭¹⁰⁾火災¹¹⁾, 將謀改建, 棟樑椽木之材, 積置¹²⁾後庭, 判書遊於其下, 仍¹³⁾椽木而上, 所積之木材, 一時潰下, 判書乃¹⁴⁾在其亂木之中, 家人驚遑¹⁵⁾, 皆以爲必無幸矣¹⁶⁾. 其外祖亦錯愕, 不知所爲. 少間, 使家僮¹⁷⁾移木¹⁸⁾置之於地, 則三木相交, 而中如畏盆樣, 判書俯伏於其中, 心驚而面如土色, 一無損傷¹⁹⁾處, 其外祖常言: "此兒必大達"云云.

---

5) 以: 동양본에는 탈락.
6) 于: 동경대본에는 '入'으로 표기.
7) 後: 동양본·동경대본에는 '沒'로 표기.
8) 矣: 동경대본에는 탈락.
9) 時外宅: 동경대본에는 탈락.
10) 遭: 동양본에는 탈락.
11) 災: 동경대본에는 '烖'로 표기.
12) 置: 동경대본에는 탈락.
13) 仍: 동양본에는 '因'으로 표기.
14) 乃: 동양본에는 '仍'으로 표기.
15) 遑: 동양본에는 '惶'으로 표기.
16) 矣: 동양본·동경대본에는 탈락.
17) 僮: 동경대본에는 '童'으로 표기.
18) 동양본·동경대본에는 '而'가 더 나옴.
19) 損傷: 동양본·동경대본에는 '傷損'으로 표기.

화담 선생이 처녀를 구하려고 신술을 시험하다

화담^{花潭} 서경덕¹⁾은 박학다문^{博學多聞}하여 천문지리나 술수지학^{術數之學} 등 모르는 것이 없었다. 그는 장단^{長湍}의 화담이라는 연못가에 살았기에 호를 화담이라고 지었다.

하루는 학도들을 모아놓고 강론을 하는데, 한 노승이 와서 절을 하고 떠났다. 화담은 노승을 보내고 탄식을 그치지 않았다. 한 학도가 그 까닭을 물으니 화담이 말했다.

"그 스님을 아느냐?"

"알지 못합니다."

1) 서경덕(徐敬德, 1489~1546): 평생 관직에 나아가지 않고 송도에 머무르며 학문 연구와 교육에만 전념하여 황진이·박연폭포와 함께 '송도삼절(松都三絶)'로 일컬어졌다. 하급 무관의 집안에서 태어났다. 우주의 근원과 자연의 질서를 탐구하는 데 뜻을 두고 있었기에 과거에 응시하지 않았다. 여러 번 천거되었으나 한 번도 나아가지 않았다. 성리학뿐 아니라 도가 사상이나 역학(易學)·수학 등에도 이해가 깊었다. 그는 학문을 하면서 격물치지의 태도를 중시했다. 성현의 말이라고 해서 그대로 따르지 않고 스스로 회의하고 사색하여 깨닫는 자득지학(自得之學)을 강조하면서 독창적인 기(氣) 철학을 개척했다.

"그는 모 산의 신령한 호랑이다. 모처에 사는 사람의 딸이 곧 신랑을 맞이할 텐데 장차 그 해를 입을 것 같으니 가련하구나!"

학도가 물었다.

"선생님께서 그걸 이미 아셨다면 처녀를 구할 수 있는 길은 없습니까?"

화담이 말했다.

"있기는 하지만 가히 보낼 사람이 없구나."

학도가 말했다.

"원컨대 이 제자가 가겠나이다."

"그럼 좋지."

화담이 책 한 권을 주며 말했다.

"이것은 불경이니라. 그 집은 백 리 밖 모 촌에 있는데 이 경전을 가지고 그 집으로 가거라. 절대 먼저 발설하지 말고 다만 마루 위에 상을 놓고 촛불을 켜게 하거라. 그 처녀는 방 가운데 앉게 하고 사방 문을 닫아 걸게 하고서 건장한 여종 대여섯 명에게 처녀를 단단히 잡고 놓지 말게 하거라. 너는 마루 위에서 이 경전을 읽되 절대 잘못 읽어서는 안 된다. 그러면서 닭 우는 때를 넘기면 무사할 것이다. 경계하고 삼갈지어다."

학도가 가르침을 받들고 그 집으로 말을 달려 가니 온 집안이 떠들썩했다. 그 집안사람에게 물어보니 내일 사위를 맞이하는데 방금 납채를 받았다 했다.

학도는 안으로 들어가 주인과 인사를 나누고서 말했다.

"오늘밤 주인댁에 큰 액이 닥칠 것입니다. 제가 그 액을 모면하게 해드리고자 왔으니 이리저리하는 게 좋겠습니다."

주인이 그 말을 믿지 않고 말했다.

"어디서 온 나그네가 이런 허튼소리를 하시오?"

학도가 말했다.

"제가 허튼소리를 했는지 하지 않았는지는 지금 논하지 마십시오. 오늘밤이 지나면 알게 될 것입니다. 오늘밤을 지내고 나서 만일 제 말에 영험이 없다면 그뒤에 저를 때려 내쫓아도 늦지 않지요. 일단 제 말을 따라서 해보는 것이 좋습니다."

주인은 속으로 매우 의아했지만 일단 그 말을 따라 자리를 펴고 기다렸다. 처녀 역시 학도의 말대로 방안에 있고, 그는 마루 위에 단정히 앉아 촛불 아래서 독경했다. 삼경三更이 되어 갑자기 벼락같은 소리가 나니 집안사람들이 모두 벌벌 떨며 도망쳐 피했다. 큰 호랑이 한 마리가 마당 아래에 쭈그리고 앉아 포효했다. 그는 안색도 변하지 않고 독경을 계속했다.

그때 처녀는 똥을 누겠다며 죽어도 나가려 했다. 여러 여종이 좌우에서 잡고 만류했지만 처녀가 발버둥치고 날뛰니 감당하기가 어려웠다. 호랑이가 갑자기 크게 울부짖더니 마룻귀틀마루청을 끼우거나 까는 데 쓰는 뼈대을 물어뜯었다. 세 번이나 그러더니 이윽고 사라졌다. 처녀는 기절했다. 집안사람들이 정신을 가다듬고 따뜻한 물을 입에 넣어주니 처녀는 잠시 후 소생했다.

학도는 독경을 멈추고 밖으로 나갔다. 온 집안이 칭찬하고 그에게 감사해하며 그를 신인神人으로 생각했다. 그 은혜에 보답하려고 수백 금을 주려 하니, 그는 사양하며 말했다.

"나는 재물을 탐하여 온 것이 아니라오."

그리고 옷을 떨치며 작별을 고했다. 학도는 돌아와 화담에게 절하고 복명을 하니, 화담이 웃으며 말했다.

"넌 어찌하여 세 군데나 잘못 읽었느냐?"

학도가 말했다.

"잘못 읽은 데가 없는 것 같습니다."

화담이 말했다.

"아까 그 스님이 다시 지나가면서 내가 사람의 목숨을 구해주었다고 감사하다 하고는 또 말하기를, '경전을 세 군데 잘못 읽어서 마룻귀틀을 물어뜯어 표시를 해두었습니다'라고 하더구나."

학도가 생각해보니 과연 호랑이가 마룻귀틀을 물었을 때는 자기가 경전을 잘못 읽었을 때였다.

救處女花潭試神術

徐花潭敬德, 博學多聞, 天文地理, 術數之學, 無不通曉. 卜居于長湍花潭之上, 仍[2])以爲號. 一日會學徒講論, 忽有一老僧來拜而去, 花潭送僧之後, 忽爾嗟歎[3])不已, 學徒問其故, 花潭曰:"汝知其僧乎?"曰:"不知矣."花潭曰:"此是某山之神虎也. 某處人之女, 方迎壻[4]), 而將爲其害矣, 可憐[5])矣!"一學徒問曰:"先生旣爲知之, 則有何可救之道乎?"花潭曰:"有之, 而但無可送之人矣."學徒曰:"弟子願往矣."花潭曰:"若然則好矣."仍[6])授一書曰:"此是佛經也, 其家在百里之地某村, 汝持此經往其家, 勿先泄, 而但使之具床卓燭火於廳上, 使其處女, 處之房中, 而鎖四面門, 又使健婢五六人堅執勿放. 汝於廳上, 讀此書, 而勿誤句讀, 則挨過鷄鳴之時, 自可無事矣, 戒之愼之."某人承敎而馳往其家, 則擧家紛紜, 問之則以爲明將迎壻[7]), 今方受綵. 其人入見主人寒暄罷後, 仍言曰:"今夜主家有大厄, 吾爲此而來, 欲使免焉, 可如斯如斯."主人不信曰:"何處過客, 作此病風之言也?"其

---

2) 仍: 동양본에는 '因'으로 표기.
3) 歎: 동양본에는 '嘆'으로 표기.
4) 壻: 동경대본에는 '婿'로 표기.
5) 憐: 동경대본에는 '矜'으로 표기.
6) 仍: 동양본에는 '因'으로 표기.
7) 壻: 동경대본에는 '婿'로 표기. '婿'가 맞음.

人曰: "無論吾言之病風與否, 過今夜, 則自有可知之[8]道矣, 過後, 吾言如無靈, 則伊時毆逐, 無所不可, 第隨依吾言, 爲之可也." 主人心甚訝然, 第依其言, 鋪設而俟之. 其女亦如其人之言, 處之房內. 其人端坐廳上, 燭影之下, 而讀經矣. 三更時候, 忽有霹靂聲, 家人皆戰慄走避, 見一大虎, 蹲坐庭下而咆哮, 其人顏色不變, 讀經不輟. 此時其家處女, 稱以放矢, 限死欲出, 諸婢左右執挽, 則處女跳踉, 不可堪. 其虎忽爾大吼, 而嚙破廳前木[9], 如是者三矣, 仍[10]忽不見, 而處女昏絶矣. 家人始收拾精神, 以溫水灌之口, 須臾得甦[11]. 其人讀罷出外, 則擧家稱謝, 皆以爲神人, 以數百金, 欲酬其恩, 其人謝[12]曰: "吾非貪財而來者." 仍[13]拂衣告辭, 還拜花潭而復命, 則花潭笑曰: "汝何爲誤讀三處?" 其人曰: "無誤讀處矣." 花潭曰: "俄者其僧又過去, 而謝我活人之功, 又曰: '經書誤讀三處, 故嚙破廳木以識之.'云矣." 其人思之, 果是誤讀時也.

<hr>

8) 之: 동경대본에는 탈락.
9) 廳前木(청전목): 마룻귀틀. 마루청을 끼우거나 까는 데 쓰는 뼈대.
10) 仍: 동양본에는 '因'으로 표기.
11) 甦: 동양본에는 '生'으로 표기.
12) 謝: 동양본에는 '辭'로 표기.
13) 仍: 동양본에는 '因'으로 표기.

신령한 까치가 은혜를 알아
향촌부터 한양까지 따라다니다

능주綾州 박우원朴右源이 남도 모 읍 원으로 있을 때였다. 부인이 나무 위에서 떨어진 새끼 까치를 발견하고 아침저녁으로 보살펴주었다. 밥을 주고 길러주니 까치는 깃털이 다 자라나도 방과 문 사이에서 지내며 날아가지 않았다. 간혹 수목 쪽으로 날아가더라도 때때로 돌아와 부인의 어깨 위에서 날아다녔다. 부인이 장성長城, 전라남도 북부에 있는 지명으로 옮겨가는데 출발하는 날 홀연 까치가 사라져 간 곳을 몰랐다. 부인이 장성 관아의 문에 이르자, 까치가 대들보 위에서부터 지절대며 내려와 부인 앞에 와서 빙빙 돌았다. 부인이 전과 같이 밥을 먹여주고 마당 나무 위에 둥지를 마련해주며 알을 품듯 길러주니 까치는 평상시와 같이 오고갔다.

그뒤 부인이 능주綾州, 전라남도 화순 지역의 옛 지명로 옮겨갔는데 까치는 다시 전처럼 따라왔고 임기가 끝나 한양 집으로 돌아가는데도 역시 전처럼 따라왔다.

부인이 죽고 윗사람과 아랫사람이 울부짖자 까치도 빈소를 떠나지 않았다. 장례가 시작되어 상여가 나가는데 까치는 관 위에 앉아서 산 아

래에 이르렀다. 또 묘각[1] 위에도 앉아 그치지 않고 울었다. 하관을 할
때는 관 위를 날며 계속 울부짖다가 이윽고 어디론가 날아가버렸다.

까치는 비록 미물이지만 은혜를 알았던 것이다. 당시 사람들이 영작
전靈鵲傳, 신령스러운 까치의 전(傳)을 지었다.

隨京鄕靈鵲知恩

朴綾州右源, 在南中某邑. 其婦人見樹上鵲雛之落下者, 朝夕飼之, 以飯
而馴之, 漸至羽毛之成, 而在於房闥之間不去, 或飛[2]向樹木, 而時時來翔
于夫人之肩上. 及移長城, 將發行之日, 忽不知去處[3], 內行到長城衙門, 則
其鵲自樑上, 噪而飛[4]下, 翶翔于[5]夫人之前, 夫人如前飼之飯, 巢于庭樹
而卵育之, 去來如常. 其後移綾州, 又復如前隨來. 遞歸京第, 亦又隨來. 及
夫人之喪, 上下啼呼, 不離殯所, 及葬而行喪, 坐於柩上, 到山下[6]. 又坐墓
閣上, 而噪之不已, 及下棺時, 飛向柩上, 啼呼不已, 仍飛去, 不知去處. 雖
是微物, 盖亦知恩矣. 時人作靈鵲傳.

1) 묘각(墓閣): 묘상각(墓上閣). 장사지낼 때, 비나 햇빛을 가리기 위해 임시로 묘 주위에 치는
장막.
2) 동양본에는 '而'가 더 나옴.
3) 處: 동경대본에는 '向'으로 표기.
4) 飛: 동양본에는 탈락.
5) 于: 동양본에는 탈락.
6) 下: 동양본에는 탈락.

무변 윤씨가 의리를 배신했다는 가슴속 이야기

윤 아무개는 지체 높고 문벌 있는 집안 출신의 무변이었다. 성품이 모질고 독했으며 경망스럽기도 했다. 그는 천박하나마 문예文藝는 있어 당시 재상의 문하에 출입했는데 그에게 주선을 많이 해주는 재상도 있었다. 그가 충청도에 살 때 상을 당해 곤궁해진 나머지 혼자 힘으로 살아가기가 어려웠다. 마침 이웃 마을에 친지가 있었는데 그 사람은 송상松商과 돈이나 재물을 거래하고 있었다. 윤씨는 이웃 친지에게 청해 돈냥이나 빌리고자 했다. 그 사람은 팔십 냥 증서를 써주고 송상이 있는 곳으로 가서 찾아 쓰게 했다. 윤씨는 '십十' 자를 '백白' 자로 몰래 고쳐 전주에서 서울로 보내는 공납전과 바꾸어 사용했다.

때가 되어도 증서와 돈이 바뀌지 않자 전주 감영이 조사를 나왔고 윤씨의 소행을 알게 되었다. 박윤수[1]는 그때 전라도 관찰사였는데 진영 교졸을 보내 무변 윤씨를 결박해 오라는 엄명을 내렸다. 교졸이 닥치자 윤씨는 당황해 어쩔 줄 몰랐다. 그때 이웃 친지가 와서 말했다.

"애초에 자네가 한 일이 불미스럽기는 하네. 그러나 일이 이 지경에 이르러 자네같이 전직 있는 사람이 한번 진영에 잡혀들어가면 그건 몸과 명예를 망치는 일 아니겠나? 나는 포의布衣, 벼슬이 없는 선비를 일컫는 말라 내가 대신 가주겠네. 자네는 기한이 지나면 오게나. 기한이 되었을 때 돈을 마련해 보내주면 좋겠네.”

윤씨는 감사의 눈물을 흘리며 이웃 친지를 진영에 대신 보냈다. 그 사람은 곤장을 맞고 옥에 갇혔다. 돈을 갚아야 내보내준다니 어쩔 수 없이 자기 논밭과 가산을 다 팔아 갚고 몇 개월 만에 석방되어 돌아왔다. 곤장을 심하게 맞아서 생긴 독으로 거의 죽다 살아났고 집은 풍비박산 났다. 그러나 그 사람은 윤씨에게서 돈이 나올 곳이 없다는 것을 뻔히 보았기에 뒷날을 기다릴 뿐 한 번도 입을 열지는 않았다.

그뒤 윤씨는 단천端川부사가 되었다. 이웃 친지는 그제야 말을 빌려 천리 밖 그곳을 찾아갔다. 윤씨가 손을 잡고 정성을 다해 맞이해줄 거라 생각했지만 문지기가 막아서 들어가지도 못했다. 이렇게 한 달여를 머무르게 되니 노자도 바닥이 났고 점주에게 진 빚도 불어났다. 별다른 묘안도 떠오르지 않으니 진퇴유곡이었다.

하루는 원이 출타한다는 소문을 듣고 길에서 기다렸다가 앞으로 바로 다가가며 소리쳤다.

“내가 온 지 오래되었네!”

윤씨가 돌아보고는 종에게 “모시고 관아로 들어가거라” 하고 지나가버렸다.

얼마 안 있어 윤씨가 돌아왔다. 이웃 친지와 인사말을 나누고서는 별

<hr />

1) 박윤수(朴崙壽, 1753~1824): 본관은 반남(潘南). 1789년 식년문과에 을과로 급제하여 관직에 나아갔고, 같은 해 정약용 등과 함께 강제문신(講製文臣)으로 뽑혔다. 1803년 9월 대사간으로 등용되고 나서 판돈령부사로 죽을 때까지 거의 공백기간 없이 활발한 관직생활을 했다. 1812년 전라도 관찰사·판의금부사·이조판서·병조판서·호조판서 등 육조의 판서를 모두 역임했다.

다른 말이 없었다. 그가 말했다.

"내가 빈궁하다는 것은 자네도 아는 바라. 옛정을 생각해 천리를 멀다 하지 않고 왔지만 문지기에게 막혀 한 달여를 머무는 바람에 쌓인 밥값도 밀렸다네. 부디 자네가 나를 가련히 여겨 구제해주길 바라네. 내 지난날의 부채는 말하지 않겠네."

윤씨가 그 말을 듣고 눈살을 찌푸리며 말했다.

"공채가 산더미 같아 자네를 구원해줄 여유가 없어."

그러고는 바깥에 머물 곳을 정해주었으나 접대가 극히 쌀쌀맞았다. 윤씨가 그 사람에게 몇 달 머물게 하고는 다리에 병이 든 말 한 필을 주며 말했다.

"이 말의 값이 수백 금은 될 테니 끌고 가 팔아서 쓰게."

그리고 노자로 오십 냥을 주었다. 이웃 친지가 간청했다.

"말은 다리에 병이 들었고 노잣돈도 이 정도밖에 안 되니 밥값을 갚고 먹을 양식을 마련하기에도 부족하다네. 장차 어떡하면 좋겠나? 다시 생각해주게나."

윤씨가 안색을 달리하며 말했다.

"부채가 쌓여 있는데도 자네니까 그나마 이만큼이라도 주는 걸세. 다른 사람 같았으면 빈손으로 쫓겨났을 거야. 다른 말 많이 하지 말게!"

그러고는 나가 떠나게 하니 그 사람이 크게 노하여 돈을 마당에다 뿌려버리고 욕을 했다.

"네가 공금을 횡령하여 진영에 끌려가려 할 때, 내가 의리로 너 대신 가주었다가 옥중에서 거의 죽을 뻔했고 그 빚을 갚는 데 가산을 탕진했다. 너는 만금을 받는 태수가 되었기에 내 천리를 멀다 않고 너에게 왔지만 맞이하지도 않고 냉대하다가 겨우 오십 냥을 노자로 주는구나. 이 것은 오고가는 비용으로도 부족하니 고금 천하에 이렇게 인정머리 없는 도둑놈이 어디 있단 말인가?"

그러고는 방성대곡하며 문밖으로 나가 네거리에 오고가는 사람들에게 그 원통함을 부르짖었다. 모두 그 실상을 이야기하니 윤씨가 듣고 유감을 가졌다. 그리고 이웃 친지가 자신의 과오를 드러낸 데에 분노해 장교에게 그의 행장을 조사하게 했다. 행장에 종부시宗薄侍, 조선시대에 왕실의 계보를 만들고 왕족의 허물을 살피던 관아와 낭청2)의 공문 두 장이 들어 있었다. 윤씨는 이웃 친지를 가두게 하고 바로 그날 감영으로 가서 감사에게 아뢰었다.

"하관下官 읍에서 어보御寶, 임금의 옥쇄(玉璽)와 옥보(玉寶, 임금의 존호를 새겨넣은 도장)를 위조한 죄인을 잡아두었나이다. 어떻게 처리할까요?"

감사가 말했다.

"본읍에서 죄를 다스려도 좋다."

"그렇다면 하관이 처치를 해도 괜찮을까요?"

"그렇다."

그러자 관아로 돌아와서 그를 때려죽였으니, 세상에 어찌 이런 잔인하고 비정한 인간이 있단 말인가? 아, 몹시 참혹하도다.

行胸臆尹弁背義

尹某卽有地閥之武弁也. 性悍毒, 而又妄率, 薄有文藝, 出入於時宰相之門, 宰相多許可者. 其在湖中也, 適居憂, 窮不能自存, 隣里適有親知之人, 與松商以錢貨相去來者, 尹弁請於其人, 欲貸用錢兩, 其人以八十兩書標以給, 使之推用松人處矣. 尹弁乃潛改十字, 書以百字, 而全州公納錢之上京者換用矣. 換錢失期, 自完3)營查實, 知其爲尹弁之所爲. 朴崙壽之爲完伯,

---

2) 낭청(郎廳): 조선 후기의 비변사·선혜청·준천사·오군영 등의 실무를 담당한 종6품 관직. 본래 낭관과 같은 뜻으로 각 관서의 당하관을 지칭했으나, 1555년 비변사가 상설기구가 되어 낭청 열두 명을 두면서부터 관직명의 하나로 쓰였다.
3) 完: 동경대본에는 탈락.

發送鎭營校卒, 以結縛尹弁某以來之意嚴飭. 而校卒來矣, 尹弁方在罔措之中, 其人來言曰: "君之當初行事, 雖不美矣, 事已至此, 君則前唧, 以前唧, 一入鎭營, 則豈不敗亡身名乎? 吾則布衣, 吾當代行, 定限以來矣[4], 趁卽備送好矣." 尹倅感泣而代送矣. 其人受棍, 而被囚於獄中, 使之備給後, 放送其人, 無奈何, 盡賣自家之田土家産, 而充報, 閱幾箇[5]月得放還家. 又以杖毒 幾死僅生, 家仍[6]蕩敗, 而目見尹倅之無出處, 姑俟日後, 而一不開口矣. 其後尹倅爲端川府使, 其人始乃賁騎, 而訪於千里之外, 意謂執手致款[7], 阻閽而不得入, 留月餘, 行資已罄[8], 負債於店主者亦多, 其人計無所出, 進退維[9]谷. 一日聞本倅出他, 要於路直前而呼曰: "吾來久矣." 尹倅回顧而言于下隷曰: "可率入內衙[10]."云而去. 未幾[11]還來, 敍寒暄後, 別無他語, 其人仍語曰: "吾之貧窮, 君所知也, 以舊日之[12]誼, 不遠千里而委來矣, 阻閽而[13]留月餘, 食債又多, 君幸憐而濟之, 吾不言向來債矣[14]." 尹倅聞而嚬蹙曰: "公債如山, 無暇救君." 仍定下處於外, 而接待極其冷落. 留數日給病脚馬一匹曰: "此馬價過數百, 君可牽去賣用."云, 而又以五十兩贐之, 其[15]懇請曰: "馬是病脚, 錢又如此, 其所[16]食債及回粮亦云不足, 此將奈何? 君其更思之." 尹倅作色曰: "以君之故, 積債之中, 有此贈也, 如非君則可空手而

4) 矣: 동양본에는 탈락.
5) 箇: 동양본에는 '介'로 표기.
6) 仍: 동양본에는 '因'으로 표기.
7) 동양본에는 '矣'가 더 나옴.
8) 罄: 동양본에는 '盡'으로 표기.
9) 維: 동경대본에는 '惟'로 표기.
10) 內衙: 동양본·동경대본에는 '衙內'로 표기.
11) 동양본에는 '而'가 더 나옴.
12) 之: 동양본에는 탈락.
13) 而: 동경대본에는 탈락.
14) 矣: 동양본·동경대본에는 '耳'로 표기.
15) 동양본·동경대본에는 '人'이 더 나옴.
16) 所: 동경대본에는 '小'로 표기.

見逐, 勿多言!" 仍¹⁷⁾使之出去, 其人大怒, 散其錢於庭下, 而叱辱曰:"汝乃
偸公貨喫¹⁸⁾之¹⁹⁾, 將入於鎭營, 而吾以義氣, 待²⁰⁾汝而²¹⁾行, 幾死獄中, 蕩
敗家産, 而報其債矣²²⁾. 汝乃今爲萬金太守, 而吾不遠千里而來, 則汝旣不
邀見, 又爲冷待, 乃以五十兩贈我, 此猶不足於來往²³⁾之需, 古今天下, 寧
有如許非人情之賊漢乎?" 仍放聲大哭而出門, 呼寃於通衢²⁴⁾之上, 對往來
之人, 而皆言其狀, 尹倅聞而憾之, 又忿其揚渠之惡, 使將校搜驗其行具,
則有宗簿郎聽帖二張矣. 尹倅囚其人, 卽日發營行, 對監司言曰:"下官之
邑, 捉得御寶僞造罪人, 將何以治之?"監司曰:"自本邑治罪可²⁵⁾也."尹倅
曰:"若然則下官可處置乎?"曰:"諾."仍還官而打殺之, 世豈有如許殘忍非
人情之人乎? 吁亦慘毒矣.

17) 仍: 동양본에는 '因'으로 표기.
18) 公貨喫: 동양본에는 '喫公貨'로 표기.
19) 之: 동양본에는 탈락.
20) 待: 동양본·동경대본에는 '代'로 표기.
21) 而: 동양본에는 '之'로 표기.
22) 矣: 동경대본에는 '也'로 표기.
23) 來往: 동양본에는 '往來'로 표기.
24) 衢: 동양본에는 '街'로 표기.
25) 可: 동양본에는 탈락.

겸재 정선이 중국에서 화명을 떨치다

    겸재謙齋 정선[1]은 자가 원백元伯인데 그림을 잘 그렸다. 특히 산수화에 절묘한 경지를 보였다. 세상 사람들이 삼백 년 이래 최고의 그림이라고 칭송하니 그림 구하는 사람들이 삼의 줄기처럼 많았지만, 겸재는 거드름 부리지 않고 이에 호응해주었다.

    이때 북쪽 같은 마을에 사는 선비 한 사람이 겸재의 산수화 삼십여 장을 얻어 언제나 소중하게 아꼈다. 하루는 선비가 사천[2] 이공李公을 찾아가서 시렁 위를 보니 당판唐板 중국에서 새긴 책판(册板)이나 그것으로 박아낸 책을 이르던

---

1) 정선(鄭敾, 1676~1759): 조선 후기의 화가. 자는 원백(元伯), 호는 겸재(謙齋). 그의 선대는 전라남도 광산·나주 지방에서 대대로 살아온 사대부 집안이었다. 나중에 경기도 광주와 서울 서쪽으로 옮겨와 살았다. 어려서부터 그림을 잘 그렸다 하며 김창집의 도움으로 관직생활을 시작했다. 한성부주부·청하현감·하양현감·양천현감 등을 지냈다. 1756년 화가로서는 파격적인 가선대부지중추부사(嘉善大夫知中樞府事)라는 종2품 관직에 제수되었다. 그는 금강산, 관동 지방의 명승 그리고 서울에서 남한강을 오르내리며 접할 수 있는 명소와 그가 실제 지방 수령으로 근무하던 곳의 산수를 그렸다. 또 한양의 사철 경치, 특히 인왕산 동북 일대의 계곡과 산 등성이의 풍경을 그렸다. 그리고 문인지우(文人知友)와 관련 있는 여러 곳의 명소나 특수한 고장의 자연을 다루기도 했다.

^말 서책들이 네 벽을 둘러싸고 있었다. 선비가 물었다.

"당판 서책들이 어찌 이렇게 많습니까?"

이공이 웃으며 말했다.

"일천오백 권은 되는데 다 내가 직접 구입한 것이지요."

그리고 덧붙여 말했다.

"이것들이 다 정원백鄭元伯에게서 나온 것임을 누가 알겠소? 북경 화상들은 원백의 그림을 매우 귀하게 여겨 손바닥만한 그림조차도 아주 높은 가격으로 구입하지요. 내 원백과 아주 친해 그 그림을 많이 얻었는데, 연행 사신이 갈 때마다 많고 적음을 막론하고 조선으로 들어와 볼 만한 책을 사오게 하여 이렇게 많이 모으게 된 것입니다."

그제야 우리나라 사람들이 화가의 이름만 보고 그림을 사는 것과 달리 중국 사람들은 그림을 제대로 알아보고 산다는 것을 알게 되었다.

또 어느 중인의 부인이 비단치마를 입고 겸재의 집에 왔다가 치마에 고깃물을 묻혀 안에서 무척 걱정했다. 겸재가 그것을 가져오라 해서 보니 더러워진 부분이 매우 넓었다. 즉시 치맛주름을 펴게 하고 더러워진 곳을 닦아 사랑방에 보관해두게 했다. 하루는 날이 청명하고 상쾌하니 그림을 그리고자 하는 흥이 강렬하게 일어났다. 겸재는 채색된 연적을 열고 비단 치마폭을 펼쳐서 거기에다 금강산을 크게 그렸다. 금강산은 찬란하고 섬세하며 정채롭고 힘차게 흐르는 듯했다. 남은 두 폭에는 금강산의 절묘한 곳들을 그리니 진정 최고의 보물이 되었다. 그뒤 중인이 찾아오자 겸재가 말했다.

---

2) 사천(槎川): 이병연(李秉淵, 1671~1751). 조선 후기의 시인. 본관은 한산(韓山), 자는 일원(一源), 호는 사천(槎川). 김창흡의 문인이며, 벼슬은 음보로 부사(府使)에 이르렀다. 시에 뛰어나 영조시대 최고의 시인으로 일컬어졌다. 문인 김익겸이 그의 시초(詩抄) 한 권을 가지고 중국에 갔을 때 강남의 문사들이 "명나라 이후의 시는 이 시에 비교가 안 된다"며 그의 시를 극찬했다 한다.

"내 때마침 화흥畵興이 일어났는데 좋은 화본畵本, 그림을 그리는 바탕이 되는 감이나 종이이 없어 안타까워하다가 그대 댁 비단치마가 있다는 말을 듣고 가져오게 하여 화본으로 만들었소. 거기에 일만이천 봉을 옮겨서 그대 부인이 반드시 많이 놀랄 것 같으니 어쩐다?"

중인은 그림을 볼 줄 아는 사람이었다. 기쁨을 이기지 못해 거듭 감사드리고 집으로 돌아가서 진수성찬을 크게 차려 겸재에게 보냈다. 큰 폭 그림은 가보로 삼고, 그림 나머지 두 폭은 사행을 따라 연경에 들어갈 때 가져갔다. 그림 가게로 갔는데 마침 청성산³⁾에서 온 촉蜀의 승려가 그림을 보고 크게 감탄하며 최고의 보물이라 칭찬하고는 말했다.

"방금 새 사찰을 지었는데 이 그림을 부처님께 바치려 하오. 원컨대 은 백 냥으로 사겠소."

중인이 그렇게 하겠다 했다. 값을 논할 무렵 남경南京에서 온 한 선비가 그걸 보고 말했다.

"내 마땅히 스무 냥을 더 얹어줄 테니 나에게 주시오."

승려가 크게 노하며 말했다.

"내가 이미 값을 말해 팔기로 결정되었는데, 선비란 사람이 어찌 이같이 이로움을 보고 의리를 잊는가? 그럼 내 서른 냥을 더 주지!"

그러고는 그림을 가져가 불속에 던져버리며 말했다.

"세상의 도리와 인심이 이 지경이 되었는데, 내가 이것을 탐한다면 이 사람과 뭐가 다르겠나?"

선비가 마침내 옷을 털며 일어났다. 그림 주인도 백 냥을 다 받지 않고 오십 냥만 받고 돌아왔다 한다.

하루는 겸재가 새벽에 깨어났는데 홀연 누군가가 문을 두드려 그를

---

3) 청성산(靑城山): 쓰촨성 청두(成都)에서 약 66킬로미터 떨어진 곳에 있는 산으로 도교 사원 칠십여 개가 있었다 한다. 중국 도교 발상지의 하나로 동한(東漢) 말기, 도교의 창시자 장도릉이 여기에서 포교를 시작했다고 전해진다.

맞이해주니 평소 친한 역관이었다. 역관은 아름다운 부채 하나를 꺼내 바치며 말했다.

"오늘 연경으로 가게 되어 고별인사를 드리려 왔습니다. 원컨대 공께서 잠시만 붓을 놀리시어 제 연경길 노자로 삼게 해주시면 무척 행복하겠나이다."

이때는 동창이 이미 밝았고 아침 기운이 매우 상쾌했다. 겸재는 바닷물을 그렸다. 큰 파도와 성난 포말이 세차게 일어나고 서로 맞부딪치면서 솟구쳤다. 파도 위에 작은 배 하나를 올려놓았는데 바람 돛이 한쪽으로 반쯤 기울었으니 아득하게 보였다. 역관은 감사해하며 떠났다. 연경 화방으로 가니 화상은 그림을 잡고 완상하기를 그치지 않으며 말했다.

"분명 첫새벽에 그린 그림일 게요. 정신이 바람 돛 위에 서려 있소이다."

화상이 선향扇香, 부채고리 장식 안에 넣는 향 한 궤짝을 주고 그림을 샀다. 역관이 받아 헤아려보니 향 오십 매가 들어 있고 그 길이가 모두 몇 촌寸은 되었다. 이 일로써 역관들은 겸재의 그림을 얻어 모두 진귀한 보물로 여겼다.

鄭謙齋中國擅畵名

鄭謙齋歚, 字元伯, 善繪畵, 而尤妙山水, 世稱三百年來丹靑絶品, 求者如麻, 而酬應不倦. 時北里同閈居士人, 得其山水三十餘張, 常琛愛之. 一日其士人詣槎川李公, 見其架上, 堆積唐板書帙, 環在四壁上, 問曰: "唐板書, 何如是多也?" 李公笑曰: "此爲一千五百卷, 皆吾自辦者也." 而[4]又曰:

---

4) 동양본·동경대본에는 '己'가 더 나옴.

"人誰知皆出於鄭元伯? 北京畫師[5], 甚重元伯之畫, 雖掌大片紙, 莫不易以重價. 吾與元伯最親, 故得其畫最多, 每於燕使之行, 無論多少, 卽付之, 以買可觀之書, 故能致如此之多." 始知中原之人, 眞知畫, 不如我人徒取名也. 又有一中路[6]家, 錦裳適來謙齋家, 爲肉汁所汚, 自內甚憂之, 謙齋使之持來, 所汚頗廣, 卽令去其襞積, 而洗其所汚, 莊之外舍, 一日, 日氣淸爽, 畫興大發, 乃開彩硯, 展錦幅, 大繪楓岳於其中, 燦爛纖悉, 精彩流動, 而餘存者有二幅, 更畫金剛山極奇妙, 眞絕寶也. 其後錦裳之主來, 謙齋曰: "吾適畫興發動, 而恨無佳本, 聞君家錦裳來在, 取作畫本, 移來萬二千峰於其中, 君家婦女, 必大驚駭奈何?" 其人亦知畫格, 不勝忭喜, 致謝僕僕, 歸治珍羞一大具而進之, 莊其大者, 以爲家寶, 以其二幅, 隨使入燕時[7]詣畫肆, 適有蜀僧, 從靑城山來者見之, 大加嗟賞, 稱以絕寶, 乃曰: "方成新刹, 欲以此供佛, 願以銀百兩買之." 其人許之, 將論價之際, 又有南京一士, 見之曰: "吾當增價二十兩, 請以歸我." 僧大怒曰: "吾已論價, 賣買[8]已決, 豈有士子, 見利忘義如此者乎? 吾亦添價三十兩!" 取其畫, 投之火中曰: "世道人心, 一至於此, 吾若貪此, 與此人何異?" 乃拂衣而起, 畫主亦不取百兩價, 只以五十兩歸云. 一日比曉睡覺, 忽有人來叩門, 延之入, 乃一所親舌人也. 持一佳箋, 進曰: "今將赴燕, 玆來告別, 願公暫加揮灑[9], 以賻鄙行幸甚." 時東牕[10]已白, 朝氣甚爽, 謙齋乃作海水, 飛波怒沫, 洶湧澎湃, 而着一小船於波面, 一邊風帆半亞, 視之杳然, 舌人謝之而去. 及入燕肆, 肆主把玩

5) 동양본·동경대본에는 '肆'로 표기. 화사(畫師)가 화가를 뜻한다면, 화사(畫肆)는 화상(畫商)을 뜻한다. 그런 점에서 '肆'로 쓰는 게 문맥상 옳다.

6) 中路(중로): 중인의 계급.

7) 동양본에는 '持'가 더 나옴. '持'가 들어가는 게 문맥상 옳음.

8) 賣買: 동경대본에는 '買賣'로 표기.

9) 揮灑(휘새): 물에 흔들어 씻어서 깨끗이 함. 붓을 휘둘러 쓰거나 그림.

10) 牕: 동양본에는 '窓'으로 표기.

不已曰: "此必晨朝[11]所作也, 精神多在風帆上." 以扇香一櫃[12]易之, 舌人取而計, 香得五十枚, 長皆數寸, 以此譯官輩, 得謙齋之畵, 皆視以奇貨矣.

11) 朝: 동양본에는 '早'로 표기.
12) 櫃: 동양본·동경대본에는 '樻'로 표기.

맹감사가 동악에서 기이한 이야기를 듣다

감사 맹주서[1]는 산수 유람을 좋아했다. 젊었을 적에 금강산으로 가서 매우 깊숙한 곳까지 들어갔는데, 그곳에는 아주 정결한 암자 하나가 있었다. 암자에는 한 노승이 있었는데 그는 나이가 백 살이 넘은 것 같았는데도 용모가 품위 있고 강건했으며 경건하고 공손한 태도로 예의를 지켰다. 맹공이 그를 특이하게 여겨 하룻밤을 자면서 득의한 바를 묻고자 했는데, 노승이 갑자기 사미승을 불러 말했다.

"내일은 우리 스승님의 기일이다. 제수를 마련하거라."

사미승이 그렇게 하겠다고 대답했다.

다음날 새벽 소사疏食, 채소와 나물 반찬뿐인 음식를 차리니 노승은 애달프게 통곡했다. 맹공이 물었다.

---

1) 맹주서(孟胄瑞, 1622~?): 1654년에 식년문과에 을과로 급제했다. 황해도 관찰사·공조참의·부승지를 거쳐 승지·예조참의를 역임하고, 이듬해에 우승지·병조참의·호조참의·충청도관찰사를 지냈다. 1678년에 안동부사가 되어 선정을 베푼 공으로 가선대부에 오르고 특진관에 이르렀다.

"스님의 스승은 성함이 어떻게 되시며 그 도는 얼마나 높았나요? 원컨대 듣고 싶습니다."

노승이 한참 동안 처연하게 있더니 말했다.

"공이 물으시니 어찌 숨길 수 있겠습니까? 저는 조선인이 아니랍니다. 일본에서 왔지요. 스승님 역시 스님은 아니고 선비였습니다. 제가 일본에서 나왔을 때는 임진왜란 전이었지요. 본국에서 우리 여덟 명을 선발했는데 모두 지략과 생각이 깊었고 용맹이 빼어났지요. 조선팔도를 나누어 맡아 조선 산수의 험하고 평탄함, 도로와 거리의 멀고 가까움, 관새의 요충지 등을 암기하고 조선 사람 중 지략이나 재주, 용맹이 뛰어난 자들을 모두 죽이고 나서 복명하라 했습니다. 우리 여덟 명은 함께 조선말을 공부해 익숙해지자 동래 왜관2)으로 나와서 조선 승려로 변장해 출발하려다 의논하기를, '조선 금강산이 신령스러운 산이니 그 산으로 먼저 가서 기도를 올리고 흩어지는 게 좋겠다' 했습니다. 동행한 지 십여 일 만에 회양淮陽, 강원도 회양군에 도착했지요. 한 선비가 나막신을 신고 누렁소를 타고 산골짜기에서 나오는 것을 보았습니다. 동행하던 한 사람이 말했지요.

'우리가 연일 절을 찾아다니느라 먹지를 못했고 더욱이 고기맛을 못 보아 기력이 너무 약해졌어. 저 사람을 죽이고 타고 있는 소를 잡아먹고 나서 길을 계속 가는 것이 어떻겠나?'

모두 좋다고 하여 그 선비에게 다가가니 선비께서 말씀하셨지요.

'네놈들이 감히 어찌 그럴 수 있느냐? 네놈들이 왜국 간첩임을 내 모를 줄 아느냐? 당장 모두 죽여주리라!'

우리 여덟 명은 크게 놀라 칼을 뽑아 나란히 달려들었습니다. 선비는

---

2) 왜관(倭館): 조선시대에 일본인이 조선에서 통상을 하던 무역처. 숙박처와 접대처로서의 기능도 동시에 했다.

몸을 솟구쳐 오르더니 갑자기 주먹으로 치고 발로 차는데 빠르고 민첩하기가 귀신같았지요. 다섯은 머리가 터지고 사지가 부러져 죽었고, 남은 셋이 땅에 엎드려 살려달라고 애걸했습니다.

선비께서 말씀하셨지요.

'너희가 정말 진심으로 항복하고 귀순하여 생사를 능히 함께할 수 있겠느냐?'

세 사람이 머리를 조아려 성의를 표하고 하늘을 가리켜 맹세하니, 선비는 우리를 데리고 집으로 가셨지요. 그리고 우리 세 사람에게 말씀하셨지요.

'너희는 왜의 명을 받아 우리나라 사람의 지혜와 생각이 어떤지 엿보려 했다. 그러나 너희의 기술이 모자라니 어찌 능히 그 일을 할 수 있겠느냐? 방금 너희가 하늘을 걸고 귀순하기를 맹세한 마음이 진실하다는 것을 알겠으니, 내 마땅히 검술을 가르쳐주겠다. 왜병이 쳐들어오면 너희를 인솔해 마도[3]를 지켜 족히 적병을 막을 수 있을 것이니, 너희가 타국에서 공을 세우는 것을 어찌 싫어하겠느냐?'

세 사람이 절을 올리며 감사해하고 마침내 검술을 배웠지요. 이미 능력을 다하고 복종하고 섬기기를 매우 열심히 하니 선비께서도 그들을 믿고 사랑해주셨지요. 하루는 세 사람이 암자에서 함께 잤는데 아침에 일어나 보니 선비께서 살해되어 방에 피가 가득했지요.

소승이 크게 놀라 두 사람에게 물었습니다.

'이게 무슨 일인가?'

두 사람이 말했지요.

'비록 이 사람에게 복종하고 이 사람을 섬겨 검술을 다 배웠지만, 같이 온 여덟 사람의 의리가 형제와 같았거늘 이 사람에게 다 살해되고

---

3) 마도(馬島): 경남 삼천포 앞바다에 있는 마도인지 대마도(對馬島)인지는 분명하지 않음.

우리만 살아남았으니 이 사람은 대원수라. 그걸 잠시라도 잊을 수 있었 겠는가? 오래전부터 보복하려 했지만 둘러보아도 틈이 없었는데, 오늘 다행히도 틈을 얻었으니 어찌 그를 죽이지 않을 수 있겠나?'

소승이 크게 책망하며 말했지요.

'우리가 이미 목숨을 건진 은혜를 입었고 형제가 되기를 맹세해 은혜 와 의리가 깊어졌으며 스승님과의 은정이 아버지와 아들 같았거늘, 어 찌 옛 원한에 집착해 이런 일을 저질렀단 말인가?'

소승은 통곡하다 엎어지기도 했지요. 그러다 마침내 두 사람을 찔러 죽였습니다.

이 산으로 들어와 중이 되고 사미를 얻어 이 암자에서 지내왔는데 백 살이 지나도 언제나 스승님의 드높은 재주와 지혜, 심오한 의기意氣, 돈 독한 정의情義를 생각하면 한없이 애석한 마음이 일어나 가슴이 몹시도 아파옵니다. 더욱이 스승님의 기일을 맞이하면 애통함을 스스로 억누를 수 없는데 세월이 오래되어도 그 마음이 약해지지가 않는군요."

맹공은 그 말을 다 듣고 감동과 탄식을 이기지 못했다.

"스님의 스승님께서는 그렇게 현명한 식견과 신령스러운 용기를 가 지셨는데도, 두 사람이 이롭지 못한 마음을 품고 있다는 걸 모르고 결국 해를 입기까지 하셨으니 어찌된 일입니까?"

"두 사람이 불길한 사람이라는 것을 우리 스승님이 어찌 몰랐겠습니 까마는 그 재주를 아끼시어 깊은 은혜를 베풀면 그들의 사력死力을 얻을 것이고, 스승님의 지혜로 족히 그들을 제압할 수 있을 거라 여기셨겠지 요. 스승님은 저의 재주와 식견이 출중하다 생각하시고 저를 더욱 사랑 해주셨죠. 제가 친척을 버리고 고향도 잊고 스승을 위해 몸 바쳐 섬기기 를 게을리하지 않은 것도 이 때문이었습니다."

맹공이 부탁했다.

"스님의 검술을 볼 수 있겠는지요?"

노승이 말했다.

"내 이제 너무 늙었소이다. 검술을 그만하고 시험해보지 않은 지가 오래되어 갑자기 보여드리기가 어렵군요. 공께서 며칠만 머물러 계시면, 기력이 조금이라도 살아나길 기다렸다가 시험해보지요."

다음날 맹공을 초대해 한 곳에 이르렀다. 그곳에는 잣나무 여남은 그루가 서 있었는데 둘레가 열 아름이나 되고 우듬지는 하늘의 구름에 닿아 있었다. 노승이 소매 안에서 공같이 둥근 물건 두 개를 꺼냈다. 그것들은 실로 단단히 묶여 있었는데 실을 풀자 주먹 두 개처럼 말린 쇳덩이가 나왔고 그것을 손으로 펼치니 몇 척이나 되는 시퍼런 칼이 되었다. 그것은 가을 물결처럼 반짝이며 종이처럼 접혔다 펴졌다 했다. 노승은 두 칼을 잡고 일어나 검무를 추기 시작했다. 처음에는 위아래로 아주 천천히 움직이더니 얼마 뒤 춤사위가 점점 빨라져 바람이 일어났고 드디어 가볍게 솟아올라 공중에 섰다가 빙빙 돌고 왔다갔다했다. 자세히 보니 은항아리 하나가 잣나무 층층 잎들 사이로 출몰해 번갯불이 번쩍번쩍하고 길어졌다 짧아졌다 하며 온 바위 골짜기에 가득했는데 그것은 서슬 퍼런 칼날이었다. 잣나무 잎들이 조각조각 베여 빗물처럼 떨어져 내렸다. 맹공은 놀라서 얼이 빠진 듯 도저히 똑바로 볼 수가 없었다. 잣나무 잎들은 마디마디 잘리고 나뭇가지는 반쯤 벗겨졌다.

한참 뒤 노승이 뛰어내려 나무 아래에 섰다. 그는 몇 번이나 숨을 헐떡이며 말했다.

"기운이 쇠약해졌어요! 젊었을 적과 다릅니다. 제가 건장했을 때 이 나무 아래에서 검무를 추면 나뭇잎들이 가는 실처럼 베였는데, 오늘은 그러하지 못합니다. 온전한 잎이 많습니다."

맹공이 매우 기이하게 여기고 노승에게 말했다.

"스님께서는 신인神人이십니다!"

노승이 말했다.

"저는 오래지 않아 죽을 것입니다. 제 자취가 영원히 사라지는 것을
차마 두고 볼 수가 없어서 이처럼 공께 말씀드렸습니다."

孟監司東岳聞奇事

孟監司胄瑞, 愛山水遊, 少時嘗入楓岳, 窮探至幽深處, 有一庵[4], 極淨
潔. 老僧一人, 年百餘歲, 容貌古健, 執禮虔恭, 孟公異之, 仍留宿, 將叩其
所得, 僧忽召其沙彌謂曰: "明日卽吾師之忌日也, 可設需供." 沙彌曰: "唯"
明曉設蔬食, 老僧哭之甚哀, 孟公問曰: "上人之師何名, 而道之高何如? 願
聞之." 老僧悽然久[5]曰: "公有問之, 何用隱諱? 吾非朝鮮人也, 來自日本,
師亦非僧卽士也. 始吾之出來也, 在壬辰之前, 本國選吾等八人, 皆深於計
慮, 驍勇絶倫者, 使分掌朝鮮八道, 凡朝鮮之山川險夷[6], 道里遠近, 關隘衝
要, 務要諳記, 凡朝鮮人之以智略[7]才勇名者, 皆殺之後, 始許復命. 八人共
習鮮語, 旣熟, 出來東萊倭館, 變作朝鮮僧之服, 將發之際, 相議曰: '朝鮮金
剛靈山也, 必先入此山, 祈禱然後, 可分散也.' 遂同行十餘日, 始到淮陽地.
見一士着木履, 跨黃牛, 出自山谷, 同行一人曰: '吾輩連日尋寺不見食, 又
不喫肉, 氣力甚微, 不如殺此人[8], 而屠食其牛[9]然後, 前進似好.' 皆曰: '善'.
遂同進士人, 士人曰: '汝輩何敢乃已[10]? 汝輩倭國間諜, 吾豈不知? 當盡殺
之!' 八人大驚, 拔劍齊進, 士人騰躍起, 忽奮拳飛脚, 疾捷如神, 頭破肢折,
死者五人, 只餘三人, 遂皆伏地乞生, 士人曰: '汝果誠心歸服[11], 能死生相

---

4) 庵: 동양본·동경대본에는 '菴'으로 표기.
5) 동양본에는 '之'가 더 나옴.
6) 險夷: 동양본·동경대본에는 '夷險'으로 표기.
7) 略: 동양본·동경대본에는 '畧'으로 표기.
8) 人: 동경대본에는 탈락.
9) 牛: 동양본·동경대본에는 '肉'으로 표기.
10) 已: 동양본·동경대본에는 '爾'로 표기.
11) 服: 동양본·동경대본에는 '伏'으로 표기.

隨¹²⁾否?' 三人稽顙輸誠, 指天爲誓, 士人領歸其家, 謂三人曰: '汝輩雖爲倭
所使, 欲覘我國智慮淺短, 技術甚疎, 其何能爲? 今旣盟天歸伏心之誠僞,
吾可以洞知, 吾當敎以劍術, 若倭兵來, 則吾可領汝輩起兵, 往守馬島, 足
遏賊兵, 異國樹勳, 汝亦何厭?' 三人拜謝, 遂共受劍術, 旣盡其能, 服事甚
勤, 士人甚信愛. 一日三人同宿於¹³⁾孤菴, 朝起, 士人忽爲人所害, 流血滿
室, 老¹⁴⁾僧大驚問兩人曰: '此何事¹⁵⁾?' 兩人曰: '¹⁶⁾雖服事此人, 盡其劍術,
同來八人, 義同兄弟, 今皆爲其所殺, 今只餘兩人, 此大讐也. 其可暫時忘
耶? 久欲報之, 顧無可乘之隙, 今幸得間, 何爲不殺?' 老¹⁷⁾僧大責曰: '¹⁸⁾吾
輩旣受再生, 盟爲兄弟, 恩義旣¹⁹⁾深, 情同父子, 豈可執²⁰⁾仇怨, 作此事耶?'
痛哭頓仆, 遂前刺兩人, 皆殺之. 乃於此山爲僧, 得一沙彌, 孤坐此菴, 齒過
百歲, 每想吾師才智之高, 意氣之深, 情義之篤, 愛惜無窮, 至痛在心, 是以
當師忌日, 哀痛輒不自抑, 久而不衰." 孟公聽畢, 不勝感歎²¹⁾曰: "以尊師之
明識神勇, 乃不知兩人者懷不利之心, 而終至見害何也?" 僧曰: "吾師豈不
知兩人之非吉人, 而愛其才, 欲以深恩得其死力, 且其智足以制伏也, 師謂
我才識出類, 愛之尤甚, 我之所以遺親戚, 忘故土而服勤不怠者, 爲此也."
孟公仍請曰: "上人之劍術, 可得見乎?" 僧曰²²⁾: "吾今甚老, 廢而不試已久,
卒難爲之, 公姑留數日, 俟吾稍有氣力, 試爲之耳." 翌日邀孟公至一處, 有
十柏樹, 大可十圍, 上干雲霄, 僧袖出兩物, 團圓如毬, 用繩堅縛, 去繩訖,

---

12) 隨: 동양본에는 '遂'로 표기.
13) 동양본에는 '一'이 더 나옴.
14) 老: 동양본에는 '少'로 표기.
15) 동양본에는 '也'가 더 나옴.
16) 다른 이본에는 '吾輩'가 더 나옴.
17) 老: 동양본에는 '少'로 표기.
18) 다른 이본에는 '吾輩'가 더 나옴.
19) 旣: 동경대본에는 '幷'으로 표기.
20) 執: 동양본·동경대본에는 '論'으로 표기.
21) 歎: 동양본에는 '嘆'으로 표기.
22) 僧曰: 동양본에는 탈락.

見兩箇[23]鐵塊, 卷帖如拳, 以手平[24]展, 則數尺霜刀, 光如秋水, 而卷舒如紙. 僧把兩劍起舞, 始也轉[25]動低仰頗遲, 俄而漸見迅疾揮霍[26]風生, 久之騰踊飄浮, 立於空中, 盤旋去來而已[27], 只見一箇[28]銀甕, 出沒於栢樹層葉之間, 掣電閃爍, 倏長倏短, 襲映巖壑, 遍是霜刀, 栢葉紛紛, 飛落如雨, 孟公神懾魄懔, 不能正視. 其栢葉多寸斷, 而樹枝半童矣. 良久僧方投下, 立樹下, 咄氣數口曰: "氣衰矣, 非復少年時也. 始吾壯時, 舞劍此樹之下, 葉多中破如細絲, 今則不然, 全葉者多矣." 孟公大異之, 謂僧曰: "上人神人也!" 僧曰: "吾非久死矣, 亦[29]不忍吾跡[30]之永泯, 故爲公言如此."

---

23) 箇: 동양본에는 '介'로 표기.
24) 平: 동경대본에는 탈락.
25) 轉: 동양본·동경대본에는 '顚'으로 표기.
26) 揮霍(휘곽): 동작이 신속하고 민첩한 모양.
27) 而已: 동경대본에는 '已而'로 표기.
28) 箇: 동양본·동경대본에는 '個'로 표기.
29) 亦: 동양본에는 탈락.
30) 跡: 동경대본에는 '迹'으로 표기.

윤공이 음덕을 쌓아 보답을 받다

    윤변[1] 공이 형조정랑이 되었을 때였다. 김안로[2]가 국권을 잡고 위복

威福, 때로는 위압을, 때로는 복덕을 베풀어 사람을 복종시킴을 자행하면서 양민을 노비로 만

들기도 했다.

---

1) 윤변(尹忭, 1493~1549): 본관은 해평(海平), 자는 구부(懼夫), 호는 지족암(知足庵). 영의정
윤두수(尹斗壽)의 아버지이고 조광조의 문인이다. 1519년 생원시에 합격했고, 그해 기묘사화
가 일어나 조광조가 투옥되자 성균관 유생들과 함께 그의 무죄를 호소했다. 1522년 식년문과
에 병과로 급제했다. 이때 그를 기묘당인(己卯黨人)이라 해서 배격하는 자가 있었으나 성균관
학유가 되었다. 해남현감·충청도사에 이어 1527년 형조정랑, 1544년 삼척부사를 지냈다.
2) 김안로(金安老, 1481~1537): 본관은 연안(延安), 자는 이숙(頤叔), 호는 희락당(希樂堂)·용
천(龍泉)·퇴재(退齋). 1506년 별시문과에 장원으로 급제했다. 1519년 기묘사화로 조광조 일파
가 몰락한 뒤 발탁되어 이조판서에 올랐다. 아들 희(禧)가 효혜공주(孝惠公主)와 혼인해 중종
의 부마가 되자, 권력을 남용하다가 1524년 영의정 남곤·심정, 대사간 이항 등의 탄핵을 받고
유배되었다. 남곤이 죽자 심정의 탄핵에 성공하고, 이듬해 유배에서 풀려나 예조판서·대제학
을 역임하고 이조판서·우의정·좌의정에 올랐다. 허항(許沆)·채무택(蔡無擇)·황사우(黃士佑)
등과 함께 정적(政敵)이나 뜻에 맞지 않는 자를 축출하는 옥사(獄事)를 여러 차례 일으켰다.
1537년 중종의 제2계비인 문정왕후의 폐위를 꾀하다가 발각되어 중종의 밀령을 받은 윤안인
(尹安仁)과 양연(梁淵)에 의해 체포되어 유배되었다가 곧이어 사사되었다. 허항·채무택과 함
께 정유삼흉(丁酉三凶)으로 일컬어진다.

그 시절에, 어떤 사람의 자손 수십 명이 모두 형조로 끌려가 갇혔다. 판서 허항[3]이 김안로의 언질을 받고 그들에게 함부로 형벌을 가하고 신문하니 그들은 원통한 고통이 너무 가혹해 결국 거짓으로 자백하려 했다. 그에 대해 윤공 혼자만 의혹을 제기하고 관련 문서들을 가져와 거듭 살핀 결과 사건이 억울하게 날조된 것을 알고 사변문奏卞文, 조사하여 진실을 밝히는 글을 지어 진실을 밝히고자 했다.

윤공은 연말 계복啓覆, 조선시대에 임금에게 아뢰어 사형선고를 받은 죄인을 다시 심사하던 일 때 그 글을 가지고 가서 임금 앞에 올렸다. 임금이 그 글을 읽어보자마자 김안로를 척결하고 옥에 갇힌 사람들을 다 석방하니, 수십 번 맺힌 억울함이 하루아침에 통쾌하게 풀렸다.

윤공은 연로했는데도 두번째 부인에게조차 아들이 없어 매우 근심하고 탄식했다. 다음해 그는 숙천肅川, 평안남도 평원 지역의 옛 지명부사에 제수되어 여러 조정 신하에게 하직 인사를 하고 광통교지금 서울 광교를 지나고 있었다. 저녁이 되어 가랑비가 내렸다. 홀연 한 노옹이 말 앞으로 다가와 절을 했다. 윤공이 알아보지 못하자 노옹이 말했다.

"소인은 양인良人입니다. 일찍이 한 권세가에게 협박을 받아 장차 천민으로 전락할 형편이었지만 하소연할 곳이 없었지요. 그때 공의 은덕에 힘입어 자손 수십 명이 모두 양인의 신분을 보전할 수 있었습니다. 그 은혜 가슴에 새겨두고 언제나 보답할 것을 생각했지만 기회를 얻지 못했지요. 앞으로 올 계사년1533에 공께서는 아들을 얻으실 것입니다. 다만 수명과 복록이 길지 않은데 해결할 수 있는 한 가지 방법이 있습니다."

3) 허항(許沆, ?~1537): 본관은 양천(陽川), 자는 청중(淸仲). 사마시를 거쳐 1524년 별시문과에 병과로 급제했으며, 부제학·동부승지를 거쳐 벼슬이 대사헌에까지 이르렀다. 김안로가 재집권하자 채무택과 함께 김안로를 도와 반대파를 몰아내고 정권을 농단했다. 성품이 간사하면서 교활하고 음흉했으며 김안로의 일당이 되어 함부로 옥사를 일으키고 무고한 사림(士林)을 반역죄로 몰아 죽였으므로, 세상에서 김안로·채무택과 함께 정유삼흉이라고 불렸다. 김안로가 물러나자 사사되었다.

노옹은 소매 안에서 종이 한 장을 꺼내 두 손으로 바쳤다. 공이 살펴보니 '모년 모월 아무 날 아무 시에 남자를 낳는다'라고 쓰여 있었다. 그 왼편에 수壽, 부富, 귀貴, 다多, 남男, 자子 여섯 글자가 쓰여 있었는데, 각 행마다 한 글자만 쓰여 있는 반면 유독 다남자多男子 세 글자는 한 행에 같이 쓰여 있었다. 오른쪽에는 축원문이 있었는데 성명의 자리는 비어 있었다. 윤공이 물었다.

"이것을 어떻게 할까요?"

노옹이 말했다.

"아이가 태어나면 공께서 이 종이를 가지고 즉시 강원도 금강산 유점사[4]로 가서 황촉 오백 쌍을 부처님께 바치고 축원하십시오. 그러면 반드시 경사스러운 일이 융성할 것입니다. 이것으로 소인의 보답이 되기에 충분할 것입니다."

이렇게 거듭 부탁했다. 윤공이 그에게 어디서 왔느냐고 물으려 했지만, 노옹은 급히 감사의 절을 올리고 홀연 사라졌다. 윤공이 크게 놀라고 이상하게 여겨 집으로 돌아와 종이를 깊이 감춰두었다.

계사년이 되자 과연 아들 기준奇俊이 태어났다. 공은 즉시 유점사로 가서 노옹의 말대로 후하게 불공을 드렸다. 축원문 빈 곳에 성명을 써넣고 불전에 올렸다. 축원이 끝나고 종이를 꺼내보니 수壽 자 아래에는 '가히 장수할 수 있다可壽'라는 두 글자가 쓰여 있고, 부富 자 아래에는 '스스로 넉넉하다自足'는 두 글자가 쓰여 있었다. 귀貴 자 아래에는 '비할 바 없다無比'는 두 글자가 쓰여 있고, 다남자多男子 아래에는 '모두 귀하게 된다皆貴'는 두 글자가 쓰여 있었다. 이 여덟 글자는 모두 짙은 청색으로 머리카

---

4) 유점사(楡岾寺): 강원도 금강산에 있었던 절. 일제강점기 말사 육십 개를 거느린 전국 31본산 중 하나로, 신라 초기 남해왕 때 창건되었다. 외금강에 있는 금강산 4대 사찰 중에서도 금강산에서 가장 크고 웅장한 대찰이었다. 한국전쟁 때 파괴되어 지금은 그 터만 남아 있다. 임진왜란 때는 사명당이 이곳에서 승병을 지휘했다.

락처럼 가늘고 똑바른 해서체[5]였는데 그렇게 된 까닭을 알 수가 없으니 윤공이 더욱 경이롭게 여겼다.

윤공이 돌아와서는 궤짝을 만들어 종이를 깊이 감춰두었다. 그뒤 기준이 장성했으니 그가 곧 오음공梧陰公 두수[6]다. 두수는 일흔여덟 살까지 살았고윤두수는 실제로 예순여덟 살까지 살았다 벼슬은 영의정에 이르렀으며 부를 충분히 누렸다. 다섯 아들도 모두 부귀를 누리고 현달했다. 방昉은 영의정, 흔昕·휘暉·훤喧은 판서, 간旰은 지사를 역임했고 혁혁한 공훈을 세워 그 이름이 당대에 빛났고 후대까지 알려졌다. 손자와 증손까지 번창했고 높은 벼슬을 이어갔으니 성하게 큰 가문을 이루었다.

種陰德尹公食報

尹公忭[7]爲刑曹正郎時, 金安老當國, 恣行威福, 認良民爲奴僕, 一人子孫數十口, 皆被秋曹拘囚, 判書許沆, 受安老風旨, 刑訊狼藉, 寃告[8]切酷, 勢將誣服, 尹公獨疑之, 將彼此文案, 反覆參考, 知其寃枉, 作一查卞之文, 將欲卞白, 而適當歲末, 啓覆之時, 公持此入達榻前, 上一覽而卽斥金家, 盡釋其囚, 數十蟠結之寃, 一朝快伸[9]矣. 公年已衰, 後娶無子, 甚憂歎[10],

---

5) 해서체(楷書體): 획이 가로세로로 반듯하며 글씨 전체가 정사각형을 이룬다. 오늘날까지 한자의 정체(正體)로 간주되어, 인쇄된 서적에 찍힌 한자는 대개 해서체의 모양으로 되어 있다.
6) 윤두수(尹斗壽, 1533~1601): 본관은 해평(海平), 자는 자앙(子昻), 호는 오음(梧陰). 아버지는 군자감정 변(忭)이며, 동생은 근수(根壽)이다. 이황의 문인으로, 1558년 식년문과에 을과로 급제했다. 1587년 왜구가 전라도 지방을 침범해 지역 인심이 흉흉해지자, 전라도 관찰사로 부임해 이를 수습했다. 1589년 평안감사를 지냈고, 1592년 임진왜란이 발발하자 어영대장·우의정을 거쳐 좌의정·영의정을 역임했다.
7) 忭: 동양본에는 다음에 '仁廟朝文科, 官至軍資正, 歲丁亥' 부분이 더 나옴. 동경대본에는 '抃'으로 표기.
8) 告: 동양본·동경대본에는 '苦'로 표기. '苦'가 맞음.
9) 伸: 동경대본에는 '申'으로 표기.
10) 歎: 동양본에는 '嘆'으로 표기.

翌年拜肅川府使, 歷辭朝紳, 夕過廣統[11]橋時, 日暮微雨, 忽有一老翁, 拜於馬前, 公不能記識, 其人曰: "小人良人也, 嘗爲一勢家迫脅, 將壓良爲賤, 無所告訴, 賴公之德, 子孫數十人, 皆獲全保, 此恩刻在心肺, 常思報效, 而不可得. 然此後癸巳年, 公當生男子, 但年命福祿, 不甚延長, 有一事可救得者." 仍袖出一張紙, 雙手奉呈, 公看之, 紙上書某年某月日時生男子, 其左則書壽富貴多男子六字, 每行書一字, 而獨多男子爲三字, 其右有祝願之文, 而虛其姓名之位, 公曰: "此何爲?" 翁曰: "兒生後, 公以此紙卽往江原道金剛山楡岾寺, 備黃燭五百雙, 供佛祝願, 則必有慶祥隆厚, 此足爲小人[12]報也." 申囑重複. 公方欲問所從來, 而翁遽拜謝, 仍[13]忽不見, 公大驚異, 歸家深藏. 及至癸巳, 果生男奇俊, 公卽躬往楡岾寺, 依翁之言, 厚設供佛, 而塡書姓名於祝文所虛之處, 薦于佛前, 祝願畢, 取看其紙, 則壽字可[14]有可盡二字, 富字下有自足二字, 貴字下有無比二字, 多男子[15]下有皆貴二字, 凡八字皆深靑, 細如毛髮, 而皆楷正, 莫知其所以然, 公尤驚異之. 歸而造櫝深藏, 其後兒長, 是爲梧陰公斗壽也. 壽至[16]七十八, 官至領相, 富自裕足, 五子皆貴顯, 昉領相, 昕暉暄皆判書, 旰知事, 勳業赫[17]然, 耀當世, 而垂後代, 孫曾繁昌, 貂犀[18]相襲, 蔚爲大家.

---

11) 統: 동양본·동경대본에는 '通'으로 표기.
12) 동양본에는 '之'가 더 나옴.
13) 仍: 동양본에는 '因'으로 표기.
14) 可: 다른 이본에는 '下'로 맞게 표기.
15) 子: 동경대본에는 탈락.
16) 至: 동양본에는 탈락.
17) 赫: 동양본에는 '亦'으로 잘못 표기.
18) 貂犀(초서): 옛날 중국에서 높은 벼슬아치가 그 관을 담비 꼬리로 장식했고, 조선시대에는 1품 벼슬아치가 무소의 뿔로 만든 장식을 허리띠에 붙였다. 그래서 초서는 높은 벼슬이나 벼슬아치를 가리킨다.

상인 정씨가 남경으로 가서 장사하다

옛날에 정씨 성을 가진 큰 상인이 있었다. 그는 항상 북경으로 가서 장사했는데 호방하게 함부로 돈을 쓰다가 평안 감영에 은 칠만 냥의 빚을 졌다. 정씨는 감영에 갇히기도 하고 석방되기도 하며 오만 냥을 간신히 조달해 근근이 갚았지만 이만 냥은 갚지 못했다. 그때 감사는 정씨를 옥에 가두고 빚을 갚으라고 독촉했다. 하지만 정씨는 가계를 다 탕진해 다시 힘을 쓸 곳이 없었다. 정씨가 옥중에서 아뢰었다.

"제 몸이 감옥에 얽매여 있기만 하면 한낱 헛된 죽음만이 뒤따를 것이니 공사 간에 아무 도움이 안 됩니다. 청컨대 다시 은 이만 냥을 빌려주시면 삼 년 안에 꼭 사만 냥을 갚겠나이다. 털끝만큼도 속이지 않습니다."

감사가 그 뜻을 장하게 여기고 그 말을 기특하게 생각하여 정씨에게 요구한 만큼의 은을 주었다.

정씨는 즉시 바닷가의 여러 읍으로 갔다. 의주부터 시작해 부잣집들을 방문하고 그 이웃의 집을 사서 왕래하고 머물러 살며 부자들과 친분을 쌓았다. 맛있는 반찬과 좋은 술을 마련해 함께 마시고 먹으니 부자들은 온 마음을 다해 그를 아끼고 소중히 생각해주었다. 게다가 정씨는 달변으로 사람들을 유혹해 사람들에게서 은전을 빌리니 많으면 백 금, 적으면 수십 금을 빌리며 기한을 엄격하게 지켜 갚겠다고 약속했다. 기한이 되면 즉시 은전을 갚아 조금도 지체되는 일이 없었다. 정씨는 평안도 자모가子母家, 자모전가(子母錢家)의 준말. 이자를 보고 돈을 빌려주는 곳에서 일 년간 거의 백 번도 더 빌리고 갚았지만 한 번도 속이거나 착오를 일으키지 않았다. 그러자 부자들이 더욱 단단히 그를 믿고 많은 은을 빌려주니, 정씨는 육칠만 냥을 모아 그 돈을 다 써서 인삼과 담비 가죽을 샀다. 그는 남은 돈으로 건장한 말을 사서 그것들을 다 싣고 다시 북경으로 갔다.

그가 북경에서 머문 집의 주인은 옛날에는 큰 상인이었는데 정씨에게 호감을 가졌다. 정씨가 말했다.

"이 물건을 갖고 남경[1]으로 간다면 백배의 이익을 남길 수 있을 것이오. 사나이 대장부가 일을 벌여서 성공하면 하늘을 날고, 실패하면 땅에 묻힐 따름이오. 우리는 서로의 마음을 아니 나와 함께 가줄 수 있겠소?"

주인이 그렇게 생각하고 흔쾌히 허락했다. 정씨는 주인과 함께 튼튼한 배 한 척을 빌려 물건을 싣고 통주[2]에서 출항했다. 때마침 순풍을 만나 열흘도 안 되어 양주楊州, 양저우. 중국 장쑤성에 있는 도시 강변에 도착했다.

그때 중국 사람 한 명이 작은 배를 노저어 지나갔다. 정씨는 건장한 수부水夫 몇 명과 배를 타고 추격해 그 작은 배에 올라타 그 사람을 묶어와서 풀어주었다. 그러고는 남경으로 들어가는 물길과 시장 물건의 귀천, 인심의 진위, 나라 법의 경중, 도둑의 유무 등에 대해 상세하게 물었

---

1) 남경(南京): 난징. 장쑤성의 성도로서 양쯔강 하구의 비옥한 삼각주에 위치하며, 오(吳)·송(宋)·제(齊)·양(梁)·진(陳)·남당(南唐)·명(明) 등 왕조 열 개의 도읍지였다. 구시가를 둘러싼 성벽은 높이 13~25미터, 주위 34킬로미터에 달하여 도시를 둘러싼 성벽으로는 세계 최대로 알려져 있다. 삼국시대인 229년에 오나라의 손권이 건업(建業)이라고 개칭하여 이곳에 도읍을 정하고 나서부터 강남의 중심지로 발전했다.
2) 통주(通州): 퉁저우. 중국 베이징 동부의 도시. 톈진시와 허베이성과 접한다.

다. 정씨가 물건을 후하게 선물해 그의 마음을 얻으니 그 사람이 매우 감사해했다. 일이 성사되기만 하면 꼭 더 많이 보상하겠다 하니, 그 사람은 하늘을 가리키며 정씨를 위해 죽겠다고 맹세했다. 마침내 정씨는 양주 강에서 조류를 따라 들어가 곧바로 석두성石頭城 남경 근처에 있는 성 이름 아래에 이르렀다. 중국 사람의 집이 즐비한 강변에 배를 댔다.

다음날 정씨는 잔꾀가 있는 수부 몇 명과 함께 중국옷으로 갈아입고 그 사람을 따라 남경 성안으로 들어갔다. 십 리나 이어진 누각 집들마다 주렴이 번쩍거리며 드리워 있었으니 모두 보물가게였다. 거기에는 보화가 산더미처럼 쌓여 있었다. 그 사람이 정씨를 이끌고 한 약방으로 가서 말했다.

"이분은 조선 사람인데 귀한 물건을 갖고 오셨소이다. 몰래 매매할 것이니 발설하지는 마시오."

약방 영감이 매우 기뻐하며 계契를 함께 하는 부자를 불러와 매매할 것을 약속하니, 정씨가 인삼과 담비 가죽을 가져와 점포에 늘어놓았다. 하나하나가 다 신선하게 정선된 것이었다. 남경 약방은 조선 인삼을 귀하게 여겨온 터라 약방 영감은 조선에서의 인삼 가격보다 수십 배 높은 가격을 불렀다. 정씨는 돈을 많이 모아 중국 사람에게 후하게 보상하고 북경으로 돌아와 주인에게도 수천 금을 주었다. 또 수부들에게도 각각 천금씩 나눠주었다.

정씨는 본국으로 돌아와 불과 몇 달 사이에 감영에 은 사만 냥을 갚았고, 바닷가 부잣집에서 빌린 돈과 이자도 남김없이 갚았다. 그러고도 남은 돈 수만 냥을 갖게 되었다. 정씨는 감사를 찾아가 그간의 일을 보고하고 남경 물건 중 가장 귀한 것을 다섯 바리나 선물하니, 감사가 그를 매우 기특하게 여기고 감탄했다.

"이 사람이야말로 진짜 큰 영웅이로다. 내 사람을 잃지 않았노라!"

감사가 정씨를 재상에게 천거하니, 정씨는 그뒤로 진장3)을 여러 번

거쳤다고 한다.

往南京鄭商行貨

古有鄭姓一大賈, 常行廢著[4]於北京, 而豪縱浪費, 負西關巡營銀七萬兩, 自營或囚或釋, 艱辛營辦, 董償五萬兩, 而尙餘二萬兩. 其時按使牢囚督促, 而家計蕩盡, 更難用力, 賈從獄中, 上言: "身旣係囚, 徒死[5]而已, 公私無益, 請更貸二萬兩銀[6], 三年內, 當[7]償四萬兩[8], 無絲毫欺." 按使壯其志奇其言, 給銀如數. 賈卽往沿海諸邑, 自義州始而訪問富室, 就其隣近而買屋往來留住, 盡結富人, 具美饌旨酒, 共與飮食, 富人莫不傾心愛重, 因以辨[9]辭誘說, 貸出銀錢, 多者百金, 少[10]者數十金, 刻期約還, 及至期卽償, 無或遲滯, 凡西關錢銀子母家, 百數而[11]循環貸償者幾一年, 而無一欺誤, 諸富人益大信, 仍大出債銀, 又六七萬兩, 盡買人蔘貂皮, 仍以其餘多貿健馬, 盡載之, 復赴北京, 其主人舊日大商, 而好誼[12]者也. 賈說之曰: "若以此貨往南京, 則當獲百倍之利矣. 男兒作事, 成則昇天, 敗則入地耳. 爾我知心, 能從我乎?" 主人然之快許. 遂與主人, 雇一完固船載貨, 自通州發船, 得順風, 未滿十日, 達楊[13]州江遇, 一唐人棹小船而過, 賈卽與格軍健者數人, 乘

---

3) 진장(鎭將): 진영장. 조선시대에 지방 군대의 주둔영(駐屯營)인 진영의 으뜸 장관으로 정3품 관직이다.

4) 廢著(폐저): 폐(廢)는 파는(賣) 것이고, 저(著)는 쌓아두는(貯) 것을 뜻한다. 즉 상업을 일컫는다.

5) 死: 동경대본에는 탈락.

6) 銀: 동양본에는 탈락.

7) 동양본에는 '盡'이 더 나옴.

8) 兩: 동양본에는 탈락.

9) 辨: 이본에는 '辭'으로 맞게 표기.

10) 少: 동양본·동경대본에는 '小'로 표기.

11) 동양본에는 '買'가 더 나옴.

12) 誼: 동양본에는 '義'로 표기.

13) 楊: 파수편에는 탈락.

舟[14]追之, 入小船中, 縛其人載還解之, 備問水程所從入, 及市貨貴賤, 人心眞僞, 國禁輕重, 寇賊有無, 旣詳悉, 又厚給其人物産, 以結其心, 其人大感謝, 賈又許以成事後當重報, 其人指天爲誓, 願爲之死. 遂自楊州江, 隨潮而入, 直至石頭城下, 唐人之家, 多在江邊, 遂泊下岸. 翌日賈率船夫之有心計者數人, 皆以唐製衣服, 隨唐人, 入南京城內. 十里樓臺, 簾幙掩映[15], 皆是寶肆, 寶貨山積. 唐人引賈, 就一藥舖, 細陳: "此朝鮮人, 挾重貨, 可潛市勿洩." 舖翁大喜, 邀來同契富翁, 約期交貨, 賈歸取人[16]蔘貂皮[17], 羅列舖上, 一一精新. 南京藥舖, 素重羅蔘, 舖翁輸價比本國可數十倍. 賈大獲財, 厚給唐人, 歸至燕京, 以數千金, 與主人, 又分給十餘棹夫各千金. 遂還本國, 不過數月之間, 償納巡營銀四萬兩, 而[18]又償沿海富翁家, 兼利息無所遺, 自享餘[19]屢[20]巨萬, 遂詣案[21]使, 告其故, 餉南貨精貴者五駄. 案[22]使大異之, 歎[23]曰: "此眞大[24]英雄也! 吾不失人矣[25]." 薦之宰執, 累經鎭將云.

---

14) 舟: 동양본에는 '耳船'으로 표기.
15) 映: 동양본에는 '暎'으로 표기.
16) 人: 동양본에는 탈락.
17) 皮: 동양본에는 탈락.
18) 而: 동양본에는 탈락.
19) 동양본에는 '財'가 더 나옴.
20) 屢: 동경대본에는 '累'로 표기.
21) 案: 이본에는 '按'으로 맞게 표기.
22) 案: 이본에는 '按'으로 맞게 표기.
23) 歎: 동양본에는 '嘆'으로 표기.
24) 眞大: 동양본에는 '大眞'으로 표기.
25) 矣: 동경대본에는 '也'로 표기.

옛 종을 만난다는 유명 점쟁이의 점복

인동(仁同, 경상남도 칠곡군 인동면 선비 조양래[1]는 점을 잘 쳐서 기이한 증험이
많았다. 한번은 같은 고향의 한 무인이 과거를 보러 가기 전에 찾아와
길흉을 물었다. 조양래가 점을 치고는 혀를 차면서 말했다.

"자네는 이번 걸음에 호랑이에게 물릴 걸세. 그러나 과거에는 합격하
겠네. 죽고서도 과거에 합격한다니 세상에 이런 일이 있을 수 있을까?"

이어 점사占辭, 점괘에 나타난 말를 짓기를, "산길에 달이 밝은데 호랑이가 가
히 두렵구나" 했다. 무인이 이를 듣고 매우 두려워져 과거를 보지 않으
려 했다. 조양래가 말했다.

"과거에 합격한다는 건 의심의 여지가 없으니 일단 출발해보게나. 호

---

1) 조양래(趙陽來): 조선 후기 칠곡 지역 출신의 유학자. 본관은 한양. 초명이 조양래(趙陽來)
이고 조서규(趙瑞圭)로 개명했다. 호는 양졸재(養拙齋)다. 1453년 계유정난 때 형 조범(趙範)과
함께 성주로 유배되었다. 형은 도중에 자결하고 혼자 성주에 은거하면서 장가를 들어 처가가
있는 왜관읍 금산리(야드기)에 정착했다. 경전과 역사를 연구했으며 역학(易學)에 조예가 깊
었다.

랑이가 자네를 물려 하면 피하기 어려우니, 비록 집에 머문다 하더라도 어찌 모면할 수 있겠는가?"

무인도 그 말이 맞다고 생각해서 마침내 출발했다. 이틀을 가니 사람이 없는 곳에 이르렀다. 마침 해도 지고 달이 떴는데 홀연 뒤를 따라오던 한 도적이 갑자기 앞으로 나타나 말 위에서 무인을 끌어내렸다. 도적은 무인의 목을 조르고 가슴을 밟고서 칼을 꺼내 무인에게 겨누었다. 무인이 말했다.

"네가 바라는 것은 재물이다. 나의 행장과 옷, 말을 너에게 다 줄 테니 꼭 나를 죽일 필요까지 있느냐? 내가 네 부모의 원수도 아닌데 어찌 이렇게까지 하느냐?"

도적이 말했다.

"내가 왜 너의 재산을 노리겠느냐? 네가 우리 부모의 원수가 아니라면 내가 어찌 이런 행동을 하겠느냐?"

무인이 말했다.

"나는 평생 사람을 죽인 적이 없는데 너와 원수가 될 리 있겠느냐?"

도적이 말했다.

"다시 잘 생각해봐라."

무인이 말했다.

"어릴 때 어느 여종에게 화가 나서 몽둥이질을 했는데 여종이 갑자기 죽었지. 그것 말고는 나 때문에 죽은 사람이 없다."

도적이 말했다.

"내가 바로 그 여종의 아들이다. 어머니가 돌아가신 뒤로 나는 남의 수양아들이 되어 이렇게 장성했다. 내 하루도 너를 잊어본 적이 없다. 너는 비록 내가 살아 있다는 걸 몰랐겠지만 나는 틈을 노린 지 오래되었다. 오늘 다행히도 여기서 너를 만났으니 내 어찌 너를 내버려두겠느냐?"

무인이 말했다.

"그렇다면 너 하고 싶은 대로 하거라."

도적이 이를 갈며 한참을 있다가 칼을 내던지고 땅에 엎드려 말했다.

"오늘 이렇게 원을 풀게 되었습니다! 주인님께서는 가셔도 좋습니다."

무인이 말했다.

"나를 원수로 삼아놓고 왜 죽이지 않느냐?"

도적이 말했다.

"제가 들으니 주인님께서 비록 제 어머니를 죽이기는 했지만 곧 후회하고 해마다 돌아가신 날에 제수를 마련하고 제사를 지낸다 했습니다. 이 은혜 역시 잊을 수 없습니다. 주인이 종을 죽였는데, 종이 어찌 감히 보복할 수 있겠습니까마는 원한이 마음에 맺혀 있어 한번 씻으리라고 생각했습니다. 오늘 주인님의 목을 조르고 칼을 겨누었으니 비록 해치지는 못했지만 뜻은 조금이나마 풀었습니다. 종으로서 주인을 능멸함이 이 지경에 이르렀으니 그 죄 용서받기 어렵습니다. 소인은 이제 주인님 앞에서 죽겠습니다."

무인이 말했다.

"너는 진정한 의사義士로다. 어찌 죽는단 말이냐? 나와 함께 한양으로 올라가자꾸나. 내 마땅히 너를 잘 봐줄 것인즉 어찌 이 일을 다시 떠올리겠는가?"

그러고는 도적의 이름을 물으니 그가 이렇게 대답했다.

"소인의 이름은 호랑虎狼입니다. 주인의 목을 조른 놈이 어찌 다시 그분의 종이 될 수 있겠습니까?"

호랑이 갑자기 칼을 꺼내 자결하고 땅에 쓰러졌다. 무인은 크게 놀랐다. 자기도 모르게 눈물이 펑펑 쏟아졌다. 가까운 마을로 가서 그 사연을 이야기하니, 마을 사람들이 모두 놀라 힘을 합해 시신을 거두어 묻어주었다.

무인은 상경해 과연 장원급제했다.

問名卜中路遇舊僕

仁同士人, 趙陽來者, 善占筮, 多奇驗. 同鄕有武人赴擧, 詣趙卜吉凶, 趙作卦訖咄曰: "君行當被虎囕矣[2], 然又當捷科, 死而得科, 世亦有之乎?" 因[3]題占辭曰: "月明山路虎狼可畏" 武人聞之大怖, 欲止行, 趙生曰: "得科無疑, 且[4]可發行. 虎咥果難避, 雖在家, 烏可免乎?" 武人然之, 遂發行. 行兩日, 至一無人之地, 適日暮月上, 忽有一賊躡後, 猝然直前, 曳下武人於馬上, 搤其吭, 踏其胸, 拔劍擬之者數次, 武人曰: "汝之所欲財也, 吾之行具衣服及[5]馬, 任汝所取, 何必殺我? 我非汝父母之讐[6], 何至於是?" 賊曰: "吾豈欲汝財者耶? 非我父母之讐, 吾豈有此擧哉?" 武人曰: "吾一生未嘗殺人, 豈有與汝作讐之理乎?" 賊曰: "試思之." 武人曰: "吾年少時, 嘗怒一婢子, 杖之而忽死, 此外未嘗有由我死者." 賊曰: "吾卽婢之子也. 吾自母死後, 爲人收養, 至於長成, 志未嘗一日忘汝. 汝雖未知有吾, 吾之伺間久矣. 今幸得遇於此, 吾豈捨汝?" 武人[7]曰: "然則任汝所爲." 其奴麟齗良久, 擲劍伏地曰: "今玆相釋矣! 主可以行矣." 武人曰: "汝旣以我爲讐, 何不遂殺?" 奴曰: "吾聞之, 主雖殺吾母, 旋卽悔之, 每至死日, 設食以祭, 此恩亦不可忘也. 主殺奴婢, 爲奴者, 何敢報也? 顧此結在心曲, 思欲一洗, 今旣扼[8]主

---

2) 矣: 동경대본에는 탈락.
3) 因: 동경대본에는 '仍'으로 표기.
4) 且: 동양본에는 '此'로 표기.
5) 及: 동경대본에는 탈락.
6) 동경대본에는 '也'가 더 나옴.
7) 人: 동경대본에는 '士'로 표기.
8) 扼: 동양본·동경대본에는 '搤'으로 표기.

之項, 擬以白刀, 雖未相害, 志可以少伸矣. 以奴凌主, 至於此地, 罪亦難赦, 小人今死於主前." 武人曰: "眞義士也, 何可死也? 可與我同上京, 吾當善視, 豈可復懷此事?" 仍問其名, 奴曰: "小人名虎狼, 但奴扼[9]主吭, 而豈復爲奴也?" 遽引劒, 自決仆于地, 武人大驚錯愕, 不覺兩淚之泉湧也. 至近村, 言其故, 一村皆驚, 出力收瘞. 武人上京, 果捷嵬科.

---

9) 扼: 동양본·동경대본에는 '搤'으로 표기.

은 주머니를 돌려주어 강도를 양민으로 만들다

찰방察訪, 조선시대에 각 도의 역참을 관장하던 문관 종6품 외관직 허정許䄵은 풍모와 위의
가 빼어나고 의기義氣가 탁월해 명공거경名公巨卿들도 그 앞에 스스로를 굽
히고 낮출 정도였다. 허정이 일찍이 평안도로 가서 일을 끝내고 돌아오
는 길이었다. 새벽에 길을 떠나 주막이 멀지 않은 곳에 이르렀을 때 길
위에 사슴 가죽 주머니가 떨어져 있는 것을 보았다. 종에게 주머니를 주
워오라 하여 그 안을 살펴보니 은 수백 냥이 들어 있었다. 허정은 가죽
주머니를 안장에 걸어놓고 주막으로 가서 밥을 먹었다. 그는 밥을 다 먹
고 나서도 떠나지 않고 머물며 종에게 문밖으로 나가서 뭔가를 찾는 사
람이 있는지 살펴보게 했다. 정오가 지날 무렵, 번쩍이는 옷을 입은 키
가 훤칠하고 건장한 사람이 살진 말을 타고 달려와서 물었다.

"주막 안에 혹시 큰 사슴 가죽 주머니를 주운 분이 계십니까? 마땅히
후하게 사례금을 드리겠습니다."

그는 몹시 당황해 다급한 기색이었다. 허정이 듣고 그를 불러들여 주
머니를 잃어버린 연유를 물으니 그 사람이 이렇게 대답했다.

"주머니에 은 삼백 냥이 있습니다. 안장 위에 주머니를 묶어두었는데 말이 사나워 거칠게 제멋대로 달리는 바람에 부득이 말에서 내려 끌고 가고 있었습니다. 그사이 주머니가 어딘가에 떨어진 모양입니다. 주머니를 찾을 수가 없어 제 뒤를 따라오다가 주운 분이 이 주막에서 쉴 것 같아 이렇게 여쭤보는 것입니다. 주머니를 찾지 못할까 너무 걱정됩니다."

허정이 주머니를 꺼내 주며 말했다.

"은 삼백 냥은 적은 돈이 아니기에 내 출발하지 않고 주머니를 찾는 사람을 기다렸는데 다행히도 자네를 만났네."

그 사람이 크게 감동해 무수히 머리를 조아리며 사례했다. 그리고 이렇게 요청했다.

"어르신께서는 이 세상 사람이 아니십니다. 이것은 이미 잃어버렸던 물건이니 원컨대 반을 드리겠습니다."

허정이 웃으며 말했다.

"내 만약 여기서 이로움을 챙기려 했다면 주머니를 가지고 갔지, 자네를 기다렸다가 돌려주었겠나? 사대부의 뜻과 행실은 본디 그러하지 않으니 다시는 그런 말 하지 말게나."

그 사람이 은을 드리겠다고 간곡히 고달플 정도로 고집하니 허정은 부득이 그를 꾸짖고 물리쳤다. 그 사람이 앉아서 주머니를 바라보고 한참 동안 아무 말 없이 있더니 홀연 소리를 지르고 크게 통곡했다. 울부짖고 서럽게 우니 애정하여 옆에 있는 사람의 마음이 움직였다. 허정이 매우 이상하게 여기고 그 까닭을 물었다. 그는 한참 뒤에야 통곡을 멈추고 대답했다.

"아! 어르신은 어떤 사람이시고 저는 또 어떤 사람인가요! 이목구비도 같고 언행과 생활 형편도 같은데, 이 마음은 어째서 같지 않단 말입니까? 어르신께서는 유독 이렇게 선하신데, 저는 이같이 악을 행합니다. 이런 생각을 하게 되니 어찌 크게 통곡하지 않을 수 있겠습니까? 저는 사실 강도입니다. 여기서 수십 리 떨어진 곳에 부잣집이 있는데 밤을 틈타 들어가서 이 은을 훔쳐 달아났습니다. 추격해올까봐 은을 말에 싣자마자 산골짜기 좁은 길을 따라 다급히 세차게 말을 몰았기에 주머니를 단단히 맬 겨를이 없었지요. 큰길로 나오자 말이 함부로 날뛰기에 고삐를 당겨 잡고 달리느라 주머니가 떨어진 것도 몰랐습니다. 이런 때에 사악한 제 마음을 어떻게 해야 합니까? 종과 말과 행장을 보니 어르신도 빈한하신 것 같은데, 어르신은 은 주머니를 썩은 흙처럼 보시고 주인을 찾아 돌려주셨습니다. 저 같은 사람이 어르신을 보니 이 부끄러움과 통한을 또 어찌하겠습니까? 이것이 저도 모르게 소리지르고 눈물을 흘린 까닭입니다. 이제부터 마음을 크게 고쳐먹겠습니다. 원컨대 어르신의 종이 되어 이 몸을 다 바치겠습니다."

허정이 말했다.

"자네가 잘못을 고친 것은 참 잘한 일일세. 그렇지만 어찌 종이 된단 말인가?"

그 사람이 말했다.

"소인은 상민常民입니다. 마음을 이미 고쳐먹었으니 어르신을 따르지 않으면 누구를 따르겠습니까? 제발 저를 물리치지 말아주십시오."

그리고 허정의 이름과 사는 곳을 물었다.

"소인은 마땅히 주인에게 은을 돌려주고 나서 제 처와 아이를 데리고 오겠습니다. 어르신의 행실을 귀감으로 삼고 일을 하면서 저를 더 고쳐나가겠습니다."

그 사람은 절을 하고 일어나 허정의 종을 불러 점사에 가서 술과 고기를 사오게 해 올리고는 즉시 떠났다.

허정도 출발해 며칠 뒤 송도 판문점에 이르렀는데, 그 사람이 처와 아들을 데리고 말 두 필에 가산을 싣고 이미 와 있었다. 허정이 그를 아주 기특히 여기고 은을 어떻게 처리했냐고 물었다.

"곧바로 그 집으로 가서 주인을 불러 돌려주었습니다."

그 사람은 허정을 따라 광주廣州 쌍교촌雙橋村, 경기도 광주 쌍다리 마을 집에 이
르러 행랑방에 짐을 풀고 열심히 일했다. 허정이 드나들 때 언제나 그를
수행하니 그 돈독한 충성은 비할 데가 없었다. 허정은 그를 매우 아꼈
다. 그 사람은 허정의 집에서 늙어 죽었다.

還金槖强盜化良民

許察訪婟, 風儀魁梧, 氣義卓犖, 名公巨卿, 莫不折節下之. 嘗有事於西
關, 歸時早晨發行, 至前店不遠, 忽見路上有鹿皮囊, 公命僕取來, 見其中,
卽銀封可數百兩. 掛之案¹⁾上, 至店飯訖, 仍留不發, 使僕候於門外, 察人有
求覓者. 日過午有一人長身槐²⁾健, 而衣服鱗³⁾華, 騎肥馬馳突而至, 歷問:
"店中有得鹿皮大囊者乎? 當厚報矣." 氣色極蒼荒⁴⁾. 公問⁵⁾之召入, 問其
所⁶⁾由失, 其人曰: "囊有銀三百兩, 縛在卜鞍上, 而馬甚悍驚, 橫逸奔走, 不
得已下馬, 控而馳之, 囊忽墮地, 不知失之⁷⁾何處, 然而過我去者得之, 而當
止於此店, 故試爲歷問, 而恐未可得." 公出囊授之, 且曰: "三百兩銀, 非細
貨也, 故吾不發而待求者, 果得汝幸矣." 其人爲之大感動, 叩謝無數, 且請
曰: "行次非世間人也! 此本已失之物, 願分半獻之." 公笑曰: "吾若利此, 自
可持去, 何必待汝還之? 士夫志行, 本不如此, 無⁸⁾復言." 其人懇請獻之者
甚苦, 公不得已叱退之. 其人坐而視囊, 黙然良久, 忽發聲大哭, 叫叩號慟,

---

1) 案: 동양본·동경대본에는 '鞍'으로 맞게 표기.
2) 槐: 동양본·동경대본에는 '魁'로 맞게 표기.
3) 鱗: 동양본·동경대본에는 '鮮'으로 표기.
4) 荒: 동경대본에도 '荒'으로 표기. 동양본에는 '黃'으로 표기. '黃'이 맞음.
5) 問: 동양본·동경대본에는 '聞'으로 표기. '聞'이 맞음.
6) 所: 동양본에는 탈락.
7) 之: 동양본에는 탈락.
8) 無: 동양본에는 '勿'로 표기.

哀動傍人, 公大怪之, 問其故, 久之其人止哭, 而對曰: "嗟乎! 生員是何人, 我何人! 耳目口鼻同也, 言動起居同也, 此心胡爲不同? 公獨爲善如彼, 我乃爲惡如此, 思之至此, 豈不大可[9]慟乎? 我本强人也, 此去數十里之地, 有富室, 我[10]乘夜入室偸去[11]此銀, 而恐其追蹤, 馱之此馬, 從山谷小路, 蒼荒[12]疾驅, 未暇繫縛, 及出大路, 馬又橫走, 遂牽彎馳走, 而不覺墮失, 當此之時, 吾心之懊惡, 當如何哉? 今觀行次之僕馬行裝, 亦太酸寒, 而視此若糞土, 且求其主而還之, 以我視公, 其媿慚恨痛, 又當如何? 此所以不覺聲淚之俱發. 自今此心大改矣. 願爲公僕, 以沒此身耳." 公曰: "汝之改過誠大善, 又何可爲僕?" 其人曰: "小人常民也, 此心旣改, 非公之從, 而誰當[13]從也? 願勿拒之." 仍問公誰氏及其鄕里, 且曰: "小人當還本主銀[14], 與妻兒共來, 執役以觀公之行事, 改做是人圖矣." 仍拜起, 招公之僕, 至店肆, 買酒肉而饋之, 卽去. 公亦發, 去數日, 至松都板門店, 其人與妻及一子, 載家産於兩馬, 已追及矣. 公大奇之, 問處銀之由曰: "直抵其家, 招其主還之矣." 仍隨公至廣州雙橋村, 置屋廊[15]底, 執役甚勤, 出入常隨, 其忠篤, 無與爲比者. 公甚愛之, 遂老死於其家.

---

9) 可: 동양본에는 탈락.
10) 我: 동양본에는 탈락.
11) 去: 동경대본에는 '出'로 표기.
12) 荒: 동경대본에도 '荒'으로 표기. 동양본에는 '黃'으로 표기. '黃'이 맞음.
13) 誰當: 동양본에는 '當誰'로 표기.
14) 主銀: 동양본에는 '銀主'로 표기.
15) 廊: 동양본에는 탈락.

외양간에서 말이 길게 울어 기쁜 소식을 알리다

금양위(錦陽尉) 박미[1]는 말을 잘 알아보았다. 하루는 길에서 똥을 실어나르는 말을 만났다. 마부에게 그 말을 자기 집으로 끌고 가자고 해 살펴보니 등이 산처럼 굽어 있었고, 수척한 뼈는 모가 나고 층져 있는 검고 누런 둔마였다. 박공이 물었다.

"너 이 말을 팔겠느냐?"

마부가 말했다.

"저는 남의 종으로서 말을 몰 뿐이지 사고팔 줄은 모르나이다."

공이 집채만한 달마(鍵馬, 심양(瀋陽)·영고탑(寧古塔)·후춘(後春) 같은 중국 북방 지역에서 나는 준마) 한 필과 건마(鍵馬, 건장한 말) 한 필을 골라주니 그 사람이 놀라며 말했다.

---

1) 박미(朴瀰, 1592~1645): 본관은 반남(潘南), 자는 중연(仲淵), 호는 분서(汾西). 아버지는 동량(東亮)이다. 이항복의 문인이다. 선조의 다섯째 딸인 정안옹주(貞安翁主)와 혼인해 금양위(錦陽尉)에 봉해졌다. 1613년 폐모론이 일어났을 때, 아버지가 임금의 장인인 김제남과 친교가 깊다 하여 화를 입었다. 자신도 폐모론의 정청(庭廳)에 불참했다 하여 관작을 삭탈당했다. 인조반정 뒤 구공신적장자(舊功臣嫡長子)로 품계가 올라갔다.

"이것은 달마이오니 이것만 해도 값이 두 배는 되는데 왜 건마까지 주십니까?"

박공이 웃으며 말했다.

"이 두 마리도 그 말 값의 반도 되지 않는다. 네가 뭘 안다고 그러느냐? 빨리 몰고 가거라."

얼마 뒤 한 금군禁軍, 궁궐을 지키고 임금을 호위하며 경비하는 군인이 문 앞에 와서 고했다.

"소인은 촌 동네의 천한 사람입니다. 공께서 비상한 물건을 내려주셨는데, 제 종이 그것에 심히 미혹되어 그걸 받아왔습니다. 저는 감히 받을 수 없기에 돌려드리려고 이렇게 와서 뵙습니다."

박공이 금군을 불러서 말했다.

"이 말은 세상에 아주 드문 준마다. 네가 그걸 몰라서 그렇지, 만약 안다면 오늘 준 돈은 그 말 값의 천백분의 일도 안 될 것이니라."

금군이 대답했다.

"앞으로 이 말이 어떤 재목으로 자라날지는 제가 감히 알지 못하지만 제가 말을 처음 샀을 때의 값이 있습니다. 이 건마 하나로도 족히 제 말 값의 두 배는 되지요. 달마는 차마 죽어도 받을 수 없습니다."

박공이 엄하게 가르쳤다.

"값이 많고 적음을 논하지 말지어다. 귀인이 주는 것을 네가 어찌 감히 사양하느냐?"

그러고는 말을 다시 데리고 가도록 명했다.

박공은 마부에게 데려온 말을 잘 기르라고 명했다. 몇 달이 지나자 말은 코끼리만하게 커졌다. 빼어난 풍채가 사람의 눈을 놀라게 했다. 박공이 아침마다 수레 대신 그 말을 타고 가니 도로에 생생한 광채가 가득했다. 금양위 댁 곡배마曲背馬, 등 굽은 말의 명성이 자자했다.

광해조에 박공이 영광靈光, 전라남도 영광군으로 귀양 가니 곡배마는 궁중에

몰수되었다. 광해군은 그 말을 매우 사랑해 매번 대궐 안으로 불러들였
는데 특히 말이 빨리 달리는 모습을 좋아했다. 하루는 그가 마부를 돌려
보내고 후원에서 혼자 곡배마를 탔다. 말이 갑자기 제멋대로 날뛰기 시
작해 광해군이 땅에 떨어져 크게 다쳤다. 말은 질주해 뛰쳐나갔다. 번개
처럼 빨리 내달리니 사람들이 따라갈 수가 없었다. 대궐문 천 개를 다
지나서 포효하며 화살처럼 달려가니 말이 간 곳을 알 수 없었다. 추격하
는 무리 수천 명이 강가에 이르렀지만, 말은 이미 강물에 뛰어들어 건너
갔기에 어느 쪽으로 향했는지 알 수 없었다.

하루는 박공이 귀양지에 한가히 앉아 있는데 날이 어둑어둑해졌다.
그때 집 뒤편 대나무 숲에서 홀연 말 우는 소리가 들렸다. 사람을 시켜
가서 보게 하니 곡배마였다. 등에는 아직 임금이 쓰는 안장이 얹혀 있었
지만 다래[2]와 가슴걸이^{말 가슴에 걸어 안장에 매는 가죽끈}, 고삐 등은 다 떨어져나
가고 오직 나무 언치^{말이나 소의 안장이나 길마 밑에 깔아 그 등을 덮어주는 방석이나 담요}만 덮
여 있었다.

박공이 깜짝 놀라 말했다.

"이 말이 궁중으로 들어간 지 오래되었는데 오늘 갑자기 도망쳐왔구
나. 여기는 멀고 먼 변방 아득한 곳이니 데리고 갈 길이 없으며, 데려간
다 하더라도 중간에 다시 도망치면 찾을 길이 더욱 막막해질 것이다. 그
리고 소문이 퍼지면 내 죄가 더해질 것이다."

박공은 종에게 땅을 파라 하고 거기에 말을 감추게 했다. 그리고 말에
게 타일렀다.

"너는 능히 하루에 천리를 달려 옛 주인을 찾아왔으니 신령스러운 짐
승이라. 내 할말이 있는데 알아들을 수 있겠지? 네가 이미 몸을 탈출해

---

2) 다래: 말을 탄 사람의 옷에 흙이 튀지 않도록 가죽 같은 것을 말의 안장 양쪽에 늘어뜨려
놓은 기구.

도망쳐왔으니 이미 죄를 지었다. 또 우리집으로 돌아왔으니 장차 내 죄목이 더해질 것이다. 이제 너의 종적을 없애고 네 몸을 감추어 네 생명을 이어가는 것 말고는 별다른 계획이 없구나. 너도 아는 것이 있을지어니 제발 울지 말아 바깥사람들이 모르게 하거라."

박공이 그 일을 아는 한 사람에게 말을 먹이게 하니 말은 아무 소리도 내지 않았다.

한 해가 지난 어느 날, 말이 갑자기 고개를 들고 길게 울었다. 소리는 산악을 흔들어 몇 리 밖에서도 들렸다. 박공이 크게 놀라 말했다.

"이 말이 울지 않은 지 오래되었는데, 홀연 크게 우니 분명 무슨 일이 일어난 게야."

얼마 뒤 인조반정 소식이 도달했으니 말이 운 날이 바로 그날이었다. 박공은 풀려나 조정으로 복귀하고 전처럼 그 말을 타고 다녔다.

그뒤 한 사신이 심양瀋陽으로 사행길을 떠났다. 떠난 지가 오래되어 하루만 지나면 압록강을 건널 참이었다. 그런데 조정에서 그때서야 자문[3] 중에서 고쳐야 할 문자를 발견했다. 모두 금양위의 곡배마가 아니면 사신을 따라잡기 어렵다고 말했다. 너무 긴급하고 중요한 일이라 인조가 박공을 불러 물으니 그가 대답했다.

"국가의 중요한 임무에 감히 소신의 생명도 아끼지 않을 터인데 어찌 말을 아끼겠나이까?"

그리고 말을 타고 갈 사람에게 말했다.

"이 말이 의주에 도착하고 나서는 무얼 먹이지 말고 특히 물풀은 절대 주지 마시오. 며칠 밤낮 말을 매어두고 숨을 편히 쉬게 하여 기운이 안정될 때까지 기다린 뒤에 먹이를 주어야 살아날 수 있소. 그러지 않으

---

3) 자문(咨文): 조선시대에 중국과 외교적인 교섭·통보·조회할 일이 있을 때에 주고받던 공식적인 외교문서.

면 말은 반드시 죽을 것이오."

그 사람은 그렇게 하겠다며 떠나 다음날 어둡기도 전에 의주에 도착했다. 자문을 들여보내자마자 말은 숨이 꽉 막히고 정신이 어질어질해 쓰러졌다. 말은 아무 소리도 내지 못했다. 급히 말의 입에 약물을 넣어 주고 살려내려 할 즈음에야 그가 탄 말이 금양위의 곡배마인 줄 알아보았다. 그걸 몰랐던 채로 보통의 말이 먹는 추두菊豆, 말 사료용 콩를 주었으니 곡배마는 그 자리에서 즉사했다 한다.

報喜信櫪馬長鳴

錦陽尉村[4]濔, 善知馬. 一日適出路, 遇一馱糞馬, 令從人携至家見之, 背曲如山, 瘦骨稜層, 卽[5]是一玄黃駑駘耳. 仍問曰:"汝當賣此否?" 其人曰:"我以人奴, 驅馬而已, 不敢知買賣耳." 公令給如屋猭[6]馬, 又令擇一健馬以給, 其人驚曰:"此一猭馬, 亦足以當倍, 而健馬又何爲也?" 公笑曰:"雖此兩馬, 未足以當半價, 汝何知? 須取去." 俄而有禁軍踵門告曰:"小人是村巷賤品也, 公有非常之賜, 而奴人迷甚受來, 故[7]不敢留置, 來謁奉納." 云云. 公召見之具言:"此馬卽曠世逸足, 汝不自知故耳. 汝若知之, 則今此所給, 不足當其價千百之一耳." 其人答曰:"前頭成材後事, 所不敢知. 初有所買價, 卽此一健馬, 足以倍猭其價, 猭馬死不敢受." 公嚴敎曰:"無論價[8]多少, 貴人所賜, 汝何敢辭?" 迫令持去. 令廐人善養之, 居數月, 馬肥大如象, 雋逸神彩, 駭動人目. 公每朝, 請捨輿乘馬, 滿路生輝, 錦陽家曲背馬, 名滿

4) 村: 동양본·동경대본에는 '朴'으로 표기.
5) 卽: 동양본에는 '質'으로, 동경대본에는 '直'으로 표기.
6) 猭: 동경대본에는 '健'으로 표기.
7) 故: 동양본에는 탈락.
8) 동양본에는 '之'가 더 나옴.

一時. 光海朝, 公竄靈光, 馬沒入官[9], 光海甚愛之, 每騁於闕中, 喜其馳驟.
一日命屛去御者, 自騎馳突於後苑, 馬忽橫逸, 光海墮地重傷. 馬遂奔逸[10]
突出, 疾如飛電, 人不敢近. 歷盡闕中千門, 奮迅咆哮, 飀瞥如箭, 已失其去
處. 追者千百爲群[11]至江上[12], 馬已泅水渡去, 莫知[13]所向矣. 汾西在謫中,
一日昏時閑坐, 舍後竹林中, 忽有馬嘶聲, 使人出見之, 卽曲背馬也. 背有
御鞍, 而鞍韉纓絡, 皆盡而[14]只有木轎在耳. 公大驚曰:"此馬入禁中已
久[15], 今忽逸來, 遐裔遼复, 牢[16]納無路, 若或中路更逸, 則邈難尋蹤, 聲聞
一播, 必添罪案."遂令一隷, 掘地藏馬. 公親加敎諭曰:"汝能一日千里, 來
尋舊主, 畜物之神者. 我有言, 汝豈不聞? 汝旣脫身奔逸, 已有罪, 又還我
家, 將增我罪, 今無他計, [17]沒汝蹤跡[18], 藏[19]汝[20]軀, 養汝命, 汝若有知,
其勿喊嘶, 使外人知之也."令知其事者一人飼之, 馬遂寂然無一聲. 居歲
餘, 忽一日, 擧首長鳴, 聲振山岳, 播聞數里, 公大驚曰:"此馬不鳴久矣, 忽
然大聲, 必有事也."俄而仁祖反正之報至, 卽其日也. 公遂蒙放還朝, 乘之
如前. 其後又有一使臣往瀋陽者, 發程旣久, 渡江日期, 只隔一日, 而朝廷
始覺咨文中有可改文字, 諸議皆以爲非此馬不可及. 事甚緊重, 仁廟[21]召公
問之, 公對曰:"國家重務, 臣子性命, 亦不敢惜, 馬何足言乎?"仍言於騎去
人曰:"此馬到灣上後, 愼勿喂, 切勿與水草, 直懸之數晝夜, 待其休息氣定,

9) 官: '宮'의 오기.
10) 逸: 동양본·동경대본에는 '迸'으로 잘못 표기.
11) 群: 동양본·동경대본에는 '羣'으로 표기.
12) 上: 동경대본에는 '山'으로 표기.
13) 동양본·동경대본에는 '其'가 더 나옴.
14) 而: 동양본·동경대본에는 탈락.
15) 已久: 동양본에는 '久矣'로 표기.
16) 牢: 동양본·동경대본에는 '牽'으로 표기.
17) 동양본에는 '欲'이 더 나옴.
18) 蹤跡: 동양본에는 '踪'으로 표기.
19) 藏: 동양본·동경대본에는 '莊'으로 잘못 표기.
20) 汝: 동양본에는 '我'로 표기.
21) 廟: 동양본에는 '祖'로 표기.

饋之可活, 不然馬必死矣." 其人領之去, 而²²⁾翌日未暮到義州, 直入納公
牒, 遂昏倒氣塞, 不能言, 急令灌藥, 救活之際, 人見其所乘馬, 皆以爲錦陽
宮²³⁾曲背馬至矣. 遂喂以荳豆如常, 馬卽死云²⁴⁾.

22) 去, 而: 동양본·동경대본에는 '而去'로 표기.
23) 宮: 동경대본에는 '官'으로 표기.
24) 云: 동경대본에는 '耳'로 표기.

과거 소식을 듣고 꿈의 징조를 알다

곽천거郭天擧는 괴산槐山 교생校生, 조선시대 각 고을 향교의 생도이었다. 어느 날 밤 부인과 동침하는데 부인이 잠을 자다 말고 갑자기 울었다. 까닭을 물어보니 부인이 대답했다.

"꿈에 하늘에서 황룡이 내려와 당신을 물고 지붕을 뚫고 올라갔어요. 그래서 울었어요."

천거가 말했다.

"내 들으니 용꿈을 꾸면 과거에 급제한다던데, 내가 글을 못하니 어찌하나?"

천거가 아침에 일어나 논에 물을 대러 나가서 길가에 서 있는데, 어떤 사람이 옷자락을 휘날리며 급히 지나가는 걸 보고 이유를 물었다. 그 사람이 대답했다.

"조정에서 새로 별시別試를 시행하기로 결정했기에 그 소식을 영남 모읍 수령의 아드님께 급히 전하러 가는 길입니다."

천거가 돌아와 부인에게 말했다.

"밤에 당신이 기이한 꿈을 꾸었고, 오늘 과거를 본다는 소식을 문득 들었지만 내 글을 잘 모르니 어쩌겠소?"

부인이 천거에게 한양으로 가라고 억지로 권했다. 천거는 애써 거듭 거절했지만 부인이 힘써 권하고 노잣돈까지 마련해주니 어쩔 수가 없었다. 그는 한양 길을 떠나긴 했지만 한 번도 한양에 가본 적이 없으니 어디로 향해야 할지 몰랐다. 겨우 숭례문을 찾아 들어가니 첫 동네가 창곡蒼谷이었다. 동네 끝자락에 있는 집 문밖에서 걸음을 멈추고 짐을 내리고서 잠시 쉬었다. 그 집 사람이 두세 번 나와 천거를 보고 들어가더니, 이윽고 다시 나와서 말했다.

"주인 상사[1]님께서 청하십니다."

천거는 주인을 뵙고 과거를 보러 처음 상경한 일, 묵을 곳이 없는 사정을 다 말해주었다. 그러자 주인은 자기 집에 머물라며 그를 데리고 안으로 들어갔다.

주인 이李상사는 박학다식한 선비로 과거장에서 늙어 과거에 쓰는 도구 속에 두루마리 사초私草, 개인의 사사로운 원고가 쌓여 있었다. 그는 천거가 과거장에 들어갈 때 사초를 지고 가서 그중에서 과제科題와 동일한 것이 있으면 가려 뽑아 참고하게 했다. 천거는 향교 유생이라 글자를 겨우 알 정도여서 권卷을 따라가며 살폈다. 이상사가 글을 바치고 나서야, 천거는 과제가 같은 몇 편을 찾았는데 비슷한 것도 많았다. 그제야 그것들을 부분 부분 베껴 한 편을 만들어 바치니 초시 합격자에 올랐다. 천거가 크게 기뻐하며 숙소로 돌아와 말했다.

"저는 이제 군역은 면하게 되었으니 급제한 것과 무엇이 다르겠습니까?"

이상사가 그를 붙잡아 더 머물게 하고 회시會試에도 함께 응시했다. 앞

---

1) 상사(上舍): 조선시대 성균관의 유생으로서 생원·진사 시험에 합격한 사람을 말함.

의 수법을 또 썼는데 이상사는 떨어지고 천거는 합격했다.

　천거는 성품이 꾸밈없어 이런 행적을 숨기지 않고 그 전말을 언제나 이야기했다. 관직은 봉상정奉常正, 조선시대 제사와 시호(諡號)에 관한 일을 맡아보던 봉상시의 정3품 관직에 머물렀다.

聞科聲夢蝶可徵

　郭天擧, 槐山校生. 夜與妻同寢, 其妻睡中忽泣, 問之妻曰: "夢有黃龍, 從天降, 唧君, 柝屋而去, 是以泣." 天擧曰: "吾聞夢龍者得第, 奈我不文何?" 朝起爲[2]灌溝洫, 出田間在路傍, 有披[3]襟[4]急行者, 問之云: "朝廷[5]新定別試, 方急告於嶺南某邑守令之子."云云. 天擧歸語其妻曰: "夜來君有異夢, 今日忽聞科報, 而吾不識字亦奈何?" 妻勸[6]令入京, 天擧再三力辭, 而妻力勸, 備盤纏以給. 天擧至京, 足未到王城, 莫適所向. 入崇禮門, 至最初巷口, 卽倉谷, 窮其洞止, 下擔, 息憩於一舍門外, 其家人再三出見而去, 而已[7]來言: "主人上舍, 邀之." 天擧入見主人, 具告赴擧, 而初到京, 無投足之處, 主人遂令留住, 與之同入. 盖主人李上舍, 以宿儒, 老於場屋, 科具中私草, 積成卷軸. 入場時, 令天擧負而入, 使之歷考其冊中與科題同者. 天擧以校儒, 僅識其字, 遂逐卷考之. 李旣製呈, 始搜得題同者數編[8], 相似者亦多. 遂裁折寫呈一篇, 並衆解額, 天擧大喜, 遂請歸曰: "吾優免軍役, 與及第何異?" 李挽留之, 同入會試. 又用前法, 李見落, 郭登第. 天擧質朴, 不隱

<hr>

2) 爲: 동양본에는 탈락.
3) 披: 동양본에는 '被'로 표기.
4) 襟: 동경대본에는 '衿'으로 표기.
5) 廷: 동양본에는 '家'로 표기.
6) 勸: 동양본에는 탈락.
7) 而已: 동경대본에는 '已而'로 표기.
8) 編: 동양본·동경대본에는 '篇'으로 표기.

其跡[9], 每自言其本末, 官止[10]奉常正.

---

9) 跡: 동경대본에는 '迹'으로 표기.
10) 止: 동양본에는 '至'로 표기.

천연두 앓는 아이가
관아를 떠들썩하게 하며 대청에 오르다

영광 읍리에 이생이 있었는데 향품鄕品, 지방의 향청에서 잡일을 맡아보던 직책이었다. 그 아들이 막 말을 할 무렵 천연두를 앓아 위독했다. 하루는 아이가 갑자기 벌떡 일어나 앉더니 이생의 이름을 부르며 말했다.

"아무개야 이리 오너라! 아무개야 이리 오너라!"

이생이 이상하게 여기면서도 대답하니 아이가 말했다.

"너는 아이를 업고 가리키는 대로 가야 한다."

이생이 말했다.

"두역痘役은 바람을 쐬어서는 안 되는데 네가 어디로 간단 말이냐?"

아이가 크게 통곡하면서 종기 부분을 손톱으로 긁어대니, 이생은 탈이 날까 두려워 아이를 업었다. 아이가 관가 쪽을 가리키며 말했다.

"저리로 가자."

이생이 말을 듣지 않으니 아이가 또 통곡했다. 이생이 부득이 관아로 갔다. 아이가 관아 안으로 들어가려 하자, 이생이 저지하고 문지기도 막았다. 아이는 발을 구르며 크게 울부짖었는데 그 소리가 안채까지 들렸다. 태수가 무슨 일인지 묻자 문지기가 실상을 이야기해주었다. 태수는 들어나 보자며 아이를 들어오게 했다. 이생이 아이를 업고 대청 앞에 이르자, 아이는 갑자기 뛰어내려 성큼성큼 태수의 윗자리로 올라가 홀로 당당히 안석에 기대앉아서는 노여운 듯 태수의 아명을 부르며 말했다.

"너는 어찌 이리도 무례하냐? 내가 너의 아버지다! 내가 속광[1] 때부터 말을 못해 집안일을 다 부탁하지도 못했으니 저승에서도 남은 한을 억누르기 어려웠다. 이승에서는 얼굴을 대면할 길도 없었으나, 근래 역귀가 되어 읍내 이생의 집에 머물면서 다행히도 친밀해져 이렇게 기구히 너와 만나게 되었다. 이제 혼을 놓아주어 영원히 이승을 떠나려 한다."

태수는 혼란스러워 어찌할 바를 모르고 반신반의했다. 아이가 말했다.

"만일 내 말이 믿기지 않거든 우리 집안의 은밀한 일들을 이야기해 진위를 따질 수 있도록 하겠다."

그러고는 문벌과 자손과 논밭, 집 들에 대해 조목조목 다 설명하니 과연 하나도 잘못된 것이 없었다. 태수가 용서를 빌었다. 아이가 말했다.

"네 누이가 영락해 의지할 데도 없이 고생하며 살고 있다. 그 아이 팔자가 기구한 고로 내가 언제나 모처의 부곽전[2] 열 묘畝를 주어 시집갈 밑천으로 삼게 하려 했다. 그런데 내가 병으로 갑자기 위태로워지는 바람에 뜻은 있었지만 마무리를 못했다. 네 누이의 가난이 뼈에 사무쳤으니 더욱 불쌍하다. 네 집은 부자이고 벼슬도 이어지니 창고가 풍성하구나. 그런데도 처자를 살찌우는 데만 급급하여 남매의 지극한 정을 생각

---

1) 속광(屬纊): '임종'을 달리 이르는 말. 옛날 중국에서 사람이 죽어갈 무렵에 고운 솜을 코나 입에 대어 호흡의 기운을 검사했다는 데서 유래한다.
2) 부곽전(負郭田): 성(城)을 등지고 있는 논밭. 전국시대 때 소진은 집이 가난해 고향을 떠나 육국(六國)의 왕에게 유세(遊說)하다가 육국의 정승이 되었다. 고향에 다녀와서 "내가 부곽전 수경(數頃)만 있었더라면 어찌 육국 정승의 인(印)을 찰 필요가 있었겠느냐"라며 탄식하던 데서 나온 말.

해주지 않으니 그것이 나로 하여금 한을 돋우고 수심을 품게 한다. 내 특별히 와서 너에게 경고하노라."

태수가 울며 말했다.

"소자의 불초함으로 저승길에 근심을 끼쳐드렸습니다. 이제 이전의 허물을 꼭 고치고 누이에게 재산을 속히 나눠주겠습니다."

아이가 말했다.

"이생의 집도 곡식이 다 떨어져 제수를 마련하지 못하고 굶주림이 매우 심하니 네가 도와주거라."

아이는 말을 마치고 고꾸라졌는데 주위에서 급히 구명하니 한참 뒤에 소생했다. 아이는 엉엉 울기만 할 뿐 조금 전의 일을 하나도 기억하지 못했다. 태수는 아이를 가마에 실어 이생의 집으로 보내주고 쌀과 돈도 후하게 주었다. 그날 저녁 아이의 병이 홀연 나았다 한다.

闘官門痘兒升堂

靈光邑里, 有李生者, 鄕品也. 其子纔學語, 患痘役³⁾症, 且危毖. 一日兒忽蹶然起坐, 大呼其父姓名曰: "某來! 某來!" 父怪而應之⁴⁾, 兒曰: "汝須負兒⁵⁾, 隨所指而往." 父曰: "痘病不可以風, 汝將安適?" 兒大哭, 自爬其痘, 父懼而負之, 兒指官門曰: "可往這裡." 父不聽, 兒又哭, 父不得已到衙下. 兒欲入黃堂, 父沮之, 闔吏又攔之, 兒頓足大呼, 聲達于內, 太守詰之, 闔吏道其詳⁶⁾, 太守命聽其自入. 父負兒到堂級, 兒忽躍下, 大步入太守上座, 兀

<hr />

3) 役: 이본에는 '疫'으로 맞게 표기.
4) 之: 동양본에는 탈락.
5) 兒: 이본에는 '我'로 맞게 표기.
6) 詳: 동경대본에는 '言'으로 표기.

然隱几而坐[7], 怒呼太守小字曰: "汝何無禮? 吾乃汝亡父! 自吾束[8]纊之時, 病瘖不能言, 家事未得盡囑, 泉臺之下, 遺恨難夷, 陽界之上, 會面無階, 近得疫鬼, 在邑下李生家, 幸因密邇, 得成奇遇, 從此遊魂, 永謝塵意[9]矣." 太守惝怳[10]無措, 半信半疑, 兒曰: "如我不信, 當說家裡事狀, 以驗眞僞." 因道地閥, 子孫田宅, 一動一事以詔之, 果無差爽. 太守請罪, 兒曰: "汝妹零丁孤苦, 命道畸[11]薄, 我每擬以某處負郭田十畝, 以充嫁資, 因病猝劇, 有意未卒, 而汝妹一寒到骨, 矜惻轉甚. 汝家饒世業官, 有豊廩, 而汲汲於妻子之計, 罔念同氣之至情, 此吾所以纏恨包愁, 特來相戒也." 太守泣曰: "緣子不肖, 憂貽幽途, 當式悛前愆, 亟分資業." 兒曰: "李生之家, 瓶無儲粟, 未辦[12]供神, 飢餒且甚, 汝須周貧." 言訖而僵倒, 左右急救, 良久回甦, 則兒呱呱而泣, 渾不記俄者動息也. 仍興送于李生家, 且以米錢厚賚, 其夕兒病, 忽痊云.

7) 坐: 동경대본에는 탈락.
8) 束: 동양본·동경대본에는 '屬'으로 표기. '屬'이 맞음.
9) 意: 동양본에는 '慮'로 표기.
10) 惝怳: 동양본에는 '恍惚'로 표기.
11) 畸: 동경대본에는 '崎'로 표기.
12) 辦: 동양본에는 '辮'으로 표기.

과장을 뒤흔드는 수재가 과거문을 짓다

이일제[1] 공은 당시 이름난 선비였다. 변려문에 뛰어나 그 안목은 당시 누구도 따라오지 못했다.

하루는 과장에 들어가 동료를 잃고 낭패를 당해 과제 거는 현판 아래에서 서성이고 있다가 장우산큰 우산. 비를 막을 뿐 아니라 컨닝을 방지하는 역할도 했다 대여섯 개가 모여 있는 걸 발견했다. 등잔과 장막이 정갈하고 아름다웠으며 진귀하고 오묘한 맛의 음식이 주방에 가득했다. 이공이 장막을 걷고 들어가보니 한 소년 수재秀才가 안석에 기대 푹신한 융단 방석 위에 앉아 있었다. 서생 십수 명은 각기 시권詩券을 가지고 그 옆에 둘러앉아서 수재가 말해주는 것을 들으며 빠르게 베끼고 있었다. 수재는 이리저리 응답해주는데 어떤 어려움도 없는 것 같았다.

이공이 옆에서 몰래 따져보니 자구의 배치와 순서가 규칙에 꼭 맞았

---

1) 이일제(李日躋, 1683~1757): 본관은 전주(全州)다. 1722년 알성문과에 병과로 급제했다. 평안병마절도사로 있을 때에는 논밭의 분배를 통해 유민을 집결시키는 방법을 진언했다. 1735년 군사 격려법과 관방 보수에 관해 보고하는 등 변방의 안정을 위해 노력했다.

고 대구도 정교하고 치밀하니 하나하나가 다 경책[2]이 되었다. 이공이 놀라 말했다.

"이 세상에 어찌 이런 사람이 있을 수 있습니까?"

그의 성명을 물으니 수재는 껄껄 웃을 따름이었다.

시편이 다 완성되었다. 수재가 하인에게 시권 하나를 바치게 했다. 하인이 한참 뒤에 복명했다.

"시권이 낙방했습니다."

수재가 또 시권 하나를 주며 말했다.

"일단 이어서 또 바쳐보아라."

하인이 또 낙방했다고 보고했다. 수재가 또다른 시권 한 장을 바치게 했다. 이렇게 대여섯 차례 단지丹墀, 단폐(丹陛)와 같은 말로서 곧 궁정(宮庭)을 의미하며, 임금을 뜻하기도 함를 만났지만[3] 해는 아직 기울지 않았다. 수재가 일어나며 크게 웃고 말했다.

"잘된 시권 여러 편이 한 번도 뽑히지 않은 것은 하늘의 뜻이다. 더이상 바쳐서 뭐하겠나?"

그러고는 장우산을 접고 나갔다. 이공이 시중드는 사람에게 물어보아 그가 북헌[4] 김공임을 알았다.

2) 경책(警策): 시문에서 요점을 지적해 그 말과 뜻이 사람의 정신을 넉넉히 깨우쳐줄 만한 글귀나 시구.

3) 단지(丹墀)를 만났지만: 임금이 전시(殿試)에는 친히 참석하니, '단지를 만났다' 혹은 '임금을 만났다'는 '전시에 응해서 시권을 제출했다'는 뜻으로 해석할 수 있을 것이다.

4) 북헌(北軒): 김춘택(金春澤, 1670~1717)의 호. 본관은 광산(光山). 익겸(益兼)의 증손으로, 할아버지는 숙종의 장인인 만기(萬基)이며, 아버지는 호조판서 진구(鎭龜)다. 종조부 만중(萬重)으로부터 문장을 배웠다. 서인·노론의 중심 가문에 속해 항상 정쟁의 와중에 있었으며, 특히 1689년의 기사환국 이후로 남인이 정권을 담당했을 때에는 여러 차례 투옥되고 유배되었다. 갑술환국으로 남인이 축출되면서 풀려났다. 김만중의 소설 「구운몽」과 「사씨남정기」를 한문으로 번역했으며, 이조판서에 추증되었다.

擅場屋秀才對策

李公日躋, 當時盛名之士也. 長於騈驪之文, 眼高一世, 未有許借者. 一日赴科圍, 因狼狽失侶, 棲遑於頒題板下, 有雨傘五六箇[5], 團成一隊, 燈竿帷帳, 極其靚麗, 珍味妙羞, 廚傳狼藉. 李乃披帷而入, 有一少年秀才, 隱几坐重氈上, 十數書生, 各持試券, 環坐其傍, 皆聽秀才之口呼, 繕寫如飛, 秀才左酬右應, 略[6]無難色. 李從傍竊觀, 則排紋[7]中窾, 對耦精緻, 箇箇[8]成警策矣. 李大驚曰: "此世焉有此人?" 請問姓名, 秀才頎然一笑而已. 篇俱完, 秀才使一卒呈之, 卒良久復曰: "卷[9]已黜[10]矣." 秀才又給一卷曰: "第又繼呈." 卒又告見落. 秀才又呈一券. 如是者, 凡五六, 遭丹墀, 日未斜矣. 秀才大笑而起曰: "幾篇佳作, 未被一[11]選天也, 何容更呈也?" 因捲傘而出, 李詰于從者, 乃知其爲北軒金公也.

5) 箇: 동양본에는 '介'로 표기.
6) 略: 동양본·동경대본에는 '畧'으로 표기.
7) 紋: 동경대본에는 '舒'로 표기.
8) 箇箇: 동양본에는 '介介'로 표기.
9) 卷: 동양본·청구야설에는 '券'으로 맞게 표기.
10) 黜: 동경대본에는 '出'로, 청구야설에는 '點'으로 표기.
11) 一: 동양본에는 탈락.

부자가 환곡을 대신 갚아주고 양반을 사다

간성에 한 양반이 있었는데 현명하면서도 글 읽기를 좋아하니 새로 부임하는 군수마다 반드시 그의 집에 친히 가서 예를 올렸다. 그는 가난하여 해마다 고을의 환곡을 타먹었으니 그게 쌓여 천 포나 되었다. 군수는 그가 가난해 환곡을 갚지 못할 줄 알고 독촉하지 않았다.

하루는 관찰사가 이 지역에 순시를 와서 환곡 장부를 살피다가 크게 노해 말했다.

"어떤 양반이 군량을 이렇게 축낸단 말이냐?"

관찰사는 양반을 감옥에 가두어 엄하게 독촉하라고 명했다. 군수는 양반을 무척 측은히 여겼지만 어쩔 수 없었다. 양반도 밤낮으로 울부짖기만 할 뿐 아무런 수가 없었다. 양반의 처가 욕하며 말했다.

"평생 책 읽는 것만 좋아하더니 관청의 환곡 갚는 데는 아무 도움도 안 되는구나. 쯧쯧 양반아, 이 양반아, 한 푼어치도 안 되는구나."

그 마을 부자 한 사람이 혼자 생각했다.

'양반은 가난해도 언제나 존경받고 영화를 누리는데, 나는 부유해도 언제나 비천하기만 해. 양반을 보면 굽신굽신 어쩔 줄 모르고 마당으로 기어가서 절을 하고 땅에 코를 대고 무릎으로 기어가는 등 모욕을 당하지. 요즘 그 양반이 가난하여 환곡을 갚지 못해 큰 곤경을 당하고 있으니 양반 신분을 보존하기 어려운 형편인 것 같아. 내가 양반을 사서 가져야겠어.'

마침내 양반집으로 가서 환곡을 갚아주겠다고 청하니 양반이 크게 기뻐하며 받아들였다.

부자는 바로 그 자리에서 관가로 환곡을 보내주었다. 군수가 깜짝 놀라 기이하게 여겼다. 그래서 직접 양반의 집으로 가서 그를 위로하고 환곡을 갚게 된 사정을 물어보기로 했다. 그런데 그의 집으로 갔더니 양반은 벙거지를 쓰고 짧은 옷을 입고 길에 엎드려 소인小人이라고 자칭했다. 군수가 깜짝 놀라 그를 부축해주며 말했다.

"어찌 이처럼 스스로를 폄하고 욕되게 하시나요?"

양반은 더욱 두려워하며 머리를 조아리고 엎드려 말했다.

"황송하옵니다. 소인이 스스로를 욕되게 하는 것이 아니옵니다. 양반을 팔아 환곡을 갚았으니 이제 마을의 부자가 양반이옵니다. 소인이 어찌 다시 옛 호칭을 모칭冒稱하겠습니까?"

군수가 탄식하며 말했다.

"군자로다, 부자여! 양반이로다, 부자여! 부자이면서도 인색하지 않으니 의롭도다. 남의 어려움을 중하게 생각해주니 인자하도다. 비속함을 싫어하고 존귀함을 흠모하니 지혜롭도다. 이와 같으니 그는 진정한 양반이로다. 그러나 두 사람끼리만 사사로이 약속하고 문권을 만들지 않으면 소송의 여지를 남기게 되지. 내가 고을 사람들과 약속해 증인을 서고 문권을 만들어 군수로서 서명하여 이 약속에 신뢰를 부여하겠다."

군수는 관아로 돌아와 간성 고을의 사족과 농민, 상인, 공인 등을 다 불렀다. 이들이 관아 마당에 모두 모이자, 군수는 부자를 향소[1] 오른편에 앉게 하고 양반을 공형[2] 아래에 서게 하고서 이런 증서를 만들었다.

모년 모월 모일 명문을 짓노라. 양반을 팔아 관곡을 갚은 사단事段, 주인공의 업적이나 행적 등을 열거한 것이다. 그 값은 천 곡斛, 한 곡은 열 말임이다. 무릇 양반이란 이름은 종류가 많으니 글을 읽으면 '사士'라 하고, 벼슬을 하면 '대부大夫'라 하며, 덕이 있으면 군자라고 부른다. 무반은 서쪽에 서고, 문반은 동쪽에 서니 그래서 양반兩班이다.

비속한 일은 끊어내버리고 옛사람을 본받아 뜻을 고상하게 가질지어다. 눈은 코끝을 내려다보고 발꿈치를 모아 궁둥이를 받쳐야 하느니라. 『동래박의』[3]를 얼음판에 박 굴리듯 외우고, 『고문진보』[4]는 깨알처럼 베껴 쓰느니라. 배고픔을 견디고 추위를 참으며 입으로 가난을 이야기하지 말아야 한다. 노비를 부를 때는 길게 소리 내고 천천히 신을 끌며 걷느니라. 손으로 돈을 잡지 말 것이며 쌀값을 묻지도 않는다. 여름이라도 맨발로 다니지 말며 밥 먹을 때도 맨상투를 해서는 안 되느니라. 분해도 처를 때리지 말고 노여워도 그릇을 던지지 않느니라. 병들어도 무당을 부르지 않고 제사를 지낼 때도 중을 데려오지 않는다. 소를 잡지 않으며 도박도 하지 않는다. 무릇 이 모든 행동에서 양반에 어긋나는 점이 있거든 이

---

1) 향소(鄕所): 풍속을 바로잡고, 향리(鄕吏)를 감찰하며, 수령의 뜻을 민간에 전달하고 민의를 수령에게 전달하던 수령의 자문기관. 혹은 그런 일을 하던 사람. 향소의 우두머리는 좌수다.
2) 공형(公兄): 삼공형의 준말로, 조선시대의 관찰사나 수령 아래 각 고을의 호장(戶長)·이방(吏房)·수형리의 세 상급 관속. 조선 후기에 이르러서는 이들을 중심으로 향리 제도가 운영되었다.
3) 『동래박의東萊博議』: 송나라 여조겸이 『춘추좌씨전』의 중요한 기사 항목 168개를 뽑아 각각에 제목을 달고, 그 역사적 사실에 대한 득실을 평론한 것인데 스물다섯 권으로 되어 있다. 문장이 아름답고 필력이 굳세어서 과거에 진사 시험을 보는 사람들의 문장 수련에 모범이 되었다.
4) 『고문진보古文眞寶』: 중국 전국시대부터 송대까지의 시문을 송나라 황견(黃堅)이 엮은 책. 조선시대 서당에서 문장 작법의 교재로 썼다.

문기文記를 관아로 가져가 변정下正, 옳고 그른 것을 따지고, 변명(辨明)하여 바로잡음할지어다.

　성주城主 간성군수杆城郡守 화압5) 좌수 별감 증서

　통인이 도장을 찍고 호장이 읽기를 끝내니, 부자가 한참 한탄하다가 말했다.
　"양반이 이것밖에 안 된단 말입니까? 내 듣기로 양반은 신선 같다 했는데 알고 보니 너무 시시하네요. 원컨대 제게 좀더 이롭게 고쳐주십시오."
　그래서 문권을 다음과 같이 고쳤다.

　무릇 하늘이 백성을 낳아주셨는데 백성에는 네 가지 부류가 있도다. 네 가지 백성 중에 가장 귀한 자가 사士인데 양반이라고 부른다. 그 이로움이 매우 많다. 농사짓지 않고 장사하지 않으면서 문사文史를 대강 섭렵하면 크게는 문과에 급제하고, 작게는 진사가 된다. 문과의 홍패6)는 두 척尺에 불과하지만 온갖 물건이 구비되는 돈 자루다. 서른에 진사가 되어 초임을 얻더라도 이름 있는 음관이 되고 더 잘하면 웅남7)이 되나니, 일산日傘, 자루가 굽은 부채의 일종으로 의장(儀仗)의 한 가지 바람에 귀밑이 희어지고 요령 소리에 배가 불러온다. 방에는 기생이 귀고리 치장을 하고 마당에서는 우는 학을 기른다. 시골 사는 궁한 양반이라도 이웃집 소를 가져와 먼저

5) 화압(花押): 근대 이전에 관직에 있는 사람이 문서에 도장 대신 붓으로 써서 나타내던 독특한 표지(標識).
6) 홍패(紅牌): 문과의 회시에 급제한 사람에게 주던 증서. 붉은색 종이에 성적·등급·성명을 먹으로 적었다.
7) 웅남(雄南): 웅남행(雄南行). 문관은 동쪽에, 무관은 서쪽에 서지만, 음관은 문무 양과를 거치지 않아 남쪽에 섰기에 남행이라고 불렀다. 웅남행은 음관 중 지위가 높은 자를 말한다.

마음대로 경작할 수 있으니, 마을 백성 중 그 누가 나를 감히 욕하랴? 너희 코에 잿물을 들이붓고 상투를 뒤틀고 수염을 뽑더라도 감히 원망하거나 탄식하지 못할 것이다.

부자가 문권을 받아들고는 혀를 내두르며 말했다.
"그만두시오. 그만두시오. 맹랑합니다그려! 장차 나를 도둑으로 만들 작정이오?"
부자가 고개를 설레설레 흔들며 떠나니 평생토록 양반 일에 대해서 감히 다시 말하지 않았다.

輸官租富民買兩班

杆城有一兩班, 賢[8]而好讀書, 每郡守新到, 必親造其廬而禮之. 其家貧, 歲食[9]官糶, 積至千包. 郡守則知其貧, 無以爲償不之督焉. 一日觀察使, 巡到于此, 閱糶簿, 大怒曰: "何許班民, 乃乏軍餉?" 命囚而嚴督之, 郡守意甚哀之, 而亦無奈何. 兩班日夜號泣, 計無所出, 其[10]妻罵之曰: "平生好讀書, 無益縣官租[11], 咄咄兩班! 咄咄[12]兩班! 不直一錢." 其里之富人, 私相議曰: "兩班雖貧, 常尊榮, 我雖富, 常卑賤, 見兩班, 則跼蹜屛營, 匍匐拜庭, 曳鼻膝行, 我常如此其僇辱, 今兩班貧不能償糶, 方大窘, 其勢誠不能保其兩班, 我且買而[13]有之." 遂踵門而請償其糶, 兩班大喜而許之. 於是富人立

---

8) 賢: 동경대본에는 탈락.
9) 食: 동경대본에는 '寒'으로 표기.
10) 其: 동경대본에는 탈락.
11) 租: 동양본·동경대본에는 '糶'으로 표기.
12) 兩班! 咄咄: 동양본·동경대본에는 탈락.
13) 而: 동양본에는 '以'로 표기.

輸其糶於官, 郡[14]守大驚異之, 自往勞于兩班, 且問償糶狀, 其兩班氈笠短衣, 伏道謁曰[15]稱小人, 郡守大驚下扶曰: "何自貶辱如是乎?" 兩班益恐惧, 頓首俯伏[16]曰: "惶悚, 小人非敢自辱也[17]. 鬻其兩班以償糶, 里之富人乃兩班也, 小人復安敢冒其舊號乎?" 郡守歎曰: "君子也[18]! 富人也! 兩班哉! 富人也! 富而不吝義也, 急人之難仁也, 惡卑而慕尊智[19]也, 此眞兩班. 然私相交易, 而不立券, 訟之端也. 我與汝約郡人而證之, 立券而信之, 郡守當自署之." 於是歸府, 悉召郡中之士族及農商工賈, 悉至于庭, 富人坐鄉所之右, 兩班立公兄之下, 乃爲立券曰: "某年月日爲明文. 事段斥賣兩班爲償官穀, 其直千斛. 維厥兩班名爲[20]多端, 讀書曰: '士 從宦[21]曰[22]: '大夫' 有德爲君子, 武階列西, 文階[23]序東, 是爲兩班, [24]絶棄鄙事, 希古尙志, [25]目視鼻端, 會踵支尻, 東萊博議, 誦如氷匏, 古文眞寶, 細寫如荏[26], 忍饑[27]耐寒, 口不說貧, [28]長聲喚奴[29], 緩步曳履, [30]手毋[31]執錢, 不問米價, 暑無[32]跣

<hr>

14) 동경대본에는 '太'가 더 나옴.
15) 曰: 동양본·동경대본에는 '口'로 표기.
16) 伏: 동경대본에는 탈락.
17) 也: 동양본·동경대본에는 '已'로 표기.
18) 也: 동경대본에는 '哉'로 표기.
19) 智: 동경대본에는 '知'로 표기.
20) 爲: 동양본·동경대본에는 '謂'로 표기.
21) 宦: 동경대본에는 '政'으로 표기.
22) 曰: 동경대본에는 '爲'로 표기.
23) 階: 동경대본에는 '秩'로 표기.
24) 동경대본에는 '任爾之所從' 부분이 더 나옴.
25) 동경대본에는 '五更常起, 點硫燃脂' 부분이 더 나옴.
26) 古文眞寶, 細寫如荏: 동경대본에는 탈락.
27) 饑: 동양본·동경대본에는 '飢'로 표기.
28) 동경대본에는 '叩齒彈腦, 細漱呑津, 袖必刷毛, 冠亦拂塵, 盥於生波, 勿爲擦拳漱, 口無惡臭' 부분이 더 나옴.
29) 奴: 동경대본에는 '婢'로 표기.
30) 동경대본에는 '古文眞寶, 唐詩品彙, 抄寫如荏, 一行百字式' 부분이 더 나옴.
31) 毋: 동경대본에는 '無'로 표기.
32) 無: 동경대본에는 '毋'로 표기.

足³³⁾, 飯毋徒膂, ³⁴⁾忿無³⁵⁾搏妻, 怒毋踢³⁶⁾器, ³⁷⁾病毋招巫, 祭毋齋僧, ³⁸⁾毋
屠牛³⁹⁾, 毋賭⁴⁰⁾錢. 凡此百行⁴¹⁾有違兩班, 持此文記, 卞正于官⁴²⁾. 城主, 杆
城郡守押, 座首別監證署. 通引踏印⁴³⁾, 戶長讀畢, 富人悵然久之曰: "兩班
只此而已耶? 吾聞兩班如神仙, 審⁴⁴⁾如是太乾沒⁴⁵⁾. 願改爲可利於己⁴⁶⁾."
乃改作券曰: "維天生民, 其民維四, 四民之中, 最貴者士, 稱以兩班, 利
其⁴⁷⁾大矣. 不畊⁴⁸⁾不商, 粗涉文史, 大決⁴⁹⁾文科, 小⁵⁰⁾成⁵¹⁾進士, 文科紅牌,
不過二尺, 百物具⁵²⁾備, 維錢之槖⁵³⁾, 進士三十, 乃筮初仕, 猶爲名蔭, 善事
雄南, 耳白傘風, 腹皤⁵⁴⁾鈴諾, 室珥冶妓, 庭訓⁵⁵⁾鳴鶴, 窮士居鄉, 猶能武斷
先畊⁵⁶⁾, 隣牛借耘, 里氓孰敢慢我? 灰懽⁵⁷⁾汝臭⁵⁸⁾, 暈髻汰鬢, 無敢怨咨."

---

33) 足: 동경대본에는 '褦'로 표기.
34) 동경대본에는 '勿餌生葱, 飮酒勿粘鬚, 吸烟勿輔孔' 부분이 더 나옴.
35) 無: 동경대본에는 '毋'로 표기.
36) 踢: 동경대본에는 '破'로 표기.
37) 동경대본에는 '無拳打女兒, 勿死罵奴僕, 叱牛馬, 勿辱鬻主' 부분이 더 나옴.
38) 동경대본에는 '擧爐勿煮手, 接語勿齒唾' 부분이 더 나옴.
39) 牛: 동경대본에는 '犬豕'으로 표기.
40) 동경대본에는 '鬪'가 더 나옴.
41) 行: 동양본에는 '事'로 표기.
42) 동경대본에는 '事'가 더 나옴.
43) 동경대본에는 '錯落' 부분이 더 나옴.
44) 審: 동경대본에는 '誠'으로 표기.
45) 동경대본에는 '也'가 더 나옴.
46) 己: 동양본·동경대본에는 '是'로 표기.
47) 其: 동경대본에는 '莫'으로 표기.
48) 畊: 동양본에는 '耕'으로 표기.
49) 決: 동경대본에는 '則'으로 표기.
50) 小: 동양본에는 '少'로 표기.
51) 成: 동경대본에는 '或'으로 표기.
52) 具: 동양본·동경대본에는 '俱'로 표기.
53) 槖: 동경대본에는 '庫'로 표기.
54) 皤: 동양본에는 '膰'으로 표기.
55) 訓: 동양본·동경대본에는 '馴'으로 표기.
56) 畊: 동양본에는 '耕'으로 표기.
57) 懽: 동경대본에는 '灌'으로 표기.
58) 臭: 동양본·동경대본에는 '鼻'로 표기.

富人奉劵, 而吐舌曰: "已之, 已之. 孟狼⁵⁹⁾哉! 將使我爲盜耶?" 掉頭而去, 終身不敢復言兩班事.

59) 狼: 동양본·동경대본에는 '浪'으로 표기.

가난한 선비가 기이한 인연으로 두 여인을 얻다

옛날에 한 상사생上舍生, 조선시대의 생원·진사를 가리킴. 성균관에 다닐 수 있었다이 있었다. 그 집이 동소문 밖에 있었는데 집안이 너무 가난해 나물과 거친 밥으로도 끼니를 이어갈 수가 없었다. 날마다 성균관 식당에 가서 아침저녁 남은 것을 갖고 와 식구들을 먹이곤 했다.

하루는 소매에 밥을 넣고 어두운 길로 돌아오다가 중간에 한 미녀를 만났다. 미녀가 뒤따라오자 생이 돌아보고 말했다.

"뭐하는 사람인데 나를 따라오는 거요?"

여자가 말했다.

"당신과 함께 가서 당신을 위해 기추를 받들고 싶어요[1]."

생이 말했다.

"우리집이 매우 가난해 하나뿐인 처도 배를 곯려 울게 만드니 걱정인

---

1) 기추(箕箒)를 받들고 싶어요: '기추'는 쓰레받기와 비를 뜻하며, '기추를 받든다'는 곧 처첩이 되어 남편을 섬긴다는 뜻이다.

데 하물며 어찌 첩까지 둘 수 있겠소? 낭자가 나를 따라온다면 필시 예상[1]의 귀신이 될 테니 그런 생각일랑 절대 하지 마시오."

"죽고 사는 것은 수명에 달렸고, 가난하고 부유해짐은 하늘에 달렸지요. 비가 극에 이르면 태가 오고[3], 때가 되면 바람이 불어주지요[4]. 위수에서 고기 낚던 강태공은 팔순에 서백西伯의 수레를 탔고[5], 다 떨어진 옷 입던 소진[6]은 하루아침에 육국六國 재상의 관인官印을 찼지요. 그러니 한때의 곤궁으로 어찌 평생을 단정하려 하나요?"

여자는 내쫓아도 떠나지 않고 생의 집까지 따라왔다. 생은 부득이 그 여자를 자기 집에 살게 하고 잠자리를 함께했다.

다음날 여자는 가져온 돈꾸러미로 양식과 땔나무를 사와서 아침밥을 지어 바쳤다. 다음날도 또 그렇게 했다. 이로써 부부는 배고픔을 면할 수 있었다. 여자는 돈을 다 쓰니 또 돈을 가져와 공양을 이어갔다. 네다섯 달이 지나자 여자가 생에게 말했다.

"이곳은 너무 궁벽져 사람이 살기에 좋지 않아요. 성안으로 들어가 사

2) 예상(翳桑): 뽕나무가 많이 우거진 곳의 지명이었다. 춘추시대 때 진(晉)나라 조순(趙盾)이 이곳에 사냥을 왔다가 영첩(靈輒)이 굶어죽어가는 모습을 보고 밥을 먹여주어 살렸다.
3) 비(否)가 극에~태(泰)가 오고: 『주역』의 비(否) 괘는 꽉 막혀 통하지 않음을 상징한다. 반면 태(泰) 괘는 땅이 위에 있고 하늘이 아래에 있어, 아래의 양기(陽氣)가 하늘로 올라가고 위의 음기(陰氣)가 아래로 내려오면서 음양이 서로 교감하고 소통하여 평화를 이룬 것이다. '비가 극에 이르면 태가 온다'는 말은 꽉 막힌 것이 극에 이르면 교감과 소통이 이루어진다는 뜻이다.
4) 때가 되면 바람이 불어주지요: 『명심보감』의 '時來風送藤王閣, 運退雷轟薦福碑(때가 오니 바람이 등왕각으로 불어오고, 운이 없으니 벼락이 천복비를 때렸다)'는 구절에서 온 말.
5) 위수(渭水)에서 고기~수레를 탔고: 태공망 여상(呂尙, 혹은 呂望)은 위수에서 낚시하며 지냈다. 주문왕(周文王)이 된 서백창(西伯昌)이 점을 쳤는데 '장차 큰 것을 잡으리니 범도 아니요, 곰도 아니어라'라는 점괘가 나왔다. 서백창이 사냥을 가다가 여상을 만나 여상을 발탁했다. 여상은 그뒤 주나라 건국에 공헌하고 제왕(齊王)에 봉해졌다. 태공망의 성은 여(呂)씨 혹은 강(姜)씨이기에 '강태공(姜太公)'이라고도 한다.
6) 소진(蘇秦): 소진은 동주의 낙양 출신으로 젊었을 때 유세하며 돌아다녔으나, 그의 뜻을 받아들이는 사람이 없자 궁색한 모습으로 고향으로 돌아왔다. 막상 고향에 돌아오니 그의 다시 제자매는 물론 그의 아내까지 소진을 비웃었다. 그뒤 독특한 독심술을 익혀 합종책으로 제후들을 다시 설득해 육국의 재상을 겸임하게 되었다.

는 게 어때요?"

생이 말했다.

"그곳에는 살 집이 없는데 어쩌겠소?"

여자가 말했다.

"성안으로 들어가시려고만 한다면 집 없는 게 무슨 걱정인가요?"

하루는 노비 일고여덟 명이 가마 두 개와 말 두 필을 이끌고 왔고, 청의동자 하나는 당나귀 한 마리를 끌고 왔다. 여자는 장롱을 열어 새 옷들을 꺼냈다. 한 벌은 본처에게 주고, 또 한 벌은 자기가 입고, 다른 한 벌은 생이 입게 했다. 처와 첩은 각각 가마에 타고, 생은 당나귀에 올라 그 뒤를 따랐다. 어느덧 한 집에 이르자 처와 첩이 곧바로 안채로 들어가고 생은 바깥마당을 돌아다녔다. 처마와 집채가 웅장했고 화초가 우거졌다. 문득 어린 종이 생을 안으로 맞이했다. 처는 안방에 있고, 첩은 건넌방에 있었다. 날마다 쓸 그릇과 살림살이가 다 갖춰져 있고, 앞에 있는 노비들은 심부름을 시키기에 충분했다.

생이 물었다.

"이게 누구 집이오?"

여자가 웃으며 말했다.

"대나무를 감상하는데 구태여 주인을 물을 필요가 있나요? 사는 사람이 곧 주인이지요."

이로부터 먹고 입을 것이 풍족해지고 넓은 데서 사니 야윈 얼굴이 다시 번드레해졌다. 강남 부옹도 부럽지 않았다.

이때 이동지李同知라고 불리는 사람이 왕왕 이곳에 와서 첩을 만났는데 가까운 친척이라 했다. 그 외에는 왕래하는 사람이 없었다.

하루는 여자가 생에게 말했다.

"낭군님, 어여쁜 첩을 또 얻고 싶지 않으세요?"

생이 놀라 말했다.

"낭자를 만난 이후로 낭자의 힘에 의지하니 이 한 몸이 편안하고 부유해졌소. 만사가 다 만족스러운데 내 어찌 망촉望蜀, 한 가지 소망을 이루고 나서 다시 다른 것을 바람한 뜻을 가지겠소?"

여자가 말했다.

"내가 동몽을 요구하는 것이 아니라 동몽이 나를 요구하지요[7]. 하늘이 주시는데 받지 않으면 도리어 재앙을 받게 된답니다."

그러면서 강하게 권하니 생이 말했다.

"일단 아내와 상의하여 처리하겠소."

처가 말했다.

"이런 첩이라면 열 명을 두더라도 무슨 문제가 생기겠어요?"

그래서 생이 허락했다.

어느 날 저녁 한 젊은 부인이 달빛을 받으며 걸어왔다. 두 여종이 그녀를 인도했는데 용모가 절색이고 행동거지도 단아하고 깨끗했다. 부끄러운 자태를 가득 드러냈으니 결코 상천常賤의 부류가 아니었다. 생이 그녀를 한번 보고 놀라고 또 반가워했으니 마침내 운우의 즐거움을 누렸다.

여자가 말했다.

"이 사람은 사족의 부녀라 소첩과 비교될 분이 아니랍니다. 동등한 부인의 예로 대우해주셔요."

생이 그 말에 따라 그녀를 공경하니 세 여자가 함께 살며 규방이 화목했다.

하루는 이동지가 찾아와서 생에게 말했다.

"오늘 도목정사[8]를 보니, 당신이 침랑寢郞, 종묘·능·원(園)의 영(令)과 참봉 수망首望, 조선시대에 관원을 임명할 때 이조와 병조에서 올리는 후보자 세 사람 중 첫째에 들었다오."

---

7) 내가 동몽(童蒙)을~나를 요구하지요: 내(식견을 갖춘 사람)가 동몽(어리석은 사람)을 구하는 것이 아니라 동몽이 나를 구한다는 말로, 내가 상대방을 원하는 것이 아니라 상대방이 나를 요구한다는 뜻이다.

생이 말했다.

"세상에서 내 이름을 아는 사람이 없고, 또 친지도 없는데 누가 나를 천거하겠소? 소식을 전하는 사람이 착각했을 것이오."

이동지가 말했다.

"내 눈으로 직접 보았소. 내 어찌 당신의 이름을 모르겠소?"

능의 노비가 정망政望, 벼슬에 추천됨을 알리는 문서을 가지고 와 머리를 조아리며 물었다.

"여기가 모 댁이 맞습니까?"

생원이 자기 이름을 보니 과연 틀림이 없었다. 놀라고 의아했지만 벼슬길로 나갔다. 그뒤 절차에 따라 추천을 받아 주州와 목牧을 두루 거쳤다.

하루는 생이 여자에게 말했다.

"내 당신과 같이 산 지 벌써 수십 년이 지나 이제 곧 늙어 죽을 텐데 아직도 당신 내력을 알지 못하오. 전에는 숨길 수밖에 없었다 하더라도, 이제는 상세하게 말해주기 바라오."

여자가 탄식하며 말했다.

"이동지는 소첩의 아버님이십니다. 제가 젊어서 일찍 과부가 되어 음양의 이치도 모르니, 부모님께서 불쌍히 여기시다 하루는 제게 말씀하셨지요.

'오늘 저녁 문을 나가 처음 만난 의관 차린 남자를 따라가 섬겨라.'

첩은 서둘러 나와서 낭군님과 맨 처음 만났지요. 그러니 하늘이 맺어준 인연이 아닐 수 없습니다. 집을 매매하고 산업을 경영한 일은 모두 제 아버님께서 지휘하신 것이지요. 그리고 저 낭자는 모 재상님의 따님

---

8) 도목정사(都目政事): 고려·조선 시대에 이조·병조에서 벼슬아치의 치적을 심사하여 면직하거나 승진시키던 일.

이지요. 역시 합궁 전에 과부가 되었답니다. 제 아버님과 모 재상님은 절친한 친구 사이여서 집안의 세세한 일까지 모두 서로 상의하셨죠. 양가에 다 청상과부가 있으니 언제나 저희를 불쌍히 여기고 딸을 생각하는 마음을 서로 나누셨지요. 하루는 제 아버지께서 제게 어떻게 하셨는지 재상님께 말씀드렸더니, 재상님께서 한참 동안 고민하는 표정을 지으시다가 말씀하셨죠.

'나 역시 그렇게 할 뜻이 있네.'

마침내 재상님은 딸이 병들어 죽었다고 시가에 부고를 보내고, 산 아래에 가짜로 장례를 치르고서 낭자를 낭군님께 보내셨죠. 예전에 낭군님을 첫 벼슬에 추천하신 전관[9]도 그분이셨어요."

생은 이야기를 다 듣고 비로소 그 기이한 만남에 대해 감탄했다. 생과 처첩 세 사람은 머리가 하얘질 때까지 함께 늙었으며 자녀도 많이 낳았다. 전성지봉[10]을 누렸으며 슬하의 영화도 보았다 한다.

逢奇緣貧士得二娘

古有一上舍生, 家在東小門外, 家計至貧, 蔬糲不繼. 日詣太學, 衆朝夕食堂, 以其餘, 輒歸遺細, 君日以爲常. 一日乘昏, 袖飯而歸, 中路遇一美女, 隨後而來, 生顧謂曰: "何許女子, 隨我而來乎?" 女曰: "欲與君偕往, 以奉箕帚[11]." 生曰: "吾家甚甚, 一妻尙患啼飢, 況可畜妾乎? 娘若從我, 必作翳桑之鬼, 愼勿生意." 女曰: "死生有命, 貧富在天, 否極則泰來, 時至則風送, 釣

---

9) 전관(銓官): 문관과 무관의 인사행정을 맡아보던 이조·병조를 전조(銓曹)라 한 데서 유래한 말로, 특히 내외 관원을 추천하는 이조의 정랑(正郎, 정5품)·좌랑(佐郎, 정6품) 등을 전랑(銓郎) 혹은 전관이라 한다.
10) 전성지봉(專城之奉): 전성지양(專城之養). 한 고을의 원으로서 그 고을의 모든 힘을 다 바쳐 어버이를 봉양하는 일.
11) 帚: 동경대본에는 '箒'로 표기. '箒'가 맞음.

渭呂叟八旬, 載西伯之後車, 弊貂蘇季[12], 一朝佩六國之相印, 豈可以一時窮困, 自斷其平生乎?" 麾之不去, 跟到其家, 生不得已, 留置與之同裯. 翌日女以所持錢緡, 貿糧沽柴, 以供朝晡, 明日又如此, 自是夫婦能免飢餓, 錢盡則女又得繼. 度了四五朔, 女謂生曰: "此地太[13]窮僻, 不可居生, 入處城內, 未知如何?" 生曰: "無家[14]可住奈何?" 女曰: "如欲入城, 何患無家?" 一日蒼頭七八人, 持二轎二馬, 靑衣一小童, 牽一驢[15]而至, 女開籠出男女[16]新衣服, 一件納于女君, 一件自着之, 一件使生着之, 妻妾各乘一轎, 生騎驢陪後, 須臾至一宅, 妻妾直入內舍, 生彷徨外庭, 軒宇宏傑, 花卉森列. 俄而小奚 延生入內. 妻在內房, 妾在越房, 日用器皿, 無不畢具, 在前奴[17]僕, 足於使令. 生曰: "是誰之家?" 女笑曰: "看竹何須問主[18]? 居之者卽主人也." 自此衣食裕足, 居處廣大, 屋中之瘦面復光, 江南之富翁不羨矣. 時有李同知稱號者, 往往來見其妾, 而云是近族, 此外無他來往者矣. 一日女謂生曰: "郞君又欲得一美妾乎?" 生驚曰: "吾與娘相逢之後, 賴娘之力, 一身安富, 萬事皆足, 豈有望蜀之意乎?" 女曰: "非[19]我求童蒙, 童蒙[20]求我, 天與不取, 反受其殃." 遂力勸之, 生曰: "第與內子, 相議處之." 妻曰: "如此之妾, 雖家畜十人, 顧何妨也?" 生諾之, 一夕有一少[21]年婦人, 乘月步來[22], 二丫鬟前導, 容色絶佳[23], 擧止端潔, 滿[24]帶羞澀之態, 決非常賤之流, 生

---

12) 蘇季(소계): 소진의 자가 계자(季子)이기에 '蘇季'로 표기.

13) 太: 동양본에는 '大'로 표기.

14) 家: 동경대본에는 탈락.

15) 驢: 동양본·동경대본에는 '衛'로 표기.

16) 女: 동양본에는 '子'로 표기.

17) 奴: 동양본·동경대본에는 '婢'로 표기.

18) 看竹何須問主: 중국 시인 왕유(王維, 699~759)의 시구.

19) 非: 동경대본에는 '匪'로 표기.

20) 童蒙: 동경대본에는 탈락.

21) 少: 동양본·동경대본에는 '妙'로 표기.

22) 來: 동경대본에는 탈락.

23) 佳: 동경대본에는 '妙'로 표기.

24) 滿: 동경대본에는 탈락.

一見驚喜, 遂成雲雨之歡, 女曰:"此人卽士族婦女也, 非妾之比也, 待之以
齊體之禮可也." 生依其言, 敬待之, 三女同室, 閨門雍睦. 一日李同知者, 來
謂生曰:"今日政眼[25], 君首擬寢郎矣." 生曰:"吾之姓名, 世無知者, 又無親
知[26] 孰能擧擬? 傳者妄也." 李曰:"吾目擊政眼[27], 君之姓名, 吾豈不知而
已[28]?" 陵隸持政望叩問曰:"是某宅乎?" 生員見其姓名, 果不誤也, 心雖驚
訝, 身卽出仕. 其後節次, 推遷歷典州牧. 一日生謂女曰:"吾與娘同居, 已
過數十年, 而今將老且死矣, 尚不知娘之來歷, 前雖秘諱, 今日宜詳言之."
女獻欷曰:"李同知卽妾父也, 妾靑年早寡, 不識陰陽之理, 父母憐之, 一日
謂妾曰:'今夕汝須出門, 隨往衣冠男子之初逢者而事之.' 妾顚倒而出, 與
郎君先逢, 莫非天緣. 家舍之買賣[29], 産業之經紀, 皆妾父之指揮也. 彼女
卽今[30]某宰相[31]之女, 而亦合宮前寡婦也. 妾父與某宰相[32]親切, 雖家間細
鎖, 皆議之. 兩家俱有靑孀, 心常矜惻, 討論情懷. 一日妾父, 告以妾區處之
由, 某宰愀然良久曰:'吾亦有此意.' 遂以其女病沒[33], 傳訃舅家, 虛葬山下,
送適郎君, 向者初仕首擬之銓官亦某也." 生聞罷, 始歎[34]其奇遇矣. 生與妻
妾三人, 白首偕老, 多産子女, 屢享全[35]城之奉, 多見膝下之榮云.

<hr>

25) 眼: 이본에는 '案'으로 맞게 표기.
26) 又無親知: 동경대본에는 탈락.
27) 眼: 이본에는 '案'으로 맞게 표기.
28) 而已: 동양본·동경대본에는 '已而'로 표기.
29) 賣: 동경대본에는 '置'로 표기.
30) 今: 동양본에는 '卽'으로 표기.
31) 相: 동경대본에는 '某'로 표기.
32) 相: 동경대본에는 탈락.
33) 沒: 동양본·동경대본에는 '歿'로 표기.
34) 歎: 동양본에는 '嘆'으로 표기.
35) 全: 동양본·동경대본에는 '專'으로 표기. '專'이 맞음.

정원 가운데 숨었다가 옛 처에게서 묘안을 듣다

병자호란 때 어느 송도 상인의 처가 포로로 잡혀갔다. 상인은 처를 잃고 울부짖다가 실성했다. 그는 은을 다 모아 심양瀋陽으로 들어갔다. 처는 마馬장군의 첩이 되어 있었다. 상인은 은을 가지고 우리나라 사람이 모여 사는 곳으로 가 처에 대해 자세히 캐물었다. 포로로 잡혀온 사람이 이렇게 답해주었다.

"당신 처는 마장군의 지극한 사랑을 받고 있어서 속신贖身, 노비의 신분을 풀어주어 양민이 됨되어 돌아갈 가망이 전혀 없소이다. 당신은 잘못하면 개죽음 당하니 어서 돌아가시오."

상인은 그래도 처를 잊지 못하고 얼굴이라도 한번 보고자 했다. 이웃 사람이 말했다.

"그녀는 깊은 곳에 들어가 있어 나오지 못하니 그녀를 구하는 일은 몹시 어렵소. 다만 마장군이 매번 자야수子夜水, 자정 무렵에 솟아나는 물를 마시는데 그녀만을 믿기에 한밤중에 반드시 그녀에게 물을 떠오라 하지요. 그 정원에 잠복해 있으면 혹 볼 수 있을지 모르겠소. 그러나 너무 위험한 방법이라오."

상인은 처를 그리워하는 마음을 이기지 못해 밤에 정원으로 들어가 숨었다. 과연 한밤중이 되니 처가 나타났다. 상인은 나가서 그녀의 손을 잡았다. 처는 아무 말도 하지 않고 바로 들어가더니 조금 뒤에 다시 나와 작은 보따리를 주며 말했다.

"제가 비록 속절없이 오랑캐에게 정절을 잃었지만 한끝 마음만은 남아 있지요. 당신이 제가 그리워 여기까지 왔는데 어떻게 마음으로까지 소홀히 대할 수 있겠어요? 그러나 몸을 빼낼 길은 전혀 없고, 또 만일 돌아간다 하면 반드시 화가 미칠 것입니다. 당신은 부디 이걸 가지고 돌아가셔서 저보다 더 좋은 사람을 첩으로 얻어 천 번 만 번 몸조심하세요. 돌아가기를 머뭇거려서는 안 됩니다. 추격을 당할까 걱정이에요. 빨리 시골집에 숨어 사흘간 먹을 양의 밥을 지어 갖고 떠나세요."

그러고는 손으로 건너편 산꼭대기를 가리키며 말했다.

"저 산꼭대기에 석굴이 있어요. 그곳에 사흘간 숨어 있다가 출발하세요. 그러면 화를 면할 수 있을 거예요."

상인은 그 말대로 급히 밥을 지어 석굴 안으로 들어가 숨었다. 다음날 아침 처는 서로 헤어졌던 그곳에서 스스로 목을 맸다.

마장군은 조선인이 온 것에 크게 놀라 병졸들을 풀어 수색하다가 사흘 만에 중단했다. 상인은 그제야 탈출해 돌아왔다 한다.

伏園中舊妻[1]授計

丙子胡亂, 松都商賈之妻, 有被擄者. 商賈失其妻, 號呼[2]喪性, 聚銀入

---

1) 妻: 동경대본에는 '妾'으로 잘못 표기.
2) 呼: 동경대본에는 '泣'으로 표기.

潘. 其妻爲馬將軍所畜, 商賈持銀, 盤問東人之隣居, 被擄者答云: "汝妻爲馬所絶愛, 萬無贖還之理, 汝徒死耳, 急歸." 其人猶不能忘, 願見其面, 其[3] 隣人曰: "深藏不出, 此事至難, 但將軍, 每飮子夜水, 信其女, 夜半必令其女取水, 潛伏其園, 或見之, 是甚危道[4]也." 其人不勝情, 夜往伏園中, 其妻夜半果至, 就執其[5]手, 其妻無言, 卽入去, 少焉復出, 以小包授之曰: "我雖無狀失身胡虜, 亦有一端心情, 人旣戀我以至於此, 心豈恝然? 然萬無脫身之路, 若欲歸, 則禍必及, 君須持此歸國, 買妾當得勝我者, 千萬保重. 歸國勿遲, 恐有追騎, 急往炊飯, 伏於村舍, 可喫三日者賫往." 仍手指越邊山程曰: "彼程[6]有石窟, 潛伏其處, 三日而出去, 則可以免矣." 商賈如其言, 急急炊飯, 往伏[7]石窟中矣. 翌朝其妻自頸於園中所分之處, 馬大驚以爲朝鮮人來, 發卒搜索, 三日乃止, 其人始出來云.

3) 其: 동양본에는 탈락.
4) 道: 동경대본에는 '途'로 표기.
5) 其: 동양본에는 탈락.
6) 程: 동양본·동경대본에는 '頂'으로 표기. '頂'이 맞음.
7) 동양본에는 '于'가 더 나옴.

옛 무덤을 찾으라는 목은의 현몽

감사 이태연[1]은 목은牧隱의 아들인 제학 이종학[2]의 후예다. 젊었을 적 이공의 꿈에 한 노인이 나타나 말했다.

"나는 너의 선조 목은이니라. 사랑하는 내 아들 종학의 묘가 있는 곳을 요즘 자손들이 잊어버려 나무꾼과 목동을 막아주지도 못하니 심히 마음이 아프다. 종학의 후예로서 네가 그 묘를 찾아다오."

이공이 꿈속에서 두 손을 맞잡고 공손히 절하며 공경을 표하고 말했다.

"묘를 찾고자 하나 어떻게 해야 하겠습니까?"

---

1) 이태연(李泰淵, 1615~1669): 본관은 한산(韓山), 호는 눌재(訥齋). 1642년 진사로 정시문과에 을과로 급제했으며, 1650년 공산현감·수찬을 지냈다. 수원부사·충청도 관찰사·경주부윤·전라도 관찰사·경상도 관찰사에 이어 대사간·이조참의·평안도 관찰사를 지냈다.
2) 이종학(李種學): 고려 후기의 문신. 본관은 한산(韓山), 호는 인재(麟齋). 이색(李穡, 1328~1396)의 둘째 아들. 1374년 열네살 때 성균시에 합격하고, 1376년 문과에 급제했다. 공양왕이 즉위하고 이색이 탄핵을 받자 함께 파직되었고, 1392년 이숭인과 함께 탄핵을 받아 다시 함창으로 유배되었다. 조선 건국 후 장사현(長沙縣)으로 이배되던 중에 살해되었다.

노인이 말했다.

"내 글을 보면 알 수 있을 것이니라."

이공은 놀라 깨어났는데 멍하여 그 말뜻을 알 수 없었다. 목은의 여러 문집을 살펴봤지만 참고할 만한 대목이 없었다. 이공은 영남 사람들을 만날 때마다 목은의 일문逸文, 흩어져서 전해지지 않은 문장(文章)이 있는지 물었다. 한 선비가 말해주었다.

"영남 모 읍 사람 집에 유문遺文, 죽은 사람이 생전에 지어놓은 글이 약간 있지요."

그렇지만 그것을 구해 볼 길이 없었다. 마침 이공이 공산[3] 현감이 되어 내려가자 사람을 보내 그 유문을 구해와 자세히 살펴보았다. 그중에 이종학의 묘표墓表, 무덤 앞에 세우는 푯돌. 품계·벼슬·이름 따위를 새김가 토산兎山, 황해도 금천 지역의 옛 지명 모 리에 있다는 구절이 있어 비로소 그 꿈이 허황되지 않음을 믿게 되었다.

이공은 조정으로 돌아왔으나 옥당에서 한 말 때문에 파직되었다. 한가한 틈에 토산으로 가서 지역 안 민가 마을들을 돌아다녔지만 막연해서 끝이 안 보였다. 저녁에 한 촌가에 묵으며 촌가 주인에게 물어보았다.

"이 근처에 혹 옛 재상의 무덤이라 전해지는 오래된 무덤의 흔적이 있소?"

주인이 대답했다.

"저희 집 뒤편 산기슭에 오래된 무덤이 있기는 했지요."

이공이 거기 계속 머물며 촌사람들을 찾아다니면서 무덤에 대해 물어보았다. 과연 무덤에 표석[4]이 있었고, 그 뒷면에 묘전墓田, 묘위전. 묘에서 지내는 제사 비용을 마련하기 위해 경작하던 밭 소재에 대한 기록이 많았는데 촌사람들이 그것

---

3) 공산(公山): 충청도 공주의 옛 이름. 그런데 공주는 영남이 아니기에 문맥상 맞지 않다. 그런 점에서 대구를 지칭하는 듯하다.
4) 표석(表石): 특정한 지역이나 영역을 표시하는 돌이나 비석. 죽은 사람의 성명·생년월일·사망년월일·본관·관직 등을 적어 무덤을 표시하는 비석의 용도로 많이 사용되었음.

을 뽑아 묻어버리고 묘전을 자기네 땅으로 삼았다는 것을 알게 되었다.

드디어 그곳에 가서 땅을 파보니, 묘석은 묘 앞 한 길 정도 아래 논 속에 파묻혀 있었고, 글자 획도 읽을 수 있을 만큼 선명했다. 그뒤로 묘지기를 두고 묘를 지키게 하며 제사도 지내게 했다.

尋古墓牧隱現夢

李監司泰淵, 卽牧隱小子, 提學種學之裔也. 少時夢, 一老人自言: "我乃汝之牧隱先祖. 吾嘗愛小子種學, 今子孫失其墓, 樵牧不禁, 吾甚傷之, 汝是種學之裔[5], 須求訪其墓可也." 李公夢中, 不覺拜手致敬曰: "雖欲[6]求之, 其道何由?"老人曰: "汝求吾文可知." 遂驚覺怳然, 莫知其[7]所謂. 考諸牧隱文集, 亦無可徵, 每逢嶺南人, 輒問牧隱逸文, 有士子言: "嶺南某邑人家, 有若干遺[8]文."云, 而無緣取覽. 適出爲公山縣監, 委送人求來, 詳閱, 其中提學公墓表云, 在兎山地某里, 始信其夢之[9]不虛. 還朝之後, 以玉堂言事坐罷, 乘閑[10]亟往兎山[11], 彷徨境內村閭, 茫然無涯, 暮宿一村, 盤問其主[12]人曰: "此近地, 亦或有古塚, 流傳古[13]宰相墳墓形址者否?"其人曰: "吾家後麓, 亦曾有古塚."公遂留宿, 採問于村氓, 其墓初有表石, 以陰記中, 多錄墓田所在, 故村人拔而埋之, 盜其田云. 遂訪其埋處, 掘出於墓前, 尋丈下水田中, 字劃宛然可考, 遂置墓奴, 而守修其香火.

---

5) 裔: 동양본·동경대본에는 '後'로 표기.
6) 欲: 동경대본에는 탈락.
7) 其: 동양본에는 탈락.
8) 遺: 동양본에는 '有'로 표기.
9) 之: 동양본에는 탈락.
10) 閑: 동양본에는 '閒'으로 표기.
11) 山: 동양본에는 탈락.
12) 主: 동양본에는 탈락.
13) 古: 동경대본에는 '言'으로 표기.

홍사문이 동악 별세계를 유람하다

홍초洪僬는 아산 대동촌大同村 사람이다. 일찍이 금강산으로 유람을 갔는데 외금강에서 한 스님을 만났다. 스님은 혼자서 매우 빨리 걸었는데 가는 곳을 물어보니, "사는 곳이 아주 멀지요"라고 대답했다. 홍초가 따라가려 하자 스님이 말했다.

"다리 힘이 세지 않으면 거기까지 못 가지."

홍초가 굳이 청하니, 스님은 아래위를 한참 살펴보다가 말했다.

"갈 수는 있겠군."

그래서 함께 길을 떠났다.

궁벽한 길을 오르내리며 몇 리나 갔는지 몰랐다. 높은 산마루가 나타나더니 모래 봉우리 아래에 이르렀다. 스님이 말했다.

"이 모래는 매우 고와 조금이라도 늦게 발을 옮기면 무릎까지 모래 속으로 빠지네. 나처럼 걸음 옮기는 법을 잘 배워 발걸음을 재게 옮기면 그런 걱정을 안 해도 되지."

홍초는 발걸음을 재촉해서 스님을 따라갔다. 꼭대기에 이르니 길이 산허리를 두르고 있는 것이 보였고, 다른 쪽으로 가니 길은 끊기고 아래로 절벽이 펼쳐졌다. 아찔하여 가슴이 두근거렸다. 맞은편과는 한 길 정도 떨어져 있는데 스님은 무난히 뛰어넘었지만 홍초는 따라갈 방법이 없었다. 스님이 그 가운데까지 자기 몸을 눕혀주며 홍초에게 자기 가슴으로 뛰어들라 했다. 그 말대로 그가 몸을 날리니 스님이 안아주었다.

그뒤로 차츰 나아가며 험한 길을 돌고 돌아 한 곳에 도달했는데 그곳은 별세계였다. 경치가 빼어나고 논밭은 기름졌다. 집 수십 채에 사람들이 살았는데 모두 스님이었다. 넉넉한 집들이 이어져 있고 시냇물이 휘감고 돌아가는데, 골짜기 가득 배꽃나무가 있고 집집마다 배가 가득했다. 사람들도 다 인품이 넉넉하고 충실하니 홍초가 바깥손님인데도 잘 왔다며 그를 매우 귀하게 여기고 좋아했다. 그들은 서로 돌아가며 홍초를 초대해 대접해주었다. 한 달쯤 지나자 홍초는 돌아가고 싶어 왔던 길을 찾아보았으나 이곳으로 올 수는 있어도 나갈 수는 없는 것 같았다. 스님이 말했다.

"나갈 길이 있기는 하다네."

두 사람은 짚을 엮어 방석 두 개를 만들어 동구 밖으로 나갔다. 몇 리를 걸어가다 어느 고개를 넘으니 그 아래에 반석 하나가 놓여 있었다. 반석은 깨끗하고 미끄러워 어디까지 내려가 있는지 끝자락이 보이지 않았다. 스님이 방석 하나를 홍초에게 주고 다른 하나는 자기가 가졌다. 각자 방석을 등에 붙이고 반석 위에 누웠다. 몸을 흔드니 조금씩 아래로 내려가 한참 뒤에야 다 내려가 땅에 닿았다. 눈앞에 봉우리 눈처럼 하얗게 빛나는 봉우리가 드높이 솟아 있었다. 봉우리 위에 둥근 바위가 있었고, 그 위에 뿔같이 생긴 것이 마주서 있었다. 스님이 말했다.

"생원은 기이한 일을 구경하겠는가?"

즉시 봉우리 꼭대기로 올라가 돌멩이 하나를 들고 뿔 같은 것을 두드렸다. 한참 지나니 뿔 같은 것은 점점 구부러져 꺾이더니 갑자기 쪼그라져 바위 속으로 들어가버렸다. 다시 다른 하나를 두드리니 아까처럼 구부러지고 쪼그라졌다. 홍초가 이게 무슨 물건이냐고 물으니 스님이 대답해주었다.

"이것은 큰 고둥인데 속칭 고각鼓角, 군중(軍中)에서 호령할 때 쓰던 북과 나팔이라고도 하네. 평소에는 높은 산 꼭대기에 있는데, 우리나라는 이것으로 군대에서 부는 뿔피리를 만든다고 하네."

거기서부터 삼십여 리를 가니 고성高城, 강원도 고성이 나왔다. 스님이 말했다.

"이 동네는 이화동梨花洞이라고 부르는데, 배꽃 필 무렵이면 온 동네 가득 꽃잎이 어지럽게 흩날려 눈 내리는 아침 같다네."

洪斯文東岳遊別界

洪僬, 牙山大同村人也. 嘗遊金剛山, 於外山遇一僧, 獨行甚忙, 問其所向, 答曰: "所居甚遠矣." 洪欲[1]從之, 僧曰: "此非脚力甚捷[2], 不能至也." 洪固請, 僧上下看, 良久曰: "足行矣." 遂與同行. 從僻路升降, 不知爲幾里, 有一峻嶺, 抵一沙峰下, 僧曰: "此沙軟甚, 移足稍緩, 則沒至膝, 但學我運步, 數數可免此患." 生促膝隨[3]僧, 行至上頭, 路繞山腰, 至一處, 路斷下臨絶壁[4], 怕然神悸. 對岸相距可丈許, 僧超然跳[5]過無難也, 生無計從之, 僧於其半岸, 懸身仰臥, 令生躍過, 投於其懷中, 生依其言, 一跳[6], 僧便抱住. 遂從此進, 盤回崎嶇, 到一處, 卽一別界也. 景物奇絶, 田疇肥沃, 有人居數十

1) 欲: 동양본에는 탈락.
2) 捷: 동양본·동경대본에는 '健'으로 표기.
3) 隨: 동양본에는 탈락.
4) 壁: 동양본·동경대본에는 '塹'으로 표기.
5) 跳: 동양본에는 '躍'으로 표기.
6) 跳: 동양본에는 '躍'으로 표기.

家, 皆僧徒也⁷⁾. 豊屋相接, 泉石回匝, 而滿洞皆梨樹, 家家積梨, 人人股實, 以生外客能至, 甚貴愛, 互相延去, 循環供饋. 可一月餘, 生欲歸, 將尋舊路, 則可來不可去. 僧曰: "此自有路可出." 卽編藁作兩薦, 導出洞, 行數里, 涉一峻嶺, 其下卽一盤石側臥, 淨滑不見其所極. 僧將一薦與生, 而自將其一, 各負於背, 臥於盤石上, 動搖流下, 良久始下, 至地. 前有一峰, 雪色嵯峨, 峰上有圓石, 其上有對峙, 如兩角者, 僧曰: "生員欲見奇事否?" 卽上走峯頭, 將一石子, 叩其如角者⁸⁾, 久之, 如角者, 漸屈罄折, 俄而縮入, 復叩其一, 屈縮又如前者, 生問此何物, 僧曰: "此爲大⁹⁾螺, 俗名鼓角, 素在高山絶頂上, 我國取作軍¹⁰⁾吹器."云. 自此幾行三十里, 出於高城地, 僧曰: "此洞名梨花洞, 花開時, 滿洞晃朗如雪朝"云.

---

7) 也: 동양본에는 탈락.
8) 僧曰: "生員欲見奇事否?" 卽上走峯頭, 將一石子, 叩其如角者: 동경대본에는 탈락.
9) 大: 동양본에는 탈락.
10) 동양본에는 '中'이 더 나옴.

허백당 성현이 남쪽 길에서 신선을 만나다

　　허백당盧白堂 성현1)이 옥당 벼슬을 할 때 말미를 얻어 남쪽으로 내려
갔다. 돌아올 때는 한창 더운 여름날이라 시냇가 수풀이 우거져 있었는
데 성현은 경치 좋은 곳에 이르러 말에서 내려 쉬었다. 문득 한 객이 당
나귀를 타고 왔다. 한 소동이 채찍을 잡고 그 뒤를 따랐다. 객은 당나귀
에서 내려 마찬가지로 수풀이 우거진 곳으로 와서 쉬었다. 성현이 그와
한참 이야기를 나누다가 배가 고픈 것 같아 먹을 것을 가져오게 하려
하니, 객도 소동에게 명하여 버들 찬합을 가져오게 했다. 찬합을 여니
쪄서 익힌 어린아이가 들어 있었다. 소동은 또 표주박을 바쳤는데 그 속
에는 피 같은 술이 있었고 벌레와 구더기가 가득했다. 화초도 몇 가지
떠 있었다. 객은 아이의 사지를 찢어 들고서 맛있는 과일인 양 씹어 먹

---

1) 성현(成俔, 1439~1504): 조선 초기의 학자. 본관은 창녕(昌寧), 자는 경숙(磬叔), 호는 용재(慵
齋)·부휴자(浮休子)·허백당. 1462년 스물세 살로 식년문과에 급제했다. 1476년 문과중시에 병
과로 급제해 부제학·대사간 등을 지냈다. 형조참판·강원도 관찰사·평안도 관찰사·경상도 관
찰사를 역임하고 공조판서와 대제학을 겸임했다. 『악학궤범』『용재총화』등을 편찬·저술했다.

었다. 성현이 크게 놀라 물었다.

"이게 무슨 음식인가요?"

객이 대답했다.

"영약이라오."

허백당은 눈살을 찌푸리고 흘겨볼 뿐 감히 그것을 똑바로 쳐다보지 못했다. 문득 객이 아이의 다리 하나를 성현에게 주며 먹으라고 권했다. 성현이 말했다.

"이런 물건은 평소 먹질 못합니다."

객이 다시 표주박을 들어 보이며 말했다.

"그럼 이건 마실 수 있소?"

성현은 아까처럼 사양했다. 객이 웃으며 그것을 마셨다. 화초도 다 건져서 잘게 씹어 먹었다. 먹다 남은 아이는 소동에게 주었다. 소동은 수풀 아래에 앉아서 그걸 먹었다.

소동이 앉아 있는 곳이 좀 떨어져 있었기에 성현은 소변을 핑계삼아 나가서 소동에게 물었다.

"네 주인은 어떤 사람이고 어디 사시는가?"

소동이 말했다.

"모릅니다."

성현이 말했다.

"종이 어떻게 주인이 누군 줄 모른단 말이냐?"

"저는 수백 년 동안 수행만 했지 주인이 누구신지 아직 모릅니다."

성현이 더욱 놀라 계속 물으니 소동이 말했다.

"아마 순양선생²⁾이 아닌가 합니다."

"조금 전에 먹은 것은 무슨 물건이냐?"

"천년 된 동삼童參입니다."

"술 안에 든 풀 이름은 무엇인가?"

"영지靈芝입니다."

성현은 놀라고 후회했다. 객 앞으로 나아가 절을 하며 말했다.

"속안俗眼이 몽매하여 대선이 강림하신 것을 모르고 예절이 소홀했습니다. 죽을죄를 지었습니다. 죽을죄를 지었습니다. 그러나 오늘 여기서 인연을 받은 것이 우연은 아닐 것입니다. 동삼과 영지를 이제라도 맛볼 수 있겠나이까?"

객이 웃으며 소동에게 물었다.

"아까 물건이 아직 남아 있는가?"

소동이 말했다.

"방금 다 먹었나이다."

성현은 심장이 찢어지는 듯 괴로워하고 한스러워했지만 어쩔 수가 없었다.

객이 일어나 읍을 하고 장차 길을 떠나려 하니, 소동이 어디로 갈지 물었다. 객이 말했다.

"이제 달천鏈川으로 가자."

해는 이미 졌다. 소동은 당나귀의 허리를 단단히 매었다. 객의 당나귀가 야위고 작아 빠르게 달리지도 못했을 텐데 눈 돌릴 사이에 아득해졌다. 성현이 말을 달려 쫓아가 겨우 한 고개를 넘었는데 객은 이미 사라지고 없었다.

<hr />

2) 순양선생(純陽先生): 여동빈(呂洞賓)의 호가 순양자(純陽子)이다. 오대(五代) 송나라 초기의 사람이다. 여덟 선인 중 하나로, 신선도에서 등에 칼을 지고 손에는 불자(佛子)를 지닌 모습으로 그려진다. 선인 종리권(鐘離權)에게서 전수받은 『천둔검법天遁劍法』과 『금단金丹의 비법』을 써서 민중을 고통에서 구했다 한다.

成虛白南路遇仙客

成虛白倪, 曾在玉署, 受由南歸, 其還也, 3)適炎夏, 時4)傍溪有樹蔭甚美,
下馬憩焉. 忽有一客, 騎驢而至, 一小童執鞭而隨之. 客下驢, 亦就樹蔭息
之, 成與語良久, 覺飢將命食物, 客亦命小童, 取來一柳盒. 盒開有一小兒,
蒸之爛熟, 小童又進一瓢, 有酒若血, 蟲蛆滿盈5), 又泛數花草. 客分裂兒肢
體, 擧而啖之, 若珍果, 虛白大駭, 問: "此何物6)?" 客曰: "靈藥也." 虛白嚬
蹙眄視, 不敢直視, 客忽以一肢, 勸虛白食, 虛白曰: "如此之物, 素不能食."
客又7)擧瓢曰: "此則可飮否?" 又辭如前, 客笑而引飮, 盡取草細嚼, 以兒餘
者, 與小童, 小童坐林下食之. 坐處稍間, 虛白托以便8), 問童曰: "汝主人何
人, 而住在9)何處?" 童曰: "不知也." 虛白曰: "豈有奴不知主者?" 答曰: "吾
隨行已數百年, 尙不知爲10)誰某也." 虛白益驚, 固問之, 童曰: "疑是純陽."
曰: "俄者所食何物也?" 曰: "千歲童蔘也." "酒中草何名?" 曰: "靈芝也." 虛
白驚悔, 就拜客前曰: "俗眼蒙昧, 不識大11)仙之降臨, 禮節頗簡, 死罪死罪,
然今玆之奉緣, 亦非偶, 童蔘靈芝, 猶可得嘗否?" 客笑12)謂童曰: "俄物尙
有存者乎?" 童曰: "纔已盡食矣." 虛白剚心懊恨, 而莫如之何. 客起揖將行,
童問所向, 客曰: "今向猊川." 時日已西矣, 僕繁束馬腹, 客驢瘦小, 而行亦
不甚駛, 轉眼之間, 已杳然矣. 虛白縱馬追之, 纔踰一峴, 已不見矣.

---

3) 동양본에는 '時'가 더 나옴.
4) 時: 동양본에는 탈락.
5) 滿盈: 동양본·동경대본에는 '盈滿'으로 표기.
6) 동양본에는 '也'가 더 나옴.
7) 又: 동경대본에는 탈락.
8) 便: 동경대본에는 '旋'으로 표기. 동양본에는 '旋'이 더 나옴.
9) 在: 동경대본에는 탈락.
10) 爲: 동양본에는 탈락.
11) 大: 동경대본에는 '太'로 표기.
12) 笑: 동양본에는 탈락.

권
10

이웃집 술을 훔쳐 먹은 네 선비가 시를 읊다

옛날에 노老재상이 있었는데, 나이가 많아 전원으로 물러나 시와 술을 벗삼아 살았다. 집에는 항상 술독 몇 개를 마련해두었다.

어느 날 새로 담근 술이 처음으로 익었다. 산 아래 소 우는 소리가 들릴 만한 곳에 재궁齋宮, 선비들이 모여 선현에게 제사를 드리고 후학을 가르치던 곳이 있었는데 근처의 서생 네 명이 그곳에 머물며 공부했다. 그들은 밤중에 갑자기 술을 마시고 취해볼 궁리를 하고 몰래 노재상의 집으로 들어가 술독을 열고 술을 마셔댔다. 술기운이 돌자 호방한 흥이 크게 일어나니 그중 한 사람이 말했다.

"우리가 좋은 술을 마시는데 시가 없을 수 없지. 네 사람이 칠언절구 한 구씩 지어 술독 사이에 써놓고 가는 게 어떨까?"

모두 좋다 했다.

한 사람이 선창했다.

"진晉나라 소탈하던 필 이부랑1)이여."

다음 사람이 이었다.

"천년의 풍류, 우리가 이었네."

또 한 사람이 "한밤에 훔치러 와도 붙잡아 묶는 사람 없으니"라 하니, 다음 사람이 마무리했다.

"술에 취해 돌아오는 산길 달님이 굽어보네."

그들은 시를 다 쓰고 나서 흐느적흐느적 천천히 걸어돌아와 재궁에서 잤다. 다음날 아침 술을 살피는 어린 여종이 술독을 열어보고 깜짝 놀라 소리질렀다.

"밤에 술 도둑이 술독에 있는 술을 다 훔쳐 마셨어요. 술독 사이에 글자를 써두고 도망쳤으니 참으로 이상한 일입니다요!"

노재상이 그 소리를 듣고 직접 가서 보니 글자란 술을 훔치며 남긴 시였다. 재상은 재궁에 머물고 있는 유생들의 소행이라 생각하고 바로 그날 술과 안주를 성대히 준비해 네 유생을 불러서 마셨다. 유생들은 밤 사이 저지른 일을 짐짓 모르는 체하며 술을 마시고 시를 논했는데, 웃고 말하는 모습이 자못 태연했다. 술이 무르익자 노재상이 홀연 옷깃을 바로 하며 말했다.

"자네들은 책 읽는 선비인데 어찌 한밤에 남의 집에 들어가 술 훔치는 시를 지었단 말인가?"

네 사람이 황공해하며 사죄했다. 노재상은 시를 지은 사람의 순서를 물어보고는 재미있어하며 온화한 얼굴로 말했다.

"부끄러워하지 말게나. 옛사람도 이런 풍치가 있었다네."

그리고 또 말했다.

"이 늙은이도 여기서 일어나는 흥치가 얕지 않다네. 그런데 시란 성정 性情에서 우러나는 법, 내 시험삼아 자네들 앞날에 있을 빈궁과 영달을

---

1) 필(畢) 이부랑(吏部郞): 진나라의 필탁(畢卓). 술을 즐겨 옆집의 술을 훔친 일이 있으며, '오른손으로는 술잔을 잡고 왼손으로는 게의 집게발을 잡아, 술 가득 실은 배를 타고 둥둥 떠서 일생을 보낸다면 좋으리(右手持酒杯, 左手持蟹螯, 拍浮酒船中, 便足了一生矣)'라 했다.

말해보겠네. '진나라 소탈하던' 하고 시를 읊은 사람은 필히 병조판서가
될 것이네. '천년의 풍류'를 읊은 사람은 관찰사가 될 것이네. '술에 취해
돌아오는 산길'을 읊은 사람은 반드시 노부老夫, 일흔 살이 되어 벼슬을 그만둔 대부(大
夫)의 지위에 이를 걸세."

그런데 세번째 구를 지은 사람이 어떻게 될지는 언급하지 않았다. 그
사람이 조바심을 이기지 못하고 자기 앞날에 대해 말해달라고 감히 청
하니 노재상이 말했다.

"자네가 어떻게 될지는 묻지 말게. 자네의 기상으로 보아 대성2)의 환
란을 면치 못할 듯하니, 그대들은 꼭 명심해두었다가 이 사람을 구해주
게나."

그러고는 크게 웃으며 흩어졌다.

뒷날 네 사람은 모두 한 치의 어긋남도 없이 노재상의 말처럼 되었
다. 세 사람은 노재상의 말을 기억했다가 나머지 한 사람을 구해주었
다 한다.

偸隣釀四儒詠3)詩

古有一老宰相, 退老田園, 以詩酒自娛, 常置家釀數甕. 一日新酒初熟,
山下一牛鳴之地, 有齋宮, 而其近處書生四人, 來住做業, 夜間忽相謀醉,
暗入老宰家, 開甕爛飮, 酒氣淋漓, 豪興大發, 一人曰: "吾輩好飮酒4)不可
無詩, 四人各作七言絶句一首, 書之甕間而去如何?" 皆曰: "諾" 一人先唱
曰: "晉代踈狂畢吏部" 又一人續曰: "風流千載屬吾儕" 又一人曰: "偸來半

2) 대성(臺城): 사헌부와 사간원. 벼슬아치를 규찰하고 탄핵하는 일도 했다.
3) 詠: 동경대본에는 탈락. 해동야서에는 '咏'으로 표기.
4) 好飮酒: 국도본·고대본·동경대본·해동야서·가람본·성균관대본에는 '飮好酒'로 표기. '飮好
酒'가 더 잘 어울림.

夜無人縛” 又一人曰: “帶醉還山月欲低” 書畢, 踉蹌而步歸, 宿齋宮. 翌朝
掌酒少[5]婢, 開甕驚叫曰: “夜有盜酒者, 盡甕偸飮, 書文字於甕間而去, 大
是異事!” 老宰聞之親往見之, 其文字乃偸酒詩一絶也, 意其齋居儒生之所
爲, 卽日盛備酒肴, 邀齋宮四儒而飮之, 四儒佯若不知夜間事者, 然飮酒談
詩, 言笑自若, 酒酣, 老宰忽整襟而言曰: “君輩讀書之士也, 胡乃夜入人家,
作盜酒之詩也?” 四人惶恐摧謝, 老宰各問其做詩之次第[6], 乃怡然和顏曰:
“無愧也, 古人亦有此等風致也.” 仍曰: “老夫於此, 興復不淺, 然詩出性情,
吾試言其前程窮達矣. 晉代踈狂, 終必爲司馬[7], 風流十[8]載, 終必建節, 帶
醉還山, 終必至於老夫之位矣.” 仍不言第三隻之如何, 其人不勝燥悶, 欲
聞[9]其前程, 敢請之, 老宰曰: “君勿以爲如何[10]. 君之氣象, 恐未免臺城之
患, 諸君須銘念, 救恤此人也.” 仍大笑而散. 後四人皆如老宰之言, 無一差
爽, 其三人思老宰之言, 救恤其人云.

5) 少: 국도본·고대본·동경대본·해동야서·가람본에는 '小'로 표기.
6) 次第: 국도본·고대본·동경대본·해동야서·가람본에는 '第次'로 표기.
7) 司馬(사마): 병조판서의 다른 이름.
8) 十: 이본에는 '千'으로 알맞게 표기.
9) 聞: 고대본·가람본·해동야서·성균관대본에는 '問'으로 표기.
10) 君勿以爲如何: 고대본·성균관대본에는 탈락.

바위 위 시신을 검시해 여인의 원한을 풀어주다

상공 김 아무개는 젊었을 적 친한 친구 서너 명과 백련봉白蓮峯 아래 영월암暎月庵에서 책을 읽었다. 하루는 친구들이 사정이 생겨 다들 자기 집으로 돌아가고, 김공 혼자 깊은 밤 촛불을 밝히고 앉아 책을 보고 있었다. 그때 홀연 여인의 곡소리가 들려왔다. 그 소리는 원망하는 듯, 호소하는 듯했는데 영월암 뒤편에서 들리기 시작해 점점 가까워지더니 창밖에서 멈추었다. 이상한 느낌이 들었지만 김공은 단정히 앉아 꼼짝도 하지 않고 물었다.

"귀신이냐, 사람이냐?"

여인이 길게 한숨을 내쉬면서 대답했다.

"귀신이랍니다."

김공이 물었다.

"저승과 이승이 다른데 어찌 감히 넘나드느냐?"

여인이 말했다.

"제게 풀어야 할 전생의 원한이 있사온데, 공이 아니시면 그것을 풀어

줄 수가 없사옵니다. 이 원통함을 호소하려고 이렇게 찾아왔나이다."

김공이 문을 열어보니 아무것도 보이지 않았다. 공중에서 휘파람 소리가 나면서 이런 말이 들려왔다.

"제가 모습을 드러내면 공이 놀라실까 걱정됩니다."

공이 말했다.

"일단 모습을 드러내보거라."

말이 끝나자 젊은 여인이 머리를 헝클어뜨리고 피를 흘리며 앞에 섰다. 김공이 말했다.

"무슨 원통함을 호소하려는 것이냐?"

"저는 조정 관원의 딸이옵니다. 아무개의 집으로 시집갔는데, 결혼한 지 얼마 되지도 않아 남편이 음탕한 여자에게 유혹되어 저를 욕하고 때렸습니다. 마침내 남편은 음탕한 여자의 참소를 믿고 제가 순분[1]의 행실을 했다 하며 한밤중에 저를 칼로 찔러 영월암 절벽 사이에 버렸습니다. 아무도 이를 아는 사람이 없어, 남편은 제 부모님께 제가 바람이 나서 집을 나갔다고 속였습니다. 제가 비명횡사한 것도 정말 억울하지만 불결한 이름을 얻었으니 천고의 저승에서도 원통함을 씻기가 어렵나이다."

김공이 물었다.

"원통한 혼이 측은하기는 하지만 일개 서생인 내가 어떻게 그걸 풀어줄 수 있겠소?"

여인이 말했다.

"공께서는 모년에 반드시 등과하실 것이고, 모년에는 아무 벼슬을 얻

---

1) 순분(鶉奔): 메추라기가 도망간다는 뜻으로, 음탕한 여인의 행실을 말한다. 보통 새들은 날아가도 반드시 제자리로 돌아오는데 유독 메추라기만은 그렇지 않다. 사냥꾼이 쫓으면 달아날 뿐 일정한 거처가 없다. 메추라기는 "밤이면 떼를 지어 날고, 낮이면 풀 속에 잠복"하니 음탕한 여자의 행동과 같다고 보았다.

게 되실 것입니다. 모년에는 형조참의가 되실 거고요. 형조는 형벌과 옥
사를 관장하는 곳이니, 어찌 제 원통함을 푸는 것이 어렵겠습니까?"

그러고는 작별인사를 하고 떠났다.

김공이 다음날 아침 몰래 절벽 사이를 살펴보니 과연 한 여인의 시신
이 버려져 있었는데 어젯밤에 본 그 여인이었다. 아직도 선혈이 흥건해
방금 죽은 사람 같았다. 김공은 돌아와 계속 책을 읽으면서 그 일은 비
밀로 하고 발설하지 않았다.

그뒤 김공은 과연 등과해 여러 벼슬을 거쳐 형조참의에 이르렀다. 김
공은 원통한 여인의 호소를 기억하고 즉시 관아로 가서 자리를 만들고
그 남편을 잡아와 신문했다.

"너는 영월암에서 원통하게 죽은 사람을 알렸다?"

그 사람은 고개를 숙이고 있을 뿐이었다. 마침내 함께 영월암으로 가
서 시신을 검시하니 남편은 말문이 막혀 즉시 자백했다. 원통한 여인의
부모를 불러 시신을 매장하게 하고, 남편은 사형에 처했다.

그날 밤 김공은 다시 영월암으로 가서 촛불을 켜놓고 혼자 앉아 있었
다. 여인이 창밖에서 흐느끼며 감사를 드렸다. 여인은 머리를 단정히 쪽
찌고 옷도 말끔했으니 이전의 용모가 아니었다. 김공이 그녀를 앞으로
오게 하여 자기 앞날에 대해 다시 물으니 여인이 말해주었다.

"공께서는 모년에 모 관직을 얻을 것이고, 모시에 어떤 일을 겪게 될
것입니다. 지위는 대관大官에 이를 텐데, 모년에 나라를 위해 힘쓰다 돌
아가시고 나서는 아름다운 이름이 무궁할 것입니다. 자손도 크게 번성
합니다."

그러고는 작별인사를 올리고 떠났다.

김공은 묵묵히 그걸 기억해두었는데 과연 부절符節이 합쳐지는 것처
럼 그대로 되었다. 김공은 모년에 나랏일을 하다 죽어서 영원히 아름다
운 이름을 드리웠다 한다.

檢巖屍[2]匹婦解冤

金相公[3]某, 少時與親友數三人, 讀書於白蓮峯下暎月庵[4]. 一日親友皆有故還家, 夜深獨坐明燭看書, 忽有女人哭聲, 如怨如訴, 從暎月庵[5]後, 自遠而近, 至於窓外而止, 公怪之, 端坐不動問曰: "鬼乎? 人乎?" 女人長吁[6]而答曰: "鬼也." 公曰: "然則幽明有殊, 安敢相糅?" 女人曰: "吾有[7]前生解冤事, 而非公莫可解, 欲訴冤而來." 公開戶視之, 不見其處, 有嘯於空中曰: "現形則恐致公驚." 公曰: "第現之." 言罷, 一少婦披髮流血而立[8]於前, 公曰: "訴何冤乎?" 曰: "吾乃朝官[9]之女也. 嫁于某人家, 新婚[10]未幾, 家夫[11]惑於淫婦, 罵我毆我, 末乃信其淫婦之讒, 謂我有鶉奔之行, 夜半以劒刺我, 棄之于暎月庵[12]絶壑之間, 人無知者, 紿吾父母曰: '淫奔而去.'云, 吾誤死於非命, 固冤也. 又蒙不潔之名, 千古泉壤, 此冤難洗." 公曰: "冤魂雖可矜惻, 吾以一書生, 何以解之?" 女人曰: "公某年必登科, 某年爲某職, 某年當爲秋曹僉議, 秋曹刑獄之官也, 解冤豈不易哉?" 仍辭去. 翌朝潛視絶壑間, 則果有一女屍, 乃昨夜所見者也. 鮮血淋漓, 有若新死者然. 返而讀書, 秘之不發說. 後果登果, 歷職至秋議, 公記冤女之訴, 卽赴衙設坐[13], 捉來其夫訊問曰: "汝知暎月岩[14]冤死之人乎?" 其人抵頭, 遂與之共往暎月岩[15],

---

2) 屍: 동경대본에는 '尸'로 표기.
3) 公: 고대본에는 'ㅏ'으로, 해동야서에는 '國'으로 표기.
4) 庵: 국도본·고대본·가람본에는 '菴'으로 표기.
5) 庵: 국도본·고대본·가람본에는 '菴'으로, 해동야서에는 '巖'으로, 동경대본에는 '岩'으로 표기.
6) 吁: 국도본·가람본에는 '呼'로 잘못 표기.
7) 有: 국도본·고대본·가람본·성균관대본에는 '生'으로 잘못 표기.
8) 立: 고대본·성균관대본에는 '泣'으로 잘못 표기.
9) 고대본·성균관대본에는 '某'가 더 나옴.
10) 婚: 국도본에는 '昏'으로 표기.
11) 家夫: 고대본에는 탈락. 성균관대본에는 '新郎'으로 표기.
12) 庵: 국도본·고대본·가람본에는 '菴'으로, 동경대본에는 '岩'으로, 해동야서에는 '巖'으로 표기.
13) 坐: 국도본·고대본·가람본·성균관대본에는 '座'로 표기.
14) 국도본·고대본에는 '菴'으로, 동경대본에는 '巖'으로 표기.
15) 岩: 국도본·고대본·가람본에는 '菴'으로, 동경대본·해동야서에는 '巖'으로 표기.

檢驗其屍, 其人語塞卽服, 遂招寃女之[16]父母, 使之埋葬, 其夫置之辟. 當夜公又入暎月岩[17], 秉燭獨坐, 其女人泣謝於窓外, 整其鬢髻衣服楚楚, 非復舊時[18]容也. 公使之近前, 更問其前程, 女人曰: "公某年某官, 某時某事, 位至大官, 而某年爲國辦死然後, 令名無窮, 子孫大昌矣." 仍辭去. 公黙記之, 果如合符節, 於某年, 終死於國事, 而永垂令名云.

---

16) 之: 동경대본에는 탈락.
17) 岩: 가람본에는 '巖'으로, 해동야서에는 '岩'으로, 고대본에는 '菴'으로, 동경대본에는 '庵'으로 표기.
18) 고대본·성균관대본에는 '之'가 더 나옴.

박천군에 사는 지인이 충성을 바치다

이기영李基榮은 박천博川, 평안북도 박천군의 군청 소재지. 박천평야의 중심지군에 사는 지인知印이다. 사람됨이 겉으로는 순하고 성실하기만 한 것 같으나 속으로는 담력과 지략이 있었다. 신미년1811에 홍경래1)가 난을 일으켰을 때, 군수 임성고2)는 뜻을 굽히지 않고 저항하다 붙잡혀 감옥에 갇혀서 곧 죽게 될 처지였다. 기영은 분발해 자기 몸을 돌아보지 않고 밤을 틈타 가서 그를 만나 적을 토벌할 계략을 설명했다. 임공은 기영을 적의 첩자로

---

1) 홍경래(洪景來, 1771~1812): 본관은 남양, 출신 지역은 평안도 용강군이다. 신분은 대개 몰락한 양반이라고 알려져왔으나, 평민이었을 가능성이 더 크다. 1801년에 우군칙(禹君則)과 거사를 논의하고, 1810년 향촌의 유력자, 무술을 갖춘 장사(壯士), 그리고 부호를 끌어들여 봉기를 준비했다. 1811년 12월 가산 다복동의 봉기에서 비롯된 만 4개월 동안 계속된 반란을 총지휘했다. 1812년 4월 19일 정주성이 함락될 때 관군에 의해 전사했다.
2) 임성고(任聖皐): 본관은 풍천(豊川). 1795년 무과에 급제했다. 1811년 홍경래의 난이 일어났을 때 박천군수로 재임 중 박천을 점령당해 인부(印符)를 가지고 안주로 가려다가 노모가 적에게 잡히자 돌아와 결박당했다. 끝까지 항복을 거부하고 절개를 지켰으며 백성들의 요구로 죽음을 면했다. 난이 평정되고 나서는 철원부사를 거쳐 삼도우군통제사 겸 수군절도사, 함경북도병마수군절도사를 역임하고 어영대장·훈련대장 등을 거쳐 형조판서에 이르렀다.

의심해 진심을 감추고 말했다.

"나는 곧 죽을 사람인데 어찌 적을 토벌할 계책이 있겠느냐? 또 너는 지인의 자리에 있지만 내 평소에 너를 믿고 부린 적이 없다. 그런데 네가 무슨 이유로 적을 두려워하지 않고 나를 보러 왔느냐?"

기영이 개연히 말했다.

"나라를 위해 적을 무찌르는 일은 사람의 마땅한 도리이거늘, 평소 믿고 안 믿고를 어찌 따지겠습니까?"

그러고는 음식을 바치고 울면서 비분강개하니, 임공이 그제야 그 진정성을 알아차리고 안주_{安州, 평안북도 병영 소재지} 병영에 편지를 써 보내 구원을 요청하려 했다. 기영이 행랑 속에서 필묵을 꺼내 바치며 말했다.

"원컨대 옷깃을 잘라 거기에 글을 써주시어 증거로 삼게 해주십시오. 포수 사오십 명을 급히 보내주면 이 읍의 적을 섬멸할 수 있겠다는 내용을 넣어주십시오."

임공이 그 말대로 써주니, 기영은 편지를 옷에 누빈 솜 안에 감추고 혼자 안주 병영으로 달려갔다. 이때 계엄이 몹시 엄격하고 적과 내통하는 무리가 성을 점거하고 있었기에 성을 통해 들어가는 것이 불가능했다. 또 그러면 또 일이 쉽게 누설될 것 같기도 하여 기영은 동북쪽 토성을 따라 산을 통과해 들어갔다. 그는 밤새도록 급히 달려 오경_{五更, 새벽 3시에서 5시 사이} 무렵에 곧바로 병영으로 들어갔다. 등촉이 휘황찬란했지만 영각_{鈴閣, 지방의 수령이 집무하는 곳}은 적막했다. 기영이 크게 소리쳤다.

"급히 아뢸 일이 있소이다!"

안주 병사_{兵使}는 크게 놀라 그를 도적으로 생각하고 잡아들여 심문하니, 기영은 좌우 사람을 물리쳐달라고 청하고 앞으로 나아가 편지를 바치려 했다. 안주 병사는 긴 칼을 잡고서 기영을 앞으로 오게 했다. 기영이 옷에 누빈 솜에 넣어온 편지를 꺼내 보여, 박천 수령이 포수를 빌려달라고 요청하는 내용을 전했다.

병사는 진위를 상세하게 따져보고 나서 새벽에 바로 명포수 오십 명을 보내 한 장교로 하여금 그들을 통솔하게 했다. 박천은 안주로부터 오십 리 거리에 있어 안주에서는 그곳이 함락된 사실만 알았을 뿐 동정을 듣지 못하던 차였다. 기영에게 후한 상이 내려지니 기영은 받지 않고 답서만 받아 샛길로 먼저 돌아와 임공을 뵈었다.

정오도 되지 않아 포성이 크게 일어났다. 적군은 뜻하지 않게 공격을 당해 응수할 겨를이 없었다. 적군은 놀란 새가 날아가고 짐승이 숨어들듯 도망쳤으니 박천 읍이 드디어 수복되었다. 갇혀 있던 임공도 풀려났다.

그뒤에 박천이 적에게 함락되었을 때, 임공은 소인(小人)이라고 자칭하며 인부[3] 등을 빼앗겼다 하여 다시 구속되었다. 그가 붙잡혔을 때 적을 향해 이런 말을 했기 때문이었다.

"내 이 땅을 지키는 신하가 되어 이 읍을 지키지 못했고, 노모가 계신데도 보호해드리지 못했으니 그 불충과 불효로 나라와 집안의 죄인이 되었도다. 살아서 뭐하겠나? 속히 나를 죽이고 노모만은 살려달라."

적은 임공의 치적을 익히 들어왔던 고로 차마 죽이지는 않았다 한다. 그가 구속된 것은 죄인(罪人)과 소인(小人)이 소리가 비슷한 까닭에 옆에서 모시던 사람이 가까운 곳에서 체포될 때 그 말을 잘못 듣고 그걸 그대로 전했기 때문이다. 인부는 힘에 굴해 빼앗긴 것이니 적을 꾸짖고 전사한 가산 수령 정공[4]에게는 부끄럽기는 하다. 그렇지만 그런 일을 죄로 몰

---

3) 인부(印符): 인장(印章)과 병부(兵符). 부임하는 지방관이나 수령에게 인부를 주었기에 임명장을 의미하기도 한다.
4) 가산(嘉山) 수령 정공(鄭公): 정시(鄭蓍, 1768~1811). 1799년 무과에 급제하고, 선전관을 거쳐 훈련원주부·도총부경력 등을 역임했으며, 1811년 가산군수로 임명되었다. 이때 홍경래의 난이 일어나, 홍경래의 군이 가산으로 진격했다. 홍경래의 군 오십여 명이 관아에 돌입해서 살고 싶으면 인부와 보화를 내놓고 항복문서를 쓰라고 하자, 정시는 '내 명이 다하기 전에는 항복할 수 없다. 속히 나를 죽여라' 하고, 그들의 대역무도함을 꾸짖다가 칼에 맞아 죽었다. 그의 아버지 역시 그대로 적의 칼을 받았다 한다.

아가는 것은 원통하지 않은가? 하늘에 뜬 해가 크고 밝아 결국 모든 일을 훤하게 밝히니 임공은 특별히 석방되었다.

임공이 체포되었을 때 기영은 시종일관 그를 따라다니며 잠시도 떠나지 않았다. 훈련대장이 그 소문을 듣고 기영을 특별히 훈련도감 교련관[5]으로 차출해 신임하는 부하로 삼으려 했는데 임공이 풀려나자 기영은 사직 인사를 올리고 고향으로 돌아가버렸다. 그뒤로 그는 적을 평정하던 일을 자기 입으로 말하지 않았다.

아, 원대하도다. 먼 시골의 하찮은 관동官僮이 비분강개해 눈물을 흘리면서 목숨을 걸고 적을 무찔렀으니 얼마나 충성스러운가! 편지를 전하고 원병을 빌려와 하루아침에 뭇 적을 소탕했으니 얼마나 지혜로운가! 수령이 붙잡혀 충의와 반역이 가려지지 않자 평소 친하고 신뢰하던 사람조차 거의 다 그를 피하는데 홀로 그 곁을 지키고 떠나가지 않았으니 얼마나 의로운가! 공을 숨기고 말하지 않으며 공명을 피하여 멀리했으니 그 얼마나 위대한가!

博川郡知印效忠

李基榮者, 博川知印也. 爲人, 外似醇謹, 而內有膽畧. 當辛未西賊之時, 郡守任聖皐抗賊[6]不屈, 被拘囚, 朝夕且死. 基榮奮不顧身, 乘夜往見, 說以討賊之計, 任公疑其賊諜, 不應之曰: "吾死在須臾, 安有討賊之策? 且汝在知印之列, 平日吾未之信使矣, 而何不畏賊, 而來見我乎?" 基榮慨然曰: "爲國討賊, 人之秉彝, 平日信使與[7]否, 何可較論乎?" 且進以飮食, 涕泣慷

5) 교련관(敎鍊官): 조선시대에 각 군영에 소속된 무관으로 군대를 교련하는 임무를 맡았다. 장교 중에서 시험을 치러 선발했다.
6) 賊: 동경대본에는 '敵'으로 표기.
7) 고대본에는 '可'가 더 나옴. 불필요함.

慨, 任倅知其眞[8]情, 欲書報安州兵營以求援, 基榮取囊中筆墨以獻曰: "願
割衣衿書之, 以爲表蹟. 書中辭意則急送砲手四五十名, 可以殱此邑賊云
云." 任倅如其言書付之, 基榮臧書衣綿間, 單身赴安營, 時戒嚴甚備, 內應
盤據, 城不可入, 而事機易洩, 基榮從東北土城, 依山而入. 達夜急走, 時已
五更餘, 直入兵營, 燈燭熒煌, 鈴閣寂然, 遂大呼曰: "有時急稟白事矣!" 兵
相大驚以爲賊, 執問之, 願辟左右, 至前納書, 兵相按長劒, 招使近前, 基榮
始出獻衣綿間書, 乃博川倅借砲書也. 乃詳詰眞[9]僞, 卽曉發送善砲手五十
名, 使一校領之, 博距安爲五十里, 但知爲陷沒, 不聞消息動[10]靜. 遂厚賞
基榮, 基榮辭不受, 討答書, 間行[11]先還, 見任倅. 日未午, 砲聲大起, 賊軍不
意猝當, 未暇應接, 鳥駭獸竄, 博邑還復, 遂解任倅之拘, 後任倅以陷賊時
稱小人, 見奪印符等事被拿, 盖[12]任倅被執時, 向賊言曰: "吾爲守土之臣,
不能保邑, 有老母而不能安保, 不忠不孝, 實家國[13]之罪人也[14], 生何爲? 速
殺我, 願活老母." 賊夙聞任倅治蹟, 故不忍殺之云. 盖罪人與小人, 聲相近,
故有陪持一人, 被執在近地, 誤聽而傳之. 印符則力屈被奪, 遂愧嘉山倅鄭
公罵賊而死, 以此搆罪, 豈不冤哉? 天日孔昭[15], 畢竟昭晰, 特爲放送. 其被
逮也, 基榮始終跟隨, 須臾不離, 訓將聞之, 特差都監敎鍊官, 欲爲信任之
計. 及任倅脫放, 後仍辭還本土. 平日口不言平賊時事, 嗟夫逖矣. 遐土藐
爾官僮, 慷慨涕泣, 矢死討賊, 何其忠也! 傳尺書借援兵, 掃群[16]寇於一朝,

8) 眞: 고대본에는 탈락.
9) 眞: 고대본·가람본에는 '其'로 표기.
10) 動: 고대본에는 탈락.
11) 間行(간행): 샛길로 감.
12) 盖: 고대본·가람본·성균관대본에는 탈락.
13) 家國: 동경대본에는 '國家'로 표기.
14) 也: 고대본에는 탈락.
15) 昭: 고대본·가람본에는 '照'로 표기.
16) 群: 동경대본·가람본에는 '羣'으로 표기.

何其智也! 主倅被逮, 忠逆不[17])判, 平日親信之人, 擧皆避之, 而獨守不去, 何其義也! 斂功不言, 避遠功名, 何其偉也!

진양성 의기가 목숨을 버리다

    논개論介는 진양晉陽, 경상남도 진주의 기생이다. 임진년1592에 왜구가 진양성을 공격하자 상락군上洛君 김시민金時敏이 성문을 닫아걸고 잘 지켰다. 여러 번 전투할 때마다 왜구를 무찔렀으니 죽은 왜구만 해도 수만 명은 되었다. 적들은 끝내 감히 호남을 넘보지 못하고 돌아갔다.

    다음해 계사년1593 유월 왜장 청정[1]은 수길秀吉의 뜻을 받들어 진양성에서의 수치를 꼭 갚고자 십만 병사를 거느리고 와서 진양성을 포위했다. 이때 경상우도의 병사兵使 최경회[2], 충청병사 황진[3], 창의사 김천일[4], 김해부사 이종인[5], 복수장復讐將 고종후[6], 사천현감 장윤[7] 등 여러 공이 진양성을 방비하려고 그곳으로 들어갔다. 유독 홍의장군 곽재우[8]만

---

1) 가등청정(加藤淸正, 1562~1611): 가토 기요마사. 임진왜란 당시 왜군의 장수로 우리나라를 침략한 일본의 무장. 풍신수길(豊臣秀吉, 도요토미 히데요시, 1536~1598) 막하에서 무사로 전공을 세우고 영주가 되었다. 임진왜란 때 일본군의 동군을 이끌고 함경도까지 진격해 선조의 두 왕자인 임해군 진과 순화군 보를 사로잡았다. 정유재란 때는 다시 출병하여 북상을 시도하다가 오히려 울산에서 우리나라의 의병 및 관군에게 포위되어 고전을 치렀다.

은 이렇게 말했다.

"이 성은 왜적이 반드시 쟁취하고자 하는 곳이오. 호남과 영남 사이의
요충지이기 때문이오. 고립된 군사로 강적을 만나면 반드시 패배하게

---

2) 최경회(崔慶會, 1532~1593): 전라남도 능주(陵州) 출신. 1567년 식년문과에 을과로 급제했
다. 임진왜란이 일어나자 형 경운(慶雲)·경장(慶長)과 함께 의병을 모집하고 의병장이 되었다.
일본군을 장수에서 막아 싸웠고, 금산에서 퇴각하는 적을 추격해 우지치(牛旨峙)에서 크게 격
파했다. 이 공로로 경상우병사에 임명되었다. 1593년 6월 가토 기요마사 등이 진주성을 다시
공격해오자 창의사 김천일, 충청병사 황진, 복수의병장(復讐義兵將) 고종후 등과 함께 진주성
을 사수했으나 9일 만에 성이 함락되자 남강에 투신자살했다.
3) 황진(黃進, 1550~1593): 본관은 장수(長水). 1576년 무과에 급제하여 선전관에 임명되었다.
통신사 황윤길 일행을 따라 일본에 다녀왔다. 일본을 시찰하고 돌아온 뒤 일본이 전쟁을 일으
킬 것이라는 황윤길의 예상과 뜻을 같이하게 되면서 이에 대비했다. 1593년 6월 왜의 대군이
진주를 공략하자 창의사 김천일, 병마절도사 최경회와 함께 진주성으로 들어갔다. 그리고 성
을 굳게 지키며 9일 동안 용감하게 싸우다가 장렬하게 전사했다.
4) 김천일(金千鎰, 1537~1593): 임진왜란 당시의 의병장. 임진왜란이 일어나고 왕이 피난하자
전라도 나주에서 의병을 일으켰다. 왜적의 전라도 침입을 막고자 최경회·황진의 관군과 의병
을 지휘해 왜군 십만여 명과 일주일 이상 격전을 벌였으나 진주성이 함락되자 자결했다.
5) 이종인(李宗仁, ?~1593): 무과에 급제했으며, 1593년 임진왜란으로 진주성이 포위되자 김
해부사(金海府使)로 군사를 이끌고 진주성으로 들어가 황진 등과 함께 전략을 세워 방어했다.
그러나 중과부적으로 성이 함락되자 끝까지 싸워 많은 적병을 죽이고 남강에 이르자 두 겨드
랑이에 적병을 한 명씩 끼고 물에 빠져 자결했다.
6) 고종후(高從厚, 1554~1593): 임진왜란 때 김천일·최경회 등과 함께 남강에 투신하여 순국
한 삼장사(三壯士) 중 한 사람이다. 아버지는 의병장 경명(敬命)이다. 1577년 별시문과에 급제
했으며, 임진왜란이 일어나자 아우 인후(因厚)와 함께 의병을 일으켰다. 금산(錦山) 싸움에서
아버지와 아우를 잃자, 이듬해 의병 사백여 명을 모아 복수의병군(復讐義兵軍)을 조직했다. 일
본군이 진주를 공략하고서 호남 지방으로 침입하려 하자 휘하 의병을 이끌고 진주성에 들어
가 성을 지켰다. 진주성이 함락되자 창의사 김천일, 경상병사 최경회 등과 함께 남강에 투신해
죽었으며, 이조판서에 추증되었다.
7) 장윤(張潤, 1552~1593): 1582년 무과에 급제해 북도변장을 제수받았으며, 선전관·사천현감
을 역임했다. 임진왜란이 일어나자 전라좌의병부장(全羅左義兵副將)이 되어 장수현에 주둔하
여 적을 방어하다가 성산(星山)·개령(開寧)에서 왜적과 전투를 벌여 큰 성과를 올렸다. 창의사
김천일, 충청병사 황진, 경상우병사 최경회 등과 함께 진주성 혈전의 주장이 되어 싸우다 전사
했다.
8) 곽재우(郭再祐, 1552~1617): 의병장으로 의령·창녕·영산 등지에서 크게 활약하면서 왜적
의 호남 진출을 저지하는 데 공을 세웠다. 호는 망우당(忘憂堂)으로, 홍의장군으로 잘 알려져
있다. 임진왜란이 일어나자 자기 재산을 털어 의병을 일으켰다. '천강홍의대장군(天降紅衣大
將軍)'이라고 쓰인 깃발을 내걸고 혼자서 말을 타고 적진에 돌진하여 적에게 두려움을 주기도
했으며, 함성으로 군사가 많은 것처럼 꾸미기도 하여 적을 물리쳤다.

마련이라오."

그러면서 끝내 성으로 들어가지 않았다. 여러 공은 촉석루에 모여 생사를 함께하기로 맹세하고 비분강개하며 일을 논했다.

왜장은 명령을 내렸다.

"작년 패배의 치욕을 갚는 것은 진정 오늘에 달렸다. 이 성을 함락시키지 못하면 맹세코 발걸음을 돌리지 않으리라!"

왜구가 백방으로 성을 공격하니 열흘째 되는 날 진양성은 함락되었다. 성안에 있던 사람 육만 명은 같은 날 죽었고, 여러 공도 모두 남강에 투신해 죽었다.

이때 논개는 화려하게 화장하고 한껏 꾸미고 가서 가장 건방지고 오만한 왜장을 만났다. 일부러 애교를 떠니 왜장은 달아올라 논개를 겁탈하려 했다. 논개는 순순히 따르지 않고 완곡한 말로써 왜장을 유인해 강변 바위 위로 걸어나가서 마주보고 춤을 추었다. 그 바위는 강가에 서 있는 바위로, 삼면의 물이 다 깊었다. 논개는 왜장의 허리를 끌어안고 강물 속으로 뛰어들었다. 왜군이 크게 놀랐다.

난리가 평정되고 나서 논개에게 '의기義妓'라는 정려를 내렸고 강가에 사당을 세워 제사를 지냈다. 그 바위에는 '의기암義妓岩'이라는 이름을 붙이고 거기에 '일대장강천추의열一帶長江千秋義烈, 한 줄기 긴 강물에 서린 천추의 의리와 절개여' 라는 여덟 글자를 새겼다. 그 바위는 '낙화암落花岩'이라고도 불렀는데, 논개가 강물에 떨어진 것을 낙화에 비유한 말이라 한다.

晋陽城義妓捨生

論介者, 晋陽妓也. 壬辰倭攻晋陽城, 上洛君金時敏嬰城自守, 屢戰屢敗之, 殺倭數萬, 賊終不敢窺湖南而歸. 翌年癸巳六月, 倭酋淸正, 承秀吉之旨9), 必欲雪晋陽之恥, 率兵十萬來圍. 時本道兵使崔慶會, 忠淸兵使黃進,倡義使金千鎰, 金海府使李宗仁, 復讐將高從厚, 泗川縣監張潤, 諸公入守之, 獨紅衣將軍郭再祐曰: "此城倭賊必爭之地也. 爲湖嶺要衝關隘[10]之所, 而孤軍遇强賊[11], 必敗乃已."云. 而終不入城, 諸公會矗石樓, 誓同生死, 慷慨論事. 倭下令曰: "昨年敗衄之報, 政在今日. 不滅此城, 誓不旋踵!" 百道攻城, 第十餘日城陷. 城中六萬人, 同日殲之, 諸公皆赴南江而死. 時論介凝粧盛飾, 往見倭將之最桀驚者, 假意獻媚[12], 倭將悅之欲劫之, 妓不從, 以婉辭誘引倭將, 步出江邊岩石上, 與之對舞. 此岩揷在江岸, 三面皆深潭也. 遂抱倭將之腰, 墮入江中, 倭陣大驚. 亂平後旌論介曰: "義妓" 立祠江上祭之, 名其石曰: "義妓岩" 刻一帶長江千秋義烈八字. 其岩亦名落花岩, 盖以妓之沉江, 譬之落花云.

이절도사가 보리타작 마당에서 신승을 만나다

병사[兵使] 이원[李源]은 명나라 장수 이제독[李提督]의 후예다. 그는 춘천 땅으로 쫓겨나서 친히 호미를 잡고 김을 매며 농부들과 섞여 살았다. 때마침 여름 보리타작을 하는데 피곤해서 타작마당 옆 수풀 그늘에서 잠을 잤다. 그런데 누가 흔들어 깨우는 것 같아 눈을 떠보니 스님 옷을 입은 소년이 옆에 있었다. 이원이 일어나 물었다.

"네가 나를 흔들어 깨웠나?"

"그러합니다."

그리고 말했다.

"서방님은 이런 타작마당에 파묻혀 있을 때가 아닙니다. 즉시 길을 떠나 상경하십시오."

"내 한양에는 친지 하나 없고 할일도 없는데 공연히 무엇하러 상경하겠나?"

"사오일도 안 되어 서방님은 반드시 벼슬길에 나가실 것입니다. 임금님께서도 서방님을 찾으시니 지금 속히 상경하십시오."

스님이 거듭 간곡하게 말하니, 이원이 그 말을 기특하게 여기고 바로 한양으로 가서 동문 안 여관에 머물렀다. 다음날 판서 정창순[1]의 집으로 갔다. 평소 그와 모르는 사이였지만 정창순이 그때 병조판서 자리에 있었기 때문이었다. 이원이 문밖에서 명함을 들이니 즉시 만나주었다. 이원이 자신은 이제독의 후손이라고 소개하니 정판서가 말했다.

"며칠 전 경연[2] 중에 임금께서 채판서에게 제독의 후손에 대해 물으셨다오. 가서 채판서를 만나시오."

이원이 즉시 가서 채판서를 만났다. 채판서는 이원을 접견하여 상세한 사항을 물었다. 채판서가 말했다.

"자주자주 오게나."

채판서는 뒷날 임금을 모시게 되었을 때 그 일을 고했다. 임금은 이원에게 남행선전관[3]을 제수하고 허참례許參禮, 새로 벼슬하게 된 사람이 선배 벼슬아치들에게 음식을 차려 대접하던 일를 생략하도록 해주었다. 또 명을 내려 이원에게 입시하게 하고 크게 포상했다. 오래잖아 이원은 무과에 급제하고 큰 읍들의 수령을 거듭 지냈다. 그는 언제나 속으로 그 승려의 신이함을 생각했지만 그를 만나볼 길이 없었다.

이원이 무신년에 호남수사湖南水使가 되어 바야흐로 동진銅津을 건너는데 배에 탄 한 걸승이 때때로 눈을 들어 유심히 자기를 바라보는 것이었다. 그 역시 마음이 움직여 걸승을 데려오게 해 보니 전에 춘천 수풀에서 만난 스님이었다. 이원은 생각지도 못하게 그를 만나니 몹시 기뻐

1) 정창순(鄭昌順, 1727~?): 1757년 문과에 급제했으며, 대사간·대사헌·함경도와 경상도 관찰사·예조판서 등을 역임했다.
2) 경연(經筵): 임금이 학문을 닦으려고 신하 중에서 학식과 덕망이 높은 사람을 궁중에 불러 경서와 사서 등을 강론하게 하던 일.
3) 남행선전관(南行宣傳官): 남행은 음직으로, 조상의 음덕으로 과거를 치르지 않고 얻는 벼슬. 선전관은 선전관청에 소속된 벼슬로 정3품부터 종9품까지 있었다.

서 행랑에서 돈을 꺼내 행하[4]를 넉넉히 주었다. 그리고 다시 앞날을 물었다. 스님은 단호히 행하를 받지 않고 말했다.

"영감님의 앞날은 아직 다하지 않았습니다."

이원이 물었다.

"내가 아장[5]은 되겠소?"

"아마 그럴 겁니다."

잠시 뒤 배가 나루에 이르자 그들은 배에서 내려 헤어졌다.

임자년간에 이원은 울산병사蔚山兵使 임기를 마치고 돌아가서 도감별장都監別將이 되었다. 창의문彰義門 성 공사를 감독하며 막사 안에 앉아 있는데, 막사 밖 몇 보 떨어진 곳에서 한 스님이 머뭇거리며 자신을 바라보고 있었다. 이원은 또 마음이 움직여 부하를 보내 그를 데려와 보니 동진에서 만났던 그 스님이었다. 이원이 술을 주며 친절하게 대접하고 다시 앞날에 대해 물었다. 스님이 웃으며 말했다.

"영감님은 어찌 옛날 보리타작 마당에서 일하던 것을 생각지 못하십니까? 이미 곤수閫帥, 병마절도사와 수군절도사를 예스럽게 부르던 말를 거치셨지요. 곤수는 아장과 한 등급밖에 차이가 나지 않습니다. 그러니 다시 무얼 바라십니까?"

스님이 끝내 더이상 말하지 않으니, 이원 역시 한번 웃고 그만두었다. 이원은 마지막으로 병사 벼슬을 하고 다음해에 죽었다 한다.

---

4) 행하(行下): 주인이 일정한 보수 외에 하인에게 상여로 준 금품. 놀이·놀음이 끝나고 기생이나 광대에게 준 보수. 새로 관직에 임명된 관리가 인사(人事)·부임과 관계가 있는 중앙 여러 관부의 서리(書吏)·하례에게 음식을 내려주는 것도 행하라 했다.
5) 아장(亞將): 대장(大將)에 버금가는 장수라는 뜻으로 조선시대 포도대장, 용호별장(龍虎別將), 훈련도감의 중군, 어영청의 중군, 금위영의 중군, 병조참판(兵曹參判) 등을 아울러 일컫는 말.

李節度麥場逢神僧

李兵使源, 唐將[6]李提督後[7]裔也. 流落于春川, 親執鋤穢之役, 渾於農
夫. 適値夏節打麥, 而困宿於場邊樹陰, 有攬睡者, 李開眼見之, 則有一白
衲少年在傍矣. 李起曰: "汝攬予[8]眠乎?" 曰: "然矣." 仍曰: "書房主勿爲困
泊於打麥場中, 卽今發行上京也." 李曰: "吾於京洛, 無一親知, 又無所看
事, 而空然上京, 得非虛浪乎?" 僧曰: "不過四五日, 書房主必爲入仕, 自上
且訪書房主, 今速上京也." 再三丁寧, 李異其言, 卽發京行, 住於東門內旅
邸. 翌日躬往鄭判書昌順家, 本時素昧, 而時方騎判故也. 門外通刺卽爲速
見, 李自言某之後孫云云, 鄭判書曰: "日前筵中, 自[9]上提問提督後孫於蔡
判書, 君須往謁蔡判書也." 李卽其地往見蔡, 蔡接見詳問, 且曰: "數數來
也." 蔡於後日入侍時, 卽爲稟告, 自上特除南行宣傳官, 使之除許衆隨行,
又命入侍, 大蒙恩褒. 非久登武科, 屢典雄邑, 心中每想厥僧之神異, 而無
由得見矣. 戊申以湖南水使, 方渡銅津, 船中有一乞僧, 時時擧眼有意而[10]
看, 李亦心動, 命人[11]邀來, 乃向者春川樹下僧也. 不覺欣倒, 從[12]行槖中
優數行下, 更問前程, 僧洸洸不受, 且曰: "令監[13]前程未盡也." 李曰: "吾其
爲亞將乎?" 曰: "似矣." 少頃船泊[14]津頭, 下船而散. 壬子年間, 李以蔚山兵
使遞歸後, 以都監別將, 監[15]董於彰義門城役, 方坐幕中, 時幕外數步許,
有僧逗留[16]顧眄, 李又心動, 遣卒招來, 乃銅津所逢僧也. 賜酒親款後, 更

6) 唐將(당장): 중국 장수를 이렇게 지칭했다. 이여송을 뜻하기에 '명나라 장수'로 번역한다.
7) 後: 고대본에는 '厚'로 잘못 표기.
8) 予: 국도본·고대본·동경대본·가람본·해동야서·성균관대본에는 '余'로 표기.
9) 自: 국도본·고대본·가람본·성균관대본에는 탈락.
10) 有意而: 고대본에는 잘못 탈락.
11) 人: 고대본·성균관대본에는 '入'으로 잘못 표기.
12) 從: 동경대본에는 '旋'으로 표기.
13) 국도본·고대본·가람본·성균관대본에는 '主'가 더 나옴.
14) 船泊: 고대본·가람본에는 탈락.
15) 別將, 監: 고대본에는 잘못 탈락.
16) 留: 가람본에는 '遛'로 표기.

問來頭, 僧笑曰: "令監主何不想昔日打麥場事乎? 今旣經閫帥, 且隔亞將一等, 復何所望乎?" 終不復言, 李亦一笑而罷, 李終以兵使, 卒於明年云.

김승상이 오이밭에서 이인을 만나다

청사[1] 김재상이 암행어사로 영남에 갔을 때였다. 때는 오뉴월 한창이라 날씨가 몹시 더웠다. 태백산중에 이르자 목이 몹시 말랐지만 산속이라 인가도 없고 샘도 찾을 수 없었다. 겸종과 함께 길가를 살펴보았지만 갈증을 풀 곳이 전혀 없는 것 같았다.

한 고개를 넘자마자 마침 길가에 오이밭이 나타났는데 원두막은 없었다. 잘 익은 푸른 오이를 보자 갈증이 더욱 심해지는 것 같았으니 신발 끈 매는 혐의[2]를 돌아볼 겨를이 있었겠는가? 겸종에게 돈 두 푼을

---

1) 청사(淸沙): 김재로(金在魯, 1682~1759)의 호. 본관은 청풍(淸風). 1710년 춘당대문과에 을과로 급제했다. 부제학, 개성부유수를 역임했다. 1722년 신임사화로 문외출송(門外黜送)되었다가 풀려나와 이듬해 대사간에 재등용되었으나 1727년 정미환국으로 소론이 재등장하자 다시 파직되었다. 이듬해 이인좌(李麟佐)의 난이 일어나자 충주목사로 기용되어, 호서안무사(湖西安撫使)를 겸해 난의 토벌에 공을 세웠다. 우의정, 좌의정, 영의정을 역임했다. 노론의 선봉자로 활약했다.
2) 신발 끈 매는 혐의: 납리지혐(納履之嫌). 이 말은 '오이밭에는 신을 들이지 말고(瓜田不納履), 오얏나무 아래에서는 관을 고쳐 매지 말라(李下不整冠)'는 구절에서 나왔다. 오이밭에서 신발 끈을 고쳐 매려고 몸을 굽히면 오이를 몰래 따먹는 것처럼 보여 의심을 산다는 뜻이다.

가지고 가서 밭 가운데 콩잎에 걸어두고 오이를 따오게 했다.

그런데 겸종이 밭을 들어 밭으로 들어가 겨우 몇 발자국 걸어가다가 혼절해 밭 가운데에 쓰러졌다. 입에서는 겨우 "진사님, 살려주세요!"라는 말만 나왔을 뿐이었다. 김재상은 매우 괴이하게 여겼지만 감히 밭에 들어가지 못하고 밭두둑을 왔다갔다하며 어찌할 줄 몰랐다.

홀연 한 시골 늙은이가 대삿갓을 머리에 쓰고 산에서 내려오며 소리쳤다.

"어찌 당돌하게 오이를 훔치러 밭에 들어갈 수 있단 말이냐?"

그는 걸음걸이가 느릿느릿하고 말투는 온화하고 점잖았으니 놀라거나 이상하게 여기는 모습은 전혀 없었다.

김재상이 몹시 목이 말라 돈을 걸어놓고 들어가 오이를 따오려 했다 하니 늙은이가 말했다.

"이 밭에는 원두막도 없고 지키는 사람도 없소이다. 하지만 밭 둘레에 심은 흰 마를 보지 못했소? 그것으로 충분히 도둑의 출입을 막을 수 있다오."

늙은이는 웃음 지으며 밭으로 들어가 겸종의 손을 잡아끌고서 한쪽 방향으로 나왔다. 조금 전 기절해 엎어져 의식을 잃었던 사람이 어느새 평소처럼 아무 탈 없는 모습으로 돌아왔다.

김재상이 오이 몇 개를 얻어먹고 다시 자세히 살펴보니 과연 오이밭 사면에 흰 마가 심겨 있었다. 어떤 곳은 성글게, 어떤 곳은 빽빽하게 심겨 있었는데 완연히 팔문[3] 모양을 하고 있었다. 마치 팔진법八陣法, 여덟 가지 모양으로 진을 배치하는 법. 제갈량이 신묘하게 부린 술수을 의도한 모양새였다. 김재상이 겸종에게 아까의 광경을 물으니 겸종은 이렇게 말했다.

---

3) 팔문(八門): 음양가가 낙서(洛書)에 기초한 구궁에 맞추어 길흉을 판단하는 여덟 가지 문. 휴문(休門)·생문(生門)·상문(傷門)·두문(杜門)·경문(景門)·사문(死門)·경문(驚門)·개문(開門) 등을 이른다.

"밭 안쪽으로 몇 발자국 옮겨가자마자 오장五臟이 요동치고 칠정4)이 혼미해지니 눈이 안 보여 지척을 분간치 못하다가 곧 정신을 잃었습니다. 아까 노인이 제 손을 잡고 길을 이끌어주니 비로소 눈이 보이고 정신이 들었습니다."

김재상이 이를 매우 기이하게 여겼다. 그때 시골 늙은이는 더이상 아무 말도 하지 않고 산기슭 쪽으로 걸어갔다. 김재상은 그가 이인異人이라고 여겨 겸종을 근처 촌집에 가 있게 하고, 자기는 몰래 그의 뒤를 따라갔다. 산등성이를 몇 개 넘어 그가 사는 집으로 들어가는데 몇 칸밖에 안 되는 초가집이 있고 방은 단 한 칸이었다. 김재상이 재워달라고 여러 번 간청하니 늙은이는 웃으며 안으로 들어가 늙은 아내와 조용히 이야기했다. 그러고는 기장 조밥 한 사발을 갖고 나와 김재상과 부엌에서 마주앉아 먹었다. 늙은이는 짚자리를 펴서 김재상에게 앉게 하고는 말했다.

"산에 사는 사람이라 무례한 인사가 많았습니다. 허물을 들어 꾸짖지는 마십시오."

그러고는 같이 잤다.

김재상은 그의 생애에 대해 좀 물어보려 했지만, 늙은이가 코를 우레같이 골아 이야기를 나눌 수 없었다.

잠시 뒤 동쪽이 밝아오니 김재상이 늙은이를 깨우며 말했다.

"주인장께서는 어찌 이렇게도 곤히 주무십니까?"

늙은이가 눈을 부비고 일어나 앉으며 말했다.

"노망이 들어 손님 접대하는 인사가 이리 소홀했습니다. 제 죄를 압니다. 저의 죄를 알겠습니다."

---

4) 칠정(七情): 사람의 일곱 가지 감정. 희(喜, 기쁨)·노(怒, 노여움)·애(哀, 슬픔)·낙(樂, 즐거움)·애(愛, 사랑)·오(惡, 미움)·욕(欲, 욕심) 또는 희(喜, 기쁨), 노(怒, 노여움), 우(憂, 근심), 사(思, 생각), 비(悲, 슬픔), 공(恐, 두려움), 경(驚, 놀람).

김재상이 말했다.

"제가 해야 할 일이 있어 지금 아무 곳으로 가려 하는데 그 일이 잘될지 모르겠습니다."

늙은이가 웃으며 말했다.

"내 암행어사가 우리집에 행차하실 줄 이미 알았지요. 서로 속이지 맙시다."

김재상이 깜짝 놀라며 말했다.

"그게 무슨 말씀이시오? 시골의 궁벽한 선비를 어찌 암행어사라 하십니까? 주인장께서 정말 망령이 드셨습니다그려."

늙은이가 처마 끝에 걸린 별을 가리키며 말했다.

"저 별이 암행어사를 주관하는 별인지라 내 저걸 보고 알았지요. 숨겨서 뭐하겠소?"

김재상은 이 말을 듣고 더이상 숨길 수 없을 것 같아 사실을 고하고 자기의 평생 벼슬길이 어떨지, 자손은 어떨지 등을 물었다. 늙은이는 조목조목 상세하게 말해주었다.

"모년에 모 관이 될 것이고, 모년에 모 품계에 오를 것입니다. 모년에 안찰사가 될 것이고, 모년에 의정부에 들어갈 것이며 마침내 영의정에 이를 것입니다. 신하로서 존귀함이 지극하여 종묘배향5)도 받을 것입니다. 아들 셋을 둘 텐데, 둘째 아들이 아버지 뒤를 이어 영의정이 될 것입니다."

늙은이가 이인좌의 난에 대해서까지 역력히 말해주니, 김재상은 이를 묵묵히 가슴에 새겨두었다. 나중에 김재상이 벼슬에 제수되고 품계에 오른 것이 다 그의 말에 부합했다 한다.

---

5) 종묘배향(宗廟配享): 임금이 죽으면 종묘에 신주를 모신 후 그 임금에게 특히 충성했거나 국가에 큰 공적을 세우고 죽은 신하의 신주도 그 종묘에다 모신 것으로, 이는 가문의 큰 명예였다. 김재로는 실제로 종묘에 배향되었다.

金丞相瓜田見異人

清沙金相以繡衣出嶺南, 時當五六月, 天氣甚熱, 行到太白山中, 喉渴甚急, 峽中無人家, 亦無井泉, 與從傔6)彷徨路次7), 萬無解渴之道8). 適過一峴, 則路邊有瓜9)田而無幕, 見靑瓜10)爛熟, 渴症甚緊, 豈顧納履之嫌? 使其從傔11), 持二分錢, 掛于田中豆葉, 入送摘來, 傔人擧足入畝, 纔12)擧13)數步, 仍卽昏窒仆于田中, 口裡纔出一聲曰: "進賜主活我!" 仍又無聲, 金相大怪之, 不敢造次入去, 彷徨田隴, 方甚罔措, 忽有一田翁, 頭戴14)箬笠, 自山上下來呼謂15)曰: "豈可唐突偸入耶?" 觀其行步徐緩, 言辭雍容, 少無驚怪之樣. 金相告以喉渴之16)故, 懸錢17)入送之意, 田翁曰: "此田雖無幕無人, 君不見18)田邊白麻之種乎? 此足禦偸人之行色19)矣." 笑而入田, 抱傔人之手, 從某方而出20), 俄者昏仆不省之人, 今則如常無恙. 又得食數21)瓜22), 金相更爲詳看, 則瓜23)田四面環植白麻, 其種之之24)法, 或疎或密, 宛成八

6) 從傔: 고대본·가람본에는 '傔從'으로 표기.
7) 次: 고대본·가람본·성균관대본에는 '中'으로 표기.
8) 道: 동경대본에는 '路'로 표기.
9) 瓜: 고대본·가람본·성균관대본에는 '苽'로 표기.
10) 瓜: 고대본·가람본·성균관대본에는 '苽'로 표기.
11) 從傔: 고대본·가람본·성균관대본에는 '傔從'으로 표기.
12) 纔: 고대본·가람본에는 탈락.
13) 고대본에는 '趾'가 더 나옴.
14) 頭戴: 고대본·가람본에는 '戴頭'로 잘못 표기.
15) 고대본·동경대본·가람본·해동야서에는 '之'가 더 나옴.
16) 之: 고대본·가람본에는 탈락.
17) 錢: 고대본에는 '田'으로 잘못 표기.
18) 見: 고대본에는 탈락.
19) 色: 국도본·고대본·동경대본·가람본·해동야서에는 탈락.
20) 出: 고대본에는 잘못 탈락.
21) 數: 동경대본에는 '穀'으로 잘못 표기.
22) 瓜: 고대본·가람본·성균관대본에는 '苽'로 표기.
23) 瓜: 고대본·가람본·성균관대본에는 '苽'로 표기.
24) 之: 동경대본에는 '種'으로 표기.

門貌²⁵⁾樣, 意以爲此是八陣法也. 仍問傔人, 以俄者光景, 傔人以爲: "纔移數步, 五內撓亂, 七情迷昏, 目無所見, 咫尺不辨, 仍爲昏沉矣. 俄者老²⁶⁾人携手指路, 始目有所見, 精神惺惺²⁷⁾矣." 金相大以爲異. 於是田翁, 更無一言, 飄然向山厓而去, 金相以爲異人, 傔人則送于近處村舍, 而潛追其踪, 踰越數岡²⁸⁾, 隨田翁入其所居之室, 乃是數間草屋, 而房則一間房而已. 金相乃萬端乞宿, 田翁笑而入內, 與老妻²⁹⁾從容談話, 後手持一椀黍粟飯, 邀坐于廚中食之. 布一立³⁰⁾藁席請坐曰: "山居人事太無禮, 休咎休咎." 仍與同宿. 金相方欲叩其平生, 而田翁鼻息如雷, 無以接話, 少焉東方欲曙, 金相攪田翁曰: "主人何睡之困耶³¹⁾?" 老翁拭眼起坐曰: "老昏所致, 接客人事, 如是泛忽, 知罪知罪!" 金相曰: "吾方有所營事, 今向某地, 未知其事可得諧乎?" 翁笑曰: "吾已知繡衣之臨吾門也. 勿相欺也." 金相驚曰: "惡是何言也? 鄕曲窮士, 何視以繡衣也? 主翁眞妄矣." 田翁手指檐角之星曰: "此星乃主繡衣者也. 以是知之, 何用藏踪爲也?" 金相聞此言, 勢無以隱諱, 告以實, 細叩其平生官³²⁾跡之³³⁾如何, 子孫之如何, 田翁一一詳告曰: "某年爲某官, 某年陞某資, 某年按節, 某年登閣, 畢竟位至上相, 貴極³⁴⁾人臣, 廟配³⁵⁾血食³⁶⁾, 有子三人, 而仲子又當繼爲³⁷⁾領相." 至於黃猴之亂³⁸⁾, 亦歷歷言之, 金相默

25) 貌: 고대본·성균관대본에는 '模'로 표기.
26) 老: 고대본에는 '路'로 잘못 표기.
27) 惺惺: 고대본·가람본에는 '爽爽'으로, 성균관대본에는 '爽然'으로 표기.
28) 岡: 국도본·고대본·동경대본·가람본·성균관대본에는 '崗'으로 표기.
29) 妻: 고대본·가람본·성균관대본에는 '翁'으로 잘못 표기.
30) 立: 고대본에는 '笠'으로 표기.
31) 耶: 고대본·가람본에는 '也'로 표기.
32) 官: 국도본·고대본·가람본·성균관대본에는 '宦'으로 표기.
33) 之: 고대본·가람본에는 탈락.
34) 貴極: 고대본·가람본·성균관대본에는 '極貴'로 표기.
35) 配: 국도본·고대본·동경대본·가람본·해동야서에는 '享'으로 표기.
36) 血食(혈식): 피 묻은 산짐승을 잡아 제사를 지낸 데서 유래하여, '나라의 의식(儀式)으로 제사를 지냄'을 이르는 말.
37) 爲: 고대본·가람본에는 탈락.

記于中, 後來除官陞資, 無不符合云.

표류한 유랑을 통해 단구를 알다

강원도 고성군에 유동지劉同知라는 사람이 있었다. 젊을 적에 같은 동네 사람 스물네 명과 함께 배를 타고 미역을 따러 바다로 나갔다가 한 섬에 정박했다. 미역을 다 따고 나서 돌아오는데 홀연 서북풍이 크게 일어나니 배를 되돌릴 수가 없었고 배는 점점 망망대해로 나아갔다. 배 안에 있는 사람들은 눈이 어지럽고 정신이 아득해져 모두 봉창 옆에 쓰러져 죽음이 닥칠 순간만 기다리며 꼼짝도 하지 못했다. 흉흉한 파도 소리가 들려와 바라보니 파도는 마치 산이 무너지는 형세였다. 서로의 몸을 베고 누워 입을 벌리고 눈만 크게 뜬 채 여러 날 동안 물 한 잔도 마시지 못했다.

어느 날 문득 한 곳에 이르니 바람이 고요해져 배가 멈추었다. 유동지가 일어나 살펴보니 동행한 스물네 명 중 자신을 포함해 다섯 명만 목숨이 붙어 있었는데 그들도 거의 죽어가고 있었다. 나머지 열아홉 명은 죽은 지 오래였다. 유랑은 죽은 사람은 어쩔 수 없어도 몸을 움직일 수 있는 사람은 살길을 도모해야 한다고 생각했다. 그는 정신을 모아 억지로 몸을 일으켜 백사장을 향해 뛰어내렸다. 죽지 않은 나머지 네 사람도 유동지를 따라 뛰어내렸다. 그중 두 사람은 물에 빠져 익사하고 세 사람만 살아남았다. 모두 기진맥진해 모래사장에 누워서 눈만 크게 뜬 채 아무 말도 못하고 서로 바라보기만 할 뿐이었다.

그들은 정신이 몽롱한 와중에 홀연 흰옷을 입은 동자 둘이 백사장으로 천천히 걸어오는 모습을 보았다. 두 사람이 앞으로 다가와 말했다.

"어디서 온 사람들인데 모래밭에 누워 있을까? 분명히 바다에서 표류하다 온 사람들이겠네."

유동지는 간신히 기운을 냈지만 말은 할 수 없어서 손을 들어 입을 가리켰다. 동자가 허리춤에서 우호羽壺, 참새 모양으로 생긴 병를 꺼내 우상羽觴, 새의 깃털 모양을 한 술잔에 물을 따라 마시게 해주고는 말했다.

"저희 선생님께서 당신들이 여기 계신 줄 아시고 저희를 보내 구해드리라 하셨지요."

세 사람이 물을 한 모금씩 마시니 정신이 금방 되살아나고 기력이 평소와 같이 회복되었으며 배도 불러왔다. 세 사람이 즉시 일어나 물었다.

"너희 선생님은 어떤 분이시고 지금 어디 계시지?"

"선생님께서 함께 오라고 말씀하셨어요."

세 사람은 일어나 동자를 따라 걸어갔다. 선생의 거처에 이르러 보니, 그 선생이란 사람은 머리에 아무것도 쓰지 않고 떨어진 솜옷을 입고 초막에 앉아 있었는데 얼굴이 숯같이 검은 노옹이었다. 세 사람이 예를 갖추어 인사하자 노옹이 말했다.

"그대들은 어느 군에 사시오? 어쩌다 표류하게 됐소?"

유동지가 말했다.

"저희는 다 고성 사람입니다. 미역을 따러 나왔다가 표류하게 되었나이다."

노옹이 말했다.

"나 역시 고성 사람이라오. 바람을 만나 표류해 이곳까지 와서 살게 되었소."

세 사람은 그가 고성 사람이란 말을 듣고 참 기뻤는데, 그 마음이 어찌 타향에서 고향 사람을 만난 기쁨에 그치겠는가? 세 사람이 즉시 물었다.

"어르신이 고성 분이시라면 어느 면 어느 촌에 거주하셨나요?"

"모 면 모 촌 사람인데, 아무개의 아버지이고 아무개의 숙부라오. 표류하여 이곳에 온 지가 오래되니 요즘 우리집 형편이 어떤지 모르겠구려."

그 촌 이름을 들으니 세 사람의 이웃 마을이었다. 그가 말한 모와 모는 모두 세 사람의 증조부의 친구들로서 작고한 지 이미 오륙십 년은 지났다. 그러니 세 사람은 노옹의 현손 오대손五代孫 뻘이었다. 그 사실을 이야기하니 노옹은 한참을 슬퍼했다.

이로부터 세 사람은 날마다 노옹을 따르며 옛날과 지금의 일에 대해 이야기하며 시간을 보냈다. 대개 이 섬은 맑은 모래와 푸른 소나무가 펼쳐져 있었고 사이사이에 금사초金莎草가 자랐다. 사방이 탁 트였는데 간간이 인가가 있었다. 그들은 농사짓지 않고 뽕나무도 기르지도 않았으며, 다만 물을 마시고 풀옷을 입을 뿐이었다. 두 동자가 왕래했는데 그들은 온몸에 흰 깃옷을 입고 있었다.

세 사람이 물었다.

"이 섬은 뭐라고 부르지요?"

노옹이 말했다.

"동해의 단구丹邱, 신선이 사는 이상향라네."

세 사람은 섬에 오래 머물면서 매일 장대한 일출을 구경했는데 세속의 일출과는 비교할 수 없을 정도여서 노옹에게 물었다.

"해가 뜨는 곳은 여기서 몇 리나 되나요?"

"삼만여 리 되지."

"고성은 여기서 몇 리나 됩니까?"

"역시 삼만여 리지."

그러고는 세 사람이 해 뜨는 곳을 보고 싶다고 청했는데 그때마다 노옹은 받아주지 않았다. 그들이 여러 번 간곡히 청하자, 노옹이 하루는 두 동자에게 명했다.

"너희가 이 사람들을 데리고 가서 해 뜨는 곳을 보여주거라."

얼마 뒤 두 동자가 배를 대면서 말했다.

"이 배를 타고 가서 일출을 구경하시지요."

세 사람은 즉시 배에 올랐다. 흰 깃털로 엮은 고깃배였다.

두 동자가 배 양쪽 끝에서 노를 저으며 말했다.

"앉아 있지 마시고 완전히 누워서 우상수羽觴水를 한 잔씩만 마시세요."

섬에 도착했을 때부터 그때까지 섬에서 먹은 것이라고는 그 물뿐이었다. 물의 색은 소금이 가라앉은 듯 매우 흐렸지만 맛은 시원하고 상쾌했다. 세 사람이 동자에게 물었다.

"이 물 이름은 뭐지?"

"경액瓊液, 신비로운 약물입니다."

배 안에서 경액을 세 번 마시니 배가 해안에 닿았다. 동자가 말했다.

"일어나보십시오!"

세 사람이 일어나 창을 열어보니 파도가 만경이나 넓게 용솟음치는 가운데 천길만길 은산이 하늘 높이 서 있고, 바야흐로 그 꼭대기에서 해가 떠오르고 있었다. 구름과 바다가 뒤섞이고 붉은빛이 눈을 쏘니 그 광대함과 광채는 세속의 안목으로는 표현할 수 없었다. 해가 떠오를 때는 공기가 매우 차가워 벌벌 떨게 하니 가만히 있을 수가 없었다. 은산은 수정을 깎아 세운 듯 그 건너편을 훤히 볼 수 있었다. 세 사람이 동자에게 물었다.

"저 꼭대기를 넘어가면 일출의 근원을 볼 수 있겠구나?"

동자가 말했다.

"이 산 너머는 우리 선생님도 가보지 못하셨으니 더이상 말하지 마셔요."

그러고는 배를 돌렸다. 세 사람이 돌아와 노옹을 뵈니 노옹이 말했다.

"그대들 일출을 보았는가?"

"어르신 은덕을 입어 세상 사람들이 보지 못한 장관을 보았습니다만, 그 산 너머를 구경하지 못한 게 한이 됩니다."

노옹이 말했다.

"그 산 너머는 천상의 신옹神翁이라도 도달할 수 없다네."

세 사람은 여러 날을 머물다보니 재미가 없어졌다. 더욱이 부모와 처자를 그리워하는 마음을 억누를 길이 없어 매번 돌아가고 싶어했다. 노옹이 말했다.

"그대들은 고향으로 돌아가지 말게나. 이곳에 머물러도 무방하지. 이곳의 하루는 인간세상의 일 년이라네. 그대들이 바다에 표류한 지 인간세상 시간으로 오늘로 오십 년이 되었으니 집으로 돌아간들 모든 것이 낯설고 가족들은 모두 죽었을 걸세. 이 섬에서 여생을 보내는 게 좋지 않겠나?"

세 사람은 불과 석 달밖에 지나지 않았다고 생각하고 있다가 이런 말을 듣고 당황스럽기도 하고 의심스럽기도 해 더 빨리 집으로 돌아가고자 했다. 아침저녁으로 애처로운 말로 간곡히 애걸하자 노옹이 말했다.

"그래 그만하게나. 속세에서 그대들의 인연이 다하지 않았으니 어찌하겠는가?"

즉시 두 동자에게 명했다.

"이 사람들을 배에 실어서 고향으로 데려다주거라."

세 사람은 크게 기뻐하며 노옹과 작별하고 배에 올랐다. 배는 일출을 구경하러 갈 때 탔던 배였다. 배가 출발하기 전, 노옹은 두 동자에게 지

남철指南鐵, 늘 남북을 가리키는 자성을 가진 물체을 주며 말했다.

"모 방향으로 가거라. 모처가 고성이다."

유동지가 물었다.

"노인께서 어떻게 지남철을 다 갖고 계시나요?"

"내가 바다에서 표류해 올 때 가지고 있던 것이라네."

세 사람이 배에 오르고 마신 것은 전과 같았다. 배 안에는 경액 이십여 병이 있었는데 유동지는 서너 병을 훔쳐 옷 속에 감추었다. 며칠이 지나자 배가 한 곳에 정박했다. 동자가 말했다.

"배가 이미 닿았습니다."

일어나 앉아보니 그곳은 바로 고성 땅이었다. 동자가 말했다.

"배에서 내리세요."

배에서 내려 해안에 오르니 순식간에 배와 동자는 사라졌다.

세 사람은 각자 자기 집으로 돌아가보았다. 마을 모습이 전과는 완전히 달랐다. 만나는 사람마다 모두 처음 보는 얼굴이었다. 집에도 얼굴을 알아볼 수 있는 사람은 하나도 없었다. 그래서 족보를 살펴보니 부모님이 돌아가신 지는 이미 사십여 년이 되었고, 아내 역시 늙어 죽었다. 바다에서 표류할 때 태어난 아들 역시 이미 죽었고, 지금 주인집 사람은 자기 손자로 역시 모두 늙었다.

세 사람의 집에서는 평소 입던 옷으로 허장을 지내고, 배를 탔던 날에 제사를 지낸다 했다.

다른 두 사람은 화식火食을 하니 불과 몇 년 안 되어 죽었다. 유동지는 다행히도 훔쳐온 경액 두 병을 날마다 한 잔씩 마시며 화식을 하지 않은 고로 평생 질병이나 탈이 생기지 않았고 몸도 건강했다. 그의 나이를 계산하면 거의 이백 살이 넘었다.

매번 고성 원이 새로 부임하면 꼭 유동지를 불러 바다에서 표류하던 일에 대해 물었고, 간혹 이웃 읍 벼슬아치들이나 지나가는 길손조차 그

를 불러서 물었기에 그는 무수히 관가에 출입해야 했다. 유동지는 그것
이 자못 난감했다 한다.

識丹邱劉郎漂海

江原道高¹⁾城郡, 有劉同知者. 少時與同里二十四人, 將船採藿, 泊於一
島, 採盡回船之際, 忽西北風大起, 莫可回棹, 漸入大洋, 舟中人, 目眩神懨,
盡仆篷窓, 只俟溘死, 不得運動, 但聞波濤洶湧之聲, 勢若山崩, 相與枕藉,
開口瞪目, 屢日不得飮勺水. 一日忽泊一處, 風靜船止, 劉郎起而視之, 同
行二十四人, 只五人僅保性命, 欲死欲死, 其餘十九人則死已久矣. 劉以爲
死者已矣, 旣有知覺, 則不可不圖生, 乃聚會精神, 强爲起身, 跳下沙場, 其
餘不死者四人, 隨劉跳下, 二人則跳時落水死, 只存三人, 幷爲氣盡, 僵臥
沙場, 相與瞪目默視而已. 朦朧中見之, 則忽有白樣二童子, 自沙中緩緩而
來, 當前而語曰: "何處人來臥於沙場耶? 必是漂海之人也." 劉艱辛作氣,
口不能言, 擧手指口, 童子自腰間解羽壺, 以羽觴酌以飮之曰: "吾之先生,
已知君輩之在此, 故送余救之矣." 三人一飮, 精神頓生, 氣力如常, 腹亦充
然, 卽起坐曰: "汝之先生, 是何人, 而見在何處?" 曰: "先生言與俱來矣." 三
人卽起行步, 隨童子至先生處, 則所謂先生, 頭無所着, 身衣破綿, 坐一草
幕, 面如黑炭, 一老翁也. 三人施禮畢, 老翁曰: "君輩居²⁾在何郡, 而緣何漂
到?" 劉曰: "吾輩³⁾俱是高城人, 因採藿漂海矣." 老翁曰: "吾亦高城人, 爲風
所漂, 來住於此." 三人聞是高城人, 其欣然⁴⁾之心, 奚啻他鄕逢故人而已?

---

1) 高: 고대본에는 '固'로 표기.
2) 居: 국도본·고대본에는 탈락.
3) 吾輩: 국도본·고대본·가람본에는 탈락.
4) 然: 국도본·고대본·가람본·해동야서에는 '喜'로 표기.

卽問[5]: "長者旣是高城人, 則不審何面何村居住乎?" 曰: "某面某村之人, 某也之父, 某也之叔. 漂到旣久, 不知吾家近作何狀也." 聞其村名, 則卽三 人之隣里, 而所云某也某也者, 皆三人者祖曾之友人[6], 作故[7]已過五六十 年, 以見今生存者計之, 則恰爲老翁之玄孫五代孫也, 仍語其事, 老人悽然 良久. 自是以後, 日陪老人, 談古說今, 以度時日[8]. 大抵此島晴沙碧松, 而 間有金莎草, 一望平夷, 間間有人家, 而不農不桑, 只飮水衣草而已. 二童 子或往或來, 而其所衣則全身乃白羽衣也. 三人問曰: "此島之名云何?" 老 人曰: "東海之丹邱也." 三人久居島中, 每見日出之壯大, 非比世間, 問于老 人曰: "日出處, 距此爲幾許里?" 曰: "三萬餘里矣." 曰: "高城距此爲幾何?" 曰: "亦三萬餘里矣." 仍請願見日出處, 老人每每防遮, 三人屢次苦懇, 一日 命二童子曰: "汝與此人去看日出處." 小[9]頃二童子泊舟曰: "上此船去看日 出也." 三人卽上船, 船乃白羽編織一箇漁艇也. 二童子[10]持棹立船兩頭而撓 之曰: "勿坐而盡臥, 只飮一勺羽鸇水." 盖自初入至今, 島中所食, 只此水而 已. 水色如沉鹽甚濁渾, 味則淸爽矣, 問童子曰: "此飮何名?" 曰: "瓊液也." 於船中三服瓊液, 而船已泊岸, 童子曰: "起而視之!" 乃起開窓視之, 則波濤 萬頃, 潚泓洶湧, 中有銀山萬丈接天而立, 其顚日方上矣. 雲海相盪, 紅光 射目[11], 其廣大也, 其光輝也, 不可以俗眼目所可盡形. 日上時氣甚寒凜令 人戰慄, 殆不能定矣. 其銀山如水晶削立, 其外似[12]可以通[13]觀矣. 問童子 曰: "越彼巓則可見日出之本矣." 童子曰: "此山之外, 吾先生亦不得往觀,

5) '曰'이 들어가야 함.
6) 人: 동경대본에는 탈락.
7) 동경대본에는 '故'가 더 나옴.
8) 時日: 동경대본에는 '日時'로 표기.
9) 小: 성균관대본에는 '少'로 맞게 표기.
10) 子: 고대본·가람본에는 탈락.
11) 目: 고대본에는 '日'로 표기
12) 似: 고대본·가람본에는 '不'로 잘못 표기.
13) 通: 국도본·고대본·동경대본·가람본·해동야서에는 '洞'으로 표기.

勿復說也." 仍卽回棹, 歸見老人, 老人曰: "君看日出乎?" 曰: "幸蒙老人之
德, 得視世人所未見之壯觀, 而彼山之外, 恨不得觀矣." 老人曰: "彼山之
外, 雖天上神翁, 不得造次到矣." 其三人者留連多日, 實無況, 味[14]不勝父
母妻子之戀, 每願歸鄕, 老人曰: "君輩不必還鄕, 此處留連, 亦自無妨. 此
中一日, 卽人間一歲也, 自君之漂海, 今已爲五十年, 雖歸家無非生疎, 渾
眷盡爲零落, 此島中好送餘年, 不亦可乎?" 三人自以爲不過三朔矣, 今聞
此言, 不覺倘悅, 將信將疑, 尤欲急急歸家. 悲辭苦語, 日夕懇乞, 老人曰:
"已矣, 君輩俗緣未盡, 爲之奈何?" 卽命二童子曰: "載送此輩於本鄕也." 三
人大喜, 與老人作別登船, 船卽向日觀日出時, 所乘者也. 發船時, 老人出給
指南鐵於二童子[15]曰: "向某方而去, 某處[16]乃高城也." 劉曰: "老人[17]此中
緣何有此[18]鐵[19]乎?" 曰: "吾漂海時, 所持來者也." 上船後, 其所飮者, 亦如
前, 而船中所存者, 二十餘壺. 劉也偸取數[20]三壺, 藏於衣中. 至第幾日, 船
泊于一處, 童子曰: "船已泊矣." 起坐視之, 乃高城地也. 童子曰: "下船." 下
船登岸, 則船與童子, 頃刻不知去處矣. 三人者各歸家視之, 村落面目, 比前
大異, 逢人皆是生面. 訪至其家, 亦無一人識面者. 遂講其世派, 其父母作故
已四十餘年, 妻亦老死, 漂海時所生子, 亦已死, 卽今主家者, 其人之孫, 而
亦皆老蒼. 其三人則各其家以衣服虛葬, 祭用乘船之日云. 其二人則火食 不
過數年而死, 劉則幸偸二壺瓊液, 日以勺飮, 不尙火食, 故平生無疾恙, 身亦
康健, 計其年甲, 殆過二百. 每高城倅新莅任, 則必招問漂海消息, 或隣邑官
及一時過去客, 亦必招問, 故官家出入, 不勝頻數, 以是頗難堪云[21].

---

14) 無況, 味: '無味, 況'의 오기. 대부분의 이본이 이 오류를 답습했다.
15) 子: 동경대본에는 탈락.
16) 處: 국도본·고대본·동경대본·가람본·해동야서에는 '方'으로 표기.
17) 老人: 국도본·고대본·가람본·해동야서에는 탈락.
18) 此: 고대본·가람본에는 탈락.
19) 鐵: 고대본·가람본·해동야서에는 '鎖'로 표기.
20) 數: 고대본에는 탈락.
21) 고대본·가람본·성균관대본에는 '云'이 더 나옴.

도화원을 방문한 권생이 진경을 찾다

서문西門 밖 권진사는 일찍이 성균관에 들어갔으나 대과大科, 과거의 문과를 소과(小科)와 구분하여 일컫는 말에 뜻이 없어 오로지 유람을 일삼으며 스스로 자장[1]의 풍모가 있다고 여겼다. 전국 팔도를 두루 돌아다녔으니 그의 발자취가 닿지 않은 곳이 없었다. 명산대천, 영험한 땅, 이름난 곳 등 자연경관이 그윽한 곳은 다 찾아갔고, 어떤 곳은 두세 번이나 갔다.

춘천 기린창麒麟倉에 갔을 때는 마침 장이 서는 날이었다. 권진사가 점사에 앉아 있는데, 대삿갓을 쓰고 소를 탄 어떤 사람이 점사 심부름꾼에게 물었다.

"저 방 손님은 뭐하는 양반이오?"

심부름꾼이 말했다.

"한양 사시는 권진사님인데 팔도 방방곡곡을 두루 돌아다녀 유람하지 않은 곳이 없는 분이지요. 저희 집에도 세 차례나 묵으셔서 가깝게

---

1) 자장(子長): 사마천의 자(字). 사마천은 벼슬을 하기 전에 여러 곳을 유람했다 한다.

지낸 지 오래되었습죠.”

“저 양반이 잘 아는 게 있소?”

“풍수를 자못 잘하시지요.”

“혹 저분을 모셔갈 수 없겠소?”

“그거야 쉬운 일이지요.”

잠시 뒤 심부름꾼이 들어가 말했다.

“모 촌 모첨지께서 진사님이 재주 있으시다는 말씀을 듣고 진사님을 청해 모셔가고 싶어합니다. 진사님은 의심하지 마시고 잠시 행차하시는 것이 좋을 듯합니다.”

권진사는 여러 날 점사에만 머물다보니 상당히 무료하던 차여서 이렇게 대답했다.

“여기서 멀지 않은 곳이면 한 번쯤 가서 놀다 오는 것이 무슨 방해가 될까?”

이때 모첨지가 와서 권진사를 뵈며 말했다.

“진사님의 명성을 들은 지 오래되었습니다. 오늘 제가 소를 타고 왔는데 잠시 누추한 곳으로 가주실 수 있는지요?”

권진사가 말했다.

“첨지께서 사시는 곳은 여기서 몇 리쯤 됩니까?”

“여기서 삼십 리쯤 됩니다.”

바로 그날 소를 타고 출발했는데 첨지는 고삐를 잡고 뒤를 따랐다. 때는 정오 무렵이었다. 소는 빠르지도 느리지도 않았다. 삼사십 리쯤 왔다는 생각이 들 때 권진사가 첨지에게 말했다.

“영감이 사시는 마을이 이제 얼마 남지 않은 것 같구려.”

“제가 사는 곳은 아직 멀었습니다.”

“그럼 지금까지 몇 리나 왔소?”

“팔십 리를 왔습니다.”

권진사가 매우 이상한 생각이 들어 말했다.

"그럼 지금까지 근 백 리는 왔는데 당신 마을이 아직 멀리 있다 하니, 처음에 삼십 리라고 한 것은 참 허황된 말이었군요. 영감께서 나를 속여 데려가서 무얼 하려고 하오?"

"거기에는 묘한 이치가 있지요. 점사 주인은 다만 제가 삼십 리 밖 마을에 거주한다는 것만 알지, 제가 거주하는 마을에 대해 아는 바는 전혀 없습니다."

권진사는 영문을 알 수 없었지만 이미 거기까지 왔는데 돌아갈 수도 없어 걸음을 재촉했다. 시장터로부터 삼십 리 밖까지는 계속 심산궁곡이 이어져 암석과 빽빽한 숲만 펼쳐졌다. 낙엽은 정강이까지 덮일 정도로 쌓여 있었는데 가는 길은 하나뿐이었다. 신시申時, 오후 3시에서 5시 사이가 되니 첨지가 소를 멈추며 말했다.

"잠시 요기나 하고 갑시다."

권진사도 말에서 내렸다. 물가에 묻어놓은 대소쿠리 밥을 먹고 물을 떠마시고 나서 다시 소를 타고 떠났다. 해는 벌써 지고 황혼이 드리우는데 조금 더 가니 먼 곳에서 부르는 소리가 들렸다. 첨지가 그에 호응해 외쳤다.

"왔네!"

권진사가 소 등 위에서 보니 수십 명이 횃불을 들고 고개를 넘어오고 있었다. 모두 젊은 촌사람들이었다. 그들이 횃불로 앞을 인도해주어 고개를 넘어 내려가니 어둑어둑한 가운데 큰 마을이 나타났다. 마을은 한 골짜기를 다 차지했다. 닭과 개 소리, 다듬잇방망이 소리가 사방에서 들려왔다.

두 사람은 어느 집에 이르러 소에서 내려 문안으로 들어갔다. 방과 창이 정교하고 깨끗했으며 용마루와 처마가 시원하게 트여 산에 사는 사람의 거처 같지가 않았다.

다음날 문을 열고 둘러보니 마을 안 인가가 거의 이백여 호는 되는 것 같았다. 앞쪽 평야는 일망무제一望無際로 펼쳐져 있는데 양전良田 미토美土 아닌 데가 없었다. 그 둘레를 물어보니 이십여 리라 했다. 그곳은 세상 밖에 숨겨진 무릉도원이었다.

벽을 사이에 두고 저쪽 방 몇 칸에서는 밤마다 책 읽는 소리가 들려왔다. 물어보니 마을 젊은이들을 헛되이 놀게만 할 수 없어 해마다 가을과 겨울에 주경야독하게 하는데 반드시 이곳에 모여 공부한다고 했다.

권진사는 팔도를 두루 유람하면서 무릉도원 한번 보기를 간절하게 소원해왔다. 그는 이날 첨지를 만나 무릉도원에 왔다고 생각하니 자기도 모르게 매우 기뻐서 갑자기 첨지를 향해 꿇어앉아 존대하며 물었다.

"주인께서는 신선이십니까, 귀신이십니까? 이 마을은 어떤 마을입니까?"

첨지가 놀라서 이상하게 여기며 말했다.

"진사님은 왜 갑자기 존대를 하십니까? 나는 특별한 사람이 아닙니다. 선대는 고양高陽 땅에 사셨는데, 증조께서 때마침 이곳을 발견하고 이사해 들어오실 때 같은 성을 가진 팔촌 안에 드는 가까운 친척, 외가와 처가의 팔촌 안에 드는 가족, 그리고 인아[2] 중에서 따라오고자 하는 사람 등 모두 삼십여 가와 함께 들어오셨지요. 한번 들어오고 나서는 서로 속세를 왕래하지 않기로 약속하고 약간의 경서와 소금, 장류만 가지고 왔지요. 논을 개간해 곡식을 경작해 먹었고 마을에 사는 여러 가족이 대대로 서로 혼인해 인척이 되니 어느덧 주진지촌[3]을 이루었습니다. 그 뒤로 자손이 번성해 한 우물의 물을 먹는 집이 거의 이백여 가에 이르

---

2) 인아(姻婭): 사위 쪽의 사돈과 사위 상호 간, 곧 동서 쪽의 사돈을 아울러 이르는 말. 사위의 아버지를 '인(姻)'이라고, 사위끼리를 '아(婭)'라 한다.
3) 주진지촌(朱陳之村): 서주(徐州)의 주진촌(朱陳村)에는 주씨와 진씨만 살아 대대로 혼인을 맺었다. 이를 두고 대대로 서로 혼인하는 사람들이 사는 마을을 '주진지촌'이라고 불렀다.

렀지요."

"먹고 입을 것은 이 마을에서 경작하고 짠 것으로도 부족하지 않을 것 같습니다. 그런데 소금을 얻기는 어렵지 않은가요?"

"진사님이 어제 타고 오신 소는 하루에 이백 리를 갑니다. 증조부께서 여기로 들어오실 때 데리고 온 소가 낳은 새끼인데 그처럼 잘 걷는 소가 해마다 한 마리씩 태어나지요. 이웃 장을 왕래하며 소금을 사올 때는 반드시 이 소를 몰고 가지요. 그래서 우리 마을의 소금은 오로지 이 소에 의존해 얻습니다. 산 고기는 노루, 사슴, 산돼지, 양 등속이 있고 벌꿀통 삼백여 개가 산기슭에 줄지어 놓여 있는데 별다른 주인이 없어도 서로 나눠 쓰고 있습니다."

하루는 첨지가 소년에게 말했다.

"오늘 날씨가 온화하니 권진사님과 함께 물고기 때려잡는 놀이나 하자."

어떤 소년은 겨와 쭉정이를, 어떤 소년은 뾰족한 몽둥이를 갖고와 일제히 어느 못가에 모였다. 소년들이 물속에 겨와 쭉정이를 풀고 그것들이 가라앉기를 기다렸다. 그랬다가 몽둥이를 가지고 일시에 뛰어들어 헤엄쳐가며 물을 내리쳤다. 얼마 뒤 한 자나 되는 물고기들이 모두 물 위로 떠올랐다. 이름을 물어보니 목먹어木寛魚라 했는데 베도라치와 비슷하나 흰 비늘이 있었다.

권진사는 한 달쯤 머물며 마을 선산까지 다 구경했다. 마을을 나올 때 첨지가 당부했다.

"이곳은 춘천도 아니고 낭천狼川, 강원도 화천도 아닙니다. 저 앞쪽 평야는 몇 리나 펼쳐져 있는지도 모르지요. 사람이 오지 못하는 곳이니 세상에 이곳을 아는 사람도 없습니다. 진사님이 여기 온 것은 인연이 닿았기 때문이지요. 산에서 나간 뒤에는 부디 남에게 함부로 말하지 말아주십시오."

권진사가 말했다.

"집으로 돌아가서 나도 가족을 거느리고 오겠습니다."

첨지가 말했다.

"쉽지 않습니다. 쉽지 않아요."

과연 권진사는 늙을 때까지 자기 집에서 살았는데 매번 이렇게 탄식했다 한다.

"내 평생에 진짜 무릉도원에 들어간 적이 있는데 도무지 세속에서 벗어나지 못한 탓에 가족을 이끌고 그곳으로 들어가지 못했구나!"

訪桃源權生尋眞

白門外權進士, 早年上庠, 而無意於大科, 專以遊覽爲事, 自許以有子長之風. 周廻八路, 跡不無[4]到, 至若名山大川靈境名區, 無不冥搜[5], 或再至三至. 適到春川麒麟倉, 其日乃開市日也. 坐店舍有一人, 戴若[6]笠騎角者而來, 問店小二[7]曰: "彼房客子, 何許兩班乎?" 店小二曰: "乃是京居權進士主, 周遊八道 坊坊曲曲, 無所不覽[8], 於吾亦三次住接, 親熟久矣." 曰: "彼班有所知乎?" 曰: "頗熟堪輿術也." 曰: "或可邀去否?" 曰: "易矣." 少焉店小二入告曰: "某村某僉知, 聞進士主有所抱才, 今願請去, 進士主勿疑, 暫爲行次似好矣." 權方多日留店, 政爾無聊, 答曰: "距此不遠, 則一次往遊, 亦何妨乎?" 於是某僉知者來見曰: "聞進士主盛[9]名久矣, 今吾騎牛而來, 暫往鄙所如何?" 權曰: "僉知所居, 距此幾里?" 曰: "此場下三十里矣."

---

4) 不無: 고대본·가람본·해동야서에는 '無不'로 표기.
5) 冥搜(명수): 눈을 감고 마음속으로 깊이 생각함. '搜尋山水冥幽之處(자연 경치가 그윽한 곳을 찾는다)'의 뜻임.
6) 국도본·가람본에는 '箬'으로 맞게 표기. 성균관대본에는 '翁'으로 표기.
7) 店小二(점소이): 주점·식당·여관의 심부름꾼.
8) 覽: 동경대본에는 '覺'으로 잘못 표기.
9) 盛: 고대본·동경대본·가람본·해동야서에는 '聲'으로 표기.

卽日騎牛而行, 僉知執靶在後. 時方午時, 所騎角者, 不疾不徐, 約行三四十里, 權問僉知曰:"令監所居之村, 似不遠矣."曰:"吾之所居[10]尙遠矣."曰:"然則今來幾里?"曰:"八十里矣."權乃大怪之曰:"今此近百里來, 而村尙遠, 則初言三十里者, 何其虛浪乎? 令監欺我而來, 欲何爲乎?"曰:"此自有妙理, 店主只知吾住三十里許村, 而未嘗知吾之村住矣[11]."權心雖疑怪, 而旣已到此, 不可回靶, 遂一向趲程而行, 盖自場下來三十里外, 盡是深山窮谷, 岩石叢薄, 落葉沒脛, 只有一微路. 至晡時, 僉知止牛曰:"請暫下療飢而去."權乃下牛, 則澗邊埋置簞食, 掬水而飮, 又騎牛而行. 日已西沒, 時向黃昏, 少焉遠遠地有人呼聲, 僉知亦應呼曰:"來矣!"權從牛背見之, 則有數十把火炬, 越嶺而來, 皆是少年村氓, 以炬前導, 踰嶺而下, 依微之中, 有一大村, 專占一壑. 鷄狗之聲, 砧杵之響, 起於四隣. 卽當一家, 下牛入門, 房櫳精洒, 棟宇谿敞, 不似山中峽氓之所居. 其翌開戶周視, 則洞中人戶, 恰爲二百餘數, 前坪一望平鋪, 無非良田[12]美土, 問其周廻, 則爲二十餘里, 隱然是世外桃源也. 又隔壁數間房內, 夜夜有讀書聲, 問之則以爲洞中年少不可浪遊, 每當秋冬, 晝耕[13]夜讀, 必會此而課業云. 權周覽八域, 一見桃源之願, 耿耿于中, 今此邂逅, 到此, 不覺欣然, 與俄者僉知, 忽爲致敬, 跪而問之曰:"主人仙乎鬼乎? 此村爲何村乎?"僉知驚怪曰:"進士主何爲忽地敬待乎? 吾非別人也, 先世本居高陽, 吾之曾祖, 適得此處, 撤家入來時, 同姓堂內至親, 外家妻家堂內之族, 或姻婭之願從者, 合三[14]十餘家, 與之偕入, 相議以一入之後, 勿爲往來於世, 只持如干[15]經書鹽醬而

---

10) 居: 고대본·성균관대본에는 '去'로 잘못 표기.
11) 村住矣: 국도본·고대본·동경대본·가람본·성균관대본에는 '所住里也'로 표기. 해동야서에는 '所住也'로 표기. 문맥상 '所住里也'가 맞음.
12) 良田: 고대본·가람본에는 탈락.
13) 耕: 고대본·동경대본·가람본·해동야서에는 '畊'으로 표기.
14) 三: 고대본·성균관대본에는 '二'로 표기.
15) 如干: 고대본·가람본에는 탈락.

來. 一邊起墾, 作畓而食, 至於婚嫁, 則此中諸族, 代代爲瓜[16]葛, 便成朱陳
之村. 伊後子孫繁盛[17], 同井之室, 殆近二百餘家矣." 曰: "衣食則此中耕[18]
織[19], 似無不足, 而至於鹽事, 得無艱[20]哉?" 曰: "進士主昨日所騎之牛, 日
行二百餘里, 曾祖入此時, 所携來之牛所産, 如是善步者, 每生一匹[21], 隣
場往來, 必以此牛, 貿鹽而來, 故一洞鹽, 政專賴於此牛, 至於山肉, 則有獐
鹿猪羊之屬, 蜜筒數三百箇, 列置于山底, 一洞別無主者, 互相推用矣." 一
日僉知語少年曰: "今日日氣溫和, 須與權進士主爲打魚之戲也." 其少年或
持糠粃, 或持捧哨而齊[22]會[23]一猪澤[24], 解糠於水中, 待其沉下後, 少年一
時持杖而遊泳打波, 少頃盈尺之鱗, 盡浮于水上. 問之, 曰: "木覓魚." 似鰍
魚而有白鱗也. 權留連一朔餘, 盡覽其洞人之先山. 及當出來之時, 僉知申
托曰: "此洞非春川, 亦非[25]狼川, 此坪前頭, 不知爲幾許里, 人所不到, 世
所無知者, 進士主之到此, 亦有緣也. 出山後, 幸勿煩人說道." 權曰: "吾[26]
亦歸家, 率眷而來也." 僉知曰: "不易不易." 權出來後, 老而居家, 每嘆[27]:
"吾平生得入眞箇桃源, 而都緣未得擺脫俗務, 不得携家而去." 云.

16) 瓜: 고대본·가람본·성균관대본에는 '苽'로 표기.
17) 盛: 동경대본에는 '華'로 표기.
18) 耕: 국도본·가람본에는 '畊'으로 표기.
19) 織: 고대본·가람본에는 '食'으로 표기.
20) 艱: 해동야서에는 '難'으로 표기.
21) 匹: 고대본·가람본에는 '疋'로 표기.
22) 齊: 고대본·가람본에는 탈락.
23) 고대본·가람본·해동야서에는 '于'가 더 나옴.
24) 澤: 동경대본에는 '渚'로 표기.
25) 非: 고대본·가람본에는 탈락.
26) 고대본에는 '吾'가 더 나옴.
27) 嘆: 고대본·해동야서에는 '歎'으로 표기.

금남이 북산에 의거해 큰 공을 세우다

금남^{錦南} 정충신[1]이 안주^{安州}목사가 되었을 때다. 인조 갑자년¹⁶²⁴ 봄에 역적 이괄[2]이 평안병사^{平安兵使}로 있으면서 삼천 기병을 거느리고 샛길로 쳐들어가 곧장 한양을 침범하니, 임금도 공주로 피난해 머무르고 있었다. 도원수 옥성^{玉城} 장만[3]이 평양에 막부를 두고 있다가 반란 소식을 듣고는 급히 금남을 불러 계책을 물었다. 금남이 말했다.

---

1) 정충신(鄭忠信, 1576~1636): 임진왜란이 일어나자 광주(光州)목사 권율의 휘하에서 종군했다. 행재소에서 실시하는 무과에 응시해 합격했다. 1623년 안주목사로 방어사를 겸임하고, 다음해 이괄의 난 때는 도원수 장만의 휘하에서 전부대장(前部大將)이 되어 이괄의 군사를 황주와 서울 안산(鞍山)에서 무찔러 진무공신 일등으로 금남군(錦南君)에 봉해졌다. 포도대장·경상도병마절도사를 지냈다.

2) 이괄(李适, 1587~1624): 선조 때 무과에 급제하고 나서 형조좌랑·태안군수를 지냈다. 1623년 3월 인조반정 때 큰 공을 세웠다. 그러나 반정 뒤에 겨우 한성부판윤이 되자 불만이 많았다. 1623년 포도대장을 지내고 나서 평안병사 겸 부원수에 임명되었다. 1624년 정월에 외아들 전(梅)·한명련·정충신·기자헌 등과 함께 반역을 꾀한다는 무고를 받았다. 이어 서울에서 선전관과 의금부도사 등이 그의 군중(軍中)에 머물던 아들 전을 붙잡아 사실 여부를 조사한다는 명목으로 영변에 내려오자, 이들을 죽이고 반란을 일으켰다. 한때 서울을 점령하고 기세를 떨쳤으나, 곧 관군에 대패해 피신하던 중 부하 장수에게 살해되었다.

"이 역적에게는 상중하의 세 가지 계책이 있을 것입니다. 청천강 이북에 의거하면서 청나라와 결탁하고 쳐들어오면 우리가 이를 막을 수 없으니 그게 상책입니다. 만약 한 도에 의거하여 병사를 끼고 스스로를 지킨다면 한 해 안에 격파하기 어려울 것이니 그건 중책입니다. 곧바로 한양으로 달려가 스스로를 임금으로 칭하는 데만 급급해한다면 쉽게 패할 것이니 그게 하책입니다."

장만이 그중 어느 계책을 낼 것 같으냐고 물으니 금남은 이렇게 대답했다.

"역적 이괄은 용맹하긴 하지만 꾀가 없고, 이로움을 보면 의리를 잊으니 필시 하책을 낼 것입니다."

첩자를 보내 알아보니 이괄은 과연 하책을 냈다. 금남은 즉시 장만과 함께 근왕병을 거느리고 달려갔다. 장만이 옥천암⁴⁾과 상암裳巖, 치마바위. 북한산에 있는 바위 등지에 진치려 하자 금남이 말했다.

"병법에 북산에 먼저 의거하는 자가 이긴다 했습니다."

금남이 힘주어 주장하니 마침내 안현鞍峴, 길마재. 현재 무악재에 진을 쳤다.

한양에 있던 이괄이 그걸 보고는 직접 병졸을 이끌고 와서 올려다보며 공격했다. 마침 서북풍이 크게 일어났다. 금남은 바람을 타고 아래로 공격하여 크게 승리를 거두었다. 그는 이괄의 목을 베어 쌍수산성雙樹山城 충청남도 공주군 북쪽에 있는 산성에서 헌역獻馘, 적이나 도적의 무리를 죽이고 그들의 머리나 왼쪽 귀를 베어 임금에게 바치는 의식을 했다.

임금이 한양으로 돌아오니 모든 장수가 노량진 나루에 나와 절을 올

3) 장만(張晚, 1566~1629): 1589년 생원·진사에 모두 합격하고, 1591년 별시문과에 병과로 급제했다. 충청도 관찰사·호조참판·대사간·형조참판·병조참판을 역임했으며, 밖으로는 전라·함경 양도의 관찰사가 되었다. 1624년 이괄이 반란을 일으키자 각지의 관군과 의병을 모집해 이를 진압했다. 이 전공으로 옥성부원군(玉城府院君)에 봉해졌다.
4) 옥천암(玉泉岩): 어디인지 알 수 없다.

리며 맞이했으나, 유독 금남은 공로가 없다며 즉시 안주 임소로 돌아갔다. 임금이 글을 내려 부르자 그제야 금남은 올라왔다. 임금이 물었다.

"왜 혼자만 임소로 먼저 돌아갔는고?"

"신은 수령守令이면서도 능히 신이 맡은 땅을 지키지 못해 적이 함부로 서울로 들어가 전하께서 몽진蒙塵, 임금이 난리를 만나 궁궐 밖으로 몸을 피함하시게 했습니다. 이는 신하 된 자의 죄입니다. 병사를 일으켜 적을 토벌한 것은 신하 된 자의 직책입니다. 진실로 죄를 용서받기도 어려운데 무슨 공로가 있다 하겠습니까? 또 전하의 성덕으로 적이 섬멸되었으니 마땅히 자기 자리로 돌아가 죄를 기다릴 뿐, 어찌 감히 당돌하게 어가御駕를 맞이하고 공을 가로채어 상을 바라겠습니까?"

이에 임금은 금남을 더욱 소중하게 여겼다.

아, 적을 살핌에는 신명했고, 병법을 구사하는 데는 지혜로웠으며, 의리를 지킴에는 현명했으니 비록 옛날의 명장이라 할지라도 그와 견줄 만한 사람은 드물 것이다.

據北山錦南成大功

鄭錦南忠信, 爲安州牧⁵⁾使時. 仁廟甲子春, 适賊以平安兵使, 率三千騎, 以間路直犯京城, 大駕播遷, 駐公州. 都元帥張玉城晩開府平壤, 初聞叛報, 急招錦南問計, 錦南曰: "此賊有上中下三策, 若據淸川江以北, 締結建虜, 幷力長駈, 則莫可抗也, 上策也. 若全⁶⁾據一道, 擁兵自衛, 則未可以歲月破也, 中策也. 若直走京城, 急於僭號, 則易敗也, 下策也. 問出於何⁷⁾策, 錦南

---

5) 牧: 고대본·성균관대본에는 '兵'으로 표기.
6) 全: 국도본·고대본·가람본·성균관대본에는 '專'으로 표기.
7) 何: 고대본에는 '下'로 잘못 표기.

曰: "适賊勇而無謀, 見利忘義, 必出[8]於下策矣." 牒知則果出於下策, 卽與張晚, 率勤王之師, 馳[9]赴之, 張玉城欲布陣於玉泉岩裳岩[10]等處, 錦南曰: "兵法先據北山者勝." 力爭之, 遂陣於鞍峴. 适在京城, 望見之, 自率衆出來, 仰攻之, 適西北風大起, 錦南乘風下攻, 大捷之. 遂斬适[11], 獻馘於雙樹山城. 大駕還都, 諸將皆迎拜於鷺梁津頭, 獨錦南[12]以无[13]功, 卽還安州任所. 上賜書招之, 始上來, 上問: "何爲獨先還任乎?" 對曰: "身爲命吏, 不能守土, 縱賊入京, 致君上蒙塵, 臣子之罪也. 起兵討賊, 臣子之職也. 罪固難贖, 功於何有? 且賴君之靈, 賊旣就滅, 當還職次待罪, 豈敢唐突迎駕, 邀功[14]望賞耶?" 上尤重之, 噫, 料賊也神, 用兵也智, 處義也明, 雖古之名將, 罕有其儔也.

---

8) 出: 고대본·가람본에는 탈락.
9) 馳: 고대본·가람본에는 탈락.
10) 裳岩: 고대본·가람본에는 탈락.
11) 고대본·가람본에는 '賊'이 더 나옴.
12) 南: 동경대본에는 '城'으로 잘못 표기.
13) 无: 국도본·고대본·동경대본·가람본·해동야서에는 '元'으로 잘못 표기.
14) 邀功(요공): 공을 바라다. 남의 공적을 가로채다.

서촉 상인이 기이한 병을 사서 지극한 보물을 얻다

   강남에 심씨 성을 가진 효자가 있었는데, 집은 가난했고 부모는 늙었다. 그의 효심이 지극하니 향리에서 다들 그를 칭찬했다.

   하루는 비가 쏟아졌는데 작은 물고기 한 마리가 마당에 떨어졌다. 효자 심씨는 그것을 아버지에게 먹였는데, 아버지가 그 탓에 병을 얻어 식음을 전폐하고 청포탕[1]만 찾았다. 반년이 되어가도록 아버지는 병이 낫지 않고 몸이 마구 부어올라 몸집이 거대해졌다. 아버지는 물 한 잔, 곡식 한 톨조차 입에 넣지 못하고 오직 청포탕만 먹었다. 심씨는 노심초사하며 의원을 찾아다니고 온갖 약을 다 써보았지만 모두 효험이 없었다. 하늘에 기도하고 신에게 빌어보기도 했지만 역시 영험은 없었다.

   하루는 서촉[2] 상인[3]이 찾아와 병자를 살펴보았다. 심 효자가 좋은 의원을 찾는다 하니 서촉 상인이 말했다.

---

1) 청포탕(淸泡湯): 반듯반듯하게 썬 녹말묵을 다진 후 달걀 푼 것을 씌운 소고기나 닭고기와 함께 끓여서 만든 장국.
2) 서촉(西蜀): 중국의 진(秦)나라 서쪽에 있던 지역으로, 지금의 쓰촨성 청두 근방이다.

"병은 낫게 할 수 있습니다. 내가 그 병을 사도 되겠습니까?"

효자가 말했다.

"부친의 병을 고쳐주시는 것만 해도 결초보은해야 할 터인데, 어찌 병을 팔기까지 할 수 있겠습니까?"

상인이 말했다.

"비록 그렇긴 하나 일을 소홀하게 할 수는 없소이다."

상인은 매매 문서를 써주고 삼일 동안 재숙齋宿, 제관(祭官)이 재소(齋所)에서 밤을 지내던 일했다. 그러고는 맑은 새벽에 병실로 들어가 은으로 된 작은 합盒을 열고 붉은색 가루약을 조금 꺼내 팔팔 끓인 약수 한 잔과 함께 아버지가 복용하게 했다. 잠깐 사이에 병자는 오장이 뒤집히더니 벌레 한 마리를 토해냈다. 상인은 은젓가락으로 그것을 집어 은합에 넣고 뚜껑을 덮은 뒤 비단 보자기로 싸서 행랑 속에 감추었다. 병자는 옛날처럼 먹고 마실 수 있게 되고 금방 병도 나았다. 상인은 효자 심씨에게 기이한 비단과 명주와 보물 한 수레를 주며 함께 가자고 청했다. 그들은 남해 바닷가로 같이 가서 자리를 차려놓고 앉았는데 상인은 뭔가를 기다리는 것 같았다.

이윽고 한 청의동자가 연엽주蓮葉舟, 연잎 모양의 배, 혹은 연잎으로 만든 배를 타고 파도 속에서 나타나 상자 하나를 앞에 바치며 말했다.

"저희 임금님께서 이 물건으로 성의를 표시하며 큰 은혜를 입고자 하십니다."

열어보니 모두 산호와 보배 구슬이었다. 상인이 꾸짖으며 말했다.

---

3) 상인: 원문은 가호(賈胡)라 되어 있다. 소그디아나(Sogdiana) 지역은 고대 페르시아제국의 한 주(州)이며, 지금의 우즈베키스탄에 속한다. 그 지역 원주민이 소그드인인데 이란계다. 중국에서는 속특인(粟特人)이라고 불렸다. 이들은 예로부터 국제적인 상업 무역을 하면서 톈산산맥 북쪽 기슭과 중국 간쑤성 북서부·동(東)투르키스탄·몽골고원 일대에 살았고, 당나라 때는 장안에도 많이 거주했다. 그들은 흉노, 돌궐, 위구르 등 유목국가에서는 상업을 주로 하고, 그곳 군주들의 정치·문화 정책 고문으로 활약하기도 하여 중국에서는 이들을 '가호'라고 불렸다.

"미미한 물건으로 큰 것을 바라니 어찌 그리 망령된고? 여원如願이라는 자가 아니면 얻을 수 없을 것이니라."

청의동자가 다시 파도 속으로 들어갔다. 곧 백발노옹이 용궁에서 나와 백번 절을 하며 공경을 표시하고서 다른 보물을 받아달라고 애걸했다. 상인이 또 꾸짖자 노옹은 머리를 한참 긁적이다가 청의동자를 물속으로 보냈다. 잠시 뒤 어여쁜 미인이 파도를 가르고 나왔다. 상인은 그제야 은합을 열고 벌레를 물 위로 놓아주었다. 벌레는 잽싸게 솟구쳐오르더니 작은 용으로 변신해 가버렸다.

상인이 미인을 태우고 돌아가려 하자, 심씨가 이를 이상하게 여기고 그 까닭을 물었다. 상인이 대답해주었다.

"저 벌레는 용의 아들이라오. 구름을 움직여 비를 내리는 기술을 배우다가 잘못해 당신 집으로 떨어졌소. 기술을 잊어버리고 사람에게 삼켜져 벌레로 변했는데 다시 변화해 돌아갈 길이 없었다오. 그런 까닭으로 당신 아버지께서 병중에 청포탕만 먹었던 것이오. 내가 이 미인과 벌레를 바꾼 것은 미인이 여원이라는 이름처럼 세간에서 원하는 바를 소원대로 다 이루어주는, 지금껏 세상에서 가장 귀중한 보물이기 때문이오. 이는 용왕도 아끼는 것이라오."

효자 심씨는 집으로 돌아와 그 보물들로 거부가 되었는데, 사람들은 그의 효성이 하늘을 감동시켜 그리 되었다고들 했다.

得至寶賈胡買奇病[4]

江南有沈孝子, 家貧親老, 性至孝, 鄕里稱之. 一日大雨暴注, 一小魚落

---

4) 病: 고대본에는 '兵'으로 잘못 표기.

於庭中, 沈孝子以供其父, 其[5]父因以得病, 專[6]廢食飲, 但索淸泡湯, 幾半年未療. 浮漲大發, 軀殼甚巨, 勺水粒穀, 不入其口, 所喫者, 唯[7]淸泡而已. 孝子勞心焦思, 訪醫試藥, 皆不奏效, 禱天祈神, 亦無靈驗. 一日西蜀賈胡, 踵門而至, 見病人, 孝子願求良醫, 賈胡曰: "病可療矣, 吾欲買其病可乎?" 孝子曰: "若醫親病, 結草報恩, 豈可賣乎[8]?" 賈胡曰: "雖然不可虛踈." 寫出賣買文劵, 齋宿三日, 乃於淸晨, 入其病室, 啓一銀小盒, 出紅色散藥少許, 以百沸湯一盃, 調服之, 須臾五內翻覆, 吐出一蟲, 賈胡以銀箸挾之, 而入於銀盒中, 盖之, 裹以錦袱, 藏之橐中. 病人飮啖如故, 病卽[9]療矣. 賈胡以奇錦異緞明珠寶貝, 一車贈之而去, 請與沈孝子, 俱至南海之濱, 設席而坐, 若有所俟. 已而有靑衣一童, 乘蓬葉舟[10], 自波中出來, 捧一箱於前曰: "吾王以此物表誠, 願蒙大恩." 啓之皆[11]珊瑚寶珠也. 賈胡喝曰: "物微而望大, 何其妄也? 非如願不可得也." 靑童還入波中. 俄而白髮老翁, 自水宮出來, 百拜致敬, 乞以他寶易之, 賈胡又喝之, 老翁搔首良久, 入送靑童于水中, 少焉一箇嬋娟美娥, 凌波而出, 賈胡始啓銀盒, 放出其虫於水上, 奮迅踊騰[12], 化爲小龍而去. 賈胡遂馱美人而還, 沈孝子怪問其故, 賈胡曰: "彼虫乃龍子也. 學行雲施雨之術, 誤落於君家, 失其術, 爲人所吞, 化爲虫, 變化無路, 此所以病中但喫淸泡者也. 吾以此美人易之, 此美人名如願, 凡世間所欲爲[13]者無不如願, 而至此乃天地間至寶也, 龍王所以靳惜者也." 沈孝

5) 其: 가람본·해동야서에는 탈락.
6) 專: 해동야서에는 탈락.
7) 唯: 국도본·고대본·가람본에는 '惟'로, 해동야서에는 '但'으로 표기.
8) 賣乎: 고대본·성균관대본에는 '報恩'으로 잘못 표기.
9) 病卽: 고대본·가람본·성균관대본에는 탈락
10) 蓬葉舟(봉엽주): '쑥 잎으로 만든 배'가 잘 상상이 되지 않는다. 한글본은 '년엽쥬(蓮葉舟)'로 되어 있는데 이것이 맞다. '蓮'을 '蓬'으로 잘못 표기했다고 판단한다.
11) 皆: 동경대본에는 '乃'로 표기.
12) 踊騰: 국도본·고대본·동경대본·가람본·해동야서·성균관대본에는 '騰躍'으로 표기.
13) 爲: 고대본·가람본·성균관대본에는 탈락.

子歸家, 以其實財致巨富, 人[14]以爲孝感所格云.

14) 人: 고대본·가람본·성균관대본에는 잘못 탈락.

선녀가 위대한 현인의 산실을 마련하다

　퇴계 선생의 외할아버지는 함창咸昌에 살았다. 그는 부유하고 후덕하며 일의 완급을 잘 조절하는 풍모가 있었다. 그러니 향촌 사람들은 그를 영남의 부자[1]라고 불렀다.

　매우 추운 겨울날이었다. 바람이 심하게 불고 눈이 휘날리는데 문밖에 남루한 옷을 입은 문둥병에 걸린 여인이 찾아와 재워달라고 애걸했다. 그 용모와 행동거지가 흉악하고 추악하기 이를 데 없으니, 사람들이 모두 코를 막고 얼굴을 돌렸다. 온 집안사람이 손을 휘저으며 그녀를 쫓아내고 문밖에서 한 발자국도 들어오지 못하게 했다. 노인이 말했다.

　"쫓아내지 말거라. 저 사람이 비록 나쁜 병을 갖고 있기는 하지만, 날이 저물고 눈도 내려 추운데 어찌 차마 쫓아내느냐? 우리집에서 받아주지 않으면 어느 다른 집에서 받아주겠느냐?"

　밤이 더욱 깊어지자 여인은 추워서 얼어죽겠다고 울부짖었다. 노인

---

1) 부자(夫子): 덕행이 높아 모든 사람의 스승이 될 만한 사람의 높임말.

은 그녀를 그냥 내버려둘 수 없어 여인을 그의 방안으로 불러들여 윗목에서 자도록 했다. 여인은 노인이 잠든 틈에 아랫목 쪽으로 굴러와 간혹 노인의 이불 속에 자기 발을 넣기도 했다. 그러면 노인은 깨어나 반드시 두 손으로 발을 들어서 옮겨주었다. 이런 일이 서너 번 있었다. 다음날 새벽 여인은 말도 없이 떠나버렸다. 며칠 뒤 또 그녀가 오니 노인은 조금도 고달픈 기색 없이 전처럼 여인을 대접하고 재워주었다. 온 집안사람은 이를 걱정했다.

하루는 여인이 어여쁜 미인의 모습으로 찾아오니 전날의 문둥병과 남루한 옷을 허물 벗듯 벗은 것 같았다. 노인 역시 이를 매우 신기하게 여겨 조용히 물어보니 그녀가 말했다.

"저는 인간이 아니라 하늘나라 선녀입니다. 잠시 생원님 댁에 와서 생원님의 심덕心德을 시험해보고자 했을 뿐 별다른 뜻은 없었습니다."

노인은 자기도 모르게 선녀를 존경하는 마음이 일어나 머뭇거리며 감히 올려다보지도 못했다. 선녀가 말했다.

"얼마 전 며칠 밤 동안 이불 속에서 제 손발을 이미 가까이하셨으니 더이상 남녀의 분별을 할 필요가 있겠습니까? 저는 이미 생원님과 전생의 인연이 있으니 조금도 의심하거나 이상하게 여기지 마십시오."

그러고는 여인은 노인과 동침했다. 그렇게 열흘쯤 보내자 집안사람들이 모두 이상하게 여겨 여인을 사악한 도깨비라 하기도 했다. 하지만 노인은 조금도 생각을 달리하지 않고 선녀를 한결같이 성심껏 대했다.

하루는 선녀가 말했다.

"오늘 저는 생원님과 작별해야 합니다."

노인이 말했다.

"이게 무슨 말씀이오? 인간세상으로 귀양 온 기한이 이미 끝났소? 내 정성과 예의가 점점 식어서 그러하오?"

선녀가 말했다.

"둘 다 아니랍니다. 그러나 사소한 곡절을 번잡하게 다 말할 수는 없습니다. 다만 한 가지만 말씀드릴 테니 생원님께서는 이를 어기지 말고 반드시 따라주십시오."

그리고 말했다.

"안마당 모 좌향^{坐向}으로 집 한 칸을 지으십시오. 집을 정결하게 도배해 단단히 잠가두고 함부로 더럽게 쓰지 않도록 하세요. 반드시 주인댁과 같은 성의 산모를 기다렸다가 출산 날이 되어야 집으로 들어가게 하여 산실^{産室}로 삼게 하십시오."

선녀는 말을 마치고 문밖으로 나가자마자 홀연 사라졌다. 노인이 이를 기이하게 여기고 그 말에 따라 안마당 모 좌향으로 집 한 채를 정성들여 짓고 아무리 긴요한 사정이 있어도 그곳으로 들어가 거처하지 못하게 했다. 자손 중에 임신하여 출산이 임박하면 그 집에 들어가 거처하게 했는데 그때마다 고통이 심해져 해산할 수 없게 되니 다른 방으로 옮기고 나서야 비로소 아이를 낳을 수 있었다. 노인은 선녀의 말이 들어맞지 않음을 이상하게 여겼다. 그래도 그 방은 함부로 더럽히며 쓰지 못하게 했다.

노인의 사위는 예안 사람이었는데 그 처가 처음 임신해 장차 해산하려 하자 처를 데리고 왔다. 노인이 딸을 맞이해 집안에 거처하게 했다. 해산할 때가 다가오니 딸은 홀연 몸에 병이 생겨 몹시 아파 백방으로 치료해보았지만 전혀 효험이 없어 온 집안이 당황해했다.

하루는 병든 딸이 늙은 아버지에게 말했다.

"전에 들었는데 우리집에 선녀님이 강림하셨을 때 산실을 새로 지으라고 했다 합니다. 제가 해산달을 맞아 우연히 병을 얻어 아무래도 다시 살아날 가망이 없는 것 같습니다. 만약 그 방에 거처하면 혹 살아날 길이 생길지도 모르니 제발 저를 그 방으로 좀 옮겨주십시오."

노인은 선녀의 말 중 '주인과 같은 성'이라 했던 대목의 뜻을 깊이 생

각해보았다. 전에 그 방을 쓰던 산모들은 비록 이 집 며느리요, 손자며
느리이기는 했지만 모두 노인과 성이 달랐고 그래서 거기로 옮겨가도
영험이 없던 것이었다. 지금 자기 딸은 비록 출가하긴 했지만 본래 성이
같아 마땅히 효험이 있을 것 같기도 하니, 선녀의 말은 이 딸을 일컫는
것이 분명한 듯했다. 마침내 딸을 그 방으로 들어가게 하니 들어간 지
며칠 만에 병이 다 나아 아들을 순산했다. 그 아들이 퇴계 선생이다. 퇴
계 선생은 동방의 큰 유학자로 문묘에 배향되었으니, 위대한 현인의 탄
생은 범인과 이렇게 달랐다.

降大賢仙娥定産室

退溪先生之外祖, 居於²⁾咸昌而家富, 其爲人有厚德, 多緩急之風, 鄉中
以嶺南夫子稱之. 時當嚴冬, 風雪大作, 門外忽有癩瘡一婦女, 衣³⁾襤褸乞
宿, 其容貌擧止, 無比⁴⁾凶醜, 人皆掩鼻回面, 渾室上下 皆揮手駈逐, 不使
近門外一步地. 其老人曰: "勿逐也! 彼雖有惡疾, 當此日暮雪寒, 何忍逐
之? 若不容於吾家, 則他人又誰肯容之乎?" 又當夜深, 其婦女呼寒欲死, 老
人又不忍, 招入房中, 使宿于上堗, 其女人乘老人之睡, 轉輾于下堗, 或以
其足納于老人衾中, 老人覺之, 必⁵⁾兩手擧而出之, 如是者數四⁶⁾次矣, 及
其明曉, 不告而直去, 間數日又來, 老人少⁷⁾無苦色, 如前接宿, 擧室深以爲
悶. 一日婦人, 忽作嬋娟美娥樣而來, 向日癩瘡及襤褸衣服, 殆同脫殼, 老
人亦甚疑訝, 從容問之, 女人曰: "吾非人也, 乃是上天仙娥, 暫現生員主宅,

---

2) 於: 고대본·동경대본·가람본에는 '于'로 표기.
3) 고대본·가람본에는 '股'이 더 나옴.
4) 比: 국도본·고대본·동경대본·가람본에는 '非'로 표기.
5) 必: 동경대본에는 '以'로 표기.
6) 四: 고대본·가람본·성균관대본에는 '三'으로 표기.
7) 少: 동경대본에는 '小'로 표기.

以試生員[8]之心德而已, 此外別無他也."老人不覺尊敬, 逡巡有不敢仰視之意, 女人曰: "向者數宵衾中, 旣親吾之手足, 則更有何男女之別哉? 吾旣與生員主[9]自有前緣, 少勿疑怪."仍與同寢, 將至旬餘[10], 一家人皆以爲怪, 或以魍魎邪怪目之, 老人少不動念, 一向待之誠信. 一日女人曰: "今日吾與生員作別矣."老人曰: "是何說耶[11]? 人間謫限[12]已滿乎? 吾之誠禮漸隳乎?"女人曰: "皆非矣. 然些少曲折不可煩說, 第有一言, 生員必從而無違也."仍曰: "內庭以某坐向, 作室一間, 精潔塗褙, 緊鎖之, 勿爲汗漫用之. 必待主人宅同姓有産婦, 當解娩[13]之期, 須入處以爲生産之室也."語畢出門, 仍忽不見. 老人異之, 一從其言, 內庭中, 依坐向, 精搆一屋[14], 雖有緊切之事, 不爲入處. 子孫中有受胎當産者, 使之入處, 則必苦痛不得解娩, 移[15]他房而後始娩, 老人怪其言之不中, 而猶不敢汗漫用之. 老人之婿, 卽禮安人也. 爲其妻初産將娩, 率其妻以[16]來, 老人迎置于家中, 當其産期[17], 忽以身恙大痛, 百方治療, 萬無一效, 擧家惶惶[18]. 一日其病人, 請於老父曰: "曾聞家中[19], 仙娥降臨之時, 有産室新搆之擧云, 見今産月當朔[20], 偶然得疾[21], 萬無回[22]甦之望, 若得處彼房, 則庶或有生道, 伏望移我于彼房."云云. 老

---

8) 고대본·성균관대본에는 '主'가 더 나옴.
9) 主: 국도본·고대본·동경대본·가람본·성균관대본에는 탈락.
10) 餘: 고대본·가람본·성균관대본에는 '後'로 표기.
11) 耶: 고대본·가람본·성균관대본에는 '也'로 표기.
12) 限: 동경대본에는 '恨'으로 잘못 표기.
13) 娩: 국도본·가람본·성균관대본에는 '娩'으로 맞게 표기.
14) 屋: 동경대본에는 '室'로 표기.
15) 성균관대본에는 '居'가 더 나옴.
16) 以: 동경대본에는 '而'로 표기.
17) 期: 국도본·고대본·가람본·성균관대본에는 '朔'으로 표기.
18) 惶惶: 국도본·고대본·가람본에는 '遑遑'으로, 성균관대본에는 '遑惶'으로 표기.
19) 家中: 국도본·고대본·가람본·성균관대본에는 탈락.
20) 當朔(당삭): 아이 밴 여자가 해산달을 맞이함. 또는 해산달.
21) 疾: 국도본·고대본·동경대본·가람본에는 '病'으로 표기.
22) 回: 고대본에는 '更'으로 표기.

人尋思仙娥旣言, 主人同姓[23], 則前此産婦, 雖是吾家子婦與孫婦, 俱是他姓, 故移處而無靈, 今此女息, 雖爲出嫁, 而本是同姓, 似應有效, 仙娥之言, 莫非指此女之謂乎? 遂使之入處, 入處數日, 身病快癒, 又得順産弄[24]璋, 是爲退溪先生, 爲東方大儒, 從祀文廟, 大賢之降生, 自異於凡人矣.

---

23) 고대본·성균관대본에는 '婦'가 더 나옴.
24) 弄: 고대본·가람본·성균관대본에는 '得'으로 잘못 표기.

승려가 된 종의 아들이
명혈을 점지해 주인의 은혜를 갚다

안동 한광근韓光近은 대대로 서교西郊, 서울의 서대문 밖에서 살았다. 그의 조부가 태어나면서부터 집안 살림에 조금씩 여유가 생기더니 노복들도 많아지고 결국 그는 읍에서 제일가는 부자가 되었다.

그 집에는 성질 사나운 종이 하나 있었는데, 그는 광근의 조부가 며느리를 맞이하는 날에 조부를 모욕했다. 조부가 크게 분노해 그를 때려죽이려 하자 종은 도망쳐버렸다. 노여움이 그 종의 아내에게 옮겨가 조부는 그녀를 곳간에 가두었다. 때마침 혼례를 올리는 길일이라 삼일을 기다리고 나서 그녀를 죽이려 했다.

신부는 깊은 밤 측간에 다녀오다 목메어 흐느끼는 소리를 들었다. 그 뒤로 며칠 밤을 계속 그러니 매우 의아하게 여겨 소리 나는 곳을 찾아보았다. 소리는 곳간에서 들려왔다. 자물쇠로 굳게 잠겨 있어 곳간 안으로 들어갈 수 없자 신부는 자물쇠를 뽑아내고 문을 열고 들어갔다. 여종이 깜짝 놀라며 두려워 움츠러들었다.

"소인이 죽을 것을 겁내지도 않고 울었으니 제 죄를 압니다, 제 죄를 잘 압니다."

신부가 말했다.

"누구인데 이 곳간에서 밤마다 울고 있느냐?"

"소인의 지아비는 아무개입니다. 며칠 전 생원님을 욕하고 그 자리에서 도망쳐버렸죠. 생원님께서 분풀이할 곳이 없어 소인을 곳간에 가두고 새 아기씨 혼례가 끝나면 즉시 때려죽이려 하십니다. 그래서 저를 잠시 여기에 가두신 겁니다. 소인은 아침 아니면 저녁에 죽을 목숨이니 그만이라면 그만입니다. 다만 견디기 어려운 일이 있습니다. 태어난 지 겨우 두이레밖에 안 된 품안의 아이가 소인이 죽으면 따라 죽어야 한다는 사실입니다. 이것이 원통해 저도 모르게 우는 소리를 낸 것입니다."

신부는 그 이야기를 듣고 가여운 마음이 들어 여종에게 말했다.

"나는 며칠 전 시집온 신부다. 내가 지금 너를 보내줄 테니 꼭 멀리 도망쳐서 목숨을 보존해라."

여종이 말했다.

"살아 나가는 것이 소인에게 어찌 좋은 일이 아니겠습니까마는, 아기씨에게 돌아갈 죄와 책망이 작지 않을 텐데 그건 어떡합니까? 감히 그럴 수 없습니다. 감히 그럴 수는 없습니다."

신부가 말했다.

"내 다 막을 방법이 있다. 너는 많은 말 하지 말고 즉시 도망치거라!"

그래서 여종은 밤을 틈타 멀리 가서 숨었다.

삼일 뒤 조부는 바깥 마루에 나와 앉아서 건장한 종 몇 명에게 곳간 안에 가둬둔 여종을 끌어내오라 했다. 그런데 자물쇠는 그대로 있는데 여종은 그림자조차 보이지 않았다. 조부가 한바탕 큰 소동을 일으켜 장차 엄청난 일을 벌일 것처럼 구니 온 집안사람들이 벌벌 떨었다. 그때 신부가 당황하지도 않고 당돌하게 나서서 자기가 자물쇠를 풀어 여종을 내보내준 일을 모두 고했다. 조부는 무척 분하고 원통했지만 며느리가 한 일이라 어쩔 수 없어 그대로 내버려두었다.

몇 년이 지나 집안 형편은 점점 기울어갔고 생원은 늙어 세상을 떠났다. 신부는 아들 둘을 낳았는데 둘 다 재능이 있었지만 집안은 더욱 가난해졌다.

옛날 시집왔던 신부도 어느덧 늙어 죽었다. 바야흐로 초혼[1]을 하고 발상[2]하려는데, 홀연 한 승려가 통곡하며 곧바로 안마당으로 달려들어왔다. 그가 땅에 엎드려 한참 동안 슬프게 곡하니 온 집안이 당황해했다. 승려가 곡을 마치자 두 상주가 물었다.

"당신은 어디 사는 중인데 감히 양반집 안주인 초상에 당돌하게 들어와 곡을 하시오?"

승려는 눈물을 훔치며 말했다.

"소인은 아무 종과 아무 여종의 아들입니다. 소인이 대부인마님의 하늘 같은 은덕을 입어 다시 살아나 감사의 마음을 마음에 새겨두었으니 하루라도 감히 잊을 수 있겠습니까? 오늘 마님께서 돌아가셨다는 소문을 들었으니 어찌 달려와서 곡을 하지 않을 수 있겠습니까?"

상주 두 사람은 어릴 때부터 그 일의 전말을 싫증나도록 들었던 터였다. 그래서 비로소 그 승려가 아무 여종이 곳간에서 안고 있던 그 아이임을 알아채고 서로 바라보며 탄식하고 감탄했다.

승려는 여러 날 행랑에서 머물다가 성복을 지내자 물었다.

"상제님, 이렇게 거창하게 성복하고 장례를 시작하셨으니 다음 일을 준비하셔야 하는데 평소 정해두신 장지는 있습니까?"

---

1) 초혼(招魂): 사람이 죽었을 때에, 그 혼을 소리쳐 부르는 일. 죽은 사람이 생시에 입던 윗옷을 갖고 지붕에 올라서거나 마당에 서서, 왼손으로는 옷깃을 잡고 오른손으로는 옷의 허리 부분을 잡은 뒤 북쪽을 향해 '아무 동네 아무개 복(復)'이라고 세 번 부른다.
2) 발상(發喪): 상례에서, 죽은 사람의 혼을 부르고 나서 상제가 머리를 풀고 슬피 울어 초상난 것을 알림. 또는 그런 절차.

상주가 말했다.

"우리집 선산은 이미 남은 자리가 없고, 또 집이 가난해 자리를 새로 마련하기도 쉽지 않으니 그게 걱정이라네."

승려가 말했다.

"소인이 곳간에서 나온 뒤로 소인의 어머니는 저를 안고 젖을 줄 때마다 저를 어루만지며 말했지요.

'너에게 오늘이 있는 건 다 마님의 은덕이다. 하늘, 땅, 바다조차 그 은덕의 높고 깊음을 말하는 데는 부족하다. 너는 뒷날 은혜를 꼭 갚아야 하느니라.'

어머니가 돌아가신 지 오래되었지만 남기신 부탁은 아직 귓가에 생생하게 남아 있습니다. 보답하려는 일념이 제 가슴속에 맺혀 있지요. 소인이 머리를 깎고 중이 되어 다행히도 신사神師를 만나 풍수의 기술을 거칠게나마 알게 되었습니다. 오늘을 마음에 두고 이십 년 동안이나 산지를 구하러 다녔는데 여기서 삼십 리쯤 되는 곳을 점지해두었습니다. 그곳은 모 좌坐 모 향向의 들인데 다른 풍수가의 말일랑 듣지 마시고 마음을 정해 하관을 하시면 댁의 앞날에 조상의 덕을 이루 다 말할 수 없을 것입니다. 그렇게 하면 소인의 빚도 가히 다 갚을 수 있을 것입니다."

상주가 물었다.

"그렇게 지극한 정성을 들였는데 어찌 다른 데서 구하겠소? 그 장지는 어느 곳에 있소?"

"여기서 강 하나만 건너면 인천 땅입니다. 저와 함께 가서 살펴보시지요."

다음날 상주 두 사람은 승려와 함께 그곳으로 갔다. 승려가 쑥이 우거진 움푹한 곳을 가리키며 말했다.

"이곳입니다. 이곳입니다."

상주가 말했다.

"이곳에 오래된 무덤이 있는데 어찌 쓸 수가 있겠소?"

"이곳은 고인이 무덤을 둔 곳이기는 하지만 진짜 장지는 아니랍니다. 당장 파보시면 알 수 있습니다."

무덤을 파보니 고려시대에 묘표墓表를 묻어둔 곳이었다. 상주는 크게 기뻐했다. 마침내 날을 잡아 하관하니 승려는 돌아가겠다고 했다.

"소인의 일은 이제 다 끝났습니다. 마님도 능히 복지福地로 가셨으니 행운이 막대할 것입니다. 삼 년 뒤에는 댁의 가계가 조금 나아질 것이고, 십여 년 뒤에는 작은 상제님께서 과거에 급제하실 겁니다. 그뒤부터 무한히 크게 번창하실 것입니다."

작은 상제가 광근이었다. 광근은 과연 계사년 문과에 급제했고 청직3)을 여러 번 역임했다. 그 자손도 번성하니 빛이 났다.

임자년간에 광근은 안동 원으로 있었는데 그때 영남의 한 지사地師를 만났다. 그는 광근의 친산을 보고 떠들썩하게 시비를 가리며 여러 가지 이유를 대며 그곳을 비방하고 헐뜯었다. 광근이 그 말에 현혹되어 면례緬禮, 무덤을 옮겨 장사를 다시 지냄를 올리려고 무덤을 파내기 시작했다. 그때 산 위에서 한 늙은 승려가 납의衲衣, 승려들이 입는 회색의 웃옷를 손에 들고 급히 산에서 내려오며 큰 소리로 말했다.

"파지 마시오! 파지 마시오! 잠깐만 기다리시오!"

광근은 이상하다고 생각해 일을 중단시키고 기다렸다. 앞으로 다가온 사람을 보니 지난번에 장지를 가려준 승려였다. 승려는 문안인사를 올리고서 급히 물었다.

"무슨 까닭으로 산소를 옮기려 하십니까?"

"재해가 있을 거라 하오."

---

3) 청직(淸職): 학식과 문벌이 높은 사람이 맡는 관직. 조선시대 문관은 의정부(議政府)·이조(吏曹)·병조(兵曹)·사헌부(司憲府)·사간원(司諫院)·홍문관(弘文館)·예문관(藝文館) 등의 중요한 벼슬이며, 무관은 도총부(都摠府)·선전관(宣傳官)·부장(部長) 등이 해당된다.

"만일 땅속이 안온하다면 영감님께서는 마음을 놓으시겠습니까?"

"그럴 것 같소."

승려는 즉시 무덤 왼쪽으로 구멍을 뚫어 광근에게 손을 넣어보게 하고 물었다.

"어떻습니까?"

"과연 따뜻한 기운이 있소. 재해는 없을 것 같소이다."

승려가 말했다.

"빨리 완전히 봉분하십시오. 영원히 마음놓으시고 앞으로 절대 이장할 생각일랑 하지 마십시오."

그러고는 작별하고 떠나며 말했다.

"올해 봄여름 사이에 영감님께서는 필시 눈병을 앓을 것이고 그뒤로 앞을 못 보시게 됩니다. 이 산소를 파손하지 않고 평온하게 십이 년만 지냈다면 조상의 덕이 어느 지경까지 이를지 알 수 없을 정도로 대단했을 것입니다. 오늘 마침내 이같이 되어버렸으니 모두 영감님의 운수겠지요."

그러고는 떠났다. 광근은 과연 임자년 가을 기온이 달라진 후 눈병이 들어 끝내 앞을 못 보게 되었고 오래지 않아 죽었다. 그 승려의 말이 꼭 들어맞았던 것이다.

感主恩奴僧占名穴

韓安東光近世京[4]西郊, 自其祖父生時, 家産稍饒, 婢僕之盛, 甲於一邑矣. 有一悍奴, 於其子婦禮聘之日, 侵辱其[5]上典, 上典大生憤怒, 方欲打殺

---

4) 京: 국도본·고대본·동경대본·가람본에는 '居'로 표기. '居'가 맞음.
5) 其: 고대본에는 탈락.

之際, 厥僕6)逃走, 移怒於厥僕之婦, 囚之於內庫之中, 以聘禮7)吉日, 不得
用刑, 姑俟三日後打殺矣. 新婦夜將深, 因厠間往來, 聞涕泣哽咽之聲, 數
夜如是, 窃疑訝之, 追尋厥聲, 聲自庫中出, 而牢鎖緊閉, 不可以入, 乃親拔
鎖鑰, 開門入見, 則厥婢大驚, 畏縮曰: "小人不知畏死而暫泣, 知罪知罪."
新婦曰: "汝是何人, 連夜悲泣於庫中耶?" 答曰: "小人之夫, 某也. 日前大辱
生員主8), 卽地逃躱, 故老生員主, 無地洩憤, 囚小人於庫中, 待新阿只氏新
禮後, 卽爲打殺, 姑此保囚在此, 小人則朝夕將死之命, 已矣已矣. 第所不
忍者, 所抱孩兒, 生纔二七, 若小人死, 可憐人生, 亦隨以死, 是以寃痛, 不
覺哽咽之聲, 自然而出矣." 新婦聞之, 藹然之心, 隨現而發, 乃謂厥女曰:
"吾卽昨日新來之新婦也, 吾今出送汝, 汝須遠逃保生也." 厥婢曰: "小人則
生出好矣, 其於阿只氏罪責不少, 何哉? 不敢不敢!" 新婦曰9): "吾自10)有
防塞之道, 汝勿11)多言, 卽爲出去也!" 厥女, 於是, 乘夜遠遁. 及過三日後,
老生員出坐外廳, 使多少健奴, 捉出庫中所囚之婢, 鎖鑰如故 而婢則無形
影, 老生員大鬧一場, 將大段生事, 擧室惝惝, 新婦, 於是, 不慌12)不忙, 唐
堗13)出來, 具言開鎖出送之意, 老生員雖甚14)憤恨, 新婦所爲, 亦15)復奈何,
仍爲置之. 伊後幾年16), 家計漸消17), 老人已下世, 新婦有子二人, 俱有才

6) 僕: 고대본·가람본·국도본·성균관대본에는 '漢'으로 표기.
7) 禮: 고대본에는 탈락.
8) 生員主: 국도본·고대본·동경대본·가람본·성균관대본에는 '老生員'으로 표기.
9) 新婦曰: 고대본에는 탈락.
10) 自: 동경대본에는 탈락.
11) 동경대본에는 '爲'가 더 나옴.
12) 慌: 고대본·성균관대본에는 '惶'으로 표기.
13) 堗: 다른 이본에는 '突'로 맞게 표기.
14) 甚: 동경대본에는 탈락.
15) 고대본에는 '無'가 더 나옴.
16) 동경대본에는 '間'이 더 나옴.
17) 消: 국도본·고대본·가람본·성균관대본에는 '踈'로 표기.

華, 而家計貧甚[18], 向日新婦, 今焉老死, 方[19]招魂發喪之際, 忽有一箇僧漢, 號[20]哭奔來, 直入內庭[21], 伏地哀哭良久, 擧室皆以爲唐荒. 厥僧哭盡後, 二喪人問[22]: "汝是何處僧人, 敢於[23]班家內喪[24], 唐突來哭也?" 厥僧抆涕而言曰: "小人某奴某婢之子也. 小人幸蒙大夫人[25]抹樓下[26]主如天之德, 得以再生, 銘感之心, 何日敢忘? 今聞喪事, 敢不奔哭乎?" 喪主二人, 自幼飽聞其事顚末, 始知厥僧卽某婢庫中所抱之兒也, 相顧嗟嘆[27]矣. 後厥僧數日逗留廊下, 過成服後, 又稟曰: "喪制主, 當此巨創成, 已過襄禮, 當次第經紀, 果有山地之素定者乎?" 喪人曰: "宅之舊山, 已無餘麓, 家且貧窘, 新占亦未易用, 是虞[28]慮也." 厥僧曰: "小人自庫中出來後, 小人之母, 每抱哺撫育: '汝之得有今日, 莫非抹樓下[29]之德澤也. 天地河海, 不足以喩其高深, 汝於他日, 必圖報效.' 今母死已久, 遺托尙在于耳, 圖報一念, 耿結于中, 小人卽落髮爲僧, 幸得神師, 風水之術, 畧[30]識糟粕, 留意於今日, 二十年求山, 占得於此近三十里地, 某坐某向之原, 勿聽他師之言, 決意營[31]窆, 則宅之日後, 福蔭[32]有不可言矣, 小人之債, 亦可以[33]了矣." 喪主曰: "汝旣至誠, 何用他求? 果在何處耶?" 曰: "自此渡一江, 則卽仁川地, 願與喪制

18) 貧甚: 고대본·가람본·성균관대본에는 '甚貧'으로 표기.
19) 方: 동경대본에는 탈락.
20) 號: 고대본에는 탈락.
21) 동경대본에는 '來'가 더 나옴.
22) 問: 국도본에는 탈락. 고대본에는 '曰'로 표기.
23) 국도본·고대본에는 '兩'이 더 나옴.
24) 唐荒, 厥僧哭盡後, 二喪人問: "汝是何處僧人, 敢於班家內喪: 가람본에는 탈락.
25) 人: 고대본·가람본에는 탈락.
26) 抹樓下(말루하): 귀인의 아내를 존대하여 이르는 말. 마님.
27) 嘆: 국도본·고대본·동경대본·가람본에는 '歎'으로 표기.
28) 虞: 국도본·고대본·동경대본·가람본에는 '憂'로 표기.
29) 下: 국도본·고대본·가람본·성균관대본에는 '阿'로 표기.
30) 畧: 고대본·가람본에는 '略'으로 표기.
31) 營: 동경대본에는 '永'으로 표기.
32) 蔭: 고대본에는 '音'으로 잘못 표기.
33) 以: 고대본·가람본에는 탈락.

主, 親往看審焉." 其翌日, 二喪人與厥僧往見, 厥僧指一蓬科曰: "此是此是." 喪人曰: "此則古塚也, 豈可用之乎?" 僧曰: "此是古人置塚也, 非眞葬也, 卽今毁而見之, 則³⁴⁾可知之³⁵⁾矣." 遂毁³⁶⁾, 乃麗朝埋標者也. 喪人大喜, 乃卜日營窆之後, 僧告歸曰: "小人之事, 已畢矣. 抹樓下主, 得入福地, 幸莫大焉. 過三霜後, 宅家計稍勝, 過十餘年後, 小喪制主登科, 其後無限大昌矣." 小喪主³⁷⁾乃光近也, 果闡癸巳文科, 累經淸秩, 子孫繁爀. 壬子年間以安東倅, 忽逢嶺南地師, 見其親山, 是非紛紜³⁸⁾, 訾毁多端, 光近惑³⁹⁾之, 將行緬禮, 欲爲破壞之時, 自山上有一老禿僧, 手持白衲, 急走下山大聲曰: "勿毁! 勿毁! 少俟之." 韓安東怪之, 止役而待, 及其近前而見之, 則乃向日占山僧也, 問安後, 急問曰: "此山所何故而緬禮乎?" 安東曰: "有災害云耳." 僧曰: "地中若安穩, 則令監可放心乎?" 曰: "然." 厥僧卽於⁴⁰⁾左傍鑿穴, 令令監入手曰: "何如?" 安東曰: "果有暖氣, 似無災⁴¹⁾害矣." 厥僧曰: "必速完封, 永爲放心, 更勿思營緬之計." 仍卽辭去曰: "今春夏間, 令監必有眼疾, 此後則更無望矣. 此山所, 若不破毁, 穩過一紀, 則其爲⁴²⁾發蔭, 不知至於何境矣. 今竟如此, 莫非宅之門運矣." 仍去. 安東果於壬子秋, 運氣之後, 竟以眼疾, 終爲蔽明, 不久而死, 厥僧之言, 果如左契矣.

---

34) 則: 고대본에는 탈락.
35) 之: 국도본·고대본·동경대본·가람본에는 탈락.
36) 국도본·고대본·동경대본·가람본에는 '之'가 더 나옴.
37) 主: 동경대본에는 '制'로 표기.
38) 紜: 고대본·동경대본·가람본에는 '然'으로 표기.
39) 惑: 동경대본·가람본에는 '感'으로 표기.
40) 於: 고대본·가람본·성균관대본에는 '在'로 잘못 표기.
41) 災: 고대본·동경대본·가람본에는 '灾'로 표기.
42) 爲: 동경대본에는 '後'로 표기.

병을 낫게 해 준 정상사에게
술이 저절로 생겨나는 주석을 주다

　자하동紫霞洞 정鄭상사上舍는 고상한 사람이다. 일찍부터 기이한 재주를 가졌으니 거문고와 바둑, 글씨와 그림, 의술과 점술 등 꿰뚫어 알지 못하는 분야가 없었다. 술을 잘 마셨고 기묘한 꾀를 좋아했지만 집이 가난해 조용히 방에서 책 읽기만 즐길 따름이었다.

　어느 날 맑은 새벽에 정상사가 잠에서 깨어났는데, 한 미소년이 문을 열고 들어와 말했다.

　"김포에 사는 백화白華라고 합니다. 선생의 높은 이름을 익히 들어왔기에 얼굴이나 뵙고자 하여 왔습니다."

　정상사는 그의 풍모가 시원하고 말에 조리가 있어 시골 사람이 아니라고 여겼다. 백생은 소매 안에서 작은 병 하나를 꺼내 술을 따라 바치며 말했다.

　"선생을 처음 뵙는데 이 신통찮은 술로써 정성을 드리고자 합니다."

　정상사가 받아서 마셔보니 시원하고 상쾌한 것이 평생 처음 맛보는 술이었다. 그는 연거푸 두 잔을 마셨다. 작은 병은 두 잔 술이 겨우 들어갈 정도였는데 뚜껑은 잔으로 쓸 수 있었고, 바닥에는 합盒이 있어 진귀한 안주가 들어 있는 것이 더욱 특이했다. 그러다 백생이 작별하고 갔는데 다음날 아침에 또 왔다. 열흘 동안이나 멈추지 않고 계속 그렇게 했다. 정상사가 백생의 기색을 살피다가 물었다.

"하고 싶은 말이 있소?"

백생이 말했다.

"소생에게 간절한 사정이 있지만 감히 우러러 청하지 못하옵니다."

"무슨 사정이오?"

"소생의 아버지께 병이 있는데 여러 해 심하게 앓고 계십니다. 부디 한번 왕림하셔서 아버지를 진찰하고 살펴봐주시면 그 은혜는 비할 데가 없겠습니다."

정상사가 이미 열흘 남짓 술을 얻어 마셨고, 또 일의 연유를 알고 싶기도 하여 허락했다. 백생이 크게 기뻐하며 말했다.

"이미 문밖에 나귀를 대령해놓았나이다."

마침내 그들은 고삐를 나란히 하며 길을 떠났다. 양화도[1]에 이르니 작은 배 한 척이 기다리고 있었다. 올라타자마자 배가 나는 듯 떠나가는데 어디로 가는지는 알 수 없었다. 어느덧 넓은 바다로 나갔다. 정상사는 속으로 '백생은 필히 이인異人이로다'라고 생각했지만 자세한 것은 물어보지 않고 태연히 술만 마셨다.

홀연 바다 위에 큰 선박이 나타났는데 비단 돛을 높이 달고 있었다. 사공들이 떠들썩하게 말했다.

"온다! 온다!"

백생이 정상사에게 큰 배로 옮겨 타기를 청했다. 선박은 조선에서 만

1) 양화도(楊花島): 양화진. 양화도(楊花渡)라고도 했다. 조선시대에 한양에서 강화로 가는 주요 간선도로상에 있던 교통의 요지였을 뿐 아니라, 한강의 조운(漕運)을 통해 삼남 지방에서 올라온 세곡을 저장했다가 재분배하는 곳이었다.

든 모양이 아니었다. 선실의 창문과 난간은 모두 침향목[2]으로 만들었고 그 안에는 필통과 차 끓이는 데 쓰는 화로가 있었으며, 비단 방석이 펴져 있고 붉은 비단 장막이 드리워져 있었다. 자리에 앉자 술과 안주가 나왔는데 모두 별미였다.

백생은 정상사를 모시고 앉아 있으면서 조금도 태만한 기색이 없었다. 이틀 밤낮 만에 어느 바닷가에 정박했는데 거기까지 오는 데는 하늘에 닿은 구름과 바다만 보일 따름이었다. 백생이 배에서 내릴 것을 청했다. 바닷가에는 비단 장막들이 이어져 있고 수레와 말이 모여 있었다. 남녀가 나누어 수레를 타고 갔는데 사람들의 옷과 성안 궁궐과 시장의 모습이 모두 기이했다.

한 궁으로 들어가니 공장供帳, 행사를 치르기 위해 여러 가지 준비를 하고 장막을 침의 화려함은 이루 다 말할 수가 없었다. 정상사가 말했다.

"이곳이 어디요?"

백생이 말했다.

"소생이 속인 죄를 변명할 길이 없습니다. 이곳은 백화국白華國이고 소생은 백화국의 태자입니다. 부왕께서 병이 들어 천하 명의를 두루 찾았으나 구하지 못했습니다. 오늘 하늘이 도우시어 선생을 왕림하게 해주셨으니 내일 진맥을 하고 약을 처방해주시길 천만번 간구하옵니다."

정상사는 아무 말 하지 않고 국왕의 병증도 묻지 않았다. 하룻밤을 지내고 다음날 아침 태자가 와서 안부를 묻고서 들어오라고 청했다. 정상사가 따라가서 한 궁전에 이르렀는데 '태화전太華殿'이라는 세 글자가 크게 쓰여 있었으니 웅장하고 아름답기가 비할 데 없었다. 안으로 들어가니 국왕이 자리에 앉아 있었고 궁녀 수백 명이 좌우에서 모시고 있었다.

정상사가 들어가 절을 올렸다. 국왕은 등에 반송盤松, 키가 작고 가지가 옆으로 퍼

---

2) 침향목(沈香木): 열대지방에서 나는 향목의 하나로, 고려시대에는 이것으로 불상을 조각했다.

진 소나무을 지고 앉아 있었다. 정상사는 그것을 보고 깜짝 놀랐다. 그가 문안을 드리니 국왕이 답했다.

"멀리까지 오신 노고에 어떻게 감사드려야 할지요?"

국왕은 정상사에게 진맥을 하게 하고 병이 생긴 사정을 이야기해주었다.

"과인은 어릴 때부터 소나무를 즐겨 먹어서 소나무의 새순, 잎, 뿌리 등을 가리지 않고 삶아 먹었지요. 그래서인지 화火의 기운이 점점 강해졌는데, 하루는 등이 가려워오기 시작해 견디기 어렵더니 갑자기 소나무 한 그루가 생겨나 반송 모양으로 자라났지요. 소나무 가지가 다른 물체에 닿으면 통증을 견딜 수가 없답니다. 이게 무슨 병인가요?"

정상사는 의서를 두루 읽었다고 자부했지만 그것은 듣도 보도 못한 괴상한 증상이었다. 그래서 대답했다.

"물러가 생각해보고 나서 약을 써보겠습니다."

그러고는 숙소로 돌아왔다. 태자는 더욱 공경을 다해 대접했다. 정상사는 밤낮으로 연구했지만 그 증상을 찾아낼 수 없었다. 그러다 향을 피우고 말없이 앉아 삼일 밤낮을 보내니 꾀가 하나 생겨났다. 태자에게 말했다.

"도낏자루 백 개, 큰 솥 한 개, 땔나무 백 단, 냉수 한 독을 오늘 안으로 가져오시오."

태자가 대령하자 도낏자루를 다 솥 안에 넣고 물을 부어 끓이기 시작했다. 약한 불, 센 불을 바꿔가며 삼일간 달인 물을 쇠그릇에 담아 태화전 반송 아래로 갔다. 손으로 그 물을 세세히 뿌리니 솔잎들이 점점 말라서 녹아 해질녘에는 작은 손가락만한 뿌리만 남았다. 계속 씻어내니 모두 녹아서 흔적도 남지 않았다. 국왕에게 그 물 한 사발을 마시게 하니 아픈 곳이 구름이 걷혀 하늘이 맑아지듯 나았다. 왕과 태자는 환천희지하며 나라에 큰 사면赦免을 베풀었다. 그들은 정상사에게 감사하며 은혜를 어찌 갚을까 고민했다. 국왕이 병의 원인을 물으니 정상사가 말해주었다.

"소나무 독이 가운데 모였지요. 목木은 화火를 생겨나게 하니, 그 독 때문에 소나무가 자라났지요. 도끼는 찍는 것이며 금金인데, 금은 목木을 이기지요. 이 독기를 녹여주면 통증은 자연히 멈추지요. 그것이 도낏자루 삶은 물을 쓴 까닭입니다."

어느 책에 나온 내용이냐고 물으니 정상사가 말했다.

"병과 약에는 출처가 없는 법이니 의원이 자기 뜻대로 할 뿐이지요. 세상의 어리석은 의원들은 의서에 적힌 약방문에만 의지해 약을 짓는 고로 고루한 것에 얽매여 통하지 않으니 간혹 잘못되어 사람을 해치기도 하지요. 옛날 유편[3]의 의술은 모두 마음으로 헤아려 그 정묘함을 얻었지, 의서에서 얻은 것은 없었습니다."

국왕은 삼일 동안 작은 잔치를 열고, 오 일 동안은 큰 잔치를 열어 정상사를 신명처럼 받들었다. 정상사가 돌아가겠다고 하니 국왕이 말했다.

"세간의 인생살이는 흰 망아지가 문틈을 지나는 것과 같이 한순간이니 마음에만 맞는다면 어디에서라도 살 수 있는 것 아니겠소? 원컨대 부귀를 함께 즐기며 남은 생을 이곳에서 마무리하는 것이 어떠하오?"

정상사가 말했다.

"부귀는 내가 원하는 것이 아닙니다. 나는 내 집이 좋으니 빨리 돌아가고 싶습니다."

고관대작, 아름다운 누각과 화려한 집, 황금과 백옥도 그의 마음을 움직일 수 없었다. 국왕과 태자가 극구 만류했지만 어쩔 수 없었다.

---

3) 유편(俞扁): 유부(俞跗)와 편작(扁鵲). 명의(名醫)를 일컬는 말. 유부는 중국 황제(黃帝) 때의 명의이고, 편작은 중국 주(周)나라 때의 명의다. 이름난 의사의 훌륭한 치료법을 유편지술(俞扁之術)이라 한다.

태자가 말했다.

"선생의 은혜는 하해 같아 헤아릴 수 없어 갚을 길이 없는 것 같습니다."

정상사가 다시 하루이틀 더 머무니 송별의 자리를 마련하고 보내주었다. 태자가 주석酒石을 이별 증표로 주며 말했다.

"선생께서는 이걸 받으시겠습니까? 이것은 바다 가운데서 난 지극한 보물이지요. 전날 선생께서 마신 술은 모두 이 돌에서 나온 것이랍니다. 이것을 그릇에 넣어두면 좋은 술이 저절로 생겨나 천년이 지나도 마르지 않는답니다."

정상사는 술을 매우 좋아하는지라 이렇게 대답했다.

"떠나는 사람에게 예물을 주는 것은 옛날의 예의이니 어찌 마다하겠소?"

마침내 태자가 은합에 주석을 넣어 바쳤다.

며칠 뒤 정상사가 출발하니 풍경은 올 때와 똑같았다. 양화도에 도착하여 집으로 돌아갔다. 집안사람들은 보름 동안이나 그를 기다리고 있었다. 집안사람들에게 그간 있었던 일을 이야기해주고 비밀에 부치게 했다. 정상사는 주석으로 평생을 즐기다 생을 마무리했다 한다.

餲酒石良醫奏功

紫霞洞, 鄭上舍高尚人也. 夙抱奇才, 琴棋書畵, 醫藥卜筮, 無不通曉, 善飮酒, 家貧[4]好奇計, 蕭然一室, 圖書自娛[5]. 一日淸早, 睡覺[6], 有一美少年,

---

4) 家貧: 고도서본에는 탈락.
5) 蕭然一室, 圖書自娛: 고도서본에는 탈락.
6) 睡覺: 고도서본에는 탈락.

啓戶而入, 自言: "居在金浦, 姓白名華, 飽聞先生高名[7], 願一瞻[8]顔而來." 鄭君[9]見其風儀爽朗, 言語條理[10] 頗疑其[11]非鄕[12]人也. 白生出袖中一小瓶, 酌酒以獻曰: "初謁, 以此薄味, 聊以表忱." 鄭君受以飮之, 酒氣爽冽, 平生初味也, 連兩盞而止, 其小瓶董用兩盞, 上盖作盞, 下低有盒, 盒中有肴珍羞也, 益復疑之. 遂辭去, 明朝又來, 如之連十日不止. 鄭君第觀動靜, 問曰: "有所欲言乎?" 白生曰: "小生有至切之情理, 不敢仰請矣." 問: "何情理?" 答曰: "小生有親病, 積年沉苦, 願一次枉臨, 診[13]視則感結無比." 鄭君旣得十餘[14]日之飮, 且欲知根脉, 遂許之, 白生大喜曰: "已備驢於門外." 遂聯[15]轡而行, 至楊花島, 有艤小艇而待者, 纔乘船, 船行如飛, 莫知所向. 於焉之頃, 出大洋外, 鄭君心語曰: "此必異人也." 不問其所以然, 飮酒自若. 忽見海上一大舶, 錦帆高掛, 梢工喧譁曰: "來來!" 白生請鄭君, 移上大舶. 船非我國製樣, 船中設屋窓欄闔, 皆以沈香飾之, 中有筆筒茶爐鋪錦茵[16]垂絳帳[17]. 坐定進酒饌, 皆異味也. 白生侍坐, 不敢少懈, 凡二[18]晝夜, 始泊一岸, 中間但見雲海接天而已. 白生請下船, 岸邊連開錦幕, 車馬雲集. 遂各乘輿而行, 其人物衣服, 城闕市肆, 皆[19]異樣也. 入處一宮, 供帳之華麗, 不可勝言, 鄭君乃言曰: "此是何處?" 白生曰: "小生瞞告之罪, 無以丐也. 此是白華國, 小生白華太子也, 父王有疾, 遍求天下良醫, 不可得, 今天賜枉臨,

---

7) 高名: 고도서본에는 '崇號'로 표기.
8) 瞻: 고도서본에는 '承'으로 표기.
9) 君: 고도서본에는 탈락.
10) 爽朗, 言語條理: 고도서본에는 '言語, 爽朗敏慧'로 대체.
11) 頗疑其: 고도서본에는 '決'로 표기.
12) 고도서본에는 '曲'이 더 나옴.
13) 診: 동경대본에는 '珍'으로 잘못 표기.
14) 餘: 동경대본에는 탈락.
15) 聯: 동경대본에는 '連'으로 표기.
16) 錦茵(금인): 비단 방석.
17) 絳帳(강장): 붉은 비단 장막.
18) 二: 동경대본에는 '三'으로 표기.
19) 동경대본에는 '是'가 더 나옴.

明日診視試藥, 千萬祈懇." 鄭君默然, 不問其病症之如何. 止宿一夜, 明朝
太子來候請入, 鄭君隨往至一殿, 大書太華殿三字, 壯麗無比, 入其中則國
王設座, 宮女數百人, 侍衛左右. 鄭君入拜, 國王背負一盤松而坐. 鄭生見
之駭然, 第問候則國王答曰: "遠來良苦, 豈勝感謝?" 使之診脈後, 自說病
情曰: "寡人自幼時, 食性嗜松, 凡[20]松筍松葉松根, 無不烹煮而食之, 燥火
漸盛, 一日背上搔癢難堪, 忽一松生出, 轉爲苗長, 作盤松形, 其松枝葉觸
物, 則痛不堪忍, 此何病也?" 鄭生自謂博覽醫書, 此則所未聞所未見之怪
症也, 答曰: "當退思, 然後試藥[21]." 仍退所館, 太子之供奉愈恭. 然晝夜研
究, 莫審其症, 焚香默坐, 三日三夜, 心生一計, 乃謂太子曰: "斧子百柄, 大
釜一座[22], 柴木百束, 冷水一瓮, 今日備來." 來卽置斧子於釜中, 注水而煎
之, 以文武火至三日, 以鐵器盛其水, 入太華殿盤松下, 以手細細點洒之,
未半晌, 松葉稍稍枯黃自消, 日暮時只餘根如小指大, 連洗之盡消無餘[23]
痕, 仍使之, 飲其水一椀, 痛勢雲捲天晴. [24]王父子歡天喜地, 大赦一國, 感
謝鄭君, 無以爲報, 國王仍問其症源, 鄭生曰: "松毒聚中, 木生火, 因毒而
生樹, 今斧者斫也又金也, 金克木, 消此毒氣則痛自止, 乃所以用斧鼎水
也." 問出於何書, 鄭生曰: "病無出處, 藥無出處, 但醫者意也. 世之庸醫, 但
依本方, 裁作之故, 謬[25]固不通, 或錯誤[26]害人, 至於古之兪扁之術, 皆以
意解之, 盡其精妙, 非有得於方書也." 於是, 三日小宴, 五日大宴, 奉之如神
明, 鄭君告歸, 國王曰: "人生世間, 如白駒過隙[27], 適於意則何處不可住?
願同樂富貴, 以終餘年如何?" 鄭君曰: "富貴非吾願, 吾自愛吾廬, 不如早

---

20) 松, 凡: 동경대본에는 탈락.
21) 藥: 동경대본에는 '病'으로 표기.
22) 座: 동경대본에는 '坐'로 표기.
23) 餘: 동경대본에는 탈락.
24) 동경대본에는 '國'이 더 나옴.
25) 謬: 동경대본에는 '膠'로 표기. '膠'가 맞음.
26) 誤: 동경대본에는 '落'으로 표기

還家." 雖高官大爵, 瑤臺華屋, 黃金白璧, 無可以動其心. 父子力挽, 不能
得, 太子曰: "先生之恩, 河海莫量, 而圖報無路." 更留一兩日, 設祖筵[28]以
送之. 將行, 贈[29]以酒石: "先生肯受之否? 此石出於海中至寶也. 向日先生
所飮之酒, 皆此石所出也, 置之器則美酒自生, 千年不渴矣." 鄭君好酒人
也, 答曰: "行者有贐, 古之禮也. 安可不受?" 遂盛酒石於銀盒而奉之. 數日
後啓行, 一如來時光景. 還泊楊花岸, 仍歸家, 家人苦待一望餘矣. 因敍其
事而秘之以酒石終娛平生云.

27) 白駒過隙(백구과극): 흰 망아지가 문틈으로 지나가는 순간을 언뜻 본다는 뜻으로, 세월이
덧없이 빨리 지나가는 것, 또는 덧없는 인생을 이르는 말. 『장자』의 「지북유知北遊」와 『사기』
의 「유후세가留侯世家」에 나오는 이야기에 나온 말이다.
28) 祖筵(조연): 길 떠나는 사람을 송별하는 잔치 자리.
29) 行, 贈: 동경대본에는 '贈行'으로 잘못 표기.

재상이 옥으로 만든 동자를 돌려주어 빚을 갚다

재상 이 아무개는 젊었을 적에 마음이 너그러워 작은 일에 거리낌 없으니 어디에도 얽매이지 않았다. 온갖 재주가 많았는데 특히 닭싸움을 시키고 말을 모는 것으로 이름을 날렸다.

하루는 동교東郊, 서울 동대문 밖 근교 밖으로 나갔는데, 어느 종이 긴 둑 위에서 준마를 끌며 걸음걸이를 가르치고 있었다. 말은 흰색이었고 사슴다리에 오리가슴을 하고 있었으며 눈은 큰 방울 같았다. 또 은 안장에 수놓은 굴레를 갖추고 있어 사람의 눈을 휘둥그레지게 했다. 재상이 반가워하며 한번 말을 타고 달려보고 싶다 하자 종은 흔쾌히 허락했다. 재상이 안장에 올라타자마자 말은 회오리바람처럼 어디론가 달려갔다. 날이 저물 무렵 깊은 산 큰 골짜기의 초막에 이르러, 재상이 말에서 내려 살펴보니 사나이 수백 명이 앞에 서서 절을 올리며 말했다.

"저희는 모두 양민입니다. 추위와 배고픔을 이기지 못해 녹림당綠林黨, 화적이나 도둑의 무리을 만들었지요. 각자 생계를 꾸려갈 재산을 모으고서 다시 양민으로 돌아가려 했지만 지혜가 얕고 생각이 짧아 아직 재물을 모을 방도를 마련하지 못했습니다. 이제 낭군께서 오셨으니 꾀를 내어 우리의 소원을 풀 수 있도록 해주소서.”

재상이 말했다.

“나는 유생이다. 시서詩書는 알지만 이런 일은 알지 못하니, 너희가 내게 한 요청은 나무에서 고기를 구하고 뒤로 물러나면서 앞으로 가려는 것과 뭐가 다르겠나?”

이렇게 말하며 백번 고사했지만 끝내 어쩔 수 없었다. 재상은 밤낮으로 생각한 끝에 마침내 허락했다. 사람들이 물었다.

“서울에 거부 홍洪동지의 집이 있습죠. 아들과 과부만 사는데 재산이 수만금 되지요. 어떻게 하면 그 재산을 다 훔쳐올 수 있을까요?”

재상은 부득이 한 계교를 냈다.

“너희는 수백 금을 가지고 서울로 들어가 홍동지 집의 단골무당인 맹인 무녀와 근처에 사는 맹인 박수무당을 찾아내어 돈을 먹여 단단히 거래를 체결하거라. 홍동지 집 사람들이 집안에 변괴가 일어났다고 길흉을 물으러 오면 그들에게 이렇게 말하라고 부탁하거라. 집안의 귀신이 일어나 장차 큰 화가 닥쳐올 텐데 아무 날이 가장 흉한 날이라, 그날에는 남녀노소 막론하고 집안사람 모두 집을 비우고 밖으로 나가 피해야만 목숨을 건질 것이니, 그때는 집안에 괴변이 일어나더라도 뒤돌아보지 말라고 말이다. 이렇게 너희는 무당과 맹인 모두에게 똑같은 말을 하도록 부탁하고 나서 사방에 몸을 숨겼다가 밤이 되면 기와 조각이나 모래, 돌을 그 집으로 던지거라. 삼일 밤을 계속 그렇게 하면 반드시 홍동지 집에서 점을 치러 갈 것이고, 또 아무 날이 되면 무당의 말에 따라 집을 나가 피할 것이니라. 그러면 그날 밤 그 집 보화를 모두 꺼내오너라.”

과연 사람들은 그 꾀대로 하여 수만금을 얻었다. 수백 명의 사람이 재물을 골고루 나눠가지고, 재상에게는 각자의 몫의 두 배를 주니 재상이 웃으며 말했다.

"내가 어찌 재물을 바라고 그 일을 했겠느냐? 한순간 살아남으려고 일을 도모했을 뿐이니라."

보화 중에는 수놓은 비단으로 싼 옥동자 조각이 있었다. 재상은 그것을 가져가며 말했다.

"이걸 가져가는 것만으로도 충분하다."

재상은 마침내 준마를 타고 돌아갔다. 여러 사람도 모두 흩어졌다. 재상은 그 이야기를 비밀로 하고 끝내 발설하지 않았다.

재상은 그뒤 과거에 급제해 평안감사가 되었다. 재상이 홍동지의 아들을 불러오니 그의 나이가 아직 어렸다. 그를 비장으로 데려가서 감영 창고에 남은 물건을 모두 맡겼다. 재상이 임기를 마치고 돌아올 때, 홍비장이 그것을 어떻게 처리할지 물었다. 재상은 "자네 댁에 갖다 두게나"라 했다. 홍비장이 집으로 돌아와 다시 여쭈자, 재상은 "자네 노모더러 나를 좀 보러 오라 하시게"라 했다. 과연 노모가 오니 재상은 내당으로 가서 그를 만났다. 재상은 옥동자를 꺼내주며 말했다.

"노인께서는 이 물건을 알아보시겠소?"

노모는 그걸 보자마자 비 오듯 눈물을 흘렸다. 재상이 물었다.

"왜 우시오?"

"이것은 저희 가장께서 역관으로 연경에 갔다가 가져오신 물건이지요. 저희에게 아들 하나가 있는데 옥동자가 저희 아이와 닮았다며 연경 사람이 그걸 주어 우리 아이의 수명을 늘려주었지요. 참 기이한 일입니다. 모년에 집안에 괴이한 일이 생기고, 또 도둑을 맞은 환란이 있어 재산을 다 잃어버렸지요. 이 물건 역시 그때 잃어버렸는데, 대감님께서 어떻게 이걸 얻으셨는지요?"

재상이 웃으며 말했다.

"나에게도 역시 기이한 일이 있었는데 노인 댁 물건임을 분명히 알았기에 이렇게 돌려주는 것이라오. 또 감영 창고에 남은 물건들도 이미 아드님에게 주었으니 잃은 재산을 충당하기에 충분할 거요."

노모는 고사했지만 어쩔 수 없었다. 그녀는 그 재물로 다시 부자가
되었다 한다.

還玉童宰相償債

李相公某, 少時磊[1]犖[2]不羈, 蘊抱才器, 鬪鷄走馬, 名聞一世. 一日出東
郊外, 見一僕, 牽駿馬, 習步於長堤, 其馬色白, 鹿脛鳧膺[3], 眼如垂鈴, 銀鞍
繡勒, 動人眼目. 公喜之, 願一乘而馳之, 僕快許之. 一據鞍, 疾如飄風, 莫
知所向. 日晚抵深山巨谷中草幕, 下馬見, 數百好漢, 羅拜於前曰: "吾輩皆
是良民, 爲饑[4]寒所駈, 結爲綠林之黨, 而願各得資生之財, 還作良民, 智慮
淺短, 尙無生財之道, 今郞君來臨, 發謀出慮, 以副衆願." 公曰: "吾儒生也,
但知詩書, 不知此等事, 不幾近於緣木求魚, 却步求前耶?" 百般苦辭, 終不
可得, 乃晝夜思量[5], 乃許之, 衆人曰: "京中巨富洪同知家, 只有孤兒寡婦,
而貲屢[6]巨萬, 何以則盡搜其貨?" 公不得已[7]出一計曰: "汝輩持數百金入
京, 詳探洪同知家丹骨盲[8]人巫女及近處巫盲, 唊之以利, 深爲[9]締結後, 托
以洪同知家, 若有變怪, 來問吉凶之事, 須以宅神發動, 大禍將至, 某日卽
極凶之日, 其日一家男女老少, 盡爲出[10]避圖命, 家中雖有怪變, 不顧也云

---

1) 磊: 고대본에는 '牢'로 표기.
2) 犖: 국도본·가람본에는 '落'으로 표기.
3) 膺: 고대본에는 '鷹'으로 표기.
4) 饑: 동경대본에는 '飢'로 표기.
5) 終不可得, 乃晝夜思量: 원문에는 '終不得, 乃晝夜可思量'으로 표기되어 '可'의 위치가 잘못되어
   있지만 바로잡았음. 가람본·성균관대본에는 옳게 표기.
6) 屢: 고대본·성균관대본에는 '累'로 표기. 둘 다 뜻이 통함.
7) 已: 고대본에는 탈락.
8) 盲: 고대본·가람본에는 '育'으로 잘못 표기.
9) 爲: 동경대본에는 '得'으로 표기.
10) 出: 고대본에는 '山'으로 잘못 표기.

云. 諸巫諸盲, 皆使之, 同然一辭然後, 汝輩潛身四伏, 夜中投瓦礫沙石於其家, 連三夜如是, 則洪家必問卜出避, 遂於其夜, 盡括其寶貨而來." 衆人如其計, 得財屢巨萬. 於是屢百人均分其財, 而於公倍與之, 公笑曰: "吾何以財爲? 欲一時圖生之計也." 其寶貨中, 有一玉童, 褁以錦繡, 公取之曰: "持此足矣." 遂騎駿馬而還, 諸人各散, 公秘不發說. 後登科除箕伯, 招洪同知子, 其子年尙少, 以幕裨率去, 凡營廩之用餘, 一幷委之. 臨歸時, 洪裨稟其區處, 公曰: "置之君家." 還第後, 又稟之, 又[11]曰: "君家老母, 使之來見吾也." 果來, 見於內堂, 公遂出玉童子一坐示之曰: "老孀知此物乎?" 孀見卽泣下如雨, 公問: "何以泣也?" 答曰: "此吾家長, 以舌官入燕得來之物也. 家有獨子, 而玉童酷似吾兒之貌, 燕人授之以補兒命, 盖異事也. 某年有家怪, 又被偸窃[12]之患, 家貲[12]盡失, 此物亦入於其中矣. 大監何以得此也?" 公笑曰: "吾亦有異事, 明知孀家之物, 故還之. 且吾之箕營廩餘之物, 已付之孀子, 足當見失之貲矣[13]." 孀固辭不得, 以其財, 復得[14]富云.

11) 又: 국도본·고대본·동경대본·가람본에는 '公'으로 표기. '公'이 맞음.
12) 貲: 고대본·가람본·성균관대본에는 '貨'로 표기.
13) 矣: 동경대본에는 '也'로 표기.
14) 국도본·고대본·가람본·성균관대본에는 '巨'가 더 나옴.

뜻이 높은 사람이 담배 장수를 불쌍히 여겨 재물을 양보하다

영조 무인년¹⁷⁵⁸ 때 서울에 담배가 귀하여 담배 한줌 값이 서 푼이나 되었다. 그때 칠원^{漆原, 경상남도 함안군에 있는 지명} 사람이 집안 논밭을 다 팔아 담배 세 짐을 장만했는데 본전 값이 오백 냥이나 되었다.

그 사람이 한강을 건너 저녁 무렵 석우^{石隅, 남대문과 동작나루 사이에 있던 지명}에 이르렀다. 길에서 탕건을 쓰고 창의^{氅衣, 벼슬아치가 평상시에 입던 웃웃}를 입은 사람을 만났는데 그가 이렇게 물었다.

"그거 담배 짐이오?"

"그렇소이다."

"요즘 담배가 귀한 시절이니 세 짐이면 삼천 냥은 벌 수 있겠소. 당신 때를 참 잘 맞추었구려."

담배 장수가 말했다.

"나는 이번 서울 길이 초행이라오. 사고무친^{四顧無親}이니 객주를 정하는 법 등을 가르쳐주겠소?"

그 사람이 말했다.

"초행길에 이리 귀한 물건을 가져왔단 말이오? 날 못 만났다면 낭패를 당할 뻔했소이다! 반드시 나만 따라다니시오."

그 사람은 담배 장수와 함께 성안으로 들어가 이리저리 배회하다가 인경이 칠 무렵 그를 자기 집으로 데리고 가서 잘 조치해주었다. 새벽종이 울리자 주인이 홀연 안에서 나와 말했다.

"당신 물건이 적지 않아 하루이틀 만에 다 팔 수는 없소. 말이 할일 없이 그냥 있는데 용산호[1]에서 실어올 나뭇짐이 있으니, 아침을 드시고 말을 몰고 가서 싣고 오는 것이 어떻겠소?"

담배 장수가 말했다.

"그래도 좋소만 나는 용산 가는 길을 모르니 어쩌겠소?"

주인이 말했다.

"우리집 종을 데리고 가시오."

담배 장수는 말을 먹이고 나서 그 집 종과 함께 집을 나섰다. 때는 새벽종이 울린 지 얼마 되지 않아 멀리 있는 사람은 분간이 안 될 정도였다. 청파青坡, 지금의 서울 용산구 청파동 근방의 지명에 도착하는 사이에 종은 사라져버렸다. 종을 찾아보았지만 간 곳을 알 수 없었다. 담배 장수가 다시 돌아가려 해도 어둡고 깊은 밤에 하루 묵었던 집으로 가는 길을 기억할 수는 없는 노릇이었다. 해가 어느새 높이 떠오르니 진퇴양난이었다. 말고삐만 쥐고서 도로를 방황하며 대성통곡하니, 오가는 사람이 그 이유를 앞다투어 묻고 그 형편을 다들 가련하게 여겼다.

홀연 벙거지를 쓴 건장한 사람 하나가 반쯤 취해 노래를 길게 뽑으며 천천히 다가왔다. 그가 왜 통곡하고 있느냐고 묻기에 담배 장수는 일의 전말을 세세하게 이야기해주었다. 벙거지를 쓴 길손이 이를 듣고

---

1) 용산호(龍山湖): 노들섬 일대 한강을 용산강이라고 불렀다. "한양 남쪽 칠 리쯤에 용산호가 있다. 옛날에 한강 본류는 남쪽 언덕 밑으로 흘러가고, 또 한 줄기는 북편 언덕 밑으로 둘러들어와서 십 리나 되는 긴 호수를 이루었다."(이중환, 『택리지』)

한번 웃어젖혔다.

"당신이 잃어버린 것을 내 전부 되찾아주겠소. 그러면 담배 값의 반을 주겠소?"

담배 장수는 뛸 듯이 기뻐하며 말했다.

"담배를 되찾아주시기만 한다면야 담배 값 전부를 다 드려도 아깝지 않소이다!"

길손은 담배장수에게 이렇게 저렇게 하라고 가르쳐주었다. 말 세 필 중 늙은 말의 고삐를 풀어주어 앞서 가게 하고 담배장수와 길손이 세 마리 말을 따라갔다. 성안을 돌던 말이 홀연 어느 집 문 앞에서 멈추었다. 길손이 물었다.

"이곳이 그 집이오?"

담배 장수가 한참 살펴보다가 말했다.

"맞습니다요!"

길손은 즉시 대문을 발로 차고 들어가 주인을 불렀다. 안에서 주인이 나오자 길손은 담배 장수를 돌아보며 물었다.

"이 사람이 당신이 숙박했던 집 주인이오?"

"맞습니다요."

주인이 담배 장수를 바라보며 말했다.

"당신 어디 갔다 이제야 돌아오시오? 우리집 종놈이 아까 먼저 와서는 길이 어두워 서로 잃어버렸다 했소. 지금까지 걱정하고 있었소이다. 이제 돌아오시니 천만다행이오!"

길손이 주인을 꾸짖었다.

"넌 어떤 사람이기에 감히 모 궁으로 가는 담배를 중간에 도둑질하고 마부를 유인해 따돌리기까지 했느냐? 우선 담배 짐을 원래 수대로 꺼내 놓을지어다!"

길손은 기세가 당당했고 언사도 유창했다. 주인은 그 말을 듣고 멍하니 있다가 평계도 한마디 못 대고 담배 여섯 짐을 모두 꺼내놓았다. 길손이 먼저 짐을 풀어헤치며 물었다.

"이 안에 있던 돈 삼백 냥은 어디 갔느냐?"

주인이 담배 장수에게 말했다.

"당신이 처음 담배를 가져올 때 돈 이야기는 하지 않아 담배 짐을 풀어보지도 않았는데, 이제 와서 돈을 내놓으라 하니 너무나 맹랑하오."

담배 장수가 말했다.

"전날 내가 말하지 않은 건 맞소. 나는 모 궁 마름인데 궁의 농장에서 바치는 담배와 돈 삼백 냥을 가져가고 있었다오. 지금 그 돈이 없어진 건 주인장의 소관이라 난 모르겠소이다."

길손이 큰소리를 질렀다.

"나는 모 궁의 종인데 오래도록 기다려도 담배 짐이 오지 않길래 문밖으로 나가서 기다리고 있다가 이 마름을 만나 이리로 왔다. 만약 돈을 내놓지 않으면 마땅히 궁으로부터 조치가 있을 것이니 주인은 그걸 감당하겠는가?"

길손이 소매를 걷어올리고 눈을 부라리니 그 기세가 두려울 정도였다. 주인은 여염집 상것이라 짐 속에 돈을 두었다는 이야기가 괜히 우겨대는 허황된 말임을 알았지만, 이미 담배를 숨겨둔 것을 들켰고 해명할 길도 없었다. 그는 발악했다가는 무슨 봉변을 당할지 예측할 수 없어 삼백 냥을 마련해 내놓았다. 길손은 담배 장수에게 담배 단을 모두 묶어서 말에 싣고 가게 했다. 담배 장수는 담배를 자기 집에 두고 담뱃값이 오르기를 기다렸다가 모두 팔아서 삼천여 냥을 벌었다. 담배 장수가 그 돈의 반을 주니 길손이 웃으며 말했다.

"내가 사기를 쳐서 삼백 냥을 얻었으니 그것만 해도 매우 많소이다. 어찌 당신의 가련한 돈 그 이상을 바라겠소. 두말하지 말고 모두 실어가시오."

길손이 돈을 끝내 받지 않으니 당시 그 이야기를 들은 사람들 모두가
통쾌해하고 탄복했다.

矜草商高義讓財

英廟戊寅年間, 洛下南草翔貴, 一撮價至三分. 伊時漆原人, 盡賣家庄,
貿草爲三駄, 本價爲五百兩. 渡江暮抵於石隅, 路逢宕氅老者, 問曰: "此是
南草駄乎?" 曰: "然矣." 曰: "今方絶乏之時, 三駄可得三千兩, 君可謂善觀
時矣." 草商曰: "吾是[2]初入京, 四顧無親, 其接主等節, 令公或可指揮否?"
其人曰: "然則君之初行, 持此重貨? 若不遇吾, 則幾乎狼貝[3]! 必隨我而來
也." 遂同與入城, 逶迤城內, 犯鍾時, 牽入渠家, 善爲區處, 及曉鍾後, 忽自
內出言曰: "君之不少之物, 不可一二日盡賣, 而君之鬢者, 閑立無事, 我於
龍山湖, 有柴駄輸來者, 君須早飯, 牽馬駄來何如?" 草商曰: "如是則好矣,
第不知龍山路程, 似是難矣." 主人曰: "吾以家奴, 眼同[4]而去也." 遂喂馬
後, 與其家奴出送. 時則曉漏[5]纔撤, 遠人未分時也, 至靑瀧, 其奴中間逃避,
草商訪之, 不知去處, 更欲回來, 則昏夜一宿之家, 何以記之乎? 日色已高,
進退惟難, 只把馬轡, 彷徨道路, 大聲痛哭, 來人去客, 爭問其由, 莫不怜[6]
其情狀. 俄有氈笠[7]豪健人, 半醉, 長歌緩緩而來, 問其緣何以[8]哭, 草商擧
其顚末, 細細言之, 氈笠客聞之一笑曰: "君之所失, 吾盡推給, 君之南草價,

---

2) 是: 동경대본에는 탈락.
3) 貝: 동경대본에는 '狽'로 표기.
4) 眼同(안동): 사람을 데리고 함께 가거나 물건을 지니고 감.
5) 曉漏(효루): 파루. 오경 삼 점(五更三點)에 종각의 종을 서른세 번 치던 일. 이때 통금이 해제
되었다.
6) 怜: 동경대본에는 '矜'으로 표기.
7) 氈笠(전립): 벙거지. 조선시대에 궁중 또는 양반집의 군노나 하인이 쓰던, 털로 만든 모자.
전립(戰笠)·병립(兵笠)이라고도 한다.
8) 以: 동경대본에는 '而'로 표기.

能分半乎?"草商踴躍曰:"若盡推尋, 則雖全價盡納, 固無惜矣!" 厥客敎9)
草商, 以如是如是, 卽擇三匹中老馬, 放轡先駈, 草商與厥客, 從三馬而10)
來, 周廻城中, 馬忽立於一家門前, 氈笠客問曰:"此是其家乎?"草商熟視
良久曰:"果是矣!" 氈笠客卽蹴破大門岸, 氈笠客11)聲呼主人, 主人自內出,
氈笠客顧草商曰:"此是汝之所宿主乎?"曰:"是矣."主人見草商語曰:"君
何處去而今始來乎? 吾家奴子, 俄者先來, 謂以路黑, 相失云. 故吾方慮之
矣. 今得回來, 幸甚幸甚!" 氈笠客, 叱主人曰:"汝是何人, 某宮所輸來南草,
汝中間盜奪, 誘逐馬夫耶? 爲先草同盡數出來可也!"是時, 氈笠客, 氣勢堂
堂, 言辭切切, 主人聞之呆了半晌, 無一辭稱頉, 六隻草盡爲負出, 氈笠12)
先自解束曰:"此中有三百兩錢何去乎?"主人顧草商曰:"君之草同初入時,
未嘗有錢說, 且初不解束, 今始出來, 則錢說云云, 太孟浪矣."草商曰:"昨
日吾固不言, 而吾是某宮舍音13), 宮庄所納南草與三百兩備來矣. 今此無錢
云, 則主人所爲, 吾未可知矣." 氈笠客大言曰:"吾是某宮奴子, 久待草駄,
不來, 故適出門企待, 遇此舍音而來, 若主人不出錢, 則自宮當有處置之道,
主人能堪之乎?"攘臂瞋目, 氣勢可怖, 主人乃是閭閻常賤也, 錢之14)說, 雖
是白地做慌, 旣執所臟, 發明無路, 若又發惡, 則又不知來頭橫逆之如何,
乃備三百數而出給. 氈笠客, 使草商盡束于草同而駄去, 歸置渠家, 俟其踊
貴而盡賣, 得錢三千餘矣. 草商以半數與之, 氈笠客笑曰:"吾以詭術, 得
三百兩錢, 已極15)多矣. 又何望君之可憐物乎? 必盡輸去, 勿復此言也."終

---

9) 동경대본에는 '南'이 더 나옴.
10) 而: 동경대본에는 탈락.
11) 客: 동경대본에는 '高'로 표기.
12) 동경대본에는 '客'이 더 나옴.
13) 舍音(사음): 마름. 지주에게서 소작지 관리에 관한 일체의 권한을 위임받은 장토(庄土) 관리
의 최하 담당자. 소작인과 소작료의 변경 등에 대해 전권을 행사했으며, 소작인의 사역(使役)
과 소작료의 중간 취득 등의 특권을 자행했다.
14) 之: 동경대본에는 탈락.
15) 동경대본에는 '太'가 더 나옴.

不受之, 當時聞之者, 莫不稱快嘆16)賞.

---

16) 嘆: 동경대본에는 '歎'으로 표기.

사행을 따라간 궁박한 중인이 재화를 얻다

옛날 한 중인中人이 재상의 문하에 여러 해 출입하고 있었다. 중인은 외모가 너무 못생겨 그 집 사람들이 모두 궁박窮薄한 상이라고 손가락질했지만, 재상은 그와의 친분 때문에 차마 그를 내보내지 못했다.

그 무렵 바닷길로 조천朝天, 명나라 황제를 알현하는 것을 하러 가는데 재상이 정사正使로 떠나게 되었다. 하지만 문객 중 누구도 따라가려는 사람이 없었고 중인만 수행하겠다고 자원했다.

배가 넓은 바다에 이르자 풍랑이 크게 일어나 배가 곧 뒤집혔다. 모두 빠져 죽을 것만 같아 다들 얼굴이 하얗게 질렸다. 그때 우두머리 사공이 아뢰었다.

"행차 중에 필시 이롭지 못한 사람이 있어 이런 큰 액을 당하는 것입지요. 상하를 막론하고 옷가지를 하나씩 벗어야 합니다."

일행들이 사공의 말에 따라 옷을 하나씩 벗어주자, 사공은 그 옷을 차례로 물 위로 던졌다. 중인의 옷이 가라앉으니 사공이 말했다.

"이 사람은 사행길에 이롭지 못하니 얼른 물에 던져져야 합니다. 만일

정에 얽매인다면 배에 탄 사람 모두가 빠져 죽을 것이니, 그에게 속히 뛰어들라고 재촉해야 합니다."

재상이 한참 말없이 생각하다가 물었다.

"가까운 곳에 섬이 있는가?"

"모 섬이 여기서 멀지 않나이다."

즉시 배를 돌려 그 섬으로 가서 중인을 해변에 내리게 했다. 그에게 식량과 반찬, 솥과 시루 등을 주고 돌아오는 길에 데려가겠다는 다짐을 하고 내려보냈다. 그러니 풍랑이 갑자기 잠잠해졌다. 재상은 즉시 배를 돌려 떠났다.

배에서 내린 중인은 섬 가운데로 갔다. 섬에 다른 나무는 없고 대나무만 숲을 이루었다. 그는 바위 동굴에 거처하면서 대나무를 태워 밥을 지었다. 밤이 되자 달이 밝아오고 주위가 고요해졌다. 바람이 불어와 대숲이 갈라지는 듯한 소리가 들렸다. 어느 날 밤, 중인이 몸을 숨기고 살펴보니 괴상한 무언가가 꿈틀거리며 바위 구멍에서 바다로 내려갔다가 조금 뒤 다시 올라오는 것이었다. 번쩍번쩍 빛나는 눈빛이 가히 두려움을 불러일으켰다.

다음날 중인은 그 무언가가 왕래하던 길목의 대나무들을 모두 베어내 길을 만들고 베어낸 끝을 뾰족하게 만들었다. 그날 밤 그것은 바다로 내려가다가 죽었다. 다음날 가서 보니 그것은 크고 이상하게 생긴 구렁이였다. 그 아래에 진주가 흩어져 있어서 중인이 모두 주웠다. 또 뼈를 부수어 나온 진주도 다 모으니 열 곡斛, 열 말은 될 것 같았다.

이는 여러 해 묵은 늙은 구렁이가 바닷속 늙은 용과 교접하려고 왕래하다가 뾰족한 대나무에 찔려 죽은 것이었다.

중인은 아무도 없는 외로운 섬에서 무료하게 있다가 하루는 높은 곳에 올라 주위를 살펴보았다. 바위 아래에 공작 수백 마리가 모여 있다가 놀라서 날아갔는데 바위 아래에 공작의 깃이 쌓여 언덕을 이루었다. 그것들을 다 주위와 진주를 엮으니 대여섯 동은 되었다. 그 값을 따져보니 무려 한 집의 재산 정도는 되었다.

반년이 지나지 않아 사신 일행이 돌아와 섬에 정박했다. 중인은 깃으로 묶은 진주를 싣고 가서 팔아 수천 금을 얻었으니 어느덧 부잣집의 늙은 주인이 되었다.

얼마 지나지 않아 재상은 권력자에게 배척되어 늘그막에 권세를 잃고 의지할 곳이 없어졌다. 중인은 그를 구제해주어 평소의 친분을 잃지 않았다. 재상은 죽을 때까지 쌀 한 되, 곡식 한 말까지도 중인에게 의지했다 한다.

隨使行薄商得貨

古宰相門下一中人, 多年出入, 爲其容貌甚薄, 渾室以窮薄[1]狀指之, 宰相則以其親知之故, 不忍謝遣之[2]矣. 時當航海朝天之際, 其宰相以正使發行, 門客無願從者, 其中人自願隨行. 至大洋, 風濤大起, 將有顚覆之患, 一行盡爲失色, 死在呼吸之頃, 都梢工曰: "行次中, 必有不利之人, 當此大厄, 無論上下, 盡脫下一件衣也." 行中, 遂依其言盡脫[3], 梢工乃以衣, 次次投水中, 至於中人之衣, 乃沉焉. 梢工曰: "此行次[4]不利於行中, 願急急投水也. 若拘於顏情, 渾船幾許人, 命盡至淪沒, 急急捉投可也." 宰相良久默諒曰: "此處有近島否?" 梢工曰: "某島, 不遠矣." 卽回船, 泊島, 下其中人于島邊, 備給粮饌釜甑之屬, 以回路同去爲約而下送, 俄而風浪頓息, 卽回櫂而去. 中人下島, 止處島中, 無他樹木, 只有竹林而已, 處於岩穴, 燃竹而饌.

---

1) 동경대본에는 '之'가 더 나옴.
2) 之: 동경대본에는 탈락.
3) 동경대본에는 '衣'가 더 나옴.
4) 次: 동경대본에는 탈락되어 의미가 이상해짐.

時於月明夜靜, 聽則或⁵⁾有風吹披林之聲. 一夜, 隱身而察之, 有一奇怪蜿蜒物, 自岩穴, 向海水, 下去, 少焉, 復上來, 其目光爍爍可畏. 翌日, 盡斬其物所往來之竹林, 尖其梢, 而通其路, 其夜, 厥物下去, 仍斃焉. 明日往見, 則乃許大異蟒也. 其下, 有眞珠散布, 乃盡收之, 以至碎骨節, 而收拾, 殆近十斛. 大抵積年老蛇, 與水中老龍交媾, 往來, 爲梢竹⁶⁾所刺而斃矣. 無人孤島, 獨居無聊, 一日, 登陟歷覽, 至一岩下, 有孔雀數百首, 驚飛散去, 乃入岩底, 則有羽累積成堆, 又盡收拾而束之, 幾爲五六同, 論其價, 則無慮一家産. 不過半年許, 使行來泊, 仍運珠斛羽束, 而載來, 辦賣, 至累千⁷⁾金財, 奄成富家翁. 未久其宰相爲當路所擯⁸⁾, 老境失勢無依, 中人竟爲之救濟, 不失平日之誼, 終宰相之身, 升米斗穀, 皆藉中人之力云.

5) 聽則或: 동경대본에는 '種種'으로 표기.
6) 梢竹: 동경대본에는 '竹梢'로 표기.
7) 千: 동경대본에는 '萬'으로 표기.
8) 동경대본에는 '斥'이 더 나옴.

할아버지가 호랑이 굴로 들어가 손자를 안다

    상주尙州 선비 김 아무개는 처음에 관동 지방 산골에 살았다. 김 아무
개와 아들이 서로 의지하며 살았는데 아들이 먼저 죽고 그의 유복자만
남았다. 손자가 태어나자 김 아무개는 하늘에 축원했다.

    "저희 가문이 망하지 않게 해주십시오. 제발 손자 하나를 잘 보호하고
기를 수 있도록 해주십시오."

    며느리가 살림하고 음식 마련하느라 손자에게 젖을 먹이지 못할까봐
김 아무개는 손자를 사랑방에 안아다 두고 밤낮으로 보살피다가 손자
가 울면 바로 며느리를 불러 젖을 물리게 했다. 이렇게 손자 곁에서 잠
시도 떨어져 있지 않았다.

    더운 유월 어느 날, 김 아무개는 문을 열어 서늘한 기운을 받아들이느
라 밤이 깊어서야 잠이 들었다. 잠에서 깨어나 손자 쪽을 더듬어보니 손
자가 없어졌다. 김 아무개는 촛불을 들고 손자를 두루 찾아다녔다. 며느
리 방에도 손자는 없었다. 그는 며느리에게 물어보려고도 생각했지만
여자는 분명 놀라 울부짖으며 어쩔 줄 몰라할 것이기에 도리어 찾는 데

방해가 될 것 같았다. 몰래 밖으로 나가 집안 곳곳을 두루 찾아다녔다. 김 아무개가 중얼거렸다.

"이 아이를 잃으면 우리 가문은 끝장이야! 그러면 내 목숨도 보존할 수가 없겠지! 근래에 들건대 뒷산 바위 굴 안에 호랑이가 새끼를 낳아 밤중에 호랑이가 내려온 흔적도 있다 하니, 그 호랑이가 물어간 것이 아닐까? 일단 가서 살펴보자."

깜깜한 밤중에 굴 앞에 당도하자 어린아이가 웃고 장난치는 소리가 들려왔다. 바로 자기 손자의 목소리였다. 동정을 몰래 살펴보니 호랑이는 나갔고 호랑이 새끼 세 마리가 아이를 보며 희롱하고 있었다. 아이는 호랑이가 무서운 줄도 모르고 웃고만 있었다. 김 아무개는 바로 호랑이 굴로 들어가 손자를 품안에 안았다. 손자는 아무 탈이 없었다. 김 아무개는 호랑이 새끼 세 마리를 때려죽이고 급히 집으로 돌아왔다. 손자를 자리에 내려두고 며느리를 불러 말했다.

"아이가 배고파 우니 젖을 물리거라!"

며느리가 달려와서 젖을 물렸지만 호랑이 굴의 일은 아득히 알지 못했다.

그런데 갑자기 호랑이가 울타리 밖까지 와서 크게 울부짖으며 공중으로 펄쩍펄쩍 날뛰니 그 소리가 절벽에 쩌렁쩌렁 울렸다. 김 아무개가 칼을 잡고 창밖으로 나가 앉아 이치를 따지며 큰소리로 꾸중하니, 호랑이는 그와 마주앉았지만 감히 그를 낚아채지는 못했다. 이렇게 삼일이 지나니 가까운 동네 사람들이 포砲를 설치해 호랑이를 잡았다. 김 아무개가 말했다.

"이곳은 자손 기를 곳이 못 되니 떠나자."

그가 상주로 이사가서 손자를 가르치니, 손자는 문필이 성숙하고 사람됨이 쩨쩨하지 않았다.

손자가 신부를 만나 혼례를 치르던 날, 김 아무개는 비로소 그날 밤의 광경을 이야기해주었다. 자리에 있던 사람들이 모두 깜짝 놀랐다.

며느리에게 손자 있는 곳을 묻지 않은 것은 주도면밀함이요, 곧바로 호랑이 굴로 들어간 것은 용감함이요, 이치에 따라 호랑이를 꾸중한 일은 굳셈이며, 손자를 성공하게 한 일은 성실함과 근면함이다. 이 네 가지를 갖추고 나서야 이런 일을 이룰 수 있는 법이다.

入虎穴老翁抱孫

尙州士人金某, 初居關東峽中. 父子相依, 又遇喪明之痛, 只有遺腹孫兒. 兒之初生, 祝天曰: "使吾之宗不滅, 願得保養一孫." 又悶其子婦之治産中饋之中[1], 幼兒失乳, 抱置外舍, 晝夜保護, 兒啼, 則呼子婦而乳之, 不能須臾離也. 暑月開戶納涼, 夜深睡着[2], 睡覺撫兒, 則[3]無, 入[4]擧燭遍求, 至於子[5]婦之房, 則兒[6]又不在. 欲問之[7]於子婦, 則女[8]子之性, 驚號[9]罔措, 反有害於推尋, 遂潛身還出, 遍搜家中, 心內自語曰: "失此兒, 則吾宗滅矣! 吾命亦難保矣! 近聞, 後山岩窟中, 虎生雛, 而夜中, 有虎來之跡[10], 無乃爲此虎所啣而去乎? 第往見之." 黑夜中抵[11]窟前, 有稚兒嬉笑聲, 乃其孫兒也. 暗察其動靜, 虎則出他, 只有其[12]三雛虎, 見兒而弄之, 兒不知虎之可

1) 之中: 고대본·가람본·성균관대본에는 '中之'로 표기. '之中'이 맞음.
2) 睡着: 동경대본에는 '着睡'로 표기.
3) 동경대본에는 '忽'이 더 나옴.
4) 入: 국도본·고대본·성균관대본에는 '之'로 표기. 동경대본에는 탈락.
5) 戶納涼, 夜深睡着, 睡覺撫兒, 則無, 入擧燭遍求, 至於子: 가람본에는 탈락.
6) 兒: 고대본에는 탈락.
7) 之: 국도본·고대본·동경대본·가람본·성균관대본에는 탈락.
8) 則女: 국도본에는 '女則'으로 표기. '則女'가 맞음.
9) 號: 고대본·성균관대본에는 '呼'로 표기.
10) 跡: 고대본·가람본에는 '迹'으로 표기.
11) 抵: 고대본·성균관대본에는 '至'로 표기.
12) 其: 국도본·고대본·가람본·성균관대본에는 탈락.

畏, 作笑聲. 金老直入虎穴, 抱其孫兒於懷中, 兒固無恙. 仍[13]撞斃其三雛, 急急還家, 置之故處, 呼其子婦曰: "幼兒啼飢, 吮乳之!" 子婦來乳之, 漠然不知虎穴之事矣. 俄而虎來籬外, 大吼之超躍騰空, 聲裂蒼崖[14], 金翁按劒出坐[15]窓外, 大聲據理而責之, 虎對坐不敢攖, 如是三日, 近洞人, 設砲捉虎, 金翁曰: "此非養子孫之所, 可以去矣." 遂移舍于尙州, 敎誨孫兒, 文翰夙成, 人器不草草. 其兒取[16]婦新禮之日, 翁始言其夜光景, 滿座追驚. 盖不問子婦, 周密也. 直入虎穴, 膽勇也, 據理責虎, 勁悍也, 成就孫兒, 誠勤也, 有此四者然後, 可以做事矣.

13) 仍: 고대본·성균관대본에는 '乃'로 표기.
14) 崖: 동경대본에는 '厓'로 표기. '崖'가 맞음.
15) 坐: 고대본·가람본에는 '座'로 표기. '坐'가 맞음.
16) 取: 국도본·고대본·동경대본·가람본·성균관대본에는 '娶'로 표기. '娶'가 적당함.

신이한 아이가 구룡연에 빠진 사람을 구해주다

상서^{尚書} 조^趙 아무개는 지인지감이 있었다. 그가 어느 날 한가하게 앉아 있는데 자그마한 아이 하나가 붓을 팔러 왔다. 아이는 용모와 행동거지가 단아하면서도 머리가 덥수룩하니 자못 사랑스러웠다. 상서가 물었다.

"어디서 왔는고?"

"저는 일찍 고아가 되고 의지할 데가 없어 붓을 팔아 살아가고 있나이다."

"의지할 데가 없다니 우리집에서 심부름이나 하며 같이 사는 것이 어떻겠느냐?"

아이는 사양하지 않고 그러겠다 했다.

몇 달 동안 일을 시켜보니 아이는 자상하고 민첩하며 영리했다. 상서가 아이를 더욱 끔찍이 사랑하게 되었고, 집안사람들도 상하 내외를 막론하고 모두 그를 애지중지했다.

상서의 장남이 금강산 유람을 떠나면서 부탁했다.

"유람길에 그 아이가 필요하니 함께 가게 해주십시오."

상서가 눈여겨보고 말했다.

"꼭 필요하지 않은 일이야."

그래도 거듭 간청하니 어쩔 수 없이 허락했다.

장남은 아이와 함께 금강산으로 들어가 구룡연九龍淵에 이르렀다. 일행 중 한 사람이 발을 헛디뎌 구룡연으로 떨어졌다. 아이가 돌아보고 말했다.

"어쩔 수 없다. 어쩔 수 없어!"

그러고는 옷을 벗고 웅덩이 속으로 들어가 삽시간에 빠진 사람을 건져주고 되돌아와 다시 옷을 입고 앉았다. 아이는 행동거지가 온화하며 의젓하고, 숨을 헐떡이지도 않았으며 안색도 태연했다. 일행이 다 놀라 어쩔 줄 모르고 있다가 아이의 행동거지를 보았으니 신이하기만 했다. 그래서 그를 신동으로 지칭하며 더욱더 받들고 소중하게 여겼다.

일행은 내금강과 외금강을 두루 구경하고 돌아와 혜화문惠化門 밖에 이르렀는데 노루 한 마리가 길 앞을 달려가니 사람들이 쫓아갔다. 아이도 노루를 쫓다가 보리밭 안으로 들어갔는데 한참이 지나서도 나오지 않았다. 일행은 아이를 기다리다가 두루 찾아보았지만 종적이 묘연했다. 사방으로 들판이 펼쳐져 있는데 누런 구름이 아득하고 푸른 연기가 자욱했다. 황혼이 질 무렵에야 장남은 집으로 돌아가 상서에게 사실을 보고했다. 상서는 다시 한참 동안 눈여겨보고 말했다.

"내 전날 유람 길에 아이가 필요하지 않다고 했는데 내 말을 듣지 않더니 결국 그 아이를 잃어버렸구나."

훗날 상서가 세상을 떠나자 그 아이가 와서 곡을 하니, 집안사람들이 이를 기이하게 여겼다. 곡이 끝나자 아이는 집안사람들과 한마디 말도 나누지 않고 홀연 떠났다. 그는 소상과 대상 때에도 와서 곡을 했고 또 주인과 아무 말도 나누지 않고서 떠났다. 그 뒤로 아무런 소식도 없었다 한다.

墮龍淵異童拯人

趙尙書某, 有知人之鑑. 一日閑[1]坐, 一小童爲賣筆而來, 容止端雅, 頭髮鬖鬆, 頗可愛. 尙書問: "汝是何許人乎?" 答曰: "早孤無依, 賣筆資生." 云, 尙書曰: "旣云無依, 則住吾家, 使喚如何?" 童不辭而許之. 任使數月, 童之爲人, 詳敏穎悟, 尙書鍾愛之, 一室之人, 無論上下內外, 皆愛重之. 尙書之長胤, 方作楓岳之行, 請於家親曰: "行中不可無某童, 願與之偕焉." 尙書熟視曰: "不緊哉." 屢請之, 不得已許之. 遂偕入山中, 至九龍淵, 行中一人失足, 誤墮於淵中, 童顧謂曰: "無可奈何! 無可奈何!" 遂脫衣入淵中, 霎時間拯出, 還, 復着衣而坐. 擧止雍容, 不喘不息, 顏色泰然, 一行諸人, 驚遑罔措之餘, 見此童擧措, 莫不神異之擧, 以神童稱之, 尤益敬重之. 遍看內外山, 回路到惠化門外, 有一獐, 走過前路, 諸人逐之, 童逐獐入麥田中[2], 久不還, 一行苦待之, 遍尋, 杳無踪跡, 但見四野, 黃雲漠漠, 蒼烟藹藹, 迫曛還家, 告其事於尙書, 尙書復熟視良久曰: "吾向日, 固以爲不緊矣, 不聽吾言, 今果失之矣." 後尙書捐舘, 厥童來哭之, 一家異之. 哭畢, 不與家人接一言, 仍忽復去. 小朞大朞, 又復來哭, 而又不與主人接談而去. 伊後仍無消息云云.

────────

1) 閑: 동경대본에는 '閒'으로 표기.
2) 中: 동경대본에는 탈락.

백발노인이 한 서생을 가르치다

중원中原에 한 서생이 있었다. 그는 집안의 재물이 자못 풍성한 연경燕京의 갑부였다. 그리고 성격이 호탕해 평생 의를 중하게 여기고 재물을 가볍게 보는 것으로 온 고을에 유명하니 모두들 그를 성불자聖佛子로 지칭했다. 그러나 그는 결국 가산을 탕진해 남은 것이 없었다. 아내와 자식들은 춥고 배고프다며 울부짖었다. 서생은 부유했던 옛날과 추위와 구걸을 면치 못하는 지금을 떠올리니 자기도 모르게 스스로가 한심해져 눈물을 흘렸다.

석양이 질 무렵 서생이 보통문普通門 옆에 혼자 서 있는데 홀연 어떤 사람이 껄껄 웃었다. 서생이 돌아보니 그는 풍채 좋은 노인이었다. 서생이 물었다.

"선생께서는 어찌 남의 심각한 사정을 비웃으십니까?"

노인이 말했다.

"그대의 처량한 탄식은 한 번 웃을 거리도 안 되오."

서생이 물었다.

"당신은 내가 아닌데 어떻게 나의 처량한 탄식을 압니까?"

"내 이미 다 알고 있소. 무릇 사람의 빈부라 하는 것은 개미가 맷돌을 돌리는 것과 같아 사람의 힘으로는 어찌할 수가 없소이다. 그대가 어설 퍼 이런 군색한 가난을 초래했다고 탄식하지는 마시오."

"저 역시 가난하고 부유한 것의 이치가 그와 같다는 것은 압니다만, 눈앞 의 광경을 생각하기만 하면 이렇게 후회하고 탄식하지 않을 수 없지요."

노인이 말했다.

"그대가 깊이 후회한다면 내 한 곳을 알려주겠소이다. 옛날의 우활함 을 생각하며 재물을 절약해 쓸 수 있겠소?"

서생이 말했다.

"어찌 감히 선생의 가르침대로 하지 않겠습니까?"

서생이 즉시 노인을 따라 한 곳에 이르니 큰 창고가 있었다. 노인은 벽 사이에 있는 구멍 하나를 가리키며 말했다.

"이 안에 쌓여 있는 것들은 모두 그대의 재물이니 마음껏 실어가시오."

그러고는 홀쩍 가버렸다.

서생이 구멍으로 손을 넣어 더듬고 잡아보니 모두 진기한 보배였다. 그는 그것들을 마음껏 실어가 페르시아 상인들에게 팔아 수만금을 벌 었다. 서생은 옛날처럼 사업을 꾀하긴 했지만 인색할 '인嗇' 한 글자를 좌우명으로 삼아 돈 한 푼, 쌀 한 톨도 친지에게 나눠주지 않고 빈궁한 자에게도 재물을 주지 않았다.

그렇게 반년이 다 되어갈 무렵이었다. 서생은 한 거지가 문밖에서 배 고프다고 호소하는 것을 보았다. 갑자기 서생의 마음속에 다시 선행의 싹이 텄다. 이로부터 그는 빈궁한 사람을 두루 구휼하며 천금도 아끼지 않았다. 그렇게 삼 년이 지나자 서생은 어느새 전날처럼 궁핍해졌다. 그 는 누더기 옷을 입고 외롭고 쓸쓸하게 걸어가다 홀연 보통문 옆에 이르 렀는데 거기서 또다시 옛날 그 노인을 만났다. 서생은 만면에 부끄러운

빛을 보이며 고개를 움츠리고 우물쭈물했다. 노인이 말했다.

"그대는 왜 겸연쩍어하시오?"

"선생께서 가르쳐주신 말을 믿고 지키지 못해 이와 같이 되었으니 어찌 부끄럽지 않겠습니까?"

노인이 말했다.

"상심일랑 하지 마시오. 이렇게 될 수도 있지요. 다시 나를 따라오시오!"

노인이 한 곳에 이르러 창고를 가리키며 말했다.

"마음대로 실어가시오!"

서생은 가르침에 따라 재물을 모두 실어가서 다시 전처럼 부자가 되었으니 도주[1]나 의돈[2] 못지않았다. 그는 전날의 곤경을 교훈 삼아 노인의 당부를 명심하여 한 푼도 허비하지 않고 오직 인색함만을 숭상했다.

어느 날 서생은 갑자기 이런 생각이 들었다.

'천하만사가 유유히 흘러가니 자고로 부가 영원했던 적은 없지. 인생의 부귀란 모두 역마를 바꿔 타는 것과 같고, 인생 또한 아침 이슬이 햇살에 사라지는 것과 같으니 수전노가 될 필요는 없어. 이는 내가 좋아하는 일을 하는 것만 못하지.'

마침내 서생은 빈궁한 사람들을 널리 구제하기 시작했는데 전보다 더욱 적극적이었다. 불과 몇 년 지나지 않아 그는 빈한한 모습과 초췌한 형상이 전보다 더 심해져 시장에서 구걸을 하기에 이르렀다. 그러나 노인을 만날 것이 두려워 보통문 쪽으로는 감히 가지 못하다가 뜻하지 않게 그곳을 지나게 되었다. 노인이 갑자기 읍하며 나타나 말했다.

---

1) 도주(陶朱): 월나라 재상 범려(范蠡)를 일컫는 말로서, 부자를 뜻한다. 범려는 벼슬을 그만두고 도(陶) 땅에서 살았기에 주공(朱公)이라 일컬어졌는데, 재산을 모으는 재주가 있어 천금(千金)을 세 번 모아 부자가 되었다고 한다.
2) 의돈(猗頓): 춘추시대 노나라 사람으로 큰 부자였다. 이름은 돈(頓)인데, 의씨(猗氏)라는 고을에서 재산을 일으켰기에 의돈으로 불렀다.

"근래 별고 없으신가요?"

서생은 정중하게 그를 외면하려 했지만 자기도 모르게 부끄러운 마음이 일어나 얼굴을 감싸고 지나치려 했다. 노인이 빙그레 웃으며 말했다.

"이렇게까지 할 필요는 없소이다. 그대가 그렇게 한 것은 그럴 수도 있는 법이라오."

노인은 또다시 서생을 데리고 한 곳으로 가서는 큰 창고를 가리키며 금과 비단과 허다한 재물을 마음대로 가져가게 했다. 서생은 조금도 사양하지 않고 자기 물건인 양 옮겨가서 재물을 마음대로 사용하니 불과 삼사 년 만에 또 전처럼 재물이 다 사라졌다.

무릇 서생은 노인을 세 차례나 만나 재화를 얻어 결국 우활하게 다 써버린 까닭에 다시 빈한한 거지가 되었다. 그는 더욱더 부끄러워져 감히 보통문 길로 나아갈 수가 없었다.

하루는 흠천감[3] 길을 가다가 노인을 만났는데 서생이 머리를 감싸고 달아났다. 노인이 말했다.

"부끄러워하지 마시오!"

서생이 그제야 돌아보며 인사를 올렸다. 노인이 말했다.

"아무리 놀랍고 처참한 일이 일어나더라도 마음속으로 동요하지 말고 참고 앉아 있으시오. 또 절대 어떤 말도 하지 말고 삼가고 삼가시오."

노인이 갑자기 어디론가 사라졌다. 서생은 가르침대로 흙덩이처럼 앉아 있었다. 홀연 사나운 바람이 크게 일어나더니 수풀 사이에서 맹호가 포효하고 독사와 구렁이가 꿈틀거리며 나와, 서생을 향해 입을 크게 벌려 물어 죽일 듯이 굴고 서생의 몸을 감고서 삼킬 것처럼 굴었다. 서

---

3) 흠천감(欽天監): 명나라와 청나라 때 천문을 관측하고, 역수(曆數)를 정하고, 길흉을 점치며, 금기를 판별하는 등의 일을 맡아보던 관청.

생은 조금도 두려워하지 않고 태연하게 혼자 앉아 있었다. 그는 털끝만큼도 움직이지 않았다.

잠시 뒤 하늘에서 천둥 번개가 크게 치더니 소나기가 쏟아졌다. 신장神將과 야차 십여 명이 하늘에서 내려와 서생 앞에 서서 말했다.

"너같이 하찮은 존재가 감히 요괴의 말만 믿고 끝끝내 말을 하지 않고 웃지도 않으니 너무나 사악하도다. 우리는 너를 제거하라는 하늘의 명을 받고 내려왔도다!"

그들은 칼과 창 등 온갖 병기로 서생을 찔렀지만, 서생은 끝까지 입을 열지 않았다. 이렇게 한 식경이 지나자 신장이 말했다.

"이 괴물은 우리가 없앨 수 없겠네."

그러고는 즉시 떠났다. 오래지 않아 갑자기 하늘문이 열리더니 공중에서 벽제辟除 소리가 들려왔다. 귀졸들이 시커멓게 아래로 내려와 서생을 잡아서 정국4)으로 데려갔다. 상제上帝가 광한전廣寒殿, 달 속에 있다는, 상상 속 궁전으로 와서 서생을 심문했다.

"너는 하계의 요괴로 감히 침묵하며 말도 하지 않고 웃지도 않으니 그 죄악이 심히 무겁도다. 그런고로 내가 정국을 설치해 네가 말하지도 웃지도 않는 것을 쳐부수려 한다."

상제가 나졸들에게 분부하여 몽둥이질을 해 서생을 박살내게 했다. 서생은 그래도 한결같이 흙이나 나무로 만든 인형처럼 끝내 입을 열지 않았다. 상제가 크게 노하여 말했다.

"이런 요물에게는 가벼운 형을 내릴 수가 없다!"

상제는 한 신장에게 서생을 저승으로 압송하게 하고, 염라대왕에게는 엄한 법에 따라 그를 엄격하게 다스리라고 명령했다. 신장이 서생을

---

4) 정국(庭鞫): 의금부나 사헌부에서 임금의 명에 따라 죄인을 신문하던 일. 여기서는 신문하는 장소.

즉시 압송해 저승으로 보내고, 염라대왕 역시 엄한 정국을 설치했지만 서생은 끝내 입을 열지 않았다. 염라대왕도 서생을 다스리기 어려운 자라 여기고 그를 검수지옥[5]·도산지옥[6]·발설지옥[7]으로 보내 온갖 악형을 다 겪게 했지만, 서생은 끝내 입을 열지 않았다. 마침내 전륜왕[8]의 옥으로 보내 부러뜨리고, 으깨고, 갈고, 던지고 했지만 서생의 마음은 결코 조금도 달라지지 않았다.

한 관원이 염라대왕에게 이런 상황을 아뢰었다. 염라대왕이 관원에게 물었다.

"인간으로서 가장 견디기 어려운 일은 무엇이냐?"

관원이 아뢰었다.

"인간 중에서는 궁핍한 유생이나 한미한 선비의 아내가 가장 견디기 어렵나이다."

그러자 염라대왕은 서생을 다시 인간세상으로 보내게 했다. 서생은 태주台州, 불교 천태종과 도교 남종의 발상지다 노盧 처사의 집안에 다시 태어났다. 노 처사는 소싯적에 단학[9]에 입문했으나 완성하지 못했다. 늙어서는 누추한 마을에서 궁핍하게 살며 훈장을 업으로 삼고 있었다. 그는 대를 이을 자식이 없는 것을 언제나 한스럽게 여겼는데 부인이 갑자기 임신하니

5) 검수지옥(劍樹地獄): 잎이 칼로 된 나무가 병풍처럼 서 있는 지옥. 바람이 불 때마다 칼로 된 잎이 떨어져 죄수의 몸에 꽂힌다. 그러면 쇠로 된 부리를 가진 새들이 날아와 죄인의 눈을 파먹는다고 한다.
6) 도산지옥(刀山地獄): 온 산에 뾰족뾰족한 날카로운 칼날이 빈틈없이 꽂혀 있는 지옥. 그 산의 능선을 무기를 든 지옥의 옥졸들이 죄인들을 끌고 막 지나간다. 발등까지 날카로운 칼날이 파고들어 죄인들은 고통이 심해 걸을 수가 없다. 가다가 엎어지면 칼날이 온몸을 찌른다고 한다.
7) 발설지옥(拔舌地獄): 말로써 죄악을 저지른 사람이 죽어서 간다는 지옥. 혀를 뽑아 보습으로 가는 고통을 준다고 한다.
8) 전륜왕(轉輪王): 수미(須彌) 사주(四洲)의 세계를 통솔하는 대왕. 전륜성왕·전륜성제라고도 한다. 몸에 여래의 32상을 갖추고 즉위할 때에는 하늘로부터 윤보를 얻어, 이 윤보를 굴리면서 사방을 위엄으로 굴복하게 하고 모든 악을 제거한다. 공중으로 날아다니므로 비행 황제라고도 한다.
9) 단학(丹學): 도교의 수련 방법. 심호흡법·벽곡(辟穀)·도인(導引) 등의 방법으로 신체를 단련한다.

처사는 밤낮으로 오직 아들이 태어나기만을 축원했다. 열 달이 차서 부인이 해산하고 보니 아이는 딸이었다. 처사 부부는 심히 실망했지만 자식이 없는 것보다는 나았다. 아이를 목욕시켜서 강보에 눕혀두고 젖을 먹였는데 태어나고서 여러 날이 지나도 아이가 울지 않고 끝내 아무 말도 없는지라 혼돈스러운 고깃덩어리에 지나지 않았다. 이웃 사람들은 그 아이를 '타고난 벙어리'라고 불렀다.

처사가 처에게 말했다.

"우리집에 자식이 없다가 이제 이 아이를 얻었소. 비록 말은 못하지만 역시 사람이니 모름지기 잘 키워봅시다."

이 아이는 태어나고 열대여섯 살에 이르기까지 아이들이 걸리는 병을 다 앓았지만 끝내 아무 소리도 내지 않았다. 초^楚나라 사람들은 모두 이를 이상하게 여겼다.

아이는 계년^{笄年, 여자가 처음 비녀를 꽂던 나이}이 지났는데도 향리 사람들이 모두 '말 못하는 바보'라고 소문을 퍼뜨리니 중매쟁이가 찾아오지를 않았다. 서현^{歙縣, 중국 안후이성 남부에 있는 현. '흡현'이라 잘못 일컫기도 한다}에 사생^{謝生}이 있었는데 진^晉나라 재상의 후예로 고상한 지조를 지키며 한 번도 세상에 나가지 않고 가난하게 혼자 살며 아직 장가를 들지 않았다. 그는 노 처사의 벙어리 딸 소문을 듣고 중매쟁이를 보내 혼인하고자 했다. 그러니 사람들이 모두 조롱하자 사생이 이렇게 말했다.

"무후^{제갈량의 시호(諡號)}는 황발을 얻어 정기를 길렀고[10], 제후^{제나라 선왕(宣王)}는 무염을 얻어 아름다움을 완성했으니[11], 내가 말 못하는 바보를 얻는

10) 무후(武候)는 황발(黃髮)을~정기를 길렀고: 황승언(黃承彦)이 제갈량에게 자기 딸을 소개하기를, "나에게 얼굴 못생긴 딸이 있다네. 나면서부터 누런 머리털에 검은 피부였지. 다만 재능만은 그대와 겨룰 만하네"라 했는데, 제갈량이 그 딸을 부인으로 삼았다. 당시 사람들이 "제갈공명이 부인을 택하는 걸 따라하지 마라. 추녀를 얻을 것이다"라는 말로 비웃었다 한다. 황승언의 딸은 황월영(黃月英)이란 설이 있으며, 그녀는 실제로 절세미녀라고도 한다.

것은 나라를 뒤흔들 현처[12]를 얻은 것보다 더 기특하지 않겠소?"

마침내 사생은 전안례를 올려 노 처사의 딸을 아내로 맞았다. 그녀는 시집와서 집안을 다스려 가지런히 정돈했고 아녀자들도 엄히 현명하게 이끌었다. 향리 사람들은 모두 그녀의 정숙한 덕과 올바른 행실을 칭찬했다. 이는 말없는 교화요, 웃음 없는 완성이었다.

어느덧 부인이 임신해서 아들을 낳았다. 사생은 기뻐하며 아이를 잘 기르니 아이가 말을 배우고 걸음마를 배우는 것이 어느 한 군데 사랑스럽지 않은 구석이 없었다. 그런데도 부인은 끝내 입을 열지 않았다. 하루는 사생이 아내에게 말했다.

"당신과 혼인하고 부부가 되어 허다한 세월 동안 고생하고 배고픔도 함께했지만 당신은 한마디 말도 하지 않았소. 또 아이도 태어나 머리털이 자라나고 얼굴도 어여쁘니 사람이라면 누군들 좋아하지 않겠소? 우둔하고 굼뜬 남이라도 반드시 아이를 안아주고 먹여주려 할 것이오. 그러나 당신은 아이가 말을 배워 아버지를 부를 때까지 어미 된 정으로 사랑스러운 말 한마디 들려주지 않으니 필시 당신이 나에 대해 무슨 불만이 있는가보오!"

사생은 발끈 화내고 아이를 들어올려 섬돌에다 내리쳐 죽여버렸다. 처는 그것을 보고 부지불식간에 "아…… 아……" 하는 소리를 냈다.

11) 제후(齊后)는 무염(無鹽)을~아름다움을 완성했으니: 제나라 선왕은 사냥과 주색에만 빠져 나라를 위기에 빠뜨리고 있었다. 어느 날 선왕이 잔치를 벌이고 있는데 외모가 혐오스러운 추녀가 찾아와 뵙기를 청했다. 그녀는 무염이라는 곳에 사는데, 성은 종리(鍾離)이고, 이름은 춘(春)이라 했다. 그녀는 마흔이 넘었지만 혼인을 못하고 있었는데, 선왕을 한 번 뵙고 후궁으로 들어가 마당이나 쓸면서 함께 살까 한다고 하니 주위 사람들이 비웃었다. 종리춘은 선왕의 잘못을 낱낱이 설파해 그로 하여금 크게 반성하게 했다. 그래서 선왕은 어진 사람들과 인재들을 널리 구하고 아부하는 자들을 물리쳐 선정을 베풀었다. 종리춘에게 무염의 땅을 봉하고 무염군(無鹽君)이라고 불렀다.(『열국연의列國演義』)
12) 나라를 뒤흔들 현처: 원문에는 '傾城之哲婦(나라를 망치는 슬기로운 여인)'로 표기되어 있다. 그러나 앞의 두 사례의 부인들은 나라에 긍정적인 기여를 했다. 그런 점에서 잘못된 인용이라 할 수 있다.

갑자기 들끓는 소리가 크게 일어났다. 서생이 돌아보니 자기가 여전히 산 위에 앉아 있는 것이었다. 조금 전 겪은 일들은 다 일장춘몽이었다.

옆에 있던 노인이 탄식했다.

"끝났어, 다 글러버렸어! 연단술鍊丹術, 도교의 수련법이 바야흐로 이루어질 참이었는데, 결국 사랑 '애愛' 한 자 때문에 다 글러버렸어! 그것도 운수이니 어찌하겠나?"

서생이 스스로를 다독이며 말했다.

"그 까닭을 감히 묻겠나이다."

노인이 대답했다.

"내가 보기에 그대는 선가仙家의 기미가 있는 것 같았소. 그래서 세 차례에 걸쳐 적지 않은 재물로 시험을 해보았다오. 그대는 재물에 대한 마음을 한 번도 바꾸지 않았던 고로 내가 다시 이 선가의 오묘한 비결로 시험해보았는데, 결국 사랑 '애愛' 한 글자 탓에 다 무너져버렸으니 이는 운수가 아닐 수 없소. 이 약이 만약 완성되었다면 장차 그대와 함께 먹고 신선이 되어 하늘로 올라가려 했다오. 그대는 미움과 욕심의 두 관문은 능히 타파했지만, 사랑의 관문은 타파하지 못했기에 연단13)이 완성되지 못했다오."

노인은 서생에게 내려가라고 명하고 자기는 구름을 타고 갔다. 서생은 한탄하며 집으로 돌아갔다. 그뒤로 서생은 도기법導氣法, 침을 천천히 찌르고 천천히 뽑는 방법으로, 기를 잘 돌게 하는 치료법과 벽곡법辟穀法, 곡식을 먹지 않고 솔잎, 대추, 밤 등을 날것으로 먹는 섭생법을 배우고 오악14)을 두루 유람했다. 그가 어떻게 죽었는지

---

13) 연단(鍊丹): 도가(道家)가 장생불사를 위해 몸의 기력을 단전(丹田)에 모아 몸과 마음을 수련하는 일. 혹은 수은과 유황 성분을 화합한 물질인 단사(丹砂)와 여러 가지 금속광물을 합성해 단약을 만드는 것.
14) 오악(五嶽): 우리나라의 5대 명산으로 동의 금강산, 서의 묘향산, 남의 지리산, 북의 백두산과 중앙의 삼각산 등을 일컫는다. 중국의 중악 숭산, 동악 태산, 북악 항산, 서악 화산, 남악 형산 등을 말하기도 한다. 여기서는 후자를 말한다.

는 모른다 한다.

白頭翁指敎一書生

中原有一書生. 家貲頗饒, 爲燕京甲富, 而襟[15]期浩蕩, 平生以仗義疎財有名一鄕, 皆以聖佛子指之. 竟至家産蕩敗無餘, 妻孥呼寒啼飢. 生撫念昔日豪富, 今不免[16]寒乞樣, 不覺寒心落淚. 夕陽時獨立普通門側, 忽有在旁[17]胡盧[18]之笑者, 顧視之[19], 則乃頹然老人[20]. 生曰: "先生胡哂人之甚也?" 老人曰: "子之凄[21]嘆[22], 政不滿一笑也." 生曰: "子非我也. 安知我之悽歎也?" 曰: "吾已知之. 凡人貧富, 如磨蟻旋斡, 不可以力圖, 莫嘆[23]子之踈濶, 而致此貧窘也." 生曰: "吾亦知貧富之若此, 第念目下光景, 不得不如是悔嘆[24]也." 老人曰: "子若深悔, 則吾當指示一處, 能念昔日之迁, 其節用乎?" 生曰: "敢不如敎?" 卽隨老人至一處, 則乃大府庫也. 老人手指壁間一穴曰: "此中所儲, 是子之貨財, 唯[25]子輸去也[26]." 仍卽去. 生自穴入手探攫, 無非珍寶也, 盡意輸來, 辦賣[27]波斯[28]肆[29], 得屢萬金, 排鋪[30]如前日

---

15) 襟: 가람본·성균관대본·동경대본에는 '衿'으로 표기.
16) 免: 고대본·성균관대본에는 '克'으로 표기.
17) 旁: 국도본·고대본·동경대본·가람본에는 '傍'으로 표기.
18) 盧: 고대본·성균관대본에는 '蘆'로 표기.
19) 之: 동경대본에는 탈락.
20) 고대본·동경대본·가람본에는 '也'가 더 나옴.
21) 凄: 동경대본·가람본·성균관대본에는 '悽'로 표기.
22) 嘆: 국도본·고대본·동경대본에는 '歎'으로 표기.
23) 嘆: 국도본·고대본·동경대본에는 '歎'으로 표기.
24) 嘆: 국도본·고대본·동경대본에는 '歎'으로 표기.
25) 唯: 국도본·고대본·가람본에는 '惟'로 표기.
26) 고대본에는 '仍卽子輸去也'가 더 나옴.
27) 賣: 고대본·가람본에는 '買'로 잘못 표기.
28) 斯: 고대본에는 '源'로 표기.
29) 肆: 고대본·가람본·성균관대본에는 '市'로 표기.
30) 排鋪(배포): 머리를 써서 일을 조리 있게 계획함. 또는 그런 속마음.

樣, 以吝之一字爲元符, 不敢以分錢粒米, 推移於親知, 周急於貧窮者. 將至半歲, 忽覩門外乞子呼飢, 善端復萌, 自伊後, 周窮恤貧, 不惜千金, 强及三載, 奄若前日之困乏. 鶉衣鵠形, 踽凉街路, 忽到³¹⁾普通門側, 又遇昔日之老人, 生滿面羞慚, 縮首逡巡, 老人曰: "子何歉乎?" 生曰: "先生所敎不能信守, 今又如此, 安得不愧怩乎?" 老人曰: "無傷也, 固有如是者矣, 又隨我來!" 至一處, 指儲庄曰: "唯³²⁾意輸去也!" 生依敎盡輸, 後復如前豪富, 不下陶朱猗頓. 懲前日之艱困, 守神翁之申托, 未曾一分虛費, 專尙鄙吝³³⁾. 一日忽念: '天下萬事都是悠悠, 自古未有久遠之富, 人生富貴, 摠是如乘傳³⁴⁾之遞易, 人生又如朝露之晞陽, 則不必爲守錢虜, 不如從吾所好.' 乃普濟貧窮, 有踰於前, 不過數年, 窮寒之態, 憔悴之形, 有甚於前, 以至行乞於市, 而恐遇神翁, 不敢復由普通門路. 不意過普通門, 老人忽揖于路曰: "近無恙否?" 生謹避之餘, 不覺羞愧, 掩面而過, 老人莞爾曰: "不必如是, 子之所爲, 似或然矣." 又引生, 至一處, 指一大庾, 有金帛許多貨, 使任意輸去, 生少不謙讓, 如自家物一般, 隨意爛用, 不過三四年, 又如前消散. 凡遇老人三³⁵⁾次得貨, 而畢竟以迂濶之致, 還爲寒乞, 生漸益羞恥, 不敢向普通門路³⁶⁾. 一日過欽天監路上, 適逢老人, 生捧頭而走, 老人曰: "無媿³⁷⁾也!" 生於是回面寒暄, 老人曰: "隨我而來也." 生隨之, 則路入深峽, 豊草之間, 上崒嶪山頂, 命生靜坐曰: "雖有百端可驚可慘之事, 無爲動心而忍坐, 且勿言也, 愼旃愼旃." 俄而老人不知所在. 生卽依敎塊坐, 俄有獰風大起³⁸⁾, 猛虎及毒虺

---

31) 到: 고대본·가람본에는 '達'로 표기.
32) 唯: 국도본·고대본·동경대본·가람본에는 '惟'로 표기.
33) 鄙吝: 고대본·성균관대본에는 '吝嗇'으로 표기.
34) 乘傳(승전): 역마. 역참에서 공문이나 화물을 나르는 마차.
35) 동경대본에는 '四'가 더 나옴.
36) 路: 동경대본에는 탈락.
37) 媿: 국도본·고대본·동경대본·가람본에는 '愧'로 표기.
38) 起: 국도본·동경대본·가람본에는 '吹'로, 고대본에는 '作'으로 표기.

大蟒, 自林樾間, 咆哮而出, 蜿蜒而來, 或³⁹⁾開口向生, 爲噬囓之狀, 或繞生
之身, 欲爲呑噬之形, 生少不懼惻⁴⁰⁾, 泰然獨坐, 不動毫髮. 少頃天上雷電
大作, 驟雨急注, 神將夜叉十餘, 從天而下, 立⁴¹⁾生之前曰: "汝是些少之物,
敢以妖怪之說⁴²⁾, 終不言笑者, 萬萬痛惡, 故吾等方欲勦除, 奉天命而下來
矣!" 以劒戟諸般兵器亂⁴³⁾刺, 生又終不開口. 如是食頃, 神將⁴⁴⁾曰: "此怪
件⁴⁵⁾, 非吾輩之所可除也." 卽去. 不久, 天門忽開, 自空有辟⁴⁶⁾易⁴⁷⁾聲, 鬼卒
翳翳而下⁴⁸⁾, 捉生上去庭鞫⁴⁹⁾. 上帝御廣寒殿, 訊以: "汝是下界妖怪之物,
敢自守黙不言不笑者, 罪惡甚重, 故吾今設⁵⁰⁾鞫⁵¹⁾, 將欲破汝之不言不笑."
分付羅卒, 杖之撲之, 生一如土木偶, 終不開口, 上帝大怒曰: "如彼妖物,
不可以輕刑!" 命一神將, 押送于地府, 嚴勅⁵²⁾冥王, 嚴法峻治, 卽押生到地
府, 冥王亦設嚴鞫, 生終不開口. 冥王亦以爲⁵³⁾難治之物, 使付劒樹刀山拔
舌獄, 諸般惡刑, 無所不經, 生終不開口, 竟付轉輪獄, 挫之捏之磨之揚之,
而生之一片精神, 未嘗渝矣. 有官員, 稟于冥王, 冥王問諸⁵⁴⁾員曰: "人間最
難堪者有何?" 官員奏曰: "人間之窮儒寒士妻, 乃是人所不堪者矣." 於是,
冥王命付生, 還度人世, 乃生台州盧處士家. 盖處士, 少時入于丹學, 不得

39) 或: 동경대본에는 탈락.
40) 惻: 고대본에는 '劫'으로 표기.
41) 국도본·고대본·고대본에는 '於'가 더 나옴.
42) 說: 국도본·고대본·가람본에는 '術'로, 동경대본에는 '言'으로 표기.
43) 亂: 고대본·가람본에는 탈락.
44) 將: 고대본·가람본에는 '食'으로 잘못 표기.
45) 件: 고대본에는 탈락.
46) 辟: 가람본에는 '僻'으로 표기.
47) 辟易: 고대본에는 '霹靂'으로 표기.
48) 下: 국도본·고대본·가람본에는 '來'로 표기.
49) 鞫: 국도본·고대본·동경대본에는 '鞠'으로 표기.
50) 設: 고대본·가람본에는 탈락.
51) 鞫: 국도본·고대본·동경대본·가람본에는 '鞠'으로 표기.
52) 勅: 고대본·가람본에는 '治'로 표기.
53) 爲: 국도본·고대본·동경대본·가람본에는 탈락.
54) 고대본에는 '官'이 더 나옴.

成術, 老境窮居陋巷, 以學究爲業, 且無嗣續, 每以是爲恨, 夫[55]人忽見[56]
娠, 處士晝宵專望生男[57], 盈朔而解娩[58]乃女也, 處士夫婦, 雖甚悵然, 亦
勝於無, 洗置襁褓而乳之, 則[59]生後許多日, 兒竟無呱呱, 終自嘿嘿, 不過
渾沌一肉塊也, 隣里以天啞指之, 處士謂其妻曰: "吾家無子女, 今得此兒,
雖不言語, 亦是人生, 須善鞠[60]養也." 是兒自落地後, 至十五六歲, 嬰孩百
病, 無所不痛, 終無一聲之叫, 楚人皆爲異焉. 年已過笄, 鄕里皆以嘿痴傳
說[61], 無媒妁之往來者[62]. 歙縣有謝生者, 以晋相後裔, 高尚志操, 未嘗出
現于世, 守貧獨居, 尙未有室, 聞盧處士嘿啞娘, 送媒結婚, 人皆譏之, 生曰:
"武候得黃髮而養精, 齊后得無鹽而成美, 則吾之必娶嘿痴, 得不愈於傾城
之哲婦哉?" 遂贄雁而聘盧女, 入室以後, 治家整齊, 閨庭嚴明, 其淑德懿行,
爲鄕里所稱道, 乃不言而化, 不笑而成. 於焉而娠, 乃生男子, 謝生以爲喜
悅, 鞠育數年, 學語學步, 無非可愛, 而其妻終不開口. 一日謝生語其妻曰:
"與君結髮, 而[63]爲夫婦, 許多歲月, 經過艱苦[64], 閱歷飢餓[65], 未嘗一言謫
謫, 又生此兒, 髫髮未容[66], 人孰不愛? 雖他人之愚蠢者, 必盡抱哺, 而君[67]
以慈母之情, 自孩提今至呼爺, 學語, 未聞一語慈愛之聲, 必是君於吾有所
不滿之意也!" 遂勃然作怒, 卽提兒碎砌石而殺之, 其妻見之, 不知[68]不覺,

55) 夫: 국도본·고대본·가람본에는 '老'로 표기.
56) 見: 국도본·고대본·동경대본·가람본에는 '有'로 표기.
57) 生男: 고대본·가람본에는 '男子'로 잘못 표기.
58) 娩: 고대본에는 '娩'으로 표기.
59) 則: 동경대본에는 탈락.
60) 鞠: 고대본에는 '鞫'으로 표기.
61) 鄕里皆以嘿痴傳說: 동경대본에는 탈락.
62) 者: 동경대본에는 탈락.
63) 而: 고대본·동경대본·가람본에는 탈락.
64) 經過艱苦: 고대본에는 '艱苦經過'로 표기.
65) 餓: 동경대본에는 '饑'로 표기.
66) 容: 동경대본에는 '茸'으로 표기.
67) 국도본·고대본·동경대본·가람본·성균관대본에는 '則'이 더 나옴.
68) 不知: 국도본·고대본·가람본·성균관대본에는 탈락.

出阿阿之聲, 俄而沸湯之聲大起, 生回顧, 則依然坐山上矣. 向者所經, 乃一場夢境矣[69]. 老人在旁[70], 嘆[71]曰:"已矣已矣! 今者鍊求[72]方成, 竟潰於愛之一字! 數也奈何?"生撫然曰:"敢問其故."老人曰:"吾見君有仙家氣味, 故三次以不些財貨試之, 君未嘗易心於貨物, 故吾以此仙家妙訣試之, 竟以愛之一字毀破, 莫非數也. 此藥若成, 則將與君服之, 同歸羽化, 而君惡欲二關, 則能打破, 愛之一關, 未能擺脫, 以至鍊丹之未成也."仍命生下去, 而老人乃[73]乘[74]雲而去, 生乃悵然歸家, 學導氣辟穀之術, 周遊五嶽, 不知所終.

69) 矣: 동경대본에는 탈락.
70) 旁: 국도본·고대본·동경대본·가람본에는 '傍'으로 표기.
71) 嘆: 고대본·동경대본에는 '歎'으로 표기.
72) 국도본·고대본·가람본에는 '求'로 표기. '求'이 맞음.
73) 乃: 동경대본에는 '仍'으로 표기.
74) 乘: 국도본에는 '無'로 잘못 표기.

녹림객이 심진사를 대장으로 초대하다

옛날에 심沈진사라는 사람이 있었는데 대대로 벼슬을 지낸 명문 출신
이었다. 그는 창의동1)에 집을 짓고 살았는데 호방함을 자부하며 예법
에도 구애받지 않았다. 심생은 일찍이 진사과에 급제했으나 더이상 틀
에 박힌 과거문을 공부하려 하지 않고, 그렇다고 음계蔭階, 조상의 음덕(蔭德)으로
얻은 벼슬를 얻어 출세하려고도 하지 않았다. 혹 남이 그 이유를 물으면 당
당하게 그냥 웃을 뿐이었다.

심생은 잘 달리는 말 타보기를 좋아해 좋은 말을 가진 귀한 가문의
고관이 있으면 반드시 사람을 보내 말을 한번 타보고 싶다는 말을 전했
다. 그러면 고관들도 심생의 이름을 익히 들어온 터라 흔쾌히 말을 타보
게 해주었다. 심생은 큰길을 가로질러 쉴새없이 달려가다가 말의 보품步
品, 걷거나 달리는 모양이 조금이라도 떨어지는 듯하면 금방 말에서 뛰어내려,

---

1) 창의동(彰義洞): 서울 종로구 통의동·효자동·창성동에 걸쳐 있던 마을로서, 북소문인 창의
문이 있는 데서 마을 이름이 유래되었다.

"이 말은 더이상 타기 어렵군" 하며 걸어서 돌아왔고 힘이 들어도 다시 찾아가지 않았다.

　어느 날 아침 한 종이 기세가 뛰어난 준마 한 필을 끌고 대문 앞에서 말에게 걸음 연습을 시키고 있었다. 심생이 종을 불러 말했다.

"그 말 내가 한번 타서 달리고 싶구나."

　종이 그러라 했다.

　심생이 안장에 올라 고삐를 당기니 산허리와 나무 꼭대기가 휙휙 지나갔다. 말은 도읍과 시골을 한걸음에 내달았다. 정오가 되어 말이 조금 지치자, 심생은 주막을 찾아가 여기가 어딘가 물어보니 황해도 금천 땅이었다. 그는 종을 시켜서 말을 몰고 먼저 돌아가게 했다. 먼 곳에 혼자 남겨지니 심생은 돌아갈 길이 아득했다. 그때 관도官道 나라에서 관리하는 주요 도로에서 또다른 종이 말에게 걸음을 연습시키고 있었다. 심생이 말을 한번 타보자고 다시 청했다.

"속히 말에 오르시지요."

　심생이 올라타자마자 말은 한 번 뛰어오르더니 날듯이 달려갔다. 종은 뒤쫓아오며 채찍을 휘둘렀다. 오장이 끊어지는 것 같고 몸이 공중으로 떠가는 듯했다. 말은 임금의 명을 전하는 사령들이 타는 역마 같았다. 심생은 멈춰달라고 애걸하고 싶었지만 비겁해지기 싫고 뛰어내리자니 다칠까 두려워 그냥 꾹 참고 말이 하는 대로 내버려두었다.

　이윽고 말이 깊은 골짜기로 들어가 만학천봉을 넘으니 길은 치도馳道 예전에 임금이나 귀인이 다니던 길처럼 탁 트여 있었다. 길가에 붉은 옷을 입은 대열이 나란히 따라오면서 심생에게 가마로 바꿔 타기를 청했다. 심생은 왜 그러라는지 알 수 없었지만 굼뜬 바보처럼 말에서 내려 가마에 올랐다. 가마는 여덟 명이 탈 수 있는 것이었는데 얼룩무늬의 표범 가죽이 깔려 있었다. 가마 앞에서 포성이 한 번 울리자 병장기와 깃발이 좌우로 우뚝 세워지고 심생에게는 군복이 입혀졌다.

심생은 어쩔 수 없이 침착하고 태연한 태도로 앉아 있었다. 한 산마루에 이르러 보니 그 아래에 드넓은 들판이 펼쳐졌다. 수많은 기마가 질서 정연하게 움직이고 있었고 성채는 튼튼했다. 장막들은 구름처럼 펼쳐졌으며 창검이 별처럼 반짝였다. 가마 아래에서 명령을 전하는 화살이 날아가자 함성이 일어나고 고각소리와 북소리가 크게 들려왔으니 마치 적병이 호응하는 듯했다.

심생이 성벽 안으로 들어가자 장수들과 아전들이 예를 올렸다. 예가 끝나자 심생을 다시 가마에 태워 오 리쯤 더 갔다. 그곳은 튼튼한 성벽으로 둘러싸여 있었는데 치첩雉堞, 성가퀴. 몸을 숨겨 적을 공격할 수 있도록 성 위에 낮게 쌓은 담은 분을 바른 듯했다. 성안으로 들어가니 인가가 즐비하고 시장도 연이어 있었다. 붉은 대문을 세 번 통과해 들어가자 높은 화당畵堂, 그림을 그려 장식한 좋은 집 수십 칸이 서 있었다. 집은 크고 화려했으며 금벽金碧, 궁궐이나 사찰 등을 단청할 때 황금색과 푸른빛 고운 색채로 칠한 것이 휘황찬란했다.

아름다운 여인들이 둘러서서 심생을 모시고 마루로 올라갔다. 심생은 의젓하게 보탑에 앉았다. 심생이 한 두령을 불러서 물었다.

"이곳은 도대체 뭐하는 곳이냐? 너희는 누구인데 나처럼 대단치 않은 선비를 속이면서 꼭두각시놀음을 벌이는 게냐?"

두령이 대답했다.

"이곳은 이미 판적版籍, 호구(戶口)를 적은 책에서 빠졌으며, 관아의 뜻도 미치지 못합니다. 저희는 여기저기에서 왔는데, 배불리 먹고 따뜻하게 지내며 마음대로 살아가려고 구합2)하고 의부3)하니 어느덧 한 군단을 이루었지요. 인자하지 못한 부자의 재산을 빼앗아오고, 가난해 의지할 데 없는 사람들을 불러들이는 것이 날마다 하는 일이지요."

---

2) 구합(鳩合): 비둘기가 모이듯 여럿이 함께 모이는 것. 비둘기는 무리지어 살면서도 다투지 않는다고 한다.
3) 의부(蟻附): 개미떼처럼 많이 모여듦. 개미떼처럼 한 마음으로 장수(將帥)에게 복종함.

심생이 다시 물었다.

"그러면 너희는 모두 녹림호객이로구나. 나라 법을 어기며 병기를 휘두르고 도둑질하며, 무고한 사람들을 다치게 하고 죽이고도 아직껏 알아서 그만두지 않고 나를 대장으로 추대하는 것은 또 무슨 이유냐?"

두령이 말했다.

"이 산채는 홍길동 대장님으로부터 말미암아 지금까지 백여 년이 되었습죠. 대장 자리를 이어오신 분들은 모두 지혜와 생각이 빼어나 군사와 백성이 편안하게 살 수 있었지요. 그러나 작년에 대장께서 돌아가시고 나서 군단에 질서가 사라졌습니다. 저희는 온 나라를 두루 다니며 비밀리에 대장감을 구했지만 나리보다 나은 분은 없었죠. 그래서 준마 한 필로 나리를 금천으로 데려오고, 또다른 준마로 여기까지 모시고 온 것입니다. 부디 나리께서 이 산채에 사는 목숨들을 어여삐 여기시어 충의대장군^{忠義大將軍}의 인끈⁴⁾을 맡아주옵소서."

심생은 한참 생각하고서 철여의^{鐵如意, 주로 가려운 데를 긁는 데 사용하는 효자손같이 생긴 쇠로 된 도구}로 궤안을 내리쳐 부수며 말했다.

"내 나의 재주를 시험해보고자 한 지 오래되었도다! 너희의 청을 특별히 받아들이겠다."

모두 크게 기뻐하며 잔치를 열어 심생을 추대했다.

이때부터 심생은 새장 안의 새요, 어항 속 물고기가 되었다. 심생이 편안히 앉아 먹고 마신 지 며칠 만에 두령을 불러 물었다.

"여기 인원은 모두 몇 명이고, 비축한 군량은 얼마나 되는가?"

두령이 있는 그대로 다 대답하니, 심생이 화를 내며 말했다.

"인원에 맞추어 양곡을 계산하면 기껏 몇 달치밖에 안 되는구나. 어찌

---

4) 인끈: 인수(印綬). 신분이나 벼슬의 등급을 나타내는 관인(官印)을 몸에 차기 위한 끈으로, 관인의 꼭지에 단다. 벼슬자리에 임명될 때 임금에게서 받았다.

미리 적당한 양을 살펴 조치하지 않았느냐?"

두령이 눈썹을 치켜세우고 눈을 부릅뜨며 대답했다.

"작고하신 대장님은 경천위지經天緯地, 천하를 베의 날줄과 씨줄처럼 체계를 세워 바르게 경영한다는 의미의 재주와 신귀불측神鬼不測, 신출귀몰하여 예측할 수 없을 만큼 탁월한 능력의 기교로써 우리나라 수십 리를 에둘러싸서 민가 부자와 고을 관아를 다 털어오지 않은 곳이 없었습니다. 다만 합천 해인사와 호곡壺谷 이진사 집, 함흥 성내만은 넘보기가 어려우며, 그 외 좀 큰 주진州鎭이나 부유한 촌마을이야 이루 다 헤아릴 수 없지만 그곳에서 수고로이 탈취를 해와도 한 달 치 양식도 안 되지요. 백번 궁리해봐도 실로 뾰쪽한 수가 없기에 이렇게 보고가 늦었습니다."

심생이 노여워하며 말했다.

"헤아리고 전략을 짜는 것은 나의 일이고, 직무를 다하는 것은 너의 일이니, 네가 어찌 감히 뭐가 어려우니 어떠니 말이 많으냐? 내 마땅히 모일에 해인사를 습격할 것이니 제군에게 알리되 절대 밖으로 새나가지 않도록 해라."

두령이 깜짝 놀라 말했다.

"해인사는 승려가 수천이나 됩니다. 돈과 비단이 산처럼 쌓여 있어 방비가 철통같고 활과 칼이 다 갖추어져 있으니 돌아가신 대장님의 신묘한 술수로도 감히 마음먹을 수 없던 곳입니다. 그러니 오늘 천리 밖에서 군사를 이동시켜 그 위험한 지역에 몰아넣는다는 것은 나리께서 대장의 명령을 빙자해 만 명의 생명을 죽이는 것입니다."

심생이 크게 노하여 두령의 목을 베라 했다. 아무도 그 명을 따르는 자가 없자 심생은 손수 칼을 뽑아 그 두령의 목을 날려버렸다. 그러자 무리가 숙연해졌다. 심생이 다른 두령을 불러 말했다.

"무리 중에서 얼굴이 깨끗하고 영리하여 사태를 잘 파악하는 자 서른 명을 뽑아 모두 관노 복장을 입히고 각기 준마를 태워 돈 이천 꾸러미를 싣고 먼저 해인사로 가라. 모 대군께서 대 이을 아들을 얻으려 친히 불공 드리고 성대한 식사를 마련해 구경 온 사람들을 먹인다고 하고, 이 돈으로 향촉을 사서 우리가 도착하기를 기다려라. 절대 착오가 없도록 하라."

또 한 두령을 불러 지시했다.

"너는 십여 일 기다렸다가 이 노문[5]을 가지고 해인사로 달려가서, 주상 전하의 만류와 조정 대신들의 비난이 걱정되어 대군이 몰래 이곳으로 오니 주위 군현이 알지 못하도록 해달라고 부탁해라. 또 그곳에서 올릴 예정이던 불공은 일절 그만두고 어려운 사람들을 구휼하기만 할 것이라고 전해라. 역시 우리를 기다리되 결코 차질이 있어서는 안 될 것이다."

심생이 또다른 두령을 불러서 명령했다.

"너는 두령 수십 명과 함께 사치스럽게 옷과 도포를 차려입고 각기 준마를 타고 가서 청지기 행세를 해라. 또 무리 중에서 키 크고 얼굴이 험상궂게 생긴 자 수십 명을 뽑아 대군의 품복品服, 품계에 따라 입던 관인의 옷과 쌍마교[6], 청라개靑羅盖, 가마에 씌우는 푸른 비단 차양 등을 가지고 절에서 오십 리 밖에 떨어진 곳에서 잠복하고 있다가 내가 도착하기를 기다려 즉시 가마를 바꿔 탈 수 있게끔 하라."

여러 두령이 모두 명령을 받고 떠났다. 심생은 십여 일을 그냥 보내다가 복건[7] 도복을 입고 천리마를 채찍질하고 하산해 합천 경계에 이르렀다. 추종자들은 모두 약속한 곳에 잠복해 있었다. 심생은 혼자 쌍가마

___

5) 노문(路文): 조선시대에 지방에 공무로 나가는 관원에게, 각 지방의 역에서 말과 숙식을 제공받을 수 있도록 하려고 마패 대신 발급하던 문서.
6) 쌍마교(雙馬轎): 쌍가마. 말 두 필이 각각 앞과 뒤의 채를 메는 가마. 고관이나 귀인들이 탔다.
7) 복건(幅巾): 머리에 쓰는 관모의 하나. 머리 뒤쪽은 곡선으로 하고, 앞단의 귀 윗부분에 주름을 좌우 두 개씩 잡되 아래 주름 속으로 끈을 달아 뒤를 돌려 맨다.

를 타고 장막을 모두 내리고서 깊은 밤에 해인사에 도착했다. 승려들이 그를 맞이해 들어갔다.

심생은 선방으로 들어가 앉았다. 병풍과 휘장이 아주 화려했다. 심생은 주지승과 절의 사무를 주관하는 사람들을 불러 다음날 밤에 재를 올리기로 약속하고 거기에 드는 비용을 넉넉하게 주었다. 승려들이 둘러서서 듣고 있다가 거듭 축원을 해주었다.

"자애로우신 대군 나리, 꼭 부처님 은덕을 입으시리이다."

심생은 사람들을 물리치고 편안히 잠자리에 들었다. 그는 한 두령에게 은밀히 명하기를, 가마 위 의자를 몰래 부수고 나서 감쪽같이 본래대로 보이게 꾸며서 그게 부서진 것을 알아차리지 못하게 하라 하고는 쓰러지듯 잠이 들었다. 오경五更, 새벽 3시에서 5시 사이에 깨어나니 달빛이 창문에 가득하고 시냇물소리가 베갯머리에 울려 흥이 도도하게 일어났다. 심생이 문을 열고 술을 따라오게 하고 중을 불렀다.

"절 밖에 그럴듯한 경치가 있는 자리가 있소?"

"어느 곳이 아주 볼만합니다요."

심생은 옷을 걸치고 나가서 말했다.

"당신들이 나를 그곳으로 데려다주시오."

중이 황급히 가마를 대령했다. 심생은 가마가 부서진 걸 알고 조심스럽게 걸터앉았다. 여러 승려가 가마를 짊어지고 나섰는데 수십 보쯤 걸어갔을 때 심생은 일부러 의자에 몸을 기댔다. 의자가 부서지면서 심생은 거꾸로 떨어져 길가에 나뒹굴었다. 여러 승려가 급히 구조하려 했지만 심생은 이미 인사불성인 것 같았고 의관이 모두 젖었다.

두령들이 심생을 업고 와서 방의 격자창 아래에 눕혔다. 급히 약물을 떠먹이고 옷을 말려주니 심생은 한참 뒤 벌떡 일어나 크게 노한 듯 고함질렀다.

"나는 무품無品, 왕과 친하기에 품계를 갖지 않음 귀인으로, 외직으로 따지면 관찰

사보다 위다. 이런 부유한 절에는 사성便星, 임금의 명을 받고 지방으로 심부름 가는 관원
이 연이어 찾아올 텐데, 어찌 제대로 된 가마 하나 없단 말이냐! 필시 나
를 이렇게 다치게 하려고 부서진 것을 대령해놓은 것이렸다! 천행으로
죽지는 않았지만, 머리통이 깨졌고 어깨와 다리가 다 부러졌으니 예불
하려다 도리어 평생 고생할 고질병을 얻었도다!"

중들은 마당에 엎드려 있을 뿐 아무 변명도 못했다. 심생은 승려의 명
단을 보면서 모두 마당으로 잡아와 하나도 숨거나 빠져나가지 못하게 했
다. 그는 중들을 삼끈으로 서로 결박하게 하고, 명령을 어기는 자가 있으
면 그 자리에서 죽이겠다 했다. 중들은 벌벌 떨면서 시키는 대로 했다.

심생이 보니 누더기옷을 입은 거지들이 사방을 둘러싸고 구경하고
있었는데 그 숫자가 수천 명은 될 것 같았다. 그는 주위 사람에게 물어
보게 했다.

"너희는 무엇 때문에 이렇게 모였느냐?"

거지들이 일제히 대답했다.

"나리께서 큰 시주를 하시고 무차대회[8]를 마련하시어 중생들을 널리
먹여주신다기에 천리를 멀다 않고 여기까지 왔나이다."

심생이 측은하다는 듯이 말했다.

"내가 지금 사람이 될지, 귀신이 될지 모르는 판에 불공은 무슨 불공
인고? 마땅히 수레를 돌려 돌아가야겠노라. 다만 너희가 얻어먹으러 멀
리까지 왔다가 낭패를 보고 돌아가게 되었으니 내게도 잘못이 있구나.
내가 불공 올리려던 돈 이천 꾸러미를 너희에게 다 줄 테니, 모름지기
공평하게 나눠가져야 하느니라."

그러고는 마당에 돈을 뿌렸다. 거지들이 앞다투어 줍자 돈은 금방 다

---

8) 무차대회(無遮大會): 남녀노소·승려·속인·귀천의 구별 없이 모든 대중에게 잔치를 베풀고
음식을 고루 나누어주면서 집행하는 법회.

없어졌다. 모두 대군 나리 만세를 외쳤다.

심생이 말했다.

"내가 너희에게 명령할 것이 하나 있다. 어렵게 생각할 필요는 없느니라."

거지들이 대꾸했다.

"큰 솥 끓는 물속으로 들어가라 명령하시더라도 따르고말고요."

"내가 이 원한을 다 갚으려 한다. 그렇다고 이 중들을 다 죽일 수도 없으니, 너희가 절간의 크고 작은 집채를 다 뒤져서 재화와 기물을 모두 꺼내오너라. 어떤 물건도 남겨두지 말지어다. 그래야만 성질 사나운 놈들은 그칠 줄 알게 될 것이고, 가난한 사람들은 조금이라도 여유를 얻을 것이다. 나도 그 덕에 음보陰報: 눈에 보이지 않는 보답를 두텁게 받을 것이다. 이것이야말로 말라빠진 불상에 절하는 것보다 낫지 않겠느냐?"

거지들이 크게 기뻐했다.

"어찌 감히 나리의 가르침대로 하지 않겠습니까?"

그러고는 선방으로 들이닥쳐 재물들을 샅샅이 찾아내 꺼내왔다. 심생이 또 거지들에게 명령했다.

"너희는 내가 출발하기 전에 얼른얼른 도망치거라. 조금이라도 늦으면 저 까까중놈들의 추격을 받아 붙잡힐지도 모른다."

거지들이 일제히 구름처럼 흩어졌다. 심생은 일부러 질질 끌며 수십 각[9]을 앉아 있다가 아침 해가 동창에 비치자 탈것을 준비시켜 출발했다. 그는 백여 리를 가서 가마에서 내려 말로 갈아타고 신속히 산채로 돌아왔다.

사실 거지는 대부분 거지로 분장한 심생의 군졸들이었다. 그들도 하

---

9) 각(刻): 시헌력(時憲曆)에서 하루의 12분의 1인 1시간(지금의 2시간)을 8로 나눈 시간. 곧 15분을 말함. '수십 각'은 약 3시간이다.

나둘 산채로 돌아와서 빼앗아온 것을 바쳤다. 이렇게 칼에 피 한 방울 안 묻히고 재물 백만을 얻었다. 여러 두령이 그제야 순종했다.

며칠이 지나자 한 두령이 다음 군령은 어느 곳으로 향할지 물었다. 심생이 말했다.

"모일 호곡^{壺谷}을 치겠다."

그 두령은 껄끄러워하며 대꾸했다.

"호곡은 안동 땅으로 삼면이 가파른 바위이며, 깎아지른 절벽이 천 길이나 되니 나는 새조차 넘보지 못합니다. 전면에 길이 한 줄기 있지만 겨우 사람이 지나갈 정도이고 말은 들어갈 수조차 없답니다. 동구 자라목 부분에 석문을 만들어 쇠사슬로 묶어두어 밤에는 닫고 낮에만 열어줍니다. 석문 밖으로 아주 좁은 샛길이 낭떠러지 옆으로 나 있으니 말은 반드시 붙들고 끌어가야 하며, 사람은 뭔가를 더듬고 잡고서 올라가야 하지요. 호곡의 이^李상사^{上舍}는 쌓아둔 곡식이 십만 석이고 돈과 비단도 그만큼 된다는데, 노비 수백 명이 갑옷을 입고 활과 화살로 무장하여 밤마다 순찰을 도니 비록 면죽으로 들어간 등애의 재주[10]나 등협을 격파한 한양의의 공[11]으로도 어찌할 수가 없습니다."

심생이 그 말을 듣고 깜짝 놀랐다. 그리고 그 두령을 꾸짖고 내쫓았다. 심생은 심복을 몰래 보내 이상사 농장의 동정을 정탐해오게 했다. 정탐한 자가 돌아와서 이렇게 보고했다.

"이상사는 혈육이 없다가 오십에 아들을 얻었는데 아들이 이제 겨우

---

10) 면죽(綿竹)으로 들어간 등애(鄧艾)의 재주: 등애는 자가 사재(士載)이며, 중국 삼국시대 위(魏)나라의 장군이다. 촉한을 치려고 험난한 면죽이란 곳에 군사를 끌고 들어갔다.
11) 등협(藤峽)을 격파한 한양의(韓襄毅)의 공: 한양의의 이름은 한옹(韓雍)이다. 『휘언彙言』이란 책에 이런 구절이 있다. 한옹은 시랑으로 등협을 토벌하고 한 적을 생포했는데, 그 적은 백 살이 넘었고 매우 건강했다. 그 이유를 물으니 말하기를, "소싯적에 병이 많았는데 한 이인을 만나서 그가 가르쳐준 대로 해마다 배꼽에 뜸을 뜬 뒤로부터 건강해졌다"라고 대답했다 한다(韓雍, 侍郎, 討大藤峽, 獲一賊, 年逾百歲, 而甚壯健, 問其由, 曰: "少時多病, 遇一異人, 敎令, 每歲灸臍中, 自後康健."云).

강보에서 벗어났다 합니다. 그런데 아이가 허약해서 병치레를 자주 한답니다. 이상사가 근래에 아들을 위해 절에 머물면서 재를 올리고 불경을 독송하고 있습니다. 집안사람들이 방어를 더욱 삼엄하게 해 집 뒤편에는 질려蒺藜12)를 뿌려놓았고, 남녀 모두 신표를 차고 다녀서 신표가 없으면 적으로 간주한답니다."

심생이 오히려 매우 기뻐하며 말했다.

"일이 잘되겠다."

심생은 즉시 높은 관을 쓰고 도복을 입고 소매 안에는 향주머니와 상아 부채, 구슬 신 등을 넣었다. 그러고는 노새를 타고 시종하는 사람도 없이 하산했다.

며칠 걸리지 않아 심생이 호곡에 도착했다. 과연 지세가 험준하니 공격할 길이 보이지 않았다. 나귀가 곧잘 걸어서 구덩이를 뛰어넘고 바위 오르기를 평지 밟듯 하여 곧바로 이상사의 집으로 들어갔다. 심생이 이상사가 집에 있는지 물으니, 노복이 "멀리 외출 가셨나이다"라고 대답했다.

심생은 뜻밖인 듯 매우 아쉬워하는 표정을 지으며 한참 마루 위를 서성였다. 그러다가 여종을 시켜 안주인에게 말을 전하게 했다.

"나는 상사의 절친한 친구로, 오로지 친구를 만나고자 이곳에 왔는데 결국 범조가 되어13)버렸다오. 원컨대 아기 도령이나 한번 보아 회포라도 조금 풀고자 하오."

_____

12) 질려(蒺藜): 적의 공격을 막기 위한 장애물이다. 마름 열매를 그대로 사용하기도 하고 철로 만든 철질려를 쓰기도 한다. 철질려는 뾰족한 날이 네 개 혹은 그 이상 나와 있는 형태다.
13) 결국 범조(凡鳥)가 되어: 제봉(題鳳)과 같은 말. '제봉'은 '봉(鳳)'을 쓴다는 뜻인데, '鳳' 자를 파자하면 '凡鳥(범조, 보통으로 흔한 새)'가 되므로 남을 우롱하는 뜻이 있다. 위(魏)나라 여안(呂安)이 친구인 진(晉)나라 혜강(嵇康)을 찾아갔는데, 혜강은 외출하고 없고 형인 희(喜)가 맞이하므로 집안에 들어가지는 않고, 문 위에 '鳳' 자를 쓰고 갔다. 희는 숨은 뜻을 알지 못하고 기뻐했지만, 그때 '鳳' 자는 범조(凡鳥)의 뜻으로 써둔 글자였다.(『세설世說』) 이 작품에서는 '친구를 만나지 못했다'는 뜻만 취했다.

얼마 안 있어 여종이 아이를 안고 나왔다. 심생은 아이를 무릎에 올려놓고 어루만지고 예뻐하면서 말했다.

"아가야, 아가야. 이렇게 잘생기고 영특하니 내 친구는 아무 걱정 없겠네."

심생은 소매 속에 넣어왔던 향주머니와 다른 물건들을 아이 옷자락에 주렁주렁 달아주고 여종에게 아이를 데려가라 했다. 여종이 그 모습을 안주인에게 다 고하니 안주인도 매우 기뻐하며 심생이 상사의 절친한 친구라는 말을 더욱 굳게 믿고 성찬을 차려주었다.

심생은 밥을 다 먹고 해가 기울 때까지 앉아 있다가 나귀를 타고 집을 나섰다. 동구 밖에 이르자 홀연 수레를 돌려 문 앞에 말을 세웠다.

"내가 동구 밖을 나서는데 걸음걸음마다 고개를 돌렸느니라. 보고 싶은 마음을 억누르지 못하겠으니 한 번 더 아기 도령을 보고 싶구나."

심생이 여종더러 이 말을 안주인에게 전하게 했다. 여종은 심생이 그렇게도 연연해하는 것에 감동해 다시 아이를 데리고 와주었다. 심생은 말 위에서 아이를 꼭 껴안고 입을 맞추고 뺨을 깨물면서 정을 못 이기는 척하다가 여종을 불러 말했다.

"부인께 얼른 가서 아뢰어라. 아이 얼굴이 누렇게 뜨고 야위었구나. 요즘 무슨 병에 걸리지 않았는지 여쭈고 오너라."

여종은 그렇게 하겠다 하고 즉시 달려 들어갔다. 심생은 나귀를 채찍질해 내달려 순식간에 종적을 감추었다. 여종이 보고하려고 나오니 손님과 아이가 모두 보이지 않았다. 온 집안이 울음바다가 되었다. 이상사를 불러 빨리 돌아오게 했다.

이상사는 아무 단서도 찾지 못하고 마음이 괴로워 아무것도 먹지 못했다. 어느 이른 아침 종이 석문을 열다가 편지 한 장이 떨어져 있길래 주워서 이상사에게 올렸다. 이상사가 펴보니 다음과 같이 적혀 있었다.

충의대장군은 이생 좌하에게 보내노라.

무릇 땅에서 난 재물은 그 용도가 있고, 하늘이 낳은 사람은 누구나 그 먹을 것이 있다 했도다. 그대는 만 개의 곳간에 곡식을 가득 쌓아두고도 궁핍한 백성 하나 구제해주지 않고, 전답 천 묘畝를 경작하고도 백 년의 수명을 조금도 늘리지 못하고 필경 피땀 서린 곡식 알알을 썩게 해 흙이 되게 한단 말인가. 그대의 하나뿐인 아들은 마땅히 앙화를 받아야 하리라. 그런고로 내가 신과 모의해 아들을 빼앗아온 것이라. 그대는 인생이 한순간처럼 짧음을 슬퍼하고 아들을 사랑하는 천륜을 생각해 하루빨리 비루하고 인색한 마음을 고쳐 사람을 널리 구제하는 덕을 보여야 할 것이다. 그러니 그대의 재산을 반분해 모 강변에 쌓아두어 우리가 운반해 가도록 해라. 그러면 내 마땅히 아기 도령을 삼가 돌려보낼 테니 오직 그대 스스로 판단하라.

상사는 글을 다 읽고 울면서 말했다.
"재산은 자손을 위한 것인데, 아이가 없다면 황금이 만 광주리 있다 한들 무엇에 쓰겠는가?"
이상사는 좋은 쌀 이만 석과 돈 십만 관을 지시한 장소에 몰래 쌓아두었다. 다음날 가보니 재물은 모두 실어가고 아무것도 없었다.
이상사는 편지에 쓰인 말이 지켜질까 의심했다가 믿었다 하며 오륙일을 참으며 보냈다. 종이 새벽에 석문을 나가보니 꽃가마 한 대가 서 있었다. 꽃가마는 비단 장막으로 둘러싸여 있었는데 장막 안 꽃무늬 담요 두 겹 속에 아이가 있었다. 아이는 깨끗한 새 옷을 입고 있었다. 이상사는 놀랍고 반가워 울면서 아이를 끌어안았다.
"아이고, 내 자식."
그리고 아이에게 물어보았다.
"너는 어디 가 있었느냐?"

"접때 그 어르신이 말 위에서 저를 안아주셨는데 갑자기 말을 달려 몇 리를 가더니 저를 수레에 타게 했어요. 어떤 부인이 저에게 젖을 주고 오륙일 밤낮을 가서야 어느 산채에 도착했어요. 거기서 저를 잘 대해주었는데 장막과 장난감이 참 많아 엄마 곁에 있을 때보다 더 좋았어요. 어제 수십 명이 말을 타고 저를 데리고 여기까지 왔어요. 밤이 되자 석문 밖에 저를 두고 멀리 떠났어요."

상사는 심생의 높은 의리에 깊이 감사했다. 심생 또한 군사 하나 힘들게 하지 않고 거대한 재물을 얻었으니 산채의 환호성이 우레와 같았다.

심생이 또 명을 내렸다.

"모일에 함흥을 칠 것이다."

여러 두령이 들어와 고했다.

"함흥은 성곽이 드높고 산과 바다가 험합니다. 순찰사가 지휘하는 철기가 삼천이나 되고, 인구는 수만 호이며, 중군中軍, 조선시대 종2품 무관직으로 각 군영(軍營)의 대장과 도사都事, 조선시대에 중앙과 지방 관청에서 사무를 담당한 종5품 벼슬. 감사 다음가는 벼슬도 일을 도우니 해인사나 호곡에 비할 곳이 아닙니다. 부디 서두르지 마십시오."

심생이 꾸짖었다.

"대장의 명에는 오직 따를 뿐인데 반대를 하다니! 또다시 난잡한 말을 해서 군사들의 마음을 현혹시키면 절대 용서하지 않고 죽여버릴 테다!"

무리가 모두 물러났다. 심생이 한 두령에게 분부했다.

"너는 어리석고 굼뜬 자 오십 명을 뽑아서 다섯 부대로 나누거라. 그렇게 부대를 꾸려서 모두 나무꾼 행세를 하며 함흥성 밖으로 가라. 거기에는 조정에서 벌채를 엄하게 금하며 아주 소중하게 가꾸는 숲 다섯 군데가 있지. 아무 날 어스름해지기를 기다렸다가 일제히 불을 지르고 불길이 거세지기 전에 도망쳐서 돌아오거라. 이를 어기는 자는 목을 벨 것이다."

또 한 두령에게 분부했다.

"너는 무리 중에서 일 잘하는 자 오십 명을 가려 뽑아 큰 배 스무 척에 나눠 태워라. 그리고 바다 상인으로 가장해 산채 뒤쪽 해안에서 출항해 영남 관동 해안을 거쳐 모일 함흥성 밖 해안에 정박하라. 결코 이 사실을 누설하지 마라."

이렇게 나누어 출발시키고 심생은 정예병 삼천 명을 선발해 관인이나 상인, 상여 행렬이나 거지 떼의 모습으로 꾸미게 했다. 그리고 이들을 연이어 출발시켜 정해진 날 함흥성 밖 깊은 산 궁벽지고 조용한 곳에서 모이기로 약속했다.

심생이 소식을 알아보았다. 과연 이고[14]가 울리자 성밖에서 화염이 하늘 높이 치솟아 함흥부 전체에 천둥이 치고 물이 끓는 듯했다. 관장들은 죄를 뒤집어쓸까 두려워 황급히 불을 끄려 달려갔고 성안 백성들도 모두 뒤따라 뛰어가니 성안에는 부녀자들과 아이들만 남았다.

심생은 네 두령에게 각기 수십 명씩 무리를 거느리고 사대문을 접수해 지키게 하고, 관찰사가 비밀 지령을 내린 것처럼 속여 성의 출입을 막았다. 그리고 직접 병기를 든 무리를 이끌고 성내로 잠입해 나라에 속한 것이든 개인의 것이든 쌓여 있던 재물을 모조리 빼앗아 바닷가로 운반했으니, 그곳에서 배들은 약속한 대로 있었다.

배들이 돛을 올려 출항하고 밤낮 운항을 재촉해 산채 가까운 해안에 정박하니 이리하여 얻은 재물이 누거만累巨萬이었다. 마침내 심생은 소를 잡고 크게 잔치를 벌였다.

---

14) 이고(二鼓): 밤의 시간을 다섯으로 나눈 두번째 시간. 대략 밤 9시에서 11시 사이를 말한다. 이때에 두번째 북을 울려서 알렸다.

다음날 새벽 심생은 신임하는 부하 한 사람과 함께 준마를 골라 타고 자기 집으로 돌아갔다. 다른 사람에게는 "팔방을 두루 돌아보고 산천을 유람하고 돌아왔다네"라고 말했다 한다.

綠林客誘致沈上舍

中古, 有沈進士者, 簪紳[15]名閥也. 築室于彰義洞, 豪放自負, 不拘節行[16]. 早得進士第, 更不屑科臼[17]業, 亦不求蔭階進取, 人或詰其由, 則但頹然一笑而已. 性好乘快馬, 當時貴戚宰樞, 凡廐有肥馬者, 生必使人傳語, 願得一乘, 諸公亦飽悉其名, 欣然借之. 生乃橫馳大路, 無所止窮, 俟其步品少衰, 輒翻身而下曰: "馬已不堪更乘矣." 仍困步而還, 亦無造訪久要. 一日平朝, 有一僕, 牽嘶風[18]逸足[19], 習步於門屛之前, 生招之曰: "望馱我一馳." 僕諾之. 生據鞍執轡, 山腰樹嘴, 過眼閃忽, 過都越郡, 歷如一塊. 日亭午, 而馬少倦, 生至于旗亭, 問其地方, 則乃海西金川界也. 僕策馬先回, 生隻身殊鄕, 歸路復修, 忽有一僕, 又步馬于官道, 生復請一乘, 僕曰: "須速上馬." 生纔乘而馬一躍飛走, 僕跟後鞭策, 五內盡蕩, 一身飄颻, 與傳命郵騎[20]一般. 生欲乞哀, 而恐傷於勇, 欲跳下, 而恐傷於身, 一聽所爲, 忍耐做去. 俄而驟入深谷絶峽, 轉過萬壑千峯, 路忽闊若馳道, 道左有朱衣一隊, 雁鶩而[21]進, 請換乘便輿, 生疑眩不能自解, 只做痴蠢樣子, 下馬乘轎, 轎駕八人, 施文豹大皮, 轎前砲鼓一動, 器仗旗纛, 左右簇立, 戎衣已加[22]身

---

15) 簪紳(잠신): 벼슬아치를 통틀어 이르는 말.
16) 節行: 동경대본에는 '小節'로 표기.
17) 科臼(과구): 일정한 형식이나 틀에 얽매인 글. 여기서는 과거문.
18) 嘶風(시풍): 말이 바람을 맞아 우는 것. 말의 기세가 뛰어나게 용맹한 것을 가리키는 말.
19) 逸足(일족): 대단히 빨리 달리는 준마.
20) 郵騎(우기): 역마.
21) 而: 동경대본에는 탈락.
22) 동경대본에는 '於'가 더 나옴.

矣. 生無如之何, 凝重²³⁾自持, 恬若固有. 行到一崗²⁴⁾, 崗²⁵⁾後大野曠漠, 萬騎留禮, 隊伍井井, 墨柵²⁶⁾堂堂, 帷幄連雲, 劍戟如星. 轎下令箭乍傳, 喊聲相應, 大吹大擂, 有若敵在呼吸者然. 俄而生馳入其壁, 將領椽吏²⁷⁾, 禮謁, 旣畢, 復請生乘轎, 行五里許, 有金湯²⁸⁾周遭, 雉堞如粉. 入城而舍屋櫛比, 市肆連互. 度朱門三重, 做畫堂數百楹, 制度宏麗, 金碧耀煌. 名姝環侍, 翼生而升, 生毅然坐寶榻上, 召一頭領曰: "此局果何等地, 若曹又何樣人, 而賺我措²⁹⁾大, 仍作傀儡一戲?" 頭領對曰: "弊府旣漏於版籍, 時³⁰⁾任又外於官志, 僕等以東西南北之人, 爲飽煖放縱之計, 鳩合蟻附, 萃成一軍, 攫取不仁富之財, 招納窮無告之人, 日以爲常耳." 生曰: "然則若曹都是綠林豪客也, 不有邦憲, 盜弄兵器, 戕殺無辜, 尙不自戢, 而乃推我爲帥何也?" 頭領曰: "此柵自洪主師吉同, 于今百有餘年, 繼以爲將者, 擧皆智慮絶倫, 軍民遂以安堵, 迫至昨歲, 故將云亡, 軍務無統, 僕等遍跡率土, 密求將材, 而莫出老爺右者, 敢以一駿驄, 誘致尊駕于金川. 又以一駿驄, 奉邀至此, 萬望老爺, 特憐一寨性命, 權留忠義大將軍印綬." 生沈吟良久, 以鐵如意, 打破几岸曰: "我欲一試才智³¹⁾, 久矣! 特從汝請." 衆大喜, 設宴爲賀. 自是, 生爲籠鳥盆魚, 安坐飮食者, 且³²⁾數日, 乃召頭領曰: "此中人額幾何, 粮儲幾何?" 頭領對之悉, 生怒曰: "計口較粮, 博有數月之資, 何不早稟停當?"

<hr>

23) 凝重(응중): 침착하고 가볍지 않음.
24) 崗: 동경대본에는 '岡'으로 표기.
25) 崗: 동경대본에는 '岡'으로 표기.
26) 墨柵(묵책): 성채.
27) 椽吏(연리): 아전.
28) 金湯(금탕): 매우 튼튼하고 잘된 성지(城池). 금성탕지(金城湯池)의 준말.
29) 措: 동경대본에는 '指'로 표기.
30) 時: 동경대본에는 '是'로 표기.
31) 智: 동경대본에는 탈락.
32) 且: 동경대본에는 '乃'로 표기.

頭領盰衡[33]而告曰: "故將有經天緯地之才, 神鬼不測之機, 環東土數十[34]里, 富家巨郡, 無不盡掠, 惟餘陜川海印寺, 壺谷李進士家, 咸興城內, 而此則不可窺覘, 其他州鎭之稍雄者, 村里之頗饒者, 指不勝屈, 而勞苦掠來, 未必補一月之粮, 百爾籌思, 實無好階[35], 致此奏告之稽緩耳[36]." 生怒曰: "籌劃在我, 率職[37]在爾, 爾何敢自相疑難, 多費辭[38]說? 我當於某日, 往擊海印寺, 知委諸軍, 切勿遠洩." 頭領大驚曰: "本寺僧徒數千, 錢帛如山, 防護甚密, 弓劒悉備, 雖以故將軍之神籌, 亦不敢生意, 今動軍於千里之遠, 驅入於危亡之地, 是老爺姑[39]借將令, 盡劉[40]萬命也." 生大怒, 命出斬頭領, 左右無有應者, 生乃手劒亂斫, 一軍爲之肅然. 生乃召頭領曰[41]: "汝可撰[42]軍徒[43]之面目白皙伶俐曉事者, 三十人, 其衣服都做官[44]奴樣子, 各騎駿馬一匹, 又駄縕錢二千, 先到該寺, 傳言某大君求嗣續, 親來祝佛, 更設香飯[45], 周饋觀光之人, 爲辭, 以此錢鈔, 先辦香燭, 只等吾行, 決勿有誤!" 又召一頭領曰: "汝少俟旬日後, 齎此路文, 馳往該寺, 只道大君連被主上挽止, 且恐外朝論劾, 暗地下來, 勿令郡縣有知, 本寺供億, 一切革除, 以示優恤爲辭, 亦等吾行, 決勿有誤." 又召一頭領曰: "汝與數十頭領, 侈其衣袍, 各騎駿馬, 一模傔客[46]樣子, 又選軍徒之身長面悍者, 數十人, 領大君

33) 盰衡(우형): 눈썹을 치켜세우고 눈을 부릅뜨다.

34) 十: 동경대본에는 '千'으로 표기.

35) 階: 동경대본에는 '計'로 표기.

36) 耳: 동경대본에는 '也'로 표기.

37) 率職(솔직): 직무를 다하는 것.

38) 辭: 동경대본에는 '醉'로 표기.

39) 姑: 동경대본에는 '故'로 표기.

40) 盡劉: 동경대본에는 '劉盡'으로 표기.

41) 曰: 동경대본에는 탈락.

42) 撰: 동경대본에는 '選'으로 표기. '選'이 맞음.

43) 徒: 동경대본에는 '從'으로 잘못 표기.

44) 官: 동경대본에는 '宮'으로 표기.

45) 香飯(향반): 불가의 청정한 음식.

46) 傔客(겸객): 겸인. 청지기. 양반집에서 잡일을 맡아보거나 시중을 들던 사람.

品服, 及雙馬轎, 靑羅盖, 潛伏于距該寺五十里之地, 俟我親到, 以便換乘.”
諸頭領皆領命而去. 生漫浪十許日, 身着幅巾道服, 策一隻千里駒[47], 下山
而到陜川之界, 騶從皆隱藏于信地, 生乃自乘雙轎, 盡下幨帷, 用夜半到本
寺, 緇徒迎生而入, 生踞坐禪房, 屛帳甚麗, 乃召頭僧及幹辦諸人, 約以明
夜設齋, 指劃供費, 悉從厚優, 諸僧環聽嘖嘖曰: “好大君, 必受佛力.” 生屛
人安寢, 陰使一頭領, 暗地破毁便輿之上椅, 因舊補綴, 令觀者, 不知其傷
缺, 因頹然[48]而睡. 睡到五更[49]乃覺, 見山月滿窓, 泉音撼枕, 暗興勃勃, 開
室命酌, 且召僧曰: “寺外有水石會心處否?” 對曰: “某處甚佳.” 生乃攝衣而
出曰: “汝須導余.” 僧忙以便輿進, 生知爲破輿, 小心踞坐, 衆僧擔之而行,
行到數十步, 生故憑身於椅上, 破椅自墮, 生翻身倒落於路旁[50]. 衆僧急救,
則生昏僵不省䛏, 衣袍盡濕. 諸頭領擔之, 而到房櫳[51], 亟灌良藥, 且晒其
衣, 良久, 生兀然起坐, 大喝大怒曰: “吾無品貴人, 在外位在觀察使上, 量
汝富寺, 使星陸續, 豈無一箇完輿, 而必以破件待令, 俾余墮傷至此, 幸而
不死, 天也, 然頭顱盡碎, 肩脚俱折, 豈意禮佛之行, 反得一生貞痼也?” 諸
僧伏于庭下, 無以自辨. 生乃一逐僧案, 拿致於庭, 沒一箇不得竄漏, 大麻
索, 自相綁縛, 違者當立殺, 諸僧懍懍如律[52]令. 生見懸鶉乞丐, 四隅擁觀,
無慮數千計, 乃令左右詰問曰: “汝們緣何相聚?” 諸丐齊告曰: “聞大爺, 誠
行檀越, 設無遮大會, 普饋衆生, 不遠百里, 相携至此耳.” 生惻怛曰: “我今
人鬼未判, 如何供佛? 行當還駕耳! 但汝們, 遠來求飽, 狼狽而回, 咎實在
我, 我聊以供佛錢二千緡給汝, 汝須均領也.” 因洒錢于庭, 諸丐爭拾立盡,

47) 千里駒(천리구): 천리마. 하루에 천 리를 달릴 수 있을 정도로 좋은 말.
48) 頹然(퇴연): 쓰러져 무너지는 모양.
49) 更: 동경대본에는 '皷'로 표기.
50) 旁: 동경대본에는 '傍'으로 표기.
51) 房櫳(방롱): 문창살을 격자(格子) 혹은 바둑판처럼 가로세로로 짠 창문. 격자창.
52) 律: 동경대본에는 '津'으로 표기.

齊道大爺無彊壽, 生[53]曰: "我又有令甲, 汝曹愼勿疑難." 諸丐曰: "雖湯大
鼎鑊, 當唯[54]令是從." 生曰: "我欲報此恨, 無由盡殺諸僧, 聽汝們都入大小
梵宇, 其錢貨器物, 盡力負去, 毋使一物遺落, 使頑者知戢, 窮者少饒, 我當
厚受陰報, 豈不優於頂禮枯佛也?" 衆丐大喜曰: "敢不如敎?" 因爛入禪房,
廣搜盡掠, 生又令諸丐曰: "汝曹乘我未發, 快走快走, 少緩則患在禿驢之追
攫耳." 衆丐一時雲散. 生故爲遷延, 坐到數十刻, 朝暾已射東牖, 乃趣駕[55]
啓程, 疾馳百餘里, 下轎跨馬, 亟回山寨. 盖衆丐乃生之軍, 而扮作此狀者
也. 次第回寨, 各獻所掠, 得百萬計, 而兵不血刃, 諸頭領乃服. 居數日, 頭
領告軍令當指何處, 生曰: "某日當擊壺谷." 頭領憚之曰: "此谷安東地也.
三面皆巉岩, 峭壁削立千仞, 飛禽莫能施羽翮, 前面只有一線路, 僅容人不
容馬, 其洞口咽呃, 又設石門, 夜關晝開, 縆以鐵鎖, 石門之外, 微徑又陷下,
欹岸斷落, 馬必扶攝而出, 人必攀捫而登. 谷中李上舍, 積粟十萬石, 錢帛
稱是, 蒼頭數百人, 帶鎧甲, 持弓矢, 達夜巡更, 雖以鄧士載入, 綿竹之才,
韓襄毅破藤峽之功, 無所施也." 生聞言愕爾, 此[56]退將領, 密遣[57]心腹, 偵
探李庄動靜, 探子回報曰: "李上舍, 身外无育, 五旬而得一子, 纔離襁褓[58],
羸弱善病, 上舍近住蕭寺[59], 爲其子修齋誦經, 家人之防護益密, 屋後盡布
蒺藜, 男女俱佩信標, 無者以賊論."云, 生大喜曰: "事有濟矣." 卽穿裘冠道
服, 袖中儲囊炷香牙扇[60]珠履, 跨千里騾子, 不許一人跟隨, 一鞭下山, 不
日到壺谷, 局勢險阻, 實無可攻之路也. 賴命騾之逸步, 超塹躪岩, 如履平

---

53) 동경대본에는 '又'가 더 나옴.
54) 唯: 동경대본에는 '惟'로 표기.
55) 趣駕(취가): 급히 탈 것을 준비시킴.
56) 此: 동경대본에는 "叱"로 표기. "叱"이 맞음.
57) 遣: 동경대본에는 "令"으로 표기.
58) 褓: 동경대본에는 "袱"으로 표기.
59) 蕭寺(소사): 절. 양 무제가 불교를 좋아하여 절을 짓고 그의 성인 소(蕭)를 따서 '蕭寺'라고
크게 써 붙이게 한 데서 유래한다.
60) 牙扇(아선): 부챗살이 상아로 된 부채.

陸, 直入李庄, 故問上舍在家否, 僕對曰: "遠出矣." 生悵惘, 且久徘徊堂上,
使赤脚[61]傳語于內堂曰: "吾卽上舍之膠漆也[62]. 專訪到此, 竟題凡鳥, 願得
小郎君一面, 少敍此懷." 居無何, 赤脚抱兒而出, 生卽置膝上, 撫摩眷戀曰:
"兒乎兒乎, 聰達特秀, 吾友無憂矣." 卽以袖裡香囊諸品, 滿佩于兒之裙下,
乃令赤脚携兒而入, 赤脚以其狀, 備告內堂, 內堂大喜, 益信生之爲上舍切
友也, 以盛饌饋生. 生唔已, 移晷[63]悄[64]坐[65], 乃跨騾而出, 出到洞外, 忽旋
駕而入駐馬于門首, 又[66]傳語于內堂曰: "纔出我[67]洞門, 步步回首, 戀結
不能定情, 願更見小郎君." 赤脚感生眷眷, 更携兒而進, 生於馬上, 緊抱合口
吮顋, 若不勝情, 且召赤脚曰: "汝可煩稟于夫人, 兒面目少覺黃瘦[68], 近日
有何嬰疾?" 赤脚領諾而去, 生乃策騾一馳, 倏忽杳然[69]踪跡, 赤脚復命而
出, 則客與兒, 俱無有矣. 一家號哭, 促召上舍還[70], 上舍莫知端倪[71], 憂悶
廢食. 一日蒼頭早開石門, 有一緘書落于地[72], 乃[73]呈上舍. 上舍披視則有
云: '忠義大將軍, 貽書于李生座下. 凡地之生財, 必有其用, 天之生人, 各有
其食, 君積穀萬箱[74], 而未得救一民之窮, 營田千畝, 而不能延百年之壽,
竟使辛苦粒粒, 爛腐土壤, 君之一子, 理當受厄, 我故與神爲謀, 奪攫至此,

---

61) 赤脚(적각): 여자 종.
62) 也: 동경대본에는 탈락.
63) 移晷(이귀): 해가 기울어짐. 석양.
64) 동경대본에는 '然'이 더 나옴.
65) 동경대본에는 '矣'가 더 나옴.
66) 首, 又: 동경대본에는 탈락.
67) 纔出我: 동경대본에는 '我纔出'로 표기.
68) 黃瘦(황수): 몸이 누렇게 뜨면서 마르는 증상.
69) 然: 동경대본에는 '無'로 표기.
70) 동경대본에는 '家'가 더 나옴.
71) 端倪(단예): 일의 처음과 끝.
72) 落于地: 동경대본에는 탈락.
73) 동경대본에는 '拾'이 더 나옴.
74) 箱(상): 곳간의 뜻이 있음.

君能悲駒隙短景[75], 且念舐犢大倫, 亟回鄙吝之心, 欲效普濟之德, 則將君之資産分半, 積于某江之邊, 俾使運去, 則余當奉還郎君, 惟君自裁.' 上舍讀畢, 泣曰: "家貨, 所以長子孫也. 無兒則黃金萬籯, 亦安用哉?" 乃以長腰[76]二萬石, 鵝眼十萬貫, 潛積于信地. 翌日往視, 則已盡輸去矣. 上舍猶是矛盾, 疑信不定, 耐度五六日, 蒼頭晨出石門, 則有一畫轎, 宛在地上, 錦帷周匝, 畫氈重疊, 兒在其中, 衣服新鮮, 上舍驚喜泣抱曰: "吾兒也!" 且問兒曰: "汝往何處?" 兒曰: "曩日伊人於馬上抱余, 疾馳幾里, 納余於安車之中, 又以一婦人乳余, 行到五六晝夜, 到一山寨, 遇余甚厚, 其帷帳玩好之盛, 殆勝於在慈母之側, 及至日昨, 又以數十騎, 護余至此, 乘夜擔置于石門之外, 因各走散."云. 上舍深感生之高義, 而生不勞一軍, 掠得巨財, 一寨歡聲如雷. 生又申令曰: "某日當擊咸興." 諸將領入告曰: "咸興城郭峻高, 山海險阻, 巡使擁千三鐵騎, 土府簇數萬實戶, 重以中軍都事, 綜錯之, 非可儔於海印, 亦難擬於壼谷, 願無造次." 生叱曰: "將令惟行, 不唯反! 如更有亂言, 疑眩軍心者, 當殺無赦!" 衆皆退. 生乃[77]分付一頭領曰: "汝可選軍徒之愚騃者五十人, 分爲五隊, 扮作樵叟, 往樵于咸興城外, 朝家莫重禁養之地五處, 待某夜初昏時, 分一齊放火, 迨火未熾, 竄走逃回, 違者斬之." 又分付一頭領曰: "汝選軍徒之幹事者五十人, 將大船二十隻, 扮作海商[78], 自山後海濱, 沂于嶺南關東, 趂某日泊舟咸興城外, 決勿有洩." 分撥旣定, 生選三千精銳, 或做官人狀, 或做賈客狀, 或做引喪[79]狀, 或做乞丐狀, 陸續起程, 並指日約會于咸興城外深山靜僻處, 打聽[80]消耗. 果於二鼓下, 城外

75) 短景(단경): 햇발이나 해의 그림자가 짧다. 낮이 길지 않거나 곧 날이 저무는 것을 가리킨다. 날짜가 그리 많이 남지 않은 세밑을 가리키는 말.
76) 長腰(장요): 좋은 쌀의 일종.
77) 乃: 동경대본에는 탈락.
78) 商: 동경대본에는 '賈'로 표기.
79) 引喪: 동경대본에는 '喪鞱'으로 표기.
80) 打聽(타청): 알아보다.

火光焰天, 一府震盪, 衆官畏罪, 急忙往救, 城裡人丁, 奔走皆赴, 只有婦孺.
生密使四箇頭領, 各率數十軍徒, 把守四門, 權托按使秘令, 不許擅人出入,
自己率衆徒擧[81]兵器, 潛入城內, 帶[82]將公私儲峙, 都數掠奪, 幷運于海,
海船已遵約鬚待矣. 揚帆中流, 晝宵催程, 泊于山寨, 又得累[83]鉅萬計, 生
乃擊牛設宴. 其翌曉, 沈進士, 與其信任者一人, 擇駿馬而逃還其家, 對人
輒曰: "周流八方, 歷覽山川而歸." 云.

81) 擧: 동경대본에는 '帶'로 표기.
82) 帶: 동경대본에는 탈락.
83) 累: 동경대본에는 '屢'로 표기.

허생이 만금을 빌려 장사하다

허생은 묵적동墨積洞에 살았다. 거기서 곧바로 남산 기슭에 이르면 우물 옆에 오래된 은행나무가 서 있었다. 허생의 집 사립문은 그 나무 쪽으로 열려 있었는데 초가집 두어 칸은 비바람을 막지 못할 정도였다. 허생은 책만 읽었고, 아내가 바느질을 하여 입에 풀칠했다.

하루는 아내가 너무 배가 고파 울면서 말했다.

"당신은 평생 과거를 보러 가지도 않으면서 책은 뭐하러 읽습니까?"

허생이 웃으며 대답했다.

"내 책 읽기가 아직 미숙해서라오."

"그럼 장인 일이라도 할 수 있잖아요?"

"장인 일은 평소 배우지 않았으니 어찌하겠소?"

"장사는 못하나요?"

"장사를 하려 해도 밑천이 없으니 어찌하겠소?"

아내가 성내며 욕했다.

"밤낮으로 책만 읽더니 고깟 배웠다는 게 '어찌하겠소'뿐이라니! 장

922 | 청구야담

인 일도 못하고, 장사도 못한다면 도적질이라도 하지 그래요!"

허생이 책을 덮고 일어나며 말했다.

"아깝다! 내 본디 십 년 책 읽기를 기약했는데 오늘이 칠 년째인가."

허생이 문을 나서서 어디론가 가는데 아는 사람이 없었다. 곧바로 운종가[1]로 가서 시장 사람들에게 물었다.

"한양에서 으뜸가는 부자가 누구요?"

변씨卞氏라고 말하는 사람이 있어 그의 집을 찾아갔다. 허생이 길게 읍하고 말했다.

"내 집이 가난하여 작은 시험을 하나 해보고자 하는데 당신한테서 만금을 빌리고 싶소이다."

"좋소."

변씨가 그 자리에서 만금을 주니, 허생은 감사하다는 말도 없이 떠났다. 변씨의 자제와 빈객들이 허생을 보니 행색이 거지였다. 허리 실띠의 술은 빠져나갔고 가죽신 뒷굽은 비틀어져 있었다. 갓은 찌그러졌고 도포에는 땟국이 묻어 있는데 코에서는 맑은 콧물이 흘러내렸다. 허생이 사라지자 모두 깜짝 놀라며 물었다.

"대인께서는 그 손님을 아시나요?"

"알지 못한다."

"하루아침에 생전 알지도 못하는 사람에게 만금을 헛되이 던져주시고 성명조차 묻지 않으시다니요."

"이 일은 너희가 알 바 아니다. 무릇 남에게 무얼 구하는 자는 반드시자기 뜻을 과장해 먼저 신의를 보이면서도 안색이 비굴하고 중언부언하기 마련이다. 그 손님은 옷가지가 다 떨어졌지만 말이 간략하고 시선

---

1) 운종가(雲從街): 지금의 종로 네거리를 중심으로 한 곳인데, 조선시대에 이곳에 육의전이
설치되었다.

이 당당해 얼굴에 부끄러워하는 기색이 없었으니 재물에 기대지 않고 스스로 자부하는 사람일 것이다. 그가 시험해본다는 기술이 작은 게 아닐 것이며, 나 역시 그 손님을 시험해볼 게 있었다. 만금을 안 주면 모르되 이미 주기로 했으니 성명은 물어서 무엇하겠는가?"

허생은 만금을 얻고는 집으로 돌아가지 않았다. 안성은 경기도와 충청도가 만나는 곳이요, 삼남三南, 충청도·전라도·경상도의 나들목이기에 허생은 그곳에 머무르며 대추·밤·감·배·홍귤·귤·유자·석류 등을 모두 두 배 값으로 사들였다. 이렇게 과일을 모두 사재기하니 온 나라가 잔치나 제사를 지내지 못할 형편이 되었다. 얼마 안 가 허생에게 과일을 두 배 값으로 판 상인들이 도리어 열 배 값을 주고 과일을 되사게 되었다. 허생이 탄식하며 말했다.

"이 나라가 겨우 만금으로 기울어지다니 그 얕음을 알 만하도다."

허생이 칼과 호미, 베와 무명을 구입해 제주로 들어가서 말총을 모두 사들이며 말했다.

"몇 년 지나면 우리나라 사람들이 머리를 싸매지 못할 것이다."

얼마 안 있어 망건 값이 열 배로 치솟았다.

허생이 늙은 사공에게 물었다.

"바다 밖에 사람이 살 만한 빈 섬이 없을까?"

"있습지요. 언젠가 거센 바람을 만나 곧바로 서쪽으로 삼일간이나 표류하다가 한밤중에 빈 섬에 표류하게 되었습죠. 어림잡아 사문2)과 장기3) 사이인 것 같았는데 꽃과 나무가 스스로 자라고 과일과 열매가 저

---

2) 사문(沙門): 사문도(沙門島). 중국 산둥성 펑라이(蓬萊) 서북 바다 가운데 있는 섬. 마카오라는 설(이우성·임형택,『이조한문단편집 하』, 일조각, 1978, 301쪽)도 있다. 문맥상으로는 마카오로 보는 것이 더 타당하다. 마카오는 '오문(澳門)'으로 표기하는데, 마카오 현지 사람들에게 확인한 결과, '오문'을 '사문'으로 쓰기도 했다 한다.
3) 장기(長崎): 나가사키. 일본 규슈에 있는 항구도시. 근대 이전 동양 무역의 한 중심지였다.

절로 익어가며, 사슴이 무리를 이루어 다니고 물고기가 사람을 보고도 놀라지 않았습죠."

허생이 크게 기뻐하며 말했다.

"그곳으로 나를 인도해주면 부귀를 누릴 것이다."

사공은 그 말을 따르기로 했다.

드디어 바람을 받아 동남쪽으로 가다보니 그 섬에 도달했다. 허생이 높은 곳에 올라가 내려다보고는 안타까워했다.

"섬의 길이가 천 리도 안 되니 무엇을 할 수 있을까? 다만 땅이 비옥하고 물맛이 좋으니 부가옹富家翁은 될 수 있겠구나."

사공이 말했다.

"섬이 텅 비어 아무도 없는데 누구와 더불어 사신단 말씀인지요?"

"덕 있는 사람에게는 사람들이 모여들지. 덕이 없는 것을 걱정하지, 어찌 사람 없음을 걱정하는가?"

이 무렵 변산邊山, 전라북도 부안군에 있는 산에는 도적 수천 명이 모여 있었다. 지방에서 군졸을 풀어 잡으려 했지만 쉽지 않았다. 도적들 역시 함부로 밖으로 나와 노략질할 수 없어 한창 굶주림에 허덕이고 있었다. 허생이 도적의 소굴로 들어가 두목에게 말했다.

"천 사람이 천 금을 빼앗아와 나누면 한 사람이 얼마를 갖게 되는가?"

"한 사람당 한 냥이지요."

"너희는 처가 있는가?"

"없습니다."

"논밭은 있는가?"

도적들이 웃으며 말했다.

"논밭이 있고 처가 있다면야 왜 고생스럽게 도둑이 되겠습니까?"

"정말 그렇다면 왜 처를 얻고 집을 지어 소를 사 밭을 갈려 하지 않는가? 어찌하여 살아서는 도적의 이름을 없애고, 살면서는 처와 집이 있는 즐거움을 누리며, 길을 갈 때는 쫓기고 잡힐 걱정 없이 풍족하게 먹고 입는 것을 누리려 하지 않는가?"

"어찌 그런 것을 원치 않겠습니까마는 돈이 없을 따름이지요."

허생이 웃으며 말했다.

"너희는 도둑이 되었으면서 돈이 없다고 걱정하느냐? 내가 너희를 위해 돈을 마련하겠으니, 내일 바다 위 붉은 깃발을 단 배가 나타나면 그 배는 돈을 실은 배이니라. 너희 마음껏 돈을 가져가거라."

허생이 약속하고 떠나니, 도적들은 모두 그가 미쳤다며 비웃었다.

다음날 도적들이 바닷가로 가보니 허생이 돈 삼십만 냥을 싣고 와 있었다. 모두 크게 놀라 줄을 서서 절했다.

"오직 장군의 명을 따르겠나이다."

"너희 힘닿는 대로 짊어지고 가거라."

도적들이 앞다투어 돈을 짊어지고 갔으나 한 사람당 백 금[4] 이상을 가져가지 못했다.

허생이 말했다.

"백 금을 드는 데도 힘이 부치니, 어찌 능히 도둑질을 한다고 할 수 있겠나? 지금 너희는 비록 평민이 되고자 해도 이미 도적 명부에 이름이 올라가 있으니 돌아갈 수 없다. 내 여기서 기다릴 테니 각자 백 금씩 갖고 가서 처를 얻고 소를 한 마리씩 끌고 오너라."

도적들은 그러겠노라며 흩어졌다. 허생은 이천 명이 일 년 먹을 식량을 구해두고 도적들을 기다렸다. 도적이 한 명도 빠짐없이 다 돌아오자 배에 모두 태우고 빈 섬으로 들어갔다. 허생이 도적들을 다 데리고 가니 나라 안에는 도적 때문에 걱정할 일이 없어졌다.

도적들은 나무를 베어 집을 짓고 대나무를 엮어 울타리를 만들었다.

---

4) 백금: 100냥. 1푼짜리 상평통보 1만 개에 해당한다. 약 40kg이다.

땅기운이 온전하니 온갖 곡식이 크고 무성하게 잘 자랐다. 치⁵⁾하거나 여⁶⁾하지 않아도 한 줄기에 이삭이 아홉 개나 달렸다. 삼 년 동안 먹을 것을 남기고 나머지는 모두 배에 실어 장기長崎로 가서 팔았다. 장기라는 곳은 일본에 속한 주로, 인구가 삼십일만 명이었는데 한창 기근이 들어 있었다. 도적들이 그곳 사람들을 진휼하고 은 백만 냥을 얻었다.

허생이 탄식했다.

"이제 나의 작은 시험이 끝났구나."

그러고는 남녀 이천 명을 모두 불러놓고 명령했다.

"내가 처음 너희와 함께 이 섬에 들어올 때는 먼저 너희를 부유하게 만들어주고 나서 문자를 새로 만들고 의관依冠을 정비하려 했다. 그러나 땅이 좁고 덕이 옅어 나는 이제 떠나고자 한다. 아이를 낳으면 오른손으로 수저를 잡도록 가르치고 하루라도 먼저 태어난 사람이 먼저 먹게 양보하도록 해라."

허생이 다른 배들을 모두 불태우며 말했다.

"가지 않으면 오지도 않을 것이다."

그리고 은 오십만 냥을 바다 가운데에 던져버렸다.

"바다가 마르면 주워갈 사람이 있겠지. 백만 냥은 나라에도 소용되지 못하거늘 하물며 이렇게 작은 섬에서일까보냐?"

허생이 글자를 아는 사람은 모두 배에 태워 함께 나가면서 말했다.

"이 섬에서 화근을 없애기 위해서다."

허생은 나라 안을 두루 돌아다니며 가난하고 의지할 데 없는 사람들에게 돈을 나눠주었다. 그래도 은 십만 냥이 남았다.

"이것으로 변씨에게 빌린 돈을 갚을 수 있겠다."

---

5) 치(菑): 지력 보강을 위해 한 해 경작하고 한 해 휴작하는 것. 경작한 지 한 해 된 밭.
6) 여(畬): 지력 보강을 위해 삼 년에 한 번 휴작하는 것. 개간한 지 세 해 또는 두 해 지난 밭.

허생이 변씨를 찾아가서 말했다.

"나를 기억하겠소?"

변씨가 깜짝 놀라며 말했다.

"그대의 얼굴색이 조금도 나아지지 않았으니 만금으로 실패를 본 게 아니오?"

허생이 웃었다.

"재물로 얼굴을 윤택하게 하는 것은 당신들의 일이라오. 만금이 어떻게 도를 두텁게 하겠소?"

그리고 은 십만 냥을 변씨에게 주며 말했다.

"내 하루아침의 배고픔을 참지 못해 책 읽기를 마무리하지 못하고 그대에게서 만금을 빌린 것이 부끄럽소이다."

변씨가 놀라 일어나서 절을 하며 돈을 사양하고 십분의 일만 이자를 계산해 받겠노라고 했다. 허생이 버럭 화내며 말했다.

"당신은 나를 장사치로 보시오?"

그러고는 소매를 떨치고 가버렸다.

변씨가 몰래 따라가보니 허생이 멀리 남산 아래 작은 초가집으로 들어가는 것이었다. 한 노파가 우물가에서 빨래하고 있기에 변씨가 물었다.

"저 작은 초가집은 누구 집이오?"

"허생원 댁이지요. 허생원은 가난하지만 책 읽기를 좋아했는데 하루아침에 집을 나가 돌아오지 않은 지 벌써 오 년이 되었네요. 그의 아내가 혼자 남아 그가 집 나간 날마다 제사를 지내고 있답니다."

변씨는 비로소 그의 성이 허씨인 줄 알고 탄식하며 돌아왔다. 다음날 변씨는 받았던 은을 모두 가지고 가서 다시 허생에게 주니 허생이 사양하며 말했다.

"내가 부자가 되려 했으면 어찌 백만 냥을 버리고 십만 냥을 취하겠소? 내 지금부터 당신이 주는 것으로 살아가겠소이다. 당신이 때때로 나를 보고 입을 헤아려 식량을 보내고 몸을 살펴서 베를 주시오. 일생을 이렇게만 하면 족하니 어찌 재물로 정신을 수고롭게 하겠소?"

변씨가 온갖 말로 허생을 설득했지만 어쩔 수 없었다. 변씨는 이로부터 허생의 옷이 해지고 곡식이 떨어지면 문득 달려가서 필요한 것들을 주었다. 그러면 허생은 흔쾌히 받았는데, 간혹 너무 많으면 달갑지 않은 기색으로 이렇게 말했다.

"당신은 왜 나에게 재앙을 주오?"

변씨가 술을 가지고 가면 허생은 더욱 기뻐했고 서로 권하며 취했다. 이렇게 몇 년이 지나니 정이 두터워졌다. 한번은 변씨가 조용히 물었다.

"오 년 안에 어떻게 백만 냥을 벌 수 있었소?"

허생이 대답해주었다.

"그건 쉽게 알 수 있는 일이오. 조선의 배는 외국과 통하지 않고, 수레는 나라 안에서 잘 다니지 못하니 온갖 물건이 안에서 만들어져 조선에서 소비되오. 무릇 천 금은 작은 돈이라 모든 물건을 사기에는 부족하오. 그러나 그것을 열 개로 나누면 백 금 열 개가 되어 열 가지 물건을 사기에 족하오. 물건들이 가벼우면 굴리기가 쉬운 고로 한 가지 물건을 사서 실패하더라도 나머지 아홉 개 물건을 팔아 재미를 볼 수 있소. 이것이 보통 수익을 남기는 방법이니 소인 장사치들의 상술이라오. 무릇 만 금은 어떤 물건 전부를 사들이기에 충분하오. 수레면 수레 전부를, 선박이면 선박 전부를, 한 읍 물건이면 읍 물건 전부를 사들일 수 있으니 마치 그물질로 물건을 다 긁어 담는 것과 같소. 육지에서 나는 것 중에서 하나만 독점해버리거나, 물에서 나는 것 중 한 종류만 독점하거나, 수많은 약재 중에서 오직 하나만 독점해버리는 거요. 한 가지 재화가 종적을 감추면 어떤 상인에게서도 그걸 구할 수 없게 되오. 이것이야말로 백성을 해치는 방법이오. 후세의 상인들이 나의 이런 방법을 쓴다면 필히 나라를 병들게 할 것이오."

변씨가 말했다.

"그대는 내가 만금을 줄 것을 어떻게 알고 찾아왔소?"

"꼭 당신만 내게 만금을 주지는 않았을 거요. 만금을 가진 자라면 나에게 주지 않을 수 없었을 것이오. 스스로 헤아려보건대 내 재주로 족히 백만 금을 벌 수 있을 것 같았지만 운명은 하늘에 달려 있는 것, 내가 어찌 알 수 있었겠소? 그런고로 나를 능히 이용할 수 있는 사람은 복이 있는 자요, 틀림없이 더욱더 부자가 될 것이니 그것은 하늘의 명인지라 어찌 돈을 주지 않을 수 있겠소? 일단 만금을 얻은 다음에는 그 복력에 기대어 행동했으니 움직이기만 하면 반드시 성공했소. 내가 만약 사사로운 마음으로 했다면 성패는 알 수 없었을 거요."

변씨가 말했다.

"지금 사대부들이 남한산성의 치욕을 갚으려 하고 있소이다. 이때야말로 뜻있는 지사들이 팔뚝을 걷어부치고 일어날 때겠지요. 재주를 가진 그대가 어찌 숨어서 세상을 멀리하려고만 하시오?"

"예부터 묻혀 산 사람이 얼마나 많았소? 졸수재拙守齋 조성기[7]는 적국에 사신으로 갈 만한 분이었지만 포갈布褐, 베잠방이. 평민의 초라한 옷을 입은 채 늙어 죽었고, 반계거사磻溪居士 유형원[8]은 군량미를 조달할 능력이 족히 있었지만 바닷가에서 서성대야 했으니 오늘날 국정을 이끌어가는 자들이 어떠할지 가히 알 만하오. 나는 장사를 잘하는 사람이라, 그 은으로

<hr>

7) 조성기(趙聖期, 1638~1689): 는 성경(成卿), 호는 졸수재. 일찍이 성리학을 깊이 연구하고, 아버지의 뜻에 따라 과거에 응시하여 사마시에 여러 번 합격했으나, 몸에 고질병이 생겨 학문에만 전념했다. 사람들과 접촉을 끊고 삼십 년간이나 계속 공부해 천지만물과 우주의 이치를 꿰뚫어 알게 되었다 한다. 「퇴율양선생사단칠정인도이기설후변退栗兩先生四端七情人道理氣說後辨」을 지어 이황·이이의 학설을 비판했다. 한문소설 『창선감의록』을 지었고 문집으로 『졸수재집』이 있다.

족히 구왕[9]의 머리를 살 수도[10] 있었지만 그것을 바다 가운데 던져버리고 돌아온 이유는 쓸 곳이 없었기 때문이오."

변씨는 크게 한숨을 쉬며 돌아갔다. 변씨는 본래 이완[11] 대감과 친했다. 이공은 이때 어영대장으로 있었는데 이런 말을 한 적이 있었다.

"일반 백성 중에도 대사를 함께 도모할 기이한 인재들이 있는가?"

변씨는 '허생'이 있다고 답했다. 이공이 크게 놀라며 물었다.

"기이하도다! 그게 정말인가? 이름은 무엇인가?"

"소인이 삼 년간 함께 지냈지만 끝내 그 이름을 알아낼 수 없었지요."

"그 사람 이인이구나. 함께 가보세나."

밤이 되자 이공은 수행하는 사람들을 물리치고 변씨와 함께 걸어서 허생의 집에 다다랐다. 변씨는 이공을 문밖에서 기다리게 하고 혼자 먼저 들어가 허생을 만나서 이공도 함께 왔다고 전했다. 허생은 못 들은 체했다.

---

8) 유형원(柳馨遠, 1622~1673): 자는 덕부(德夫), 호는 반계(磻溪). 세종 때 우의정을 지낸 유관(柳寬)의 9세손. 전형적인 사대부 집안에서 태어났지만 아버지 유흠(柳欽, 1596~1623)은 유몽인의 옥에 연좌되어 젊은 나이에 옥사하면서 몰락했다. 다섯 살 때부터 외삼촌 이원진(李元鎭)과 고모부 김세렴을 모시고 글을 배우기 시작했다. 이원진은 이익의 당숙으로 하멜 표류 사건 당시 제주목사로 있었던 사람이다. 두 차례에 걸쳐 과거에 응시했으나 낙방하고 서른두 살 되던 해에 전라도 부안군 보안면 우반동으로 내려가 은거하기 시작했고 여기서 죽을 때까지 이십년을 살았다. 『반계수록』 26권을 저술해 부민·부국을 위한 토지제도 개혁을 주장했다. 그의 주장은 실현되지 못했지만 이익·안정복 등으로 이어지고 정약용 등에게까지 큰 영향을 주었다.
9) 구왕(九王): 청세조(淸世祖)의 숙부로 실제 정권을 쥐었던 인물이다. 1637년 구왕은 강화도 갑곶에서 봉림대군에게 항복하기를 재촉했다.
10) 구왕(九王)의 머리를 살 수도: 봉림대군에게 항복을 요구한 구왕을 죽인다는 뜻이니, 남한산성의 치욕을 설욕한다는 뜻과 같다.
11) 이완(李浣, 1602~1674): 호는 매죽헌(梅竹軒). 1624년 무과에 급제해 평안도병마절도사 등을 지냈다. 병자호란이 일어나자 도원수 김자점의 별장(別將)으로 출전해 정방산성(正方山城)을 지켰다. 그뒤 함경남도병마절도사, 양주목사, 경기도수군절도사 겸 삼도통어사에 임명되어 수도 외곽의 방어에 전력했다. 효종은 이완을 북벌의 선봉부대인 어영청의 어영대장으로 기용하고, 또 김자점의 모반사건을 해결하기 위해 포도대장을 겸하게 했다. 병조판서에 여러 차례 임명되었지만 끝내 나아가지 않고 훈련대장으로만 있었다. 아버지 이수일과 마찬가지로 무장으로서 입신해 효종 및 송시열 등과 함께 북벌 준비에 전념했으나 뜻을 이루지 못했다.

"차고 있는 술병이나 풀어보시오."

그러고는 유쾌하게 술을 마셨다. 변씨는 이공이 밖에 오래 서 있는 것이 민망하여 여러 번 이야기했지만 허생은 대꾸해주지 않았다.

밤이 깊어지자 허생이 말했다.

"손님을 불러오시오."

이공이 들어가도 허생은 가만히 앉아 있기만 할 뿐 일어나지 않으니, 이공은 몸둘 바를 몰랐다. 이윽고 나라에서 현명한 인재를 구하는 뜻을 전하니 허생이 손을 휘저었다.

"밤은 짧은데 말이 너무 길어 듣기 지루하네. 너는 무슨 자리에 있느냐?"

"대장입니다."

"그렇다면 너는 이 나라에서 신임 받는 신하로구나. 내 와룡선생臥龍先生, 제갈량을 추천할 테니 너는 임금께 삼고초려하라고 청할 수 있느냐?"

이공이 한참 고개를 숙이고 있다가, "그건 어렵습니다. 그 다음 말씀을 듣고자 하나이다" 하니 허생이 말했다.

"나는 그다음 두번째라는 것을 알지 못한다."

이공이 그래도 계속 물으니 허생이 말했다.

"명나라 장사將士들이 조선에 은혜를 베풀었다고임진왜란 때 명나라가 조선에 군대를 보내어 도와준 일을 말함 그 자손이 많이들 탈출해 동쪽으로 왔지만 홀아비로 유리걸식한다고 한다. 너는 조정에 청하여 종실 처녀들을 그들에게 시집보내고, 또 훈척勳戚, 나라에 공이 있는 임금의 친척 권문귀족의 집들을 빼앗아 그들에게 나눠주도록 할 수 있는가?"

이공이 한참 머리를 숙이고 있다가, "어렵습니다" 하니 허생이 말했다. "이것도 어렵다, 저것도 어렵다 하니 도대체 무슨 일을 할 수 있단 말이냐? 그럼 가장 쉬운 일은 할 수 있겠느냐?"

"그것도 들어보고 싶나이다."

"무릇 천하에 대의를 떨치려 한 사람치고 먼저 천하 호걸들과 사귀지 않은 자가 없었다. 또 다른 나라를 정벌하는 데 먼저 첩자를 활용하지 않고 성공한 자도 없었다. 지금 만주[12]가 갑자기 천하의 주인이 되어 중국과 스스로 친해지지 않는 상황에서 조선이 다른 나라보다 먼저 복종하니 그들이 믿어주고 있다. 이럴 때 당원고사[13]처럼 조선의 자제들을 보내 입학시키고 거기에서 벼슬하게 하도록 하고, 또 상인의 출입을 금하지 말도록 청하면 저들은 반드시 자기네를 친하게 대한다고 생각해 기뻐하며 요청을 받아줄 것이다. 나라의 자제들을 선발해 변발하게 하고 호복胡服, 북방의 기마인(騎馬人)들이 입던 옷을 입혀라. 그중 군자는 빈공과賓貢科, 중국에서 외국인을 상대로 실시한 과거에 응시하게 하고, 소인은 멀리 강남으로 장사를 하러 가게 해 만주의 허실虛實을 염탐하게 하고 호걸들과 교우를 맺는다면 천하를 도모하고 나라의 수치를 씻을 수 있을 것이다. 명나라 황실 사람들을 구하다가 얻지 못한다면 천하 제후를 모아 하늘에 천거할 수 있으니 일이 잘되면 대국의 스승이 될 것이요, 못되어도 백구지국伯舅之國, 제후국 중에서 가장 높은 대우를 받는 나라. 천자의 외삼촌의 나라의 지위를 잃지는 않을 것이다."

이공이 낙심하고 허탈해하며 말했다.

"사대부는 모두 삼가 예법을 지키는데, 누가 변발하고 호복을 입으려 하겠습니까?"

허생이 큰소리로 꾸짖었다.

"소위 사대부란 자가 어떤 사람이란 말이냐? 오랑캐 땅에서 태어나 스스로 사대부라 뽐내니 이렇게 어리석은 짓이 어디 있느냐? 흰옷을 입

---

12) 만주(滿洲): 1636년 청 태종이 황제의 자리에 오르면서 청의 발상지인 '후금(後金)'을 '만주'로 개칭했다. 곧 '만주'는 청나라를 뜻한다.
13) 당원고사(唐元故事): 당나라와 원나라 때 빈공과를 통해 우리나라 유학생을 받아준 역사적 사실.

는데 그것이야말로 상복이요, 머리털을 송곳같이 모아 묶으니 이건 남쪽 오랑캐의 추계椎結, 상투를 튼 모양이 추(椎, 몽치)와 같다 하여 추계라 함이니 어찌 예법에 맞다 할 수 있는가? 번오기[14]는 집안의 원한을 갚기 위해 자기 머리를 아까워하지 않았고, 무령왕[15]은 나라를 부강하게 하느라 호복 입기를 부끄러워하지 않았다. 지금 너희가 명나라를 위해 복수를 하고자 한다면서도 머리털 하나를 아끼고, 말달려 칼을 휘두르고 창으로 찌르고 활을 당기고 돌을 날려야 할 때에 넓은 옷소매는 고치지 않으면서 예법을 운운한단 말이냐? 내가 세 가지를 말했지만 너는 하나도 할 수 있는 것이 없다 했다. 그러면서도 스스로 신임 받는 신하라고 말했으니, 신임 받는 신하라는 게 정말 이런 것이란 말이냐? 너 같은 놈의 목은 베어야 하리라!"

허생이 좌우를 돌아보면서 칼을 찾아 찌르려 했다. 이공이 깜짝 놀라 일어나서 뒤창으로 뛰쳐나가 도망쳐 돌아갔다.

다음날 다시 가보니 집은 이미 텅 비어 있었고, 허생은 어디론가 떠나고 없었다.

貸萬金許生行貨

許生, 居墨積洞. 直抵南山下, 井上有古杏樹, 柴扉向樹而開, 草屋數間, 不蔽風雨. 然許生好讀書, 妻爲人縫刺以[16]糊口. 一日妻甚饑[17]泣曰: "子平

---

14) 번오기(樊於期, ?~기원전 227): 전국시대 말기 사람. 본래 진(秦)나라의 장군이었는데, 가족이 모두 사형을 당하자 연나라로 달아나 연나라 태자 단(丹)에게 투항했다. 진나라 왕이 현상금으로 금 천 근과 읍(邑) 만 가(家)를 걸고 그의 목을 구했다. 자객 형가가 진왕(秦王)을 죽이러 떠날 때 자신과 가족의 원통함을 풀기 위해 자기 목숨을 내놓겠다 하면서 스스로 목을 찔러 죽었다.
15) 무령왕(武靈王): 중국 전국시대 조(趙)나라의 임금. 북방 호족(胡族)에 대항하기 위해 전쟁에서 만주인의 옷을 입었다.
16) 以: 동경대본에는 '而'로 표기.

生不赴擧, 讀書何爲?" 許生笑曰: "吾讀書未熟." 妻曰: "不有工乎?" 生曰: "工未素學奈何?" 妻曰: "不有商乎?" 生曰: "商無錢本奈何?" 其妻恚且罵曰: "晝夜讀書, 只學奈何, 不工不商, 何不盜賊?" 許生掩卷起曰: "惜乎! 吾讀書本期十年, 今七年矣." 出門而去, 無相識者, 直至[18]雲從㘾[19], 問市中人曰: "漢陽中誰最富?" 有道卞氏者, 遂訪其家, 許氏長揖曰: "吾家貧, 欲有所小試, 願從君借萬金." 卞氏曰: "諾." 立與萬金, 客竟不謝而去. 子弟賓客, 視許生丐者也, 絲條穗拔, 革履跟顚, 笠挫袍煤, 鼻流淸涕, 客旣去, 皆大驚曰: "大人知客乎?" 曰: "不知也." "今一朝, 浪空擲萬金於生平所不知何人, 而不問其姓名何也?" 卞氏曰: "此非爾所知, 凡有求於人者, 必廣張志意, 先耀信義, 然顏色愧[20]屈, 言辭重複, 彼客衣履雖弊[21], 辭簡而視傲, 容無怍色, 不待物而自足者也. 彼其所試術不小, 吾亦有所試於客, 不與則已, 旣與之萬金, 問姓名何爲?" 於是許生旣得萬金, 不復還家, 以爲安城畿湖之交, 三南之綰口, 遂止居焉. 棗栗柿梨柑橘柚榴之屬, 皆以倍直居之, 許生榷菓, 而國中無以讌祀, 居頃之, 諸賈之獲倍直於許生者, 返數[22]十倍, 許生喟然歎曰: "以萬金傾之, 知國淺深矣." 以刀鐶布帛綿, 入濟州, 悉收馬鬐鬣曰: "居數年, 國人不裹頭矣." 居頃之, 網巾價至十倍, 許生問老篙師曰: "海外豈有空島, 可以居者乎?" 篙師曰: "有之, 常漂風, 直西行三日, 夜泊一空島, 計在沙門長崎之間, 花木自開, 果[23]蓏自熟, 麋鹿成群, 遊魚不驚." 許生大喜曰: "爾能導我, 富貴共之." 篙師從之. 遂御風東南入其島, 許生登高而望, 悵然曰: "地不滿千里, 惡能有爲? 土肥泉甘, 只可作富家翁."

17) 饑: 동경대본에는 '飢'로 표기.
18) 至: 동경대본에는 '之'로 표기.
19) 㘾: 동경대본에는 '街'로 표기. '街'가 맞음.
20) 愧: 동경대본에는 '媿'로 표기.
21) 弊: 동경대본에는 '蔽'로 표기. '弊'가 맞음.
22) 數: 동경대본에는 '輸'로 표기. '輸'가 맞음.
23) 果: 동경대본에는 '菓'로 표기.

篙師曰: "島空無人, 尚誰與居?" 許生曰: "德者, 人所歸也. 尚恐不德, 何患無人?" 是時, 邊山群[24]盜數千, 州郡發卒逐捕不能得. 然群[25]盜易[26]不敢出剽掠, 方饑困, 許生入賊中, 說其魁帥曰: "千人掠千金, 所分幾何?" 曰: "人一兩耳." 許生曰: "爾有妻乎?" 群[27]盜曰: "無." 曰: "爾有田乎?" 群[28]盜笑曰: "有田有妻, 何苦爲盜?" 許生曰: "審若是也, 何不娶妻, 樹屋, 買牛畊田? 生無盜賊之名, 而居有妻室之樂, 行無捕盜[29]之患, 而長享衣食之饒乎?" 群[30]盜曰: "豈不願如此? 但無錢耳." 許生笑曰: "爾爲盜, 何患無錢? 吾能爲汝辦之, 明日, 視海上風旗紅者, 皆錢船也, 恣汝取去." 許生約群[31]盜旣去, 群[32]盜皆笑其狂, 及明日, 至海上, 許生載錢三十萬, 皆大驚, 羅拜曰: "惟將軍令." 許生曰: "惟力負去." 於是群[33]盜爭負錢, 人不過百金, 許[34]曰: "爾等力不足以擧百金, 何能爲盜? 今爾等[35]雖欲爲平民, 名在賊簿, 無可往矣, 吾在此俟, 汝各持百金而去, 人一婦一牛來." 群[36]盜曰: "諾." 皆散去. 許生自其[37]具二千人一歲之食以待之, 及群[38]盜至無後者, 遂俱載入其空島. 許生權盜, 而國中無警矣. 於是伐樹爲屋, 編竹爲籬, 地氣旣全, 百種碩茂, 不菑不畬, 一莖九穗, 留三年之儲, 餘悉舟載, 往糶長崎島, 長崎

---

24) 群: 동경대본에는 '羣'으로 표기.
25) 群: 동경대본에는 '羣'으로 표기.
26) 易: 동경대본에는 '亦'으로 표기. '亦'이 맞음.
27) 群: 동경대본에는 '羣'으로 표기.
28) 群: 동경대본에는 '羣'으로 표기.
29) 捕盜: 동경대본에는 '逐捕'로 표기.
30) 群: 동경대본에는 '羣'으로 표기.
31) 群: 동경대본에는 '羣'으로 표기.
32) 群: 동경대본에는 '羣'으로 표기.
33) 群: 동경대본에는 '羣'으로 표기.
34) 동경대본에는 '生'이 더 나옴.
35) 今爾等: 동경대본에는 '爾等今'으로 표기.
36) 群: 동경대본에는 '羣'으로 표기.
37) 其: 동경대본에는 탈락. 탈락시키는 것이 맞음.
38) 群: 동경대본에는 '羣'으로 표기.

者日本屬州, 戶三十一萬, 方大饑, 遂賑之, 獲銀百萬, 許生歎曰: "今吾已小試矣." 於是悉召男女二千人, 令之曰: "吾始與汝等入此島, 先富之然後, 別造文字, 刱製衣冠, 地小德薄, 吾今去矣. 兒生執匙, 敎以右手, 一日之長, 讓之先食." 悉焚他船曰: "莫往則莫來." 投銀五十萬於海中曰: "海枯有得者. 百萬無所容於國中, 況小島乎?" 有知書者, 載與俱出曰: "爲絶禍於此島." 於是遍行國中, 賑施與貧無告者, 銀尙餘十萬, 曰: "此可以報卞氏." 往見卞氏曰: "君記我乎?" 卞氏驚曰: "子之容色, 不少瘳, 得無敗萬金乎?" 許生笑曰: "以財粹面[39], 君輩事耳, 萬金何肥於道哉?" 於是, 以銀十萬, 付卞氏曰: "吾不耐一朝之飢, 未竟讀書, 慙君萬金." 卞氏大驚, 起拜辭謝, 願受什一之利, 許生大[40]怒曰: "君何賈豎視我也?" 拂衣而去, 卞氏潛踵之[41], 望見, 客向南山下, 入小屋. 有老嫗, 井上澣[42], 卞氏問曰: "彼小屋[43]誰[44]家?" 嫗曰: "許生員宅. 貧而好讀書, 一朝出門不返者, 已五年, 獨有妻在, 祭其去日." 卞氏始知客乃姓許, 歎息而歸. 明日悉持其銀, 往遺之, 許生謝[45]曰: "我欲富也, 棄百萬[46]而取十萬[47]乎? 吾從今得君而活矣, 君數視我, 計口送糧[48], 度身授布, 一生如此, 足矣, 孰肯以財勞神?" 卞氏說許生百端, 竟不可奈何. 卞氏自是, 度許生匱乏, 輒身自往遺之, 許生欣然受之.

---

39) 粹面(수면): 수면앙배(粹面盎背)의 일부. '수면앙배'는 윤기 있는 얼굴과 탐스러운 등이라는 뜻으로, 군자의 내면에 축적된 것들이 넘쳐서 몸으로 드러난 것을 말한다. 『맹자』 「진심 상盡心上」에 "군자의 본성은 인의예지가 마음속에 뿌리를 내려, 그 드러나는 빛이 얼굴에 윤택하게 나타나고 등에 가득하게 나타난다(君子所性, 仁義禮智根於心, 其生色也, 睟然見於面, 盎於背)" 했다.
40) 大: 동경대본에는 탈락.
41) 之: 동경대본에는 탈락.
42) 동경대본에는 '衣'가 더 나옴.
43) 동경대본에는 '云'이 더 나옴.
44) 동경대본에는 '之'가 더 나옴.
45) 謝: 동경대본에는 '辭'로 표기. '辭'가 맞음.
46) 萬: 동경대본에는 '金'으로 표기.
47) 萬: 동경대본에는 '金'으로 표기.
48) 糧: 동경대본에는 '粮'으로 표기.

或有加, 則不悅曰:"君奈何遺我灾也[49]?"以酒往, 則益大喜, 相與酌至醉. 既數歲, 情好日篤[50], 嘗從容言:"五歲中, 何以致百萬?"許生曰:"此易知耳, 朝鮮舟不通外國, 車不行域中, 故百物, 生于其中, 消于其中[51]. 夫[52]千金小財也, 未足以盡物, 然析而十之, 百金十, 亦足以致十, 物物輕則易轉, 故一貨雖縋[53], 九貨伸之, 此常理[54]之道, 小人之賈也. 夫萬金足以盡物, 故在車專車, 在船專船, 在邑專邑, 如網之有罟, 括而數之, 陸之産萬, 潛停其一, 水之族萬, 潛停其一, 醫之材萬, 潛停其一, 一貨潛藏, 萬賈皆涸, 此賊民之道也. 後世有司者, 如有用我道, 必病其國."卞氏曰:"子初, 何以知吾出萬金, 而來吾求也?"許生曰:"不必君與我也, 能有萬金者, 莫不與也. 吾自料, 吾才足以致百萬, 然命則在天, 吾何能知之? 故能用我者, 有福者也, 必富益富, 天所命也, 安得不與? 既得萬金, 憑其福而行, 故動輒有成, 若吾私自與, 則成敗亦未可知也."卞氏曰:"方今, 士大夫, 欲雪南漢之恥, 此志士扼腕奮志[55]之秋也. 以子之才, 何自苦沉, 冥以沒世耶?"許生曰:"古來沉冥者, 何限? 趙聖期(拙守[56]齋), 可使敵國, 而老死布褐, 柳馨遠(磻溪居士), 足繼軍食, 而逍遙海曲, 今之謀國政者, 可知已. 吾善賈者也, 其銀足以市九王之頭, 然投之海中而來者, 無所可用故耳."卞氏喟然太息而去. 卞氏, 本與李政丞浣善, 李公, 時爲御營大將, 嘗與言:"委巷閭閻之中, 亦有奇才, 可與共大事者乎?"卞氏爲言:"許生."李公大驚曰:"奇哉! 眞有是否? 其名云何?"卞氏曰:"小人與居三年, 竟不識其名."李公曰:"此異人,

49) 也: 동경대본에는 '乎'로 표기.
50) 篤: 동경대본에는 '密'로 표기.
51) 동경대본에는 '矣'가 더 나옴.
52) 夫: 동경대본에는 탈락.
53) 縋: 『열하일기』에는 '紲'로 표기되어 있는데, 문맥상 '絀'로 표기되어야 함.
54) 理: 동경대본에도 '理'로 표기되어 있지만 문맥이 통하지 않음. 『열하일기』에는 '利'로 표기되어 있는 바, '利'가 맞음.
55) 志: 동경대본에는 '智'로 잘못 표기.
56) 守: 동경대본에는 '修'로 맞게 표기.

與君俱往." 夜, 公屛騶從, 獨與卞氏, 俱步至許生[57], 卞氏止公立門外, 獨先入見許生, 具道李公所以來者, 許生若不聞者曰: "趣解君所佩壺." 相與歡飮, 卞氏, 悶公久露立, 數言之, 許生[58]不應. 旣夜深, 許生曰: "可召客." 李公入, 許生安坐不起, 李公無所措躬. 乃敍述國家所以求賢之意, 許生揮手曰: "夜短話長, 聽之太遲, 汝今何官?" 曰: "大將." 許生曰: "然則汝乃國之信臣, 我當薦臥龍先生, 汝能請于朝三顧草廬乎?" 公低頭良久曰: "難矣, 願得其次." 許生曰: "我未學第二義." 固問之, 許生曰: "明將士, 以朝鮮有舊恩[59], 其子孫, 多脫身東來, 流離惸鰥[60], 汝能請于朝, 出宗室女, 遍嫁之, 奪勳戚權貴家, 以處之乎?" 公低頭良久曰: "難矣." 許生曰: "此亦難, 彼亦難, 何事可能? 有最易者, 汝能之乎?" 李公曰: "願聞之." 許生曰: "夫欲聲大義於天下, 而不先交結天下之豪傑者, 未之有也. 欲伐人之國, 而不先用諜, 未有能成者也. 今滿洲, 遽而主天下, 自以不親於中國, 而朝鮮, 率先他國而服, 彼所信也. 誠能請遣子弟入學, 遊官[61]如唐元故事, 商賈出入不禁, 皮[62]必喜其見親而許之, 妙選國中之子弟, 薙髮胡服, 其君子往赴賓擧, 其小人遠商江南, 覘其虛實, 結其豪傑, 天下可圖, 而國恥可雪. 若求朱氏[63]而不得, 率天下諸侯, 薦人於天, 進可爲大國師, 退不失伯舅之國矣." 李公撫然曰: "士大夫, 皆謹守禮法, 誰肯薙髮胡服乎?" 許生大叱曰: "所謂士大夫, 是何等也? 産於彛[64]貊[65]之地, 自稱曰: '士大夫.' 豈非駭乎? 衣袴純素,

---

57) 동경대본에는 '家'가 더 나옴.

58) 生: 동경대본에는 '公'으로 표기.

59) 恩: 동경대본에는 '意'로 표기.

60) 惸鰥(경환): 홀아비로 고생하다.

61) 官: 동경대본에는 '宦'으로 표기.

62) 皮: 동경대본에는 '彼'로 표기. '彼'가 맞음.

63) 朱氏(주씨): 명나라 황실인 주씨 사람들.

64) 彛: 동경대본에는 '蠻'으로 표기.

65) 彛貊(이맥): 이(彛)는 이(夷)와 같은 뜻이고, 맥(貊)도 북방 오랑캐를 가리킨다. 중국 사람이 우리나라를 비롯한 동북쪽 이민족을 일컫는 말.

是有喪之服, 會撮如錐, 是南蠻之椎結也, 何爲⁶⁶⁾禮法? 樊於期, 欲報私怨,
而不惜其頭, 武靈王, 欲强其國, 而不恥胡服, 乃今欲爲大明復讐, 而猶惜
其一髮, 乃今將馳馬, 擊劒刺鎗[弰]弓飛石, 而不變其廣袖, 自以爲禮法乎?
吾始三言, 汝無一可得而能者, 自謂信臣, 信臣固如是乎? 是可斬也!" 左右
顧, 索劒欲刺之, 公大驚而起, 躍出後牖, 疾走歸. 明日復往, 已空室而去矣.

---

66) 爲: 동경대본에는 '謂'로 표기.

심재상이 재주를 어여삐 여겨 좋은 술을 보내주다

심재현^{沈齊賢}, 안응계^{安應溪}, 정수준^{鄭壽俊}, 한순석^{韓舜錫} 등은 장흥동^{長興洞}에 모여 변려문을 공부하고 있었다. 남쪽 이웃 마을 심^沈판부사[1] 댁에서 며느리를 맞이하는 잔치를 연다는 소문을 들었다. 네 사람은 상의해 술을 구걸하는 걸주^{乞酒}계[2]를 지어 심재상에게 바쳤는데, 심재상이 그것을 보고 감탄하여 맛있는 술과 좋은 안주를 보내주었다. 그 글은 다음과 같다.

　술 마실 양을 정해놓지 않는다는 것은 선성의 휘언^{徽言, 훌륭한 말씀}이요[3]
　음주로 이름을 날린 것도 고인의 능사였네

---

1) 판부사(判府事): 조선시대 중추부(中樞府)의 으뜸 벼슬. 종1품 관직으로, 관찰사나 병마절도
사를 겸하기도 했다.
2) 계(啓): 문체의 명칭으로 윗사람에게 올리는 글의 일종. '계'란 '연다'는 뜻으로, 자기 뜻을
윗사람에게 개진하는 것을 말한다. 일반적으로 변려문을 사용했다.
3) 술 마실~선성(先聖)의 휘언이요: 『논어』「향당편鄕黨篇」의 '술 마실 양을 정해놓지 않아도
난잡하지 않았다(惟酒無量, 不及亂)'에서 따온 말.

이 때문에 혜숙야[4]는 양생하면서도 혼자만 깨어 있지 못했고[5]

술에 탐닉한 이적선李謫仙이 원하는 건 오래 취해 있는 것일 뿐

장안의 저자에서 하감[6]이 금거북[7]을 풀었고

습가 연못가에 산간山簡이 거꾸러져 있었네[8]

이웃집 술 훔쳐먹는 것 이부의 풍류에 무슨 해가 되리오[9]

제집에서 술 취해 노래한 것도 승상의 일에 방해되지 않았네

시인이 목마른 양 술 좋아하는 걸 군자여 그릇되다 하지 마소서

삼가 생각건대 소생은 술꾼일까요, 순수한 유자儒者일까요?

평소 성벽이 술을 사랑함을 부끄러워하지 않았고

진탕 술을 퍼마신 몸뚱어리는 오히려 진하고 좋은 술 있는 곳에 가
보지 못했네

나이가 서른이 될 때까지 술집에서 술이나 마시며 지냈으니

좋은 관직에 올라 궁궐에 출입하려면 천재일우의 기회를 기다려야

---

4) 혜숙야(嵇叔夜): 혜강(嵇康). 진(晋)나라 죽림칠현(竹林七賢)의 한 사람으로, 노장(老莊)을 좋아하여 「양생편養生篇」을 지었다.

5) 혼자만 깨어 있지 못했고: 혜숙야가 「양생편」 등을 지어 노장의 양생법을 추구했지만, 혜숙야는 또 술을 좋아해 세상 사람들이 모두 취한 상황에서 자기 혼자 독야청청하려 하지는 않았다. 굴원의 「어부사」에 나오는 "온 세상이 모두 탁한데 나 홀로 맑고, 사람들 모두 취했는데 나만 정신이 또렷하네(擧世皆濁, 我獨淸, 衆人皆醉, 我獨醒)"라는 말을 거꾸로 인용한 것이기도 하다.

6) 하감(賀監): 이백과 친했던 태자빈객 하공(賀公)을 말함. 하공은 이태백을 '적선인(謫仙人)'으로 지칭하며 금거북을 풀어 술을 사주었다고 한다.

7) 금거북: 금으로 만든 거북이. 옛사람들이 장식의 일종으로 차고 다녔다.

8) 습가(習家) 연못가에~거꾸러져 있었네: 진(晋)나라 습욱(習郁)의 집 동산에 못이 있었는데, 습가지(習家池)라고 불렀다. 지금의 후베이 성 샹양현(襄陽縣)에 있다. 진(晋)나라 산간이 샹양에 있을 때 이곳에 가서 술을 마시며 항상 취해 있었다 한다. "나날이 습가지에서 취하여 있나니, 시름이 오면 제갈량의 양보음(梁甫吟)을 읊노라(日有習池醉, 愁來梁甫吟)."(두보, 「초동初冬」); "양양에 산간이 있었으니, 함께 습가지에서 취했지(襄陽有山簡, 共醉習池中)."(정도전, 「문김약재재안동이시기지聞金若齋在安東以詩寄之」)

9) 이부(吏部)의 풍류에~해가 되리오: 진(晋)나라 필탁(畢卓)이라는 사람이 술을 좋아했는데, 이부랑(吏部郞)으로 있을 때 술을 훔쳐 마시다 붙잡힌 일이 있었다.

하리

    근래 두세 사람과 더불어 책상을 함께 쓰니 예괘^{豫卦} 구사효^{九四爻}의
봉합잠¹⁰⁾과 같은 상황임을 절로 기뻐하네

    소싯적에는 향공진사¹¹⁾ 한유¹²⁾와 같이 오히려 기이했고¹³⁾

    중년에는 태학서생 하번¹⁴⁾과 같이 육예¹⁵⁾에 노닐었네

    한 번 마시면 삼백 잔¹⁶⁾이요, 보잘것없는 재주로 사륙변려문을 가
장 잘 짓는다

    서늘한 바람 일어나는 서재의 휘장은 반악¹⁷⁾의 수심 감당할 수 없고¹⁸⁾

    비 뿌리는 문원^{文園}에도 사마상여의 갈증이 있네¹⁹⁾

---

10) 봉합잠(朋盍簪): 『주역』 예괘의 "공경(公卿)은 예정대로 하면 크게 소득이 있으니, 의심하
지 않으면 친구들이 다 모이리라(九四, 由豫, 大有得, 勿疑, 朋盍簪)"에 나오는 말. 친구들이 모인
다는 뜻이다.
11) 향공진사(鄕貢進士): 고려시대에 지방 향교 등에서 수업하고, 지방 계수관이 실시하는 시
험에 합격한 사람을 향공이라 했고, 이들이 다시 진사시에 합격하면 '향공진사'라고 불렀다.
12) 한유(韓愈, 768~824): 당나라의 문인이자 사상가다. 자는 퇴지(退之)이며, 선조가 창려(昌
黎) 출신이므로 한창려라고도 했다. 사상적으로는 도가와 불가를 배척하고 유가의 정통성을
적극 옹호·선양했다. 유종원과 함께 고문운동을 주도, 산문의 새로운 경지를 개척해 당송팔대
가의 자리를 차지했다.
13) 소싯적에는 향공진사~오히려 기이했고: 한유의 시에 "처음에 향공진사의 신분으로 계리
를 따라 상경하여, 택궁에서 활쏘기를 시험하는 것처럼 과거 시험장에 몇 번이나 들어가 응시
했네(初隨計吏貢, 屢入澤宮射)"라는 말이 있다. 계리는 각 지방 관서에서 해마다 회계장부를 조
정에 가지고 와서 업무를 보고하던 관리를 가리키는데, 옛날에 각 지방 장관들이 그 지방에서
인재가 될 만한 사람들을 조사하여 뽑아서 계리가 도성에 가는 편에 함께 올려보내 과거에 응
시하도록 했다.
14) 하번: 당나라 때의 태학생으로, 늙은 부모를 봉양하고자 고향으로 돌아가려 했다. 그러자
양성(陽城)이라는 사람이 제주(祭酒)의 자리까지 비워놓고 그의 귀향을 만류할 정도로 학문과
덕행이 뛰어났다.
15) 육예(六藝): 예(禮)·악(樂)·사(射)·어(御)·서(書)·수(數) 여섯 가지 의례를 아울러 이르는 말.
16) 한 번 마시면 삼백 잔: 이백의 「양양가」. "백 년 삼만육천 일에, 하루에 삼백 잔씩 기울여
야지(百年三萬六千日, 一日須傾三百杯)."
17) 반악(潘岳, 247~300): 서진(西晉)시대의 문인. 자는 안인(安仁)이다. 육기와 나란히 서진을
대표하는 문인으로서 수려한 외모로 유명했다. 그가 지은 문장은 섬세한 아름다움을 보였으
며, 특히 사랑하는 아내의 죽음을 슬퍼한 「도망시」는 이후 시인들에게 큰 영향을 미쳤다 한다.
근심이 많아 서른두 살에 머리가 하얗게 셌다고 한다.

갈대꽃은 말이 없어도 가을바람이 그 향을 십 리까지 전하고

오동잎 시드는 좋은 계절 삼추三秋의 서곡이라

두릉杜陵, 두보의 호의 주머니 속 돈 없는 것 한탄했고[20]

팽택彭澤, 도연명의 문 앞에 백의[21] 오지 않음을 한탄했지

그런 까닭에 한번 배불리 먹는 것에도 운수가 있는 법

오로지 반나절 동안 바쁜 가운데 틈을 내려 하네[22]

삼가 생각건대 상공께서는 나라 걱정으로 술잔은 조금만 기울이시고[23] 집에 계시면서는 선을 행하는 것을 가장 큰 즐거움으로 여기고 계십니다[24]

난초 향기 가득한 방은 정당시[25] 손님 맞이하는 곳이요

약 바구니에 삼목蔘木을 가득 채우는 적양공[26]처럼 선비를 사랑하시네

---

18) 서늘한 바람~수 없고: 서늘한 바람이 분다는 것은 가을이 되었다는 뜻인데, 곧 가을에 반악이 경험하던 근심을 말한다. 반악은 「추흥부秋興賦」 서문에 "내가 나이 서른두 살에 처음으로 이모(二毛)를 보았다"라 했는데, 이모는 백발을 의미한다. 즉, 중년에 벌써 흰 머리털이 생기는 근심을 말한다.
19) 비 뿌리는~갈증이 있네: 사마상여는 효문제의 능을 관리하는 문원령(文園令) 벼슬을 지냈는데, 평소 소갈증(消渴症, 당뇨병)으로 고생했다. 이에 연유하여 소갈증을 문원병(文園病)이라 하기도 한다.
20) 두릉의 주머니~것 한탄했고: 두보의 「공낭空囊」 시에 "주머니가 비면 남에게 부끄러워, 한푼 돈을 남겨서 볼 수 있게 하노라(囊空恐羞澁, 留得一錢看)"라고 한 표현을 가져온 것이다.
21) 백의(白衣): 술을 가져오는 사람. 자기가 간절히 기다리는 사람.
22) 오로지 반나절~하려 하네: 반나절 동안 짬을 내 술을 얻어먹으려고 변려문을 지어본다는 뜻.
23) 나라 걱정으로~조금만 기울이시고: 우국세경(憂國細傾). 두보의 시에 "성도에 어찌 술이 없어서겠는가, 나라가 걱정되어 술잔은 그저 조금만 기울인다네(成都豈無酒, 憂國只細傾)"라는 구절을 따온 것이다.
24) 집에 계시면서는~여기고 계십니다: 후한 광무제의 여덟째 아들인 유창(劉蒼)과 관련된 것으로, 명제가 "요즈음 동평왕이 집에 있으면서 무엇이 가장 즐거운가?" 하고 묻자, "선을 행하는 것이 가장 즐겁습니다"라고 대답한 것을 가리킨다. "집에 있으면서 가장 큰 즐거움[居家最樂]"이라고만 말하기도 하는데, 그 안에는 선을 행한다는 의미가 들어 있다.
25) 정당시(鄭當時): 한(漢)나라 사람. 이름은 장(莊). 손님을 좋아하여 사방 교외에 역마를 두고 손님을 영접했고, 손님이 오면 귀천을 가리지 않고 머무르게 했다 한다.

자식들은 모두 봉황의 새끼처럼 훌륭하니 백미(白眉27))와 같은 아들이 가장 훌륭하고28)

용문29)에 오르기만 하면 사람들은 청안(青眼, 남을 기쁜 마음으로 대하는 뜻이 드러난 눈초리)으로 대하네30)

마침 백 량의 수레로 맞이하는 광경이여, 성대한 의식을 기쁘게 바라보네31)

술과 안주가 산더미 같으니 동정춘색32)을 빚었고

수레와 말이 온 마을에 가득하니 가을바람 불어오는데 성대한 잔치를 열었도다

화려한 무늬의 장막 드날리니 바야흐로 남쪽 이웃의 활기찬 모임

---

26) 적양공(狄梁公): 적인걸(狄仁傑). 당나라 때 원행충(元行沖)이라는 사람이 적인걸에게 "아랫사람을 부리는 일은, 비유하자면 부유한 집에 온갖 먹을 것을 비축하여 음식을 공급하고 삼목 등의 약초를 마련하여 질병에 대비하는 것과 같습니다. 문하에는 맛있는 음식이 가득하니, 소인은 하나의 약석이나 되고자 합니다. 그래도 되겠습니까?" 하니, 적인걸이 "자네는 바로 내 약바구니 안의 물건이니, 하루도 없어서는 안 될 사람이다"라 했던 『구당서』 「적인걸열전」의 고사에서 따온 것이다.

27) 백미(白眉): 중국 촉(蜀)나라 마량(馬良)은 다섯 형제 중에서 능력이 가장 뛰어났다. 마량은 태어날 때부터 눈썹에 흰 털이 섞여 있어, 백미라고 불렸다. 그뒤로 여럿 중에서 가장 뛰어난 사람이나 물건을 백미라 부르게 되었다.

28) 자식들은 모두~가장 훌륭하고: 지금 혼례가 펼쳐지는 심대감 댁의 아들들은 모두 봉혈에 있는 봉황의 새끼처럼 좋지만, 그 가운데서도 마량과 같은 백미는 오늘 장가드는 아들이라는 뜻이다.

29) 용문(龍門): 황하와 분하(汾河)가 합쳐지는 지점에서 황하의 상류에 있는데, 양 기슭이 좁고 아주 심한 급류여서 배나 물고기가 쉽게 오르지 못할 정도다. 잉어가 여기를 오르면 용이 되어 하늘로 오른다 하여 붙여진 이름으로, 입신출세의 관문을 뜻한다.

30) 용문에 오르기만~청안으로 대하네: 하객들을 묘사한 말인 듯하다. 혼례에 참석한 하객들의 입장에서는 심대감을 뵙고 혼례에 참석하는 것이 마치 등용문에 오르는 것과 같은 영광인지라 반가운 낯빛으로 서로 대한다는 뜻인 것 같다.

31) 마침 백~기쁘게 바라보네: 백량지어(百兩之御)와 구십기의(九十其儀)는 모두 혼례의 풍경을 묘사한 말로, 『시경』 「소남召南」 작소(鵲巢)에 "까치 보금자리에 비둘기 옮겨 사네. 그녀 시집옴에 백 량의 수레로 맞이하네(維鵲有巢, 維鳩居之, 之子于歸, 百兩御之)"라고 했으며, 『시경』 「빈풍豳風」 동산(東山)에 "아가씨 시집가니, 누른 말과 얼룩말이로다. 어머니가 향주머니 채워주니, 그 위의 성대하도다(之子于歸, 皇駁其馬, 親結其縭, 九十其儀)"라고 했다.

32) 동정춘색(洞庭春色): 술 이름으로, 입춘에 황감으로 담그는 술인데 여러 한시에 등장한다.

이 시작되었네

　치유[33]가 적막하니 서하[34]의 괴로운 읊조림이 가련하구나

　달 밝고 바람 맑은 좋은 밤은 어찌 이리도 긴지 소자첨蘇子瞻, 소식(蘇軾)에게 술과 안주 있던 것이 부럽고[35]

　하늘 명랑하고 날씨 청량한 이날 또한 허탕 치니 왕일소王逸少, 왕희지가 한 번 읊고 한잔 마셨던 일을 저버린 것이로다[36]

　서글퍼라! 빈천한 자가 부끄러움을 견뎌냄이여[37]!

　혹여 고명하신 대감께서 살펴주실는지

　아이를 불러 장차 아름다운 술을 내주시는 것은 대감께서 손 한 번 드는 사이에 있으니[38]

　물을 불어 원컨대 금술잔에 더해주시기를 족하께 재배합니다

---

33) 치유(緇帷): 검은 휘장. 공자가 제자를 가르치던 곳은 검은 휘장을 친 것처럼 숲이 무성했다는 고사에서 나온 말. 『장자』 「어부」에는 공자가 치유의 수풀 속에서 노닐고 행단 위에 앉아 쉬기도 하는데, 한 어부가 나타나 공자에게 가르침을 주는 것으로 되어 있다. 폭넓게 공부하는 장소를 가리키며, 여기서는 자신들이 모여서 사륙변려문을 짓고 있는 장소를 비유한 것이라 하겠다.

34) 서하(西河): 공자의 제자 자하. 자하가 노년에 서하로 물러가 살다가 아들을 잃고 실명했는데, 증자의 꾸지람을 받고 자책해 말하기를 "내가 무리를 떠나 홀로 떨어져 산 지가 이미 오래되었다"라 했다. 보통 이를 '이군삭거(離群索居)'라 하는데, 적막하게 홀로 쓸쓸히 지내는 것을 표현할 때 자주 쓰이는 말이다. 여기서는 혼례를 치르는 곳은 시끌벅적한데, 자신들은 궁상맞게 구석진 곳에서 글이나 짓고 있다는 말이다.

35) 달 밝고~것이 부럽고: 소자첨의 술과 안주는 모두 소동파의 「적벽부」에 나오는 광경을 묘사하는 데 쓰인 말이다. 「전적벽부」와 「후적벽부」는 모두 달 밝은 밤에 술과 안주를 가지고 노니는 광경을 그린 작품이다.

36) 하늘 명랑하고~저버린 것이로다: 왕희지가 「난정기」에서 "비록 관현악기의 훌륭한 음악은 없지만, 술 한 잔 마시고 시 한 수 읊는 것 역시 그윽한 정서를 펴기에 넉넉하다(雖無絲竹管絃之盛, 一觴一詠, 亦足以暢敍幽情也)"라 했다.

37) 서글퍼라! 빈천한~부끄러움을 견뎌냄이여: 부끄러움을 무릅쓰고 술을 청하는 글을 올린다는 뜻.

38) 손 한~사이에 있으니: 손 한 번 들어서 술을 갖다주라 하면 될 일이라는 뜻.

送美酒沈相憐才

沈齊賢, 安應溪, 鄭壽俊, 韓舜[39]錫, 出接於長興[40]洞, 同做儷文, 聞南隣
沈判府事家, 迎婦設燕[41], 四人共論作乞酒啓, 獻于沈相, 沈相覽而歎[42]賞,
優送美酒佳肴, 其文曰: '惟酒無量, 卽先聖之徽言, 以飮爲名, 亦古人之能
事, 是以嵇叔夜之養性, 何忍獨醒? 李謫仙之耽盃, 但願長醉, 長安市上, 解
金龜於賀監, 習家池邊, 倒接䍠於山簡, 隣家盜飮, 何害吏部之風流? 里舍
酣歌, 不妨丞相之視務, 況詩人愛之如渴, 唯[43]君子不以爲非, 伏念小生,
酒人之遊[44]? 醇儒者類? 平生性癖, 不媿[45]愛酒之[46]天[47], 痛飮形骸, 尙阻
置醞之地[48], 藏名酒肆, 虛度三十春光陰, 通籍金門, 竊期一千歲[49]際會,
近與二三子同榻, 自喜九四朋盍簪, 少時尙奇, 鄕貢進士韓愈, 中年遊藝,
太學書生何蕃, 一飮則[50]三百有餘, 薄技則四六最長, 凉生書幌, 不堪潘岳
之愁, 雨灑文園, 玆有相如之渴, 荷花無語, 商飆[51]傳十里之香, 梧葉初凋,
佳節屬三秋之序, 杜凌[52]囊裡, 歎靑錢之無儲, 彭澤門前, 嗟白衣之不至,
是以一飽之有數, 聊得半晌之偸閑[53], 伏唯[54]相公, 憂國細傾, 居家最樂,
芝蘭薰室, 鄭當時之延賓, 蓼木盈籠, 狄梁公之愛士, 雖皆好於鳳穴, 白眉

39) 舜: 고대본에는 '順'으로 표기.
40) 興: 동경대본에는 '樂'으로 표기.
41) 燕: 국도본·고대본·동경대본에는 '宴'으로 표기.
42) 歎: 국도본·고대본·가람본에는 '嘆'으로 표기.
43) 唯: 국도본·고대본·동경대본·가람본에는 '惟'로 표기.
44) 之遊: 국도본·고대본·가람본에는 '乎流'로, 동경대본에는 '乎遊'로 표기.
45) 媿: 국도본·고대본·가람본에는 '愧'로 표기.
46) 之: 고대본·가람본에는 탈락.
47) 天: 고대본에는 '泉'으로 표기.
48) 醞之地(온지지): 맛이 달고 좋은 샘물이 나오는 곳
49) 歲: 국도본·고대본·동경대본·가람본에는 '載'로 표기.
50) 則: 고대본·가람본에는 탈락.
51) 商飆(적표): 상표(商飇)로 쓰기도 한다. 가을바람.
52) 凌: 고대본·동경대본·가람본에는 '陵'으로 표기.
53) 閑: 동경대본에는 '間'으로 표기.
54) 唯: 국도본·고대본·동경대본·가람본에는 '惟'로 표기.

最良, 人如登於龍門, 靑眼相對, 適當百兩之御, 欣睹[55]九十其儀[56], 酒肉如山, 釀洞庭之春色, 車馬塡巷, 闢華筵於秋風, 彩帳飛騰, 方設南隣之高會, 緇帷寂寞, 自憐西河之苦[57]吟, 月白風淸良夜何謾, 羨蘇子瞻之有肴有酒, 天朗氣淸是日也虛, 負王逸少之一詠一觴, 傷哉貧賤之堪羞, 或者[58]高朋[59]之垂[60]察, 呼兒將出美酒, 一擧手間, 吹水願添金盃, 再拜足下.'

55) 睹: 국도본·고대본·동경대본·가람본에는 '覩'로 표기.
56) 九十其儀(구십기의): 온갖 의식을 다 갖추는 것.
57) 苦: 국도본·고대본·동경대본·가람본에는 '孤'로 표기.
58) 者: 고대본·가람본에는 '有'로 표기.
59) 朋: 국도본·고대본·동경대본·가람본에는 '明'으로 표기. '明'이 맞음.
60) 垂: 고대본에는 '羞'로 표기.

보유

수수께끼로 무인 여씨가 벼슬을 얻다

　판서 김 아무개는 권세 있는 재상이었다. 그 위세가 대단하여 남을 궁지에 몰리게도, 현달하게 할 수도 있었으니 그의 집에 출입하며 아첨하고 웃음 파는 사람들이 백수십 명은 되었다.

　무인 여^呂 아무개는 젊었지만 재기가 있고 말을 잘하여 일찍이 판서에게 명함을 드리고 그를 찾아뵈었다. 여씨는 드문 성이라 판서도 처음 들었다.

　"자네 성이 기이하네. 사람 인人 자 밑에 아닐 미未가 있으니 사람이 아니란 뜻인가?"

　판서가 이렇게 희롱하자 여 아무개가 대꾸했다.

　"인人 아래에 미未를 달았으니 사람을 얻기가 쉽지 않다는 뜻으로, 이는 사람이 매우 귀하다는 말이 되지요."

　"내가 자네에게 획 하나를 주어도 되겠는가?"【여呂 자 아래다 한 획을 덧붙이면 김金이 된다.】[1] 여 아무개가 감사해하며 말했다.

　"소인이 한 획을 덧붙이면 김金씨 성이 되니 그 은덕이 헤아리기 어려울 정도로 큽니다. 그러나 대감께서 한 획을 잃으시는 것은 지극히 황송합니다. 은연중 제가 대감의 것을 빼앗아 대감을 핍박하는 뜻이 있습니다."

판서가 그의 달변을 기특하게 여기며 말했다.

"내일 다시 오너라."

다음날 여 아무개가 가니, 판서는 수수께끼로 그를 군색하게 만들려 했다.

"복숭아〔桃〕 나무 위에 제비〔燕〕가 와서 지저귀니〔鳴〕, 이건 도연명陶淵明이 아닌가?"

【도연명陶淵明과 도연명桃燕鳴은 같은 음音이다.】

여 아무개가 말했다.

"오얏나무〔李〕 아래 매미〔蟬〕가 땅으로 떨어졌다면〔謫〕, 이는 이적선李謫仙. 이백이라 할 수 있지요."

【적선謫仙과 적선滴蟬은 같은 음이다.】

판서가 말했다.

"사람이 꿩 깃〔羽〕을 목〔頸〕2)에 꽂은 것을 나는 항우項羽라 말하네."

여 아무개가 되받았다.

"사람이 허리에 절굿공이〔舂杵〕를 찬〔佩〕 것을, 소인은 패공沛公. 중국 한(漢)나라 고조(高祖)가 왕위에 오르기 전의 칭호. 유방(劉邦)이라고 부릅니다."

【패沛와 패佩는 음이 같고, 용저舂杵는 속칭 공이公伊다.】

판서가 말했다.

"오리목烏理木은 오리五里에만 심느냐?【오리烏理와 오리五里는 동음同音이다.】 아니면 일리一里 이리二里에도 심느냐?"

---

1)【여(余) 자~김(金)이 된다.】: 원문에서는 이 문장이 간주(間註)로 제시되어 있다.

2) 목: '경(頸)'은 '항우(項羽)'의 '항(項)'과 발음이 다르므로, 이 경우 판서가 완전한 수수께끼를 구사했다고 보기 어렵다. 다만 글자의 모양이 비슷하다는 점을 인정할 수는 있다.

"사벽토[3]는 다만 새벽에만 파냅니까? 아니면 낮이나 밤에도 파냅니까?"

【효曉는 방언方言으로 새벽沙壁이다.】

판서가 다시 말했다.

"이도장李都將 집에서 장도리長道里[4]를 빌리러 왔는데, 철퇴鐵槌가 못 박는 도구椎釘라는 것은 흡사 이도장을 거꾸로 부르는 것과 같구나."

여 아무개가 되받았다.

"차車풍헌風憲[5] 집에서 헌 바람막이弊風遮을 얻어왔는데, 그것은 완전히 차풍헌을 거꾸로 한 말이네요."

【폐弊 자의 새김헌은 '헌憲' 자와 음이 같다.】

판서가 "궁둥이臀에 깔고 앉는 것은 마땅히 '둔석臀席'이라고 불러야 하는데, 반대로 '면단석面單席'이라 하는 것은 웬일인가?"라고 말했다.

여 아무개가 되받았다.

"머리에 쓰는 것을 마땅히 '수리首里'라고 불러야 하는데도 '족도리尼道里'라 하는 것은 웬일일까요?"

판서가 할말이 궁해져, "저 교활한 동자驕童로다"라 하자, 여 아무개는, "교동수사喬桐水使, 경기수군(京畿水軍)을 관할하는 수군절도사라 하기에는 자력資歷, 자격과 경력이 부족하지요"라 했다.

【교동驕童과 교동喬桐은 음이 같다.】

판서가 말했다.

"그대는 정말 사람이 아니로다匪人."

---

3) 사벽토(沙壁土): 사벽은 모래와 흙을 섞어서 만든 벽으로, '사벽토'는 '벽을 만드는 데 쓰는 모래'를 뜻한다.
4) 장도리: 못을 박거나 뽑는 데 사용하는 목공구. '추(鎚)'라고 쓰고 장도리라 부르기도 했다.
5) 풍헌(風憲): 조선시대에 지방 수령의 자문과 보좌를 위해 향반들이 조직한 기구가 향청(鄕廳)인데, 풍헌은 그 안에서 각 면(面)의 수세·차역·금령·권농·교화 등의 행정 실무를 주관하던 직임이다.

여 아무개가 말했다.

"비인庶人, 충청남도에 있는 고을의 지명 현감 자리는 너무 빈약하지요."

【비인庶人과 비인匪人은 음이 같다.】

이렇게 응답이 물 흐르듯 도도하여 막히지 않으니 좌객이 모두 크게 놀랐다. 판서가 그를 더욱 기특하게 여겨 조정에 힘써 추천하니, 여 아무개의 관직은 수군절도사에 이르렀다.

鬪謎語余弁得官[6]

金判書某權宰也. 威勢隆赫, 能窮達人, 出入門屛, 巧謟工笑者, 以百數武人. 余某年甚少, 有才氣能言語, 嘗納刺往候. 余僻姓也, 判書初見之戲曰: "君之姓異矣, 人字下着未字卽匪人之意耶?"某應聲曰: "人下着未, 乃人所未易得之意, 是極貴之謂也."判書曰: "吾與君一劃可乎?"【余字下, 添一劃則爲金字】某謝曰: "小人得添一劃爲金姓, 德澤不可量, 而但大監失却一劃, 極爲惶恐, 隱然有侵逼之意."判書奇其辯, 乃曰: "明日復來."如期而往, 判書欲以謎語窘之, 卽曰: "桃樹上有燕來語, 此[7]非陶淵明乎?"【陶淵明與桃燕鳴同音】某曰: "李樹下有蟬墮地, 可謂李謫仙也."【謫仙與滴蟬同音】判書曰: "有人揷雉羽於頸, 吾謂之項羽也."某曰: "有人佩舂杵于腰, 人謂之沛公也."【沛與佩同音, 舂杵俗謂之公伊】判書曰: "烏理木只植於五里乎【烏理與五里同音】抑一里二里亦植乎?"某曰: "沙壁土只掘於曉頭乎?【方言以曉爲沙壁】抑或晝或夜亦掘乎?"判書曰: "李都將[8]家, 借

---

6) 국도본 권3·가람본 권3·고대본에 실려 있음.
7) 語, 此: 국도본에는 '語此'로, 고대본에는 '此語'로 표기되어 있다. '語此'가 무난하다.
8) 將: 고대본에는 '長'이라고 잘못 필사. 도장(都將)은 도원수 혹은 도장수의 준말인데, 고려와 조선시대에 전시(戰時)에 군대를 통솔한 임시 무관직이다.

來長道里, 鐵槌所以椎釘者,[9] 恰似倒呼李都將” 某曰: “車風憲處乞得弊風遮, 宛如倒却車風憲矣.”【弊字釋音與憲同音】判書曰: “臀之所藉, 宜稱臀席, 反曰面單席, 何也?” 某曰: “首之所着, 當曰首道里, 而乃稱足道里, 何也?” 判書語窮, 乃曰: “彼驕童也.” 某曰: “喬桐水使, 資歷不足矣.”【喬桐驕童音同】判書曰: “君眞匪人也.” 某曰: “庇人縣監, 官况太貧矣.”【庇人匪人音同】應答如流, 滔滔不渴, 坐客大驚倒, 判書益奇之, 力薦于朝, 官至水軍節度使.

---

9) 鐵槌所以椎釘者: 이 부분은 국도본에는 간주로 처리했지만, 고대본에는 본문으로 처리했다. 본문으로 처리하는 것이 의미상 더 적절하다.

수청 기생이 순사에게 방문을 열게 하다

옛날 한 순사가 있었는데 성격이 매우 독했다. 그는 평안도 관찰사가 되어 각 읍을 순찰하는데 길에 치이는 돌이 있으면 즉각 우두머리 향리를 불러와 이로 돌을 뽑아내게 했다. 그 외에도 아랫것들의 행동거지가 조금이라도 자기 마음에 안 들면 형벌을 내리고 곤장을 치게 해 죽는 사람까지 생겼으니 모든 읍 사람이 그를 두려워하며 벌벌 떨었다.

순사가 어느 읍에 이르자 아전들이 어쩔 줄 몰라했다. 그 읍에는 나이 어린 기생이 있었는데 이름은 연연娟娟이었다. 그녀가 사정을 듣고는 웃으며 말했다.

"순사또님도 사람인데 어찌 이렇게까지 두려워하고 겁을 내시는지요? 제가 만약 수청을 들게 되면 각 관청을 무사하게 할 뿐 아니라 사또님이 발가벗고 방문을 내리게 하겠습니다."

아전들이 말했다.

"그렇게 해준다면야 꼭 큰 상을 내리겠다."

기생이 말했다.

"일단 보시기나 하셔요."

순사 일행이 읍으로 들어오자 그 기생이 수청을 들게 되었다. 때는 팔월[1]이라 낮에는 덥고 밤에는 쌀쌀했다. 순사는 그 기생을 한번 보고 잠자리를 같이하게 했는데 방의 장자[2]가 내려져 있지 않았다. 기생은 일부러 추위에 떠는 시늉을 했다. 순사가 물었다.

"많이 추우냐?"

"장자가 내려져 있지 않아[3] 냉기가 뼈에 사무치는 것 같아요."

"그럼 마땅히 종들을 시켜 내리라 해야겠구나."

"이미 밤이 깊었어요. 종을 부르면 불편해요."

순사가 말했다.

"그럼 어떻게 해야 할까?"

"소인은 키가 닿지 않아 고민하고 있답니다."

"내가 내려줄까?"

"그러는 게 좋겠네요."

순사가 말했다.

"이상해 보이지는 않을까?"

기생이 말했다.

"밤이 깊어 아무도 없는데 누가 알기나 하겠어요?"

순사는 발가벗은 채로 일어나서 장자를 모두 내렸다. 그때 구멍으로 보고 있던 주위 사람들이 모두 입을 막았다.

이로 말미암아 이 읍은 무사했고, 아전들은 기생에게 후한 상을 내렸

---

1) 팔월: 음력 팔월이기에 양력으로는 구월 말경으로 생각하면 날씨가 이해된다.
2) 장자(障子): 장지. 방의 아랫간이나 또는 방과 마루 사이에 가리어 막은 문. 실내 공간을 나누는 데 활용된다.
3) 장자가 내려져 있지 않아: 원문은 '방문이 닫혀 있지 않아(房門不閉)'로 되어 있는데, 문맥을 고려해 이렇게 바꾸었다.

다 한다.

守廳妓使巡使下障[4]

古有一大臣[5], 性甚酷毒, 時爲箕伯, 巡到各邑, 道路如有觸石, 則使首鄕吏以齒拔之, 其外擧行, 少不如意, 則刑之棍之, 至有死者, 列邑震動. 行到一邑, 諸吏不知所爲, 有年少一妓, 名曰: '姸姸', 問而笑曰: "巡使道亦人也, 何如是恐怯也? 吾若守廳, 非但各廳之無事, 使巡相赤身而下房行[6]矣[7]." 諸吏曰: "若然則必有重賞." 妓曰: "第觀之." 及巡行入府, 以其妓守廳. 時當八月, 日候晝熱夜冷, 巡使一見此妓, 使之薦枕, 房戶障子, 未及下矣. 此妓故作寒戰之態, 巡使問曰: "汝其畏寒耶[8]?" 對曰: "房門不閉, 冷氣逼骨矣." 巡使曰: "然則當使下隷下之." 妓曰: "夜已深矣, 呼之未便." 巡使曰: "爲之奈何?" 妓曰: "小人身長不及, 以是爲悶." 巡使曰: "吾其下之乎?" 對曰: "無好[9]矣[10]." 使曰: "得無駭異耶?" 妓曰: "深夜無人, 有誰知之?" 巡使赤身而起, 擧下障子, 伊時左右窺視者, 莫不掩口, 而因此一邑無事, 諸吏厚賞其妓云.

---

4) 고도서본 권4·고대본에 실려 있음. 이 작품은 「새로 온 하인이 술책으로 재상을 속이다」(하권 366쪽)의 전반부와 동일한 것이다.

5) 古有一大臣: 영남대 미산문고본에는 '金尙魯, 以大臣, 丙申追奪罪人也'로 되어 있다. 영남대 미산문고본은 다른 구절들에서도 다른 경우가 많다.

6) 房行: 영남대 미산문고본에는 '房門'으로 필사했다. '房門'이 더 적절하다.

7) 矣: 영남대 미산문고본에는 여기에 '自吏廳將厚饋我乎'라는 부분이 덧붙여져 기생이 상을 요구하는 것으로 되어 있다.

8) 汝其畏寒耶: 영남대 미산문고본에는 '汝有寒意乎'로 표기되어 있다.

9) 好: '妙' 자의 오기로 판단된다.

10) 以是爲悶." 巡使曰: "吾其下之乎?" 對曰: "無好矣: 영남대 미산문고본에는 '使道主, 暫下之, 無妨矣也'라 하여 기생이 순사에게 문을 내려달라고 요구하는 것으로 되어 있다.

오래된 원한을 대신 갚아주고 후한 보답을 받다

옛날에 김씨 성을 가진 사람이 있었는데 본관은 안동이었다. 일찍 어머니를 여의고 계모 손에 자라났는데 계모는 인자하지 못했고, 아버지 역시 은혜를 베풀지 않았다. 계모는 날마다 김생을 가혹하게 매질했는데 시간이 지날수록 더 잔혹해지니, 김생이 방금 문안인사를 하고 나왔는데도 스스로를 보존하기 어려운 지경에 이르기도 했다. 자비로운 하늘이 김생을 보살펴주지 않는 아픔은 이루 다 형언하기 어려웠다.

어느 날 밤 김생의 어머니가 꿈에 나타나 말했다.

"내가 네 어미다. 너에게 곧 화가 닥칠 것이다. 동남쪽으로 가면 액을 면할 수 있을 테니 꾸물거리지 말고 어서 가거라."

김생은 어머니가 갑자기 사라져 크게 통곡하다 놀라 깨어났다. 새벽 바람은 뼛속까지 스미는데 서리 내리는 밤 달빛이 창문에 비치고 있었다. 그는 길게 탄식하며 신음소리까지 내다가 붓과 벼루를 가져와 고별의 청죄서請罪書, 죄를 지었으니 벌을 내려달라고 청하는 글를 써서 벼룻집 위에 올려놓았다. 눈물을 흘리며 문밖으로 나가 사방을 둘러보았지만 갈 곳이 없었다. 전전걸식하고 동가식서가숙[1]하며 몇 년을 보냈는지 몰랐다.

　하루는 발걸음이 어떤 곳에 당도했다. 때는 늦여름이라 온갖 산봉우리가 서로 뽐내고 있었고 골짜기에는 냇물이 앞다투듯 흘렀다. 세상 풍경은 저렇게 아름다운데 자기 신세를 돌아보니 눈물이 흘러내려 해진 옷깃을 적셨다. 김생이 돌을 베고 눕자 비몽사몽간에 어머니가 다시 나타났다.

　"화복무문[2]이고 이별하고 만나는 데는 때가 있는 법이니, 너무 상심하지 말거라. 며칠 뒤 남의 원수를 갚아줄 기회가 있거든 뭐든 아끼지 말고 억울함을 다 풀어주거라."

　또 말했다.

　"이 물건이 사소한 것이기는 하지만 쓰일 때가 있을 것이니 받아두어라."

　김생이 어머니를 받들어 모시려던 찰나 솔바람이 불어오고 계곡물이 거세게 흐르면서 물보라를 일으켰다. 그가 놀라 일어나 정신을 차려보니 몸은 바위 위에 있고 곁에 옷 한 벌과 금전 한 봉이 놓여 있었다. 꿈속 일을 생각하니 마음이 더욱 절실해지고 슬퍼져서 공중을 향해 두 번 절을 하고 몸을 일으키려 했다.

　그때 한 승려가 보였다. 승려는 모자를 벗어 손에 쥐고 나무에 기대어 더위를 피하고 있었다. 김생은 그의 맑고 깨끗한 모습을 보고 이야기를 나누게 되었다. 승려가 말했다.

　"나도 서울 사람인데 우연히 출가하여 오늘 귀객을 만나게 되었으니 우리가 삼생의 인연이 있나보오."

---

1) 동가식서가숙(東家食西家宿): 동쪽 집에서 식사를 하고, 서쪽 집에서 잠을 청함. 즉 일정한 거처 없이 이곳저곳을 떠돌아다님.
2) 화복무문(禍福無門): 화나 복이 오는 문은 정해져 있지 않다는 뜻으로, 스스로 악한 일을 하면 그것은 화가 들어오는 문이 되고, 착한 일을 하면 그것이 복이 들어오는 문이 된다는 말.

그러고는 멀리 한 곳을 가리키며, "저곳이 모某 암자인데 저기서 함께 하룻밤 묵고 가시려오?" 하니 김생이 "좋지요" 하고 대꾸했다.

암자에 도착하니 깊은 도량에 늙은 스님 몇 명이 살고 있었다. 한 늙은 일꾼이 나무를 지고 왔다. 암자의 스님들이 내준 공양은 담백하고 정결했다. 김생은 그곳에서 며칠을 머물면서 같이 간 승려와 함께 옛날과 지금의 이야기를 두루 나누었는데 서로 잘 맞아 무슨 말이든 다 했다.

그들은 매일 암벽 위로 올라가 놀았는데 그 높이가 수백 장丈이나 되니 떨려서 아래를 내려다볼 수가 없었다. 김생이 한번은 암벽 꼭대기에 앉아 승려에게 물었다.

"우리 둘이 비록 남남으로 만났지만 마음은 하나라 숨길 일이 없지요. 지금까지 겪어온 일들을 다 말해 쌓인 회포를 푸는 것이 어떻습니까?"

승려가 한숨을 쉬고 탄식했다.

"나는 천인이 아니라 모 족 아무개의 아들입니다. 약관弱冠 남자 나이 스무 살 때 외삼촌을 뵙고자 교외로 나갔다가 돌아오는 길에 어떤 곳을 지나게 되었지요. 거기 한 규수가 베틀에 앉아 있었는데 자태가 자못 아름다워 그냥 버려두고 갈 수가 없었지요. 종에게는 말을 먹이게 하고 문 앞으로 가서 물을 좀 달라 하니, 처녀는 힐끗 보고는 문을 닫고 몸을 감춰 버렸지요. 다른 사람의 인기척도 없기에 크게 욕정이 일어나 들창을 밀어젖히고 들어가 간곡하게 동침을 요구했는데 그녀는 완강히 거부하며 들어주지 않았죠. 나는 분함을 못 이겨 칼을 빼 그녀를 찔러버리고 황망히 문밖으로 나왔지요. 한동안 집으로 돌아갈 마음이 없어 먼 지방으로 돌아다니다가 마침내 머리를 깎았습니다. 그런 지 벌써 몇 년이 되었네요. 이건 운명의 소관이니 후회한들 어쩌겠소?"

김생은 그 이야기를 다 듣고 분노를 억누르지 못해 중이 알아차리지 못하는 틈에 그를 발로 차서 암벽 아래로 떨어져 죽게 했다. 하늘을 보니 석양이 산에 걸려 있었다. 김생은 암자로 돌아가지 않고 지름길로 떠났다. 평평한 길, 험한 길, 동쪽과 서쪽도 가리지 않고 그저 달려갈 뿐이었다. 칡덩굴 얽힌 캄캄한 산이라 길도 찾을 수 없었다. 홀연 길가에 버려진 어린아이를 발견했다. 아이가 응애응애 울고 있었으니, 김생은 몹시 다급한 처지였지만 측은한 마음이 일어나 그 아이를 업고서 계속 갔다. 길가의 풀들은 다 말랐는데 어디로 가야 할지 몰랐다. 표범과 호랑이가 무리 지어 주위를 어슬렁거리니 길을 계속 가기도 어렵고 가던 길을 멈추기도 힘들었다.

동쪽 산마루에 달이 뜨니 주변이 희미하게 밝아왔다. 갑자기 화살소리가 들리는 듯하더니 맑은 바람이 불어왔다. 고개를 들어 올려다보니 한 노옹이 바위 위에 앉아 있었다. 김생이 절을 하며 예를 올리고 말했다.

"선옹仙翁께서는 저를 구해주십시오!"

노옹이 말했다.

"그대는 길 잃은 사람이 아닌가?"

"그러하옵나이다."

"하늘이 착한 사람을 도우시어 내가 있는 이곳으로 그대를 보내주셨으니 다행스러운 인연이로다. 업고 있는 건 무엇인가?"

"길가에 버려진 아이를 거두어 왔나이다."

"그건 동삼童蔘이로다."

김생이 믿기지 않아 그것을 내려서 보니 과연 인삼이었다.

노옹이 말했다.

"그건 아주 큰 재물이니 잘 보관하게나."

또 한 곳을 가리키며 말했다.

"여기서 동남쪽으로 가면 백운산이 나오지. 그 산 기슭에 그대를 구해줄 사람이 있을 것이니 방황하지 말게나."

김생이 절을 하면서 노옹의 존함을 여쭈었다. 노옹은 "빈도貧道는 뜬구름이나 들판의 두루미 같은 존재이니 그런 것은 물을 필요 없지."

김생이 노옹과 헤어지고 걸어가다 한 곳에 다다르니 집 한 채가 산을 등지고 있었다. 집은 아주 깨끗했는데 관솔불이 방을 밝히고 있었고 풍경소리가 청량했다. 김생이 문 앞으로 다가가 헛기침하며 주인을 불렀다. 한 젊은 서생이 문을 열고 물었다.

"깊은 밤 이 청산에 손님은 무슨 일로 오셨소?"

"산길을 잃어버린 사람이 이리저리 헤매다 여기까지 왔습니다. 몹시 배고프고 목이 마르니 밥 한 그릇만 주십시오."

주인이 김생을 방안으로 맞아들여 기장밥 한 그릇을 내주자, 김생은 고맙다며 금방 다 먹었다. 이어 서로 인사를 나누고 성명을 물어보고 나서 잠을 청했다.

다음날 아침 김생이 일어나 작별인사를 하니 주인이 말했다.

"밥을 드시고 떠나시지요."

그리고 안방으로 들어가니 그의 모친이 말했다.

"사랑에 오신 손님은 어디 사는 분이며, 성과 이름은 어떻게 된다시더냐?"

"서울 분이고, 성은 무엇이요 이름은 아무라 합니다. 산을 유람하다가 여기까지 오게 되셨다네다."

모친이 말했다.

"지난밤에 네 아버지 꿈을 꾸었단다. 나에게 분명하게 말씀하셨느니라. '사랑에 오신 손님 아무는 딸의 천정배필이니 이 기회를 놓치지 마시오'라고. 참 기이한 일이 아니냐?"

주인이 그 말을 듣고 매우 기뻐하며 사랑으로 나와서 김생에게 말했다.

"손님의 처가는 어디신가요?"

김생이 말했다.

"어쩌다보니 일이 어그러져 아직 혼처를 정하지 못했습니다."

"내 할말이 있는데 듣고 따라주겠습니까?"

"들어나 보겠습니다."

주인이 말했다.

"나도 서울 모 집안사람인데 점쟁이의 이야기를 잘못 듣고 이 산으로 들어와 벌써 몇 년을 보냈다오. 가산을 탕진해버렸으니 주경야독하며 근근이 생계를 꾸려가고 있지요. 편모시하에 장성한 여동생이 있는데 건즐을 받들 만하지요. 당신이 제 여동생을 받아주시겠습니까?"

김생이 자기 신세를 가만히 생각해보니 부모께 고하지 않는 죄를 짓겠지만 이 지경에 이르렀으니 허락해도 무방할 것 같았다. 그는 몇 번 겸손하게 사양하는 듯하다가 마지못하는 척 응낙하니 주인이 크게 기뻐하며 안으로 들어가 모친에게 알렸다. 길일을 잡아 조촐하게 혼례를 올리니 남자의 풍모와 여자의 용모는 서로 조금도 모자람이 없었다. 주인 모자의 기쁨은 이루 다 말할 수 없었다.

하루는 김생이 처남 이생에게 말했다.

"사람의 한평생이 물거품이나 허깨비, 뜬구름 같은데, 어찌 깊은 산속에서만 살다 초목과 함께 썩으려 하십니까?"

"밖으로 나가보려 해도 밑천이 없으니 어찌하겠나?"

"형님은 그것일랑 염려하지 마십시오."

그러면서 동삼을 꺼내 보였다.

"길 위에서 얻은 것인데 이걸로 우리 두 집 재산을 마련할 수 있을 겁니다."

둘은 함께 문을 나섰다. 동삼을 시장에다 팔아서 누만금을 얻고 바로 충청도로 가서 양가의 논밭과 집을 매입했다. 김생이 이생에게 말했다.

"이 아우는 이제 상경하겠습니다. 형님은 모름지기 산으로 돌아가시어 식구들을 모시고 이곳으로 오세요. 이 동생도 며칠 후에 금방 돌아오겠습니다."

김생이 즉시 서울로 올라가 옛집을 찾아가니 그곳엔 집터만 남아 있고 풀성귀만 가득했다. 숙부 댁으로 가서 부모의 안부를 물으니 숙부는 이렇게 말해주었다.

"네가 집을 나간 뒤로 집안이 망하고 계모와 그의 자식은 한 달 만에 병들어 다 죽었단다. 또 불이 나서 솥 같은 기물은 하나도 꺼내지 못했지. 네 부친은 지금 모 댁에 기거하면서 훈장 노릇을 하며 세월을 보내고 있어."

김생은 이 말을 듣고 눈물을 비 오듯 흘렸다. 숙부는 김생을 그 집으로 데려가주었다. 김생이 부친을 배알하고 방성대곡하니 부친도 통곡했다. 한참 뒤 김생은 마음이 진정되자 다시 엎드려 사죄했다. 부친이 말했다.

"다 옛일이다. 지난 일로 내 가슴을 아프게 하지 말거라."

이날 밤 김생이 부친과 함께 자면서 그동안 겪은 일과 부친에게 알리지 않고 처를 얻은 일을 고하니, 부친은 일희일비했다. 김생이 다시 시골로 내려가야 하는 이유를 말하자 부친은 크게 기뻐했다. 다음날 김생은 친척과 작별하고 즉시 충청도로 내려갔다. 그는 거기서 죽을 때까지 편안하게 살았다. 이생의 집 역시 같은 마을에 있었는데, 두 집안은 날마다 왕래하면서 일생 동안 서로 다투는 일이 없었다 한다.

代雪久寃厚得善報[3)]

古有金姓者, 系出安東人也. 早失慈母, 養於繼母, 繼母不仁, 父亦小恩, 杖罰日至苛酷, 時甚況復凶, 纔間行[4)]以至難保之境, 生欠旻天[5)]之痛, 不言可狀, 而一夜, 其母現夢曰: "吾汝母也, 汝有當頭之禍, 出遊東南, 可免此

---

3) 고대본·고도서본에 실려 있음.
4) 間行(간행): 평일에 가서 문안함.
5) 旻天(민천): 사람을 사랑해주는 어진 하늘.

厄, 勿爲遲遲." 飄然而去, 生大哭驚覺. 曉風吹骨, 霜月入窓, 長歎數聲, 乃
取筆硯, 題告別請罪書, 安置硯匣上, 涕泣出門, 四顧無向, 轉轉行乞, 東食
西宿, 如是者, 不知幾度春秋. 一日, 行到一處, 時當夏季, 千峰競秀, 萬壑
爭流, 景物佳麗, 自顧身世, 淚徹弊衿, 仍枕石而臥, 夢似間, 其母又現曰:
"禍福無門, 離合有時, 須勿過傷, 日後如有爲人雪寃之端, 毋惜姓名而伸
之." 又曰: "此物雖少, 可資一時之具, 汝其收之." 生奉袂[6]. 於是, 松風吹
濤, 溪流飛湍, 怳惚驚起, 身在岩上, 傍有一套衣件, 一封金錢, 記憶夢事,
尤切感悵, 向空再拜, 方欲起身, 適有一僧, 脫帽在手, 倚樹納涼, 生見其瀟
洒, 相與敍話, 僧言: "京洛之人, 偶然出家, 今奉貴客, 三生有緣." 遙指一處
曰: "彼是某庵, 伴往一宿如何?" 生曰: "幸矣." 遂到其庵, 道場深邃, 只有老
衲數人, 但見一老夫, 負木而來, 庵僧備齋以供, 極其淡潔. 留之數日, 每與
同來僧話舊說今, 自然契合, 語無所不到. 常遊岩壁之上, 壁可數百丈, 懍
不可瞰, 時坐岩頭, 生謂僧曰: "我等兩人, 雖逢邂逅, 情同一室, 無事可諱,
各陳所經歷, 以暢積懷如何?" 僧乃喟然歎曰: "我非賤人, 乃某之族某之子,
年及弱冠, 爲拜表叔, 以作郊外之行, 歸由某處, 有一箇閨秀, 登機織布, 姿
容可麗, 果難捨去, 使僕秣馬, 臨門乞水, 其女一見, 閉戶藏身, 無他人跡,
私慾大發, 拓窓入去, 推誠[7]求歡, 其女牢拒不聽, 自不勝憤, 拔刀刺之, 慌
忙出門, 久無還家之意, 走在遠方, 仍爲落髮, 今幾許年矣. 此是命數所關,
悔之何及?" 生聽罷, 不勝痛惡[8], 出其不意[9], 踞僧下壁, 結果姓名, 仰見天
日, 夕陽在山. 復不入庵, 卽從別逕而行, 夷險不擇, 東西莫辨, 一直走了,
葛山昏黑, 無路可出. 忽見一尺幼兒, 棄在路傍, 呱呱而泣, 雖在蒼黃, 心生
惻隱, 背負而行. 路岫蓁蕪, 指向無方, 豹虎成群, 橫行左右, 行亦難, 止亦

6) 奉袂(봉몌): 가까이 받들어 모심.

7) 推誠(추성): 정성스러운 마음으로 남을 대우함.

8) 痛惡(통악): 매우 증오함. 몹시 미워함.

9) 出其不意(출기불의): 적이 생각하지 않는 곳을 친다. 손자병법의 전술.

難而已. 月上東嶺, 遠近微明, 忽聞箭聲, 吹送淸風, 檯頭仰觀, 一位老翁, 坐在岩上, 生向前拜禮曰: "仙翁救我!" 老翁曰: "子非失路之人耶?" 生曰: "然矣." 老翁10): "天佑善人, 過我此地, 是亦幸緣, 而所負者, 何物?" 生曰: "路上棄兒, 收所來之." 老翁曰: "此是童蔘也." 生不勝疑訝, 下而視之, 果然. 老翁曰: "此是巨貨, 君其善藏." 又指一處曰: "此去東南, 卽白雲山, 至于山下, 則自有救濟之人, 毋使彷徨." 生拜問老翁尊號, 老翁曰: "貧道如孤雲野雀, 不必問焉." 生乃辭老翁, 信步而行, 轉到一處, 依山一屋, 極其瀟洒, 松明土室, 磬聲亮亮, 生卽至門前, 咳嗽一聲, 請見主人, 一少書生, 開戶問之曰: "靑山深夜, 客來何事?" 生曰: "山行失路之人, 轉輾到此, 飢渴滋甚, 願乞一飯之惠." 主人延之房中, 取一器粟飯而進, 生稱謝盡喫, 乃敍寒喧, 各道姓名, 仍宿其夜. 翌朝起而告別, 主人曰: "飯後行之可矣." 卽入內室, 其母曰: "外堂來客, 居在何處, 姓甚名誰耶?" 對曰: "本是京洛之人, 姓某名某, 遊山到此."云云. 母曰: "吾夜得一夢, 汝之父親, 明明告我曰: '外室來客某, 卽女兒之天定佳偶, 勿失此期.' 豈非異事耶?" 主人聞甚幸喜, 乃出外室, 見生問曰: "君之娚家何處?" 生曰: "自然蹉跎11), 姑無定處." 主人曰: "我有一言, 君其聽從否?" 生曰: "願聞." 主人曰: "吾亦京洛某家之族, 誤聽術客之說, 一入此山, 今爲幾許年, 家資蕩敗, 晝耕夜讀, 僅僅支過, 而偏母侍下, 又有長成妹子, 可奉巾櫛, 君其肯許否?" 生暗想自家身世, 雖得不告之罪, 到此地頭, 許之無妨, 謙讓數次, 勉强應諾, 主人大喜, 入告其母, 卽捐吉日, 艸艸成禮, 男風女貌, 少無次等, 主人母子之喜幸, 自不必說. 一日生謂主人曰: "人生一世, 如浮泡幻雲, 豈可久居深山, 與草木同腐乎?" 主人曰: "雖欲出外, 其無資糧何?" 生曰: "兄勿以此爲慮." 乃出童蔘曰: "此是路上所得者, 可資兩家産." 相與出門, 賣於當局, 得貨累萬, 遂向湖中, 買置

---

10) '曰'이 빠진 듯함.
11) 蹉跎(차타): 시기를 놓침. 일을 이루지 못하고 나이가 듦.

兩家田宅, 生謂李生曰:"弟今上京, 兄須還山, 率眷來此, 弟亦不費多日而來." 卽向京城, 訪其故宅, 只存基址, 菜花盛開, 乃往族叔家, 問其父母安否, 叔曰:"自汝出去之後, 家計蕩散, 汝之繼母及其所生, 一朔之內, 俱爲病亡, 且經火災, 釜鼎之屬, 一不收出, 汝之父親, 今住某人家, 以學究度日." 生得聞此語, 淚如雨下, 叔乃同至其家, 生拜謁父親, 放聲大哭, 其父亦哭. 久後鎭定, 生復伏請罪, 其父曰:"已在過境, 毋事過度以傷我懷." 同宿此夜, 生遂告前後實狀, 及不告以娶之事, 其父一悲一喜, 生更告下鄕之由, 其父大樂. 翌日辭別親戚, 卽下湖中, 終老安享, 李生家亦在同隣, 日相往來, 一生無欠云.

개가한 여인이 책 읽는 것을 듣고
친정으로 돌아가다

동협東峽, 경기도 동쪽 지방과 강원도 지방에 한 여자가 있었는데, 일찍이 남편의 상을 당하고 나서 개가했다. 부부가 서울로 이사해 산업을 힘써 경영하니 가계가 매우 부유해졌다. 또 아들 둘을 낳았으니 모두 준수하고 총명했다.

아홉 살 된 큰 아이가 서당 다니는 데 열중하여 공부하는데, 『통감』 초권初卷을 읽고 와서 집에서 익히다가 '열녀불경이부烈女不更二夫, 열녀는 두 남편을 섬기지 않는다'라는 구절에 이르렀다. 그러자 옆에서 바느질을 하고 있던 어미가 바느질을 멈추고 물었다.

"그게 무슨 뜻이니?"

아들이 예의 바르게 그 뜻을 알려주자, 어미는 비로소 자기 잘못을 깨닫고 다음날 남편에게 이별을 고했다. 남편이 말했다.

"그게 무슨 말이오?"

"내가 일찍이 과부가 되어 의지할 곳이 없다고 당신 집으로 와서 개가한 것은 궁벽한 산골에서 자란지라 의리가 어떤 것인 줄 알지 못하고,

오직 지아비를 잃으면 개가하는 것이 세상의 통례인 줄 알았기 때문이지요. 내 잘못을 오늘 알았으니 어찌 잠시라도 이곳에 머물 수 있겠어요? 아들 둘을 낳아주어 당신도 유감은 없을 테니 정에 연연하지는 마세요."

남편은 이 말을 듣고 억지로 그 뜻을 꺾을 수도 없을 것 같아 아내를 보내주었다. 그녀가 바로 그날 고향으로 돌아가 친척들에게 돌아온 사연을 설명해주자, 친척들은 그녀를 어여삐 여겨 집을 지어주고 귀하게 대해주었다. 그리고 가까운 친족 중에서 양자를 얻어 그 뒤를 잇게 하니 시골 사람들이 칭찬을 했다.

이 일로 살펴보건대 남녀를 막론하고 배우지 않을 수 없다는 것은 명백하다.

改嫁女聞讀還歸[1)]

東峽有一女子, 早喪其夫, 改適他人, 轉至京師, 努力營業, 家計甚富. 且生兩子, 皆俊秀聰明, 長子年方九歲, 迷塾受學, 讀通鑑初卷, 在家習讀, 讀至烈女不更二夫之句, 其母在傍針線, 止而問曰: "此何意耶?" 其子禮而告之, 其母始寤其非, 翌日請其夫而告別, 夫曰: "是何言耶?" 妻曰: "余以早寡無依, 改適君家者, 以其生長窮峽, 不知義理之如何, 唯知喪夫改適爲世通例而然矣, 今旣知非, 何可暫留? 且生二子, 君亦無憾, 其勿係戀." 夫聞此言, 不可以强奪之, 仍許其去. 其女卽日下鄕, 語其親戚, 說其所由, 親戚憐之, 搆屋尊接, 乃求螟蛉[2)]於近族, 以繼其後, 鄕人稱之. 以此觀之, 無論男女, 不可不學也明矣.

1) 고대본·고도서본에 실려 있음.
2) 螟蛉(명령): 나나니가 명령을 업어 기른다는 뜻으로, 타성(他姓)에서 맞아들인 양자(養子)를 이르는 말. 『시경』「소아小雅」 소완(小宛) 편에 나온다.

해설

민족 서사의 바다 야담의 정전 구축

야담과 야담집

야담野談은 입으로 구연되던 이야기, 책으로 전승되던 서사적 단편, 그리고 조선 후기 현실에서 생성된 일화들을 기록하고 승화시킨 것이다. 야담은 전설이나 일화보다 길지만 소설보다 짧다. 야담에는 일화적인 것도 있고 소설적인 것도 있지만 '야담적인 것'이 더 많다. 야담은 매우 다채로운 내용을 담고 있어서 우리 민족의 인간상과 생활사를 생생하게 보여주는 박물관과 같다.

야담은 단순히 호기심을 자극하는 이야기였다가 본격적인 서사 작품이 되었다. 특히 조선 후기에 들면서 야담에는 당시 사회와 사람들의 현실 인식이 대폭 반영됐다. 야담집 편찬자나 작자는 기존 이야기를 옮기는 데 머물지 않고 이를 부연하고 윤색했다. 여러 이야기를 결합해 새로운 이야기를 만들기도 했다. 이러한 야담의 발전은 조선 후기 문학의 역동성을 보여주며 우리 근대문학의 주체적 형성을 말해주는 훌륭한 증거가 된다.

야담 작품을 주로 싣고 있는 일종의 선집을 야담집이라 일컫는다. 『어우야담』이나 『청구야담』 등과 같은 책 제목에서 '야담'이란 명칭이 유래되었다. 『계서야담』 『동야휘집』 『청구야담』 등 소위 3대 야담집과 함께 『학산한언』 『천예록』 『금계필담』 『차산필담』 등 대부분의 조선시대 야담집에는 야담은 물론 일상생활 중에 일어난 특별한 사건을 다룬 일화, 구전되던 전설이나 민담, 한시의 창작 및 평가와 관련된 시화詩話, 유가 이념이나 유가적 관습을 피력한 교술 산문 등 다양한 작품이 공존한다.

▨ 이야기판의 야담

이야기판은 이야기가 구연되고 수용되는 현장이면서 상황이다. 조선 후기에 이르러, 이야기판은 우연하게 만들어지기도 했지만 특별한 상황에서 진지하게 만들어졌다. 일상으로부터 멀어진 공간에서 색다른 경험을 한 다양한 사람이 모여 이야기를 구연하고 남의 이야기를 들었다. 이야기는 다양하고 색다른 경험을 담았기에 듣는 사람의 호기심을 크게 자극했다. 야담은 이런 이야기판에서 먼저 구연됐다.

연암 박지원은 사신을 따라 북경 여행을 시작했다. 중도 숙소에서 밤새 이야기판이 펼쳐졌다. 『열하일기』 속 〈옥갑야화〉는 당시 여러 비장이 침상을 나란히 하고 나눈 이야기들을 알려준다. 한 사람이 이야기를 하면 그에 호응해 다른 사람이 또다른 이야기를 하는데, 이렇게 이어진 이야기들은 내용이나 주제 면에서 앞선 이야기와 상통한다. 그러니 이야기판에 몰입하는 정도도 대단히 높았다.

그런가 하면 이야기판은 개방되어 다양해졌다. 계층 간 교류와 소통이 가능해졌다. 사대부들은 하층민들로부터 더 다양한 이야기를 들을 수 있었고, 하층민들도 사대부들로부터 이야기를 들어 상층 사회에 대한 호기심을 충족시켰다.

사대부 이야기판에 국한하여 생각해보면, 조선 후기 이전에는 벼슬살이를 하고 있는 사대부들이 사대부 이야기판을 이끌어가는 주역이 되었지만, 조선 후기에는 벼슬에서 소외된 사대부들이 중심이 되는 경우가 더 많이 보고되었다. 조선 후기 사대부 이야기판은 의도적으로 만들어져 뚜렷한 문제의식을 발전시키는 쪽으로 나아갔다. 『삽교만록』에 자주 등장하는 단옹丹翁과 변사행邊士行, 『열하일기』 「옥갑야화」의 윤영尹映 등은 벼슬살이를 하는 사대부들의 사회로부터 소외된 선비들이다.

『삽교록』은 심심당深深堂이란 집에서 시골 선비들이 돌아가면서 이야기를 나누는 장면을 생생하게 전한다. 심심당은 이야기판이 이어지는 공간이다. 여기에 모인 선비들은 하나의 이야기를 듣고 그 이야기의 구조나 주제, 서술 의식에 부합하는 또다른 이야기를 대응하여 구연했다. 이야기를 듣고 이해하고 만들고 구연하는 서사 능력의 비약을 보여주는 것이다.

도시 선비들이나 여항인들도 독특한 이야기판을 만들었다. 『동패락송』의 편찬자 노명흠盧命欽. 1713~1775은 당시 벌열인 홍봉한洪鳳漢가의 글 선생으로 있었다. 노명흠은 홍봉한가 자제들의 과시科詩를 가르치며 서적을 베끼고 읽는 데 몰두하다가 이야기로 좌중을 압도하기도 했다. 노명흠은 『동패락송』에 다른 문헌에 실려 있는 것을 옮겨왔을 뿐 아니라 이야기판에서 들은 이야기, 이야기판에서 자기가 한 이야기 등도 기록했다.

◼ 야담의 한문 기록

이야기판에서 구연되던 이야기들은 한글로 기록되는 것이 바람직했다. 한글은 구연 이야기의 서사구조·표현·어휘들을 그대로 재현할 수 있기 때문이다. 그러나 한글 구사자인 상하층 여성들이나 평민 남성들은 구연 야담을 직접 기록할 처지가 아니었다. 여성들은 가문 이야기판을 주도하기는 했지만 조선 후기 개방된 이야기판에는 쉽게 참여할 수 없었다. 평민 남성들은 한문을 거의 쓰지 못했고, 한글도 능숙하게 구사하지 못했다. 평민들은 기록으로 후세에 무엇을 전한다는 의식이 강하지 않았고, 말만으로도 이야기를 후세에 전하는 것이 가능하며 충분하다고 믿었다. 이야기하기와 이야기 듣기가 그들의 일상에 녹아 있어 기록할 필요를 느끼지 못했다.

이야기판의 야담은 사대부에 의해 한문으로 먼저 기록되었다. 이야기판의 야담이 현실의 여러 문제를 적극적으로 담은 독자적 작품세계를 확보하고 고유한 서술원리를 갖춘 갈래로 발전하자, 사대부들은 이를 기록할 만한 가치가 있다고 판단하고 기록하기에 이른 것이다.

◼ 한문본 『청구야담』의 생성

『청구야담』은 서사적으로 정돈되고 발전된 야담 작품을 가장 많이 싣고 있는 야담집으로, 인기가 높아 한문본 이본도 많다. 『청구야담』은 간행되지 않았고 필사본으로만 유통되었으며, 십수 종의 이본이 있는데 한문본과 한글본이 동시에 있다. 대표적인 이본은 다음과 같다.

규장각 한글본

가람문고 한글본

가람문고본 한문본

서울대 고도서본 한문본

일사문고본 갑 한문본

일사문고본 을 한문본

성균관대 도서관본 한문본

고려대 도서관본 한문본

영남대 도남문고본 한문본

국립중앙도서관본 한문본

동경대 도서관본 한문본

서벽외사 해외수일본 갑(일본 동양문고본)

서벽외사 해외수일본 을(미국 버클리대학 극동도서관본, 버클리대본)

가장 이른 한문본 『청구야담』의 편찬 시기는 아직 정확하게 알 수 없다. 현재로는 1833~1864년 사이에 편찬되었다고 추정할 뿐이다.

『청구야담』은 구전되던 이야기를 변용·기록한 소위 '1차적 야담집'의 성격보다 이미 기록되어 문헌으로 전승되던 것을 선별·발전시킨 '2차적 야담집'의 성격이 더 강하다. 물론 이 선별·발전의 단계는 구전 야담을 기록한 1차적 야담집 못지않게 적극적이고 창의적인 과정임을 인정해야 할 것이다. 한문본 『청구야담』은 신돈복辛敦復. 1692~1779의 『학산한언鶴山閑言』, 이희평李羲平. 1772~1839의 『계서잡록溪西雜錄』, 편자 미상의 『기문총화紀聞叢話』, 이현기李玄綺. 1796~1846의 『기리총화綺里叢話』, 김간金榦. 1646~1742의 『후재전서厚齋全書』 등에 실린 야담을 선별하여 수록한 책이다.

야담의 한글 번역

18세기 이후에는 책을 읽어주는 강독사에게 매료된 여성들이 생겨났다. 강독사가 읽어주는 소설은 집안 어른들로부터 듣는 진부한 이야기와 달랐다. 책을 읽는 강독사로부터 듣는 경험은 역으로 그 원천인 책에 대한 호기심을 갖게 했을 것이고, 그것을 직접 읽어보게끔 부추겼을 것이다. 이렇게 해서 여성층을 중심으로 한글 서사 읽기에 대한 요구가 늘어났다.

야담집에는 소설에 해당하는 작품들이 적지 않게 실려 있다. 그 작품들은 강독사가 여성들에게 읽어준 '언문패설'에 포함된다. 그런 점에서 야담집은 여성을 중심으로 한 독자들의 읽기 요구에 부응하고자 한글로 번역되었다고 할 수 있다.

『흠영』의 편찬자 유만주俞晩柱는 1786년 11월 18일의 일기에서 조카딸이 읽어주는 『학산한언』 10편을 듣고 그 감상을 피력했다. 유만주의 조카딸은 한글 야담의 독자층이다. 야담이 한글로 번역되면서 여성 독자층의 새로운 읽을거리가 되었음을 알 수 있다. 특히 야담집에는 여성을 주인공으로 하고, 또 여성이 자기 능력을 마음껏 구사하는 이야기가 적잖이 실려 있기에 여성 독자층으로부터 환영받았을 것이다.

한글본 야담집은 이런 환경에서 독자층의 성향과 의식을 어느 정도 반영하면서도 기존 한문본의 원형을 크게 바꾸지 않는 균형을 이루었다고 할 수 있다. 야담집 중에서 한글로 번역된 것은 『어우야담』『천예록』『동패락송』『부담浮談』『학산한언』 그리고 『청구야담』 등이다.

번역된 한글본 『청구야담』의 가장 두드러진 특징은 여성의 마음과 감정을 내세운다는 것이다. 한글본이 여성의 감정과 마음을 포착하여 부각시키려 한 경향은 더 확장되어 사건 전개에서도 감정적인 선이 또렷해진다. 또 여성의 체면을 배려하여 작품의 일부를 변개하거나 생략했

다. 가령 〈부남성장생표대양^{赴南省張生漂大洋}〉의 한문본에는 주인공 장한
철이 조가녀라는 청상과부와 하룻밤 정사를 가지는 장면이 나오는데,
이 부분이 한글본에는 완전히 빠졌다. 이 장면을 부담스럽게 느낄 여성
독자가 있을 것이라 판단한 번역자가 이 장면을 생략했을 가능성이 크
다. 〈이절도궁도우가인^{李節度窮途遇佳人}〉에서 한문본의 '화용월태^{花容月態}, 수
소운계^{手梳雲髻}'라는 여성의 성적매력을 지칭하는 부분을 한글본에는 생
략했다. 주인공이 여인과 수작하는 행동을 묘사하는 부분에서도 한글본
에 손을 잡고 머리를 어루만지는 것까지는 옮겼지만 입을 맞추는 행동은
생략했다.

『청구야담』 한글본에는 좀더 적극적인 변개가 나타나기도 한다. 긍정
적인 여성상을 부각시킨 것이다. 오락성을 높이려고 내용을 덧붙이기
도 하고 가족관계를 더 상세하게 그렸다. 한글본에는 중심 서사 선을
부각시켰다. 한글본이 간주^{間註}의 형식을 적극 활용한 것도 이와 관련이
있다. 한자 어휘에 압축된 사항을 모두 한글로 옮긴다면 서사의 흐름이
끊길 수 있다. 그래서 어휘 설명은 작은 글자의 간주로 처리한 것이다.
중심 서사 선만을 따라가려 한 한글본에는 한문본에 붙어 있던 후일담
이나 평결 등을 거의 다 생략했다.

▨ 『청구야담』의 현대어 완역

근대 이후 번역된 『청구야담』 중 학문적 성격을 지닌 것은 다음과 같다.

이월영·시귀선, 『청구야담』, 한국문화사, 1995.
김동욱·정명기 역, 『청구야담』 상·하, 교문사, 1996.
최웅 역, 『주해 청구야담』 Ⅰ·Ⅱ·Ⅲ, 국학자료원, 1996.

이재홍·이상덕·김규선 교주, 『청구야담』 I·II, 학고방, 2014.

이월영·시귀선의 『청구야담』은 가장 앞선 현대어역이란 점에서 의의가 크다. 그런데 이 책은 6권 6책으로 된 국립중앙도서관본(국도본)을 번역한 것이다. 국립중앙도서관본에는 182화를 싣고 있어 버클리대본에 비해 108화가 부족하다. 이 책은 또한 111화(노총각이 수령에게 혼수를 구걸하기 위해 올린 표문), 112화(마흔 살의 궁핍한 선비가 병조판서에게 벼슬을 구걸하며 올린 표문), 113화(복직되지 않은 것에 대한 불평을 동료 관원에게 하소연한 표문) 등을 번역하지 않았다.

나머지 3책은 모두 한글본인 규장각본을 대본으로 한다. 규장각본은 19권 19책인 총 262화로 버클리대본보다 28화가 부족하다. 규장각본의 문제점은 화수가 적다는 것 뿐 아니라 축자 번역을 하지 않고 중간중간 얼버무리거나 삭제·부연한 부분이 적지 않다는 점이다. 앞서 언급했듯이 여성 독자층을 의식해서 변개시킨 부분도 있다.

김동욱·정명기의 『청구야담』 상·하는 규장각본을 그대로 옮기고 현대 표기를 덧붙였다. 난해한 어휘에 한자를 표기하고 주해를 덧붙여서 이해를 도왔다. 최웅의 『주해 청구야담』 I·II·III은 규장각본을 현대어로 번역했다. 역주를 더 상세하게 달았다는 미덕이 있다. 이재홍·이상덕·김규선 교주의 『청구야담』 I·II는 규장각본 내용 그대로 활자화하고 교주를 달았으며, 규장각본과 버클리대본 영인본을 후반부에 붙였다. 이 책은 활자화하고 띄어쓰기를 하여 가독성을 높이고 교주를 달았다는 점에서 의의가 있다.

이처럼 한문본 『청구야담』은 국도본과 규장각본만 현대어로 번역되거나 옮겨져 적혔을 뿐, 화수가 가장 많은 선본이라 할 버클리대본은 완역되지 않았다. 그래서 이 책은 버클리대본 『청구야담』의 최초 완역이라는 의의를 가진다. 난해구를 거의 해결했으며 특히 표문까지 완역했다는 점도 특기할 만하다.

필자는 선행 번역본의 오류를 찾아 바로잡는 데도 노력을 다했다. 가령 〈득미처거사점혈得美妻居土占穴〉(버클리대본 권3)의 '爲法僧雲大師之弟子'를,

　　法 僧雲大師의 제자가 되니
　　(김동욱·정명기 역, 『청구야담』 상, 교문사, 1996, 327면)

　　법승法僧 운대사雲大師의 제자弟子가 되니
　　(최웅 역, 『주해 청구야담』 I, 국학자료원, 1996, 323면)

　　법승운대사의 졔지 되니
　　(이재홍·이상덕·김규선 교주, 『청구야담』 I, 학고방, 2014, 102면)

라 번역했는데, 이 책은 "법승法僧 운雲 대사의 제자가 되었다"고 정확히 바로 번역했다.

또 한문 원문의 오류를 두루 찾아내어 교감하고 이를 바탕으로 번역했다. 가령 '三歲經文, 無不教授, 而惟有三卷書, 深藏篋中'을,

　　삼년지간에 경문을 가르치지 아니한 것이 없으되 오직 삼권서를 상자 속에 깊이 두고 상해 보지 못하게 하더니
　　(김동욱·정명기 역, 327면)

　　삼년지간三年之間에 경문經文을 가르치지 아니한 것이 없으되 오직 삼권서三券書를 상자 속에 깊이 두고 상해 보지 못하게 하더니
　　(최웅 역, 313면)

　　삼년지간의 경문經文을 ᄀᆞ르치지 아니혼 거시 업스되 오직 삼권서三券書 롤 상쟈 속의 깁히 두고 상히 보지 못ᄒᆞ게 ᄒᆞ더니
　　(이재홍·이상덕·김규선 교주, 102면)

라 번역했는데, 이들 번역문에서 하나같이 원문의 '歲'가 '藏'의 오기임

을 모르고 '삼년지간의 경문'이라 엉뚱하게 해석했음을 볼 수 있다. 이와 달리 이 책은 먼저 "歲: '藏'을 잘못 표기한 것임. 동양본에는 '藏'으로 맞게 표기"라는 각주를 달아 원문의 오류를 바로잡았다. 해석도 "三藏: 경經·율律·논論. 석가모니가 한 설법을 모은 경장經藏, 교단이 지켜야 할 계율을 모은 율장律藏, 교리에 관해 뒤에 제자들이 연구한 주석 논문을 모은 논장論藏을 합해 삼장이라 한다'라는 각주를 달고, "삼장三藏 경전의 글들을 모두 다 가르쳐주었지만 유독 책 세 권만은 장롱 속에 깊이 감춰두고 보지 못하게 했다"라고 정확하게 했다.

요컨대 이 책은 290화의 버클리대본 『청구야담』의 텍스트를 철저히 분석하여 오류를 바로잡아 완역했다는 의의를 가진다.

▨ 『청구야담』의 내용과 특징

조선 후기 달라진 현실의 반영

『청구야담』은 18, 19세기 전후 조선 사회의 지속과 변화를 배경으로 한다. 이 시기에는 격동하는 현실에서 계급분화가 대대적으로 이뤄졌다. 먼저 농민층이 나눠졌다. 일부 농민은 재산을 축적해 부농이 되었지만 그보다 더 많은 농민은 가난해져 경작하던 농토까지 잃었다. 농사를 지을 수 없게 된 농민은 다른 곳으로 옮겨가서 상공업에 종사하거나 거지나 도둑이 되었다. 상인은 대체로 부를 축적했지만 모두 한결같지 않았다. 부유한 상인, 중소상인, 그리고 사업에 실패한 가난한 상인으로 나눠졌다. 농민과 상인의 일부는 수공업자가 되기도 했다. 양반은 벌열과 몰락 양반을 극단으로 하여 권력이나 경제력 면에서 각양각색이었다. 특히 몰락 양반은 거지와 다를 바 없는 비참한 삶을 꾸려가야 했다. 또 적잖은 양반도 과거에 거듭 낙방하여 벼슬을 포기하거나 과거에 급제해도 벼슬을 얻지 못해 궁핍한 삶을 꾸려야 했다. 야담은 이런 현실의 온갖 상황을 다양한 방식으로 반영했다.

경험의 공유와 의미 소통

야담은 오래전부터 전승되어오던 재미나고 기이한 이야기를 두루 담았지만, 조선 후기 새로운 환경에서 만들어진 특별한 사건이나 사람에 대한 이야기도 담았다. 후자의 경우, 경험의 주체가 자기 경험을 망각하지 않고 남들에게 이야기하는 경향을 보였다. 여기서 '경험자의 자기 경험 이야기하기'라는 야담의 독특한 서술방식이 만들어졌다.

또 본 이야기 속에 다른 이야기가 들어가는 액자 구조가 형성됐다. 액자 구조란 주인공(발화자)이 자기가 경험한 것을 상대인물(수화자)에게 이야기해주는 구조를 말한다. 주인공이 자기 경험을 상대 인물에게 이야기하는 형식은 이야기판의 '이야기꾼-청중'의 관계가 작품 속으로 들어온 상태다.

이런 서술방식의 부각은 경험에 대한 태도의 변화와도 긴밀한 관련이 있다. 조선 후기에 이르러 사람들의 경험이 독특해졌고 그 경험을 회상하고 그에 대해 이야기하는 태도도 달라졌다. 사람들은 자기 경험을 소중하게 여기고 자랑스럽게 생각하게 되었다. 그래서 자기 경험을 남에게 떳떳하게 이야기하려 했고, 남의 경험 이야기에 대해서도 큰 관심을 가지게 된 것이다.

자기 경험을 남에게 이야기 하는 궁극적 목표는 소통과 공감이다. 사람들은 경험에 대한 공감을 원동력으로 하여 마침내 그 경험이 동반하는 가치·지혜·윤리 등을 공유하고자 한다. 자기 경험을 진술하는 사람의 소망을 수화자가 받아들여 소통이 이루어지는 것이다.

욕망의 성취와 문제의 해결

욕망과 관련된 사항에 대한 관심이 고조된 시기에 정립된 야담에는 욕망을 성취하는 내용이 중심 자리에 놓인다. 주인공은 자기 욕망을 성취해가는 과정을 단도직입적으로 서술해준다. 욕망이란 신분이나 재산과 같은 사회·경제적인 항목을 주로 지칭하며, 거기에다 애욕과 같은 감정적인 것도 포함한다. 이야기하기의 주체는 이야기의 내용과 긴밀한 관계를 가지기에 서술의 속도가 매우 빠르다. 이야기하기의 주체는 거두절미하고 지향하는 바나 경험한 바를 박진감 있게 서술한다. 욕망을 성취했다는 결과를 시급하게 말하려는 동기가 강렬하기에 주변적인 것에 대해 관심을 가지고 서술할 여유가 없기 때문이다. 욕망이 성취되는 과정은 서두부터 결말까지 긴장감을 유지한다. 서술 과정은 정황의 급속한 향상 과정이고, 욕망이 완전히 성취되는 순간은 결말이 된다.

이와 비슷하지만 본질이 다른 것이 '문제를 해결'해가는 야담이다. '문제'란 기존의 질서가 파괴되고 주인공이 처한 상황이 악화되면서 주인공이 당면하게 된 혼란이나 고난을 말한다. 주인공이 문제를 해결하고자 하는 노력은 기존의 질서와 상황을 되찾으려는 회복 의지의 발현이다.

'문제'는 지속적인 것이다. 문제가 특정 집단의 존재 방식과 관련되기 때문이다. 문제는 사람과 자연 혹은 사람과 초자연 사이의 갈등에서 생기지 않고, 사람과 사람 사이의 이해 갈등에서 생긴다. '과거의 바람직한 상황'을 전제하기에, 주인공은 과거에 특권을 누렸거나, 사회변동으로 말미암아 그 특권을 잃게 된다는 위기감을 느끼기 시작했거나, 혹은 그 특권을 완전히 상실했다는 특징을 보인다.

절망의 경험과 아이러니

얼핏 읽으면 도덕적 나태함, 주체의 자기모순, 타락한 세상의 습관적 추종 등으로 읽힐 일련의 야담은 아이러니로 보면 새롭다. 절망적 상황에서 자포자기하는 주인공을 서술자가 연민과 동정의 시선으로 바라본 결과가 아이러니다. 야담의 아이러니에는 이념이나 윤리, 의지나 선악 분별의 요소가 들어설 자리가 없다. 모순과 우연만이 가득하다. 야담이 그간 마련한 고유의 서술 유형인 '욕망의 실현' '문제의 해결' '이념의 구현' '이상향의 실현' 등을 서술자가 스스로 해체시킨 셈이다. 이것은 야담 서사 밖 조선 후기 현실 영역에서 유가적 이념이나 상식적 관습으로부터 해방된 지점이 생겨나기 시작한 것과 대응된다.

야담 아이러니에서 서술자 혹은 작가는 절망에 빠진 인간 군상에 연민과 위로의 시선을 보낸다. 그리고 이념이나 규범, 양자택일의 이분법으로부터 자유로워지기를 권유한다. 여전히 상투적 규범과 억압적 선입견을 강요하는 집단에는 경고를 보내고 그들을 조롱하기도 한다. 야담 아이러니에는 조롱, 비판, 공감, 연민의 시선이 두루 작동하고 있으며 대체로 앞에서 뒤로 이동해갔다고 하겠다.

여성 정욕의 발견과 성적 폭력에 대한 반성

『청구야담』의 야담에서 여성들은 자기 정욕을 과감하게 표현하고 충족시키려다 좌절하거나 응징당하곤 한다. 여성이 자기 정욕을 적극적으로 실현하는 행위는 가부장제의 근간을 흔들 수 있다. 여성이 정욕을 성취하려는 길목에 남성 목격자를 등장시키는 것은 가부장제 보호를 위한 장치이기도 하다. 남성 목격자는 조금 전까지 그 여성을 겁탈하려 하다가 여성이 다른 남자와 성행위를 하는 장면을 엿보는데, 이 대목은 관음증의 혐의가 짙다. 그러나 남성은 곧 성행위를 하는 여성을 응징한다. 가부장제 사회에서 성적 욕망을 밝히는 일은 용납될 수 없기에 여성은 정욕을 위장하거나 은폐하고, 지인지감이나 현몽 등을 수단으로 삼아 남편감을 스스로 골라 사회·경제적 지위 상승을 꾀하는 안전한 길을 선택한다. 또 진술방식으로 '회상'을 활용해 남성의 비난이나 조롱

등으로부터 자유로운 서술 공간을 마련하기도 한다. 이런 야담은 여성도 정욕을 느끼는 주체가 되며 정욕 충족을 위해 과감하게 나서기도 하는 현실을 인정한 셈이다. 그리고 여성에 대한 성적 억압과 폭력을 들춰내고 반성하게 만드는 성격도 지닌다.

양반 혈통의 확인과 가족 관계의 선

아들이 얼굴 모르는 아버지를 찾는 야담이 있다. 이는 무속신화나 건국신화 등에 나타난 아들의 아버지 찾기 모티프를 계승하고 혁신한 것이다. 한편으로 아버지 찾기 야담은 양반 혈통 유지를 천륜이라 강조함으로써 가부장제의 위기를 극복하려는 의지를 담는다. 다른 한편으로 절망적 상황에 처해 있는 아버지를, 찾아온 아들이 구제하게 함으로써 곤궁에 처해 몰락한 남성들의 현실적 소망을 들어주기도 한다.

우리 문화가 그렇듯『청구야담』에도 가족관계의 선이 뚜렷하다. 아들이 아버지를 위해, 아버지가 아들을 위해, 딸이 아버지를 위해, 아버지가 딸을 위해, 어머니가 아들을 위해, 어머니가 딸을 위해 하는 간절한 일을 야담은 잘 보여준다.

운명, 꿈 그리고 이상향

『청구야담』의 야담에는 운명적 요소가 강하게 작동하기도 한다. 운명은 작중인물의 내면 의식과 관련이 있다. 서술자는 주인공과 같은 자리에서 운명적 현상을 바라보기도 하고, 또 주인공과 떨어진 채로 주인공의 처지를 바라보기도 한다. 운명은 사람의 자유의지를 넘어선다는 점에서 초월적 질서나 초월자에 기대게 한다. 그렇지만 서사 속 운명적 요소는 절망에 빠진 주인공을 위로하는 서사 기제가 되기도 한다. 상대 인물과 서술자는 운명을 서사 기제로 내면화하면서 타자와 자기에 대한 연민을 드러내기도 하고, 타자나 자기의 삶을 새롭게 꾸려가는 활력으로 활용하기도 한다.

야담에서 꿈은 형성적 꿈과 반조적 꿈으로 나눠진다. 주인공이 욕망 성취를 여전히 소망할 때 형성적 꿈이 나타난다. 주체가 이미 욕망을 성취한 단계에 있을 때는 스스로를 되돌아보기 위한 반조적 꿈이 나타난다.

이상향에 대한 호기심은 도화원기 이후로 지속되는데,『청구야담』에도 그런 성향을 찾을 수 있다. 주인공들이 현실에 대한 관심이 극대화된 시점에 현실을 벗어난 곳을 강렬히 바란다는 점이 특별하다. 한편 이상향의 건설자가 있고 이상향의 방문자가 있다. 이들은 이상향이 속세와 다르기를 바란다. 건설된 이상향은 속세와 구분되다가 어느덧 속세를 닮게 되어 또 다른 공간이 필요해진다. 아무리 이상적인 공간이라 하더라도 생활이 영위되는 한, 세속적 욕망이나 갈등으로부터 자유로울 수 없다. 그래서 이상향 건설자는 암암리에 자기만의 또다른 이상향을 추구한다. 이상향 방문자의 이상향 경험은 거듭되는데, 이 경험은 역설적이다. 방문자가 이 풍경을 강렬하게 경험하면 할수록 현실로 돌아가서 생활을 계속하기가 더 어려워진다. 그렇다고 이상향을 재방문해 거기서 사는 것도 불가능하다.

상충된 상황의 공존, 이분법의 극복

『청구야담』에는 서로 다르고 상충되기까지 한 세계관과 가치관이 뒤섞여 공존한다. 서사의 바다라는 표현은 바로 그런 의미다. 한쪽으로 보면 야담은 충·효·열·의리·올곧음 등 기존의 질서로 수용될 만한 규범을 그대로 따라가지만, 다른 쪽으로 보면 야담은 기존의 질서를 완전히 허문다. 양자를 어물쩍 엮거나 섞는 서사는 더 많다. 그런 점에서 야담을 읽는 관점과 시선은 역동적이어야 한다. 적재적소에서 관점을 바꾸고 이분법적 도식을 흩트려야 한다. 지금까지 야담 읽기는 그렇지 못했기에 야담은 무시되고 오해받고 하찮은 것으로 치부됐다.

『청구야담』에서 정점에 이른 야담의 정체성이란 무엇일까? 야담의 전반적인 속성을 말할 수 있을까? 야담은 때로는 양극단의 상황과 생각을 나누어 보여준다. 그렇지만 그에 못지않은 많은 야담 작품은 양극단이 뒤섞인 양상을 보인다. 모순이라 지칭할 수 있지만 중도라고도 할 수 있다. 특히 후자는 이분법을 넘어섰다는 점에서 특별한 의의를 가진다.

전환적 야담 읽기를 통해서만 그동안 외면되고 오해받았던 야담의 진정한 가치가 인정받을 수 있다. 방대한 『청구야담』의 완전한 번역이 계기가 되어 야담 작품의 진정한 의미와 감동이 독자들에게 전달되길 기대한다.

【 부록 │ 수록 작품 제목과 이본별 게재 양상 】

* 작품 제목은 한자 독음 가나다 순으로 배열했다.
* 각 이본별 게재 권수를 숫자로 표기했다. 단,『해동야서』는 권수가 나눠지지 않았으므로
  화수의 일련번호를 표기했다.

	작품 제목	버클리대본	동양본	국도본	가람본	고도서본	동경대본	해동야서	파수록	규장각본
1	假封塋山神護吉地	6	7	2	2	1				1
2	伽倻山孤雲聘孫婦	2	4				2	3		2
3	憾宰相窮弁撞胸	4	2			4	6			8
4	感主恩奴僧占名穴	10		3	3	5	3			19
5	江界妓爲李帥守節	7	5	6	6	4				
6	降大賢仙娥定産室	10		3	3	5	3			19
7	降房星文弁列國	6	7	2	2					2
8	江陽民共立淸白祠	9	3			3	7			12
9	改嫁女聞讀還歸					5				
10	拒强暴闔中貞烈	3	6			2			2	6
11	據北山錦南成大功	10		3	3		3	43		19
12	乞父命忠婢完三節	6	7	2	2	1			1	1
13	乞婚需朴道令呈表 (付乞官表)	5	8	4	4					
14	檢巖屍匹婦解寃	10		3	3	5	3	20		19

	작품 제목	버클리대본	동양본	국도본	가람본	고도서본	동경대본	해동야서	파수록	규장각본
15	劫舊主叛奴受刑	4	2							6
16	劫倭僧柳居士明識	8	1	1	1	2		40		18
17	結芳緣二八娘子	5	8	4	4	4			1	10
18	鏡浦湖巡相認仙緣	9	3			1	7			11
19	憩店肆李貞翼識人	7	5	6	6	4				14
20	過錦江急難高義	8	1	1	1	2	4			18
21	過南漢預算虜兵	1	6	5	5	5				
22	過東郊白衲認父	2	4				2	7		3
23	誇丈夫西貨滿馱	1	6	5	5	5				15
24	賽蒸豚中夜訪神交	1	6	5	5	3				15
25	關西伯馹騎馳妓	5	8	4	4	4			2	9
26	敎衙童海印寺僧爲師	8	1	1	1	1	4			17
27	救父命洪童撞鼓	6	7	2	2					2
28	救處女花潭施神術	9	3			3	7			12
29	屈三弁善辯動宰相	8	1	1	1	2	4			
30	掘銀甕老寡成家	4	2				6			7
31	窮儒詭計得科宦	1	6	5	5					16
32	勸痘神李生種德	2	4				2	32		3
33	權斯文避雨逢奇緣	2	4				2	21		4
34	饋飯卓見困鬼魅	6	7	2	2					1
35	餽酒石良醫奏功	10				5	3			19

	작품 제목	버클리대본	동양본	국도본	가람본	고도서본	동경대본	해동야서	파수록	규장각본
36	鬼物每夜索明珠	8	1	1	1	2	4			17
37	矜朴童靈城主婚	9	3			1	7			11
38	矜草商高義讓財	10				5	3			
39	起死人臨江哀輓	6	7	2	2					
40	金貢生聚子授工業	2	4				2	34		2
41	金南谷生死皆有異	7	5	6	6	4				14
42	金生好施受後報	3	6			2				5
43	金丞相瓜田見異人	10		3	3	5	3	24		19
44	金丞相窮途遇義妓	3	6			3				5
45	金衛將恤舊主盡誠	2	4			1	2	17		3
46	金醫觀形投良劑	9	3				7			
47	樂溪村李宰逢鄉儒	9	3			1	7			11
48	南師古東國選十勝	6	7	2	2				1	
49	盧玉溪宣府逢佳妓	7	5	6	6	2				13
50	老媼慮患納小室	1	6	5	5	5				15
51	老翁騎牛犯提督	8	1	1	1	2				17
52	老學究借胎生男	4	2			4	6			7
53	綠林客誘致沈上舍	10				5	3			
54	闇官鬥痘兒升堂	9	3			3	7		2	12
55	待科傍李郎摘甚	7	5	6	6	4				14
56	貸萬金許生行貨	10				5	3			

	작품 제목	버클리대본	동양본	국도본	가람본	고도서본	동경대본	해동야서	파수록	규장각본
57	代雪久冤厚得善報					5				
58	貸營錢義城倅占風	8	1	1	1	1	4			17
59	大人島商客逃殘命	2	4				2	4		2
60	德原令擅名棋局	5	8	4	4	4				10
61	洞仙館副价逢鬼	8	1	1	1	2	4			
62	得佳妓沈相國成名	7	5	6	6	5				13
63	得巨産靑州伯伴病	8	1	1	1		4			17
64	得金缸兩夫人相讓	5	8	4	4	3			2	9
65	得美妻居士占穴	3	6			3				4
66	得陰粉窮鰈福緣	3	6							
67	得二妾權上舍福緣	5	8	4	4	3				9
68	得至寶賈胡買奇病	10		3	3		3	44		19
69	得僉使兒時有約	5	8	4	4				1	10
70	得賢婦貧士成家業	2	4			1	2	36		4
71	孟監司東岳聞奇事	9	3			3	7		2	12
72	免大禍巫女賽神	9	3			1	7			11
73	夢黃龍至誠發宵寐	1	6	5	5					15
74	武擧騁辭屈試官	4	2							8
75	武擧廄舍逢項羽	7	5	6	6	4				14
76	聞科聲夢蝶可徵	9	3				7		2	12
77	問名卜中路遇舊僕	9	3			3	7		2	12

	작품 제목	버클리대본	동양본	국도본	가람본	고도서본	동경대본	해동야서	파수록	규장각본
78	聞韶人三代孝行	6	7	2	2	1				2
79	文有采出家辟穀	5	8	4	4	3			2	9
80	問異形洛江逢圃隱	8	1	1	1	2	4			17
81	朴南海慷慨樹功	2	4	3	3	1	2	30		3
82	朴同知爲統帥散財	2	4	3	3	1	2	18		3
83	朴尙書錯認傳呼聲	6	7	2	2	1				1
84	博川郡知印效忠	10		3	3	5	3	41		19
85	班童倒撞藥草中	4	2			4	6			7
86	訪舊主名馬走千里	6	7	2	2	1				1
87	訪桃源權生尋眞	10		3	3		3	48		19
88	訪名卜寃獄得伸	1	6	5	5	5				15
89	白頭翁指敎一書生	10		3	3		3			
90	報重恩雲南致美娥	8	1	1	1	2	4		2	18
91	報喜信櫪馬長鳴	9	3			3	7		2	12
92	伏園中舊妻授計	9	3			3	7			12
93	復主讐忠婢托錦湖	1	6	5	5	5				16
94	逢奇緣貧士得二娘	9	3			3	7		2	12
95	逢丸商窮儒免死	4	2			4				6
96	赴南省張生漂大洋	3	6							6
97	赴浿營婦人敎名妓	7	5	6	6					14
98	憑崔夢古塚得金	6	7	2	2	1				2

	작품 제목	버클리대본	동양본	국도본	가람본	고도서본	동경대본	해동야서	파수록	규장각본
99	肆舊習熊鬪江中	4	2			4				7
100	救窮儒柳統使受報	8	1	1	1	2	4			17
101	山海關都督鏖虜兵	8	1	1	1	2	4	27		18
102	三知印競詩渠鄉	6	7	2	2	1				2
103	商山吏厲世忠節	6	7	2	2	1				2
104	償宿恩歲送衣賚	1	6	5	5	3				15
105	惜一扇措大吝癖	6	7	2	2	1				1
106	善諧謔白沙寓諷	6	7	2	2	1				2
107	善欺騙猾胥弄痴倅	6	7	2	2	1			1	1
108	善戲謔一時寓居	5	8	4	4	3			2	9
109	設別科少年高中	8	1	1	1		4			17
110	雪伸冤完山尹檢獄	4	2			2	6			8
111	雪幽冤夫人識朱旗	8	1	1	1	2	4			18
112	說風情權井邑降巫	3	6			2				
113	殲群蛇亭上逞勇	7	5	6	6					13
114	成家業朴奴盡忠	2	4			1	2	38		4
115	成小會四六詩令	5	8			5			1	
116	成虛白南路遇仙客	9	3			3	7		1	12
117	成勳業不忘糟糠	6	7	2	2	1			1	1
118	訴輦路忠僕鳴冤	9	3			3	7			11
119	率內行甕遷逢雷雨	9	3			3	7			12

	작품 제목	버클리대본	동양본	국도본	가람본	고도서본	동경대본	해동야서	파수록	규장각본
120	送美酒沈相憐才	10		3	3	5	3			
121	宋班窮途遇舊僕	3	6			2				5
122	訟夫冤錦城女擊鼓	4	2				6			7
123	誦斯干雄講動天聽	1	6	5	5					15
124	誦恩德每飯稱閔爺	4	2			4	6			7
125	鎖陰囊西伯弄舊友	1	6	5	5	3				15
126	隨京鄕靈鵲知恩	9	3			3	7			12
127	輸官租富民買兩班	9	3				7		2	
128	隨使行薄商得貨	10				5	3			
129	守貞節崔孝婦惑虎	6	7	2	2	1			1	1
130	守聽妓使巡使下障					4				
131	受刑杖措大風月	3	6			2				6
132	試神術士亭聽夫人	9				1	7			11
133	施陰德南士延命	2	4			1	2	37		4
134	識丹邱劉郎漂海	10		3	3	5	3	47		19
135	識寶氣許生取銅爐	2	4			1		2		3
136	識死期申舟村知音	5	8	4	4	4			2	9
137	新儘權術騙宰相	7	5	6	6	4				14
138	信卜說湖儒探香	4	2			4				6
139	新婦擠虎救丈夫	8	1	1	1	2	4			17
140	失佳人數嘆薄倖	5	8	4	4	4			1	9

	작품 제목	버클리대본	동양본	국도본	가람본	고도서본	동경대본	해동야서	파수록	규장각본
141	尋古墓牧隱現夢	9	3				7			12
142	安貧窮十年讀易	5	8	4	4	3			2	9
143	楊承宣北關逢奇稱	2	4	3	3		2	11		2
144	兩驛吏各陳世閱	6	7	2	2	1				2
145	養壯元每科必夢	5	8	4	4	4			1	10
146	語消長傔兒說富客	1	6	5	5	5				16
147	廬墓側孝感泉虎	5	8	4	4	3			2	9
148	呂相托辭登大闡	1	6	5	5					16
149	呂繡衣移花接木	1	6	5	5	5				15
150	練光亭京校行令	7	5	6	6	5				13
151	練光亭錦南應變	2	4	3	3		2	10		3
152	憐窮儒神人貸櫃銀	3	6			2				5
153	延父命誠動天神	5	8	4	4	3			2	9
154	憐嬬女宰相贐窮弁	7	5	6	6	5				13
155	捐千金洪象胥義氣	5	8	4	4	3				9
156	憐樵童金生作月姥	2	4	3	3	1	2	1		3
157	廉義士楓岳逢神僧	5	8	4	4	2			2	8
158	營妓伴狂隨谷倅	7	5	6	6					14
159	營産業夫婦異房	8	1	1	1		4			18
160	吳按使永湖逢薛生	5	8	4	4	3			2	9
161	完山妓獨受布衣帖	6	7	2	2					1

	작품 제목	버클리대본	동양본	국도본	가람본	고도서본	동경대본	해동야서	파수록	규장각본
162	往南京鄭商行貨	9	3				7		2	12
163	畏嚴舅悍婦出矢言	9	3			3	7			11
164	料倭寇麻衣明見	1	6	5	5	5				16
165	禹弁赴防得賢女	9	3			1	7			11
166	柳上舍先貧後富	7	5	6	6	2				13
167	論義理羣盜化良民	1	6	5	5	5				16
168	遊淇營風流盛事	8	1	1	1	2	4			18
169	義男臨水喚兪鐵	1	6	5	5	3				15
170	擬峴邑宰相償舊恩	3	6			2				5
171	李東皐爲傔擇佳郎	2	4	3	3	1	2	22		4
172	李武弁窮峽擊猛獸	6	7	2	2	1			1	1
173	李副學海營省叔父	7	5	6	6	5				
174	李上舍因病悟道妙	5	8	4	4	4			1	10
175	李尙書元宵結芳緣	2	4				2	12		2
176	李節度窮途遇佳人	3	6			3				4
177	李節度麥場逢神僧	10		3	3	5	3	23		19
178	李節婦從容取義	2	4	3	3	1	2	29		3
179	李措大學峴訪地師	2	4			1	2	6		4
180	李淸華守節遯世	6	7	2	2					2
181	李後種力行孝義	5	8	4	4	4				10
182	匿屍身海倅償恩	3	6			2				5

	작품 제목	버클리대본	동양본	국도본	가람본	고도서본	동경대본	해동야서	파수록	규장각본
183	臨危境益齋現夢	6	7	2	2	1				2
184	林將軍山中遇綠林	2	4	3	3	1	2	5		4
185	入吏籍窮儒成家業	9	3				7			12
186	立墓石工匠感孝婦	1	6	5	5	5				16
187	入虎穴老翁抱孫	10		3	3	5	3			
188	作善事繡衣繫紅繩	8	1	1	1	2	4			18
189	葬三屍湖武陰德	1	6	5	5	5				16
190	張義士爲國捐生	6	7	2	2					2
191	宰錦城杖殺金漢	1	6	5	5	5				16
192	宰相戲掬梅花足	5	8	4	4	4			1	10
193	賊魁中宵擲長劒	8	1	1	1	2				17
194	傳書封千里訪父親	8	1	1	1	2	4			17
195	田統使微時識宰相	3	6			3				4
196	節婦當難辦高義	2	4				2	14		4
197	占吉地魚遊石函	1	6	5	5					15
198	占名穴童婢慧識	6	7	2	2					2
199	占名穴地師報德	3	6			2				5
200	定佳城地師聽痴僮	1	6	5	5					16
201	鄭謙齋中國擅畫名	9	3			3	7		2	12
202	呈舊僚鄭司果戲墨	5	8	4	4	4				
203	定名穴臥牛林間	4	2			4	6			7

	작품 제목	버클리대본	동양본	국도본	가람본	고도서본	동경대본	해동야서	파수록	규장각본
204	鄭北窓望氣消災厄	2	4				2	33		2
205	製錦袍夫人善相	8	1	1	1	2				
206	題神主眞書勝諺文	7	5	6	6	5				14
207	趙豊原榮門訪舊友	3	6			2				5
208	種陰德尹公食報	9	3			3	7		2	12
209	坐城樓南忠壯效節	7	5	6	6	4				
210	坐草堂三老禳星	8	1	1	1	2	4	45		17
211	拯江屍李班受刑法	6	7	2	2	1			1	1
212	進米泔柳琚聽街語	9	3			1	7			11
213	進神方皮醫擅名	6	7	2	2					2
214	晋陽城義妓捨生	10		3	3	5	3	42		19
215	進祭需嶺吏欺李班	7	5	6	6					13
216	進忠言入祠哭辭	6	7	2	2					2
217	車五山隔屛呼百韻	5	8	4	4	4			1	10
218	車五山乘興題畵屛	4	2							8
219	捉凶僧箕城伯話舊	4	2			2	6			8
220	唱高歌樑上豪傑	3	6			2			2	6
221	倡義兵賢母勗子	4	2			4	6			7
222	倡義使賴良妻成名	7	5	6	6	4				14
223	蔡士子發憤力學	5	8	4	4	3			2	9
224	採山蔘二藥商幷命	5	8	4	4	3			2	9

작품 제목	버클리대본	동양본	국도본	가람본	고도서본	동경대본	해동야서	파수록	규장각본
225 責莉妻淸士化隣氓	4	2			4	6			6
226 策勳名良妻明鑑	2	4	3	3	1	2	16		3
227 擅場屋秀才對策	9	3			3	7		2	12
228 撤淫祠火燒錦緞	1	6	5	5	3				15
229 覘天星深峽逢異人	8	1	1	1	2	4			17
230 捷幸州權元帥奇功	8	1	1	1	2	4	39		18
231 聽街語柳醫得名	2	4	3	3		2	31		3
232 聽妓語悖子登第	4	2				6			7
233 靑石洞天將關劍客	8	1	1	1		4	28		18
234 聽良妻惠吏保令名	2	4			1	2	35		4
235 淸州倅權術捕盜	5	8	4	4	4			2	9
236 聽祝語宰相記往事	3	6							6
237 聽縣雨藥商得子	2	4	3	3		2	8		3
238 招神將郭生施術	7	5	6	6	4				14
239 超屋角李兵使賈勇	7	5	6	6	5				13
240 蟲石樓縛衣藏踪	7	5	6	6	5				13
241 崔昆崙登第背芳盟	4	2				6			8
242 秋妓臨老說故事	2	4				2	13		4
243 墜龍淵異童拯人	10				5	3			
244 逐官長知印打頰	4	2			4	6			8
245 逐邪鬼婦人獲生	6	7	2	2	1				2

	작품 제목	버클리대본	동양본	국도본	가람본	고도서본	동경대본	해동야서	파수록	규장각본
246	築土室捕校獲賊漢	6	7	2	2	1				1
247	贅柳匠李學士亡命	7	5	6	6					13
248	治墳墓諸星州現夢	3	6			2				6
249	治産業許仲子成富	7	5	6	6					14
250	治牛商貧僧逢明府	4	2				6			6
251	致精誠課曉拜佛像	4	2				6			7
252	度大厄朴曄授神方	9	3			1	7			11
253	托終身女俠捐生	5	8	4	4	4			1	9
254	彈琴臺忠僕收屍	2	4	3	3	1	2	9		3
255	擇夫婿慧婢識人	5	8	4	4	4			1	10
256	擇孫婿申宰善相	9	3			1	7			11
257	澤風堂遇僧談易理	5	8	4	4	4			1	10
258	退田野鄭知敦享福	5	8	4	4	3			2	9
259	鬪劍術李神將斬僧	6	7	2	2	1			1	1
260	鬪謎語吾弁得官			3	3					
261	投三橘空中現靈	7	5	6	6	5				13
262	投良劑病有年運	5	8	4	4	4			1	9
263	偸隣釀四儒詠詩	10		3	3	5	3	19		
264	吠官庭義狗報主	5	8	4	4	4			2	9
265	驅鄉儒朴靈城登科	4	2							8
266	平讀妓妍醜兩不忘	7	5	6	6					1

	작품 제목	버클리대본	동양본	국도본	가람본	고도서본	동경대본	해동야서	파수록	규장각본
267	捕獵賊具名唱權術	2	4	3	3		2	25		3
268	諷客客吳物音善譜	2	4				2	26		3
269	被室謫露眞齋折簡	4	2			4				7
270	避禍亂賢婦異識	2	4				2	15		3
271	韓石峯乘興灑一障	5	8	4	4	4			1	10
272	唧使命李尙書爭春	4	2							8
273	行胸臆尹弁背義	9	3			3	7			
274	鄉弁自隨統帥後	4	2			4	6			8
275	餉山果渭城逢毛仙	8	1	1	1	2	4		2	18
276	鄉先達替人送命	4	2							7
277	鄉儒用計購竹泉	7	5	6	6	4				14
278	驗異夢西伯識前身	1	6	5	5	5				16
279	現宵夢龍滿裳幅	1	6	5	5	5				16
280	峽氓誤讀他人祝	5	8	4	4	4			1	10
281	惑妖妓胏室逐知印	9					7			11
282	洪斯文東岳遊別界	9	3			3	7		1	12
283	洪相國早窮晚達	7	5	6	6	2				13
284	洪尙書受挺免刃	1	6	5	5	5				15
285	洪川邑綉衣露踪	8	1	1	1	2	4			17
286	還金橐强盜化良民	9	3			3	7		2	12
287	鰈班弄計卜隣寡	4	2							

	작품 제목	버클리대본	동양본	국도본	가람본	고도서본	동경대본	해동야서	파수록	규장각본
288	還玉童宰相償債	10		3	3		3			19
289	活人病趙醫行針	6	7	2	2	1				2
290	會琳宮四儒問相	8	1	1	1	2	4	46		17
291	獲生金父子同宮	8	1	1	1		4			18
292	獲重寶慧婢擇夫	3	6			3				5
293	毁淫祠邪鬼乞命	5	8	4	4	4			2	9
294	興元士從遊青鶴洞	9	3			3	7			12

【 참고문헌 】

김동욱, 「야담 국역의 현황과 과제」, 『어문학연구』 6, 상명대학교 어문학연구소, 1997.

김동욱·정명기 역, 『청구야담』 상·하, 교문사, 1996.

김영진, 「조선 후기 사대부의 야담 창작과 향유의 일양상」, 『야담문학의 현단계』 1, 보고사.

김준형, 「최민열본 천예록의 국역 양상」, 『대동한문학』 27, 대동한문학회, 2007.

김준형, 「청구야담의 국역 양상과 의미」, 『열상어문연구』 42, 열상어문연구회, 2014.

남궁윤, 「청구야담의 한글 번역 양상과 의미」, 『동방학』 31, 한서대 동양고전연구소, 2014.

박희병, 「청구야담 해제」, 『청구야담 3·4』, 서울대 규장각, 2000.

백승호, 「국민대학교 소장 한글본 동패락송 연구」, 『국문학연구』 16, 국문학회, 2007.

이강옥, 『한국 야담의 서사세계』, 돌베개, 2018.

이강옥, 『한국 야담 연구』, 돌베개, 2006.

이우성·임형택 옮김, 『이조한문단편집』 1-4, 창비, 2018.

이월영·시귀선, 『청구야담』, 한국문화사, 1995.

이재홍·이상덕·김규선 교주, 『청구야담』 I·II, 학고방, 2014.

임완혁, 「청구야담에 대한 문헌학적 연구」, 『구전전통과 서사』, 태학사, 2008.

정명기, 「동패락송 연구(2)」, 『연민학지』 5, 연민학회, 1997.

최웅 역, 『주해 청구야담』 I·II·III, 국학자료원, 1996.

　우리가 고전에 눈을 돌리는 것은 고전으로 회귀하기 위해서가 아니다. 한국의 고전은 고전으로서 계승된 역사가 극히 짧고 지금 이 순간에도 발견되고 있으며 심지어 어떤 작품은 저 구석에서 후대의 눈길을 간절하게 기다리고 있기도 하다. 우리의 목표는 바로 이런 한국의 고전을 귀환시키는 것이다. 그러니까 고전 안에 숨죽이며 웅크리고 있는 진리내용들을 다시 불러들이고 그것으로 이 불투명한 시대의 이정표를 삼는 것, 이것이 우리의 궁극적인 목적이다.

　문학동네 한국고전문학전집은 몇몇 전문가의 연구실에 갇혀 있던 우리의 위대한 유산을 널리 공유하는 것은 물론, 우리 고전의 비판적·창조적 계승을 통해 세계문학사를 또 한번 진화시키고자 하는 강한 열망 속에서 탄생하였다. 그래서 문학동네 한국고전문학전집은 이미 익숙한 불멸의 고전은 말할 것도 없고 각 시대가 새롭게 찾아내어 힘겨운 논의 끝에 고전으로 끌어올린 작품까지를 두루 포함시켰다. 뿐만 아니라 한국 고전의 위대함을 같이 느끼기 위해 자구 하나, 단어 하나에도 세밀한 정성을 들였다. 여러 이본들을 철저히 비교하는 과정을 거쳐 정본을 확정했고, 이제까지의 모든 연구를 포괄한 각주를 달았으며, 각 작품의 품격과 분위기를 충분히 살려 현대어 텍스트를 완성했다. 이 모두가 우리의 고전을 재발명하는 것이야말로 세계문학의 인식론적 지도를 바꾸는 일이라는 소명감 덕분에 가능했음은 물론이다. 부디 한국의 고전 중 그 정수들을 한자리에 모은 문학동네 한국고전문학전집이 그간 한국의 고전을 멀리했던 독자들에게 널리 읽히고 창조적으로 계승되어 세계문학의 진화를 불러오는 우리의, 더 나아가 세계 전체의 소중한 자산으로 자리하기를 기대해본다.

문학동네 한국고전문학전집 편집위원
심경호, 장효현, 정병설, 류보선

옮긴이 **이강옥**

김해 출신. 서울대학교 국문학과를 졸업하고 같은 대학에서 박사학위를 받았다. 영남대학교 국어교육과 교수로 재직하고 있다. 예일대학교 비교문학과, 뉴욕주립 스토니브룩대학교 한국학과 방문교수를 지냈다. 성산학술상(1999), 천마학술상(2008), 지훈국학상(2015)을 수상했다. 『한국 야담의 서사세계』『한국 야담 연구』『구운몽의 불교적 해석과 문학치료교육』『조선시대 일화 연구』『보이는 세상 보이지 않는 세상』『젖병을 든 아빠, 아이와 함께 크는 이야기』 등을 저술했다.

한국고전문학전집 023

청구야담 하

ⓒ이강옥 2019

1판 1쇄 | 2019년 8월 26일
1판 2쇄 | 2022년 9월 13일

옮긴이 이강옥

책임편집 유지연 | 편집 구민정
디자인 윤종윤 이주영 | 마케팅 정민호 이숙재 박치우 한민아 이민경 안남영 김수현 정경주
브랜딩 함유지 함근아 김희숙 박민재 박진희 정승민
제작 강신은 김동욱 임현식 | 제작처 영신사

펴낸곳 (주)문학동네 | 펴낸이 김소영
출판등록 1993년 10월 22일 제2003-000045호
주소 10881 경기도 파주시 회동길 210
전자우편 editor@munhak.com | 대표전화 031)955-8888 | 팩스 031)955-8855
문의전화 031)955-2689(마케팅) 031)955-2690(편집)
문학동네카페 http://cafe.naver.com/mhdn
인스트그램 @munhakdongne | 트위터 @munhakdongne
북클럽문학동네 http://bookclubmunhak.com

ISBN 978-89-546-5544-6 04810
　　　978-89-546-0888-6 04810 (세트)

www.munhak.com